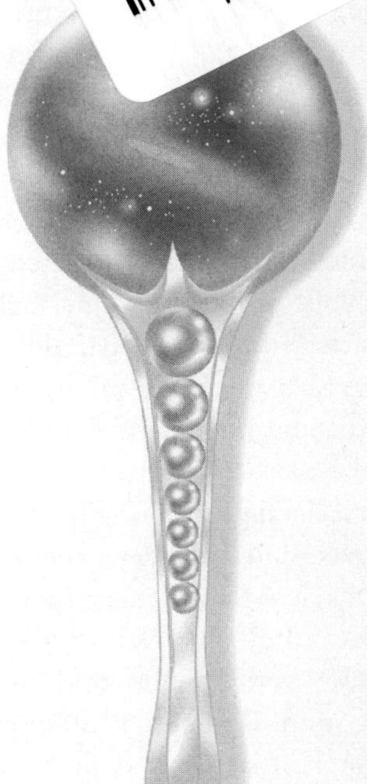

Das plötzliche Auftauchen von klitzekleinen Zwergen löst große Aufregung und Verwirrung auf beiden Seiten des Lebens aus. Auf der Seite der Realität stehen die Menschen den Winzlingen (nicht größer als zwei Glieder des kleinen Fingers) ungläubig und fassungslos gegenüber. Auch auf der anderen Seite des Lebens, der Seite der Fantasie, reagieren die Bewohner der Elfen-, Feen-, Zwergen- und Geisterreiche geschockt und tief verunsichert. Die klitzekleinen Zwerge, die seit Urzeiten unentdeckt auf ihrem winzigen schwimmenden Inselkontinent lebten, wurden an einem ihrer Flugtage völlig unerwartet durch einen plötzlich auftauchenden mysteriösen Orkan rund um den Erdball auf beide Seiten des Lebens zerstreut. Ihr Kamarin (König) stellt aus den wenigen am Boden Verbliebenen einen Suchtrupp zusammen und beauftragt diesen, nicht nur sein in alle Welt versprengtes Volk zu suchen, sondern auch einen unbekannten Helden ausfindig zu machen, der den blauen Planeten vor einer schrecklichen Katastrophe bewahren soll. Wie es scheint, eine schier unlösbare Aufgabe. Die Suche der klitzekleinen Zwerge auf beiden Seiten des Lebens erweist sich als ausgesprochen mühe- und gefahrvoll. Die Erzählung über ihren Kontakt mit den Menschen einerseits und mit den Feen- und Geistervölkern andererseits entwickelt sich zu einem gewaltigen und wundervollen Epos. Die mutigen Winzlinge erleben auf ihrer unglaublichen Reise verblüffende und dramatische Abenteuer zwischen Fantasie und Realität. Fantastisches, Komisches und Historisches vermischen sich mit dem stinknormalen Alltag der Menschen im Hier und Heute. Ein vergnüglicher Lesespaß voll Witz und Gefühl, der die ganze Familie - speziell die Erwachsenen - in ihren Bann zieht. Spannend und überraschend bis zum Schluss.

Wolfgang Kollberg

Die klitzekleinen Zwerge

Die klitzekleinen Zwerge, „Der Fluch der Vergessenheit!“ : 3. Auflage Oktober 2007
Veröffentlicht im ISENSEE VERLAG, Haarenstr. 20, 26122 Oldenburg
internet: www.isensee.de, e-mail: verlag@isensee.de

Printed in Germany

ISBN 978-3899950601

Die klitzekleinen Zwerge im Internet:
www.klitzekleinezwerge.de und www.isensee.de

Bibliografische Information Der Deutschen Bibliothek:
Die Deutsche Bibliothek verzeichnet diese Publikation in der
Deutschen Nationalbibliografie; detaillierte bibliografische Daten
sind im Internet über <http://dnb.ddb.de> abrufbar

ISENSEE VERLAG
OLDENBURG

Für meine Frau Irmi
und den klugen Illantin Klining.
Ohne sie wäre dieses Buch nie
geschrieben worden.

Wolfgang Kollberg

Die klitzekleinen Zwerge

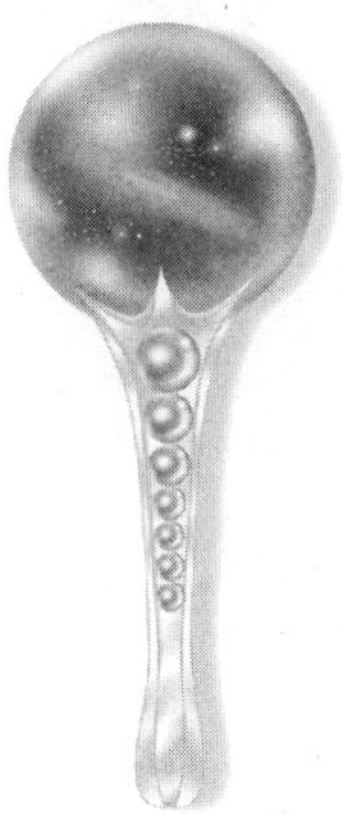

PROLOG

DU MUSST IHN FINDEN

„Nicht schon wieder!" Klining schaute seufzend an die Decke der Halle des großen Rates. „Wieso immer ich?"

„Mein Freund, keiner ist so geeignet wie du." Goliath sah seinen Freund amüsiert an. Er versuchte ihn zu trösten: „Dieses Mal ist es aber wesentlich einfacher."

„Das glaubst du vielleicht. Ich kenne die Menschen besser." Der Illantin schaute seinen Kamarin fragend an: „Wer soll dieses Mal mit?"

„Keiner. Der große Rat will, dass du ihn alleine suchst."

„Das wird nicht einfach, finde mal so einen."

„Du musst ihn finden. Du weißt, es ist sehr wichtig!"

DAS GLAUBT MIR DOCH KEINER

„Wieso ich? ... Ich bin doch nicht verrückt! ... Das mache ich nicht!"

„Warum nicht?"

„Das glaubt mir doch kein Mensch!" Ich lachte nervös. „Außerdem hab ich Schiss!"

„Was ist Schiss?"

„Angst!"

„Du hast Angst?"

Der Winzling in meiner Hand schaute mich mit seinen großen blauen Kulleraugen erstaunt an.

„Ja, genau ... ich habe auf jeden Fall sehr große Bedenken!" Mir war ganz mulmig im Magen. Bei dem Gedanken an das, was die kleine Mohrrübe da von mir verlangte, wurde mir richtig schlecht.

„Warum hast du denn so einen großen ... wie sagtest du noch? ... ach ja ... Schiss?"

„Bitte sei vernünftig und denk doch mal nach! Du verlangst allen Ernstes von mir, ich soll behaupten, dass alles, was du mir berichtet hast, Realität ist! Die meinen doch, ich wäre völlig plemplem!“ Zur Bekräftigung schlug ich mir mit meiner freien Hand mehrmals auf die Stirn.

Klining sah mich mit seinen eindrucksvollen Augen ruhig und geduldig an, so wie man ein kleines begriffsstutziges und störrisches Kind anschaut.

„Aber alles, was ich dir erzählt habe, ist Realität. Pure Realität!“

„Das kann jeder behaupten!“, sagte ich störrisch.

„Aber mein Junge ...“

„Sag nicht ‚mein Junge‘ zu mir, ich bin kein Kind mehr!“

„Bist du da sicher?“

„Wer hat weiße Haare? Du oder ich?“

„Du! Trotzdem könnte ich hundertmal und mehr dein Opa sein. Aber nun verrate mir, wovor hast du Angst?“

„Dass mich kein Mensch mehr für voll nimmt: davor!“, regte ich mich auf.

„Aber du hast mir doch auch zugehört und bist begeistert ... oder?“, fragte Klining.

„Oder ... oder ... oder ...“, stotterte ich hilflos.

Natürlich hatte mich der faszinierende Bericht von Klining begeistert. Ich liebte seit meiner Kindheit solche fantasievollen und spannenden Geschichten. Seine Erzählung war aber einfach zu unglaublich. Vor allem jene über die uns Menschen verborgen bleibenden Vorgänge auf unserem blauen Planeten und im Universum. Ich ordnete darum seinen Bericht (jeder andere vernünftige Mensch hätte das auch getan) unter der Rubrik Mythen, Sagen, Legenden oder Kindermärchen ein.

„Ja oder nein?“

„Was ja oder nein?“

„Ob du glaubst, dass alles der Wirklichkeit entspricht, was ich dir erzählt habe?“

„Nee, glaub ich nicht!“, sagte ich mit Nachdruck.

„Warum?“

„Weil es einfach zu unglaublich ist!“, antwortete ich störrisch.

„Gut ... gehen wir mal anders vor: Stehe ich in deiner Hand?“, fragte Klining, der in meiner Hand stand.

„Natürlich stehst du in meiner Hand, ich bin doch nicht blöd."

„Kannst du mich sehen? ... Anfassen? ... Hören?"

„Ja sicher, warum fragst du?"

„Hättest du vorher geglaubt, dass es so klitzekleine Zwerge mit einer so riesengroßen roten Zipfelmütze gibt?", grinste mich der Winzling an.

„Nein! ... Nie im Leben. Ich ... ... ich ..."

„Bin ich Realität?", unterbrach mich Klining.

„Ich weiß nicht", sagte ich unsicher. „Vielleicht träume ich ja."

„Soll ich dich kneifen?"

„Nein ... es ist nur ... es ist einfach so unglaublich", wiederholte ich mich – schon leicht verzweifelt. Durch Klinings Behauptung, der sich nun wieder völlig entspannt in meiner Hand räkelte, dass alles, was er mir berichtet hatte, der Realtät entspräche, wurde mein Weltbild völlig auf den Kopf gestellt.

„Deswegen sollst du ja auch alles aufschreiben", sagte Klining geduldig. „Schwarz auf weiß!"

„Lass mir bitte Zeit. Das muss ich in Ruhe überlegen", sagte ich.

„Wie du meinst ...!" Klinings kleines Gesichtchen überflog unter seiner riesigen roten Zipfelmütze ein Lächeln. „Wir sehen uns wieder." Er hob leicht die Hand und war plötzlich verschwunden. Über meiner Hand blieb ein winziger Regenbogen zurück, der langsam verblasste.

VIELE, VIELE JAHRE SPÄTER

„Nun schreib es endlich!", sagte meine Frau Irmi leicht entnervt. „Wie lange soll Klining noch warten?!"

„Woher weißt du von Klining?", fragte ich sie erstaunt.

„Er war da", sagte Irmi. Sie schmunzelte. „Auf den ersten Blick sieht der aus wie 'ne kleine Mohrrübe, findest du nicht?"

„Wer? ... ach so, ja ... und was wollte ... ich meine ...?"

„Wann du das Buch endlich fertig hast?", sagte sie. „Stimmt es, dass es schon so viele Jahre her ist? Das ist doch sonst nicht deine Art ... ich verstehe dich nicht. Warum hast du mir nie etwas von ihm erzählt?“ Ihr Blick verriet, dass Klining sie überzeugt hatte. Ich musste das verdammte Buch schreiben.

Dieses Gespräch mit meiner Frau fand viele, viele Jahre, nachdem Klining plötzlich aus meiner Hand verschwunden war, statt. Ich hatte mich bis dahin immer noch nicht getraut, alles, was er mir damals erzählt hatte, niederzuschreiben. Um ehrlich zu sein, ich hätte es auch nie getan. Ich hatte einfach zu große Bedenken und befürchtete, sicher nicht zu Unrecht, dass man mich ohne zu zögern in eine Klinik für Geistesgestörte einweisen würde, sollte ich von dem, was mir der klitzekleine Zwerg damals in aller Ernsthaftigkeit als Realität unterjubeln wollte, auch nur den kleinsten Teil an die Öffentlichkeit bringen.

Über all die Jahre hinweg habe ich mir, damit mein Kopf nicht platzte und ich nicht doch noch einen geistigen Schaden nahm, immer wieder mit einer klitzekleinen Geschichte über klitzekleine Zwerge Luft gemacht.

Auch heute vermeide ich es, zu behaupten, dass der Inhalt des vorliegenden Buches der Realität entspricht. Doch ich weiß, was ich weiß und ich sehe, was ich sehe. Meine Vernunft sagt mir, dass ich den letzten Satz lieber streichen sollte; aber vielleicht ist die Zeit auch reif, und ich sollte etwas mehr Mut beweisen.

Auf jeden Fall ist dieses Buch auch allen Kindern und Frauen gewidmet, die, so scheint mir, doch die größere Fähigkeit besitzen, Begebenheiten auch auf Ebenen zu erfassen, die uns Männern in der Regel verschlossen bleiben. In den vielen, vielen Jahren, in denen ich immer wieder meine klitzekleine Zwergengeschichte erzählte, waren sie es, die mir mit großen Augen und ungeteilter Aufmerksamkeit geduldig zuhörten. Sie haben mir, ohne es zu wissen, sehr geholfen. Wie ich bereits erwähnte, wäre mein Kopf sonst sicher geplatzt.

Ich bewundere auch meine Frau und meine Töchter, denen ich ebenfalls zu großer Dankbarkeit verpflichtet bin. Sie hörten das winzige Zwergengeschichtchen wohl über tausend Mal und mehr und sind trotzdem nicht verzweifelt. Im Gegenteil: Sie ermunterten mich, das Geschichtchen immer wieder zu erzählen.

Außerdem gedenke ich der vielen Männer, die meistens, wenn Kinder und Frauen an meinen Lippen hingen, etwas abseits saßen und meinem Zwergengeschichtchen nur heimlich zuhörten. Ich wusste aber, sie zählten die Anzahl der darin vorkommenden klitzekleinen Zwerge trotzdem immer mit. Entscheidend ist jedoch, dass dieses kleine, immer wieder gleich erzählte Geschichtchen letztlich der Anlass dafür war, das Heldenepos von Klining und seinem Volk doch noch zu Papier zu bringen.

Mein eigenes winziges Zwergengeschichtchen möchte ich, da ich über ein gewisses Zeichentalent verfüge, vielleicht demnächst als kleines Bilderbüchlein vorstellen. Man wird sehen.

Jetzt werde ich jedoch endlich Klinings Geschichte erzählen (wobei ich nicht behaupte, dass der Inhalt des vorliegenden Buches den Tatsachen entspricht). Klining ist der festen Überzeugung, dass alle mit Herz und Verstand denkenden Menschen den Inhalt dieses Buches als nicht wegzuleugnende Realität akzeptieren werden.

Sollen die Leser doch selbst entscheiden.

KLITZEKLEIN

Klinings Bericht fing mit einer kurzen Beschreibung seiner Heimat und seines Volkes an. Er stammte von einer winzigen schwimmenden Insel, die irgendwo in den unendlichen Weiten der Ozeane unseres blauen Planeten treibt. Weil das winzige Eiland ständig seine Position ändere, und bis vor kurzem auch völlig unentdeckt war, sei es naturgemäß auf keiner bekannten Seekarte verzeichnet. Weil die schwimmende Insel den anderen Kontinenten nicht zugeordnet werden kann, sei sie naturgemäß auch ein richtiger Kontinent ... ein Inselkontinent. Die Bewegungen der Wassermassen, welche die Mondphasen in den Ozeanen auslösen, trieben ihn ständig über die sieben Meere. Außerdem sei er sehr, sehr winzig ... genauer gesagt: einfach klitzeklein. Entsprechend klitzeklein seien auch seine Bewohner. Winzige Zwerge mit großen blauen Kulleraugen und riesengroßen roten Zipfelmützen. Sie seien so klein, wie man sie sich kleiner nicht vorstellen könne. Er, Klining, sei schließlich der lebende Beweis dafür. Es war das erste Mal, dass ich nicht umhin konnte, die Richtigkeit der Ausführungen des Winzlings mit der riesengroßen roten Zipfelmütze anzuerkennen. Seine winzige Größe war wirklich einfach unglaublich.

Wenn du, lieber Leser, auf den kleinen Finger deiner Hand schaust, dann siehst du, dass er an den Stellen, wo du ihn krümmen kannst, durch Hautfalten in drei Teile unterteilt ist. Wenn du dir jetzt vorstellst, dass der Zwerg, der es sich an jenen Abenden in meiner Hand bequem gemacht hatte, um mir von seinem Volk und dessen Abenteuern zu berichten, so groß war wie zwei Teile deines kleinen Fingers, dann wirst du mir bestätigen müssen, dass so ein Zwerg wirklich mehr als klein, sogar noch viel kleiner als winzig klein, tatsächlich also klitzeklein ist. Also viel, viel kleiner als alle Zwerge, die uns allen bisher bekannt sind ... die von Schneewittchen mit eingeschlossen. Kein Mensch, und auch kein Zwerg von normaler Zwergengröße (die ja nun auch nicht gerade als sehr groß zu bezeichnen ist), hätte je gedacht, dass so klitzekleine Zwerge auf unserem Planeten existieren.

Selbst die Elfen, Feen und Geister, alle die Lebewesen von der anderen Seite ... zu denen ja auch die normalen Zwerge gehören ... die bisher meinten, alles und jeden auf dieser Welt zu kennen, lehnten es am Anfang ab, zu glauben, dass es auf unserem blauen Planeten tatsächlich so klitze...klitze...klitzekleine Zwerge gibt. Auch alle Zauberer, Magier, Druiden, Hexen, Medizinmänner und Schamanen waren ganz und gar düpiert als sie davon hörten. Klitzekleine Zwerge? ... kleiner als der kleine Finger? ... unmöglich! Abstruse Spinnereien und Fantastereien! Davon stehe schließlich in keinem der altehrwürdigen Zauberbücher etwas. Auch sei in keiner der wissenschaftlichen Bibliotheken, auch in denen der Menschen nicht, darüber etwas vermerkt. In keiner Kristallkugel, in der jeder einigermaßen geübte Zauberer oder Magier bis in alle Ecken der Welt schauen könne, sei je ein so klitzekleiner Zwerg gesichtet worden. Nur die allwissenden Sibyllen lächelten weise.

Im Lande Liliput löste diese Nachricht helle Aufregung und große Unruhe aus. Zwerge, die noch kleiner waren als ein echter Liliputaner? Absolut unglaubwürdig!

Alle wichtigen Geistesgrößen der Menschen, zu denen Professoren der angesehensten Universitäten gehörten, und die von verschiedenen Zauberern und Magiern unerkannt konsultiert wurden, winkten ebenfalls gleich ab. Blödsinn!

Blödsinn hin, Blödsinn her: Der Winzling in meiner Hand meinte, auch die Menschen müssten sich, da die Existenz seines

Volkes nun einmal bekannt geworden sei, wie die Lebewesen auf der anderen Seite, die Geister, Feen, Elfen, Riesen und was da sonst noch alles zu Lande, zu Luft und zu Wasser in den verschiedensten Formen existierte, an die Tatsache gewöhnen, dass ein klitzekleiner Zwerg mit seiner roten Zipfelmütze nicht größer sei als eine mittlere Mohrrübe – und ohne seine Mütze nicht größer als zwei Teile eines kleinen Fingers ... die Hautfalten selbstverständlich nicht miteingerechnet. Er und seine Landsleute nannten sich schließlich nicht umsonst: Davodeklizwemidegroblakulunderierozip.

Auf meine Bitte, dies für mich doch bitte zu übersetzten, grinste er und meinte, das sei doch nun wirklich sehr leicht zu verstehen ... aber dann sagte er: „Das Volk der klitzekleinen Zwerge mit den großen blauen Kulleraugen und den riesengroßen roten Zipfelmützen."

Nachdem nun die Lebewesen auf der anderen Seite durch die Geschehnisse, über die er gleich ausführlich berichten wolle, gezwungen waren, die Existenz seines Volkes als Realität zu akzeptieren, habe der große Rat seines Volkes überlegt, wie man nun auch die Menschen am besten informieren und überzeugen könne.

Zuerst habe man erwogen, die modernen Medien der Menschen – wie das Fernsehen und das Internet – einzusetzen. Dann war man aber schnell zu der Überzeugung gekommen, dass die Menschen glauben würden, dass es sich hier um das Making Off einer der im Trend liegenden Fantasyproduktionen Hollywoods handele. Außerdem sei die Menge der Information so gewaltig, dass selbst eine über mehrere Folgen angesetzte TV-Serienproduktion nicht in der Lage sei, die Geschehnisse realistisch und glaubwürdig darzustellen. Schließlich hatte man die Idee, diese einem einzigen Menschen lückenlos zu berichten. Der sollte sie dann in einem Buch niederschreiben. Das würde auch der seltsamen Neigung der Menschen entgegenkommen, nur das zu glauben, was schwarz auf weiß geschrieben steht. Als Autor habe man schließlich mich ausgewählt.

Auf meine erstaunte Frage, warum die Wahl gerade auf mich gefallen sei, entgegnete Klining – und wenn ich mich recht erinnere, grinste er dabei – dass nur ein Mensch, der sich bei aller Lebenserfahrung immer noch ein einigermaßen kindliches Gemüt erhalten habe, in der Lage sei, den nun folgenden Bericht ohne die

Blockierungen niederzuschreiben, die eine professionelle Betrachtungsweise rein aus Vernunftsicht nun einmal mit sich bringe.

Meine heftigen Einwände, ich sei nicht mehr der Jüngste und verfüge über keinerlei Erfahrungen als Schriftsteller oder Autor, und meiner Meinung nach hätte man es außerdem wesentlich einfacher, wenn man entweder auf einen der berühmten und anerkannten Schriftsteller oder zumindest auf einen professionellen Redakteur zurückgreifen würde, ignorierte Klining einfach.

Ziel und Zweck dieser Niederschrift, erläuterte mir Klining, solle es nach dem Willen des ehrwürdigen Rates der klitzekleinen Zwerge sein, den Menschen wieder den Blick auf die fantastische Seite des Lebens zu öffnen, wo es mehr Dinge zu sehen gäbe, als moderne Forschung, Technik und Fortschritt der Menschen jemals erfassen konnten. Dabei schaute mich mein winziger Berichterstatter mit den harmlosesten, blauesten Kulleraugen an, die man sich vorstellen konnte.

Er zwinkerte mir mit einem Auge zu. Die Menschen sollten wieder lernen, Dinge zu sehen, die nicht mit den Augen, sondern nur mit der Fantasie und dem Herzen zu sehen seien. Sein Volk war überzeugt, dann würden auch die Menschen wieder glücklicher und vielleicht auch wieder mehr im Einklang mit dem blauen Diamanten des Universums leben.

Blauer Diamant des Universums? Ich fragte Klining, ob das nicht etwas zu schwülstig sei für unsere popelige Erde und an der Realität etwas vorbeigehe? Schließlich bemühten sich die Menschen doch schon überall um den Umweltschutz. Gut, es gäbe ja noch viel zu tun, aber viele packten doch schon an. Klining überhörte meinen Einwand und sagte, mit der Welt in Einklang zu leben hieße doch nicht nur, die Umwelt in Ordnung zu halten und unbeschadet an die nächste Generation weiterzugeben.

Er sagte wörtlich: „Was nützt dir ein schöner grüner Baum, wenn du die Baumelfen, die im Licht des Sonnenuntergangs in seinen Blättern tanzen und musizieren, nicht siehst und hörst? Was nützt euch Menschen der schönste klare Bach im grünen Wiesengrund, den ihr mit so viel Mühe wieder in seinen ursprünglichen Zustand versetzt habt, wenn ihr euch am Ufer nicht mit den hübschen lustigen Wassergeistern unterhalten könnt?“

Klining schüttelte den Kopf und holte, um sich wieder zu beruhigen, tief Atem, so sehr hatte er sich in Rage geredet. Dann fuhr der winzige Illantin mit der Beschreibung seines Volkes fort. So sei für einen klitzekleinen Zwerg seine riesengroße rote Zipfelmütze wirklich alles. Sie sei schön warm im Winter, im Sommer spende sie ihm Schatten und bei Regen diene sie als Regenschirm. Unter ihren Zipfelmützen verstauten die Winzlinge alles, was sie persönlich brauchten. Wenn er müde sei, krabbele er in seine Mütze wie in einen Schlafsack.

Die rote Zipfelmütze ist für sie auch ein wichtiges Kommunikationsinstrument. Sie benutzen sie als Signalhorn oder Megafon. Dafür brauchen sie nur einen verdeckten Knopf an der Spitze zu lösen und die Spitze umzuklappen. So können sie sich auch über weite Entfernungen verständigen.

Wolle so ein klitzekleiner Zwerg auf dem Meer fahren, setze er sich auf ein Stück Holz, hielte seine riesengroße rote Zipfelmütze wie ein Segel in den Wind – und ab ginge es. Noch mehr Spaß als beim Segeln hätten sie beim Fliegen. Das ginge am besten bei Windstille, und sie müssten auf jeden Fall ein Team aus drei klitzekleinen Zwergen sein. Dann legen sie sich auf den Bauch, verhaken sich an den Füßen und benützten ihre Zipfelmützen wie die Rotorblätter eines Hubschraubers. So könnten sie sehr hoch fliegen.

Klining sah meinen ungläubigen Blick, grinste, machte es sich in meiner Hand bequem und fuhr mit seinem Bericht fort.

DAS BUCH

DER ZYKLON

Schnell warf der Illantin, der Magier und Schamane des klitzekleinen Volkes, die hohe Tür zur Königshalle hinter sich zu und schüttelte die Kälte und das Wasser wie ein Hund aus seinen Kleidern. Winzige Wassertropfen bildeten einen schönen Regenbogen und erleuchteten die Halle in bunten Farben. Der Kamarin, der König der klitzekleinen Zwerge, hob leicht genervt die linke Augenbraue. Er liebte und schätzte Klining. Mit dem Illantin war er seit seiner Wahl zum Kamarin, und seit er den Perlenthron bestiegen hatte, sehr eng befreundet. Aber manchmal ging ihm die kindliche Darstellungsfreude seines Illantin auf den Keks. Selbst während der Beratung der größten Staatsprobleme konnte es der Magier nicht lassen, Anwesende mit immer neuem Zauberfirlefanz zu verblüffen. Klining wäre sicher eine Riesenattraktion für jeden Zirkus. Im gleichen Moment, da er den Illantin zur Ordnung rufen wollte, hob dieser verschmitzt die Hand – und die Farben des Regenbogens verwandelten sich in Edelsteine. Rote Rubine, grüne Smaragde, blaue Topase, geheimnisvoll schimmernde Karfunkelsteine und leuchtend weiße Diamanten kullerten vor seinen Thron. Der Kamarin konnte ein Lachen nicht unterdrücken. Klining, der Schelm, hatte schnell die bekannte Schwäche aller Zwerge für Juwelen und Geschmeide ausgenutzt, um den König zu besänftigen. Er wandte aber den Blick von dem kleinen hübschen Regenbogenschatz zu seinen Füßen ab und schaute ernst auf seinen Freund.

„Sag, wie sieht es aus?", fragte er seinen Magier.

Der schüttelte besorgt den Kopf.

„Nichts zu sehen, Goli." Klining benutzte die vertraute Anrede unter Freunden.

Auf die Seele des Kamarins setzte sich eine dunkle Ahnung, wie ein großer schwarzer Vogel. Immer wenn ihn Klining bei offiziellen Besprechungen nicht mit seinem vollen Namen „Goliath" oder dem Titel „Kamarin" anredete, war die Sache weitaus schlimmer, als es das nun auch sehr ernste Gesicht des Illantins vermuten ließ. Der König schaute auf Valmin, der noch immer mit offenem Mund auf die schimmernden Edelsteine vor dem Thron schaute.

„Er, Vugur und Vildo ... die beiden liegen seit ihrem letzten Absturz noch auf der Krankenstation ... sind die Einzigen, die übrig geblieben sind“, sagte Klining mit einem Seufzer, der alles über die Fähigkeiten und Charaktereigenschaften des dritten klitzekleinen Zwerges, der in der Halle des Königs stand, und seiner beiden Freunde aussagte.

König Goliath wusste, der Seufzer des Magiers hatte sehr wohl seine Berechtigung. Valmin, Vugur und Vildo waren nun wirklich alles andere als beispielhafte Vorzeigemodelle von klitzekleinen Zwergen. Er schaute Valmin an. Allein schon der verwegene Knick in seiner riesengroßen roten Zipfelmütze war provozierend. Jeder klitzekleine Zwerg wusste: Zipfelmützen hatten stramm und gerade in den Himmel zu stehen. Valmin hatte die Spitze seiner Zipfelmütze kess nach links gebogen. Auf der rechten Seite, über dem Ohr, hatte er die Mütze mit einem Gänseblümchen geschmückt, obwohl gerade das verboten war. Man hatte nichts dagegen, wenn Blümchen, aus welchen Gründen auch immer, unter der Zipfelmütze getragen wurden. Wenn sie nur winzig genug waren. So, wie aber Valmin sein Gänseblümchen trug, behinderte es die Segel- und Flugeigenschaften der Mützen. Außerdem war ein Gänseblümchen viel zu groß. Es hatte schon eine Reihe von schweren Flug- und Segelunfällen wegen zu großer Blumen gegeben. Doch die klitzekleinen Zwerge liebten Blumen noch mehr als Edelsteine und waren rein verrückt nach ihnen.

Der hohe Rat hatte zum eigenen Schutz der klitzekleinen Zwerge ein Gesetz erlassen müssen, das den Besitz und die Größe der verwendeten Blumen regelte. Trotzdem gab es immer wieder Verstöße. Das Gänseblümchen an Valmins Zipfelmütze überstieg die vorgeschriebene Größe bei weitem. Das schien Valmin aber nicht im Geringsten zu stören. Das ganze Zwergenvolk wusste (ob mit oder ohne Gänseblümchen): Valmin war der beste Flieger ... und nach seinem Freund Vugur auch der beste Segler. Er gewann mit seinem Team, bestehend aus Vugur und Vildo, bisher alle Wettbewerbe und Perlenpokale der Kamarinischen Spiele, die alle vierzig Jahre zu Ehren des Perlenthrones stattfanden.

König Goliath dachte daran, dass der hohe Rat schon überlegt hatte, ob man Valmin und sein Team nicht von den Spielen ausschließen könnte, um die Wettkämpfe wieder spannender zu gestalten ... aber diese Entscheidung stand noch aus. Im Moment waren schwerwiegendere Probleme zu lösen. Es galt jetzt erst einmal, das verschwundene Zwergenvolk wieder herbeizuschaffen, das der Zyklon hinweggefegt hatte; sonst könnte man sich die in Kürze anstehenden Spiele sowieso an die Zipfelmütze schreiben. Aber da gab es noch eine große Gefahr, von der zur Zeit allerdings nur er wusste.

„Valmin!"

Dieser trat zwei Schritte vor und schaute auf seinen Kamarin.

„Valmin, was weißt du von der ganzen Angelegenheit?"

„Ich bin nicht geflogen, Majestät!"

„Wieso nicht?", schaute der König verdutzt.

„Ich hatte Flugverbot, Sir!"

Hilfe suchend wandte der Kamarin sich an seinen Magier. „Kann mir das mal jemand erklären?!" Valmin sollte nicht geflogen sein? Das wäre ja mal was ganz Neues.

„Ich habe das Flugverbot verhängt", verkündete Klining mit ernstem Gesicht.

Dann erklärte er dem König, dass Valmins Team wieder einmal eines seiner riskanten Flugmanöver so weit überzogen hatte, dass es zur Massenkarambolage von dreiundachtzig Flugteams gekommen war. Zum Glück hatte es nur leichte Verletzungen gegeben, weil die Wiese unter dem Flugraum mit dickem Moos bewachsen war. Die Teams waren alle mit blauen Augen und verstauchten Knöcheln davongekommen. Lediglich Vugur und Vildo hätten gerechterweise größere Blessuren davongetragen, weshalb diese jetzt auf der Krankenstation in ihren Blumenbettchen lagen. Dabei schaute Klining Valmin, der dem Schlamassel unverletzt entkommen war, bedauernd an. Nur Valmin hörte, wie Klining in seinen Bart brummte, dass der leichtsinnige Bruder Lustig Valmin auch einmal einen Dämpfer verdient hätte. Doch er wusste, Klining meinte das nicht ernst. Valmin bewunderte den Magier des Zwergenvolkes sehr für seine effektvollen, verblüffenden Auftritte. Das ausgesprochene Flugverbot trug er ihm nicht nach; der Illantin meinte es mit allen ja nur gut.

„Was rätst du, Klining?“, wandte sich der Kamarin an seinen weisen Zauberer.

„Dieser unglaubliche Orkan, der Zyklon, wird sie weit verstreut haben. Wenn wir Pech haben, sogar weit übers Meer in andere Länder. Wir müssen sie schnell suchen und einsammeln, bevor die Menschen und die anderen erfahren, dass wir existieren!“

Mit „den anderen“ meinte er die für die Menschen unsichtbaren Feen-, Geister- und Zwergenvölker, bei denen ebenfalls die Existenz des klitzekleinen Volkes im Laufe der Jahrhunderte in Vergessenheit geraten war.

Goliath erinnerte sich an einen ähnlichen Fall, den ihm seine Großmutter unter dem größten Siegel der Verschwiegenheit geschildert hatte. Vor genau viertausendsiebenhundert Jahren hatte bei den Kamarinischen Spielen zu Ehren der Thronbesteigung seines Großvaters eine unglaubliche Windboe ein Flugteam, zu dem auch sein Vater als Pilot gehörte und das sich unverantwortlich leichtsinnig bis in die Höhen der Orbitwinde traute, erfasst und über sämtliche Meere und Erdteile bis in das Land der Pygmäen geschleudert. Diese hatten, geschockt von der Winzigkeit der klitzekleinen Zwerge, sofort ein großes Geschrei angefangen und alle ihre Götter um Beistand angerufen. Der Führer der Expedition zur Auffindung des abgestürzten Teams musste damals sehr großes diplomatisches Geschick, eine enorme Überredungskunst und sehr kostspielige Zuwendungen aufbieten, um das Team aus der Gewalt der Pygmäengötter freizukaufen und die Angelegenheit zu vertuschen. Dabei hatte er, völlig gegen den sonst friedliebenden Charakter der klitzekleinen Zwerge, versteckte Drohungen einsetzen müssen und den damaligen, ihn begleitenden amtierenden Illantin veranlasst, seine ganze Zaubermacht zu demonstrieren. Außer ganzen Säcken von Juwelen hatten sogar etliche der seltenen und überaus kostbaren grünen Tiefseeperlen den Besitzer gewechselt. Aber anders war das Schweigen der Götter der Pygmäen nicht zu erkaufen gewesen. Diese überzogen daraufhin das Land der Pygmäen mit einem Traumnebel und die befreiten klitzekleinen Zwerge gingen in den Mythos der Pygmäen als Halbgötter ein.

In den Archiven eines deutschen Museums für Völkerkunde ruht in einem Regal seit langem eine uralte, verstaubte, primitiv geschnitzte winzige Götterfigur aus Afrika. Den Wissenschaftlern ist es bis heute noch nicht gelungen, den Gott mit der großen komischen Zipfelmütze zu identifizieren.

Obwohl der Verlust der kostbaren und sehr seltenen grünen Tiefsee-Perlen im ganzen Land der klitzekleinen Zwerge eine große Betroffenheit auslöste, war man froh, dass alles noch einmal so glimpflich ausgegangen war und man ohne Kontakt zur Außenwelt in Ruhe und Frieden auf dem Inselkontinent weiterleben konnte.

Ein schmerzliches Nachspiel hatte die ganze unerfreuliche Begebenheit allerdings für Goliaths Vater. Als Pilot seines Flugteams war er für den bodenlosen Leichtsinn, bis in die Höhen des Orbits aufzusteigen, verantwortlich. Der hohe und ehrwürdige Rat des Zwergenvolkes erteilte seinem Team ein hundertjähriges Flugverbot und schloss ihn persönlich von den nächsten Wahlen zum Kamarin aus. Für Goliaths Großmutter war es dann mehr als eine Genugtuung, als ihr Enkelsohn viele Jahrhunderte später die Wahlen zum Kamarin glänzend gewann und den Perlenthron bestieg. Sie war es auch gewesen, die darauf bestanden hatte, den hoffnungsvollen Sprössling ihres leichtsinnigen Sohnes auf den Namen Goliath zu taufen. Viele im klitzekleinen Zwergenreich hielten damals diesen Namen für etwas übertrieben, aber keiner mochte gegen die Entscheidung der angesehenen und resoluten Senior-Kamarina opponieren.

Inzwischen bezweifelte längst niemand mehr, dass der Name des Königs äußerst zutreffend war. Die klitzekleinen Zwerge wussten, ihr König war zwar winzig von Gestalt, aber gewaltig in seinem Mut und riesengroß in seiner Weisheit. Ein wahrhaft großer Kamarin. Man nennt seinen Namen heute überall mit großem Stolz. Wobei sich hinter vorgehaltener Hand auch einige trauen ... ihn wie sein bester Freund Klining ... Goli zu nennen.

„Wir müssen unbedingt einen Suchtrupp zusammenstellen", sagte Klining.

DER JUNGE

Oliver Kusch schwirrte der Kopf. Seit heute Morgen war er der neue Star in seiner Klasse, oder genauer gesagt: der zweite Star. Oliver war innerhalb eines Tages vom Klassen-Loser, auf dem jeder herumtrampelte und den die Mädels immer nur mitleidig und abfällig belächelten, zum Freund von Markus Wernrot, dem reichen Fabrikantensohn, avanciert. Markus Wernrot hatte in der Klasse das absolute Sagen. Jederzeit top nach den aktuellsten Trends in den teuersten Markenklamotten gekleidet, stets das neueste Handy am Ohr und umgeben von einer Schar von Bewunderern, hatte Markus Wernrot die graue Maus Oliver Kusch vor versammelter Klasse zu seinem neuen Freund erklärt und unter seinen persönlichen Schutz gestellt.

Die Welt stand Kopf!

Was fand der große Markus Wernrot auf einmal an diesem Nichts, dieser Null, die ihm noch vor zwei Wochen (zwar aus Versehen, aber doch ziemlich trottelig) Kakao auf seine neuen teuren Turnschuhe schüttete? Paul Reiser, Klassenstärkster und Bodyguard von Markus, hatte den Kusch dann gezwungen, den Kakao von Wernrots neuen Turnschuhen zu lecken. Fies grinsend packte er vor versammelter Klasse den Kusch am Genick und zwang ihn vor dem wutrot angelaufenen Wernrot auf die Knie. Alles Wehren hatte nichts genützt. Paul Reiser verfügte über die Kraft eines Bullen. Als er Kuschs Kopf unerbittlich auf Markus Wernrots neue Marken-Turnschuhe drückte (er hätte ihm dabei fast das Genick gebrochen), schauten einige Mitschüler peinlich berührt weg, wagten aber nicht einzugreifen.

Erst die junge Lehrerin, die als Aushilfe für Frau Dr. Gerstenkötter zur Zeit den Unterricht bestritt und die Aufsicht auf dem Schulhof hatte, machte dieser unrühmlichen Szene ein Ende. Sie hatte vom ersten Tag an bemerkt, welch böses Spiel man in der Klasse mit dem kleinen Kusch trieb. Egal, wem er im Weg stand, es tönte, brüllte, zischte und befahl: „Kusch, kusch!" Ein Wortspiel, das Wernrot eingeführt hatte. Sobald es ertönte, trat der kleine, schmächtige und blasse Junge unter dem Gelächter der Klasse zur Seite. Und wenn der kleine Kusch sich meldete, zischte garantiert jemand: „Kusch, kusch!" und der Arm des Jungen ging verschüchtert wieder nach unten.

Wenn die junge Lehrerin ihn freundlich ermutigte: „Oliver, du wolltest doch etwas zu diesem Thema sagen?", schlug dieser jedes Mal nur stumm die Augen nieder und schüttelte den Kopf. Ihr tat der Junge von ganzem Herzen Leid, doch ihm war einfach nicht zu helfen. Ihre letzten Sympathien hatte sich Oliver verspielt, als sie ihn nach dem Kakaovorfall auf dem Schulhof aufforderte, endlich einmal Mut zu beweisen und mit ihr zum Rektor zu gehen, um das Verhalten Markus Wernrots und Paul Reisers anzuzeigen. Oliver hatte unter den drohenden Blicken der Wernrot-Gang schamrot darauf verzichtet und war damit in den Augen der Umstehenden in die absolute Bedeutungslosigkeit versunken.

Die Erinnerung an den vorwurfsvollen Blick der jungen Studienreferendarin, in dem jetzt eine leise Verachtung sichtbar war, schmerzte ihn seitdem mehr als die Blamage vor seiner Klasse. Aber seit heute war alles anders, und dies hatte er dem winzigen niedlichen Wesen zu verdanken, das er seit gestern Abend in einem kleinen Holzkistchen bei sich trug.

Oliver räumte das bisschen Geschirr weg, das er in der kleinen Küchenecke der zugigen Wohnung in dem hässlichen Anbau der großen Mietskaserne abgewaschen hatte.

„So, Onkel Jupp, es ist alles fertig!“ Er war aus der Schule gekommen, hatte das Mittagessen für sich und seinen Onkel gekocht (der hatte das Essen wie immer kaum angerührt), die Wohnung vom Alkoholdunst der vergangenen Nacht gelüftet, aufgeräumt, geputzt und zum Schluss das Geschirr abgewaschen. Wie jeden Tag.

„Mach jetzt deine Schularbeiten, Junge!“

„Ja Onkel Jupp, gleich.“

Onkel Jupp rülpste und griff nach der Kornflasche, die fast leer auf dem kleinen Tischchen neben der abgewetzten Couch stand. Er nahm den letzten Rest in einem einzigen kräftigen Schluck. Der Alkohol floss brennend durch seine Kehle und wärmte seinen Magen. Scheiß Erziehung. Es war schon ein Kreuz mit dem Jungen. Als ob sein Leben nicht schon schwer genug war. Das Geld vom Sozialamt und das Kindergeld, das er ungerechtfertigterweise für den Jungen (er nannte Oliver „den Jungen“) bezog, reichte gerade für die ersten drei Tage jeden Monats.

Wenn er seine Bier- und Schnapsschulden bei dem fetten Meier im Büdchen, der Trinkhalle an der Ecke, bezahlt und dem Jungen das Geld für die nötigsten Lebensmittel der nächsten beiden Wochen gegeben hatte (das war nicht viel, er selbst nahm ja kaum noch feste Nahrung zu sich), dann konnte er sich gerade noch einen feuchtfröhlichen Abend mit seinen Zechkumpels in der Kneipe an der Ecke gönnen. Das war für Jupp der Höhepunkt des Monats. Dann war er der King am Tresen. Der einzige Tag, an dem ihn die geldgierige Wirtin, eine schmierige Henne mit widerlichen Glupschaugen und fettigen Haaren, nicht aufforderte, erst Geld auf den Tresen zu legen, bevor sie ihm einen Korn einschenkte. Ins „Goldene Eck", wie sie ihre verkommene Bude großspurig nannte und wo normalerweise kein normaler Mensch verkehrte, konnte Jupp nur am monatlichen Zahltag des Sozialamtes einkehren.

Jupps Abstieg war nicht aufgrund eines Schicksalsschlages erfolgt (wie bei manchen der Obdachlosen, die er kannte), sondern wegen seines schwachen und miesen Charakters. Er war eine alkoholabhängige Ratte, bereit, für eine Flasche billigen Schnaps ... Schluck, wie er den Alkohol nannte ... jeden und alles zu bescheißen und zu betrügen. Schluck war zum Inhalt seines Lebens geworden.

Für ihn war es ein Glücksfall gewesen, als er, benebelt vom billigen Alkohol, nachts um drei auf dem Weg nach Hause den Jungen, Rotz und Wasser heulend, kurz vor seiner Haustür bemerkte. Er wollte erst an ihm vorbeigehen ... was interessierten ihn anderer Leute Bälger? ... aber dann blieb er stehen. Vielleicht hatte der Unglückswurm, obwohl es auf den Monatsletzten zuging und die Gören normalerweise alles schon längst verjubelt hatten ... darin glichen sie nach Jupps Ansicht den Säufern ... noch ein bisschen Taschengeld und man konnte ihm einen oder zwei Euro abschnorren oder alles, was der noch hatte, durch Einschüchterung abpressen.

Eine Methode, die Jupp, wenn er total blank war, ohne zu zögern anwendete. Man musste sich wundern, wie viel Geld heutzutage schon die kleinen Kinder in der Tasche hatten. Nun, ihm konnte es nur recht sein. Das war schnelles Geld.

So war er vor dem heulenden Etwas stehen geblieben und fragte scheinheilig lächelnd: „Hallo, was macht denn so ein kleiner Junge zu so nachtschlafener Zeit auf der Straße?"

Jupp hatte inzwischen bemerkt, dass es sich, obwohl das Kind heulte wie ein Mädchen, um einen Jungen von etwa acht oder neun Jahren handelte. Der Junge schaute ihn mit großen, nassen Augen an und schluchzte herzerbarmend weiter, was Jupp aber nur noch mehr abstieß. Eklig, so ein Görengejaule. Jupp räusperte sich. „Wo ist denn deine Mami?" Dabei schaute er sich verstohlen um.

Wenn man Kinder um ihr Taschengeld erleichtern wollte, war es das Wichtigste, dies schnell zu tun. Lange Gespräche mit den Kleinen konnten böse ins Auge gehen. Jupp dachte mit Schrecken daran, dass er einmal von einer Horde wild gewordener Mütter unter den Rufen „Haltet den Sittenstrolch!" und „Das Schwein hat meine Tochter angefasst!" quer durch die Fußgängerzone und den angrenzenden Park gejagt worden war, bis es ihm gelang, über einen Zaun zu hechten und in eine Kleingartenkolonie zu entkommen. Dort war er unter alte, vermoderte Dachpappen gekrochen und hatte bis in den Abend darauf gewartet, dass die Bullen die Suche nach ihm endlich beendeten.

Als er dann später im Café eines Kaufhauses eine Oma um einen Euro anschnorren wollte, schaute ihn die junge Frau, die mit einem kleinen Mädchen bei der Oma am Tisch saß, prüfend an und meinte: „Sie kenne ich doch." Jupp murmelte eine Entschuldigung und ging, den Kopf zwischen den Schultern einziehend, zum Ausgang. Er hörte noch, wie das kleine Mädchen hinter ihm krähte: „Oma, der Mann da hat mich angefasst!" Aber da war er auch schon aus dem Kaufhaus raus. Die nächsten vier Wochen hielt er sich von der Fußgängerzone und den Kaufhäusern fern und trieb sich mehr am Bahnhof herum, bis ein Kumpel zu ihm sagte: „Na, jehörste jetzt ooch schon zu den Bahnhofspennern?"

„Hör auf zu jaulen", herrschte er den Kleinen an. „Was treibst du dich hier herum?"

„Ich treib mich nich'! ... Ich will nur zu Herrn Josef Binderer, aber ich finde seine Wohnung nich'."

Jupp glotzte den Kleinen entgeistert an, der Alkoholnebel lichtete sich etwas. „Wooo willst du hin?"

„Zu meinem Onkel, Herrn Josef Binderer. Der soll hier irgendwo wohnen."

„Ich bin Josef Binderer!", rutschte es Jupp verdutzt heraus.

„Tag Onkel!", strahlte ihn der Knirps glücklich an.

„Immer langsam", knurrte Jupp. „Du irrst dich bestimmt."

„Nein, Onkel Josef, ich hab einen Brief von Mama mit." Der Kleine kramte in seinem zu kurzen, abgetragenen Anorak und reichte ihm einen verknickten Briefumschlag.

„Warte hier!"

Jupp ging unter die Funzel, die die Hofeinfahrt zum Hinterhaus spärlich beleuchtete, und riss den Brief auf. Verflucht, das war wirklich die Schrift seiner Schwester. Was wollte die denn plötzlich von ihm? Er hatte seit über zehn Jahren keinen Kontakt mehr zu ihr. Jupp versuchte sich zu konzentrieren und die krakelige Schrift seiner Schwester zu entziffern. „Immer noch die gleiche Sauklaue", knurrte er. Was? ... Was? ... die hatte sie wohl nicht alle! Seine Schwester schrieb ihm, dass Oliver im Jahr nach ihrem hässlichen Streit zur Welt gekommen war, sie bedauere, dass sie solange nichts mehr voneinander gehört hätten. „Wer's glaubt, wird selig, du scheinheiliges Aas." Jupp ließ sich nicht beeindrucken. Olivers Vater sei kurz nach der Geburt abgehauen und hätte sie ohne Geld mit dem Baby sitzen gelassen, darum hätte sie den Jungen alleine aufziehen müssen. „Geschieht ihr recht, der blöden Zicke!", knurrte Jupp. Nun habe sie vor kurzem einen Mann kennen gelernt, der noch nichts von Olivers Existenz wisse und mit ihr unbedingt nach Mallorca in Urlaub fahren wolle. „Na klar, zum Ballermann 6, wohin sonst?!" Jupp war neidisch. Alles sei sehr schnell gegangen, schrieb seine Schwester weiter, und da sie sonst keinen anderen wüsste, sei sie auf den Gedanken gekommen, dass er sich doch sicher darüber freuen würde, seinen Neffen einmal kennen zu lernen. Sie habe ihn darum heute Nachmittag in den Zug gesetzt. Oliver sei ein ganz lieber Junge, außerdem sei es ja nur für vierzehn Tage. Sie hoffe nur, dass er noch immer unter der gleichen Adresse wohne. Falls das nicht der Fall sei, solle Oliver zur Bahnhofsmission gehen. Oliver hätte sie erzählt, dass sie dringend geschäftlich verreisen müsse, um sich um eine neue Stellung zu bewerben. Das solle er auch den Leuten von der Bahnhofsmission erzählen. Sie hoffe, er Jupp, freue sich, dass seine Schwester ein neues Glück gefunden habe. Wenn sie von Mallorca zurück sei, würde sie den Jungen sofort abholen. Die beiliegenden hundertzwanzig Euro sollten für die Verflegung und die Umstände sein, die der Junge mache.

Jupp schäumte: War Roswita denn total durchgeknallt, ihm ihr Balg aufzuhalsen?! Er schaute aus der Hofeinfahrt. Der Junge war immer noch da und kickte, jetzt da er seinen Onkel gefunden hatte, gedankenverloren einen Kiesel in den Rinnstein. Ab mit dem zur Bahnhofsmission, er war doch nicht verrückt. Die hundertzwanzig Euro würde er natürlich behalten.

„Wie heißt du?"

„Oliver Valdal Kusch, Onkel Josef."

Oliver ging ja noch, aber Valdal, was war das denn für ein komischer Name?

„Hör auf, mich Onkel Josef zu nennen, du kannst nicht bei mir bleiben." Dem Jungen stiegen die Tränen in den Augen. „Hör auf zu heulen, du kannst ja erst mal mit hochkommen ... aber nur für heute Nacht. Morgen gehst du zur Bahnhofsmission. Komm jetzt."

Der Junge griff nach seinem abgewetzten Rucksack und trottete freudestrahlend hinter ihm her.

Das war vor drei Jahren gewesen. Der Junge war damals nicht zur Bahnhofsmission gegangen. Als Jupp am nächsten Tag, wie fast immer, mit einem dicken Kater erwachte, stand der Junge am Küchentisch. Jupp schaute sich verwundert um. Die Küchenecke war seit Jahren zum ersten Mal wieder sauber und aufgeräumt. Der Tisch war ordentlich gedeckt mit den schäbigen, abgestoßenen Werbebechern, die sonst immer schmutzig in der Spüle standen, zwei unterschiedlichen Frühstückstellern, die der Vormieter zurückgelassen hatte, und zwei Messern aus dem kümmerlichen Besteck-Sammelsurium, das er in einer Schachtel im Regal aufbewahrte. In einem ausgefransten Körbchen lagen frische, knusprige Brötchen und aus der angeschlagenen Tülle der alten Kaffeekanne, die jetzt ebenfalls sauber blitzte, stieg der Duft von frisch aufgebrühtem Kaffee.

„Was is'n hier los?", knurrte er.

„Ich hab Frühstück gemacht, Onkel Josef", strahlte ihn der Junge an. „... und ich hab vom Bäcker an der Ecke frische Brötchen, Butter und Kaffee geholt."

„Wo hast du das Geld her?"

„Es lag auf dem Tisch im Wohnzimmer."

Verdammt, er hatte sich, als der Junge endlich auf der alten Gartenliege im Flur, die jemand im Kellergang vergessen hatte und die schon lange dort herumstand, eingeschlafen war, im Wohnzimmer auf den Schreck noch einen zur Brust genommen und war da anscheinend eingenickt.

„Du spinnst wohl!"

Dem Jungen stiegen gleich wieder die Tränen in die Augen.

„Du kannst doch nicht so einfach an fremdes Geld gehen."

„Aber ... aber ... in dem Brief ... dem Brief von Mami steht doch, dass das Geld für Lebensmittel un' so sein soll", schluchzte der Junge.

Selbst schuld, du Blödmann, schimpfte Jupp im Stillen mit sich. Er hätte das Geld und den Brief ja gleich verschwinden lassen können. Jetzt wusste der Junge von der Kohle und würde sich bei der Bahnhofsmission bestimmt verplappern.

„Woher kannst du das?“ Er kniff sich ein Lächeln ab und zeigte auf den Frühstückstisch.

„Ich muss zu Hause immer die Hausarbeit machen. Mami fällt das so schwer, der fehlen einfach die Kräfte“, sagte der Junge eifrig.

So ein Miststück, liegt auf der faulen Haut und lässt den Jungen alles machen. Dann dachte er nach. Eigentlich gar nicht so schlecht. Vielleicht sollte er ihn die vierzehn Tage doch behalten. Wenn der auf der alten, kaputten Gartenliege aus dem Keller schlief, würde er kaum stören. Der könnte seine Bude mal so richtig ordentlich schrubben und in Schuss bringen. Nötig hätte sie es ja mehr als dringend.

„Kannst du auch waschen und bügeln?“

„Ja, ich kann sogar kochen“, strahlte der Junge.

„Na gut, du kannst die vierzehn Tage bleiben. Nur heul nich immer gleich los. Jetzt schenk mir mal 'n Kaffee ein.“

Jupp schob ihm seinen Becher rüber. Hoffentlich futterte der nicht so viel. Jupp gedachte von den hundertzwanzig Euro für Lebensmittel man gerade das Nötigste auszugeben.

Der Junge erwies sich später als wahre Perle. Der aß wie ein Spatz und schmiss den ganzen Haushalt. Selbst seine Saufkumpane bemerkten, dass Jupp jetzt irgendwie sauberer gekleidet war.

Nach vierzehn Tagen war ein neuer Brief von seiner Schwester gekommen. Man hätte noch zwei Wochen drangehängt. Im Brief lagen fünfzig Euro. Der Urlaub sei viel teurer als erwartet, mehr Geld könne sie zur Zeit beim besten Willen nicht entbehren. Jupp schäumte wieder einmal: Wieso nur fünfzig anstatt hundertzwanzig Euro für zwei Wochen? Hatte die gerochen, dass ihr Junge in vierzehn Tagen man gerade für siebenundzwanzig Euro Lebensmittel verfutterte? Und von der Summe hatte er auch noch mitgegessen. Selbst Jupp wusste: Das war verdammt wenig. Aber Oliver beklagte sich nie. Offenbar bekam er zu Hause bei seiner Mutter auch nicht mehr. Na gut, etwas zu dünn erschien er ihm schon. Aber in dem Alter sahen die doch alle so spiddelig aus, verscheuchte Jupp sein aufkommendes schlechtes Gewissen.

Nach weiteren vier Wochen kam dann erneut ein Brief. Ihr neuer Lebensabschnittspartner habe an der Strandpromenade, direkt am Ballermann 6, sehr günstig ein kleines Geschäftslokal mieten können. Man wolle sich jetzt selbstständig machen. Dabei wäre der Junge im Moment leider im Wege. Die kleine Wohnung hinter dem Geschäft sei nur zwei Zimmer groß. Eine Küche und ein Schlafzimmer – und der Junge könne doch in seinem Alter nicht mehr mit ihnen (Jupp wüsste schon, warum) in einem Zimmer schlafen. Das könne sie ihrem Hans-Günther, der ja sonst eine Seele von Mensch sei, nun wirklich nicht zumuten. Außerdem sei Günni in gewisser Hinsicht sehr anspruchsvoll und sie deswegen immer müde und ohne Kraft. So eine Schlampe, amüsierte sich mit ihrem Lover Günni bis zum Umfallen und ließ den armen Jungen hier hängen. Jupp las weiter: Ob er, Jupp, den Jungen nicht vorerst behalten könne. Die Summen für das Kind, von der Sozi, seien ja nicht schlecht. Sie würde das Sozialamt und das Jugendamt darüber informieren, dass sie jetzt bei ihrem Bruder wohne. Außerdem wolle sie auf ihren Namen ein Konto bei seiner Bank einrichten und ihm die Vollmacht darüber geben. Später, wenn das Geschäft am Ballermann liefe, ließe man den Jungen nachkommen. Die einzige Bedingung, die sie stelle, sei ... Jupp fasste sich an den Kopf über so viel Abgebrühtheit ... dass er ihr jeden Monat über ihre persönliche Postfachadresse (Günni dürfe auf keinen Fall davon etwas erfahren), hundert Euro von dem Geld zukommen lasse. Er brauche gar nicht erst darüber nachzudenken, dass er die monatliche Geldsendung einmal vergessen könne. Sie kenne ihn schließlich ganz genau. Ein Hinweis von ihr beim Jugendamt – und es wäre mit dem Geldsegen vorbei. Jupp wurde unwillkürlich rot: Seine Schwester kannte ihn wirklich. Egal, jetzt verfügte er über ein kleines, aber regelmäßiges Einkommen, solange ihm der Junge nicht die Haare vom Kopf fraß. Als er ihm mitgeteilt hatte, dass seine Mutter auf Mallorca bleiben und er bis auf weiteres hier bleiben müsse, schaute der ihn aus seinen großen Augen nur stumm an und nickte. Später hörte er, wie der Junge auf seiner kaputten Gartenliege im Flur schluchzte. Jupp kippte sich daraufhin erst mal wieder einen hinter die Binde.

Er beobachtete, wie Oliver ein Geschirrhandtuch über die Trockenleine hängte und auf den Flur verschwand. Sollte er doch.

Manchmal konnte er die großen Augen des Jungen, die ihn immer stumm und ergebungsvoll anschauten, nicht ertragen. Jupp nahm sich noch einen kräftigen Schluck aus der Buddel (man gönnte sich ja sonst nichts), gähnte herzhaft und las die Düsseldorfer Boulevardzeitung, die er immer wieder mal aus den Briefkästen seiner Nachbarn mopste. Sie verkündete auf der Titelseite mit reißerischen Lettern: „Sensationelle Weltneuheit auf der Düsseldorfer Kirmes!" Das Bild neben der Schlagzeile zeigte einen Mann mit einem zerbeulten Zylinder und einer schäbigen Jacke mit ausgefransten Goldtressen, der auf seiner Hand eine Mohrrübe präsentierte. Jetzt werden die wohl ganz verrückt, dachte Jupp ... 'ne Mohrrübe als Weltsensation zu präsentieren. Die wollten ihre Leser wohl verscheißern? Blödes Revolverblatt! Die schreckten vor gar nichts zurück. Ohne den Artikel, der unter dem Bild stand, zu lesen, warf er die Zeitung in die Ecke. Der Junge würde sie schon wegräumen. Jupp nahm erst mal wieder 'nen Schluck. Einen kräftigen Schluck.

Oliver saß auf seinem schäbigen Bett und horchte in das Wohn-, Schlaf- und Küchenzimmer seines Onkels. Der schnarchte jetzt laut vor sich hin. Oliver griff vorsichtig in die linke Tasche seiner alten Strickjacke, die ihm eine mitleidige Nachbarin geschenkt hatte, als der frierende Junge im Winter in seinem dünnen, verschlissenen Anorak im Flur an ihr vorbeihuschte. Da sollte sich wirklich mal das Jugendamt drum kümmern, wie der Säufer Binderer das arme Kind rumlaufen ließ, dachte sie empört, schloss dann aber die Tür. Was gingen sie schließlich andere Leute an. Oliver spürte die raue Wolle der alten Strickjacke, dann glattes, lackiertes Holz. Langsam und vorsichtig holte er das kleine Kistchen hervor.

Das Kistchen war kaum größer als eine Streichholzschachtel, aber doppelt so hoch und viel stabiler. Er hatte es schon damals mitgebracht, als er zu Josef Binderer kam. Er durfte es behalten, nachdem Onkel Jupp auch den Inhalt des Kistchens, als er die Sachen von Oliver nach Geld durchsuchte, in Augenschein genommen und als Plunder bewertet hatte. Dabei hatte er auch den roten Glasstein gegen das Licht gehalten. War ganz nett, wie der so rot und geheimnisvoll funkelte. Erst wollte er ihn dem

Jungen wegnehmen (vielleicht konnte er den Glasstein am Büdchen gegen einen Schluck in diesen kleinen Portionsfläschchen eintauschen). Als ihn der Knirps dann aber so ergeben aus seinen großen blauen Augen anschaute, legte er den Stein wieder in das Holzkistchen zu dem anderen Krimskrams, drehte sich abrupt um und nahm einen kräftigen Schluck aus der Buddel.

Der rote Glasstein war Olivers größter Schatz. Oft saß er da und hielt den Stein, der in vielen Facetten geschliffen war, gegen das Licht und freute sich über das blutrote Leuchten des Glases. Dabei passte er auf, dass ihn keiner beobachtete. Wenn Markus Wernrot oder Bulle Reiser den Glasstein sehen würden, dann wäre er ihn los. Das facettenreiche Licht des Steins eroberte seine Fantasie, erfasste seine Gedanken und führte sie immer wieder in die Welt großer Abenteuer. Einmal sah er sich auf der Seidenstraße als Marco Polo, vom großen Dublai Khan für seine treuen Dienste reich belohnt. Er war mit seinem Vater Niccolo Polo, seinem Onkel und einigen Dienern auf der Rückreise vom großem Reich des Khans nach seiner Heimatstadt Venedig. In der Wüste hinter Samarkand verfolgten sie mörderische Steppenräuber. Diese hatten über das Reise- und Schutzdokument mit dem Siegel des großen Khans nur höhnisch gelacht. Ihre Schandtaten seien so groß, dass der große Khan sie auf jeden Fall erst bei lebendigem Leibe häuten und dann an den nächsten Ast hängen lassen würde, wenn er sie denn erwischte. Auf eine Untat mehr oder weniger käme es nun wirklich nicht mehr an. H und H, erklärten sie ihm, sei auch bei ihnen eine beliebte, weil unterhaltsame Methode. Auf die Nachfrage, was H und H bedeute, erklärten die Steppenräuber mit bösem Lachen, ja eben Häuten und Hängen, und zogen ihre Krummsäbel, dann gaben Oliver alias Marco Polo und seine Begleiter ihren Pferden die Sporen. Die verdutzten Räuber ... die nicht glauben wollten, dass es tatsächlich Menschen gab, die keinen Spaß am Häuten und Hängen hatten ... schwangen sich auf ihre kleinen, struppigen, schnellen Pferdchen und jagten hinter ihnen her.

Marco alias Oliver und seine Begleiter waren der mörderischen Brut nur deshalb um Haaresbreite entkommen, weil sie den gesamten Schatz, der fast nur aus riesigen, wertvollen Rubinen bestand, Stück für Stück hinter sich warfen. Bei jedem Rubin, der vor die Hufe ihrer Pferde fiel, stoppten die Räuber und gerieten in Streit, was den Venezianern wieder einen kleinen Vorsprung verschaffte, bis die schnellen Steppenpferde ihrer Verfolger ihre langsamen und bepackten Reisepferde wieder eingeholt hatten. Dann begann das Spiel aufs Neue.

Nach fünfTagen hatten sie bis auf einen kleinen, in den Kleidern eingenähten Rest keine Edelsteine mehr. Sie und ihre Pferde waren zu Tode erschöpft. Die Steppentataren, wie verwachsen mit ihren Pferdchen, ließen aber genau in dem Moment von ihnen ab, als sie schon jede Hoffnung aufgegeben hatten, mit dem Leben davonzukommen.

Oliver alias Marco rettete sie, indem er seine Kleider – und damit alle seine eingenähten Edelsteine – opferte. Er riss sich im rasenden Galopp seine Kleidung vom Leib und warf sie hinter sich. Die Räuber stürzten sich gierig darauf und sie konnten glücklich über die Bergpässe entkommen.

Als sie abends am Lagerfeuer saßen und seine Kameraden ihm überschwänglich für seine großherzige Tat dankten, ihn einen Helden nannten und ihre restlichen Edelsteine mit ihm teilen wollten, lehnte er großzügig und dankend ab. Er, Oliver-Marco, wolle nur den einen blutroten Stein, den er zufällig noch in seiner Hosentasche gefunden hatte, als Andenken behalten.

Marco-Oliver schaute auf das kleine Kistchen, atmete tief durch, öffnete vorsichtig den Deckel, mit den drei Löchern für die Luftzufuhr und schaute auf das klitzekleine Wesen, das da erschöpft in seinem Wattebettchen schlief, das ihm Oliver gebaut hatte.

„Hallo ...“, flüsterte er ganz leise.

DIE PROPHEZEIUNG

„Vugur und Vildo sollen sofort kommen, sie gehören mit zum Suchtrupp“, befahl Goliath, der Kamarin der klitzekleinen Zwerge.

„Das geht nicht.Vugur könnte frühestens in zwei Tagen sein Bett verlassen, aber Vildo braucht noch mindestens eine Woche Bettruhe“, meinte Klining.

„Wir können auf keinen Fall warten." Düster blickte das winzige Gesichtchen des Königs die beiden an.

„Wir haben sonst keinen, Goli."

„Vielleicht könnten wir jemanden von den Frauen oder den Alten mitschicken?"

„Goli, wir haben sonst keinen", wiederholte Klining. „Das Flugwetter war am Unglückstag ideal. Erstklassige Wettervoraussagen. Völlig windstill. Alle sind geflogen. Auch die Kinder, die Frauen, die Alten ... alle! Es konnte ja keiner ahnen, dass plötzlich aus dem Nichts ein Zyklon ... Schrecklich!" Klining verstummte, als ihn die Erinnerung übermannte.

„Die Sache ist weitaus schlimmer, als ihr vermutet." Die Stimme ihres Königs klang hohl vor Sorge. Valmin hatte den Kamarin noch nie so niedergeschlagen gesehen.

„Hört zu", befahl der König. „Holt die beiden anderen von der Krankenstation, sofort."

Klining und Valmin schauten sich verwundert an, gehorchten aber und trugen Vildo auf einer Blumentrage in den Thronsaal. Vugur humpelte, sich auf Valmin stützend, herein.

„Tut mir Leid, Jungs, ich musste euch in den Thronsaal bitten. Nur hier kann ich euch klarmachen, worum es geht", kam der Kamarin sofort zur Sache.

„Ich nehme an, keiner von euch, auch nicht du ...", wandte er sich an Klining, „... hat jemals das heilige Zepter der Kamarinen gesehen oder von ihm gehört?"

Er schaute die Gruppe fragend an. Dann drückte er mit seinem Rücken die winzige Lehne des Perlenthrones zurück und drehte an der kostbaren, grünen Tiefseeperle, mit der die linke Armlehne geschmückt war. Mit geschlossenen Augen murmelte er leise Formeln, die weder Klining noch die anderen verstanden. Goliath schien wie entrückt. Der Perlenthron fing langsam an zu schimmern und wurde durchsichtiger und durchsichtiger. Unter den Füßen des Königs wurde im Thron eine winzige, längliche Kassette sichtbar, die langsam aus dem Thron schwebte, der inzwischen die blaue Transparenz sauberen, klaren Meerwassers erreicht hatte. In Trance griff der Kamarin den nun vor ihm schwebenden Kasten und stellte ihn auf seine Knie. Wie nach einer tiefen Ohnmacht kam er langsam zu sich, während der Perlenthron wieder völlig normal in seiner schlichten Pracht glänzte. Mit großen Augen sahen die vier auf ihren König. Klining schaute seinen alten Freund entgeistert an, denn der kam ihm vor wie ein Wesen aus den tiefsten Tiefen des Meeres.

„Ich werde euch jetzt ein Geheimnis offenbaren und verlange von euch, bei dem Verlust eurer Zipfelmütze, eurem Leben und unseren Ahnen zu schwören, dass keiner von euch, nie ... ich sagte nie ... auch unter der größten Folter nicht, jemals etwas darüber verlauten lässt, was ich euch gleich anvertraue. SCHWÖRT!"

Zuletzt war Goliaths Stimme zu einem Donnern angeschwollen. Erschrocken sanken alle vier auf die Knie und legten, eingeschüchtert von dem befehlenden Ton des Kamarins, der keinen Widerspruch dultete (noch nie war ihnen Goliath so beeindruckend hoheitsvoll und königlich erschienen), die rechte Hand auf ihr Herz und murmelten leise: „Wir schwören."

„Bei dem Verlust unserer Zipfelmütze!", donnerte der Kamarin.

„... bei dem Verlust unserer Zipfelmütze ...", murmelten die vier.

„... und bei unserem Leben!"

„... und bei unserem Leben!", klang es zaghaft zum Kamarin empor.

„... und unseren Ahnen!" Wie eine Trompete erfüllte die Stimme des Kamarin den Raum.

„... und unseren Ahnen", wiederholten zitternd die Knieenden, die den starken Willen ihres winzigen Königs zum ersten Mal in seiner ganzen Unbeugsamkeit spürten.

Zufrieden lehnte sich der Zwergenkönig zurück und seine Stimme fiel wieder in ihren wie üblich sympathischen, warmen, klaren Ton.

„Ich danke euch und ich vertraue euch!"

Klining fasste und erhob sich als Erster. Respektvoll trat er seinem Freund mit einem ganz neuen Gefühl der Ehrfurcht gegenüber.

„Majestät, ich ... ich ...", stotterte er.

„Nun brich dir mal keine Perle aus der Zipfelmütze", sprach der König lächelnd, während er seinem Illantin freundschaftlich die Hand auf den Arm legte. „Es hat sich zwischen uns nichts verändert."

„Steht auf, Jungs", befahl er den weiterhin knieenden Valmin und Vugur, die vor Schreck immer noch die Köpfe gesenkt hielten.

„Doch nicht du, Vildo!“ Der ließ sich dankbar auf seine Blümchentrage zurücksinken. „Hört mir bitte genau zu.“

Der König zeigte ernst auf das kostbare kleine Kästchen auf seinen Knien. „Das hier ist die heilige Königslade“, begann er ehrfurchtsvoll. „In ihr ruht das Allerheiligste unseres Reiches, das Gläserne Perlenzepter.

Ihr wisst, in allen Reichen der Geister, Elfen, Feen, Riesen und Zwerge kennt und fürchtet man das berühmte Gläserne Orania-Zepter des Elfenkönigs Oberon. Aber selbst der mächtige Elfenkönig weiß nicht, dass sein Gläsernes Orania-Zepter nur eine Nachahmung dieses Perlenzepters ist. Das Perlenzepter wurde von den großen Meistern unseres Kamarinengeschlechtes, die sich noch auf die edle Kunst der mythischen Glasbläserei verstanden, vor Urzeiten aus den heiligen Nebeln der Schöpfung geschaffen und von ihnen im Kampf gegen den Herrscher der Finsternis und des Chaos, Urugol, eingesetzt. Das Perlenzepter verfügt über eine große Macht und ist im Kampf eine fürchterliche Waffe. Nach der letzten entscheidenden Schlacht, in der die vereinigten Heere der Götter, Geister und Menschen das Chaos und Urugol endgültig besiegten, wurde es als Dank für die außerordentliche Tapferkeit unserer Ahnen, die den Mut aller Völker überstieg, von allen Göttern geweiht, seine sieben Siegel geschlossen und in diese Königslade gelegt. Bis heute ruhte die Königslade im Perlenthron der Kamarinen. Wir waren zu den Hütern des heiligen Zepters bestimmt. Unter dem Schutz des Perlenzepters lebte unser Volk seit Urzeiten zufrieden und glücklich, fern von Hader, Neid und aller Gewalt, unerkannt in unserem klitzekleinen Land. Kein Krieg überzog je unser Land.

Nun gibt es aber eine geheime Prophezeiung, die nur wir Kamarinen kennen und die seit Generationen von Kamarin zu Kamarin weitergegeben wird. Sie weissagt, dass eines Tages, wenn das Gläserne Orania-Zepter des Feenkönigs Oberon durch dessen Dummheit zerbrochen wird, die sieben Siegel dieses Zepter von einem Helden, der reinen Herzens ist, gelöst werden und er mit ihm die Welt vor einer großen Gefahr bewahren wird.“

Voller Erfurcht blickten die klitzekleinen Zwerge auf den Hüter des Allerheiligsten.

Ihr klitzekleiner König fuhr mit seinem Bericht fort: „Diese

Nacht saß ich nach Abklingen des fürchterlichen Zyklons voll Sorge um mein verschwundenes Volk hier auf dem Perlenthron. Mein Herz war voller Angst und Unruhe. Ich trat an das große Südfenster und schaute in den klaren Sternenhimmel, von dem der grausame Orkan jede Wolke gefegt hatte. Auf einmal erschien im Sternbild der Jungfrau, genau über mir, das Gesicht einer wunderschönen jungen Frau. Sie schaute auf mich herab, lächelte, und mit einer unvergleichbar süßen Stimme, die nur für mich bestimmt schien und so rein und schön klang, aber auch so voll Sorge, dass mir ganz weh ums Herz wurde, verkündete sie mir, dass sich jetzt die Prophezeiung erfülle.

Voller Stolz und in der irrigen Annahme, dass ich der auserwählte Held und Retter aus der Prophezeiung sein sollte, stiegen mir die Tränen in die Augen. Ich fiel auf die Knie, um ihr zu danken.

Sie aber sagte: Mein klitzekleiner König Goliath, nicht einer der würdigen Kamarine deines Volkes ist auserwählt. Wie du weißt, seid ihr seit Urzeiten die Hüter der Königslade und des heiligen Gläsernen Perlenzepters. Dafür danke ich dir, dem regierenden Kamarin, von ganzem Herzen. Aber der, der das heilige Zepter benutzen darf, muss von reinem Herzen sein. Jeder andere stirbt sofort und verfällt der dunklen Macht. Selbst die Götter, die das Zepter ehemals geweiht haben, könnten ihm nicht mehr helfen. Goliath, lasse den Helden mit dem reinen Herzen suchen. Die Prophezeiung sagt, dass er vor kurzer Zeit geboren wurde und in diesem Erdzeitalter lebt, doch keiner kennt ihn, weiß, wie er aussieht, weiß, ob er ein Mensch oder einer aus den Geistervölkern ist. Auch gibt es keine Informationen darüber, wo er sich befindet. Ihr müsst ihn finden, sonst ist nicht nur euer klitzekleiner Inselkontinent, sondern sonst sind wir alle für immer verloren. Du kennst die Schriften und weißt, was die Prophezeiung von dir verlangt."

Der König machte eine ergriffene Pause. Tränen standen in seinen großen blauen Kulleraugen und rannen über sein winziges Gesichtchen. Er nahm die winzige Königslade von seinen Knien und übergab sie seinem Illantin.

„Hier, mein Freund, das ist der kostbarste Besitz unseres Volkes. Nimm ihn mit auf die Reise. Wisse, das klitzekleine Zwergenland ist ohne das heilige Perlenzepter ohne jeden Schutz, aber dieses Risiko müssen wir eingehen. Sonst gibt es keine Rettung. Sucht den Helden mit dem reinen Herzen und sucht mein Volk. Aber lasst, um des Himmels und der Götter Willen, die Königslade von keinem anderen als ihm, dem Gesegneten, öffnen. Und nun geht!"

„Wer soll gehen?"

„Ihr ... ihr alle!"

Der Zwergenmagier schaute sich um: „Wer ist 'ihr alle' ...?"

„Du, Valmin, Vugur und Vildo! Geht, sucht den Helden, rettet unser Land und rettet unser Volk!"

„Goli, mein Kamarin und Freund, wo sollen wir den Helden finden?"

„Klining, mein Illantin und Freund, keiner weiß es, aber das heilige Perlenzepter wird euch leiten."

FOLDERS

Ungläubig blickte Frank Folders auf die halbe, glasklare Kunststoffkugel aus der Produktserie 01-56739, die sein Produktionsleiter Ben Millen ihm vorsichtig, wie eine kleine umgestülpte Tasse, auf seinen riesigen Mahagonischreibtisch gestellt hatte. Er rieb sich verdutzt die Augen.

„Was ist das? Ein Produkt der Konkurrenz?", fragte er Millen misstrauisch.

Der stotterte vor lauter Aufregung und brachte kaum ein Wort heraus. Aus Millens Gestammel entnahm Folders irgendetwas von „... echt lebendig" ... „das gibt es doch gar nicht".

Ungeduldig, denn Geduld gehört wahrlich nicht zu seinen Stärken, knurrte er Millen an: „Noch einmal: Was ist das? Eine Art Hologramm?"

„Nein Chef, der ist echt! Ehrlich, Chef."

„Sie meinen, das Ding da lebt, ist lebendig?", fragte Folders, sich ungläubig über die Halbkugel beugend.

Das Nicken seines Produktionsleiters nahm er kaum war. Er nestelte nach seiner Brille, die er nicht gerne trug. Besonders nicht in Gegenwart seiner Angestellten. Eine Brille deutete auf eine Schwäche hin und Schwächen wollte er sich nicht leisten. Trotzdem überwand er sich und setzte sie vor den erstaunten

Augen Millens auf, nicht ohne diesen vorher mit einem warnenden Blick zu streifen. Millen wusste, wenn er über die Brille des Chefs tratschte, war er geliefert.

Folders schob die Brille ungeduldig in die richtige Position und sah das winzige Wesen jetzt klar und in allen Einzelheiten vor sich. Tausend Gedanken wirbelten durch seinen Kopf. Mein Gott, das wäre ja sensationell ... nicht auszudenken. Vielleicht die erhoffte Rettung.

Sein Unternehmen steckte schon seit längerem in Schwierigkeiten. Die Geschäfte liefen schlecht. Die Umsätze sanken in der letzten Zeit immer mehr, von einem Gewinn ganz zu schweigen. Ihm wurde mulmig und Schweiß bildete sich auf seiner Stirn, als er an den Termin für die Bilanzbesprechung mit seiner Bank dachte, den diese auf morgen Punkt elf angesetzt hatte. Punkt elf. Die Bank hatte ihm neulich einen neuen Ansprechpartner für seine Kredite zugeteilt. Einen jungen, bornierten Betriebswirt. Frisch aus der Zentrale der Bank zur Bewährung in die Filiale versetzt. Dieser hatte ihm schriftlich mitgeteilt, dass man dringend einen Termin benötige, weil einige Punkte, die bei der Prüfung seiner Konten durch die Bankrevison aufgefallen waren, erklärungsbedürftig seien. Sein Gesicht rötete sich vor unterdrückter Wut, wenn er an den hochnäsigen Ton der Sekretärin des jungen Schnösels dachte. Herr Smith sei in einer wichtigen Besprechung und bis morgen nicht erreichbar, der Termin stehe aber. Punkt elf bitte. Herr Smith erwarte ihn. Richtig abgekanzelt hatte sie ihn, die blöde Kuh. Jahrelang hatte die Bank von seinem Unternehmen profitiert und nun ließen sie ihn antanzen wie einen kleinen Schuljungen.

Sein Kreditvolumen war schon seit Monaten ausgeschöpft und natürlich hatte er der Bank den wahren Zustand seiner Firma verschwiegen. Aber auch schon früher hatte er gewisse bilanztechnische Korrekturen vorgenommen. Das machte doch jeder so. Solange das Unternehmen lief und Geld hereinkam, kümmerte sich ... oft zu seiner eigenen Verwunderung ... kein Mensch darum, wie ein Unternehmen lief. Alle sahen über gewisse Dinge oder Unregelmäßigkeiten hinweg oder taten wenigstens so, als sei alles OK. Natürlich, weil jeder dran verdiente. Sicher, Zuwendungen in der richtigen Größe flossen an die richtigen Stellen. Parties, Einladungen, spendierte Kurzreisen ... aber das kam immer noch billiger als eine ehrliche Bilanz. Er hat sofort nach Erhalt des Schreibens den Bankdirektor, der jahrelang die Bankgeschäfte mit ihm geführt und dabei persönlich sehr gut profitiert hatte, angerufen und kräftig auf den Putz gehauen. Wegen der Art und Weise, in der man mit ihm als langjährigem Kunden neuerdings umging. Der Bankdirektor aber murmelte nur verlegen etwas von einer Überprüfung der Kreditvergaben durch die Revisionsabteilung der Zentrale und von personellen Umstrukturierungen im Hause. Nein, er wäre jetzt nicht mehr für ihn zuständig und bitte ihn, Folders, ihn nicht mehr anzurufen. Dann legte er einfach auf.

Folders rastete nach dem Telefongespräch völlig aus. Was wussten die schon vom Geschäft. Die Konkurrenz aus Südostasien überschwemmte mit ihren Billigprodukten den Markt. Immer mehr seiner Kunden schüttelten nur bedauernd den Kopf und wiesen darauf hin, dass die Produkte aus Fernost genau so gut, aber wesentlich billiger als seine seien. Diese Halsabschneider, was wussten die von Qualität! Schließlich war sein Unternehmen einmal der Marktführer für Schneekugeln gewesen. Wunderbare, bezaubernde Schneekugeln. Die über Jahrzehnte alle Welt, Jung und Alt, begeistert hatten.

Sein Vater, der aus Deutschland, dem Erzgebirge stammte, war nach dem Zweiten Weltkrieg in die USA ausgewandert und gründete hier das Unternehmen. Er verwirklichte auch gleich die richtige Idee: Erzgebirgische Qualität in amerikanischen Schneekugeln. Nicht wie bisher billigster Andenkenschund und Kinderkram. Sondern hübsch ausgedachte Themen für viele Anlässe. Kleine Wunderwerke in Ausführung und Qualität, an denen sich jeder die Nase plattdrückte. Sorgfältig gearbeitet und liebevoll von Hand bemalt. Die ersten Jahre waren hart, dann aber ging es aufwärts. Snowballs von E&F wurden ein Renner. E für Erzgebirge und F für Folders. Zwei Initialen, die sein Vater zu einen werbeträchtigen Firmenlogo verband.

Mein Gott, schließlich war er es gewesen, der nach der Übernahme des Unternehmens von seinem Vater die Schneekugeln endgültig gesellschaftsfähig, d.h. zu echten Sammlerobjekten machte. Schnee- und Glitzerkugeln für jeden Anlass. Immer raffinierter und kostbarer in der Ausstattung. Kein Thema, das E&F nicht auf den Markt brachte. E&F-Produkte eroberten die Vitrinen, die Regale, sogar die Schreibtische hoher Manager. Aber dann kamen die verdammten Asiaten mit ihren Produkten. Am Anfang lächelte Folders auf den Messen nur abfällig über dieses Billigzeug. Der pure Ramsch, der meistens schon vier Wochen nach dem Kauf in irgendeinem Karton auf dem Speicher verschwand. Dann wurden die Produkte aus Fernost besser und besser und fanden immer mehr Anklang bei den Käufern. Jetzt stand ihm das Wasser bis zum Hals. Dass zu seiner beschissenen Situation auch sein viel zu aufwändiger Lebensstil beigetragen hatte, verdrängte er. Seine Devise: Man gönnte sich ja sonst nichts! Schließlich musste er hart arbeiten.

Frank Folders verscheuchte die bedrückenden Bilder und konzentrierte sich auf das winzige Etwas unter der durchsichtigen Glocke auf seinem Schreibtisch.

„Ist das der Einzige?", fragte Frank Folders Millen, der ob des freundlichen Tons seines Chefs überaus verblüfft war.

Folders war in den Augen von Millen nicht nur ein unsympathischer Fettsack, sondern auch ein äußerst unangenehmes Ekelpaket, das seine Leute ohne Hemmungen ausbeutete. Genau das Gegenteil von Folders Vater, der die Belegschaft noch wie eine große Familie geführt hatte und jeden Einzelnen kannte. Kündigen würden heute am liebsten alle, aber die Zeiten waren schlecht. Also mussten sie wie im Mittelalter schuften und mit unzulänglichen Mitteln die viel zu hoch vorgegebenen Planzahlen schaffen. Ben seufzte innerlich. Moderne Produktionen waren heutzutage zumindest teilautomatisiert. Die Produktion von E&F schien aber hoffnungslos veraltet. Eine Ausbildung des Nachwuchses hatte es seit dem Tod von Folders Vater nicht mehr gegeben und die alten Kräfte gingen nach und nach in den Ruhestand oder wurden vorher durch den dauernden Stress krank. Die neuen Mitarbeiter, natürlich alles keine Fachkräfte, legten bei der Herstellung und Bemalung der Schneekugelinhalte nicht mehr die liebevolle Sorgfalt an den Tag, die E&F-Produkte einmal ausgezeichnet hatten und auf die alle im Unternehmen sehr stolz gewesen waren. Es wurde immer mehr Ausschuss produziert, der den Kunden dann untergejubelt werden musste. Aber immer öfters kamen Sendungen als Reklamationen zurück. Erst letzte Woche hatte ein langjähriger Kunde die E&F-Schneekugeln endgültig aus seinem Sortiment geschmissen.

Millen dachte daran, dass er den jungen Folders wieder und wieder gebeten hatte zu investieren. E&F-Schneekugeln waren im Markt viel zu teuer. Außerdem gab es von E&F schon seit längerer Zeit keine echten Innovationen mehr. Alle neuen Ideen wurden von Frank Folders als viel zu teuer in der Entwicklung abgeschmettert. Dabei drehte sich der Markt immer schneller. Er verlangte immer wieder nach neuen Produkten. Als diese von E&F nicht kamen, wechselten viele Kunden zu anderen Lieferanten. Das letzte Weihnachtsgeschäft war so gut wie ganz an E&F vorbeigegangen. Die sonst schon mehr als dürftige Weihnachtszuwendung wurde aus diesen Gründen gestrichen. Die murrende Belegschaft machte ihrem Groll immer öfter Luft, Folders solle eben nicht so viel Geld für seine Flittchen ausgeben, dann könne er auch investieren und ordentliche Löhne zahlen.

„Millen, pennen Sie? Ich fragte, ist das der Einzige?"

Millen schreckte aus seinen Gedanken hoch ... „Nein Chef, wir haben noch ... ich glaub, über zweitausend aufgesammelt!"

„Über zweitausend? Wann? Wo? ... Mann, reden Sie endlich!"

Hier war er wieder, der ständige Unterton: Wenn-du-nicht-spurst-Mann-fliegst-du! Ben Millen beeilte sich zu antworten: „Vor zwei Stunden segelten die aus den Wolken und knallten auf das Steinpflaster im Hof. Immer drei Stück an den Füßchen verhakt, sozusagen im Dreier-Pack. Die lagen völlig benommen da, wir brauchten sie nur noch einsammeln."

„Wer ist 'wir'?", fragte sanft der nun wieder völlig beherrschte Folders.

„Nun, Jeffers und ich."

„Sonst keiner?"

„Nein, Chef!"

„Wo sind die jetzt?", fragte Folders und versuchte, sich seine Aufregung nicht anmerken zu lassen.

„Im Lager 9. Wir haben sie erst einmal alle einzeln unter eine 01-56739 gesetzt. Die kamen dieses Jahr Weihnachten ja nicht zum Einsatz", konnte sich Millen nicht verkneifen zu sagen. „Dort kriegen sie Luft und können nicht auskneifen."

Die Halbkugel 01-56739 hatte oben ein kleines Loch, das nach Befüllung mit destilliertem Wasser verschlossen wurde.

„Kann ins Lager 9 jemand rein?", fragte Folder besorgt.

„Nein, Chef, wir haben abgeschlossen und Jeffers hat den Schlüssel."

„Jeffers soll in mein Büro kommen, sofort!", rief Folders in die Gegensprechanlage.

DER AUFBRUCH

Klining war verstimmt. Auf Befehl seines Königs und Freundes, marschierte er mit zwei komplett Verrückten, von denen einer ein Bruder Leichtsinn allererster Güte und der andere eine Dumpfbacke allererster Ordnung war, im Eilmarsch zur Küste. Man hätte ja zumindest fliegen können. Bruder Leichtsinn, Dumpfbacke und er wären ja zu dritt gewesen, aber nein, Goliath, der Kamarin, bestand darauf, dass sie auch noch einen Kranken mit auf die Reise nehmen mussten, die Gott weiß wohin führen konnte. Nach dem Motto: Jeder Mann zählt.

„Stellt euch vor, ihr trefft auf Menschen."

Als wenn dieser Kranke, den Bruder Leichtsinn und Dumpfbacke auf einer Blümchentrage zwischen sich mitschleppten, bei einer Begegnung mit Menschen auch nur eine winzige Hilfe wäre. Keiner seiner drei Begleiter hatte je einen Menschen gesehen und wusste nicht, wie riesig die waren. Selbst bei dem ersten Anblick eines Menschenbabys würden sich alle drei vor Schreck bepinkeln. Das Land, die Welt, retten! Der Kamarin, der sich als sein Freund bezeichnete, hätte ihn ja wirklich früher einweihen können. Die schöne Sternenmaid hätte er auch zu gerne gesehen. Klining ließ ärgerlich mit einer Handbewegung einen kleinen Erdball entstehen, den er dann wütend wie einen Fußball in den Himmel kickte.

„Toll", sagte begeistert Valmin, der dem Ball nachschaute. „Darf ich das auch mal?"

„So weit kommt das noch", knurrte Klining.

Das fehlte gerade. Denen jetzt auch noch das Fußballspiel der Menschen beibringen! Ausgerechnet Fußball. Klining hatte nie verstanden, was für einen Sinn es haben sollte, wenn zweiundzwanzig Leute wie die Deppen hinter einem Ball herlaufen. Da taten die Menschen immer so, als wären sie die Vernunft in Person. Brüsteten sich mit ihrem technischen Fortschritt und damit, dass sie auf dem Mond gelandet waren, was zugegebenermaßen keine schlechte Leistung war. Klining wusste von keinem im Geisterreich, der das jemals geschafft hätte, selbst wenn er über die größten Zauberkräfte verfügte – und das war, wenn er richtig informiert war, schließlich er selbst. Da balgten sich die Menschen wie die kleinen Kinder um so einen blöden Lederball, nur um ihn in eins von zwei komischen Fangnetzen zu knallen, die sie aufgestellt hatten. Dabei schien das gar nicht so einfach zu sein. Mehr als ein oder zweimal innerhalb von drei Risalten (in menschlicher Zeit umgerechnet etwa neunzig Minuten) gelang ihnen das nur selten. Denn komischerweise stand vor jedem Fangnetz einer, der wie ein Verrückter nach dem Ball grabschte und so verhinderte, dass dieser ins Netz fiel.

Durchgeknallt, diese Menschen. Was Klining allerdings brennend interessierte, war diese Errungenschaft, die sie Computer nannten. Seit sie über diese Kästen verfügten, konnten sie sich künstliche Welten von Monstern, Geistern oder auch Zwergen erschaffen, die sie sich dann in großen Sälen auf einer riesigen Wand oder in ihren Häusern in kleinen Kästen anschauten. Gut, das Ganze war ja recht primitiv gemacht und von der Realität weit entfernt. Aber erstens konnten sie ja die Welt der Feen und Geister nicht sehen, um zu wissen, wie so ein Monster in Wirklichkeit aussah (Wenn die wüssten. Klining schüttelte sich), und zweitens fingen sie ja erst an zu zaubern. Trotzdem war das ganz putzig anzuschauen, was sie da machten. Wenn die Menschen erst einmal ein paar tausend Jahre Übung darin hätten, würden ihre Monster schon realistischer aussehen. Aber dieses schwachsinnige Fußballspiel ...!

Klining schreckte aus seinen Gedanken hoch. Er spürte die Nähe des Meeres, als eine leichte, salzige Brise seine Wange streifte. Sein Blick ging über die Düne, über die Valmin und Vugur lachend und fröhlich stolperten, die Blümchentrage, auf der der jammernde Vildo hin und her geschleudert wurde, zwischen sich tragend. Kindsköpfe. Der Magier schaute in den strahlend blauen Himmel über dem ruhigen Meer. Hoch über ihm stand die schon warme Frühlingssonne und warf ihr helles Mittagslicht auf die weißen Silbermöwen, die, kaum erkennbar, in großer Höhe ruhig und gemächlich ihre Reiserouten zogen. Er seufzte: So ein ideales Flugwetter – und er musste ausgerechnet mit diesen drei unreifen Zwergenbengeln solch einen unberechenbaren Segeltörn unternehmen!

Schon bei dem Gedanken stieg die Übelkeit in ihm hoch. Klining mochte das Meer nicht. Er wurde einfach zu schnell seekrank.Von der ersten Segelstunde an, als er wie alle klitzekleinen Zwerge bei Käpt´n Aron Jumber, sen., seinen Segelschein machen musste, wurde ihm jedes Mal speiübel sobald er die Wellenbewegungen spürte. Um Seekarten machte er, wo immer möglich, einen riesigen Bogen. Allein deren Anblick machte ihn schon seekrank. Er war ein Flieger, der geborene Pilot.

Kichernd beobachteten Valmin und Vugur Klining. Sie wussten - wie alle anderen klitzekleinen Zwerge – um die Animosität ihres Illantins gegenüber dem Meer. Harmlos fragte Vugur mit unschuldigem Gesicht: „Klining, hast du die Seekarten dabei? Welchen Kurs sollen wir segeln? Wo gehen wir an Land?“

Klining wurde grün im Gesicht.

„Nein, ich habe keine Seekarten. Wir werden an der Küste an Land gehen, zu der uns der Orion-Albatros führt!“

OBERON

„Ruhe!“

Oberon, der König der Feen und Elfen, hieb wütend mit seinem Gläsernen Zepter auf den Tisch und verfehlte das kleine Wesen, das da so winzig vor ihm auf der königlichen Tafel stand, nur um Haaresbreite. Sofort verstummte das aufgeregte Durcheinander, das der Majestät so auf die Nerven ging. König Oberons Hand zuckte panisch zurück. Entsetzen machte sich in der königlichen Feenhalle breit. Beinahe hätte er mit dem Gläsernen Zepter, das allein der Garant seiner unangefochtenen Herrschaft war, den größten aller Frevel begangen und ein lebendes Wesen damit verletzt oder vielleicht sogar getötet. Gebannt und voller Angst schaute das Feenvolk auf das heilige Zepter der Orania, der Urmutter aller Feen. Durchsichtig wie ein reiner Kristall, umweht vom Nebel der

Zeit, aus dem tief ein geheimnisvolles, allumfassendes Licht leuchtete, lag es in Oberons Hand. Plötzlich ging ein leise singender, bedrohlicher Ton von ihm aus, der langsam, aber stockend anschwoll, so als wolle er erst das eben Geschehene überprüfen. Die Feenhalle hielt den Atem an. Der Ton ebbte dann aber nach einem nochmaligen, warnenden Anschwellen, das so manchem in der Feenhalle durch Mark und Bein fuhr, zögernd ab und verstummte endlich.

Aufatmend lehnte sich der König auf seinem Gläsernen Thron zurück und blickte in die verstörten Gesichter der Anwesenden, wobei er die aufkommende Verlegenheit zu unterdrücken suchte. Oft schon hatte das manchmal überschäumende Temperament des Königs das heilige Orania-Zepter zum Singen gebracht, aber noch nie war jemand so knapp davon verfehlt worden. Jeder in der Halle wusste: Würde durch das Insignium der Königsmacht Lebendiges getötet oder auch nur geringfügig verletzt, dann wäre das heilige Zepter entweiht und der Untergang des Feenvolkes gewiss. Das Gläserne Zepter würde seine Gabe, die herrlichsten Speisen und den edelsten Nektar in nie endender Fülle zu spenden und seine wundertätige Heilkraft, auch die schlimmsten Wunden auf der Stelle zu heilen, verlieren. Aber das wären noch die geringsten Übel. Viel schlimmer wog die Tatsache, dass das Frieden spendende Licht der Urmutter Orania aus der Tiefe der Nebel, die das Zepter umhüllten, durch solch einen unaussprechlichen Frevel verlöschen würde. Das Gläserne Zepter würde wie einfaches Glas in einen feinen Nebel zerspringen und aus der Hand des Feenkönigs für immer verwehen. Der Herrscher verlöre seine Macht, und Unfrieden, Chaos und Krieg überzögen, wie im Reich der Menschen schon seit langem, auch die Welten der Feen und Geister. Solange aber das Licht im heiligen Zepter leuchtete, war es unzerbrechlich.

Besorgt schaute der Kanzler der Feen, der ehrwürdige Ovangar, in die Runde. Der neuerliche Temperamentsausbruch seiner Majestät würde die Gerüchte über die angebliche Unberechenbarkeit des Feenkönigs weiter nähren und zusätzliche Unruhe unter den oft nur mit großer Mühe beherrschten Geisterreichen auslösen.

Seufzend dachte er, während er sah, wie der lyngardische Kirmas erstaunt seine Augenbrauen hob (dieser vertrat am Feenhofe das größte aller Geisterländer als Botschafter), an die nun folgenden unzähligen, besorgten Anfragen der diplomatischen Vertretungen am Feenhof. Der Kirmas, von der Natur eines Lyngarden schon mit einem gerüttelt Maß an gemeiner Hinterlist und widerlichem Intrigantentum ausgestattet, würde sich diese Gelegenheit nicht entgehen lassen. Ihre Blicke kreuzten sich. Der Kirmas verneigte sich leicht mit kalten Augen und spöttischem Lächeln. Ovangar zwang sich, ihm zuzunicken und begegnete dem harten eisigen Blick des Lyngarden mit unbewegten Augen. Er spürte die latente Bedrohung, die ihm von dem Kirmas entgegenschlug. Ihn fröstelte, aber der Lyngarde lächelte jetzt und schlug die Augen nieder, so als wolle er verhindern, dass der weise Kanzler seine wahren Absichten in ihnen erkennen könnte.

Wie alle anderen in der Halle, die diesen Zwischenfall nicht bemerkt hatten, wandte Ovangar seine Aufmerksamkeit dem Objekt des Interesses auf der Tafel des Feenkönigs zu. Der Kanzler folgte dem Blick des Kirmas. Während er aber seine Aufmerksamkeit wieder auf das kleine Wesen lenkte, das sich kaum von dem leuchtend roten Muster abhob, das die aus kostbaren Glasfäden gestickten Blumen auf der Tafeldecke bildeten, spürte er, wie tief in seinem Innern eine dumpfe, unerklärbare Angst von ihm Besitz ergriff.

Wie der Kanzler der Feen, der fast allwissende Ovangar, blickten nach König Oberons Ausbruch nun alle Feen und Geister wieder stumm auf den Tisch. Der Blick aus tausenden von Augen (die Königshalle der Feen war unendlich groß und konnte ganze Völker in sich aufnehmen) sammelte sich auf den einen winzigen Punkt auf der edlen Tafel. Alle Lippen blieben unbewegt, keiner der Anwesenden wagte auch nur den kleinsten Laut von sich zu geben. Selbst die Oseles, die durchsichtigen klugen Feengeister, die alles Körperliche abgelegt hatten und fast nur noch aus geistiger Aura bestanden, unterbrachen ihre Gedankenströme, mit denen sie sich sonst verständigten.

Absolute Stille hing über dem Saal, in dem das letzte leise Singen des Gläsernen Zepters, auf das alle so ängstlich und entsetzt schauten, verklang. Sie hatten nicht nur Angst, dass das Licht des Zepters verlöschen könnte und die goldenen Zeiten im Feenreich abgelöst würden durch Chaos, Unfrieden und Hunger, sie hatten auch den allerhöchsten Respekt vor der gewaltigen Macht des heiligen Zepters, die keiner so gut einzusetzen wusste wie Oberon. Seine jahrtausendelange Erfahrung im Umgang mit ihr sicherte

Wer beide Hände voll hat und noch mehr will fassen, wird das auch was er hat in Händen fallen lassen.

…cht nur unangefochten den Gläsernen
…ie Herrschaft über alle anderen Geister-
…Bannstrahl des Gläsernen Zepters traf.
…on miterlebt, wie fürchterlich der Feen-
…ngnade gefallen oder gegen die Gesetze
…atten, mit seinem Zepter bestrafte.
…Unglücklichen erwartete, war grausam
…quent wurde von den Hiemisen, den
…vollen Eiskriegern, in die Halle geführt.
…twendig. Allein die Nähe eines Hiemi-
…rren und verwandelte selbst die großen
… aus dem Himalaya, die wirklich an
…n, in harmlose Wesen, die sich zeitlu-
… einem Eiskrieger auf weniger als vier
…: Ihn durchfuhr eine eisige Todeskälte,
… zu keiner Gegenwehr mehr fähig. Die
…glichkeit ihrer Gefangenen durch den
…inhalb Schritt Entfernung war der
… Befehlen zeitlupenartig zu folgen.
Gegen die Hiemisen half keine der bekannten Zauberformeln. Feuer prallte an ihnen ebenso ab wie Blitze, die sofort zu Eis erstarrten und zerbrachen. Das Einzige, was ihnen gefährlich werden konnte und was sie fürchteten, war die Kraft der tropischen Sonne direkt über dem Äquator. Nur dem mächtigen Herrscher der vereinigten Feen-, Elfen- und Geisterreiche dienten und gehorchten sie kraft seines heiligen Orania-Zepters bedingungslos. Aber selbst er bewahrte immer einen Abstand von zwanzig Schritten zu ihnen.

Wenn die unheimlichen Eiskrieger die Feenhalle mit einem Verurteilten betraten, verstummte auf der Stelle alles. Selbst die albernen, respektlosen Sandkobolde verdrückten sich schnell und rührten sich nicht mehr. Fröstelnd betrachtete man den traurigen Zug der vier Eiskrieger und ihres armen Gefangenen. Mitleid machte sich selbst bei denen breit, die sonst für die härtesten Strafen plädierten. Jeder wusste um das Leid, von Eiskriegern gefangen zu sein. Nicht nur, dass das Blut eigentlich schon fast zu Eis erstarrt war und jeden Schritt zu Qual werden ließ. Noch schlimmer war, dass jeder Gedanke eingefroren und absolut unbeweglich war. Das erstarrte Gehirn reproduzierte die letzten Gedanken wie unbewegliche Bilder. Obwohl jeder wusste, dass die folgende Bestrafung durch den Feenkönig den Delinquenten in eine tausendjährige Verzweiflung stürzen würde, erschien sie vielen doch als gnädige Erlösung aus der eisigen Klammer der fürchterlichen Hiemisen.

Zwanzig Schritte vor dem Gläsernen Thron Oberons blieben die Eiskrieger ohne jede Regung stehen. Dann traten sie exakt sieben Schritte von dem Delinquenten zurück. In gleichem Maße fing dessen Blut an zu tauen und bewegte sich noch schmerzvoller durch seine Adern. Erreichte es sein Gehirn, setzte es die Gedanken nach und nach frei. Das Gehirn nahm seine Tätigkeit unter unendlichen Mühen wieder auf. Bei dem Verurteilten machte sich erst jetzt, da er in der Lage war, seine Situation vollends zu begreifen, das Entsetzen breit. Stumm und ohne ihre kalten starrren Augen von ihm zu lassen, bedeuteten ihm die Hiemisen niederzuknien. Ergeben in sein unentrinnbares Schicksal murmelte der arme Sünder, wie die meisten, die Gnadensorane der Orania.

König Oberon stand mit hartem Gesichtsausdruck auf. Gleichzeitig knieten alle Anwesenden außer den Eiskriegern (niemals hat jemand einen Eiskrieger knien sehen) in der Feenhalle nieder. Langsam hob der König sein heiliges Gläsernes Zepter und wies damit auf den vor ihm Knieenden. Das Licht leuchtete tief aus den Nebelschwaden auf, erfüllte gleißend die ganze Halle, bündelte sich, schwebte und sammelte sich über dem Kopf des Knieenden, änderte seine Farbe in ein eisiges, unheimliches Blau, schoss auf ihn nieder und umhüllte völlig seine Gestalt. Es war das gefürchtete Licht der tausendjährigen Verwandlung! Obwohl es selbst für Feen- und Geisteraugen unerträglich war, vermochte keiner, wie durch eine höhere Macht gebannt, die Augen von dem nun folgenden Schauspiel abzuwenden.

Das Licht umschloss den Knieenden ganz und gar und drang dann langsam in dessen Körper ein und nahm von ihm Besitz. Mit dem Eindringen des Lichtes fing der Körper an sich langsam zu verändern. Ein Schauern erfasste die Feenhalle. Fasziniert beobachtete jeder die grausame Verwandlung. Erbarmunglos verwandelte das kalte, blaue Licht aus dem heiligen Zepter den Körper des Knieenden ins Gegenteil: in das Gegenteil von dem, was er war.

Keine Strafe war härter im Feen-, Elfen- und Geisterreich als die Verwandlung des Körpers ins Gegenteil. Was klein war, wurde groß, und was groß war, wurde klein. Schönheit verwandelte sich in Hässlichkeit und Hässlichkeit in Schönheit. Zarte, blasse Haut wurde zu Leder und Lederhaut zart und blass. Große, blaue, schöne Augen wurden klein, dunkel und stechend, kleine stechende Augen wurden groß, strahlend und blau. Zwerge wurden zu Riesen und Riesen zu Zwergen. Ungeschlachte Bergtrolle mutierten zu eleganten Elfenprinzen, und elegante Elfenprinzen zu ungeschlachten Bergtrollen. Dicke wurden dünn und Dünne wurden dick. Gebannt starrten die Anwesenden auf den Körper, der sich unter unbeschreiblichen Schmerzen wand und von dessen unheimlichen Veränderungen sie die Augen nicht lassen konnten. Genau auf den Tag, die Stunde und die Sekunde musste der Bestrafte nun mit seinem unveränderten Geist und seiner unveränderten Seele in einem Körper leben, der genau das Gegenteil seines bisherigen Körpers war. Grausamer konnte ein Schicksal nicht sein.

Schütteln durchzuckte den Kanzler Ovangar bei der Vorstellung, tausend Jahre im Körper eines stinkenden Bergtrolls verbringen zu müssen. Vor seinem geistigen Auge stieg das Schicksal der wunderschönen Feenprinzessin Almargara und deren Liebhaber, des Elfenfürsten Hylmorindo, auf. Ein überaus kultiviertes und attraktives Paar. Es schien, als wenn die Götter in einem Überschwang ihrer Gefühle alle Füllhörner der Tugenden und Schönheit über diese beiden ausgeleert hätten. Sie waren glanzvoller Mittelpunkt jeder Gesellschaft, da sie durch Charme und Klugheit brillierten. Das Glück und die Vollkommenheit schienen durch sie in einem so hohen Maße personifiziert zu sein, dass selbst Oberon ihnen nicht gleichkommen konnte. Unglücklicherweise ließen sie sich auf dem glanzvollen Jahresball der Herminiden, von deren starken Taunektar trunken und in leichtsinnige Stimmung versetzt, während eines Disputs mit dem lyngardischen Kirmas zu abfälligen Äußerungen über Oberons Staatsführung verleiten. Als sie das kalte, triumphierende Lächeln des Lyngarden und die entsetzten und peinlich berührten Gesichter der anderen Anwesenden bemerkten, war es zu spät. Sie waren in die Falle gelaufen.

Ihr Sturz war tief. Selbst Ovangar konnte sie nicht vor einer Anklage wegen Hochverrats retten. Sein Bemühen, den Vorgang herunterzuspielen blieb ohne Wirkung. Selbst er, der jede Situation sonst so einfallsreich meisterte, war in diesem Fall machtlos. Zu viele Zeugen. Als Ankläger trat der lyngardische Botschafter persönlich auf. König Oberon blieb nichts anderes übrig: Sie mussten verurteilt werden, wollte man die Ordnung in den Vereinigten Reichen der Feen und Geister bewahren. Viele weinten, als die zarte, schöne Feenprinzessin und der edle Elfenfürst sich mit quälenden Schritten, geführt von den fürchterlichen Eiskriegern, vor Oberons Thron schleppten. Ein Bild des Jammers. So viel Leid durch ein paar unbedachte, leichtsinnige Sätze. Manchen schien es, dass selbst die Eiskrieger etwas mehr Abstand hielten als sonst. Und dann geschah das Fürchterliche. Noch nie hatte man eine größere gegensätzliche Umwandlung miterlebt. Aufschluchzend brachen Feen und Elfen zusammen. Nur der lyngardische Kirmas blickte kalt und triumphierend. Keiner konnte sich erinnern, etwas Traurigeres miterlebt zu haben. Die große Schönheit der Prinzessin und des edlen Fürsten verwandelte sich unter dem blauen Licht des Gläsernen Zepters in die abstoßende und unbeschreibliche Hässlichkeit von Grotfajern. Seit über vierhundert Jahren vegetierten sie nun bereits in den Körpern dieser abscheulichen Kreaturen aus den Tiefen der dunklen Geistereiche wie die Tiere. Jeder Annäherungsversuch zu ihren Freunden oder anderen Feen und Elfen zerstob schon bei ihrem Anblick. Sie konnten sich ihnen noch so liebenswürdig nähern. Ihr vorher so sprühender Geist und ihre von Liebe zueinander erfüllten Herzen verwirrten sich im Laufe der Zeit voller Verzweiflung, weil auch sie selbst den Anblick des anderen nicht ertragen konnten.

Ein tiefes Mitgefühl drohte dem Kanzler die Tränen in die Augen zu treiben. Er riss sich zusammen und konzentrierte sich auf das rätselhafte Wesen auf der Königstafel. Was da so winzig vor ihnen stand, war einfach unglaublich.

DIE SEEFAHRT

Die Orion-Albatrosse sind die größten und schnellsten Vögel im Universum und die Augen der Zeit. Sie segeln ununterbrochen durch alle Dimensionen des Kosmos, ohne jemals auf einem Stern oder Planeten zu landen. Ihre scharfen Augen, mit denen sie auch das kleinste Sandkorn in einer Galaxie erspähen, durchforschen die tiefsten Räume des Weltalls. Von der schönen Tochter der Zeit, der Schöpfung, welche die Verzweiflung des klitzekleinen Zwergenkönigs gerührt hatte, war einer der Albatrosse gebeten worden, in allen Ländern des blauen Planeten nach dem verlorenen Volk der klitzekleinen Zwerge zu suchen.

„Aber wie wird uns der Vogel finden, wenn wir erst einmal auf See sind?", fragte Valmin. „Sind die wirklich so unheimlich schnell?"

„Weiß ich nicht, ich habe noch nie einen gesehen. Aber keine Angst, der findet uns. Die haben so scharfe Augen, dass sie vom Mars aus den Pickel auf deiner Nase erkennen können." Klining war aufgrund der bevorstehenden Seefahrt mehr als genervt.

Vugur, der inzwischen trotz seines verstauchten Knöchels vom Zyklon ausgerissene große Äste in den Dünen gesammelt und zu einem schnittigen Floß (Floßbau war seine Passion) zusammengebunden hatte, forderte die anderen auf, endlich an Bord zu kommen.

„Alle Mann an Bord", grinste er Klining an.

Der würgte und hatte Mühe, die Seekrankheit zu unterdrücken die in ihm hochstieg, bevor er das schwankende Floß überhaupt betreten hatte. Vugur sprang vom Floß und half Valmin, die Blümchentrage mit Vildo, der ein freches Seemannslied sang, auf die „Braut des Zyklons" (so hatte Vugur sein Floß getauft) zu heben. Dann stieß er das Floß ab, ging ans Steuer und rief:

„Alle Zipfelmützen in den Wind!"

Vugur war in seinem Element. So wie Valmin der beste Flieger war, war er der beste Seemann des Zwergenvolkes. Endlich, sein Traum wurde wahr. Er durfte die Küstengewässer des Inselkontinentes verlassen und hinaus auf dem offenen, weiten und unendlichen Meer unbekannten Abenteuern entgegensegeln. Jetzt durfte er den Göttern des Meeres zeigen, was er konnte. Das Floß nahm unter den als Segel aufgestellten Zipfelmützen schnell Fahrt auf. Wie mit ihm verwachsen, und jede Bewegung und Schwankung elegant ausgleichend, stand Vugur breitbeinig am Ruder – wie ein Wikinger.

„Klasse, Skipper!", freute sich Valmin und drehte sich bewundernd zu seinem Freund um.

„Halte deine Zipfelmütze in den Wind!"

„Aye, aye ... Skipper!" Valmin drehte den Kopf wieder nach vorn und trimmte seine Zipfelmütze hart an den Wind. Er spürte, wie das Floß seine Geschwindigkeit sofort noch einmal steigerte und nun wie ein Rennboot über die Wellenkämme schoss. Sein Skipper hatte die Ideallinie am Wind gefunden.

Vugur war doch ein echter Teufelskerl, dachte Valmin. Ein Seemann, wie ihn das Zwergenland noch nie gesehen hatte. Keiner konnte ein Floß oder nur ein Stück Holz so über das Wasser jagen wie Vugur.

Plötzlich verdunkelte sich der Himmel. Vugur löste seinen Blick von den roten Segeln seines winzigen Wasserflitzers und schaute verwundert nach oben. Eine Wolke am hellen Mittag? Über dem Floß schwebte lautlos ein riesiger Vogel. Wo kam der denn so plötzlich her? Vugur bestaunte die weit ausladenden Flügel, die fast über den halben Himmel reichten. Wie schmale silberne Mondsicheln standen sie messerscharf am Firmament. Erst jetzt bemerkte er, dass der Vogel, ohne die Flügel im Geringsten zu bewegen, genau über ihnen dahinglitt.

„Bist du Klining?", fragte der Vogel, ihn mit scharfen Augen musternd.

Mit einem eleganten Schwung ließ er sich tiefer sinken, um knapp über der Wasserfläche und seitlich von ihrem winzigen Gefährt dahinzugleiten. Auch jetzt hörte Vugur kein Geräusch. Der elegante Vogel bewegte seine Flügel nicht um einen Millimeter. Er verringerte seine Geschwindigkeit so weit, bis sein Kopf genau querab von dem Floß stand, also gleichauf, so dass alle in sein großes Auge schauen konnten.

Er fragte noch einmal: „Wer von euch ist der Illantin Klining?"

Klining, der als zweites Segel hinter Valmin saß, antwortete vor Übelkeit gepresst. „Ich! Wer bist du und was willst du von uns!"

„Hast du noch nie von den Orion-Albatrossen gehört?" Alle vernahmen den ebenso erstaunten wie leicht beleidigten Unterton des Vogels.

„Doch ... ja ... ja!", beeilte sich Klining herauszupressen.

Verdammt, diese riesige Gans, die neben ihnen herrauschte, war übersensibel – und er musste gleich kotzen. Natürlich wusste er wie alle einigermaßen gebildeten Magiere von der Legende der Orion-Albatrosse. Aber wer glaubte schon an solche Märchen. Als

Goliath ihm sagte, dass die sagenhaften Orion-Albatrosse sie darüber informieren würden, wo sie an Land gehen sollten, hatte er zum ersten Mal an dem Verstand seines Freundes und Königs gezweifelt. Trotzdem nickte er, um einem Disput mit Goliath auszuweichen, denn der konnte einem mit seinen weisen Vorträgen manchmal wirklich auf den Keks gehen.

„Ihr müsst zuerst zur Küste der Nordsee", sagte der riesige Vogel. „Genau genommen zur Mündung des Rheins. Dort stoße ich wieder zu euch!"

„Warum ausgerechnet zum Rhein?"

Aber der große Vogel war schon hinter der Sonne verschwunden und nahm Kurs auf den Andromedanebel.

Klining hätte schwören können, dass der Vogel noch nicht einmal einen Wimpernschlag dafür gebraucht hatte. Unhöflich, diese Weltraumvögel, stellten sich noch nicht einmal vor! Wahrscheinlich hatten die sowieso einen Namen, den keiner verstand. Insgeheim beneidete er den Vogel. Der stürmte jetzt in die Tiefen des Weltalls. Ein Traum, den Klining, wie alle, die an diesen Planeten gebunden waren, immer wieder träumte.

ZWERGENGIER

„Hast du gehört, Vildo, wir fahren zum Rhein!"

„Klar Valmin! Der Nibelungenschatz! ... Wow!"

„Ich werd euch helfen, ihr gieriges Zwergengesindel!", knurrte Klining die beiden garstig an.

„Man wird ja wohl noch mal daran denken dürfen", maulte Vildo. „Macht doch jeder, nich' wahr, Valmin." Der hielt lieber seinen Mund. Klining wurde schlecht.

„Was sagen die Seekarten?", würgte er heraus und drehte sich zu Vugur um, ohne die Stellung seiner Mütze im Wind zu verändern.

Vugur stand gebeugt über der Seekarte von Europa und steckte den Kurs in die Nordsee ab. Vugur war ein Meister der astronomischen Navigation. Er konnte anhand der Sonne und der Sterne zu jeder Zeit den genauen Standort auf einen halben Grisan – etwa einen Meter nach Menschenmaß – bestimmen. Bei bedecktem

Himmel benutzte er die Meeresströmungen und koppelte nach Gefühl. Das hatte bisher immer hingehauen.

„Wir brauchen zwei Sonnenaufgänge und zwölf Risalten, wenn ihr eure Zipfelmützen immer richtig trimmt", sagte er ermahnend.

Klining trimmte gottergeben sein Segel und beobachtete die vorüberfliegenden Wellen, die wie ein gemaltes Muster unter dem winzigen Klipper dahinflogen. Er meditierte, um seiner Seekrankheit Herr zu werden. Sein Körper wurde starr und nach einer Weile nickte er ein, ohne die Trimmung seiner Zipfelmütze auch nur um ein hunderstel Grisan zu verändern.

„Achtung! ... Bereit machen zur Wende!!!"

Der lang gezogene Ruf des Skippers schreckte Klining aus seinem Traum, in dem er wie ein Orion-Albatros die Tiefen des Universums auf der Suche nach den letzten Geheimnissen ergründete.

„W E N D E!"

Der Skipper riss sein Ruder herum. Die Zwerge stellten ihre Zipfelmützen in den Wind und der klitzekleine Klipper schoss in den Ärmelkanal und an einem riesigen Öltanker der Menschen vorbei, dessen Ausguck sich wunderte, wieso ein paar Mohrrüben die Star of Sun, das schnellste Schiff in der Tankerflotte seines Landes, mit der rasenden Geschwindigkeit eines Speedbootes überholten. Er schaute erneut durch sein Fernglas, die Mohrrüben waren aber schon außer Sicht. John Gield nahm sich vor, in Zukunft etwas weniger Alkohol zu trinken. Offenbar begann er unter Hallus zu leiden.

In der Ferne rauschten die Kreidefelsen der englischen Küste vorüber. Vugur richtete den Kurs jetzt, terristisch nach Landmarken navigierend, auf die französische Seite des Kanals.

„Wo bleibt der Albatros? Klining, wir sind gleich da!"

Im gleichen Moment verdunkelte sich der Himmel.

„Segelt den Rhein rauf bis nach Düsseldorf! Dort in der Stadt und auf den Rheinwiesen findet ihr euer erstes Flugteam."

Schon war er wieder in den tiefhängenden Wolken verschwunden. Die ganze Aktion hatte keine zehn Sekunden gedauert.

„Ich heiße übrigens NANDUR!" ... hörten sie seine Stimme über den Wolken verklingen.

Jetzt waren alle auf dem Klipper hellwach. Der Rhein! Sie sollten den sagenumwobenen Rhein hinaufsegeln.

„Wo liegt dieses Kaff, wie heißt es gleich? ... Düsendorf?"

„Nein, Düsseldorf. Liegt an einem kleinen Rinnsal namens Düssel."

„Liegt Düsseldorf hinter Worms?"

Klining seufzte. Alle Zwerge, egal ob groß oder klein, drehten durch, wenn sie nur den Namen Rhein hörten. Der Rhein! Worms! Hagen von Tronje! Der Nibelungenschatz! Es war der Traum eines jeden Zwerges, den berühmten Schatz für das Zwergenvolk wiederzugewinnen. Wem das gelang, dem war unsterblicher Ruhm gewiss. Vom Reichtum, der ihn erwartete, ganz zu schweigen.

„Vergesst den Schatz!"

Der Illantin wusste, wovon er sprach. Auch er hatte diesen Traum geträumt. Sich unzählige Male vorgestellt, wie es sein würde, den Nibelungenschatz aus dem Rhein zu bergen und auf den Inselkontinent zu holen. Wie viele andere auch, hatte er nach Spuren des berühmtesten aller Zwergenschätze gesucht. Schließlich spürte er nach langen und schwierigen Nachforschungen die Nachfahren des berühmten Tronjers in Alaska auf. Über einen zuverlässigen Mittelsmann, einen zwergenwüchsigen Menschen Namens Alberich, konnte er schließlich Kontakt mit ihnen aufnehmen. Abgehalfterte Goldschürfer, die einem vergangenen Traum am Klondike vergebens nachjagten. Drei Kautabak kauende, finstere Brüder.

Der Älteste, ihr Anführer, trug eine schwarze Augenklappe und am Hut zwei Krähenschwingen. Nibelungen? Hagen von Tronje? Kannten sie nicht. Sie wussten nur, dass ihr Urgroßvater Häggi Tronde während des Goldrausches am Klondike in Begleitung seiner Söhne Gunti und Siggi sowie deren Schwester Hildchen aus Europa eingewandert war. Urgroßvater Häggi und seine Familie hatten lange vergeblich nach Gold geschürft. Großvater Gunti heiratete dann aus Verzweiflung eines der lockeren Mädchen aus der Islandbar. Die Großmama stammte ebenfalls aus Europa und hatte auch so einen witzigen Namen. Brünhilde oder so ähnlich. Nach der Geburt ihres Sohnes Etzel habe es in der Bar wegen eines Eifersuchtsdramas eine große Schießerei gegeben, die in einem gewaltigen Blutbad endete. Urgroßvater Häggi, seine beiden Söhne und Großtante Hildchen seien dabei ums Leben gekommen. Kurz vor der legendären Schießerei habe Großonkel Siegfried noch eine gewaltige Goldader gefunden und sie aus Heimweh unter dem

Namen Rheingold registrieren lassen. Wegen des Massakers konnte er von der genauen Lage des Goldes aber keine Karte mehr anlegen. Das Büro, wo der Claim registriert worden war, sei von dem Feuer, das die wütende Menge nach der Schießerei in der Bar gelegt hatte, und das auf das Nebenhaus übergriff, in Brand gesetzt worden und mit allen Unterlagen in Rauch aufgegangen. Seitdem sei die Goldmine mit den sagenhaften Vorkommen verschollen. Sie sollte irgendwo im Klondike liegen. Obwohl es hieß, dass alle Goldvorkommen im und rund um den Klondike ausgebeutet seien, habe die Familie die Suche nach Onkel Siegfrieds riesiger Goldader nie aufgegeben. Sie, die Brüder, seien der festen Überzeugung, dass sie das Gold eines Tages noch finden würden.

„Vergesst den Nibelungenschatz. Er raubt euch bloß den Verstand. Eure Gier verstößt außerdem gegen den Kodex unseres Landes", mahnte der Illantin streng.

Verschämt schlugen die drei Freunde die Augen nieder. Klining hatte Recht. Sie besaßen zu Hause alles, was sie brauchten, um glücklich zu sein. Aber der unendlich große Ruhm lockte jeden der drei.

„Dann auf nach Düssel ... wie heißt das Dorf, Klining?"

„Genau so: Düsseldorf."

„Trimmt eure Zipfelmützen! Jetzt wollen wir Vater Rhein mal zeigen, was wir auf der Pfanne haben!" Vugur schmiss das Ruder herum und das Floß schoss in einen der Mündungsarme des Rheins.

FLORIAN FLOH

Obwohl die große Düsseldorfer Kirmes auf den Oberkasseler Rheinwiesen vor Besuchern platzte, hing am Eingang des Flohzirkus ein hastig geschriebenes Schild: HEUTE GESCHLOSSEN! Eng schoben sich die Leute an dem kleinen schmuddeligen Zelt vorbei. Manche lasen das Schild und zupften trotzdem an dem mit einer Plane verschlossenen Eingang. Drinnen im Zelt hockte vor einem kleinen Tisch, der wie das Modell einer großen Zirkusarena aussah, ein Mann. Sein Künstlername lautete sinnigerweise Florian Floh.

Rudi Blahmann (so sein bürgerlicher Name), seines Zeichens selbst ernannter Direktor des kleinsten Zirkus der Welt – wie ein Schild über dem Zelt großspurig verkündigte – beobachtete gespannt die winzige Gestalt. Sie war mit hauchdünnen Goldfäden an ein Stöckchen gefesselt, das als einer der beiden Pfeiler für das gespannte Tanzseil der Flöhe diente. Der Direktor und Flohdompteur war froh, dass er die teuren Goldfäden, mit denen er sonst seine Flöhe an winzige römische Streitwagen oder kleine Schirmchen band, sofort zur Hand gehabt hatte. Er wollte seinen Augen immer noch nicht trauen und schaute verwundert in die blauen Kulleraugen des klitzekleinen Wesens. Der Winzling, ohne Mütze nicht größer als zwei Glieder des kleinen Fingers, sah ihn stumm, aber sehr wütend an. Rudi bzw. Florian hätte das normalerweise als ganz drollig empfunden. Zum Beispiel als Szene in einem Fantasy-Kinofilm, dessen Besuch er sich ab und zu mal zur Entspannung gönnte. Aber jetzt stand der Winzling hier in seiner Flohmanege. Der selbst ernannte Zirkusdirektor verschluckte sich vor Aufregung, dann kribbelte seine Nase und mit einem gewaltigen „Hatschiii!!!“ ... nieste er quer über den Tisch und riss damit fast die klitzekleine Gestalt vom Pfeiler. Der winzige römische Streitwagen und das winzige Schirmchen flogen, begleitet von den winzigen bunten Wattebällchen, mit denen seine Flöhe jonglierten, und den anderen winzigen Flohrequisiten in hohem Bogen durch die Luft und verschwanden im Dunkeln des Zeltes. Flori, wie sich der Herr Direktor von seinen Freunden nennen ließ, stieß sich den Kopf an seiner Zirkusarena, als er den Fußboden nach dem römischen Streitwagen abtastete wie bei der Suche nach einer verlorenen Augenlinse. Vorsichtig legte er die gefundenen Teile seiner Manegenausstattung wieder in das Zirkusrund. Vor Schreck fuhr er zurück. Blaue Kulleraugen funkelten ihn in einem zornigen Gesichtchen böse an.

„Es ... es tut mir Leid ...“, stammelte er perplex. Das gibt es nicht, das gibt es nicht, raste es durch seinen Kopf. Er kniff sich, um diesen Traum zu beenden. Als das nichts nützte ... die klitzekleine Gestalt stand immer noch gefesselt am Pfeiler ... erhob er sich, trat vor das Zelt und stand mitten im Gedränge der Kirmesbesucher.

„Ist heute der Flohzirkus nicht geöffnet?“, fragte ihn ein junger Vater.

„Igitte, mir juckt es ja jetzt schon!“, kreischte die junge Frau. „Da geht ihr mir nicht rein, nachher hab ich das Ungeziefer im Haus.“ Sie zog den Mann und das Kind weiter.

Der Zirkusdirektor schaute der Kleinfamilie hinterher. Typisch für die jungen Familien von heute. Die Mütter überdreht und hysterisch und die jungen Väter echte Waschlappen ohne den Mumm, sich einmal durchzusetzen. Es war immer das gleiche Spiel. Die Väter und Kinder wollten gern in den Flohzirkus, die Mütter wurden gleich zickig und zerrten die Familie weiter. Unter den Leuten (es wurden immer weniger), die sein Zelt betraten und die zwei Euro pro Person berappten, war unter Garantie bei jeder Vorstellung ein Witzbold, der sofort anfing, dumme Bemerkungen zu machen und sich dabei kratzte. Und wie wenn Dummheit ansteckt, fing auch bald die erste Frau an zu kreischen: „Aua, ein Floh hat mich gepiekst! Mir juckt es überall! Komm, Edgar, raus hier!“

Es machte Flori immer mehr Mühe, die Leute zu beruhigen und ihnen klar zu machen, dass alle Flöhe angebunden und unter Kontrolle waren. Er hatte links an der Manege eine große Lupe aufgebaut, unter der einer der selten gewordenen echten Menschenflöhe angebunden zu sehen war. Die Zirkusbesucher schauten mit Grusel und Abscheu hindurch und zuckten zurück. Die Lupe zeigte den Floh natürlich stark vergrößert, was den Ekel noch vergrößerte.

„Der ist aber groß! Ist der wirklich so groß? Der ist ja größer als der, den Sie uns vorhin gezeigt haben! Igittigitt! Guck ma’, Herrmann, der hat auch noch ’nen Riesenfloh.“

Da half auch nicht der Hinweis, einmal unter die Lupe zu schauen, um die wahre Größe des Flohs sehen zu können. Die Leute beugten sich herunter, äugten unter die Lupe und schimpften: „Ich sehe aber keinen Floh ... nein, ich seh nichts. Sie wollen mich wohl verkackeiern, junger Mann.“

Dann schauten sie wieder durch die Lupe und riefen erschrocken: „Aaah ... da is’ er ja! Ja, lassen Sie den etwa frei herumlaufen ... eben war der doch noch weg ... Herrmann, guck ma’, ich bin doch nicht doof.“

Der schlimmste, blutigste Horrorfilm machte den Menschen weniger Angst als der Anblick eines kleinen Flohs. Sie schüttelten sich regelrecht vor Ekel und kratzten sich, als hätte der Floh sie schon halbwegs massakriert. Nur langsam und zögernd folgten sie bei jeder Vorstellung Floris Aufforderung, sich rund um den kleinen Tisch der Zirkusmanege zu gruppieren. Allein die Kinder schauten den kleinen Artisten, die gerade noch als Punkt am Goldfaden zu erkennen waren, fasziniert zu, wie sie die scheinbar von Flori eingeübten Kunststücke vorführten. Dabei machte sich Flori nur den Bewegungsdrang und die unglaubliche Kraft der Flöhe zunutze. Besonderes Schaudern und Abscheu rief es im Publikum hervor, wenn Flori erklärte, dass sich die Flöhe von seinem Blut ernährten und er zur Demonstration den römischen Streitwagen mit dem Floh am Goldfaden – so sahen die Leute wenigstens den Streitwagen – zur Fütterung auf seinen Arm setzte. Eine öffentliche, blutrünstige Mahlzeit Draculas am Hals einer edlen Jungfrau könnte keinen größeren Effekt erzielen. Frauen fielen in Ohnmacht oder klammerten sich angstvoll an ihre Männer. Die wussten gar nicht, wie ihnen geschah: dass sie ihre emanziperte Angetraute tatsächlich mal so richtig klein mit Hut sahen. Die Männer warfen sich daraufhin in die Beschützerbrust, so als hätten sie gerade einen freilaufenden Tiger verscheucht, frei nach dem Motto: Keine Angst, Liebling, ich hab alles unter Kontrolle.

Spaß an allem hatten immer die Kinder. Obwohl es schon vorkommen konnte, dass ein hysterisches Gör wie am Spieß schrie, es hätte einen Floh verschluckt – und damit die ganze Vorstellung schmiss.

Ein Scheiß-Geschäft, es machte einfach keinen Spaß mehr. Vielleicht sollte er es in Zukunft doch lieber mit einer der modernen Computer-Spielbuden versuchen, die sich auf den Kirmesplätzen zum Ärger der traditionellen Schausteller immer breiter machten. Flori seufzte: ja, so einen Winzling, wie in dem verrückten Traum vorhin, den müsste man haben. Das wäre auch in der heutigen Zeit ein echter Knaller.

Niedergeschlagen betrat er sein Zelt und fuhr erschrocken zurück: Der Winzling mit den wütenden Kulleraugen stand noch immer an den Pfeiler gefesselt.

„Hallo ... hallo ...“ Olli flüsterte ganz leise.

Auf der einen Seite wollte er das klitzekleine Wesen nicht erschrecken, auf der andern Seite aber seinen Onkel, der im Zimmer nebenan laut schnarchte, nicht wecken.

Er konnte es immer noch nicht glauben. Vor ihm lag ein klitzekleines Zwergenmädchen und schlief tief und fest. Es war in seine riesengroße Zipfelmütze – nicht größer als eine kleine Mohrrübe, aber im Verhältnis zu dem klitzekleinen Kopf einfach riesig – wie in einen Schlafsack gekrochen und hatte sich bis an das Kinn hineingekuschelt. Oliver betrachtete andächtig das schöne ebenmäßige Gesichtchen mit den rosigen Wangen und dem niedlichen Näschen, auf dem ein paar winzige Sommersprossen leuchteten. Die Lippen, rot wie zwei kleine Blutstropfen, waren leicht geöffnet und gaben den Blick auf zwei Reihen klitzekleiner, schneeweißer Perlenzähnchen frei. Blonde, freche Löckchen umkringelten das Gesicht, das auch im Schlaf ein großes Selbstbewusstsein ausstrahlte. Er wollte sich schon abwenden und das Kistchen behutsam schließen, als der winzige Körper sich reckte und das Zwergenmädchen die Augen aufschlug. Oliver hatte vorher erstens noch nie so große Kulleraugen und zweitens noch nie so unglaublich blaue Augen gesehen. In ihnen schienen das Tiefblau des Meeres und das Azurblau des Himmels im Wettstreit miteinander zu liegen.

Sie musterte ihn ruhig.

„Schon etwas herausbekommen?“ Ihre Stimme, die den Raum angenehm füllte, klang warm und klar.

„Ich ... äh ... es ist sehr schwierig ... nein. Hast du gut geschlafen?“

Obwohl sie beim ersten Anblick Olivers davon überzeugt war, dass sie hier nicht gerade ein Superexemplar der menschlichen Intelligenz vor sich hocken sah, flog eine leichte Enttäuschung über ihr Gesichtchen. Sie krabbelte aus ihrem Zipfelmützen-Schlafsack, drehte diesen um und setzte ihn sich auf ihr Köpfchen, ordnete ein paar Locken über ihren winzigen Ohren, strich sich ihr Hemdchen glatt und hüpfte auf Olivers Hand.

„Nochmals vielen Dank, dass du gestern meine Sachen gewaschen und gebügelt hast. Hör jetzt mal zu, Oli ... Olive ... Sag mal, wie heißt du eigentlich richtig?"

„Oliver Kusch!" Den zweiten Vornamen Valdal ließ Oliver vorsichtshalber weg.

„Kusch? ... Kusch? ... kusch, kusch ... wie komisch." Sie lachte belustigt, hörte aber sofort damit auf, als sie sah, dass Oliver vor Verlegenheit rot anlief.

„Meine Freunde nennen mich Olli".

Er verschwieg, dass ihn bis zum heutigen Tag kaum jemand mit seinem Vornamen anredete. Null, Feigling, schlappe Sau, Blödmann, Rotfuchs und Ähnliches, war die Ansprache durch Gleichaltrige. Erwachsene, außer seine Lehrer, sprachen ihn nie direkt an, sondern benutzten, meisten in der dritten Form, die Bezeichnung „der Junge" bzw. nur einfach „Junge"! „Junge, komm mal her" ... „Junge, mach mal das" ... „Junge, halt den Mund". Er war sich sicher: Außer den Lehrern, die seinen Namen auch nur kannten, weil er im Klassenbuch stand, wusste eigentlich kein Mensch, wie er hieß. Seine Erscheinung war eben unscheinbar und unauffällig. Und Freunde hatte er keine. Aber auf wunderbare Weise hatte sich das heute Morgen in der Schule alles geändert. Seit heute Morgen war er mit dem großen Markus Wernrot befreundet und hatte bewiesen, dass er alles andere als eine Null war. Sie schien zu ahnen, woran er dachte.

„Du meinst mit F r e u n d e n ..." – wobei sie „Freunde" abfällig dehnte – „... doch nicht etwa diesen schmierigen, aufgeblasenen Typen, dem ich gestern Dampf unter seinen fetten Hintern gemacht habe?"

„Äh ... nein, natürlich nicht."

„Na, ich dachte schon", sagte sie. „Ich heiße Valentirina. Meine Freunde nennen mich Rina, meine besten Freunde Rinchen. Du darfst Rina zu mir sagen."

Obwohl sie Olive? ... verflixt, wie hieß der Kusch noch mit Vornamen? ... eigentlich ganz nett fand und seine schönen kupferfarbenen Haare bewunderte, musste der sie ja nicht gleich mit Rinchen ansprechen.

Olli strahlte. Vor Freude wurden die Augen feucht. Wenn er sie Rina nennen durfte, dann konnte das ja nur bedeuten, dass er zum ersten Mal in seinem Leben so gut mit jemandem befreundet war, dass er ihn ... äh, sie natürlich ... kameradschaftlich anreden durfte. Zwei Freunde innerhalb von zwei Tagen. Erst Markus Wernrot, dann Rinchen ...Verzeihung ... Rina. Sicher, Markus Wernrot hatte nicht gesagt, er könne ihn Werni nennen, was sich ja sowieso auch die engsten Freunde von Wernrot nur trauten, wenn der mal bei ganz guter Laune war. Aber was noch nicht war, konnte ja noch werden; er würde sich der Gang von Markus als würdig erweisen. Er beschloss, die neue Freundschaft mit Wernrot, an die er sich ja selbst noch erst gewöhnen musste, Rina nicht unter ihr niedliches Näschen zu binden. Der würde es garantiert nicht gefallen, dass ausgerechnet sie der Grund für sein neues, sensationelles Ansehen in seiner Schulklasse war.

Was war passiert? Wie jeden Tag leerte Oliver gestern den Mülleimer in die graue Tonne für den Restmüll. Die Nische, in der die Mülltonnen der hässlichen Mietskaserne standen, sah aus, als hätte der Blitz eingeschlagen. Er schüttelte den Kopf. Überall lagen leere Verpackungen und vergammelte Lebensmittel bis auf den angrenzenden, abgetretenen Rasen herum. Ein aufgerissener gelber Sack (der gehörte nun wirklich nicht hierher) lag direkt neben der Mülltonne, in die er den Inhalt seines Mülleimers geleert hatte. Da irgendwer in den gelben Plastiksack auch Lebensmittelreste, die eigentlich in die Biotonnen sollten, hineingefüllt hatte, war der Sack wahrscheinlich von einem streunenden Hund aufgerissen und durchsucht worden. Der Wind hatte ein Restliches getan, um eine angebissene Pizza, halbleere, mit dickem Schimmel überzogene Dickmilchverpackungen, vergammeltes Brot und Gemüse rundum zu verstreuen. Die Reste der herumliegenden Lebensmittel waren offenbar letzte Nacht von einem Regenschauer aufgeweicht worden und lösten sich nun zu einer stinkenden Suppe auf. Ekelig. Er wollte gerade seinen Blick von der vergammelten Mohrrübe, die direkt vor seinen Füßen lag, abwenden, als diese sich bewegte. Ihm wäre vor Schreck beinahe der Mülleimer aus der Hand und direkt auf die Mohrrübe gefallen.

„Wo ... wo bin ich?“, fragte die Mohrrübe mit einer hellen, warmen und klaren Stimme.

Ganz starr und unbeweglich stand Oliver da. Schweißperlen bildeten sich auf seiner Stirn. Jetzt war es so weit, er würde den

Verstand verlieren – wie sein Vater. Wenn seine Mutter in Wut geriet (und sie war oft wütend, wenn er im Haushalt irgendetwas zu langsam erledigte), haute sie ihm immer die gleiche Drohung um die Ohren. Mit ihm nähme es bestimmt ein schlimmes Ende, schrie sie ihn an. So faul wie er wäre, lande er garantiert in der Beklopptenanstalt, wo er wahrscheinlich seinen abgewichsten, bescheuerten Vater träfe. Die könnten seinen missratenen Sohn ja gleich zu ihm in die Gummizelle sperren.

Oliver wollte überallhin, aber in der Gummizelle seines irren Vaters zu landen, war der schlimmste Albtraum seines jungen Lebens. Und jetzt, da war er sicher, jetzt war es so weit, er hatte Halluzinationen. Dabei nahm er doch keine Drogen, wie viele an seiner Schule, und lehnte auch den im Supermarkt geklauten Alkohol ab, mit dem ihn die Wernrot-Gang einmal reinlegen wollte. Weil ihn damals alle als Memme verhöhnten, und um mitreden zu können, hatte er danach zu Hause ein kleines Schlückchen aus einer Flasche Schluck von Onkel Jupp probiert. Der scharfe Alkohol war seine Kehle heiß und brennend heruntergelaufen. Er bekam einen fürchterlichen Hustenanfall, wobei ihm die Flasche Schluck auch noch aus der Hand fiel und auf den Boden knallte. Zum Glück ging sie nicht kaputt und er stellte sie, zitternd vor Schreck, schnell wieder an ihren Platz. Er hatte wirklich nur an der Flasche genippt. Trotzdem hätte ihn Onkel Jupp windelweich geprügelt, wenn er dahinter gekommen wäre. Darum nahm er die Flasche vorsichtig wieder aus dem Schrank und füllte sie vorsichtshalber mit ein bisschen Wasser auf.

Als Jupp am frühen Nachmittag wie üblich den obligatorischen Ja-man-gönnt-sich-ja-sonst-nichts-Schluck direkt aus der Flasche nahm, knurrte er wütend, dass sich selbst die Qualität von so einem billigem Fusel auch immer mehr verschlechtere, und nahm sich vor, bei der nächsten Wahl die Regierung dafür büßen zu lassen.

Oliver ging trotz seiner Angst, dass dieser kleine Schluck bereits Teile seines Gehirns zerstört haben könnte und er nun mit den ersten Anzeichen einer nachhaltigen, geistigen Verwirrung geschlagen war, in die Knie und beugte sich über die sprechende Mohrrübe. Er war sprachlos über das, was er da sah. Das konnte nicht sein, er fing wirklich an geisteskrank zu werden.

„Wo bin ich? Wo sind die anderen?“

Verzweifelung stiegt in Oliver auf. Er schloss schnell die Augen, er wollte, dass der Spuk der sprechenden Mohrrübe verschwand.

„Bist du taub?" Die warme, klare Stimme klang nun energischer.

Er öffnete vorsichtig die Augen und inspizierte die Mohrrübe. An dem dicken Ende befand sich ein winziger Kopf und daran ein winziger Körper. Jetzt erkannte er, was da im stinkenden Dreck der Mülltonnen vor ihm lag. Das war ein Zwerg, ein sehr winziger Zwerg. Die Mohrrübe war eine rote Zipfelmütze. Olivers Gehirn sträubte sich zu glauben, was seine Augen sahen.

Dass Zwerge so klein, so klitzeklein waren, das hatte er bisher nicht gewusst. In allen Märchen, die von Zwergen handelten – er kannte natürlich auch Schneewittchen – waren Zwerge größer. Etwa so groß wie ein kleines Kind. Sie hatten auch nicht so eine riesengroße Zipfelmütze, im Verhältnis zur Größe ihrer Gestalt. Die hier saß wirklich sehr riesig auf dem winzigen Kopf und dem winzigen Körper. Oliver merkte an dem vermoderten Geschmack der Luft, der die Mülltonnen umwehte, dass sein Mund die ganze Zeit weit offen gestanden hatte.

„Bist du ein Zwerg?"

Der Winzling versuchte aufzustehen und knickte wieder ein.

„Autsch!"

Er fiel um und hielt sich eines seiner kleinen Füßchen.

„Kannst du mir helfen?" Zwei große blaue Kulleraugen schauten ihn an. „Hilf mir bitte hoch, aber v o r s i c h t i g!" Die Stimme des Zwergleins klang besorgt.

Oliver legte seine linke Hand mit dem Handrücken vorsichtig vor dem winzigen Männchen flach auf den Boden, so dass seine Handinnenfläche nach oben zeigte. Dann hielt er dem Kleinen seinen Zeigefinger hin.

„Ich bin doch kein Klammeraffe – und Krallen habe ich auch nicht an den Händen." Oliver, der sah, dass das winzige Zwerglein seinen Finger unmöglich mit seiner klitzekleinen Hand greifen, geschweige denn umfassen konnte, griff sich mit Daumen und Zeigefinger der rechten Hand ein abgebranntes Streichholz, das hier jemand achtlos in den Schmutz geworfen hatte, und hielt es dem Zwerglein vor die Nase.

„Na, geht doch", sagte dies, stützte sich auf das Streichholz und stand mit einem Ruck so heftig auf, dass seine riesengroße Zipfelmütze von seinem Köpfchen fiel. Eine Flut winziger blonder Locken ergoss sich über seine Schultern. Oliver war verblüfft.

„Guck nicht so doof ... ja, ich bin ein Mädchen!" Das Zwergenmädchen humpelte zu seiner Hand. „Hilf mir rauf, du Tölpel."

Oliver, der wohl sehr dümmlich geschaut haben musste, wurde rot. Verlegen hielt er das Streichholz, jetzt wie die Stufe einer Leiter, quer vor die Kante seiner Hand die auf dem Boden lag. Das Zwergenmädchen stellte ihr gesundes Füßchen auf das Hölzchen ... prüfte kurz, ob er es auch fest genug hielt ... stieg mit einem eleganten Schwung auf seine Handfläche und ließ sich mit einem kleinen Ächzen in die weiche Kuhle fallen, die er mit seiner Hand gebildet hatte.

„Buh, endlich raus aus dem fürchterlichen Gestank. Was seid ihr Menschen doch für Schweine. Du bist doch ein Mensch ... oder?" Sie blickte ihn angeekelt und zugleich fragend an.

Der Rotschopf konnte ihr nicht widersprechen. Er hob ihre rote Zipfelmütze auf und legte sie neben ihr auf seine Hand. Mit einem Blick des Abscheus musterte sie, ihr niedliches Näschen rümpfend, den Dreck auf ihrer Zipfelmütze und ihrem Hemdchen.

„Hast du auch einen Namen?", fragte sie ihn.

„Oliver ... ich heiße Oliver."

„Ol ... Olive?" Ein komischer Name, fand sie, konnte man ja kaum aussprechen. War auch egal, wie der hieß. Sie giftete ihn an: „Bist du für diesen Misthaufen verantwortlich? Schau dir mal an, wie ich aussehe. Einfach widerlich!"

Oliver war inzwischen aufgestanden.

„Hast du die anderen aus meinem Team gesehen?" Suchend blickte sie über den Rand seiner Hand auf den Mülltonnenplatz und den umliegenden Rasen. „Lass mich bloß nicht runterfallen. Mir genügt für heute ein Absturz in diese abartige Kloake."

„Was für ein Absturz?"

„Na, den von mir und meinem Flugteam. Das war aber auch ein verdammter Sturm."

„Sturm?"

„Ja ... bist du auch noch schwerhörig?" Sie schüttelte ihre Löckchen. „Na, der Orkan, der diese Nacht hier vorbeizog. So einen fürchterlichen Sturm habe ich noch nie erlebt. Wo bin ich überhaupt?"

Oliver hatte, wie jede Nacht, erschöpft und tief geschlafen. Einen Sturm hatte er nicht bemerkt.

„In der Kölner Straße."

O ihr Götter, war der schwerfällig. „Kölner Straße, wo?"

„In Oberbilk!"

„Ist das ein Dorf?"

„Nein, ein Stadtteil."

Valentirina musste nun wirklich ihre Ungeduld zügeln. Sanft, als hätte sie einen Geisteskranken vor sich, fragte sie: „Von welcher Stadt?"

„Düsseldorf."

Nicht zu glauben, dieser Rotschopf ... sie blickte bewundernd auf Olivers rote Haare, die wie poliertes Kupfer in der Sonne glänzten ... war eine geistige Lahmtüte, wie sie ihr im ganzen Leben noch nicht begegnet war. Das konnte ja noch heiter werden.

Oliver wunderte sich über den bewundernden Blick aus den großen blauen Kulleraugen.

Sie fragte jetzt noch sanfter: „I n w e l ch e m L a n d?"

„Deutschland."

Na, wenigstens etwas. Sie waren also ungefähr in der Mitte Europas abgestürzt. Verdammt weit weg von Zuhause. „Wie heißt dieser Fluss?"

Die Stimme war sehr sehr sanft, sehr warm, sehr klar, sehr angenehm und, obwohl die Person in seiner Hand klitzeklein war, erstaunlicherweise sehr deutlich zu hören.

„Der Fluss? Welcher Fluss?"

„Na, dieser große, majestätische Strom."

„Ach, du meinst den Rhein. Der Strom ist der Rhein und ich bin Rheinländer", anwortete Olli stolz.

Was immer auch die Bezeichnung „Rheinländer" zu bedeuten hatte, Valentirina war auf einmal wie elektrisiert. Bei allen guten Kamarinen, dann war dieser majestätische Strom, über den der Sturm sie letzte Nacht geweht hatte, der sagenumwobene Rhein. Auf dem ganzen Erdball gab es keinen Zwerg, der den Rhein nicht kannte.

„Wo liegt Worms von hier?"

Die Stimme, die bisher klar, warm, ruhig und überlegen geklungen hatte, konnte das Zittern der Aufregung, das jeden Zwerg ergreift, wenn er den Namen Worms ausspricht, nicht verbergen. Das stolze Worms, die Heimat der edlen Burgunder, Synonym für das Drama um den niederträchtigen Drachentöter und Schatzräuber, den Schlächter Siegfried von Xanten, den düsteren Helden Hagen von Tronje und den berühmtesten aller Zwergenschätze, den sagenhaften und unermesslichen Nibelungenschatz, den der Tronjer nach Siegfrieds Tod irgendwo im Rhein versenkt haben soll. Wenn man den finden würde – nicht auszudenken!

„Worms liegt den Rhein rauf, weit hinter Köln ... glaub ich wenigstens."

Oliver versuchte sich an die zurückliegende Heimatkunde zu erinnern und bemerkte den komischen Ausdruck in den großen blauen Kulleraugen. Was war denn mit der auf einmal los? Rinchen spürte in sich die dunkle Seite aller Zwerge – die Schwäche für Gold und Juwelen, mit der auch das klitzekleine Volk geschlagen war – in sich hochkommen und schämte sich augenblicklich. Da saß sie hier verdreckt wie so eine stinkende Jauchenelfe auf der Hand eines ziemlichen Deppen von Menschen, die Mitglieder ihres Flugteams lagen wohl noch irgendwo, möglicherweise mit gebrochenen Knochen oder in noch viel schlimmerem Zustand in einer dieser grässlichen Mülltonnen, und sie träumte vom Schatz der Nibelungen. Sie wurde rot vor Verlegenheit und schaute, damit dieser geistige Tiefflieger nichts merkte, über den Rand seiner Hand in die Tiefe.

„Hast du noch mehr von uns gefunden?"

„Was? Ihr seid noch mehr?", staunte Oliver.

„Ja, doch ... und ich mache mir Sorgen um mein Team. Wir sind immer zu dritt, wenn wir fliegen."

Olivers Mund klappte wieder auf, er schmeckte den Müllgestank auf der Zunge. Zwerge, die fliegen: Das wurde ja immer abenteuerlicher. Er blickte über den Rasen. „Ich seh nix, keine weiteren Mohrrüben zu sehen", sagte er kichernd. Sein Humor blieb ihm augenblicklich im Halse stecken.

„Was für Mohrrüben?", fragte jemand hinter ihm schroff.

AUF DEM RHEIN

Wil Alex van Orenien, der vom Boot des niederländischen Wasserwirtschaftsamtes eine Wasserprobe aus dem Lek, einem der Mündungsarme des Rheins, entnahm, wunderte sich, dass der große, gemächlich ins Meer fließende Strom, hier an dieser Stelle eine nie vorher wahrgenommene Gegenströmung aufwies, die ein paar kleine Mohrrüben (es waren offenbar von einem der riesigen Flusskähne verbotenerweise über Bord geworfene Gemüseabfälle) direkt an seiner Hand vorbei stromaufwärts trieb. Seltsam: Der Smutje des Frachtkahns schien wohl vor Langeweile aus Holzstückchen ein kleines Floß gebaut und die vier Rübchen aufrecht zwischen die Hölzchen geklemmt zu haben. Putzig, die Mohrrüben sahen aus wie kleine rote Segel oder wie etwas zu groß geratene Zipfelmützen von klitzekleinen Klabautermännern, wie die Holländer Zwerge nannten.

Wil Alex schaute dem kleinen Wasserfahrzeug hinterher. Mit ein wenig Fantasie konnte man meinen, dass die Zwerge lebten und einer ihm sogar zuwinkte. Auch schien es, als nähme das Floß jetzt mehr Fahrt auf und die Mohrrübe am Heck lege es wie einen der schnellen holländischen Klipper, hart an den Wind. Wil Alex freute sich über sich selbst: Solange man als erwachsener Mann über so viel kindliche Fantasie verfügte, war man nach seiner Ansicht noch gesund und nicht der hektischen Zeit und dem Stress von heute ganz erlegen. Er nahm sich vor, seiner kleinen Tochter Trixi am Abend eine Nachtgeschichte mit klitzekleinen Klabautermännchen, die mit ihren Mützen segelten, zu erzählen. Als er das Wasserglas mit der Probe ins Boot hob, war das kleine Wasserfahrzeug nur noch als roter Punkt auf den Wellen zu erkennen.

„Pass besser auf, Vugur. Der hätte uns mit der Hand greifen können." Klining schimpfte.

Vugur war der Bitte Valmins gefolgt, der genauso wie Vildo und er selbst noch nie einen Menschen in natura gesehen hatte, und hatte mit einem waghalsigen Manöver ihren winzigen Klipper nahe an das riesige Boot der Menschen gesteuert. Als der Uniformierte sich plötzlich tief über die Reling beugte, wäre das Floß beinahe mit seiner Hand kollidiert. Zum Glück hielt der ein Glas in der Hand, um eine Wasserprobe aus dem Strom zu entnehmen.

Außerdem: so langsam, wie Menschen nun mal auf ungewohnte Anblicke reagierten, schien der Mann gar nicht zu realisieren, was da an seiner Hand vorbeisegelte, obwohl sie dicht an seiner Nase an ihm vorbeifuhren und Vugur nicht anders konnte, als kess zu winken. Der Mensch schaute ihnen aber nur wie in Gedanken versunken nach.

Vugur hielt nun „Die Braut des Zyklons" mehr in der Strommitte. So konnten sie unbemerkt zwischen den träge stromab oder stromaufwärts fahrenden riesigen Lastkähnen den Fluss hinaufsegeln. Die Landschaft links und rechts des Stromes war flach ... ohne jede Erhebung. Die riesigen Flügel großer Windmühlen drehten sich schwerfällig im Wind.

„Du, Illantin, hat hier der verblödete Don Quichotte gegen die Riesen gekämpft?"

„Sei nicht so respektlos, Valmin. Die Menschen mögen manchmal nicht gerade sympathisch und vielleicht auch dumm sein, trotzdem leuchten auch unter ihnen Sterne der Weisheit, der Schönheit, der Malerei, der Musik, der Literatur und der Fantasie. Die wunderbare Geschichte von 'Don Quijotte' von la Mancha und seiner ritterlichen Liebe zur schönen Dulcinea handelt in Spanien und nicht in Holland. Der große spanische Dichter Miguel de Cervantes machte sich mit diesem Epos ..."

„Schaut mal nach rechts!" Vugur unterbrach Klining, bevor dieser zu einem seiner langen, oft interessanten, meist aber belehrenden und sehr ermüdenden (darum auch gefürchteten) Kulturvorträge ausholte. Was kein Schlaftrunk je schaffte ... das klitzekleine Volk war äußerst quirlig und darum gegen jeden Schlaftrunk immun ..., bei einem unendlich langen Vortrag Klinings über die Kultur des Äsobervolkes – irgendeines entfernten Gnomenstammes im Norden Sibiriens – war das Schnarchen des gesamten Zwergenvölkchens auch für den völlig in seinen Vortrag versunken Klining nicht mehr zu überhören. Empört hatte Klining angesichts von so viel Ignoranz und Dumpfbackigkeit seinen Vortrag abgebrochen, sich die Ohren mit Watte verschlossen und einen riesigen Böller gezündet. Der Böller explodierte mit einem fürchterlichen Knall. Die Hälfte des aus dem Nickerchen geschreckten Zwergenvolkes erlitt dabei fast einen Herzinfarkt. Noch Tage danach war eine normale Verständigung untereinander kaum möglich gewesen, weil sich alle, auch der König, über die großen Glocken in ihren Ohren beklagten.

„Das müsste Xanten sein, die alte Römerstadt. Die Römer gründeten Xanten ..."

Vildo schaute leicht genervt zum Himmel und unterbrach den Kulturexperten.

„Xanten war doch auch der Geburtsort des Nibelungenhelden Siegfried?"

„Das könnte euch so passen ...", knurrte Klining, der die Absicht Vildos erkannt hatte. „Das Thema Nibelungenschatz ist für euch tabu. Wir sind hier, um unsere Leute zu retten, meine Herren!" Dann schwieg er verstimmt.

Na ja, dachte Vildo, besser als gar nichts. Nun war der Magier wenigstens ruhig. Auf Kultur hatte er jetzt wirklich keinen Bock. Seiner Meinung nach waren jetzt Action und Abenteuer angesagt.

DER BOSS

Als Oliver die gefürchtete Stimme erkannte, drehte er sich so schnell um, dass Rinchen beinahe aus seiner Hand in die Tiefe gestürzt wäre. Hinter ihm stand Markus Wernrot. Zum Glück ohne den brutalen Reiser, den er wohl gerade hier im Wohnblock besucht hatte.

„Was hältst du denn da in deiner Hand versteckt? Lass sehen!", befahl Wernrot drohend. Er schaute auf Valentirina, die sich gerade ihre Zipfelmütze aufsetzte. Wenn sich der Depp Olive-Dingsda ... oder wie der hieß ... noch einmal so schnell und unachtsam drehte und sie dabei von seiner Hand in die Tiefe fallen ließ, dann könnte sie wenigstens ihre Zipfelmütze als Fallschirm benutzen.

„Was ist das denn ... ein Aufziehpüppchen? Das kleine Ollilein spielt mit Püppileins?", grinste Wernrot hämisch.

Ach, der hieß Ollilein, dachte Rina, eben nannte er sich doch noch ganz anders ... Olive-Dingsda oder so ähnlich. Komische Sitten haben die Menschen. Oliver versuchte seine Hand schnell hinter seinem Rücken zu verbergen. Rinchen machte den Fallschirm klar.

„Na, na, na, na! Da wird das böse Kuschilein doch vor dem lieben Onkel Markus nicht etwas verheimlichen wollen." Er packte Ollis Arm und drehte ihn schmerzhaft herum.

Wie viele Namen hatte ihr Finder wohl noch? Olive-Dingsda-Kuschilein! ... das musste man sich mal auf der Zunge zergehen lassen ... seltsam, sehr seltsam.

„Was hat das böse Kuschilein denn da?" Wernrot wollte nach dem Aufziehpüppchen greifen.

„Finger weg!", blaffte ihn das Püppchen mit klarer, aber wütender Stimme an.

Jetzt war der Schreck auf Wernrots Seite. Er ließ Olivers Arm plötzlich los. Das Püppchen auf der Hand purzelte um, rollte an den Rand der Hand und griff instinktiv zu seinem Fallschirm. Was ist das? Wernrot riss die Augen auf. Die verdammten Japaner, einfach cool. Diesem Winzling von Püppchen eine so natürliche Computerstimme zu verpassen, das konnten nur die. Natürlich Microtechnik. Er hatte gestern erst in der neuesten Ausgabe seiner Computerzeitschrift einen Bericht darüber gelesen. In allen Ländern forschte man unter Hochdruck auf diesem Gebiet. Die Welt stand offenbar vor einem grandiosen neuen Zeitalter, das die bestehende Computertechnik gegenüber dem neuesten Handy wie eine Buschtrommel aussehen ließ. Er besaß selbstverständlich schon eins. In dem hochinteressanten Artikel war zu lesen, dass es um riesige wirtschaftliche Interessen ging. Wer in diesem Bereich der Forschung die Nase vorn hätte, würde die Machtverhältnisse auf der Erde zu seinen Gunsten entscheiden können.

Aber warum setzten die Japaner ... nach Wernrots Meinung konnten es wirklich nur die Japaner sein ... ihre Mikrotechnik in ein bewegliches, sprechendes Püppchen ein? Er wunderte sich auch darüber, dass diese winzige Mini-Action-Figur nicht aussah wie eine von diesen scharfen Weltraumheldinnen mit ihren knackigen Körpern, sondern wie ein Zwergenmädchen aus einem Kindermärchen. Egal. Wenn das der neueste Trend war, dann machte er, Markus Wernrot, den mit. Er wusste, was er seinen Fans und seinem Ansehen schuldig war, das war doch klar. Nur, das konnte Wernrot nun überhaupt nicht nachvollziehen, wieso sah er diesen neuen Knüller erst jetzt bei diesem Blödmann Kusch. Wie kam der zu so einer Weltneuheit und bestimmt nicht billigen

Actionfigur. Nicht zu fassen. Der hatte die wohl geklaut. Na, umso besser, dann brauchte er sie nicht zu klauen.

Obwohl Markus Wernrot von seinen gestressten Eltern ein mehr als fettes Taschengeld bekam, das das eines normalen Schülers in seinem Alter um ein Fünfundzwanzigfaches übertraf, befand er sich in permanenter Geldnot. Die Summen, die er regelmäßig seiner ihn total verziehenden Großmutter abschwatzte, waren auch nur ein Tropfen auf den heißen Stein. Die Ausgaben für seinen Hofstaat waren enorm hoch. Aber er hatte von seinem Vater gelernt: Geld regiert die Welt. Nur mit der richtigen Kohle genoss man Ansehen und Bewunderung. Dass seine Beliebtheit allein auf dem Geld basierte, mit dem er so angeberisch um sich warf, verdrängte er. Immer dann, wenn er seine Großmutter nicht anzapfen konnte, klaute er. Die war dann meistens in einem ihrer blöden Kurorte in Italien, wo sie jungen Männern schöne Augen machte. Ab und zu schleppte sie, zum Entsetzen seiner Eltern, eine ihrer Eroberungen mit nach Hause. Meistens junge, braun gebrannte Typen mit vor Brillantine strotzenden, schmierigen Haaren, die sich ohne Hemmung von der auf jung getrimmten Omi Wernrot aushalten ließen und sie nach Strich und Faden schröpften.

Markus Wernrot klaute, und wenn er klaute, dann klaute er auch das, was er gerade haben wollte. Wenn er mal erwischt wurde, gab es meist nur eine halbherzige Gardinenpredigt von seiner genervten Mutter. Sein Vater zahlte kopfschüttelnd den Schaden und legte unter der Hand meistens noch eine beträchtliche Summe obendrauf, so dass bisher jeder Geschädigte seine Anzeige mit Freuden zurückzog.

Der Boss der Wernrot-Gang streckte die Hand aus, blickte die Null drohend an und sagte cool: „Gib schon her, du Pfeife, oder soll ich erst mit dem Bullen wiederkommen?“ Damit meinte er Paul Reiser.

Oliver streckte im Angesicht der fürchterlichen Tracht Prügel, die ihn sonst mit Sicherheit erwartete stumm die Hand aus.

Wernrot grinste: „Na also, warum nicht gleich so“, und wollte das winzige Ding greifen.

„Vorsicht ... nicht anfassen ... ich explodiere!“ Dabei erklang ein schriller Warnton.

Wernrots Hand zuckte erneut zurück, er blickte Oliver an: „Äh, willst du mich verarschen?“ Seine Stimme wurde wütend.

„Danger! ... Danger! ... Danger!", ertönte jetzt eine mechanische Computerstimmer aus dem winzigen Objekt. „Selbstzerstörungsmechanismus aktiviert! ... Im Umkreis ... von zwanzig Metern ... wird alles vernichtet ... vernichtet ... und radioaktiv verstrahlt! ... Sofort eine Schutzzone aufsuchen! ... Sofort eine Schutzzone aufsuchen!"

Wernrot wurde blass. Er wich vor Olivers Hand zurück. Die Computerstimme zählte den Countdown: „Ten ... nine ... eight ... seven." Wernrot blieb die Luft weg. Hektisch schaute er sich nach einer verfügbaren Schutzzone um ... und wollte in den Wohnblock rennen.

Oliver folgte seinem panischen Blick. „Die Haustür ist abgeschlossen", sagte er trocken.

„... six ... five ...", zählte die Computerstimme.

„Schalt das Ding ab!", kreischte Wernrot.

„... four ... three ..."

Wernrot stürzte sich mit einem wahren Hechtsprung in die offene Mülltonne und warf den Deckel hinter sich zu. Vor Angst bibbernd erwartete er im Dunkeln den GAU, die alles vernichtende Explosion, die gleich die Mülltonne und damit auch ihn zerfetzen würde. Hielt die Mülltonne stand und sollte er wider Erwarten überleben, so hätte er das qualvolle Leben eines radioaktiv Verstrahlten zu erwarten.

„... two ... STOP THE COUNTDOWN ..."

Langsam realisierte sein Gehirn das eben Gehörte: „... STOP THE COUNTDOWN ..."

Stille.

Sollte das heißen, der todbringende Countdown des ominösen Killerpüppchens war gestoppt? Er atmete durch und hob langsam den Deckel der Mülltonne. Der Kusch stand immer noch regungslos an der gleichen Stelle, das gefährliche Püppchen auf der ausgestreckten Hand.

„Hier, bitte."

Markus Wernrot knallte den Mülleimerdeckel wieder zu.

Es klopfte an der Tonne. „Willst du sie nun haben oder nich'?"

„Hau ab!" Die Stimme aus der Tonne klang ängstlich.

„Wie du meinst!" Dann verklangen Schritte. Erneute Stille.

Der Gestank in der Mülltonne verschlug ihm langsam den Atem.

„Hallo, Kusch, bist du noch da?"

Stille.

Jetzt war es wirklich nicht mehr auszuhalten. Er öffnete den Mülleimerdeckel ein wenig und sog gierig die frische Luft ein. Dann schielte er durch den kleinen Spalt und sah, dass der Platz vor den Tonnen verwaist war. Kusch war offenbar weg. Gott sei Dank. Er wollte schon aussteigen, als er zwei Frauen mit zwei Mülleimern direkt auf sich zukommen sah. Er knallte den Deckel wieder zu, duckte sich, so tief er konnte, in den stinkenden Müll, gab keinen Mucks von sich und horchte auf die näher kommenden Stimmen:

„Die Jugend ... die Jugend heutzutage! ... Ich sag Ihnen, Frau Mällenen, ohne Respekt vor uns älteren Leuten ..."

„... ja, ja und nur noch materiell ausgerichtet ..."

„... stimmt, was man sich da alles bieten lassen muss ..."

„... genau und nichts als Geld im Kopf ..."

„... haben es nicht mehr nötig, einen auf der Treppe zu grüßen."

„... können den Hals nicht voll kriegen ..."

„... wir haben früher noch einen Knicks gemacht ..."

„... nichts als Markenklamotten im Kopf ..."

Der Mülltonnendeckel flog auf und krachte gegen die Außenwand der Tonne. Zwei Eimer Müll lehrten sich über Wernrot aus. Bei Mällenens hatte es vor ein paar Tagen Fisch gegeben. Ein zweistimmiger Schrei ertönte über ihm. Der gefürchtete Boss der Wernrot-Gang sprang mit einem Satz aus der Tonne ... das war zumindest seine Absicht. Die Mülltonne kippte um, als ihn ein Eimer wie eine Keule am Kopf traf. Ein kleines Universum explodierte vor seinen Augen. Gab es so viele Sterne am Himmel? Er strauchelte und ging wie ein angeschlagener Boxer zu Boden.

Eine empörte Frauenstimme überschlug sich: „Ja, schämt ihr euch denn überhaupt nicht mehr! ... Uns so zu erschrecken! ... Na warte, du Bengel ... ich werd dir ...!"

Ein zweiter Eimer knallte ihm ins Kreuz. Sicher trug er jetzt für alle Zeiten einen Bandscheibenschaden davon. Als er sich aufrappelte, traf ihn ein dritter, gezielter, Schlag mit dem Mülleimer hinter das rechte Ohr und warf ihn gnadenlos in den Dreck zurück. Ihm wurde schwarz vor Augen.

„Was hast du hier in unseren Mülltonnen zu suchen? Du bist doch fremd!"

„Hol die Polizei, Frau Mällenen ... hol sie! ... Schnell! Dahinten ist die Telefonzelle! Der Kerl hier hat doch Dreck am Stecken ... is' sicher so ein Schweinehund von Dealer und Kinderverderber!"

Die dickere Frau setzte sich auf Markus Wernrot und drückte ihn mit dem Gesicht in die angebissene aufgeweichte Pizza. Frau Mällenen lief schon zur Telefonzelle. Der arme Markus glaubte schier zu ersticken. Mit einer Kraftanstrengung, die aus einer unendlichen Verzweifelung und Angst geboren wurde, machte er den Buckel krumm und warf die kreischende Frau von sich herunter. Die landete nun ebenfalls im Dreck des Mülls, glitschte mit den Händen, mit denen sie ihren Sturz abfangen wollte, im weichen Rest der Pizza aus und knallte mit dem Kopf auf ihren eigenen Mülleimer. Sie schrie hysterisch wie am Spieß. Wernrot sauste wie ein geölter Blitz an Elvira Mällenen vorbei, erreichte als Erster die Telefonzelle, riss die Tür auf und das Kabel des Telefonhörers aus der Wand und verschwand um die Ecke des Wohnblocks.

Oliver, der mit Rinchen ins Haus gegangen war, verfolgte vom Fenster im Hausflur aus mit einem zunehmend mulmigeren Gefühl in der Magengegend das Gemetzel an der Mülltonne und den unrühmlichen Abgang seines schlimmsten Feindes. Am besten blieb er morgen gleich zu Hause. Vielleicht hätte er dann eine geringe Chance, der furchtbaren Rache von Wernrot zu entgehen.

„War das nicht klasse, wie ich diesen Angeber reingelegt habe? Ich bin richtig stolz auf mich", kicherte Valentirina. „Hast du gesehen, mit welchem Affentempo der in der Mülltonne verschwunden ist."

„Na ja ...", Oliver dachte an all die Qualen, denen er sich morgen aussetzen müsste. Bulle Reiser war ein echter Folterknecht und schreckte vor nichts zurück.

„Was heißt hier ‚Na ja'? Das war genial ... einfach genial! Ten ... nine ... eight ... seven ...", äffte sie ihren Countdown nach und wollte sich schier wegschmeißen vor Lachen. Dann bemerkte sie Olivers besorgtes Gesicht. „Sag mal, wovor hast du eigentlich Angst?" Sie schaute ihn forschend an. „Doch nicht vor diesem blöden Angeber? Der hat doch nichts drauf. Der Kerl ist 'ne leere Hülle, das sieht doch jeder!"

„Der Kerl ist der King an unserer Schule. Der Boss der gefürchteten Wernrot-Gang. Vor der hat jeder Schiss!"

„Schiss? Was ist Schiss?"

„Angst."

„Angst, Angst, Angst ... es gibt Schlimmeres als Angst!", sagte Rinchen ungeduldig.

„Was? ... etwas Schlimmeres als Angst?" Oliver, für den Angst zum festen Bestandteil seines freudlosen Lebens gehörte, konnte sich nichts Schlimmeres vorstellen als Schiss, wenn einem so richtig kotzig wurde. Und Schiss würde er morgen haben. Wenn er an morgen dachte und daran, was Bulle Reiser mit ihm anstellen würde, drehte sich sein Magen schon jetzt um.

„Sorgen! Die Sorgen um andere sind doch viel schlimmer, als die Angst um einen selbst. Wenn ich daran denke, dass meinem Team ... meinen Freunden ... bei unserem Absturz etwas passiert sein könnte oder sie den Absturz vielleicht nicht überlebt haben, da dreht sich mir der Magen um ... da wird mir richtig schlecht!"

Gemeinsam erbrachen sie sich. Rinchen in Ollis Hand, Olli in den Mülleimer.

„Brrr ... ekelig ... wie das stinkt!" Rinchen hustete und wischte sich verlegen den Mund ab. „Jetzt brauche ich aber dringend ein Bad. Wo ist hier ein Bach oder ein Fluss, wo ich mich und meine Kleider waschen kann? Zum Rhein ist es ja wohl zu weit."

„Hüpf auf meine andere Hand. Du brauchst nicht zum Rhein. Komm mit rein. Ich will mir auch erst einmal den Mund ausspülen." Olli schloss die Wohnungstür auf und setzte Rinchen auf die Spüle in der Küchenecke. Dann drehte er den Wasserhahn auf. Rinchen sprang zurück. Was war das? Der drehte da irgendwo rum und hatte einen kleinen Wasserfall angestellt. Rinchen staunte: Das hätte sie den Menschen nicht zugetraut. Klares, sauberes Wasser! Warum waren die dann aber solche Schweine? Das passte ja nun gar nicht zusammen. Sie schüttelte sich, wenn sie an die Müllkloake dachte, in der sie gelandet war. Rinchen beugte sich vor und spülte unter dem Wasser erst mal den ekligen Kotzgeschmack aus ihrem Mund. Oliver putzte sich inzwischen gründlich die Zähne, gurgelte und spie das Zahnputzwasser in hohen Bogen in die Spüle. Dann bemerkte er Rinchens neugierige Blicke.

„Willst du dir auch die Zähne putzen, Rina? Hier, ich habe noch ein Wattestäbchen. Da tu ich dir etwas Zahnpasta drauf. Das müsste gehen."

Rinchen sah, wie Oliver das Wattestäbchen geschickt in zwei Hälften zerteilte und auf die Watte der einen Hälfte aus einer großen Tube Zahnpasta drückte. Dann reichte er ihr die „Zahnbürste".

„Oh ... viel zu groß!"

Die Menge der Zahnpasta würde für mindestens zwanzig Zwergen-Flugteams ausreichen.

Rinchen kicherte: „Lass man!"

Sie griff in ihre Zipfelmütze und holte ihr Zahnputzhölzchen hervor, tauchte es in die Zahnpasta des Wattestäbchens und schrubbte sich ebenfalls gründlich die Zähne. Die Zahnpasta der Menschen roch lecker nach Minze und erfrischte den ganzen Mund. Vielleicht waren sie doch nicht so große Schweine. Dann spuckte sie ihr Gurgelwasser über den Rand der Spüle.

„Oh ... das tat wirklich gut!"

„Warte, ich setze Wasser für dich auf, dann kannst du baden und ich wasche inzwischen deine Sachen."

Er füllte den verbeulten Wasserkessel und stellte ihn auf die einzige elektrische Kochplatte der armseligen Küche. Aus dem Schrank holte er eine kleine Teetasse aus feinem Porzellan, so wie sie die Ostfriesen liebten. Es war die einzige Tasse in diesem Haushalt. Kaffee und auch Tee, wenn es mal welchen gab, wurde aus billigen, angeschlagenen Steingutbechern getrunken. Man musste dauernd aufpassen, dass man sich nicht die Lippen verletzte. Oliver setzte die zierliche Teetasse, die einen feinen Sprung nahe am Henkel hatte, auf die Spüle.

„Oh, ist die schön!" Rinchen bewunderte das abgenutzte Rosendekor. „Die schönen Rosen. Schau, wie künstlerisch die gemalt sind." Wie alle klitzekleinen Zwerge liebte sie Blumen über alles. Auch wenn von dem Rosendekor nicht mehr viel zu sehen war, konnte sie sich doch daran begeistern.

„Ich glaub, das Dekor heißt ‚Ostfriesische Rose' oder so ...", Oliver schaute unter die Tasse, doch der Stempel des Herstellers war nicht mehr zu entziffern.

Inzwischen dampfte der Wasserkessel. Oliver nahm das Küchenmesser und schabte etwas von der billigen Seife ab, die er und Jupp benutzten, und legte sie neben die Teetasse.

„Tut mir Leid, aber mit Shampoo oder Ähnlichem kann ich nicht dienen", sagte er bedauernd. Zum ersten Mal war er wütend auf seinen Onkel, der alles Geld versoff, so dass noch nicht einmal für die primitivsten Dinge im Haushalt etwas übrig blieb. Dann legte er Rinchen einen kleinen Waschlappen, den er mitgebracht hatte, zum Abtrocknen neben die Tasse. Damit sie bequem in das kleine Bad steigen konnte, baute er aus Streichholzschachteln, die er etwas versetzt übereinander legte, noch zwei Stufen.

„So ... ich glaube, es ist jetzt warm genug." Er prüfte mit der Fingerspitze das Wasser, das er aus dem Kessel in die Teetasse geschüttet hatte. Er zog den alten Vorhang vor die Tasse und sagte durch den Vorhang hindurch: „Lege bitte deine Kleider und deine Zipfelmütze vor den Vorhang, dann kann ich sie inzwischen waschen und trockenbügeln."

Rinchen war baff. Der Kleine mit dem tollen Rotschopf entpuppte sich als wahrer Gentleman. Als er das Bad bereitete, hatte sie schon den bösen Verdacht, einem Spanner in die Hände gefallen zu sein. Der sollte sich wundern. Während sie sich hinter dem Vorhang entkleidete, musste sie zugeben, dass sie den Jungen falsch eingeschätzt hatte. Sie schob ihre Kleidung, die Schuhe und ihre Zipfelmütze unter dem Vorhang durch. Dann stieg sie in die „Badewanne".

„Ist das Wasser gut so?", fragte Olli.

Rinchen runzelte die Stirn: Na, wollte der etwa doch noch spannen?

„Wenn du noch Wasser brauchst: Es steht in einem Fingerhut direkt hinter dem Vorhang. Sag Bescheid, ich drehe mich solange um."

„Danke!", rief Rinchen und ließ sich entspannt ins Wasser gleiten.

Nach einer halben Stunde trocknete sie sich mit dem Waschlappen gründlich ab und schlüpfte in ihre Kleider, die inzwischen gewaschen, gesäubert und gebügelt hinter dem Vorhang lagen.

„Bist du fertig? Komm, ich halte dir noch den Fön, dann brauchst du nicht mit nassen Haaren rumzulaufen!"

Rinchen trat vor den Vorhang.

„Krieg jetzt keinen Schreck, Rina. Unser Fön ist uralt und sehr laut!" Olli stellte den Luftstrom auf die kleinste Stufe und hielt den Fön so weit von Rinchen weg, dass sie der Luftstrom nicht umpustete. Sie schüttelte ihre blonden Löckchen so lange hin und her, bis ihre Haare trocken waren.

„Danke!"

Das klitzkleine Zwergenmädchen rückte gerade ihre riesengroße Zipfelmütze, die Olli wirklich sehr akkurat gebügelt hatte, über ihren Locken zurecht, als mit lautem Krach die Wohnungstür aufflog.

DIE MÖWEN

Der kaum sichtbare Wasserflitzer sauste über die Wellen des gewaltigen Stroms. Selbst die schnellen Möwen, die immer auf der Suche nach Abfällen oder etwas anderem Essbaren den Rhein absuchten, konnten den kleinen Segler nicht erwischen. Sie holten sich bei ihren Sturzflügen auf die Mohrrüben zu ihrem eigenen Erstaunen immer wieder nur nasse Köpfe ... dabei hatten sie ihre Beute jedes Mal genau im Visier ihres tödlichen Schnabels.

Für Vugur und die anderen Jungs war es ein dauerhaftes Vergnügen, die weißen Vögel zu beobachten, wie sie sich hoch über ihnen sammelten, auf ihre Beute konzentrierten und dann im pfeilschnellen Sturzflug hinter ihnen ins Wasser klatschten. Die „Braut des Zyklons" war einfach zu schnell. Als sie wieder verdattert auftauchten, sahen sie die Mohrrüben – wie an einer Schnur ge-zogen – selbst die schnellen schnittigen Flussschiffe, die Passagiere beförderten, mühelos überholen. Nach zwei bis drei Sturzflügen gaben die meisten Möwen zum Bedauern Vugurs missmutig auf. Es war aber auch einfach zum Wegschmeißen. Sie schauten nach jeder neuen Möwe – in der Hoffnung, dass sich das lustige Schauspiel wiederholte. Klining schüttelte missbilligend den Kopf. Natürlich wollte auch er nicht als Frühstück im Magen einer Möwe landen, trotzdem taten ihm die armen Vögel Leid. Sie würden wahrscheinlich in der Zukunft die Mohrrüben für immer aus ihrem Beuteschema streichen.

Sie passierten einen großen, betriebsamen Hafen auf der linken Seite. Vugur steuerte geschickt und schnell durch den regen Schiffsverkehr hindurch und überholte ein paar schnelle Sportboote, an deren Heck kleine schwarzrotgoldene Flaggen flatterten. Sie waren in Deutschland.

DER NEANDERTALER

„He' Junge, wo bist du?"

Jupp torkelte voll wie eine Haubitze in den Raum, schoss auf die Spüle zu und übergab sich mit lautem Röhren. Ein schrecklicher Alkoholgestank erfüllte den Raum. Jupp stemmte sich hoch, rülpste laut und sah Rinchen direkt neben seiner Hand auf der Spüle stehen.

„Wat is' dat? ... 'ne Möhre? Bleib mir bloß mit so einem ... hups ... Ökokram vom Leib." Ärgerlich wollte er die Mohrrübe von der Spüle wischen. Aber die war plötzlich verschwunden. Oliver hatte Rinchen blitzschnell ergriffen und in seine Hosentasche gleiten lassen.

„Wo ist mein Schluck, Junge? Her damit ... aber schnell ... hups ... ich schlag dich sonst windelweich!", brüllte Jupp und ließ sich auf einen Stuhl krachen.

Olli holte die halbvolle Flasche mit dem billigen Schnaps vom Schrank und reichte sie seinem Onkel mit einem Glas. Der ignorierte wie immer das Schnapsglas und setzte die Flasche an die Lippen. Der Junge wusste, in zwei Zügen würde die Flasche leer sein, Jupp mit dem Kopf auf den Tisch knallen und in die tiefe Bewusstlosigkeit seines Alkoholrausches sinken. Es war das erste Mal, dass er froh darüber war. Zwar würde die Wohnung wieder einmal unglaublich stinken – aber das tat sie ja eigentlich immer – nur, so konnte er in Ruhe überlegen, was mit dem kleinen Zwergenmädchen geschehen sollte.

Jupp fing laut an zu sägen und pustete mit jedem Ausatmen neuen Alkoholgestank in den Raum. Oliver war überzeugt, jetzt durfte man hier keinen Streichholz anzünden. Jupp lag wieder einmal im Schluckkoma. So nannte er seine Alkoholexzesse auch: Komasaufen.

„Liegt der Neandertaler flach?" Rinchens Stimme erklang flüsternd in seiner Hosentasche. „Kann ich rauskommen?"

„Halte dich an deiner Zipfelmütze fest." Oliver fasste vorsichtig in seine Hosentasche, ertastete die Spitze der Zipfelmütze und zog Valentirina langsam aus seiner Tasche. Dann setzte er sie auf seiner Hand ab.

„Mein lieber Karpuschinski, hat der einen geladen. Zünde bloß kein Feuer an, dann fliegt uns hier alles um die Ohren.“ Sie hielt sich die Nase zu. „Puuh, der müsste doch eigentlich klinisch tot sein.“

„Der ist das gewohnt. Er nennt das Komasaufen. Das macht er immer, wenn er Geld von der Bank holen kann. Bis morgen Mittag rührt er sich nicht mehr vom Fleck.“

„Dann gute Nacht ... müssen wir in diesem Gestank auch schlafen?“

Oliver freute sich: Seine neue Freundin wollte hier schlafen. Das war mehr, als er zu hoffen gewagt hatte. Er hatte schon überlegt, wie es jetzt weitergehen sollte. Doch er musste sich eingestehen, ihm fiel absolut nichts ein.

„Nein, ich schlafe auf dem Flur. Dort mache ich das Fenster auf und die Tür zu diesem Raum zu. So bleibt es einigermaßen erträglich.“

„Können wir da gleich hin? Ich halte diesen Gestank nicht mehr aus. Außerdem hab ich Angst vor ’ner Alkoholvergiftung. Der könnte unser ganzes Zwergenvolk mit seiner Fahne ausrotten.“

„Was, ihr seid noch mehr? Sogar ein ganzes Volk? Wo ist dein Land? Wo kommst du her?“

„Immer sachte, eins nach dem anderen“, wehrte Rinchen ab, ärgerlich, dass sie wieder einmal ihren vorlauten Mund nicht halten konnte. „Erst einmal müssen wir die anderen aus meinem Team finden. Hilfst du mir dabei?“

„Na klar doch. Wann soll’s losgehen?“ Ollis Augen blitzten vor Abenteuerlust. Er stand auf und ging mit ihr auf der Hand in den Flur, schloss die Tür hinter sich fest zu und öffnete das Fenster zum Hof. Ein klarer Luftstrom, den beide gierig aufsogen, schoss in den Raum.

Rinchen gähnte. „Nicht vor morgen, ich bin jetzt von der ganzen Aufregung hundemüde. Wir klitzekleinen Zwerge brauchen viel Schlaf. Vor morgen Mittag brauchst du mich nicht zu wecken.“

„Aber ich muss in die Schule!“

„Lass mich bloß nicht mit diesem versoffenen Neandertaler allein. Kannst du mich nicht mitnehmen?“

Oliver lief vor Schreck heiß an. Die Schule! Markus Wernrot! Der Henker Bulle Reiser! Er war verloren.

„Was ist denn auf einmal mit dir los?“ Rinchen sah, wie sich das Gesicht Ollis in ein leichtes Grün verfärbte und seine Augen feucht wurden. „Hast du wieder mal Angst?“

„Die machen mich morgen kalt, aber erst foltern sie mich!" Seine Stimme klang dumpf und voller Verzweiflung. „Ich bin so gut wie tot."

„Geht das um diesen Angeber mit dem fetten Hintern, der in die Mülltonne gesprungen ist? Nimm mich mit in die Schule, ich wette, den bringe ich wieder zum Hüpfen." Rinchen kicherte vor Vorfreude. „Keine Bange, das schaffen wir schon. Jetzt zeige mir, wo ich schlafen soll."

Oliver war für den Augenblick einigermaßen beruhigt. Was einmal klappte, könnte auch zum zweiten Mal klappen. Er blickte sich um und suchte nach einer Schlafgelegenheit, die auch Rinchens Größe entsprach. Sein Blick fiel auf seine kleine Schatzkiste. Er nahm sie von dem Brettchen, dass er sich als Regal über seine Gartenliege gebaut hatte und leerte den Inhalt darauf aus. Er sah, dass sein roter Glasstein immer noch sorgfältig in Papier eingeschlagen war; also hatte Jupp das Interesse an ihm endgültig verloren. Er brach mit einem Messer die drei Verzierungsnieten aus dem Deckel der kleinen Kiste, so dass drei Löcher entstanden und Rinchen auch unter dem geschlossenen Deckel genügend Luft bekam. Den Boden der Kiste polsterte er sorgfältig mit Watte aus. So konnte er das Zwergenmädchen auch in der Kiste transportieren und mit zur Schule nehmen. Denn eins war klar wie dicke Tinte: Er musste Rinchen versteckt halten, bis sie die andern ihres Flugteams wiedergefunden hatte und nach Hause fliegen konnte. Als er überlegte, was er als Decke benutzen konnte, sagte Rinchen: „Du, das reicht, ich nehme meine Zipfelmütze als Schlafsack."

„Fein, dann wünsche ich dir eine gute Nacht. Ich wecke dich morgen früh nicht, sondern nehme dich in der Kiste mit in die Schule. Du kannst also schlafen, so lange du willst."

„Danke", gähnte Rinchen. „Mir fallen gleich die Augen zu vor Müdigkeit. Das war vielleicht ein aufregender Tag."

Sie stieg in das Kistchen und schlug hinter sich den Deckel zu. Oliver ließ sich im selben Moment auf seine Gartenliege fallen. Auf der Stelle war er eingeschlafen. Dabei fiel ihm noch tief im Unterbewusstsein ein, dass er dem kleinen Zwergenmädchen nichts zu essen angeboten hatte.

Das Klingeln des Weckers schrillte unerbittlich. Der Junge schnellte hoch ... Schatzkiste? ... der erste Gedanke, der sein noch schläfriges Bewusstsein wie ein Blitz traf ... Oliver war hellwach: Wo ist meine Schatzkiste? Gott sei Dank, sie stand noch an derselben Stelle, wo er sie gestern Abend abgestellt hatte. Er grinste, denn ein feines Schnarchen drang aus dem kleinen Holzkistchen. Er hatte also nicht geträumt. Vorsichtig hob er den Deckel an und schaute auf das winzige Zwergenmädchen, das, eines seiner Beinchen angewinkelt, in seine Zipfelmütze gekuschelt, tief und fest auf dem Wattepolster schlief. Bei jedem Ausatmen ertönte ein feines Schnarchen. Ihre winzigen Löckchen lagen ungeordnet auf den rosigen Wangen ihres kleinen Gesichts. Ein lautes Schnarchen und Keuchen aus dem Zimmer nebenan unterbrach abrupt die Betrachtung ihres Näschens und signalisierte ... Jupp hatte sich im Schlaf umgedreht.

Olli klappte den Deckel behutsam wieder zu und stieg von der Gartenliege. Vorsichtig, sich die Nase zuhaltend und die Lippen fest zusammenpressend, öffnete er die Tür zum Wohn-, Küchen- und Schlafzimmer und sauste, ohne Luft zu holen, zum klapprigen Fenster und riss es auf. Am offenen Fenster nahm er einen tiefen Zug frischer Luft, drehte sich um, und sauste mit zusammengepressten Lippen wieder in den Flur, die Tür hinter sich zuknallend. Er wusste aus seiner Erfahrung mit den Saufeskapaden von Jupp, dass es nun darauf ankam, in welcher Richtung der Luftzug den bestialischen Alkoholdunst aus dem Zimmer trieb, wenn er jetzt das Flurfenster und die Zimmertür ganz öffnete. Er fragte sich, ob er mit einer Alkoholvergiftung zu rechnen hatte oder nicht. Mit Erleichterung spürte Olli den starken Luftzug von dem weit offen stehenden Flurfenster in Richtung Wohnzimmer. Rinchen und er waren gerettet.

„He, Junge ... mach das Fenster zu ... ich hol mir ja den Tod an 'n Hals ... sag ma', spinnst du!“ Jupp drehte sich auf die andere Seite.

Der Junge, der sonst immer verschreckt die Fenster geschlossen hatte, ging zu der Spüle in der Küchenecke, putzte seine Zähne und wusch sich gründlich. Zum ersten Mal in seinem Leben fühlte er etwas wie Selbstbewusstsein in sich aufsteigen. Er fühlte sich für das kleine Zwergenmädchen, das in seinem Kistchen schlief, verantwortlich. Olli spürte, dass ihn diese Verantwortung stark machte. Ein Blick auf den alten Wecker zeigte ihm, dass er sich beeilen musste, wenn er rechtzeitig in der Schule sein wollte.

Schule! Markus Wernrot! Sein junges Selbstbewusstsein sank wie eine angestochene Schweinsblase in sich zusammen. Entmutigt, mit den Schuhen in der Hand, ließ er sich auf seine Gartenliege sinken. Am liebsten würde er vor Verzweiflung in den Rhein springen. Ein schneller Tod in den Fluten war immer noch besser als ein langsamer Tod unter den Händen des Henkers und Folterknechtes Paul Reiser. Bulle würde ihn mit Hochgenuss vor der versammelten Klasse vierteilen und in kleine Stücke reißen. Womöglich stand dann auch noch die junge Studienreferendarin dabei, die er so sympathisch fand und vor der er sich mit seiner Feigheit so unsterblich blamiert hatte. Und Rinchen? Rinchen – mutig und selbstbewusst, wie sie war – würde so einen feigen Schlappsack wie ihn nur verachten.

Olli stiegen vor Selbstmitleid die Tränen in die Augen. Plötzlich fiel ihm ein, dass Rinchen gestern Abend versprochen hatte, ihm zu helfen. Das Kistchen mit dem kleinen Zwergenmädchen musste er sowieso bei sich tragen. Es hier bei dem bestimmt noch halbbesoffenen Jupp zu lassen, war einfach zu gefährlich. Der hatte gestern seine letzte Flasche Schluck leer gesoffen und würde nachher in seinem dunigen, benebelten Kopf auf der Suche nach etwas Trinkbarem die ganze Wohnung durcheinander wirbeln. Wenn er dann nichts fand, knallte er vor Wut auch schon mal die Gegenstände, die er gerade in der Hand hielt, gegen die Wand. Und das durfte auf keinen Fall seine kleine Schatzkiste mit dem schlafenden Rinchen sein. Deshalb musste er sie auf jeden Fall mitnehmen. Also musste er – logisch – auch den Gedanken aufgeben, in den Rhein zu springen. Von allen Übeln war also die Aussicht, von Bulle Reiser gefoltert und in Stücke gerissen zu werden, die einzige machbare Möglichkeit. Er seufzte, griff nach dem kleinen Kistchen, seiner abgetragenen Strickjacke und seinem abgewetzten Schulranzen. Vielleicht hatte er ja Glück und Bulle Reiser machte es kurz. Oder vielleicht griff die junge Studienreferndarin wieder ein. Aber da wollte er doch lieber sterben. Mit der kleinen Kiste in seiner alten Strickjacke trottete er, den Ranzen mit einem Riemen (mehr hatte der nicht) auf der linken Schulter tragend, langsam mit gesenktem Kopf zur Schule.

DÜSSELDORF

An einer großen Schleife des Flussbetts, die der Strom im Laufe der Jahrhunderte in die flache Landschaft gegraben hatte, tauchte am Horizont ein riesiger schlanker Turm mit seltsamen, untereinander aufgereihten Lichtern auf. Er überragte eine Anzahl hoher Brücken, die mit kühnem Schwung die Häuserreihen, die sich am östlichen und westlichen Ufer des Rheins schier endlos entlangzogen, miteinander verbanden. Der gewaltige Strom führte seine Fluten auf der östlichen Seite des Ufers direkt an der Uferpromenade vorbei. Diese verlief hoch auf den steinernen Mauern, mit denen man den Fluss zu bändigen suchte. Hier war auch die Seite, auf der die Anleger der Schiffe oder die Schiffe selbst lagen. Wer den Blick von dem erhöhten Standort, der von Platanen bestandenen Promenade, über den Rhein schweifen ließ, sah auf der gegenüberliegenden Seite des Stromes die Häuser, die sich in der Flussschleife an der weit zurückgezogenen Uferstraße aufreihten. Davor hatten sich auf dem Sediment, das der Strom im Laufe der Jahrhunderte hier angeschwemmt hatte, riesige, grüne Wiesen gebildet, die ebenfalls von den Brücken überspannt wurden.

„Hallo, Freunde! ... Ihr seid da!“

Über ihnen erklang die Stimme des Orion-Albatrosses, der gemerkt hatte, dass die Rettungsexpedition nach einem kleinen Dorf an einem kleinen Flüsschen suchte. Für etwa eine Sekunde verdunkelte die Silhouette des Vogels den Himmel und war schon im gleichen Augenblick, von den Menschen unbemerkt, wieder in der Tiefe des Weltalls verschwunden.

Vugur legte in voller Fahrt das Ruder hart nach Backbord, worauf sich der Bug der „Braut des Zyklons“ nach rechts neigte. Aufgrund des schnellen Manövers des Skippers flatterten die Zipfelmützen-Segel ungetrimmt im Fahrtwind und wären den kühnen Seefahrern fast vom Kopf gerissen worden.

„Festhalten ... !“, schrie der Vugur und hielt mit voller Fahrt auf das flache Ufer der Oberkasseler Rheinwiesen, gegenüber der Düsseldorfer Altstadt, zu.

Die „Braut des Zyklons“ sauste über den schmalen Kiesstrand, der das Wasser an dieser Stelle säumte, zwischen den Beinen eines Schäferhundes durch ... der gerade eines gehoben hatte, um eine

Abfalltonne anzupinkeln, die von der Bürgerinitiative Saubere Rheinwiesen für die Spaziergänger aufgestellt worden war ... raste dann über das vom beginnenden Abendtau glitschige Gras der Wiese mitten hinein in den Strom der Kirmesbesucher und prallte gegen einen Kinderwagen. Das Kind schrie aufgeregt: „Zwerge! Mami, klitzekleine Zwerge!“ Die Mutter suchte daraufhin die Leuchtreklamen der Kirmesbuden ab. Der edle Klipper knallte gegen die Fußspitzen eines Ballonverkäufers und löste sich in seine Bestandteile auf. Die Besatzung landete im hohen Bogen gut verteilt zwischen den Auslagen einer Losbude. Vugur und seine Crew waren auf der berühmten Düsseldorfer Kirmes.

SÜSSILEIN

„Ich will den Zwerg! Da, den klitzekleinen Zwerg! Oh ... ist der niedlich ... guck ma', Daddy! ... Guck ma'!“

Ein kleines Mädchen mit einem dicken Bündel Lose, das die Symbole von unvollständigen Gewinnreihen aufwies und den jungen Vater ein Vermögen gekostet hatte, stand im Pulk vor der dicken Frau des Inhabers der Losbude, die die Kleinstgewinne ausgab, und wartete aufgeregt, bis es an der Reihe war. Die dicke Frau gab dem Jungen vor ihr eine billige Trillerpfeife aus Plastik und sah nun die Kleine an. Die reichte ihr das Losbündel, zeigte auf Klining, der zwischen einer Gummispinne und einem Plüschtierchen gelandet war, drehte sich zu ihrem Vater um und rief aufgeregt: „Daddy ... ich will den klitzekleinen Zwerg da ... den mit den großen Kulleraugen!“

Die dicke Frau hatte inzwischen die Lose mit den Symbolen gezählt, obwohl das völlig überflüssig war. Die so genannten Gewinner der Kleinstgewinne bekamen sowieso immer, je nach Gutdünken der dicken Frau, etwas aus den Kisten mit dem billigsten Krimskrams in die Hände gedrückt, egal ob sie jetzt zwanzig oder dreißig Lose mit den Sammelsymbolen hatten. Denn darauf kam es an: die Symbole einer Reihe vollständig zu sammeln. Dafür musste man den Käufern der Lose die Illusion vermitteln, dass sie nur noch ein Symbol – zum Beispiel ein goldenes Herz in einer Reihe von fünf verschiedenfarbigen Herzen – bis zum Hauptgewinn brauchten. Natürlich hatten sie alle anderen Herzen und Farben schnell zusammen und brauchten jetzt nur noch das goldene Herz. Das machte die Leute ganz wild. Die kauften Lose um Lose.

Besonders Kinder, die ihre Eltern nervten, oder junge Mädchen oder Frauen, die auch unbedingt so ein riesiges Plüschtier haben wollten, erwiesen sich als echte Umsatzbringer. Manchmal taten der dicken Frau die jungen Männer Leid, die oft einen halben Wochenlohn in Lose investieren mussten, damit ihre kreischenden Tussis eines der billigen Plüschtiere gewannen. Meistens endete die ganze Aktion mit einem billigen Kugelschreiber. Damit die jungen Männer dem enttäuschten Gejaule ihrer Weiber nicht allzu lange ausgesetzt waren, gab sie oft noch gutmütig ein Mini-Plüschtier obendrauf.

„Oh, Schatzi, it dat süüüüß ... dat kleine Bärchen, tüdi ... tüdi ... tüdi! Den nehm ich heute mit ins Bett ... dat niiieedliche Bärchen!"

Die dicke Frau schüttelte den Kopf: Manchmal verlor sie den Glauben an die Menschheit ... denn die Leute wurden immer verrückter. Gedankenverloren reichte sie dem kleinen Mädchen ein Mini-Plüschbärchen, worüber sich kleine Mädchen in der Regel mehr freuten als über den Hauptgewinn.

„Ich will aber den klitzekleinen Zwerg daaa ... !"

„Was für'n Zwerg? Wir haben keine Zwerge!"

Die dicke Frau schaute verdutzt auf das kleine Mädchen. Das fing an laut zu jaulen.

„Das könnt ihr hier auf der Kirmes. Erst zockt ihr einem das Geld aus der Tasche und dann bescheißt ihr noch kleine Mädchen!" Der wütende Vater trat an die Kleinstgewinnausgabe der Losbude heran.

„Wir haben aber wirklich keine Zwerge! Ich hätte der Kleinen ja auch nur einen Kugelschreiber zu geben brauchen!"

Unverschämt! Da war man nett und wurde noch angepöbelt.

„Und was ist das da neben der Gummispinne?", keifte die junge Frau, die die jaulende Rotznase schützend in die Arme genommen hatte. „Keine Angst, Süßilein, dein Daddy wird schon dafür sorgen, dass du deinen klitzekleinen Zwerg bekommst. Nich' wahr Daddy?"

Die dicke Frau drehte sich um und schaute auf ihr Erfolgsmodell für kleine Jungs. Tatsächlich, da lag neben der fast lebendig aussehenden Gummispinne ein kleines Zwergenpüppchen. Wo kam denn das auf einmal her? Egal, sollte das Gör es doch haben. Hauptsache, die hauten ab. Die Leute wurden ja schon aufmerksam.

Klining sah die riesige Hand der dicken Frau nach sich greifen. Blitzschnell verwandelte er die große Gummispinne in ein Plüschpferdchen und ließ es in die Hand der dicken Frau springen.

„Das ist aber nicht der Zwerg!", keifte die junge Mutter.

„Her mit dem Zwerg oder ich hol die Polizei!" Daddys Stimme wurde drohend.

Der dicken Frau schwirrte der Kopf. Zwerg? ... Pferd? Da sollte noch einer klarkommen. Sie wollte gerade nach dem Zwerg suchen, da kreischte die Kleine: „Ooooh wie süß ... ein Pony! Daddy, ich will das Pony! ... das Pony! ... das Pony!"

Daddy schaute ergeben zum Himmel. „Süßilein, du wolltest doch gerade noch das Zwerglein?"

„Ich will aber das Poonnnyyyy!" Die Stimmlage der Kleinen erreichte die einer Alarmsirene.

„Nun hol dem Kind doch schon sein Pony, Alfred!"

Alfred schaute auf die dicke Frau. Die dicke Frau schaute auf Alfred. Ein stummes Ringen mit den Augen. Alfred schlug die Augen nieder. Die dicke Frau hatte gewonnen.

„Entweder den winzigen Zwerg oder das Pony und zehn Euro!", sagte sie triumphierend. Da siehste nun, wohin dich deine Unverschämtheit gebracht hat, dachte sie. Hoffentlich fand sie im Zweifelsfalle den blöden Zwerg, aber sie war sicher, dass ihr Bluff klappte. Er klappte. Der junge Mann griff seufzend in die Tasche und pflückte aus seinem Portemonnaie fünf Euro.

„Fünf Euro müssen reichen."

„Dann gibt es eben kein süßes Pony!", grinste die dicke Frau und hielt der Kleinen das Plüschpferd vor die Nase. Wie erwartet kreischte Süßilein wieder los.

„Na gut, hier sind zehn Euro!"

Mit schnellem, geübtem Griff schnappte sie sich den unverhofften Nebenverdienst und ließ ihn, bevor ihr Mann etwas merkte, in der Bluse verschwinden.

„Hier, mein Schätzchen, da hast du dein Pony. Da war dein Daddy aber großzügig!"

Klining, der sich hinter einem Mini-Plüschtier versteckt hatte, gefiel die dicke Frau. Ganz schön clever, wie die den Blödmann von Daddy und seine hochmütige Frau ausgetrickst hatte. Schade, dass er nicht dabei sein konnte, wenn sein Zauber nachliess und sich das süße Pony im Beisein der hysterischen Mami wieder in die Gummispinne verwandelte.

DER AUFSTIEG

„Kusch ... kusch!"

„He, du Null, du wagst es noch herzukommen?"

Da war es wieder. Jeder Blödmann konnte ihn ungestraft von der Seite annölen. War ja auch egal. Heute war sein Schicksal sowieso besiegelt. Er trottete mit den schlimmsten Erwartungen auf den Schulhof – wie ein Schaf zur Schlachtbank.

„Kusch ... kusch! ...willste mal wieder Schuhe lecken?"

Vor sich sah Olli die Schuhe von Bulle Reiser. Ihm war alles wurscht. In sich fühlte er auf einmal eine unglaubliche Wut aufsteigen, die sich ruhig und kalt ausbreitete. Er blickte hoch und direkt in Paul Reisers Augen.

„Halte deine dämliche Schnauze, Reiser!", hörte er seine Stimme wie durch einen Nebel. Die Wirkung einer einschlagenen Bombe konnte größer nicht sein. Ungläubige Stille machte sich auf dem Schulhof breit.

„Was hast du gerade gesagt, Kusch?" Bulle Reiser und alle anderen waren sich sicher, sie mussten sich verhört haben.

„Ich sagte ..." Die Stimme der Null, die klein und schmächtig vor dem Kraftpaket Reiser stand, war kalt und hell. „... ich sagte, halte deine dämliche Schnauze!"

„... und lass mich gefälligst in Ruhe!", fügte Olli noch todesmutig hinzu.

Auf dem Schulhof wurden Wetten abgeschlossen, auf welche gemeine Art und Weise Bulle die Null fertig machen würde. Bulle Reiser brauchte noch Zeit, um das Unglaubliche zu kapieren. Dann begriff er und bereitete sich vor, die Null in den Boden zu stampfen. Ein Ring aus Schülern bildete sich um die beiden, obwohl einige das für Zeitverschwendung hielten. Einen Ring brauchte man, wenn ein Kampf zu erwarten war. Das hier war eine Hinrichtung.

Da traf Bulle Reiser ein Blick der Null. Bulle zuckte unmerklich zurück. Noch nie hatte er so starre, todesentschlossene Augen gesehen. So mussten sich früher die Samurai ... Bulle liebte blutrünstige Geschichten von Samurai ... beim Seppuku, ihrem zeremoniellen Selbstmord – diese grauenvolle Entleibung ist auch unter der Bezeichnung Harakiri bekannt – ihr Schwert in den Leib gestoßen haben. Er zögerte. Bulle Reiser mochte kein Risiko. Er war im Grunde nicht der Mutigste und legte sich nur mit jemandem an, wenn er sich absolut sicher sein konnte, dass derjenige ihm unterlag. Schon wollte er sich vor diesen unangenehmen Augen zurückziehen, da hörte er seine Klassenkameraden brüllen: „Los, Bulle ... mach schon ... es hat geklingelt." Paul Reiser wusste, jetzt zu kneifen war nicht drin. Er straffte die Schultern, sammelte seine Bärenkräfte und wollte die unangenehmen Augen mit einem fürchterlichen Schlag für alle Zeiten dicht kloppen. Das war seine anerkannte Spezialität. Zahlreiche Veilchen der Mitschüler zeugten davon.

Oliver sah, wie sich Bulles beeindruckende Muskeln unter dessen Hemd spannten und zog in Erwartung des todbringenden Schlages den Kopf zwischen die Schultern. Mit etwas Glück würde er diesen überleben und kam mit nur einem Schlag davon ... schließlich hatte es schon geklingelt.

„He, Bulle, lass meinen Freund Olli zufrieden!"

Die Bombe, die jetzt auf den Schulhof niederkrachte, übertraf jede Vorstellung. Es war Markus Wernrot, der leicht verspätet auf den Schulhof gerannt kam.

Er lief direkt auf die Null zu, legte seinen Arm um sie und sagte zu Paul Reiser: „Bleib cool, Bulle. Oliver gehört jetzt zu uns!" Dann sah er sich drohend in der Runde um und verkündete: "Ich erwarte, dass ihr meinem Freund Oliver mit Respekt und Achtung begegnet ... sonst bekommt ihr es mit Bulle zu tun. Nich' wahr Bulle?!"

Bulle nickte verdattert.

Die Bombe hatte eingeschlagen. Die Welt stand Kopf. Nichts würde mehr so sein, wie es mal war.

„Komm, Olli, das sind doch alles nur Schwachköpfe!“ Wernrot ließ seinen Arm um Ollis Schultern liegen und ging mit ihm, in der Haltung zweier alter Freunde, aus dem Ring, über den Schulhof, durch das Treppenhaus und in das Klassenzimmer.

Mit einem: „He, Bulle, setz dich zu Dennis!“, verscheuchte er den immer noch ungläubig schauenden Reiser und drängte Olli auf dessen Platz direkt neben sich.

Der Klasse stand der Mund offen. Noch nie hatte man innerhalb einer Klassenhierachie einen so rasanten Aufstieg gesehen. Von Null auf Platz zwei.

Kopfschüttelnd beobachtete die junge Studienreferendarin die Szene. Da sollte einer mal die Kids verstehen. Erst hauen sie sich die Köpfe ein und jetzt sind sie ein Herz und eine Seele. Genau das gefiel ihr nicht. Warum tat der widerliche Angeber Markus Wernrot auf einmal mit dem ruhigen Oliver Kusch so dicke? Da stimmte etwas nicht. Sicherlich war da wieder so eine Schweinerei im Gange. Sie würde Wernrot im Auge behalten.

„Setzt euch bitte! ... Setzen! ... und Ruhe bitte!“

Selten hatte sie die Klasse in einer derartigen Aufregung gesehen - als wenn da eine Bombe eingeschlagen hätte.

„Heute ... setzen wir ... unseren Geschichtsunterricht ... fort!“ Sie musste ihre Stimme anheben, um sich gegen das laute Durcheinander der aufgeregten Stimmen durchzusetzen.

„Wir haben heute ... das Thema ... Mongoleneinfälle im ... 13. Jahrhundert ...! Hört jetzt bitte auf zu reden!“

Der Geräuschpegel der Klasse senkte sich um keinen Millimeter.

„Wer ... kann etwas ... darüber ... berichten ...?“ Nicht zu glauben, sie verlor die Nerven. „VERDAMMT ... ICH SAGTE ... R U H E E E !!!“ Sie trompetete ihre letzten Worte wütend in den Klassenraum.

Stockstille ... ein Orkan schien die Stimmen der Kids aus den geöffneten Fenstern geblasen zu haben.

Auf dem Flur schaute der vorübergehende Kollege Krüger genervt zur Decke. Schon wieder einmal eine der jungen Lehramtsanfängerinnen, die vom Job überfordert war.

In der Klasse schauten alle verdutzt auf das hübsche und jetzt sehr wütende Gesicht der jungen Pädagogin. Was war denn mit der auf einmal los? Aber selbst Markus Wernrot verschluckte seine dumme Bemerkung. Mit der war jetzt nicht gut Kirschen essen. Die Klasse zog es angesichts der blitzenden Augen vor, sich zu konzentrieren, und setzte sich möglichst geräuschlos auf den Stühlen zurecht.

Na also ... dachte Ingrid Mahler, innerlich zufrieden ... geht doch. Sie nahm sich vor, in Zukunft öfter mal auf solche archaischen, aber offenbar sehr wirkungsvollen Erziehungsmethoden zurückzugreifen.

„Mongoleneinfälle! Wer kann dazu etwas sagen?"

Zu ihrem Erstaunen meldete sich Markus Wernrot.

„Dschingis Khan hat alles überfallen und restlos niedergemetzelt ... und die Frauen geschändet – glaub ich." Er drehte sich selbstgefällig zur Klasse um und grinste anzüglich.

Natürlich, von dem konnte man ja nichts anderes erwarten. Ingrid Mahler schaute in die Klasse. „Weiß sonst noch jemand etwas ...?"Oliver hob zaghaft die Hand, in der Erwartung, dass er gleich wieder niedergezischt würde ... Kusch ... Kusch!

Stille.

Bulle Reiser streckte sich, bereit, jedem eine aufs Maul zu kloppen, der sich getraute, den neuen Freund von seinem Boss anzunölen. Olivers Hand blieb oben.

„Oliver? ... du kannst uns mehr erzählen?" Ingrid Mahler kam aus dem Wundern nicht mehr heraus.

Der Rotschopf stand auf und erzählte erst stockend, dann immer flüssiger und selbstbewusster.Vor den Augen der Klasse entstand ein buntes, schillerndes Bild des größten Reiches, das jemals auf der Erde existierte. Und von der im Westen größtenteils unbekannten hohen Kultur der Mongolen. Die Pax Mongolica stand der Pax Romana in nichts nach.

Olivers lebendige Schilderung endete mit einem kleinen verlegenen Lächeln. Dann setzte er sich schnell.

Ingrid Mahler, die ebenso fasziniert wie alle anderen Olivers Bericht zugehört hatte, war stumm vor Überraschung. Dann schaute sie auf die Uhr und bemerkte, dass die Unterichtsstunde wie im Fluge vergangen war und gleich die Klingel zur Pause ertönen musste.

Es war mucksmäuschenstill. Eine Klasse, ein Gedanke:Wer hätte das gedacht, dass die Null Kusch so viel auf dem Kasten hatte. In der Klasse 6 b hatte an diesem Tag zum dritten Mal eine Bombe eingeschlagen. Alle sahen, dass selbst die Lehrerin geplättet war.

Markus Wernrot klopfte seinem neuen Freund Oliver anerkennend auf den Rücken. „Spitze, Mann, bist ja 'n richtiger Professor ... echt geil eh'! ... Und die Mongolen haben wirklich die ganze Welt erobert?" Dabei schaute er triumphierend in die Runde, so als habe er das neue Klassengenie entdeckt.

Markus sah seinen Notendurchschnitt in nie gekannte Höhen steigen. Jetzt hatte er nicht nur jede Menge Speichellecker und einen Bodyguard, sondern auch noch einen Ghostwriter für seine Hausaufgaben. So wie diese Typen von der Bundesregierung. Er war der festen Überzeugung, dass ihm das aufgrund seiner exponierten Stellung selbstverständlich zustand.

Ingrid Mahler lächelte: „Das hast du uns wirklich sehr schön erzählt, Oliver. Das ist eine glatte Eins. Gratuliere!"

Jetzt passierte etwas, das das Leben von Oliver von Grund auf veränderte. Die 6 b klopfte anerkennend auf die Tische. Oliver wäre vor Verlegenheit am liebsten unter dem Tisch versunken, aber er wusste, in dieser Klasse würde er ... Markus Wernrot hin, Bulle Reiser her ... nie wieder als Null angesehen werden.

In der Pause drängten sich alle um Oliver. „War Ögotai wirklich ... Und das war das größte Reich der Welt? ... Wie weit konnten die mit ihren Bögen schießen? ... War Marco Polo wirklich da?" In der 6 b war eine Tartarenitis ausgebrochen.

„Ich habe doch immer gesagt, der Olli ist einfach süß!", flötete Sandra Dybalski ihrer besten Freundin Conny Schlehmann zu.

„Ich bin schon mit ihm verabredet, lass bloß die Finger von ihm", behauptete Conny schnippisch.

„Du spinnst ja! Davon weiß ich ja gar nichts."

„Dann weißt du es eben jetzt."

Sandra schluchzte. „Du bist so gemein ... ich will nicht mehr deine Freundin sein." Sie rannte heulend weg.

Blöde Kuh, immer musste sie sich den besten Jungs zuerst an den Hals schmeißen. Dieses Mal nicht. Pfeif auf beste Freundin. Dann versuchte Conny sich durch den Pulk Schüler, der Oliver umdrängte, hindurchzuzwängen. Plötzlich schubste sie eine grobe Hand beiseite.

„Schluss jetzt! Ich hab mit Olli etwas Dringendes zu besprechen." Der selbst ernannte Regierungschef der 6 b, Markus Wernrot, zog Olli aus dem Pulk und zur Seite.

„Bulle, halt mir die Penner vom Hals."

Damit meinte Wernrot seine neugierigen Klassenkameraden, die ihnen mit den Augen gefolgt waren. Bulle Reiser nahm in drei Meter Abstand die typische Haltung eines konzentrierten Bodyguards ein, so wie er es in diesen Hollywoodschinken gesehen hatte. Mit leicht gespreizten Beinen, leicht und locker auf den Füßen wippend und hoch aufgerichtet, ließ er seinen wachsamen Blick über die Menge der Schüler gleiten. Potentiellen Attentätern unter den Schülern verließ angesichts so viel geballter Wachsamkeit auf der Stelle der Mut, den Regierungschef der 6 b zu stürzen.

„War geil, dein Vortrag über die Mongolen."

Oliver schaute auf Wernrot, dessen Augen vor unverhohlener Spannung glitzerten. Schließlich konnte dieser nicht mehr an sich halten und platzte heraus: „Hast du sie dabei?"

Oliver, der schon die ganze Zeit auf diese Frage gewartet hatte, fragte mit harmlosem Gesicht zurück: „Wen?"

„Na, das Action-Püppchen. Die Mohrrübe. Den japanischen Mini-Zwerg!"

Oliver antwortete cool und lässig: „Ist zu gefährlich, hab ich zu Haus gelassen!" Dabei fühlte er den Druck des kleinen Kistchens in seiner Jacken-Brusttasche. Rinchen hatte von der ganzen Aufregung nichts bemerkt. Er hörte ihr feines, kaum hörbares Schnarchen.

„Markus!" Er sagte Markus. Nicht Boss wie Bulle, oder King wie die anderen Schleimer in seiner Klasse ... einfach nur ganz cool, ganz sachlich Markus. „Wenn ich gewusst hätte, dass du ...", er zögerte bewusst, „... dass du noch Interesse an der hast ...?" Er blickte den King der 6 b fragend an. „... ich meine nach dem Vorfall gestern ...?"

„Du wirst doch nicht ...?" Wernrot wurde ganz schlecht bei der Vorstellung, dass die ganze Schule auf seine Kosten vor Lachen brüllte. Er würde den Kusch wie eine Laus zerquetschen oder besser von Bulle zerquetschen lassen. Allerdings hegte er leise Zweifel, ob Reiser seinen Befehl noch ausführen würde, wenn er erfuhr, dass sein Regierungschef, dem er als Bodyguard so treu diente, sich als wimmerndes Weichei entpuppte, das sich feige in einer stinkenden Mülltonne verkrochen hatte.

„Was hältst du von mir, Markus?" Da war er wieder, dieser neue, selbstbewusste, ruhige Ton. „Ich bin doch kein Verräter. Ich weiß gar nicht, wovon du redest. Hab ich alles vergessen!"

„Ehrenwort?"

„Ehrenwort, Markus."

Obwohl Wernrot froh war, dass der Kusch dichthalten wollte, ärgerte er sich. Der mit seinem verdammten Markus. So nannten ihn nur die Lehrerin und seine Mutter. Er war der Boss, der Chef, der King. Aber im Moment schien es wohl nicht besonders ratsam, den Kusch zur Räson zu rufen. Das musste er später erledigen. Aber aufgeschoben war ja noch nicht aufgehoben. Jetzt überlegte er, wie er am raffiniertesten an die Mini-Actionpuppe herankommen könnte. Er hatte die ganze letzte Nacht im Internet gesurft und nichts gefunden.

„Bringste sie morgen mit?"

„Wen?"

„Die Actionfigur!"

„Ach so, die ... mach ich, Markus." Oliver wusste, bis morgen musste er sich etwas einfallen lassen, sonst kam er in Schwierigkeiten. Länger würde er Wernrot nicht hinhalten können. Die Pausenklingel läutete.

Wernrot, immer noch erleichtert, dass der Kusch ihn nicht in die Pfanne haute, verfolgte – wie lange nicht mehr – ohne Störung den Unterricht. Sollte der kleine Oliver auf den Rüpel tatsächlich einen positiven Einfluss ausüben? Ingrid Mahler gewann langsam die Überzeugung, dass heute ein denkwürdiger Tag war.

Nach der Mathe- und der Geografiestunde stürmte die 6 b aus der Schule. Der Emotionsstau löste sich in einem lauten Stimmengewirr: Endlich konnte man über die drei eingeschlagenen Bomben reden.

„Ich will mit der Gang heute auf die Düsseldorfer Kirmes. Ich schmeiß 'ne Runde. Olli, du kommst mit. Wir treffen uns um drei am Hauptbahnhof!" Das war ein unmissverständlicher Befehl des Bosses der Wernrot-Gang.

„Schade, ich hab heute leider keine Zeit, Markus. Ich muss mit meinem Onkel zum Jugendamt", log Olli.

„Mist!" Wernrot wollte die Null bis morgen lieber in seiner Nähe haben. Außerdem hätte der dann die Actionfigur gleich mitbringen können. Ausgeschaltet natürlich. „Na gut ... dann bis morgen, und denk dran ... !"

„Mach ich, Boss!" Über das Gesicht von Markus Wernrot zog sich ein befriedigtes Grinsen. Na also, ging doch. War doch viel einfacher, als er im Moment gedacht hatte. Der Kusch kuschte wie immer. Markus verabschiedete sich von Olli jovial wie von einem alten Freund und trollte sich dann – Teile der Gang und seinen Bodyguard im Schlepptau.

DER ZEITUNGSARTIKEL

„Ups!" Den wäre er für heute erst einmal los. Oliver ging nach Hause, stellte die Kiste mit dem schlafenden Rinchen (die schlief aber wirklich sehr lange) auf das Regal und stürzte sich auf die Hausarbeit. Danach weckte er Rinchen.

„Hast du Hunger? Ich mach dir gern etwas zu essen."

„Nein, wir klitzekleinen Zwerge haben alles zu essen dabei. Hier in meiner Mütze." Sie griff in die Zipfelmütze und holte einen winzigen Zwieback hervor. „Wenn du vielleicht etwas zu trinken hättest."

„Wir haben hier nur Schluck oder Kraneberger."

„Kraneberger?"

„Ja, Wasser aus der Leitung."

„Das macht nichts, Wasser ist gut."

„Warte, ich hol dir einen Schluck."

„Du spinnst ja. Du willst wohl, dass ich ein Ende nehme wie der Neandertaler von heute Nacht!"

Olli grinste. „Ich meine einen Schluck Wasser ... pssst, sei leise ... ich gehe eben nach nebenan."

Er öffnete die Tür: Jupp machte schon wieder ein Nickerchen. Allerdings schnarchte er nicht ganz so laut wie in der vergangenen Nacht. Oliver nahm ein Glas und füllte es in der Küchenecke mit Wasser ... er sah die Zeitung in der Ecke liegen. Gewohnheitsmäßig bückte er sich, um sie wegzuräumen, als sein Blick auf die

Schlagzeilen fiel: „Sensationelle Weltneuheit auf der Düsseldorfer Kirmes." Das Bild daneben sollte wohl einen Zirkusdirektor darstellen. Olli griff die Zeitung und huschte in den Flur.

„Schau mal, Rinchen, das muss einer von deinen Leuten sein." Er deutete auf den Winzling in der Hand des abgehalfterten Zirkusdirektors.

„Das ist Vodor! Er lebt ... er lebt!" Rinchen hüpfte vor Freude.

Oliver las die Zeilen unter dem Bild. „Mit dem kleinsten Liliputaner der Welt präsentierte gestern Florian Floh ... Direktor des einzigen noch existierenden Flohzirkus ... auf der Düsseldorfer Kirmes eine nach seinen Worten Weltsensation ersten Ranges. Ihm war es gelungen, den kleinwüchsigen Däumeling – so der Name des Kleinwüchsigen – unter Vertrag zu nehmen. Däumeling entstamme laut Floh einer Familie von Zwergenwüchsigen, die den Winzling bisher vor der Öffentlichkeit versteckt gehalten hätten. Die unglücklichen Eltern schämten sich über die Missgestalt ihres Sohnes, dessen winzige Größe in keinem Verhältnis zu der normalen Größe eines Zwergenwüchsigen stehe. Er, Floh, habe die Eltern aber überzeugen können, dass ihrem Sohn mit einem professionellen Manager wie ihm ... schließlich habe er eine große Erfahrung mit winzigen Artisten vorzuweisen ... im Showbusiness eine große Zukunft bevorstehe.

Heute Abend um 19.30 Uhr sollte im bisherigen Flohzirkus und jetzigen Kolosseum mit dem ersten gemeinsamen Auftritt von Däumeling und seinen Mini-Bestien (Menschenflöhe seien ja, das wisse schließlich jeder, durchaus nicht ungefährlich) sein neues geändertes Sensationsprogramm Weltpremiere haben. Das verehrte Publikum könne auf eine actionreiche Unterhaltung gespannt sein. So viel wolle er verraten, als Höhepunkt des Programms werde Däumeling in der Rüstung eines römischen Gladiators in der Arena gegen fünf seiner gefährlichsten, Blut saugenden Menschenflöhe antreten."

„So ein perverses Schwein!" Rinchens Augen funkelten vor Wut. „Gegen Flöhe! Igittigitt, mir juckt es ja jetzt schon an allen Stellen. Oliver, Vodor müssen wir sofort da rausholen!"

Oliver las den Artikel weiter: „Direktor Floh empfahl wegen des großen zu erwartenden Andrangs, sich im Vorverkauf rechtzeitig Karten für eine der zehn Vorstellungen des heutigen Abends zu sichern."

„Was, zehn Vorstellungen! So eine Sau!“ Rinchen flippte regelrecht aus vor Wut. „Das überlebt Vodor nicht ... den Zirkusdirektor sollen seine eigenen Flöhe fressen!“

„Da steht noch was.“ Oliver las weiter. „Wie die Redaktion aus zuverlässiger Quelle erfahren hat, will sich die Staatsanwaltschaft mit der Herkunft des Däumelings beschäftigen. Wie man hinter vorgehaltener Hand absolut vertraulich informiert wurde, vermute der Staatsanwalt hinter der unglaublichen ‚Größe‘ des so genannten Däumelings eher eine verbotene Genmanipulation als eine natürliche Geburt. Florian Floh, oder besser Rudi Blahmann (so sein richtiger Name), werde hier genauestens Rede und Antwort stehen müssen. Auch sei eine eingehende Befragung der Eltern des Winzlings vorgesehen. Außerdem wolle man prüfen, ob mit dem Auftritt des Kleinwüchsigen und seines angekündigten Kampfes gegen die Flöhe ein Verstoß gegen die Menschenrechte vorliege. Wobei weiterhin zu prüfen wäre, ob auf Kleinwüchsige dieser Größenordnung die Menschenrechte überhaupt zur Anwendung kommen könnten. Auf jeden Fall habe man Spezialisten des Verfassungsschutzes und des Bundeskriminalamtes hinzugezogen.“

„Unglaublich!“ Oliver wurde ebenfalls rot vor Wut. „Als wenn die Menschenrechte nur auf Personen ab einer bestimmten Größe anzuwenden wären. Ist doch sowieso Quatsch. Menschenrechte? Was maßt sich der Mensch hier eigentlich an. Wir Menschen leben doch nicht alleine auf dieser Welt!“

Wenn du das man weißt, dachte Rinchen.

„Was ist mit den Tieren? Den Pflanzen? Der Luft? Dem Wasser? ... überhaupt mit der ganzen Umwelt?“ Oliver regte sich immer mehr auf. „Dafür muss es doch auch Rechte geben? ... Oder nicht?“

„Du hast Recht, Olli!“

Rinchen staunte über Ollis Ausbruch. Der war ja gar nicht so tumpig, wie sie am Anfang geglaubt hatte. Der machte sich anscheinend richtig Gedanken über seine Welt. Sie hatte nicht gemerkt, dass sie ihn zum ersten Mal Olli genannt hatte.

Sie dachte an Klining und einen seiner schlauen Vorträge. Das Thema: MENSCH UND UMWELT. Rinchen und die anderen klitzekleinen Zwerge fanden den Vortrag ziemlich ermüdend und hielten die Ausführungen für übertrieben. Auch Rinchen wollte nicht glauben, was der Illantin ihnen berichtete. Heute begriff sie, dass der Magier keineswegs übertrieben hatte. Sie brauchte bloß an die Müllkloake zu denken, aus der sie Oliver herausgeholt hatte. Die Menschen sind aber wirklich mehr als blöde, wie die mit der Umwelt umgehen. Klining meinte damals, dass die in ihrer Gier gar nicht mehr merkten, dass sie schon lange nicht mehr mit der Natur in Einklang lebten. Eine Vorstellung, die ihrem Volk völlig fremd war. Wie sollte das auch möglich sein?

„Das werden wir alle noch zu spüren bekommen, wenn sich da nichts ändert“, orakelte der Magier. Rinchen konnte jetzt das düstere Bild nachvollziehen, das ihnen der Illantin aufgezeigt hatte. Sie hatte auf einmal Angst, dass die Menschen, die von ihnen allen bisher für recht primitiv und einfältig gehalten wurden, auf einmal zu mächtig werden könnten. Die würden doch in ihrem Wahn tatsächlich noch das Gleichgewicht des blauen Planeten stören.

„Nachher wird alles zerstört!“, maulte Olli.

„Gut ... äh ich meine nicht gut ... aber wir müssen sofort zu dieser Kirmes, bevor Vodor den Flöhen zum Fraß vorgeworfen wird!“, drängte Rinchen.

Oliver überlegte, wie sie am schnellsten zu den Oberkasseler Rheinwiesen kommen sollten. Natürlich mit der Stadtbahn U 74 oder U 77 entweder vom Oberbilker Markt oder besser direkt vom Hauptbahnhof bis zum Luegplatz in Oberkassel, aber dafür hatte er nicht genug Geld. Er müsste den Weg zu Fuß gehen. Über die Stahlwerkstraße, in die Eisenstraße, zur Graf-Adolf-Straße, die Kö längs, durch den Hofgarten und am Planetarium über die Rheinbrücke. Dann links runter auf die Rheinwiesen. Das war zwar nicht der direkte, dafür aber sein Lieblingsweg. Egal ob er den direkten oder den Lieblingsweg ging, sie würden auf jeden Fall die erste Vorstellung verpassen ... vielleicht war dann Rinas Freund schon tot und lag ohne Blut, von den Flöhen leer gesaugt, in der Arena. Olli überlegte: Vielleicht hatte Onkel Jupp noch Geld?

Er öffnete leise die Tür. Jupp lag auf dem Sofa und ratzte tief und fest. Über dem Stuhl hing seine schäbige Jacke. Olli schlich sich in das Zimmer, immer Onkel Jupp im Auge. Vorsichtig durchsuchte er die Jackentaschen. Wenn er Glück hatte (Jupp benutzte nie ein Portmonnaie), fand er vielleicht noch etwas von dem Geld, das Jupp gestern von der Bank abgeholt hatte.

„Mann, Junge, hab ich einen Schädel. Wo steht mein Schluck,

Junge?“ Jupp wälzte sich hoch und kratzte sich am Kopf.

„Äh ... du hast gestern alles ausgetrunken, wir haben nichts mehr.“

„Doch! Guck mal in die Jackentasche ... nein innen ... da müsste noch ein Flachmann sein.“ Dann war Jupp ganz wach. „Was machst du überhaupt an meiner Jacke, Junge?“

„Ich wollte sie aufhängen, damit sie nicht verknautscht, Onkel Jupp.“

„Fein, sehr umsichtig“, grunzte Jupp.

Seit der Junge im Haus war, lief er wirklich nicht mehr wie der letzte Penner durch die Gegend. Das hatte schon was für sich. Letztens hörte er, wie die Mellemann von nebenan zu der Tratschtante Nuschke sagte: „Der Binderer scheint sich wieder ein bisschen gefangen zu haben. Jetzt läuft der wieder ganz adrett rum, wenigstens wenn er aus dem Haus geht. Das war aber auch höchste Zeit. Der sah ja zuletzt aus wie einer von den verranzten Obdachlosen.“

„Innen Junge ... ich hab innen gesagt!“ Jupp brauchte dringend einen Schluck. Olli griff in die rechte Innentasche des Jackets. Tatsächlich, er fühlte eine flache Flasche und ... neben dem Flachmann ein paar Scheine und Münzen. Jupp hatte also noch nicht alles auf den Kopf gehauen. Er reichte Jupp die Flasche. Der nahm einen tiefen Zug, rülpste zufrieden und ließ sich wieder auf das Sofa fallen.

Von dort beobachtete er, wie der Junge die Jacke vom Stuhl nahm und sie sorgfältig ausbürstete. Mann, war der ein Hausmütterchen. Wenn er daran dachte, was er in diesem Alter schon alles ausgeheckt hatte. Aber die Jugend von heute, ohne Saft und Kraft. Dann fielen Jupp die Augen zu. Olli bürstete die Jacke, bis er Jupps Schnarchen hörte. Dann griff er vorsichtig in die Innentasche der Jacke, fasste einen Schein mit den Fingerspitzen und zog, Jupp immer im Auge behaltend, ganz langsam zwanzig Euro heraus. Verdammt, das war zu viel. Wenn Jupp den Verlust des Scheins bemerkte, war er dran. Er wollte den Schein schon wieder in die Innentasche gleiten lassen, als Jupp sich regte. Olli ließ den Schein schnell in seiner Hosentasche verschwinden. Er zitterte. Jupp setze sich hoch.

„He, was zitterst du? Frierst du? Du musst mehr essen, damit du was auf die Rippen kriegst."

Von was denn, dachte Olli.

„Mach mir die Glotze an, Junge, ich kann nicht schlafen."

Olli stellte den kleinen alten Fernseher an.

„Ich geh noch ein bisschen mit meinen Freunden spielen, Onkel Jupp."

Spielen? Mit Freunden? Seit wann hatte der Junge Freunde? Na gut, sollte er. Die Hausarbeit hatte er ja gemacht. Da konnte er sich einen gemütlichen Abend machen. Heute spielte die Nationalmannschaft.

„Hol mir noch ein paar Flaschen Bier, Junge. Da muss noch Geld bei mir in der Jacke sein." Hoffte Jupp wenigstens. Die letzte Nacht war aber auch zu dicke gewesen. „Gib mal her ..."

Der Junge reichte ihm die Scheine. Jupp zählte. Oliver bangte.

„Zehn ... Fünfzehn ... Fünfunddreißig ... ich hätte schwören können, dass ich noch einen Zwanziger mehr in der Tasche hatte." Sollte etwa der Junge?

Oliver brach der kalte Schweiß aus.

Quatsch, dafür war der viel zu doof und hatte viel zu viel Muffensausen. Der traute sich nicht zu klauen. Würde ihm auch schlecht bekommen.

„Guck ma', sind da noch Münzen in der Jacke?"

Oliver kramte erleichtert nach den Münzen.

„Hier zwei Euro ... und sieben Cent."

„Besser als nichts", grummelte Jupp. „Hol 'nen Sechser-Träger Export und 'ne Flasche Schluck. Bestell dem fetten Meier am Büdchen 'nen Gruß von mir, dann kriegste das auch."

Blödes Jugendschutzgesetz. Er würde schon drauf achten, dass der Junge nicht an den Schluck ging. Da war er ganz verantwortungsvoll. Wär ja noch schöner, wenn die Gören jetzt auch noch anfingen zu saufen. Da käme man ja selbst zu kurz. Die sollten man schön bei ihren Exterbumsta ... oder wie das Zeug hieß ... bleiben. Konnten ja in der Schule am Klebstoff schnüffeln, mehr hatten sie früher ja auch nicht.

Ob der Junge Drogen nahm? Aber dafür war der zu fix im Haushalt. So wie die voll gedröhnten Jugendlichen am Hauptbahnhof schaute der auf keinen Fall aus den Augen.

„Darfst dir für 'nen Zehner ein paar Bonschen kaufen ... bin ja nicht so."

Was meinte Onkel Jupp denn, was man heute noch für zehn Cent bekam? ... aber besser als nichts. Olli sauste auf den Flur. Griff sich das Kistchen mit Rinchen und flitzte zum Büdchen an der Ecke.

„Na, Junge ... Jupp, das alte Weichei, liegt wohl noch in sauer?" Einer von Jupps Zechkumpanen, der Müllers Wulli, war schon wieder voll drauf und kippte sich das fünfte Fläschchen Magenbitter hinter die Binde.

„Ist nur für die Gesundheit", grinste er Olli an.

„Du säufst dich, genau wie der Binderer, nochmal um deinen Verstand", meinte der fette Meier mürrisch.

„Verdienste ja reichlich dran, 'ne!"

„Klar, ich bau mir schon das dritte Schloss, du Saufnase ... Junge, was is' ... nun sag schon, was du willst. Ich hab nich den ganzen Tag Zeit."

Was der wohl sonst noch zu erledigen hatte, überlegte Olli. „Schönen Gruß von Onkel Jupp. Einen Sechser-Träger Export und eine Flasche Korn."

Der fette Meier steckte beides in eine Plastiktasche.

„Ich hoffe, du hast Geld? Anschreiben is' nämlich nich."

Er gab Olli das Wechselgeld zurück.

„Und ein Tütchen Brausepulver." Olli schob zehn Cent über den Kassentisch.

„Junge, da hat sich der Geizhals von deinem Onkel aber überschlagen vor Großzügigkeit, was?"

Olli schlug verlegen die Augen nieder.

Müllers Wulli legte dem Jungen den Arm um die Schultern.

„Nimm's nicht so tragisch, Junge. Wir wissen doch alle, was für ein Arschloch der ist. Sag mal, kriegste überhaupt genug zu essen? ... so dünn, wie du bist."

Olli nickte rot vor Verlegenheit.

„He, Meier ... komm, gib dem Jungen mal ein ganzes Päckchen von dem Prickelzeug. Schreib das auf meinen Deckel. Hab ich früher auch immer gern gelutscht. Musst du den Mädels in die Hand streuen und dann ein bisschen Spucke drauf. Da fahren die voll drauf ab." Wulli lachte sich schier kaputt.

„Mensch, der Junge ist noch viel zu klein ... du mit deinen schmutzigen Anzüglichkeiten", knurrte der fette Meier und legte das Päckchen Brausepulver vor Olli hin.

„Hab' dich nicht so. Ich glaube, der Junge hat schwer Schlag bei den Weibern. Stimmts, Junge?" Dabei blinzelte er Olli fröhlich an.

„Danke, Herr Müller."

„He, nicht so förmlich. Kannst Wulli zu mir sagen. Wie heißt du denn überhaupt?"

Olli staunte. Schon wieder einer, der nach seinem Namen fragte.

„Oliver! Meine Freunde nennen mich Olli."

„Fein, Olli, ich bin Wulli ... wie gesagt, kannst Wulli zu mir sagen. Und wenn du mal Hilfe brauchst: Du findest mich hier am Büdchen!"

Olli nahm das Päckchen Brause und strahlte Wulli an: „Mach ich gern, Wulli ... und nochmals vielen Dank!" Dann sauste er ab.

„Feiner Junge. Ich wünschte, ich hätte so einen. Vielleicht würde ich weniger saufen. Gib noch'n Magenbitter, Meier!"

„Der stank zwar auch nach Alkohol, klang aber ganz nett", tönte Rinchens Stimme aus der Kiste.

„Scheint, als hätte ich heute noch einen Freund gefunden."

Oliver lieferte Jupp das Bier und den Schluck ab und sauste mit Rinchen zum Hauptbahnhof. Er nahm den hinteren Eingang, lief durch die Bahnhofshalle, in der sich rechts und links die Aufgänge zu den Gleisen, die Geschäfte und die Restaurants reihten, bis zum Bahnhofsvorplatz. Dort zog er schnell eine Karte und erwischte noch die Stadtbahn U 77, die nach Oberkassel fuhr.

Außer Atem ließ er sich auf einen Fensterplatz fallen.

„He, Bulle, mach Platz für deinen Boss!"

DIE SCHWARZFAHRER

Olli duckte sich hinter die Sitzlehne und lugte vorsichtig über die Lehne nach hinten. Verdammi, das hatte ihm gerade noch gefehlt: Die gesamte Wernrot-Gang lärmte im hinteren Teil des Wagens. Markus Wernrot würde bestimmt sauer werden, wenn er ihn hier sah. Olli duckte sich noch tiefer.

„Ist das nicht die Stimme von dem aufgeblasenen Typen mit dem fetten Hintern?"

Rinchens Stimme war so laut, dass die Frau mit den Einkaufstüten – auf dem Sitzplatz gegenüber – Olli verwundert und misstrauisch anschaute. Wieso sprach der Junge so komisch mit zwei verschiedenen Stimmen? Die hatten heutzutage auch nichts als Unsinn im Kopf.

„Sei still! Wenn die von der Wernrot-Gang mich sehen, kannst du deinen Freund Vodor nur noch als leere Hülle mit nach Hause nehmen."

„Ich bin ja still", flüsterte Rinchen kleinlaut. „Wo sind wir jetzt?"

„Wir fahren über die Rheinbrücke ... sei jetzt bitte, bitte still."

Die Frau fasste ihre Einkaufstüten fester, blickte aus dem Fenster und schüttelte den Kopf.

„Ich möchte ihn sehen! Bitte!"

„Wen willst du sehen?"

„Den Rhein, bitte, bitte ... ich bin auch ganz still!"

„Ehrenwort?"

„Ehrenwort!"

Oliver holte das Kistchen aus seiner Hemdentasche, öffnete vorsichtig den Deckel und hielt das Kistchen so, dass Rinchen aus dem Fenster der Stadtbahn sehen konnte.

„Oh ... so groß habe ich mir den Rhein nicht vorgestellt!"

„Ja das ist unser Vater Rhein", sagte Olli nicht ohne Stolz. Er zeigte nach links auf das Panorama der Düsseldorfer Altstadt. „Da neben dem Turm der Lambertuskirche, das ist der alte Schlossturm."

„Schlossturm? Was für ein Schlossturm? Lebt da 'ne Prinzessin?"

Die Frau mit den Einkaufstüten stand auf und setzte sich in die nächste Sitzreihe. Der Junge war ihr unheimlich. Der unterhielt sich ernsthaft mit einer Mohrrübe in einer kleinen Holzkiste. Sie war sich sicher, der hatte sie doch nicht mehr alle. Da setzte sie sich lieber weg. Man wusste ja nie.

„Nun macht mal ein bisschen halblang, meine Herren. Ihr stört die anderen Fahrgäste ... Fahrscheinkontrolle!"

Die sonore, Respekt erheischende Stimme des Kontrolleurs in Zivil, der seinen Dienstausweis jetzt sichtbar für jeden an die Brusttasche seines Jackets geheftet hatte, brachte die lärmende Wernrot-Gang schlagartig zum Verstummen.

„So ... dann zeigt mal eure Fahrscheine, Jungs!“

„Unser Boss hat sie ...!“ Die Stimme von Bulle Reiser hörte man bis in den vorderen Teil des Wagens.

„Na fein“, lächelte der Kontrolleur belustigt. „Wer von euch Strategen ist denn der große Boss?“ Fragend schaute er in die Runde. Die Runde zeigte geschlossen auf Markus Wernrot, der langsam rot anlief.

„Boss, dann zeig mir mal die Fahrscheine von deinem Haufen!“ Der Kontrolleur lächelte immer noch freundlich und leicht amüsiert.

Der Boss fing an zu stottern. „Die ... die ... kann ich die jetzt lösen?“

Die Miene des Kontrolleurs verfinsterte sich.

„Das heißt übersetzt ... wenn ich es richtig verstehe ... ihr habt keine Fahrscheine?“

„Ja doch ... ich wollte sie ziehen ... ich ... äh ... kann ich jetzt welche lösen?“

„Hast du nun Fahrscheine oder hast du keine für deine Kaspertruppe?“

Das liebte er ganz besonders. Schwarzfahrer, die andere Fahrgäste auch noch mit ihrem Lärm belästigten. Früher standen Schwarzfahrer bescheiden in der Ecke, schauten aus dem Fenster und hofften, dass sie nicht erwischt wurden.

„Der Automat am Bahnhof war kaputt, da konnte ich keine ziehen“, sagte Markus Wernrot dreist. „Statt mich hier anzumachen, sollten Sie lieber dafür sorgen, dass man ordnungsgemäß einen Fahrschein erwerben kann. Ich habe doch gesagt, dass ich jetzt welche lösen will!“

„Immer langsam, Bürschchen! Wo seid ihr eingestiegen?“

„Am Hauptbahnhof!“

„... Und du sagst, der Fahrscheinautomat dort ist kaputt?“

„Genau!“ Markus Wernrots Ton wurde schon wieder aufsässig.

„Haben wir gleich, Bürschchen.“ Der Kontrolleur wählte eine Nummer auf seinem Handy. „Egon, hier Rupert, grüß dich. Hör mal, ist euer Fahrscheinautomat kaputt? ... nein ... du bist sicher? ... alles klar. Du, ich habe gerade acht Schwarzfahrer auf einmal erwischt.“

Der Kontrolleur, nun ganz Amtsperson: „Deinen Vor- und Zunamen, junger Mann!“

„Philipp Daniels.“ Markus kniff ein Auge in Richtung seiner Kameraden zu und schaute den Kontrolleur scheinbar schuldbewusst und niedergeschlagen an. Ganz der erwischte Sünder.

„Adresse?“

„Hohestraße 7.“

„Wie alt bist du?“

„12 Jahre“

„Na dann: Über die Strafe für Schwarzfahren wird sich dein Vater sicher freuen! Außerdem bekommst du ein Jahr Fahrverbot für die Rheinbahn!“

Markus Wernrot schaute scheinbar niedergeschmettert auf den Fußboden. Seine Gang brüllte innerlich vor Lachen. Der Boss war aber auch 'ne coole Sau. Die Stadtbahn hielt an einer Haltestelle. Dann blieb ihnen das Lachen im Halse stecken. Markus Wernrot wurde blass.

„Guten Tag, Markus. Guten Tag, Paul. Na, ihr alle miteinander, wollt ihr zur Kirmes?“ Ingrid Mahler begrüßte die Schüler ihrer Klasse freundlich.

„Sie kennen die Schwarzfahrer?“ Der Kontrolleur zeigte auf seinen Dienstausweis.

„Ja sicher, das sind alles Schüler aus meiner Klasse. Ich bin ihre Lehrerin und heiße Ingrid Mahler. Das ist Markus Wernrot, das Paul Reiser, hier dieser junge Mann ist Jörg Klein ... warum fragen Sie?“

„Weil das 'ne dicke Anzeige gibt. Nicht nur, dass die jungen Herren schwarz gefahren sind ... nein, dieser hier hat auch noch falsche Angaben zur Person gemacht.“

„Oh ... das habe ich nicht gewusst!“ Ingrid Mahler schaute entsetzt.

„Das Ganze gibt ein Nachspiel, das sich gewaschen hat. Jetzt deinen richtigen Namen, Junge!“

„Markus Wernrot, Am Volksgarten 97.“ Markus Wernrot kochte vor Wut. Da musste diese dumme Pute von Lehrerin ausgerechnet jetzt aufkreuzen. Dabei hatte dieser Blödmann von Kontrolleur doch schon alles so schön geschluckt.

„So, meine Herren, jetzt nach dem Boss ...“ Sein ironischer

Unterton war nicht zu überhören „... einer nach dem anderen. Vornamen, Namen und Adresse, aber die richtigen Angaben, wenn ich bitten darf."

Die Stadtbahn hielt. In der Menge der Besucher, die sie verließen und zur Kirmes strömten, tauchte Olli unbemerkt unter. Der Kontrolleur hatte alle Namen und Adressen notiert, die Wernrot-Gang durfte gehen.

„Wollen Sie auch zur Kirmes?", fragte Markus seine junge Lehrerin gepresst.

„Nein, ich wohne hier in Oberkassel, in der Wildenbruchstraße. Wusstest du das nicht, Markus?", fragte Ingrid Mahler mit harmlosem Gesicht. „Ihr seht, solche Dummheiten lohnen sich nicht, Jungs. Trotzdem viel Spaß auf der Kirmes." Sie drehte sich um und ging. Ingrid Mahler konnte nicht anders, sie lachte sich befriedigt ins Fäustchen. Endlich hatten der großspurige Angeber Wernrot und seine ungezogene Gang einmal voll einen auf den Deckel bekommen. Das würde sie vielleicht in Zukunft davon abhalten, ihre Mitschüler zu terrorisieren. Was sie freute, war, dass der kleine Olliver Kusch nicht bei den Bengels war.

„Boss, meinst du, dass die Rheinbahn uns anzeigt? Meine Eltern rasten aus." Bulle stand wie die anderen Gangmitglieder mit hängenden Ohren an der Stadtbahn-Haltestelle. Die Masse der Menschen bewegte sich bereits in Richtung Kirmes.

„Quatsch! Ihr habt es alle gehört und seid meine Zeugen. Ich wollte in der Stadtbahn bezahlen. Was kann ich dafür, wenn der Automat am Hauptbahnhof kaputt ist. Keine Angst, mein Vater macht die Rheinbahn zur Sau. Wenn es ein Nachspiel gibt, dann für die."

Die arrogante Sicherheit, mit der ihr Boss den Sachverhalt bestimmte, beruhigte die Paladine Wernrots etwas.

„Auf zur Kirmes! Zur Feier des Tages schmeiße ich eine Runde Pommes rot/weiß. Ihr geht dann zum Autoscooter. Hier habt ihr Knete für ein paar Runden. Dort wartet ihr auf uns. Ich und Bulle müssen noch was erledigen. Wir brauchen nicht lange, in zwanzig Minuten sind wir spätestens wieder zurück."

Spätestens jetzt war der Letzte der Gang davon überzeugt, dass ihr Boss alles im Griff hatte. Nach all den Irritationen des heutigen Tages, man denke nur an den Kusch, standen die Jungs kurz danach zufrieden am ersten Imbissstand und mampften ihre Pommes.

„Komm, Bulle." Der Boss der Wernrot-Gang winkte Paul Reiser, der die doppelte Portion verdrückte, und beide verschwanden in der Menge der Kirmesbesucher. Der wütende Markus Wernrot hatte es eilig, zum Gladiatorenkampf im KOLOSSEUM zu kommen. Am Zeitungsstand beim Hauptbahnhof war er vor Überraschung fast umgefallen, als ihm die fetten und schreierischen Schlagzeilen der Düsseldorfer Boulevardzeitung entgegenknallten. Jetzt begriff er überhaupt nichts mehr. Das Bild zeigte das Action-Püppchen von Kusch in der Hand eines komischen Zirkusdirektors. Die Actionfigur sollte im Zirkus als Gladiator gegen Monsterflöhe kämpfen. Das konnte nur bedeuten, dass der Kusch ihn verscheißerte. Der hatte die Figur schon längst an den Kirmesheini verkauft, der gemeine Hund. Gut, dann müsste er sie eben auf der Kirmes klauen. Bulle sollte dabei Schmiere stehen. Wie er das bewerkstelligen sollte, darüber war er sich noch nicht im Klaren. Eins war für Markus aber schon jetzt so klar wie dicke Tinte: der Kusch bekäme morgen vor der versammelten Klasse eine gewaltige Tracht Prügel. Davor konnte ihn auch die Mahler nicht mehr retten. Den Kusch würde er auf eine Größe zusammenstauchen, dass der sich nicht zu bücken brauchte, wenn er ihm den Dreck der Rheinwiesen von seinen Turnschuhen lecken musste.

ZAUBERFIRLEFANZ

„Wo ist mein Pony ...?!"

Daddy Alfred schaute genervt in den Abendhimmel.

„Ist bestimmt runtergefallen, Schätzchen." Mamis Augen glitzerten Daddy böse an. Musste sie denn immer alles alleine machen. Der könnte ja auch mal auf das Kind aufpassen. „Los Alfred, guck doch mal endlich!"

Daddy Alfred ging ergeben in die Knie und schaute: ... kein Pony zu sehen. „Was hast du denn da in der Hand, Süßilein?", fragte Daddy.

Die junge Mami schaute auf das kleine Händchen ihrer Tochter und schrie hysterisch: „Iiiihh ... eine Spinne! ... eine Spinne!", und schlug ihrer Tochter das gefährliche Ungeheuer aus der Hand.

„Meine Spinne ... uuäääh, ich will meine Spinne wiederhaben!" Das Pony war vergessen. „Daddy!!! ... Mami hat mir meine Spinne ... uäääh ... böse Mami!"

„Wie kannst du nur? ... Siehst du, jetzt heult das arme Kind."

Das arme Kind hörte Daddys Zustimmung und stellte seine Sirene noch ein paar Stufen höher. Daddy nahm die Gummispinne, die mit den langen Gummibeinen wackelte, vom Boden und machte sie sauber.

„Da ... die ist doch bloß aus Gummi."

„Alfred! Weg mit der Spinne! ... Weg, sage ich. Du weißt, ich kriege Ausschlag, wenn ich Spinnen nur sehe!"

„Aber wenn Süßilein ...!"

„Ich sagte weg!! ... Weg mit der Spinne, Alfred!!! ... such das Pony, sofort!!!!"

„... Uäääh, ich will aber meine Spinne! ... Schluchz ... ich will das Pony nicht mehr! ... Schluchz ... die Spinne ist viel süßer als das doofe Pony!"

„Lass sie doch, wenn sie die Spinne mag."

„Ich gehe sofort nach Hause, wenn die Spinne nicht verschwindet!"

„Nun werde doch nicht hysterisch. Die Leute schauen ja schon." Um Daddy, Mami, Süßilein und die niedliche Gummispinne hatte sich eine Traube hämisch grinsender Leute gebildet. Man war gespannt. Wer würde gewinnen? Mami, Daddy oder Süßilein?

„Das Pony ist nicht da."

„Such das Pony, Alfred!"

„Wenn ich es doch nicht finde!" Jetzt lagen Alfreds Nerven langsam blank. Die dicht gedrängte Menschentraube um sie herum machte es ihm unmöglich, den Boden nach dem Pony abzusuchen.

„... Uäääh ... ich will die süße Spinne!"

„Hör endlich auf zu jaulen, Katinka ... sonst setzt es was! Alfred, weg mit der Spinne!" Bei Mami hatten sich die ersten Flecken des Ausschlags gebildet.

„Süßilein, was meinst du, wenn Daddy dir einen großen Teddybär kauft? ... Wo die Mami doch so eine große Angst vor Spinnen hat."

Daddy nahm das kleine Schätzchen in den Arm. Das Schätzchen

überlegte nur kurz: Das war ein gutes Geschäft. Vorsichtshalber schluchzte sie noch ein paar Mal zum Herzerbarmen.

„... Schluchz! ... Den großen aus dem Kaufhaus? ... Schluchz ...!"

Alfred zuckte zusammen. Der kostete dreihundertzwanzig Euro. Ein Riesen-Teddy von einer Markenfirma.

„Schmeißt endlich diese ekelige Spinne weg!!!!"

Alarmstufe 1!

Alfred hatte keine andere Wahl, sie befanden sich im roten Bereich. Alfred nickte gottergeben ... seine beiden Weiber konnten ihn aber auch zum Wahnsinn treiben.

Süßilein schluchzte noch einmal demonstrativ zum Herzerbarmen: „... Krieg ich den großen Teddy, Daddy?"

„Ganz bestimmt, Süßilein! Schmeiß jetzt die Spinne weg."

„Aber die ist doch nicht echt ... nur aus Gummi. Davor braucht die Mami doch keine Angst zu haben."

„Süßilein, bitte ...!"

Süßilein erkannte an Daddys Stimme: Der große Teddy war in Gefahr, sie musste handeln. Sie warf die Gummispinne in hohem Bogen in die Menge der Gaffer. Ein kleiner Junge fing sie auf. Klasse, morgen konnte er in der Schule die Weiber erstmal zum Quietschen bringen.

„Daddy ist ganz stolz auf dich, Süßilein."

„Daddy, ich hab dich ganz doll lieb." Süßilein schmiss sich in Daddys Arme. Ein triumphierender Blick traf Mami.

„Feines Süßilein." Ein älteres Ehepaar, das die Szene beobachtete, ging kopfschüttelnd weg.

Alfred hörte noch, wie der Mann sagte: „Der arme Kerl, was hat der bloß für ein Leben vor sich mit solchen Weibern!"

„Da geht es dir doch richtig gut ... oder?", lachte die Frau. Der Mann blickte innerlich seufzend zum Himmel.

Alfred seufzte ebenfalls, als er an das Nachspiel dachte, das ihn zu Hause erwartete. Bei Mami war die Eiszeit ausgebrochen, sie schaute stur geradeaus. Süßilein stürmte schon auf die nächste Losbude zu.

DAS TODESEVENT

Inzwischen hatte sich die Suchtruppe unter der Losbude versammelt. Valmin war ganz aufgeregt.

„Kommt schnell, ich muss euch was zeigen."

Vorsichtig zog er Klining um die Ecke der Losbude und zeigte auf das aufreißerische Plakat, das an einer Mülltonne klebte.

WELTSENSATION! WELTPREMIERE! ... knallte ihnen die Schlagzeile ins Auge. Sensationelle Weltneuheit auf der Düsseldorfer Kirmes! ... Heute ab 18.30 Uhr! ... Jede halbe Stunde neuer Einlass! ... Kampf des kleinsten Liliputaners und Gladiators der Welt, Däumeling ... gegen fünf gefährliche, Blut saugende Bestien! ... Veranstaltungsort des Todes-Events: Das KOLOSSEUM im kleinsten Zirkus der Welt!

Abgebildet waren unverkennbar ein klitzekleiner Zwerg in der Rüstung eines römischen Gladiators und fünf Menschenflöhe, die in der Vergrößerung wie grässliche Killer-Monster aussahen. Klining schüttelte sich.

„Wie viel Uhr ist es?"

„9 Sonnenzirkulien und 40 Entunim. In der Zeit der Menschen 18.20 Uhr."

„Dann los, wo ist dieser verdammte Zirkus?"

„Dritter Gang links, das schmuddelige kleine Zelt auf der rechten Seite", klang die Stimme Nandurs aus den Wolken. „Ihr müsst euch beeilen ...!" Die Stimme des Orion-Albatrosses verlor sich in der Ferne.

„Valmin und ich rennen vor. Vugur, du kommst mit Vildo langsam nach. Lasst euch nicht von den Menschen erwischen!", sagte Klining.

Schon waren der Magier und Valmin verschwunden. Sie sausten so schnell zwischen den Besuchern der Kirmes durch, dass die zwar einen Luftzug am Hosenbein verspürten, den klitzekleinen Zwergen mit dem Auge aber nicht folgen konnten. Vildo stützte sich auf Vugurs Schulter und humpelte langsam, immer dicht an den Schaustellerbuden vorbei, hinter Klining und Valmin her.

Die beiden erreichten das schäbige Zelt des kleinsten Zirkus der Welt. Aus riesigen Lautsprechern schallte die Ankündigung des zu erwartenden dramatischen Geschehens.

Zirkusdirektor Floh war voll in Aktion. Von der Losbude, die neben seinem Zelt stand, hatte er sich die Lautsprecheranlage geliehen. Der Besitzer der Losbude war glücklicherweise plötzlich erkrankt und musste, da er keinem außer sich selbst traute, seine Bude erstmal auf unbestimmte Zeit schließen. Die Leihgebühren für die Anlage waren zwar nur ein kleiner Ausgleich für den Verdienstausfall, aber besser als gar nichts.

„... Wenn Sie über ein schwaches Herz ... oder schwache Nerven verfügen ... oder den Anblick von Blut nicht ertragen können ... raten wir Ihnen dringend, von einem Besuch des Todes-Events Abstand zu nehmen! ... Kindern unter 12 Jahren ... ist der Besuch ... nur in Begleitung Erwachsener gestattet!" Dann änderte sich die bis dahin besorgte und warnende Stimme aus den Lautsprechern. Sie schwoll an – übertönte den Lärm der anderen Buden und Fahrgeschäfte -, um die sensationellste Sensation der an Sensationen nicht armen Kirmes zu verkünden: „Kommen Sie ran! ... Kommen Sie rein! ... Willkommen im Kolosseum! ... So etwas haben Sie, verehrtes Publikum ... garantiert noch nie gesehen! ... Erleben Sie das unglaubliche T O D E S - E V E N T! ... Erleben Sie den mutigen und blutigen Kampf in der Todesarena! ... Mann gegen Bestien! ... Die Schlacht des kleinsten Helden dieser Welt – des Liliputaner-Gladiators Däumeling –, gegen fünf erbarmungslose Blutsauger und Killer! ... Hier gibt es keinen Trick! ... Keine Computeranimation! ... Kein trügerisches Hologramm! ... Hier ist alles real! ... Hier ist alles echt! ... Hier finden Sie, was Ihnen ... verehrtes Publikum ... weder Fernsehen ... noch Kino bieten können! ... Reale, blutige Action!!! ... Treten Sie ein! ... ACHTUNG! ... Wir bitten Sie dringend ... den Gang hinter dem Zelt für Krankenwagen und Notarzt freizuhalten ...!"

Die dramatische Stimme des Zirkusdirektors stoppte den Strom der vorbeiziehenden Kirmesbesucher. Eine immer größere Menge sammelte sich vor dem Zelt, an dem schnell gemalte Schilder grässliche Flohmonster und den heldenhaften Mini-Gladiator zeigten. Besonders gruselig war die Darstellung eines in den Staub der Arena gesunkenen, blutüberströmten, winzigen Leichnams eines römischen Gladiators, der von drei der Ekel erregenden Flohmonster leer gesaugt wurde. Das Schauern, das diese realistischen, grausamen Darstellungen auslöste, wurde von der düster dramatischen Stimme des besorgten Zirkusdirektors begleitet, der das verehrte Publikum warnte, sich um Gottes Willen nur bei guter Gesundheit und starken Nerven diesem schrecklichen Schauspiel auszusetzen. Die Direktion könne für gesundheitliche Schäden keinerlei Haftung übernehmen. Der Besuch des Todes-Events erfolge rein auf eigenes Risikio.

Am Eingang drängelten sich die Menschen. Die Ankündigung des Todes-Events hatte in ihnen die dunkle, archaische Seite des Menschen geweckt, die nach Schauspielen mit Blut – echtem Blut – dürstete, und die nur noch in den Stierkampfarenen Spaniens überlebt hatte. Mann gegen Bestie. Auge in Auge. Kampf bis in den Tod.

Glücklich schaute Flori Floh, das Mikrofon am Mund, auf die immer größer werdende Menschentraube. Ohne Murren wurden die zwanzig Euro für Erwachsene und zehn Euro für Kinder an der Kasse, hinter der Madam Theresia strahlend die Eintrittskarten verkaufte und gleich wieder abriss, bezahlt. Flori schielte immer wieder unbemerkt auf Lieschen Radebuschs (wie Madam eigentlich hieß) Finger. Er kannte die Praxis des nicht unter strenger Kontrolle stehenden Kassenpersonals auf der Kirmes. Alle Inhaber wurden in der Regel beklaut, dass die Heide wackelte. Viele Schaustellerfamilien arbeiteten deshalb grundsätzlich nur noch mit Familienmitgliedern an der Kasse. Aber auch das, wusste Flori von den Klagen der Inhaber, war heute keine Garantie mehr, um sich vor Verlusten zu schützen. Die gängige Praxis der Diebe war, neun bis zehn ins Töpfchen und einen ins Kröpfchen. Das hieß in diesem Fall: in die tiefen Taschen der weiten Falten des bauschigen Rockes von Madam Theresia. Flori wusste: War ein Euroschein erst einmal darin verschwunden, war er für ihn unrettbar verloren. Bis jetzt aber schien sie die neue Partnerschaft mit Flori ernst zu nehmen und sich fair zu verhalten. Trotzdem nahm sich Zirkusdirektor Floh vor, seine neue Partnerin scharf im Auge zu behalten.

Flori hatte, nachdem er sich von seinem ersten Schrecken über den unglaublichen Anblick des kleinen Wesens erholt hatte, überlegt, was er nun mit dem klitzkleinen Zwerg, denn darum handelte es sich unzweifelhaft, anfangen sollte.

„Binde mich sofort los, sonst kannst du was erleben ... ich mache dich fertig!“, sagte der Winzling mit wütendem Gesichtchen.

MADAM THERESIA

Flori war nicht schlecht erschrocken, als ihm der Winzling, der immer noch mit den Goldfäden der Flöhe an der kleinen Stange des Tanzseils gefesselt war, so massiv drohte. Die Stimme des Kleinen war klar, laut und sehr wütend. Sie füllte das Zelt.

„Was bist du? Wo kommst du her?“, fragte Flori.

„Was bist du ...? Wo kommst du her ...?“, äffte der Winzling Flori nach, wobei er wütend mit den großen blauen Kulleraugen rollte. „Das binde ich dir doch nicht auf die Nase, du Schwachkopf!“ Vodor wurde noch zorniger und zerrte an den Goldfesseln.

Flori war erst einmal beruhigt. Wenn der so an den Fesseln zerrte und nicht loskam, dann konnte es mit seiner Drohung, ihn fertig zu machen, ja nicht weit her sein. Also war es allein schon aus diesem Grunde sinnvoll, den winzigen Wüterich vorerst an den Pfahl gebunden zu lassen.

„Erst wenn du mir sagst, was du bist und wo du herkommst, dann binde ich dich vielleicht los. Vorausgesetzt, du benimmst dich ordentlich.“

„Wie soll ich mich ordentlich benehmen?“ Vodor schien sich abgeregt zu haben und schaute ihn nun ruhig an.

„Na erstens, dass du nicht wegrennst und zweitens, dass du nichts Dummes anstellst.“

„Ich renne nicht weg und was Dummes stelle ich sowieso nie an ... also mach mich los!“

„Schwörst du es?“

„Klar schwöre ich es!“ Vodors Zustimmung kam einen Wimpernschlag zu schnell, um glaubwürdig zu sein. Flori wusste, er musste auf der Hut sein, sonst war der klitzekleine Zwerg, der auf den ersten Blick irgendwie wie eine Mohrrübe aussah, ebenso schnell wieder verschwunden, wie er aufgetaucht war. Und er hatte nicht die Absicht, sich diese unglaubliche Attraktion für sein Geschäft wieder entgehen zu lassen.

Ihm schwirrte wieder der Kopf, als ihn die Vielzahl der Möglichkeiten, den Winzling als sensationelle Zugnummer und Attraktion in seinem Flohzirkus einzusetzen, überwältigten. Immer wenn sein Kopf schwirrte, brauchte Flori frische Luft. Das Zelt wurde ihm zu eng. Um in Ruhe zu überlegen, stand er auf und trat vor das Zelt.

„Ich hab doch geschworen, du hinterhältiges Schwein! Binde mich sofort los!“ Die Stimme des kleinen Wüterichs überschlug sich vor Empörung.

Flori hatte die Zeltplane hinter sich wieder vor den Eingang gleiten lassen. Mann ... war das ‘ne kleine Giftnudel. Er schaute zur Bude von Madam Theresia auf der gegenüberliegenden Seite. Vor den bunten Schildern, die den Glück verheißenden Blick in die Zukunft verkündeten, stand eine lange Schlange geduldiger Menschen, die darauf warteten, in das geheimnisvolle Etablissement der berühmten Wahrsagerin zu treten. Von Zeit zu Zeit rückten die Menschen in der Schlange vor. Flori fiel auf, dass die Besucher, die aus der – um seriös zu wirken – viel zu bunten Bude herauskamen, sich dieses Mal völlig anders verhielten als sonst.

Sonst traten Madams Kunden ärgerlich oder mit skeptischen Mienen und abwertenden Bemerkungen über den vermeintlichen und unglaubwürdigen Blödsinn der Wahrsagerei Madam Theresias in den Lärm der Kirmes. Die Eintrittskarten, die sich im Nachhinein als viel zu teuer erwiesen hatten, flogen verknüllt im hohen Bogen in den Dreck. Man schwor, nie wieder sein gutes Geld für so einen ausgemachten Schwachsinn auszugeben. Dieser Vorsatz hielt aber meist nur bis zur nächsten Kirmes. Zu begierig waren die Menschen darauf, einen Blick in ihre Zukunft zu werfen.

Keiner von Madams Kunden schien heute verärgert zu sein oder warf seine Eintrittskarte, die jetzt sogar sieben Euro kostete, erbost weg. Ganz im Gegenteil. Mit vor Aufregung roten Köpfen, heftig gestikulierend und zustimmend nickend, gingen sie weiter, die nächsten Kirmesbuden kaum beachtend. Floh trat auf die andere Seite des Gangs und stellte sich nahe an den Ein- und Ausgang zum Kabinett der Kirmes-Sibylle. Er versuchte zu lauschen, konnte aber bis auf ein leises Gemurmel von Madam nichts hören. Da wurde der schwere, etwas muffige blaue Samtstoff des Türvorhangs beiseite geschlagen und ein junges Paar trat strahlend und glücklich heraus.

Gesprächsfetzen drangen an Floris Ohr:

„Einfach unglaublich!“

„... so was hat die Welt noch nicht gesehen.“

„Das glaubt uns kein Mensch, wenn wir das zu Hause erzählen.“

„Tante Klara hatte Recht ... das muss man einfach erlebt haben ...!“

„Meinst du, der war wirklich echt, so winzig wie der ist? ... Einfach unheimlich ... so klein ... aber wirklich niedlich ... einfach süß ... so einen hätt ich auch gern ... so niiiiedlich ...!“

„Kriegen wir doch bald, Schatz, hat uns der Winzling doch vorausgesagt.“

„Oh, wie würde ich mich freuen, wenn ich endlich schwanger würde, wir warten doch schon so lange.“

Die Stimmen des Paares verloren sich in der Menge.

Noch einer? Da musste noch einer aufgetaucht sein. Verdammt, dann wäre sein Winzling nicht mehr die Supersensation, mit der er besseren Zeiten entgegensehen könnte.

„Entschuldigen Sie bitte, ich bin der Verlobte von Madam“, Flori drängte sich vor die beiden Seniorinnen des Oberkasseler Altenheimes, die bereits voller Erwartung den Blick in ihre Zukunft wagen wollten.

Der Raum hinter dem blauen Türvorhang war ganz mit blauem Samt ausgeschlagen. An den Wänden schimmerten Sterne, Planeten und geheimnisvolle Zeichen golden in dem schummrigen Licht. Hinten saß Madam Theresia, eindrucksvoll von unten beleuchtet. Ihre umfangreiche Gestalt krönte ein imponierender, riesiger Turban, auf dem ein blauer Glasstein funkelte. Hinter Madam traten aus einer verdeckten Nebelmaschine weiße Schwaden und gaben der ganzen Atmosphäre etwas Düsteres und Geheimnisvolles.

Jetzt blickte Lieschen Radebusch allerdings ärgerlich und ungehalten auf Flori.

„Was fällt dir ein, wie kommst du dazu, dich vor meine wartenden Klienten ...“, sie sagte tatsächlich Klienten, „... zu drängen? Willst du mir mein Geschäft kaputtmachen?“

Sie flüsterte, damit die Omas, die draußen hinter dem Vorhang horchten, sie nicht verstanden, aber ihr Ton klang scharf wie ein Rasiermesser.

„Wegen dem da!“

Flori zeigte auf die Mohrrübe, die auf dem kleinen goldenen

Kissen saß. Das Kissen lag genau vor Madams beleuchteter Kristallkugel.

„Was, wegen dem blöden Püppchen kommst du hier hereingeschneit und störst. Spinnst du?"

„Mach halblang, Lieschen. Ich habe einen von der gleichen Sorte drüben in meinem Zelt!"

Madam Theresia klappte der Unterkiefer herunter.

„Was, da gibt es noch mehr von?"

Sie schaute erstaunt auf das klitzekleine Wesen, das mit geschlossenen Augen auf dem kleinen goldenen Kissen hockte.

„Lieschen, was hast du mit dem da gemacht? Der rührt sich ja gar nicht. Meiner drüben ist kaum zu bändigen."

Lieschen nahm den Zeigefinger vor den Mund und schaute beschwörend zur Tür. Dann stand sie auf und schlug den blauen Samtvorhang beiseite. Die beiden älteren Damen zuckten mit errötenden Köpfen zurück.

„Verehrte Damen und Herren, das Medium ist jetzt leider vollkommen erschöpft und braucht dringend Ruhe und Erholung. Das Blaue Kabinett steht ihnen ab 14.30 Uhr wieder zur Verfügung. Ich danke Ihnen im Namen des Mediums für Ihr Verständnis!"

Murrend, aber sich fügend, löste sich die Schlange auf. Was nützte einem ein völlig erschöpftes und ausgelaugtes Medium, wenn man etwas über seine Zukunft erfahren wollte? Nachher erzählte es nur Käse, und man hatte das Geld wieder umsonst ausgegeben. Da lohnte es sich schon, auf ein frisches und fittes Medium zu warten. Man hatte schließlich allerhand Fragen.

„Feuer unter'm Arsch!" Madam Theresias dickes Gesicht wirkte jetzt überhaupt nicht mehr hoheitsvoll, sondern nur noch gemein. „Ich hab dem Feuer unter dem Arsch gemacht."

Florian Floh begriff nicht.

„Die kleine undankbare Ratte habe ich im Gras hinter meiner Bude gefunden. War fix und fertig. Total beduselt. Ich hatte meine Brille nicht auf und dachte, er wär 'ne Mohrrübe, die der Koch von dem Imbissstand nebenan verloren hätte. Die kannst du dir auch noch in deinen Salat raspeln ... hab ich gedacht. Rohkost ist gesund und ich muss ja schließlich auf meine Figur achten."

Was es da wohl noch zu achten gibt, dachte Flori. Er musterte die gewaltige Figur der Lieselotte Therese Radebusch.

„Wie gesagt, ich hatte meine Brille nicht auf, und als ich die Raspel ansetzte, biss mich dieses winzige Miststück in den Finger. Aber frag nich' wie. Guck ma' ... tut jetzt noch verdammt weh."

Madam Theresia hielt ihm weinerlich ihren Zeigefinger, umwickelt mit einem dicken Verband, unter die Nase.

„Du kannst dir vorstellen, dass ich vor Schreck bald umgefallen bin, als ich meine Brille aufgesetzt hatte und sah, wer mir da in die Salatschüssel gefallen war. Der wurde auch noch gleich rotzfrech und verlangte, dass ich ihn sofort aus der Salatschüssel herausholen sollte. Aber nicht mit Lieselotte Therese Radebusch! Erst beißen, dann anpupen und dann sollte ich dem auch noch helfen. Ich bin ja nicht die Schlaueste, aber den Deckel schnappen und die Salatschüssel erstmal luftdicht verschließen war eins. Da konnte er nun die Errungenschaften eines modernen Küchengeschirrs genießen."

Madam war sehr empört.

„Und dann, Lieschen?"

„Dann hab ich gewartet, bis dem die Luft ausging und er umkippte. Schlau, nicht? So eine gefährliche Ratte! So winzig, wie der auch ist, fass ich den doch mit der Kneifzange nicht mehr an."

„Wie, er ist ohnmächtig geworden?"

„Genau! ... hatte ja auch keine Luft mehr ... hi, hi ...", amüsierte sich Madam Theresia. Die Fülle ihres gewaltigen Körpers kam in Schwingungen, ihr riesiger Turban wackelte gefährlich. Flori trat lieber einen Schritt zurück.

„... und?"

„Wie – und?"

„Ja, was hast du dann mit ihm gemacht?"

„Na, während ich wartete, dass der umkippte, hatte ich ja genug Zeit, darüber nachzudenken, was ich mit dieser komischen Mohrrübe ... du musst doch zugeben, dass der auf den ersten Blick aussieht wie eine Mohrrübe ... oder nich'? ..."

Flori konnte das nur nickend bestätigen.

„... Also, was ich mit der kleinen, bissigen Ratte anfangen sollte. Da ging mir langsam aber sicher ein Licht auf, dass mir da ein Goldeselchen den Salat verhagelt hatte. Ich hatte mir nämlich schon seit längerer Zeit überlegt, wie ich mein Programm ein bisschen attraktiver und zugkäftiger gestalten könnte."

Die Kirmes-Sibylle seufzte.

„Du weißt doch selbst, wie das Kirmespublikum von heute ist. Total versaut durch das Fernsehen. Die glauben einem doch nichts mehr. Diese verdammten TV-Talk-Tanten und -Bubis machen einem das Geschäft doch rundherum kaputt. Jeder fühlt sich heute berufen, den Leuten im Fernsehen Lebenshilfe zu geben. Wenn ich das schon höre: Lebenshilfe! Diese Talk-Schleimer sind doch abgebrühter als wir und nutzen die Menschen doch nur eiskalt für ihre Quoten aus. Die führen die doch so lange vor, bis sie endlich vor der versammelten Nation das große Heulen kriegen. Das ist doch zum Kotzen."

Madam Theresia schüttelte sich. Der Turban wackelte. Flori trat noch einen weiteren Schritt zurück.

„Bei mir haben die Leute früher auch geheult, wenn sie mir ihre Sorgen und Probleme erzählten. Aber da hat sie keiner gesehen. Bei mir bekommen die Leute das zu hören, was sie hören wollen. Da waren die früher froh und glücklich drüber. Natürlich haben die damals auch nicht hundertprozentig daran geglaubt ... aber es hätte ja vielleicht doch etwas dran sein können, was Mutter Theresia ihnen erzählte. Und heute? Zu allem Unglück haben sie jetzt auf der Kirmes auch noch solche Horoskop-Computer aufgestellt. Einfach pervers ... einfach pervers."

„Lieschen, aber was hast du mit dem Winzling hier angestellt?"

Dieser hatte bis jetzt noch kein einziges Wort gesagt und hielt seine Augen weiterhin geschlossen.

DIE JUNGFRAU DER SEELENWANDERUNGEN

Vlungor, kurz Vluni, war in der Salatschüssel aus seiner Ohnmacht erwacht und wünschte sich nur eins: nichts wie weg von dieser wahnsinnigen Menschenfresserin, die ihn in ihren Salat raspeln wollte. Er hatte ihr gerade noch in den Finger beißen können und war daraufhin in die Salatschüssel gestürzt. Seine Zipfelmütze hatte er nicht mehr als Fallschirm benützen können. Zum Glück fingen die Salatblätter seinen Sturz weich ab. Er wollte sich blitzschnell aus dem Staub machen, aber die Salatschüssel war zu hoch. Die Menschenfresserin hatte inzwischen ihre Brille aufgesetzt und anscheinend begriffen, dass er keine Vorspeise oder Garnierung für ihren Salat war. Auf jeden Fall machte sie zunächst nicht den Eindruck, als wolle sie ihn verputzen. Als er sie bat, ihn aus der Salatschüssel zu heben, schaute sie ihn nur blöde und ungläubig so lange an, bis er schließlich wütend wurde.

Zugegeben, er hätte sie ja nicht anzuschreien brauchen. Doch sein Nervenkostüm war blank. Erst dieser fürchterliche Sturm, dann der Absturz. Er war heilfroh, dass er im Gras hinter der Bruchbude gelandet war. Er hätte sich ja auch an einem der eisernen Karussellgerüste die Knochen brechen können ... und dann raspelt diese dämliche Tante an ihm rum. Und als Höhepunkt diese unverschämte Nummer mit dem Deckel!

Es dauerte eine ganze Weile, bis er begriffen hatte, dass die Salatschüssel absolut luftdicht verschlossen war. Er versuchte zuerst langsam zu atmen, aber dann kam Panik in ihm auf. Die Luft wurde knapper. Er war sich sicher, die wollte ihn doch noch verspeisen. Dann war er umgekippt. Als er aufwachte, konnte er keinen Finger mehr bewegen. Die Menschenfresserin hatte ihn wie eine Rollade eingeschnürt und in eine Pfanne geschmissen.

„So, mein winziger Freund, ich weiß, dass du wach bist ... du bist doch wach?“

Vluni nickte gottergeben und schaute in Madams feistes, böses Gesicht. Das war also sein Ende. Eine knusprige Salatbeilage für eine hungrige Kannibalin. Wenn er schon so enden sollte, dann wollte er auch in ihrem Hals stecken bleiben. Er drehte seine Füße wie kleine Widerhaken nach außen und hoffte, dass sie auch im Tod diese Stellung behielten. Sollte sie doch an ihm ersticken.

„Wir machen ein Geschäft. Dafür, dass du mich so erschreckt hast, wirst du mein Medium. Ich mache aus dir die ‚Jungfrau der Seelenwanderungen‘ und setze dich auf ein Kissen, das vor meiner Kristallkugel liegt. Erst mache ich meinen Humbug und dann wirst du, als Höhepunkt der Show, den Leuten was Nettes sagen. Klar?“

Vluni begriff, dass er nicht nur einer Menschenfresserin, sondern auch einer Scharlatanin, die die Menschen als Wahrsagerin abzockte, in die Hände gefallen war.

„Du hast zwei Möglichkeiten: entweder, du machst mit und dir geht es bei Mutter Theresia gut. Oder du willst nicht, dann wird dich Mama Lieselotte als leckeres Salathäppchen rösten und verspeisen. Kapiert?“

Vluni hatte kapiert. Aber als Jungfrau? Die hatte sie doch nicht alle. Dann müsste er ja auf seine riesengroße rote Zipfelmütze verzichten. Das konnte Mutter Dingsda sich abschminken. Da wollte er dann doch lieber sterben.

„Aber nicht als Jungfrau!", protestierte er energisch.

„Na klar als Jungfrau. Die Pythia in Delphi war auch eine Jungfrau!"

„Ja, und die stand ständig unter Drogen. Das kannst du bei mir vergessen. Ich bin absolut gegen Drogen. Vergiss die Jungfrau. Kannst ruhig deine Pfanne anschmeißen."

Mann. War der Winzling stur. Theresia konnte nicht umhin, seinen Mut zu bewundern.

„Als was dann?"

„Höchstens als Zwerg der Seelenwanderungen!"

Madam bekam einen Hustenanfall vor Lachen.

„Zwerg der Seelenwanderungen ... ich platz gleich vor Lachen."

Wäre nicht das Schlechteste, dachte Vluni.

„Na gut, ist vielleicht nicht das Schlechteste, 'ne weissagende Mohrrübe."

Vluni wurde von Madam auf ein kleines goldenes Kissen gesetzt. Ein kleiner Umhang aus blauem Samt verbarg seine Fesselung. Vluni versuchte sie ruckelnd zu lockern.

„Lass das sein. Komm mir nicht auf dumme Gedanken. Ich schmeiss dich sofort in die Pfanne ... und deine Zipfelmütze benutze ich anschließend als Zahnstocher."

Diese fürchterliche Drohung wirkte. Vluni ergab sich in sein Schicksal.

„Also, pass auf: Du bleibst hier sitzen, ohne dich zu bewegen und ohne einen Mucks von dir zu geben. Erst wenn ich rufe: ‚Medium, wir hören dich!' ... Hörst du? ... Erst dann ... öffnest du deine Augen und schaust den Kunden, die hier vor dem Tisch sitzen, direkt in die Augen. Hübsche Kulleraugen hast du ja. Dann sagst du den Leuten genau das, was sie sich wünschen. Kapiert?"

„Kapiert. Wenn jemand ein Bier will, sage ich ...", Vlunis dunkle Grabesstimme tönte durch den Raum: „Dein Wunsch wird dir erfüllt werden, du bekommst ein Bier!"

„Doch kein Bier, du bist doch nicht ein Köbes vom Ürige!"

Madam schüttelte den Kopf über so wenig Fantasie. Die Kellner des berühmten Düsseldorfer Altstadtlokals würden sich kringeln vor Lachen.

„Die Leute wünschen sich Geld, Glück in der Liebe, Geld und nochmals Geld ... kapiert? ... Und wie gesagt, denk an die Pfanne. Du bist ein prima Snack, lieferst den Zahnstocher ja gleich mit!"

Madam zupfte noch ordnend an dem Umhang herum, ging einen Schritt zurück und nickte zufrieden: „Wenn du ordentlich arbeitest, koche ich uns heute Abend was Feines. Ich mach jetzt die Bude auf."

Vluni war ein Volltreffer.

Madam Theresias Klienten rissen die Augen auf und waren außer sich, sobald Vluni seine Augen öffnete, die Klienten mit den großen Kulleraugen anschaute und ihnen ihre Zukunft, die in der Erfüllung ihrer meist maßlosen Wünsche bestand, mit einer klaren, düsteren und geheimnisvoll mystischen Stimme, die aus der Tiefe des Jenseits zu kommen schien, voraussagte. Eine ältere Dame fiel vor Aufregung in eine leichte Ohnmacht. Die meisten glotzten erst ungläubig wie die Kälber, dann aber wandelte sich ihr Gesichtsausdruck und große Ehrfurcht vor dem Medium wurde sichtbar. Zuletzt waren die Leute nichts als begeistert. Worauf Madam Theresia schnell die Strategie des Kassierens änderte. Sie kassierte jetzt erst am Ende der Sitzung. Die meisten bezahlten mit einer Banknote und verzichteten auf das Wechselgeld. Sie winkten großzügig ab ... man war rundherum überzeugt und begeistert.

Karl und Monika Wüllmann betraten nach einer halben Stunde geduldigen Wartens in der langen Schlange vor Madam Theresias Bude erwartungsvoll das Blaue Kabinett. Die Wahrsagerin saß in ihrem Ornat mächtig und hoheitsvoll hinter einer großen Kristallkugel auf einem niedrigen Tischchen. Die Sterne, Planeten und geheimnisvollen Zeichen schimmerten golden. Der blaue Glasstein auf Madams riesigem Turban funkelte. Weiße Nebelschwaden durchzogen den Raum. Madam zeigte würdevoll auf die beiden niedrigen Hocker vor dem niedrigen Tischchen. Karl und Monika nahmen Platz und schauten sich verblüfft an. Vor der großen Kristallkugel, die Madams konzentriertes Gesicht widerspiegelte, steckte in einem kleinen goldenen Kissen eine Mohrrübe.

„Komm, Monika, diesen Humbug schauen ..." Karl stand schon

wieder und wandte sich zum Gehen, seine Monika halb vom Hocker ziehend.

„Sie setzen sich sofort, junger Mann!"

Die Stimme der Wahrsagerin klang befehlend wie eine Peitsche durch den Raum.

In Karl schoss das rheinische Temperament hoch: Was glaubte die denn, wen sie vor sich hatte? ... Meinte die etwa, die könnte ihn, Karl Wüllmann, verarschen? Schon holte Karl, Jungmanager und gefürchtete Führungskraft in einem großen Konzern, Luft für eine scharfe Erwiderung – die Tante würde er mitsamt ihrer Kristallkugel und der blöden Möhre von ihrem Kissen blasen – da hörte er die aufgeregte Stimme seines Frauchens.

„Kalli, das ist unglaublich! Das ist keine Mohrrübe. Karl, Kalli, nun schau doch schon, Schatz ... das glaubst du nicht, das ist ein winziger Zwerg!"

Karl blickte ungläubig auf das klitzekleine Gesichtchen mit den geschlossenen Augen unter der riesengroßen roten Zipfelmütze.

„Ist der echt?" Karl schaute Madam skeptisch an.

Ihn traf ein strenger Blick.

„Ich sagte setzen, junger Mann!"

Karl plumpste sprachlos auf den Hocker.

„Das ist mein Medium! Der Zwerg der Seelenwanderungen! Die einzige und direkte Verbindung in die Zukunft. Einzig auf dieser Welt!" Madam wusste noch nichts von Vodor in Floris Zelt.

Karl und Monika erschauerten.

„Siehst du, Schatz, Tante Klara hat nicht gelogen!"

Tante Klara war heute schon auf der Kirmes gewesen. Sie war die ältere Dame, die zuerst in eine leichte Ohnmacht und dann in eine grenzenlose Begeisterung gefallen war. Tante Klara, die den unerfüllten Kinderwunsch des jungen Ehepaares Wüllmann kannte (Karl war ihr Neffe), hatte Monika überredet, mit ihrem Kalli Madam Theresia aufzusuchen. Karl hatte sich anfänglich mit Händen und Füßen gegen so einen haarsträubenden Unfug gewehrt, aber das leise Schluchzen seines Frauchens hatte ihn schnell zur Räson gebracht. Nun saß er hier mit offenem Mund.

„Bitte nennen Sie mir Ihre Sorgen und Nöte!"

„Äh ... wir haben keine Sorgen und Nöte!" Karls Stimme hatte ihre Selbstsicherheit fast wiedergefunden.

„Welche Probleme haben Sie hergeführt?“ Madam kannte ihre Klienten.

„Probleme? Schatz, haben wir Probleme?“ Kalli schaute auf seine Monika.

„Nun sag es schon, Schatz.“ Bittend schaute ihn sein Frauchen an.

„Na gut, wir wünschen ... wir wünschen uns Kinder!“

„... Und die lassen auf sich warten“, ergänzte Madam den Satz. Es war immer das Gleiche. Gestresste Jungehemänner, voll auf ihre Karriere fixiert, nervöse Frauen, bei denen die biologische Uhr tickte. Verkrampfung bis zum Ende. Die sollten sich mal in einer lauen Frühsommernacht bei einem schönen klaren Sternenhimmel auf die Rheinwiese legen, so wie die Menschen früher. Es gab nichts Fruchtbareres ... Madam Theresia lächelte verträumt.

„Bitte geben Sie mir je eine kleine Haarlocke.“ Sie reichte dem jungen Paar eine kleine vergoldete Schere.

Gehorsam schnitten sich Karl und Monika ein paar Haare aus ihren gestylten Frisuren. „Pass bloß auf, Kalli ... nicht zu viel!“

„Reicht das?“ Monika lächelte verlegen.

„Wir werden sehen!“ Madam konzentrierte sich. Sie fügte die Haare zusammen und hielt sie über eine kleine Flamme an ihrer rechten Seite, wo sie knisternd verbrannten.

„Rauch der Seelen, wandere durch Zeit und Raum.“

Karl staunte, dass in seinen Haaren seine Seele wohnen sollte. Das war ja mal was ganz Neues. Monika freute sich, jetzt würde ihr Karl endlich einsehen müssen, dass ihr so genannter esoterischer Fimmel einen realen Hintergrund hatte. Sie vertraute der Frau mit dem gewaltigen Turban voll und ganz.

„Öffne dich, oh Zukunft ... Medium, wir hören dich!“

Die Stimme der Priesterin der Seelenwanderungen erhob sich dramatisch befehlend.

Das Medium atmete tief, das Gesichtchen, bisher ruhig und ohne sich zu regen, spannte sich, die Augen öffneten sich und große blaue Kulleraugen blickten auf das junge Paar. Er fing es mit seinem intensiven Blick ein.

Gebannt und ungläubig starrten Karl und Monika auf die winzige Gestalt, fasziniert vom tiefen Blau der Augen. Zwinkerten die Augen nicht mit leisem Spott? Karl war sich nicht sicher. Jetzt öffnete das Medium die winzigen Lippen und eine klare, warme Stimme erfüllte den Raum.

„Wohl dem, der glaubt und opfert sein Haar, um seine Seele schweben zu lassen durch Zeit und Raum ... ihm die Zukunft zu erhellen.“ Karl und Monika erbebten vor Aufregung und hielten sich bei den Händen. Erfurchtsvoll hingen sie an den Lippen der winzigen Pythia, begierig, ihr Schicksal zu erfahren.

„Der Samen wird fruchtbar, wenn abgeschworen wird den falschen Göttern und die Macht der Liebe zusammenfügt, was zusammengehört. Wer Leben will schaffen, muss eins sein mit den Sternen des Himmels und der Kraft der Erde. Muss suchen sein Bett im weichen Gras des Sommers. Dann wird aufgehen die Saat und froh wird er ernten die Frucht seines Leibes. Ein Opfer muss er voll Demut bringen am Tag der Erleuchtung!“

Das weise Medium ... das neue Orakel vom Rhein ... ließ langsam die Lider über die blauen Kulleraugen sinken und verharrte stumm. Madam Theresia hätte schreien können vor Begeisterung. Das war einsame spitzenklasse. Das brachte Kohle. Sie hätte den Kleinen auffressen können vor Freude.

Monika atmete tief durch. Sie war ergriffen und sie hatte begriffen. Sie mussten wieder Leben in ihre Liebesbeziehung bringen. Früher, vor ihrer Verlobung, hatten sie sich geliebt, wo immer sie nur konnten. An den unmöglichsten Stellen und mit Vorliebe im Freien unter dem Sternenzelt. Mein Gott, was waren sie romantisch und unbekümmert gewesen. Heute war Karl karrieregeil und sie eine verspannte Zicke. Kein Wunder, dass es mit einem Baby nicht klappte. Sie zog ihr Portemonnaie und legte hundert Euro dezent und voller Demut vor der winzigen Zwergenpythia auf das Kissen. Die rührte sich nicht. Karl hätte schwören können, dass sie belustigt gegrinst hatte. Hundert Euro, so weit hätten nach seiner Meinung das Opfer und die Demut auch nicht zu gehen brauchen. Fünfzig Euro wären ein angemessenes Spitzenhonorar gewesen. Aber egal: Was das klitzekleine Ding da von sich gegeben hatte, stimmte im Prinzip schon. Er würde in der nächsten Zeit etwas weniger arbeiten und mal wieder mit seiner Monika einen romantischen Spaziergang bei Nacht über die Rheinwiesen oder durch den Hofgarten machen. Oder noch besser, er führe mit Monika gleich in den Süden. Vierzehn Tage Entspannung am Strand und abends ein Liebesstündchen bei Sternenschein, da müsste das mit dem Baby schon hinhauen. Hatte übrigens Tante Klara auch dauernd gesagt. Die könnte auch hier auf der Kirmes auftreten.

Karl schaute auf das Mini-Orakel vor der Kristallkugel. Ob der wirklich echt war? Er beugte sich vor und schaute sich den klitzekleinen Zwerg ganz aus der Nähe an. Nicht zu glauben. Der sah völlig echt aus. Atmete wie ein Mensch. Ein ... aus ... ein ... aus ... wie ein lebendes Wesen.

„Ist der nicht süß?" Monika beugte sich vor. „Einfach niedlich ... He, du! ... Kleiner Mann!" Sie schaute auf. „Wie heißt er denn? Wo haben Sie ihn her? Kann man den kaufen?" Monika wollte das Zwerglein mit ihrer Fingerspitze berühren. Dann musste der sich doch mal bewegen.

„Er ist ein Medium. Einmalig und unverkäuflich. Bitte nicht anfassen!"

Madam Theresia stand auf. Das unmissverständliche Zeichen, dass die Sitzung beendet war. Karl und Monika schauten noch einmal auf das Medium ... egal ob echt oder nur ein Püppchen ... einfach zu niedlich. Sie verließen, glücklich über ihre Erleuchtung, Madam Theresias Blaues Kabinett.

Dann stolperte Flori herein.

DAS GESCHÄFT

„Hör zu, Lieschen, ich habe eine Idee. Was hältst du davon, wenn wir uns zusammentun? Du mit deinem Zwerg und ich mit meinem. Dann können wir doch Kohle machen, dass die Heide wackelt. Die Sensation auf der Kirmes. Die Leute werden Kopf stehen. Keine Computer, kein Beschiss, alles echt! Das wird doch ein Knaller. Was hältst du davon?"

Vluni, der die ganze Zeit die Augen teilnahmslos geschlossen hielt, überlegte fieberhaft. Offenbar waren Rinchen und Vodor auch auf der Kirmes gelandet. Es kam jetzt also nur noch darauf an, dass er die beiden anderen wiederfand. Dann ab in die Luft und auf und davon. Hoffentlich hatte sich keiner verletzt. Nach den Bemerkungen dieses Trottels zu urteilen, hatte der wohl Vodor gefangen ... und der musste wohlauf sein. Er kicherte innerlich. Wer Vodors aufbrausendes Temperament kannte, wusste, wie der den albernen Zirkusdirektor – oder was der darstellen wollte – wütend zusammengeschissen hatte.

„He, Kleiner, du kannst ruhig die Augen aufmachen." Madam nahm Vluni den winzigen blauen Samtumhang von der Schulter.

„Mann, Lieschen, du hast den ja wie eine Roulade verschnürt. Kein Wunder, dass der sich nicht rühren konnte."

Vluni blickte Madam Theresia treuherzig an: „Ich hatte nur Angst, sonst hätte ich dich überhaupt nicht gebissen." Vlunis Stimme klang kleinmütig. „Ich bin ganz harmlos. Du kannst mich ruhig losbinden."

„Harmlos? ... wer's glaubt, wird selig. Is' nix mit Losbinden."

Vluni besann sich auf sein unbestrittenes schauspielerisches Talent und auf einen Trick, mit dem er schon öfter Klining reingelegt hatte. Er fing plötzlich an, fürchterlich zum Herzerbarmen zu schluchzen: „... Ich ... ich hab so 'ne Angst ... ihr wollt mich bloß braten und fressen ... Und meinen Freund wollt ihr auch fressen ... huhuhu ... ich hab so 'ne Angst!" Dabei schaffte er es, sich zwei dicke Tränen abzuquetschen und über sein Gesichtchen rollen zu lassen.

Madam hatte von Grund auf eigentlich ein weiches Herz und die dicken Tränen des kleinen Kerlchens rührten sie. Aber Geschäft war Geschäft.

„Ich würde dich ja losbinden, aber wer sagt mir, dass du nicht abhaust? Du bist nun mal ein Knüller. Haste doch selbst gemerkt." Madam Theresia nahm eine würdevolle Haltung ein und rezitierte: „Der Samen wird fruchtbar, wenn abgeschworen wird den falschen Göttern und die Macht der Liebe zusammenfügt, was zusammengehört." Dabei ahmte sie Vlunis Grabesstimme nach. „Zwergchen, das war absolute Spitze. Hundert Euro hat die Tussi vorhin auf den Tisch des Hauses geblättert. Einfach so. Du bist ein Naturtalent! Hast du schon mal ernsthaft überlegt, ins Showgeschäft einzusteigen? Jetzt kriegst du die Gelegenheit. Ich wär doch blöd, dich wieder laufen zu lassen."

Verdammt. Vluni war wütend auf sich. Warum konnte er sich auch nicht zusammenreißen. Die Madam war anscheinend gar nicht so blöd, wie sie aussah. Sie hatte Vlunis heimlichen Traum genau getroffen. Er träumte schon so lange, wie er überhaupt nur denken konnte, von einer Schauspielkarriere. Einmal die Hauptrolle in einem Stück von Shakespeare zu übernehmen! Hamlet, das wär was. Als sein Einsatz in dem Humbug von Madam Theresia gekommen war: „... Medium, wir hören dich!" Da konnte er einfach nicht anders, er musste angeben und so salbungsvoll daherquatschen. Dabei hätte er nur seinen Mund zu halten brauchen und schon wäre die Sache aufgeflogen. Warum hatte er nicht bloß zu Karl gesagt: „Gucken Sie mal unter meinen Umhang."

„Lieschen, ich binde den nachher genau wie den anderen mit meinen Goldfäden für die Flöhe fest. Das sieht besser aus als so eine Rouladenumwicklung und ist garantiert ausbruchsicher."

Flori hatte begriffen, dass Mitleid hier nicht angebracht war. Lieschen hatte Recht. Sie gehörten ja mit dem Klammerbeutel gepudert, wenn sie sich diese einmalige Chance entgehen ließen. Im Leben musste man sich immer mal entscheiden. Mit einem weichen Herzen kam man nicht weiter. Die Entscheidung hieß: Jetzt, hier und heute, die Gelegenheit beim Schopf packen und Kohle machen. Wer wusste denn schon, ob die Winzlinge das Klima überhaupt ertrugen oder ob sie nicht über kurz oder lang irgendeiner Krankheit zum Opfer fielen? Dann war es vorbei mit Medium und Gladiator.

„Also, Lieschen, was ist? Machen wir halbe-halbe?"

„Halbe-halbe? Nun man langsam, Flori. Ich hab ein gutgehendes Geschäft. Der Kleine bringt mir mit seiner Nummer pro Sitzung zwischen dreißig und hundert Euro. Du hast nur deinen verlausten Flohzirkus!" Madam Theresia schmiss sich weg vor Lachen. Verlauster Flohzirkus! Das war gut.

Flori überhörte die Kränkung.

„Ab heute Abend habe ich eine römische Arena mit echten Gladiatoren-Kämpfen. Ich muss nur noch ein paar Sachen vorbereiten. Dann wird das Blut realistisch fließen. Nichts für schwache Nerven. Ich lasse meinen Zwerg gegen meine schlimmsten Blutsauger antreten. Fünf der größten Monsterflöhe gegen einen Mann. Das wird die Leute erschüttern. Echte Kämpfe auf Leben und Tod. Dass der Gladiator so ein niedliches Kerlchen mit Kulleraugen ist, wird das Mitleid und damit die Sensation vergrößern."

„Super, Flori ... einfach super!" Madam Theresia war tief beeindruckt. Das war wirklich sensationell. „Aber was ist meine Rolle?"

„Alleine schaffe ich die Organisation nicht. Das Ding ist keine Einmann-Show. Ich brauche dich unter anderem an der Kasse." Flori lockte Madam Theresia mit dem absoluten Vertrauensjob. „Du weißt doch, wie es hier auf der Kirmes zugeht. Dann brauche ich außerdem dein Talent, um die notwendigen Ankündigungsschilder zu malen ... und ... und ... und."

„Und was passiert mit meinem Laden?"

„Wir öffnen abwechselnd. Erst das sensationelle TODES-EVENT im Kolosseum, danach der unverzichtbare Blick in die Zukunft im berühmten BLAUEN KABINETT. So nutzen wir die Besucherfrequenz optimal aus."

„... und wir machen halbe-halbe?"

„... und wir machen genau halbe-halbe! Dann kriegen wir keinen Streit und haben den doppelten Nutzen."

„Aber wenn die beiden Kleinen nicht mitmachen wollen?"

„Dann hauen wir uns die Jungs als Zwischenmahlzeit in die Pfanne!" Flori, der mit dem Rücken zu Vluni stand, grinste Madam Theresia viel sagend an. „Bist du dabei?" Der Zirkusdirektor der neuen Kampfarena KOLOSSEUM hielt der Inhaberin des Blauen Kabinetts die Hand hin.

Madam Theresia schüttelte die Hand ihres neuen Partners.

Vluni dachte mit Grausen an das schreckliche Schicksal des armen Vodors, der heute Abend im Kolosseum den Flöhen vorgeworfen werden sollte.

DAS KOLOSSEUM

„Da ist das Zelt."

Klining und Valmin huschten unter der Zeltplane durch. Die Zuschauer wurden von der strahlenden Madam Theresia bereits eingelassen und sammelten sich auf den Stehplätzen vor der großen Bildleinwand, auf die die Arena des „kolossalen Kolosseums" projiziert war. Die Zuschauer, die für zwanzig Euro Logenplätze gekauft hatten, formierten sich direkt um die ehemalige kleine Zirkusmanege, die sich jetzt, von einer auf Pappe gemalten Attrappe des römischen Kolosseums umgeben, als Todesarena präsentierte. Für die Zuschauer in der ersten Reihe waren Lupen aufgestellt worden.

Im Mittelpunkt der Todesarena stand ein Glasquader. Es schien sich um ein auf dem Kopf stehendes kleines Aquarium oder Terrarium für Anfänger zu handeln. Wenn man jedoch genauer hinsah oder durch eine der Lupen schaute, konnte man darin eine undefinierbare Menge Flöhe munter herumhüpfen sehen. Die genaue Anzahl war nicht festzustellen, weil die Flöhe ständig in Bewegung waren.

An drei Stellen um die Arena und über dem Glasquader nahmen Camcorder das Geschehen auf und übertrugen die wechselnden Bilder auf die Großleinwand über den Stehplätzen. Die Großaufnahmen der Flohmonster lösten bei den Wartenden immer wieder kleine Schreie des Ekels und der Abscheu aus. Erschien ein Bild von der winzigen Gestalt in dem kleinen Käfig, der am Rand der Arena stand, stöhnte die Menge vor Mitleid mit dem winzigen Gladiator auf, der den Flöhen gleich zum Fraß vorgeworfen werden sollte.

Vodor saß niedergeschlagen mit gebeugtem Kopf in der linken Ecke des Käfigs. Er trug eine goldene Plastikrüstung. Der goldene Plastikhelm auf seinem Kopf war mit ein paar kleinen roten Daunenfedern geschmückt, die bei jeder Bewegung wippten. In den Händen drehte er eine Stecknadel, die zu einem Schwert umfunktioniert worden war. Auf die Rüstung war der Betreiber und Chef des Kolosseums besonders stolz.

Nach dem Gespräch mit seiner neuen Partnerin Madam Theresia hatte Flori die Camcorder, eines von diesen modernen Projektionsgeräten – einen so genannten Beamer – und die Bildleinwand ausgeliehen. Wenn sich das Kolosseum rentierte, würde er das Zelt perfekt mit der richtigen Technik ausrüsten. Danach war er zu der Bude gegangen, wo man Luftballons mit Dartpfeilen zum Zerplatzen bringen musste. Die Betreiber hatten als Gewinne ein großes Sortiment von billigen Plastik-Action-Kriegern mit kleinen Fehlern. Er hatte Glück. Unter den Fantasie-Rittern und Monster-Kriegern war auch eine Figur, die wahrscheinlich einen römischen Zenturio oder so was Ähnliches darstellen sollte. Die goldene Rüstung war abnehmbar. Das Schwert fehlte. Flori schnackte dem Mädchen in der Bude den Zenturio mit dem

Versprechen ab, sie in das große Festzelt der Kirmes einzuladen. Die winzige Rüstung passte Vodor wie angegossen. Nur der Helm war etwas zu klein. Aber nachdem Flori das Plastik über einer Kerze erwärmt und den Helm etwas geweitet hatte, passte er auf Vodors Kopf. Den Helm verzierte Flori noch mit ein paar kleinen roten Daunenfedern, die ihm das Mädchen in der Hoffnung auf einen netten Abend schenkte.

„Her mit deiner Zipfelmütze. Lege die Rüstung an."

Der klitzekleine Zwerg gehorchte wütend.

„Und jetzt setz noch den Helm auf." Flori war begeistert. Vodors wütende Augen machten das Bild eines Mini-Gladiators, der sich weder vor Flohmonstern noch vor sonst jemandem fürchtete, komplett.

„Die Zipfelmütze bekommst du wieder, wenn du gut und mutig gekämpft hast." Flori hatte die Mütze über seinen Daumen gesteckt. „Lieschen, guck ma', sieht aus wie 'ne Mohrrübe."

„Der braucht noch eine Waffe, sonst lutschen ihn deine süßen Blutsauger doch gleich aus!", meinte Madam Theresia.

„Ach was, die sehen schlimmer aus, als sie sind. Was schadet schon so ein kleiner Flohpieks."

„Na, uns bestimmt nichts, aber bei so einem Winzling? Bei der Größe wird der nicht viele Bisse aushalten können."

„Da muss er halt aufpassen. Das meiste wird sowieso die Rüstung abhalten, aber ein bisschen spannend muss es schon sein, sonst werden die Leute sauer. Die wollen Blut sehen!"

„Aber töten dürfen ihn deine Viecher nicht!"

„Da passiert schon nichts. Wenn es gar zu schlimm wird, kann ich den Kampf ja zu jeder Zeit abbrechen ... was für eine Blutgruppe hast du eigentlich?", wandte sich der Todesevent-Manager an Vodor.

Dem wurde bei der Aussicht, den ausgehungerten Menschenflöhen als Abendbrot zu dienen, übel. Aber was hatte er für eine Wahl? Der Kerl war im Besitz seiner Zipfelmütze, ohne die ein klitzekleiner Zwerg so gut wie nichts wert war. Schwerer wog aber die Tatsache, dass sie ihn mit seinem Freund Vluni erpresst hatten: Sie zeigten ihm eine Pfanne, in der Vluni geknebelt und eingeschnürt wie eine Roulade lag.

Dieses Riesenmonster von Frau mit dem widerlich hässlichen

Turban auf dem Kopf erklärte ihm, dass sie Vluni augenblicklich und ohne Zögern in der Pfanne rösten und an ihren Rehpinscher verfüttern würde, wenn er es ablehne, als Gladiator gegen die Menschenflöhe zu kämpfen. Ihr sei es egal, wenn er nicht kämpfen wolle. Vluni rollte zwar wild mit den Augen und schüttelte den Kopf, aber Vodor wollte lieber in der Arena sterben, als seinen Freund Vluni diesem grausigen Schicksal zu überlassen. Wortlos hatte er die kleine Stecknadel, die ihm Flori als Waffe gereicht hatte, genommen und sich ohne Widerstand in den kleinen Käfig am Rande der Arena gesetzt. Von dort beobachtete er unter seinem Helm hindurch, wie sich das Zelt mit den sensationslüsternen Menschen nach und nach füllte. Immer mehr von denen beugten sich über den Käfig, um ihn zu begaffen. Er wollte einfach nicht glauben, dass die Menschen für so ein Schauspiel tatsächlich Geld zahlten. Klining hatte Recht, wenn er behauptete, dass die Menschen in manchen Dingen mehr als unzivilisiert waren. Vodor hoffte, dass Rinchen den Menschen entkommen war und sie vielleicht befreien konnte. Er seufzte und versuchte sich auf den bevorstehenden Kampf zu konzentrieren.

„Was ist da auf dem Tisch?" Valmin kletterte die Leine rauf und versuchte, mal auf den Tisch zu schauen. Klining flüsterte und zeigte auf die dünne Zeltleine, die neben ihm bis auf dem Boden baumelte. „Pass auf, dass dich keiner sieht. Gib lieber deine Zipfelmütze her, die fällt zu sehr auf."

Valmin setzt seine Zipfelmütze ab, reichte sie dem Illantin und hangelte sich wieselflink an der Leine hoch. Die Menschen im Zelt wurden immer mehr von den nachrückenden Zuschauern zusammengedrückt. Keiner bemerkte die klitzekleine Person, die geschickt an der Leine hochkletterte, die dicht neben dem hoch gewachsenen, kräftigen Jungen, der hier direkt an der hinteren Zeltwand stand und sich aufgeregt mit seinem Freund unterhielt, herunterbaumelte. Außerdem war die Aufmerksamkeit aller Zuschauer auf die große Bildleinwand gerichtet. Valmin hatte jetzt eine Höhe erreicht, die über der Tischkante lag. Auf dem Tisch stand eine römische Mini-Arena, unzweifelhaft dem antiken Kolosseum in Rom nachgebildet. Er versuchte einen Blick in den kleinen Käfig in der Arena zu werfen, als sich eine Frau mit einem kleinen Mädchen an der Hand vor die beiden Jungen schob und Valmin den Blick auf den Tisch versperrte. Valmin kletterte an der Leine vorsichtig höher und stieg auf die linke Schulter des größeren, kräftigeren Jungen. Valmin hielt den Atem an. Wenn der jetzt nach links schaute, sähe er ihm direkt in die Augen. Um in den Käfig schauen zu können, bewegte sich Valmin behutsam auf der Schulter des Jungen nach vorn und reckte vorsichtig den Hals.

„Bulle, wir müssen näher an den Käfig ran."

Es waren Wernrot und Bulle Reiser, die es noch geschafft hatten, rechtzeitig ins Zelt zu kommen. Wernrot stand vor Bulle Reiser und starrte auf die Bildleinwand. Wenn er sich jetzt umdrehte, würde er eine Kopie der Action-Figur, hinter der er so heiß her war, auf Bulles Schulter sehen. Auf der Bildleinwand erschien wieder der Käfig. Obwohl das Computer-Püppchen im Käfig jetzt nicht die Kleidung eines Zwerges, sondern die prächtige Rüstung eines römischen Kriegers trug, war sich Markus sicher: Das war die Actionfigur von Kusch.

„Komm, Bulle, wir drängen uns nach vorn!"

Wernrot rammte einem Gleichaltrigen den Ellenbogen in die Seite und schob sich rücksichtslos an ihm vorbei. „Platz da, wir haben Logenkarten!"

Bulle folgte ihm so schnell, dass Valmin bei dem Versuch, die Leine neben Reiser zu fassen, ins Stolpern kam. Um nicht in die Tiefe zu stürzen, suchte er Halt und erwischte mit der rechten Hand Bulle Reisers silbernen Ring im linken Ohrläppchen ... rutschte aus und zog mit seinem Gewicht Reisers Ohrläppchen schmerzhaft in die Länge.

„Autsch! Scheiß Flöhe! ... Die hüpfen hier wohl überall rum!" Bulle wischte mit der linken Hand über sein Ohrläppchen und fegte Valmin, der sich gerade noch an den Halsausschnitt von Bulles T-Shirt klammern konnte, beinahe von der Schulter. Valmin hangelte sich schnell am Halsausschnitt weiter nach hinten und fand mit seinen Füßen erst einmal in dem Größenetikett hinten im Halsausschnitt Halt.

„Mami ... Daddy ... guckt mal, daaaa ... ein kleines Männchen! Der Junge da hat ein kleines Männchen auf dem Rücken ...!"

Mami war sauer. „Sei still, für heute hast du wohl genug angestellt!"

Die heute genug angestellt hatte, war Süßilein. Deren Daddy war so eine blutrünstige Schlacht in der Todesarena des Kolosseums gerade recht gekommen, um seinen Ärger abzureagieren. Er hatte, gegen den erbosten Protest von Mami, drei Karten für die Weltpremiere des Kolosseums gekauft und seine zwei nervigen Weiber in das Zelt gezerrt.

Süßilein überlegte, ob sie ihre bewährte Heulsirene anstellen sollte, um auch so ein Männchen wie das auf dem Rücken des Jungen zu bekommen. Aber wenn sie jetzt Theater machte, war mit Sicherheit der große Teddybär, den Papi ihr morgen kaufen musste, in Gefahr. Süßilein entschied sich für den Riesenteddy. Sie klemmte ihre Lippen ein, was Mami zu der Bemerkung veranlasste: „Mach jetzt bloß keinen Flunsch, Kind! Mir reicht's!"

Kind! ... Das war immer das Alarmsignal Nr. 1! Wenn Mami ihre Tochter 'Katinka' oder 'Kind' nannte, war für Süßilein das Ende der Fahnenstange erreicht. Wenn sie Pech hatte, dann setzte es sogar was auf den Hintern. Sie wusste, für dieses Mal musste sie auf das Männchen verzichten. Süßilein setzte ihr bezauberndes Lächeln auf und strahlte ihre Mami an: „Mach ich doch nicht, Mamilein!" Mami lächelte gnädig. Gott sei Dank, wenigstens das Kind war vernünftig. Süßilein freute sich. Der teure Riesen-Teddybär war gerettet.

Süßilein beobachtete, wie das klitzekleine Männchen auf dem Rücken des Jungen mit dem etwas einfältigen Gesicht sich vorsichtig umschaute, als wolle es bei Gefahr jeden Moment in die Tiefe springen.

SPRACHLOSER KLINING

Olli ahnte nichts davon, dass sein glanzvoller Aufstieg in der Klasse schon wieder gewaltsam beendet und seine Zunge morgen als Schuhputzlappen missbraucht werden sollte. Er schlüpfte, so schnell er konnte, durch die dichte Menge und achtete nicht auf die bunten Lichter und verlockenden Auslagen und Vergnügungen der Kirmesbuden. Dann hörte er Lautsprecherfetzen ... „TODES-EVENT ... Kolosseum ... Kampf Mann gegen Bestien ..." und sah den Zirkusdirektor aus der Zeitung auf einem Podest vor dem Zelt stehen.

„Bitte zurücktreten, meine sehr verehrten Damen und Herren … diese Vorstellung ist ausverkauft! … Bitte haben Sie Geduld! … Die nächste Vorstellung beginnt in dreißig Minuten, vorausgesetzt, dass der mutige Gladiator keine Kampfverletzungen oder Schlimmeres davonträgt! … ACHTUNG! … Wir bitten Sie dringend … den Gang hinter dem Zelt für Krankenwagen und Notarzt freizuhalten …!“

„Was machen wir nun?“, flüsterte Rinchen aus der Kiste. „Lass mich raus.“

„Warte, ich schleiche mich hinter das Zelt.“ Olli drückte sich an der wartende Menge vorbei in den unbeleuchteten Gang zwischen der Losbude und dem Zelt des Flohzirkus. Er bückte sich und versuchte, die Zeltbahn anzuheben.

„Nun mach schon“, Rinchens Stimme klang besorgt aus dem Kistchen in seiner Hemdbrusttasche. „Die fangen gleich mit dem Kampf an.“

„Bist du das, Valentirina?“

„Vugur?“

„Ja ich bin's, Rinchen. Ich und Vildo!“

„Oh Jungs, bin ich froh, dass ihr da seid!“

Oliver bemerkte erst jetzt die beiden roten Zipfelmützen im hohen Gras.

„Wo steckst du, Rinchen?“

„Hier!“

Vugur schaute sich um … nichts von Valentirina zu sehen.

„Rinchen, ich seh hier nur einen von diesen Menschen … pass auf“, flüsterte er ganz leise.

„Vugur, du brauchst nicht zu flüstern. Der Rotschopf ist Olli. Er hat mich gerettet und hält zu uns. Olli, hol mich endlich aus der Kiste!“

Olli war von den Socken. Da waren ja noch zwei solche Mohrrüben wie Rinchen. Er kniete sich hin, holte sein Schatzkistchen aus der Brusttasche seines Hemdes, öffnete es und Rinchen sprang heraus ins Gras und fiel den beiden anderen Mohrrüben in die Arme.

„Rinchen, wo sind die anderen?“ Vugur löste sich schnell aus der Umarmung seiner Freundin.

„Vodor ist hier im Zelt. Den wollen sie gleich den Flöhen zum Fraß vorwerfen. Der Kampf soll jeden Moment beginnen. Wir müssen da schnellstens rein.“

Vugur blickte auf Oliver. Er konnte dessen Haare in den Lichtreflexen der Kirmeslichter kupfern schimmern sehen.

„Du heißt Olli? Danke, dass du Rinchen gerettet hast, aber das können wir später besprechen. Jetzt müssen wir da rein. Los, Rinchen ... Klining und Valmin sind schon drin."

„Vugur?" Klining hatte im Flüstern draußen an der Zeltwand Vugurs Stimme erkannt.

„Klining, bist du das?"

„Ja ... gut, dass ihr da seid, Jungs. Kommt schnell rein, gleich lassen sie die Flöhe auf den armen Vodor los. Valmin steckt ebenfalls in Schwierigkeiten."

„Klining, Valentirina ist auch hier und so ein Rotschopf von Mensch. Rinchen sagt, dass er sie gerettet hat."

„Kommt alle rein, schnell, der Kampf geht gleich los."

Oliver zwängte sich unter der Zeltwand durch ... die klitzekleinen Zwerge huschten unbemerkt hinein.

„Das ist Olli, Klining."

Rinchen löste sich aus der Umarmung ihres Illantin und zeigte auf Olli, der vor ihnen auf dem Zeltboden hockte.

Klining war sprachlos. So wundervolle rote Haare hatte er noch nie gesehen. Er konnte sich nur schwer von dem Kupferschopf des kleinen blassen Jungen losreißen.

„Ich bin Klining, der Illantin unseres Volkes."

„Ich heiße Oliver."

Klining bemerkte Olivers fragenden Blick.

„Illantin – so nennt man den obersten Magier und Zauberer unseres Volkes."

Klining bedauerte, dass er jetzt keines seiner stets beeindruckenden kleinen Show-Zauberkunststückchen anwenden konnte. Der Junge würde staunen, was so ein winziger Illantin alles auf der Pfanne hatte. Klining war von sich selbst verblüfft. Wieso verspürte er, der weise, erhabene oberste Magier seines Volkes und intime Freund des Kamarin, auf einmal das starke Bedürfnis, sich vor diesem Jungen zu profilieren? Seltsam, aber irgendetwas hatte es mit dem Jungen auf sich. Er konnte dieses unbestimmte Gefühl allerdings nicht einordnen. Der Junge schaute ihn mit seinen blauen Augen unschuldig an.

„Kannst du uns alle hochnehmen, Olli?"

„Klar, mach ich, Herr Illantin."

Klining schmunzelte über Olivers Höflichkeit und stieg mit den anderen auf dessen Hand.

„Du darfst mich bei meinem Namen Klining nennen."

Olli staunte. Seit er mit Rinchen befreundet war ... er hoffte, dass das kleine Zwergenmädchen die freundschaftlichen Gefühle, die er für es hegte, erwiderte ... forderte ihn einer nach dem anderen auf, ihn bei seinem Vornamen zu nennen. Ein tolles Gefühl. Er hob die Zwerge hoch und ließ sie in die Beuge seines angewinkelten linken Armes klettern.

„Hier habe ich keine Übersicht", sagte Klining. „Bitte hebe mich auf deinen Kopf."

Olli hob Klining vorsichtig auf seinen Kopf und setzte ihn zwischen seinen dichten Haaren ab. Klining ging so weit in die Hocke, dass nur noch sein Gesichtchen und seine Zipfelmütze aus Olivers roten Haaren herausragten.

EIN NEUER FREUND

Inzwischen war das Zelt gerammelt voll. Das Stimmengewirr der Menschen war laut und aufgeregt.

„Liebe Kinder! ... Meine sehr verehrten Damen und Herren!" Flori Floh trat in seinem Direktorenkostüm auf das Podest, auf dem der Tisch mit der Todes-Arena stand. „Darf ich um Ihre geschätzte Aufmerksamkeit bitten! ... Mein Name ist Florianius Cäsar Augustus!" Rudi Blahmann, alias Flori Floh, hatte seinen Künstlernamen schnell den aktuellen Gegebenheiten und Erfordernissen angepasst. „Im Namen der Direktion des Kolosseums heiße ich Sie herzlich willkommen!"

Direktor Florianus blickte über die Menge hinweg, holte mit seiner Hand weit aus und zeigte auf die aus den hinteren Reihen nicht sichtbare Todesarena. Auf der großen Bildleinwand erschien der Käfig mit Vodor. Eine große Hand glitt ins Bild und zeigte auf den winzigen Krieger.

„Wir präsentieren Ihnen heute ... den kleinsten und mutigsten Gladiator der Welt ... D ä u m e l i n n n g u u u u s !!!!" Direktor

Florianus hatte auch Vodors Künstlernamen, Däumeling, noch den römischen Touch verpasst. Aus Däumeling wurde Däumelingus. Er zog den Namen, so wie er es bei einer Boxveranstaltung im Fernsehen gehört hatte, bei der Ankündigung ganz weit in die Länge. Die Menge raste und brüllte: „D ä u m e l i n g u s!"

Madam Theresia hob den Käfig aus der Arena und richtete den Scheinwerfer auf Vodor-Däumelingus und ließ dessen goldene Rüstung im Licht funkeln.

Süßilein schrie: „Oh Daddy, guck ma', da is' ja noch ein klitzekleiner Zwerg!" Man hörte ein Klatschen und dann das empörte Aufjaulen eines kleinen Mädchens.

„Däumelingus wird jetzt gegen fünf gefährliche Menschenflöhe antreten und um sein Leben kämpfen."

Madam Theresia richtete den Focus der Führungskamera auf einen Floh im Glasquader und zoomte ihn blitzschnell in Riesengröße auf die Bildleinwand. Die Zuschauer schrien erschrocken auf. Als das gepanzerte Monster auf der Leinwand eins der langen Beine an seinem Körper rieb, erfasste ein gruseliger Schauer die Menge.

„Sie alle wissen, meine sehr verehrten Damen und Herren! ... Menschenflöhe leben von dem Blut ihrer armen Opfer! ... Die Monster, gegen die Däumelingus todesmutig antritt, sind seit vierzehn Tagen ohne jede Nahrung und darum besonders gefährlich und tückisch. Ist schon der Biss eines Flohs selbst für einen erwachsenen Mann Ihrer Größe äußerst unangenehm ... um wie viel gefährlicher – ja, ich behaupte tödlicher – müssen die Bisse von fünf Flöhen für ein Lebewesen von der Größe unseres kleinen Helden hier in der Arena sein?"

Die Zuschauer erfasste erneut ein gruseliger Schauer.

Direktor Florianus Augen schweiften suchend über die Menge. Sein Blick blieb an Markus Wernrot und Bulle Reiser hängen, die sich bis nach vorn an die Logenplätze der Arena gedrängt hatten.

„Verehrtes Publikum, an diesem mutigen jungen Mann ...", er zog den verblüfften Wernrot neben sich auf das Podest, „... der sich freundlicherweise freiwillig gemeldet hat! ... Wie heißen Sie, junger Mann?"

„Markus ... Markus Wernrot", sagte der verdattert.

„Applaus für den mutigen Markus! Markus, vielen Dank, dass

Sie sich für dieses schmerzhafte Experiment gemeldet haben. Glauben Sie mir, meine Damen und Herren, das machen nicht viele ...!"

Florianus klopfte dem Chef der Wernrot-Gang anerkennend auf die Schulter. Bulle platzte vor Stolz auf seinen mutigen Boss.

„Meine Damen und Herren: an Markus ... ich darf Sie doch Markus nennen, junger Mann? ... An Markus werde ich jetzt demonstrieren, wie schmerzhaft und unangenehm Flohstiche sind!"

Markus wurde blass.

Oliver wurde blass.

Er hatte die ganze Szene beobachtet. So ein Mist. Ausgerechnet hier musste er auf Wernrot treffen. Das roch nach Ärger. Oliver hatte sich, mit Rinchen, Vugur und Vildo auf dem Arm und Klining auf dem Kopf, langsam in die Nähe der Todesarena gedrängelt.

„Daddy ... Daddy ... da ein klitzekleiner ..."

„... Zwerg!", wollte Süßilein ihren Satz vollenden, als durch eine kleine Handbewegung Klinings ein dicker runder Lolli ihren Mund verschloss. Süßilein war von den Socken. Das war aber lieb von dem klitzkleinen Zwerg, der da auf dem Kopf des Jungen saß, ihr so einen tollen Lolli in den Mund zu zaubern. Sie schaute ihn strahlend an und erkannte ihn. Das war ja das Zwerglein, das in der Losbude neben der Gummispinne gesessen hatte und dann so plötzlich verschwunden war. Klining lachte Süßilein an, kniff ein Auge zu und legte einen Zeigefinger auf die Lippen. Süßilein verstand. Sie würde den lieben klitzekleinen Zwerg nicht verpetzen. Sie schob den dicken, viel zu großen Lolli ganz in ihren Mund und kniff mit dicken Backen ein Auge zu. Süßilein war für die nächsten drei Stunden zur Verwunderung ihrer Mami still. Klining hatte mit einer weiteren leichten Handbewegung dafür gesorgt, dass der Lolli erst nach drei Stunden anfing sich abzunutzten.

„Ah ... sieh mal an, der Feigling mit dem fetten Hintern!"

Rinchen zeigte verächtlich auf Wernrot, der mit ängstlicher Miene neben dem Direktor auf dem Podest stand und misstrauisch auf den Glasquader im Kolosseum schaute. Eklig, wie die Flöhe darin hin- und her hüpften. Florianus griff in eine kleine Box in der Arena und hob eine der Attraktionen seines früheren Flohzirkus, den kleinen römischen Streitwagen mit dem daran befestigten Floh, heraus. Dann hielt er Nero – so nannte er den Floh – direkt vor das Objektiv der Kamera. Madam Theresia betätigte den Zoom. Nero erschien auf der Bildleinwand in Monstergröße. Die feinen Goldfäden, mit denen Nero kunstvoll an der Achse des kleinen Streitwagens befestigt war, wirkten auf der Leinwand wie die stählernen Trossen eines Ozeandampfers.

„Meine Damen und Herren, für Nero, einen unserer stärksten Flöhe, ist jetzt Fütterungszeit. Markus, machen Sie bitte Ihren rechten Arm frei ... noch einmal Beifall für Markus ..."

Einige Zuschauer klatschten nervös. Igitte, hatte der komische Direktor etwa vor, den Floh mit dem Blut des armen Jungen zu füttern?

„Ihre Fans, Markus. Jetzt bitte den Arm locker ausstrecken."

Markus Arm zitterte. Klasse, freute sich Flori, da hatte er mit sicherem Instinkt wieder einmal den richtigen Schisser ausgesucht. Wetten, der kippte um, sobald er Neros ersten Stich in seiner Haut spürte. Nero bewegte auf der Bildleinwand drohend seine Stech- und Saugwerkzeuge. Markus Wernrot lief der Schweiß in Bächen von der Stirn. Bulle Reiser staunte: Sein Boss hatte offenbar einen Riesenschiss. Nicht zu glauben – vor so einem winzigen Floh.

„Jetzt werde ich den hungrigen Nero auf den Arm von Markus setzen! ... Sind Sie bereit, Markus?"

Auf der Bildleinwand erschien in Großaufnahme ein Stück Haut, dessen zarter Flaum vor Entsetzen wie Stacheldraht aufgerichtet war. Dann erschien im Bild in Großaufnahme das Monster Nero, krallte sich mit den Krallen seiner Beine in der Haut fest, bewegte den gepanzerten hässlichen Kopf kurz und prüfend und versenkte sein stacheliges Fresswerkzeug im Arm des armen Opfers. Ein winziges Bluttröpfchen erschien an der Einstichstelle, die sich schnell rötete. Dann konnte man die saugenden Bewegungen des Flohs sehen, mit denen er das Blut aus dem Arm pumpte.

Markus starrte entsetzt und ungläubig auf die große Bildleinwand. Blickte dann auf den winzigen Punkt auf seinem Arm, dann wieder auf das saugende Monster auf der Leinwand und wurde sich langsam bewusst, dass es sein Körper war, den das Ungeheuer unerbittlich entleerte.

Markus fiel in eine gnädige Ohnmacht.

Madam Theresia fing den zusammenbrechenden Markus auf. Florianus rettete Nero und den kleinen Streitwagen. Madam ließ den todesblassen Chef der gefürchteten Wernrot-Gang auf einen Hocker direkt an der Arena gleiten und verpasste dem Weggetretenen ein paar kräftige Ohrschellen.

„Applaus für unseren tapferen Markus!" Das Zelt erzitterte unter dem stürmischen Beifall.

Bulle war verblüfft: Hatten die hier nicht mehr alle richtig in der Birne? Das war doch nur ein kleiner Flohstich, so wie ihn jeder verflohte Wellensittich oder Straßenköter ein paar Mal am Tag, ohne auch nur zu zucken, über sich ergehen ließ ... und dieser bekloppte Zirkusdirektor machte daraus ein Todesdrama. Bulle Reiser dämmerte langsam, dass sie hier richtig verscheißert wurden. Und das Enttäuschendste war, dass sein Boss Markus, der große Markus Wernrot, auf diesen Bödsinn hereingefallen war und nun wie ein armseliges Häufchen Unglück auf dem Hocker vor dieser blöden Papparena saß.

Bulle Reiser kündigte seinen Job als Wernrots Bodyguard. So ein Angeber und Weichei! ... Verächtlich drehte sich Paul Reiser um und wollte auf der Stelle das Zelt verlassen.

„Hallo, Bulle!", grüßte Olli.

„Hallo, Olli", freute sich Paul. Der hatte wenigstens Mut. Wie der ihm in der Schule selbstmörderisch entgegengetreten war – einfach Klasse. „Was machst du denn hier?"

„Bulle, ich muss hier jemandem helfen ... ich ..."

„Is' nich' mehr mit Bulle", unterbrach ihn das Muskelpaket. „Hab meinen Job bei der Knalltüte Wernrot geschmissen. So ein feiger Sack. Hast du das gesehen, Olli? ... kippt aus den Latschen, weil er von einem winzigen Floh gebissen wurde. Der soll doch seine Scheiße in Zukunft alleine machen. Ich bin mir dafür zu schade!" Paul Reisers Empörung und Scham wuchs, je länger er redete. Nun war es ihm richtig peinlich, dass er den kleinen Olli einmal gezwungen hatte, Wernrots Turnschuhe abzulecken.

„Olli, es tut mir Leid. Du weißt schon, das Ding mit Wernrots Turnschuhen. Ich hätte das damals nicht machen sollen." Olli spürte Pauls große Verlegenheit.

„Och, Bulle, ist vergeben und vergessen ... wir liegen doch alle mal schief. Ist schon okay."

Olli reichte Reiser die Hand, der sie dankbar mit seiner Pranke ergriff. „Mensch, Oliver, das ist aber anständig von dir. Du kannst

Paul zu mir sagen. Den Bullen gibt es nicht mehr ... und wenn dir einer mal an die Karre will, auch wenn's diese Flasche Wernrot ist, dann sag, dass Paul Reiser dein Freund ist. Bist wirklich ein feiner Kerl."

Paul drehte sich um und verließ das Zelt. Vor dem Zelt fiel ihm ein, dass er Oliver noch fragen wollte, warum der eine Mohrrübe auf dem Kopf trug. Bis zum Karneval war es doch noch weit. Er schüttelte den Kopf. In Gedanken verloren ging er weiter und versuchte mit dem Ärger darüber fertig zu werden, dass er sich so dumpfbackig von Wernrot hatte ausnutzen lassen.

„He, Olli, du sammelst ja Freunde wie andere Briefmarken."

Olli grinste verlegen. Rinchen war mehr als beeindruckt. Irgendetwas war an Olli, das sie nicht ergründen konnte. Ihre Überlegungen wurden jäh unterbrochen.

DER KAMPF DES GLADIATORS (DAS GEMETZEL)

„Meine Damen und Herren! Liebe Kinder! Jetzt ist der große Augenblick gekommen. Applaus für unseren Helden ... D Ä U M E L I N G U S !"

Vodor, der die ganze Zeit in seiner goldenen Zenturio-Rüstung unter dem heißen Scheinwerfer schwitzte, den Madam Theresia auf ihn gerichtet hielt, fasste sein Schwert fester, bückte sich tief und trat in den Glasquader, den Madam leicht angehoben hatte. Im gleichen Augenblick hörten die Flöhe auf zu hüpfen und musterten ihr Opfer. Sie waren ausgedörrt und benötigten dringend Nahrung. Vodor versuchte die Flöhe zu zählen, aber die bewegten sich einfach zu schnell. Auf jeden Fall waren es viel mehr, als dieser Scheißtyp von Kirmesheini angekündigt hatte. Vodor dachte, dass die Flöhe sich anstrengen mussten, wenn jeder etwas von seinem Blut abhaben wollte. Da spürte er einen mächtigen Stoß in seinem Rücken. Ein Floh hatte ihn von hinten angesprungen und versuchte, ihn zu Fall zu bringen. Vodor strauchelte, fing sich aber wieder. Er wusste: kam er zu Fall, war er verloren. Die Flöhe würden sich wie Piranhas auf ihn stürzen und in nullkommanix leer saugen.

Langsam und schrittweise, die Flöhe immer im Auge, ging er vorsichtig so weit zurück, bis er in seinem Rücken die Glaswand spürte. Einen Floh, der sich zu weit vorgewagt hatte, stieß er mit einer plötzlichen, blitzschnellen Bewegung die zum Schwert umfunktionierte Stecknadel unter die Panzerung. Erst gab es ein hässliches Knacken und dann spürte er, wie sich die Schwertspitze in weiche Innereien bohrte. Der Floh knickte mit seinen mächtigen Hinterbeinen ein und rollte tot auf den Rücken. Tosender Beifall erfüllte das Zelt.

„Däumelingus! Lingus! Lingus!", ertönten die Sprechchöre.

Jetzt griffen drei Flöhe geschlossen an. Vodor kniete sich hinter den toten Floh und rammte dem ersten Floh, der über seinen toten Artgenossen gehüpft war, sein spitzes Schwert unter den Panzer. Wie vom Blitz getroffen rollte der auf den Rücken.

Die Menge raste vor Begeisterung.

Dem zweiten Floh gelang es, sich in Vodors Rückenharnisch festzubeißen. Wie ein japanischer Samurai wirbelte Vodor sein Schwert herum und rammte es, dicht an seiner linken Körperseite vorbei, rückwärts stoßend in die Fress- und Saugwerkzeuge des Flohs. Der versuchte sich zappelnd zu befreien und verhakte sich mit den Haken an seinen Beinen in den Haken der Beine seiner toten Artgenossen. Vodor versenkte seine tödliche Waffe unter dem Panzer des hilflosen Blutsaugers.

„Lingus! Lingus! Lingus!" Tumultartige Szenen erinnerten an die großen Blutfeste zu Zeiten des grausamen Kaisers Caligula in Rom. Gebannt schauten jetzt selbst die Zuschauer von den Logenplätzen nicht mehr in die Arena, sondern auf die Bildleinwand, die das blutige Gemetzel in riesigen Bildern mit allen schockierenden Einzelheiten hautnah präsentierte.

Der dritte Floh, der seinen Angriff irritiert abgebrochen hatte, als er seine Kameraden unter dem tödlichen Schwert des wütenden Kriegers wie die Fliegen fallen sah, hatte nicht die Spur einer Chance. Ehe er den Rückzug antreten konnte, kam das Schwert wie eine tödliche Lanze geflogen und bohrte sich mit voller Wucht und einem hässlichen Knacken durch seinen Panzer. Das Insekt war auf der Stelle tot.

Berauscht von dem ihn überschüttenden Adrenalin hob Vodor wie ein römischer Triumphator beide Hände und nahm die

Ovationen der Menge entgegen. Aufreizend langsam, wie ein spanischer Torero, ging er, den anderen Flöhen provozierend den ungeschützten Rücken zukehrend, zu dem gerade getöteten Insekt, griff sein Schwert mit beiden Händen, stemmte seinen linken Fuß auf die Panzerung des Tieres und zog das Schwert mit einem schnellen Ruck aus dem Kadaver. Dann drehte er sich um und hielt die blutige Waffe direkt in die Kamera.

Das Volk raste. Vodor bewegte sich wie in Trance und verbeugte sich mehrmals zum Publikum.

Klining, der Vodors überschäumendes und unkontrolliertes Temperament kannte, schaute besorgt von Ollis Kopf aus dem Geschehen im Glasquader zu. Er hatte die nicht unberechtigte Befürchtung, dass sich der im Zwergenreich als wilder Draufgänger bekannte Vodor, einmal von der Begeisterung der Menge fortgetragen, im Kampf mit den Flohmonstern jede Vorsicht außer Acht lassend, zu unüberlegten und gefährlichen Handlungen hinreißen ließe. Als wenn sich seine Befürchtungen in dem Maße, wie sie entstanden, auch in Realität verwandelten, stürzte sich im Glasquader ein besonders großer Floh in einem Moment der Unachtsamkeit auf Vodor und schlug ihm seine Fress- und Saugwerkzeuge in das linke Bein.

Ein Aufschrei ging durch die Menge, als der Held in den Staub der Arena stürzte. Die folgenden Geschehnisse liefen dann mit einer so hohen Geschwindigkeit ab, dass die befragten Zeugen hinterher so unterschiedliche Aussagen machten, dass die Spezialisten des BKA entnervt die Ermittlungen aufgaben.

Was war passiert?

Die Menge sah voller Entsetzen, wie die hungrigen Flöhe Vodor langsam einkreisten und sich, einem geheimen Kommando folgend, wie die Piranhas auf den winzigen Helden stürzten und versuchten, mit ihren Stech- und Fresswerkzeugen dessen Rüstung zu knacken. Vodor wehrte sich vehement und kämpfte wie ein nordischer Berserker. Er blutete bald aus mehreren Wunden. Trotzdem verteilte er seine tödlichen Stiche mit dem Schwert. Ein Floh nach dem anderen rollte tot auf den Rücken, aber es war nur noch eine Frage der Zeit, wann er der Übermacht dieser Vampire unterliegen würde.

Direktor Florianus, der wie gelähmt in den Glasquader schaute, bekam von Madam Theresia einen kräftigen Tritt gegen das

Schienbein. Die Kirmes-Sibylle fauchte: „Unternimm was, du Idiot! Oder willst du unser wertvolles Kapital in den Bäuchen deiner bescheuerten Flöhe verschwinden lassen?“ In Panik hob Florianus den Glasquader hoch und warf über das Knäuel der wild Kämpfenden sein schmutziges Taschentuch.

Markus Wernrot, an den keiner mehr gedacht hatte und der auf seinem Hocker direkt an der Arena aus nächster Nähe mit offenem Mund – atemlos und fasziniert – dem Gemetzel folgte, das die Killer-Actionfigur in der goldenen Rüstung unter den Insekten anrichtete, wurde auf einmal blitzartig das Ungeheuerliche klar: Der rasende Flohtöter in der Arena war kein Computerpüppchen der Japaner, sondern ein Wesen aus Fleisch und Blut und durch seine winzige Größe von unermesslichem Wert. Wernrot vergaß alle Schmerzen, mit denen der Flohbiss seiner Meinung nach seinen Arm fast gelähmt hatte, und riss das dreckige Taschentuch von dem wütend und verbissen kämpfenden Vodor. Der merkte in seiner Kampfeswut nicht einmal, wie er von Markus aus dem Bündel der Flöhe herausgerissen wurde. In der Annahme, dass ihn ein weiterer Trupp Flöhe von hinten angriff, rammte er sein Schwert – in der bewährten Schwerttechnik eines erfahrenen Samurais – wieder links an seinem Körper vorbei, rückwärts in den Daumen von Markus Wernrot. Der schrie vor Schmerz auf und gab den Mini-Gladiator wieder frei. Die inwischen wegen ihrer hohen Verluste austickenden Flöhe stürzten sich im Blutrausch erneut auf Vodor.

SCHON WIEDER ZAUBERFIRLEFANZ

Olli sah, dass Wernrot Vodor fallen ließ und stürmte nach vorn an den Tisch. Rinchen, Vugur, Vildo und Klining sprangen in die Arena.

„Lieschen, ich werd verrückt, da sind ja noch mehr Zwerge!“ Florianus sah unermesslichen Reichtum vor sich aufsteigen. „Greif sie dir und schmeiß sie in das Aquarium!“

Lieschen versuchte, Rinchen zu fassen, doch die biss sie einfach in den Mittelfinger. Aufjaulend vor Schreck ließ sich Madam auf den Hocker fallen, auf dem unglücklicherweise schon Markus Wernrot saß und wehleidig die Schwertwunde seines Daumens leckte. Mit lautem Krachen brach die wackelige Sitzgelegenheit unter dem zusätzlichen Gewicht zusammen. Für den Chef der Wernrot-Gang erwies sich die Verwundung durch den Samurai Vodor als die kleinere Katastrophe: er wurde unter einer gewaltigen Lawine aus menschlichem Fleisch und schweren Stoffen begraben. Ihm drohte nun der Erstickungstod.

Vodor raste inzwischen hinter fünf flüchtenden Flöhen her. Flori – oder neuerdings Florianus – der seine kostbaren und seltenen Menschenflöhe unter dem unerbittlichen Schwert Vodors dahinschwinden sah, versuchte, die kleinen Artisten und Stars seines Flohzirkus vor dem Rasenden zu retten. Er stoppte den ausgerasteten Flohschlächter und griff ihn mit seiner linken Hand, um ihn aus der Arena zu heben. Der Mini-Gladiator oder Mini-Samurai (je nachdem, welche Schwertkampftechnik er einsetzte) wirbelte kurz sein Stecknadelschwert und Florianus ließ, vor Schmerz aufschreiend, Vodor wieder in die Arena fallen. Vodor-Däumelingus rappelte sich auf und suchte mit wildem Blick seine nächsten Opfer.

„Komm, Vodor!" Klining packte Vodor bei der Schulter und schüttelte ihn kräftig. Wie aus einem Traum erwachte Vodor und kehrte in die Wirklichkeit zurück.

„Was machst du denn hier, Klining?" Vodor umarmte glücklich seinen Illantin.

„Wir sammeln euch ein. Komm ... schnell weg hier."

„Nicht ohne Vluni und Rinchen."

„Valentirina ist dort drüben", Klinining zeigte auf Olli, auf dessen Hände Rinchen vor zwei wütenden Flöhen geflüchtet war. Olli schnipste die Flöhe kurzerhand mit dem Zeigefinger vom Tisch. Gleich daneben ließ sich Vugur gar nicht erst auf einen Kampf mit den Flohmonstern ein, sondern kickte sie kurzerhand zum Entsetzen von Florianus über die Tischkante. Vildo trieb ihm, seine Zipfelmütze über seinem Köpfchen schwingend, die Flöhe lachend zu.

Die verblüffte Zuschauermenge starrte mit offenen Mündern auf die Bildleinwand. Der Zirkusdirektor schien da einen der modernen, computeranimierten Filme eingespielt zu haben. Auf jeden Fall wurde der Mini-Gladiator in der Arena von kämpfenden

Mohrrüben unterstützt, die die verzweifelten Flöhe rund um die Arena jagten. Die gnadenlosen Mohrrübenkrieger schienen die Insekten ausrotten zu wollen. Auf der großen Bildleinwand erschien nun auch noch eine riesige Menschenhand und schnippte die Flöhe mit den Fingern einfach aus der Arena. Davor schienen zwei Mohrrüben das Flohfußballspiel erfunden zu haben und kickten die Flohmonster ohne jeden Respekt lachend und johlend aus dem Bild. Das war alles andere als das versprochene sensationelle, blutrünstige Kampfschauspiel, für das sie so einen hohen Eintrittspreis bezahlt hatten. Plötzlich schrie jemand auf den Logenplätzen: „Autsch! Mich hat ein Floh gebissen!"

Panik und Angst vor längst vergessenen mittelalterlichen Krankheiten machte sich unter den Zuschauern breit.Verbreiteten Flöhe nicht die Pest? Der schwarze Tod grinste plötzlich von der Bildleinwand. Aber das war nur die Großaufnahme von Vodor, der seinen klitzekleinen Helm verloren hatte und schwarz vom Staub der Arena mit blutunterlaufenen Augen die Flöhe, die er zum Kampf gestellt hatte, böse angrinste.

Dann schrie einer der Zuschauer aufgeregt: „Die sind ja echt! Das sind richtige Mohrrüben ... ich werd verrückt!"

Die helle Stimme eines kleinen Mädchens übertönte die Menge: „Ihr seid ja alle doof! Das sind Zwerge ... klitzekleine, liebe Zwerge! Keine Mohrrüben ... ups ... Mamiiii! ... Mein Lolli is' weg!"

Klining hörte die Stimme von Süßilein. Jetzt musste er in Aktion treten, sonst wurde es eng. Mit einer Handbewegung ließ er überall aus dem Zeltboden, aus dem Boden der Arena, aus den Schultern und aus den Köpfen der Zuschauer ... einfach überall ... Mohrrüben wachsen, und zwar verkehrt herum, d.h. mit den Spitzen nach oben. Dann griff er sich einen verdutzten Floh, ließ den mit einem „Stehstillzauber" erstarren und schmiss eine Handvoll Sand über dieses Produktionsmuster. Alle Sandkörner, die den erstarrten Floh berührten, verwandelten sich augenblicklich in dessen Duplikat und hüpften sofort in die Zuschauermenge. Die Pest war im Anmarsch.

Das Durcheinander war unbeschreiblich.

Süßilein schrie wie am Spieß: „Ich ... will ... meinen ... Lolliiiii!"

Mami schrie: „Igitte ... ein Floh!!! ... Alfred, bring mich sofort hier raus!"

Alfred schrie: „Süßilein hat Recht, das sind echte Zwerge! ... einfach unglaublich! Ich schau mal, ob ich einen erwische!"

Direktor Florianus schrie: „Die Vorstellung ist beendet. Bitte verlassen Sie geordnet und ruhig das Zelt. Alle eingefangenen Flöhe und lebenden Mohrrüben sind am Eingang abzugeben! Jeden Diebstahl unseres Personals werden wir strafrechtlich verfolgen!"

Madam Theresia schrie: „Das Blaue Kabinett ist ab sofort geöffnet. Gegen die Abgabe einer lebenden Mohrrübe ist der Eintritt frei!"

Paul Reiser, der zurückgekommen war, schrie über die tobende Menge hinweg Olli zu: „Olli, hier ist Valmin ... der will zu euch!"

Wernrot, der halb erstickt unter der lebenden Lawine mit Namen Madam Theresia hervorkroch, schrie Bulle Reiser zu: „Bulle, komm sofort her, du Blödmann! Wo hast du bloß die ganze Zeit gesteckt?"

Bulle kam sofort. Ein fürchterlicher Schlag traf Wernrots Auge; der schrie: „Das sag ich meiner Mami! ... Meiner Mami sag ich das!"

Olli schrie: „Paul, renn mit Valmin rüber ins Blaue Kabinett der Wahrsagertante ... die hält dort Vluni gefangen."

Klining, um den sich alle Zwerge versammelt hatten, schrie: „Hebe uns alle hoch, Olli, ganz weit hoch!"

Oliver grabschte sich alle Zwerge und hielt sie wie in einer Schale mit beiden Händen über seinen Kopf.

Klining schrie: „Jetzt ziehe ich meine Regenbogen-Juwelen-Nummer ab!" Mit einer Handbewegung erschien ein wunderbarer Regenbogen und wölbte sich im Zelt von einer Wand zur anderen. Auf eine zweite Handbewegung des Zwergenmagiers verwandelten sich die Regenbogenfarben in Juwelen und kullerten auf den Boden zwischen den gewachsenen Mohrrüben. Die Menschen drehten durch. Auch sie hatten eine Schwäche für Juwelen. Mami griff sich einen dicken Smaragd und schrie den Ermittlungsbeamten vom BKA an: „Finger weg, Sie Arschloch! ... Das ist meiner!"

Vodor schrie: „Der Blödmann von Direktor hat noch meine Zipfelmütze!"

Olli sah Vodors Zipfelmütze aus der Gesäßtasche der Hose des am Boden nach den Juwelen greifenden Florianus baumeln. Er nahm seine Handschale herunter, Vodor beugte sich herüber und schnappte sich seine Zipfelmütze.

Klining schrie: „Nichts wie weg hier. Unter der Zeltplane durch, Olli!"

Olli zwängte sich unter der Zeltplane durch, die die Zwerge mit vereinten Kräften hochstemmten. Dann huschten auch sie hintereinander aus dem Zelt. Als Letzter Klining, der gerade noch dem Zugriff von Hauptkommissar Engeder vom BKA entging.

Alois Engeder war Bayer aus Überzeugung und ein erfahrener und zuverlässiger Beamter, der schon viel erlebt hatte. Auch die außergewöhnlichsten Situationen konnten ihn nicht mehr erschüttern, denn dafür hatte er schon viel zu viel erlebt und gelernt, den Dingen erst einmal auf den Grund zu gehen, bevor er sie bewertete. In dem ganzen Trubel hatte er als Einziger einen kühlen Kopf bewahrt und die Übersicht auch nicht verloren, als sich die junge Frau, ihn beiseite schubsend, vor seinen Augen wie eine wild gewordene Hyäne auf einen grünen Glasstein stürzte. Diesen Blödsinn mit den kleinen kämpfenden Aufziehpüppchen hatte er schon abgehakt. Er war Realist durch und durch, und als er von seinem Chef den Auftrag erhielt, auf der Düsseldorfer Kirmes nach genmanipulierten Liliputanern zu fahnden, wusste er, dass einer der Wissenschaftler aus den übergeordneten Dienststellen wieder einmal ausgetickt war. Alois hatte großes Verständnis für die psychischen Probleme dieser Jungs. Die mussten sich in der Kriminalverfolgung immer wieder in die wilden Theorien und gehirnkranken Ebenen gefährlicher Psychopathen hineindenken. Kein Wunder, dass die ab und zu mal selbst überschnappten.

Also war Alois ohne Widerspruch an die Ausführung seines Auftrages gegangen. Genmanipulierte Liliputaner. Er wusste, jeder Blödsinn ist zu toppen. Er hatte seinen jungen Kollegen am Ausgang postiert und grinsend die Show in dem Mini-Kollosseum auf der Bildleinwand verfolgt. Die Logenplätze waren leider ausverkauft. Nicht schlecht, diese winzigen Aufziehpüppchen. Sahen beinahe echt aus. Aber er wusste durch seine Tätigkeit beim BKA, was erfahrene Spezialisten mit dem Einsatz moderner Technik zaubern konnten. Bedenken kamen kurz in ihm auf, als dieser windige Marktschreier in dem Zirkusdirektorkostüm seine Flöhe auf dem Arm des Jungen aus dem Publikum fütterte. Hier war doch zu prüfen, ob nicht der Tatbestand einer Körperverletzung vorlag. Dann sah er, wie der Junge von dem kleinen Biss in Ohnmacht fiel. So einer Memme würde ein kräftiger Flohbiss auf dem Weg zum Mann nur gut tun.

Dann hatte er zu seinen Füßen und auf den Schultern und Köpfen der Menschen plötzlich jede Menge Mohrrüben wachsen sehen. Auch wenn dies ein Teil der Show sein sollte, das ging entschieden zu weit. Er würde in dem Fall ermitteln müssen. In dem nun allgemeinen Tumult sah er gerade noch drei Mohrrüben nacheinander unter der Zeltplane verschwinden. Seine Reflexe funktionierten: blitzschnell bückte er sich, um zu verhindern, dass eventuelle Tatverdächtige oder wichtige Zeugen den Ort des Geschehens verließen ... AU! ... ärgerlich beugte er sich langsam hoch. Er hatte nicht nur ins Leere gegriffen, sondern sich auch noch einen Hexenschuss zugezogen. Er reckte sich schmerzhaft und zog seinen Dienstausweis.

„Polizei! ... Keiner verlässt das Zelt!“, brüllte er.

Die Bewegungen der Menge stockten erschrocken. Einige Juwelen wurden fallen gelassen. Mami ließ ihren Smaragd im Ausschnitt ihrer Bluse verschwinden. Den bekam keiner. Auch die Polizei nicht. Einige, die der befehlsgewohnten Stimme Engerers nicht Folge leisteten, wurden am Ausgang von dessen jungem Kollegen abgefangen und ins Zelt zurückgedrängt.

„Ruhe! ... Ruhe, habe ich gesagt. Ich bin Hauptkommissar Engerer vom Bundeskriminalamt. Abteilung Sonderermittlungen.“ Alois hielt seinen Dienstausweis hoch. „Der junge Mann am Eingang ist Kommissar Veilchen ...!“ Ein paar kicherten. Willi Veilchen wurde rot. „Bitte halten Sie ihre Personalausweise bereit, mein Kollege Veilchen notiert Ihre Personalien. Herr Floh, äh, ... ich meine ... Herr Rudolf Blahmann und Frau Lieselotte Therese Radebusch bitte sofort zu mir!“

RINCHEN STREIKT

Draußen hinter dem Zelt hatte sich Olli seine neuen Freunde geschnappt und sauste um das Zelt herum, hinüber zu der Wahrsagerbude von Madam Theresia. Im gleichen Moment schob Paul den schweren blauen Samtvorhang beiseite, auf der Hand den grinsenden Valmin und den verschnürten Vluny.

„Der Same wird fruchtbar, wenn abgeschworen wird den falschen Göttern und die Macht der Liebe zusammenfügt, was zusammengehört. Der Leben will schaffen, muss eins sein mit den Sternen des Himmels und der Kraft der Erde. Muss suchen sein Bett im weichen Gras des Sommers. Dann wird aufgehen die Saat und froh wird er ernten die Frucht seines Leibes. Ein Opfer muss er voll Demut ..."

„Halt dein loses Maul, Valmin ... du hast versprochen, es keinem zu erzählen!" Vluni giftete Valmin mit wütenden Augen an.

„Vluni, was ist das für ein Ton ... was soll dieses Gequatsche über Samen und so? ... Valmin, ich meine dich!"

„Da musst du die Jungfrau der Seelenwanderungen schon selbst fragen, Klining." Valmin wollte sich vor unterdrücktem Lachen kugeln. Paul Reiser versuchte krampfhaft, ein neutrales Gesicht zu machen.

„Jungs, wir haben jetzt keine Zeit für eure Späßchen! ... Wir müssen verschwinden. Wer bist du?", wandte sich der Illantin an Paul.

„Das ist mein Freund Paul Reiser. Dem könnt ihr voll vertrauen!" Paul war gerührt: Ihm konnte man voll vertrauen. Und das aus dem Munde eines Menschen, den er noch vor kurzer Zeit ohne zu zögern auf die Folterbank gelegt hätte.

„Wenn du es sagst, dann ist es in Ordnung, Olli. Wohin sollen wir am besten verschwinden? Wir brauchen einen Platz, wo wir alles Weitere in Ruhe besprechen können." Klining schaute auf Vluni, Vodor und Rinchen. „Ihr kennt euch doch hier aus."

„Nicht hier auf der Kirmes, hier sind zu viele Menschen. Olli, können wir nicht zu dir nach Hause?"

„Da ist aber Onkel Jupp."

„Och, mit diesem Neandertaler wird Klining im Handumdrehen fertig."

„Oh, wir gehen ins Neandertal, wie interessant." Klining hatte natürlich von dem kleinen Tal gehört. Nur dass es direkt bei Düsseldorf lag, war ihm neu.

„Ich meine den Onkel von Olli, ein unangenehmer, stinkender Typ ... brrr ... bei dem braucht man eine Gasmaske ... aber dort wird uns keiner vermuten."

„Gut, wie kommen wir da hin?", fragte Klining.

„Wir fahren wieder mit der Stadtbahn, Rinchen, dann sind wir am schnellsten zu Hause."

Olli setzte sich mit Klining, Vugur, Rinchen, Vodor und Vildo auf dem Arm in Bewegung. Paul blieb mit Vluni und Valmin in der Hand unschlüssig stehen. Olli drehte sich um: „Komm, Paul, willst du nicht mit?"

„Doch ... doch ...!" Paul Reiser druckste verlegen herum.

„Komm schon, ich hab genug Fahrgeld. Außerdem gehörst du dazu!"

Paul war glücklich. Olli war ein echter Freund. Paul war sich sicher, für Olli würde er sich in Stücke reißen lassen. Nebeneinander gingen sie, die klitzekleinen Zwerge auf dem Arm, zur Stadtbahn-Haltestelle am Luegplatz bei der Oberkasseler Brücke.

„Wo habt ihr denn die putzigen Mohrrüben her? Gibt es die auf der Kirmes?"

„Franziska, dass sind doch Zwerge, nicht wahr, Jungs?

Das junge Ehepaar, das mit seinem kleinen Jungen auf dem Weg zur Kirmes war, hatte die niedlichen Püppchen auf den Armen der Jungen gesehen und die beiden angehalten.

„Krieg ich auch so Mohrrüben? Mami, ich will auch so lustige Mohrrüben. Darf ich die mal anfassen?"

„Tut mir Leid ... aber wir müssen jetzt zur Stadtbahn ... Sie entschuldigen uns bitte." Olli wollte sich umdrehen und gehen.

Der kleine Junge schrie: „Ich will die aber mal anfassen!", und grabschte nach Rinchen. Geistesgegenwärtig zog Paul Olli weiter. Die junge Mutter erwischte Paul noch am Arm, Vluni wäre beinahe heruntergefallen.

„Junge, ich kauf dir die beiden ab!"

„Die können Sie an der Losbude beim Kolosseum gewinnen, die haben jede Menge von den klitzekleinen Zwergen!" Paul hielt seine Hand schützend über Valmin und Vluni.

Der kleine Junge zog seine Eltern schon ungeduldig in Richtung Kirmes: „Mamiii ... ich will zum Kolosseum ... ich will ganz viele klitzekleine Zwerge!"

„Wir sollten euch lieber verstecken", meinte Olli zu Klining. „Ihr fallt einfach zu sehr auf, das ist zu gefährlich."

„Ich möchte aber endlich mal den Rhein sehen", sagte Vodor.

„Oh ja, der Vater Rhein. Wo liegt denn Worms?" Vluni wurde ganz wibbelig vor Aufregung.

„Geht das Theater wieder los!" Klining verwünschte den Rhein und den Nibelungenschatz.

Paul sagte: „Ich nehme euch in die Brusttasche vorne an meiner Windjacke. Da ist Platz für alle und ihr könnt sogar rausschauen."

„Und wenn wieder einer nach mir grabscht?"

„Rinchen, da möchte ich den mal sehen, der sich traut, Paul Reiser an die Tasche zu gehen! Ich habe schließlich Erfahrungen als Bodyguard." Paul ließ seine imponierenden Muskeln spielen. Rinchen staunte. Olli grinste: da war er wieder, der unbezwingbare Bulle. Aber jetzt war Paul nicht mehr sein Feind, sondern sein zuverlässiger Freund, und einen Bodyguard für die Zwergentruppe konnten sie jetzt wirklich gut gebrauchen.

Dass die Winzlinge Paul akzeptierten, konnte man daran erkennen, dass Paul Valentirina ohne Widerspruch Rinchen nennen durfte. Olli war froh, dass er jetzt mit Paul befreundet war. Hinter dem Furcht erregenden Muskelpaket steckte ein nachdenklicher und vernünftiger Junge. Sein Blick kreuzte den von Paul Reiser. Paul lächelte Olli zu. Sie spürten beide ohne Worte das neue, unsichtbare Band einer echten und zuverlässigen Freundschaft. Hätte ihm gestern einer die Wandlung Paul Reisers vorausgesagt, Olli hätte ihn für verrückt erklärt. Dann fiel ihm ein, dass die letzten vierundzwanzig Stunden auch an ihm nicht spurlos vorübergegangen waren.

Sie stiegen in die Stadtbahn und Paul setzte sich ans Fenster, damit die klitzekleinen Zwerge hinaussehen konnten. Die Bahn fuhr über die Rheinbrücke und sie sahen die große Wasserfläche des mächtigen Stromes hell von den vielen Lichtern der Kirmes auf der Oberkasseler Seite und den Lichtern auf der Promenade der Düsseldorfer-Altstadt-Seite wie Silber erleuchtet. Andächtig schaute selbst Klining auf den Schicksalsstrom Europas.

Von der Höhe der Brücke aus erfasste man erst die riesige Schleife, in der sich die Wassermassen Richtung Norden schoben. Wie viele Völker mochten an dieser Stelle den Strom hinauf- oder hinuntergezogen sein. Darunter auch das sagenhafte Volk der Burgunder und Hagen von Tronje, der den Nibelungenschatz schließlich irgendwo im Strom versenkte. Ob die Töchter des

Rheins wirklich nicht wussten, wo sich der Schatz befand? Oder log Undine nur? Klining unterlag, ohne es zu merken, der geheimnisvollen Macht des Nibelungenschatzes, der bisher nur Unglück über seine Besitzer gebracht hatte. Als wenn mit den Wassern des Rheins der Lockruf des Goldes von Süden wie Sirenengesang die Gedanken des Magiers in die Tiefen der Fluten zog.

„Da ist der alte Schlossturm. Da wohnt aber keine Prinzessin drin."

Rinchens Bemerkung holte Klining wieder in die Realität zurück. Besorgt nahm Klining zur Kenntnis, dass es einer geheimnisvollen Macht gelungen war, sich seiner Gedanken zu bemächtigen und sie nach ihrem Willen zu steuern.

„Eure Fahrscheine, bitte!" Der Kontrolleur war zu den beiden Jungs getreten, die sich am Fenster gegenüber saßen. „Na, habt ihr viel Spaß auf der Kirmes gehabt? Das sind aber putzige Mohrrüben, niedlich." Die Winzlinge verhielten sich still und schauten einfach regungslos geradeaus. Der Kontrolleur musterte Paul.

„Sag mal, warst du nicht einer von dieser komischen Jugendbande, die mich heute verarschen wollte?"

Paul wurde verlegen.

„Hast dich von diesen Idioten getrennt, Junge?"

Paul nickte.

„Das ist vernünftig! Solche großspurigen Angeber wie der Anführer ... wie hieß der noch? ... Der große Boss!" Der Kontrolleur schüttelte abwertend den Kopf und holte sein Notizbuch aus der Jacke. „Ah, hier: Markus Wernrot. Ich sag dir eins, Junge ... der kriegt 'ne Menge Schwierigkeiten und der wird dich auch nur in Schwierigkeiten bringen. Junge, der ist wirklich kein Umgang."

„Paul ist jetzt mit mir befreundet, und Blödsinn macht der bestimmt keinen mehr", mischte sich Oliver treuherzig ein.

„Na fein, dann bist du jetzt wohl der neue Boss?", fragte der Kontrolleur Olli schmunzelnd.

„Bei uns gibt es keinen Boss, wir sind richtige Freunde", betonte Olli eifrig, „... wir passen aufeinander auf."

„So, richtige Freunde, die aufeinander aufpassen ... dann will ich mal Gnade vor Recht ergehen lassen und deinen Freund von meiner Liste hier streichen. Wie heißt er denn?"

„Paul ... Paul Reiser", sagte Olli erfreut. „Danke ... Sie sind aber wirklich nett!"

Der Kontrolleur lächelte Olli an, kniff ein Auge zu, strich Pauls Namen von der Liste, steckte das Notizbuch in seine Jackentasche, schaute auf die Fahrkarten, die Olli ihm die ganze Zeit hingehalten hatte und wunderte sich.

„Junge, für die Püppchen hättest du keine Fahrkarten zu lösen brauchen. Teddys, Püppchen, Gummibärchen und niedliche Mohrrüben befördert die Rheinbahn umsonst. Das ist der Service für unsere kleinen Kunden.“

„Aber die hier leben doch!“

Der Kontrolleur lachte. Oh selige, naive Kinderzeit.

„Klar doch. Gott erhalte dir deine kindliche Fantasie, mein Junge. Pass auf, ich entwerte nur zwei Fahrkarten, dann könnt ihr die anderen noch benutzen.“ Er gab Olli die Karten zurück und wandte sich dem nächsten Fahrgast zu.

Klining sah nachdenklich zu Olli hin, bei dem Paul nicht aufhören wollte sich zu bedanken. Der Junge strahlte irgendetwas aus, das einen guten Einfluss auf die Leute ausübte. Unglaublich – so klein und blass, wie der war. Die wunderschönen Kupferhaare, die sein schmales Gesicht umrahmten, konnten es auch nicht sein. Er hatte noch nie gehört, dass Laurin, der berühmt für seine unvergleichlich schönen roten Haare war, jemals einen guten Einfluss auf irgendjemanden ausgeübt hätte.

Am Hauptbahnhof stiegen sie aus der Stadtbahn, liefen durch die Bahnhofshalle, an der Rückseite an dem großen Bankgebäude vorbei, dann durch die Eifeler Straße zur Kölner Straße.

In dem hässlichen Haus auf dem Hinterhof, in dem Jupp seine kleine Wohnung hatte, schloss Olli die Tür auf, ging leise in den Flur und legte warnend die Hand auf die Lippen. Vorsichtig öffnete er die Tür zum Wohnzimmer. Ein fürchterlicher Gestank schlug ihnen entgegen und nahm ihnen fast den Atem. Der kleine Fernseher und das Spiel der Nationalmannschaft liefen noch, aber Jupps gleichmäßiges Schnarchen signalisierte, dass der Sechserträger Bier und die Flasche Schluck vom Büdchen den Weg alles Irdischen gegangen waren.

„Wo ist dein Zimmer, Olli?“ Paul wollte diesem alles durchdringenden Fuselgestank so schnell wie möglich entkommen.

Olli zeigte auf die kaputte Gartenliege und sagte: „Hier ist mein Reich. Wartet, ich mach das Fenster auf, dann wird es besser. Setz dich auf mein Bett, Paul. Ich nehme eine von den leeren Bierkisten."

Paul dachte an sein großes Zimmer, das er alleine bewohnte. Alles vom Feinsten. Seine Eltern ließen sich nie lumpen. Ob Fernseher, Hifi-Anlage oder der neueste DVD-Recorder: Er war, wie die meisten Jugendlichen heute, erstklassig ausgestattet. Über Ollis so genanntem Bett waren ein paar Brettchen angebracht, wo ein paar Habseligkeiten lagen. Paul mochte sich kaum darauf setzen, weil die Gartenliege wahrscheinlich so einen Floh wie Olli, aber kaum einen solchen Brecher wie ihn verkraften konnte; er hatte die nicht unberechtigte Befürchtung, dass sie mit Sicherheit zusammenkrachen würde. Die wenigen Kleidungsstücke, so weit man die armseligen Klamotten von Olli als Kleidung bezeichnen konnte, hingen sauber und ordentlich über einem Besenstiel, der in Ermangelung eines Schrankes als Garderobe diente. Wie konnte man nur so leben? Der arme Kerl.

Olli schien das alles nichts auszumachen.

„Ich mache, bevor wir uns beraten, schnell noch eine Brause zur Erfrischung." Oliver freute sich, dass er dank Wulli Müller seinen Freunden etwas anderes als nur Kraneberger anbieten konnte. Er huschte in das Zimmer nebenan und kam kurze Zeit später mit einem Krug und ein paar Gläsern wieder. Paul und sich schüttete er zwei große Gläser Brause ein und den Zwergen füllte er einen zerbeulten Fingerhut, den er bei seinen Nähsachen hatte, mit dem prickelnden Getränk.

„Leider habe ich nichts anderes in eurer Größe, aber vielleicht könnt ihr den rumgehen lassen", und reichte – ganz Kavalier – Rinchen als Erste den vollen Fingerhut. Die nahm einen Schluck und kicherte begeistert: „Oh, das kribbelt aber lustig im Hals!" Sie reichte Klining den Becher.

Paul war verblüfft, mit welcher Ruhe und Gelassenheit Olli über diese Unzulänglichkeiten und Armut hinwegging. Er trat ans Fenster und schaute in den hellen Sternenhimmel, der sich plötzlich verdunkelte.

Nandurs Stimme ertönte: „Hallo, Jungs, ihr müsst als Nächstes ins Feenreich. Den Eingang findet ihr im Hofgarten. Der Märchenbrunnen – nicht vergessen: der Märchenbrunnen – ist der Eingang. Dort treffe ich euch!"

„Ins Feenreich?“ Klining überlegte.

Rinchen, Vodor und Vluni waren als Flugteam wieder vollständig und konnten sich damit endlich auf den langen Heimweg machen. Er würde sich leider mit Valmin, Vildo und Vugur zu Fuß auf den Weg ins Feenreich machen müssen, da sie zu viert waren. Er teilte seine Überlegungen seinen Begleitern mit, die es sich inzwischen auf der alten Gartenliege bequem gemacht hatten und den Fingerhut mit der erfrischenden Brause herumgehen ließen.

„Ich geh mit ins Feenreich.“ Rinchens Stimme klang ruhig, aber bestimmt.

„Das ist nicht möglich. Frauen behindern uns nur. Das musst du einsehen, Valentirina!“ Vildo streckte dabei sein noch nicht ganz gesundes Bein.

„Du spinnst wohl, du Macho! Hast wohl noch nie etwas von Emanzipation und Frauenpower gehört? Du Dumpfbacke reichst doch keiner von uns Frauen das Wasser!“ Rinchen giftete Vildo an; der grinste zurück.

Natürlich zweifelte keiner der Zwerge, auch Vildo nicht, an Valentirinas Qualitäten. Nur: Alle kannten Rinchens Macke, die Emanzipation der Frauen (die im klitzekleinen Zwergenreich schon seit Jahrhunderten ohne jeden Zweifel anerkannt und praktiziert wurde) bei jeder Gelegenheit klar und deutlich herauszustellen. Selbst ihre Geschlechtsgenossinen fanden ihr Verhalten manchmal recht krampfig.

„Ich hätte nichts dagegen, wenn Rinchen mitkommt, im Gegenteil. Der Vorteil wäre, dass wir im Notfall zu dritt ein Flugteam bilden und einer trotzdem bei Vildo bleiben könnte. Der einzige Nachteil ist: Als große Gruppe wären wir zu auffällig“, gab Valmin zu bedenken.

„Das spielt im Feenreich, wenn die uns einmal entdeckt haben, keine Rolle. Was mir große Sorgen macht, ist, dass unser Land zur Zeit ohne jeden Schutz ist. Es nützt nichts: Alle, die wir jetzt finden, müssen nach Hause, und das so schnell wie möglich. Dafür brauchen wir immer vollständige Flugteams.“

„Der Orion-Albatros könnte doch Vluni und Vodor nach Hause fliegen, dann könnte Rinchen mit. Es ist manchmal doch ganz nützlich, wenn eine Frau dabei ist, besonders wenn mal gekocht werden muss“, meinte Vildo mit harmlosem Gesicht.

Jeder wusste, dass Vildo einer der hervorragendsten Köche im klitzekleinen Zwergenreich war und nie jemand anderen in seinem Beisein an die Kochstelle ließ, aber es machte ihm einfach zu viel Spaß, die selbstbewußte Valentirina anzupieksen.

„Das könnt ihr euch abschminken, ich bin doch nicht eure Koch-Elli!" fauchte Rinchen wie erwartet.

Jetzt griente sogar Klining: Vildo schaffte es einfach immer wieder.

„Ich werde Nandur fragen. Vielleicht haben wir Glück."

„Ihr habt Glück. Tu das gern für euch, Jungs! Kommt auf die große Wiese im Hofgarten. Dort nehme ich Vluni und Vodor an Bord!" Nandurs Stimme klang weit aus dem Weltraum durch das Fenster im Flur.

„Prima, dann hätten wir das Problem ja gelöst. Herzlichen Dank, Nandur!"

„Gern geschehen", tönte es aus den Tiefen des Weltraums zurück. Offenbar verfügten die riesigen Vögel nicht nur über die schärfsten Augen, sondern auch über das schärfste Gehör im ganzen Universum.

„Könnt ihr uns sagen, wo der Hofgarten und dieser Märchenbrunnen sind?" Klining wandte sich direkt an Olli und Paul, die die Diskussion der Winzlinge staunend verfolgt hatten.

„Wir bringen euch hin, nicht wahr Paul? Das heißt, wenn bis dahin mein Onkel Jupp noch schläft."

„Das lass man meine Sorge sein. Alkoholisierte Neandertaler zu narkotisieren ist meine Spezialität."

„So schlimm ist er nun auch wieder nicht. Er hat auch seine guten Seiten. Das ist nur dieser Schluck, der ihn so fertig macht."

Sieh an, der Junge schloss in sein großes Herz auch noch diesen miesen Alkoholiker ein. „Mach kurz die Tür auf, Olli!"

Der öffnete die Tür und sah staunend, dass sich auf eine Handbewegung von Klining hin auf dem Tisch vor dem Sofa, wo Jupp schnarchte, eine Flasche Bier nach der anderen aufreihte und die Reihe mit einer großen Einliterflasche feinstem Doppelkorn endete.

„So, mein Junge, ich glaube, das dürfte auch für deinen lieben Onkel Jupp reichen."

„Mir wäre lieber, wenn da nur Mineralwasser stände und der arme Onkel Jupp nicht immer so trinken würde."

Klining lachte. „Glaub mir, mein Junge, wenn der diesen Schluck getrunken hat, dann rührt der nie wieder einen Tropfen Alkohol an. Garantiert! So, nun müssen wir aber schnell in den Hofgarten!“

LAURIN

„Holt Laurin aus seinem Rosengarten!“, rief Oberon und sofort flogen die schnellsten Feenboten, die Blitzelfen, aus der Halle.

Nur wenig später ritt Laurin auf einem kleinen, zierlichen, edlen Rappen, nicht größer als ein kleiner Hund, in leichtem Trab in die Königshalle. Keiner sonst würde es wagen, hier zu Pferde zu erscheinen, aber die Hufe des mit kostbarem Zaumzeug geschmückten Pferdchens berührten kaum die wertvollen, bläulich schimmernden Edelsteinmosaike des Fußbodens. Statt des Geklappers von Pferdehufen erklangen wunderbar helle Klänge, wie von verwunschenen Glöckchen, und kleine Sterne stiegen empor, sobald ein Huf den Boden berührte. Wie verzaubert verfolgten alle den Auftritt des sagenumwobenen Zwergenkönigs.

Laurin war überaus kostbar gekleidet. Auf dem Kopf trug er eine schlichte Krone aus grün glühendem Sarimgantagold. Allein sie war ein Königreich wert. Sie stand in prächtigem Kontrast zu seinen herrlichen kupferfarbenen Haaren, die in schweren Locken auf seinen berühmten Mantel Gulfriga fielen.

Der Mantel, mit dem er sich auf der Stelle unsichtbar machen konnte, war aus den feinen Schicksalsfäden der nordischen Nornungen gewebt. Die Fäden waren dünner als die Haare einer gerade geborenen Silberelfe, aber so stark, dass selbst die stärksten Bergriesen sie nicht zerreißen konnten. Die Fäden aus zweitausendfünfhundert Jahren waren kunstvoll zu einem schimmernden Muster verwebt, das kriegerische, mythische Völker in ihren berühmten Schlachten vor uralten Zeiten zeigte. Das Schlachtengetümmel bewegte sich auf dem Mantel hin und her und die Heere kämpften so erbittert, dass man meinte, das Waffengeklirr und die Schreie der tödlich getroffenen Krieger zu hören. Die Bilder des Mantels lebten und waren in ständiger Bewegung.

Keiner wusste, wer den Mantel gewebt hatte, und Laurin schwieg. In der Feenhalle hatte man nie Kostbareres gesehen. Eine Fibel aus pechschwarzem, durchsichtigem Mondgestein, geschmückt von einem grünen Drachen aus Smaragden, hielt ihn an der linken Schulter zusammen.

Auf der Schwertseite hatte Laurin seinen Mantel lässig zurückgeschlagen, damit das Symbol seiner Macht, das berühmte Zauberschwert Balmuni, voll zur Geltung kam. Kaum größer als das Messer einer Elfe, war das zierliche Schwert gefürchtet wie keine andere Waffe sonst. Bevor Oberon mit Hilfe des heiligen Zepters der Orania den Sieg über alle Feen-, Elfen- und Geisterreiche errang und ohne Gnade jeden bestrafte, der gegen das oberste und heiligste Gesetz der Feen (nichts Lebendes zu verletzen oder zu töten) verstieß, hatte Balmuni unzählige Leben vernichtet. Es gab kein bekannteres Schwert auf Erden, das mehr Blut getrunken hatte als Balmuni.

Obwohl er es nicht benutzen durfte, trug Laurin Balmuni mit Stolz und in der ständigen Bereitschaft, mit seinem Zauberschwert eine bittere Ernte einzufahren. Laurin wusste, dass sein Schwert lebte und nach Blut lechzte. Eines Tages würde er es ziehen und dann nicht mehr zurückhalten können. Der Erste, der unter dem Schwert fiel, würde Oberon sein. Balmuni und seine Scheide waren schlicht und unscheinbar und gerade darum so drohend und unheimlich. Anders der prunkvolle, mit roten Blutrubinen geschmückte Schwertgürtel, welcher der Legende nach dem Zwergenkönig die Stärke von zwölf Männern verleihen sollte und der Laurins goldenes Hemd umgürtete.

Auf seinem ausgestreckten Arm hielt Laurin, gerade so, als wenn er von der Falkenbeize käme, den gefürchteten sprechenden zweiköpfigen Vulkanadler Ragnur. Nicht größer als ein Rotkehlchen oder Spatz, aber schneller und gefährlicher als jedes andere Lebewesen in der Luft, gehörte Ragnur zu den sieben einzigen Exemplaren seiner Gattung, die noch in den Tiefen der Vulkane Islands lebten. Selbst die schnellen Blitzelfen fürchteten sich vor ihm. Ragnur konnte jeden Wind oder Sturm überholen und einen Tiger im Sturzflug schlagen und zerfetzen. Am wohlsten fühlte er sich, wenn er mit einem Orkan um die Wette flog und sich anschließend in einem Lavabad erholen konnte. Als sich einer der zwei Köpfe

Ragnurs leicht hob und sich interessiert umschaute, zogen alle Elfen instinktiv ihre Köpfe ein.

Verdammtes mordgieriges Vieh, dachte der Feenkanzler Ovangar, und er wusste, dieser kleine Teufel konnte noch viel Ärger bereiten. Der Handschuh, auf dem Ragnur stumm und leicht fröstelnd saß, funkelte in einem tiefgrünen Drachenmuster aus Smaragden.

Die Zwerge galten nicht als das mächtigste, dafür aber als das reichste Volk unter allen Feen-, Elfen- und Geistervölkern. Der Reichtum Laurins übertraf alle Vorstellungen. Wenn die hundert reichsten Menschen und die hundert reichsten Feen und Geister ihre Vermögen zusammenlegten (und darum den Wert wahrscheinlich kaum schätzen konnten): für Laurin wäre das nicht mehr als ein kleines Taschengeld. Er war der reichste Mann im Sonnensystem. Aber das wusste nur er selbst. Seinen wahren Reichtum hielt er wohlweislich vor aller Welt verborgen. Die Kostbarkeiten, die die Feen und Geister von ihm zu sehen bekamen, waren nur Peanuts, obwohl denen vor Staunen der Mund oft nicht mehr zuklappte.

Seine Zwerge bargen auf der ganzen Welt die größten, geheimnisvollsten und kostbarsten Schätze. Sie richteten sich nach den vergilbten Karten aus Laurins großer Schatzkarten-Bibliothek. Hier gab es auch Pläne von allen Gold- und Edelsteinminen der Erde. Unermüdlich forschten seine Ingenieure – die hervorragendsten Bergleute unter der Sonne – im Erdinneren nach neuen Gold- und Edelsteinvorkommen. Keiner hatte je alles gesehen, was die Zwerge im Laufe der Jahrtausende aus den tiefsten Winkeln der Erde herausholten. Nur ein Bruchteil dieser Schätze gelangte in die Feen- und Geisterreiche ... und noch viel weniger zu den Menschen.

Deren weltgrößter, monopolistischer Förderkonzern für Diamanten musste sich mit einer Gesamtausbeute von einem millionsten Prozent zufrieden geben. Dafür setzten die Menschen einen ungeheuren Aufwand an Material und Menschen ein. Die Zwergeningenieure amüsierten sich darüber immer wieder köstlich. Die Menschen wussten nicht, dass sie eigentlich nur Schutt bewegten und dass nur Ausschuss auf den Tischen ihrer Diamantenschleifer landete. Simple Handwerker und Stümper, die mit groben Schliffen, die sie stolz Brillantschliff nannten, versuchten, den Diamanten Feuer zu entlocken. Laurin hatte vor, auch diesen Prozentsatz noch zu verringern und seine Revisoren entsprechend angewiesen. Sie waren für die Beobachtung des Abbaus durch die Menschen zuständig. Sie bestimmten gemäß den Befehlen Laurins, ob und wie viele Diamanten die Menschen fanden oder nicht.

Laurin lächelte. Ein Gefühl des Stolzes stieg in ihm auf, als er an die Diamanten und Juwelen in seinen unzähligen Schatzkammern dachte. Legenden und Mythen rankten sich um Edelsteine von ungeheurer Größe. Wahre Wunderdinge wusste man sich bei Feenhofe über den riesigen honigfarbenen Hirkosia-Diamanten von 126.000 Karat oder den berühmten Smirgovo-Smaragd zu erzählen. Edelsteine von unglaublicher Größe. Allein der Smirgovo-Smaragd übertraf die Höhe und Breite von dreitausend Fuß. Laurins Palast sollte aus einem einzigen blauen Topas geschnitten sein. Türen und Fenster bestanden aus dem unermesslich wertvollen grünen Gold des unterirdischen Flusses Sarimganta. Ein Gramm wog den Wert eines Zentners normalen Goldes auf. Außer den Zwergen würde sich niemand so weit in die heißen Tiefen der Erde vorwagen, wo der grüne Goldfluss zwischen glühenden roten Lavaströmen seinen Weg suchte.

Keiner, außer einigen Erwählten aus seinem Zwergenvolk, hatte je den Palast von Laurin betreten. Dieser war umwoben von einem verzauberten Rosenhag, in dem sich jeder verfing, der versuchte, Laurins Schätzen auf die Spur zu kommen. Viele mutige Menschen und viele Helden aus dem Geisterreich setzten immer wieder angesichts der unermesslichen Reichtümer des Palastes ihr Leben aufs Spiel. Alle bereuten es bitter. Könige, Fürsten, mächtige Zauberer und Magier, Drachen, Riesen, Helden, die Tapfersten der Tapferen und die Klügsten der Klugen: alle hatten ihr Leben im Rosengarten schmählich aushauchen müssen. Oberon hatte noch nicht herausgefunden, welche dunkle Macht den Rosengarten Laurins schützte. Die Macht des Gläsernen Orania-Zepters reichte auch nur bis zur ersten Rosenblüte.

Man munkelte, dass Laurin sogar den Weg zu dem geheimnisvollen roten Kristall, auf dem der Legende nach die Erdachse ruhen sollte, kannte. Aber das war wirklich nur eine Vermutung. Laurin wusste nicht mehr als alle anderen. Er träumte jedoch von der Erringung des sagenhaften roten Kristalls, dem Inbegriff der allumfassenden irdischen Macht, der Herrschaft über die gesamte Erde. So groß und unermesslich wie der Reichtum Laurins waren auch seine Gier und sein Machthunger. Allein das heilige Orania-Zepter bewahrte den Feenkönig Oberon vor Laurin. Jeder, der in Laurins Augen blickte, wusste: Was der einmal besaß, rückte er nie mehr heraus.

Vor dem Thron angekommen, blieb der kleine Rappe stehen, ohne dass Laurin die Zügel bewegt hätte. Die singenden Glöckchentöne verstummten und die letzten Sternchen sanken zu Boden. Oberon, der sich bewusst imposant auf seinem prächtigen Thron zurechtgerückt hatte und das heilige Zepter als unübersehbares Machtsymbol auf sein linkes Knie stellte, sah aus den Augenwinkeln, wie zwei Eiskrieger in genau zwanzig Schritt Abstand von seinem Thron zu beiden Seiten ihre Position eingenommen hatten ... jederzeit bereit, sich auf den hinterlistigen Zwergenkönig zu stürzen. Angesichts seines gefährlichen Feindes – denn dass Laurin, trotz aller Verträge, immer sein Feind bleiben würde, darüber war sich Oberon völlig im Klaren – ein angenehmes und sicheres Gefühl.

Er sah Laurin an. Der hatte die beiden Eiskrieger bemerkt und wertete sie als Zeichen der Schwäche. Ein kaum wahrnehmbares, verächtliches Lächeln überzog Laurins Züge. Was war der König der Feen doch bloß für ein Weichei. Ohne die Eiskrieger und sein verdammtes Zepter würde er ihn zerquetschen wie eine Laus und Ragnur zum Fraß vorwerfen.

„Welche unerwartete Ehre. Sie haben mich rufen lassen, großer Shordun?“ Dabei verbeugte er sich leicht.

Jeder in der Halle hörte den ironischen Unterton. Keiner wagte zu atmen. Trotz seiner Verärgerung, dass Laurin ihn mit dem Titel „Shordun“, König aller Könige, ansprach, und der ihm erst nach 6000 Jahren Herrschaft in Frieden zustand ... 1564 Jahre fehlten noch bis zu diesem Zeitpunkt, falls er bis dahin überlebte und alles gut ging ... blieb Oberon gefasst und zauberte ein leutseliges Lächeln auf sein Gesicht.

„Willkommen, Fürst“, konterte er lächelnd, wissend, dass Laurin sehr eitel war und allergrößten Wert darauf legte, mit den Titel „König“ und seinem Namen oder zumindest mit „Majestät“ angesprochen zu werden.

Laurins Gesicht verzog sich dann auch sofort säuerlich. „Wie Majestät wissen, bin auch ich ein Herrscher über ein Königreich und ...“

„Schon gut, König Laurin“, wechselte Oberon – zufrieden, den eingebildeten Laurin angepiekst zu haben – in die korrekte Anrede über. „Wir brauchen Eure Hilfe, Majestät!“

Das war ja mal was ganz Neues, dachte Laurin misstrauisch, blickte aber Oberon erwartungsvoll an. „Gern zu Diensten, Sir“, antwortete er in einem äußerst charmanten Ton und stieg mit einem eleganten Schwung von seinem edlen Pferdchen.

Du kannst mich nicht täuschen, dachte Oberon, bat aber den Zwergenkönig mit einer formvollendeten, höfischen Handbewegung an die Tafel. „Bitte Majestät, nehmen Sie Platz.“

Laurin, geschmeichelt von dem einwandfreien Benehmen des Elfenkönigs, das ihm nun entgegengebracht wurde, trat an die Tafel und bestieg ein Treppchen, das ein Diener auf einen Wink von Oberon hin an den Tisch gestellt hatte und das zu einer kleinen Plattform führte. Er betrat sie und setzte sich auf einen zierlichen Stuhl. Auf der Rückseite von dessen Hochlehne erkannte man das Wappen des Zwergenkönigs. Es war Laurins angestammter Platz an der Tafel des Feenkönigs, und er saß nun, so wie es seinem Rang gebührte, in Augenhöhe mit allen anderen Königen, Fürsten und Paladinen, die dem Feenkönig als Lehnsmänner dienen mussten.

Ein seltener Anblick. Der Zwergenkönig vermied, wo immer es möglich war, die Gesellschaft dieser ärmlichen Tafelrunde. Aus seiner Sicht waren sie alle, Oberon eingeschlossen, Hungerschlucker und armselige Trottel, die dem Feenkönig nach der Beendigung des großen Krieges viel zu schnell den Treueeid geschworen hatten. Eines Tages würden sie alle unter seiner Herrschaft leben müssen und irgendwo in seinen Bergwerken und Minen schuften, bis sie elendig zugrunde gingen. Wer einmal den unterirdischen Goldfluss Sarimganta überquert hatte, war so gut wie tot und ohne jede Hoffnung auf eine Rückkehr an die Sonne. Nur sein Volk kannte die geheimen Pfade, die an die Oberfläche führten, und noch nie hatte sich ein Zwerg als Verräter erwiesen – Ragnur als

Henker war fürchterlich -, und noch nie war ein Gefangener entkommen. Immer wieder rätselte man über die Schicksale von plötzlich Verschwundenen, die nie wieder in einer der bekannten Welten aufgetaucht waren.

Laurin legte sein Schwert wie alle anderen vor sich auf die Tafel, rückte sich auf seinem Stuhl zurecht und schaute Oberon fragend an: „Nun, Majestät?“

Oberon sagte nichts, deutete nur stumm vor sich auf die Tafel, auf der sich ein winziger roter Kegel kaum von dem Muster des Tafeltuchs abhob.

Fragend hob Laurin seine Augenbrauen: Die hatten ihn wegen eines roten Rübchens kommen lassen?

„Ja und...?“

„Schauen Sie hin, Majestät, bitte genau hin“, mischte sich nun Ovangar, der Kanzler, ein, und berührte sacht die kleine Rübe, die nun schnell einen Schritt zur Seite trat.

Zur Seite? Eine Rübe, die zur Seite treten konnte? Langsam stieg Wut in dem Zwergenkönig hoch. War das einer der üblen, billigen Zaubertricks von Ovangar? Wollte man ihn hier vor den versammelten Fürsten der Reiche verscheißern? Nicht mit ihm. Heiliges Feenzepter hin und her, schon zuckte seine freie Hand nach Balmuni, als er spürte, wie sich Ragnurs Krallen vor Aufregung in seine Hand bohrten. Blödes Federvieh. Schon tausendmal hatte er Ragnur gesagt, dass er vorsichtiger mit seinen rasiermesserscharfen Krallen sein sollte, wenn er auf seiner Hand saß. Dieser verdammte Handschuh war nur Schau und bot keinen Schutz, weil sich sowieso niemand vor den tödlichen Krallen des kleinen Jägers schützen konnte. Schon wollte er Ragnur von seiner blutenden Hand fegen, als er sah, wie der Vulkanadler mit aufgerissenen ungläubigen Augen seine beiden Hälse in Richtung der winzigen roten Rübe streckte. Wo Laurin und alle anderen zwei oder dreimal hinschauen mussten: Ragnurs scharfe Augen hatten sofort erkannt, um was es sich bei dem winzigen Kegel handelte. Im gleichen Augenblick war Ragnurs Jagdinstinkt geweckt und er hüpfte unruhig auf der Hand des Zwergenfürsten hin und her.

Laurin wollte nicht glauben, was sich seinen Augen bot.

„Das ist ein Scherz? ... ein übler Spaß?“ Fragend schaute er sich um. So winzig konnte doch kein Zwerg sein. Er rieb sich die

Augen, doch das winzige Wesen vor ihm sah aus wie ein Zwerg und war auch, abgesehen von der ungewöhnlich riesigen roten Zipfelmütze, die den klitzekleinen Kopf bedeckte, wie ein Zwerg gekleidet.

Der Winzling schaute ihn aus den großen blauen Kulleraugen selbstbewusst an, verbeugte sich leicht und sagte mit einer hellen, wohltönenden, warmen und klaren Stimme, die die Feenhalle erfüllte: „Ich bin Vamur, König Laurin." Dann sagte er, zu dem Vulkanadler gewandt, sehr höflich: „Und du bist wohl Ragnur."

Ragnur antwortete mit seinem linken Kopf verdattert: „Stimmt!"

DAS ENDE EINER GESCHÄFTSBEZIEHUNG

„Du bist wirklich der größte Trottel aller Zeiten!" Madam Theresia schäumte. „Lässt die größte Chance, die mir jemals untergekommen ist, zerplatzen wie eine Seifenblase. Weißt du eigentlich, wie reich wir hätten werden können? Ich darf gar nicht daran denken. Mit dem Knaller hätten wir einmal im Monat eine große Samstagabend-Show im Fernsehen bestreiten können. Oder wir hätten einen Vergnügungspark aufgemacht, bei dem die Disneyleute vor Neid geplatzt wären ... oder wir hätten die an die Industrie oder das Militär verkauft, zu Forschungszwecken ... oder ein perverser Ölscheich hätte uns sein halbes Vermögen geboten! Denk nur mal daran, was uns ein Spielzeugkonzern geboten hätte, wenn die sie hätten nachbauen dürfen. Die Souvenierindustrie hätte uns die Bude eingerannt. Hollywood hätte binnen kurzem auf der Matte gestanden!" Madams Stimme wurde immer schriller vor Wut und überschlug sich. „Nicht nur, dass du Idiot unseren Gladiator von deinen dämlichen Blutsaugern beinahe hättest umbringen lassen. Nein, du Pfeifenkopf lässt auch noch die anderen, die uns da so plötzlich reingeschneit kamen, entkommen."

„Halt endlich deinen Mund, Liese! ... Hätte! Hätte! Hätte! ... Das nützt uns jetzt auch nichts mehr. Hätte ich dir keine Partnerschaft angeboten, dann hättest du nicht die Falten deines Rocks voller Euro-Scheinchen. Ja, guck nich' so erstaunt! So blöd bin ich auch nicht." Madam wurde blass.

Rudi Blahmann hatte von Lieselotte Therese Rademacher die Nase gestrichen voll. Das hatte er gerne: abkassieren, wenn der Laden lief und bei den ersten Problemen über ihn herfallen. Zugegeben, glücklich war er über die gesamte Situation auch nicht. Aber konnte er denn ahnen, dass gleich das BKA auf der Matte stand und ihn und die Rademacher peinlich befragte.

Am meisten ärgerte ihn, dass ihm die gesamte Gruppe der klitzekleinen Zwerge durch die Lappen gegangen war. Jetzt, da das BKA und der Verfassungsschutz hinter denen her waren, konnte er es vergessen, die noch zu suchen. Aber die Rademacher hatte ja noch einen.

„Wo ist er?"

„Wer?"

„Dein Medium!"

„Scheiße!"

Beide sahen sich an und rannten zum Blauen Kabinett hinüber. Vor der großen Kristallkugel lag nur noch der klitzekleine blaue Samtumhang. Das Medium, der Zwerg der Seelenwanderungen, der lieber eine Jungfrau sein sollte, die große Attraktion, war verschwunden.

„Wann geht es hier mit der Wahrsagerei endlich weiter?" Das siebenundachtzigjährige Fräulein Klara Wiedemeier aus dem Oberkasseler Altenstift wollte unbedingt wissen, ob der vierundneunzigjährige Waldemar Schönbusch vom Appartement nebenan ernste Absichten hatte oder ob der Hallodri nur das Eine im Auge hatte. Im Zweifelsfall wollte sie sich lieber weiter für den Mann ihres Lebens aufbewahren.

„Scheiße! ... Und meine Flöhe sind auch weg!"

„Flöhe? Hier gibt es Flöhe?" Klara, die mit Schrecken an die Bekanntschaft dieser fürchterlichen Viecher in den schlechten Zeiten des Zweiten Weltkrieges dachte, verzichtete darauf, in Waldemar vielleicht doch den Mann ihres Lebens zu finden und suchte schnell das Weite. Es gab verzweifelte Kirmesbesucher, die sich noch wochenlang an immer neuen Flohbissen herumkratzten. Es gab dankbare Insekten, die ihre ungewohnte Freiheit in irgendwelchen Mänteln oder Hosen genossen und ihrem Artistendasein auch nicht eine einzige Träne nachweinten. Es gab Geschäftspartner, die nie wieder ein Wort miteinander sprachen.

DER HOFGARTEN

Olli und Paul stiegen in der Heinrich-Heine-Allee in der Nähe des Opernhauses aus und sausten in den Hofgarten, zu der Stelle, wo der gepflegte Stadtpark sich zu einer großen Wiese öffnete.

„Vluni und Vodor sollen sich mitten auf die Wiese stellen. Ich bin schon im Anflug." Nandurs Stimme klang aus den Wolken.

„Tschüs, ihr beiden, grüßt unseren Kamarin und erzählt Goliath alles. Sagt ihm, wir haben ihn noch nicht gefunden, aber wir tun unser Bestes, dann weiß er Bescheid. Bis bald, Jungs, ich bin stolz auf euch!" Klining gab den beiden einen Klaps auf den Rücken und rannte an den Rand der Wiese, wo die anderen warteten. Er war dort noch nicht angekommen, da verdunkelte sich der Himmel, ein kaum hörbares Rauschen erfüllte die Luft – und die beiden roten Zipfelmützen im Gras waren verschwunden.

Der Orion-Albatros, der niemals landete, war im Tiefflug in etwa hundertfünfzig Metern Höhe über die Stadt und den Hofgarten gerauscht, hatte dabei zwei seiner Brustfedern so gestellt, dass sie auf den Punkt genau Vluni und Vodor wie mit einer weichen Schaufel sanft aufgriffen und in dem weichen Flaum seiner Unterfedern warm und weich betteten. Dieses geschah mit einer so hohen Geschwindigkeit, dass kein Auge in der Lage war, den Vorgang auch nur wahrzunehmen. Vluni und Vodor meinten, urplötzlich in einem weichen warmen Himmelbett zu liegen. Kaum hatten sie die Situation erfasst, hörten sie schon wieder Nandurs Stimme: „So, Jungs, macht euch fertig zum Absprung! Ich zähle rückwärts ... bei NULL lasse ich euch über eurem Ländchen aus hundertfünfzig Metern Höhe fallen. Euer Kamarin wartet schon auf euch. Grüßt ihn herzlich. Macht jetzt eure Fallschirme bereit ... FÜNF ... VIER ... DREI ... ZWEI ... EINS ... NULL!"

Vluni und Vodor, die ihre Mützen wie Fallschirme über sich hielten, segelten sanft in kreisförmigen Schwüngen zur Erde. Dort landeten sie genau auf dem dafür vorgesehenen Platz vor dem königlichen Perlenschloss, wo ihr König und Kamarin Goliath schon ungeduldig auf sie wartete und sie in seine Arme schloss.

„Wo geht es nun zum Märchenbrunnen, Olli?"

„Der ist hier gleich hinter der Wegbiegung, wir sind bald da."

Paul stand schon in der Kurve des Weges und zeigte auf einen kleinen Brunnen, der links von der Brücke über den Hofgartenteich stand.

INTERMEZZO MIT JUPP

Laut rülpsend wälzte sich Jupp von seinem hässlichen Sofa hoch. Sein Schädel brummte fürchterlich. Scheiß Alkohol: immer diese verdammten Nachwirkungen. Der Nebel über seinem Bewusstsein lichtete sich und seine Augen begannen seine Umgebung wahrzunehmen.

„Junge, wo bist du? Wo ist mein Schluck?"

Sein Gehirn begann langsam zu reagieren und bildete die Kette: Junge-Euro-Büdchen-Bier-Schluck. Verdammt, der Junge hatte ja von seinen letzten Kröten Bier und Schluck vom Büdchen geholt und war dann verschwunden. Er hatte es sich vor der Glotze gemütlich gemacht und sich die Fußballübertragung vom Spiel der Nationalmannschaft reingezogen. Stimmt, so war's. Dann hatte er sich über diese Flachpfeifen von Kickern geärgert. Die hatten wieder einmal so beschissen und unter aller Würde gespielt, dass er die Büdchen-Ration ruckzuck vernichtete. Das bedeutete, er saß auf dem Trockenen.

Jupp wollte sich schon wieder deprimiert auf das Sofa fallen lassen (vielleicht erlöste ihn ja ein gnädiger Schlaf von seinem fürchterlichen Nachdurst), als sein Blick auf den Tisch fiel, wo eine Reihe voller Bierflaschen exakt wie die Zinnsoldaten aufgereiht standen. Der rechte Flügelmann der Soldaten war ein besonders kräftiger Bursche in Form einer vollen Flasche Schluck.

„Toller Bursche ...!" Zum ersten Mal dachte Jupp mit allerhöchster Hochachtung an seinen merkwürdigen Neffen. Der Junge musste es irgendwie geschafft haben, für seinen Lieblingsonkel (denn das war Jupp ohne Zweifel) den vor ihm stehenden Nachschub ohne Geld zu besorgen. Wahrscheinlich hatte er mit einem Mitleid erregenden Blick seiner großen Augen den dicken Meier vom Büdchen weich gekloppt, und der hatte was auf Pump rausgerückt. Der Junge konnte einen ja auch anschauen ... wirklich zum Weichwerden. Jupp nahm einen kräftigen

Schluck aus der Buddel und dachte darüber nach, wie man die Nummer ... Ich-bin-ein-armer-Junge-und-mein-Onkel-kommt-um-vor-Durst ... perfektionieren könnte.

Jupp nahm, um besser nachdenken zu können, noch einen kräftigen Schluck. Merkwürdig, heute schmeckte der besonders gut. Ging so richtig durch. Da wurde einem doch ganz anders von. Nicht schlecht. Guter Junge, er musste ihn, wenn er nach Hause kam, sofort fragen, wo er den Schluck her hatte. Allerdings: Die weiße Maus auf dem Tisch, die müsste wieder raus. Keine Tiere im Haus. Brachten nur Umstände. Die zweite, die über den Fernseher krabbelte, konnte er auch gleich mitnehmen. Wieso liefen die hier überhaupt frei herum?! Jupp nahm noch einen Schluck. Jetzt knabberte eine dritte Maus an dem alten Vorhang an der Spüle. Wo kamen die auf einmal alle her? Der Junge musste wohl an die zwanzig weiße Mäuse oder mehr mit nach Hause gebracht haben ... oder waren das sogar noch mehr? Jupp verstand das nicht, er hatte ihm doch nur zehn Cent für 'ne Brause oder 'nen Lutscher gegeben ... Jupp nahm noch einen Schluck ... wo war der Junge überhaupt? Der sollte seine weißen Mäuse wegschaffen. Die waren ja ekelig. Vermehrten sich wie die Karnickel ... Jupp nahm noch einen Schluck ... ungläubig schaute er auf die weiße Flut, die sich in seinem Zimmer ausbreitete. Weiße Mäuse, wohin er schaute. Auf dem Tisch, auf dem Schrank, in den Vorhängen, der Fußboden quoll über von den sich vermehrenden Mäusefluten. Jupp bekam langsam Angst ... nahm noch einen Schluck – zur Beruhigung. Die Mäuse krabbelten seine Hose hoch und schlüpften unter sein Hemd. Jetzt war Jupp sauer: Grund genug für einen erneuten Schluck aus der Flasche.

Jupp starrte auf die Mäuse. Wollte ihn hier jemand verarschen? Jedes Mal, wenn er einen Schluck nahm, vermehrten sich die Mäuse wie von Zauberhand. Man konnte ja meinen, man sei im Delirium ... Jupp nahm noch einen Schluck ... die Mäuse vermehrten sich.

In Jupps Bewusstsein schlug der Blitz der Erkenntnis ein, schmerzhaft wie der Schnitt mit einem scharfen Rasiermesser: Ihn hatte das Delirium tremens, der Säuferwahnsinn, erwischt. Jetzt war es aus. Jupp warf vor Angst die kostbare Flasche Schluck an die Wand. Weg mit dem Teufelszeug. Er würde auf Leichteres umsteigen ... er war doch kein Alkoholiker! Mit zitternden Händen öffnete er eine Flasche von dem harmlosen Bier und nahm aufseufzend drei tiefe Züge. Das Bier floß kühl und angenehm durch seinen Hals ... und die Mäuse vermehrten sich auf der Stelle.

Onkel Jupp rannte schreiend aus der Wohnung.

Dank aufmerksamer Nachbarn (hier muss Frau Mellenen reaktionsschnelles Handeln als vorbildlich erwähnt werden) nahm der Onkel keinen größeren Schaden. Sie setzte sich kurzerhand bis zum Eintreffen der Herren von der Johanniterhilfe auf den tobenden Josef Binderer. Herr Binderer wurde kurzerhand in eine Spezialklinik gebracht. Dem Vernehmen nach hat Herr Binderer ernsthaft mit einer Entziehungskur begonnen.

DIE GASTFREUNDSCHAFT

Laurin erholte sich nur langsam von dem Schock. Sein Bewusstsein wehrte sich mit aller Macht gegen das Bild, das seine Sehnerven an sein Gehirn weiterleiteten, und war nur bereit, die winzige Erscheinung, die ihn ruhig beobachtete, als Sinnestäuschung, die gleich verschwinden würde, hinzunehmen.

Oberon hatte die heftige und verwirrte Reaktion des Zwergenkönigs mit Sorge beobachtet. Sie bedeutete, dass die kleine Rübe auf dem Tisch ein Wesen war, das in allen Feen- und Geisterwelten bisher unbekannt war. Und das konnte nicht sein. Ihn beschlich ein starkes Gefühl der Unsicherheit. Alles Unbekannte, das wusste er, konnte das auf gläsernen Füßen stehende Machtgefüge seiner Herrschaft bedrohen.

„Du siehst aus wie einer von uns!"

Laurins erstaunte Feststellung, in der eine hohe Unsicherheit mitschwang (was Oberon etwas beruhigte ... er war also nicht der Einzige, der nervös reagierte), holte ihn aus seinen Gedanken.

„Bist du ein Zwerg?"

Laurin schien sich gefangen zu haben. Seine Stimme hatte jetzt den gewohnten herrischen und arroganten Klang, was den Winzling auf dem Tisch aber nicht im Geringsten zu beeindrucken schien. Vamur drehte, unbeeindruckt von dem unverschämten Ton in Laurins Stimme, diesem einfach den Rücken zu.

„Können Ihre Majestät seine Majestät bitten, den Ball flach zu halten!" Dabei verbeugte er sich formvollendet vor Oberon, wobei er mit seinen Augen auf den verblüfften Laurin deutete.

„Den Ball flach halten?"

Vamur grinste innerlich. Der Spruch war aber auch zu cool. Er war Klining während einer hitzigen Diskussion mit Goliath im Beisein des großen Rates herausgerutscht. Goliath hatte genauso verblüfft reagiert wie die eingebildeten, hochnäsigen und unhöflichen Laffen hier am Feenhof, womit er nicht nur Laurin meinte, sondern Oberon auch ausdrücklich mit einschloss. Was war das für ein Benehmen.

Wenn er nicht wüsste, dass er sich am Hof des Feenkönigs befand, hätte man glauben können, er wäre unter solche Barbaren wie die Menschen gefallen ... ein mehr als grausliger Gedanke. Schließlich war er ein unglückselig an fremden Gestaden Gestrandeter und hatte nach den ungeschriebenen, uralten Gesetzen Anspruch auf Respekt und Gastfreundschaft. Hier jedoch wurde er unhöflich mit Fragen überhäuft, bevor man sich auch nur im Geringsten um sein leibliches Wohl gekümmert hatte.

Die ganze Gesellschaft hatte ihn, nachdem der wütende Orkan sein Flugteam auseinander gerissen hatte und er durch die Öffnung im Dach der Feenhalle, seine Zipfelmütze als Fallschirm benutzend, direkt auf die Tafel des Königs gesegelt war, die ganze Zeit mit offenen Mäulern und aufgerissenen Augen angeglotzt und wirres Zeug gestammelt, bis Oberon nach Laurin gerufen hatte. Wo Vildang und Vrangero wohl sein mochten? Er hoffte, dass sie nicht zu weit abgetrieben waren.

Vamur musste zugeben, der faszinierende Auftritt Laurins hatte auch ihn stark beeindruckt. Er spürte die starke Präsenz des Zwergenkönigs. Alles, was man sich über dessen sagenhaften Reichtum auch bei ihm zu Hause erzählte, schien der Wahrheit zu entsprechen. Obwohl Laurin mit Gold und Juwelen wie ein Weihnachtsbaum behängt war, konnte ihm Vamur Eleganz und Stil nicht absprechen, was allerdings von dessen Benehmen, das mehr als ungehobelt und arrogant war, nicht zu behaupten war.

„Den Ball flach halten?"

„Majestät, bei uns zu Hause heißt das, dass man die Ebene der Höflichkeit und des Respekts gegenüber Fremden, die uns die uralten Gesetze der Gastfreundschaft vorschreiben, selbst bei größter Aufregung beachten muss." Harmlos lächelte Vamur den erhabenen Feenherrscher aus großen blauen Kulleraugen an.

Augenblicklich herrschte peinliche Stille in der Feenhalle. Mit heimlicher Freude sah der Kirmas, der lyngardische Botschafter, wie Oberon heute schon zum zweiten Mal einen Fauxpas allererster Ordnung begangen hatte. Der große König der Feen musste sich von so einem Winzling an die ungeschriebenen Gesetze der Gastfreundschaft, denen sich sogar ein so wildes Volk wie die Lyngarden ohne jeden Widerspruch absolut unterwarf, erinnern lassen. Sein Blick suchte die Gestalt Ovangars. Der Feenkanzler stand wie versteinert. Wie alle anderen war auch er unglaublich beschämt.

Wie hatte es passieren können, dass beim Anblick des winzigen Wesens hier keiner, aber auch keiner mehr die Regeln der Gastfreundschaft und der Höflichkeit bedachte? Ovangar schämte sich abgrundtief. Er sah die große Betroffenheit in der Halle. Die meisten dachten das Gleiche und hielten vor Verlegenheit den Blick gesenkt. Da hatte man einem in Not geratenen Schiffbrüchigen das, was ihm zustand, vorenthalten, ihn rüde wie einen gemeinen Verbrecher behandelt und wider alle zivilisierten Gepflogenheiten sofort verhört. Alle schauten jetzt auf ihren Herrscher.

Oberon, der am liebsten im Boden versunken wäre oder sich in Nebel aufgelöst hätte – eine seiner Künste, mit denen er schon manchen Feind verwirrt hatte – bemühte sich, Haltung zu bewahren. Er wusste, er musste sich jetzt vor dem versammelten Hofe bei Vamur entschuldigen.

„Edler Vamur ...", begann er.

In diesem Augenblick öffnete sich das große Tor der Feenhalle. Drei Elfen der äußeren Wache schwebten langsamer als sonst herein. Ihre Gesichter und Bewegungen verrieten große Aufregung. Während die rechte Elfe direkt zum Thron blickte, schauten die beiden anderen (sie schwebten dichter beieinander) auf etwas, das die mittlere Elfe vorsichtig in der Schale trug, die sie mit beiden Händen bildete. Was es war, konnte man aus der Entfernung nicht erkennen. Oberon unterbrach seine Äußerung und schaute unwillig auf.

„Majestät! Majestät!"

Ehrfurchtsvoll und aufgeregt kniete die rechte Wachelfe (sie war sehr jung und wahrscheinlich zum ersten Mal als Wache eingesetzt) vor Oberons Thron nieder, offenbar um Meldung zu machen, was aber nur den Offizieren der Wache zustand. Die beiden anderen Wachen verstießen sogar gegen jede Regel und Etikette, indem sie stehen blieben und dabei noch nicht einmal den Blick von dem, was die mittlere in den Händen trug, abwendeten. In Oberon stieg Ärger hoch. Waren denn jetzt alle verrückt geworden? Schon wollte er nach dem zuständigen Wachoffizier rufen, um ihn zusammenzustauchen, als die mittlere Elfe auf den Thron zutrat und ihm wortlos beide Hände entgegenstreckte. Oberons Augen weiteten sich. In der Handschale lag ein Duplikat von dem kleinen Wesen, das ihn gerade sehr höflich an die Gesetze der Gastfreundschaft erinnerte hatte. So weit Oberon auf den ersten Blick erkennen konnte, war das Duplikat bewusstlos.

Oberon handelte jetzt souverän und umsichtig.

„Holt den Medico!“

Die Blitzelfen sausten aus der Halle.

„Vamur, komm bitte her!“

Die Wachelfe hatte den bewusstlosen Vrangero, denn um den handelte es sich, vorsichtig auf den Tisch gelegt.

„Horche sein Herz ab!“ Vamur folgte sofort dem Befehl des Feenkönigs, kniete bei seinem Freund nieder und atmete erleichtert auf.

„Er lebt, Majestät!“

„Majestät?“ Der Medico verbeugte sich.

„Schau, ob ihm etwas fehlt, Hyprokratilias!“ Oberon deutete auf die winzige, bewusstlose Gestalt. Der Medico schaute nur einen kurzen Moment verblüfft, dann untersuchte er Vrangero sofort so routiniert und umsichtig wie jeden anderen Patienten.

„Ihm fehlt nichts, er wird nur ein paar blaue Flecken davontragen. Was er braucht, ist ein bisschen Ruhe und etwas zu essen.“ Bei den Worten des Medico machte sich erneut Verlegenheit in der Halle breit.

„Wie heißt dein Freund, Vamur?“

„Vrangero, Majestät.“

„Bringt Vamur und Vrangero in mein Privatpalais. Lasst es ihnen an nichts fehlen.“ Dann wandte er sich direkt an den klitzekleinen Zwerg.

„Vamur, ich bitte dich in aller Form, unser ungastliches Verhalten ... wenn du es überhaupt vermagst ... zu entschuldigen. Euer Anblick hat uns alle einfach mehr als überrascht und aus der Fassung gebracht. Ich bitte, dich und deinen Freund, unsere ehrliche Gastfreundschaft entgegenzunehmen. Ruht euch aus und erholt euch. Solltet ihr einen Wunsch haben, so wird dafür gesorgt werden, dass er umgehend erfüllt wird ... so wie es bei uns Brauch ist. Auch bei unseren Völkern ist die Gastfreundschaft heilig."

Oberon blickte in die Runde und ein allgemeines Gemurmel der Zustimmung gab dem Herrscher der Feen und Geister Recht.

„Wenn ihr euch erholt habt, werden wir uns weiter unterhalten."

Werdet ihr weiter verhört, dachten Laurin und der Kirmas der Lyngarden in einem Gedankengang.

Auf einen Wink von Oberon trugen Elfen, im wahrsten Sinne des Wortes dienstbare Geister, Vamur und den noch bewusstlosen Vrangero zum privaten Palais des Feenkönigs. Der Medico Hyprokratilias begleitete sie.

Das so genannte Gläserne Palais lag auf der Südseite des weitläufigen Palastgeländes, das auch die Feenhalle, die im Norden stand, umschloss. Die Elfen schwebten mit Vamur und Vrangero aus der Halle. Viele tausend Augen starrten ungläubig auf die Winzlinge. Immer mehr Feen und Geister hatten sich, nachdem sich die Nachricht über den ungewöhnlichen Fund verbreitet hatte, in der riesigen Feenhalle versammelt.

Vamur sah mit staunenden Augen, wie sich die Feenhalle mit jeder Person, die sie betrat, anscheinend noch vergrößerte. Jeder, der in die Halle eintrat, egal ob kleiner Gnom oder gewaltiger Himalaya-Riese, fand einen für seine Größe passenden und bequemen Sitz. Die Halle war in der Form eines antiken Amphitheaters angelegt und aus purem Kristall gebaut. Das Halbrund der Sitzreihen gruppierte sich um eine Art Bühne, an deren Rückseite der prachtvolle Gläserne Thron des Feenkönigs stand. Links und rechts, in einer exakten Entfernung von zwanzig Schritt zum Thron, standen zwei düstere und schweigsame, seltsam durchsichtige Krieger. Vamur fiel auf, dass sie keinerlei Waffen trugen, obwohl er sofort die eisige Bedrohung, die von ihnen ausging, spürte. Obwohl es in der Feenhalle angenehm warm war, fröstelte er und verstand, warum alle Anwesenden einen gewissen Abstand zu den Unheimlichen nicht überschritten.

Die Elfen, die ihn und Vrangero trugen, fingen an zu zittern und flogen schnell an den mächtigen unbeweglichen Statuen vorüber: Nur deren Augen schweiften wachsam durch die Feenhalle. Vamur, der noch nie etwas von den fürchterlichen Eiskriegern gehört hatte, bestaunte ihre prächtigen durchsichtigen Rüstungen, dann wandte er seine Aufmerksamkeit dem Völkergemisch der Feen und Geister zu, an deren neugierigen Blicken er vorüberschwebte.

Zu Hause hatte ihnen Klining schon viel über die Völker erzählt, die für die Menschen unsichtbar sind. Da saß eine Gruppe der berühmten Quellnymphen. Wunderschöne, verführerische Mädchen mit unergründlichen Augen. Wehe dem Menschen, der einen Blick in diese Augen wagte, denn unweigerlich verlor er sich in ihnen und war der Nymphe verfallen. Er wurde ins Wasser gezogen und musste der Schönen zweihundert Jahre lang dienen. Wie goldener Funkenregen erstrahlte der Schweif, den die Glanzelfen bei jeder Bewegung hinter sich herzogen. Edle Waldelben in kostbaren Gewändern und mit hoheitsvoller Gestalt unterhielten sich mit skurrilen Bergtrollen. Ein mächtiger Bergriese äugte kurzsichtig durch eine riesige Lupe. Grüne Wassergeister, vor Nässe tropfend, beugten sich weit vor, um einen Blick auf die klitzekleinen Zwerge zu erhaschen. Eine niedliche kleine Nixe warf Vamur, der leicht errötete, eine Kusshand zu. Eine Gruppe von Zwergen schaute stumm und feindselig – ohne Regung. Vamur ahnte: Von denen war nichts Gutes zu erwarten. Offene Feindschaft schlug ihnen von den Liliputanern entgegen, die erst gar nicht versuchten, ihre Empörung über das Erscheinen von Vamur und seinem Freund zu verbergen. Vamur hoffte, dass Visgor, der Neffe von Klining und der Dritte aus seinem Flugteam, sich gut versteckt hatte. Wenn die Zwerge oder die Liliputaner den in die Hände bekämen, na, dann gute Nacht. Er hoffte, dass die anderen Flugteams dem wütenden Orkan entkommen konnten und alle wieder glücklich zu Hause gelandet waren. Aber er wusste auch, dass das nur eine mehr als trügerische Hoffnung sein konnte, denn zu fürchterlich und zu gewaltig war die Wut des entfesselten Zyklons gewesen.

Der Elfenzug mit den Winzlingen stoppte plötzlich. Vamur schaute auf und sah, dass ihnen eine mit einem prachtvollen, gelben, mit exotischen Mustern bestickten Mantel bekleidete schlanke Gestalt den Weg versperrte.

„Der Kirmas der Lyngarden entbietet euch mit Respekt seine Willkommensgrüße." Xaraxar verbeugte sich, mit seiner linken Hand kurz Lippen und Stirn berührend. „Im Lande der Lyngarden sind Respekt und Gastfreundschaft immer noch heilig und unantastbar. Mit Freude würde ich sie euch in meinem bescheidenen Palast gewähren. Als Gäste seid ihr bei uns zu jeder Zeit willkommen, hoch geachtet und verehrt."

Vamur sah in das schmale, scharf geschnittene Gesicht des Lyngarden, der ihn freundlich und interessiert aus tiefschwarzen Augen unter schmalen Brauen musterte. Unter einer hohen Stirn wölbte sich – wie eine Sichel – eine kühn gebogene Nase. Ein feiner, sorgfältig in einem komplizierten Muster gestutzter, blauschwarzer Bart zierte die schmalen Lippen und die hageren Wangen.

„Euer Angebot ehrt euch, verehrter Kirmas." Der Kanzler des Feenreiches tauchte neben Xaraxar auf. „Sicher werden unsere Gäste zu gegebener Zeit mit Dankbarkeit darauf zurückkommen. Vorerst wollen wir ihnen doch die wohlverdiente Ruhe im Privatpalais seiner Majestät gönnen."

„Selbstverständlich, Kanzler, selbstverständlich."

Mit einem bösen Glitzern in seinem Lächeln trat der Kirmas beiseite, nickte Vamur freundlich (für dessen Geschmack etwas zu freundlich) zu und gab den Weg frei.

Ovangar schritt nun neben dem Zug der schwebenden Elfen. Er bemerkte die Frage in Vamurs Gesichtsausdruck und zwinkerte ihm mit seinem rechten Auge zu.

„Der versucht es immer wieder." Was, ließ er unbeanwortet.

OVANGAR

Vamur hatte die große Spannung zwischen dem Kanzler und dem Kirmas hautnah gespürt. Hier standen sich zwei Todfeinde gegenüber. Er schluckte seine Frage runter und betrachtete den Kanzler der Feen genauer. Ovangars Gestalt war größer als die der meisten Feen. Seine Mutter war eine schöne Feenprinzessin aus dem Hause der Oranier. Die Oranier sind das edelste aller Feengeschlechter; auch Oberon gehörte ihm an. Ovangar war mit Oberon verwandt – ein Vetter dritten Grades. Von seiner Mutter hatte er den feinen Schnitt seines Gesichtes, das seine edle Herkunft verriet. Von seinem Vater stammten die hohe Gestalt und der geniale Verstand. Sein Vater war der Großmeister der weißen Magie, Zahantrusma, ein direkter Nachkomme des sagenumwobenen Merlin. Ovangar selbst war nach der sorgfältigen Ausbildung durch seinen Vater in die Hände des mythischen Zauberers von Thulanderona, Tala, einem der größten und ältesten Magiere aller Zeiten, gegeben worden, um den letzten Schliff für seine künftige Aufgabe am Hofe des Feenkönigs zu bekommen. Rechtzeitig hatte man am Feenhof das überschäumende, unberechenbare Temperament des Elfenprinzen und Thronfolgers Oberon erkannt und sich nach einem ausgleichenden Berater für ihn umgesehen. Die Wahl war – aufgrund der erstklassigen Reputation seines Vaters und seiner direkten Blutlinie zum weisen Merlin – auf Ovangar gefallen. In Thulanderona waren auch Ovangars Urahn Merlin und sein Vater selbst ausgebildet und geweiht worden. Man sagte, wer in Thulanderona den Radulten-Grad erreichte und dessen geheimnisvollen Weihen empfing, konnte die Felsen und das Wasser reden hören und lebte sein Leben rückwärts. Merlin hatte diesen Grad erreicht.

Vamur, der von alledem nichts wusste, bewunderte den beschwingten, fast schwerelosen Gang des Kanzlers, der, kaum mit den Füßen den Boden berührend, eine unvergleichliche Eleganz ausstrahlte. Einfach cool, dachte Vamur, bei einem solchen Gang würden die Mädels zu Hause reihenweise in Ohnmacht fallen. Er nahm sich vor, den einzigartigen Gang Ovangars zu üben.

So auffallend der Gang des Kanzlers war, so einfach und schlicht, fast unscheinbar, erschien dessen Kleidung. Eine einfache blaue Mitra zierte sein edles Haupt und ein schlicht geschnittener blauer Mantel, gegürtet mit einer weißen Kordel, dem Symbol der Thulanderona-Weihe, lag auf seinen Schultern. Seine Füße steckten in Schuhen aus schneeweißem Thulanderona-Leder. Ein Geschenk seines stolzen Vaters anlässlich der Berufung Ovangars zum Kanzler des Reiches. Die einzige Eitelkeit des Kanzlers schien sein prachtvoller Bart zu sein, dessen blendendes Weiß von dem schlichten Blau des Mantels eindrucksvoll unterstrichen wurde.

Cool ... einfach cool, der Kanzler. Vamur fragte sich, ob auch er im Alter auch auf eine so prachtvolle Manneszierde hoffen konnte.

„Sieht geil aus, der Typ, was?“, ertönte die freche Stimme Vrangeros hinter ihm auf der Hand des Elfen, der sie beide in seiner Handschale trug. Vamur drehte sich freudestrahlend um und schloss seinen Freund in seine Arme.

„He, Mann, quetsch mich nicht zu Tode“, sagte Vrani grinsend, wie seine Freunde ihn nannten. „Kannst du mir sagen, wo wir gelandet sind?“

„Auf jeden Fall in einem piekfeinen Laden.“ Der saloppe Ton Vamurs verbarg seine Freude und Erleichterung, Vrani gesund und munter zu sehen. „Nur das Benehmen scheinen sie hier nicht gerade mit den Löffeln gefressen zu haben. Ich habe Kohldampf wie ein Seewolf ... bis jetzt habe ich noch keinen Bissen zu essen bekommen. Jetzt soll es aber was geben. Hoffen wir, dass wenigstens der blauweiße Typ mit dem coolen Latinogang in Ordnung ist.“

Vamur hatte den Ausdruck „Latino“ von Klining, der oft über seine Begegnungen mit Menschen berichtete.

„Ah, der junge Herr Vrani ist aufgewacht ... ich darf dich doch Vrani nennen?“ Ovangar lächelte den verdutzten Vrani an. „Meine Herren, wir sind gleich da und dann gibt es erstmal was Kräftiges zu essen!“

Fein, dachte Vamur, dann müssen wir doch nicht unsere Notverpflegung in unserer Zipfelmütze angreifen. Er warf Vrani einen warnenden Blick zu. Man konnte ja nicht wissen, was die Elfen mit ihnen anstellten, wenn die erst einmal merkten, dass sie beide sich selbst unter der Folter auch nicht die kleinste Information über das klitzekleine Zwergenland abpressen ließen. Der Elfenkönig könnte sie ruhig in den Hungerturm werfen lassen, wenn die so etwas hatten ... in jedem Fall würden die sich an ihnen die Zähne ausbeißen.

Er sah, wie sich die riesigen Tore der Feenhalle auf eine leichte Handbewegung Ovangars hin ohne einen Laut öffneten. Die Wachelfen verbeugten sich erfurchtsvoll vor dem mächtigen Kanzler und der Zug schwebte hinaus in einen atemberaubenden Garten.

Vamur gingen die Augen über. „Schau, Vrani, hast du jemals so viele wunderschöne Blumen gesehen?"

Nur wer die große Liebe, ja Leidenschaft, der klitzekleinen Zwerge für Blumen kannte, verstand, warum Vamur beim Anblick des Feengartens vor Freude die Tränen in die Augen stiegen.

Vrani richtete sich in der Hand des Elfen, der ihn und Vamur vorsichtig wie ein paar rohe Wachteleier in beiden Händen trug, auf und stützte sich auf der Schulter seines Freundes ab. Sprachlos und andächtig schauten sie auf die überwältigende Blütenpracht der Gartenanlage, die sich vor ihnen ausbreitete.

Von der Feenhalle führte ein breiter, von hellen Statuen gesäumter und mit weißem Glaskies gefüllter Weg, der wie Diamanten strahlte, durch ein kleines flaches Tal bis zu einem am anderen Ende des Gartens auf einem kleinen Hügel liegenden Gebäude, dessen Mauern geheimnisvoll zwischen den Bäumen schimmerten. Es war das berühmte Gläserne Privatpalais des Elfenkönigs. Ein Flüsschen, das sich silbrig von der Seite der Morgenröte durch den Auengrund des Tales bis zur Seite der Abendröte schlängelte, kreuzte den Weg unter einer zierlichen Brücke, so dass der Garten sich in vier gleiche Zonen aufteilte.

Hinter der Brücke, die den Weg über das Silberflüsschen führte, auf dem kleine Luftkobolde Wasserkäfer jagten und Wassernixen nach Flussperlenaustern tauchten, spie eine große Fontäne ihren Wasserstrahl bis in die Wolken. Ein lauer Wind zerstäubte das emporschießende Wasser genau an der Stelle, wo es seine größte Höhe erreichte und für einen Wimpernschlag still zu stehen schien, um dann wieder in die Tiefe zu stürzen, und zwar in einem glitzernden Wasserschleier, der wie ein durchsichtiger Nebelvorhang über der Landschaft schwebte. Von der schön mit zierlichen Wassernixen und wunderschönen Wassernymphen gestalteten Fontäne, die den Mittelpunkt des Gartens genau kennzeichnete, führten strahlenförmig schmale Pfade und kleine Wege in die herrliche Blumenpracht, deren schwere Düfte Vamur und Vrani betäubten.

Sie sahen viele seltsame Blumen, die sie nicht kannten. Der Wind wehte ein leises Läuten, wie von fernen Kirchtürmen, aus einem Beet mit zartgelben Glockenblumen herüber. Von braunen, schokoladenfarbenen Sternastern erreichte sie ein schwerer Zimt- und Korianderduft. Als aber der erfrischende Duft von blauen Rosen wie eine Meeresbrise in ihre Näschen strömte, legte sich auf Vamurs und Vranis Gemüt das Heimweh wie ein schwerer Stein.

Ovangar bemerkte die betrübten Gesichtchen seiner kleinen Gäste - oder sollte man besser sagen Gefangenen? Schnell bückte er sich und pflückte zwei wunderschön gewachsene Gänseblümchen aus einem Beet und reichte sie Vamur und Vrani. Mit einem beglückten Strahlen befestigten die Winzlinge die Blumen, die eigentlich etwas zu groß waren, an ihren roten Zipfelmützen.

„Mohrrüben mit Blümchen ...", kicherte belustigt der Elf, der die beiden in seinen Händen trug, verstummte aber sofort erschrocken, als der strenge Blick des Kanzlers ihn traf.

Vamur, der die vorlaute Bemerkung der Elfenwache gehört hatte, grinste den jungen Elf fröhlich an und zwinkerte ihm verschwörerisch zu. Aldan, so hieß der Elf, warf einen schnellen Seitenblick auf Ovangar, der jetzt zielstrebig dem Privatpalais des Feenkönigs zustrebte, und lächelte schüchtern zurück. Beide spürten die Wärme der gegenseitigen Sympathie.

Aldans offenes Gesicht war für eine Elfenwache, die von klein auf darauf trainiert wurde, ihre Gefühle aus Gründen der strengen Hofetikette hinter einem stets unbewegten Gesicht zu verbergen, voller Leben. Am eindrucksvollsten waren seine flinken grauen Augen, die neugierig hin und her huschten und so jede Sekunde gegen die strenge Hofetikette verstießen. Aldan konnte zwar mit starrem, unbewegtem Gesicht seinen Wachdienst versehen. Seine Augen verrieten aber jedem, der an ihm vorbeiging und dem er salutierend die Ehre erweisen musste, was er von ihm dachte. Einen Eklat hatte es gegeben, als der lyngardische Botschafter sich über die frechen Augen der Wache, die ihn offenbar ungebührlich und ohne jeden Respekt musterten, beschwerte. Aldan fing sich einen Rüffel ein und wurde aus dem Verkehr gezogen. Er durfte jetzt nur noch an den hinteren Eingängen des Gartens, die lediglich von den für die Pflege der Blumen zuständigen Honigelfen benutzt wurden, langweiligen Wachdienst schieben. Dort auch hatte er im Moos den bewusstlosen Vrani gefunden.

Inzwischen hatte der Zug, angeführt von Ovangar, der sich, den

Medico Hyprokratilias im Schlepptau, an die Spitze gesetzt hatte, das Privatpalais des Elfenkönigs erreicht. Eine breite gläsenerne Freitreppe, an der links und rechts anstatt der Elfen-Prätorianer, die sonst für die Bewachung des königlichen Privatpalais zuständig waren, jetzt auf Anweisung Oberons je einer der unheimlichen Hiemisen stand, führte als direkte Fortsetzung des Weges in das Palais. Ovangar hatte die seiner Meinung nach viel zu übertriebene Verstärkung der Wachen durch die Eiskrieger wohl bemerkt, sagte aber nichts. Sie gingen die Freitreppe zu dem prachtvollen Eingang hinauf, wobei alle peinlich darauf achteten, den Eiskriegern bloß nicht zu nahe zu kommen. Dort wurden sie von Glanzelfen in silbernen Livrees in Empfang genommen. Ovangar war froh, das Glaspalais ohne weitere Zwischenfälle erreicht zu haben und trat an der Spitze des Zuges in die Empfangshalle. Seit der lyngardische Botschafter versucht hatte, den Zug aufzuhalten, wusste er, dass die klitzekleinen Zwerge in großer Gefahr waren. Er schob seine Sorgen beiseite, als eine ältere Glanzelfe, die offenbar das Sagen hatte, an ihn herantrat und sich respektvoll verbeugte.

„Es ist alles nach den Wünschen seiner Majestät gerichtet, Kanzler."

„Danke, Winthere."

Er trat beiseite und drehte sich Aldan zu, der immer noch sorgfältig darauf achtete, dass seine beiden Hände, obwohl er von der ungewohnten Haltung langsam lahme Arme bekam, eine schützende Schale für Vamur und Vrangero bildeten, aus der sie nicht herausfallen konnten. Hätte er gewusst, dass die klitzekleinen Zwerge bei einem Absturz aus seiner Hand ihre Zipfelmützen als Fallschirme benützen konnten, wäre er vielleicht etwas weniger behutsam mit ihnen umgegangen.

„Darf ich vorstellen ...", Ovangar machte eine höfische Handbewegung in die Richtung von Aldans Hand. „Die Zwerge Vamur und Vrangero aus dem Land ...?" Er schaute jetzt Vrani fragend an, vielleicht war aus dem ja etwas mehr herauszuholen. Aber der ging ihm nicht auf dem Leim.

Der kicherte albern: „Findstenich ...!"

„Findstenich?" Neugierig war Winthere näher an Aldan herangetreten, um die kleinen Gestalten in dessen Hand besser sehen zu können. „Findstenich? Kennichnich."

Ohne es zu merken, war die Glanzelfe in Vranis Jargon gefallen. Verblüfft musterte sie die winzigen Zwerge, die jetzt aufrecht und selbstbewusst in ihrer ganzen klitzekleinen Größe in Aldans Händen standen und sie mit großen blauen Kulleraugen unter riesengroßen roten Zipfelmützen aufmerksam anschauten.

„Huch, die sehen ja aus wie Mohrrüben", rutschte ihr heraus. Im gleichen Maße, wie sie sich ihres Fauxpas bewusst wurde, rötete sich ihr Gesicht vor Verlegenheit.

Ovangar rettete schmunzelnd die Situation, indem er, wiederum mit einer perfekten, höfisch eleganten Handbewegung auf Winthere zeigend (der dadurch ihr peinlicher Ausrutscher nur noch bewusster wurde ... das Rot ihres Gesichtes intensivierte sich ...), diese mit den Worten vorstellte: „Winthere, die gute Seele des königlichen Haushaltes!"

Vamur und Vrani verbeugten sich artig und strahlten Winthere aus ihren großen blauen Kulleraugen an, als hätten sie deren Mohrrübenbemerkung nicht gehört.

„Es ist uns eine Ehre, gnädige Frau!"

Wintheres Gesicht rötete sich noch mehr, dieses Mal vor Freude. Was waren das bloß für niedliche kleine Kerlchen. Gnädige Frau, so hatten sie selbst die wohlerzogensten Elfen noch nicht genannt.

„Willkommen im Glaspalais", strahlte sie zurück.

Die strengen Anweisungen des Feenkönigs, dass die „Gäste" keinen Moment aus den Augen gelassen werden sollten und ihre Unterkünfte bis auf weiteres keinesfalls verlassen durften – nur der Besuch des Speisesaals zu den Mahlzeiten war gestattet – konnte sie beim Anblick von so viel Wohlerzogenheit und Charme nicht nachvollziehen.

Klack! ... klack!

„Soll ich den Gästen jetzt ihre Unterkünfte zuweisen, Kanzler?", schnarrte eine unangenehme Stimme hinter Winthere.

Die zuckte zusammen. Dieser eingebildete Laffe Pulgram mit seinem verdammten Knüppel. Der gönnte einem auch nicht die geringste Freude.

Der Majordomus des Palais trat hinter Winthere hervor, den Haushofmeisterstab, das Zeichen seiner Amtswürde, demonstrativ vor sich haltend. Ovangar blickte genervt zur Decke. Wie angenehm war doch gerade noch die Atmosphäre mit der sympathischen und liebenswerten Winthere gewesen, der er sehr verbunden war. Sie hatte den einsamen jungen Ovangar, als der am Anfang bei Hofe noch niemanden kannte und unter einem ständigen Bärenhunger litt, wie eine Glucke unter ihre Fittiche genommen und ihm viel Leckeres zugesteckt. Noch heute nannte sie den Kanzler, wenn sie allein waren, Ovilein. Was natürlich keiner sonst wusste.

Klack ... klack!

„Ich erwarte Ihre Anweisungen, Kanzler!"

Dieser kam nun nicht mehr umhin, den Haushofmeister ebenfalls vorzustellen. Pulgram hatte sich schon schwarz geärgert, dass er die Ankunft des Kanzlers und der Gefangenen (von Gästen konnte man ja bei den unmissverständlichen Anweisungen seiner Majetät kaum reden) verpasst hatte. Er war der Majordomus des Glaspalais, und ihm oblag es, ankommende Gäste in Empfang zu nehmen. Diese hatten gemäß der Etikette, auf deren genaueste und strenge Einhaltung er allergrößten Wert legte (sonst würde ja das Reich gleich aus den Angeln fliegen), so lange an der gläsernen Freitreppe zu warten, bis er, der Majordomus, sie in aller Form hereinbat. Wie meistens hatte sich der Kanzler auch dieses Mal darüber hinweggesetzt und die Gäste selbst in das Palais geführt, während er im Gästeflügel nach Ordnung sah. Sicher, er hätte rechtzeitig am Eingang zur Empfangshalle stehen müssen, aber einer musste ja schließlich die Verantwortung übernehmen. Auf die unzuverlässige Haushälterin wollte er sich doch nicht verlassen: Also hatte er die für die Unterbringung der Gefangenen vorgesehenen Räume noch einmal genauestens inspiziert und zu seinem Ärger alles perfekt gerichtet vorgefunden.

„Pulgram, der zuständige Majordomus für dieses Gebäude", konnte sich Ovangar mit einem amüsierten Glitzern in den Augen nicht verkneifen, den eitlen Oberlakaien zu necken.

Pulgram kochte. Der verdammte Magier, der mit Winthere so dick tat, schaffte es immer wieder, ihn in kürzester Zeit auf die Palme zu bringen. Das berühmte königliche Glaspalais einfach ein Gebäude zu nennen! Das war doch die Höhe. Er war doch nicht der Verwalter eines Schuppens. Er fasste sich und verbeugte sich mit Mühe knapp vor Vamur und Vrani. Die verbeugten sich nun so provozierend tief vor ihm, dass selbst ein in der Hofetikette

Unkundiger begreifen musste, dass das eine respektlose Geste der Veräppelung war. Dann lümmelten sie sich lässig in Aldans Hand.

„Freut uns, Majo ... Majodornus...?"

Der kochte.

„Majordomus", verbesserte Pulgram Vamur.

„Bitte folgt dem Haushofmeister, er zeigt euch eure Unterkunft. Macht euch bitte frisch, dann wollen wir uns im Speisesaal treffen. Aldan und Hyprokratilias bleiben bei euch. Die beiden können euch helfen, wenn irgendetwas ist."

Speisesaal ... endlich gab's was zu futtern. Vrani, der bereits, seit er aufgewacht war, gegen den Hunger ankämpfte, wäre am liebsten gleich zum Tagesordnungspunkt Essen fassen übergegangen. Doch die Gesetze der Gastfreundschaft erforderten von einem Gast auf jeden Fall eine gründliche Reinigung seines Körpers, bevor er sich an der Tafel seines Gastgebers niederließ. Vamur, der die Verfressenheit seines Freundes kannte, verbeugte sich schnell vor Ovangar.

„Wir sind Ihnen sehr zu Dank verpflichtet, verehrter Kanzler."

Obwohl auch ihm der Magen bis in die Kniekehlen hing, hielt er es doch für ratsam, die Regeln für einen Gast streng einzuhalten. Er hatte die unausgesprochene Spannung, unter der der Kanzler des mächtigen Feenreiches offenbar stand, an der Freitreppe wie eine unbestimmte Drohung fast körperlich gespürt. Warum hatten die düsteren, Furcht einflößenden Eiskrieger an der Freitreppe ihre Position bezogen? Vamur hatte den Wachwechsel mit seinen scharfen Augen aus der Ferne gesehen, als sie gerade die Mitte des Gartens, die Fontäne, passiert hatten. Hier braute sich etwas zusammen. Fragend schaute er den Magier an. Vamur war sich sicher, dass der seine Gedanken lesen konnte. Dieser drehte sich aber nur mit einem Lächeln um und ging durch eine der vielen Türen, die von der Empfangshalle in das Innere des Glaspalais führten.

Du kannst mich nicht täuschen, dachte Vamur. Wenn du tatsächlich Gedanken lesen kannst, dann weißt du jetzt wenigstens Bescheid. Aus uns bekommt du eh' nichts heraus. Du weißt doch: Findstenich! Vamur grinste: Er war sehr stolz auf seinen Freund, dem er eine so spontane Antwort auf Ovangars Fangfrage gar nicht zugetraut hätte.

Klack ...klack!

Pulgram hämmerte mit seinen Majordomus-Stab auf den

Kristallfußboden. Dann bedeutete er Aldan, der Vamur und Vrani immer noch in seinen Händen trug, hochnäsig von oben herab, ihm zu folgen und führte sie durch eine doppelte Flügeltür in den Gästeflügel. Der Flur des Gästeflügels war unendlich lang und hunderte von Türen reihten sich aneinander.

Pulgram hielt bereits vor der dritten Tür an der rechten Seite. Er tippte mit seinem Stab an das Türschloss und die Türe sprang auf. Unhöflicherweise betrat er als Erster das Appartement, oder besser gesagt die Suite mit mehreren Räumen. Sonst war sie wohl nur hohen Gästen des Königs vorbehalten. Zu viel Aufwand für diese unkultivierte Truppe von niedrigem Rang, dachte Pulgram sauertöpfig. Eins von den kleinen Zimmern ganz am Ende des Flurs hätte gereicht. Aber Anweisung war Anweisung. Er hatte sie zu befolgen, besonders wenn sie von ganz oben von seiner Majestät persönlich kam. Er musterte die Mohrrüben: Die sahen tatsächlich aus wie Mohrrüben mit ihren komischen Zipfelmützen ... Aldan hatte sie nun vorsichtig auf dem Tisch abgesetzt. Das sollten Zwerge sein? Ordentliche Zwerge waren größer. Natürlich kleiner als Elfen, aber nicht so klein. Was die alles anstellen konnten, so winzig, wie die da standen! Wie sollte man die wiederfinden, wenn die mal ausrissen! Zum Glück trugen sie diese dusseligen riesigen roten Zipfelmützen, unter denen ihr Gesichtchen und die komischen Kulleraugen fast verschwanden. Pulgram ahnte: Die würden noch Ärger machen. Die Hofgerüchteküche sagte, dass man bisher noch nicht einmal wusste, woher die kamen ... waren einfach vom Himmel gefallen.

Pulgram wies Aldan und den Medico daraufhin, dass man sich als Erstes mit der Hausordnung vertraut zu machen habe. Sie seien verantwortlich, dass sie auch von den Winzlingen eingehalten wurde. Die Art und Weise, wie er Aldan und Hyprokratilias dabei begegnete, machte sichtbar, dass Wachelfen und Medicos aus seiner Sicht in der Rangordnung des Hofes – und damit im Ansehen – an vorletzter Stelle kurz vor den Müllentsorgungselfen standen.

Die Hausordnung war ein dicker Band, der in allen Räumen des Gästeflügels gut sichtbar auf den Tischen lag. Sie war in mühevoller Kleinarbeit von Pulgram ausgearbeitet worden und sein ganzer Stolz. Sie war allgemein unter der Bezeichnung „Pulgrams Bibel“ bekannt und der Anlass für viele Späße und Witze, die selbst Oberon amüsierten, obwohl der offiziell hinter der Strenge seines

Majordomus stehen musste. „Pulgrams Bibel“ nahm aber keiner richtig ernst.

„Eingebildeter Laffe!“, blaffte Hyprokratilias wütend hinter dem blasierten Majordomus her, der die Tür der Suite hinter sich geschlossen hatte.

„Wer sind diese düsteren Krieger, die an der Treppe Wache stehen?“

Vamur brannte die Frage die ganze Zeit schon auf den Lippen.

„Eiskrieger.“ Aldan schüttelte sich. „Um die macht man besser einen riesigen Bogen. Noch schlauer: Man begegnet denen überhaupt nicht.“

„Aber vorher standen da doch andere Wachen.“

„Stimmt, normalerweise wird das Glaspalais von der Garde des Königs, den Prätorianern, bewacht.“

Aldan verzog geringschätzig das Gesicht: eine eingebildete Operettentruppe, mit der keine ordentliche Wachelfe etwas zu tun haben wollte.

„Die Prätorianer, wie du sie nennst, sind aber von der Treppe abgezogen worden. Aldan, öffne bitte einmal die Tür zum Flur.“

„Die ist abgeschlossen!“ Aldan rüttelte empört an dem Türknopf. „Spinnt dieser Oberlakai?“

„Habe ich mir gedacht“, murmelte Vamur. „Wir sind keine Gäste, wir sind Gefangene.“

Der Medico schüttelte den Kopf. „Das kann nur ein Irrtum sein. Wäret ihr Gefangene, dann ständen die Eiskrieger hier, und nicht ich und Aldan.“

„Wir werden sehen, was der Kanzler dazu zu sagen hat. Kommt, wir machen uns frisch. Ich habe einen Riesenkohldampf und könnte einen ganzen Eiskrieger auflutschen.“

Aldan wurde bei Vamurs Vorstellung richtig mulmig.

Vrani grinste: „Sind die Jungs aus Himbeereis?“

DER MÄRCHENBRUNNEN

Der kleine Märchenbrunnen im Hofgarten war eigentlich nicht mehr als ein kleines Wasserbecken. Auf dem vorderen Rand des Beckens saßen drei Wasser speiende Frösche. Hinter dem Becken erhob sich ein kleiner Felsen, auf dessen Spitze drei lachende Kinder sich neugierig vorbeugten, um die Frösche zu beobachten. Umgeben war das kleine, rührende Wasserspiel von einem zierlichen Metallgeländer. Die meisten Düsseldorfer liebten diesen kleinen, schlichten Brunnen, der mit vielen Träumen und Erinnerungen ihrer Kindheit verknüpft war, mehr als jeden anderen Brunnen in der Stadt. Wehmütig dachten sie, wenn sie ihn bei einem Sonntagsspaziergang mit ihren eigenen Kindern oder Enkelkindern besuchten, an die Zeiten zurück, als sie selbst ihre Nasen in das Metallgitter gepresst und in ihrer kindlichen Fantasie darauf gewartet hatten, dass die Frösche weghüpften. Oder dass eins der drei lachenden Kinder endlich einmal in das Wasserbecken plumpste.

„Wo soll hier der Eingang sein?“ Klining überlegte, während Paul hier und da an einem der verschnörkelten Stäbe des Metallgitters ruckelte, um vielleicht eine Geheimtür zu finden.

Die Wasserstrahlen der Frösche plätscherten in silbrigen, sich kreuzenden Bögen in das kleine Becken. Die Bronzefiguren der lachenden Kinder auf dem kleinen Felsen schienen auch gleich in das Wasser zu purzeln.

Klining schlüpfte durch das Metallgeländer, kletterte auf den Beckenrand und schaute in das Wasser, in dem sich die lachenden Gesichter der Kinder spiegelten.

Rinchen war auf das Metallgeländer geklettert und fragte: „Klining, siehst du unter der Wasseroberfläche einen Eingang?“ Klining suchte den Boden des Wasserbeckens ab, konnte aber keine Tür entdecken.

Es schien, als ob ihn die drei kleinen Gesichter im Wasserspiegel interessiert musterten.

„Du musst in das Wasser springen“, sagte das linke Kindergesicht. „Der Eingang liegt unter der Wasseroberfläche.“

„Oh heiliger Poseidon, Herr aller Wassergeister ... ich sag nur eins: Mohrrüben ... was kann man von denen schon erwarten.“ Das mittlere Gesicht verdrehte seine lustigen Augen nach oben und zog eine komische Grimasse.

Das dritte Kind sagte: „Er meint, die Wasseroberfläche ist der Eingang!“

„Der springt ja doch nicht ... noch nie hat jemand diesen Eingang genommen.“ Das linke Kind, ein kleiner Junge, beugte sich gespannt weit vor und wäre beinahe ins Wasser gefallen, wenn ihn das größere Kind in der Mitte, ein Mädchen, nicht festgehalten hätte. „Pass auf, sonst plumpst du wieder rein. Denk an den letzten Ärger, den du hattest."

„Ich bin Klining, der Illantin unseres Volkes!", stellte sich Klining höflich vor. „Warum hat noch niemand diesen Eingang benutzt?"

„Illantin? Was ist das? ... und von was für einem Volk redest du?" Das Kind in der Mitte beugte sich neugierig wieder vor. Die Dreiergruppe wackelte.

„Na, vom Karottenvolk ... sieht man doch ...!" Der freche Kleine da links bekam jetzt einen Lachanfall und rutschte vom Felsen. Die anderen hielten ihn aber fest und zogen ihn wieder hinauf.

„Ich bin vom Volk der klitzekleinen Zwerge und ihr Magier!"

„Ihr seid Zwerge? ... Tatsächlich, ich bitte um Entschuldigung, aber auf den ersten Blick ... wir dachten, ihr seid Mohrrüben."

„Aber ... aber das ist doch unmöglich, so etwas gibt es doch gar nicht ... so winzig ist kein Zwerg. Du lügst, die kleinsten Zwerge, die wir kennen, sind die Heinzelmännchen in Köln. Die sind sehr klein ... aber du?" Ungläubig schaute der kleine Freche auf Klining.

„Du bist tatsächlich ein echter Magier? Kannst du uns mal was vorzaubern? ... Nur so zum Spaß ... bei uns ist es immer so langweilig ... wir haben immer nur diese blöden Frösche zum Spielen ... bitte!" Treuherzig bittend blickten ihn sechs große Kinderaugen an. Klining konnte nicht widerstehen. Mit einer kleinen Handbewegung verwandelte sich die Wasserstrahlen der Frösche in ein kleines Feuerwerk bunter glitzernder Sterne, die im Bogen auf die Wasserfläche niederfielen und eine Weile auf ihr herumhüpften, bevor sie erloschen. Lachend lösten die drei Kleinen auf dem Felsen ihre Umarmung und klatschten begeistert in ihre Händchen. Jetzt bückte sich Klining und berührte mit seiner Hand die Wasseroberfläche des Brunnens. Golden schimmerte der Wasserspiegel, kleine schimmernde Lotusblüten aus Edelsteinen tauchten auf und boten Platz für funkelnde bunte Insekten, die sich auf ihnen niederließen. Ein winziges Boot schwebte aus den Bäumen wie ein Herbstblatt herab und setzte sanft auf der goldenen Wasseroberfläche auf. Winzige Segel wurden von unsichtbaren Händen gehisst und der kleine Segler setzte sich auf einen Atemstoß von Klining in Bewegung und kreuzte majestätisch das kleine goldene

Meer, auf dem jetzt allerliebste Delfine in der Bugwelle des Seglers spielten. Ein Wal, so groß wie ein Daumen, tauchte plötzlich auf, und aus seinem Kopf schoss eine winzige Wasserfontäne empor. In der Mitte des Wasserbeckens sprudelten zuerst winzige Luftblasen, dann wurde eine kleine Rauchsäule sichtbar und schließlich stieg aus dem Wasser ein kleiner Vulkan empor, der aus seinem Krater bunte Seifenblasen spie, die wie bunte Luftballons nach oben stiegen und im Blattwerk der Bäume verschwanden. Mit einem „Plop" zerplatzte auf dem Krater eine letzte große Seifenblase und der Spuk war verschwunden. Drei verzückte Kinder auf dem Felsen des Märchenbrunnens waren sprachlos. Paul, Olli, Rinchen und die anderen Zwerge waren noch ganz gefangen von den wundersamen Bildern, als Klining die Kleinen auf dem Felsen mit seiner klaren, warmen Stimme ein weiteres Mal fragte: „Warum hat noch niemand diesen Eingang benutzt?"

Der kleine Freche fasste sich als Erster: „Hier leben nur Menschen. Und die glauben doch nur an das, was sie sehen. Schau dir unseren Brunnen an. Das Original aus Mamor steht jetzt in einem Kaufhaus. Das, was du hier siehst, haben sie aus Bronze nachbauen müssen, weil dauernd irgendwelche Vandalen den alten Mamor-Märchenbrunnen beschädigt haben. Nicht, dass wir Brunnengeister darüber besonders traurig sind, denn jedes Wohnzimmer muss ja mal renoviert werden. Aber die primitive Einstellung, die dahinter steht, ist doch arm. Die glauben an nichts. An keine Märchen, an keine Sagen, an keine Brunnengeister ... auch an keine Zwerge. Wetten?"

„Stimmt, da hast du Recht, aber es sind nicht alle so!"

„Glaub ich nicht. Da stehen doch zwei Menschen. Die müssten doch eigentlich noch an Märchen glauben ... denkste ... so wie die beiden dastehen, glauben die noch nicht mal an den Weihnachtsmann. Wenn ich denen jetzt die Zunge rausstrecke, meinen die doch nur, sie hätten einen Sehfehler oder wären nicht ganz richtig im Kopf."

„Stimmt...", sagte der linke Kleine. „Da musst du mal sonntags kommen. Da gehen die Menschen hier im Park mit ihren Kindern spazieren. Immer volles Programm: Enten füttern, Eichhörnchen füttern und Halt beim Märchenbrunnen. Da steht dann da zum Beispiel ein Opa mit seinen Enkeln ... und die Gören drücken sich am Geländer vor Begeisterung die Nase platt, weil wir drei hier oben so rumkaspern ... die Kinder schmeißen sich immer schier weg vor Lachen, wenn wir so unsere lustigen Grimassen ziehen. Der Opa guckt zuerst auch, als wäre er gerade fünf und nicht fünfundsiebzig. Das geht immer so lange gut, bis eines der Kinder ruft: ‚Opi guck, der Freche da links hat mir die Zunge rausgesteckt.' Was wir dann ja auch gemacht haben. Unter Garantie, spätestens da entgleist dem Opa das Gesicht. Die altern innerhalb einer Sekunde um siebzig Jahre, von fünf auf fünfundsiebzig. Die zerren die Kinder weg, als wären hier die Windpocken ausgegebrochen. ‚Sei vernünftig, Johanna, die können die Zunge nicht rausstrecken. Die sind aus Bronze!' Früher sagten sie immer: ‚Die sind aus Mamor!' Die Gören werden dann immer zu Recht bockig und halten dagegen: ‚Habe ich aber gesehen. Der da war frech zu mir ... der hat mir die Zunge rausgestreckt.' Wenn die uns dann noch die Zunge rausstrecken oder nicht einsehen wollen, dass wir aus Bronze sind, dann kriegen sie, weil sie dann auch noch jaulen und meckern, noch den Arsch voll. Siehst du, deswegen hat hier noch nie jemand den Eingang benutzt!"

„Aber wir müssen. Was müssen wir tun?"

„Ganz einfach, springt ins Wasser und ihr seid drüben auf der anderen Seite!"

„Keine Formel? Kein Spruch? Kein Rätsel?"

„Warum fragst du? Seit wann braucht man einen Spruch, wenn man einen Eingang benutzt? Grüß Ovangar von uns, sag ihm, hier ist alles recht langweilig, aber okay ... und dass wir uns schon auf den nächsten Feenball freuen."

Klining drehte sich zu den anderen um. „Also, ihr habt gehört, was die drei erzählt haben. Folgt mir! ... Tschüs, Olli! ... Tschüs, Paul! ... War wirklich toll, euch kennen gelernt zu haben." Klining beugte die Knie zum Sprung ...

„Wenn Olli nicht mitkommt, bleibe ich auch hier!" Rinchens Stimme klang emanzipiert und selbstbewusst.

„Wie stellst du dir das vor? Das ist doch viel zu gefährlich! Valentirina, sei vernünftig."

„Viel zu gefährlich? Ohne Olli und Paul säßen wir immer noch im Käfig oder ich in der Müllkloake und Vluni müsste weiter die Jungfrau machen."

„Ja, das stimmt, doch wir sind hier im Reich der Menschen. Da kennen die beiden sich aus. Aber auf der anderen Seite ... stell dir doch mal vor, wenn die zum ersten Mal so ein Schlammmonster oder einen von den unbeschreiblich hässlichen Grotfajern zu sehen bekommen! Die landen in der Irrenanstalt. Den Anblick halten wir doch selbst kaum aus."

Rinchen wurde nachdenklich.

„Rinchen ... sei vernünftig, bitte." Klinings Stimme wurde ganz sanft. „Das geht doch nicht gegen die beiden Jungs, die sind doch voll okay ... aber die wissen doch gar nichts, rein gar nichts über die andere Seite. Was in den Büchern der Menschen steht, diese albernen Märchen und die so genannten Sagen ... denk nur mal an die noch komischeren Mythen ... das ist doch alles nur Papperlapapp und Kinderkram. Die Menschen wissen doch seit Jahrhunderten, was sage ich, seit Jahrtausenden nicht mehr, wie es auf der anderen Seite aussieht. Die haben sich doch bewusst von uns allen abgekapselt und glauben doch nur noch an ihre so genannte Vernunft. Die haben doch vergessen, dass die Welt nicht nur aus Wissenschaft und Fortschritt besteht. Tut mir wirklich Leid, Jungs."

Klining sprang ins Wasser und war augenblicklich verschwunden. Valmin, Vugur und Vildo hoben ihre Hand zum Gruß.

„Schade, ich fand, wir waren ein prima Team und Spaß hatten wir auch. Noch mal vielen Dank. Ihr seid echte Kumpels." Valmin winkte noch einmal kurz und sprang mit den beiden anderen in das kleine Becken des Märchenbrunnens. Auch sie waren sofort verschwunden. An der Eintauchstelle blieb das Wasser unbewegt.

„Kommt mit, ihr beiden!" Rinchen schaute Olli und Paul bittend an. Olli blickte Paul an.

„Was meinst du?"

„Olli, ich würde ja gerne, aber das kann ich meinen Eltern nicht antun – ich bekomme sowieso schon Ärger, weil ich so spät nach Hause komme. Wenn ich spurlos verschwinde, drehen meine Alten durch. Seid mir bitte nicht böse."

„Paul, das verstehe ich, aber mir weint ja keiner eine Träne nach. Ich melde mich, sobald ich wieder zurück bin. Ich bin froh, dass du mein Freund bist." Er umarmte Paul, nahm Rinchen auf den Arm und sprang auf den Wasserspiegel.

„Pass auf Olli auf, Rinchen", wollte Paul noch hinterherrufen, aber die beiden waren schon im Wasserspiegel verschwunden.

„Alles im Griff?" Oberon blickte seinen Kanzler und Vetter fragend an.

„Sicher, Majestät. Ich habe sie, wie Ihr wünschtet, im Glaspalais untergebracht. Dort können wir sie unbemerkt beobachten. Ich habe angeordnet, dass zusätzlich ein Eiskrieger auf dem Gästeflur Wache steht. Da kann ihnen nichts passieren." Ovangar dachte dabei in erster Linie an Xaraxar.

„Gut, Kanzler."

Der Magier spürte die Sorge und Nervosität in der Stimme seines Herrschers.

„Wo kommen die auf einmal her? Was wollen die hier?"

Oberons Stimme flirrte hell.

Immer wenn der König nervös und unsicher wurde, flirrte seine Stimme. Ovangar hatte alles versucht, dieses nervöse, Unsicherheit verratende Flirren zu beseitigen. Er hatte die verschiedensten Kräuter und Tees zusammengebraut und dem König zu trinken gegeben. Er ließ ihn sogar Kreide essen und hatte es auch schon mit Sprach- und Atemübungen versucht. Nichts half wirklich. Das Flirren blieb. Besonders bei Verhandlungen und offiziellen Anlässen hatte sich dieses Flirren schon des Öfteren als äußerst ungünstig erwiesen. Normalerweise fiel es den meisten Besuchern am Hofe wegen Oberons ohnehin sehr hellen, singenden Feen-Stimme nicht auf. Wer aber ein so scharfes und geschultes Gehör hatte wie der Kirmas der Lyngarden, dem konnte man nichts vormachen. Der Lyngarde hatte bei seinem Antrittsbesuch eine Ehrengarde der verwegenen Lyngardenkrieger vor dem Thron des Feenkönigs einige der grausigen lyngardischen Kriegskünste aus der Vergangenheit demonstrieren lassen. Unter den Zuschauern brach – obwohl es sich, wie von Xaraxar angekündigt, um ungefährliche Darstellungen mit künstlichem Blut handelte – eine Panik aus. Viele mussten sich angesichts des zu realistisch wirkenden Blutbades übergeben. Xaraxar hatte mit großer Befriedigung bemerkt, dass Oberon sich zwar äußerlich unbeeindruckt, aber mit flirrender Stimme für das unappetitliche Schauspiel bedankte.

„Wir werden sie vernehmen, wenn die heiligen Gesetze der Gastfreundschaft erfüllt worden sind", versuchte der Kanzler und

Magier seinen König zu beruhigen.

„Scheiß auf die Gastfreundschaft!" Da war sie wieder, die Unbeherrschtheit des Elfenkönigs.

Ovangar hasste die dann vulgäre Ausdrucksweise Oberons, die überhaupt nicht zu einem so großen Herrscher passte.

„Die bringen mir den ganzen Laden durcheinander. Morgen will ich alles über die wissen. Egal wie! – und wenn du es durch Zauberei aus ihnen herauspressen musst. Lass dir was einfallen."

Oberon dachte immer noch wütend an Vamurs Zurechtweisung. Ihn so vor dem versammelten Hof bloßzustellen, das würde er diesem winzigen Winzling, diesem Nichts, nie vergessen. Oberon war mehr als nachtragend, und das war neben seiner Unbeherrschtheit eine seiner negativsten und gefürchtesten Eigenschaften. Im Feenreich wusste jeder: Der Elfenkönig vergaß keine Beleidigung und ruhte nicht eher, bis sie gerächt war.

„Ich kümmere mich persönlich darum, Majestät!"

Ovangar stand das selbstbewusste Auftreten der klitzekleinen Zwerge noch vor Augen. Der Magier seufzte und wusste, dass die so leicht nicht zu beeindrucken waren. Er würde sich ernsthaft etwas überlegen müssen, wollte er bei seinem empfindlichen Vetter nicht in Ungnade fallen.

Der Kanzler hatte sich nach dem gemeinsamen Mahl im Speisesaal des Glaspalais persönlich davon überzeugt, dass alles für das Wohlbefinden der winzigen Gäste gerichtet war. Der Frage Vamurs, ob sie denn nun Gäste oder Gefangene seien, war er elegant mit einer nichts sagenden Antwort ausgewichen. Danach war er wieder in die Feenhalle gegangen, wo inzwischen große Aufregung herrschte. In seiner Abwesenheit hatten Xaraxar und Laurin vor den versammelten Führern der diplomatischen Vertretungen aller Reiche Oberon aufgefordert, ihnen alle Informationen, die der Geheimdienst Ovangars über die klitzekleinen Zwerge gesammelt hatte, zukommen zu lassen. Ein Raunen der Empörung ging durch die Reihen der Akkreditierten. Ein Geheimdienst? Sie wurden von Ovangar ausspioniert? Das war ein Affront gegen alle geschlossenen Verträge und die bestehende politische Ethik. Oberon hatte den Unwissenden gespielt und strikt abgestritten – dabei flirrte, wie der lyngardische Kirmas bemerkte, seine Stimme -, dass so etwas wie ein Geheimdienst im

Feenreich überhaupt existierte.

Natürlich arbeitete dieser auf Ovangars Anweisung längst auf vollen Hochtouren. Besonders die Spezialisten für die Auffindung verloren gegangener Personen und Gegenstände waren sehr beschäftigt. Ovangar, der auf dem Rückweg vom Glaspalais einen Umweg über seinen Turm gemacht hatte, war überzeugt, dass seine Leute über kurz oder lang weitere klitzekleine Zwerge entdecken und aufspüren würden, wenn überhaupt noch weitere existierten. Wer Augen im Kopf und einen klaren Verstand sein Eigen nannte, konnte unmöglich glauben, dass die Größe der gefangenen Zwerge nicht auf irgendeinem unbekannten Zauber beruhten. Dass sie vorläufig als Gefangene zu betrachten waren – wenigstens bis zur Aufklärung über ihre Herkunft und ihre Absichten -, darüber war sich der Magier und Kanzler im Grunde mit seinem König einig. Er mochte nicht an seine schlimmste Befürchtung denken: dass dabei die Menschen ihre Finger im Spiel haben könnten. Ovangar wusste: Dann hätten sie echte Probleme.

Als Kanzler der Vereinigten Feenreiche musste er die Herkunft der Winzlinge unbedingt ermitteln. Eine umfangreiche Truppe hervorragender Fachleute mit den unterschiedlichsten Talenten standen ihm dabei zur Verfügung. Kristallweiber, die, ähnlich wie die albernen Wahrsagerinnen der Menschen, eine Kristallkugel benutzten, um in die Vergangenheit und Zukunft zu schauen. Besonders effektiv arbeiteten auch die zu Geheimdienstagenten ausgebildeten Oseles. Einmal, weil sie einen äußerst klug arbeitenden Verstand einsetzen konnten, und zum anderen, weil sie in der Lage waren, sich über ihre Gedankenströme über weite Entfernungen ohne jedes Hilfsmittel direkt zu verständigen. Da die durchsichtigen und klugen Feengeister außerdem fast alles Körperliche abgelegt hatten, waren sie auch so gut wie unsichtbar. Ein unschätzbarer Vorteil für einen Geheimagenten. Was aber nur Ovangar wusste, war, dass die Oseles, dadurch dass ihr Körper fast nur noch aus geistiger Materie bestand, in der Lage sind, sich selbst durch allerwinzigste Öffnungen und kleinste Haarrisse Zugang zu allen nur erdenklichen Räumen zu verschaffen. Die Oseles-Agenten waren die einzigen Lebewesen, die über alle technischen Erfindungen der Menschen bestens informiert waren. Im Laufe der Zeit hatten sie sich zu absoluten Computerfreaks entwickelt.

Sobald einer der großen Konzerne der Menschen einen neuen Rechner oder auch nur einen neuen Chip auf den Markt brachte, schnüffelten die Oseles in ihnen herum. Manche Forschungsabteilung verfiel schon in die tiefste Depression, weil auf einmal produktionsreife Entwicklungen plötzlich verrückt spielten und dann genau so plötzlich wieder einwandfrei funktionierten.

Nachtmare waren kleine flinke, aber harmlose Dämonen mit Augen, die sich auch noch in der tiefsten Dunkelheit orientieren konnten. Sie fanden sich besonders in der Traumwelt der Menschen hervorragend zurecht. Eines ihrer liebsten Spiele bestand darin, sich den Menschen im tiefsten Schlaf als Alb auf die Brust zu hocken, ihnen den Atem zu nehmen und die aus der daraus folgenden Atemnot entstandenen Albträume zu betrachten. Sie nannten es Nachtmare-TV. Die Menschen wachten morgens schweißgebadet von den schrecklichen Träumen, die ihnen ihre Luftnot beschert hatte, auf.

Ovangar schüttelte den Kopf. Da gefielen ihm seine Blitzelfen besser. Die waren durch eine Spezialausbildung im Aufspüren von allem Lebendigen gegangen. Da sie sehr klein und schwach waren, stellte ihnen Ovangar, falls erforderlich, Eiskrieger zur Seite, um auch aufgespürte Schwerverbrecher in sicheren Gewahrsam nehmen zu können.

Als Ovangar die Zentrale des Geheimdienstes, die im früheren Verlies des Turmes untergebracht war, betrat, machte ihm der Dienst habende Koordinator – ein Mitternachtselb mit tief umränderten Augen – Meldung. Bisher habe man noch Mühe, das Profil der klitzekleinen Zwerge in das jeweilige Suchschema der einzelnen Spezialisten aufzunehmen. Viele der Agenten lehnten es einfach ab zu glauben, dass so klitzekleine Zwerge überhaupt existierten.

„Vielleicht sollten wir doch Todeshunde einsetzen", meinte der Koordinator und gähnte verstohlen.

Der Mitternachtselb litt unter ständiger Müdigkeit. Der Grund bestand darin, dass er so neugierig war. Darum wuselte er auch tagsüber, wenn alle ordentlichen Mitternachtselben ruhten, immerzu in der Geheimdienstzentrale herum und ging dem Tagesschichtleiter und dem zuständigen Koordinator, einem Lichtelf, ständig auf die Nerven. „Das können wir immer noch als letzte Möglichkeit in Betracht ziehen“, antwortete Ovangar, wobei er den Koordinator mit einem tadelnden Blick bedachte. Was der sich dabei dachte! Ovangar war froh, wenn diese unerbittlichen Blutköter blieben, wo sie hingehörten: gut in ihren hoffentlich ausbruchsicheren Zwinger gesperrt und von einem erfahrenen Eiskrieger in dauernder Starre gehalten. Obwohl ein Eiskrieger letztlich auch keine Garantie für die Verhinderung eines Ausbruchs dieser gefährlichen Killer bieten konnte. Er hatte gesehen, wie junge Eiskrieger in der Ausbildung vor dieser Meute blutgieriger Monster mit der harmlosen Bezeichnung Todeshunde vor Angst zurückschreckten. Dabei war ein einzelner Todeshund so ungefährlich wie ein kleines niedliches Schoßhündchen ... und diese Größe hatten sie auch. Traten sie jedoch als Rudel auf und wurden als Meute von der Kette gelassen, dann gnade Gott den Gejagten. Die kleinen Schlächter verhielten sich schlimmer als Piranhas.

„Keine Todeshunde! Ist das klar?“

„Klar, Chef!“, antwortete der Koordinator. Die Vorstellung von den ausgerasteten Schoßhündchen, die sich auf der Jagd nach den Winzlingen durch den härtesten Fels bissen, jagte ihm dabei einen wohligen Schauer des Grauens über den Körper.

Ovangar, der die Gänsehaut des Mitternachtselben bemerkte, bedauerte, dass er den wegen seiner unbestreitbaren Tüchtigkeit unersetzlichen Koordinator für seine mordgierigen Gedanken nicht einmal kräftig in den Hintern treten konnte. Doch Mitternachtselben waren empfindsame Wesen, deren Geist wie lange Antennen alle Strömungen der Luft noch in dreihundert Meilen Entfernung auf ungewohnte Bewegungen und Störungen absuchen konnten ... und dieser war besonders gut. Ein Tritt in den Allerwertesten würde dieses Sensibelchen wohl noch um die wertvolle Gabe bringen. Also begnügte er sich mit der Vorstellung.

Der Koordinator schien die Gedanken seines Chefs erraten zu haben. „Na ja, vielleicht sind die auch viel zu klein für unsere Schoßhündchen“, versuchte er zu scherzen. Dabei wussten sie beide, dass sich diese gnadenlose Meute auch noch über den kleinsten Floh stürzen würde.

„Gebt mir sofort Bescheid, wenn ihr noch mehr gefunden habt.“

Der Koordinator nickte. Ovangar verließ die Zentrale tief im Innern seines Turmes und wischte mit der Hand über die Tür, die sofort im Mauerwerk verschwand.

DIE FONTÄNE

Olli war mit Rinchen in den Wasserspiegel des Märchenbrunnens gesprungen und sie fielen durch einen Tunnel aus blendend weißem, gleißendem Licht. Ihm schwanden kurz die Sinne, dann kam er aber sofort wieder zu sich. Er öffnete seine Augen und merkte, dass er auf einem merkwürdig bewegten Grund stand. Er stand auf Wasser ... genauer: auf dem silbrigen Wasserspiegel eines großen Brunnens. In der Mitte spie eine große Fontäne ihr Wasser bis in die Wolken, wo es in einem Nebelschleier verwehte. Unter seinen Füßen spürte Oliver die Bewegung winziger Wellen, die von den Fontänen kleiner Figurengruppen, die den Brunnen umgaben, ausgelöst wurden. Auf den Wellen trieben kleine spitze, rote Segel. Erst auf den zweiten Blick sah er, dass es Klinings, Valmins, Vugurs und Vildos rote Zipfelmützen waren, in denen sich der leichte Wind verfangen hatte und der die verdutzten Winzlinge übers Wasser trieb. Die klitzekleinen Zwerge schienen ebenso wie er überrascht davon zu sein, dass sie nicht im, sondern auf dem Wasser standen.

„Surft zum Beckenrand!“, rief Klining seinen Gefährten zu. Der Illantin hatte als Erster erfasst, dass sie schon auf der anderen Seite im Feenland waren, wo die Dinge oft anders erscheinen, als sie sich auf den ersten Blick darstellen. Hier in diesem herrlichen Brunnen stand man eben, aus welchen Gründen auch immer, nicht im, sondern auf dem Wasser. Eine Erfahrung, die nach seiner Erkenntnis sonst nur den Gründern großer Religonen vorbehalten war. Er richtete sich auf, stellte seine Mütze in den Wind und surfte wie ein Schlittschuhläufer über den Wasserspiegel zum Beckenrand, den er als Erster erreichte. Mit festem Boden unter den Füßen schaute er sich um und sah, wie Olli, mit seinen Schritten über den Wellen balancierend, ebenfalls die schön gestaltete Randeinfassung der wundersamen Fontäne erreichte. Valmin und die beiden anderen segelten noch ein paar elegante Schwünge und landeten dann bei Klining.

„Einfach cool!“ Valmin war begeistert und hüpfte zur Probe noch einmal vom Beckenrand auf den Wasserspiegel. Er stand auf dem Wasser.

„Wir haben keine Zeit, uns zu amüsieren. Kommt her!“ Klining stützte sich auf den kleinen Mamorfinger an der Hand einer Brunnenfigur, neben der er gelandet war ... einer zierlichen Nixe, die eine Muschelschale über den Beckenrand hielt, aus der Wasser in den Brunnen plätscherte.

„Unglaublich! Die Mohrrüben sind ja winzige Zwerge. Oh, wie lustig und putzig!“ Die Brunnenfigur kicherte und bewegte ihren kleinen Marmorfinger. Klining verlor verdutzt seinen Halt und purzelte auf die Wasseroberfläche, auf der er trocken liegen blieb. Die Wasserfläche hatte weich wie ein Wasserbett nachgegeben.

„Hätt ich mir ja denken können, dass hier sogar die Marmorfiguren reden!“ Klining rappelte sich hoch.

„Niedlich ... schau mal, Undana, was die für große blaue Kulleraugen haben ... süüüß, einfach süüüß!“ Die kleine Mamornixe drehte sich zu den beiden anderen Nixen ihrer Gruppe um, die jetzt ihre Muschelschalen beiseite legten und sich neugierig vorbeugten.

„Na, ihr seid ja putzig ... und so winzig! Hat euch Ovangar verzaubert? Ihr habt ja tolle Zipfelmützen. Ich kann es einfach nicht glauben ... du, Andarine, die sehen ja wirklich aus wie klitzekleine Zwerge.“

„So was wie euch haben wir noch nie gesehen, und wir kennen alle, die in König Oberons Reichen leben. Über kurz oder lang kommt hier jeder mal vorbei ... habe ich Recht, Inbiletta?“

„Stimmt. Wo kommt ihr denn so plötzlich her? Huch, ihr steht ja auf dem Wasser? Das gibt es doch gar nicht!“

Dann fiel der Blick der Nixen auf Olli, der mit Rinchen in der Hand näher getreten war und die aufgeregten Mamornixen verwundert betrachtete. Sie sahen die winzige Person, die in seiner Hand stand, ihre Zipfelmütze vom Kopf nahm und ihre goldenen Löckchen schüttelte. Rinchens große blaue Kulleraugen musterten die Nixen abschätzend. Deren Augen weiteten sich vor Staunen und Entzücken.

„Sind ... sind ... die Haare echt?“, platzte es aus Undana heraus.

„Natürlich, ich färbe doch nicht“, sagte Rinchen.

„Ich meine nicht dich, Goldköpfchen, ich meine die Haare von dem da ...“ Undana zeigte auf Olli. „Unglaublich ... so schöne Haare hat ja noch nicht einmal Laurin.“

Rinchen schaute pikiert.

„Wie heißt du, schöner Rotschopf?“, fragte die Mamornixe,

„Oliver ...“ Olli lächelte verlegen. „Meine Freunde nennen mich Olli.“

„Olli, von welchem Volk stammst du?“ Ein kleiner Luftkobold, der mit einer zarten Gartenfee und einem lustigen Blumengnom an den Brunnen herangetreten war, reichte Olli die Hand: „Ich bin Zerono, Luftkobold und Wetterexperte. Du kannst Zero zu mir sagen.“

„Angenehm, das ist Valentirina.“ Oliver zeigte auf Rinchen, die in seiner Hand saß. Die machte dem hübschen Zero schöne Augen.

„Wo sind wir hier, Zero?“

Olli ließ seinen Blick über den Garten schweifen und bewunderte die schimmernden Statuen, die den silbernen Weg säumten. Er sah die schmalen Pfade, die vom Brunnen strahlenförmig in eine herrliche Blumenpracht führten, deren schwere Düfte herüberwehten. Seine kleinen Freunde betrachteten andächtig und verzückt mit großen Augen die vielen seltsamen Blumen und Pflanzen und lauschten auf das leise Klingeln der Glockenblumen, das der Wind herübertrug.

„Was ist das für ein Gebäude dahinten, das da so geheimnisvoll zwischen den Bäumen schimmert?“

„Das Gläserne Privatpalais vom Alten.“

„Er meint seine Majestät, König Oberon“, kicherte der lustige Blumengnom.

„Passt auf, dass euch die Prätorianer nicht erwischen. Das Betreten des Wasserspiegels ist nämlich verboten!“ Die Mamornixen schauten sich vorsichtig um.

„Ja, richtig. Aber sag mal, Olli, wieso steht ihr auf dem Wasser?“, fragte Zero, und alle schauten verwundert die Winzlinge und Olli an.

„Das würde ich auch gerne wissen!“

Eine herrische Stimme fuhr in die Gruppe. Hinter der Figurengruppe der Wassernixen tauchte der Helmbusch eines Kriegers der königlichen Garde auf. Eine Streife der Elfen-Prätorianer, der Elitetruppe ihrer Majestät, hatte Geräusche an der Fontäne gehört. Der Krieger mit dem hohen Helmbusch trat an den Brunnen heran.

„Ah ... der Luftikus Zero und sein Fräulein Glingelina. Ach sieh da, Lintur, du hässlicher Gnom kannst bei Ärger ja auch nicht weit sein", fuhr der Lutenent der Prätorianerstreife den Blumengnom an. Der lachte nur, streckte dem Lutenent die Zunge raus und war blitzschnell im nächsten Blumenbeet verschwunden.

„Dich kriege ich auch noch, du frecher Clown", rief ihm der Lutenent wütend hinterher. „Nun zu euch. Wer seid ihr? Wo kommt ihr her? Was habt ihr hier auf dem Wasser herumzustehen?" Der Führer der Prätorianerstreife schmiss sich in die Körperhaltung einer Amtsperson, die etwas zu sagen hatte.

Valmin ging dieser junge Dachs, der hier den Forschen machte und alle Höflichkeitsregeln der Gastfreundschaft außer Acht ließ, gewaltig auf den Keks.

„Weil wir 'ne coole Runde in dem ollen Pool surfen wollen, du Glanzlicht kriegerischer Kostümierung!"

„Ich will wissen, warum ihr auf dem Wasser steht!?" Kostox, der Lutenent, wurde sauer. „Wer hat euch verzaubert?"

„Verzaubert?", fragte Klining amüsiert.

„Ja, ich sagte verzaubert. Kein normales Lebewesen auf zwei Beinen kann so klein sein und auf Wasser stehen!"

Zaubern – das Stichwort konnte sich Klining nicht entgehen lassen. Eine kleine Handbewegung – und der hohe Helmbusch des stolzen Kriegers verwandelte sich in grüne Petersilie. Glingeline, die zarte Gartenfee, lachte mit ihrer glockenhellen Stimme laut und ansteckend. Die Mamornixen, Zero, Olli, die klitzekleinen Zwerge und zuletzt alle Mamorfiguren des Brunnens und die weißen Statuen konnten diesem herrlich erfrischenden Lachen nicht widerstehen und fielen laut darin ein.

Selbst die finsteren Soldaten der Streife sahen auf ihren Führer und grinsten.

„Festnehmen, die ganze Mohrrüben-Baggage, und dem zuständigen Hauptmann der Wache vorführen!" Jetzt war es Kostox leid: er griff zu seinem Schwert und zog eine Stange Rhabarber mit einem Ruck aus seiner Schwertscheide. Kostox kochte. „Das ist

Beamtenbeleidigung und unbefugtes Zaubern in der Öffentlichkeit. Das ist strafbar!“

Klining machte eine, von den anderen unbemerkte, leichte Handbewegung – und Petersilie und Rhabarber waren verschwunden.

„Nehmt sie alle in die Mitte und folgt mir!“ Lutenent Kostox führte den Zug an dem Wachlokal der Prätorianer vorbei – ohne seinem Vorgesetzten, dem wachhabenden Offizier, die vorschriftsmäßige Meldung zu machen und ihm die Festgenommenen zu übergeben – direkt zur Königshalle der Feen. Kostox war überzeugt: Solche Staatsfeinde mussten dem Feenkönig selbst vorgeführt werden. Übergab er die Gefangenen dem Wachhabenden, würde der, wie so oft, alle Lorbeeren ernten und er ginge leer aus.

„Öffnet das Tor!“

Kostoxs Ruf war herrisch und selbstbewusst. Die riesigen Tore der Feenhalle öffneten sich lautlos wie von Zauberhand. Die Wachelfen salutierten vor den unbeliebten, eingebildeten Kriegern der Garde und Kostox marschierte – mit stolz geschwollener Helmzier – vor seiner Truppe und den Gefangenen in die Halle.

Klining war gespannt auf die Begegnung mit Oberon, aber noch neugieriger war er auf den berühmten Magier der Feen, Ovangar. Wie die anderen Gefangenen befand auch er sich zum ersten Mal in der berühmten Feenhalle und war stark beeindruckt von dem riesigen Rund des Amphitheaters aus purem Kristall. Es mussten viele Tausende in der Halle versammelt sein. Ein lautes Gewirr der verschiedensten Sprachen aus allen regierten Reichen schlug ihm entgegen. Viele Sprachen erkannte er, aber ebenso viele Dialekte waren ihm fremd.

Die Ersten in der Nähe des hohen Tores hatten jetzt den Trupp der Prätorianer wahrgenommen, die in ihrer Mitte einen schlanken, zierlichen Jungen führten. Der unbekannte Junge – zu welchem Volk mochte der wohl gehören? – trug etwas auf dem Arm, das ihnen bekannt vorkam. Natürlich: diese Mohrrüben!

„Nicht zu glauben. Da sind wieder Neue!“

Auf den schrillen, erstaunten Ruf eines kleinen und hässlichen Goblins ging ein Raunen durch die Feenhalle. Tatsächlich: Auf dem Arm des Jungen saßen und standen wieder welche von diesen winzigen Wesen, die schon gestern so große Aufregung und Spekulationen unter dem diplomatischen Corps ausgelöst hatten.

„Da sind wieder Neue! ... Neue! ... Neue!"

Schrill und aufgeregt klangen die nervenden Schreie der Goblins durch die Halle und lenkten jetzt auch die Aufmerksamkeit der um die Königstafel Versammelten auf den Zug der Prätorianer-Streife.

Klining sah, wie der Feenkönig sein Gespräch mit der wunderschönen Frau, die auf seiner rechten Seite saß, unterbrach und sich mit unwilligem Gesichtsausdruck angespannt auf seinem großen Sessel - dem berühmten Gläsernen Thron – aufrichtete. Links vom Thron stand eine hohe Gestalt mit einem langen, blendend weißen Bart. Sie trug einen schlicht geschnittenen blauen Mantel und eine einfache blaue Mitra auf dem Haupt. Das musste Ovangar sein, der Magier und Kanzler des Feenvolkes. Klining ließ sich nicht von der Schlichtheit von Ovangars Kleidung täuschen, denn allein die weiße Thulanderona-Kordel und die Schuhe aus schneeweißem Thulanderona-Leder waren kostbarer als die komplette Galarobe eines Gesandten bei Hofe. Kein schlechtes Konzept, Junge, dachte Klining: nicht mit der eitlen Prachtentfaltung des Hofes mitzuhalten und unter all den bunten Pfauen unterzugehen, sondern einen einfachen, eleganten Stil dagegenzusetzen. Von dem konnte man noch etwas lernen.

Plötzlich durchfuhr ihn ein Frösteln. Ohne dass sein Blick auf die links und rechts in einer exakten Entfernung von zwanzig Schritt zum Thron stehenden düsteren, schweigsamen und seltsam durchsichtigen Krieger fiel, war er sich der Anwesenheit der fürchterlichen Hiemisen schmerzhaft bewusst. Er spürte sofort die eisige Bedrohung, die von den gefürchteten Eiskriegern ausging. Vugur, Valmin, Vildo und Rinchen hatten instinktiv ihre Zipfelmützen tiefer ins Gesicht gezogen. Lediglich Olli schien unbeeindruckt und marschierte mit staunendem Gesicht, flankiert von den Prätorianern durch die Feenhalle.

„Hast du das gesehen?" Jehurehami, die Fürstin vom Stamme der edlen Glanzfeen, fragte Noferijaned, eine schöne Lichtelbin.

„Was? ... Die Mohrrüben?"

„Nein, ich meine den Jungen. Schau dir den Jungen an."

„Bei allen Göttern, was für ein Adonis. Einfach zum Verlieben!"

„Noferijaned, schau dir die Haare an! Die Haare! Was hat der Junge bloß für wundervolle rote Haare!"

Die Aufregung beim Anblick eines Rotschopfs konnte nur der verstehen, der wusste, wie selten im Reich der Elfen, Feen und Geister, wo blonde, blaue, grüne, violette oder schwarze Haarschöpfe in den unterschiedlichsten Nuancen und Zusammenstellungen als normal galten, der Anblick rotgoldener Haare war. Gehörten schon im Reich der Menschen, auf der anderen Seite, Rothaarige mit weniger als drei Prozent zur absoluten Minderheit, so waren sie hier noch seltener zu sehen als die wenigen, überaus kostbaren schwarzen Mondsteine. Außerdem galt Rotblond als Inbegriff vollkommener Schönheit. Besonders beliebt war und verehrt wurde der geheimnisvoll glühende Kupferton, wie ihn der Zwergenkönig Laurin als Einziger zur Zeit mit großem Stolz trug.

„Abteiluuuuung ... halt!"

Mit einem lauten Klack stoppten die Prätorianer auf Kostoxs Kommando exakt im Stillgestanden. Olli lief im Schwung des Marschschritts noch ein paar Schritte weiter und landete in Kostoxs Kreuz. Der, die Hand schon zum militärischen Gruß an der Helmzier und bereit zur Meldung, stolperte verdutzt bis an die Tafel, wo er mit dem linken Knie an die Tischkante knallte. Sein Kopf knickte nach vorn, und sein prächtiger Helm kullerte, die kostbaren Weingläser wie Kegel umwerfend, über die Tafel bis an Oberons Platz.

Der unglückliche Kostox stammelte seine Meldung: „Streife Nr. 5 meldet die Festnahme von sechs verdächtigen Personen, Majestät! In dem königlichen Garten, Majestät! Genau an ... äh ... in der Fontäne, Majestät!"

Majestät meinte nicht richtig zu hören: Festnahme? Was für eine Festnahme? War es schon so weit gekommen, dass im Garten des Palastgeländes verdächtige Personen festgenommen werden mussten? Schon wieder herrschte peinliche Stille in der Feenhalle.

Schon wieder sah der Kirmas, der lyngardische Botschafter, mit heimlicher Freude, wie Oberon nach Fassung rang. Der große König der Feen hatte noch immer die peinliche Situation von gestern vor Augen, als er sich von so einem Winzling hatte vorführen lassen müssen. Titania, die Königin aller Feen und Geister, hatte ihm gestern wegen seines, eines großen Herrschers unwürdigen,

Fauxpas, kräftig die Leviten gelesen, und jetzt kam dieser junge Idiot von Lutenent und inszenierte hier vor versammeltem Hofe einen so skandalösen Auftritt.Festnahme im Palastgarten: als wenn er nicht mehr Herr im eigenen Hause wäre! Aus den Augenwinkeln sah er, wie Laurin und Xaraxar grinsend die Köpfe zusammenstecken. Oberon spürte, wie ihm sein aufbrausendes Temperament wieder Schwierigkeiten machte. Sein Blick wandte sich Hilfe suchend an Ovangar.

Der weise Kanzler des Feenreiches reagierte schnell und diplomatisch professionell: „Festgenommen? Das ist sicher ein Irrtum. Lutenent Kostox, würden Sie uns bitte unsere neuen Gäste vorstellen?“ Ovangar lächelte Kostox freundlich an.

Gäste? Was für Gäste? Kostox wurde plötzlich leichenblass. Ihm schwante Böses. Er hatte sich einen fürchterlichen Fehler zuschulden kommen lassen. Wie ein Vollidiot, die allgemeinen Regeln der Höflichkeit und der Gastfreundschaft nicht beachtend, hatte er die Gruppe, ohne nach Namen oder Herkunft zu fragen, wie Verbrecher vor den Thron des Feenkönigs geführt. Kostox wusste, das war das schmähliche Ende seiner gerade beginnenden Karriere beim Militär. Der Ausstoß aus der stolzen Prätorianertruppe war gewiss, wenn ihn, dem unheilvollen Blick Oberons nach zu urteilen, nicht noch viel Schlimmeres erwartete. Wahrscheinlich würden ihn die beiden Eiskrieger gleich aus der Halle führen.

„Genau ... ein Irrtum, Majestät!“

Oliver trat drei Schritte vor. Ihn plagte das schlechte Gewissen, denn schließlich hatte er beim Einmarsch in die Feenhalle nicht aufgepasst und auf das Kommando des Gardelutenent zu spät reagiert. Es tat ihm mehr als Leid, dass er dem armen Kostox, der ja auch nichts anderes als seine Pflicht tat, ins Kreuz gerannt war. Dass der dann bis an die Tafel stolperte, war ja schon peinlich genug, aber dass sein toller Helm auf der königlichen Tafel wie eine verrückt gewordene Kegelkugel gehaust hatte ... einfach katastrophal.

„Ich habe Schuld, Majestät. Ich habe nicht aufgepasst und bin Herrn Kostox in den Rücken gestolpert. Es tut mir sehr Leid. Und das sind meine Freunde Valentirina, Klining, Valmin, Vugur und Vildo. Ich heiße Oliver ... meine Freunde nennen mich Olli!“ Dabei setzte er die fünf klitzekleinen Zwerge auf der Tafel ab – und alle sechs verneigten sich höflich.

„Wir danken für Ihre Gastfreundschaft, Majestät!" Klining begriff, in welch gefährlicher Situation sich der arme Tor Kostox befand. Vor Kostox verbeugte er sich höflich. „Lutenent, herzlichen Dank für das vorbildliche und höfliche Geleit durch Ihre tüchtige Truppe. Das wäre wirklich nicht nötig gewesen."

Die Prätorianer strahlten, der Junge und die Winzlinge hatten sie nicht nur vor einer sicheren Diziplinarstrafe gerettet, sondern sie auch noch öffentlich gelobt. Hoffentlich versaute ihr junger Lutenent es jetzt nicht noch. Der tat aber instinktiv genau das Richtige (was alle tun, die beim Militär aufgefallen sind): schnell und ohne viele Worte aus dem Gesichtskreis der Vorgesetzten zu verschwinden und erst mal unterzutauchen. Kostox griff seinen imponierenden Helm, setzte ihn auf, straffte seinen Körper, grüßte Oberon militärisch korrekt mit der Hand am Helm und machte mit schneidiger Stimme seine Meldung: „Auftrag ausgeführt!", kehrte zackig auf den Hacken um, und bevor einer reagieren konnte, gab er seiner Streife den Befehl: „Abteilung stillgestanden ... rechts um ... im Gleichschritt marsch ... links ... links ... links – zwo – drei – vier ... ein Lied!" Seine Truppe reagierte noch schneller als er, und mit dem berühmten Lied vom einsamen Elfenmädchen, das zu Hause mit blutendem Herzen auf seinen Liebsten wartete, der fern der Heimat im Kampfe stand, marschierte die Prätorianertruppe etwas schneller als sonst aus der Feenhalle.

Erst als sich die Tore hinter der singenden Eliteeinheit schlossen, legte sich die allgemeine Verblüffung. Ovangar war begeistert. Er beschloss, den jungen Lutenent in seinen Geheimdienst zu übernehmen. Leute mit solcher Schlagfertigkeit und einem solchen Reaktionsvermögen konnte er gut gebrauchen.

Oberon war stolz auf die königliche Garde. Was für eine feine, schneidige Truppe waren doch seine Prätorianer. Manchmal etwas tumpig wie alle Militärs, aber wenn es drauf ankam, zeigten sie doch was her, die Kerls.

Valmin flüsterte: „Nicht schlecht, ganz schön cool, hätt ich von dem eingebildeten Gardeheini nicht gedacht."

„Aber hast du gesehen, wie dem die Hose geflattert hat? Ich dachte, dem reißen sie jetzt total den Arsch auf", kicherte Vugur. „Die Jungs können sich alle bei unserem Illantin und bei Olli bedanken."

Kostox, den Namen musste man sich merken. Klining wusste: Wenn es hier einmal eng würde, hatten sie bei den Prätorianern einen gut. Man konnte ja nie wissen.

Dann konzentrierte sich die Aufmerksamkeit in der Feenhalle auf die sechs Personen, die vor bzw. auf Oberons Tafel standen.

Titania, die sagenumwobene, schöne Königin der Feen und Elfen, blickte mit ihren unergründlichen saphirblauen Augen interessiert auf Oliver.

Was für ein schöner Junge stand da vor ihnen. Schlank und zierlich, von edler Gestalt. Aus einem schmalen, feinen Gesicht leuchteten große ausdrucksvolle Augen. Der Blick der blauen Augen war ruhig, hellwach, neugierig und wissend zugleich ... eigentlich viel zu erwachsen für sein Alter. Der Junge musste schon einiges durchgemacht haben. Trotzdem lag tief in seinen Augen ein unerschütterliches Vertrauen in etwas, das Titania nicht ergründen konnte, und das, in einer rührenden Naivität, seinem Blick die absolute Offenheit eines unschuldigen Kindes verlieh. Diese unverdorbene Seele berührte Titania seltsam.

„Der weiß gar nicht, wie gut er aussieht“, flüsterte Lindina, eine junge Hofdame, leise an ihrem Ohr.

Titania lächelte: Lindina hatte den Nagel auf den Kopf getroffen. Der Junge hielt ihrem musternden Blick unbefangen stand. Eine edle Nase lenkte von den ausdrucksvollen Augen zu einem sympathischen Lächeln auf schön geschwungenen Lippen. Das gleichmäßige Oval seines Gesichts war von atemberaubenden rotblonden Haaren eingerahmt, den schönsten, die sie jemals gesehen hatte. Das durchsichtige Weiß seiner zarten Haut, unter dem das Blau seiner Adern pochte, schien den beeindruckenden Kupferton seiner Haare noch zusätzlich zum Glühen zu bringen. Irgendwie erinnerte sie der Junge an jemanden. Diesem Gesicht war sie schon mehr als einmal begegnet ... und diese ungewöhnlich intensiven rotgoldenen Haare? Plötzlich fiel es ihr wie Schuppen von den Augen: Laurin! Der Junge sah aus wie Laurin vor vielen tausend Jahren. Sie schaute atemlos hinüber zu dem Zwergenkönig und bemerkte, wie der, auf seinem kleinen Sessel vorgebeugt, mit fassungslosem Gesicht Oliver musterte.

Das war unmöglich. Diese unglaubliche Ähnlichkeit. Der Junge, obwohl er mindestens doppelt so groß war wie der Zwergenkönig, sah aus wie der junge Laurin. Das konnte nur eine Laune der Natur sein. Obschon es bereits mehrere tausend Jahre her war, konnte sich Titania noch gut daran erinnern, wie der schöne junge Laurin den schönsten Mädchen reihenweise den Kopf verdrehte. In ein paar Jahren würden auch diesem Jungen die Schönheiten aller Reiche zu Füßen liegen. Aber irgendwie war der Junge anders als der junge Laurin – sie konnte es nur nicht erfassen.

Titania hörte, wie Oberon sich an die Gruppe wandte: „Wer ist euer Anführer?"

„Ich, Klining von Olgursam, Illantin unseres Volkes!"

„Des Volkes der klitzekleinen Zwerge mit den großen blauen Kulleraugen und den großen roten Zipfelmützen ... richtig?"

„Richtig, Sir ... nur, wenn ich ergänzen darf: mit den riesengroßen roten Zipfelmützen!"

„Ich bitte um Verzeihung, verehrter Illantin, ich wollte Euch nicht kränken." Oberon lächelte leutselig.

„Aber ich bitte Sie, Majestät!" Klining lächelte ebenso leutselig zurück und verbeugte sich so formvollendet, dass Valmin mit offenem Mund beinahe einen Lachkrampf bekommen hätte. Was bewegte der sich auf einmal wie diese aufgedonnerten Laffen von Höflingen.

Der Einzige, der nach Valmins Meinung einen vernünftigen Eindruck machte, war dieser Typ mit dem coolen weißen Bart und dem sympathischen Gesicht. Der schien nett zu sein; außerdem war er vernünftig und praktisch gekleidet. Allerdings schien er das herrliche Blau seines Mantels und seines Hutes mit viel Verstand für Auftritt und Wirkung ausgesucht zu haben. Im ganzen bunten, schillernden Reigen der Hofschranzen fiel er mit seiner schlichten Eleganz am meisten auf.

„Illantin? Was ist ein Illantin, Klining von Olgursam?"

„Ein sehr hoher Rang bei den uralten Heldenvölkern. Vergleichbar mit der Position eines Kanzlers im Feenreich oder sogar noch viel höher ... wenn ich mich recht erinnere, Majestät."

„Ah ... unser kluger Ovangar. Wenn wir dich nicht hätten, Kanzler. Darf ich vorstellen ...!"

„Ich fühle mich sehr geehrt, Ovangar, Sohn des weisen Großmeisters der weißen Magie, Zahantrusma, und Träger der Thulanderona-Kordel. Darf ich dich von unserem gemeinsamen Freund und Lehrer Tala grüßen?" Klining hatte entgegen der

Hofetikette den Feenkönig unterbrochen, was seine Majestät heute aber offenbar nicht übel nahm.

Ovangar war überrascht und tief beeindruckt: Dieser Winzling mit seiner riesengroßen roten Zipfelmütze kannte den mythischen Zauberer von Thulanderona, Tala, einen der größten und ältesten Magier aller Zeiten. Er selbst hatte schon seit sehr langer Zeit keine Verbindung mehr zu seinem ehrwürdigen Lehrer Tala.

„Thulan dero na Tala nech Wadiy masur?"

„Nech zechanda mexkulandey sa khan!" Klining lächelte, hob sein Hemdchen – und alle sahen, dass seine kleine Hose mit einer winzigen, blendend weißen Thulanderona-Kordel gegürtet war.

Der Kanzler Ovangar, Zahantru von Orania und der Illantin Klining von Olgursam berührten mit beiden Händen ihre Stirn, dann ihre Herzen, und verbeugten sich schließlich voreinander in tiefer Hochachtung.

Valmin wusste nicht mehr, wo ihm der Kopf stand: Da schien es tatsächlich so, als gehörte ihr Klining, der lustige, oft zu albernem Zauberfirlefanz aufgelegte Klining, ihr Illantin, zu der berühmten Garde der größten Magiere. Wenn das kein Knaller war!

Oberon hatte mit Sorge die weiße Thulanderona-Kordel des Illantins zur Kenntnis genommen. Sie bedeutete, dass es nicht so einfach sein würde, das Land der Winzlinge zu unterwerfen. So klein der Illantin auch war, an Macht kam er bestimmt Ovangar gleich oder übertraf diesen sogar. Oberon hoffte, dass Ovangar sich im entscheidenden Augenblick der Verpflichtung gegenüber seinem König und Staat bewusst war. Er hatte einmal von seinem Vater gehört, dass die Thulanderona-Boys, wie sein Vater den elitären Club der Magiere nannte, über alle anderen Interessen eine unzerstörbare Solidarität zueinander wahrten. Man würde sehen. Dann sah er aus den Augenwinkeln bei Laurin eine Bewegung.

Laurins Hand glitt unter seinen Mantel Gulfriga, fühlte unter seinem Schwertgürtel und unter seinem goldenen Hemd nach seiner Thulanderona-Kordel, von der keiner, noch nicht einmal Tala, der jetzige Hüter der Thulanderona-Weihen, wusste. Er hatte die Weihen schon vor Urzeiten als Jüngling erworben, als die uralten Schlachten um die Vorherrschaft der Welt noch in vollem Gange waren. Keiner, der die geheiligten Weihen mit ihm empfangen hatte, überlebte die entscheidende Schlacht. Er hatte damals die geheimen Verzeichnisse mit allen Namen der heiligen Meistermagier vor dem Sturm des Feindes auf die Gotorfestung beiseite geschafft. Sie lagen wohlverwahrt in der geheimen Kammer seiner Bibliothek. Thulan dero na Tala nech Wadiy masur? Nech zechanda mexkulandey sa khan! Was bildeten sich die beiden Spinner Ovangar und Klining und nicht zuletzt Tala, ein? Sie waren doch alle zusammen nur blutige Thulanderona-Anfänger, ohne den Deut einer Ahnung. WAX KANA TIZ MALJUB ZHEBA TIM! Es gab eine Macht, die größer war, als sich alle der hier Versammelten vorstellen konnten, und er, Laurin, stand mit dieser Macht direkt in Verbindung. Er bemerkte Oberons misstrauischen Blick und zog seine Hand unter dem Mantel hervor.

„Klining von Olgursam, dürfte ich Euch bitten, uns Eure Weggefährten vorzustellen?" Oberon blickte dabei auf Olli, der ihn brennend interessierte. Wo kam dieser rotblonde Junge her, der hier in der Elfenhalle so großen Eindruck erweckte?

„Gern, Sir. Das ist Valmin, einer unserer berühmten Seefahrer." Dass Valmin der größte Pilot der klitzekleinen Zwerge war, verschwieg er. Der Feenkönig brauchte nicht zu wissen, dass sie fliegen konnten – man wusste ja nie.

„Valmin von Montergard, Sir!" Valmin trat vor und verbeugte sich.

„Der junge Mann hier ist Vugur, unser Wikinger!"

Die nordischen Trolle in der Halle brüllten los vor Heiterkeit. Der winzige Fippes und ein Wikinger! Wo kamen die denn her?!?

„Die meinen Wikinger im Pfützensegeln!" Nölsen Trull aus dem Hardanger-Fjord schmiss sich weg vor Lachen.

Vugur trat unbeeindruckt vor: „Vugur von Nörskebaut, Sir. Wenn die Herren in den oberen Rängen den Mut zu einem kleinen Segeltörn haben, stehe ich ihnen jederzeit zur Verfügung. Morgen um zehn Uhr auf dem großen Wasserspiegel des Brunnens in Eurem wunderschönen Garten, Majestät, oder auf welchem Gewässer, See, Meer oder Ozean die Herren Trolle es auch immer wollen!"

„Gut gesprochen, Vugur von Nörskebaut. Nehmt ihr die Einladung an?" Oberon wandte sich an die Trolle.

„Äh ... wir wussten nicht, dass das einer von den Nörskebautern ist, Majestät." Nölsen Trulls Stimme klang ehrlich und voll Bewunderung. „Ich bin Nölsen Trull. Vugur, wir bitten dich für unsere Respektlosigkeit um Entschuldigung und würden uns freuen, mit dir und deinen Freunden ein paar Hörner Met auf die Seefahrt zu trinken." Die Seetrolle aus dem Norden waren harte, aber ehrliche Burschen, die tüchtige und bessere Seefahrer neidlos anerkannten.

Ovangar schaute sich den Winzling Vugur an. So harmlos sah also einer von den berühmten Nörskebautern aus. Er hatte sich diese bisher immer als riesige und verwegene Kerle vorgestellt. Die berühmten Nörskebauter ritten selbst einen dreihundert Meter hohen Tsunami wie jede andere Welle auf den Meeren mit der größten Begeisterung.

„Machen wir gern, Nölsen! Ich freu mich drauf." Vugur war begeistert. Mit Seetrollen einen hinter die Binde zu kippen oder vielleicht sogar mal eines ihrer berühmten schnellen Boote zu segeln! Sein Seefahrerherz schlug bei der Aussicht auf ein so außergewöhnliches Abenteuer schneller. Ohne mich, dachte Klining, der schon bei dem Wort Seetroll seekrank wurde.

„Das ist Vildo, unser Flitzer! Der könnte an jeder Olympiade teilnehmen."

Ja, ja, ja! ... Wer's glaubt, kriegt 'ne Goldmedaille, dachten die Blitzelfen. Wer wollte auf diesem Planeten schneller laufen als sie?

„Vildo Wilä ... Majestät." Vildo verbeugte sich kurz und knapp. Was ging es die Feen an, dass er letztens den Boreas besiegt hatte und dass Wilä als Abkürzung für Windläufer stand. Ein Titel, den seine Urahnen in der großen Schlacht für ihre mutigen und zuverlässigen Botendienste von den Göttern verliehen bekommen hatten. In seiner Familie glaubte man an die Sage, dass sie von dem berühmten geflügelten Pferd abstammten, das die Griechen später fälschlicherweise mit der Dichtkunst in Zusammenhang brachten und Pegasus nannten.

„Und hier, Majestät, darf ich Euch Valentirina vorstellen!"

„Eine Zwergendame?" Erstaunt und neugierig beugte sich Oberon vor.

„Valentirina von Valalesion, Majestät!" Rinchen nahm ihre Zipfelmütze vom Kopf und schüttelte ihre blonden Löckchen, die auf ihre Schultern fielen.

„Ist die süß! Ist die reizend! ... Und blond!", entfuhr es Oberon.

„Ich sehe zwar blond aus, ich bin aber nicht blond, Sir!"

„Oh ...!" Oberon fuhr verdattert zurück.

„Sie steht ihren Mann, Majestät! In jeder Situation, das kann ich bestätigen." Vugur nickte unschuldig.

Rinchen funkelte ihn drohend an. „Du meinst wohl Frau, du ..." Vugur unterbrach Rinchen grinsend: „Nein, ich meine nicht Frau, ich meine selbstverständlich Dame." Er verbeugte sich, schelmisch lächelnd, höfisch elegant vor Rinchen.

Titania verfolgte amüsiert dieses Beispiel des immerwährenden Kampfes zwischen den Geschlechtern. Sie freute sich diebisch darüber, wie das kleine Zwergenmädchen ihrem Chauvi Oberon über den Mund gefahren war.

Der hatte sich wieder gefangen und wandte sich nun an Olli: „Und wer bist du, junger Mann?"

„Wie ich bereits sagte, Sir ... ich heiße Oliver, meine Freunde nennen mich Olli!"

„So, so ... Olli." Oberon deutete mit seinem heiligen Zepter auf Olli. „Tritt näher, junger Mann. Aus welchem Teil meines Reiches stammst du?"

Die Feenhalle sah, wie das geheimnisvolle Licht des Gläsernen Zepters anfing zu glühen und ein feiner Nebelschleier sich aus diesem Leuchten löste, zu Oliver hinüberwehte und wie prüfend seine Gestalt umhüllte. Dann zog sich der Nebel wieder ins Zepter zurück.

Der Feenkönig sprang überrascht auf und rief: „Du bist ein Mensch! ... Du bist ein Mensch!"

In der Feenhalle schlug eine Bombe ein. Alle sprangen auf, beugten sich vor, reckten ihre Hälse, sprangen auf ihre Sitze. Ein Mensch!

„Natürlich bin ich ein Mensch." Olli schaute sich verwundert um.„Was soll die ganze Aufregung?"

„Du bist gut!", brummte Klining. „Stell dir mal vor, in deiner Schule würde auf einmal einer von den frechen Seetrollen in der Klasse stehen!"

„Das würde einschlagen wie eine Bombe", meinte Olli.

„Richtig. Und du hast hier die gleiche Wirkung", meinte Klining.

„Ruhe!! ... Ich sagte Ruhe! Verdammt nochmal, RUUUHEE!!!" Oberons berüchtigtes Temperament kochte. „Wenn hier nicht sofort Ruhe herrscht, lasse ich die Halle von den Eiskriegern räumen!“ Er hob drohend sein Zepter. Augenblicklich herrschte Totenstille in der Halle: um Himmels Willen, nur das nicht! Alle starrten gebannt auf das heilige Zepter. Das heilige Zepter senkte sich, ohne einen Ton von sich zu geben. Oberon setzte sich auf den Gläsernen Thron und entspannte sich. Titania schüttelte unmerklich den Kopf. Die zunehmende Gereiztheit ihres königlichen Gatten machte ihr in der letzten Zeit große Sorgen.

Oberon blickte nun wieder entspannt und freundlich auf den ersten Menschen, der seit vielen, vielen Jahrhunderten persönlich in Kontakt mit dem Feenvolk getreten war. Dass der Besuch seinem Volk galt, stand für ihn völlig außer Frage. Warum sollte ein Mensch auch Bergriesen oder Gnome aufsuchen? Schade, dass dieser Mensch nur ein Junge war. Aber immerhin, auch dieses Exemplar würde ihm alle Informationen über die technischen Fortschritte der Menschen aus dem letzten Jahrhundert liefern können ... was hatte der bloß für einen schönen roten Haarschopf ... Oberon konzentrierte sich. Haare! Jetzt galt es, sich staatsmännisch zu zeigen und nicht Haarfarben zu bewundern.

„Ich freue mich, nach so langer Zeit endlich einmal wieder einen Menschen in den Reichen der Feen, Elfen und Geister begrüßen zu dürfen.“

Zustimmender Beifall brandete in der Feenhalle auf. Olli verbeugte sich artig nach allen Seiten.

„Du und deine Freunde, ihr seid selbstverständlich meine persönlichen Gäste. Ihr erweist mir doch die Ehre und nehmt in meinem Privatpalais Quartier?“ Das klang eher wie ein Befehl und nicht wie eine Frage.

Oberon wartete eine Antwort nicht ab und beugte sich vor: „Übrigens ... ich kenne noch immer nicht den Grund eures Besuches.“

Oberon kochte innerlich. Das war schon die zweite Gruppe von Winzlingen, die ihm ins Haus geflattert war und er wusste bis heute noch nicht, wo die auf einmal herkamen. Ovangars Geheimdienst lief auf vollen Touren, konnte aber bis jetzt nicht das kleinste Ergebnis liefern. Was stellten die sich denn alle vor!?! Er konnte doch nicht hier, vor dem versammelten Reich, die verdammten Mohrrüben fragen, woher sie stammten. Jeder der anwesenden Botschafter, Konsuln und Gesandten würde denken, er kenne sich in seinem Reich nicht mehr aus. Verflucht, Ovangar wurde langsam alt; wieso musste er, der Feenkönig, sich persönlich um diese verflixte Angelegenheit kümmern?

„Nun, Klining von Olgursam?"

„Wir suchen einige Mitglieder unseres Volkes, die sich unglücklicherweise auf einer Urlaubsreise verirrt haben. Sie sollen sich hier auf der anderen Seite befinden. Eure Majestät haben sicher Kenntnis von deren Aufenthalt?"

„Andere Seite? Das heißt, ihr kommt geradewegs von den Menschen? Eine Frage: Ihr habt doch einen der Wassereingänge benutzt?"

„Ja."

„Und, wenn ich richtig unterichtet wurde, konntet ihr hier bei uns auf dem Wasser stehen?"

„Ja, wir haben uns auch schon gewundert. Kommt diesem selbst für uns Magier ungewöhnlichen Phänomen eine besondere Bedeutung zu?"

„Das werden wir gleich feststellen. Tretet bitte alle – außer dem Rotschopf – vor."

Valmin, Vugur, Rinchen und Vildo schauten sich verwundert und fragend an. Klining nickte ihnen zu. Sie traten geschlossen drei Schritte vor. Der Feenkönig hob langsam das heilige Zepter. Die Feenhalle verstummte völlig: Was hatte der Feenkönig im Sinn? Eisige Stille. War das die Vollstreckung eines Urteils? Wenn ja, wer war schuldig? Die Fremden bewegten sich doch mit ausgesprochener Höflichkeit. Warum bewegten sich die Eiskrieger nicht? Die gefürchteten Hiemisen verharrten regungslos.

Mit atemloser Spannung verfolgten tausende von Augenpaaren, wie ihr mächtiger Herrscher das heilige Zepter der Orania, dessen vom Nebel der Zeit umwehter Kristall tief und geheimnisvoll leuchtete, langsam vor der Gruppe der Winzlinge entlangführte.

Plötzlich stoppte das heilige Zepter. Der Feenkönig wollte es weiterführen, doch das Zepter rührte sich nicht mehr von der Stelle und verharrte vor Klining. Dann – wie von Zauberhand – löste sich, wie schon einmal am heutigen Abend, ein Nebelschleier und schwebte wie zarte Spinnenweben im Frühlingswind zu Klining und hüllte den Illantin ein. Der wagte nicht sich zu bewegen, als der Nebel behutsam seine Gestalt nachformte, urplötzlich hell und gleißend aufleuchtete und wie ein Lichtblitz verschwand.

Keiner in der Halle traute sich zu atmen. Oberons Hand hielt noch immer wie versteinert das Gläserne Zepter. Der Feenkönig sah, wie sich das Insignium seiner Macht mit Licht erfüllte: so hell und strahlend, dass es selbst seine Hand, die es hielt, zu erfüllen schien. Dann richtete sich das Zepter, wie von Eigenleben erfüllt, vor Klining auf (die Hand des Feenkönigs schien nicht zu existieren) und neigte sich tief und voller Demut vor dem Illantin. In der Feenhalle herrschte eine Stille, in der der Flügelschlag eines Schmetterlings wie Donner geklungen hätte.

„Wer bist du?", fragte der Feenkönig tonlos.

„Nur ein unbedeutender Illantin, Majestät. Ich bin nur beauftragt, die heilige Königslade unseres Volkes zu überbringen."

„Eine heilige Königslade? Wo ist sie? Darf ich sie sehen?"

„Selbstverständlich, Sir."

Der Illantin griff unter seine Zipfelmütze und holte ein winziges, kostbares Kästchen hervor und hielt es mit beiden Händen. Der Feenkönig schaute den Illantin fragend an: „Darf man sie öffnen?"

„Nein, Sir, es ist nicht gestattet. Es sei denn, Ihr wolltet Schaden nehmen."

„Ich möchte sie aber anfassen." Bevor Klining reagieren konnte, wollte Oberon das kleine Kästchen berühren. Aber wie von einer gewaltigen Macht wurde seine Hand hart zurückgestoßen.

„Majestät, es tut mir unendlich Leid. Die heilige Königslade unseres Volkes darf nur von dem geöffnet werden, der dazu berufen ist."

„Der dazu berufen ist? Was heißt das?

„Er muss reinen Herzens sein, Majestät."

„Reinen Herzens! Reinen Herzens! ... Was heißt das?"

„Ich weiß es nicht, Majestät. Ich weiß nur, dass die heilige Königslade nur von diesem Einen geöffnet werden kann."

Oberon war frustriert. Und wie immer, wenn er frustriert war, ging sein unbeherrschtes Temperament mit ihm durch. Befremdet vernahmen die zu tausenden hier Versammelten, die noch voller Erfurcht im Banne des eben Erlebten standen, den spöttischen und anmaßenden Ton ihres Herrschers:

„Ist hier vielleicht irgendein Parzival oder ein anderer dämlicher Tor, der diesen albernen Gral für uns öffnen kann?"

Keiner wagte sich zu rühren. Laurin und der Botschafter der

Lyngarden schauten sich bedeutungsvoll an. Laurin nickte: Eine Zusammenkunft wurde jetzt dringend notwendig, die Zeit war reif. Sein blutdürstiges Schwert Balmuni würde bald zu trinken bekommen.

Oberon spürte, dass er wieder einmal voll daneben lag. Die Königin vermied, peinlich berührt, seinen Blick und schaute konsterniert geradeaus, was den Feenkönig nur noch mehr in Rage brachte. Er fuhr den Illantin an: „Wenn das irgend so ein Zauberfirlefanz ist ...!"

Titania griff ein.

„Klining von Olgursam! Ihre Majestät, der mächtige Herrscher über alle Reiche der Feen, Elfen und Geister, wird Euch, ehrwürdiger, weiser Illantin und Träger der Thulanderona-Kordel, und Euren verehrten Freunden mit Freuden helfen und alles in seiner nicht unerheblichen Macht stehende tun, damit Ihr Euren Auftrag ... es handelt sich doch um einen Auftrag? ... ausführen könnt und die heilige Königslade dem Einen zu überreichen, der berufen ist. Nicht wahr, Schatz?" Lächelnd wandte sich die schöne Königin der Feen an ihren Gemahl.

„Wenn es sich um einen Auftrag handelt, muss er auch ausgeführt werden und wir werden selbstverständlich dabei helfen!" Oberon war schon wieder ganz Spitzendiplomat.

Titania, die Feenkönigin, Ovangar der Kanzler, Laurin der Zwergenkönig, Xaraxar, der lyngardische Botschafter, und Frigor, der Eiskrieger, der links vom Thron stand, sowie fünftausendsechshundertzweiundvierzig Feen, Trolle, Elben, Elfen und andere Geister schauten gottergeben zum Himmel.

Klining lächelte den Feenkönig harmlos und freundlich an: „Selbstverständlich ist das ein Auftrag. Eure gnädige Majestät, wir sind außerordentlich dankbar für Eure Hilfe!"

Oberon lächelte jetzt schon wieder leutselig und weltgewandt zurück. Innerlich kochte er. Du kannst mich nicht täuschen. So winzig wie du bist, so hinterlistig bist du auch; so wie alle Zwerge, du falsche Mohrrübe. Macht hier einen auf Wolfram von Eschenbach und Parzival. Der Trottel mit dem reinen Herzen. Wir Feen sind doch nicht so dämlich wie die Menschen, die man mit solchen kindischen Gralsmärchen beeindrucken kann. Du meinst wohl, wir Feen seien ein ungebildetes und ungehobeltes Volk.

Natürlich wusste der Feenkönig, dass alle im Reich das hohe kulturelle Niveau des Königshauses bewunderten. Dafür sorgte allein schon seine Gemahlin, Königin Titania, die das Kulturressort des Reiches mit großem Erfolg führte. Theateraufführungen, persönliche Lesungen von Schriftstellern aus allen Reichen, Ausstellungen berühmter Maler, alles organisierte sie mit einer nie ermüdenden Energie. Der Kulturetat verschlang einen nicht unerheblichen Teil des königlichen Haushaltes. Sie meinte aber resolut: Die Fee lebt nicht vom Blütennektar allein. Natürlich wurden am Hoftheater auch die Werke der berühmtesten Komponisten und Dichter der Menschen aufgeführt. Man kannte seinen Wagner, Mozart oder Shakespeare. Einer der ganz großen Renner im Programm war Shakespeares Sommernachtstraum. Für alle Feen und Elfen das Stück schlechthin. Einfach zu lustig, wie sich Willis – wie die Theaterbesucher Shakespeare liebevoll nannten – überschäumende Fantasie die Welt der Feen und Elfen vorstellte. Mozarts Zauberflöte brachte ebenfalls volle Häuser. Sie stand bei Blumenelfen und Gartenkobolden hoch im Kurs, die sich allerdings lange vorher in die Warteliste eintragen mussten, wenn Wagner auf dem Programm stand. Der Ring war über Jahre von den Zwergen und nordischen Geistern, Riesen und Trollen ausgebucht. Oberon war sicher: Auch einen Träger der Thulanderona-Kordel wie Klining würde ein Theaterbesuch am Feenhof beeindrucken.

Der Feenkönig versuchte seine Gedanken zu ordnen. Im tiefsten Inneren war er mehr als besorgt. Dunkle Ahnungen erfüllten seine Seele. Nur Königin Titania, die ihren Gemahl bis in den tiefsten Winkel seines Wesens kannte, spürte die große Unsicherheit des Herrschers – und dass das Weltbild Oberons gefährlich ins Schwanken gekommen war. Das heilige Orania-Zepter, bisher das unangefochtene Symbol uneingeschränkter Macht auf dieser Seite, verneigte sich vor einem kleinen Kästchen, der heiligen Königslade eines klitzekleinen Volkes, von dessen Existenz bisher keiner wusste. Welches Geheimnis mochte das Kästchen wohl bergen?

Zum ersten Mal im Laufe ihrer Herrschaft spürte sie eine entsetzliche Bedrohung. Von wem ging sie aus? Wer wollte den Feenkönig stürzen? Dabei wusste doch jeder, dass nur er und das heilige Orania-Zepter der Garant für die Ordnung der Welt auf dieser Seite waren. Dem Sturz des Feenkönigs und dem Verlust des Orania-Zepters folgte unweigerlich das Chaos. Sie dachte an die Urahnen, ihre mutigen Vorfahren, die in großen Schlachten heldenhaft für diese Ordnung gekämpft hatten. Titania spürte zum ersten Mal eine lähmende Angst.

„Wo wir helfen können, helfen wir selbstverständlich, verehrter Illantin!“ Laurin war von seinem kleinen Sessel direkt auf die Tafel gesprungen und verbeugte sich vor Klining.

Ovangar, der Kanzler, stellte den Zwergenkönig gemäß der Hofetikette vor, denn ein zusätzliches Spannungsfeld wegen der verletzten Eitelkeit dieses königlichen Gnoms konnte er jetzt wirklich nicht gebrauchen: „Laurin Albarin vom Rosenhag im Schmerzenswald, König der Zwerge, Herzog von Diopasien, Erzherzog von Tektitian, Graf von Moldavitanien, Großursur von Girasol, Baron von Sardonia, Edler von Spinellai und Sarim von Sarimganta.“

„Und ... und ... und ... gähn ... gähn ... gähn.“ Gelangweilt hob Lindina, die junge Hofdame Titanias, ihren kleinen Fächer vor den gähnenden Mund. Laurins gesenkte Augenlider zuckten hoch, sein böser Blick ging in die Runde, um den Respektlosen zu erwischen. Lindinas Kopf war aber schon hinter ihrem Fächer verschwunden.

Jetzt, da Laurin auf der Tafel stand, sah man erst richtig, wie winzig die klitzekleinen Zwerge trotz ihrer riesengroßen roten Zipfelmütze in Wirklichkeit waren. Sie reichten selbst Laurin, dessen Größe weit unter dem Durchschnitt eines normalen Zwerges lag, gerade bis an die Fußknöchel, und das mit Zipfelmütze. Laurin war der Kleinste seines Volkes. Darauf war er besonders stolz. Je kleiner ein Zwerg war, um so größer war bei seinem Volk das Ansehen. Nur wer das wusste, konnte den Schock verstehen, den Laurin gestern beim Anblick Vamurs erlitten hatte. Inzwischen siegte aber seine maßlose Arroganz. Er betrachtete die unglaublich winzige Größe der klitzekleinen Zwerge als Abnormität im Verlauf der Zwergenevolution. Eine Abnormität, die er mit Sicherheit für gewisse Zwecke nutzen wollte.

Klining verbeugte sich. Seine Freunde ebenfalls.

„Wir fühlen uns geehrt, großer König.“

Laurin lächelte gnädig. Was glaubten die? Er war doch nicht so blöd, nicht zu merken, dass ihn diese Winzlinge mit ihrer aufgetragenen Höflichkeit nur einlullen wollten. Wenn er allein die frechen Augen dieses Valmin sah, wusste er: die nahmen den ganzen Hoffirlefanz ebenso wenig ernst wie er. Wenigstens darin ähnelten sie dem selbstbewussten und respektlosen Charakterzug seines Volkes. Er stand wie ein Riese vor der Gruppe der Winzlinge und fragte scheinheilig: „Wo befindet sich denn der, der berufen ist?"

Ragnur murmelte auf Laurins Schulter: „Das würde mich auch interessieren."

Rinchen schaute perplex: Der fiese Spatz da konnte sprechen. Dass Ragnur kein niedliches Rotkehlchen war, ließen nicht nur seine beiden Köpfe vermuten. Diesem Killer wollte sie nicht gern bei einem Flugmanöver zwischen den Wolken begegnen ... der war hundsgefährlich. Instinktiv zog sie den Kopf ein, als die vier stechenden Augen des Vulkanadlers sie neugierig musterten.

„Das ist uns nicht bekannt. Kommt der Zeitpunkt, werden wir es wissen! So wurde es uns geweissagt."

„Vielleicht sollten wir Ragnur einsetzen. Wenn jemand zu finden ist, dann findest du ihn auch, nicht wahr, Spatzi?"

Spatzi nickte eifrig und hüpfte aufgeregt auf Laurins Schulter hin und her. Eine seiner scharfen Krallen bohrte sich durch Laurins kostbaren Mantel Gulfriga und sein goldenes Hemd und piekste in seine zarte, weiße Haut. Einer der erbittert kämpfenden Krieger in den bewegten Bildern des Mantels hauchte überrascht sein Leben aus, als ihn eine rasiermesserscharfe Vogelkralle ohne jede Vorwarnung durchbohrte. Die übrigen Krieger auf dem Mantel flohen entsetzt.

„Autsch!"

Laurin fegte Spatzi ärgerlich von der Schulter. Der verdammte Vogel brachte ihn noch zum Wahnsinn. Bei nächster Gelegenheit würde er ihm die Krallen stutzen. Spatzi purzelte über den Tisch und wurde reaktionsschnell von Olli aufgefangen.

„Na, du kleiner Piepmatz, hast du dir weh getan?" Olli strich Ragnurs Federn glatt und kraulte ihn unter dem linken Kopf. „So, mein Kleiner, ist ja schon gut. Das hat dein Herrchen bestimmt nicht so gemeint ... hm ... komm, mach ... tschiep ... tschiep ..."

Ragnur fühlte eine wohlige, unbekannte Wärme von Ollis Hand in seinen Körper fließen, die ihn völlig entspannte. Er plusterte sich auf und kuschelte sich in Ollis Hand. Seine Füße suchten Halt an Ollis Fingern ...

„Autschi! ... He, du Kleiner, du piekst mich, komm, zieh ein bisschen deine Krallen ein. So ist fein, bist doch ein liebes Vögelchen. Wie heißt er denn, Majestät?" Olli schaute den Zwergenkönig fragend an.

„Ragnur, ich heiße Ragnur ... meine Freunde nennen mich Raggi."

Das Vögelchen antwortete selbst mit schläfriger Stimme. Laurin klappte der Unterkiefer runter.

„Das freut mich, Raggi. Kannst Olli zu mir sagen!"

Das Vögelchen verdrehte schläfrig die Augen, legte seine beiden Köpfchen links und rechts unter die Flügel ... tschiepte leise ... murmelte: „Fein, Olli." ... und war eingeschlafen.

„Guck mal, Rinchen, ist Raggi nicht niedlich?" Oliver hielt Valentirina den friedlich schlummernden Vulkanadler hin. „Fühl ma', wie zart sein Herzchen schlägt."

Rinchen trat an Ollis Hand und streichelte mit leichten Bedenken den süßen Raggi.

Ein brausender Beifall erhob sich plötzlich in der Feenhalle. Alle waren vor Schreck zusammengezuckt, als Olli den sich auf dem Tisch überschlagenden Vulkanadler auffing. Der Junge war so gut wie tot. Ragnur war ein gefürchteter, gefährlicher Killer. Ein wütender Ragnur war ein gnadenloser Schlächter, der im Blutrausch seine Opfer in kleine Stücke bis zur absoluten Unkenntlichkeit zerriss. Und Ragnur musste wütend sein, so grob wie ihn Laurin vor dem versammelten Hof von seiner Schulter gefegt hatte. Viele, denen man später erzählte, wie Olli den gefährlichen Todesadler in ein tschiependes Spätzchen verwandelte, wollten die Geschichte als typisches Elbenmärchen abtun, bis sie sich dann von anderen, die ebenfalls in der Feenhalle waren, überzeugen lassen mussten. Der Junge war vom heutigen Tag an im Feenreich eine Berühmtheit.

Olli, der gedankenverloren beobachtet hatte, wie Rinchen den schlafenden und leise tschiependen Ragnur kraulte, hob verwundert den Kopf, als der Beifall losrauschte. Er schien wieder etwas verpasst zu haben ... er schaute auf Laurin, der ihm wortlos seine Hand mit dem Falkner-Handschuh für die Vogelbeize entgegenstreckte. Olli setzte Ragnur vorsichtig auf Laurins Handschuh: „Hier, bitte, Majestät. Ich glaube, jetzt hat er sich wieder beruhigt … der niedliche Raggi!“ Dabei lächelte er verlegen.

Der schlaftrunkene Ragnur plusterte sich, schaute müde auf, tschiepte zufrieden, als Olli ihn noch einmal an der Brust kraulte, und schlief selig auf Laurins Hand weiter.

In der Feenhalle hatte wieder eine Bombe eingeschlagen.

Sie beobachteten alle, wie sich der Zwergenkönig und der Junge stumm von Angesicht zu Angesicht mit wachsendem Staunen musterten.

„Ob und dool!“, flüsterte Klining Rinchen zu.

„Der könnte glatt der Opa von Olli sein. Ist nur ein bisschen zu klein.“ Valmin stieß Vugur an.

„Schau dir die Haare an, Noferijaned. Ich sag nur eins, schau dir diese Haare an! Dann weißt du alles!“ Aufgeregt flüsternd beugte sich Jehurehami, die Fürstin vom Stamme der edlen Glanzfeen, zu ihrer Freundin Noferijaned hinüber.

„Das sind doch bis heute nur Gerüchte, Jehurehami“, flüsterte leise die schöne Lichtelbin.

„Es gab da mal vor Jahrhunderten eine Liebesgeschichte zwischen Laurin und einer Menschenfrau. Da ist immer wieder drüber getuschelt worden, liebe Nofi, und jetzt steht da der Beweis.“

„Es wird viel getratscht. Das kennst du doch von uns selbst, meine Liebe.“

„Noferijaned, hast du gesehen, wie der mit dem widerlichen Mistvieh von Ragnur umgegangen ist? Als wäre der ein kleines Kuschelspätzchen. Das sagt doch alles.“

Das Objekt des Tratsches der Hofdamen ihrer Majestät, der Königin Titania, schaute voll Staunen auf den ihn ebenfalls von oben bis unten musternden Zwergenkönig. Dominierte Ovangar durch seine schlichte Eleganz, so imponierte Laurin durch seine überaus kostbare Kleidung. Oliver konnte kaum die Augen von Gulfriga, Laurins Zaubermantel, wenden, auf dem die Helden der Urzeit so erbittert kämpften. Der Zwergenkönig spürte die Bewunderung des Jungen, und sie schmeichelte seiner Eitelkeit. Trotzdem war Laurin verunsichert. Ein völlig neues Gefühl, das ihm sonst völlig fremd war. Wieso beeindruckte ihn dieser Menschenjunge so? Wieso spürte er so plötzlich und so stark eine Ausstrahlung, die ihn bis tief ins Blut erschütterte? Allein, wie selbstverständlich und ohne jede Angst der Junge mit Ragnur umgegangen war. So viel Naivität gegenüber einer mörderischen Gefahr hatte er noch nie erlebt. Als der Junge den gefährlichen Vulkanadler wie ein kleines, aus dem Nest gefallenes Vögelchen ergriff, konnte er die unerträgliche Spannung körperlich spüren, die alle Anwesenden in der Feenhalle im Angesicht der drohenden Katastrophe erfasste. Mit großer Befriedigung nahm er die Macht, die allein Ragnur ihm verlieh, zur Kenntnis. Und dann erlebte er, wie sich der wilde, unberechenbare Vulkanadler dem Jungen einfach so unterwarf.

Laurin hatte schon längst die Blicke bemerkt, die Titania immer wieder ungläubig zwischen ihm und dem Jungen hin und her warf. Als er den Jungen heute zwischen der Prätorianerstreife in die Feenhalle hereinmarschieren sah, erkannte er sogleich die erstaunliche Ähnlichkeit des Jungen mit ihm selbst. Er wusste, dass Titania, die ihn seit frühester Jugend kannte, das gleiche Bild vor Augen hatte. Wie er, wird auch sie in Gedanken die Zeit um tausende von Jahren zurückgestellt haben. Der Junge, der da unbefangen mit seinen Mohrrüben in die königliche Halle reinmarschiert kam, war der junge Laurin – nur gut doppelt so groß.

„Wie heißen deine Eltern, Junge?" Laurin zwang sich, freundlich und unaufgeregt zu wirken. Ragnur schnarchte leise auf seiner Hand.

„Ich kenne nur meine Mutter. Die heißt Roswita Kusch!"

Kusch? Nie gehört. Da konnte es also keine Verbindung geben. Laurin seufzte erleichtert auf. Diese Ähnlichkeit schien tatsächlich nur eine Laune der Natur zu sein. Aber er beschloss, sich noch ausführlich mit dem Jungen zu befassen. So oder so: Der Junge würde für seine Ziele auf jeden Fall von großem Nutzen sein. Ärgerlich war nur, dass jetzt der bisher einmalige Kupferton seiner Haare von dem Rotgold des Rotschopfs noch übertroffen wurde.

„Mein Kompliment, Junge, du kannst offenbar gut mit Tieren umgehen. Hier habe ich ein kleines Geschenk für dich – als Dank, dass du unseren lieben Ragnur so schnell aufgefangen hast." Laurin griff unter seinen Mantel und holte einen kleinen, unscheinbaren Lederbeutel hervor, den er Oliver reichte.

„Oh, vielen Dank, Majestät, aber das ist wirklich nicht nötig ... das habe ich doch gern gemacht. Der ist doch zu niedlich."

„Ist nur eine kleine Anerkennung, Junge, nicht der Rede wert."

„Vielen Dank, Majestät!" Oliver machte einen artigen Diener. Trotz aller Freundlichkeit des Zwergenkönigs blieb er auf der Hut: Schließlich nannte auch der ihn – wie alle, die ihn als Persönlichkeit nicht akzeptierten – Junge. Olli war gewarnt.

Ragnur schnarchte leise.

Die Feenhalle staunte.

Der geizige Laurin machte Geschenke.

Wenn das kein Anlass für Tratsch war.

„Was habe ich dir gesagt, Nofi!" Fürstin Jehurehami beugte sich triumphierend zu ihrer besten Freundin Noferijaned hinüber. „Der alte Geizkragen Laurin macht ein Geschenk, also hat der Junge auf jeden Fall etwas mit ihm zu tun. Im ganzen Feenreich – was sage ich? – auf dem ganzen Erdball wirst du keinen finden, der jemals etwas von Laurin geschenkt bekommen hat."

„Ich bewundere dein Gespür, liebe Jehurehami. Nicht schlecht. Wirklich nicht schlecht. Was wohl in dem kleinen Beutel ist."

„Ist doch egal, Nofi. Tatsache ist, der alte Geizkragen Laurin hat etwas freiwillig rausgerückt. Das glaubt keiner."

Plötzlich entstand Unruhe am Tor der Feenhalle. Ein Torflügel öffnete sich, der Dienst habende Offizier der Wache trat herein, neben sich eine schwebende Blitzelfe, die aufgeregt mit ihm diskutierte. Der Wachhabende nickte, die Blitzelfe schoss durch die Halle und stoppte vor Ovangars Gesicht. Der neigte seinen Kopf und die Elfe schwirrte mit schnellem Flügelschlag direkt an sein Ohr. Leise flüsterte sie ihm eine anscheinend sehr wichtige Nachricht zu. Dann schwirrte sie wie ein Kolibri vor Ovangars Mund und hielt ihm nun ihrerseits das Ohr hin. Ovangar flüsterte so leise, dass ihn auch die unmittelbar in seiner Nähe Stehenden nicht verstehen konnten. Die kleine Blitzelfe schüttelte den Kopf, sauste an Ovangars Ohr, der nickte ein paar Mal, schüttelte dann den Kopf und bedeutete der Blitzelfe, ihre Position vor seinem Mund wieder einzunehmen. Der Kanzler flüsterte eindringlich auf sie ein, sie nickte bestätigend und sauste so schnell, dass ihr ein Auge kaum folgen konnte, aus der Halle. Ovangar trat hinter Oberons Stuhl, neigte den Kopf und flüsterte dem Feenkönig etwas zu. Der erhob erstaunt die Augenbrauen, überlegte kurz, stand auf und hob das

Gläserne Zepter. Das aufgeregte Stimmengemurmel in der Halle wich einer erwartungsvollen Stille.

„Wir haben soeben Nachrichten aus Gorgonien, Exaltarania, Vinydgngo und aus dem Gebirge Nurjandimale erhalten. Überall dort – ich sagte: überall dort – sind die Kameraden unserer kleinen Freunde aufgetaucht. Ich erlasse hiermit ausdrücklich die königliche Order, dass allen klitzekleinen Zwergen mit großen blauen Kulleraugen und riesengroßen roten Zipfelmützen, die gefunden werden, sofort ein ehrenvolles Geleit bis an den königlichen Feenhof zu gewähren ist. Jeder haftet mir persönlich für die korrekte Ausführung dieser Order und die korrekte Behandlung unserer Gäste!"

Oberon wandte sich an Klining: „Ich hoffe, Illantin, dass dies in Eurem Sinn ist. Bitte sagt uns, mit wie vielen von Eurem Volk wir noch rechnen müssen? Um entsprechende Vorbereitungen für deren bequeme Reise bis an unseren Hof zu gewährleisten, wäre es von Nutzen, wenn wir wüssten, in welchen Ländern unseres Reiches wir noch mit eurem Auftauchen rechnen müssen?"

„Genau das ist unser Problem, Sir. Wir wissen selbst nicht, wo die einzelnen Teams gelandet sind. Wir können nur abwarten oder sie suchen." Klining vermied es, von dem Zyklon zu sprechen. Die Feen könnten den Weg des Orkans zurückverfolgen und daraus die derzeitige Position des winzigen Inselkontinentes ableiten.

Teams, die überall im Reich landen? Bei Oberon verdichtete sich der Verdacht, dass hier eine Invasion von Guerillatruppen der klitzekleinen Zwerge in vollem Gange war. Etwas anderes kam kaum in Frage. Wieso ist diese Zwergentruppe nicht, wie jede andere ordentliche Gesandtschaft auch, offiziell die diplomatischen Geflogenheiten einhaltend, mit vorheriger Ankündigung an den Hof gekommen und hatte ihm, wie es sich gehörte und ihm als obersten Herrscher auch zukam, gehuldigt? Das Gefühl für die Gefahr wuchs. Oberon wurde kämpferisch und aggressiv: Er würde sich nicht so leicht vom Thron stoßen lassen.

„Na gut, dann werden wir uns eben mit Geduld wappnen müssen, Klining. So lange, bis alle von euch da sind, seid ihr aber auf jeden Fall meine persönlichen Gäste." Die Falle war zugeschnappt. „Ovangar, du sorgst dafür, dass unsere Gäste wie die anderen Gäste – wie hießen die noch ... ?"

„Vamur und Vrangero, Sir."
„... Also Vamur und Vrangero ... im Glaspalais gut untergebracht werden."
„Was ...?", entfuhr es Klining. „Vamur und Vrani sind hier?"
„Oh, ich bitte um Verzeihung, verehrter Illantin, habe ich das nicht erwähnt?" Die Stimme Oberons klang jetzt kühl, distanziert und leicht ironisch. „Wenn die Gäste zu ihrer Zufriedenheit untergebracht sind, Ovangar, erwarte ich dich im Oval Office."

GEFANGEN IM REICH DER LYNGARDEN

„Lülfel, komm her, du Bastard!" Wütend schnappte Remgor, der Oberkoch in Urmok, der Zentralfestung der Lyngarden, seinen Küchenjungen am Ohr und zerrte ihn durch die Tür, die zum Hinterhof führte. „Was hast du bloß wieder für eine Sauerei angestellt! Gemüse ist um diese Jahreszeit kaum zu beschaffen, und du Obertrottel schmeißt hier alle Mohrrüben auf den Hof. Ja, bist du nicht mehr ganz bei Trost? Du machst mich einfach fertig, Junge!"
„Chef, das war ich nicht, ehrlich. Ich schwör's! Vor fünf Minuten bin ich über den Hof gegangen, da lag noch keine einzige Mohrrübe da."
„Verarsch mich nicht, Junge! Willst du mir weismachen, dass die vom Himmel gefallen sind?"
Jama, der junge Stallknecht, kam durch die kleine Hofeinfahrt vom Haupthof gelaufen und rief: „Sind bei euch auch so viele Mohrrüben vom Himmel gefallen? Der Haupthof ist ganz rot von ihnen!"
„Hört, Jungs, wenn das wieder einer von euren dämlichen Streichen ist ... ich klopfe euch mit dem Fleischklopfer windelweich und verfüttere euch an die Krähen!"
„A L A R M ! ! ! ... A L A R M ! ! ! ... Zu den Waffen! ... Das sind keine Mohrrüben ... das sind Zwerge! ... Zwerge in der Festung! ... Invasion durch Zwerge! ... A L A R M ! ! !"
Gellend hallte der Ruf durch die Festung. Jetzt konnte man erleben, warum die Lyngarden nach den Hiemisen die gefürchtesten Krieger in den Reichen der Geister und Feen waren. Nur einmal

wurde Alarm gegeben und eine erstklassig trainierte Elitetruppe trat in Aktion:

Nach genau zwei Sekunden rasselte das eiserne Fallgitter am Tor herunter.

Nach fünf Sekunden schlug das schwere Tor zu und wurde verbarrikadiert.

Nach fünfzehn Sekunden stürmte die erste Welle einer voll bewaffneten lyngardischen Eingreiftruppe auf den Hof, den Hinterhof, und umstellte die auf dem Boden liegenden Zwerge.

Nach zwanzig Sekunden war der Luftraum über der Lyngardenfestung Urmok durch den Einsatz undurchdringlicher Netze versperrt.

Nach nur fünfundzwanzig Sekunden hatte die zweite Welle der Elitetruppen bereits alle Ein- und Ausgänge der düsteren Burg gesichert.

Nach dreißig Sekunden durchsuchten speziell dafür ausgebildete Stoßtrupps die Umgebung der Festung im Umkreis von zwanzig Meilen nach weiteren Eindringlingen.

Nach vier Minuten hatte der Alarmruf, von Festung zu Festung weitersignalisiert, den letzten Winkel des Lyngardenreiches erreicht.

Nach fünf Minuten gab es keinen Quadratzentimeter im Reich der Lyngarden, der nicht von dem vom ALARM ausgelösten Großeinsatz der Truppen erfasst und durchsucht wurde.

Nach zehn Minuten wurden die ersten Gruppen der klitzekleinen Zwerge, die außerhalb der Festungen im ganzen Land aufgespürt wurden, in den Haupthof getrieben.

Nach zwanzig Minuten waren alle zweitausenddreihundertachtundvierzig klitzekleinen Zwerge, die auf lyngardischem Territorium gelandet waren, auf dem Haupthof der Zentralburg Urmok hinter Stacheldraht zusammengepfercht und wurden von lyngardischen Eliteeinheiten sicher bewacht.

Kopfschüttelnd betrachtete der Oberkoch den Wald der roten Zipfelmützen.

„Nicht zu glauben. So winzige Zwerge gibt es doch gar nicht."

Sein Küchenjunge meinte grinsend: „Aus denen können wir doch einen riesigen Mohrrübeneintopf kochen."

„Kommt bestimmt auch noch, mein Junge, etwas Geduld. Aber jetzt müssen wir uns erst einmal Gedanken darüber machen, wie wir zweitausenddreihundertachtundvierzig zusätzliche Mäuler gestopft kriegen." Remgor überlegte, wie groß der Topf für die dünne Suppe der winzigen Gefangenen sein müsste.

Eine Stunde später informierte man ihn darüber, dass die Gefangenen aufs Schärfste gegen die rüde Behandlung protestiert hatten, die gegen alle geltenden Regeln der Gastfreundschaft verstieß und darauf bestanden, sofort freigelassen zu werden. Der Großvongor hatte ihnen das hohnlachend verweigert, worauf sie sofort geschlossen in einen unbefristeten Hungerstreik getreten waren. Remgor stellte den Topf für die dünne Gefangenensuppe wieder ins Regal.

Am Hof des Feenkönigs überbrachte ein lyngardischer Geheimkurier dem Kirmas der Lyngarden eine verschlüsselte Nachricht seines Großvongors Xixinxiriga. Der Kirmas entließ den Boten zufrieden. Zweitausenddreihundertachtundvierzig klitzekleine Zwerge waren ein gutes Faustpfand für die anstehenden Verhandlungen mit dem Zwergenkönig Laurin. Der Hungerstreik der klitzekleinen Gefangenen würde Laurin zusätzlich unter Druck setzen. Tote, halbtote oder geschwächte Zwerge konnten kaum noch wirtschaftlich und Gewinn bringend als Arbeitssklaven im Bergbau tief im Erdinneren eingesetzt werden.

AUF HOCHTOUREN

Ovangar betrat das Oval Office. Der Herrscher über alle Feen- und Geisterreiche saß finster an seinem großen Schreibtisch, hinter dem die Flagge des Feenreiches und die Flagge der Vereinigten Feen-, Elfen und Geisterreiche standen.

„Wo kommen die her? Was haben die vor? Was soll dieser Blödsinn mit der so genannten Königslade?" Oberons Stimme flirrte hell und verriet seine Angst. „Ovangar, ich will, dass du deine besten Experten auf diese Kiste ansetzt. Ich will wissen, was die darin verbergen. Hast du gesehen, wie sich unser heiliges Orania-Zepter, der Garant für meine Herrschaft, vor dieser blöden Kiste verneigt hat? Das gibt es doch gar nicht. Da kann ich ja gleich abdanken!"

Ovangar wollte gerade seinen Bericht über die Ergebnisse seines Geheimdienstes abgeben, als die First Lady des Feenreiches den Raum betrat und auf dem Sofa unter dem Bild ihrer Urahnin Orania Platz nahm. Die Fürstin war mehr als ungehalten.

„Du bringst dich mit deinem unbeherrschten Temperament noch einmal um deinen Thron, mein Lieber. Hast du unsere Leute beobachtet, als du deine wirklich unnötigen Parzival-Bemerkungen losgelassen hast? Es ist an der Zeit, dass du jetzt wirklich mehr Sensibilität für Situationen entwickelst. Ob dieses Kistchen eine heilige Königslade ist oder nicht, spielt doch letztlich keine Rolle. Das Orania-Zepter ist der Garant für deine unumschränkte Macht. Wenn es sich vor diesem Kistchen – aus welchen Gründen auch immer – verbeugt (oder sogar verbeugen muss): mit ein bischen mehr Cleverness deinerseits wäre das als nichts anderes als eine höfliche Geste der Begrüßung aufgefasst worden. Alle Welt wäre stolz auf das edle Benehmen ihres Herrschers und seines Zepters gewesen. Aber du benimmst dich wie ein pubertärer Anfänger. Jetzt macht sich jeder bei Hofe Gedanken darüber, ob Oberons Tage als König und Herrscher über alle Reiche gezählt sind."

Oberon ließ die Ohren hängen. Seine kluge Gemahlin hatte wie immer Recht. Sie wandte sich an den Kanzler.

„Ovangar, was wissen wir über diesen Klining und sein Volk? Warum tauchen die jetzt auf einmal so aus dem Nichts auf? Ich dachte, unser Geheimdienst wüsste über alle Vorgänge auf beiden Seiten der Welt bestens Bescheid. Wie haben die Menschen auf die reagiert? Diese Mohrrüben ... ", Titania lächelte amüsiert, „... die sehen doch tatsächlich aus wie kleine lustige Mohrrüben, findet ihr nicht? Also, sie sind doch direkt von den Menschen gekommen. Welchen Eingang haben sie benutzt?"

„Den am Rhein."

„Ach, den alten vor diesem kleinen Dörfchen an der Düssel? Der existiert noch? Das wusste ich nicht."

„Das Dörfchen an der Düssel hat sich zu einer modernen Großstadt gemausert. Die Menschen haben sinnigerweise und ohne es zu wissen, direkt über dem Eingang einen kleinen niedlichen Märchenbrunnen gebaut. Dieser Eingang wird jetzt von drei unserer Elfen bewacht."

„Ach, schau an, wie süß. Die Menschen sind dann doch nicht so fantasielos geworden, wie man gemeinhin meint?"

„Reiner Zufall. Aber ich habe bereits unsere Agenten auf der anderen Seite aktiviert. Wir sind dabei, über diesen Eingang die Spur der Winzlinge zurückzuverfolgen. In Düsseldorf findet heute in zirka einer Stunde ein geheimes Treffen mit unserer Topagentin auf der anderen Seite statt. In zwei Stunden wissen wir mehr."

„Wie geht es der guten Lottinia? Ist sie immer noch als Lieselotte Therese Radebusch bzw. als Wahrsagerin Madam Theresia auf den Jahrmärkten der Menschen unterwegs? Ist sie nicht langsam zu alt für diesen harten Außendienstjob? Die müsste doch eigentlich längst in Pension sein."

„My Lady, Lottinia alias Madam Theresia ist eine der besten Undercover, die wir überhaupt drüben haben. Absolut unersetzlich. Der sieht man ihre dreitausendzweihundertvierunddreißig Jahre nicht an. Die pflegt sich, fährt jedes Jahr nach Mallorca in den Urlaub – das musste ich ihr zugestehen – und sie benutzt regelmäßig unseren Jungbrunnen."

„Gut, Ovangar, wenn einer vernünftige Informationen liefern kann, dann Lottinia. Was machen unsere Gäste, Kanzler?"

„Sie sind im Glaspalais untergebracht und erholen sich zur Zeit. Bei Winthere und Pulgram sind sie ja in guten Händen. Wenn sie geruht haben, sollten wir unser Gespräch mit ihnen fortsetzen."

„Pass auf, Ovangar, dass der gute Pulgram unsere Gäste mit seiner Hausordnung nicht allzu sehr nervt." Die Königin schmunzelte. Der hartnäckige Pulgram hatte es geschafft, dass sogar Oberon sich mit der Hausordnung befasste.

„Ordnung muss sein!" Oberon, der bisher wie abwesend in sich versunken war, meldete sich wieder zu Wort. Dabei hielt sich der Feenkönig an nicht eine Zeile der Hausordnung. Sehr zum Leidwesen Pulgrams, der sich gewünscht hätte, dass seine Majestät als leuchtendes Beispiel vorangegangen wäre.

Oberon plagten andere Probleme. Er war entsetzt, denn die ganze Entwicklung der Geschehnisse deutete daraufhin, dass seine Oberherrschaft gefährdet war. Für ihn gab es nur eine Lösung des Problems: Er musste das klitzekleine Land finden und unter seine Herrschaft und sein Zepter zwingen. Nur so konnte er die latente Bedrohung eines lyngardischen Aufstandes und einen Umsturz durch Laurin abwenden. Von der neuen Bedrohung durch die Invasion der Winzlinge ganz zu schweigen. Das bedeutete, dass er die kleine Königslade und deren Inhalt in seinen Besitz bringen musste. Das für seine Herrschaft so gefährliche Kästchen würde er in die Verliese des Glaspalais verdammen und von tausend Eiskriegern bewachen lassen.

„Wir müssen das verdammte Land dieser Flöhe finden – koste es, was es wolle. Dann schicke ich meine Eiskrieger hin – und die Angelegenheit ist erledigt. Punkt! Aus!“

Die Feenkönigin und der Kanzler schauten den Herrscher entsetzt an. „Du willst Hiemisen einsetzen? Weißt du, dass du dich damit über alle Grenzen hinwegsetzt? Du kannst doch nicht gleich eine ganze Kultur vernichten!“ Ein Frösteln erfasste sie beide.

„Ist mir egal, und wenn mein halber Herrschaftsbereich vereist“, Oberons Stimme flirrte hell. „Willst du als Konkubine des Großvongors Xixinxiriga enden? Oder in irgendeiner Berghöhle als Geliebte Laurins versauern? Dann kannst du deinen ganzen Kulturfimmel aber gleich vergessen.“

Titania hasste ihren Mann, wenn er so unsachlich argumentierte. Am besten schwieg man aber und wartete ab, bis der Feenkönig seine Unsicherheit und Angst wieder in den Griff bekam.

„Wenn ich es will, werden Eiskrieger eingesetzt! Das ist nach Sicht der Dinge das Beste. Ovangars Geheimdienst hat ja schließlich bis jetzt auch versagt, oder ...?“

„Wir wissen mehr, wenn der Bericht von Lottinia vorliegt. Außerdem werde ich mich gleich morgen mit Klining von Olgursam unterhalten. Ihre Absichten können nicht kriegerisch sein ... schließlich ist der Illantin ebenfalls ein Träger der Thulanderona-Kordel.“

„Du bekommst zwei Tage Zeit, Kanzler. Liegen bis dahin keine konkreten Ergebnisse vor, werde ich Laurins Ragnur einsetzen lassen und den Mobilmachungsbefehl an die Hiemisen erteilen. Das ist mein letztes Wort!“ Die Stimme des Feenkönigs flirrte immer stärker, je länger er redete. Er verbeugte sich förmlich vor der Feenkönigin und verließ stumm den Raum.

Die Feenkönigin seufzte: „Manchmal ist es schon eine Last mit ihm. Wenn er doch nur ein bisschen mehr Mut und Beherrschung zeigen könnte, dann hätte er das Zeug zu einem ganz großen Herrscher."

„Alles kann man nicht haben. Im Grunde hat er ein gutes Herz."

„Nimm du ihn nur immer wieder in Schutz, Kanzler." Aber sie wusste: Ovangar hatte Recht.

DER ROTE GLASSTEIN

Oliver schaute sich in der Fürstensuite um, in die sie von Ovangar, Winthere, der Haushälterin und Pulgram, dem Majordomus des Glaspalais, geführt worden waren. Die Suite war mit erlesenem Geschmack eingerichtet und sonst nur hohen Staatsgästen vorbehalten. Ovangar hatte die Anweisung gegeben, eine dem Rang Klinings entsprechende Unterkunft herzurichten. Ovangar ließ es sich nicht nehmen, den Illatin und seine Begleitung nach der herzlichen Begrüßung durch Vamur und Vruni persönlich in die Fürstensuite zu führen. Gleich nach dem Betreten der herrlich ausgestatteten Räume wies sie Pulgram, der Majordomus, als Erstes dermaßen arrogant und unhöflich auf die Hausordnung hin, dass Klining mit einer leichten Handbewegung die Hausordnung mit einer tiefen Grabesstimme sprechen lies: „Ich bin ‚Pulgrams Bibel', und er meint, er ist der liebe Gott."

Der Majordomus wurde kreidebleich, verbeugte sich knapp, und mit spitzer Stimme sagte er: „Meine Aufgabe hier ist erfüllt. Wenn Sie noch irgendwelche Wünsche haben, wenden Sie sich bitte direkt an das zuständige Personal." Er zeigte auf die entzückte Winthere. „Ich darf mich jetzt entschuldigen." Er ging mit hochrotem Kopf aus dem Zimmer.

Die Handbewegung Klinings hatte Ovangar nicht bemerkt. Dass aber der Illantin der Auslöser für diese elegante Zurechtweisung war, konnte er an dem Spannungsfeld spüren, das durch diese Handbewegung im Raum erstanden war. Den Haushofmeister musste er sich dringend vornehmen und ihn wieder einmal in sein Aufgabengebiet einnorden. Nicht zu fassen, schon das zweite Mal, dass der sich zu einer massiven Unhöflichkeit hatte hinreißen lassen. Was sich daraus für ernste diplomatische Verwicklungen ergeben könnten, schien dem abgedrehten Pulgram nicht mehr bewusst zu sein, obwohl der intensiv für seine Aufgabe geschult worden war. Dem musste wohl der Dienst in dem vornehmsten Palast des Reiches zu Kopf gestiegen sein. Bei der Vorstellung, dass Pulgram etwa dem Großvongor der Lyngarden, Xixinxiriga, dessen Besuch in Kürze anstand, so entgegentreten könnte, wurde ihm beinahe schlecht. Da würde es mit Sicherheit Verletzte, wenn nicht gar Tote geben, und der Erste, den die Lyngarden rösten würden, war Pulgram. Ovangar beschloss, dieses Beispiel zu benutzen, um den Majordomus zusammenzustauchen. Er wollte gerade ansetzen, um sich bei Klining zu entschuldigen, der winkte aber nur lässig ab.

Später hatte man gemeinsam im Speisesaal gegessen. Pulgram, inzwischen von Ovangar zur Brust genommen, war von ausgesprochener Höflichkeit gegenüber den Gästen. Ovangars detaillierte Schilderung eines lyngardischen Gottesurteils, das bisher alle Beteiligten immer nur gut durchgebraten überstanden hatten, stellte sich als tausendmal wirkungsvoller heraus als alle Schulungen und Einweisungen in das erforderliche diplomatische Verhalten eines Haushofmeisters Ihrer königlichen Majestät.

Olli war während des Essens kurz in die Fürstensuite gegangen, denn er hatte sich mit Feenpudding bekleckert und wollte schnell sein T-Shirt säubern. Da hatte er auf dem Boden die winzige, heilige Königslade liegen sehen. Er nahm sie hoch und betrachtete das kostbare Kästchen neugierig. Plötzlich fing es an zu leuchten und in seiner Hand langsam bis auf die Größe eines kleinen Zigarrenkistchens zu wachsen. Ihn durchfuhr ein eisiger Schreck und er warf die Königslade auf Klinings Bett. Kaum hatte das Kästchen die Bettdecke berührt, schrumpfte es wieder auf seine winzige Größe. Erst nach einiger Zeit fasste Olli Mut und berührte das Kästchen erneut. Solange er es mit seiner Hand berührte, wuchs es. Nahm er seine Hand zurück, schrumpfte es wieder auf seine ursprüngliche winzige Größe. Ihm war klar, das musste eine Warnung sein: Das Kästchen durfte nicht von Unbefugten berührt werden. Er konnte wahrscheinlich froh sein, dass das Kästchen ihn nicht zurückschleuderte wie die Hand des Feenkönigs. Erst wollte er die Königslade auf Klinings Bett liegen lassen, dann kam ihm aber der Gedanke, dass sie hier, trotz der Bewachung durch den unheimlichen Eiskrieger auf dem Flur, in unbefugte Hände gelangen könnte. Es kam also darauf an, das Kästchen nicht zu berühren. Vorsichtig holte er den Lederbeutel, den ihm Laurin geschenkt hatte, aus der Hosentasche, öffnete ihn und ließ die Königslade hineinkullern, ohne sie zu berühren.

Wann sollte er dem Illantin die Königslade übergeben? Vor allen Leuten – das kam nicht in Frage. Klining, der bisher die Königslade unter seiner Zipfelmütze verwahrt hatte, hätte sich unsterblich blamiert. Oliver beschloss, die Königslade erst einmal einzustecken und sie Klining in einem passenden Moment zu übergeben. Nach dem Essen ergab sich keine Gelegenheit, denn die meisten klitzekleinen Zwerge wollten noch einmal in den zauberhaften Garten, um sich die unglaubliche Blumenvielfalt anzuschauen. Im Garten bildeten sich kleine Gruppen, die über diese oder jene Blume diskutierten. Schnell gesellten sich Blumenfeen, Luftkobolde und Blumengnome zu den Gästen Ovangars. Man fachsimpelte begeistert über Gänseblümchen und Feenglöckchen. Valmin war von der Anzahl der Neuzüchtungen seines Lieblings, des Gänseblümchens, total begeistert. Ovangar versprach ihm, von jeder Sorte ein paar Samen für die Aussaat in ihrer Heimat bereitstellen zu lassen. Als er Valmin fragte, welche klimatischen Bedingungen und Wetterverhältnisse denn in ihrem Land herrschten, griff Klining in das Gespräch ein und sagte: „Wie hier ... mal so, mal so!"

Valmin flüsterte Klining zu, so doof sei er ja schließlich auch nicht, auf die Frage des Kanzlers hereinzufallen.

Oliver hatte sich nach einer Weile von allen abgesondert und war über ein paar kleine Pfade bis an das Flüsschen spaziert, das sich silbrig von der Seite der Morgenröte durch den Auengrund des Tales bis zur Seite der Abendröte schlängelte. Dort ging er in die Hocke und beobachtete die kleinen Luftkobolde, die Wasserkäfer jagten und die zarten Wassernixen, die nach Flussperlenaustern tauchten. Dieser Platz war wunderschön und still. Olli seufzte, als er an seine Zukunft dachte ... warum konnte man hier nicht ewig sitzen. Irgendwann würden alle klitzekleinen Zwerge wieder eingesammelt und wohlbehütet in ihrer Heimat, wo immer die auch lag, gelandet sein. Alle würden nach Hause gehen. Wo aber war sein Zuhause? Bestimmt nicht bei Onkel Jupp oder bei seiner Mutter auf Mallorca. Er wusste: Stand er erst einmal in dem Laden ihres neuen Freundes, konnte er sich die schöne Insel abschminken. Dann würde er nichts, aber auch gar nichts von der Baleareninsel zu sehen bekommen. Sicher, er hatte inzwischen viele neue Freunde gewonnen (er dachte an Paul Reiser, die gute Seele, wer hätte das gedacht), aber wer wollte ihn, Olli, wirklich? Seine Mutter? Für die war er nur eine Belastung. Olli hatte von klein auf den gefühlsmäßigen Abstand gespürt, den sie immer zu ihm hielt. Oft sah er, wie andere Mütter ihre Kinder kuschelten und schier in ihren Armen erdrückten, bis diese quietschten. So etwas kannte er nicht, er hatte noch nie gequietscht. Oliver verscheuchte die trüben Gedanken. Noch war das Abenteuer nicht zu Ende. Schließlich musste ja auch noch dieser imaginäre Held mit dem reinen Herzen gefunden werden. Offenbar wusste keiner, wo der sich befand. Nicht schlecht, umso länger konnte er mit seinen neuen Freunden zusammen sein. Hoffentlich schickte ihn Klining nicht vorher nach Hause. Dann fiel ihm ein, dass er ja noch diese Königslade in seiner Tasche trug. Er stand auf und ging zurück zu den anderen und sah, dass Klining alleine an einem Beet stand, wo er dem Klingeln kleiner gelber Glockenblümchen verzückt zuhörte. Die Gelegenheit war günstig.

„Klining, du hast etwas verloren." Er griff in die Tasche, schaute sich um, sah, ob sie auch keiner beobachtete, holte das Ledersäckchen aus der Tasche, öffnete es und hielt es dem überraschten Klining hin.

Klining blickte hinein und stand starr vor Schreck. Spontan griff er, ungläubig auf das Kästchen in Olivers Ledersäckchen schauend, an seine Mütze. Dann lief sein Gesicht tiefrot an und war kaum von der Farbe seiner Zipfelmütze zu unterscheiden. Er schaute Olli aus seinen großen blauen Kulleraugen an und stotterte: „Ich glaube ...", seine Stimme zitterte, „ ... ich glaube ... du hast auch etwas verloren". Der Illantin zeigte, jetzt kalkweiß, auf einen roten Glasstein, der ihnen vor die Füße gerollt war.

„Oh ... mein Talismann." Olli bückte sich, um seinen Stein zu greifen, als der anfing, ein geheimnisvolles rotes Licht auszustrahlen. „Ups, das hat der ja noch nie gemacht. Das sieht ja toll aus."

Ebenso schnell wie das Licht aufleuchtete, verschwand es wieder. Olli hob den Glasstein vor sein Auge und blickte durch ihn hindurch auf Klining. Dann schüttelte er seinen Kopf und steckte den Glasstein ein.

„Willst du die Königslade nicht lieber nehmen? Ich trau mich nicht, sie anzufassen." Klining nickte stumm, griff die Königslade und verstaute sie wieder unter seiner Zipfelmütze. Olli schnürte das Ledersäckchen wieder zu, drehte sich um und ging. „Ich will noch ein bisschen mit den netten Wassernixen an der Fontäne reden."

Klining stand sprachlos, wie vom Donner gerührt. Langsam löste sich seine Panik über sein unverzeihliches Versagen, und in dem gleichen Maße, wie er es vermochte, wieder klar zu denken, dämmerte ihm, wie umsichtig und einfühlsam Olli gehandelt hatte. Was war das bloß für ein seltsamer und bemerkenswerter Junge. Übergab ihm das Kostbarste und Mächtigste, das zur Zeit auf diesem Planeten existierte, ohne auch nur einen Dank abzuwarten. Klining begriff, dass der Junge die Bedeutung des Fundes erkannt hatte und bewusst jedes Aufsehen vermeiden wollte. Er musste die Königslade schon eine ganze Weile mit sich herumgetragen und auf eine günstige Gelegenheit gewartet haben, um sie ihm allein zu überreichen.

Wer war dieser Junge? Klining lief hinter Olli her. „Warte, Olli, bitte bleib stehen." Er erreichte den Jungen, der sich zu ihm umgedreht hatte. „Ich weiß sehr zu schätzen, wie du dich verhalten hast, mein Junge."

Olli schaute ihn aus ruhigen Augen an und nickte.

„Ich danke dir von ganzem Herzen."

Olli nickte wieder und lächelte verlegen: „Nicht der Rede wert. War doch selbstverständlich, das Richtige zu tun. Dazu gehört auch, dass es keiner zu wissen braucht", beruhigte er Klining.

Klining versetzte die ruhige, sachliche Art, die der Junge in schwierigen Situationen immer wieder an den Tag legte, erneut in Erstaunen. „Wenn du jemals einen richtigen Freund brauchst, Olli ... du kommst zuerst zu mir, versprich mir das."

Die Augen des Jungen leuchteten freudig auf. Der von ihm tief bewunderte Illantin bot ihm seine Freundschaft an. Das war mehr, als er jemals zu hoffen gewagt hatte.

„Oh Mannomann, ist das wahr? Ich werd verrückt. Danke, Klining! Danke! ... Ich werde dich nie enttäuschen ... ehrlich!" Glücklich hüpfte der Junge zur Fontäne.

Olli war glücklich: Klining war sein Freund. Vorhin am Flüsschen hatte er seine Zukunftsaussichten noch mehr als düster gesehen, und jetzt erklärte sich einer der größten Magiere zu seinem Freund. Fröhlich gesellte er sich zu der lachenden Gruppe, die sich um den lustigen Blumengnom gebildet hatte, der die Wassernixen mit seinen Späßen erheiterte.

Klining ging mit einem tiefen Gefühl der Beschämung zurück zum Glaspalais des Feenkönigs. Als er an den Hiemisen an der Freitreppe vorbeiging, fröstelte er. Er wusste, das war nicht die eisige Ausstrahlung der fürchterlichen Eiskrieger, sondern es waren die Auswirkungen des Schocks, der ihn erst jetzt erreichte. Wo mochte sich nur dieser Held mit dem reinen Herzen befinden?

DIE SORGEN DES ILLANTIN'S

Ovangar klopfte an die Tür der Fürstensuite und trat auf Klinings Zuruf ein. Der winzige Illantin saß auf dem großen Fenstersims zwischen den vielen Blumen und schaute nachdenklich in den Garten.

„Du hast Sorgen, Bruder?“ Das war mehr eine Feststellung als eine Frage.

Klining von Olgursam schaute auf die schlanke Gestalt des Kanzlers, der hoch aufgerichtet mitten im Zimmer stand.

„Deine Wahrnehmung ist korrekt, Retsiem Ovangar.“ Er sprach den Kanzler mit seinem Thulanderona-Titel an. Sie brauchten sich beide nichts vorzumachen. Sie waren Träger der Thulanderona-Kordel und gehörten damit zu der Loge der Eingeweihten, die durch die heilige Kordel untrennbar miteinander verbunden waren.

„Wie geht es Tala?“ Ovangar lenkte das Gespräch höflich in eine andere Richtung. Die förmliche Antwort des Illantin signalisierte, dass er nicht bereit war, über sein Problem zu sprechen. „Ist der Großmeister wohlauf?“

„Tala meditiert jetzt ununterbrochen seit 1470 Relisen, also 735 Jahren nach eurer Zeiteinteilung und der der Menschen. Er strebt die Sulama-Erleuchtung an. Seit 607 Jahren hat er weder Trank noch Speise zu sich genommen und seit 535 Jahren hängt er im Situra-Feuer. Er müsste kurz vor der Erleuchtung stehen."

„Die große allumfassende Sulama-Erleuchtung ... SANGAN-AJA SULAMA ..." Erfurchtsvoll murmelte Ovangar die heilige Formel der Meditation, die, mit unvorstellbaren Entbehrungen verknüpft, zur höchsten aller Erleuchtungen führte. Es hatten schon viele versucht, diesen Weg der Leiden zu gehen, der den Göttern verboten war und der Sterbliche – wie Menschen – aufgrund seiner über Jahrhunderte dauernden Meditation, von vornherein ausschloss. Keiner hatte es bisher bis zur Erleuchtung geschafft. Die Gnade der höchsten Weisheit blieb den Erdenbewohnern bisher als kosmisches Geheimnis verschlossen. Wenn es Tala tatsächlich schaffen sollte, würde auf Erden ein neues Zeitalter beginnen.

„Ich gehe richtig in der Annahme, dass ich dir zur Zeit nicht dienlich sein kann?" Ovangar wusste: Erst wenn Klining es wollte, würde er ihn einweihen. Er musste nur Geduld haben.

„Das ist korrekt, Bruder."

Ovangar verbeugte sich vor Klining und verließ den Raum.

Dieser schaute seinem Logenbruder hinterher. Vielleicht hätte er sich ihm doch anvertrauen sollen, schließlich waren sie beide Eingeweihte. Aber dann dachte er an den Schwur, den er seinem Kamarin leisten musste, und damit war diese Frage beantwortet. Er seufzte. Es war schon schwierig genug, sein Volk – diesen Haufen Flöhe von klitzekleinen Zwergen – wieder unter einen Hut zu bekommen, aber wie sollte er nur den Helden mit dem reinen Herzen finden? Er war überzeugt, dass bei seinem Kamarin ein Denkfehler vorlag. Wer, wenn nicht der Kamarin selbst, konnte diesen Helden verkörpern? König Goliath hatte ein so reines Herz, wie man es sich nur denken konnte. Der Illantin kannte kein Lebewesen auf Erden, das gerechter und selbstloser war als sein König. Der musste dieser Held sein.

Sicher hatte der Kamarin sich verhört, als ihm die Schöpfung erschienen war. So bescheiden, wie er war, glaubte er sicher, dass er nicht der Auserwählte sein könne. Aber wer sonst sollte das Perlenzepter führen, wenn nicht ein Kamarin? Wenn er an den unbeherrschten und eingebildeten Oberon dachte: was für Unterschiede! Er beschloss, ein klärendes Gespräch mit seinem König zu führen, wenn er alle klitzekleinen Zwerge wieder wohlbehalten in die Heimat überführt hatte. Vielleicht waren all seine Sorgen auch übertrieben. Nachdenklich schaute er auf das Kästchen der Königslade. Was für eine Katastrophe, wenn er es verloren hätte.

„Kommst du mit? Ich bin ganz kaputt vom Lachen." Rinchen blickte Oliver an, der auf dem Brunnenrand dicht neben einer kleinen Wassernixe hockte. Die hatte ihren Arm um ihn gelegt und blickte bewundernd auf sein rotes Haar.

„Ich bleibe noch ein bisschen, die Stimmung ist so schön." Er bemerkte Rinchens enttäuschten Blick und stand auf. „Aber wenn du möchtest, begleite ich dich auch genauso gern zum Palais."

Rinchen strahlte.

Olli reichte der kleinen Wassernixe die Hand. „Schö! Es war wirklich nett, euch alle kennen zu lernen. Ihr seid wirklich sehr lustig."

„Och ... bleib doch noch." Die Gruppe der Wassernixen kicherte auf dem Rand der Fontäne. „Zero und Lintur haben sicher noch ein paar lustige Elfenwitze auf Lager."

„Ich kann keinen Witz mehr hören, mir tut der Bauch schon weh vom Lachen. So viel habe ich seit Jahren nicht mehr gelacht. Zero und Lintur, ihr könntet bei uns Menschen als Comedystars absolut Kult werden. Glaubt mir, ihr seid superklasse."

Der Luftkobold und der Blumengnom verbeugten sich geschmeichelt. Glingelina gab ihrem Freund Zero einen Kuss auf die Wange und meinte stolz: „Ja, er ist schon ein echter Kasper."

Zero und Lintur hatten die Gruppe der klitzekleinen Zwerge und die Kobolde und Feen, die sich so nach und nach bei den kleinen Wassernixen am Beckenrand der Fontäne gesammelt hatten, mit frechen und respektlosen Witzen über Oberon, den lyngardischen Kirmas, Laurin und die anderen Höflinge zum Brüllen gebracht. Auch Ovangar hatte sein Fett abbekommen. Aber Zero wusste, dass der humorvolle Kanzler der Einzige war, der sich über die Witze, die ihn betrafen, im Geheimen freute.

Oliver hatte sich nach seinem Gespräch mit Klining zu der Gruppe, deren unbefangenes Lachen weit durch den Garten hallte, gesetzt und sich köstlich amüsiert. Ihm fiel auf, dass Titania in die Respektlosigkeiten der Witze nie einbezogen wurde, obwohl mancher Witz von den oft sehr eingebildeten und manchmal sehr dummen Damen bei Hofe handelte. Immer wenn das Gespräch auf Titania kam, wurde nur in allerhöchster Hochachtung von der Feenkönigin gesprochen. Wie es schien, wurde sie von allen sehr verehrt. Nicht nur ihre Schönheit, auch ihre Weisheit wurde gerühmt.

Rinchen hüpfte vom Beckenrand auf Ollis Hand, und der spazierte mit ihr langsam durch die Allee der Statuen zum Gläsernen Palais.

„Was war das für ein aufregender Tag, nich', Rinchen?"

„Stimmt, ich könnte jetzt so umfallen."

Beide hingen ihren Gedanken nach und bewunderten die Statuen, die die Allee herrlich säumten. Wie hatte sich ihr Bild von Olli verändert, seit der sie zwischen den Mülltonnen aufgelesen hatte. Von dem kleinen, dümmlichen Trottel war nichts, aber auch gar nichts mehr übrig geblieben. Am leichtesten hatte sich Valmin mit Olli getan. Der hatte mit sicherem Blick erkannt, dass in dem Jungen mehr steckte, als sein Äußeres erscheinen ließ. Er war mit Olli genauso schnell wie mit Paul Reiser, dem er im Flohzelt am Kragen gehangen hatte, auf eine Linie gekommen und hatte sich mit beiden sofort angefreundet. Valmin und Olli hatten viel gemeinsam, wenn man drüber nachdachte. Obwohl Valmin den Eindruck eines fröhlichen, vor nichts zurückschreckenden Draufgängers machte, reagierte er in brenzligen Situationen genauso besonnen wie der Junge. Rinchen hatte die bewundernden und stolzen Blicke Valmins gesehen, als Olli den gefährlichen Vulkanadler zähmte. Das Kichern und Lachen der Wassernixen und der Kobolde war verklungen und wurde jetzt von dem Rauschen der Fontäne überdeckt. Rinchen spürte einen leichten, eisigen Hauch. Sie blickte hoch und sah, dass sie die Freitreppe des Palais erreicht hatten. Sie fröstelte erneut, als sie die düsteren Wachen der Eiskrieger links und rechts der Freitreppe unbeweglich stehen sah.

„Na, ihr beiden, gefällt euch der Garten?" Oben auf der letzten Stufe saß König Laurin und lächelte sie an. Ragnur hüpfte erfreut auf seiner Schulter. Er hatte seinen Freund Olli mit seinen scharfen Augen schon unten an der Fontäne erfasst.

„Ja, er ist wunderschön, Majestät. Na, du Kleiner?" Olli hob die Hand und kraulte Ragnurs Gefieder.

„Hast du einen Moment Zeit für mich, Junge?"

„Klar. Worum geht es, Majestät?"

„Kann ich dich unter vier Augen sprechen?"

Valentirina war klar, dass sie Olli jetzt mit dem Zwergenkönig allein lassen musste.

„Ich geh den Rest alleine, Olli. Bis morgen früh, schlaf gut. Gute Nacht, Majestät. Nacht, Ragnur." Sie hüpfte von Ollis Arm und flitzte in die Empfangshalle. Hoffentlich kam das blöde Vieh auf Laurins Schulter jetzt nicht auf dumme Gedanken.

Ragnur überlegte, ob er flitzende Mohrrüben in sein Beuteschema übernehmen sollte. Aber dann ließ er sich doch lieber weiter von Olli das Gefieder kraulen.

„Setz dich zu mir, Junge." Der Zwergenkönig rückte einladend ein Stück zur Seite.

In der Empfangshalle stoppte Winthere Rinchen. Sie hatte die Szene, hinter einem Vorhang versteckt, beobachtet. „Hör gut zu, Kind. Dass sich der alte Fuchs Laurin an den Jungen heranmacht, bedeutet nichts Gutes. Es wäre nicht schlecht, wenn du deinen Illantin holst. Ich will sehen, wo Ovangar ist. Beeil dich ... mach schnell."

„Du hast die Königslade gefunden?" Laurin kam gleich zum Thema.

Olli war verdutzt, er hatte doch so aufgepasst. „Woher wissen Sie das, Majestät?"

Laurin zeigte auf Ragnur: „Du vergisst die scharfen Augen unseres Spätzchens."

Ragnur nickte eifrig.

„Hast du sie geöffnet, bevor du sie dem Winzling zurückgegeben hast?"

„Nein, Majestät. Das kann Ragnur sicher bestätigen."

Ragnur nickte wieder eifrig und hüpfte auf Ollis Hand.

„Pass mit den Krallen auf, Raggi." Olli stupste den Adler zärtlich.

„Weißt du, was drin ist?" Laurins Stimme konnte ein Lauern nicht verbergen. Dass der verdammte Vogel einfach so auf die Hand des Jungen gehüpft war, verdross ihn maßlos, doch er unterdrückte seinen Ärger. Solange der mit Ragnur gut konnte, schien er auch Vertrauen zu ihm, Laurin, zu haben. Außerdem konnte er so den Jungen unauffällig im Auge behalten.

„Mein Junge, sei nicht immer so förmlich, du darfst ruhig Laurin zu mir sagen. Schließlich sind wir beide die einzigen richtigen Kupfer-Rotschöpfe auf dieser Seite ... und die müssen zusammenhalten. Wie darf ich dich denn nennen?“ Laurin hatte gespürt, dass der Junge sich jedes Mal verspannte, wenn er ihn als ‚Junge‘ bezeichnete.

„Olli. Meine Freunde nennen mich Olli.“

„Oliver wie der große Cromwell? Donnerwetter! Ein feiner Name. Ich darf also auch Olli zu dir sagen ...?“ (‚Junge‘ wollte er noch hinzufügen, schluckte das Wort aber schnell herunter.)

„Ja gern, Majestät“, sagte Olli erfreut.

„Laurin. Für meine Freunde einfach Laurin. In der Öffentlichkeit natürlich Majestät, aber das brauche ich einem so gut erzogenen jungen Mann wie dir ja nicht zu sagen, nicht wahr, Olli?“

„Aber sicher, Majestät ... äh ... ich meine Laurin. Ist doch klar!“

Ragnur schnarchte leise in Ollis Hand.

„Fein, Olli, wir verstehen uns. Jetzt zeig mir mal deinen roten Glasstein. Der soll ja ganz wunderbar leuchten, sagte Ragnur.“

Ragnurs Köpfe nickten zufrieden im Halbschlaf. Dafür war er berühmt: seinen scharfen vier Augen entging nichts.

„Och, das ist nur so ein billiges Glasding. Mein Talismann.“ Olli kramte in seiner Tasche und holte den Stein hervor und zeigte ihn auf seiner Handfläche Laurin. Der Stein lag rot und durchsichtig in Ollis Hand.

Laurin stockte der Atem. Vorsichtig näherte sich seine Hand dem Stein. Plötzlich, wie von einer überirdischen Macht festgehalten, konnte er seine Hand nicht weiter nach vorn bewegen. Jetzt war sich Laurin sicher. Nur ein Stein im ganzen Universum konnte eigenständig leuchten und so eine massive Kraft entwickeln: der rote Kristall.

„Was ist das für ein Edelstein?“, fragte er harmlos.

„Das ist nur Glas, Majestät, ... ich meine Laurin. Da schau ich immer durch, wenn ich Langeweile habe. Man sieht da in der Fantasie viele interessante Dinge.“

„Kannst du mir den Stein auch mal vor das Auge halten, mein Freund?“

„Klar doch.“

Olli hielt den Stein dicht vor Laurins rechtes Auge. Laurin

schaute durch, und obwohl er auf das vorbereitet war, was er zu sehen hoffte, überwältigte ihn der Anblick. Laurin sah die Zukunft und die Vergangenheit, das Heute und das Morgen, er sah in Herzen, in die Abgründe der Seelen, und er sah die Linie seiner Abstammung aus der Tiefe uralter Zeiten. Dann schrak er zurück ... er sah eine dünne Linie, die sich abzweigte und die direkt zu dem neben ihm sitzenden Jungen führte. Laurin sah, dass Oliver aus seiner Blutlinie stammte und er der Ururahne des Jungen war.

„Hast du was gesehen?", fragte der Junge neugierig.

Laurin hatte sich wieder in der Gewalt. „Nicht viel. Da braucht man sicher eine Menge Fantasie, was?"

„Ja, die braucht man ...", meinte Olli stolz. „Die hat auch nicht jeder."

„Stimmt." Laurin hatte noch einmal versucht, von Olli unbemerkt nach dem Stein zu greifen, aber wieder wurde seine Hand gestoppt. „Ich glaube, wir sollten jetzt zu Bett gehen. Es war sehr interessant, sich mit dir zu unterhalten. Wie gesagt, wir Rotschöpfe müssen zusammenhalten, was, mein Freund?" ‚Junge' wollte Laurin wieder sagen, konnte das Wort aber noch rechtzeitig runterschlucken. „So, Ragnur, sag Olli Gute Nacht, morgen ist auch noch ein Tag."

Olli reichte Laurin den schläfrigen Ragnur. Die Köpfe murmelten artig: „Gute Nacht, Olli, bis morgen."

„Schlaf gut, Olli", Laurin berührte seinen Mantel und war verschwunden.

Olli staunte. Das war ja ein Hammer. Laurin hatte einen richtigen Tarnmantel. Klasse, vielleicht durfte er auch mal? Fröhlich grüßte er die beiden Eiskrieger und wünschte denen ebenfalls eine gute Nacht. Dann hüpfte er an Ovangar und Klining vorbei, die die Szene unbemerkt in der Dunkelheit die ganze Zeit über belauscht hatten. Die Eiskrieger schauten sich verwundert an. Was war das denn für einer?

„Was meinst du, Klining von Olgursam, was wollte der rote Teufel von dem Jungen?"

„Ich weiß es nicht, edler Nachfahre des großen Merlin!"

Ovangar hob die Brauen. Der Winzling wusste aber auch alles. Klining deutete schmunzelnd auf Ovangars weiße Thulanderona-Kordel. „Das Kördelchen hat geplaudert."

Ovangar lachte glucksend. Klining fing an ihm zu gefallen. „Ja, unsere Gardinenkordeln plappern manchmal mehr aus, als sie sollen."

„Wieso, es bleibt doch unter uns." Klining stellte das legendäre Gemeinschaftgefühl der Thulanderona-Boys her.

Ovangar wurde ernst: „Was ist heute passiert? Was ist das für ein roter Glasstein, den der Junge hat?"

Sie waren erst zu dem Zeitpunkt gekommen, als Olli Laurin seinen Glasstein vor die Augen hielt. Da Laurin mit dem Rücken zu ihnen saß, hatten sie sein Erschrecken nicht sehen können. Es machte sie nervös, dass sie nicht wussten, warum der hinterlistige König der Zwerge so freundlich zu dem Jungen tat.

„Meine Spezialisten vom Geheimdienst durchsuchen gerade Laurins Blutlinie darauf, ob irgendeine Blutsverbindung zwischen ihm und dem Jungen besteht. Klining, du kennst Laurin nicht als jungen Mann. Ihre Majestät, die Feenkönigin sagt, der Junge wäre ihm wie aus dem Gesicht geschnitten. Schau dir die roten Haare der beiden an. Außerdem hat er doch selbst gesagt, die Rotschöpfe müssten zusammenhalten."

„Ovangar, lass uns zu Bett gehen. Heute bekommen wir doch nicht mehr heraus. Ich werde morgen mit dem Jungen reden. Ich glaube, wir machen uns mehr Sorgen als nötig." Klining glaubte selbst nicht an seine Worte und wurde von düsteren Ahnungen überwältigt. Wenn er sich jetzt doch nur mit Goliath beraten könnte. Er vermisste seinen Kamarin sehr.

„Gute Nacht, Kanzler. Schlafe wohl."

„Bevor ich es vergesse, Klining: Seine Majestät der König erwartet euch morgen alle zur Privataudienz. Um elf Uhr."

„Habe ich nicht anders erwartet. Wird dann das Verhör fortgesetzt?", fragte Klining ironisch.

„Keine Angst, Illantin, schließlich werden ich und auch Titania anwesend sein." Dann fügte er hinzu: „Schlaf gut, verehrter Freund."

Ovangar drehte sich um, nickte den beiden Eiskriegern an der Freitreppe zu und ging den breiten, mit den Statuen gesäumten Weg hinunter zu seinem Turm. Bevor er sich schlafen legte, stieg er noch einmal in das alte Verlies hinunter und schaute in der Geheimdienstzentrale vorbei. Der Schichtwechsel hatte schon stattgefunden und der Dienst habende Koordinator, der immermüde Mitternachtselb, machte seine Meldung.

„Wie ist der Stand der Dinge? Habt ihr schon mehr über unsere Mohrrüben herausgefunden?"

„Unsere Oseles sagen, dass einer unserer winzigen Gäste etwas von einem gewaltigen Sturm erwähnte. Wir haben sofort alle Wettermeldungen der letzten Tage überprüft und festgestellt, dass ein Zyklon von Patagonien bis zur Ostküste von Nordamerika gewandert ist und sich dort in einzelne Tiefdruckgebiete aufgelöst hat, zum Teil in ungewöhnlich hoher Orkanstärke. Das Besondere an dieser Wettersituation ist, dass sich Zyklone normalerweise in der Karibik bilden und dann nordwärts wandern. Unsere Meteorologen befassen sich gerade mit den Aufzeichnungen von Wirbelstürmen seit Beginn aller Zeiten."

In diesem Augenblick trat ein Luftkobold auf die beiden zu, verneigte sich vor Ovangar, rollte eine Schriftrolle auseinander und kommentierte die komplizierten Aufzeichnungen: „Wir mussten bis in die Zeit der Legenden vor den großen Schlachten zurückgehen, um eine in etwa vergleichbare chaotische Wettersituation zu finden. Früher, als es auf unserem Planeten noch keine geordneten Wetterverhältnisse gab, tauchten diese ungewöhnlichen Zyklone auf. Damals nannte man sie Urugolten, weil sie den Legenden nach vom Herrscher des Chaos, Urugol, ausgelöst wurden. Bisher stufte die seriöse Wissenschaft diese Stürme als Erfindungen und Produkte von Märchenerzählern ein. Aber das Erstaunlichste und Unbegreifbare ist, dass die in den Legenden aufgezeichneten meteorologischen Werte exakt mit dem Zyklon aus Patagonien übereinstimmen. Natürlich kann das ein Zufall sein, aber wir haben vorsichthalber einen Durchschlag dieses Berichtes zur Überprüfung an das Referat Legenden, Märchen, Sagen und Mythen geschickt. Vielleicht sind die inzwischen mit diesem Phänomen weitergekommen. Interessant ist noch die ungeheure Macht des patagonischen Wirbelsturms. Seine Windstärke betrug auf freier See über 720 km/h! Das bedeutet für jedes Schiff, jede Insel oder jedes Land, das von diesem Orkanmonster berührt wurde, die absolute Vernichtung. Erstaunlich, dass wir hier außer den beschriebenen Tiefausläufern nichts davon bemerkt haben. Nach unseren Wetterdaten ist der Zyklon ebenso plötzlich wieder verschwunden, wie er aufgetaucht ist."

„Habt ihr alle Systeme überprüft?“, fragte Ovangar. „Nicht, dass wir einem Phantom hinterherlaufen.“

„Natürlich“, antwortete der Luftkobold leicht pikiert. „Vom Nord- bis zum Südpol haben alle im Außendienst befindlichen Luftkobolde ihre täglichen Wettermeldungen korrekt abgegeben. Auf meine Jungs ist hundertprozentig Verlass. Wenn es also im Atlantik – wo auch immer – ein unentdecktes Inselchen mit einem großen Mohrrübenfeld gegeben hat, dann existiert das nicht mehr. Bei 720 km/h sind die Wellen, die so ein Sturm vor sich hertreibt, höher als der höchste bekannte Tsunami.“

Der Kanzler überhörte die Bemerkung über die Mohrrüben und dankte dem Luftkobold: „Ausgezeichnete Arbeit. Vielen Dank.“

Der Luftkobold verneigte sich zufrieden und verließ den Raum.

„Haben unsere Leute aus der Abteilung Erbrechte und Ahnenforschung schon etwas über den jungen Rotschopf und Laurin herausbekommen?“

„Nein, aber sie arbeiten mit Hochdruck. Ich schätze, morgen früh wissen wir mehr.“

„Hat das Treffen mit Lottinia schon stattgefunden?“

„Ja, aber die Informationen von Madam Theresia sind so wichtig, dass unser Verbindungsagent sie uns nicht über den normalen Kommunikationsweg zukommen lassen wollte. Er ist morgen hier im Haus und erstattet persönlich Bericht.“

Ovangar nickte und ging schlafen.

DER PERSÖNLICHE BERICHT

„Kanzler, Madam Theresia bittet mich, Ihnen die herzlichsten Grüße auszurichten.“ Die Verbindungsagentin zu Lottinia, eine kleine Oseles, verneigte sich erfurchtsvoll vor dem mächtigen Magier der Vereinigten Feen- und Geisterreiche.

„Ich danke dir, Misure.“ Ovangar musterte lächelnd die zarte schemenhafte Erscheinung der vor ihm in Augenhöhe schwebenden Fee. Sie war eine der Top-Agentinnen seiner besonders effektiv arbeitenden Geheimdienst-Elitetruppe. Die Informationen, die sie von Lottinia erhalten hatte, mussten von sehr hoher Brisanz sein. Normalerweise kommunizierten die Oseles untereinander direkt und telepathisch über ihre Gedankenströme und leiteten so die erhaltenen Informationen schnell und zuverlässig über weite Entfernungen direkt in die Zentrale. Nur in ganz besonderen Fällen erstatteten sie persönlich Bericht.

„Nun, was macht Lottinia so große Sorgen?"

„X Xamagatura 13-4 scheint da einer ganz großen Schweinerei auf der Spur zu sein. Es begann mit dem Auftauchen der Winzlinge ..." - Misure vermied die Bezeichnung Mohrrüben – „... auf der großen Düsseldorfer Kirmes auf den Oberkasseler Rheinwiesen. Lottinia versuchte von Anfang an, unter ihrem Deckmantel Madam Theresia eines der mysteriösen Exemplare für unseren Geheimdienst zu sichern. Bedauerlicherweise ist dieses Objekt mit den übrigen anderen nach einem tumultartigen Auftritt in einem Flohzirkus – man stelle sich das einmal vor! ... In einem richtigen Flohzirkus! Die Menschen sind doch nicht ganz ...!" Die kleine Oseles unterbrach ihren Ausbruch der Empörung und disziplinierte sich wieder: „... mit den anderen Exemplaren spurlos verschwunden. X Xamagatura 13-4 hat daraufhin sofort die Verbindung mit mir aufgenommen. Ich habe ihre ersten Informationen telepathisch direkt an unsere Analysten hier in der Zentrale weitergeleitet. Die erste Vermutung unserer Experten, dass es sich bei den Winzlingen um eine neue Produktion japanischer Actionfiguren handele, konnte von unserem Agenten in Tokio, der sich Zugang zu allen führenden Produktionsstätten der japanischen Spielzeugindustrie verschafft hatte, nicht bestätigt werden. Ein Check in der amerikanischen und europäischen Spielzeugindustrie brachte ebenfalls keine Erkenntnisse in dieser Richtung."

Misure sprach hier die nur Ovangar bekannte Fähigkeit der Oseles an. Dadurch, dass sie fast alles Körperliche abgelegt hatten und fast nur noch aus geistiger Materie bestanden, waren sie in der Lage, sich selbst durch allerwinzigste Öffnungen und kleinste Haarrisse Zugang zu allen nur erdenklichen Räumen zu verschaffen.

„Der zweite Ansatzpunkt stellte sich als der wahrscheinlich richtige heraus. Lottinia, Verzeihung, X Xamagatura, erzählte, dass sie nach dem tumultartigen Auftritt in dem so genannten Kolosseum des Flohzirkus von einem Beamten des BKA der Bundesrepublik

Deutschland verhört wurde. Unsere Leute sind daraufhin in Karlsruhe beim BKA und sicherheitshalber auch gleich beim BND, dem deutschen Nachrichtendienst in München, direkt in die Zentralcomputer eingestiegen und haben systematisch alle Dateien durchforstet ... und die Jungs sind fündig geworden. Um es abzukürzen (der ganze Bericht liegt Ihnen bereits schriftlich vor): Wir sind auf Vermutungen der beiden Ämter gestoßen, dass es sich bei den Winzlingen um das Ergebnis illegaler Genmanipulationen handeln könnte.

Erhärtet wird diese Vermutung dadurch, dass den Geheimdiensten der Menschen Informationen über solche Bemühungen in einem Land der Dritten Welt vorliegen. Genaue Angaben finden Sie in meinem Bericht." Es war bei den Oseles Usus, dass sie Informationen, die sie mündlich gaben, frei von detaillierten Fakten hielten. So beugten sie klugerweise der Gefahr vor, dass durch eventuell installierte Wanzen oder anwesende Doppelagenten Informationen in die falschen Hände fielen.

„Ich bin sehr zufrieden mit Lottinias und deiner Arbeit, wirklich sehr professionell. Ich werde deinen Bericht sofort lesen. Grüße Lottinia und auch die Oseles-Jungs in Karlruhe und München von mir. Hervorragende Arbeit."

Es schien, als ob die schemenhafte zarte Erscheinung der kleinen Oseles-Fee vor Stolz anfing zu glühen.

Ovangar stieg nachdenklich die Wendeltreppe zu seinen Räumen hinauf. Genmanipulation? Dagegen sprach, dass Klining Träger der Thulanderona-Kordel war. Ein Thulanderona-Boy, der vor Jahrhunderten seine Weihen empfing, konnte heute logischerweise nicht genmanipuliert sein. Das war ganz klar auszuschließen. Was dem Magier große Sorgen bereitete, war die materialistische Denkweise der Menschen, die ohne Hemmungen in jede Art der Schöpfung eingriffen, um irgendwelche kurzfristigen egoistischen Vorteile daraus zu ziehen. Er war sich sicher, dass die Menschen an den Winzlingen ohne Skrupel jede noch so geartete Untersuchung durchführen würden, um den Gründen für deren winzige Größe auf die Spur zu kommen. Die Menschen hatten sich in der jüngsten Zeit sehr viele Sympathien auf Seiten der Feen, Elfen und Geister verspielt, als hier die Nachricht die Runde machte, dass man für alle möglichen Zwecke Tierversuche durchführte. Etwas, das auf dieser Seite kein Lebewesen nachvollziehen konnte. Ovangar war sich sicher, wenn die Menschen die klitzekleinen Zwerge in die Hände bekämen, hätten sie mit einer ganzen Menge von Problemen zu rechnen. Er wollte sich morgen vor der Audienz beim Feenkönig erst einmal mit seinem Thulanderona-Logenbruder Klining besprechen.

LAURIN MUSS ZUM RAPPORT

Laurin wachte mürrisch auf. Sein Schlaf war unruhig und schlecht gewesen, mit bedrückenden Träumen. Allein die Tatsache, dass er überhaupt geträumt hatte, verärgerte ihn. Er war es doch, der den Nachtalben, die er laufend mit roten Rubinen – natürlich dritter Qualität – bestach, befahl, wo, wie und wann sie jemanden zu quälen hatten. Er selbst träumte eigentlich nie. Träume waren für ihn unrealistischer Humbug. Sich vorzustellen, dass der Traum der letzten Nacht, in dem der Junge als sein engster und einziger Verwandter in der Feenhalle vor dem versammelten Hof auftrat und seinen legitimen Erbteil an den Reichtümern einforderte, der Realität entsprechen könnte, musste einem schlimm auf den Magen schlagen. Jetzt bekam Laurin selbst einmal eine Ahnung davon, wie schlimm ein Albtraum sein konnte.

Er fütterte Ragnurs zwei Köpfe mit je einer halben Maus und überlegte, wie er nun am klügsten vorgehen sollte. Er war noch mitten in seinen Gedanken, als er plötzlich spürte, wie eine starke, dunkle Macht von ihm Besitz ergriff. Laurin wusste: Noch heute war er gezwungen zu reisen ... Er war zum Rapport befohlen.

Laurin traf tief im Inneren der Erde am Ufer des grünen Sarimgantaflusses ein. Der Fluss transportierte die kostbare Fracht seines grünen Goldes träge in engen Meanderwindungen durch die glühenden Schluchten der unterirdischen Felsenlandschaft. Auch für Laurin war es immer wieder ein Erlebnis, den geheimnisvollen grünen Schimmer zu betrachten, der von dem kostbaren Gold ausging und alle Welt verrückt machte. Heute war der Sinn des

Zwergenkönigs allerdings nicht auf die Bewunderung von Gold ausgerichtet. Er hatte nicht mehr viel Zeit, um in die Höhle zu kommen, die ihm zum Treffpunkt bestimmt worden war.

Laurin trieb seinen kleinen Rappen an: „Komm, Bjadli, wir haben es bald geschafft."

Ragnur hatte – wegen der Hitze schläfrig – beide Köpfe unter seinen Flügeln versteckt. Nach zehn Minuten auf verschlungenen Pfaden, die nur der Zwergenkönig kannte, ritten sie in eine kleine unscheinbare Höhle. Laurin saß ab, trat in die Mitte der Höhle, sank auf die Knie und berührte mit seiner Stirn den Boden.

„Du kommst zu spät, König."

Laurin hörte diese Stimme nicht mit den Ohren. Er fühlte vielmehr tief in seinem Inneren eine unerklärliche Macht Buchstaben und Worte zu Sätzen formen, die er dann mit jeder Faser seines Körper aufnahm. Die Stimme in seinem Körper wurde schneidend und fordernd: „Zwergenkönig, wage es nicht, mich zu betrügen, es würde das Ende deiner Tage bedeuten." Die Stimme schnitt schmerzhaft durch seinen Körper.

Laurin antwortete, indem er in seinen Körper hinein dachte: „Herr, ich bitte gnädigst um Entschuldigung, es wird nicht wieder vorkommen." Laurin fühlte, wie seine Stirn noch fester auf die Erde gepresst wurde.

„Wage es nie wieder, Zwergenkönig!"

Die Stimme in ihm fraß sich wie ein scharfes Schwert durch seine Eingeweide. Laurin krümmte sich. Seine Gedanken wurden ausgeschaltet und unterlagen nicht mehr seinem Willen. Ein Nebel des Schmerzes durchflutete ihn und machte ihn lediglich zu einem willenlosen Objekt. Eine Kraft, der er nicht gewachsen war, saugte jetzt fast alle Energien aus seinem Gehirn und seinem Körper. Laurin fühlte sich ausgesogen, ausgelaugt, tief gedemütigt und ausgeliefert. Der Zwergenkönig zitterte, er hatte unglaubliche Angst.

„Ich habe alle Informationen, die ich brauche. Du bist vorerst entlassen. Du darfst dich entfernen, Zwergenkönig." Laurin spürte die fürchterliche Stimme in sich und bewegte sich zeitlupenartig. Sein Körper war nun nicht mehr als eine leere Hülle, ausgesogen und fast ohne Lebensenergien. Mit Mühe gelang es ihm, seine Atmung und seinen Pulsschlag wieder unter Kontrolle zu bekommen. Sein Blut, das minutenlang in seinen Adern still gestanden hatte, kam zögernd und langsam wieder in Bewegung und floss erneut in seinem unendlichen Kreislauf. Das Leben kehrte wieder in den Zwergenkönig zurück.

Er erhob sich mühsam. Unbewusst schaute er sich um, ob nicht doch einer der gefürchteten Eiskrieger den Sarimgantafluss überschritten hatte und ihn hier zu Boden zwang. Aber dann kehrte sein Bewusstsein langsam zurück und sein Gehirn nahm seine Tätigkeit wieder auf. Die Realität der Situation, auf die sich Laurin eingelassen hatte, war unendlich gefahrvoller als die Umarmung durch die grausamen Hiemisen. Außerdem würden die gefürchteten Eiskrieger in der hier herrschenden Hitze hinwegschmelzen wie Schneemänner in der Frühlingssonne. Nein, sie würden in dieser Gluthölle tief im Inneren der Erde sofort verkochen.

Laurin wusste, die Gefahr und das Risiko waren groß, aber der Gewinn war die Herrschaft über alle Reiche der Menschen und Geister.

DER WETTSTREIT DER MAGIER

„Habt ihr gut geschlafen, mein Freund?“

Der Kanzler war im Schlafzimmer der Fürstensuite an das riesige Doppelbett getreten und verneigte sich vor dem winzigen Illantin, der schlaftrunken aus seiner Zipfelmütze kroch. Der Kanzler versuchte sein Lächeln zu verbergen. Die fünf roten Zipfelmützen auf der linken Hälfte des riesigen Doppelbettes sahen auf den ersten Blick wirklich aus wie hingeworfene kleine Mohrrüben. Der Anblick war zu putzig. Die anderen vier klitzekleinen Zwerge schliefen noch. Sie waren alle, verteilt auf der linken Betthälfte, in ihre Zipfelmützen wie in einen Schlafsack gekrochen und hatten jene bis zum Hals hochgezogen. Sie atmeten ruhig und ihre winzigen rosigen Gesichtchen hatten einen zufriedenen, glücklichen Gesichtsausdruck. Auf der anderen Hälfte des Bettes war Olli bis zu den Ohren unter die Bettdecke gekrochen. Nur sein wuscheliger roter Kupferschopf war zu sehen. Ein leises Schnarchen wurde hörbar.

„Du brauchst gar nicht so zu grinsen, Bruder. Aber eine so große

Zipfelmütze hat so viele Vorteile, dass keiner von unserem Volk sie jemals missen möchte." Klining erklärte dem staunenden Ovangar die vielen praktischen Funktionen der Zipfelmütze.

„Nicht schlecht, vielleicht sollte ich mir auch mal so ein Exemplar anschaffen."

Klining lachte. „Dann kannst du gleich die Bautrolle bestellen und das ganze Palais umbauen lassen. Eins zu eins auf deine Größe vergrößert, hätte so eine Zipfelmütze eine Höhe von über neun Rebehmen, also über siebeneinhalb Meter: Allein das Gewicht ohne das der Notverpflegung würde über tausend Randanten betragen." Dann wurde der winzige Magier ernst. „Warum hast du mich geweckt, Ovangar?"

„Können wir unter vier Augen sprechen, Klining?"

„Aber sicher, wenn du mich in den Salon trägst."

Bevor Ovangar Klining die Hand hinhalten konnte, hatte der schon eine leichte Handbewegung gemacht und saß auf Ovangars Arm. Der Kanzler schmunzelte, machte ebenfalls eine leichte Handbewegung, und Klining saß wieder auf dem riesigen Bett. Vor ihm schwebten vier kleine Flugelfen, die eine klitzekleine Sänfte zwischen sich trugen.

„Wenn du einsteigen möchtest? Sie tragen uns nach nebenan in den Salon." Ovangar saß bereits in der Sänfte, öffnete von innen das winzige Türchen und klappte ein winziges Treppchen zum Einsteigen herunter. „Bitte komm herein."

Der verdutzte Klining stieg ein und setzte sich gegenüber dem nun auch winzigen Ovangar in die bequemen Polster.

„Sind die echt?" Klining zeigte auf die flatternden Flugelfen.

„Finde es heraus."

Klining lachte. „Du willst einen kleinen Wettstreit? So wie unter alten Magierfreunden?"

„Wie unter alten Magierfreunden!" Ovangar lachte unternehmungslustig. Plötzlich fühlte er sich wieder jung und dachte an die Zeit, als er als junger Magier wegen seiner albernen Streiche von Tala immer wieder zur Ordnung gerufen werden musste.

„Musstest du auch so oft das Silensenklo schrubben?", fragte grinsend Klining, der die Gedanken des Kanzlers verfolgt hatte.

Der begab sich ebenfalls auf die telepathische Ebene und anwortete dem winzigen Magier, indem er, ohne den Mund zu bewegen, seine Gedanken fließen ließ: „Ich glaube, keiner ist vom guten, ehrwürdigen Tala öfter in das fürchterliche Stinkloch geschickt worden als ich.“

Das Silensenklo war bei allen Novizen des Thulanderona-Ordens berüchtigt. Der Großmeister hatte es speziell zur Disziplinierung der jungen, oft ausgelassenen Zauberer und Magiere erschaffen. Das Klo bestand aus einem Raum, in dem Tala die leiblichen Gase der grauenhaften Silensen eingefangen hatte. Gase, die sich bei diesen Kreaturen regelmäßig in gewaltigen Eruptionen wie in Urweltgewittern lösten. Die Wände waren mit dem Kot dieser wilden Geschöpfe bespritzt, der sich mit den Gasen entlud. Aus einem Loch in der Decke strömten die ständig explodierenden, für keine Nase erträglichen Gase in den Raum. Jeder, der einmal die Aufgabe bekam, diesen Raum vom Kot zu reinigen, war für alle Zeiten davon geheilt, seine Zauberkräfte für alberne, kindische und unseriöse Zwecke einzusetzen. Ganz clevere Novizen, zu denen ohne Zweifel Ovangar und Klining gehörten, die meinten, sich der fürchterlichen Strafe dadurch zu entziehen, dass sie heimlich einen Gasmaskenzauber einsetzten, mussten aber zu ihrem Entsetzen in der fürchterlichen Stinkkammer feststellen, dass der Filter der Maske eher eine geruchsverstärkende Wirkung an den Tag legte. Klining und Ovangar schmunzelten, als sie an diese unbeschwerte Zeit fröhlicher Magie und fürchterlicher Silensen-Fürze dachten.

„Wollen wir?“

„Klar doch ... es ist doch kein Tala und kein Silensenklo in der Nähe.“ Klining kicherte albern, machte eine kleine Handbewegung und war plötzlich verschwunden.

„Wo bist du, mein Freund?“ Ovangar schaute sich in der winzigen Sänfte um.

„Du musst die Lupe nehmen, sie liegt neben dir.“

Ovangar sah auf dem Polster neben sich eine riesige Lupe liegen.

„Ich sitze dir immer noch gegenüber, mein Freund.“

Klining lachte vor Freude, als der ehrwürdige Kanzler die Lupe zur Hand nahm und den Sitz vor sich damit eine ganze Weile absuchte. Dann sah Ovangar die Gestalt Klinings, kaum höher als eine Erbse, auf dem bunten Muster des Polsters sitzen.

„Nicht übel ...“, lobte Ovangar, machte eine leichte Handbewegung und war nicht mehr zu sehen.

„Wie finde ich dich? Auch mit einer Lupe?“

„Du nimmst besser das Mikroskop! Es steht direkt neben dir. Das ist eine ‚Spezial-Mini-Mikro-Ausführung‘. Ich bin schon drunter ... schau nur durch!“

Der kaum erbsengroße Klining beugte sich über das auch mit der Lupe nur noch gerade so erkennbare Mikroskop, stellte das Okular scharf ein und schaute hindurch. Lachend stand Ovangar in dem wissenschaftlichen Gerät und winkte ihm durch das Okular zu.

„Na, das ist doch wohl kaum noch zu toppen? Da staunt doch selbst so ein von Natur aus klitzekleiner Zwerg wie du? Gibst du dich geschlagen?“

„Bewundernswert ... wirklich. Damit gehörst du ohne Zweifel zu den ganz Großen unserer Zunft. Ich glaube, das hatte noch nicht einmal der große Merlin so perfekt auf der Pfanne.“

„Stimmt!“ Ovangar schmeichelte die Bewunderung Klinings sehr, denn die Nanomagie, für die man eine große Willenskraft, Konzentration und viel Übung benötigte, beherrschten nur wenige der sehr großen und berühmten Zauberer und Magier.

Dazu gehörte auch Merlin, der sagenumwobene Zauberer am Hofe des König Artus. Doch der hatte sich verliebt und war der schönen Fee Nimue verfallen. Die Liebe zu einem weiblichen Wesen war das Schlimmste, was einem großen Magier passieren konnte. Natürlich verlor er – entgegen der landläufigen Meinung und wie überall fälschlicherweise dargestellt – in keiner Weise seine Zauberkräfte ... eher das Gegenteil war der Fall. Gott Amor beflügelt ja normalerweise mit seinen Pfeilen jeden Kreativen. Nur: Bei den Zauberern gehörte zur Kunst eines erfolgreichen Umgangs mit der Magie neben der Kreativität vor allen Dingen auch ein hohes Maß an Konzentration. Jeder, der Verliebte einmal beobachtet hat, wird bestätigen, dass sie über alles, nur nicht über hohe Konzentration verfügen. Was unter solchen Umständen bei verliebten, unkonzentrierten Zauberern an Magie herauskommt, braucht hier nun wirklich nicht geschildert zu werden.

Für die arme Fee Nimue entwickelte sich die Liebe Merlins zu ihr immer mehr zu einem Ärgernis. Als sie Merlin erhörte, hatte sie nicht bedacht, dass Merlin rückwärts gegen die Zeit lebte. Nimue hat ihn als Mann in voller Blüte im Alter von eintausendsechshundertzweiundfünfzig Jahren kennen und schätzen gelernt. Jetzt steht sie da, mit einem wenige Monate alten Baby auf dem Arm. Für die arme Nimue eine sehr peinliche Situation, weil sie jeder nach dem Vater des Kindes fragt. Nimue hofft, dass sich Merlin schließlich in Nichts auflösen wird. Zum Glück ahnt die arme Fee jetzt noch nicht, was ihr blüht. Womit sie bestimmt nicht rechnet, ist, dass Merlin, am Tage seiner Geburt angekommen, wieder anfängt in die andere Richtung der Zeit zu leben. Für Nimue beginnt damit das ganze Theater von vorn.

„Du gibst dich also geschlagen, mein verehrter Freund?“, tönte es unter dem Okular des Mikroskops hervor.

„Wie kommst du darauf, Ovangar?“ Klining machte eine Handbewegung und hatte sich anscheinend in Luft aufgelöst. „Was hältst du davon, Kanzler?“

„Wovon? Wo bist du?“

„Ich stehe jetzt direkt neben dir unter dem Mikroskop.“

„Ich sehe dich nicht, Klining.“ Ovangar schaute sich suchend um. „Warte, ich schau durch das Mikroskop, dann werde ich dich schon sehen.“ Er wollte sich mit einer Handbewegung auf Erbsengröße vergrößern.

„Warte, mein Freund. Das wird dir nichts nutzen, auch dann kannst du mich nicht sehen.“

Ovangar lachte: „Du hast dich unsichtbar gemacht?“

„Nein, nicht ganz.“ Klining erzählte nun seinem staunenden Thulanderona-Bruder, welche einmalige und außergewöhnliche Fähigkeit er im Laufe der Jahrhunderte entwickelt hatte. Klining konnte sich kleiner als jedes andere bekannte Lebewesen auf diesem Planeten zaubern. Die kleinste vom ihm bisher erreichte Größe war die eines Atoms. Atemlos hatte Ovangar dem unsichtbaren Illantin zugehört. Das war ja sensationell! Ovangars Gehirn rotierte. Klining als denkendes, analysierendes Atom. Alle Geheimnisse des Lebens und des Universums könnten endlich gelüftet werden. Der Schleier der Unwissenheit konnte nun zerrissen werden.

„Mein Freund, diese Gedanken habe ich auch schon alle durchgespielt. Ihnen nachzugeben ist zu gefährlich!“ Klining hatte sich wieder auf die telepathische Ebene begeben und kommunizierte von dort unmittelbar mit dem Gehirn seines Freundes.

„Du hast Recht, mein Guter. Ich bitte dich um Verzeihung, dass ich auch nur einen Moment an diese Möglichkeiten gedacht habe. Wir haben schließlich schon Sorgen genug. Komm, wir setzen uns wieder in die Sänfte."

Die Sorgen, die Ovangar bedrückten und deretwegen er mit dem Illantin unbedingt unter vier Augen sprechen wollte, waren wieder in sein Bewusstsein zurückgekehrt. Beide saßen sich in der winzigen Feensänfte gegenüber.

Ovangar hob die Hände im Thulanderona-Gruß an die Stirn und an sein Herz. „Verehrter Freund, du hast in unserem kleinen Wettstreit gewonnen. Darf ich dir meine uneingeschränkte Bewunderung aussprechen und dir gratulieren? Ich bin froh, dass wir uns kennen gelernt haben und du mir so viel Vertrauen schenkst."

Klining verbeugte sich dankend.

Ovangar wurde ernst: „Ich möchte ehrlich zu dir sein, Klining. Wir gehören beide zur Thulanderona-Loge und sind hohen Werten verpflichtet. Bitte höre mir zu."

OVANGAR UND KLINING VERBÜNDEN SICH

„König Oberon macht sich große Sorgen ... Er vermutet, euer plötzliches Auftauchen in unseren Reichen sei nichts anderes als die geplante Invasion einer fremden Macht. Verehrter Freund, ich weiß, dass die Vermutungen seiner Majestät reine Spekulationen sind und, um es von vornherein klarzustellen, Klining von Olgursam: Ich vertraue dir voll und ganz ..." Ovangar unterbrach seine Rede.

„Retsiem Ovangar, mein Freund ...", Klining überging taktvoll die Verlegenheit des Kanzlers, indem er ihn mit dessem hohen Thulanderona-Grad ansprach, „... höre mir zu, ich werde dir alles erklären."

Dem Illantin war klar, dass das plötzliche Auftauchen der klitzekleinen Zwerge an den verschiedensten Stellen der Vereinigten Feen- und Geisterreiche gegen alle Regeln der internationalen Diplomatie, an die sich inzwischen sogar die Menschen hielten, verstieß und großes Misstrauen auslösen musste. Er ärgerte sich jetzt über seine unüberlegte und mehr als dürftige Erklärung vor versammeltem Hofe, dass die klitzekleinen Zwerge sich auf einer Urlaubsreise unglücklicherweise verirrt hätten. Sie wäre für seine kleine Gruppe gerade noch haltbar gewesen, aber spätestens mit dem Auftauchen der klitzekleinen Zwerge in den anderen Reichen mussten sich die Probleme zuspitzen. Wenn es auf ihrem kleinen Inselkontinent plötzlich Feen, Elfen und Geister vom Himmel regnen würde ... der Großalarm wäre von ihm schon ausgelöst worden, bevor die erste Elfe auch nur den Boden ihres Landes berührt hätte. Kein Wunder, dass der Feenkönig es mit der Angst bekam. Seine Herrschaft schien auch so schon schwierig genug zu sein.

Klining hatte mit der hohen Sensibilität der Thulanderona-Geweihten die starken negativen Spannungen zwischen dem Feenkönig und dem Zwergenkönig gespürt. Als während des unbeherrschten und taktlosen Ausbruchs des Feenkönigs wegen der Königslade der lyngardische Kirmas mit Laurin Blicke tauschte, spürte Klining die Bedrohung fast schmerzhaft. Hier war eine große Schweinerei im Gange. Mit Schaudern hatte er das mörderische Aufblitzen in den kalten Augen des Lyngarden gesehen.

Klining berichtete Ovangar ausführlich von den klitzekleinen Zwergen mit den großen blauen Kulleraugen und der riesengroßen roten Zipfelmütze. Er erzählte von ihrer Heimat und davon, wie sie seit vielen, vielen Jahrhunderten unbehelligt und glücklich auf ihrem winzigen Inselkontinent gelebt hatten, bis sein Volk dann an dem Tag, als das außergewöhnlich herrliche Flugwetter sogar die Kinder und die Alten hoch in die Wolken lockte, fast geschlossen in den Himmel aufgestiegen war und urplötzlich von diesem unglaublichen Orkan, dem fürchterlichen Zyklon, fortgerissen und in alle Welt verstreut wurde. Dann berichtete er von der Prophezeihung, erzählte aber nur von der heiligen Königslade und nicht von deren Inhalt, dem mächtigen Perlenzepter. Er war erschüttert, wie erschrocken und betroffen der Feenkanzler auf die Prophezeihung reagierte. Dann erzählte er, wie sie ihrem Kamarin vor dem Perlenthron einen heiligen Eid schwören mussten, keinem Lebewesen je zu verraten, was sich in der heiligen Königslade verbarg. Ovangar wurde totenblass, als ihm der Illantin offenbarte, dass das heilige Gläserne Orania-Zepter eines Tages durch die Unbeherrschtheit und Dummheit des Feenkönigs zerstört würde und nur der Held mit dem reinen Herzen in der Lage sei, die Ordnung der Welt zu retten, weil nur er die sieben Siegel in der Königslade lösen könne. Fände man den Helden nicht und würde das Glaszepter des Feenkönigs zerspringen, so sei der Untergang aller Welten gewiss.

„Wer kann sonst noch die heilige Königslade öffnen?“, fragte der Kanzler der Feen und Elfen tonlos und bedrückt.

„Keiner! Selbst die Götter könnten den Frevler, der das versuchen wollte, nicht mehr retten. Er stirbt sofort. Und das ist das Grausamste: Er verfällt unrettbar der dunklen Macht und seine Seele ist für immer verloren.“

Ovangar schüttelte sich. Ein schlimmeres Schicksal konnte er sich nicht vorstellen. Klining tat es sehr Leid, dass er dem Kanzler auch die letzte Wahrheit nicht ersparen konnte. Mit leiser Stimme berichtete er vom Erscheinen der Schöpfung am Himmel und wie sie seinem Kamarin verkündet habe, dass der Zeitpunkt, da der König der Feen sein Zepter vernichten würde, gefährlich nahe sei und sie den Helden mit dem reinen Herzen nun dringend finden müssten. Die Prophezeiung sage zwar, dass er vor kurzer Zeit geboren wurde und in diesem Erdzeitalter lebe, gebe aber keinerlei Auskunft darüber, ob ihn jemand kenne. Auch wüsste niemand, wie er aussehe und ob er ein Mensch, ein Geist oder eine Elfe sei. Auch gebe es keinerlei Information darüber, wo er sich befinden könnte. Die Schöpfung habe nur ihren Kamarin angefleht, dass sie, die klitzekleinen Zwerge, ihn schnellstens finden müssten, denn sonst seien alle für immer verloren. Trotz dieser düsteren Schilderung konnte sich der Kanzler nicht enthalten zu fragen: „War die Schöpfung so schön und jung, wie man es sich in den Legenden erzählt?“ Ovangars Stimme war voller Ehrfurcht.

„Unser König sagt ja. Er hatte als Einziger die Gnade ihrer Erscheinung.“

„Wie viel würde ich darum geben, ihr nur einmal zu begegnen“, seufzte der Magier der Feen.

„Das stimmt.“ Die Stimme des Illantin klang ebenfalls wehmütig.

Ovangar sammelte sich, reckte seine schlanke, große Gestalt und schüttelte seine Angst ab. Nun war er wieder der mächtige Kanzler, der große, erfahrene Staatsmann der Vereinigten Feenreiche.

„Ich danke dir für deine Offenheit, Retsiem Klining."

Er verneigte sich und erwies dem winzigen Magier mit dem Thulanderona-Gruß seine Hochachtung. Der Illantin erwiderte gemessen die Verneigung.

„Ich vertraue dir und betrachte dich als meinen Freund und Bruder."

Ovangars Gesicht rötete sich vor Freude.

„Klining, mein Freund, ich beneide dich nicht um diese große Verantwortung, die das Schicksal dir und deinen Freunden aufgebürdet hat. Ich kann dir wirklich nur anbieten, dass ich alles in meinen Möglichkeiten tun werde, damit wir dieser großen Bedrohung gemeinsam Herr werden." Die Stimme des Kanzlers klang wieder gewohnt fest und sicher.

Klining war froh und erleichtert: Mit dem großen Kanzler an seiner Seite wuchsen die Chancen, dass er seinen Auftrag erfüllen konnte.

„Was schlägst du vor, Retsiem Ovangar?"

„Lass uns aufhören, so förmlich zu sein. Wir sind doch unter uns. Wir müssen uns überlegen, wie wir diesen mysteriösen Helden des reinen Herzens schnellstens finden. Ich werde meinen Geheimdienst auf diese Aufgabe ansetzen. Bisher haben die noch jeden gefunden, egal wo er sich auf unserer oder auf der Seite der Menschen versteckte. Nur, ich brauche eine Personenbeschreibung, einen Steckbrief, zumindest einen klitzekleinen Anhaltspunkt, worauf ich meine Spezialisten ansetzen kann."

„Das wird schwierig. Es gibt nur das, was ich dir bereits erzählt habe. Wir müssen nach jemandem mit einem reinen Herzen suchen."

„Hm ...?" Ovangars brillantes Gehirn rotierte wieder einmal. „Mit reinem Herzen? ... Mit reinem Herzen? ... Und dann noch ein Held? Alle Helden die ich kenne, haben auch ihre dunklen, manchmal sehr, sehr dunklen Seiten."

Der Illantin nickte zustimmend. Das war genau das, was ihn an Helden immer störte. „Vielleicht sollten wir erst einmal die Frage klären, was überhaupt ein Held ist."

„Gute Frage: Was ist ein Held?"

„Zweite gute Frage: Wer hat ein reines Herz?"

„Existiert so ein Lebewesen überhaupt? Klining, besteht vielleicht die Möglichkeit, dass sich dein Kamarin verhört hat? Wie wäre es, wenn wir die Orion-Albatrosse bitten, im Universum die Augen offen zu halten. Unter Umständen existiert dieses vollkommene Wesen auf einem anderen Stern?"

„Nein, mit Sicherheit nicht. Er muss hier auf unserem blauen Planeten leben. Jetzt und heute ... so verkündete es die Schöpfung."

Ovangar kratzte sich, was sehr selten geschah, vor Ratlosigkeit am Kopf. „Ich werde auf jeden Fall meinen Spezialisten folgendes Profil für ein Fahndungsraster vorgeben: erstens ein Held, zweitens mit reinem Herzen. Aber zunächst sollten wir, wenn du einverstanden bist, mit der Feenkönigin sprechen. Ich sage dir jetzt im Vertrauen, wenn ich an das unbeherrschte Wesen meines Königs denke, wird mir mehr als schwummerig. Du musst mal sehen, wie der manchmal vor Wut mit seinem Zepter auf die Tafel haut. Der ganzen Feenhalle ist dabei schon Angst und Bange geworden. Wenn bei Hofe die Prophezeiung bekannt würde, käme es zu einer unglaublichen Panik. Die Königin Titania ist die Einzige, die auf das unbeherrschte Temperament des Königs einen gewissen Einfluss hat. Ich bin dafür, dass wir niemanden sonst informieren, aber sie müssen wir von dieser riesigen Gefahr, in die uns der Feenkönig bringen kann, doch unterrichten."

„Meinst du, sie hält der Belastung einer so großen Sorge stand?"

„Sie ist eine außergewöhnliche und ungewöhnlich starke Frau, die geborene Herrscherin. Klug, milde und doch in den entscheidenden Dingen konsequent. Mit ihrem unvergleichlich weiblichen Charme hat sie schon viele Probleme zu Gunsten des Reiches gelöst, wo Oberon mit Sicherheit versagt hätte. Nach meinem Ermessen ist sie die eigentliche Herrscherin der Vereinigten Feen- und Geisterreiche. Alle Regierungsprobleme bespreche ich im Detail grundsätzlich mit ihr. Wo Oberon nur die große Linie der Herrschaft im Kopf hat, verfügt sie über fundierte, detaillierte Kenntnisse. Läge das Gläserne Zepter in ihren Händen, könnten wir die Suche nach unserem Helden mit dem reinen Herzen getrost aufgeben. Sie hat im Grunde nur eine Schwäche, und das ist die tiefe Liebe zu ihrem Mann."

„Gut, ich bin damit einverstanden. Was erzählen wir dem König?"

„Die Wahrheit ist immer am besten. Also alles von deinem Volk, dem Zyklon – und dass du dein Volk zusammensuchen musst. In Sachen Königslade würde ich dabei bleiben, dass du nur den Auftrag ausführen musst, die Königslade dem Helden mit dem reinen Herzen zu übergeben. Wir müssen versuchen, Oberon von seiner Vorstellung zu befreien, dass ihr unsere vereinigten Reiche okkupieren wollt."

„Wollen wir auch nicht. Wir leben zu Hause gut und sind rundum mit unserem Ländchen zufrieden."

„Wir haben aber noch ein Problem, Klining. Hier auf unserer Seite, werden wir die Mitglieder deines Volkes wohl schnell sammeln und mit dem Orion-Alabatros zu euch nach Hause fliegen lassen können. Aber was ist mit der anderen Seite? Wie werden die Menschen auf euch Winzlinge reagieren? In Düsseldorf habt ihr ja noch ausgesprochenes Glück gehabt. Aber wenn meine Informationen stimmen, befassen sich bereits die Geheimdienste der Menschen mit euch. Die Menschen rasten doch aus, wenn sie euch zu fassen bekommen. Sämtliche Wissenschaftler und Forscher werden sich auf euch stürzen, euch auseinander nehmen, gnadenlos durch die Mangel drehen und so lange Tests und Experimente an euch durchführen, bis sie herausbekommen haben, warum ihr so klitzeklein seid." Ovangar machte eine Pause. Dann fragte er: „Warum seid ihr eigentlich so klitzeklein?"

Klining war überrascht. Über diese Frage hatten sich weder er noch ein anderer seines Volkes jemals Gedanken gemacht. Ihre winzige Größe war für jeden selbstverständlich. Er zuckte mit den Schultern. „Ich weiß es nicht."

Ovangar richtete seine Gedanken wieder auf die Menschen. Bisher hatten sie es trotz ihres schnellen, imponierenden technischen Fortschritts nicht geschafft, die Geheimnisse dieser Seite zu lüften. Dafür setzten sie einfach zu plump nur auf ihren Verstand. Aber ein klitzekleiner Zwerg in ihrer Hand könnte sie zum Umdenken zwingen und damit eine Brücke zu den Welten der Feen, Elfen und Geister bilden. Seine Politik war es bislang immer gewesen, die Entwicklung der Menschen zu beobachten, um dann, wenn es sinnvoll erschien, hier und da einzugreifen, um die Dinge kontrollierbar im Lot zu halten. Das Gesetz des Handelns lag bisher immer auf der Seite der Feen, und dabei sollte es bleiben.

„Komm, Klining, wir werden Titanias Gemächer aufsuchen. Sie hat uns eingeladen, mit ihr zu frühstücken. Wir möchten den Jungen mitbringen – und jeden deiner Freunde, der dazu Lust hat.“

TITANIA

Oliver überlegte, ob er jemals eine schönere Frau als die Feenfürstin gesehen hatte. Titania empfing Ovangar, Klining, Valentirina, Valmin, Vugur, Vildo und Oliver in ihren Privatgemächern.

„Guten Morgen. Ich freue mich, dass unser guter Kanzler euch zu einem Frühstück mit mir überreden konnte.“

„Vielen Dank für die Einladung. Es ist uns eine besondere Ehre, Fürstin.“ Klining verbeugte sich formvollendet.

Titania stand, hoch aufgerichtet in stolzer Haltung, strahlend schön vor ihnen und schien gerade ihre Morgentoilette beendet zu haben. Zwei ihrer Hofdamen banden eben noch den Gürtel ihres eleganten, tiefblauen, mit goldenen Sternen übersäten Morgenmantels zu einer Schleife und zupften den Mantel hier und da zurecht, bis eine kleine Handbewegung und ein dankendes Lächeln der Feenkönigin sie entließ. Die Feenkönigin umgab eine kaum wahrnehmbare Lichtaura, die bei jeder Bewegung sanft aufleuchtete. Ihr edles Gesicht wurde von schweren blauschwarzen Locken eingerahmt, die lang und dunkel wie ein Nachthimmel über ihre Schultern fielen. Wenn sie sich bewegte, glitzerte in ihren wundervollen Haaren das Licht winzig kleiner Sterne. Sie trug weder Krone noch Diadem, sondern nur einen dünnen goldenen Reif mit einem großen tiefblauen Saphir von der Farbe ihrer Augen auf der Stirn. Jede ihrer Bewegungen wirkte graziös und hoheitsvoll. Oliver war tief beeindruckt. Rinchen konnte ihren Blick nicht von den Sternenhaaren der Fürstin losreißen. Offenbar besprühte ihr Friseur ihr nachtdunkles Haar mit einem effektvollen Goldflimmer.

„Das sieht ja cool aus!“, rutschte es Rinchen begeistert heraus. Gleichzeitig schlug sie sich die Hand vor den Mund. „Oh ... Verzeihung ... ich ... !“

„Was sieht cool aus, kleine Dame?“ Titania beugte sich amüsiert lächelnd vor.

„Ihre Haare, Majestät!" Rinchen fing sich. Falls sie die Hofetikette verletzt haben sollte, war es eh' egal, und die Fürstin konnte ihr auch gleich sagen, welches Sternenspray ihr Friseur benutzte. „Majestät, darf ich fragen, welches Effektspray Ihr Friseur verwendet?"

„Effektspray? ... ich verstehe nicht." Der Blick der großen Fürstin verriet Ratlosigkeit.

„Die Sterne in Ihrem Haar, Majestät."

Die Fürstin kapierte immer noch nicht. Plötzlich aber begriff Rinchen. Sie war baff vor Staunen. Unglaublich. „Sind die etwa echt?"

Titania begriff nun ebenfalls ... sie lachte herzhaft. „Ja, die sind echt. Klitzekleine echte Sterne."

Rinchen war nicht mehr zu halten: „Echte vom Himmel?"

„Ja, meine Mutter ist die berühmte Königin der Nacht. Von ihr habe ich die dunklen Haare mit den Sternen."

„Und vom Vater, den Göttern sei Dank, den überaus scharfen Verstand", rutschte es Ovangar heraus.

„Oh, vielen Dank. Kanzler, welch schönes Kompliment am frühen Morgen." Titania lächelte geschmeichelt.

„Oh, Verzeihung, Majestät, das ist mir nur so rausgerutscht."

„Ach wie schade, dann war es nur eine unbedachte Bemerkung und Sie meinen es nicht so, mein Lieber?" Titania lächelte jetzt leicht enttäuscht.

„Doch ... nein ... ja ... ich wollte doch nur ...!" Der Kanzler wurde rot und wand sich.

„Mir ein noch galanteres Kompliment machen?" Titania schaute den großen Magier jetzt unschuldig an, blickte dann heimlich zu Rinchen und kniff, von Frau zu Frau, ein Auge zu. Rinchen nickte unmerklich und griente. Die hatte die Männer im Griff, von der konnte sie noch was lernen.

„Schönheit und Geist sind bei Ihnen, edelste aller Fürstinnen, so vollkommen vereint ... was kann uns arme Männer mehr verwirren, Majestät?"

Titania lachte: Da hatte sich der alte Charmeur elegant gerettet.

„Sie sind aber auch schön!", platzte Olli bewundernd heraus.

Alle lachten. Olli schaute in die Runde und sagte: „Stimmt doch!"

„Schau an, da haben wir jemanden, der die Herzen der Frauen zu erobern weiß." Titania freute sich über die Unbefangenheit des Jungen.

„Ich sag nur die Wahrheit!", strahlte Olli sie an.

„Bevor mich der junge Mann noch ganz verlegen macht mit seinen Komplimenten, bitte ich zu Tisch." Die Fürstin führte sie in den großen Salon, wo ein üppig gedeckter Frühstückstisch sich vor Köstlichkeiten bog.

„Das war aber eine Super-Schleimspur", flüsterte Valmin und grinste Olli an.

„Wieso Schleimspur, die sieht doch wirklich super aus. Die würde als Topmodel oder als Hollywoodstar 'ne Riesenkarriere machen. Guck mal, wie cool die Sterne in ihrem tollen Haar glitzern." Olli flüsterte ganz leise.

„Stimmt, und 'ne klasse Figur hat sie auch." Valmin nickte kennerisch.

„Nur leider zu groß", bedauerte Vugur.

„Typ Traumfrau und überhaupt nicht blond", murmelte Vildo und schielte grinsend zu Rinchen. Es hatte wieder einmal geklappt: Vernichtend traf ihn ein wütender Blick des blondgelockten Zwergenmädchens.

Die Jungs kicherten.

Titania amüsierte das Gespräch der Jungen köstlich. Mit ihrem hochsensiblen Gehör verstand sie jedes Wort. Sie musste zugeben, dass es sie sehr schmeichelte, wie ihre kleinen Gäste über sie redeten.

Ovangar erinnerte die Fürstin daran, dass ihre Gäste um elf Uhr zur Privataudienz des Feenkönigs geladen – besser befohlen – waren. Titania blickte mit leichtem Bedauern auf ihre innere Uhr, um die Zeit abzulesen. Nicht nur, dass sich der Illantin als ausgesprochen gebildeter, charmanter und weltgewandter Konversationspartner erwiesen hatte, mit dem sich die Feenkönigin schnell in einem regen Gedankenaustausch über ihre kulturellen Lieblingsthemen wie die klassische Wiener Oper, bei der sie und Klining ihre gemeinsame Liebe zu Mozart entdeckten, wiederfand. Die klitzekleinen Zwerge hatten sich auch als ausgesprochen lustige Spaßvögel erwiesen. Der Illantin, der eben noch mit ihr tiefsinnig über die Astral-Philosophie des synkatinischen Lemgors diskutiert hatte, amüsierte im nächsten Augenblick wie ein kleiner

Junge mit albernem Zauberfirlefanz die ganze Frühstücksgesellschaft. Sie hatte selten so gelacht und so viel Spaß gehabt wie in den letzten beiden Stunden.

Titania erhob sich von der Tafel. Sie sah mit Erstaunen, dass der Junge sich ebenfalls höflich erhob und abwartete, bis sie den Tisch verlassen würde. Ein Mensch und so gut erzogen? Sie nickte Olli freundlich zu und sagte, in die Runde schauend: „Bleibt alle sitzen, das Frühstück ist noch nicht zu Ende." Dann zog sie sich mit Ovangar und Klining in den kleinen Salon zurück.

„Was gibt es so Wichtiges, Kanzler?" Nun war sie wieder die hochkonzentrierte, staatsmännisch klug agierende Herrscherin der Vereinigten Feen- und Geisterreiche.

„Nichts Erfreuliches, Majestät." Er nickte Klining, der vor ihm und der Königin auf einem kleinen Tisch stand, zu: „Würdet Ihr, verehrter Illantin, der Fürstin ebenfalls all das berichten, was Ihr mir erzählt habt?"

Klining nickte und wiederholte für die Feenkönigin wortgetreu den Bericht, der den Kanzler in so große Sorge versetzt hatte. Titania verfiel in eine Totenblässe und schien einer Ohnmacht nahe, als Klining über die Prophezeiung und die mögliche bevorstehende Vernichtung des Gläsernen Orania-Zepters durch den Feenkönig berichtete. Sie schwankte und Ovangar musste sie zu einem Sessel führen.

„Du sagst die Wahrheit ...?!" Sie wusste selbst, dass ihre Frage eine Bestätigung ihrer dunkelsten Ahnungen war. Sie hatte immer tief in ihrem Inneren gespürt, dass die glückliche Herrschaft der Oranier auf dem Feenthron irgendwann schrecklich enden würde. Aber dass der Zeitpunkt schon so nahe war und ihr geliebter Oberon die Ursache für den Untergang ihres Geschlechtes sein würde, erschütterte sie tief. Ihr traten Tränen in die wundervollen saphirblauen Augen.

Klining bereute es schon, dass er mit seinem Bericht das Leid der schönen Fürstin ausgelöst hatte. Aber dann sah er, wie sich die Feenkönigin die Tränen aus den Augen wischte und sammelte. Sie richtete sich im Sessel auf und straffte sich.

„Sonst kann keiner eure heilige Königslade öffnen?", fragte sie und schaute den Illantin mit dem festen Blick einer Herrscherin an, die nicht bereit war, die fürchterliche Gefahr, die ihrem

Geschlecht und ihren Reichen drohte, als unabwendbares Schicksal hinzunehmen.

„Nein! Er muss auserwählt und von reinem Herzen sein."

„Dann müssen wir ihn finden – koste es, was es wolle."

„Keiner, noch nicht einmal die Schöpfung, weiß, wer dieser Auserwählte ist und wo er sich befindet. Wir wissen nur: Er lebt in diesem Zeitalter."

Titania fragte: „Wir wissen also auch nicht, ob es eine Fee, eine Elfe, ein Elb, ein Riese, ein Zwerg, ein Geist oder gar ein Mensch ist?"

„Nein!", sagte Ovangar. „Aber ein Mensch wird da ja wohl kaum in Betracht kommen ... das können wir von vornherein ausschließen. Da könnten wir ja gleich die Suche im Reich der Lyngarden beginnen."

„Ich gebe dir vollkommen Recht, Kanzler, nur bin ich mir da nicht so sicher." Klining schüttelte nachdenklich den Kopf. „Ich kann mir das auch beim besten Willen nicht vorstellen ... allerdings hat die Schöpfung diesbezüglich die Menschen nicht ausdrücklich ausgeschlossen."

„Aber sie hat sie auch nicht ausdrücklich genannt."

„Du hast Recht, Bruder." Klining dachte an Tala, den Thulanderona-Großmeister, der sich seit Jahrhunderten den unvorstellbarsten Entbehrungen aussetzte, um die große Sulama-Erleuchtung zu erlangen. Schaffte er es, würde mit Sicherheit ein neues goldenes Zeitalter beginnen. Wenn es sein Kamarin, der König der klitzekleinen Zwerge, nicht war, dann konnte der Held mit dem reinen Herzen nur Tala sein. Tala hing seit fünfhundertfünfunddreißig Jahren im Situra-Feuer. Was sollte ein Lebewesen mehr läutern? Unbewusst murmelte der Illantin leise die heilige Formel der Sulama-Meditation: „... SANGANAJA SULAMA ..."

„Du meinst, es ist Tala?" Ovangar fasste sich erleichtert an den Kopf. „Sicher, wer sonst? Dass wir da nicht gleich drauf gekommen sind! Das ist die Rettung!"

„Ihr meint den Großmeister eures Ordens?" Titania mischte sich in das Gespräch ein. „Warum sollte er ein reines Herz haben?"

Ovangar berichtete der Feenkönigin über das Bestreben Talas, die große, allumfassende Sulama-Erleuchtung zu erlangen und von den damit verbundenen langen entbehrungsreichen und qualvollen Meditationen.

Die Fürstin bekam vor Ehrfurcht große Augen, so sehr war sie beeindruckt. „Das wusste ich nicht. Ich habe mich bisher immer nur gewundert, dass man von eurem ehrwürdigen Großmeister schon seit Jahrhunderten nichts mehr hörte. Orania möge ihre schützende Hand über Tala halten, das wäre wirklich unsere Rettung. Aber noch nie hat ein Lebewesen dieses große Ziel erreicht." Auch die Fürstin kannte die vielen Mythen und Legenden, die sich um die große Sulama-Erleuchtung rankten. Wie viele hatten schon versucht, diesen höchsten Weg der Leiden zu beschreiten und waren gescheitert. Die Gnade der höchsten Weisheit blieb bisher allen Lebewesen als kosmisches Geheimnis verschlossen. Wenn es Tala tatsächlich schaffen sollte, dann wären sie gerettet. Die Fürstin seufzte.

„Ich werde zu unserer Urmutter Orania dafür beten, dass Tala die Gnade der Erleuchtung ereilt. Aber wer kann sagen, wie lange der arme Tala noch im Situra-Feuer ausharren muss?"

„Ich werde Tala aufsuchen und mit ihm reden", sagte Ovangar.

„Das ist sinnlos, Retsiem Ovangar. Der Weg zum Situra-Hain ist nicht nur lang, sondern auch beschwerlich und äußerst gefahrvoll. Selbst wenn du den Hain erreichst, nützt es dir nichts. Solange Tala im Situra-Feuer hängt, ist er in keiner Weise ansprechbar. Der Weg wäre umsonst. Außerdem wirst du hier dringend gebraucht."

Der Kanzler nickte bedrückt.

Klining sprach weiter: „Es bleibt uns keine andere Möglichkeit, als überall auf der Welt nach unserem Retter zu suchen ... und das müssen wir tun. Wir klitzekleinen Zwerge haben von der Schöpfung den Auftrag bekommen, unsere heilige Königslade dem gesuchten Helden persönlich zu übergeben. Darum werden wir weiter suchen und uns dabei wie bisher vom Orion-Albatros leiten lassen. Wenn du uns allerdings mit Informationen deines Geheimdienstes unterstützen könntest, Ovangar, wäre das sicher von großem Nutzen. Ich glaube, das ist im Augenblick der beste Weg."

Ovangar führte seine Hände an die Stirn und dann zum Herzen. „Du hast Recht, Klining."

„Natürlich hat der Illantin Recht. Tala ist unsere große, wahrscheinlich unsere einzige Hoffnung. Aber was passiert, wenn mein unglücklicher Gatte – Orania möge es verhüten – das Gläserne Zepter eher zerbricht, als dass Tala seine Erleuchtung erlangt? Wir brauchen dich hier bei Hofe, Kanzler, denn wir müssen uns auf alle Eventualitäten vorbereiten und alle Möglichkeiten, die sich uns bieten, ausschöpfen." Mit Bewunderung sah Klining, dass die Feenkönigin die Situation staatsmännisch analysierte, ordnete und im Stil einer geübten und erfahrenen Herrscherin ihre Anweisungen gab.

„Ovangar, du setzt sofort unseren Geheimdienst darauf an, in Erfahrung zu bringen, ob es irgendwo auf unserem Planeten Informationen über diesen geheimnisvollen Helden gibt. Nimm für diese Aufgabe die besten Spezialisten, über die wir verfügen. Kosten spielen keine Rolle. Du kannst im Notfall auch auf meinen Privatschatz zurückgreifen. Am besten instruierst du deine Leute noch vor der Audienz beim König. Wir sollten keine Zeit verlieren. Wie lange brauchst du dafür?"

„Keine Viertelstunde, Majestät."

„Gut, anschließend rüstest du den Illantin mit allen Hilfsmitteln aus, die dieser für seine Suche braucht. Egal wie viele Personen, wie viel Geld oder welche Dinge nötig sind: Klining bekommt jeden Wunsch erfüllt, den zu erfüllen in unserer Macht steht."

„Wird umgehend erledigt, Fürstin."

„Wir sind Ihnen sehr zu Dank verpflichtet, Fürstin. Dann darf ich vielleicht sofort eine Bitte vortragen?", fragte Klining.

„Aber sicher, mein Freund." Die Fürstin lächelte ihn an. „Ich darf Euch doch ‚mein Freund' nennen, verehrter Illantin?"

„Ich fühle mich sehr geehrt, Majestät!" Der Illantin verbeugte sich formvollendet. „Majestät, Ihr Gatte hat gestern im großen Feensaal davon berichtet, dass Teile meines verlorenen Volkes in Gorgonien, Exaltarania, Vinydgngo und in dem Gebirge Nurimale gefunden wurden. Ich mache mir sehr große Sorgen darum, wie die einheimische Bevölkerung dieser Länder auf unsere Größe reagieren wird. Ich erlaube mir, an die Reaktionen des Feenhofes zu erinnern, als er unsere Leute zum ersten Mal sah ... ich möchte ..."

Titania unterbrach den winzigen Magier. „Die Sorgen sind unbegründet, der König selbst hat die Anweisung gegeben, alle Gefundenen sicher an den Hof zu bringen ..."

Genau das ist ja das Problem, dachte Klining. Er hatte die Feindseligkeit des Feenkönigs gespürt und traute ihm nicht über den Weg.

„Außerdem werde ich mich persönlich um das Wohl Eurer Leute kümmern, mein Freund."

„Ich danke Euch sehr, Majestät." Klining war beruhigt und erleichtert.

„Ich werde schnell in die Geheimdienstzentrale eilen und meine Leute mobilisieren." Der Kanzler eilte hinaus.

„Wir haben noch ein Viertelstündchen, Klining. Lasst uns zu euren lustigen Freunden gehen und noch ein bisschen plaudern." Titania lächelte, als wenn es die große, dunkle Bedrohung nicht gäbe. Klinings Bewunderung für die Fürstin wuchs immer mehr.

AUDIENZ BEI OBERON

Ovangar erschien im großen Salon und beugte sich zu seiner Königin hinunter. „Es ist alles mobilisiert. Wenn wir Glück haben, wissen wir in Kürze mehr."

Titania erhob sich. „Es ist kurz vor elf, der König erwartet uns." Sie führte die Gruppe durch die Palasträume zum berühmten Oval Office, wo der Herrscher der Feen sie hinter seinem riesigen Schreibtisch bereits erwartete.

Der Feenkönig stand auf, als sie den ovalen Raum betraten, kam um seinen Schreibtisch herum und begrüßte seine Frau mit einem Kuss auf die Wange. „Das ist schön, meine Liebe, dass du Zeit gefunden hast, bei dieser Audienz dabei zu sein."

„Mein Schatz, ich habe bereits mit unseren Gästen gefrühstückt und mich köstlich amüsiert. Jetzt überlasse ich sie dir und dem offiziellen Teil ihres Besuches."

„Das ist nett. Ich hoffe nur, unsere Gäste werden nach deiner charmanten Gesellschaft noch mit mir vorlieb nehmen wollen." Der Feenkönig lächelte seine Gattin verliebt an, begrüßte seinen Kanzler und wandte sich dann an seine Gäste. „Bitte nehmt zwanglos Platz. Für unsere kleinen Gäste habe ich hier auf den Schreibtisch ein paar passende und bequeme Sitzgelegenheiten hinstellen lassen." Oberon machte eine einladende Handbewegung.

Oliver ging zu dem riesigen Schreibtisch, die klitzekleinen Zwerge hüpften von seinem Arm und nahmen in ein paar Blütenkelchen Platz, die der König von den Luftkobolden als Sessel hatte arrangieren lassen. Olli ging zum Kamin und setzte sich dort, wie die Feenkönigin und der Kanzler, in riesige, bequeme Polstersessel aus duftendem schottischem Bergmoos.

Oberon setzte sich hinter seinen Schreibtisch vor die Fahnen der Reiche und gab der Audienz damit einen offiziellen Charakter. Die Feenkönigin bemerkte dies mit Unwillen. Was mochte ihren Mann nur so verunsichern, dass er sich hinter seinem riesigen Schreibtisch verkroch? Man hätte doch genau so gut hier am Kamin in zwangloser Runde plaudern können. Erfahrungsgemäß waren solche Kamingespräche politisch viel ergiebiger, weil sich jeder zwanglos seinen Gedanken hingab und manche Bemerkung leichter über die Lippen kam. Die größten Probleme und die besten Verträge hatte man immer hier am Kamin ausgehandelt. Sie sah, dass Ovangar die gleichen Gedanken haben musste. Der Kanzler versuchte seine Verwunderung zu verbergen.

Oberon straffte sich. „Ich darf euch alle noch einmal herzlich in meinem Herrschaftsbereich begrüßen. Ich hoffe, dass euch eure Unterkunft gefällt und alles zu eurer Zufriedenheit gerichtet ist." Die Stimme des Königs flirrte leicht.

Meinem Herrschaftsbereich? Aha, Klining begriff, wohin der Zug fuhr und warum der Feenkönig so aufgeregt war. Ovangar hatte Recht, der König der Feen und Elfen hatte Angst. Aber Oberon konnte doch nicht allen Ernstes glauben, dass Klinings Volk seine Reiche erobern wollte. Sie waren völlig unbewaffnet. Schiffbrüchige, die Hilfe brauchten. Der Feenkönig sah das aber offenbar völlig anders. Dann dachte der Illantin an die heilige Königslade und wie sie so eindrucksvoll vor dem versammelten Feenhofe ihre Macht demonstriert hatte. Kein Wunder, dass der Feenkönig, an die absolute alleinige Macht gewöhnt, so verunsichert war und sich das Schlimmste vorstellte. Und dann noch diese Geschichte von dem geheimnisvollen Helden. Wenn der gefunden wurde und die heilige Königslade in die Hände bekam! Der König wird sich gefragt haben, was dann geschehen würde. Was, wenn der Held nicht ganz so reinen Herzens war ...? Mit der heiligen Königslade könnte er Oberon von dem Gläsernen Thron fegen und die Macht übernehmen.

Klining wurde immer klarer, dass es sehr schwierig sein würde, den Feenkönig von seinen falschen Vorstellungen abzubringen. Plötzlich fühlte Klining tief in sich ein dunkles, unbestimmbares Gefühl großer Gefahr. Was, wenn es sich wirklich herausstellen sollte, dass der Held nicht so vollkommen war, wie es die Schöpfung und sein Kamarin, König Goliath, glaubten? Wenn der die Macht, die ihm das Perlenzepter verlieh, missbrauchte? Was passierte, wenn die heilige Königslade in falsche Hände fiele? In die Hände einer finsteren Macht, die noch größer war als die des heiligen Perlenzepters? Klining kämpfte darum, sich von dem dunklen Gefühl tief in seinem Inneren nicht übermannen zu lassen. Er konzentrierte sich auf die jetzt vor ihm liegende wichtige Aufgabe, die Angst des Feenkönigs als unbegründet zu beweisen und sein Vertrauen zu gewinnen.

Er verbeugte sich mit einem um Vertrauen werbenden Lächeln: „Wir sind Euch sehr dankbar für die freundliche Aufnahme und die hervorragende, exklusive Unterbringung, Majestät. Meine Freunde und ich wissen dies alles außerordentlich zu schätzen. Besonders auch deshalb, weil wir unter nicht ganz üblichen Umständen, bei welchen wir leider die allgemein gebräuchlichen diplomatischen Vorgehensweisen außer Acht lassen mussten, in Euren Herrschaftsbereich eingedrungen sind. Ich möchte mein großes Bedauern hierüber noch einmal ausdrücklich zum Ausdruck bringen und uns dafür in aller Form entschuldigen. Ich kann Euch nochmals versichern, dass unser Verhalten nur auf äußerst unglückliche Umstände zurückzuführen ist."

Oberon lächelte zuvorkommend, aber seine Augen blieben kalt. „Dann werdet Ihr mich sicher gleich über diese unglücklichen Umstände informieren, verehrter Illantin?!" Obwohl seine Stimme unmerklich flirrte, war das dem Ton nach keine Frage, sondern ein Befehl. Titania runzelte missbilligend die schöne Stirn.

Rüpel, dachte Klining, und ihm wurde klar, dass ihm der Herrscher der Vereinigten Feen- und Geisterreiche, egal was er auch berichtete, kein Wort glauben würde. Der steckte nicht nur voller Vorurteile gegen Zwerge, sondern ihn blockierte außerdem seine große Angst. Trotzdem berichtete er dem Feenkönig, wie schon dem Kanzler und der Königin in allen Einzelheiten die Begebenheiten, die dazu geführt hatten, dass sie den Hof des Feenkönigs aufgesucht hatten, ohne ihren Besuch vorher diplomatisch korrekt anzukündigen. Die Zerstörung des Orania-Zepters durch Oberon ließ er weg. Valmin wechselte mit den anderen klitzekleinen Zwergen einen bedeutungsvollen Blick.

Oberon kochte innerlich. Der Winzling meinte wohl, er könnte ihn hinters Licht führen. Aber er hatte das Stirnrunzeln seiner Gattin bemerkt. Der letzte Rüffel von ihr reichte ihm, er wollte sie nicht erneut erzürnen. Darum riss er sich zusammen und ließ sich seine Verärgerung nicht anmerken. „Ich danke Euch, verehrter Illantin. Unter diesen Umständen erscheint Euer Verhalten in einem neuen Licht. Wollt Ihr oder wollen Eure Leute um politisches Asyl bitten?"

Klining sah, wie die Augen des Feenkönigs beim letzten Satz listig aufblitzten und war auf der Hut. „Nein, das ist nicht unsere Absicht, Eure Majestät. Jeder von uns will so schnell wie möglich wieder nach Hause."

„Das kann ich verstehen. In der Heimat ist es doch am schönsten", meinte Oberon scheinheilig. „Was mich aber noch interessiert: Wo liegt euer kleiner Inselkontinent? Jetzt da eure Existenz bekannt ist, wäre es doch sinnvoll, wenn unsere Länder diplomatische Beziehungen zueinander aufnehmen würden ... oder nicht?"

In Klining klingelten die Alarmglocken. Ovangar, die Feenkönigin und die anderen klitzekleinen Zwerge horchten auf. Wie würde sich der Illantin aus dieser Falle herauswinden?

„Majestät, wie ich bereits berichtete, unser Volk lebt auf einem schwimmenden Inselkontinent, der ständig Wind und Meeresströmungen ausgesetzt ist. Er verändert laufend seine Position und ist darum auch auf keiner Land- oder Seekarte verzeichnet. Es ist das erste Mal, dass wir außerhalb unseres Landes sind. Ohne den fürchterlichen Sturm hätten wir unseren Inselkontinent nie verlassen. Wir sind heilfroh, dass unser Rücktransport durch den Orion-Albatros, ohne den wir unsere Heimat wahrscheinlich niemals wiederfinden würden, abgesichert ist. Sonst hätten wir Euch tatsächlich um Asyl bitten müssen."

„Das heißt, wir könnten zur Zeit keine diplomatischen Kontakte zu der Führung Eures Landes knüpfen?"

„Ganz recht, Majestät. Das ist leider erst möglich, wenn wir alle wieder zu Hause sind." Klining verschwieg, dass er als Illantin in seinem Land der zuständige Ansprechpartner für neue politische Kontakte war. Aber Oberon gab sich noch nicht geschlagen.

„Wenn ich mich recht erinnere, meinte unser verehrter Kanzler und Euer Ordensbruder Ovangar, dass ein Illantin mit seinem

Rang an unserem Hofe in etwa dem Kanzler und Chef der Regierung gleichzusetzen sei ... oder sogar noch höher stünde. Das bedeutet doch de facto, dass Ihr, verehrter Klining, mit uns diesbezügliche Verhandlungen aufnehmen könntet." Bums, jetzt hab ich dich, dachte Oberon triumphierend, aus dieser Zange kommst du nicht mehr heraus. Aber er unterschätzte den gewitzten winzigen Diplomaten des klitzekleinen Volkes.

Mit treuherzigen Kulleraugen erklärte ihm Klining: „Sicher, Majestät, ich habe einen sehr hohen und angesehenen Rang bei unserem Volk. Aber der hat nur repräsentativen Charakter. Für die Politik ist bei uns ausschließlich unser Herrscher, der Kamarin, zuständig. Wir haben, müsst Ihr wissen, eine absolut absolutistische Herrschaftsform. Einer entscheidet, wir anderen müssen spuren."

Das wüsste ich aber, dachte Rinchen. Da würde ich sofort auswandern. Oberon kochte, der kleine Fuchs hatte sich schon wieder herausgewunden ... aber er würde ihn noch kriegen. Noch war nicht aller Tage Abend, doch im Moment musste er sich geschlagen geben. Er ärgerte sich über Ovangar. Der hätte ihm ruhig zur Seite stehen können. Auch von der Fürstin hätte er ein bisschen mehr Beistand erwartet. Aber wie es schien, waren die beiden schon von dem hinterhältigen winzigen Zwergenpack um den Finger gewickelt worden.

„Schade, mein Freund, dass Eure Position nicht mit mehr Kompetenzen ausgestattet ist, sehr schade. Aber ich bin überzeugt, dass wir sehr bald schon euren Herrscher und Kamarin kennen lernen werden. Ich freue mich auf jeden Fall schon auf den ersten Staatsbesuch bei eurem Volk."

Der Feenkönig lächelte den Illantin mit kalten Augen an. Der letzte Satz blieb als offene Drohung im Raum stehen. Jeder wusste, der Feenkönig verließ den Hof nur zu so genannten Huldigungszügen, bei denen er die Huldigungen und Geschenke der unterworfenen Völker entgegennahm. Eine Reise, die Titania schon immer gehasst hatte. Natürlich war es richtig gewesen, die wilden Völker der Feen, Elfen, Riesen, Zwerge und aller anderen Geister zu unterwerfen und unter einem zivilisierten Gesetz zu vereinigen. Damit war den ständigen Kriegen untereinander ein Ende bereitet worden. Sie hielt es aber für absolut unsinnig, die Völker durch die hochmütigen Huldigungszüge des Feenkönigs noch zusätzlich zu demütigen. Allein die Anwesenheit der Eiskrieger unterdrückte auf diesen provozierenden Reisen die dauernde Gefahr von Aufständen. Sie und Ovangar waren bei dem Herrscher bisher auf taube Ohren gestoßen, wenn sie ihm rieten, auf diese Reisen zu verzichten.

Der Feenkönig wandte sich an Ovangar. „Kanzler, ist dafür gesorgt, dass die Mitglieder des klitzekleinen Volkes, die bereits gefunden wurden, sicher an unseren Hof geleitet werden?“

„Ja, Majestät, morgen müssten die Ersten hier eintreffen.“

„Hervorragend. Wenn sie eintreffen, möchte ich, dass sie ehrenvoll in der großen Feenhalle empfangen werden. Danach sollten sie sich vor ihrem Heimflug mit dem Orion-Albatros bei uns im Glaspalais erholen.“ Unter der Bewachung meiner Eiskrieger, wollte er hinzufügen, sagte aber stattdessen: „Den jeweiligen Vertretern der einzelnen Gruppen gewähre ich dann noch eine Privataudienz.“

Weil du sie da am besten verhören kannst, dachte Valmin. Aber er wusste, keiner vom klitzekleinen Volk würde je die Position des Inselkontinentes verraten. Selbst die Kinder nicht.

Oberon wandte sich an Klining. „Sind die Orion-Albatrosse wirklich so unglaublich riesig, dass sie selbst Riesen transportieren könnten?“

„Ja, Eure Majestät.“

„Wie viele Passagiere kann so ein Orion-Alabatros auf einmal transportieren?“

„Bisher hat er alle aufgenommen, die für den Flug bereit waren und eine Zipfelmütze als Fallschirm dabei hatten.“

„Interessant, interessant. Aber nun zu dem Wichtigsten für unsere Gäste überhaupt: Wie soll es weitergehen, damit sie endlich diesen ominösen Helden mit dem reinen Herzen finden? Da wir ja alle – bei unseren dunklen Seelen in der Brust – dieser Held nicht sein können“, Oberon lachte als Einziger über seinen Scherz, „... muss man ja etwas unternehmen, um unseren Gästen zu helfen. Hat jemand Vorschläge?“

„Da die klitzekleinen Zwerge den Auftrag bekommen haben, mein Schatz, werden sie auch am besten alleine weitersuchen. Wir können ihnen nur im Rahmen unserer Möglichkeiten dabei helfen. Ovangar hat die Spezialisten unseres Geheimdienstes schon mobilisiert.“

Oberon freute sich über seine kluge Frau, denn genau das hatte er auch vorgehabt. So konnte er jede Bewegung seines neuen Feindes, und als den betrachtete er die klitzekleinen Zwerge, unter Kontrolle halten.

„Du hast wie immer Recht, meine Liebe. Wann wollt ihr weiterreisen, verehrter Illantin?"

„Sobald der Rücktransport meines Volkes aus Eurem Reich geschehen ist und wir eine neue Nachricht vom Albatros vorliegen haben."

„So soll es geschehen, mein Freund? Ich darf Euch doch als meinen Freund bezeichnen?" Die kalten Augen Oberons straften seine Worte Lügen, aber Klining verbeugte sich formvollendet.

„Es ist mir eine sehr große Ehre, Eure Majestät."

Oberon nickte gnädig und wandte sich Olli zu: „Mein Junge, wer hat so rote hübsche Haare, dein Vater oder deine Mutter?"

„Keiner von beiden, Majestät. Ich weiß nicht, von wem ich die geerbt habe." Olli zuckte mit den Schultern.

Aber ich, dachte Titania fasziniert. Sie wandte sich später, als die Unterhaltung am Kamin in vollem Gange war (auch Oberon saß jetzt hier in einem Moossessel), unbemerkt an Ovangar: „Hat man schon etwas herausgefunden?"

Der Kanzler wusste, was die Feenkönigin meinte. „Nein, es liegt noch kein Ergebnis vor."

Plötzlich verdunkelte sich der Himmel. Eine Stimme ertönte über den Wolken: „Ihr müsst sofort zurück nach Düsseldorf! Nehmt den gleichen Weg wieder über die Fontäne. Eure Leute sollen die Feen morgen früh, Punkt zehn Uhr, auf den großen Platz vor der Feenhalle stellen. Sie sollen sich alle bei den Händen fassen. Ich hole sie dort ab!" Schon war der große Vogel wieder wie ein kurzer Spuk in der Tiefe des Weltalls verschwunden.

„Was war das?" Oberon schaute verblüfft in die Runde.

„Nandur, der Orion-Albatros, Majestät. Es tut mir Leid, aber wir können Eure Gastfreundschaft nicht länger in Anspruch nehmen, wir müssen sofort an den Rhein zurück."

„Wir wünschen Euch und Euren Freunden eine gute Reise, verehrter Illantin. Mit Sicherheit bleiben wir in Verbindung und werden uns bald wiedersehen."

OBERON RASTET AUS

Oberon hatte Klining und seine Freunde verabschiedet. Die Fürstin sagte zu ihrem Gatten: „Wenn es dir recht ist, mein Schatz, möchte ich unsere Gäste noch bis zur großen Fontäne begleiten, dann kann ich mit dem Illantin, der sich zu meiner Freude als ein exzellenter Kenner Mozarts herausgestellt hat, noch ein wenig über die Oper der Wiener Klassik plaudern."

Der Feenkönig lächelte zuvorkommend und nickte: „Wenn es dir Freude macht, meine Liebe." Dann wandte er sich an seinen Kanzler: „Wenn du unsere Gäste an der Fontäne verabschiedet hast, komm bitte zurück. Ich habe noch einige Angelegenheiten mit dir zu besprechen."

Nachdem der Kanzler gesehen hatte, wie die Gruppe im selben Moment verschwand, als sie in das Wasser der Fontäne gesprungen war, eilte er zurück zum Oval Office. Was hatte Oberon wohl mit ihm zu bereden? Laufende Staatsgeschäfte konnten es nicht sein, die besprach er ja meistens in Anwesenheit der Königin. Den Kanzler beschlich ein ungutes Gefühl.

Ovangar hatte sich nicht getäuscht. Der Feenkönig saß kochend vor Wut hinter seinem Schreibtisch.

„Ich will, dass dieser verflixte klitzekleine Inselkontinent auf Biegen und Brechen gefunden wird. Wenn morgen die winzige Zwergenbrut von dem verdammten Albatros nach Hause geflogen wird, erwarte ich, dass ein Einsatzkommando unserer Spezialisten mitfliegt. Die sollen ebenfalls über dem Inselkontinent abspringen und uns die genaue Position mitteilen. Dann werde ich eine Kompanie Eiskrieger mobilisieren und dieses verdammte Land besetzen. Das ist mein letztes Wort, Kanzler! Ich wünsche keine Diskussionen. Und noch eins: Ich wünsche nicht, dass die Königin darüber informiert wird. Ist das klar?"

„Majestät, darf ich folgendes dagegen einwenden?" Ovangar war verzweifelt.

Oberon rastete aus. Seine Stimme flirrte hoch und schrill: „Du darfst nichts dagegen einwenden. Ich erwarte, dass meine Befehle ohne Widerspruch ausgeführt werden ... und dann erwarte ich, dass ich endlich einmal Ergebnisse unseres Geheimdienstes vorgelegt bekomme. Oder soll ich einen Eiskrieger in die Geheimdienstzentrale schicken, der die Unterlagen abholt?“ Der Feenkönig holte aus und haute sein Gläsernes Zepter mit voller Wucht auf seinen Schreibtisch. Ein lautes, gefährliches Singen ertönte und hallte durch den ganzen Palast und den Garten. Ovangar eilte totenbleich davon. Der Feenkönig schien langsam verrückt zu werden.

WIEDER AM MÄRCHENBRUNNEN

Sie waren im Garten des Feenpalastes in den Brunnen der großen Fontäne gesprungen und kurze Zeit später aus dem Becken des kleinen Märchenbrunnens im Hofgarten in Düsseldorf gestiegen.

„He, da seid ihr ja wieder. Wie war's?“, wurden sie von den drei Kindern auf dem Felsen erfreut begrüßt. Olli bückte sich und hob seine Freunde hoch. Sie schauten auf den Wasserspiegel in die aufgeregten Gesichter der drei Elfen.

„Herzlichen Gruß von Ovangar. Der Kanzler sagte, wir sollten euch ausrichten, dass ihr eure Sache hier auf diesem wichtigen Posten als Wächter des Eingangs sehr gut macht. Er sagte mir extra: ‚Klining, sage den drei Kleinen, dass ich sehr stolz auf sie bin‘.“ Klining sah im Wasserspiegel, dass alle drei vor Stolz erröteten. Der winzige Magier lächelte: „Ich kann die Beurteilung meines Freundes Ovangar nur unterstreichen.“

„Vielen Dank, verehrter Illantin. Aber die Arbeit macht wieder richtigen Spaß. Der Betrieb hat hier nämlich ganz schön zugenommen, seit ihr diesen Eingang benutzt habt. Wir sind froh, dass hier endlich mal wieder etwas los ist.“

Plötzlich verdunkelte sich der Himmel und Nandurs Stimme erklang über dem Hofgarten: „Hallo, Freunde!“

Rinchen hüpfte von Ollis Hand und sauste zum Napoleonhügel rüber. Sie wollte Nandur endlich einmal sehen, konnte zwischen den Bäumen aber nur einen riesigen Schatten wahrnehmen, der sich weit über den Himmel zog.

„Rinchen, sag den Jungs, dass ihr jetzt dringend zum Jadebusen müsst. Da ist ein ganzer Trupp von euren Leuten direkt ins Meer gefallen. Ich kann sie aus dem Wasser nicht aufnehmen, denn dann wird mein Gefieder nass, und das ist das Schlimmste, was einem

Orion-Albatros passieren kann. Nasses Gefieder stört meine Flugeigenschaften ganz empfindlich. Höre bitte genau zu. Ihr müsst sie also nicht nur an die Wasseroberfläche holen, sondern auch zumindest auf den Deich stellen, besser wäre noch auf eine Weide hinter dem Deich. Aber ihr müsst euch beeilen. Nach ihrem Absturz ins Wasser sind ihre Notrationen verdorben. Wenn ihr sie nicht bald aus dem Wasser rausholt, verhungern sie uns noch."

Nandur war, kaum dass er den letzten Satz gesprochen hatte, schon in seiner gewohnten Art im Weltraum verschwunden.

Rinchen lief den Napoleonhügel hinunter und die Brücke über den großen Teich entlang zum Märchenbrunnen und wiederholte Nandurs Anweisungen wortgetreu.

„Jadebusen? Wo ist das denn? In China?" Vildo schaute fragend in die Gruppe.

„Wieso in China?", wollte Valmin wissen.

„Na, wenn ich das Wort Jade höre, denke ich an China ... das ist doch wohl nicht so verkehrt, oder?"

„Und woran denkst du, wenn du das Wort Busen hörst?"

„Na, an was schon ... an unsere holde Valentirina", grinste Vildo.

Die Wetten liefen, ob er es wieder einmal geschafft hatte, Rinchen anzupieksen oder nicht. Er hatte.

„Blöder Knallkopf!" Rinchen fauchte Vildo zum Vergnügen der Jungs an.

„Hört auf zu kaspern, Jungs ... er meint es doch nicht so, Valentirina. Fall doch nicht immer wieder auf ihn herein, du kennst ihn doch." Klining konnte aber ein Schmunzeln nicht unterdrücken.

„Trotzdem Knallkopf!", maulte Rinchen.

„Aber, Rinchen, das war doch nur Spaß, ich weiß doch, dass du noch keinen Busen hast!" Vildo ging in Deckung. Trotzdem konnte er dem gezielten Wurf mit einer schleimigen Schnecke, die Rinchen sich im nassen Gras gegriffen hatte, nicht mehr ausweichen. Sie traf ihn voll ins Gesicht. Lachend schrie er: „Rinchen, hör auf, ich gebe mich geschlagen!" Die hob darauf angesichts ihres leichten Sieges ihr Näschen und pustete: „Männer!"

Die Männer riefen im Chor: „Rinchen, wir lieben dich!"

Rinchen, die den Männern den Rücken zugekehrt hatte, lächelte. Na also, ging doch, man musste die Jungs nur ein bisschen an die Kandare nehmen.

„Leute, wir müssen wieder an die Nordsee. Der Jadebusen ist eine Bucht oben an der deutschen Nordseeküste. Ich erwarte Vorschläge." Klining schaute sich um.

„Den Rhein runter und übers Meer", freute sich Vugur auf eine Seefahrt.

„Ich meinte vernünftige Vorschläge!"

„Und wenn wir Nandur fragen?" Vildo meldete sich zu Wort.

„Das geht nicht, der ist schon zu weit weg."

„Warum fliegen wir nicht?"

„Geht auch nicht. Wir sind zu fünft und Olli ist zu groß. Den kriegen wir nicht in die Luft. Entweder alle oder keiner."

„Habt ihr Geld?", fragte der kleine Freche auf dem Märchenbrunnen.

„Warum fragst du?"

„Dann könntet ihr am besten mit dem Taxi fahren. Die Menschen, die Angst vor dem Wasser haben oder nicht fliegen können, nehmen immer ein Taxi."

„Was ist ein Taxi, Olli?", fragte Rinchen.

„Ein Auto, das man mit Fahrer mieten kann. Ist aber teuer. Ich bin höchstens mal mit der Straßenbahn gefahren. Taxi konnte ich mir noch nie leisten."

„Ja, wenn ihr kein Geld habt, dann müsst ihr wohl zu Fuß gehen."

„Genau, schlaues Kerlchen. Zu Fuß bis an die Nordsee. Vielen Dank für deinen guten Rat." Vildo fasste sich an den Kopf.

Vugur machte ein harmloses Gesicht. „Tja, da bleibt uns eine Seefahrt leider nicht erspart."

Klining wurde blass.

„Ich habe kein Geld, aber ich habe Juwelen", sagte Olli.

„Was hast du?" Alle Zwerge drehten sich verblüfft zu Olli.

„Juwelen ... hier." Olli holte ein kleines unscheinbares Ledersäckchen aus der Tasche, löste den Knoten des Bändchens und ließ eine Handvoll herrlicher Edelsteine auf den Boden kullern.

Sofort reagierten die klitzekleinen Zwerge auf das Blitzen und Funkeln der Diamanten, Rubine, Smaragde und Saphire mit ihrer uralten, nie ganz gezähmten Gier nach Juwelen und Gold. Olli sah verwundert, wie in den großen Kulleraugen der klitzekleinen Zwerge ein gespanntes Lauern auftauchte.

„Wo hast du die geklaut?", fragte Valmin entgeistert.

„Die hab ich nich' geklaut, die habe ich von König Laurin. Hat der mir doch geschenkt, als ich seinen kleinen Raggi vor dem Sturz vom Tisch bewahrt habe."

„Stimmt." Valmin war platt vor Staunen. „Aber der hat doch gesagt, das Geschenk sei nicht der Rede wert."

„Für Laurin ist es auch bestimmt nicht der Rede wert, denn der ist reicher als alle Reichen dieser und jener Welt zusammen. Man munkelt, er sei der reichste Mann im Sonnensystem." Klining wusste es aber auch nicht genau.

„Wow ...", der freche Knirps im Wasserspiegel staunte.

„Aber den Nibelungenschatz hat der auch nicht." Vugur zeigte sich als Kenner der Materie.

„Wenn wir sowieso wieder hier am Rhein sind ... vielleicht könnten wir doch ... ?" Valmins große Kulleraugen strahlten plötzlich unternehmungslustig.

„Wir könnten nicht! Hört auf, euch wie das normale, gierige Zwergenpack zu benehmen. Das ist ja bald peinlich." Klining hatte sich wieder in der Gewalt und ärgerte sich maßlos über seine zutage getretene Gier. Diesen vererbten Charakterzug hasste er an sich wie nichts sonst auf der Welt ... und doch konnte er ihn nicht immer unter Kontrolle halten.

„Kannst du nicht woanders mit deinen Glasmurmeln spielen, Junge?" Ein Parkwächter war herangetreten. „Mach mir bloß keine Kuhlen oder Löcher in den Weg. Nachher knickt mir da noch 'ne Oma ihren Fuß drin um. Zum Murmeln spielen gibt es hier den Kinderspielplatz."

„Nein, mach ich nicht. Die sind mir bloß aus meinem Beutel gekullert ... Verzeihung."

„Und nimm auch deine Mohrrüben mit. Lass hier keinen Müll rumliegen. Wenn du die Mohrrüben nicht mehr essen willst, dann schmeiße sie in die grüne Biotonne da. Das kennst du doch ... habt ihr doch sicher in der Schule gelernt, nich'?"

„Ja sicher, ich lasse hier nichts rumliegen."

„Du kannst mir die Mohrrüben auch mit nach Hause geben. Ich habe ein paar Kaninchen, die knabbern die gerne."

„Ich wollte sie eigentlich selbst essen. Aber vielleicht kann ich ein Rübchen abgeben ..." Olli sah grinsend auf Rinchen.

„Getrau dich! Du bist schon genau so wie die anderen."

„Hast du was gesagt, Junge?" Der Parkwächter schaute Olli an, der deutete auf Rinchen. „Eine Mohrrübe ist für meine Jungs zu wenig. Lass man, ich hole mir nachher Gemüseabfälle vom Markt auf dem Karlsplatz. Iss die man selbst, Junge. Kannst ja noch ein bisschen Muckis vertragen."

„Der braucht Muckis im Kopf", schnaubte Rinchen. Die anderen Zwerge lachten unterdrückt.

„Pssst, Rinchen!"

„Sagtest du was, Junge?"

„Nein."

„Na, prima. Scheinst ja nicht so zu sein wie die meisten, die hier in unserem schönen Hofgarten alles hinschmeißen." Der Parkwächter seufzte und ging langsam weiter. Dann bückte er sich, hob einen großen Smaragd auf, reichte ihn dem Jungen. „Hier lag noch einer von deinen Dötzen, mein Junge!"

„Danke!" Der Junge ließ den Smaragd in den Lederbeutel fallen.

„Was machen wir jetzt?"

„Hallo, Olli ... seid ihr wieder da?" Paul Reiser kam den Weg vom Napoleonhügel heruntergerannt. Olli und Paul umarmten sich stürmisch. Olli wurde von Paul vor Freude fast zerquetscht.

„Paul, pass auf, unsere Freunde!"

„Brauchst du mir doch nicht zu sagen." Paul begrüßte Rinchen, indem er sich wie ein Kavalier verbeugte. „Hallo, schöne Dame!"

Rinchen errötete. Vor Klining machte Paul ebenfalls einen artigen Diener, und den Zwergenjungs gab er einen kleinen Stüber mit seinem kleinen Finger.

Dann erzählten sich die Jungs, was inzwischen passiert war. Paul staunte mit offenem Mund, als Olli seinen Bericht über den Aufenthalt des Suchtrupps auf der anderen Seite im Reich der Feen, Elfen und Geister beendet hatte.

„Das ist ja ein echter Knaller ... das wird dir kein Mensch glauben, Olli."

„Das ist ja das Problem", mischte sich Klining ein. „Die Menschen denken nur noch über den Verstand und nicht mehr mit dem Herzen und der Fantasie."

Olli beendete seinen Bericht und sagte: „Jetzt müssen wir ein paar von den Juwelen verkaufen."

„Hier auf der Königsallee gibt es jede Menge teurer Juweliere.

Dort könnt ihr doch bestimmte ein paar von den Steinen loswerden." Der Vorschlag des größeren Mädchens auf dem Felsen des Märchenbrunnens hörte sich vernünftig an.

„Da hat sie Recht", sagte Paul

„Aber wer soll die verkaufen? Olli und Paul sind viel zu jung und wir als juwelenhandelnde Mohrrüben ...?"

„Wenn, dann können wir sowieso nur einen Stein verkaufen. Zeig noch mal, Olli", sagte Klining.

Olli schüttete die Steine in seine Hand.

Die großen Kulleraugen der klitzekleinen Zwerge leuchteten. Klining schaute sich in der Runde um: „Ganz ruhig!"

Dann zeigte er auf den Smaragd, den der Parkwächter aufgehoben hatte, und prüfte ihn. „Der ist schön gewachsen und groß genug." Dann machte er eine leichte Handbewegung und war verschwunden. Olli und die Zwerge schauten sich verdutzt um. Hinter ihnen stand plötzlich wieder der Parkwächter. Allerdings hatte er jetzt einen teuren, hervorragend geschnittenen Anzug an. Sein Haare und sein weißer Schnurrbart waren frisch frisiert. In der Hand hielt er einen schmalen Lederaktenkoffer.

„Ich habe gehört, dass hier ein paar Mohrrüben ein paar hässliche Glassteine zu verkaufen haben." Dann wandte sich der Parkwächter an Olli: „Sie sind wohl der Besitzer?"

„Klining?"

Der Parkwächter grinste: „Natürlich Klining. Hab mir mal eben die Gestalt des Parkwächters ausgeliehen. Nun los zur Kö, der Zauberfirlefanz hält nur eine halbe Stunde."

„Schö, ihr drei!" Olli winkte den Elfen im Wasserspiegel zu, ließ die vier klitzekleinen Zwerge auf seine Hand hüpfen und sauste mit Paul hinter Klining her, der eilig den Hofgarten in Richtung Kö verließ.

„Du siehst klasse aus. Wie ein echter Diamantenhändler." Olli hatte Klining eingeholt und sah ihn bewundernd an, obwohl er nicht wusste, wie Diamantenhändler eigentlich aussehen.

„Wir müssen uns beeilen. Der Zauber hält nur knapp eine halbe Stunde." Er betrat als Erster den Laden eines der vornehmsten und teuersten Juweliere in Düsseldorf. Paul blieb vor dem Geschäft stehen.

Eine hochnäsig aussehende Verkäuferin in einem grauen Kostüm trat gemessen auf das seltsame Paar zu. Gut, der Herr war so gekleidet, wie sie es in einem der besten Häuser am Platze von der Kundschaft wohl erwarten durfte. Aber der Junge! Zuerst hatte sie gedacht, dass das einer der Düsseldorfer Bengel wäre, die zwar nur noch selten, aber doch ab und zu auf der Kö ihr Rad schlugen und das verehrte Publikum anschnorrten: „Ene Penni für 'nen Düsseldorfer Radschläger." Schrecklich, diese Unsitte. Es reichte ja aus, dass es den Düsseldorfer Radschläger als riesigen Schokoladentaler zu kaufen gab. Aber dieser historische Brauch passte nun nach ihrer Meinung gar nicht mehr zum internationalen Flair der Düsseldorfer Prachtmeile. Sie war schon auf dem Sprung, den Jungen rauszuschmeißen, als der den Herrn in dem teuren blauen Anzug ansprach.

„Was der wohl wert ist, Klining."

„Der Herr wünschen?" Die Verkäuferin verbeugte sich leicht.

„Kaufen Sie auch Edelsteine?"

„Normalerweise nicht. Unsere Kunden kaufen bei uns ...!" Sie stockte, als sie den herrlichen Smaragd sah, den der Herr auf das blaue Samttuch auf dem Tisch legte. Sie bekam große, ungläubige Augen. Einen Smaragd in dieser Größe und von dieser Schönheit hatte sie in ihrer Laufbahn als Juwelierin noch nie gesehen.

„Einen kleinen Moment, bitte!" Sie verschwand durch eine Tür und kam mit einem Herrn, der ebenfalls einen sehr teuren, gut geschnittenen Anzug trug, zurück.

Er sah Klining und verbeugte sich, verbindlich lächelnd. Dann sah er den schlecht gekleideten Jungen, der vier Mohrrüben auf dem Arm trug. Er hob indigniert eine Augenbraue. Schließlich fiel sein Blick auf den grünen Smaragd, der auf dem blauen Tuch geheimnisvoll funkelte. Sein Mund wurde vor Überraschung trocken. Fasziniert betrachtete er den kostbaren Stein. Viele Steine waren schon durch seine Hände gegangen. Auch größere Smaragde, aber noch nie einer von solcher Vollkommenheit.

„Sie möchten ihn verkaufen, mein Herr?"

„Wenn Sie ein der Güte des Steines angemessenes Angebot machen ... ja, dann werde ich mich, vielleicht, von dem Stein trennen." Klining lächelte zurückhaltend.

„Darf ich ihn prüfen?"

„Aber sicher – prüfen Sie!", sagte der Herr.

„Aber sicher – prüfen Sie!“, sagte der Junge und schaute ihn treuherzig an.

„Prüfen Sie ruhig!“, sagten die vier Mohrrüben im Chor und schauten ihn aus blauen Kulleraugen an.

„Ach, was für reizende Püppchen.“ Der Juwelier war beruhigt. Der Fall war klar: Er hatte hier einen von diesen spleenigen Millionären mit einem noch spleenigeren Enkelsohn vor sich. Allein die sprechenden Computerpüppchen mussten ein kleines Vermögen gekostet haben. Dass der Junge im Sozialamtslook gekleidet war, schien bei den jungen Herren wohl trendy zu sein.

„Bitte, seid alle ruhig, der Herr Juwelier muss sich konzentrieren.“ Klining schaute auf den Juwelier.

Der nickte und hob den Smaragd vor sein Auge.

„Sie brauchen keine Lupe. Der Stein ist lupenrein!“

„Lupenrein?“ Der Juwelier schaute ungläubig. „Darf ich trotzdem?“ Er griff zur Lupe. Ein Staunen breitete sich über seinem Gesicht aus. Er reichte seiner Verkäuferin die Lupe und den Stein. Sie erstarrte in Ehrfurcht. Ein lupenreiner Smaragd – davon hatten beide noch nie etwas gehört. Der Stein war unermesslich kostbar.

„Mein Herr, ich habe leider nicht sehr viel Zeit. Sie verstehen?“ Klining sah, dass sein Zauber nur noch acht Minuten vorhielt. „Was bieten Sie mir für den Stein?“

„Ich ... ich weiß nicht.“ Der Juwelier stotterte.

„Passen Sie auf, Sie geben mir hundertfünfzig, allerdings in bar, und das Geschäft ist perfekt.“ Klining hielt dem Juwelier die Hand hin.

„Hundertfünfzig?“ Der Juwelier schaute Klining fragend an. Der schaute auf die Uhr: noch drei Minuten.

„Hundertfünfzigtausend! Sie wissen, dass der Stein das Vielfache wert ist. Sie haben Glück, ich befinde mich gerade in einer kleinen finanziellen Verlegenheit. Greifen Sie zu. So ein Geschäft kommt nicht alle Tage.“

Der Juwelier ergriff Klinings Hand. Er hatte vor Aufregung Schweiß auf der Stirn.

„Darf ich den Stein noch einmal unter der Lupe ...?“ Er wandte sich an die Verkäuferin. „Bitte, holen Sie hundertfünfzigtausend Euro aus dem Tresorraum.“

Die Verkäuferin schwirrte ab. Der Juwelier griff den edlen Stein und betrachtete ihn beglückt durch die Lupe. Klinings Zauberfirlefanz endete und Klining stand winzig vor dem noblen Verkaufstischchen des Juweliers. Olli bückte sich und Klining hüpfte auf seinen Arm.

„Der Stein ist wirklich exquisit ...", der Juwelier stockte und schaute sich suchend um. „Wo ist Ihr Herr Großpapa, junger Mann?"

„Großpapa?" Der Junge schaute etwas perplex.

„Er meint Klining!", sagte eines von den Computerpüppchen.

„Ach so ... ja, ja ... mein Opa ist schon weiter. Sie möchten mir das Geld geben."

„Aber, mein Junge, ich kann dich doch nicht mit hundertfünfzigtausend Euro auf die Straße schicken." Für den Juwelier eine entsetzliche Vorstellung. Wenn da was passierte oder der Junge das Geld verlöre – nicht auszudenken. Möglicherweise wollte der alte Herr den kostbaren Stein dann wieder zurück. Ein gieriges Glitzern erschien in den Augen des Juweliers.

„Och ... da brauchen Sie sich keine Sorgen zu machen, mein Bodyguard wartet draußen auf mich."

„Oh, Verzeihung, junger Mann, das hätte ich mir ja denken können", sagte der Juwelier erfreut. Er übergab Olli das Geld.

„Haben Sie eine Plastiktüte?"

„Natürlich haben wir eine Plastiktüte." Er winkte die Verkäuferin nervös heran.

„Wir haben keine Plastiktüte."

„Wieso haben wir keine Plastiktüte?"

„Weil sie nicht unserem Niveau entspricht."

„Plastiktüten sind en vogue, Frau Grutenstamm ... en vogue! Nicht wahr, junger Herr?"

Der junge Herr wusste zwar nicht, was der Juwelier in dem teuren, maßgeschneiderten Anzug damit meinte, aber er nickte zustimmend. Wenn der meinte ... sollte er doch.

„Ich möchte also morgen Plastiktüten sehen, Frau Grutenstamm. Plastiktüten können unsere Kunden von uns erwarten. Was können wir denn heute bieten?"

Frau Grutenstamm nickte ergeben und reichte ihrem nervösen Chef eine der teuren Hochglanztaschen mit ihrem Firmenlogo, welche die Düsseldorfer nach dem Einkauf bei ihnen mit großem Stolz auf der Königsallee spazieren führten. Schließlich musste man doch zeigen, wo man es sich leisten konnte zu kaufen.

„Leider kann ich Ihnen heute nur mit einer unserer gewöhnlichen Tüten dienen. Bitte verzeihen Sie, junger Herr."

„Och ... das macht nichts. Hauptsache, ich kann das Geld irgendwie tragen. Vielen Dank und Schö." Olli verabschiedete sich mit der Düsseldorfer Form des ‚Auf Wiedersehen'. Der Juwelier ging zur Tür und verbeugte sich tief. „Es war uns eine große Ehre. Wir bitten Sie, uns dem Herrn Großpapa zu empfehlen."

„Machen wir!", grölten die komischen Püppchen auf dem Arm des Jungen wie im Chor. Der Juwelier staunte.

„Lass mal sehen ...", sagte Paul. Olli öffnete die Hochglanztasche und Paul bekam Stielaugen.

„Du, Olli, am besten bringen wir das Geld auf die Bank. Da kannst du ein Konto eröffnen."

„Klining, du musst noch einmal in Aktion treten."

„Mach ich, Olli. Wir brauchen ja auch Kreditkarten."

Klining machte eine seiner Zauberfirlefanz-Handbewegungen, und der nobel gekleidete Parkwächter stand wieder vor ihnen. Zusammen mit seinem „Opa" betrat Olli, seine vier Mohrrüben auf dem Arm, die Schalterhalle einer Bank in einer Seitenstraße der Kö. Paul blieb als Bodyguard vor dem Eingang stehen.

Die Kontoeröffnung auf den Namen Oliver Kusch sowie die Formalitäten für die Beantragung der EC- und Euro-Karten auf den Namen Oliver Kusch waren erst ohne Schwierigkeiten über die Bühne gegangen, als der Opa des Jungen erklärte, dass der Junge bereits alle Vollmachten und die volle Verfügungsgewalt über sein gesamtes Vermögen hätte. Klining zauberte eine notariell beglaubigte Urkunde hervor, die diese Aussagen bestätigte.

Sein Enkel sei, auch wenn es auf den ersten Blick nicht so aussehe, bereits außergewöhnlich geschäftstüchtig, erklärte der Opa. Die Bank solle es sich überlegen. Man könne auch zu einer anderen gehen. Den Ausschlag gab schließlich die Barsumme, die als Ersteinzahlung auf das Konto geleistet werden sollte. Nur zweimal schauten die Banker dann doch noch mehr als verwirrt. Erstens, als Olli die hundertfünfzigtausend Euro aus der Hochglanztüte des Juweliers auf die Kassentheke schüttete und sich anschließend dreitausend Euro von dem Haufen herunternahm und einfach in die Hose steckte. Klining lächelte die perplexe Bankangestellte hinter der schusssicheren Scheibe am

Kassenschalter an: „Mein Enkel ist schon sehr geschäftstüchtig!" Die Kassiererin lächelte gequält. Zweitens, als der nobel gekleidete Opa des Jungen den Antrag für die Kreditkarten unterschrieb und Valmin fragte, ob er auch unterschreiben dürfte. Die Bankangestellte und der anwesende Abteilungsleiter schauten zuerst verblüfft und schüttelten dann doch sehr indingiert den Kopf, als Klining fragte: „Darf er?"

So weit kam das noch, dass jetzt auch Gemüse einen Antrag auf eine Kreditkarte stellen konnte! Es reichte schon, dass dieser ältere Herr seinem Enkel offenbar nicht den nötigen Respekt vor Geld beigebracht hatte. Während die Bankangestellte die Anträge ausfüllte, hatte der Junge tatsächlich die sechs funkelnagelneuen Fünfhundert-Euro-Scheine aus seiner Tasche gekramt und sie den Mohrrüben auf seinem Arm gezeigt. Dann kasperte der Junge mit den Mohrrüben herum und ahmte ein Gespräch zwischen sich und dem Gemüse nach. Sie wurde ganz nervös, als der Junge sagte: „Die gelten jetzt in ganz Europa." Und dann die Stimme verstellte und mit einer warmen, klaren Stimme (sie sollte wohl in seiner Vorstellung eine Mohrrübenstimme sein) meinte: „Das ist ja hochinteressant." Sie war vehement dagegen, dass Kinder Geld als Spielzeug benutzten.

„Das dauert eine Woche. Soll ich Ihnen die Karten an diese Adresse hier schicken?" Sie zeigte entnervt auf den Antrag, wo unter Adresse ‚Hofgarten, Am Märchenbrunnen' notiert war.

„Nein", sagte der Junge und schaute sie treuherzig an. „Ich hole sie ab."

„Mein Enkel ist schon sehr geschäftstüchtig", sagte der ältere Herr nicht ohne Stolz.

„Ja, das glaube ich, aber wir können Kindern keine Kreditkarten aushändigen. Das ist gegen die Vorschrift."

„Ihm schon. Das ist eine vom Vorstand genehmigte Ausnahme", informierte sie der Abteilungsleiter.

Der vornehme ältere Herr lächelte: „Mein Enkel hat immer seinen Bodyguard dabei. Der steht jetzt auch draußen vor der Tür."

Sie war beruhigt. Hätte sie sich ja denken können, dass die kostbaren und verwöhnten Bengelchen der Reichen hier auf der Kö nicht ohne Bodyguard herumliefen. Sie nickte und sagte: „Ja, wenn das so ist."

„Es ist so“, sagte eine Mohrrübe.

„Vielen Dank für ihre Mühe.“ Der ältere Herr reichte ihr die Hand und strebte auf einmal sehr eilig dem Ausgang zu.

„Schö!“ Der Junge strahlte sie an.

„Schöööö!“, hörte sie den Chor der Mohrrüben.

„Schö!“, hörte sie sich antworten. Kopfschüttelnd beobachtete sie, wie der Junge hinter dem älteren Herrn herlief und sich dabei mit den Mohrrüben unterhielt. Die Welt wurde immer verrückter. Früher hatte sie sich als Mädchen mit ihren Puppen unterhalten und Jungs hatten mit Autos gespielt. Jetzt spielte ein Junge mit Mohrrüben und unterhielt sich mit ihnen wie mit Püppchen! Sie schüttelte noch einmal den Kopf und konzentrierte sich auf ihre Arbeit.

Draußen vor der Bank saß Klining wieder auf Ollis Arm. „So, jetzt können wir mit einem Taxi an die Nordsee fahren.“

„Paul, kommst du mit?“ Olli sah seinen Freund bittend an. Der wand sich verlegen.

„Ich würde ja zu gern, aber wenn ich heute Abend nicht pünktlich auf der Matte stehe. Du kennst meine Mutter nicht. Vielleicht das nächste Mal.“

Olli griff in die Tasche und wollte Paul einen der neuen Fünfhunderter geben, aber dann ließ er es. Er wusste, er würde Paul beleidigen, wenn er ihm Geld schenkte. „Bringst du uns noch zum Taxistand?“

„Mach ich, Olli. Sehen wir uns wieder?“

„Ganz sicher, mein Junge.“ Klining antwortete anstelle von Olli. „Oliver muss nächste Woche ja noch die Kreditkarten abholen, und da braucht er doch so einen feinen Freund wie dich, der ihm als Bodyguard aushilft. Wer könnte das besser als du?“

Paul lief vor Freude rot an. „Für Olli tue ich alles. Der ist nicht von der eingebildeten Sorte wie dieser Wernrot, der meint, dass man mit Geld alles kaufen kann.“

Oliver wurde verlegen und war jetzt heilfroh, dass er Paul kein Geld zugesteckt hatte. Er stieg in das Taxi und winkte ihm zu: „Vielen Dank, Paul. Wir sehen uns in ein paar Tagen. Wir melden uns.“

„Keine Ursache.“ Paul winkte dem Taxi hinterher und trottete nach Hause. Dass Klining ihn gelobt hatte, erfüllte ihn mit großem Stolz. Einen feinen Freund hatte er ihn genannt. Paul fühlte sich rundum gut.

AM JADEBUSEN

Klaus Knalle hatte in seiner Karriere als Taxifahrer schon viel erlebt. Als der kleine Bengel ihn fragte, ob er ihn sofort an die Nordseeküste, genauer gesagt an den Jadebusen, fahren könnte, hatte er nur trocken geantwortet: „Wenn du das Geld hast, Junge, dann fahre ich dich bis auf den Kilimandscharo." Der Junge hatte ihm dann einen funkelnagelneuen Fünfhundert-Euro-Schein gezeigt. Knalle legte ihn in das kleine Prüfgerät für Banknoten, das er sich angeschafft hatte - die Leute beschissen einen heutzutage nach Strich und Faden -, aber der Schein war okay und Klaus stieg aus, um die Kofferraumklappe für das Gepäck zu öffnen.

„Ich habe kein Gepäck."

„Kein Gepäck?"

„Kein Gepäck!"

„Noch nicht mal eine Badehose für die Nordsee?"

„Noch nicht mal eine Badehose!"

Klaus Knalle drehte den Zündschlüssel um. Eine halbe Stunde später waren sie auf der Autobahn nach Norden.

Viel später wandte sich Knalle um: „So, mein Junge, das ist das Autobahndreieck Ahlhorner Heide. Bald sind wir an der Nordsee und am Jadebusen. Wo willst du denn da genau hin?"

„An den Sehestedter Deich!"

„Ich schau mal auf die Karte: Seefeld ... Seefelder ... Sehestedt ... hab ich hier. Autobahnabfahrt Varel/Obenstrohe, dann über Diekmannshausen Richtung Tossens."

Knalle gab Gas. Solche Touren wünschte er sich alle Tage. Sicher: Dass sich der Junge die ganze Zeit mit ein paar Mohrrüben ernsthaft über eine Expedition ins Watt unterhielt, war schon mehr als seltsam, aber seltsame Kunden hatte er jeden Tag. Der Junge hatte ihn zum Essen ins Autobahn-Brückenrestaurant Dammer Berge eingeladen und dort auch gleich den verlangten Fahrpreis bezahlt.

Klaus hatte ein bisschen ein schlechtes Gewissen. Der Fahrpreis, den er in der Erwartung genannt hatte, dass der Junge ihn herunterhandeln würde, war viel zu hoch gewesen. Aber der Rotschopf legte ihm, nachdem er das Essen im Restaurant bezahlt hatte, ohne zu murren die volle Summe auf den Tisch und noch ein dickes Trinkgeld obendrauf. Klaus Knalle bremste auf der Straße, die direkt hinter dem Deich entlangführte.

„So, mein Junge: Seefelder Außendeich. Hier ist meine Visitenkarte, falls es noch einmal irgendwo hingehen sollte. Klaus Knalle ist stets zu Diensten ... und viel Erfolg bei eurer Expedition ins Watt. Grüß deine Mohrrüben von mir. Sie sollen aufpassen, dass sie nicht im Eintopf der Watthasen landen ... hi, hi, hi."

„Es gibt hier Watthasen?"

„War nur ein Späßchen, Junge. Du und deine Mohrrüben seid aber auch zu lustig. Nichts für ungut. War mir ein Vergnügen!" Klaus Knalle lachte und wendete das Taxi, das dann auf der langen Straße am Deich kleiner und kleiner wurde.

„Ihr seht ja wirklich aus wie Mohrrüben."

„Ich mag es einfach nicht mehr hören. Ich färbe meine Zipfelmütze bald grün." Valmin blickte ärgerlich auf die Gestalt eines kleinen Männchens, das, etwa ein Viertel so groß wie Olli ... es mochte ihm vielleicht bis an die Knie reichen ... oben auf der Deichkrone stand.

Das Männchen grinste: „Dann siehst du aus wie 'ne Deichgurke."

„Wer bist du?", fragte Olli.

„Ich bin Dieken Enno ... und das ist mein Deich!" Das Männchen stieß einen kleinen Spaten, den es bisher über seiner Schulter getragen hatte, in den Deich, stützte sich lässig auf den Spatengriff und zeigte dann weit nach Westen und Osten die Deichlinie längs. „In jede Richtung fünfzehn Kilometer. Das ist mein Abschnitt ... Dieken Enno sein Reich. Den Deichabschnitt hab ich 1543 nach der großen Johannisflut durch Spatenrecht in Besitz genommen."

„Dürfen wir, deine Erlaubnis vorausgesetzt, auf den Deich kommen?", fragte Olli sehr höflich. „Ich würde so gerne mal das Meer sehen."

„Du kennst die Nordsee nicht?", grinste Dieken Enno.

„Nein, habe ich noch nie gesehen."

„Wir schon ...", warf sich Vugur in die Brust. „Wir sind erfahrene Hochseesegler."

„Erfahrene Hochseesegler? Das nützt euch hier gar nichts. Jetzt könnt ihr im Jadebusen nicht segeln, keine kleine Seemeile, nicht mal um den Leuchturm. Wetten?"

Vugur fühlte sich angepiekst. „Wetten um was?"

„Pass auf, Vugur", flüsterte Rinchen. „Der will dich reinlegen."

Klining schaute nach dem Sonnenstand, schmunzelte, sagte aber nichts.

„Was hast du zu bieten?"

Vugur schaute sich ratlos in der Runde um.

Olli kramte aus seinem kleinen Ledersäckchen einen großen roten Edelstein hervor. „Hier, Vugur!"

„Olli, bist du verrückt? Der Rubin ist doch viel zu kostbar für so eine blöde Wette. Das kommt doch gar nicht in Frage!"

„Na, ihr großmäuligen Hochseesegler, ihr habt wohl nichts Vernünftiges?", höhnte das kleine Spatenmännchen von der Deichkrone herunter.

„Gib mir den Stein ... Wir wetten!" Klining nahm den Rubin.

„Hör zu, Deichspatenzwerg, hier siehst du ..."

Klining wurde von dem kleinen Männchen wütend unterbrochen: „Wer bist du? ... und wieso weißt du, dass ich ein Deichspatenzwerg bin? Kein Mensch weiß mehr, dass es uns gibt."

„Wenn du uns ansiehst, wirst auch du schon bemerkt haben, dass nur der junge Mann hier ein Mensch ist. Wer und was wir sind, spielt momentan auch keine Rolle. Ich will nicht unhöflich sein, aber mein Name muss genügen: Ich heiße Klining ... und nun zur Wette. Was ich hier in der Hand halte, ist ein lupenreiner Rubin allererster Güte von 132 Karat." Er hob den Arm und hielt den Rubin ins Sonnenlicht. Klining machte eine kleine Handbewegung und der Rubin fing das Sonnenlicht auf und warf einen roten Lichtstrahl wie ein Leuchtfeuer direkt auf den Zwerg auf der Deichkrone.

Dieken Ennos Augen veränderten sich schlagartig. Ein gieriges Glitzern tauchte aus der Tiefe seiner schwarzen Pupillen auf, erfasste die gelbe Iris seiner Augen und breitete sich von da über das ganze Gesicht des Deichspatenzwerges aus. Alle beobachteten angewidert, wie der Gnom seine Gier kaum unter Kontrolle halten konnte und dass seine Hand sich um den Spatengriff verkrampfte.

„So einen kostbaren Edelstein habt ihr hier an der Küste noch nie gesehen. Was hast du dagegenzusetzen?“ Klining schaute fragend auf den Deichspatenzwerg.

Dieken Enno brach der Schweiß aus. Der Deichabschnitt, den er beherrschte, gehörte schon immer zu den ärmsten Küstenabschnitten an der deutschen Bucht. Hierher verirrten sich seit Jahrhunderten keine begüterten Menschen mehr. Der große Reichtum aus der Zeit der Hanse und des Seeräuberbooms war an die Weserdeiche oder drüben an die Küste von Friesland geflossen. Selbst der berühmte Störtebeker ließ sich ab und zu drüben in dem Rinnsal der Maade blicken. Die Deichspatenzwerge dort hatten ganz schön abgesahnt und lebten heute noch in Freuden von den Schätzen, die sie damals an ihren Deichen aufsammeln konnten. Hier an der Westküste Butjadingens war man schon froh, wenn mal ein Mädchen seinen goldenen Ohrring oder einer der Bauern seine Geldbörse am Deich verlor. Wenn man früher Glück hatte, war es einer von den reichen Großbauern von einem der riesigen Höfe, der hier mit einer dicken Goldkette vor dem Bauch seinen Sonntagsspaziergang machte. Aber die Zeiten hatten sich geändert. Am Sonntag machten die Bauern keinen Deichspaziergang mehr, sondern fuhren in Autos am Deich vorbei zu irgendein Restaurant in einem der Badeorte an der Küste. Davon konnte auch kein anständiger Deichspatenzwerg Reichtümer anhäufen.

Dieken Enno wurmte es schon seit Jahrhunderten, dass er zu den ärmsten Deichspatenzwergen an der deutschen Nordseeküste gehörte. Sein Deichschatz bestand aus ein bisschen friesischen Bernstein, der nur einen ideellen, aber keinen echten materiellen Wert darstellte, und aus den wenigen am Deich gefundenen Schmuckstücken aus billigem Gold. Die Geldbörsen, die er bisher gefunden hatte, waren meistens bis auf ein paar Geldstücke, meistens nur Pfennige, leer. Cents oder Euros hatte er noch nicht gefunden.

Klining sah, wie es in dem Zwerg arbeitete. „Wie wäre es mit deinem Spaten?“, fragte er harmlos.

„Mein Spaten ... was willst du mit so einem wertlosen Spaten?“

„Er würde meine Sammlung von Zwergenarbeitsgeräten aus aller Welt ergänzen. So ein Deichspatenzwergspaten fehlt noch in meiner Sammlung."

„Klining, bist du verrückt, was sollen wir mit dem ollen verrosteten Ding?" Vugur wurde es ganz schlecht.

„Lass ihn." Rinchen schaute gespannt auf den Magier. Zu den Verrückten gehörte der bestimmt nicht. Sie wusste, dass Klining wusste, was er wollte.

„Nicht den alten Spaten, das möchte ich meinen Gästen nicht antun."

Aha ... jetzt kam die Gastfreundschaftstour. Klining griente innerlich. Ausgerechnet von einem Zwerg, wo Zwerge doch allgemein berüchtigt dafür waren, dass sie ohne Hemmungen jeden Gast abzocken und bis aufs Hemd ausziehen würden, sobald sich eine Gelegenheit dazu ergab.

„Dein Verhalten ehrt dich, wir nehmen deine Gastfreundschaft gerne an. Vielen Dank. Um so mehr kannst du nun beruhigt und ohne schlechtes Gewissen deinen alten Spaten als Wetteinsatz einsetzen. Er mag für dich ohne Wert sein, aber für unsere Sammlung ist er eine große antike Attraktion, die in etwa mit dem Wert unseres kleinen Rubins gleichzusetzen ist."

Der Deichspatenzwerg schäumte: Er war in seine eigene Falle gelaufen, und nun konnte er nicht mehr zurück. Er blickte über die Schulter auf den Jadebusen. Zur Zeit war Ebbe ... totale Ebbe. Weit breiteten sich die schwarzen Schlickbänke im Watt aus. Da war an Segeln nicht zu denken ... und bevor die Großmäuler einen der schiffbaren Priele weit draußen an der Wasserkante erreicht hätten, waren sie schon längst im Schlick versackt. Nur ein erfahrener Wattführer hätte denen helfen können, die Wette zu gewinnen. Dieken Enno schlug sich an den Kopf. Da hätte er ja man gleich drauf kommen können! Die waren ihren fetten Rubin los. Er versuchte sich seinen Triumph nicht anmerken zu lassen und sagte, als ob er sich noch großartig überwinden müsste: „Na gut. Aber quakt mir hinterher nicht die Ohren voll, ich hätte euch über den Tisch gezogen."

„Nein ... wie kommst du darauf? Ein Wort ist ein Wort."

„Gut, halten wir die Wette noch einmal fest. Ich sage: ihr Mohrrüben ... was seid ihr Winzlinge überhaupt? ... Ist aber auch egal ... also, ihr Mohrrüben könnt jetzt auf dem Jadebusen keine einzige

Seemeile und nicht einmal um den Leuchtturm Arngast segeln. Ihr haltet als erfahrene Hochseesegler, die ihr angeblich seid, dagegen. Wo ist überhaupt euer Boot?"

„Wir brauchen kein Boot. Olli, hebe mal bitte das Stück Holz auf." Klining ließ Olli das kurze Stück abgebrochene, halb verottete Dachlatte auflesen, das Gerold Tammen, der seinen Schuppen entrümpelt hatte, heute Morgen zufällig vom Anhänger gefallen war.

Der Deichspatenzwerg schaute ungläubig. So verrückt konnte doch kein einigermaßen vernünftiges Lebewesen sein: zu glauben, dass man mit so einem Stück alter Dachlatte auf der Nordsee segeln könnte. ‚Adios, Möhrchen', konnte er da nur sagen. Das ablaufende Wasser der Ebbe würde sie weit auf das Meer hinaustragen und die fetten Raubmöwen würden das Restliche erledigen. Mochten Raubmöwen überhaupt Mohrrüben? Egal ... dann würden sie eben verdursten oder eine Schiffsschraube würde Möhrensalat aus ihnen machen.

„Auf diesem Stück Holz wollt ihr segeln? Ihr habt sie doch nicht mehr alle. Wo sind denn eure Segel?"

„Wir brauchen keine Segel. Wir segeln auf diesem Stück Holz einmal über den Jadebusen und zurück und umrunden dabei einmal den Leuchturm."

Dieken Enno war entzückt. „Junge, du kannst dich schon mal von deinem Rubin verabschieden. Tut mir Leid für dich, scheinst ja ein netter Kerl zu sein. Aber wie kannst du dir auch so größenwahnsinnige Freunde aussuchen. Wie heißt du überhaupt?"

„Oliver. Meine Freunde nennen mich Olli."

„Fein, Junge, dann nimm du als Neutraler den Rubin und meinen Spaten." Der Zwerg ließ seinen Spaten im Deich stecken. Dann wandte er sich grinsend den klitzekleinen Zwergen zu: „Na, ihr Rübchen, dann kommt mal auf den Deich und sagt dem guten Dieken Enno, wie ihr über den Jadebusen segeln wollt."

Olli hatte bemerkt, dass der kleine Mann auf dem Deich ihn ‚Junge' nannte und stieg verstimmt über das kleine Gatter am Zaun. Langsam stapfte er die steile inlandige Seite des großen Deiches hinauf. Das Gras stand hoch und reichte ihm bis zur Mitte der Waden. Dann erreichte er mit seinen Freunden auf dem Arm die Deichkrone.

„Häh ... ihr seht ja aus wie Zwerge!" Der Deichspatenzwerg

schaute verblüfft auf die fünf Mohrrüben auf Ollis Arm.

„Wir sind Zwerge!" Klining lächelte den Deichenspatenzwerg an.

„Unglaublich! Hab ich ja noch nie gehört, dass es so kleine Zwerge gibt. Wo kommt ihr her? Und du ... sag bloß, du bist ein Mädchen?"

Rinchen lief rot an: „Hast du was dagegen? Ich kann dir ..." Sie stockte und Verblüffung breitete sich auf ihrem kleinen Gesichtchen aus. Mit großen Kulleraugen schaute sie auf den Jadebusen. „Wo ist das Wasser? Da ist ja gar kein Wasser!"

„Was ist das?" Vugur schaute irritiert über die weite Schlickwüste, an deren Horizont sich schmal der gegenüberliegende Küstenstreifen vor einem noch schmaleren Band silbern glänzenden Wassers abhob. Der Leuchtturm stand unerreichbar in der Mitte der Schlammbucht.

„Das ist das Wattenmeer. Hier herrschen Ebbe und Flut. Das Meer kommt und geht. Jetzt ist es gegangen." Der Deichspatenzwerg kicherte.

„Na gut, warten wir eben, bis es wieder da ist." Valmin hielt sein Gesicht in die Sonne. Eine herrliche, würzige Luft wehte weich über den Deich. Obwohl sich das Meer verkrümelt hatte, schmeckte man es doch auf der Zunge.

„Das könnte euch so passen." Dieken Enno grinste böse. „Jetzt müsst ihr segeln. Jetzt sofort! Segeln oder Rubin. Das ist die Wette."

„Stimmt genau. Wir segeln und der Spaten ist unser." Klining schaute auf den kleinen Spaten in Ollis Hand.

„Dann segelt man schön!" Der hinterhältige Deichspatenzwerg schaute in den blauen Himmel, wo einige Raubmöwen auf der Suche nach etwas Essbarem ihre Bahnen zogen. Die würden sich, kaum dass diese Winzlinge den Schlick betreten hatten, im Sturzflug auf sie stürzen. Fünf Sturzflüge, fünf Häppchen, fünf Todesschreie – und der Rubin gehörte ihm. Einfach wunderbar, wie der in der Hand des Jungen blutrot im Sonnenlicht funkelte. Egal wie es letztlich ausging: Die Raubmöwen hätten ihre Mahlzeit, er seinen Spaten zurück und den herrlichen Rubin. Danach wollte er sich ausführlich mit dem Jungen und dem kleinen Ledersäckchen befassen, aus dem der Rubin herausgekullert war. Aber ein Schritt nach dem anderen. Beglückt hörte er den Schrei einer gewaltigen Raubmöwe.

„Was ist das für ein Schlamm?“ Vugur wandte sich an Klining. „So schön rutschig wie bei uns in der Rosamuschelbucht?“

„Noch besser, Skipper, dieser Schlick flutscht wie geschlagene Sahne. Einfach ideale Verhältnisse.“

„Wie? Was? Wer soll hier flutschen?“ Dieken Enno horchte auf, kniff misstrauisch die Augen zusammen. „Wo wollt ihr flutschen?“

„Na, auf dem Schlick!“ Valmin grinste vergnügt.

Die Gruppe ging langsam den Deich hinunter bis zur Linie, die das Wasser beim höchsten Stand der Flut erreichte. Die lag an diesem Teil der Küste etwas weiter vom Deich entfernt als sonst, weil an dieser Stelle Europas einziges noch existierendes schwimmendes Moor dem Deich vorgesiedelt war.

„Das ist ein einmaliges Stück Land. Ein Moor vor dem Deich. Man nennt es das ‚Schwimmende Moor‘.“ Klining zeigte auf das kleine Stück Land.

Der Deichspatenzwerg war auf seinen kurzen Beinchen hinter Olli hergetrottet und blickte dabei immer wieder in den Himmel. Er behielt die hoch schwebenden Raubmöwen im Auge. Obwohl die Deichspatenzwerge durch ihre unscheinbare braun gefleckte Kleidung sehr gut getarnt und in dem hohen Gras kaum zu erkennen waren, passierte es doch immer wieder, dass eine der Raubmöwen einen von ihnen erwischte. Das letzte Opfer war erst vor zweihundertdreißig Jahren Dieken Tebben am Dollartdeich gewesen. Jetzt erreichte er mit der Gruppe den Rand des Watts.

„Hallo, Dieken Enno, was willst du denn hier am Wasser, du wäschst dich doch sonst nicht?“ Eine kleine schlanke Frauengestalt, nicht größer als bis zur Taille des Jungen, tauchte vor ihnen auf. Sie musterte den Deichspatenzwerg erstaunt und lächelte dann den Jungen mit freundlichen grünen Augen an. Plötzlich nahm sie die winzigen Zwerge auf dem Arm des Jungen wahr. Ihre grünen Augen weiteten sich ungläubig und sie murmelte fast tonlos: „Die Prophezeiung!“ Dann verbeugte sie sich mit ausgesprochener Höflichkeit ehrerbietig vor Klining: „Sei gegrüßt, großer Illantin“, um dann plötzlich, wie unter großer Spannung, alle Regeln der Höflichkeit vergessend, zu fragen: „Habt ihr ihn schon gefunden?“

Klining erwiderte die Verbeugung völlig überrascht, aber ebenso höflich: „Nein, verehrte Herrin, wir haben noch keine Zeichen empfangen und wissen darum auch noch nicht, wo wir ihn finden können."

Der Magier musterte die kleine Frau erstaunt. Die schlanke Gestalt umhüllte ein fein gesponnenes, grünsilbern schimmerndes Gewand aus frischem grünen Gras und Spinnenseide. Das von der Sonne und dem Seewind gebräunte schmale, edle Gesicht, wunderbar umrahmt von feinen, glatten, grün glänzenden Haaren, trug auf der Stirn die uralten Ornamente eines geheimnisvollen Kultes. Das dunkle Blau der Tätowierungen unterstrich das intensiv strahlende Grün ihrer freundlichen, weise blickenden Augen. Über ihrem weiten Gewand trug sie eine wunderschöne Bernsteinkette, deren Steine als verschlungene Ornamente und geheimnisvolle Symbole geschnitten waren, und an der ein Anhänger aus einem herrlichen blauen Bernstein in Form einer Mondsichel hing. Klining sah zum ersten Mal einen dieser sagenhaften Steine. Er bemerkte wohlwollend, dass die Augen der klitzekleinen Zwerge beim Anblick des kostbaren blauen Bernsteines nur kurz aufblitzten. Der Deichspatenzwerg hatte sich nicht so in der Gewalt. Seine Augen leuchteten in unverhohlener Gier. Er lächelte: Der hinterlistige Zwerg hatte null Chance, sich in den Besitz dieses seltenen Steines zu bringen. Jeder Versuch würde für den Gnom als Katastrophe enden.

Die edle Frau gehörte zum sagenumwobenen Grasvolk, einem der ältesten Stämme auf dem Planeten. Das Grasvolk huldigte seit Urzeiten der Großen Muttergottheit, der alles Gebärenden, aus deren Schoß vom Anbeginn aller Tage alles Lebende entspringt. Die Große Mutter war die erste Gottheit, der man auf Erden heilige Kultstätten weihte. Ihren Priesterinnen sagte man nach, dass sie die einzigen Lebewesen seien, die in direkter spiritueller Verbindung zur Schöpfung lebten. Der Illantin wusste als Träger der Thulanderona-Kordel von dem geheimnisvollen grünen Volk, das allgemein als verschollen galt, aber selbst er hatte kaum seine große Überraschung verbergen können, als die schlanke, kleine Frauengestalt – offenbar eine Schamanin oder Priesterin des Grasvolkes – plötzlich vor ihnen stand.

„Darf ich mich und meine Freunde vorstellen, verehrte

Herrin?" Klining zeigte auf seine Weggefährten und nannte ihre Vornamen. Alle verbeugten sich ausgesprochen respektvoll und höflich. Die klitzekleinen Zwerge und Olli spürten die große Ausstrahlung, die von der zarten kleinen Gestalt der Schamanin ausging. Diese lächelte sie freundlich aus ihren seltsam weisen Augen an.

„Mein Name ist Vaskälindanya, ich heiße euch herzlich im Schwimmenden Moor willkommen." Die Schamanin verbeugte sich erneut. „Darf ich fragen, was uns die Ehre eures Besuches verschafft? Bei uns werdet ihr wohl kaum Zeichen der Prophezeiung finden."

„Darf ich dich unter vier Augen sprechen, Vaskälindanya?" Sie nickte und streckte ihre kleine schmale Hand aus. Klining hüpfte von Ollis Arm auf die schmale Hand der kleinen Frau, die dann mit ihm einige Schritte zur Seite trat.

„Was hat der denn mit der grünen Moorhexe zu tuscheln?" Dieken Enno knurrte wütend. Er mochte die eingebildete Schamanin nicht. Wenn er auch nur den kleinsten Spatenstich in den Deich machte, sofort ließ ihr Volk an dieser Stelle Gras wachsen. Manchmal würde er das grüne Gewusel am liebsten mit dem Spaten platt machen, aber er wusste aus bitterer Erfahrung, dass ihm das sehr schlecht bekommen würde.

„Unser Volk ist leider von einem Unglück getroffen worden." Klining schilderte der Schamanin in allen Einzelheiten, warum er auf der Suche nach Mitgliedern seines Volkes war. Nur die Königslade mit dem Perlenzepter erwähnte er nicht.

„Und jetzt braucht ihr den Spaten des hinterlistigen Deichspatenzwerges, um den Eingang zum Reich der Wassergeister zu öffnen?"

„Richtig!" Klining nickte.

Die Hohepriesterin schaute Klining ruhig aus ihren schönen grünen Augen an, stellte ihn vorsichtig vor sich auf den Boden und berührte mit beiden Händen ihre Stirn, dann ihr Herz und verbeugte sich schließlich in tiefer Hochachtung. „Sei doppelt willkommen, Klining von Olgursam!"

Der Illantin wiederholte überrascht die Gesten des Grußes, mit dem sich die Träger der Thulanderona-Kordel begrüßten, und verbeugte sich ebenfalls in tiefer Hochachtung vor der Priesterin.

„Es ist mir eine Ehre, Priesterin.“

Die Priesterin hielt Klining wieder ihre Hand hin und hob ihn hoch vor ihr Gesicht. Sie sah den fragenden Blick des winzigen Magiers und sprach: „Über dieses Wissen verfügen nur wir, die seit Anbeginn des Lebens auf dem blauen Planeten der Großen Mutter dienen, und die Träger der Thulanderona-Kordel. Tebera qua nechweda Tala?“

Der Illantin erstarrte. Nun, da ihn die Priesterin nach dem Befinden von Tala, ihrem Schüler und seinem großen Lehrer, fragte, begriff er, wen er vor sich hatte. Wie hatte er sich von dem jugendlichen, edlen Gesicht der Schamanin bloß täuschen lassen. Sie war die berühmte Vaskälindanya von Gotim. Die sagenumwobene Hohepriesterin des Grasvolkes und die Hüterin der heiligen Mondsichel. Klining kniete in der Hand der Hohepriesterin nieder und neigte erfurchtsvoll seinen Kopf: „Botim nin kanna, Vaskälindanya von Gotim, wed kem lem tschinä Wra kemo!“

„Thana, Klining von Olgursam, thana.“

Klining erhob sich. Da die Hohepriesterin mit dem Rücken zu der Gruppe stand, wunderten sich alle nur, warum die kleine Schamanin Klining auf den Boden gestellt und ihn dann wieder hochgehoben hatte.

„Die Existenz unseres Kultes ist ebenso in Vergessenheit geraten wie die Existenz eures Volkes, verehrter Illantin. Die Welt kennt nur noch die Kulte der Götter, die erst viele Jahrhunderttausende später von den Lebewesen beider Seiten angebetet wurden und werden. Die dummen Deichspatenzwerge verwechseln unsere Priesterinnen mit Gras- oder Moorhexen. Wir lassen sie natürlich in diesem dummen Glauben.“ Das Gesicht der Hohepriesterin wurde auf einmal sehr ernst. „Ich wünsche, dass du alle Mitglieder deines Volkes wohlbehalten wiederfindest. Du kannst den scharfen Augen der Orion-Albatrosse, der heiligen Vögel der Zeit, wohl vertrauen. Sie werden dir helfen, auch den Letzten deines Volkes zu finden. Aber ...“, ihr Gesicht wurde jetzt von einer großen Besorgnis überzogen, „... wichtiger ist, dass ihr ihn findet!“

Klining nickte betrübt. „Du hast Recht, Vaskälindanya von Gotim.“

„Sind die Siegel in der Königslade unversehrt?“

Den Illantin durchfuhr siedendheiß ein Schreck. Die Hohepriesterin des Grasvolkes lächelte. „Keine Angst, Klining von

Olgursam, keiner deiner Kameraden hat etwas verraten. Du vergisst, dass die Hohepriesterin der Großen Mutter in direkter spiritueller Verbindung zur Schöpfung lebt. Als deinem Kamarin, dem guten König Goliath, die Schöpfung persönlich am Nachthimmel erschien - oh wie beneide ich euren König – fiel ich in eine tiefe Trance und mir wurde jedes Wort dieses Gespräches übermittelt. Ich bete jeden Tag zur Großen Mutter, dass ihr ihn findet. Sonst erleben wir alle die Auferstehung des Chaos und unser Ende.“ Der Hohepriesterin standen die Tränen wie glitzernde Tautropfen in den schönen grünen Augen.

„Die Siegel sind unversehrt. Die Königslade kann sowieso nur von ihm geöffnet werden. Wir dürfen die Hoffnung nicht aufgeben, Vaskälindanya von Gotim.“ Klining machte eine kleine Handbewegung und ein winziger Regenbogen erhob sich in der Hand der Hohepriesterin. Sie lächelte über den verspielten Zauberfirlefanz des ehrwürdigen Illantin, aber sie war froh, dass sich der Magier ein Stück seiner kindlichen Unbefangenheit bewahrt hatte. Das würde ihm bei der Suche nach dem Helden mit dem reinen Herzen sehr von Nutzen sein.

Vaskälindanya fasste sich und wischte die Tränen von ihren Wangen. Sie schaute ihn nun ernst an, schloss dann die Augen, murmelte in einer uralten Sprache, die er nicht verstand, mit sanfter Stimme eine rituelle Formel und hob die freie Hand, um ihn zu segnen. Klining spürte, wie eine enorme Ausstrahlung von ihr ausging, ihn erfasste, bis in die letzte Faser seines Körpers durchflutete und ihn mit einer nie gespürten Kraft erfüllte. Klining wusste, dass er eben von der Großen Mutter selbst gesegnet worden war. Dankbar hob er seine Hände an die Stirn und zu seinem Herzen und verbeugte sich tief vor der nun wieder lächelnden Hohepriesterin.

Oliver hatte – Rinchen, Valdim, Vugur und Vildo auf dem Arm – seinen Blick über die atemberaubende Weite der Wattenlandschaft schweifen lassen, als ihn plötzlich eine mächtige Ausstrahlung erfasste, ihn durchflutete und mit einer nie gespürten Kraft erfüllte. In seiner Hosentasche spürte er, wie der Rubin heiß erglühte. Er griff hinein, kramte nach dem heißen Stein und sah, dass er nicht den Rubin, sondern seinen roten Glasstein in der Hand hielt, der wie schon im Garten des Feenkönigs wieder geheimnisvoll leuchtete.

Rinchen sagte: „Oh, wie leuchtet der Rubin in der Sonne schön. Zeig mal."

Olli ließ den leuchtenden Glasstein schnell wieder in seine Hosentasche gleiten.

Sie lachte: „Du kannst ihn mir ruhig zeigen, ich drehe schon nicht durch." Rinchen war der Meinung, der Junge wollte sie vor ihrer eigenen Gier schützen.

Oliver kramte erneut in seiner Hosentasche und holte nun den Rubin hervor. Er hielt ihn vor Rinchens Gesicht. Die schaute hindurch und sagte schaudernd: „Huch ... jetzt sieht das ganze Watt aus, als wenn es in Blut getaucht wäre."

Valmin, Vugur und Vildo lachten über Valentirinas erschrockenen Gesichtsausdruck. Dieken Enno knurrte: „Pass bloß auf meinen Stein auf, Junge."

Vaskälindanya spürte, dass der Segen der Großen Mutter nicht nur den kleinen Magier erfasst hatte und schaute verwundert zu der Gruppe mit dem Jungen und den Zwergen hinüber. Aber die standen mit dem Rücken zu ihr und schauten hinaus aufs Watt.

„Wie willst du an den Spaten des hinterhältigen Zwergs herankommen, Klining von Olgursam? Weder du noch ich darf ihn stehlen oder mit Gewalt nehmen."

„Ich weiß, aber wir haben mit ihm gewettet!"

„Gewettet?"

„Ja, wir segeln über den Schlick und die Priele bis rüber zu der Stadt an der Westseite des Jadebusens – die Menschen nennen sie Wilhelmshaven – drehen dort 'ne Runde in der vierten Einfahrt, sausen um diesen Leuchtturm ... Arngast, richtig? Und segeln wieder zurück, um den Spaten in Besitz zu nehmen."

„Das ist nicht ungefährlich, Illantin. Denk nur an die gefährlichen Raubmöwen und die unberechenbaren Strömungen bei ablaufendem Wasser. Zauber darfst du nach den alten Regeln auf der Seite der Feen und Geister bei einer solchen Wette nicht einsetzen." Die Hohepriesterin machte ein besorgtes Gesicht.

„Ich weiß, aber du kennst unseren Skipper nicht. Der Junge ist ein echter Wikinger. Er heißt Vugur von Nörskebaut."

„Oh ... ein echter Nörskebauter!" Die Großschamanin wollte vor Freude spontan in die Hände klatschen, bemerkte aber gerade noch, wie der winzige Illantin in ihrer Hand herumkullerte. Sie lachte hell und fröhlich über ihre Ungeschicklichkeit. „Ich bitte um Verzeihung, werter Freund ... aber mit einem Nörskebauter habt ihr alle Chancen!"

Sie ging zur Gruppe.

Dieken Enno hampelte schon ungeduldig von einem Bein aufs andere. „Wenn euer Gelabere ein Trick ist, um Zeit zu gewinnen, dann könnt ihr das vergessen. Bevor die Flut kommt, ist der Rubin meiner. Am besten, ihr rückt ihn gleich heraus."

„Wovon träumst du denn?" Vugur wollte endlich los.

Klining wiederholte noch einmal die Wette: „Also ... wir segeln über den Schlick und über die Priele bis rüber nach Wilhelmshaven, drehen dort 'ne Runde in der vierten Einfahrt, sausen um den Leuchtturm Arngast und segeln wieder hierher, um das neue Objekt für unsere Sammlung ‚Zwergenwerkzeuge aus aller Welt' – deinen alten, verrosteten und wertlosen Spaten – zu übernehmen ... richtig?" Klining lächelte den wütenden Deichgnom harmlos an.

„Ich lach mich vom Hocker. Eben mal bei Ebbe über den Jadebusen auf so 'nem ollen Stück Dachlatte. Ohne Segel! Ja was denn sonst? Großmäuler! Ihr seid nichts als Großmäuler! ... Wie schon gesagt, gebt mir den Rubin lieber gleich. Dann werdet ihr wenigstens nicht dreckig!"

„Wie – dreckig? Werden wir dreckig?" Rinchen schaute angewidert auf ein paar Urlauber, die lachend, über und über mit dem schwarzen Schlick bespritzt, aus dem Wattenmeer liefen.

„Ihr werdet im Schlick ersticken! Und dann die schrecklichen Krebse, die sind ganz wild auf Mohrrüben. Und die Raubmöwen, die lecken sich schon jetzt die Schnäbel. Und die ..."

„Watthasen!", sagte Valmin vergnügt. „Die hauen uns in ihren Eintopf!"

Der Deichspatenzwerg schaute verblüfft: „Watthasen? Quatsch, es gibt keine Watthasen, wer hat euch denn den Blödsinn erzählt?"

„Ihr könnt alleine segeln, diesen Schlick kriegt man ja nicht mehr aus den Kleidern!" Rinchen setzte sich demonstrativ auf Ollis Arm. „Von den Haaren ganz zu schweigen!"

„Ihr segelt alle, oder ich bekomme – sofort und auf der Stelle – meinen Rubin. Das ist doch klar wie dicker Schlick!"

„Deinen Rubin? Olli, halte unseren Spaten gut fest. Wir sind gleich zurück. Komm, Valentirina, der Schlick ist sehr gut für eine zarte Haut!"

„Stimmt das?" Rinchen schaute die Hohepriesterin fragend an. Die nickte lächelnd. „Ja, wenn das so ist, komme ich natürlich mit auf den Törn." Rinchen hüpfte auf die Dachlatte, die Olli vorsichtig auf den dunkel glänzenden Schlick gelegt hatte. Vugur bückte sich nach einem kleinen Stöckchen: „Ich brauche noch ein Steuerruder."

„Alle Zipfelmützen in den Wind!"

Vugurs Kommando hallte klar und knapp über das Watt. Er war wie verwandelt. Jeder spürte, der winzige Nörskebauter war in seinem Element. Das kleine Stück Holz nahm schnell unter den steil als Segel aufgestellten Zipfelmützen Fahrt auf und segelte wie auf Wasser leicht und mit hoher Geschwindigkeit über den schwarzen Schlick. Vugur stand breitbeinig am Ruder. Der Nörskebauter legte das Ruder leicht um und segelte jetzt hart am Wind. Immer schneller schoss das winzige Fahrzeug mit den roten Segeln über das Watt. Nach kurzer Zeit war von der Stelle an Land, an der die Hohepriesterin des Grasvolkes mit Olli und dem Deichspatenzwerg stand, nur noch ein winziger roter Punkt im Watt zu erkennen.

„Das gibt es doch nicht!" Dieken Enno gaffte immer noch verdattert hinter dem Wattflitzer her. „Das ist Betrug! Betrug!! Betrug!!! Die verwenden einen Zauber!" Die Stimme des Deichgartenzwerges überschlug sich schrill vor Wut.

„Nein, Dieken Enno, die haben einen Nörskebauter als Skipper." Die Hohepriesterin sprach betont ruhig, um ihre Schadenfreude zu verbergen.

„Einen Nörskebauter? Die gibt es doch gar nicht! Die sind doch nur Legende. Das ist Betrug! Betrug!!!" Der Zwerg kochte vor Wut. „Das lasse ich mir nicht gefallen. Her mit meinem Spaten!", fuhr er den Jungen giftig an, „... her damit, oder ich und meine Kumpels machen Hackfleisch aus dir!"

Olli blickte ruhig auf den tobenden Zwerg. „Enno, du kriegst noch einen Schlaganfall, wenn du dich weiter so aufregst. Was ist denn so schlimm daran, dass Vugur ein Nörskebauter ist?"

„Alles ist schlimm, wenn ich meinen Spaten verliere ... alles ... alles!"

„Enno, wenn du den ollen rostigen Spaten bei der Wette

verlierst, kaufe ich dir hier im Laden hinter dem Deich ein niegelnagelneues buntes Strandbuddelset aus Plastik mit Schäufelchen, Eimerchen und Sandsieb. Gleich heute, ehrlich. Nur beruhige dich, es geht doch nur um einen kleinen Rubin und um einen alten Spaten!“

Der Zwerg war vor Verblüffung sprachlos. Wie blöde konnte ein Mensch eigentlich noch sein!? Er holte tief Luft und schrie: „Ich bin gleich wieder da, ihr Betrüger!“ Dann war er im hohen Gras verschwunden.

„Oliver, es geht um mehr als nur um einen rostigen Spaten. Nur mit dem Spaten eines Deichspatenzwerges kann man den Eingang zur Welt der Wassergeister öffnen. Das ist nur bei Ebbe möglich. Dann verschwindet das Reich der Wassergeister unter dem Schlick. Mit der steigenden Flut taucht die Welt der Wassergeister wieder auf, aber jeder, der versucht, sich ihnen in ihrem Element zu nähern, würde ertrinken. Um die Leute aus Klinings Volk zu befreien, braucht ihr unbedingt diesen Spaten. Pass also gut auf ihn auf und gib ihn unter keinen Umständen vor dem Ende der Wette heraus. Der hinterlistige Zwerg holt garantiert Verstärkung.“ Die Hohepriesterin zeigte auf die ferne Deichkrone, von der das Signal eines Horns herüberwehte. „Siehst du, was habe ich gesagt!“

Oliver kniff die Augen zusammen und sah die kleine, braune Gestalt des Zwerges oben auf der Deichkrone in ein Horn blasen.

„Der ist ja völlig durchgedreht! Das ist das Kriegshorn der Deichspatenzwerge. Wo hat der das denn auf einmal her? Das ist seit Jahrtausenden nicht mehr geblasen worden. Hoffentlich beeilen sich deine Leute.“

Oliver freute sich, dass ihn Vaskälindanya von Gotim selbstverständlich der Gruppe der klitzekleinen Zwerge zuordnete und fühlte erneut die Kraft, die ihn bereits vorhin durchfloss. Sollten die braunen Deichgnome ruhig kommen. Er würde den Spaten nicht herausrücken. Er schaute hinaus aufs Watt, wo sich eine Gruppe von Raubmöwen am Himmel gesammelt hatte und immer wieder auf etwas, das man von hieraus nicht erkennen konnte, niederstieß.

Plötzlich hörte er Lärm von der Deichkrone herüberwehen. Zuerst sah er mehrere Standarten aus braunem Tuch, die an Querhölzern flatterten, über die Deichkrone emporwachsen. Dann formierte sich eine ganze Armee kleiner braun gefleckter Gestalten auf der Deichkrone unter den einzelnen Standarten und sie schulterten ihre Spaten. Signalhörner ertönten und die Zwergenarmee setzte sich geordnet in Bewegung. Sie marschierte den Deich hinunter und hielt direkt auf sie zu. Im Gras des Deiches hinterließ sie eine breite, niedergetretene Spur. Bei jedem Schritt schlugen die Zwerge ihre Spaten im Marschrhythmus aneinander, so dass ein bedrohlich harter, metallischer Klang immer näher rückte.

Zehn Schritte vor ihnen blieb die Unheil verkündende Armee der Zwerge plötzlich wie auf ein Kommando stehen. Die Ruhe, die sich jetzt ausbreitete, wirkte noch beängstigender. Nur das Flattern der Standarten im Wind war zu hören.

Aus der Front der finster blickenden Deichspatenzwerge löste sich Dieken Enno. Hinter ihm traten noch fünf weitere Zwerge hervor.

Dieken Enno hob das Kriegshorn und blies noch dreimal kräftig hinein. Jedes Mal erschien auf der Deichkrone eine weitere Armee in der gleichen Stärke, wie sie bereits zehn Schritte vor ihnen stand.

„Heilige Große Mutter, wovor habt ihr so eine Angst, Dieken Enno?“ Vaskälindanya von Gotim schaute verwundert über das versammelte Großheer der Deichspatenzwerge.

„Ich will nur meinen Spaten wiederhaben, sonst nichts.“ Dieken Enno zeigte auf den Jungen. „Rück ihn heraus und wir ziehen ab. Wenn nicht, holen wir ihn uns mit Gewalt.“ Der Deichspatenzwerg zeigte auf die fünf finsteren Gnome, die direkt hinter ihm standen und nun ihre Spaten mit einem pfeifenden Geräusch, wie scharfe Sensen, über das Gras schwangen. „Seid vernünftig, sonst werden Köpfe rollen.“ Es war klar, welche Köpfe der giftige Gnom meinte.

„Wette ist Wette. Wir warten, bis meine Leute wieder zurück sind. Dann werden wir sehen, wer was bekommt.“

Erstaunt vernahm die Hohepriesterin des Grasvolkes die ruhige, freundliche Stimme des Jungen. Der blickte furchtlos auf die Zwergenarmeen. Die fünf finsteren Gnome hinter Dieken Enno ließen ihre Spaten noch schärfer durch die Luft sausen. Sie warteten auf den Befehl von Dieken Enno, bereit, den Jungen in Stücke zu hauen. Die Lage begann sich zuzuspitzen.

„Ich werde es nicht zulassen, dass hier irgend jemandem Gewalt zugefügt wird!“ Die Hohepriesterin des Grasvolkes fasste mit beiden Händen die blaue Mondsichel.

„Halt dich da raus, Moorhexe ... sonst wirst du es bereuen!“ Dieken Enno hob wütend den Arm. Vier kleine Zwergenarmeen nahmen ihre Spaten von der Schulter und ließen sie wie Sensen in großen Schwüngen drohend durch die Luft sausen. Ein scharfes, Tod bringendes Pfeifen übertönte den Wind. Wo diese Armeen vormarschieren würden, hielt der Tod reiche Ernte.

Vaskälindanya von Gotim spannte sich: Sie war bereit, die Zwergenarmeen im Notfall zu vernichten.

Plötzlich sauste ein spatzengroßer Vogel durch die Luft und setzte sich auf die rechte Schulter des Jungen.

„Hallo, Raggi ...“ Olli strahlte den gefährlichen Vulkanadler an. „Wo kommst du denn so plötzlich her?“

Ragnur rieb seinen linken Kopf zärtlich an der Wange des Jungen. Sein rechter Kopf schaute drohend in die Runde. Dieken Enno und den fünf finsteren Gnomen fiel vor Schreck der Spaten aus der Hand. Die Zwergenarmeen verharrten wie erstarrt. Wo der kleine Killer war, konnte sein Herrchen nicht mehr weit sein.

„Was ist denn hier los!“ Laurin war aus dem Nichts erschienen und rutschte von seinem zierlichen Rappen. Der sofort an den leckeren Kräutern der Salzwiesen knabberte. „Seit wann wird hier ohne meinen Befehl mobil gemacht?“ Die Stimme des Zwergenkönigs schallte drohend und unheilvoll über den Deich.

Die Armeen der Deichspatenzwerge fielen geschlossen vor ihrem König auf die Knie und pressten die Stirn demutsvoll auf den Boden.

„Ich will wissen, welcher Idiot ohne meine Order das Kriegshorn geblasen und diesen Aufmarsch veranlasst hat. Wird’s bald!“ Laurins Stimme klang nun gefährlich leise.

„Ich ... ich ... Eure gnädige Majestät!“ Dieken Enno rutschte mit dem Gesicht zum Boden voller Angst auf den König der Zwerge zu.

„Dieken Enno ... natürlich, natürlich ... wer sonst!“ Laurins Blick ruhte grausam auf dem unglücklichen Gnom. Dann lief er rot an und schrie ihn mit einer fürchterlichen Stimme so laut an, dass die Armeen wie unter einem Peitschenhieb zusammenzuckten und die Möwen im ganzen Jadebusen erschrocken aufflogen:

„W A R U M ? ... Warum hast du das Kriegshorn geblasen, du Unglückswurm? Wird hier revoltiert? Ist das ein Aufstand? ... Nun? Eine Sekunde hast du für deine Antwort noch ... dann rollen hier nicht nur Köpfe ... RAGNUR!"

Der kleine Vulkanadler schreckte hoch. Er hatte sich an Ollis Hals gekuschelt und keine Lust auf ein Blutbad. Die Deichspatenzwerge sahen sich schon zerfetzt auf dem Deich liegen.

„Majestät ... der ... der ... hat meinen Spaten!" Der Unglückswurm zeigte stotternd auf Oliver.

Laurin war verblüfft. „Deinen Spaten? ... Wieso hat der Junge ... ich meine Olli, deinen Spaten?" Laurin hatte noch nie gehört, dass jemals ein Deichspatenzwerg seinen Spaten verloren, verschenkt, verliehen oder auch nur aus der Hand gegeben hätte.

„Majestät, ich bin daran vielleicht nicht ganz unschuldig."

Laurin drehte sich zu dem Jungen um: „Du, Olli? Wieso du?"

„Es handelt sich um eine Wette, Laurin."

Erst jetzt nahm Laurin die schlanke Gestalt der Hohepriesterin des verhassten Grasvolkes wahr. Er war überrascht, bekam sich aber sofort unter Kontrolle und verbeugte sich höfisch: „Ah ... Vaskälindanya von Gotim! Unsere allseits verehrte Großschamanin. Dich gibt es also auch noch? Die Große Mutter hat noch nicht aufgegeben, meine Liebe?"

Die Hohepriesterin schaute ihren Erzfeind lächelnd an: „Die Zeiten sind für alle Götter schwer, mein Guter, aber die Macht der Schöpfung ist unendlich – wie das Leben selbst. Wie immer wird sie am Ende siegen."

„Wir werden sehen, Vasi, wir werden sehen." Laurin sprach die Hohepriesterin vertraut mit ihrem Kosenamen an.

Vaskälindanya von Gotim dachte schmerzlich an die Zeit zurück, als sie noch in den eleganten, jungen Laurin verliebt war. Sie verscheuchte aber sofort den Anflug dieses romantischen Gefühls ... das war schließlich viele, viele tausend Jahre her. Zu viel Zeit war vergangen, zu viel war passiert. Sie hatte mit ansehen müssen, wie aus dem jungen, liebenswerten Laurin ein kalter, bösartiger und habgieriger Herrscher wurde, der ohne Gnade sein Reich regierte und Reichtümer über Reichtümer anhäufte. Sie beide hatten sich nicht nur emotional voneinander entfernt, sondern im Laufe der Jahrhunderte tief verfeindet. Laurin hatte zu oft Verrat geübt. Wenn sie ihn anschaute, musste sie aber zugeben, dass seine Eleganz und seine unvergleichlichen roten Haare noch immer eine faszinierende Ausstrahlung hatten. Wenn sie ihn so neben dem Jungen stehen sah: wirklich zwei schöne Rotschöpfe.

Vaskälindanya von Gotim durchlief es plötzlich siedend heiß, als sie sich der Ähnlichkeit zwischen den beiden bewusst wurde. Jetzt wurde ihr schlagartig klar, warum sie den Jungen von Anfang an nicht als Menschen realisiert, sondern ganz selbstverständlich als einen der ihren, als einen, der aus der Welt der Feen und Geister stammt, angesehen hatte: Der Junge sah aus wie der junge Laurin.

„Was für eine Wette? Seit wann ist es einem Deichspatenzwerg erlaubt, um seinen Spaten zu wetten?", blaffte der Herrscher über (fast) alle Zwerge den vor ihm auf den Boden knienden Dieken Enno an. Olli erzählte dem König den Hergang der Wette, als im gleichen Moment ein morsches Stück Dachlatte mit fünf rotschwarz gesprenkelten Zipfelmützen aus dem Watt gesaust kam und mit einem hohen Schwung an Land schoss. Der Schwung der Dachlatte wurde vom Gras gestoppt und die fünf klitzekleinen Zwerge purzelten juchzend übereinander. Eine Raubmöwe, die den Schlickflitzer in der Hoffnung auf einen guten Happen verfolgt hatte, drehte im Angesicht der Versammelten enttäuscht ab.

Die klitzekleinen Zwerge rappelten sich laut lachend hoch und klopften Vugur begeistert auf die Schultern.

Valmin knuffte Vugur: „Skipper, das war einsame Super-Spitzenklasse! Das war der schönste Törn meines Lebens!"

Klining umarmte den Nörskebauter. „Ich bin so stolz auf dich, mein Junge. Ihr Nörskebauter seid wirklich die besten Seefahrer aller Zeiten." Vugur wurde ob dieses außergewöhnlichen Lobes seines Illantin verlegen.

Rinchen drückte Vugur und gab ihm einen herzhaften Kuss auf die schlammverschmierte Wange.

Vildo tönte: „Was für ein geiler, flutschiger Schlick! Einfach cool, Skipper ... einfach cool."

Laurin und die anderen schauten verdutzt auf die über und über mit Schlamm bespritzten lachenden Winzlinge. Er hüstelte. Klining schaute hoch, bemerkte den Zwergenkönig, fasste sich und winkte Olli heran. Der bückte sich und die klitzekleinen Schlickzwerge kletterten auf seine Hand. Olli richtete sich auf und hielt seine Hand in Augenhöhe Laurins.

„Seid gegrüßt, edler Zwergenkönig.“ Klining verbeugte sich höfisch formvollendet, wobei sich ein kleiner Schlammklumpen von seiner Zipfelmütze löste und auf Olivers Hand fiel. Valmin wollte vortreten und sich ebenfalls verbeugen, als er in dem Schlammklumpen ausrutschte und auf die Nase fiel. Alle fünf Zwerge lachten wieder los, bewarfen sich mit Schlick und konnten sich nur mit Mühe fassen.

„Das ist die Wirkung des Schlicks, Laurin. Wer einmal hineingeht und sich mit dem Schlamm richtig eingesaut hat – entschuldige meine Ausdrucksweise –, der hat einen Heidenspaß und kommt lachend aus dem Watt. Schlammschlachten sind hier unter den Wattbesuchern die Regel. Der Schlick ist außerdem sehr gesund.“ Die Hohepriesterin schaute lächelnd auf die schlickbespritzten Mohrrüben. Deren Anblick war aber auch zu putzig. Sie verbarg ihre große Erleichterung, dass die fünf nicht den gefräßigen Raubmöwen zum Opfer gefallen waren. „Ich schlage vor, dass wir die Herrschaften erst einmal von ihrem Schlick befreien.“

„Kein Problem, Hohepriesterin.“ Klining machte eine leichte Handbewegung und ein paar klitzekleine Regenwolken erschienen über den Winzlingen in Ollis Hand, fingen kräftig an zu regnen und spülten den schwarzen Schlick von den klitzekleinen Zwergen. Olli ließ das schwarz gefärbte Wasser zwischen den Fingern zu Boden tropfen. Als das Wasser klar abfloss, erschien eine winzige Sonne und trocknete die Zipfelmützen und die Kleidung der klitzekleinen Zwerge. Ein lauwarmes Windchen vertrieb dabei langsam die winzigen Regenwolken. Als die Sonnenstrahlen sich in den hauchfeinen Regentropfen brachen, bildete sich ein kleiner schöner Regenbogen über der Hand des Jungen. Klining bückte sich und hob an jedem Ende des Regenbogens einen klitzekleinen Topf mit Juwelen empor. Beide Schatztöpfe reichte er der wie verzaubert schauenden Hohepriesterin. „Ein Geschenk für die Große Mutter!“ Er machte eine kleine Handbewegung und Wolken, Sonne und Regenbogen verschwanden im Nichts. Nur die kleinen Schatztöpfe funkelten in der Hand der Hohepriesterin.

Alle hatten mit offenen Mündern auf diese bezaubernden Szene gestarrt. Laurin fasste sich als Erster. Schnickschnack, billiger, alberner Zauberfirlefanz. Trotzdem blieb er nach außen freundlich: „Beeindruckend, wirklich beeindruckend, verehrter Magier." Er klatschte höflich Beifall und gab damit das Signal für einen stürmischen Applaus. Die Armeen, demütig auf Knien liegend, hatten das zauberhafte Schauspiel beobachtet. Als Klining die beiden Schatztöpfchen unter dem winzigen Regenbogen hervorzauberte, waren sie begeistert aufgesprungen und applaudierten hemmungslos, als auch ihr König klatschte.

Der absolutistische Monarch der Zwerge hob mit einer herrischen Geste den Arm und die Armeen der Deichspatenzwerge fielen erneut wie ein Mann auf die Knie, die Stirn wieder demutsvoll auf den Boden gepresst.

„Dieken Enno ... her zu mir!" König Laurins Stimme scheuchte den Deichspatenzwerg aus seiner unbequemen Position hoch. Trotzdem blieb er in demütig gebeugter Haltung vor seinem König stehen.

„Gib mir bitte den Spaten, Olli! ... Danke! ... Wo ist der Rubin?" Olli kramte in seiner Tasche und reichte dem König seinen roten Glasstein. Des Königs Hand zuckte zurück und der Junge bemerkte seinen Irrtum. Er kramte erneut, holte jetzt den Rubin hervor und reichte ihn Laurin.

„Den habt Ihr mir geschenkt, weil ich Raggi aufgefangen habe, Majestät." Raggi kuschelte sich an Ollis Hals. Die Zwergenarmeen staunten. „So viel Wirbel um einen alten Spaten lohnt sich doch nicht, Majestät. Ich habe Dieken Enno schon gesagt: Wenn er die Wette verliert, kaufe ich ihm hier im Geschäft hinter dem Deich ein neues, buntes Strandset aus Plastik zum Buddeln. Die haben schöne Sandschaufeln, Eimerchen und Siebe aus Plastik für den Strand draußen vor dem Laden." Olli schaute den König der Zwerge treuherzig an.

Das wäre die gerechte Strafe für diesen Trottel von Dieken, dachte der Zwergenherrscher. Aber er konnte nicht zulassen, dass Klining mit dem Spaten eines Deichspatenzwerges den Eingang zum Reich der Wassergeister öffnen ließ. Was nur er wusste: Vom unterirdischen Reich der Wassergeister im Jadebusen führte ein direkter Weg bis zum grünen Goldfluss Sarimganta. Dieser Weg wurde seit Jahrtausenden von bronzenen Fluttoren verschlossen. Von der Flut wurde er jedes Mal freigespült und bei Ebbe von

Schlamm wieder überflutet. Noch nicht einmal die Wassergeister wussten, dass sie den Zugang zu einem Quell unermesslichen Reichtums besaßen. Zum Glück trauten sich die Wassergeister nicht in das heiße Erdinnere. Sie würden in der Hitze austrocknen und verdampfen wie eine Qualle in der heißen Mittagssonne am Strand. Doch die Wassergeister waren schlau genug, gegebenenfalls andere hinunter zum grünen Goldstrom zu schicken. Außerdem war der Zeitpunkt für einen offenen Konflikt mit den Geistern der Meere nicht günstig. Laurin plante schon seit langem, sich auch die nassen Reiche untertan zu machen. Aber dafür brauchte er die uneingeschränkte Macht des Feuers auf seiner Seite. Wenn es nach ihm ginge, würde er am liebsten alle Meere verdampfen lassen, um an die unendlichen Schätze auf dem Meeresgrund zu gelangen. Der König fasste sich, damit seine aufkommende Gier nicht sichtbar wurde, als er an die berühmten, unendlich kostbaren grünen Tiefseeperlen dachte.

„Wir brauchen den Spaten doch nur, um den Eingang zu den Wassergeistern freizuschaufeln. Dann könnte ihn Dieken Enno doch wiederhaben ... nicht wahr, Klining?“ Olli schaute den Magier fragend an.

„Sicher, wenn wir unsere Leute da rausgeholt haben, kann er ihn zurückbekommen. Dann würde ich auf den Gewinn der Wette nicht mehr bestehen.“

„Ihr wollt also nur ins Reich der Wassergeister, um eure Leute herauszuholen? Dann kommt ihr gleich wieder heraus und wir schaufeln den Eingang dicht?“

„Sicher, das ist unsere Absicht. Wir müssen dann sowieso sofort zurück nach Düsseldorf. Aber warum soll der Eingang so schnell wieder dicht gemacht werden, Majestät?“

„Denkt an die vielen Menschen im Watt.“

„Stimmt. Je schneller wir die Angelegenheit erledigen, desto unauffälliger können wir verschwinden.“

„Na, unauffällig waren wir bei dem Segeltörn vorhin ja gerade nicht.“ Vugur lachte fröhlich bei dem Gedanken an die verdutzten Gesichter der Menschen und den Anblick der verzweifelten Möwen. Wie von Dieken Enno vorausgesagt, hatte sie die erste Raubmöwe bald erspäht und war in vollem Sturzflug auf sie niedergestürzt. Im Gegensatz zu den kleinen Lachmöwen am

Rhein waren die großen Möwen hier an der Küste gefährliche und geübte Räuber. Trotzdem verfehlten auch sie immer wieder knapp die Häppchen auf dem kleinen Schlickflitzer. Der Segler erwies sich auf dem Schlick als noch manövrierfähiger als auf dem Wasser. Vugur war begeistert. Er riss immer erst in der letzten Sekunde das Steuerruder herum und die wütenden Möwen klatschten immer wieder in den tiefen weichen Schlick. Ihre Schar wurde am Himmel immer größer und die Attacken noch wütender. Aber gegen die Segelkünste des Nörskebauters blieben sie ohne die geringste Chance. Einer Möwe, die schon nach Rinchens Zipfelmütze schnappen wollte, gab er mit dem Ruder voll eins auf dem Schnabel. Trotzdem gaben die Möwen erst auf, als sie, das Gefieder schwer vom Schlick, nicht mehr fliegen konnten und schwerfällig zum nächsten Priel watschelten. Der kleine Segler war ohne Probleme über den Jadebusen geflitzt und schoss in voller Fahrt in die große Schleuse der vierten Einfahrt. Dort drehten sie eine Runde, sausten um den Leuchtturm Arngast und hinüber zum Strand von Dangast. Dort rutschten sie in voller Fahrt zwischen den Gummistiefeln eines Anglers hindurch, der nach Wattwürmern grub und vor Schreck hintenüber in den Schlick fiel, überholten in einem Priel einen Surfer und landeten im hohen Bogen, verfolgt von einer Raubmöwe, die das Schicksal ihrer Artgenossen nicht kannte, über und über mit dem schwarzen Schlick bespritzt hier wieder an Land.

„Dieken Enno!" Der Zwergenkönig blickte streng auf den kleinen Deichspatenzwerg. „Du wirst die Gruppe ins Watt begleiten und den Eingang zum Reich der Wassergeister freischaufeln ... ist das klar?"

„Majestät ... ich ... ich habe Angst vor dem Watt. Die Möwen ... und ich weiß ja gar nicht, wo sich der Eingang befindet. Bitte Majestät, könnte nicht ein anderer ...?"

„Ragnur oder Watt? Sei froh, dass du so billig davonkommst. Ich bin so gnädig. Du kannst wählen!"

Der Vulkanadler horchte auf und reckte den linken Kopf. Der Deichspatenzwerg krümmte sich vor Angst unter den prüfenden Blicken des sperlinggroßen Vogels.

„Ich werde mitgehen und euch den Eingang zeigen." Die Hohepriesterin des Grasvolkes schaute Laurin wissend an. Laurin las in dem Blick, dass Vaskälindanya von Gotim nicht nur den Eingang, sondern auch den Weg zu den Schätzen seines Reiches kannte. „Keine Angst, König, es hat sich nichts geändert. Wir lieben nun mal nur den Bernstein."

„Dann ist ja alles völlig klar, Vasi!" Laurin schaute die Hohepriesterin kalt an. Sie erschauerte. Sie wusste: egal, wer auch immer, jeden, der sich an des Zwergenkönigs Schätzen vergriff, würde er gnadenlos und grausam vernichten. Was sie nicht glauben konnte, war, dass der habgierige Laurin dem Jungen offenbar einen Rubin geschenkt hatte. Was steckte dahinter? Und dieser kleine Mörder Ragnur benahm sich in der Gegenwart des Jungen wie ein kleines Piepvögelchen. Sie nahm sich vor, den Illantin darauf anzusprechen. Wo kam dieser Menschenjunge überhaupt her und welche Verbindung hatte er zu Laurin.

„Ich nehme nicht an, dass ihr meine Hilfe noch benötigt, verehrter Illantin?" Laurin wandte sich an Klining. Der verneinte höflich und bedankte sich. „Pass auf dich auf, Jun ... Olli!" Der Zwergenkönig lächelte den Jungen an. Dann pfiff er und sein kleiner Rappen kam mit klingenden Glöckchen angetrabt. Laurin schwang sich elegant auf seinen zierlichen Renner. „Wo ist das Kriegshorn?" Dieken Enno übergab es zitternd seinem Herrscher. Der ließ seinen Rappen elegant tänzeln; ein unmerklicher Druck mit dem Schenkel, und das Pferdchen verneigte sich vor Vaskälindanya von Gotim. „Meine Empfehlung an die Große Mutter, schöne Hohepriesterin!"

Der Zwergenkönig warf seine rote Mähne nach hinten, griff das Kriegshorn und ein kurzes Signal schallte über den Deich. Innerhalb von wenigen Sekunden waren die Armeen wie ein Spuk verschwunden. Der kleine Rappen trabte, ohne das Gras zu berühren, auf die Deichkrone. Dort blieb er wie das Abbild eines edlen mittelalterlichen Recken im Sonnenlicht stehen. „Ragnur!" Der schreckte am Hals des Jungen hoch, schüttelte kurz seine Federn, rief: „Tschüs, Olli!" ... und flog wie ein Pfeil auf die ausgestreckte, behandschuhte Hand des Königs. Laurin ließ seinen kleinen Rappen noch einmal effektvoll steigen, berührte seinen Mantel Gulfriga und war urpötzlich verschwunden.

Mit Unwillen nahm Vaskälindanya von Gotim den kleinen Stich in ihrem Herzen wahr, den der elegante Abgang des Zwergenkönigs verursacht hatte.

„Der hat einen effektvollen Auftritt wirklich auf der Pfanne“, meinte Vildo bewundernd.

„Ein eitler, eingebildeter Gnom“, knurrte die Hohepriesterin wütend.

Stimmt, dachte Dieken Enno. Die Moorhexe war ihm auf einmal gar nicht mehr so unsympathisch.

„Ist es weit bis zum Eingang? Ich will nicht drängen, aber wir müssen unsere Leute vor der nächsten Flut hier auf dem Deich haben.“ Klining mahnte zum Aufbruch.

„Ist ja ekelig, dieser Schlick.“ Der Deichspatenzwerg schüttelte sich.

„Wenn du deinen Spaten hältst, dann kann ich dich auf meine Schulter nehmen. Mein rechter Arm ist noch frei, wenn Sie möchten ...?“ Der Junge schaute die Hohepriesterin fragend an.

„Das ist aber sehr aufmerksam von dir, mein Junge. Ganz Kavalier. Aber das ist nicht nötig. Du brauchst auch unseren Freund nicht auf die Schulter zu nehmen. Verehrter Magier, willst du oder soll ich?“ Die Großschamanin des Grasvolkes schaute den Illantin des klitzekleinen Zwergenvolkes fragend an.

„Verehrte, ich lasse dir mit Freuden den Vortritt.“ Klining verbeugte sich schmunzelnd.

Die Hohepriesterin reckte ihre schlanke Gestalt, nahm die blaue Bernstein-Mondsichel in beide Hände, schloss die Augen, führte die Mondsichel an ihre Stirn und füllte mit einer klaren, glockenhellen Stimme den Raum zwischen dem Himmel und der Erde: „Wisankan lateremo san yu yielatierma sasa Thym hwey ler Terre Madry!“

Unter der Hohepriesterin bildete sich eine feine Nebelwolke, die immer größer wurde und schließlich ihre Gestalt ganz umhüllte.

„Tretet ein!“

„Wo eintreten?“ Valmin blickte fragend auf Klining.

„In die Wolke natürlich. Los, Olli, trag uns hinein.“

Oliver trat in die Wolke ... und hatte ein Gefühl wie in einem Wattebausch. Der Junge merkte, dass er mit den Füßen über dem Boden schwebte. Hinter ihm war der Deichspatenzwerg in die Wolke gehüpft und ließ sich auf den Boden plumpsen.

„Schön weich hier!“

„Man kann ja gar nichts sehen.“ Rinchen kniff die Augen zusammen und versuchte den Nebel zu durchdringen.

Vaskälindanya von Gotim hob die Hand und der Nebel wurde durchsichtiger und durchsichtiger. Sie sahen, dass sie mit der Wolke weit ins Watt hinausschwebten. Vorbei an den Wattwanderern der Menschen, vorbei an den Booten auf den Prielen und vorbei an den Segelbooten, die sich trockenfallen ließen und nun auf die nächste Flut warteten.

„Sie können uns nicht sehen. Der Nebel ist nur von innen nach außen durchsichtig. Wir sind auch gleich da.“

Die Geschwindigkeit der Nebelwolke verringerte sich und sie hielten auf einer Sandbank weit draußen im Watt. Die Hohepriesterin bewegte leicht ihre Hand und die Nebelwolke löste sich auf.

„Grabe hier.“

Vaskälindanya nickte Dieken Enno zu. Olli gab ihm seinen Spaten und der Deichspatenzwerg stieß ihn in den Sand. Wie durch Zauberhand öffnete sich die Sandbank und eine Treppe aus wundervollem weißen Perlmutt führte in eine blau schimmernde Tiefe. Die Großschamanin schritt gemessen voran, gefolgt von dem Jungen mit den klitzekleinen Zwergen auf dem Arm und dem staunenden Deichspatenzwerg. Hinter ihnen schloss sich der Eingang ohne einen Laut und nach jedem Schritt löste sich die Treppe wie von Zauberhand auf. Die Gruppe betrat eine große blau schimmernde Grotte, deren Tiefe nicht abzuschätzen war. Aus dem mit buntschillernden Muscheln bedeckten feinen Sandboden ragten Ruinen, die mit den unterschiedlichsten Muscheln, die in allen möglichen Farben leuchteten, überzogen waren. Grüner Seetang und leuchtende Algen gaben ihnen den Eindruck von verwunschenen Märchenschlössern.

„Es sind die Ruinen von sieben Orten des Rüstringer Landes, die hier in den großen Sturmfluten der Nordsee einst untergegangen sind. Sie heißen Ellens, Hiddels, Ahm, Seediek, Oldebrügge, Bordum und Bant. Jetzt wohnt in ihnen das Volk der hiesigen Wassergeister. Wenn sie ihre Feste feiern, läuten sie auch die Glocken der untergegangenen Kirchen so laut, dass man es sogar an Land hören kann. Bei Ebbe versinken die Ruinen im Schlick des Jadebusens. Bei Flut werden sie wieder vom Wasser freigespült. Bei Flut kann sich den sieben Orten kein Mensch unter Wasser nähern, ohne jämmerlich zu ertrinken", flüsterte die Hohepriesterin leise. Sie gingen weiter durch ein Gewirr von engen Gassen, ohne dass sie jemandem begegneten, spürten aber, dass sie aus den Ruinen von vielen Augen beobachtet wurden. Eine Gasse mündete auf einen großen Platz, umsäumt von Ruinen, die von besonders prächtigen Muscheln überzogen waren. Sie traten auf den Platz hinaus. Ihn erfüllte ein geheimnisvolles blaues Licht. Viele hundert Wassergeister hatten sich hier versammelt und sahen sie neugierig an. Als sie weiterschritten, teilte sich die Menge der fast durchsichtigen Wassergeister, schwebte zur Seite und bildete eine breite Gasse.

Vaskälindanya blieb vor zwei prunkvollen, gleich großen Thronsesseln aus Muscheln stehen. Die Gestalt auf dem linken Thron erhob sich, schwebte die Stufen aus weißem Perlmutt hinunter und umarmte die Hohepriesterin.

„Seid Willkommen, Vaskälindanya von Gotim. Es ist sehr lange her, dass Ihr uns die Ehre Eurer Anwesenheit gewährt habt."

„Herzog Najadus, ich freue mich, Euch bei bester Gesundheit zu sehen. Wo ist Eure Gemahlin?"

„Sie sagt gerade den kleinsten unserer Kinder Gute Nacht." Der Herzog seufzte. „Ihr wisst ja, verehrte Freundin."

„Wie viele Sprösslinge habt Ihr inzwischen, Fürst?"

„Ich habe aufgehört zu zählen, aber es kommen jedes Jahr etliche dazu. Wie Ihr wisst, sind wir ein sehr fruchtbares Volk." Das Volk der Wassergeister war, wie alle Meeresbewohner, mit sehr viel mehr Nachkommen gesegnet als die Lebewesen an Land. Der Fürst setzte sich wieder – ganz Herrscher – auf seinen Thron und blickte nun misstrauisch auf den Jungen und den Deichspatenzwerg. „Es ist also wahr, was meine Wachen mir meldeten. Ihr habt tatsächlich einen Menschen und Zwerge in unser Reich geführt? Ich hoffe, dass Ihr mir gute Gründe dafür nennen könnt, Hohepriesterin. Ihr wisst doch, dass wir Wassergeister Menschen und Zwerge nicht mögen und auch sie uns eher feindlich gesinnt sind." Der Fürst schaute jetzt missmutig auf die kleine Gestalt der Großschamanin und er sah sich um. „Wo sind die anderen Zwerge?"

„Hier auf meinem Arm, Sir!" Oliver trat vor. „Darf ich sie vorstellen?" Er nannte die vollen Namen der klitzekleinen Zwerge, dann drehte er sich um, zeigte auf den Deichspatenzwerg und sagte: „Das ist Dieken Enno, ohne den wir nicht hierhergefunden hätten. Und mein Name ist Oliver Kusch. Meine Freunde nennen mich Olli." Dabei verbeugte er sich sehr höflich.

„So, so ... deine Freunde nennen dich Olli." Der Herzog schien nachzudenken. Die winzige Größe der Zwerge schien ihn oder einen der anderen anwesenden Wassergeister nicht besonders zu verwundern. „Klining von Olgursam? Den Namen habe ich schon einmal gehört. Ist das nicht einer von diesen windigen Zauberern oder Magier, Vaskälindanya?"

„Stimmt, ich bin Magier. Woher habt Ihr diese Information, Herzog?" Klining, der bisher geschwiegen hatte, wandte sich nun direkt an den Fürsten der Wassergeister.

„Hier frage ich, Klining von Olgursam! Warum seid Ihr hier?"

„Das wisst Ihr genau, Fürst!"

„Nicht dass ich wüsste."

„Wir suchen unsere Leute ... und Ihr haltet sie hier gefangen!" Klinings Ton wurde schärfer.

„Wenn wir Leute eures Volkes gefangen hielten, Klining von Olgursam, dann wären die längst ertrunken. Jeder, der Luft zum Atmen braucht, kann unser Reich nur bei Ebbe betreten. Auch ihr werdet uns vor der nächsten Flut verlassen müssen." Die Mundwinkel des Herzogs verzogen sich arrogant.

„Ihr tragt ein wunderbares Diadem auf dem Kopf, Herzog Najadus. Aus Sarimgantagold, schätze ich."

„Richtig, Olgursam, aus Sarimgantagold."

Klining überhörte die Frechheit des Herzogs, ihn nur mit dem Nachnamen anzusprechen. Seine Stimme war jetzt honigsüß: „Herzog, dann muss ich wohl falsch unterrichtet sein, König Laurin erzählte mir, dass nur er im Besitz dieses überaus seltenen und kostbaren grünen Goldes sei. Ich werde ihn gern über seinen Irrtum aufklären."

Der Fürst der Wassergeister wechselte die Farbe.

„Sicher wird Laurin auch interessieren ...", Klinings Stimme blieb süß wie reiner Honig, „... dass gewisse habgierige Herrscher, gewisse ... ich will sie der Einfachheit halber Boten nennen ... sehr winzige, klitzekleine Boten! ... die nicht wie Wassergeister unter der Hitze im Erdinnern verdampfen ... und die von gewissen Unterwasserreichen direkt zu gewissen Goldströmen geschickt wurden, um dort etwas zu stehlen, was ihnen nicht gehört."

Der Fürst der Wassergeister sank in sich zusammen.

Klining fuhr unerbittlich fort: „Es bedarf nicht viel Fantasie, sich auszumalen, was passiert, wenn der mächtige Herrscher über alle Zwerge – fast alle Zwerge, denn wir sind leider vom Genuss seiner Herrschaft ausgeschlossen – allein die Bataillone der Deichspatenzwerge mobilisiert, um gewisse Reiche auf der Suche nach seinem rechtmäßigen Besitz von oben bis unten umzugraben. Ich kann Euch versichern, Herzog, Laurins Deichenspatenzwerg-Bataillone schaufeln alles an die heiße Mittagssonne. Ist es so, Dieken Enno?"

Der nickte begeistert: „Darin ist schon jeder Einzelne von uns unschlagbar. Aber als militärische Einheit, in Reih und Glied formiert und aufmarschiert, sind wir schneller als jeder Bagger der Menschen."

„Bitte, Herzog Najadus, gebt die Gefangenen heraus. Wenn König Laurin das Kriegshorn blasen lässt und seine Spaten-Armeen ins Watt schickt, seid Ihr verloren. Denkt an Eure Kinder." Die Hohepriesterin des Grasvolkes schaute den Fürsten der Wassergeister flehend an.

Der schaute nachdenklich, nahm dann das kostbare Sarimganta-Diadem vom Kopf und befahl: „Holt die Gefangenen." Dann wandte er sich in versöhnlichem Ton an den Illantin. „Ihr habt mich überzeugt, Klining von Olgursam. Kein Gold der Welt, und sei es noch so wertvoll, ist es wert, dass ihm der Frieden geopfert wird. Bitte erklärt mir aber eines: Woher habt Ihr gewusst, dass ich zwei der eurigen zum grünen Goldfluss geschickt habe?"

„Verehrter Fürst", der winzige Magier war nun wieder ganz die Höflichkeit in Person, „... das Muster auf Eurem Diadem hat Euch verraten. Nur Vieland, der Schmied unseres Volkes, ist in der Lage, so wunderbar fein ziselierte Ornamente zu fertigen. Er bringt jedes Schmuckstück aus Gold durch seine herrliche Kunst auch ohne Diamanten und Juwelen zum Funkeln und Glitzern. Aber Vieland ist nicht nur ein Künstler von hohem Format, sondern auch ein schlauer Kopf, wie ihr zugeben müsst. Ich habe vorher nicht gewusst, dass von Eurem Reich aus ein Weg zum grünen Goldfluss führt. Aber da ein Wassergeist nicht in der Lage ist, die Hitze am Sarimganta zu überleben, musste logischerweise einer von unseren Leuten den grünen Goldfluss aufgesucht haben. Das Muster des Diadems hat meine Vermutungen nur bestätigt. Und dann noch eines, Herzog. Weder Ihr noch einer der hier Versammelten Eures Volkes hat sich über unsere winzige Größe gewundert oder dazu geäußert, also musstet Ihr Angehörige unseres Volkes schon einmal kennen gelernt haben."

„Brillant! Einfach brillant." Herzog Najadus verbeugte sich anerkennend vor dem Magier. „Ihr habt uns vor einer großen Dummheit bewahrt. Bitte nehmt das Diadem als Dank. Ich fürchte, es würde unserem Volk kein Glück bringen."

„Gebt es Vaskälindanya von Gotim, ihr steht es zu. Ohne sie hätten wir den Eingang zu Eurem Reich nie gefunden."

Die Hohepriesterin lehnte dankend ab: „Ich fühle mich sehr geehrt, meine Freunde, aber das Grasvolk liebt seit Urzeiten nur den Bernstein. Alles Gold und jeden anderen Edelstein lehnen wir als Quelle von Zwietracht und Neid ab. Aber auch den Bernstein darf bei unserem Volk nur die Hohepriesterin als Ausdruck ihrer Würde tragen. Sonst ist unserem Volke der Besitz von der weisen Großen Mutter streng verboten."

„Dann gestattet mir, Euch ein anderes Geschenk als Zeichen unserer Hochachtung und als Dank zu überreichen." Der Herzog wandte sich an seinen Schatzmeister. „Hol bitte die blaue Ataira-Kette."

Der Schatzmeister, ein älterer Wassergeist, schwebte schnell davon und kam kurz darauf mit einer großen schneeweißen Muschel wieder. Der Herzog nahm sie entgegen und öffnete sie. In ihr lag eine herrliche, geheimnisvoll leuchtende Perlenkette aus blauem, klarem Bernstein.

Die Hohepriesterin wurde totenblass. Ihr stockte der Atem. Sie schaute lange auf die Kette mit den wundervollen blauen Bernsteinen. Jede einzelne ihrer Perlen war ohne jeden Fehl und Tadel. Tränen traten in ihre Augen. Sie dachte daran, wie viele Jahrhunderte ihr Volk schon verzweifelt nach dieser kostbaren Kette suchte, die einst die vor Urzeiten gefertigte Statue der Großen Mutter in ihrem heiligen Hain schmückte. Wie alles andere, hatte im Jahre 1362 die schreckliche Flut, die in den Historien der Menschen als 2. Marcellusflut verzeichnet war, auch das Land und das Moor hier an der Küste endgültig untergehen lassen. Sogar der heilige Hain des Grasvolkes war überflutet worden, und obwohl sich die uralte Statue der Großen Mutter wie durch ein Wunder in dem verbliebenen Rest des Moores wiederfand, schien die blaue Bernsteinkette für immer im tiefen Schlick des Jadebusens verloren.

Vaskälindanya von Gotim nahm die Muschel mit ihrem kostbaren Inhalt mit strahlendem Gesicht und Tränen der Freude in den grünen Augen entgegen. „Verehrter Fürst, wenn Euer Volk jemals Hilfe benötigt, dann steht Euch mein dankbares Grasvolk bei jeglicher Gefahr in treuer Freundschaft zur Seite."

Für diese Kette würde ich jeden verraten und verkaufen, dachte Dieken Enno gierig.

Herzog Najadus umarmte die Hohepriesterin: „Diese Kette, sie ist vor kurzem von der Flut freigespült worden, ist ein geringer Preis für Eure Freundschaft, Vaskälindanya von Gotim." Dann schaute er auf das Diadem in seiner Hand: „Was machen wir hiermit?" Er blickte fragend auf Klining.

„Wir werden es zurückbringen."

„Was?"

Alle Augen schauten den klitzekleinen Magier an, als wäre er nicht ganz bei Sinnen.

Vildo rief: „Das Diadem macht uns unermesslich reich."

Valmin fragte: „Wie viel kostet eigentlich ein Gramm grünes Sarimgantagold?"

Rinchen maulte: „So etwas Kostbares haben wir doch noch nie besessen. Ein Ring aus grünem Gold, das habe ich mir schon immer erträumt!"

„Man könnte eine Superyacht davon bauen lassen. Ich würde der berühmteste aller Nörskebauter!" Vugur sah sich rund um den Erdball mit dem Superboot „Champ of Nörskebaut" Taifune und die fürchterlichsten Stürme bei Kap Horn abreiten.

Klining sah den Jungen an: „Was meinst du?"

Der zuckte ratlos die Schultern: „Wenn das Gold geklaut ist, muss man es doch eigentlich zurückgeben ... oder?"

Der Deichspatenzwerg knurrte: „Nicht Beutestücke. Die behält man, das weiß doch jeder."

Klining streckte die Hand aus: „Darf ich das Diadem einmal berühren, Fürst Najadus?"

Der hielt ihm das grün schimmernde Golddiadem hin. Klining berührte das seltene Gold und spürte, wie eine dunkle Macht versuchte, von ihm Besitz zu ergreifen. Tief in sich spürte er die

Gier aller Zwerge nach Reichtum und Macht aufkeimen. Schnell zuckte seine Hand zurück.

Im gleichen Moment kam Vieland als Erster aus der Tiefe der Grotte gerannt. Hinter ihm stürmte eine Flut roter Zipfelmützen in die blau leuchtende Grotte. Als Vieland seinen Illantin erkannte, strahlte er über das ganze Gesicht. Stürmisch umarmte er seine Freunde, die Olli vorsichtig auf den Boden der Grotte gestellt hatte.

Amüsiert beobachteten die anderen, wie sich ein fürchterliches Gewimmel aus roten Zipfelmützen umarmend und Schulter klopfend und vor Freude juchzend über den Boden des Platzes ergoß.

„Die sehen ja aus wie Mohrrüben!", meinte Aquin, der Ratgeber des Fürsten. Er hatte sich schon oft über die Küchenabfälle geärgert, die die Menschen an den Wochenenden über die Reling ihrer Segelboote ins Wasser des Jadebusen warfen. Er hatte eine Sammlung von Abfällen, worunter sich auch einige verschrumpelte Mohrrüben befanden, einst für den Unterricht der kleinen Wassergeister verwendet.

Klining zählte vierhundertsechsundachtzig Mitglieder seines Volkes, also genau hundertzweiundsechzig Flugteams. „Wieso sind sie nicht in der Flut ertrunken? Habt ihr hier noch trockenfallende Grotten?"

„Wir haben sie bei Flut einfach in den Gang gebracht, der zum Inneren der Erde führt. Dort konnten sie hinter den Fluttoren in Ruhe die Ebbe abwarten."

„Und ich und Vermelg mussten hinunter zum Goldfluss. Der Herzog drohte uns, sonst das Fluttor zum Gang zu öffnen ... und was das bedeutet, Illantin, kannst du dir ja ausmalen! Wenn das kalte Wasser auf die dort herrschende Hitze gestoßen wäre: nicht auszudenken! Du könntest uns jetzt wie Mohrrüben in Empfang nehmen, die in einem Dampfkochtopf gargekocht sind." Vieland blickte wütend auf den Herzog.

Der lächelte: „Ich wusste, dass du und dein Freund ganz wild darauf wart, zum Sarimganta zu reisen. Meine Drohung gab dir doch nur die letzte passende Rechtfertigung, deine Gier nach dem Anblick des grünen Goldstromes zu befriedigen. Ist es nicht so?"

Vieland senkte beschämt den Kopf. „Er hat Recht, Illantin, aber die Versuchung war einfach zu groß. Der Anblick des grünen Goldstroms ist einfach unbeschreiblich und kann einen glatt verrückt machen.“

„Du musst noch einmal hin, Vieland. Das Diadem muss wieder in den Fluss zurück. Übrigens eine ausgezeichnete Arbeit, Meister Vieland, großes Kompliment.“

„Danke, Magier. Aber du kannst nicht verlangen, dass ich oder Vermelg noch einmal zum Goldfluss reisen. Den dunklen Mächten, die man an den Ufern des grünen Goldflusses spürt, kann man nicht ein zweites Mal widerstehen. Wir haben uns nur mit Mühe und Not von dem Anblick losreißen können, um zurückzukehren. Du musst jemand anderen hinsenden.“

„Gut, Vieland, das sehe ich ein. Ich werde selbst mit Valmin die Reise unternehmen. Du wirst mit den anderen an Land gehen und dann geschlossen oben auf der Deichkrone auf euren Abtransport nach Hause warten. Stellt euch auf den Deich und wartet einfach ab. Pass auf, dass keiner von den Kindern wegläuft oder von den Raubmöwen geschnappt wird. Ihr müsst unbedingt in einer Gruppe bleiben. Am besten fasst ihr euch alle bei den Händen. Es ist alles hervorragend arrangiert. Ihr seid in allerkürzester Zeit wieder daheim.“

„Wir brauchen nicht selbst zu fliegen?“

„Nein, auf keinen Fall, Vieland!“

„Das ist gut. Die Kinder und die Alten sind nämlich noch immer erschöpft von diesem Wahnsinnssturm und unsere Notrationen sind alle nass geworden. Uns hängt das Algenmus der Wassergeister inzwischen zum Hals heraus.“

„Wenn ihr noch rechtzeitig an Land kommen wollt, müsst ihr jetzt aufbrechen, denn die Flut kommt schon. Oder ihr müsst im Gang zum Inneren der Erde hinter den geschlossenen Fluttoren warten.“ Der Herzog drängte zum Aufbruch.

„Vaskälindanya von Gotim, bringt Ihr mein Volk an Land und auf die Deichkrone?“

„Keine Angst, Illantin, ich werde sie beschützen, bis Nandur alle heil aufgenommen hat.“

„Ihr versetzt mich immer wieder in Erstaunen, Hohepriesterin.“ Klining führte beide Hände an die Stirn und zum Herzen und verbeugte sich erfurchtsvoll vor der Lehrmeisterin seines Thulanderona-Meisters.

Sie grüßte Klining auf die gleiche Art zurück, umarmte dann

den Herzog und führte auch vor ihm beide Hände zur Stirn und zum Herzen und verbeugte sich. Klining sah mit Staunen, dass auch Herzog Najadus den Gruß der Thulanderona-Eingeweihten benutzte. Erst jetzt bemerkte er, dass um die blau schimmernde, fast durchsichtige Gestalt des Herzogs eine feine, schneeweiße Thulanderona-Kordel gebunden war, die sich kaum von der Kleidung des Fürsten abhob. Umso überraschter war er von der Dummheit des Fürsten, den Frieden für ein Diadem aus Sarimgantagold aufs Spiel zu setzen.

Die Hohepriesterin hatte die kaum merkliche Spannung Klinings gespürt, drehte sich lächelnd um und sagte: „Die Wassergeister gehören wie mein Grasvolk zu den ältesten Stämmen aller Lebewesen auf Erden. Der Herzog wurde, wie ich, schon lange, lange vor den letzten großen Schlachten der vereinigten Heere von der Großen Mutter selbst geweiht." Und dann fügte sie, als wenn sie Klinings Gedanken lesen könnte, hinzu: „Keiner, auch die edelsten Träger der Thulanderona-Kordel nicht, ist frei von Schuld. Darum müsst ihr ihn so schnell wie möglich suchen und finden, Klining."

„Vaskälindanya von Gotim, wovon sprecht Ihr?", fragte der Herrscher über die Wassergeister.

„Es gibt eine geheime Prophezeiung, Fürst Najadus. Ihr werdet, wenn die Zeit gekommen ist, davon unterrichtet."

Der Herzog fragte nicht weiter. Er wusste, die Hohepriesterin war jetzt nicht bereit, darüber zu reden.

Die Großschamanin blickte nun auf Oliver und sagte mit warmer Stimme: „Mein Junge, ich wünsche dir viel Glück auf deinem Weg."

Oliver störte es überhaupt nicht, dass ihn die schöne Hohepriesterin ‚mein Junge' nannte. Bei Vaskälindanya von Gotim klang es warm und herzlich. So eine wünschte ich mir als Mutter – und alles wäre gut. Die könnte mich nennen, wie sie wollte, dachte er bedauernd. Aber dann tat es ihm sofort Leid, dass er sich eine andere als Mutter gewünscht hatte. Seine Mutter konnte schließlich nichts dafür, dass sie so war. Wie es ihr wohl am Ballermann 6 erging?

Der Blick der Hohepriesterin lag fasziniert auf den kupferfarbenen Haaren von Olli. Unbewusst fasste Vaskälindanya nach ihrem Mondsichelamulett. Sie spürte auf einmal die Kraft, die aus dem

Schoß der Erde bis in die letzte Faser ihres Körpers floss. Sie schloss kurz die Augen und dankte der Großen Mutter.

Als sie ihre Augen öffnete, strahlte sie der Junge an: „Vielen Dank!“ Eine Hand hatte er in seiner Hosentasche, wo er etwas umklammert hielt. Wofür bedankte sich der Junge? Sie war doch nur nett zu ihm. Sie dachte an die frappierende Ähnlichkeit des Jungen mit dem jungen Laurin. Wenn der Junge wirklich mit Laurin verwandt war, dann brauchte er alles Glück dieser Welt, um so anständig und sympathisch zu bleiben, wie er jetzt war. Irritiert stellte sie fest, dass sie den Charakter des Jungen nicht einschätzen konnte. Was für ein seltsames Menschenkind. Unsicher drehte sie sich zu der weißen Perlmutt-Treppe um, die sich neben dem Thron des Herzogs öffnete und nach oben führte. An der Spitze der klitzekleinen Zwerge stieg sie nach oben.

„Wann geht's los zum Goldfluss?“ Dieken Enno blickte fragend in die Runde.

„Valmin und ich werden gehen. Ihr anderen wartet hier hinter den Fluttoren auf Ollis Arm auf unsere Rückkehr.“

„Wir wollen alle mit!“ Rinchen bekam ihren bockigen Blick.

„Das geht nicht, es ist einfach zu gefährlich. Wenn Vieland schon Schwierigkeiten hatte, wie schwer wird es euch dann fallen, wieder zurückzukommen.“

„Gerade deswegen gehen wir alle – oder keiner. Außerdem kann Olli auf uns aufpassen. Er ist ja kein Zwerg und wird schon nicht durchdrehen ... und wenn wir ausflippen, dann schleppt er uns gegen unseren Willen wieder zurück.“

Klining überlegte. Das war vielleicht gar keine so schlechte Idee. Der Junge hatte bisher in brenzligen Situationen immer eine erstaunliche Ruhe und Übersicht bewahrt. In einer Notlage wäre er sicher noch ein zusätzlicher Rettungsanker.

„Wer soll außerdem die ganze Zeit das schwere Diadem tragen? Das schafft ihr mit zwei Mann bestimmt nicht. Vieland, der Schmied, der ist stark wie ein Bär ... aber ihr ...“

„Du hast wieder einmal Recht, Valentirina. Nur Vieland ist wirklich stark genug, um das Diadem alleine zu tragen. Also gut, brechen wir auf.“ Klining wandte sich an Dieken Enno: „Hältst du es wirklich für eine so gute Idee, dich unbefugt so weit in das Reich deines Herrschers vorzuwagen?“

„Auf eine solche Gelegenheit warte ich schon seit Jahrhunderten. Das lasse ich mir doch nicht entgehen. Ich wollte immer schon mal wissen, was an dem Reichtum von Laurin wirklich dran ist. Außerdem braucht ihr 'nen guten Spatenmann. Wer weiß, was es auf der Reise noch alles wegzuschaufeln gibt."

„Na gut, aber beim ersten krummen Ding marschierst du alleine zurück. Ist das klar? Ich meine alleine, ohne Spaten!" Klining machte eine kleine Handbewegung – und der Spaten des Deichspatenzwerges verwandelte sich in eine verwelkte Tulpe. Der Gnom schreckte entsetzt zurück. „Nur zur Warnung, damit du weißt, was dir bei der kleinsten Hinterhältigkeit blüht." Der Illantin bewegte wieder leicht die Hand und die welke Tulpe verwandelte sich erneut in einen handfesten Deichspatenzwergspaten.

„Die Flut kommt, wir müssen jetzt die Fluttore verschließen. Viel Glück!" Der Herzog verbeugte sich und machte eine leichte Handbewegung, und aus dem Nichts erschienen und öffneten sich zwei schwere Bronzetore und gaben den Blick in einen Gang frei, der wie von Fackeln erleuchtet schien. Eine Hitzewelle strömte in die kühle blaue Grotte. Der Herzog, der Klinings Erstaunen bemerkt hatte, sagte schmunzelnd: „Ich habe nur den ersten Grad der Thulanderona-Magie studiert. Für diese Zwecke reicht es. Meine Hauptfächer waren Meeresbiologie und Politik." Der Herzog führte beide Hände an die Stirn und an sein Herz und verbeugte sich ehrfurchtsvoll vor dem Illantin, der winzig vor ihm stand. Klining erwiderte würdevoll den Gruß und sagte: „Es ist mir eine Ehre, Euch kennen gelernt zu haben, Fürst. Ich hoffe, wir sehen uns unter günstigeren Umständen bald wieder." Er verbeugte sich und bat Olli, ihn, das Diadem und die anderen vier klitzekleinen Zwerge auf den Arm zu nehmen. Olli winkte dem Herzog und den anderen Wassergeistern fröhlich zu und rief laut: „Schö, bis bald!" Und schritt, den Deichspatenzwerg im Schlepptau, durch die großen Bronzetore, die sich sofort hinter ihnen schlossen.

Vaskälindanya von Gotim beobachtete vom ‚Schwimmenden Moor' aus, wie sich die klitzekleinen Zwerge auf der Deichkrone bei den Händen fassten und der Himmel sich kurz durch einen riesigen Schatten verdunkelte. Sie hörte ein feines Rauschen, und schon waren die klitzekleinen Zwerge wie von Zauberhand verschwunden. Aus der fernen Tiefe des Alls schallte eine Stimme: „Die Schöpfung ist stolz auf dich, Vaskälindanya von Gotim ...!“ Die Stimme von Nandur verlor sich im Kosmos, wo er eine elegante Runde um den Mars drehte, bevor er mit seinen Passagieren, die in seinen kuscheligen Daunenfedern nichts davon mitbekamen, wieder Richtung Erde auf einen klitzekleinen, schwimmenden Inselkontinent mitten im Ozean zusteuerte. Kurze Zeit später sah man vierhundertsechsundachtzig winzige rote Zipfelmützen wie winzige Fallschirme langsam auf das Inselchen niederschweben.

Valmin schwitzte fürchterlich. Sie waren immer tiefer in das Erdinnere vorgedrungen. Glatte, leicht begehbare Felsgänge wurden von Geröllhalden und verwunschenen Tropfsteinhöhlen abgelöst. Ab und zu machten sie Halt, um sich an einem der vielen Wasserfälle und Rinnsale zu erfrischen. Die klitzekleinen Zwerge hatten ihre Zipfelmützen abgenommen und saßen erwartungsvoll auf Ollis Arm. Nur Dieken Enno schien die Hitze nichts auszumachen. Der Deichspatenzwerg trottete einsilbig hinter Olli her in die Tiefe. Er trank nur sehr wenig und war sehr schweigsam.

„Ist was mit dir?“, fragte Olli, als sie gerade an einem kleinen Wasserfall eine Rast einlegten.

„Ich ärgere mich. Da buddelt man Jahrhunderte um Jahrhunderte an so einem elenden Stück Deich herum, und was kommt dabei heraus? Nichts – genau genommen weniger als nichts – einfach rein gar nichts. Unser Leben am Deich ist doch trübe und langweilig. Schön, der Blick aufs Meer an schönen Tagen bei Sonnenuntergang entschädigt einen für die Plackerei. Auch die Luft an der See ist gut und gesund, so behaupten es wenigstens die Menschen. Aber das ist doch kein Zwergenleben, sich schwarze Knie beim Buddeln im Moor oder am Deich zu holen. Wir Zwerge sind geboren, um im Inneren der Erde nach Schätzen zu suchen, sie zu fördern und zu kostbaren Kleinoden zu verarbeiten. Unsere Tiefbauingenieure sind die besten der Welt. Unsere Goldschmiede sind die größten Künstler und Juweliere der Welt. Das kannst du hier an diesem Diadem sehen. Selbst ein klitzekleiner Zwerg ist in der Lage, aus einem Klumpen Gold ein Kunstwerk zu erschaffen, das eines Königs würdig ist. Wenn die Menschen das Diadem sehen könnten, würden sie durchdrehen. Was meint ihr, was mag so ein Reif bei einer Versteigerung der Menschen in London bringen?" Der Gnom seufzte unglücklich.

„Das verstehe ich nicht." Olli schüttelte verwundert den Kopf. „Du leistest doch eine der wichtigsten Arbeiten an der Küste überhaupt. Wenn du und deine Leute euren Deich nicht in Ordnung haltet, dann geht doch oben bei der nächsten Sturmflut die Welt unter."

„Ja, sicher ... aber ..."

„Aber ganz sicher und nichts aber ...!" Olli nickte eifrig. „Das hast du doch heute erst wieder gesehen. Wäre bei der Marcellusflut das Land durch die Deiche so geschützt gewesen wie heute: Die blaue Bernsteinkette der Großen Mutter wäre nie verloren gegangen."

„Und die Wassergeister würden immer noch vor Helgoland in Muscheln hausen und nicht so angenehm in diesen schönen Ruinen im Jadebusen wohnen", fügte Klining hinzu.

„Sicher", lachte Valmin. „Was dem einen sin Uhl, ist dem andern sin Nachtigall!

„Was ist mit der Uhl?", fragte Rinchen.

„Rinchen, Valmin meint, was dem Laurin sein Ragnur ist, ist dem Olli sein Spätzchen." Vugur kugelte sich vor Lachen.

„Blödmann." Rinchen drehte Vugur mal wieder ihren entzückenden Rücken zu.

Die Jungs unterdrückten ihr Kichern.

Klining kam Rinchen zu Hilfe: „Das ist ein altes plattdeutsches Sprichwort. Was dem einen seine Eule ist, ist dem anderen seine Nachtigall. Das bedeutet so viel wie: Was dem einen sein Unglück ist, ist dem andern sein Glück."

„Kapier ich nicht!", maulte Rinchen.

„Wenn es früher vernünftige Deiche gegeben hätte, wären im Mittelalter nicht das Rüstringer Land und seine Orte durch die schrecklichen Sturmfluten untergegangen. Für die Menschen waren die verheerenden Wassereinbrüche ein großes, furchtbares Unglück, für die Wassergeister ein Glück. Die wohnen jetzt schick in schönen alten Ruinen."

Valmin lächelte milde: „Ist doch einfach, man muss sich nur ein bisschen für die Historie der Orte interessieren, die man auf seinen Reisen besucht."

„Woher weißt du das alles, Valmin? Hast du dir einen Reiseführer gekauft?“ Olli war schon immer sehr an der Historie interessiert.

„Ich habe meinen Reiseführer persönlich dabei.“ Valmin zeigte auf Klining. „Unser Illantin weiß alles. Er ist ein wandelndes Lexikon ... ihr braucht ihn nur zu fragen.“

Der Magier lächelte geschmeichelt. „Na ja, sagen wir mal, ich weiß eine ganze Menge, aber wenn euch irgendetwas interessiert, fragt mich ruhig. Auf jeden Fall ist es richtig, was Oliver sagt. Die Deiche in Ordnung zu halten ist viel, viel wichtiger, als nach Gold und Juwelen zu suchen.“

„Aus diesem Blickwinkel habe ich meine Arbeit noch nie gesehen.“ Dieken Enno kam langsam wieder in eine bessere Stimmung.

Plötzlich hörten sie Stimmen. Sie sprangen auf und versteckten sich hinter einer Gruppe kleiner Felsen. Vorsichtig lugte Olli auf den Weg. Zwei bärtige Zwerge mit verschwitzten, nackten, muskelbepackten Oberkörpern kamen den Weg herauf, blieben an dem kleinen Wasserfall stehen und steckten die Köpfe zur Erfrischung in das von oben herabfallende Wasser.

„Brrr! Das ist gut. Sag mal, Kulmang, was hatte der Alte heute bloß für eine miese Laune. Das war ja nicht zum Aushalten, und sein kleiner Piepmatz war auch einfach zum Kotzen.“

„Pssst, sei nicht so kodderig mit deinem Maul. Eines Tages lässt König Laurin den kleinen Killer noch mal auf dich los.“

„Götter, bewahrt mich! Ich bete Wotan und alle alten Götter jeden Tag an, dass ich diesem kleinen Miststück nicht alleine begegne. Der macht doch glatt Hackfleisch aus einem, wenn er schlecht gelaunt ist. Wenn ich vor nichts Angst habe ... und ich habe normalerweise vor nichts Angst ... aber diesem Piepmatz möchte ich nie und nimmer in die mörderischen Krallen gelangen.“

„Es geht das Gerücht um, dass sich Ragnur mit einem kleinen Menschenjungen angefreundet hat und den nun sehr vermisst. Deswegen soll er so kotzig drauf sein. Es heißt, der Alte sei schon eifersüchtig und deswegen sauer auf den Jungen. Der soll übrigens genau so rothaarig sein wie der Alte.“

„Quatsch, es gibt keinen größeren Rotfuchs als den Alten, und für seinen mordgierigen Piepmatz ist doch nur einer ein Freund, wenn er ihm vorher das Fleisch bis auf die Knochen abgenagt hat."

„Die Smaragddigger haben mir erzählt, eine Blitzelfe hätte erzählt, dass Laurin dem Jungen in der großen Feenhalle vor versammeltem Hof ein Säckchen mit Juwelen geschenkt haben soll!"

„Das passt doch nun gar nicht zusammen, Kumpel. Seit wann ist der Alte denn plemplem? Der verschenkt doch noch nicht mal den winzigsten Stein, wenn der auch bloß ein bisschen wertvoll ist. Da ist unser Rotköpfchen doch ganz Zwerg. Habgierig durch und durch."

„Hör auf! Du redest dich noch um Kopf und Kragen. Du weißt, hier gibt es jede Menge Spione."

„Was kriege ich, wenn ich euch nicht bei Laurin verpetze?"

Die bärtigen Zwerge blickten sich erschrocken um.

„Hier, Jungs, ich bin der Wassergeist von diesem Wasserfall ... hi, hi ...! Da staunt ihr, was?!"

„Seit wann hausen hier bei uns im Berg Wassergeister in den Fällen! Das gibt's doch gar nicht!"

„Steck deinen Kopf ins Wasser, dann siehst du mich. Los, mach schon!"

Der Zwerg steckte seinen Kopf zögernd in den Wasserfall. Es klatschte zweimal laut und der Zwerg zog fluchend seinen Kopf zurück. Er hielt sich die Wangen. „Das Miststück hat mir zwei runtergehauen."

„Man schaut ja auch keiner Dame beim Bade zu."

„Da ist eine Dame im Wasserfall?" Der andere Zwerg steckte neugierig seinen Kopf in das vom Felsen herabrauschende Wasser.

Klatsch! ... Klatsch! ... „Autsch!"

„Böse Jungs, darf man das? Auch das werde ich König Laurin petzen!"

„Wer bist du? Und was willst du von uns?" Der erste geohrfeigte Zwerg sprach vorsichtig mit dem Wasserfall.

„Gold, Juwelen! Ich nehme alles. Was habt ihr zu bieten?"

„Ich ... ich hätte hier einen klitzekleinen Smaragd. Mehr habe ich nicht. Dafür musst du versprechen, uns nicht beim Alten anzumeiern, Wassergeist."

„Klitzeklein ist gut. Und was hast du?"

Der zweite Zwerg hörte nicht, was der Wassergeist zu ihm sagte, sondern schrie den ersten Zwerg an. „Bist du denn total verrückt geworden? Klaut einen Smaragd! Weißt du, was der Alte mit uns macht, wenn er das erfährt? ... Und er erfährt es! ... Er erfährt es! ... Es ist alles aus!“ Der Zwerg jammerte laut vor Verzweiflung.

Der erste Zwerg würde wütend.

„Wie soll der Alte es denn erfahren, wenn du deine Klappe hältst?“

„Der erfährt immer alles.“

„Gut, dann gebe ich den ollen Smaragd eben dem blöden Wassergeist hier.“ Er reichte einen wunderbaren Smaragd in den Wasserfall. Jemand griff zu. Der Smaragd war weg.

„Ist das alles, Zwerg?“ Der Wassergeist wollte mehr.

„Ja! Mehr habe ich nicht!“

„Na gut, dann verpetze ich nur die Hälfte.“ Der Wasserfall sprach ruhig und so wohlüberlegt wie ein besonnener Kaufmann.

„Das kannst du nicht machen!“

„Doch, ich kann.“

„Warum?“

„Weil ich auf euren miesen Trick nicht hereinfalle. Ihr habt ganz gut geschauspielert ... aber ihr steckt unter einer Decke. Zwerge sind hinterlistig, das weiß doch jeder.“

„Los, Kulmang, gib diesem Gierlappen auch noch die anderen Steine.“

„Seit wann sind Wassergeister so gierig?“ Klumang schüttelte den Kopf und wurde langsam sauer. Alle Welt wusste: Zwerge waren gierig. Das gehörte zum Image eines ausgewachsenen Zwergs. Aber doch keine Wassergeister, erst recht nicht in einem so mickrigen Wasserfall. Das stellte ja die Natur auf dem Kopf.

Der Wasserfallgeist kicherte: „Seit wir bei euch Dieben in die Lehre gegangen sind.“

Kulmang schaute seinen Partner misstrauisch an: „Hast du diesen Wassergeist etwa als Dieb ausgebildet? Du spinnst wohl, wir können uns doch nicht die eigene Konkurrenz heranziehen.“

„Wie komme ich dazu? Klauen können wir alleine. Dafür brauchen wir keine unverschämten, hinterhältigen, nassen verdächtigen Elemente.“

„Eben! Und darum rückt ihr jetzt die Edelsteine heraus, die ihr heute geklaut habt.“

Der zweite Zwerg resignierte: „Mach schon, Kulmang, es hat ja doch keinen Zweck. Gib dem Wassergeist bloß alle, bevor er uns verpfeift.“

Wütend reichte der erste bärtige Zwerg einen kleinen Beutel mit Edelsteinen in den Wasserfall. „Mehr haben wir nicht."

„Gut, ich vergesse, dass ich euch gesehen habe ... und das Gleiche gilt für euch! Ihr wisst ja, hier unten gibt es keine Wassergeister."

„Genau! Das glaubt uns ohnehin kein Zwerg!"

„Vielen Dank für die kleine Spende. Regt euch nicht auf, Jungs, morgen seid ihr doch schon wieder an der Quelle, und dann klaut ihr noch viel schönere Edelsteine."

„Lass uns bloß weiter ... nachher will er die auch noch haben."

Die beiden Zwerge liefen schnell den Felsengang hinunter und waren hinter der nächsten Biegung verschwunden.

Rinchen trat lachend aus dem Wasserfall: „Ich glaube, ich schule um auf Wassergeist. Olli, greif mal in den Wasserfall. Den Sack mit den Steinen kann ich nicht tragen."

Olli griff in den Wasserfall und ertastete das kleine Ledersäckchen und einen geschliffenen Stein. Er holte alles hervor, öffnete das Ledersäckchen und ließ den Inhalt auf seine nasse Hand kullern. Eine Handvoll wunderschöner Edelsteine schimmerte in dem Feuer ihrer Farben.

„Ganz schön clever, Rinchen", meinte Vildo bewundernd.

Vugur kicherte: „Da kann man mal sehen, so klitzeklein und doch so gierig wie ein großer Zwerg."

Valentirina giftete ihn an: „Wir brauchen Kapital für die Reise. Es reicht ja schon, dass Olli durch deine Großmäuligkeit beinahe einen Rubin verloren hätte."

Olli lachte: „Was ist schon ein Rubin gegen so ein Abenteuer."

Dieken Enno murmelte: „Ich wünschte, ich hätte den Rubin und säße zuhause auf meinem Deich." Je länger er die Edelsteine in Ollis Hand betrachtete, um so mehr leuchtete die Gier in seinen Augen auf.

Klining sah nachdenklich auf das Häufchen Juwelen in Ollis Hand. Zwerg war Zwerg, Zwerg blieb Zwerg. Die Gene aller Zwerge, vor Urzeiten geprägt und von Generation zu Generation weitergegeben, waren allen Verzweigungen der Zwergenevolution gefolgt. Die Urinstinkte der Zwerge ließen sich höchstens bändigen, aber nie ganz unterdrücken. Sogar die überaus vernünftige Valentirina oder er selbst unterlagen den starken Emotionen der dunklen Charaktereigenschaften ihrer Urahnen. Diese Gedanken erinnerten ihn an die Aufgabe, die ihnen ihr Kamarin gestellt hatte. Sie mussten diesen Helden mit dem reinen Herzen finden. Der Magier tastete nach der Königslade, die er tief in seiner Zipfelmütze verstaut hatte. Er spürte die glatte Oberfläche und beruhigte sich.

„Schluss jetzt! ... Pack die Steine weg, Olli, im Moment sind sie zu nichts nütze. Kommt, wir müssen weiter und diesen verdammten Fluss finden." Klining drängte zum Aufbruch.

Olli verstaute den kleinen Beutel und nahm die klitzekleinen Zwerge auf. Dann folgte er dem Weg, den die zwei bärtigen Zwerge genommen hatten. Der Deichspatenzwerg stolperte missmutig hinter ihm her.

Der Weg wurde immer beschwerlicher und die Hitze immer unerträglicher. Selbst der einsilbige Deichspatenzwerg wischte sich jetzt immer öfter den Schweiß von der Stirn. Dieken Enno sehnte sich nach dem frischen Seewind an seinem Deich. Einmal stürzte vor ihnen eine kleine Geröllawine aus Schotter und Sand auf den Weg. Olli wollte angesichts der niedergegangenen Menge schon nach einem anderen Weg suchen, als Dieken Enno ihn beiseite schob. Jetzt sahen die Freunde zum ersten Mal einen Deichspatenzwerg in Aktion. Dieken Enno krempelte sich die Ärmel hoch, und plötzlich schwang er seinen Spaten in einem unfassbar schnellen Wirbel. Felsschotter und Sand flogen wie von einem Fließband auf die Seite. Es dauerte keine zweieinhalb Minuten, dann hatte der Deichspatenzwerg die drei Tonnen Geröll, Schotter und Sand beiseite geräumt.

Plötzlich standen sie am Ufer des legendenumwobenen Sarimgantaflusses. Das geheimnisvoll grün schimmernde Gold floss träge in einem nie verendenden Strom und verlor sich in den glühenden Schluchten der unterirdischen Felsenlandschaft. Der Junge stellte die klitzekleinen Zwerge auf den Boden. Fasziniert und staunend schauten die Freunde auf den unermesslichen Reichtum, der hier Minute um Minute an ihnen vorüberfloss. Plötzlich fing Klining an zu zittern. Er spürte, wie eine dunkle unerklärliche Macht seine Seele eiskalt ergriff und ihn zum Fluss zog.

„Wirf das Diadem in den Fluss, Junge, schnell!", befahl Klining keuchend. Oliver sah, dass die klitzekleinen Zwerge wie unter Trance bebten. Ihr Blick war starr auf den Fluss gerichtet.

„Was ist mit euch?" Olli stubste Rinchen an, die völlig weggetreten schien. „Valmin? ... Vugur? ... Klining? ... Was habt ihr alle?“

„Schnell, Olli ... wirf das Diadem in den Fluss! ... Schnell, Olli! ... Bring uns hier weg – sofort!“ Klining bebte am ganzen Körper und versuchte mit aller Kraft, sich zu konzentrieren.

Olli sah, wie Dieken Enno mit abwesendem Blick zitternd am Rande des Flusses stand und gerade im Begriff war, in das glühende Gold zu springen. Er stürmte drei Schritte vor und riss den Deichspatenzwerg von der Uferkante zurück.

Klining fiel auf die Knie. Sein Körper wurde zu einer Verbeugung gezwungen und seine Stirn auf den Boden gepresst.

„Der Held mit dem reinen Herzen muss sterben, Illantin. Sterben, hörst du?“ Klining fühlte, wie tief in seinem Inneren die unerklärliche Macht, die ihn zu Boden gezwungen hatte, Buchstaben und Worte unerbittlich zu Sätzen formte und in seine Seele pflanzte. „Der Held mit dem reinen Herzen muss sterben! ... Sterben! ... Hörst du, Zwergenmagier?“ Seine Gedanken wurden ausgeschaltet und unterlagen nicht länger seinem Willen. Ein tiefer Schmerz durchflutete ihn und machte ihn willenlos.

„Olli, bitte ... das Diadem!“ Klining verlor das Bewusstsein und sank auf das Ufer des Goldflusses. Die anderen klitzekleinen Zwerge lagen ohnmächtig auf dem Boden. Ihre Körper bebten wie unter einer starken Pein. Dieken Enno lag zuckend an der Stelle, wo er hingestürzt war, als Olli ihn vom Ufer zurückgerissen hatte.

Der Junge nahm das Diadem und warf es in hohem Bogen in die träge Strömung. Klining öffnete in dem Moment die Augen, als das Diadem im Goldstrom verschwand.

„Schnell, Oliver ... schaff uns hier weg!“ Der Illantin versuchte aufzustehen. Seine Bewegungen waren marionettenartig. Nur mit unsäglicher Willenskraft gelang es ihm, wieder gleichmäßig und voll zu atmen und seinen Pulsschlag unter Kontrolle zu bekommen. Er erhob sich mühsam und sein Bewusstsein kehrte langsam zurück. Sein Gehirn nahm seine Tätigkeit wieder auf.

Oliver hob Klining und die ohnmächtigen klitzekleinen Zwerge vorsichtig auf seine Arme. Dann stützte er den wieder erwachten, aber wie betrunken torkelnden Deichspatenzwerg und lief so schnell, wie es Dieken Ennos schwankender Gang zuließ, den Weg zurück, den sie gekommen waren.

Nach ungefähr zweitausend Metern ließ Olli sich hinter einer

Wegbiegung, außerhalb der Sicht auf den Sarimgantafluss, keuchend auf einen kleinen Felsblock fallen. Zitternd und nach Atem ringend legte er die ohnmächtigen Zwerge und den noch immer abgetretenen Klining neben sich auf einen kleinen Felsblock ab.

Dieken Enno schien sich am schnellsten erholt zu haben: „Was war das denn?"

„Du wolltest in den Goldfluss springen!"

„Was wollte ich?"

„... in den Goldfluss springen!"

„Stimmt! ... Ich war völlig abgedreht. Eine Stimme in mir sagte, ich sollte da reinspringen ..." Dieken Enno schauderte es. „Schöner Tod ... in einem goldenen Sarg! ... Danke, Olli."

„Nicht der Rede wert, Dieken."

„Was ist los, wo bin ich?" Rinchen setzte sich auf. „Wo ist meine Zipfelmütze?"

„Sie liegt neben dir." Vugur stöhnte und kratzte sich am Kopf.

„Das ist nicht meine Zipfelmütze, die gehört Valmin."

„Hab ich einen Schädel!" Valmin schaute Vildo an. „Wieso hast du die ganze Zeit gesagt, dass ich in den Goldfluss springen soll?"

„Was? ... Was soll ich gesagt haben? Spinnst du?" Vildo blickte sich suchend um. „Wo sind wir überhaupt?"

„Wir können froh sein, dass wir Olli mit dabei hatten." Klining war jetzt wieder bei klarem Bewusstsein. „Am Sarimgantafluss hat uns ... ich weiß nicht, von wem und wodurch ... eine tödliche Gefahr gedroht. Wenn Olli uns nicht hierher gebracht hätte, wären wir jetzt alle tot. Ich habe in mir eine Stimme gehört, die mich auf den Boden gezwungen und mein Gehirn ausgeschaltet hat. Wie war es bei euch?"

„Eine Stimme in mir sagte, ich solle mich in den Fluss stürzen." Dieken Enno schüttelte sich angeekelt. „Eine schlimme Vorstellung, als Goldstatue zu enden."

„Ich spürte ein fieses Gefühl in der Magengegend und bin dann gleich in Ohnmacht gefallen ... tja, und dann bin ich hier aufgewacht." Das winzige Zwergenmädchen schüttelte den Kopf. Sie schaute sich suchend um. „Meine Zipfelmütze ist nirgends zu sehen."

„Dann habe ich sie bestimmt verloren. Ich schau mal nach." Oliver wollte aufstehen.

„Lass man", sagte Rinchen und hüpfte wieselflink von dem

Felsblock und lief schnell den Weg hinunter. Schon war sie hinter der Wegbiegung verschwunden.

Plötzlich ertönte ein schriller Schrei. Dieken Enno sauste, bevor sich die anderen auch nur rühren konnten, blitzschnell um die Wegbiegung. Olli und die Winzlinge stürmten hinterher und stoppten erschrocken ab. Rinchen lehnte totenblass, ihre Zipfelmütze in der Hand, mit dem Rücken an einem Felsblock. Vor ihr stand fauchend eine grüngoldene Echse, auf deren Rücken Feuer loderte.

„Vorsicht! Das ist ein Feuerwexan!“ Klinings Warnruf hallte von den Felswänden wider. Der Feuerwexan fixierte das winzige Zwergenmädchen mit seinen hässlichen, starren Augen. Die gefährlichen Feuerechsen lebten im Sarimganta. Normalerweise patrouillierten sie im ganzen Fluss und lauerten jedem auf, der dem Ufer des Flusses zu nahe kam. Heute hatte es aber in den engen Schluchten am oberen Flusslauf einen hässlichen Unfall gegeben. Ein unvorsichtiger Juwelendigger, einer der hochqualifizierten Zwergenbergingenieure, war auf der Suche nach Smaragden von einem der gefährlichen überhängenden Felsvorsprünge direkt in den Goldfluss gestürzt. Der Zwerg war augenblicklich tot. Erstens verursachte die unglaubliche Hitze des Flusses sofort einen tödlichen Kollaps, und zweitens reagierten die Feuerwexane im Fluss auf die kleinste unnatürliche Schwingung auf der Oberfläche des Sarimganta. Ein ganzes Rudel der grüngoldenen Echsen fiel über den goldüberzogenen Leichnam her und ließ von dem Unglücklichen nach wenigen Minuten nur noch ein blankes goldglänzendes Skelett übrig. Als das von Oliver in den Fluss geworfene Diadem die Oberfläche des Flusses erneut in Schwingungen versetzte, hatte sich dieser Feuerwexan von dem Rudel der im Fressrausch rasenden Echsen in der Hoffnung abgesetzt, die zu erwartende Mahlzeit nicht teilen zu müssen. Um so größer war die Enttäuschung des Feuerwexans gewesen, dass er im Fluss selbst keine Spur von irgendetwas, das die Schwingungen ausgelöst hatte, entdecken konnte. Das Diadem hatte sich sofort aufgelöst, als es im träge dahinziehenden Gold versunken war. Dann hatte die gefährliche Echse den Kopf aus dem Fluss gehoben, die warme Ausstrahlung des Blutes der Gruppe erfasst, geortet, dass die Freunde sich vom Ufer entfernten und war ihnen unbemerkt gefolgt. Nun stand sie fauchend und feuerlodernd vor Rinchen und war fest entschlossen, sich diesen Happen nicht entgehen zu lassen.

Seitlich neben dem Wexan stand angespannt und hochkonzentriert der Deichspatenzwerg. Seinen Spaten hielt er kampfbereit über seinem Kopf. Der Feuerwexan, fast so groß wie Dieken Enno, schaute – zischend und fauchend – unentschlossen zwischen dem Häppchen an dem Felsblock und dem zum Schlag bereiten Zwerg hin und her. Dann setzte er zum Sprung an und schoss plötzlich auf das Häppchen zu! Valentirina schrie gellend auf. Dieken Enno schwang den Spaten wie eine Sense und verfehlte die Echse knapp. Die landete direkt vor dem schreienden Zwergenmädchen, richtete sich in voller Größe wie eine Kobra auf und wollte gerade zustoßen, als ihr von der Seite ein muskulöser Arm tief in den weit geöffneten Rachen gerammt wurde. Der Feuerwexan klappte reflexartig die Kiefer zusammen und sein scharfes Gebiss grub sich in Dieken Ennos Arm. Vor Schmerz und Angst schrie der Deichspatenzwerg laut auf. Valentirina fiel in eine gnädige Ohnmacht. Olli, der inzwischen herangespurtet war, packte die Echse von hinten mit beiden Händen am Hals und drückte mit aller Kraft die Kehle des Feuerwexans zu. Unter Ollis Würgegriff rang die Echse verzweifelt nach Luft. Sie gab den Arm des Deichspatenzwerges frei und versuchte nun, rasend vor Wut, Olli mit ihren langen scharfen Zähnen zu erwischen. Sie peitschte wie wild mit ihrem mit messerscharfen Stacheln bewehrten Schwanz um sich und verfehlte Vugur, der Rinchen aufgehoben hatte und aus der Reichweite der Echse tragen wollte, nur knapp.

Je wütender die Echse wurde, um so mehr loderten die Flammen an und um ihren Körper auf. Auf Ollis Händen bildeten sich Brandblasen, und er spürte, wie der Schmerz ihn heiß durchflutete. Trotzdem hielt er den tobenden Feuerwexan krampfhaft fest – doch er merkte, wie ihn seine Kräfte langsam verließen. Dieken sah, dass Olli nicht mehr lange durchhalten würde, um die Echse in Schach zu halten. Mit einem gewaltigen, verzweifelten Schlag mit der scharfen Kante seines Spatens schlug er den Schwanz des Feuerwexans ab. Es gab ein hässlich knackendes Geräusch ... so, als wenn eine Axt einen Ast durchschlagen hätte ... die Echse zuckte zusammen, riss sich aus Ollis Würgegriff los und floh zischend und brüllend den Weg zum Goldfluss hinunter, um sich in den träge dahinfließenden Strom zu stürzen.

Olli sank auf die Knie und sah den stachelbewehrten Schwanz der Echse zuckend vor sich liegen. Er spürte auf einmal, wie seine verbrannten Hände schmerzten. Schwer atmend und sich erschöpft auf seinen blutigen Spaten stützend stand Dieken Enno mit schmerzverzerrtem Gesicht vor ihm. Das Blut tropfte aus der tiefen Bisswunde an seinem Arm auf den Boden.

„Das war knapp! Ohne dich, Dieken, wären wir jetzt alle im Bauch dieses widerlichen Mistviehs. Du hast uns alle vor dem sicheren Tod gerettet." Valmin zitterte am ganzen Körper.

Olli schaute auf den zuckenden Schwanz. Das arme Tier. Die Echse tat ihm Leid, gleichzeitig war er aber heilfroh, dass Dieken sie aus dieser tödlichen Gefahr gerettet hatte.

Die klitzekleinen Zwerge standen – zitternd und blass nach dem schrecklichen Geschehen – bei der noch ohnmächtigen Valentirina.

„Das war ja grässlich! Was war das für ein Vieh, Klining?" Vugur schüttelte seine Angst ab.

„Ein Feuerwexan. Feuerwexane sind die Piranhas des Goldflusses. Wer einem begegnet, ist normalerweise verloren. Bin ich froh, dass Dieken und Olli bei uns waren." Klining fasste sich. „Jungs, kommt beide her, ich will mir eure Verletzungen anschauen."

Klining schaute sich die Wunden der beiden an. „Olli, halte deine Hände vor meine Augen." Der Illantin konzentrierte sich, blickte auf die von Brandblasen übersähten Handinnenflächen, hob leicht die Hand und schloss die Augen. Er murmelte unverständliche Worte und berührte dann leicht Ollis Hände. Der Junge sah, wie die Brandblasen im gleichen Moment verschwanden. Die Haut seiner Handinnenflächen wirkte unverletzt und so, als ob er den Feuerwexan nie berührt hätte. Seine Schmerzen waren verflogen.

„Hebe deinen Arm, Dieken."

Der Deichspatenzwerg versuchte mit schmerzverzerrtem Gesicht, seinen verwundeten Arm anzuheben. Er stöhnte: „Ich bekomme ihn nicht mehr hoch."

„Hilf ihm bitte, Olli." Über Klinings Gesicht huschte ein besorgter Ausdruck. Olli fasste vorsichtig unter den Arm des Gnoms und hob ihn hoch.

„Leg ihn bitte hier auf den Felsen."

Olli legte den Arm auf die kleine Felsenplatte. Der Magier war auf den Felsen geklettert und stand nun vor dem blutenden Arm. „Oliver, du musst mir jetzt helfen. Versuch den Stoff des Ärmels aufzuschneiden und zieh ihn vorsichtig von dem Arm. Du darfst aber auf keinen Fall die Wunde berühren. Der Biss dieses verdammten Mistviehs war giftig."

„Muss ich sterben?", fragte der Deichspatenzwerg voller Angst.

„Nein, so weit ist es noch lange nicht, aber das Gift ist nicht ungefährlich. Wir müssen die Wunde ausbrennen, sonst verlierst du deinen Arm."

Dieken trat der kalte Schweiß auf die Stirn: „Ausbrennen? ... wie ausbrennen?" Er zuckte zusammen, als Olli den Stoff von seinem Arm zog, und fiel beinahe in Ohnmacht.

„Keine Angst, du merkst nichts davon." Der Magier hob leicht seine Hand und der Deichspatenzwerg erstarrte zu einer Statue. Seine Augen waren geöffnet, aber ebenfalls völlig starr. Nun hob Klining wieder die Hand und über dem Arm bildeten sich winzige schwarze Regenwolken. Olli und die anderen klitzekleinen Zwerge verfolgten fasziniert, wie sich die kleinen dunklen Wolken immer höher zu Gewitterwolken auftürmten. Ein leises Donnern wie bei einem richtigen Gewitter war zu hören. Dann entluden die dunklen Wölkchen ihre Regenfracht genau über dem Arm.

„Die Wunde muss gereinigt werden, bevor sie ausgebrannt werden kann", erklärte Klining der staunenden Gruppe.

Es regnete immer heftiger auf den Arm, der Donner wurde lauter. Dann folgte ein gewaltiger Krach und ein heller Blitz fuhr aus den winzigen Wolken direkt in die Wunde am Arm. Erschrocken war die Gruppe zurückgewichen. Ein zweiter und ein dritter Blitz schlugen in die Wunde ein. Es roch nach verbranntem Fleisch.

„So ... das müsste reichen." Klining hob die Hand: Das Gewitter hörte auf und löste sich langsam auf. Klining blickte zufrieden in die Wunde und hob die Hand erneut. Ein kleiner Regenbogen wölbte sich nun über dem Arm. Dann erlöste er Dieken. Der erwachte aus seiner Trance und schüttelte den Kopf, um die letzte Starre zu verscheuchen: „Wann soll es losgehen, ich will es hinter mich bringen."

Klining lächelte. „Es ist schon passiert, Dieken. Das Gift ist aus der Wunde entfernt. Wir müssen jetzt nur noch deinen Arm verbinden."

Dieken schaute auf seine Wunde: „Oh, was für ein hübscher Regenbogen!"

Klining hob die Hand noch einmal und der Regenbogen senkte sich wie ein großes, buntes Pflaster auf die Wunde und verschloss sie.

Alle standen regungslos vor Staunen.

„Bewege bitte mal deinen Arm, Dieken."

Der Deichspatenzwerg hob seinen Arm und schrie vor Schmerz kurz auf.

„Das hab ich mir gedacht." Klining berührte das bunte Pflaster. Der Deichspatenzwerg zuckte zusammen. „Das ist völlig normal. Jetzt braucht der Arm einige Zeit Ruhe, damit die Wunde gut verheilt. Wir müssen deinen Arm mit einer Schlinge ruhig stellen. Du musst ihn jetzt ein bisschen schonen."

Olli riss einen Streifen Stoff vom Saum seines Hemdes, bildete eine Schlinge, legte Diekens Arm vorsichtig hinein und knotete die beiden Enden des Stoffstreifens hinter dem Hals des Zwerges zusammen.

„Ist es so richtig?" Er schaute auf den winzigen Illantin.

„Absolut perfekt." Klining wunderte sich wieder einmal über die große Umsicht des Jungen.

„Vielen Dank, Sir." Dieken verbeugte sich höflich vor Klining.

„Nicht so förmlich, Dieken. Meine Freunde nennen mich Klining. Ich glaube, dass du unser aller Freund geworden bist. Habe ich Recht?" Klining schaute sich um.

„Und ob Dieken unser Freund ist. Wenn ich richtig vermute, verdanken wir ihm alle unser Leben, stimmt's?" Rinchen war aus ihrer Ohnmacht erwacht und hatte die Szene beobachtet. Sie winkte Dieken zu sich heran und gab ihm einen herzhaften Kuss auf die Wange. „Du darfst Rinchen zu mir sagen, so nennen mich alle meine Freunde."

Klining bemerkte, das sie alle unbewusst die Redewendung von Olli ‚... so nennen mich meine Freunde' übernommen hatten. Der Junge schien, ohne es selbst zu wissen oder überhaupt zu bemerken, einen guten Einfluss auf alle zu haben, die ihm begegneten. Klining fragte sich, ob er überhaupt in der Lage war, Schlechtes zu denken. Die liebe Naivität, mit der er allen Lebewesen so offen begegnete, rührte ihn seltsam an. Selbst ein so grässliches Vieh wie der Feuerwexan schien ihm Leid zu tun. Er hatte den mitleidsvollen Blick des Jungen auf den zuckenden Schwanz des Reptils gesehen.

Vugur richtete seinen Daumen hoch: „Das war mehr als mutig, Dieken. Du bist an den rangegangen wie ein Ritter, der gegen einen finsteren Lindwurm kämpft.“

„Ich hatte nur Angst“, wehrte der Deichspatenzwerg ab. „Ich bin glücklich, dass ich euer Freund sein darf. Aber Olli ist mindestens genau so mutig wie ich.“

„Stimmt!“ Vugur schaute Rinchen an. „Wenn der die Echse nicht gewürgt hätte, würdest du nur noch superschlank vor mir stehen.“

„Superschlank? Wieso superschlank?“ Der Blick des kleinen Zwergenmädchens war voller Unverständnis.

„Na, als Skelett ...“, grinste Vugur, „... als abgeknabbertes Gerippe.“

Alle lachten herzhaft und befreit. Die große Spannung löste sich in Vugurs Schote auf.

„Du bist ein absoluter Blödmann, und du bleibst ein absoluter Blödmann ... und ihr lacht noch darüber! Schämt euch!“ Valentirina war wieder einmal wütend auf die Männerwelt.

Dieken machte den Fehler, kichernd zu sagen: „So ein winziges Gerippe ... das ist sicher putzig und niedlich.“

Die anderen lachten noch lauter, denn sie wussten, was jetzt über den armen Deichspatenzwerg hereinbrechen musste.

„So, so ... Du willst mein Freund sein und redest genau so ein dummes Zeug wie diese geistigen Tiefflieger? Warum hast du mir dann das Leben gerettet, wenn du mich lieber als Gerippe sehen willst, Dieken Enno vom Deich?“ Valentirina funkelte den Gnom an.

„Ich ... äh ... ich will dich lieber ... naja ... mit Fleisch sehen ... nicht als Gerippe“, stotterte Dieken.

„Was willst du ...? Du willst mich nackig sehen? Du bist wohl von allen guten Geistern verlassen? Du Lustgnom!“ Wütend drehte sich Rinchen um. „Wo ist meine Zipfelmütze?“

Ollie reichte sie ihr. Die anderen platzten bald vor unterdrücktem Lachen.

Dieken Enno schaute hilflos: „Ich habe das doch nicht sooo gemeint. Ich würde dich niemals anschauen, wenn du nackt vor mir stündest ..." Der arme Dieken, ahnungslos, wie man mit Frauen umging, redete sich um Kopf und Kragen.

Ein gekränktes weibliches Wesen fuhr giftig herum: „Du meinst also, es lohne sich nicht, mich anzuschauen, wenn ich nackt bin?"

„Doch ... nein ..." Der arme Deichspatenzwerg wünschte sich sehnlichst, dass die Echse wieder als kleineres Übel vor ihm stünde. „Ich weiß jetzt gar nichts mehr."

Klining kam dem Freund zu Hilfe: „Sicher meinst du, du kennst kein schöneres Mädchen als Valentirina?"

„Ja, woher denn auch?", nickte Dieken Enno eifrig.

„Stimmt das?" Rinchen drehte sich geschmeichelt um. Sie schaute ihren Lebensretter gnädig an.

„Ja, sicher ... für ein so schönes Mädchen wie dich würde ich alles tun ... wirklich!" Dieken atmete erleichtert auf.

„Dann sei dir deine Tollpatschigkeit verziehen ... den anderen nicht." Sie blickte ungnädig in die Runde. Alle schauten unschuldig. Rinchen wandte sich wieder an Dieken: „Du darfst mich wieder tragen."

„Mach ich."

Dieken wollte sie hochheben und zuckte zusammen. Er hatte die Wunde an seinem Arm vergessen. Sofort war Rinchen milde gestimmt. Mütterlich besorgt, beugte sie sich über den verwundeten Arm.

„Hast du Schmerzen, Dieken? Komm, Olli, du musst mich tragen. Der Arme muss seinen Arm schonen."

„Nein, Rinchen, es geht schon."

„Nein, kommt doch gar nicht in Frage. Olli kann auch deinen Spaten tragen. Pass auf, dass du mit dem Arm nirgendwo anstößt ... Und geh schön vorsichtig, nicht dass du noch stolperst."

Olli nahm lächelnd alle Zwerge auf seinen Arm, beugte sich nach Diekens Spaten und ging den Weg zurück, den sie gekommen waren.

Dieken stapfte grübelnd hinter ihm her. Was hatte er bloß verkehrt gemacht? Er wollte doch bloß ein bisschen lustig sein. Aber offenbar verstanden weibliche Wesen in manchen Dingen keinen Spaß.

„Weiber!" Vugur verdrehte die Augen. Bei denen sollte sich

einer auskennen. Klining, der die Gedanken Vugurs erahnte, schmunzelte: „Frauen sind Frauen, und Männer sind Männer."

„Ja, und was heißt das?"

„Finde es selbst heraus." Klining schmunzelte noch immer.

„Du bist mir ein schöner Ratgeber, Klining. Ich denke, die Träger der Thulanderona-Kordel sind die Weisesten, die es überhaupt gibt?"

Klining lachte: „Um als Mann das Wesen einer Frau zu ergründen, bedarf es mehr als einer Thulanderona-Kordel."

Valentirina dachte: ein weiser Mann, unser Illantin.

Der Illantin hatte auf dem Rückweg immer wieder voll Unruhe zurückgeschaut, aber es war alles ruhig geblieben. Nur die Wasserfälle, an denen sie vorüberkamen, rauschten. Klining ließ sich von der Ruhe nicht täuschen. Er spürte tief in sich eine Angst vor dieser dunklen unerklärlichen Macht, die am Sarimganta eiskalt seine Seele ergriffen hatte und ihn in den Goldfluss ziehen wollte.

Dann erreichte die Gruppe ohne Zwischenfälle die großen Bronzetore zum Reich der Wassergeister.

„Bitte seid ruhig." Klining hob den Kopf und horchte. „Es ist noch Flut, wir müssen warten."

Olli setzte sich und die klitzekleinen Zwerge hüpften von seinem Arm. Nur Valentirina kuschelte sich in seine Armbeuge. „Es ist so gemütlich hier, darf ich auf deinem Arm bleiben?"

„Gern ...", freute sich der Junge. Kurz darauf verkündete ein leises Schnarchen, dass das winzige Zwergenmädchen eingeschlafen war.

„Du bist besorgt, verehrter Illantin?" Valmin hockte sich zu dem Magier, der es sich auf einer kleinen Muschel bequem gemacht hatte. Klining wusste, wenn Valmin ihn so offiziell ansprach, wollte er nicht mit seinem Freund, sondern mit dem Illantin seines Volkes sprechen.

„Du hast es auch gespürt?"

„Sicher, und ich hatte furchtbare Angst. Was war das? Ich spürte auf einmal eine unheimliche Stimme in mir, die mir befahl, mich in den Fluss zu stürzen. Zum Glück bin ich dann der tierischen Hitze wegen in Ohnmacht gefallen."

„Ich weiß es nicht. Vielleicht weiß es Ovangar oder unser Kamarin. Vielleicht kann die Hohepriesterin des Grasvolkes die Große Mutter fragen. Irgendetwas stimmt da im Erdinneren nicht.

Da braut sich etwas Gefährliches und Böses zusammen. Wir müssen auf der Hut sein. Ruhe dich jetzt ein bisschen aus, mein Junge." Klining lächelte Valmin an. Der Luftikus hatte sich während ihrer Reise als vernünftig handelnder, zuverlässiger und echter Freund erwiesen. Die Reise tat dem Jungen, wie auch allen anderen klitzekleinen Zwergen, gut. Man merkte, sie wuchsen an ihren Aufgaben zu echten Persönlichkeiten. Dabei fiel sein Blick auf den Rotschopf.

Olli schreckte vom Knarren der Bronzetore hoch. Rinchens leises Schnarchen hatte ihn eingelullt und er war ebenfalls eingenickt. Die Bronzetore waren weit geöffnet. Eine kühle Brise wehte aus der blau schimmernden Grotte. Herzog Najadus, der Fürst der Wassergeister, und Vaskälindanya von Gotim, die Hohepriesterin des Grasvolkes, eilten durch das Tor und begrüßten die Gruppe strahlend.

„Sind wir froh, dass ihr wieder zurück seid! Klining von Olgursam, erzählt, wie ist es euch ergangen?" Der Herzog verbeugte sich respektvoll vor dem Illantin, der winzig vor ihm auf dem Boden stand.

„Herzog, so wartet doch, seht Ihr nicht, dass es hier Verwundete gegeben hat?" Vaskälindanya von Gotim trat zu Dieken Enno, der jetzt doch vor Erschöpfung auf seinen kurzen Beinen schwankte.

„Verzeiht mir, meine Freunde, meine Neugierde ist unverzeihlich." Der Herzog hob leicht die Hand und ein Schwarm von Wassergeistern hob die Gruppe hoch und schwebte mit ihnen in die blauschimmernde Grotte. Sie wurden zuerst in eine kleinere Grotte gebracht, wo für jeden von ihnen eine passende Muschelschale mit dampfendem grünen Wasser gefüllt war.

„Das ist ein Meeresalgenbad. Es wird euch rundum erfrischen. Probiert es aus. Dieken Enno, du wirst es genießen." Der Herzog hatte den misstrauischen Blick des kleinen Gnoms bemerkt. „Für Euch, Valentirina, ist das Bad in der Perlengrotte, dem persönlichen Baderaum der Herzogin, bereitet. Meine Gemahlin erwartet Euch dort. Bitte geleitet sie hinüber."

Die Gruppe stieg aus den Kleidern und ließ sich langsam in das heiße grüne Wasser in den Muscheln gleiten. Erst war es fast unerträglich heiß, aber dann durchflutete sie ein noch nie gekanntes Gefühl der Entspannung. Dieken Enno schloss genießerisch die Augen. Was hatte er, der sich sein ganzes Leben noch nicht gewaschen hatte (die Haut der Deichspatenzwerge reinigte sich durch ihre besondere Struktur selbst) doch bloß versäumt!

„Ist es recht so, mein Herr?" Eine hübsche kleine Nixe strahlte den Zwerg an. Dieken wurde verlegen, doch der grüne Schaum des Meeresalgenbades bedeckte ihn vollständig. Die kleine Nixe seifte seinen Kopf gründlich ein. Es duftete wundervoll. „Seenelkenseife. Duftete schön, nicht? ... Gibt ganz seidige Haare." Die Nixe kicherte und schrubbte seine widerspenstigen Haare gründlich. Dabei wusch sie auch gleich sein Gesicht und seine Ohren. Dieken kam sich vor wie ein kleines Kind.

„Oh ... was ist das für ein hübsches Regenbogenmuster? „ Die Nixe berührte das Pflaster auf dem verwundeten Arm. Der Zwerg zuckte mit schmerzverzerrtem Gesicht zusammen.

„Das ist ein Wundpflaster von Klining ... meinem Freund", sagte er stolz.

Erschrocken blickte die kleine Nixe auf: „Das tut mir Leid, ich habe dir doch nicht weh getan? Woher hast du die Wunde?"

„Och, nicht der Rede wert."

„Ein gefährlicher, riesiger Feuerwexan, so groß wie ein Lindwurm, hat ihn gebissen, als er Rinchen das Leben rettete." Vildo schaute aus seiner winzigen Muschel herüber. „Dieken ist ein großer Held und Kämpfer."

Die kleine Nixe sank vor Ehrfurcht hin und schaute den verlegenen Deichspatenzwerg begeistert an: „Du bist ein richtiger Held und rettest Jungfrauen?" Dieken schüttelte den Kopf.

„Doch! Ist er." Olli lachte aus dem Schaum der Seenelkenseife heraus. „Ein richtiger Champ!"

Die kleine Nixe strahlte Dieken an: „Sei nicht so bescheiden." Dann rief sie so laut, dass es bis in die große Grotte hallte und alle Najaden und Nixen es hören konnten: „Kommt her! Dieken Enno ist ein großer Held! ... ein Champ! Er rettet Jungfrauen vor Feuer ... Feuer ... Feuerdingsen ...! Ist das nicht romantisch?!"

Im Nu war die Badegrotte voll von schnatternden, aufgeregten Nixen und anderen Wasserfräuleins. Sie drängten sich um die Muschel von Dieken. Alle wollten einen Blick auf den Jungfrauenretter werfen. „Meine Damen! ... Mädchen! ... Ich bitte euch ...!" Die Herzogin erschien in der großen Badegrotte. „Was für eine unziemliche Aufregung." Sie klatschte in die Hände. Die Najaden und Nixen wichen zurück. Die Herzogin trat neugierig an die Muschel und musterte den immer verlegener werdenen Zwerg. Sie lächelte: „Meine Damen, wir wollen doch unseren Helden nicht in Verlegenheit bringen. Hast du ihn ordentlich gebadet und auch seine Haare und Ohren gründlich gewaschen, Jalinda?"

Die kleine Nixe nickte eifrig: „Habe ich, Mutter."

„Fein. Dann kommen Sie, meine Damen. Die Herren werden sich jetzt anziehen wollen." Die Herzogin schwebte mit ihrem Gefolge aus der Badegrotte.

„Habt ihr das gehört?! ‚Hast du seine Ohren auch ordentlich gewaschen?' Ich könnte mich wegschmeißen." Vildo prustete los.

Die Fürstin, die als Letzte den Raum verließ, drehte sich um, schaute Vildo schmunzelnd an und sagte: „Seid froh, junger Freund, dass unsere Finger zu dick für Eure winzigen Ohren sind. Ich bin überzeugt, Ihr könntet es auch vertragen."

Vildo ging in seiner Muschel vor Schreck auf Tauchstation. Als sich die Fürstin entfernte, hörte sie ein schallendes Gelächter in der Badegrotte.

In der großen blauen Grotte war die fürstliche Tafel des Herzogs festlich gedeckt. Olli und Dieken Enno bekamen Plätze am Kopf der Tafel, direkt neben dem Fürstenpaar und Vaskälindanya von Gotim, zugewiesen. Neben Olli saß eine der Töchter des Herzogs. Eine schöne Najade mit strahlend blauen Augen. Sie konnte ihren Blick nicht von den wundervollen Kupferhaaren des Jungen lassen. An Diekens Seite war Jalinda gehuscht und schaute ihren Helden verliebt an. Für die fünf klitzekleinen Zwerge hatte man auf der Tafel, auf dem Ehrenplatz direkt gegenüber dem Fürstenpaar, eine winzige Tafel und winzige Muscheln als Sitze aufgebaut. An der großen Tafel hatte ein buntes Gemisch von laut und aufgeregt plaudernden Wassergeistern Platz genommen. Der Herzog stand auf und hob sein kostbares Trink-Muschelhorn. Das aufgeregte Stimmengewirr legte sich.

„Wir wollen auf die glückliche Heimkehr unserer Helden anstoßen."

Alle standen auf und hoben ihre Trink-Muschelhörner auf das Wohl der Ehrengäste und tranken. Der Herzog setzte sich – das Zeichen, dass alle anderen sich auch wieder setzen durften. Dann wurden die vegetarischen Speisen aus dem Meer aufgetragen.

Nach dem Hauptgang stand der Herzog auf. Noch eine Weile

erfüllte ein aufgeregtes Rücken von Muschelsitzen und Flüstern den Raum, dann machte sich eine erwartungsvolle Stille breit.

„Wir haben genügend Zeit, um bis zur nächsten Flut das Dessert zu genießen und noch ein bisschen zu feiern. Darum bitte ich Euch jetzt, verehrter Illantin, unsere Neugierde zu befriedigen und zu berichten, wie Eure Reise verlaufen ist."

Klining stand auf und verbeugte sich vor dem Fürsten der Wassergeister und vor allen Anwesenden. „Verehrte Fürstin, verehrter Fürst ...", begann Klining seinen Bericht.

Die Herzogin war durch die Anrede des Illantin überrascht und entzückt. Sie neigte huldvoll den Kopf. Der winzige Magier mit der großen roten Zipfelmütze und den großen blauen Kulleraugen war wirklich ein Mann von Welt. Offenbar gehörte er zu den wenigen, die noch wussten, dass die Frauen ihres Volkes seit Anbeginn aller Zeiten absolut gleichberechtigt waren. Eine rein von Männern bestimmte Herrschaft hatte es im Jadebusen, sehr zum Ärger des Meeresgottes Poseidon, nie gegeben. Poseidon getraute sich aber nie, in dem kleinen Herzogtum, das in unmittelbarer Nähe des noch verbliebenen Kultes zur Großen Mutter lag, die uralten Gesetze dieses Wasservolkes abzuschaffen, um auch hier sein patriarchalisches System einzuführen. Sicher spielte die unauffällige und unbedeutende Randlage dieses kleinen Reiches an der Nordsee dabei eine Rolle. Der mächtige Meeresgott hatte sich hier noch nie blicken lassen.

Die Fürstin konzentrierte sich auf Klinings Bericht und hörte, wie der winzige Magier wortreich und faszinierend den Reiseverlauf schilderte und vor den Augen der Versammelten mit einer leichten Handbewegung das Trugbild eines fürchterlichen Feuerwexans entstehen ließ. Doch bevor die Wassergeister entsetzt flüchteten, verschwand der lodernde Lindwurm durch eine leichte Handbewegung Klinings wieder. Dann berichtete Klining von Diekens und Ollis Heldentaten.

DER LAUTLOSE TOD

Heiliger Kamarin, was war das hier bloß dunkel! Vundud rappelte sich hoch und kroch aus einem Haufen alter Tannennadeln, wo er nach dem Absturz weich gelandet war. Der klitzekleine Zwerg blickte sich suchend um. Da war sie. Vundud atmete erleichtert auf. Seine Zipfelmütze hatte sich an einem dünnen Ast dicht über dem Waldboden verfangen. Er zog den Ast herunter und nahm vorsichtig seine Zipfelmütze von dem Zweig. Mit einem kurzen Blick in die Mütze kontrollierte er, ob etwas fehlte. Zum Glück war alles vorhanden, sogar seine Verpflegung für Notfälle. Vundud atmete jetzt ruhiger. Wo mochten die beiden anderen Mitglieder seines Flugteams sein? Wo mochte er sich befinden? Der Wald war düster und schwarz. Ein dunkler Tannengrund, den kein Sonnenstrahl durchdrang und in dem die riesigen Bäume dicht an dicht standen.

Er drehte sich einmal um die eigene Achse, um zu sehen, woran er sich orientieren konnte. Norden? Süden? Osten? Westen? Vundud gehörte zu den besten Navigatoren seines Volkes. Aber selbst er brauchte einen Anhaltspunkt. Einen Stern, den Sonnenstand, Moos an den Bäumen ... hier war nichts. Nur Tanne an Tanne. Riesige Säulen, dicht an dicht, zum Himmel aufragend wie in einer gewaltigen gotischen Kathedrale. Die Baumkronen schienen weit oben zu einem undurchdringlichen Dach verflochten. Stille ... absolute Stille. Ihm fiel erst jetzt auf, was ihm schon die ganze Zeit ein unheimliches Gefühl bereitet hatte: Keine einzige Vogelstimme war zu hören. Auch die anderen Geräusche des Waldes fehlten. War es Tag, war es Nacht?

Der gewaltige Sturm hatte sein Flugteam mit einer solchen Macht in tiefschwarzen Wolken über Länder und Meere hinweggefegt, dass sie jede Sicht zu den anderen Flugteams und jede Orientierung verloren hatten. Eine letzte gewaltige Bö riss dann zuletzt auch sein Team auseinander, und sie konnten nur noch, ihre Zipfelmützen als Fallschirme benutzend, zu Boden schweben. Er hatte dabei großes Glück gehabt, dass er in diesem Haufen alter Tannennadeln weich landete. Vundud gehörte sonst zu den Forschen und Mutigen, aber hier so alleine in einem so dunklen Wald? Ihm wurde doch mehr als mulmig.

Er nahm seine Zipfelmütze vom Kopf, zog ein Tuch aus der Zipfelmütze und breitete es auf dem Waldboden aus. Dann holte er die Notration aus der Mütze, seine Blümchen (die er laut Verordnung des großen Rates unter der Mütze tragen durfte ... es waren kleine blaue Vergissmeinnicht), sein Mützentaschenmesser und alle anderen Utensilien, die so ein klitzekleiner Zwerg mit sich herumschleppte. Alles legte er fein geordnet auf das Tuch. Dann löste er den Knopf oben an der Spitze der Zipfelmütze, klappte die Spitze um und hob die lange Mütze wie ein riesiges Megafon an seinen Mund.

„Vaaasssiiiiirrrrr!!! ... Vuuunnnggaaalll!!!", schallte es wie von einem riesigen Lautsprecher durch den mächtigen Dom des Waldes. Der laute Hall prallte von den riesigen Baumstämmen ab, wurde in eine andere Bahn auf die nächsten Bäume geschleudert, teilte sich dort in immer kleinere Schallfetzen und verschwand schließlich in der Tiefe des unheimlichen Tannengrundes, um nach einer Weile als schwaches Echo zurückzuwehen.

„Vaaaassssiiiiiirrrrrr ... Vuuuunnnngggaaalll ... wooo seeeiiiddd ihhhrrr???"

„Was schreist du hier bloß rum? Wir sind hier doch nicht taub."

Vundud drehte sich blitzschnell um. Hinter ihm hockte ein Eichhörnchen und musterte ihn aus schwarzen Knopfaugen.

„Wer hat hier gesprochen?"

„Ich, du Dummling", grinste das Eichhörnchen. „Ganz schön laut, deine Krachröhre. Darf ich auch mal?"

Ein Eichhörnchen, das sprechen konnte? Da stimmte doch etwas nicht. „An meine Zipfelmütze kommt keiner ran." Schnell setzte er sie auf, ohne die Spitze wieder festzuknöpfen. Sie baumelte nun oben an der Seite ... aber das war ihm im Moment egal.

„Huch, du bist ja ein Zwerg! Ich mag keine Zwerge", sagte das Eichhörnchen missmutig. „Alle Zwerge sind falsch, hinterlistig und abgefeimte Diebe, das weiß doch jeder!"

„Wir nicht."

„Wir? Sind da etwa noch mehr Krawallbrüder von deiner Sorte in meinem Wald?"

„Wieso in deinem Wald?"

„Weil das mein Wald ist ... mach hier bloß nix dreckig, sonst geht's dir schlecht. Am besten, ihr verschwindet so schnell wie ihr gekommen seid." Die Augen des Eichhörnchens funkelten böse.

„Keine Angst, wenn ich meine Freunde gefunden habe, dann sind wir wieder weg. Kannst du mir wenigstens sagen, wo ich überhaupt bin?"

„Finde es doch selbst heraus." Das Eichhörnchen sauste flink den nächsten Stamm hoch. „Und nimm bloß all deinen Krempel wieder mit, sonst hau ich dir die Hucke voll."

„Blödhörnchen." Vundud war jetzt wütend. So ein blödes, ungehobeltes, kleines Miststück. Er setzte sich auf das Tuch, öffnete die Notration und nahm etwas von dem süßen und besonders nahrhaften Schneeglöckchennektar zu sich. Dann streckte er sich aus und kaute noch genüsslich zwei geröstete Wollgrassamen. Es hatte keinen Sinn, sich verrückt zu machen ... jetzt wollte er erst einmal in Ruhe überlegen.

„Was ist das?"

Vundud schreckte hoch: Ohne es zu merken, war er eingenickt. Vor ihm saß eine Waldspitzmaus auf den Hinterpfoten und betrachtete interessiert sein Mützentaschenmesser. Dass die Maus sprechen konnte, wunderte ihn in diesem Wald nun nicht mehr.

„Leg es bitte wieder hin, es ist gefährlich."

Die kleinen Pfötchen der Maus klappten aber bereits die scharfe Klinge heraus. „Sehr gut, sehr gut ... sehr scharf." Prüfend glitt das Pfötchen über die Klinge. Dann ließ die Maus die Klinge wieder einrasten.

„Was macht man damit?" Das Mäuschen zeigte auf die kleine Schere des Messers.

„Man schneidet! ... Bitte pass auf! ... Nachher verletzt du dich noch."

„Schon gut ... schon gut! Sei nicht so nervös. Was ist das?"

Das Mäuschen schaute durch die kleine Lupe, die es mit einiger Mühe herausgeklappt hatte. „Huch, du bist ja auf einmal ganz groß!" Das Mäuschen ließ das Messer vor Schreck auf die trockenen Tannennadeln fallen.

In diesem Augenblick wehte der Wind im Dach der Baumkronen einen Ast beiseite und ein winziger Strahl der Mittagssonne fiel durch das grüne Dach mitten auf die Lupe und dann auf den Waldboden.

„Ich habe es dir ja gesagt ... du wolltest ja nicht aufpassen."

„Schon gut ... schon gut! Sei nicht so nervös. Was isst du da?“

Vundud schaute genervt an eine imaginäre Decke. „Einen getrockneten Wollgrassamen.“

„Ist der lecker?“

„Hier, bitte, probiere einen. Dann lass mich aber bitte in Ruhe.“

„Hm ... der ist aber lecker. Willst du einen Pinienkern?“

„Pinienkern? Die gibt es doch nur im Süden ... sind wir hier im Süden?“

„Nein, aber ich importiere sie direkt aus der Toskana. Probier mal, die sind ganz lecker.“

„Moment, Moment. Habe ich das richtig verstanden: Du importierst Pinienkerne aus Italien?“

„Aber sicher. Ich tausche sie gegen unser Tannenöl. Ist ein prima Geschäft.“

Vundud zweifelte an seinem Verstand. Erst ein garstiges Blödhörnchen mit schlechten Manieren ... und jetzt eine Pinienkerne importierende Waldspitzmaus? Wo war er da bloß gelandet?

„Auf welcher Seite bin ich hier eigentlich?“

„Auf der richtigten Seite.“

„Der Feen- und Geisterseite also?“

„Nein, wir befinden uns auf der Seite der Menschen.“ Das Mäuschen knabberte noch immer genüsslich an dem gerösteten Wollgrassamen.

„Wie, und auf der Seite der Menschen können die Eichkatzen und die Mäuse reden?“

„Sonst nicht ... hier schon. Hier ist die Welt noch in Ordnung.“

„Dann kannst du mir sicher sagen, wo ich mich befinde?“

„Sicher, sicher ... das kann ich ohne Zweifel.“ Die Waldspitzmaus nickte ein paar Mal zur Bestätigung.

„Ja, dann sag es mir bitte.“

„Was bekomme ich dafür?“

„Was?“

„Was ich bekomme? Ich bin Geschäftsmann. Ich gebe keine Informationen, ich verkaufe welche.“

„Du willst etwas dafür haben, einem in Not geratenen Zwerg zu helfen?“

„Du bist ein Zwerg? Sieh an, wer hätte das gedacht? Ich dachte, Zwerge sind viel größer. Ist aber auch egal. Bei Zwergen ist der

Preis doppelt so hoch ... ihr Zwerge habt es ja. Außerdem sind alle Zwerge falsch, hinterlistig und abgefeimte Diebe, das weiß doch jeder! Keiner hier mag Zwerge ... ist mir aber auch egal. Ich bin Geschäftsmann. Was bekomme ich nun für die Informationen?"

„Informationen?"

„Ja, Informationen", betonte die Maus. „Ich nehme an, du legst Wert darauf, auch zu wissen, wo deine Kumpels abgeblieben sind?"

Vundud gab sich geschlagen: „Was willst du?"

„Nun, das Messer und das Säckchen mit den gerösteten Wollgrassamen. Ich find, die sind sehr lecker." Die Spitzmaus schaute genüsslich auf das Säckchen.

„Du bist verrückt. Das Messer ist ein Ehrenpreis, den ich bei den Segelwettbewerben der Kamarinischen Spiele gewonnen habe, und die Wollgrassamen gehören zu meiner Notration."

„Kein Messer, keine Wollgrassamen, keine Informationen. Das ist doch einfach zu begreifen, oder?"

„Du bist ein Halsabschneider, der sich an dem Unglück anderer mästet."

„Ich bin nur Geschäftsmann, sonst nichts. Also klappt der Deal?"

„Deal – was?"

„Nun, das Geschäft! Kannst du kein Englisch? Ist aber schlecht in der heutigen Zeit. So wirst du nie ein Global Player. Ich kann dir 'ne gute Adresse geben. Die Frau ist auch so niedlich klein und immer ziemlich blau ... aber als Teacher klasse ... die bringt selbst so einen Langsamdenker wie dich auf Trapp."

„Ich lern doch nich' bei einer Besoffenen, die dauernd blau ist!" Vundud wurde wütend.

„Wieso besoffen? Die ist nur immer ziemlich blau gekleidet, verstehst du? Die fährt total auf Blau ab. Blau, Blau ... und nochmals Blau. So 'ne komische rote Mohrrübenmütze wie deine findet die natürlich doof. Ich übrigens auch."

„Ich verstehe immer nur Bahnhof. Sag mir endlich ... wo ich gelandet bin, wie ich aus diesem verdammten Wald herauskomme und wo ich meine Freunde finde?"

„Das sind ja drei Fragen. Da musst du noch was drauflegen."

Jetzt wurde Vundud wütend. „Hör zu, du gieriges Spitzgesicht, entweder du spuckst die Informationen zu diesem Preis raus oder ich schneide dir mit der Schere meines Messers deinen Schwanz ab.“

„Schon gut ... schon gut! Sei nicht so nervös. Also, du bist im Riesengeb...“, die Spitzmaus hob plötzlich schnuppernd ihr Näschen und rief entsetzt: „Hier riecht es verbrannt ... hier brennt etwas!“

Vundud schaute sich um und sah, dass der Sonnenstrahl, durch die Lupe gebündelt und verstärkt, die trockenen Tannennadeln in Brand gesetzt hatte. Es qualmte stark und kleine Flammen züngelten empor.

Die Waldspitzmaus tickte aus und schrie wie am Spieß: „FEUER!! ... FEUER!!! ... FEEUUUEEERIOOOO!!! ... Dieser Idiot setzt unseren Wald in Brand! ... ZU HILFE!!!“

Vundud riss seine Mütze vom Kopf und schlug die Flammen aus. Dann trat er die Glut nieder. Die Maus schrie immer noch wie verrückt. Aus den Tannen tauchten nun immer mehr Tiere auf und schauten voll Schrecken auf die noch qualmenden Aschenreste.

„Er war es ... er!!!“ Die Maus schrie hysterisch und zeigte auf Vundud.

Die Tiere näherten sich drohend.

„Da ist der Brandstifter!“ Die Waldspitzmaus zeigte mit böse funkelnden Augen auf Vundud.

„Du spinnst wohl! Ich habe dir doch gesagt, lass deine Pfoten von meinem Messer!“

„Sein Messer? Der hat mir mein Messer abgenommen und damit Feuer gelegt!“

„Waaas?“ Vundud platzte bald vor Wut. „Du altes Lügenmaul!“ Vundud blieb die Spucke weg.

Die Tiere hatten einen Kreis um Vundud und die Maus gebildet. Die Maus schrie: „Schaut ihn doch an, das ist ein Zwerg. Ihr wisst alle, Zwerge lügen wie gedruckt und sind gemeine Diebe und Brandstifter!“

Die meisten Tiere nickten zustimmend. Ein Regenwurm rief: „Mich hätte beinahe mal ein Zwerg totgetreten, bloß der war viel größer und hatte eine rote Zipfelmütze auf. Der hat ja gar keine Zipfelmütze und er ist außerdem viel zu klein.“

Die Maus riss Vundud seine Zipfelmütze aus der Hand und hielt sie triumphierend hoch: „Hier ist seine Zipfelmütze!“

„Die soll der mal aufziehen!“, forderte ein Hirschkäfer.

Vundud zog seine verschmutzte Zipfelmütze auf, die steil nach oben stand. Darunter schaute er mit seinen großen blauen Kulleraugen hervor.

„Der sieht ja aus wie eine Mohrrübe“, lachte ein Zeisig.

„So klitzeklein ist kein Zwerg“, meinte der Hirschkäfer nachdenklich.

„Außerdem haben Zwerge schmale, gemeine Augen und nicht so große Kulleraugen wie der da.“ Der Igel gab sich ganz fachmännisch.

„Richtig, ich bin ja auch kein Zwerg.“ Vundud schaute die Runde treuherzig an. „Ich bin vom Stamme der Mohrrübenmännchen. Meine Freunde und ich hatten bei der Alaskagänse-Airline einen Italienurlaub gebucht und waren auf dem Flug in den sonnigen Süden. Plötzlich kam unser Gänsegeschwader in einen Sturm. Unsere Gans musste notlanden und wir sprangen hier über dem Wald ab. Ich bin zum Glück in einem weichen Haufen Tannennadeln gelandet. Leider weiß ich nicht, wo meine Freunde sind.“ Vundud schaute mit großen blauen Kulleraugen, in denen auf einmal große Tränen standen, flehend in die Runde: „Könnt ihr mir nicht helfen?“

„Ich weiß, wo welche von den Möhrchen sind!“ Aufgeregt hüpfte der kleine Zeisig auf seinem Ast.

„Das haben wir gleich.“ Eine winzige Ameise trommelte auf einem kleinen, hohlen Stück Holz einen bestimmten Rhythmus. Sofort erschien ein Trupp Ameisen. Der Trommler steckte mit ihnen die Köpfe zusammen, sie nickten und rannten auseinander. Kurze Zeit später hallte der Wald von den hellen Tönen wider, die sich von Trommel zu Trommel in alle Richtungen fortsetzten. Dann war plötzlich Stille.

In diese Stille schrie die empörte Waldspitzmaus: „Seid ihr denn alle plemplem? ... Das ist ein Zwerg! ... Der verarscht euch nach Strich und Faden! ... Der wollte unseren Wald in Brand stecken, ihr Hirnis! ... Ich kriege gleich einen Schreikrampf, ihr Blödmänner! ... Ihr habt ...“

„Ruheeee!“ Die Ameise unterbrach die wutschäumende Spitzmaus. Plötzlich hörte man wieder die Trommeln aus allen Ecken des Waldes. Die zunächst leisen Töne setzten sich – immer lauter werdend – von Trommel zu Trommel fort, bis sie den Kreis um Vundud erreichten. Die Ameise antwortete. Mit drei kurzen Schlägen bestätigte sie den Empfang der Nachricht und wandte sich dem Kreis der Tiere zu.

„Es sind zweitausendvierhunderteinundvierzig, mit ihm hier genau zweitausendvierhundertzweiundvierzig Möhrenmännchen, Möhrenfrauen und Möhrenkinder im Wald gelandet.“ Sie schaute Vundud an: „Wie durch ein Wunder ist nur einer von euch leicht verletzt. Ich konnte die Trommelsignale zuletzt nicht genau entziffern. Es soll sich um einen Nasenbruch – gibt es so etwas? – handeln.“

Vundud fiel ein Stein vom Herzen. Nur Verdi war mal wieder bei der Landung mit der Nase zuerst auf dem Boden aufgekommen. Verdis Nase musste mit feststehender Regelmäßigkeit von Klining gerichtet werden. Die Fluglehrer hatten es schon lange aufgegeben, den Notlandevorgang bei Verdi zu korrigieren. Der fiel schon seit hundertzwanzig Jahren auf die Nase, und das würde mindestens die nächsten hundertzwanzig Jahre auch so bleiben.

Vundud rechnete kurz nach: ... also waren achthundertvierzehn Flugteams über dem Wald abgestürzt und hatten mit ihrem Zipfelmützen-Fallschirm wohlbehalten landen können. Das war ein großer Teil des Zwergenvolkes. Vundud dachte besorgt an den Rest. Wohin hatte der Orkan die vertrieben?

„Meine Leute werden deinen Leuten den Weg zu der Wiese auf der großen Waldlichtung bei dem frischen Einschlag zeigen. Dort haben eure Gänse die besten Bedingungen für die Landung und den Start.“

„Wo sind die überhaupt geblieben?“, wollte der Hirschkäfer wissen. „Die müssen doch auch irgendwo gelandet sein.“

„Es gibt keine Gänse, ihr Idioten! Das ist ein Überfall von Zwergen! Jetzt haben wir tausende von Dieben und Brandstiftern im Wald, ihr Knallköppe!“ Die Spitzmaus wurde hysterisch.

„Mach mal halblang, du unerträglicher Schreihals. Wir befolgen die Gesetze der Gastfreundschaft und werden den Möhrchen helfen, so wie es sich gehört.“

„Dann nehme ich meine Sachen und verschwinde jetzt. Euch ist ja nicht zu helfen.“ Die Maus griff nach dem Tuch und wollte es mit Vundods Besitz zu einem Bündel verschnüren.

„Du lässt die Pfoten von meinen Sachen, du verlogenes Biest." Vundud schnappte sich wütend sein Bündel.

„Du widerlicher Zwergendieb", schrie die Maus.

„Du bekommst nichts von meinen Sachen." Vundud blieb ruhig.

„Wem gehört der Krempel denn jetzt?" Der Igel stellte sich auf.

„Mir! Ist doch ganz einfach. Dieses spinnerte Spitzgesicht soll doch mal sagen, was, außer der Klinge, der Schere und der Lupe ... mit der hat sie nämlich herumgespielt und bald euren Wald abgefackelt ... sie soll sagen, was das Messer denn noch für Funktionen hat."

„Funktionen! ... Funktionen! ... Funktionen am Erpelarsch!" Die Waldspitzmaus wurde jetzt ausfallend. „Das Messer gehört mir, basta!"

„Nenn die Funktionen", blaffte der Igel die Maus an.

„Ihr könnt mich alle mal. Blödmänner!" Die Spitzmaus hüpfte schnell davon.

„Na also", brummte der Igel zufrieden.

„Wie kann ich euch nur danken." Vundud war erleichtert, dass der verrückte Nager endlich Reißaus genommen hatte.

„Danken – so weit kommt das noch. Wir müssen uns entschuldigen. So behandelt man doch keinen Gast." Der Kreis der Tiere nickte zustimmend. Peinlich, wie sich die garstige Waldspitzmaus benommen hatte. Brachte noch den ganzen Wald in Verruf.

Der Hirschkäfer meinte: „Um diesen falschen Fuffziger sollte sich vielleicht mal die Eule kümmern."

„Na ... na ... na ...! Da wollen wir doch nicht gleich übertreiben." Der Igel schüttelte streng den Kopf. „Kommt, wir bringen das Möhrchen zur Waldlichtung."

Vundud packte seine Utensilien in die Zipfelmütze, setzte diese wieder auf und stapfte im Zug der Tiere, die alle mitkommen wollten, los.

„Hast du deinen Krempel aus meinem Wald weggeräumt?" Die Stimme des frechen Eichhörnchens gackerte aus den Baumwipfeln.

Die Tiere gingen im Gänsemarsch, Vundud in der Mitte, durch den Wald. Der Hirschkäfer vorneweg. Als anerkannter Krieger hatte er die Führung übernommen und wollte gerade ein schönes Marschlied anstimmen: „Achtung! Alle aufgepasst ... alle mitgemacht! Ein Lied ... drei ... vier ...!"

„Ja, wen haben wir denn da? Da kommt ja das ganze Abendessen auf einmal vorbeimarschiert! Das ist aber lieb von euch, da brauche ich euch ja nicht mehr einzeln zu jagen ... und das Gemüse ist auch gleich dabei. Wie praktisch: Mohrrübensalat an Igel-Regenwurm-Hirschkäferragout ... lecker, lecker!"

Der Trupp blieb vor Schreck ruckartig stehen und die Letzten stolperten übereinander. Über ihnen saß auf einem Ast der lautlose Tod: ein riesiger Uhu mit glühenden Augen.

„Jetzt ist Tag und keine Jagdzeit für dich. Bring hier nicht alles durcheinander und belästige keine Leute, die ihre Gäste zum Flugplatz bringen wollen!", ärgerte sich der Igel.

„So, so ... keine Jagdzeit, weil es Tag ist." Der Uhu blickte grinsend in die undurchdringlichen Baumkronen. „Ich kann keine Sonne sehen."

„Dann richte dich nach deiner Uhr! Es ist noch eine Stunde und fünf Minuten bis Sonnenuntergang."

„Oh, leider ist meine Uhr kaputt. Du weißt doch, diese modernen Digitaluhren können auch wirklich nichts ab."

„Lass den Quatsch. Ich meine deine biologische Uhr, oder ist die bei deinem Gehirnausfall auch stehen geblieben?"

„Im Prinzip hast du Recht, doch mein kleines Igelchenragout hat leider die Winterzeit vergessen. Gestern wurden die Uhren um eine Stunde vorgestellt. In fünf Minuten kann der liebe lautlose Tod ... so heiße ich doch bei euch ... mit der Zubereitung seiner Mahlzeit beginnen." Er ließ seinen Blick über die Gruppe gleiten: „Zuerst werde ich mal das schmutzige Möhrchen schrappen und als kleinen Rohkostsalat zubereiten. Dann ziehe ich dir dein stacheliges Fell über die Ohren, mein leckerer Freund." Der Uhu schnalzte genüsslich mit der Zunge.

„Rennt weg, Freunde, der hat Recht: Wir haben noch vier Minuten, um uns zu verdünnisieren." Der Igel wollte los.

Vundud hielt ihn vorsichtig an einem Stachel fest. „He, ihr könnt doch nicht so einfach abhauen. Wie komme ich auf die Waldlichtung?"

„Tut mir Leid, aber wenn der lautlose Tod seinen Speisezettel zusammenstellt, kriegt der Rest des Waldes das große Rennen ... und nun renn um dein Leben."

„Lass sie rennen", meinte der Uhu. „Die landen sowieso in meinem Topf." Dann stutzte er. Misstrauisch beugte er sich vor und kniff ein Auge zusammen. „Hast du Möhrchen gerade gesprochen?"

„Nenn mich nicht Möhrchen." Vundud ging das langsam auf die Nerven.

„Ich bin platt. Sprechendes Gemüse! Sag ma', die Welt wird doch immer verrückter. Wenn jetzt jeder Rotkohl zu allem noch seinen Kommentar abgibt, dann gute Nacht."

Der Uhu breitete seine Flügel aus und glitt lautlos von dem Baum. „Gute Nacht, Karotte!" Dann lachte er und war in der Tiefe des dunklen Waldes verschwunden.

„Psst! Is' er weg?"

Die kleine Trommlerameise kroch unter einem Blatt hervor. Vundud schmunzelte: „Wieso versteckt du dich? Du bist doch für seinen Eintopf viel zu klein."

„Der frisst alles, was ihm vor den Schnabel kommt. Von uns muss er nur genügend große Mengen bekommen." Die kleine Ameise schaute sich furchtsam um.

„Wie komme ich zur Waldlichtung und wie weit ist es noch?"

„Drei Tagesmärsche für mich, einen halben Tag für dich. Und immer hier links an den Stämmen vorbei. Wenn du genau hinschaust, siehst du, dass sie in einer Linie angepflanzt worden sind."

„Angepflanzt von wem? Das muss ja schon vor Jahrhunderten passiert sein."

„Man spricht von einem riesigen Typ, der auch mit Rüben zu tun hatte. So eine Art Rübenzähler, ich weiß nicht genau. Jetzt soll er als Geist hier im Wald sein Unwesen treiben und harmlose Wanderer verarschen. Ich habe ihn nie persönlich gesehen."

„Ich heiße Rübezahl, du Trommelheini", tönte es aus den Baumwipfeln. Es war das freche Eichhörnchen. „Macht bloß keinen Dreck in meinem Wald!"

Die Ameise fasste sich an den Kopf: „Richtig! Rübezahl, so hieß der. Ich verschwinde lieber, bevor ich dem in die Hände falle."

Plötzlich war der Wald wieder so still und unheimlich wie zuvor. Kein Tier, kein Mucks regte sich. Irgendwie schien jetzt eine dunkle Drohung durch die riesigen Tannenstämme zu wehen.

Vundud fröstelte. Er konzentrierte sich. Was hatte die kleine Ameise gesagt? Immer links an den Stämmen vorbei, die in einer Linie angepflanzt waren. Vundud schaute in das Gewirr der Stämme. Langsam drehte er sich um die eigene Achse, und plötzlich ordneten sich die Stämme zu einem geometrischen Muster und reihten sich in eine Linie auf. Das war die Richtung, in die er marschieren musste. Er ging links an den Baumreihen vorbei. Die unheimliche Stille umfing ihn wie ein Leichentuch.

Kracks ... Knack!!!

Wie ein Pistolenschuss knallte das Geräusch hinter einem Baum hervor und Vundud fiel vor Schreck beinahe die Zipfelmütze vom Kopf.

„Ist da wer?“ Vundud griff in seine Mütze, holte das Mützentaschenmesser hervor und klappte die winzige Messerklinge auf. Wenn da jemand war, würde er sich zu verteidigen wissen.

Ein ängstlich dünnes Stimmchen antwortete ihm: „Ich habe so eine Angst!“

„Komm heraus, wenn du keine böse Absicht hast.“ Vundud versuchte seiner Stimme die nötige Festigkeit und den Ton zu geben, den mutige Männer in jeder Situation an den Tag legen.

„Ich suche doch nur jemanden, der mit mir geht. Ich hab sooo eine Angst.“

„Komm raus, du Schisser, damit ich dich sehen kann!“

Hinter dem Baum kam erst eine rote Zipfelmütze und dann Vasir mit schreckgeweiteten, großen blauen Kulleraugen hervor.

„Vasir! Was ist denn mit dir los, du Schisser?“ Vundud umarmte den zitternden Kameraden.

„Ich weiß nicht, Vundud, sonst kenne ich keine Angst ... aber dieser Wald macht mich fix und fertig.“

„Komm, mein Junge, jetzt sind wir doch schon zwei.“

Vasirs Miene entspannte sich. „Du hast Recht, Vundi. Aber diese Stille. Kein Tier, nichts. Nur einmal, da flog so ein dunkler Schatten dicht an mir vorbei. So lautlos wie der Tod ... brrr ... richtig gruselig.“

„He, seid ihr die Möhrchen?“ Eine kleine Ameise kam unter den Tannennadeln hervorgekrochen. „Tut mir Leid, Jungs, erst habe ich euch gesucht und bin dann wohl eingeschlafen. Na ja, die letzte Nacht war nicht ohne. Ihr kennt ja die Mädels, lassen so einen schönen Jungen wie mich nicht in Ruhe." Die Ameise gähnte und streckte sich. „So, ihr wollt zum Einschlag? Also immer links an den Bäumen vorbei. Ich bringe euch hin. Wenn einer mich auf die Hand nimmt, sind wir in einem halben Tag da."

Vundud bückte sich und die Ameise krabbelte auf seine Hand.

„Ich heiße Flax ... wo sind die anderen Jungs von unserer Truppe?"

„Die haben sich verdünnisiert. Wegen des lautlosen Todes. Hatten Schiss, gefressen zu werden."

Flax zuckte zusammen. „Du sagtest, der lautlose Tod ist im Wald?"

„Ja ... deswegen haben sich ja alle verpieselt. Ganz schön feige. Mir hat er doch auch nichts getan."

„Was? Du hast den lautlosen Tod gesehen und überlebt?" Die kleine Ameise flüsterte ganz leise. Ihre Bewunderung für Vundud stieg ins Unermessliche.

„Anscheinend mag der lautlose Tod keine Möhrenmännchen", lachte Vundud und zwinkerte Vasir zu.

„Möhrenmännchen?"

„Ja, ihr ... ihr habt es gut, wenn der euch nicht mag. Der frisst doch sonst alles ..."

„Was ihm vor den Schnabel kommt."

„Wollen wir nicht weiter, damit wir aus dem verdammten Wald rauskommen? Hast du eine Ahnung, wo die anderen sind, Vunni?"

„Die treffen wir auf 'ner Waldlichtung, wo uns Flax hinführen will."

„Aber nicht, wenn der lautlose Tod sein Menü zusammenstellt. Dann bin ich weg ... aber nix wie weg!" Sagte es, sprang von Vundurs Hand und war unter den Tannennadeln verschwunden.

„Feiges Pack!" Vundud war wütend.

„Keine Bange, die landen über kurz oder lang alle in meinem Topf." Über ihnen saß der riesige Uhu auf einem Ast, wo er sich unbemerkt niedergelassen hatte. „Ah ... Karotte, ich sehe, du hast noch einen Freund ... hm, wie lecker! Wenn ihr noch mehr seid, gibt es keinen Salat, sondern leckeren Möhreneintopf."

„Komm uns nicht zu nahe." Vundud drohte mit der Klinge seines Mützentaschenmessers.

„Oh, du willst dich selbst schrappen? Das ist aber ein Service ... das lob ich mir." Der Uhu lachte, breitete seine gewaltigen Flügel aus und gleitete lautlos in die Tiefe das Waldes. „Bis bald, Karotte", klang es aus der Tiefe des dunklen Walddoms.

„Mein lieber Kapuschinski, das ist aber ein Kawänes. Dem möchte ich nicht allein begegnen. Meinst du, der meint das ernst mit dem Möhreneintopf?"

„Zuzutrauen ist dem alles. Besser, wir passen auf."

„Aber wieso wird hier andauernd von Möhren gefaselt? Wissen die nicht, dass wir Zwerge sind?

„Vasir, die mögen hier keine Zwerge. Sie hassen Zwerge nach Strich und Faden. Ich habe denen erzählt, dass wir Möhrenmännchen sind. Tu mir einen Gefallen und nimm das Wort ‚Zwerg' nicht mehr in den Mund, bis wir hier raus sind."

„Ahaaa ... die Herren sind Zwerge! Wie lecker. Dann kann ich heute Abend ja mit einem schönen Fleischeintopf rechnen." Der lautlose Tod glitt ohne irgendein Geräusch über sie hinweg, umrundete einen Baum und verschwand in der Tiefe des Waldes.

Vundud und Vasir blieb vor Schreck fast das Herz stehen. Ihnen wurde klar: Wenn der Uhu wirklich zuschlagen wollte, waren sie ohne Chance. Sie rannten schnell links die Linie entlang, die die Tannenstämme bildeten und die sie zur Waldlichtung führen sollte. Immer wieder schauten sie über die Schulter, in der Erwartung, dass ein dunkler, lautloser Schatten sie wie ein paar Mäuse schlagen würde. Sie hofften, dass der Uhu sich voll gefressen hatte und ihnen dadurch noch eine gewisse Galgenfrist blieb. Nach ein paar hundert Metern blieben sie stehen und holten keuchend Luft. Es war schwer, auf dem weichen Waldboden zu laufen. Vasir schaute zurück, als es rechts vor ihnen in einem kleinen Haufen Tannennadeln raschelte.

„Halt, wer da?" Vasir stockte der Atem.

„Tut mir nichts, ich bin ganz harmlos, ich hau ja auch gleich ab."

Die Tannennadeln gerieten in Bewegung. Erst wurde die Spitze einer roten Zipfelmütze sichtbar, dann kam ein kleiner Kopf mit frechen blauen Kulleraugen zum Vorschein und dann stand Vungal lachend vor den beiden.

„Hallo, ihr falschen, hinterlistigen, abgefeimten Diebe und notorischen Lügner. Hat euch der lautlose Tod noch nicht in seinen Pott gehauen?" Vungal lachte seine Kumpels an und umarmte sie erleichtert. „Bin ich froh, dass ich euch Möhrchen sehe. Lasst uns nur schnell zur Lichtung. Was ist das bloß für ein unfreundliches Volk hier. Frech und unverschämt wie Rotze."

„Das Eichhörnchen?"

Vungal nickte.

„Die Waldspitzmaus?

Vungal nickte.

„Der Monsteruhu?"

Vungal nickte erstaunt: „Wie? Du auch? Hat die Maus dir was geklaut?"

„Nein, so weit kommt das noch."

Vungal schimpfte: „Diese schäbige Ratte hat mir meinen Magnetkompass stiebitzt. Wenn ich die erwische, dann mache ich aus der Spitzmaus eine Plattmaus."

„Mist, ausgerechnet deinen Kompass; den hätten wir jetzt so gut gebrauchen können."

„Wozu? Der Weg zur Lichtung führt immer links an den Baumreihen vorbei." Der Uhu saß groß und bedrohlich direkt über ihnen. Seine Zunge fuhr genüsslich über seinen Schnabel. „Lecker lecker Zwergenfleisch, doch so ein paar zarte Karöttchen wären doch auch ganz schmackhaft gewesen." Der lautlose Tod drehte seinen Kopf um 180 Grad. Er horchte in die Stille. „Aaah ... ein kleines Spitzmäuschen wartet auf den lieben Onkel Uhu. Passt gar nicht auf, das kleine Ding, und stolpert mit einem Riesenkrach durch den Wald ... sowas, sowas, sowas! Schleppt sich anscheinend mit etwas Schwerem ab. So ein Krach heißt übersetzt: Fang mich! Friss mich! Da wollen wir das liebe Mäuschen mal nicht enttäuschen."

Der lautlose Tod breitete seine mächtigen Flügel aus und ließ sich von dem Ast fallen. In elegantem Bogen segelte er lautlos in den Wald. Kurze Zeit später durchbrach ein kleiner spitzer Todesschrei die Stille. Die Zwerge überlief ein Schauer.

„So ein perverser Mistkerl."

Plötzlich fiel von oben ein rundes, metallenes Teil vor ihre Füße. „Ich glaube, das gehört euch, meine Leckerchen." Der dunkle Schatten hoch über ihnen verschwand unter den Baumwipfeln im Wald.

„Mein Kompass! Seht her! Jetzt verstehe ich überhaupt nichts mehr." Vungal schüttelte den Kopf. „Wenn der uns in die Pfanne hauen wollte, wären wir doch schon längst kross gebraten."

„Der hebt uns doch nur für die nächste Mahlzeit auf. Der will Frisches und keine Konserven." Vundud war sich sicher. Er ließ die Klinge seines Mützentaschenmessers aufgeklappt.

„Meinst du?" Vasir wurde ganz blass.

„Richte deinen Kompass nach dieser Linie aus." Vungal zeigte die Linie der Stämme entlang. „Dort liegt die Waldlichtung."

„Nord-Nord-West. Ich hoffe, hier gibt es keine allzu starken Abweichungen. Aber wir sollten uns vorsichtshalber auch nach der Linie der Bäume richten."

Die drei stapften los.

„He, nehmt mich mit." Flax, die kleine Ameise, kam hinter ihnen hergerannt. „Ich habe euch die ganze Zeit beobachtet. So mutig wie ihr möchte ich auch sein. Nehmt mich auf die Hand."

„Flax, lass mich nicht alleine." Ein kleines hübsches Ameisenmädchen stand vor ihnen. „Bitte nimm mich mit."

„Das geht nicht, Flixi. Da draußen lauert der lautlose Tod. Das ist viel zu gefährlich für dich."

„Ich liebe dich und will mit, fertig!" Sie stampfte mit einem ihrer Hinterbeinchen auf.

„Komm, nimm sie mit." Vundud wollte weiter, und bevor Flax protestieren konnte, ließ er das kleine Ameisenmädchen zu Flax in seine Hand krabbeln.

„Na siehst du, mein Süßer, es gibt noch Männer mit Sensibilität für schmachtende Herzen." Flixi schmiegte sich an Flax.

Vasir grinste: „Guck ma' ... Romeo und Julia!"

„Von wegen." Flax machte sich unwirsch aus der Umarmung frei. „Keine Weibergeschichten auf dem Kriegspfad."

„How ... how ... how – so sprechen echte Männer", grinste Vungal. „Du sitzt doch schon in der Falle."

„Was für eine Falle?", fragte Flax naiv.

„Wirst du noch früh genug merken." Vundud zwinkerte Flixi zu. Die lächelte und nickte.

Die drei klitzekleinen Zwerge und das verhinderte Ameisen-Liebespaar folgten der Kompassnadel, die den Weg längs der Linie der Tannen zeigte. Nach einer halben Tageswanderung sahen sie in der Ferne durch die Säulen des Walddomes Licht schimmern, ohne dass sie noch einmal durch ein Tier des Waldes aufgehalten worden wären.

Als sie die Lichtung betraten, sagte Flax begeistert: „Oh, schaut nur ... die vielen roten Blumen!"

Vasir lachte: „Das sind keine Blumen, du Floh. Das sind unsere Leute. Alles klitzekleine Möhrenmännchen."

„Ei, ei ... darf man so tüddeln? Wenn mich meine altersschwachen Augen nicht täuschen, sind das alles leckere, klitzekleine Zwerge. Also schnabelgerechte Fastfood-Häppchen."

Die Gruppe zuckte zusammen, als sie die Stimme des lautlosen Todes über sich hörte.

„Na Jungs, gut hergefunden mit eurem Kompass?" Der riesige Uhu saß am Waldesrand genau über ihnen auf einem dicken Ast. Unruhig hüpfte er von einem Bein aufs andere. Seine scharfen Augen erfassten jede rote Zipfelmütze auf der Lichtung. Er zählte blitzschnell: „2435 ... 2436 ... 2437 ... unglaublich ... 2438 ... 2439 ... mit den drei hier unter mir genau ... 2442! So viele Häppchen auf einmal! Das ist ja wie Weihnachten und Ostern an einem Tag ... und ich habe keine Tiefkühltruhe!"

„Lass meine Freunde zufrieden, du Mörder!", schrie Flax wütend zu dem Uhu rauf.

„Ach, ihr seid nur zwei. Das reicht ja noch nicht mal für den hohlen Zahn, du verhinderter Romeo!"

Flax wurde noch wütender: „Verhinderter was?"

„Romeo, du verliebtes Poussierstengelchen!"

„Ich komm da gleich rauf und dreh dir den Hals um, du Waldhuhn!"

Der lautlose Tod bekam einen Lachanfall, der ihn beinahe vom Ast gefegt hätte.

„Ist das Bürschchen geil! ... Hä..hä ... ich krieg mich nicht mehr ein! ... Will mir den Hals umdrehen! ... Hä..hä..hä ... mir, dem größten Halsumdreher, den der Wald jemals gesehen hat! ... Prust ... du bist wirklich Spitze! Sag mal, wie heißt du Hilfsromeo eigentlich mit richtigem Namen?"

Flax rastete aus und schäumte: „Flax! Flax! ... Ich bin in diesem Jahr der Sieger im Ameiseneierheben! Ich habe zwanzig Stück auf einmal geschafft ... du ... du ... Hähnchen!"

„Flax, hör auf, ihn zu reizen", flüsterte Vundul. „Der macht uns sonst fertig."

„Das dicke Huhn? Niemals, solange Flax, der Ameiseneierhebersieger auf deiner Hand steht!“ Flax raste vor blinder Wut.

„Schatzi, hör auf, sonst wird der Typ da oben sauer.“ Flixi versuchte den ausgerasteten Flax zu beruhigen.

„Habe ich zwanzig Ameiseneier auf einmal gestemmt oder nicht? Das ist Rekord! Zwanzig hat noch nie einer geschafft.“

„Zwanzig Stück! Hilfe! ... Hilfe! ... Hilfe!“ Der lautlose Tod verdrehte komisch die Augen. „Ist hier denn keiner, der mich vor diesem fürchterlichen Kraftmonster retten kann? Ich sterbe vor Angst. Rettet mich vor Flax, dem Gewaltigen, dem Killer, dem Schläger ... AUA!! Welcher Idiot wagt es, mich zu beißen?“

Der lautlose Tod hüpfte hoch ... irgendetwas in seinem Gefieder hatte ihn gezwickt. Hinter ihm ertönte auf dem Ast das Kommando: „ZUMMM ... ANGRIFFFF! ... ATTAAACKEEE!“

„Wer zum Angriff? Wo Attacke?“ Der lautlose Tod sah sich verblüfft um und sah gerade noch die letzte Kompanie Ameisensoldaten unter sein Federkleid huschen.

Die Ameisenkönigin hatte ihre Generäle zusammengestaucht, als sie von dem feigen Rückzug ihrer Truppen hörte. Die Gäste, die man sicher zur Waldlichtung bringen wollte, waren ohne Schutz. Sie stellte schnell ein Ameisenbataillon zusammen. Der Auftrag lautete: Unsichtbare Begleitung der Möhrenmännchen bis zur Waldlichtung.

Die Generäle waren den Zwergen beschämt gefolgt. Mit Erstaunen und Stolz hatten sie gesehen, wie Flax und Flixi mit den Zwergen gegangen waren und die Waldlichtung erreichten. Sie wollten schon wieder umdrehen, da sie den Befehl ausgeführt hatten, als sie den Wortwechsel zwischen Flax und dem Uhu hörten. Der kommandierende General erkannte sofort, dass sich hier eine Gelegenheit ergab, die angekratzte Ehre der Ameisentruppe wiederherzustellen. Kurzerhand hatte er das Heer formiert und den Baum hinauf auf den Ast geführt. Er kam gerade zum rechten Zeitpunkt an und hatte ohne zu zögern den Angriff befohlen. Fünfhundertzweiundsechzig Ameisen senkten ihre Beißwerkzeuge in den Körper des lautlosen Todes. Der schrie und hüpfte wie verrückt auf dem Ast hin und her und schlug wie wild mit den Flügeln um sich.

Außer sich vor Schmerz und Juckreiz – von den Ameisenbissen und dem brennenden Ameisengift – ließ sich der lautlose Tod vom Ast fallen und flüchtete in den Wald. Über einem Hügel aus

Tannennadeln befahl der kommandierende Ameisengeneral: „RÜÜÜCKZUUUG!!!“

Geschlossen löste sich das Ameisenheer vom Feind und fiel wohlbehalten auf den weichen Tannennadelhügel. Zufrieden sammelte der General seine stolze Truppe und zog in Marschordnung, mit dem Lied von dem verlassenen Ameisenmädchen auf den Lippen, nach Hause.

„Das war unsere ruhmreiche Armee. Schätze, das waren die Jungs vom blauen Bataillon. Eine superstarke Elitetruppe, auf Nahkampf trainiert. Alles Einzelkämpfer“, sagte Flax voller Stolz.

„Ja, das sind mutige Jungs. Hört mal, wie die jetzt singend nach Hause marschieren. Das Lied ist so schön traurig. Vom armen verlassenen Ameisenmädchen.“ Flixi seufzte und schaute Flax mit verliebten Augen an.

Vundud und die anderen staunten nicht schlecht, als der große Uhu wie ein wildgewordener Handfeger auf dem Ast rumhüpfte und dann plötzlich im Wald verschwand.

Vundud wandte sich an die beiden Winzlinge in seiner Hand. „Vielen Dank für eure Begleitung. Ohne euch hätten wir den Weg schwerlich gefunden. Leider müssen wir uns jetzt von euch verabschieden und zu unseren Leuten zurück.“

„Dürfen wir mit?“ Flax schaute die drei klitzekleinen Zwerge bittend an.

„Wohin mit?“

„In den Urlaub nach Italien. Du hast doch erzählt, ihr Mohrrübenmännchen wart auf dem Urlaubsflug in den Süden. Ich wollte immer mal gerne nach Bella Italia.“

„Ich muss dir etwas gestehen, Flax. Wir sind keine Mohrrübenmännchen.“

„Das weiß ich ... ihr seid Zwerge. Klitzekleine zwar, aber eben Zwerge.“

„Eben“, sagte Vunni.

„Ja und?“

„Ich denke, ihr hasst Zwerge?“

„Ich doch nicht.“

„Ich auch nicht“, sagte Flixi. „Mir hat noch nie ein Zwerg etwas getan. Genau genommen habe ich noch nie einen Zwerg gesehen.“

„Bitte nehmt uns mit." Flax schaute die drei Zwerge bittend an.

Vunni seufzte. „Ich muss dir noch etwas gestehen. Wir sind nicht mit der Alaska-Airline geflogen. Die gibt es nicht. Wir fliegen selbst. Immer zu dritt."

„Dann könnt ihr uns doch erst recht mitnehmen. Wir möchten so gerne auswandern und ein neues Ameisenvolk gründen, nicht wahr, Flixi?"

„Dafür brauchst du eine Frau, aber du liebst mich ja nicht." Sie drehte Flax schnippisch den Rücken zu.

Vasir griente: „Die Falle schnappt zu."

„Natürlich liebe ich dich, das weißt du doch."

Vasir griente noch mehr: „Die Falle ist zugeschnappt."

Flixi drehte sich fragend um: „Soll das ein Heiratsantrag sein?"

„Ich ... ähm ... ich ... also ja ... doch ... ähm ... ja."

„Der Sack ist zu! Hast gewonnen, Vungal."

Flixi schaute Vasir an: „Ein Heiratsantrag ist doch kein Sack."

„Für mich schon", meinte Vungal.

„Hör nicht auf die. Dir geht es doch gut ... oder?" Das junge Ameisenmädchen kraulte seinem Romeo am Kinn. Der schnurrte mit verdrehten Augen: „Klar doch ... mir geht es gut."

„Liebe!" Vundud schüttelte den Kopf. Sie konnte aus einem Mann schon einen Deppen machen. Er wollte nie wie der kleine Ameisenmann in so eine simple Falle tappen, war doch klar. Im gleichen Augenblick rief eine helle Stimme: „Schau, Vanesia, da ist Vundud!"

„Hallo, Vanesia!" Vundud begrüßte verlegen und mit errötendem Kopf das hübsche Zwergenmädchen, das mit seiner Freundin vor ihm stand. Sie schaute ihn verzückt an, lief auf ihn zu, schlang ihre Arme um seinen Hals und küsste ihn.

„Oh, Vundud, ich hatte solche Angst um dich."

Vasir grinste Vundud an.

„Schnapp ... di ... wupp, schon ist die Falle zu."

„Was für 'ne Falle?", fragte Vundud naiv.

„Na, diieee Falle!"

Vanesia blickte Vasir giftig an: „Red nich' so einen Quatsch, Vasir. Ich stelle keine Fallen. Du machst ihn mir noch ganz scheu!"

„Ich und scheu? Wieso ich? Ich bin nicht scheu!"

„Nein, Vundilein ... how! ... how! ... how! So sprechen echte

Männer", grinste Vasir.

„Zwerge! Macht euch bereit! Ich fliege euch auf Anweisung eures Illantins nach Hause!" Nandurs Stimme klang plötzlich aus den Wolken. „Bitte alle geschlossen in der Mitte der Lichtung sammeln. Fasst euch alle bei den Händen. Ich bin schon im Anflug."

„Kommt!", rief Vanesia und fasste Vundud bei der Hand. Dann liefen alle in die Mitte der Lichtung.

Der lautlose Tod war, nachdem sich die winzigen Quälgeister von ihm gelöst hatten, wütend in einem großen Bogen um die Waldlichtung geflogen und erreichte jetzt die andere Seite. Am Waldrand setzte er sich auf einem hohen Baum nieder. Diese leckeren Zwergen-Snacks wollte er sich doch nicht entgehen lassen. Er sondierte mit seinen scharfen Augen das Gewimmel der roten Zipfelmützen und das Gelände, um zu prüfen, wie viele Anflüge er brauchen würde, um alle zu erwischen. Er hatte beschlossen, sich gegen seine Gewohnheit einen Vorrat anzulegen. Normalerweise fraß er grundsätzlich nur frisch geschlagene Beute, aber so exotische Leckerbissen kamen ihm auch nicht alle Tage vor den Schnabel. Er würde sich den Bauch so richtig vollschlagen und den Rest an den Zipfelmützen zum Trocknen in die Bäume hängen. Dann hätte er auch Weihnachten noch gut von der Beute.

„Tschäkkk ... tschäkkk ... tschäkkk ... was machst du alter Gauner hier?" Das freche Eichhörnchen blickte ihn vom Ast des Nebenbaumes an. „Bist du auf Jagd? Ist wohl Zwergenfleisch angesagt?"

„Schlaues Blödhörnchen, hast es erraten ... und nun verschwinde! Sonst ... !"

„Sonst was? Vergiss es! Mich kriegst du nie. Du bist doch viel zu lahmarschig. Wenn alle ein bisschen mehr aufpassen würden, könnten wir dich doch längst in einem meiner Rübenfelder als dürre Vogelscheuche auf der Stange bewundern."

„Du hast Rübenfelder?"

„Klar doch. Unendliche Ländereien."

„Wofür?"

„Zum Zählen ... das ist mein Hobby. Was sage ich: Hobby. Ich bin der größte Rübenzähler, den es jemals gegeben hat."

„Du Angeber, du meinst wohl noch, du bist der berühmte Rübezahl?"

„Bin ich, bin ich. Aber nun zu deiner Jagd. Sie wird nicht stattfinden!“ Der Ton des Eichhörnchens war hart und bestimmend.

„Spinnst du? Wer will mich daran hindern?“

„Ich, wer sonst? ... Oder siehst du hier noch jemanden?“ Das Eichhörnchen schaute sich um.

„Du weißt nicht, wen du vor dir hast, du Flaschenbürste mit großer Klappe!“ Der lautlose Tod wurde jetzt wütend.

„Doch ... 'ne große Eule, die den Blick für die Realität verloren hat. Ich sage dir nur eins: Meine Gäste lässt du in Ruhe!“

„Ich sehe keine Gäste, ich sehe nur Häppchen!“

„Ich sage es jetzt zum letzen Mal: Es ist mein Wald! Es sind meine Gäste! Also werde ich sie auch nach den international gültigen Regeln der Gastfreundschaft behandeln. Wir sind hier im Riesengebirge doch keine Barbaren! Punktum ... fertig, aus! Und du hast dich danach zu richten. Deine Jagd findet nicht statt. So wahr ich Rübezahl heiße.“

„Du willst Rübezahl sein? Dass ich nicht lache. Dann zähl doch mal die Mohrrüben auf der Lichtung.“

Das Eichhörnchen ließ seine Augen einmal über die Lichtung schweifen: „2442 Zwerge. Davon 837 weiblich und 538 Kinder. Willst du noch mehr wissen?“

Der lautlose Tod lachte höhnisch: „Du Spinner, wer es glaubt wird selig. Veräppeln kann ich mich alleine!“

Der Geist des Riesengebirges nahm nun seine wahre Gestalt an. Der Uhu bekam große Augen, aber sein Temperament und seine Empörung übermannten ihn. Er vergaß alle Vorsicht und blaffte den Herrscher über das Riesengebirge an: „Ich höre wohl nicht richtig: Regeln der Gastfreundschaft! Wenn ich das schon höre ... du verarschst hier seit Jahrhunderten jeden harmlosen Wanderer, der das Riesengebirge betritt! Allein die Eichhörnchen-Nummer ist wohl das Lächerlichste, was ich je gesehen habe ... und mir willst du meine wohlverdiente Mahlzeit verbieten?! Ich glaube, ich lüge! Du kannst mich mal! Geh deine Rüben zählen ... ich gehe jetzt auf die Jagd!“

Der riesige Uhu ordnete wütend sein Gefieder und konzentrierte sich auf die Flugbahn des ersten vernichtenden Anfluges, der eine Schneise des Todes in das Gewimmel der roten Zipfelmützen schlagen würde.

Der lautlose Tod setzte sich auf. Der zornige Berggeist griff seine berühmte, riesige Keule. Der Uhu lockerte seine Füße und machte sich für den tödlichen Sturzflug bereit. Rübezahl hob seine Keule. Der lautlose Tod breitete seine Flügel aus. Der Berggeist nahm Maß. Der Körper der Eule spannte sich. Der Körper Rübezahls ebenfalls. Der Uhu ließ sich vom Baum fallen (wenigstens war das seine Absicht) ... da traf ihn die Keule mit fürchterlicher Wucht und fegte ihn vom Baum.

Im gleichen Moment verdunkelte sich der Himmel. Ein leises Rauschen war zu hören und plötzlich waren alle roten Zipfelmützen von der Lichtung verschwunden.

Der Orion-Albatros, der niemals landete, war im Tiefflug in etwa hundertfünfzig Metern Höhe über die Waldlichtung gerauscht, hatte dabei zwölf seiner Brustfedern so gestellt, dass sie auf den Punkt genau die 2442 klitzekleinen Zwerge wie mit weichen Schaufeln sanft aufgriffen und in den weichen Flaum seiner Unterfedern warm und weich betteten. Dieses geschah in der bekannt hohen Geschwindigkeit. Kein Auge war in der Lage, diesen Vorgang wahrzunehmen.

Vundud meinte vor dem Abflug von der Waldlichtung am Waldesrand eine riesige Gestalt mit einem langen Bart und einer großen Keule stehen zu sehen, die ihm freundlich zuwinkte. An der gleichen Stelle schien am Fuße der Bäume die Gestalt des lautlosen Todes zu humpeln. Als er genauer hinschauen wollte, lag der Wald schon als kleiner grüner Klecks unter ihnen.

Die Passagiere lagen in einem weichen, warmen Himmelbett aus Nandurs weichen Brustunterfedern. Kaum hatten sie sich zurechtgelegt, da hörten sie auch schon wieder Nandurs Stimme: „Haltet euch bitte alle zum Absprung bereit ... ich zähle rückwärts bis NULL, dann lasse ich euch über eurem Inselkontinent aus hunderfünfzig Metern Höhe fallen. Euer Kamarin wartet schon auf euch. Grüßt ihn herzlich. Macht jetzt eure Fallschirme bereit ... FÜNF ... VIER ... DREI ... ZWEI ... EINS ... NULL!“ Nandur spreizte seine Bustfedern und alle sprangen in den blauen Himmel, hielten ihre Mützen wie Fallschirme über sich und segelten sanft zur Erde. Dort landeten sie wohlbehalten vor dem königlichen Perlenpalast. König Goliath wartete, bis der Letzte gelandet war und rief zu den Wolken empor: „Vielen Dank, Nandur.“

Der Kamarin war froh, dass ein großer Teil seines Volkes wieder zu Hause war.

NANDUR HOLT DIE GRUPPE VOM JADEDEICH

„Schö! Dieken Enno, pass auf dich auf. Du bist wirklich ein feiner Kerl. Ich bin froh, dass du unser Freund geworden bist. Wir sehen uns bestimmt wieder.“

Das Gesicht des Deichspatenzwerges rötete sich vor Verlegenheit.

„Kann ich nur bestätigen.“ Valmin stupste den gerührten Deichspatenzwerg an der Schulter des verwundeten Arms. Der zuckte zusammen. „Oh, tut mir Leid, Dieken.“ Valmin streichelte spontan den verbundenen Arm. Dieken Enno zuckte erneut zusammen.

Vildo und Vugur knufften ihn freundschaftlich. „Mach's gut, Kumpel. Bleib so, wie du bist!“ Der kleine Gnom verzog das Gesicht vor Schmerzen.

„Was seid ihr bloß für grobe Tölpel! Seht ihr nicht, dass ihr ihm weh tut?“ Rinchen beugte sich vor und gab ihrem verdutzten Lebensretter einen herzhaften Kuss auf die Wange. „Ich werde nie vergessen, wie du den gemeinen Feuerwexan in die Flucht geschlagen hast. Ich mag gar nicht daran denken, was der mit mir ...“ Rinchen stockte und ihr schauderte. Sie schaute mitleidig auf den verbundenen Arm. „Schmerzt deine Wunde sehr?“

„Och, es geht schon. Nur das Graben kann ich für eine Weile vergessen, aber ich komm schon irgendwie zurecht.“

„Ich möchte, dass du dieses kleine Geschenk als Dank von uns allen annimmst, Dieken. Du hast ihn dir redlich verdient.“ Oliver legte ihm den Rubin, der als Wetteinsatz gedient hatte, in die Hand, die durch die Armschlaufe ruhig gehalten wurde.

Dieken Enno bekam große Augen. „Olli, das kann und will ich nicht annehmen. Der Stein ist viel zu wertvoll!“

„Nicht für dich, mein Freund.“ Klining hob leicht seine Hand und auf der Hand des kleinen Gnoms erschien ein bunter Regenbogen, der sich über dem Rubin wölbte. Dann schnippte Klining ein wenig mit den Fingern – und die Farben des Regenbogens verwandelten sich in bunte Edelsteine, die in die Hand des Deichspatenzwerges kullerten. Dem blieb die Spucke weg.

„Wahnsinn! Ihr seid ja verrückt, das ist doch viel zu viel."

Klining lächelte: „Ein kleiner Preis für das Leben von Valentirina!"

Valentirina schlug geschmeichelt ihre Augen nieder.

Dann verabschiedeten sich die Freunde von der Hohepriesterin des Grasvolkes, die lächelnd die ganze Zeit die Szene beobachtet hatte, und blickten zum Himmel, der im gleichen Moment für den Bruchteil einer Sekunde durch einen großen Schatten verdunkelt wurde. Ein leises Rauschen – und die Freunde waren verschwunden.

Verblüfft schaute Dieken Enno in die Wolken, es war nichts mehr zu sehen. „Die Schöpfung ist stolz auf euch ...", eine Stimme verlor sich in weiter Ferne. Vaskälindanya von Gotim hielt demütig mit geschlossenen Augen und zusammengefalteten Händen den Kopf gesenkt. Dann schaute sie auf den Deichspatenzwerg.

„Hebe bitte deinen verletzten Arm, guter Freund."

Dieken Enno ächzte vor Schmerz, als er seinen Arm anhob, der von dem giftigen Biss des Feuerwexans immer noch entzündet war. Die Großschamanin löste vorsichtig das Regenbogenpflaster und legte ihre Hand in die tiefe, brennende Wunde. Mit der freien Hand fasste sie ihr blaues Mondsichelamulett und murmelte leise unverständliche Worte in einer uralten Sprache. Wie von Zauberhand breitete sich auf der schlimmen Wunde ein blaues Leuchten aus, die Wunde wurde kleiner und kleiner und schloss sich schließlich. Gleichzeitig war aus dem Arm jeder Schmerz verschwunden.

„Danke ... danke ...! Ich ... ich ... ich weiß nicht, was ich sagen soll. Es tut mir sehr Leid und ich möchte mich entschuldigen, Hohepriesterin", stammelte der kleine Gnom.

„Wofür?"

„Dass wir Euch und Eurem Volk in der Vergangenheit immer so respektlos begegnet sind. Wir beschimpften Euch ständig als Moorhexe und zu Eurem Volk waren wir ja nun auch nicht sehr freundlich." Dieken Enno brach verlegen ab.

Vaskälindanya von Gotim antwortete ernst: „In meinen Volk

sind die Vorurteile gegen euch auch nicht geringer. Was meinst du, mein Freund, wollen wir beide nicht versuchen, diese Vorurteile zu vergessen und für eine bessere Verständigung unter unseren Völkern sorgen? Glaubst du, wir beide könnten das schaffen?"

„Da bin ich ganz sicher, verehrte Hohepriesterin", strahlte der Zwerg und verbeugte sich galant. „Darauf verwette ich meinen Spaten!"

Vaskälindanya lachte: „Lieber nicht, Dieken Enno. Du siehst ja, was beim Wetten herauskommt."

„Gute Freunde und ein sauberes Bad", grinste der Zwerg. „Morgen gehe ich wieder zum Baden zu den Wassergeistern und lasse mir von Jalinda die Haare schrubben."

Die Hohepriesterin lachte: „Und die Ohren?"

Dieken schmunzelte gutmütig: „Das hat wohl die Runde gemacht? Natürlich auch die Ohren."

„Was meinst du, was dein Volk über so viel Extravaganz sagt?"

„Kriegen die nicht zu wissen, wenn Ihr nicht petzt. Ich muss nur aufpassen, dass der schöne Duft der Seenelkenseife mich nicht verrät."

Dieken Enno schulterte seinen Spaten und beide gingen, lebhaft miteinander plaudernd, den Deich zum Moor hinunter. Als sich ihnen eine Raubmöwe gefährlich näherte, stellte sich der Zwerg schützend vor die Hohepriesterin und schwang seinen Spaten nur einmal kurz pfeifend durch die Luft. Die Raubmöwe drehte eingeschüchtert ab.

„Es ist wirklich ein herrlicher Tag heute."

Vaskälindanya von Gotim schaute weit über das Watt des Jadebusens, über dem sich ein wundervoller hellblauer Himmel wölbte. Und im Wasser der Priele blitzten im Sonnenlicht abermillionen Lichtreflexe wie Diamanten auf.

AUF DER KÖ

„Ist das kuschelig hier!" Vildo schmiegte sich in die wunderbar weichen und feinen Daunenfedern von Nandurs Brustunterfedern.

„Schade ist nur, dass man nichts sehen kann", sagte Rinchen.

Nandur lachte gutmütig. „Klitzekleines Zwergenmädchen, selbst wenn ich in mein Federkleid Fenster – wie in einem Spaceshuttle – eingebaut hätte, könntest du nichts sehen. Die Geschwindigkeit, mit der wir Orion-Albatrosse durch den Kosmos segeln, ist millionenfach schneller als das Licht. So wie eure Augen von der Natur konstruiert sind, könntet ihr nicht nur überhaupt nichts sehen, sondern eure Augen würden von dem rasenden Ablauf der Bilder, die an euch vorbeifliegen, verbrennen. Übrigens: Ich drehe gerade meine obligatorische Runde um den Mars, bevor ich euch gleich im Düsseldorfer Hofgarten beim Märchenbrunnen absetze."

Selbst Klining staunte voller Ehrfurcht. Millionenfach schneller als die Lichtgeschwindigkeit? Das hatte selbst sein Lehrer Tala bei einer Diskussion über die sagenhaften Vögel des Weltalls nicht vermutet. Das bedeutete, dass Orion-Albatrosse innerhalb eines Wimpernschlages ein ganzes Sonnensystem durchsegelten, und dass Nandur wahrscheinlich weiter in den Kosmos vorgestoßen war als jemals eines dieser leistungsfähigen Weltraumteleskope der Menschen oder einer der berühmten Sternendruiden in Nordschottland durch Telesynkasionieastronomie. Klinings Mund wurde vor Aufregung trocken.

„Nandur, darf ich dich etwas fragen?"

„Immerzu, Illantin", hörte Klining die freundliche Stimme des gewaltigen Vogels sagen.

„Kennst du den gesamten Kosmos, Nandur?"

„Nein, Klining, den kennen nur die Zeit und ihre Kinder. Nun müsst ihr euch aber bitte alle zum Absprung bereithalten. Ich zähle rückwärts bis NULL, dann lasse ich euch über den Hofgarten in hundertfünfzig Metern Höhe aussteigen. Und noch eins, ihr müsst morgen rüber in die USA. Da will so ein Spinner von Spielzeugfabrikant eure Leute in seiner Produktion verarbeiten. Heute müsst ihr aber den Jungen auf der Königsallee noch neu einkleiden, denn so kann der nicht in die USA. Ihr fliegt morgen vom Flughafen Düsseldorf über Frankfurt nach New York. Ich habe leider keine Zeit, euch hinzufliegen, weil ich gleich noch rüber zur kleinen Magellanwolke muss, aber ich melde mich, sobald ihr dort seid. Olli, nimm dir für den Absprung eine von meinen kleinen

Daunenfedern, die sind so gut wie der beste Fallschirm. Leg sie aber bitte anschließend auf die Wiese ... so, nun macht euch für den Ausstieg bereit."

Einen Wimpernschlag später segelten die klitzekleinen Zwerge, ihre Mützen wie Fallschirme über sich haltend, sanft zur Erde. Klining beobachtete Olli, der unter der Daunenfeder des Orion-Albatrosses in eleganten Schwüngen wie mit einem Gleitschirm durch die Luft segelte. Nach der Landung sammelten sich alle um die schneeweiße, hell im Sonnenlicht strahlende Daunenfeder und den aufgeregten Olli.

„Das war dein erster Fallschirmabsprung?" Valmin untersuchte interessiert die herrliche Feder. Olli nickte. Plötzlich verdunkelte sich der Himmel und die Daunenfeder war verschwunden.

„Viel Spaß beim Shopping ...!" Die Stimme Nandurs verlor sich in der Tiefe des Raumes.

„Was machen wir jetzt?" Valmin wandte sich an seinen Illantin. Der stand noch in Gedanken verloren im hohen Gras der Wiese.

„Einmal so wie ein Orion-Albatros durch den Kosmos segeln! Millionenfach schneller als das Licht ... ich kann es immer noch nicht fassen." Klining schüttelte den Kopf und riss sich aus seinen Gedanken. „Wir fragen erst einmal am Märchenbrunnen nach, ob eine Nachricht von Ovangar vorliegt."

Olli nahm die Zwerge auf und lief hinüber zum Märchenbrunnen, wo sie von den drei Kindern auf der kleinen Felsengruppe mit großem Hallo begrüßt wurden.

„Nein, Ovangar hat nichts für euch hinterlassen. Die letzten Tage nach eurer Abreise waren ohnehin langweilig. Außer dem Hochbetrieb durch die vielen Blitzelfen. Aber die haben sowieso nie Zeit für einen kleinen Plausch. Sonst ist hier niemand durchgekommen." Das mittlere Kind auf der Felsengruppe zuckte mit den Schultern.

„Erzählt mal, wie war es an der Nordsee?" Der kleine Freche beugte sich vor und schaute gespannt und erwartungsvoll.

„Tut mir Leid, mein Junge, aber wir haben leider keine Zeit. Wir müssen rüber zur Kö und Olli einkleiden." Klining hob bedauernd die Schultern.

„Och, wie schade."

„Hat mein Freund Paul hier mal vorbeigeschaut?", fragte Olli.

Die drei Kinder auf der Felsengruppe lachten. „Der kommt jeden Tag vorbei und fragt nach dir. Der ist lustig und spielt auch immer mit uns. Der müsste gleich kommen."

„Olli! Hallo, Olli! Wie schön, dass ihr wieder da seid." Paul kam den Napoleonberg heruntergerannt und umarmte Oliver voller Freude. Dann begrüßte er auch die anderen herzlich. „Wann seid ihr angekommen? Seid ihr wieder mit dem Taxi gefahren?"

„Nein, Nandur hat uns hergeflogen."

„Der Orion-Albatros? Wow! Das war bestimmt ein cooler Flug."

„Ein supercooler Flug", murmelte Klining und machte eine leichte Handbewegung. „Hallo, Mohrrüben! Spielen wir wieder Opa und Enkel auf der Kö?" Vor ihnen stand der Parkwächter in seinem teuren, hervorragend geschnittenen Anzug. Sein Haar und sein weißer Schnurrbart waren auch jetzt frisch geschnitten. In der Hand hielt er wieder einen schmalen Lederaktenkoffer. Alle lachten.

„Ich soll neu eingekleidet werden. Wir müssen morgen in die USA", erklärte Olli seinem Freund.

„Morgen schon ... schade. Dann will ich mal wieder." Paul wollte sich verabschieden.

„Bist du verrückt? Du kommst natürlich mit shoppen, nich', Opa?" Olli wandte sich grinsend an Klining. Der schmunzelte und nickte.

„Paul, wir kaufen dir so einen coolen schwarzen, toll geschnittenen Maßanzug und 'ne coole schwarze Sonnenbrille. Dann bist du nicht nur ein klasse Bodyguard, sondern siehst auch wie ein richtiger aus ... und so ein Telefon für die Hand brauchst du auch... wie heißt das Ding noch?" Rinchen blickte aufgeregt in die Runde.

„Handy", sagte Vildo lässig. „Wenn, dann muss es aber natürlich so eins mit allem Pipapo sein."

„Was heißt Pipapo?", fragte Rinchen.

„Mit Schminkspiegel natürlich", grinste Vildo.

„Das ist vernünftig." Rinchen nickte zufrieden. Die Jungs grinsten.

„Ich weiß nicht ... ich kann doch keine so teuren Geschenke von euch annehmen. Ihr seid meine Freunde." Paul drehte sich verlegen.

„Quatsch, wir sind reich. Ich habe ...“, Rinchen drehte sich stolz mit erhobenem Gesicht, „... ich habe am Sarimgantafluss zwei diebischen Zwergen – großen Zwergen natürlich – ein paar kleine Steinchen abgeluchst. Ich kann es mir also leisten, meinen Freund und persönlichen Bodyguard Paul entsprechend einzukleiden!“

„Brich dir bloß nicht deine Zipfelmütze vor lauter Getue.“ Vugur schaute genervt zum Himmel. Weiber!

„Kleine Steinchen kann man dazu wohl kaum zu sagen. Der Anblick der Klunker würde jeden Juwelier auf der Stelle umhauen.“

„Valmin hat Recht.“ Der Parkwächter-Opa griff energisch in das Gespräch ein: „Die Steine hier an den Mann zu bringen, ist zu gefährlich und zu auffällig. Aber wir haben ja das Geld auf Ollis Bankkonto. Davon können wir alles leicht und unauffällig bezahlen. Außerdem soll Oliver ja sowieso noch seine Kreditkarten abholen. Auf gehts, wir müssen uns beeilen. Ihr wisst, dieser Zauberfirlefanz hält nur eine halbe Stunde.“

„Nur eine halbe Stunde? Das finde ich aber schade, Opa.“ Olli schaute bittend auf den vornehmen Parkwächter.

„Na gut, ich könnte den Zauber noch um drei zusätzliche Stunden verlängern, aber dann bekommt alles in meiner Umgebung langsam aber sicher grüne Nasen!“

„Waaas? Wir sollen mit grünen Nasen herumlaufen?“ Vugur, Vildo und Valmin schauten entsetzt auf den Illantin.

„Stellt euch nicht so an. Für einen schönen Shoppingtag könnt ihr ja wohl mal eine grüne Nase in Kauf nehmen. Männer!“ Rinchen und das Mädchen auf der Felsengruppe des Märchenbrunnens schauten sich wissend an und verdrehten ihre Augen über so viel Unverständnis.

„Für dich würde ich mir sogar ein paar grüne Ohren holen“, lächelte Paul das winzige Zwergenmädchen an. Rinchens Wangen röteten sich verlegen.

„Seht ihr, es gibt noch richtige Kavaliere, die etwas von Frauen verstehen. An Paul könnt ihr euch mal ein Beispiel nehmen.“

„Mann, da hast du aber eine Schleimspur gelegt.“ Vugur grinste Paul an.

„Schluss jetzt. Wir müssen los, sonst haben wir grüne Nasen, aber nichts eingekauft.“ Valentirina drängte zum Aufbruch.

„Moment …“, sagte Vildo und blieb stehen. „Ich gehe nur mit, wenn ich weiß, wie lange ich mit so einer grünen Gurke im Gesicht herumlaufen muss.“

„Das hängt vom Typ ab und davon, wie kaufsüchtig der Einzelne ist. Bei manchen verschwindet das Grün nach zwei bis drei Stunden. Andere müssen sich wochenlang damit herumschlagen.“ Klining, der Parkwächter, hob mit unschuldiger Miene die Schultern.

„Ich wollte eh' nichts kaufen … da kann mir also nichts passieren. Lasst uns losgehen, damit wir es hinter uns bringen.“ Vildo schaute auf Paul. „Hast du Lust, mich zu tragen?“

„Gern …“, sagte Paul und bückte sich, um den klitzekleinen Zwerg auf den Arm zu nehmen.

„Trägst du mich auch?“ Rinchen lief zu Paul, hüpfte auf seine Hand und setzte sich neben Vildo. Der grinste sie an.

„Was guckst du so? Was gibt es da zu grinsen?“

„Ich stelle mir nur vor, wie du wochenlang mit einer grünen Nase herumläufst, holde Maid.“

„Blödmann! Ich bin nicht deine holde Maid!“ Valentirina zeigte Vildo mal wieder ihren entzückenden winzigen Rücken. Vildo kicherte vor Vorfreude. Frauen, die nicht in den Kaufrausch verfielen? Doch nicht auf der berühmten Düsseldorfer Königsallee!

Sie gingen an dem großen Kaufhaus vorbei auf die Königsallee und zur Bank.

Olli freute sich, dass Paul bei den klitzekleinen Zwergen so gut ankam. Er war froh, dass Rinchen vorgeschlagen hatte, Paul etwas zu kaufen. Es wäre ihm peinlich gewesen, wenn während der ganzen Shoppingtour nur er etwas bekommen hätte. Die klitzekleinen Zwerge wollte er auch mit einem Geschenk überraschen.

Olli betrat die Bank mit Vugur und Valmin auf dem Arm und ging auf die Bankangestellte zu, die ihn letztes Mal bedient hatte. Sie sah ihn kommen und zwang sich ein Lächeln ab. Dass so ein Bengel über ein Konto mit 147.000 Euro frei verfügen konnte, ging über ihr Begriffsvermögen.

„Hallo!“, strahlte sie der Junge an.

Schöne rote Haare hatte er ja, dachte sie. Die schienen echt zu sein. Sie seufzte neidisch, als sie daran dachte, welche Mühe es machte, ihre Haare alle vier Wochen in diesem nur halb so schönen Tizianrot zu färben. „Hallo, junger Mann. Du willst bestimmt deine Kreditkarten abholen. Du musst hier unterschreiben."

Olli unterschrieb langsam mit seinem Namen auf der dafür vorgesehenen Zeile und übernahm die Kreditkarten.

„Darf ich auch unterschreiben?", fragte eine der beiden Mohrrüben, mit denen der rothaarige Junge offenbar immer noch spielte.

Die Angestellte lächelte gequält: auf den Gag fiel sie nun wirklich nicht mehr herein. „Du weißt, wie man mit Kreditkarten umgeht, und was man bei Verlust zu tun hat?"

„Klar ...", antwortete eine der Mohrrüben, „... wir sind Kreditkartenprofis." Beide Mohrrüben kicherten albern.

„Dann möchte ich noch Geld abheben", strahlte der Junge sie an. „Mein Opa, meine Freunde hier und ich gehen heute auf der Kö shoppen."

„Ach ... dein Opa ist auch dabei? Na, Gott sei Dank. Wie viel möchtest du denn abheben?" Sie schaute auf den Kontostand im Computer.

„Och, ich weiß nicht, ich kenne die Preise hier auf der Kö nicht. Was meinen Sie denn?" Der Rotschopf schaute sie ratlos an.

„Ich weiß ja nicht, was ihr einkaufen möchtet." (Die Sorgen hätte sie auch mal gerne gehabt.)

„Wir nehmen erst mal 30.000 Euro."

„Was? Du willst wirklich 30.000 Euro? In bar? Hast du dir das auch gut überlegt, mein Junge?" Die Bankangestellte konnte ihren Unmut nicht länger verbergen.

„Einen kleinen Moment." Der Junge fragte seine kleinen Mohrrüben: „Was meint ihr denn?"

Die sehen eigentlich aus wie klitzekleine Zwerge mit Kulleraugen, fand die inzwischen sehr nervöse Bankangestellte.

„Die soll die Kohle rausrücken. Dreißigtausend, was sonst. Schließlich ist es ja dein Geld, Olli."

„Denk dran: Morgen müssen wir nach Amerika. Der Flug kostet doch auch Geld."

Olli wandte sich wieder an die Bankangestellte und lächelte sie an: „Ist nicht genug auf dem Konto?"

„Ja ... doch. Wieso, mein Junge?"

„Weil ich das nicht verstehe. Warum wollen Sie mir das Geld dann nicht geben?"

„Doch, sicher gebe ich dir das Geld. Aber ... aber ... es ist doch sehr viel Geld. Damit läuft man doch nicht einfach so herum, mein Junge."

„Wir wollen es ja auch nicht behalten, sondern ausgeben."

„Wie? Das ganze Geld, mein Junge?"

„Nicht alles, aber fast alles!"

„Ist etwas nicht in Ordnung, Olli?" Ein älterer Herr in maßgeschneidertem Anzug trat mit einem kräftig gebauten Jungen, der ebenfalls zwei Mohrrüben auf dem Arm trug, an den Bankschalter. Die Bankangestellte erkannte den Opa des Jungen.

„Gott sei Dank, dass Sie da sind. Der Junge wollte 30.000 Euro von seinem Konto abheben."

„Kommen wir damit aus, Olli?"

„Ich weiß nicht, Opa. Die Geschäfte auf der Kö sind nicht billig."

„Wir werden sehen. Dann geben Sie uns erst mal die Summe. Man gönnt sich ja sonst nichts."

„Selbstverständlich, mein Herr. Sofort." Sie füllte den Auszahlungsbeleg aus, Olli unterschrieb, und sie zählte das Geld auf den Kassentisch.

Eine der Mohrrüben auf dem Arm des kräftigeren Jungen rief mit heller Mädchenstimme: „Paul soll das Geld nehmen. Schließlich ist er unser Bodyguard."

„Klar. Paul, komm her, nimm die Kohle." Der ältere Herr grinste die schockierte Bankangestellte freundlich an, während der kräftigere Junge das Geld in seinen Blouson stopfte.

„Schö ...!" Der Rotschopf strahlte sie an. „Bis zum nächsten Mal!"

Sie schaute den drei Verrückten mit ihren Mohrrüben kopfschüttelnd hinterher. Gott bewahre sie vor einem nächsten Mal. Zum Glück flogen die ja morgen, laut Aussage einer der Mohrrüben, nach Amerika. Nach ihrer Meinung gehörten so verrückte Reiche da auch hin. Gott bewahre Deutschland und sie vor solch exzentrischen Typen.

Die Gruppe betrat in einer der Edel-Einkaufspassagen auf der Kö eines der nobelsten und teuersten Geschäfte für Herrenausstattung. Der Verkäufer taxierte die neue Kundschaft. Der ältere Herr war sehr teuer und sehr elegant gekleidet. Sein Anzug verriet

Klasse und Stil. Was ihn irritierte, waren die beiden Bengel an seiner Seite. Der kräftigere Junge ging ja noch. Der war zwar in mittelmäßiger Massenqualität, aber doch dem neuesten modischen Trend entsprechend gekleidet. Nur der kleinere, zierliche Junge mit dem leuchtenden Rotschopf. Wenn er nicht völlig falsch lag, war die Kleidung vom Sozialamt. Wenn überhaupt. Er kannte sich da aus. Im Laufe seines langen Berufslebens hatte er sich angewöhnt, die Menschen nach ihrer Kleidung zu beurteilen und einzuordnen. Natürlich war es für einen Laien, der nicht aus der Textilbranche kam, heute schwer, zwischen Reichen und Mittelklasse oder sogar den Vertretern aus den untersten Kaufkraftschichten zu unterscheiden. Die Mode schlug heutzutage bis in die billigsten Massenqualitäten durch. Auch kleinpreisige Massenware wurde rein über die Trends der gängigen Modeoutfits vermarktet. Ein Profi wie er brauchte jedoch nur einen Blick, um zu erkennen, was ein Kleidungsstück gekostet hatte und was der Träger an Einkommen mindestens zur Verfügung haben musste, um es sich zu leisten. Auch die Leute, die sich ein teueres Outfit zusammengespart oder dafür ihr Konto überzogen hatten, konnten ihm nichts vormachen. Sie trugen ihre teuren Kleidungsstücke immer mit einer gewissen Unsicherheit, die aus dem Bewusstsein kam, etwas zu tragen, was man sich eigentlich nicht leisten konnte. Da fehlten das Selbstverständnis und die Klasse, mit der wirklich reiche Leute lässig die teuerste Kleidung trugen. Der Herr im Maßanzaug hatte diese Klasse. Was ihn verwunderte, war die Lässigkeit, mit der der kleine Rotschopf seine Sozialamtsklamotten trug. Lediglich der kräftigere Junge schien ein bisschen verunsichert und von der Eleganz des Geschäftes beeindruckt zu sein. Auf seine kurze, unauffällige Handbewegung hin begrüßte einer seiner jungen Verkäufer die seltsame Gruppe.

„Darf ich Ihnen behilflich sein?"

„Wir wollen einen schicken Bodyguard-Anzug!" Der kleine Rotschopf strahlte den verdutzten Verkäufer an. „Für den da." Der Junge zeigte auf den größeren Jungen. Der lächelte verlegen.

„Einen Bodyguard-Anzug?"

„Mein Enkel meint, ob Sie den jungen Mann schick einkleiden können."

„Selbstverständlich, mein Herr." Der Verkäufer taxierte Paul.

„Wenn der junge Mann mir folgen möchte. Bitte probieren Sie einmal diese Jacke an ... nur wegen der Größe."

Der junge, kräftige Mann drehte sich und gab dem Rotschopf zwei kleine Püppchen. Der junge Verkäufer war irritiert: Die sahen aus wie Mohrrüben oder so etwas Ähnliches. Und damit spielte der junge Mann? Seltsam. Er half ihm in die Jacke. Die Jacke saß äußerst knapp.

Der junge Verkäufer ergriff das Etikett und blickte auf die Größe.

Dann schaute er auf Paul: „Erstaunlich ... sehr erstaunlich."

„Sie ist ein bisschen zu eng."

Paul bewegte sich, seine Muskeln spannten ... das teure Designermodell knackte in den Nähten. Erschrocken half der junge Verkäufer dem jungen Mann wieder aus der Jacke, bevor sie noch Schaden nahm. Die nächste Probierjacke, zwei Größen größer, passte.

„Hat der junge Mann eine Vorstellung? ... Welche Farbe?... Zweireiher? ... Einreiher? ... Klassisch? ... Oder bevorzugt der junge Herr einen extravaganten Stil?"

„Hat er! Er hat eine Vorstellung!" Vom Arm des Rotschopfs erklang eine helle Mädchenstimme. Der junge Verkäufer rieb sich die Augen. Was waren denn das für Püppchen? „Er möchte etwas in Schwarz ... in extravagantem Schwarz natürlich!"

„Ja, schwarz wäre gut!" Paul nickte bestätigend.

Der junge Verkäufer zögerte und schaute unsicher auf die winzigen Püppchen. „Die können sprechen?"

„Natürlich können wir sprechen. Haben Sie für Paul nun etwas schickes Schwarzes oder nicht?" Die helle Mädchenstimme wurde ungeduldig.

„Gibt es Probleme?" Der Erstverkäufer hatte beobachtet, wie der junge Verkäufer unsicher agierte. Wenn man nicht alles selbst in die Hand nahm! Er griff routiniert in das Verkaufsgespräch ein.

„Probleme? Wenn Sie etwas schickes Schwarzes haben, dann haben wir keine Probleme!" Der verdutzte Erstverkäufer hörte, wie der kleine Rotschopf auf einmal mit einer hellen Mädchenstimme sprach.

Der Erstverkäufer griff eine schwarze Hose: „Die müsste passen." Dann einen schwarzen Lederblouson: „Hier habe ich etwas sehr Flottes in seiner Größe. Feinstes Seidenleder ... durchgefärbt ... allererste Qualität ... aber nicht ganz billig." Er schaute den älteren Herrn fragend an.

„Geld spielt keine Rolle." Schon wieder diese helle Mädchenstimme. „Und er braucht ein schwarzes Hemd. Seide! Haben Sie schwarze Seidenhemden in seiner Größe?"

„Selbstverständlich"

„Er nimmt drei Stück."

Die helle, bestimmende Mädchenstimme machte den Erstverkäufer langsam nervös. „Wenn Sie erlauben, möchten ich darauf hinweisen, dass die nicht ganz preiswert sind." Er schaute wieder fragend auf den älteren Herrn.

„Erlauben wir nicht!" Die helle Mädchenstimme klang jetzt leicht ungnädig. „Passt die Hose, Paul?"

„Ja, prima ... Rinchen." Paul drehte sich zu dem kleinen Rotschopf um.

„Fein. Dann nehmen wir auch drei Hosen. Alle in schwarz. Passende coole schwarze Schuhe haben Sie wohl nicht?"

„Doch, selbstverständlich, im jungen Designerlook. Sie sind hochaktuell und sehen fast so aus wie Turnschuhe. Sie erlauben es wahrscheinlich nicht ... aber wenn Sie es erlauben, möchte ich Sie darauf hinweisen: Die sind sündhaft teuer. Italienisch! ... Verstehen Sie? ... Handgenäht, feinstes Leder! ... Einzelanfertigungen nur für uns."

Die helle Mädchenstimme: „Dann sind die für uns gerade gut genug."

„Selbstverständlich ... selbstverständlich. Wie Sie wünschen"

Die helle Mädchenstimme klang jetzt etwas gnädiger: „Na also, es geht doch. Warum nicht gleich so? ... Sitzen die Schuhe, Paul?"

„Supertoll. Rinchen. Die sind einfach Spitze. Aber hast du mal auf das Preisschild geguckt? ... Da fällst du um."

„Keine Panik, Paul, wir haben es doch. Olli hat genug abgehoben ... nich' wahr Olli?" Der kleine Rothaarige schien sich mit dieser hellen Mädchenstimme selbst zu fragen. Dann antwortete er mit einer freundlichen Jungenstimme: „Klar, Rinchen. Wir haben Geld genug. Zeig es mal, Paul."

Der kräftige Junge griff in die Tasche und holte ein dickes Bündel 500-Euroscheine hervor. Der Erstverkäufer schluckte.

„In dem Zusammenhang: Wir brauchen auch noch Brieftaschen und Portemonnaies. Schwarze natürlich. Ich wette, die haben Sie nicht." Der Rotschopf war wieder in die helle Mädchenstimme gewechselt.

Der Erstverkäufer lächelte etwas arrogant: „Die Wette hätten Sie verloren, junger Mann."

„Was heißt hier ‚junger Mann'? Falls Sie es noch nicht bemerkt haben, ich bin ein Mädchen. Sie sollten mal zum Optiker hier in der Passage gehen, mein Herr, Ihre Brille scheint nicht die beste zu sein." Die helle Mädchenstimme klang empört.

Der Erstverkäufer schaute verdutzt auf den kleinen Rotschopf. Das war ein Mädchen. Also deswegen hatte sie die kleinen Püppchen auf dem Arm, die aussahen wie Mohrrüben.

Ein unauffälliger Wink mit seiner Hand, und der junge Verkäufer, der die ganze Zeit mit offenem Mund dagestanden hatte, holte eilfertig verschiedene Brieftaschen und Portemonnaies aus einer Schublade.

Paul und Olli suchten sich beide eine Brieftasche und ein Portemonnaie aus und verstauten ihre Geldscheinpacken darin.

Der Erstverkäufer staunte.

„Mein Enkel und sein Freund sind schon sehr sehr selbstständig und geschäftstüchtig." Der ältere, gut gekleidete Herr lächelte den Erstverkäufer freundlich an. Der nickte, Zustimmung vortäuschend, verständnisvoll zurück.

„Ist alles zu Ihrer Zufriedenheit?"

„Ja. Danke ... vielen Dank." Das rothaarige Mädchen, das wie ein Junge aussah und jetzt wieder wie ein Junge sprach, kam dem Herrn im eleganten Anzug zuvor.

„Socken. Sie haben Socken vergessen. Schwarze natürlich!" Die helle, befehlende Mädchenstimme war wieder da. „Paul, zieh mal alles an. Ich möchte sehen, wie du als Bodyguard aussiehst."

Paul trat leicht verlegen aus der Umkleidekabine.

„Wow! Siehst du cool aus." Olli und alle anderen waren begeistert. Paul auch.

„Eine Sonnenbrille! Da fehlt noch die coole, schwarze Sonnenbrille!" Die Mädchenstimme ... wer sonst ... meldete ihre Wünsche an.

„Sonnenbrillen führen wir leider nicht. Die bekommen Sie

beim Optiker nebenan."

„Gut ..." sagte der ältere Herr, „... dann kleiden Sie bitte meinen Enkel ein." Er zeigte auf das rothaarige Mädchen mit den Mohrrübenpüppchen, das komischerweise wie ein Junge gekleidet war.

„Wir führen bedauerlicherweise keine Damenkleidung – auch für so junge Damen nicht. Wir sind ein reiner Herrenausstatter."

Die Gruppe schaute den Topverkäufer überrascht an.

„Ich will doch nicht eingekleidet werden. Oder haben sie auch etwas in Größe 0,00000003?" Die helle Mädchenstimme kicherte albern.

Der Erstverkäufer versuchte seine Fassung zu bewahren.

„Die Püppchen sprechen, Herr Jakowski." Der junge Verkäufer versuchte seinen Vorgesetzten aus der peinlichen Situation zu befreien. Der brachte ihn mit einem ungnädigen Blick zum Verstummen. Na, dann eben nicht, der junge Verkäufer trat einen Schritt zurück.

Der ältere Herr zeigte noch einmal auf das rothaarige Mädchen. „Ich meine ihn, mein Herr. Ihn sollen Sie einkleiden. Wo liegt das Problem?"

Die helle Mädchenstimme tönte: „Der Mann ist blind ... habe ich doch vorhin schon gesagt."

Der Erstverkäufer stotterte perplex: „Sie ... er ... sie ... hat doch darauf bestanden, dass sie ein Mädchen ist." Er zeigte auf Olli.

„Ich? Wieso ich?" Jetzt sprach der Junge wieder wie ein Junge.

„Ja, du!"

„Hat er nicht. Ich habe das gesagt." Da war die helle Mädchenstimme wieder.

„Ach, Sie meinen sie." Der rothaarige Junge zeigte auf eine der Mohrrübenpüppchen auf seinem Arm.

Der Erstverkäufer bekam einen Migräneanfall. Der Rotschopf schien ein Bauchredner zu sein. Bauchredner zu bedienen, und besonders so schlecht gekleidete Bauchredner, das lag unter seiner Würde. Eine unauffällige Handbewegung – und der junge Verkäufer musste diesen anstrengenden Kunden wieder übernehmen.

„Ich hab doch gleich gesagt, dass die Püppchen sprechen. Auf mich hört ja keiner", murmelte der junge Verkäufer.

Olli und seine Freunde standen lachend mit Einkaufstüten

bepackt und mit einem Reisetrolley auf der Kö. Das war ein lustiger Einkauf gewesen. Der junge Verkäufer und Rinchen hatten Olli mit viel Geschick und Geschmack eingekleidet. Als das winzige, niedliche Zwergenpüppchen (nicht anders als eine der Damen, die sonst ihre Ehemänner beim Einkauf begleiteten) die Einkleidung des kleinen Rotschopfes konsequent in die Hand nahm, hatte der junge Verkäufer seine Überraschung schnell überwunden. Er war begeistert. Sie wusste mit viel Geschmack und dem sicheren Gefühl für modische Outfits, das Frauen den Männern nun einmal voraus haben, was zu den roten Haaren des Jungen passte. Als an der Kasse alle Teile zusammengerechnet wurden, kam ein halber Wochenumsatz des Geschäftes zusammen. Daraufhin versuchte der Erstverkäufer das Gespräch wieder in die Hand zu nehmen, denn er hatte aus dem Augenwinkel gesehen, dass der Inhaber, aus den hinteren Räumen kommend, den Laden betreten hatte. Da blaffte ihn eine helle Mädchenstimme an: „Nun brauchen Sie auch nicht mehr um uns herumzuscharwenzeln! Nehmen Sie sich mal ein Beispiel an Ihrem netten, qualifizierten jungen Kollegen. Mit dem war es ein richtiges Vergnügen einzukaufen – ein richtiges Einkaufserlebnis! Oder was meint ihr?"

Ein Chor von Männer- und Jungenstimmen antwortete: „Ja, Rinchen ... mit dir einzukaufen ist ein Erlebnis."

„Bei einer so guten Beratung ...!" Das Püppchen lächelte den jungen Verkäufer huldvoll an. Der wurde knallrot. Der Inhaber warf dem Erstverkäufer einen verwunderten und vernichtenden Blick zu – woraufhin dieser zusammenzuckte und drei Schritte zurück trat – und sagte mit einem dienstbeflissenen Lächeln in Richtung des älteren Herrn: „Herr Kruse ist unsere beste Kraft." Der junge Verkäufer wuchs bei diesem seltenen Lob. „Wie möchten Sie bezahlen? Bar oder mit Karte, mein Herr?"

„Ich bezahle!" Der kleine Rotschopf strahlte ihn an und zählte die genannte Summe von einem Bündel Banknoten, das er aus seiner neuen Brieftasche holte, auf den Kassentisch. Der Inhaber war baff.

Der ältere Herr zuckte mit entschuldigendem Lächeln die Schultern: „Mein Enkel ist schon sehr geschäftstüchtig."

„Selbstverständlich, mein Herr ... selbstverständlich." Der Inhaber und der junge Verkäufer begleiteten die Kunden zur Tür. „Wir hoffen, dass alles zu Ihrer Zufriedenheit war. Den jungen Herren wünsche ich viel Spaß in den neuen Outfits. Wir würden uns sehr freuen, wenn Sie uns wieder beehren."

„Nur wenn der junge Mann uns bedient, sonst nicht!" Die helle Mädchenstimme meldete sich wieder zu Wort.

„Herr Kruse, bitte geben Sie den Herrschaften Ihre Visitenkarte!"

„Ich habe keine."

„Was haben Sie nicht?"

„Eine Visitenkarte."

„Wieso nicht? Alle Verkäufer unseres Hauses haben eine Visitenkarte, Herr Kruse."

„Herr Jakowski meinte, ich solle mich erst einmal hochdienen."

„Hochdienen? Das ist ja das reinste Mittelalter." Die helle Mädchenstimme verriet leichte Empörung.

„Unglaublich! Mobbing in meinem Haus." Der Inhaber war weiß vor Ärger. „Ich bitte um Nachsehen. Das ist nicht der Stil unseres Hauses. Das wird noch ein Nachspiel haben. Hier Herr Kruse, nehmen Sie bitte eine von meinen Karten und schreiben Sie Ihren Namen darauf." Der Inhaber sammelte sich, lächelte seine Kunden wieder professionell an und wünschte ihnen noch einen schönen Einkaufstag auf der Kö.

„Haben Sie bemerkt, Chef, die Püppchen konnten sprechen", sagte Herr Kruse.

„So? Ist mir gar nicht aufgefallen. Wieso spielen Jungs in dem Alter mit Püppchen? Na ja, soll uns auch egal sein. Hauptsache, der Kunde ist glücklich. Sie haben Ihre Sache gut gemacht, Herr Kruse. Wirklich sehr gut."

Als der Inhaber an seinem Erstverkäufer vorbeiging, sagte er kühl: „Bitte kommen Sie mit in mein Büro, Herr Jakowski ... und wischen Sie Ihre Nase ab, sie ist ja ganz grün."

„Ihre auch, wenn ich das bemerken darf."

Verdutzt rieb sich der Inhaber an der Nase. Am nächsten Tag fand sich Herr Jakowski im Lager wieder, um die eingetroffene Ware für den Verkauf zu sortieren, wenn nötig aufzubereiten, und im Übrigen darüber nachzudenken, wie sich ein gestandener Mitarbeiter zum Wohle der Firma zu verhalten hatte.

„Jetzt brauchen wir noch Handys!"

„... und Sonnenbrillen!"

„Huch ... deine Nase wird ja grün!"

„Deine auch!"

„Ihr habt alle leicht grüne Nasen!"

„Du auch!"

Paul schaute in den Spiegel des Schaufensters. „Tatsächlich!"

„Es geht los, wir sollten uns mit dem Einkaufen beeilen", drängte der elegante Parkwächter Klining die Gruppe.

Der Optiker schaute irritiert, als ihn der ältere, sehr elegant gekleidete Herr mit der leicht grünen Nase ansprach: „Wir möchten gern zwei coole Sonnenbrillen für die beiden jungen Herren, möglichst in Schwarz."

„Wenn Sie bitte diese probieren wollen. Erstklassige Markenmodelle. Designerbrillen ... mit Spitzengläsern. Top-Qualität. Aber sie haben auch ihren Preis!"

„Geht das schon wieder los!"

Eine helle Mädchenstimme reagierte auf den Preishinweis sichtlich genervt. Der Optiker schaute sich um: Vor ihm standen aber nur der ältere Herr und die beiden Jungen. Der Größere, Kräftigere war mit Tüten des exklusiven und teuren Herrenausstatters bepackt, der sein Geschäft in der Einkaufspassage gleich vorne an der Königsallee hatte. Der kleinere Rotschopf zog einen eleganten, teuren Reisetrolley hinter sich her und trug vier winzige Püppchen auf dem Arm, die wie kleine Mohrrüben aussahen. Erst auf den zweiten Blick sah der Optiker, dass es sich um winzige Zwergengestalten handelte, deren winzige niedliche Gesichtchen ebenfalls grüne Näschen zierten.

„Der Preis spielt keine Rolle." Der ältere Herr mit der grünen Nase lächelte. Na, wenn das so ist, dachte der Optiker und präsentierte weitere Sonnenbrillen der höchsten Preislagen.

„Die sehen cool aus. So eine hätte ich auch gern." Hatte da eines von den Püppchen gesprochen? Der Optiker schüttelte leicht irritiert den Kopf. Vielleicht hatte er in der letzten Zeit doch zu viel gearbeitet, jetzt bekam er schon Halluzinationen. Es wurde Zeit, einmal richtig auszuspannen. Er schüttelte wieder leicht den Kopf und konzentrierte sich auf die vor ihm stehenden Kunden. Die Brillen, die die beiden Jungs aufhatten, saßen hervorragend, waren aber sündhaft teure Modelle. Schade. Wie immer würden die Kunden gleich bedauernd auf preiswertere Brillen zurückgreifen.

„Diese Modelle stammen aus unserem Hause. Sie werden von uns hand- und maßgefertigt."

„Die nehmen wir."

Der Rotschopf fragte: „Sie machen diese Sonnenbrillen selbst und können die in jeder Größe anfertigen?"

„Ja, sicher. Nach Maß, wenn du möchtest, junger Mann."

„Cool. Dann möchte ich fünf Sonnenbrillen für meine Freunde." Er stellte die vier winzigen Zwergenpüppchen auf den Tisch und sagte: „Bitte, haltet still, der Herr Optiker nimmt jetzt Maß."

„Du möchtest, dass ich für deine winzigen Püppchen Sonnenbrillen anfertige?"

„Ja. Wie lange brauchen Sie denn für die fünf Brillen?"

Der Optiker wandte sich an den lächelnden älteren Herrn. (Nanu, war dessen Nase nicht noch grüner als vorhin? Er schüttelte wieder irritiert seinen Kopf.) „Wir erfüllen gern jeden Kundenwunsch, sei er auch noch so außergewöhnlich, mein Herr. Aber so teure Brillen für Spielzeugpüppchen?"

„Geld spielt keine Rolle. Was kostet denn so eine Sonnenbrille?" Der kleine Rotschopf schaute ihn gespannt an.

Der ältere Herr nickte: „Wenn es der Wunsch meines Enkels ist, dann nehmen Sie bitte Maß. Der Preis spielt wirklich keine Rolle. Was meinen Sie, was würde denn so eine winzige Brille in der gleichen Ausführung wie diese da kosten?" Er zeigte auf die Brillen, die die beiden Jungen immer wieder aufsetzten und sich damit im Spiegel betrachteten.

„Cool, Olli! Pffff ... vom Preis wird mir aber übel." Der große Junge verzog seine Miene.

„Hören Sie nicht auf den Jungen. Sagen Sie, was Sie haben müssen." Der ältere Herr lächelte ihn immer noch freundlich an.

„Ja ... so eine winzige Brille ... und sie soll in genau der gleichen Qualität sein wie eine große?"

„Ja, genau so!" Der Rotschopf meldete sich wieder zu Wort.

Der Optiker überschlug die anfallenden Arbeitsstunden und das Material. „Im Grunde müsste ich Ihnen den gleichen Preis wie bei einer normalen Brille berechnen. Was da an Material weniger anfällt, brauchen wir mehr an Arbeitsstunden unter dem Mikroskop."

„Das geht in Ordnung." Der kleine Rotschopf strahlte.

„Aber bei fünf Brillen bekommen wir einen Rabatt!" Eine helle

Mädchenstimme stellte die Forderung.

„Gut, es ist zwar Maßanfertigung, aber ich gebe Ihnen trotzdem einen Rabatt von 10 %."

"15 %!", tönte die helle Mädchenstimme.

Der Optiker schaute sich nervös um. Wo kam die Stimme her? Seine drei Kunden mit der grünen Nase blickten ihn harmlos an. Bewegte sich da nicht eins von den Püppchen? Der Optiker putzte seine Brille. Der ältere Herr machte eine leichte Handbewegung und die vier winzigen Zwergenpüppchen standen still.

„Ihr Preis ist okay. Bekommen Sie die Brillen bis morgen früh fertig?"

„Das schaffen wir leider nicht."

„Och, das ist aber schade. Wirklich nicht?" Dem kleineren Jungen und den klitzekleinen Zwergenpüppchen stand die Enttäuschung ins Gesicht geschrieben.

„Na ja, wenn ich alle Mitarbeiter meines Studios daransetze ... mit Überstunden ... könnte es vielleicht klappen. Aber dann müsste ich Ihnen einen Aufschlag berechnen ... und das wird ja wohl zu teuer."

Die Nase des kleinen Rotschopfes wurde noch grüner. „Spielt keine Rolle. Ich zahle auch jetzt und im Voraus. Bitte!"

„Sie würden meinem Enkel eine große Freude machen!"

„Na gut. Wir machen mit allen Leuten eine Nachtschicht. Morgen um 9.00 Uhr, wenn wir öffnen, können Sie Ihre Brillen abholen."

„He, habt ihr gehört, jetzt bekommen wir alle diese coolen Brillen!" Der Junge hüpfte vor Freude. Die vier Püppchen standen starr und still.

Olli holte seine Brieftasche hervor und bezahlte aus einem dicken Packen 500-Euroscheine die Summe, die ihm der staunende Optiker genannt hatte.

„Mein Enkel ist schon außergewöhnlich geschäftstüchtig." Der ältere Herr, dessen Nase sich wie die Nasen der anderen immer grüner verfärbte, lächelte entschuldigend.

„Das merkt man. Handelt noch nicht einmal einen vernünftigen Rabatt aus. So was will ...!" Die helle Mädchenstimme war wieder da. Der ältere Herr hob unbemerkt seine Hand und die Mädchenstimme verstummte.

„Schö ...! Wir kommen morgen früh.“ Der kleinere Junge wollte seine vier Püppchen vom Tisch greifen und gehen.

„Einen kleinen Moment, junger Mann. Ich muss noch Maß nehmen für die Brillen!“

„Dauert das lange?“ Der ältere Herr wirkte jetzt leicht nervös.

„Nein, nur ein paar Minuten. Wir vermessen die Gesichter mit dem Computer.“

„Per Computer? Das interessiert mich.“ Der ältere Herr wirkte neugierig.

Der Optiker führte die Messungen durch. Klining hatte sich in seine wahre Gestalt und wieder zurück gezaubert, ohne dass es der durch seine Arbeit abgelenkte Optiker merkte. Kurze Zeit später stand die Gruppe wieder lachend auf der Kö.

Der Optiker schaute den seltsamen Kunden hinterher: Verrückte Leute gab es! So teure Brillen für Püppchen! Er schüttelte den Kopf. Ihm konnte es ja egal sein, für ihn war das ein gutes Geschäft. Als er sich wieder seiner Arbeit zuwenden wollte, schaute er zufällig in einen der Spiegel an den Wänden und zuckte zusammen. Seine Nase hatte einen leichten grünen Schimmer.

„Klining, du hättest uns wirklich nicht mit einem Beweg-dich-nicht-und-halt-den-Mund-Zauber belegen müssen“, meckerte Valentirina.

„Anders warst du doch nicht stillzukriegen“, lachte Vildo.

„Es war zu gefährlich. Der gute Mann kam euch einfach zu nahe.“ „Klining hat Recht.“ Valmin nickte. „Die Menschen sind einfach zu unberechenbar, wenn sie merken, dass wir keine Spielzeugpüppchen sind. Das geht nicht gegen euch beide, Olli und Paul, aber denkt nur an den Spinner vom Flohzirkus.“

„Jetzt noch schnell die Handys!“ Vildo war auf einmal ganz aufgeregt. Ihn interessierte diese Technik der Menschen über alle Maßen.

„Da müssen wir aber flitzen. Wenn ich als Opa auftreten und irgendwelche Anträge unterschreiben muss, stehe ich womöglich plötzlich noch auf dem Antragsformular. Los, kommt ... unsere Nasen werden auch nicht weißer.“

Die Fußgänger auf der Kö bemerkten verwundert dieses seltsame Trio mit den grünen Nasen. Die Welt wurde immer verrückter. Die Karnevalszeit hatte doch noch gar nicht begonnen.

Im Laden für Telekommunikation ging dann alles sehr schnell, weil der ältere Herr ungeduldig drängte. Auf die mitfühlende Frage des Verkäufers, der sich an die Nase tippte und fragte: „Krankheit?", hatte der Herr ziemlich unwirsch reagiert. Dann eben nicht, dachte der Verkäufer beleidigt und bediente die drei schnell und zügig, ohne sie in die Handys einzuweisen. Wenn die es so haben wollten: bitte. Er war froh, als die seltsame Gruppe den Laden wieder verließ. Dann räumte er die unterschriebenen Verträge weg. Als er wieder hochschaute, standen nur noch die beiden Jungen vor dem Laden. Der ältere Herr war verschwunden.

Olli nahm auch Klining, der wieder seine ursprüngliche Gestalt angenommen hatte, auf den Arm.

„So, was machen wir jetzt?"

Klining sagte: „Wir müssen irgendwo übernachten."

„Ich würde euch ja gern zu mir nach Hause einladen, aber mein Onkel ... ihr wisst ja." Olli zuckte bedauernd die Achseln.

„Du, Olli, dein Onkel ist jetzt nicht zu Hause. Wie ich von der Tratschtante Mellemann gehört habe, macht der jetzt eine Entziehungskur."

„Das ist gut für Onkel Jupp." Der Junge freute sich ehrlich für seinen Onkel. „Dann können wir ja bei uns übernachten."

„Du, Olli ... ich habe da ein Problem." Paul druckste verlegen. „ Ich weiß nicht, wie ich meinen Eltern die teuren Klamotten, die Sonnenbrille, das Handy und vor allen Dingen meine grüne Nase erklären soll."

„Da muss Klining noch mal in Aktion treten. Der kann ja deine Eltern auch mit einem Beweg-dich-nicht-und-halt-den-Mund-Zauber belegen." Rinchen amüsierte sich.

„Die Idee ist gar so nicht schlecht, Valentirina. Ich werde noch einmal als der seriöse ältere Herr auftreten. Wir bringen dich alle nach Hause, mein Junge."

„Aber vorher gehen wir zu mir nach Hause und probieren unsere Klamotten an", sagte Olli.

Olli schloss die Wohnungstür auf und öffnete gleich die Fenster, um zu lüften. Die Wohnung sah aus wie Kraut und Rüben. „Ich schaffe erst einmal Ordnung."

Klining staunte, wie konzentriert und mit welcher Umsicht der Junge diesen Schweinestall ausmistete. Nach einer Stunde wischte sich Olli mit dem Handrücken über die schweißnasse Stirn. Er legte ein altes, aber sauberes Tischtuch auf den Tisch, glättete es mit der Hand und sagte: „So, nun sieht es schon besser aus."

Besser? Der Junge hatte den Saustall, ohne zu klagen oder zu stöhnen, in eine blitzsaubere Wohnung verwandelt. Paul hatte ihm nach anfänglichem Zögern dabei geholfen.

„Zieht ihr jetzt noch mal eure Sachen an und zeigt sie uns?", fragte Rinchen.

„Klar machen die beiden das. Wir wollen doch sehen, was für feine Zuckerpüppchen unsere Freunde jetzt sind", kicherte Vildo.

„Genau!", freute sich Rinchen.

Paul und Olli mussten alles anziehen und vorführen. Als Paul in seinem schwarzen Outfit verlegen vor ihnen stand, klaschte Valentirina begeistert in die Hände.

„Wie ein Profi-Bodyguard! Sieht er nicht aus wie ein Profi?"

Paul wurde noch verlegener. „Ich weiß gar nicht, wie ich mich bei euch allen bedanken soll."

„Lass gut sein, mein Junge. Hauptsache, du hältst Olli die Freundschaft. Der ist ein guter Junge und hat das wirklich verdient." Klining hob leicht die Hand und der elegante Parkwächter stand wieder vor ihnen. Anders als im Park hatte er jetzt aber eine grüne Nase. „Kommt, ihr Grünnasen, wir bringen Paul nach Hause."

„Was soll ich meinen Eltern bloß sagen?"

„Lass mich nur machen, Paul. Olli, lass deine neuen Klamotten an. Wir wollen doch auf Frau und Herrn Reiser einen guten Eindruck machen."

Kurze Zeit später klingelte ein fein angezogener, eleganter älterer Herr in Begleitung seines Enkels und des Sohnes des Hauses an der Tür der Familie Reiser. Er stellte sich als der Großvater von Oliver Kusch vor und erzählte den erstaunten Eltern eine lange Geschichte von der zerstreuten Familie Kusch, und dass sich jetzt, Gott sei Dank, Großvater und Enkel wiedergefunden hätten. Er, der Großvater, verfüge über ein nicht gerade kleines Vermögen und habe deshalb den Jungen erst einmal standesgemäß einkleiden lassen. Nun habe er mit großer Freude ihren Sohn als zuverlässigen und lieben Freund seines Enkels kennen gelernt, der, wie er festgestellt habe, einen sehr guten Einfluss auf seinen Enkel ausübe. So habe er es sich nicht nehmen lassen, ihrem Jungen – das Einverständnis seiner Eltern selbstverständlich vorausgesetzt – eine kleine Freude zu machen. Auf die Einwände der Eltern, dass die Geschenke eine kleine Freude wohl weit überträfen, bemerkte der Großvater lächelnd, dass die Freundschaft ihres wohlerzogenen Filius für seinen Enkel kaum in Geld aufzuwiegen sei und er sie bitten würde zu erlauben, dass ihr Sohn die nun wirklich nicht nennenswerten Geschenke annehme. Dann entschuldigte sich der Großvater plötzlich und drängte zum Aufbruch. Dringende Geschäfte, sie würden sicher verstehen. Die Eltern verstanden. Auf die grünen Nasen angesprochen, lachte der Großvater laut und erzählte den Eltern etwas von einer harmlosen Wette mit den beiden Jungs. Es komme darauf an, wer es am längsten aushalte, mit grünen Nasen herumzulaufen, was bei den vielen Nachfragen und verwunderten Blicken der Leute, ihm, dem Großvater, als Erwachsenen wahrscheinlich am schwersten fallen würde. So wie es schien, würde er die Wette verlieren und müsse die Jungs bald ins Kino einladen. Dann verabschiedeten sich der nette ältere Herr und sein Enkel (hübsche rote Haare hatte der Kleine, fand Frau Reiser) plötzlich sehr eilig von den glücklichen Eltern, die ihren Sohn Paul mit ganz neuen Augen betrachteten.

„Sag mal, Paul", fragte der Herr Reiser, „... was sind das für komische, kleine Mohrrüben oder Püppchen, die dein neuer Freund – wie heißt er noch, Oliver? – die ganze Zeit auf dem Arm hatte?"

„Neue japanische Actionfiguren, Papa. Kosten ein Schweinegeld. Volle Figurenanimation per Computer."

„Ach so." Pauls Vater war beruhigt.

Am nächsten Morgen klopfte Paul stürmisch an Ollis Wohnungstür. „Vielen Dank, Klining, meine Eltern sind total begeistert. Ich darf die Geschenke behalten und sie freuen sich, dass Olli mein neuer Freund ist."

„Fein, Paul. Musst du jetzt zur Schule oder kommst du mit?"

„Ja, ich würde gern noch mit auf die Kö zum Optiker und euch dann zum Flughafen bringen, aber ihr wisst ja ..."

Die Freunde verabschiedeten sich herzlich. Paul wurde sentimental: „Du lässt was von dir hören, ja?" Er knuffte Olli.

„Paul, ich hab ja deine Handy-Nummer. Ich rufe dich immer mal an und erzähle dir, wie die Amerikaner so drauf sind."

„Ihr müsst los, das Taxi ist da. Deinen Trolley trage ich runter."

„Schö, Paul. Ich melde mich, wenn wir wieder zurück sind. Besuch ab und zu mal die drei vom Märchenbrunnen."

„Mach ich ..." Paul winkte dem Taxi hinterher.

Das Taxi hielt auf der Königsallee vor der noblen Einkaufspassage.

„Bitte warten Sie hier, ich bin gleich zurück." Olli stieg aus dem Taxi, sauste zum Optikergeschäft und betrat den Laden. Der Optiker schaute hoch und erkannte den flott gekleideten Jungen erst an den fünf kleinen Zwergenpüppchen, die dieser auf dem Arm trug.

„Sind die Sonnenbrillen fertig?"

„Aber sicher. Zugesagt ist zugesagt, mein Junge."

Olli fiel auf, dass dieses ‚mein Junge' sehr respektvoll klang.

Der Optiker ging nach hinten und kam kurze Zeit später mit fünf winzigen Brillenetuis und einem jüngeren Mann wieder.

„Das ist Herr Jakatsch, der Leiter unseres Fertigungsstudios für Brillengestelle. Herr Jakatsch ist ein begnadeter Feinmechaniker und hervorragender Designer."

Olli begrüßte Herrn Jakatsch artig.

„Wir haben gleich die passenden Etuis zu den Sonnenbrillen gefertigt." In Herrn Jakatschs Stimme klang der Stolz des Feinmechanikers mit, dem eine besondere Arbeit gut gelungen war.

„Alles Handarbeit. Meine Leute und ich hatten richtig Spaß an der Sache. Das war mal ein ganz anderer Auftrag." Der Optiker rieb sich vor Freude seine grüne Nase. Er klappte die Etuis auf, die je eine perfekt gearbeitete winzige Sonnenbrille enthielten. „Wenn ich bitten darf?"

Der Junge stellte die Püppchen auf den Tisch und nahm der ersten vorsichtig die Mütze ab.

„Wie heißt das Püppchen?"

„Vugur."

Der Optiker schaute auf die Etiketten an den Brillenetuis und setzte dem Püppchen vorsichtig die Sonnenbrille auf. „Hervorragend ... müsste passen." Das winzige Püppchen mit Namen Vugur nickte zustimmend.

Der Chef und Herr Jakatsch merkten das nicht, weil sie bereits nach der Sonnenbrille für das Püppchen Vildo suchten.

„Du siehst total cool aus, Vugur."

„Du sprichst mit den Püppchen, mein Junge?"

„Wieso? Die leben doch. Haben Sie das noch nicht bemerkt?"

Der Optiker lächelte: „Aber sicher, mein Junge!" Der Kunde hat immer Recht. Besonders Kunden, die so gute Aufträge erteilten und dann auch noch vorher bezahlten. Kinder hatten eine blühende Fantasie. Obgleich der Junge aus diesem Alter eigentlich schon heraus sein müsste. Schien aber ein Spätentwickler zu sein.

„Hier ist Vildo." Herr Jakatsch reichte die winzige Sonnenbrille vorsichtig seinem Chef. Der sagte begeistert, an Olli gewandt: „Sieh mal, die Sonnenbrillen gleichen haargenau dem großen Modell. Achte mal auf die klitzekleinen Schrauben und klitzekleinen Brillenscharniere, mein Junge. Da sind wir riesig stolz drauf." Er zeigte mit seinem kleinen Finger auf die winzigen, kaum erkennbaren Scharniere. Der Optiker war von sich und seinen Leuten begeistert.

Das Püppchen Vildo beugte sich vor und sagte: „Wirklich Klasse! Hätt ich nicht gedacht. Darf ich meine Brille probieren?"

„Selbstverständlich." Gedankenverloren setzte der Optiker Vildo die Brille auf. „Na, die passt doch wie angegossen." Dann drehte er den Spiegel und das jetzt sprechende Püppchen Vildo war begeistert.

„Cool ...! Also ich finde mich einfach cool!"

„Chef, ich werd verrückt, die Püppchen können sprechen! So was gibt es doch gar nicht."

Der Chef war noch immer tief in die Betrachtung der kleinen Meisterwerke aus seiner Firma versunken. Schade, dass sie sein Geschäft verlassen mussten. Die Bemerkung seines Mitarbeiters nahm er nicht wahr. „Hier habe ich Valmin. Junger Mann, wo ist das Püppchen Valmin?"

„Ich bin Valmin." Das winzige Zwergenpüppchen nahm seine Mütze ab und streckte seinen Kopf vor. Vorsichtig setzte der Optiker auch diesem klitzekleinen Püppchen die klitzekleine Sonnenbrille auf. Auch diese passte wie angegossen. Er geriet langsam in Euphorie.

„Sitzt perfekt. Sitzt wirklich perfekt ... vielen Dank!" Das Püppchen Valmin drehte sich zu den anderen um. „Na, wie steht sie mir?“

„Sie steht Ihnen ausgezeichnet, junger Mann. Ihre Gesichtsform ist wie geschaffen für dieses Modell. Schauen Sie nur.“ Er hielt dem winzigen Kunden den Spiegel hin. Valmin drehte sich eitel davor: ... wo der Optiker Recht hatte, hatte er Recht.

Herrn Jakatsch klappte der Kiefer runter. Jetzt redete sein Chef schon mit diesen Computer-Actionpüppchen – denn darum musste es sich ja wohl handeln, moderne Technik machte heuzutage alles möglich – wie mit normalen Menschen. Langsam begann er, an dem Verstand seines sonst so rational handelnden Chefs zu zweifeln.

„Das ist die Brille für das Püppchen Klining. Wer ist ... ah, Sie? Wenn Sie bitte Ihre Zipfelmütze abnehmen würden, vielen Dank ... soooo ... das haben wir gleich. Und sie passt auch! ... Hervorragend ... wirklich hervorragend.“ Es gab nichts, was den Stolz des Optikers hätte steigern können.

„So, und nun zur letzten klitze ... klitzekleinen Sonnenbrille! Wen haben wir denn da noch?“ Der Optiker versuchte den Namen auf dem winzigen Etikett zu entziffern. Demnächst müsste er mal wieder zum Optiker und sich eine neue Brille machen lassen. Das Lesen mit der alten fiel ihm immer schwerer. „Valen ... Valen ... Valentirina! Interessanter Name.“

Rinchen zog ihre riesengroße Zipfelmütze vom Kopf und die winzigen blonden Löckchen fielen ihr auf die Schulter.

„Ach, wie reizend! Herr Jakatsch ... schauen Sie nur, das Püppchen ist ja ein Mädchen ... niedlich! Und so große blaue Kulleraugen ... wirklich entzückend!“

Rinchen lief ob des Gesülzes des Ladeninhabers rot an. „Kann ich jetzt endlich meine Sonnenbrille haben?“

Verblüfft hörte der Optiker die energische weibliche Stimme. Diesen alarmierenden Unterton kannte er von zu Hause. Er beeilte sich, der Aufforderung schnellstens nachzukommen. „Selbstverständlich, selbstverständlich, gnädiges Fräulein! Na, dann wollen wir der kleinen Dame mal unsere geniale Sonnenbrille anpassen.“

Er platzierte die klitzekleine Sonnenbrille vorsichtig auf die klitzekleine Nase des klitzekleinen Zwergenfräuleins. Das winzige Fräulein erwies sich als kleiner, ungnädiger Drache.

„Erstens ... bin ich nicht gnädig!"

„Stimmt!" Vildo nickte treuherzig.

„Zweitens ... bin ich kein Fräulein!"

„Da schau an!" Vildo blickte wie die Harmlosigkeit in Person.

„Drittens ... klemmen die Bügel Ihrer sündhaft teuren Sonnenbrille hinter meinen Ohren und die Brille sitzt schief!" In dem renommierten Optikergeschäft auf der Kö schlug eine Bombe ein.

„Die arme Sau!" Vildo bedauerte den Optiker, der dem Untergang geweiht schien.

„Das ist unmöglich, gnädiges Fräulein! Das ist eine perfekte Maßanfertigung! Ich habe doch selbst mit dem Computer gemessen! Darf ich mal sehen? Vielleicht ist etwas mit Ihrer Nase?"

„Meine Nase? Was ist mit meiner Nase? Was haben Sie ... oder Ihr Computer ... an meiner Nase auszusetzen?" Die Stimme stieg auf der Sturmskala nach oben.

„Selbstverständlich nichts ... absolut nichts!" Bleich und mit leicht zitternden Händen versuchte er, die winzige Sonnenbrille von dem winzigen, klitzekleinen, niedlichen Näschen zu heben. Was natürlich nicht gelang. „Moment, bitte ... Herr Jakatsch, reichen Sie mir mal eine feine Pinzette."

„Bin ich hier im Operationssaal? Wollen Sie mich umbringen? Denken Sie doch mal logisch! Oder können die Männer der Menschen auch nicht logisch denken?"

„Was ... wie ... was ...? Ich verstehe nicht?"

„Nicht zu fassen! Bevor Sie mir hier mit Ihrer Pinzette noch ein Auge ausstechen ... fragen Sie mich vielleicht mal, ob ich die Brille nicht selbst abnehmen und Ihnen reichen könnte."

Selbst abnehmen? Wie selbst abnehmen? Der Optiker war hilflos und überfordert. Noch nie hatte sich ein Kunde in seinem renommierten Fachgeschäft selbst eine Brille von der Nase genommen. Er oder seine hochspezialisierten, erstklassig ausgebildeten Fachkräfte nahmen den Kunden die Brille von der Nase ... wer sonst? Er fragte perplex: „Sie wollen sich selbst die Brille von der Nase nehmen?"

„Ja, wer denn sonst? Der Weihnachtsmann? ... Männer! Wohin man kommt ... alle sind gleich!" Rinchen nahm sich die Sonnenbrille von der Nase. Als der Optiker die Hand ausstreckte, um sie zu nehmen, sagte das klitzekleine Wesen: „Lassen Sie man, das mache ich lieber selbst." Nahm die Brille, blickte sie prüfend an, verbog hier und dort am Bügel etwas, setzte die Brille auf, sagte trocken: „Sitzt wie angegossen!", drehte sich zum Spiegel, dann zu den anderen Püppchen und fragte: „Na, Jungs, wie sehe ich aus?"

Ein Chor, bestehend aus vier klitzekleinen Zwergen – jeder mit einer coolen Sonnenbrille auf der Nase – einem sonnenbebrillten Rotschopf und zwei fassungslosen Optikern, rief: „Einfach super! Einfach super!"

Ein strahlendes Lächeln belohnte den Männerchor. Na also, geht doch. Rinchen freute sich über ihre neue Sonnenbrille. Erschöpft ließ sich sich der Chef von Herrn Jakatsch auf einen Hocker plumpsen und trocknete mit einem Taschentuch seine schweißnasse Stirn. Dieser betrachtete nachdenklich die Computerpüppchen. Was mochte so ein Ding wohl kosten? Er beneidete den jungen Kunden und dachte seufzend: Reich müsste man sein. Klining drängte zum Aufbruch.

Der Taxifahrer dachte: Der Junge und seine komischen Mohrrübenpüppchen sehen mit ihren schwarzen Sonnenbrillen ja aus wie die Mafia. Dann fuhr er zum Düsseldorfer Flughafen.

Der Optiker sah dem jungen reichen Kunden nach, der aus seinem Geschäft gestürmt war. Er rieb sich seine grüne Nase. „Herr Jakatsch, täusche ich mich, oder haben die Püppchen tatsächlich gesprochen? Der Junge ist Bauchredner, nicht wahr, oder er hat eins von diesen winzigen japanischen Diktiergeräten verwendet."

„Nein, Chef, die haben wirklich gesprochen. Ich weiß nicht wie, aber die haben sich bewegt und geredet, als seien sie lebendig ... unglaublich ... so winzig wie die waren."

„Dann hat die Sonnenbrille wirklich nicht perfekt gepasst? Das kann ich einfach nicht glauben." Sein Weltbild war tief erschüttert. Ein Kunde hatte sich in seinem Hause die neue Brille selbst von der Nase genommen. Er ging zum Eingang der Einkaufspassage. Er musste jetzt erst einmal auf den Fußgängerstrom der Königsallee schauen. Das machte er immer dann, wenn er mal leicht deprimiert war. Der Blick auf die Kö baute ihn dann wieder auf.

„Guten Morgen!" Der Inhaber des teuren Geschäftes für Herrenausstattung versuchte an ihm vorbeizuhuschen. Der Optiker schaute seinem Textil-Kollegen verblüfft ins Gesicht.

„Wie ... Sie auch?"

Jeder sah auf die grüne Nase des anderen. Erst waren sie verblüfft, dann kicherten sie ... und zuletzt lachten sie herzhaft.

DIE GEHEIME MISSION

„Dieser Auftrag ist absolut geheim!" Oberon herrschte die schemenhaften Erscheinungen der vor ihm in Augenhöhe schwebenden Oseles-Geheimagenten an. „Gelangt auch nur das kleinste Wort von dem Auftrag, den ich euch heute erteile, an die Öffentlichkeit, dann werde ich euch mit einer fünftausendjährigen Veränderung und Verbannung in die lyngardischen Kupferminen bestrafen!" Die Augen des Herrschers funkelten kalt. Die Oseles verkrampften vor Angst, ihre Gedankenströme gerieten ins Stocken, als die Konsequenzen dieser fürchterlichen Strafe vor ihren Augen aufstiegen. Sie schwebten zu Boden und knieten demütig nieder.

„Steht auf. Ich meine, schwebt hoch." Die Eliteagenten schwebten wieder auf die Augenhöhe des Königs. „Wenn ich sage, absolut geheim, meine ich auch absolut geheim. Keine Informationen an irgendeinen anderen als mich. Auch nicht an den Kanzler oder an die Königin. Ihr seid nur mir gegenüber verantwortlich und erstattet nur mir Bericht. Ist das klar?"

Die Oseles nickten: „Vollkommen klar, Majestät!"

„Morgen Punkt 10.00 Uhr werden hier vor der großen Feenhalle ca. dreitausend von diesen klitzekleinen Zwergen mit diesen riesengroßen roten Zipfelmützen von einem Orion-Albatros aufgenommen und in ihre Heimat zurücktransportiert. Ihr werdet unbemerkt mitfliegen. In dem Gedränge beim Abflug werdet ihr nicht auffallen. Später müsst ihr euch verstecken. Die klitzekleinen Zwerge werden über ihrem Inselkontinent aus etwa hundertfünfzig Metern Höhe abspringen und ihre rote Zipfelmütze als Fallschirm benutzend, auf die Erde niedersegeln. Da eure Körper fast nur noch aus geistiger Materie bestehen, müsste es euch möglich sein, nicht nur unbemerkt mitzufliegen, sondern auch ohne Fallschirm abzuspringen. Traut ihr euch einen solchen Einsatz zu?"

„Kein Problem, Majestät! Schwierigkeiten könnte es nur bei starkem Wind geben. Der könnte uns eventuell auf See hinaustreiben und das wäre für uns sehr gefährlich. Salzwasser frisst sich sofort durch die feine Materie unserer Körper."

„Dann müsst ihr eben aufpassen! Ihr gehört zur Eliteeinheit und wisst, dass ihr mit ständigem Risiko lebt. Ihr werdet zu dritt mitfliegen und abspringen. Einer wird ja wohl durchkommen. Ich erwarte sowieso, dass ihr die Konsequenzen zieht, sollte einer von euch gefangen genommen werden."

„Also ein Himmelfahrtskommando, Majestät?"

„Richtig! Ein echtes Himmelfahrtskommando im wahrsten Sinne des Wortes." Oberon lachte kalt.

„Sobald ihr gelandet seid, werdet ihr mit demjenigen von euch, der hier bleibt, Kontakt aufnehmen und jede Stunde die genaue Position des Inselkontinentes übermitteln. Wer von euch ist der beste Empfänger eurer telepathischen Gedankenströme?"

„Ich, Majestät!"

„Dein Name und Dienstgrad?"

„Kalgeran, Sekkendlutenent."

„Gut, Kalgeran. Du bleibst hier und bist mein Verbindungsoffizier zur Truppe. Du beziehst sofort in meinen Privatgemächern, am besten in meinem Ankleidezimmer ... da kommt keiner hin ... Position. Hier hast du einen Schlüssel. Du schließt das Zimmer sicherheitshalber hinter dir ab. Ihr anderen drei operiert gleichberechtigt als Team. Solltet ihr auseinander gerissen werden, erwarte ich, dass ihr als Einzelkämpfer euer Bestes gebt."

Die Oseles verneigten sich vor ihrem obersten Befehlshaber und waren im gleichen Augenblick verschwunden.

Oberon rieb sich zufrieden die Hände. Er sah sich schon auf dem verdammten Inselkontinent landen und den König der klitzekleinen Zwerge vor sich im Staub kriechen. Dessen heilige Königslade würde er als Briefbeschwerer benutzen.

FLUG IN DIE USA

Aufatmend ließ sich Olli in den breiten Ledersitz am Fenster in der First Class des Jumbo-Jets plumpsen. Mann, war das aufregend. Er war mit den fünf klitzekleinen Zwergen auf dem Arm – seinen Reisetrolley hinter sich herziehend, die neue, coole Sonnenbrille über der Stirn in die roten Haare geschoben – am Airport zum Schalter der Fluggesellschaft gelaufen, die heute über Frankfurt direkt nach New York flog. Er buchte ohne Schwierigkeiten einen Flug 1. Klasse („Man gönnt sich ja sonst nichts!", meinte Klining) und hatte seinen Reisetrolley als Fluggepäck aufgegeben. Die Frage, ob er Handgepäck bei sich trage, verneinte er. Viel Spaß hatte es gegeben, als die beiden jungen, hübschen Frauen in den schicken Uniformen der Fluggesellschaft am Abfertigungsschalter meinten: „Das sind ja ganz süße Püppchen, die du da auf dem Arm trägst. Und die coolen Sonnenbrillen, wie lustig! Die sehen ja aus wie von der Zwergenmafia", und ihn dann lächelnd fragten: „Sollen wir für die winzigen Herrschaften auch einen Flug in die USA buchen?"

Olli hatte verblüfft treuherzig gefragt: „Och ... muss ich das?" ... und dann im gleichen Atemzug erklärt: „Das habe ich nicht gewusst. Wissen Sie, ich fliege zum ersten Mal. Dann bitte noch fünfmal 1. Klasse nach New York."

Die beiden sympathischen jungen Frauen waren, weil zur Zeit kein Betrieb am Schalter herrschte, auf das lustige Spiel des netten kleinen Rotschopfs eingegangen und behaupteten ernsthaft (nachdem sie in ihren Computer geschaut hatten), dass leider alle Plätze, die für so winzige Passagiere an Bord zur Verfügung standen, schon von Feen und Gnomen gebucht worden seien. Worauf Rinchen sich lautstark beschwerte, dass das ja wohl nicht möglich sei, denn so klitzeklein wie sie sei schließlich keiner. Darauf versicherten die Damen todernst, dass man die Beschwerde des winzigen Zwergenpüppchens sehr ernst nehme und sich bemühen wolle, eine andere Lösung zu finden. Darauf telefonierten sie zum Schein und teilten Olli strahlend mit, dass die Fluggesellschaft sich bereit gefunden habe, hier einmal eine große Ausnahme zu machen, und – weil es Ollis erster Flug überhaupt sei – die Püppchen kostenlos nach New

York zu befördern, wenn er sie während des Fluges auf den Schoß nehmen würde.

„Mach ich doch sowieso die ganze Zeit", strahlte sie der Junge an.

Dann hatte es große Verwirrung bei der Sicherheitskontrolle gegeben. Die Mützentaschenmesser der klitzekleinen Zwerge hatten immer wieder das akustische Signal ausgelöst. Obwohl die Sicherheitskräfte Olli abgetastet, zurückgeschickt und erneut abgetastet hatten, hatten sie die winzigen Messerchen nicht gefunden. Zuletzt waren die entnervten Sicherheitskräfte der Annahme, dass die Anlage verrücktspielte, und sie ließen den Jungen mit seinen Püppchen durch.

„Möchtest du etwas zu trinken, junger Mann?" Die junge, gutaussehende Stewardess beugte sich lächelnd über den rothaarigen, sehr gut und sehr teuer gekleideten Jungen mit den lustigen Püppchen auf dem Arm.

„Was kann ich denn haben?"

„Was du möchtest: Limo, Saft, Kaffee, Tee, Wasser."

„Auch Orangensaft?"

„Auch Orangensaft."

„Dann bitte einen Orangensaft."

„Einen Orangensaft, sofort ..." Die nette Stewardess klappte vor Olli ein Tischchen aus und stellte den Orangensaft mit einer Serviette vor ihm hin: „Hier, bitte sehr."

„Oh ... danke."

„Ich hab auch Durst!" Eine helle, energische Mädchenstimme meldete sich. „Kann ich auch einen Orangensaft haben?"

„Aber sicher, gern." Die nette Stewardess lächelte ... der Junge hatte seine Stimme verstellt ... schenkte noch einen Orangensaft ein und stellte ihn auf das Tischchen.

„Ich hätt gern mal 'nen Tomatensaft probiert."

Die Stimme des Jungen ... er hatte sie wieder verstellt ... klang jetzt völlig anders. Älter. Die Stewardess lächelte unbeirrt.

„Einen Tomatensaft, bitte."

Ein Becher Tomatensaft landete mit einer Serviette auf dem Tischchen des Jungen.

„Vielen Dank, meine Dame."

Die ältere Stimme des Jungen bedankte sich sehr höflich.

„Ich könnt jetzt mal'n Kaffee ab."

Schon wieder veränderte sich die Stimme des Jungen. Der schaute die Stewardess auf ihren verwunderten und fragenden Blick hin nur treuherzig an und deutete mit seinem Zeigefinger auf eines der Püppchen auf seinem Arm. Die Stewardess musste jetzt lachen: ein lustiger Junge.

„Einen Kaffee, selbstverständlich ...! Bitte sehr. Aber auch alles austrinken!"

„Ich möchte eine Limo!" Eine neue Stimme meldete sich zu Wort.

Eine Limo stand kurze Zeit später auf dem Tischchen.

Die nette Stewardess zählte: „Eins, zwei, drei, vier ... fünf ... sechs! Wir haben fünf Getränke. Sie sind aber zu sechst, meine Herrschaften, wenn ich mich nicht verzählt habe. Ein cooler junger Mann ... und fünf klitzekleine Zwerglein mit noch cooleren Sonnenbrillen ... oder lustige Mohrrübchen, ganz wie man will. Also: ein Getränk fehlt noch. Wer hat noch kein Getränk?"

„Ich! Ich möchte einen Tee, wenn es recht ist."

„Aber sicher, es ist recht ... einen Tee. Bitte: für Eure Winzigkeit."

„Danke, schöne Frau!"

„Oh, ein Kavalier! Wie nett. Soll ich den Herrschaften sechs Zeitungen, Illustrierte oder Magazine bringen? Nein? Die sind zu groß? Das hätte ich nicht gedacht." Dann wandte sie sich direkt an Olli: „Junger Mann, du solltest Bauchredner werden, du hast wirklich Talent."

Olli strahlte sie an: „Wieso Bauchredner? Meine Freunde reden selbst!"

Die Stewardess lachte hell auf. „Aber sicher! Ich wünsche den Herrschaften einen angenehmen Flug." Lachend schob sie ihren Getränkewagen weiter.

„Hervorragender und netter Service", lobte Klining. Er war ganz begeistert. Man konnte über die Menschen sagen, was man wollte ... sicher, sie waren in ihrer ganzen Unzulänglichkeit mehr als schwache Wesen, aber was sie in den letzten hundert Jahren an technischem Fortschritt zustande gebracht hatten, war aufregend und faszinierend. Und die überaus hübschen und charmanten Flugbegleiterinnen ... nicht schlecht anzuschauen.

Sie waren aufgeregt in den Jumbo gestiegen. Oliver und die klitzekleinen Zwerge hatten alles, besonders den Start, genau verfolgt.

„Als wenn man in einem Bus sitzt."

„Der Start war klasse! Hat die Kiste vielleicht einen Schub!"

„Stimmt. Ein völlig anderes Fluggefühl, als wenn wir selbst fliegen. So richtig bequem, wie bei Omi im Wohnzimmer."

„Wo hast du denn 'ne Omi mit Wohnzimmer?"

„Ich mein ja bloß."

Die hübsche Stewardess schob ihren Getränkewagen zurück. „Gleich gibt es etwas zu essen. Möchten die Herrschaften auch sechs Portionen?" Sie schmunzelte vergnügt.

„Nein, das ist wirklich sehr aufmerksam, aber wir kommen mit zwei Portionen aus. Oder gibt es auch Nachtisch?"

„Ja, und das Dessert ist wirklich lecker."

„Könnten wir dann drei Portionen davon haben?"

Die Stewardess lachte. Ein wirklich netter und lustiger Rotschopf, dachte sie, dann sagte sie: „Ich will mal sehen, was sich machen lässt."

Die Stewardess brachte dann später tatsächlich drei Portionen Dessert.

„Buuhhh ... jetzt bin ich pickepacke voll!" Olli hielt sich stöhnend den Bauch.

„Ich kann auch nicht mehr." Vugur japste. „Ich habe fast einen halben Teelöffel Pudding gefuttert. Gleich platze ich."

Die nette Stewardess beugte sich über Olli. Nicht zu glauben ... der kleine Rotschopf hatte doch tatsächlich die drei Desserts verputzt.

„Dir muss doch schlecht sein?"

„Nö ...", sagte Olli.

Später brachte sie noch zwei Kissen.

„Hier, eins für dich, und auf dem anderen können sich die winzigen Herrschaften ausruhen."

Später, als sie noch einmal durch die Reihen ging, sah sie den Jungen mit halb offenem Mund selig leise schnarchen. Die fünf kleinen Zwerglein lagen alle in ihrer roten Zipfelmütze wie in einem Schlafsack und schliefen tief und fest. Mein Gott, was für ein niedlicher, putziger Anblick. Sie holte ihre Kollegin.

„Man könnte meinen, die leben. Guck mal: als wenn die atmen

würden. Und die da mit den süßen blonden Löckchen. Ob das ein Zwergenmädchen ist? Ich kenn eigentlich nur Zwerge."

„Sicher ... aber hat der Junge nicht wunderschöne rote Haare?"

„Stimmt, davon kann unsereins nur träumen. Niedlicher Junge ... und überhaupt nicht eingebildet."

„Weißt du, wo man diese putzigen Zwergenpüppchen bekommt? Ich habe die noch nirgendwo gesehen. Ich würde sie gern meiner kleinen Nichte mitbringen."

„Wieso Nichte? Die würde ich für mich selbst kaufen. Wir können den Jungen doch fragen, bevor er aussteigt."

„Warum fragst du ihn ..."

Die Stewardess unterbrach erschrocken ihren Satz. Ein gewaltiger Ruck ging durch das Flugzeug, so als ob der Schlag einer großen Faust es getroffen hätte. Die Stewardess stürzte beinahe zu Boden, konnte aber von ihrer Kollegin gerade noch aufgefangen werden. Das Flugzeug trudelte, fing sich dann aber. Erschrockene Rufe und Aufschreie der Passagiere hallten durch die Kabine.

„Was war das?" Olli war aufgewacht und kratzte sich am Kopf.

„Nur eine Luftturbulenz. Keine Sorge, junger Mann." Die Stewardess hatte schnell und routiniert geantwortet. Sie wandte sich an ihre Kollegin. „Beruhige du die Fluggäste, ich geh mal schnell nach vorne." Sie eilte durch den Gang zur Pilotenkanzel und öffnete die Tür. „Was war das eben? Die Fluggäste bekommen ja Angst."

Der Flugkapitän und sein Copilot waren dabei, die Systeme durchzuchecken. „Ich weiß es nicht. Als wenn uns ein Hammer getroffen hätte. So etwas habe ich noch nie erlebt. Scheint aber alles in Ordnung zu sein. Beruhigt die Leute, sagt denen irgendetwas von Luftturbulenzen."

„Hat Laura schon erledigt."

„Brave Mädchen!" Der Flugkapitän freute sich über die Umsicht der jungen Frauen und wollte sich schon entspannt zurücklehnen, als ein erneuter harter Schlag das Flugzeug durchschüttelte. „Verdammt, wer will uns denn da vom Himmel holen?" Das Flugzeug trudelte wieder gefährlich und er hatte alle Mühe, es wieder auf Kurs zu zwingen. In der Kabine waren die Zwerge durch die Wucht des zweiten Schlages von dem kleinen Tisch gefegt worden und landeten mit dem Kissen zum Glück in Ollis

Schoß. Olli bildete mit seinen Armen einen Schutzring, um sie vor einem Sturz auf den Fußboden zu bewahren. Außerdem stopfte er zusätzlich beide Kissen links und rechts in seinen Ring. Kaum war er damit fertig, da krachte es gewaltig, und das Flugzeug wurde erneut aus seiner Flugbahn geschleudert.

„Was ist das, Klining?" Rinchen und die anderen Zwerge saßen bleich auf Ollis Schoß.

Der Illantin antwortete nicht. Er hatte die Augen geschlossen und schien sich auf etwas zu konzentrieren.

„Meine Damen und Herren, wir bitten Sie, sich anzuschnallen. Wir fliegen durch ein kleines Unwettergebiet und es kann zu weiteren Turbulenzen kommen. Klappen Sie bitte auch die Tische hoch und verlassen Sie Ihre Plätze nicht, solange die Anzeige über Ihren Sitzen aufleuchtet. Vielen Dank." Die Stimme der Stewardess klang beruhigend aus dem Bordlautsprecher.

„Unwettergebiet?" Olli schaute aus dem Fenster. „Ich sehe nur Sonne, blauen Himmel und ein paar weiße Wölkchen."

„Hier stimmt was nicht." Valmin – als der erfahrenste Flieger – ergriff die Initiative. „Olli, heb mich mal hoch, damit ich aus dem Fenster schauen kann."

Der Junge hob ihn hoch und hielt ihn an das Fenster. Erstaunt schaute Valmin in die unendliche blaue Weite des Himmels. „Da ist nichts. Das ist absolut ideales Flugwetter. Ich glaube eher, da ist etwas mit ..." Er wollte sagen, dass er vermutete, dass das Flugzeug technische Probleme habe, als der Jet erneut, wie von einem mächtigen Faustschlag getroffen, durchgeschüttelt wurde. Die Zwerge in Olivers Schoß fielen um. Olli setzte Valmin schnell wieder zwischen die Kissen.

„Bitte bewahren Sie die Ruhe, meine Damen und Herren ...", versuchte eine der Stewardessen die erschrocken aufschreienden Passagiere zu beruhigen. Einige Frauen fingen an zu weinen. „Es besteht kein Grund zur Beunruhigung. Flugkapitän Hans Jordan ist ein sehr erfahrener Pilot."

„Die sparen, wo sie können, und gurken heute durch jedes Gewitter, um Treibstoff zu sparen. Unverschämt." Jeremias Kundinsky, Boss eines der größeten US-Stahlwerke, war sauer.

„Darling, aber da draußen ist kein Gewitter." Seine Frau zeigte in den blauen Himmel hinter dem Fenster. Jeremias schaute hinaus.

„Tatsächlich ... kein Gewitter. Was ist das dann?“ In Jeremias Bauch breitete sich ein ungutes Gefühl aus, das sich zu dumpfer Angst entwickelte. Jeremias Kundinsky, sonst ganz und gar kein ängstlicher Mann, schwieg, um seine Frau nicht zu beunruhigen. Anna Kundinsky blickte erstaunt auf ihren Jeremias, als der nach ihrer Hand griff und sie liebevoll tätschelte. Das hatte er seit ewigen Zeiten nicht mehr getan. Wenn das seine Reaktion auf die Luftturbulenzen war, dann sollte der Pilot so lange wie möglich durch dieses Unwetter fliegen. Anna fing an, Luftturbulenzen zu lieben. Sie lehnte ihren Kopf an die Schulter ihres Mannes, was der auch geschehen ließ. Jeremias überlegte krampfhaft. Er war ein Mann der Tat und konnte mit Ungewissheiten nicht leben. Gleich würde er zur Toilette gehen und eine der Stewardessen zur Rede stellen. Wieder traf ein gewaltiger Schlag das Flugzeug. Es ächzte und trudelte hin und her, und es dauerte immer länger, bis Flugkapitän Jordan, der bleich im Cockpit saß, es unter Kontrolle bekam. Jeremias Kundinsky drückte sich tiefer in seinen Sessel und enger an seine Frau.

„Klining! He, Illantin! ... Klining, wach auf!“

Vildo und Rinchen rüttelten den klitzekleinen Zwergenmagier. Aber der schien tief in Trance versunken.

„Was ist denn mit dem los? Da kriegt man ja Angst.“ Rinchens Stimme klang sehr unsicher.

„Lasst ihn. Der kann jetzt auch nicht helfen.“

„Ist bei euch alles in Ordnung, junger Mann?“ Die Stewardess, die kontrollierte, ob die Passagiere sich auch angeschnallt hatten, beugte sich über Oliver. Sie staunte, wie umsichtig der Rotschopf seine niedlichen Zwergenpüppchen geschützt hatte.

„Bei uns schon ... aber wir machen uns Sorgen um das Flugzeug.“ Der Junge sprach sehr ruhig.

„Du brauchst keine Angst zu haben, mein Junge.“

„Ich habe keine Angst ... wenigstens nicht viel ... aber Sie haben Angst. Warum?“

Die Stewardess wurde rot. Mein Gott, konnte der Junge hellsehen? Ihr krampfte sich vor Angst der Magen zusammen. Sie hatte pflichtbewusst versucht, dieses dumpfe, lähmende Gefühl in den Griff zu bekommen und hinter einer freundlichen Routinemaske zu verbergen. Sie war auch fest davon überzeugt, dass ihr das gelungen war. Keiner der anderen Passagiere hatte etwas bemerkt, bis sie zu dem Jungen kam. Ihr traten die Tränen in die Augen. Ohne es zu wollen, flüsterte sie dem Jungen zu: „Wir wissen nicht, was es ist. Die Systeme des Flugzeugs funktionieren einwandfrei. Die Wetterbedingungen sind ideal und trotzdem ... diese fürchterlichen Schläge! Der Kapitän ist schon ganz verzweifelt. Noch ein paarmal übersteht das Flugzeug diese Schläge nicht – und wir stürzen ab."

„Ich weiß, was es ist!"

Erstaunt schauten alle auf Klining, der die Augen wieder geöffnet hatte. „Schnell, Olli, trag mich in das Cockpit."

Olli schaute die Stewardess an. Die nickte wie selbstverständlich. „Bitte, können Sie Rinchen, Vildo und Vugur tragen? Ich nehme Klining und Valmin."

Er reichte der Stewardess das Kissen mit den dreien und eilte vor ihr den Gang entlang nach vorn zum Cockpit. Als sie an der zweiten Stewardess, die bleich, aber gefasst, am Mikrofon des Bordlautsprechers stand, vorbeieilten, rief die Stewardess ihrer Kollegin zu: „Frag jetzt nicht, Laura, aber lass auf keinen Fall vorn jemanden rein."

Sie öffnete die Tür zum Cockpit und sagte: „Herr Jordan, vielleicht sollten Sie sich mal anhören, was dieser Junge sagt."

Flugkapitän Jordan blickte ungehalten auf die Gruppe. Hatte die junge Stewardess den Verstand verloren!? Martina war doch sonst ein so umsichtiges Mädchen, und jetzt schleppte sie ihm in dieser brenzligen Situation Fluggäste zur Besichtigung in die Flugzeugführerkanzel. Er wollte sie gerade zusammenpfeifen, als ein erneuter fürchterlicher Schlag das Flugzeug durchschüttelte. Die Stewardess und der Junge wurden von den Füßen gerissen. Die Stewardess packte den Jungen und verhinderte, dass er sich an der Türfassung den Kopf einschlug. Dabei stieß sie selbst mit der Stirn gegen die Türkante und verletzte sich über dem rechten Auge. Blut schoss über ihr Gesicht.

Der Flugkapitän versuchte verzweifelt, die Herrschaft über das trudelnde Flugzeug wiederzuerlangen. Er keuchte vor Anstrengung: „Verdammte Kiste, wir bewegen uns im Grenzbereich ... mehr Schub, Niels, geben Sie endlich mehr Schub ... sonst schmieren wir ab."

Der Copilot wollte den Befehl seines Vorgesetzten ausführen.

„Nicht mehr Schub! Auf keinen Fall mehr Schub!" Die

warnende Stimme Klinings ließ die Hand des Copiloten zurückzucken. Klining bewegte ein wenig seine Hand und das Trudeln wurde schwächer. Das Flugzeug fing an, sich auf seinem Kurs einzupendeln und zog dann wieder seine schnurgerade Bahn.

Verdutzt schauten der Flugkapitän und der Copilot auf den Jungen.

„Wie hast du das gemacht?"

„Er war es!" Olli zeigte auf Klining. Der klitzekleine Zwerg lächelte die beiden Männer aus seinen großen blauen Kulleraugen freundlich an.

„Wer? Das Püppchen da?" Der Flugkapitän und sein Copilot lachten nervös. „Komm, Junge, sag es endlich. Es kann jeden Moment wieder passieren."

„Gehen Sie sofort auf Autopilot!" Das Püppchen, auf das der Junge gezeigt hatte, schaute dem Chefpiloten nun ruhig und direkt in die Augen. „Bitte, Herr Jordan! Sofort! Vertrauen Sie mir!" Die warme klare Stimme des Püppchens durchströmte den Chefpiloten angenehm, er merkte, wie sich seine Nerven beruhigten und er wieder kühl und klar denken konnte. Was kann es schaden, dachte er, der nächste Schlag würde sowieso der letzte sein, denn noch einmal würde er das Flugzeug nicht auf Kurs bringen können. Er schaltete den Autopiloten ein und lehnte sich zurück.

Niels Gelder schaute entsetzt auf den Chefpiloten. War der jetzt durchgedreht? Der gab die Initiative aus der Hand und hörte auf ein kleines Püppchen? Dann durchlief es ihn eiskalt. Ihm wurde erst jetzt schlagartig bewusst, dass auch er die Anweisung des klitzekleinen Zwergenpüppchens deutlich gehört hatte. War das das Aus? Bewirkte die Angst, dass sich alle Realitäten verschoben und sie nun alle durchdrehten? Der Copilot versuchte seine aufkommende Panik in den Griff zu bekommen und sich daran zu erinnern, was er in den diversen Trainingsprogrammen seiner Pilotenausbildung für das Verhalten in Notsituationen gelernt hatte. Die Vorschriften waren eindeutig. Fiel der Flugkapitän aus ... und das war hier ohne Zweifel der Fall ... dann musste er die Befehlsgewalt übernehmen.

„Bitte, bleiben auch Sie ganz ruhig, Herr Gelder. Entspannen Sie sich, wir haben die Situation ja schon so gut wie im Griff."

Die beruhigende, warme, klare Stimme des Zwergenpüppchens erreichte sein Ohr und durchflutete ihn. Er entspannte sich. Na, wenn das Püppchen so sicher war, dann konnte er sich ja auch zurücklehnen. Er war schon im Begriff, der Anweisung zu folgen, als sich sein Verstand noch einmal wehrte. Gelder schreckte hoch: War er jetzt auch schon dabei, seinen Verstand zu verlieren? Nicht mit Niels Gelder! Er riss sich zusammen, konzentrierte sich mit aller Gewalt und beugte sich vor, um den Autopiloten wieder auszuschalten, als der nächste Schlag, fürchterlicher als alle zuvor, den Jet durchrüttelte. Das Flugzeug ächzte, aber es hielt eisern seinen Kurs. Die Konstruktion hielt den Schlägen stand und die Systeme funktionierten einwandfrei. Auch der folgende Schlag und der darauf folgende brachten den Jet nicht mehr vom Kurs. Dann hörten die Schläge so plötzlich auf, wie sie gekommen waren.

Flugkapitän Jordan atmete erleichtert auf und wischte sich den Schweiß von der Stirn. Die junge Stewardess brach vor Erleichterung in Schluchzen aus. „Niels, verbinden Sie Martina." Der Chefpilot wandte sich an Oliver und zeigte auf Klining (jetzt erst merkte er, wie seine Hände zitterten): „Junge, bitte frag dein Püppchen, wie es das hingekriegt hat."

„Och, fragen Sie Klining doch selbst!"

Bevor sich der Chefpilot an den Illantin wenden konnte, sagte Klining: „Olli, bring uns wieder zu unserem Platz. Wir sind hier fertig und ich bin fix und fertig."

Klining machte eine leichte Handbewegung, und die Besatzungsmitglieder schauten an ihnen vorbei, als ob sie gar nicht existierten. Auch Laura, die andere Stewardess, beachtete sie nicht, obwohl sich Olli mit den beiden Kissen und den fünf klitzekleinen Zwergen dicht an ihr vorbeidrückte.

Als Olli seinen wieder Platz erreicht hatte, meldete sich der Flugkapitän über den Bordlautsprecher und verkündete, dass man jetzt das Unwetter passiert hätte und der Flug nun ruhiger verliefe. Jetzt könne man auch das Essen, das an Bord gereicht würde, einnehmen, und er wünsche allen einen guten Appetit. Die Fluggäste applaudierten, froh, mit einem so erfahrenen und tüchtigen Flugkapitän zu fliegen. Nur war man etwas verwundert, denn das Essen hatte man doch schon längst genossen. Sehr zum Leidwesen einiger Passagiere, die während der Luftturbulenzen hatten Tüten benutzen müssen. Jetzt, da der Flug wieder in ruhigen Bahnen verlief, war der Magen leer. Die umsichtigen Stewardessen waren aber schon dabei, Kaffee und Kuchen anzubieten.

Die junge Stewardess Martina trug, als sie Olli Kuchen und Saft reichte, einen weißen Verband um die Stirn. Sie lächelte ihn an, kniff ein Auge zu und sagte: „Möchtet ihr sechs alle ein Stück Kuchen?“ „Nein, zwei würden reichen. Mehr als eins bekommen sie nicht runter.“ Olli schaute sie treuherzig an und deutete auf die klitzekleinen Zwerge.

Martina lachte, gab Oliver das zweite Stück und schob ihren Wagen weiter, ohne sich anmerken zu lassen, was im Cockpit passiert war.

„Sie kann sich nicht mehr erinnern. Ich habe sie und die anderen im Cockpit mit einem Vergessenszauber belegt.“ Klinings Stimme klang erschöpft. „Jetzt muss ich erst mal ausruhen. Weckt mich in zwei Stunden, dann erzähl ich euch alles.“

Der Illantin zog seine Zipfelmütze vom Kopf, kroch hinein und kuschelte sich auf dem Kissen, das auf dem Sitz neben Olli lag, zurecht und war augenblicklich eingeschlafen.

„Ohne ihn wären wir jetzt alle tot.“ Valmin schaute bewundernd auf seinen Illantin.

Rinchen schauderte. „Wenn ich daran denke, läuft es mir eiskalt über den Rücken.“

„Lasst uns erst mal etwas von dem Kuchen essen. Ich habe nach der Aufregung einen Riesenkohldampf.“ Olli zerteilte ein Stück Kuchen in klitzekleine Teile.

„Mir ist der Appetit vergangen, mir ist immer noch schlecht. Ich verzichte.“ Rinchen kroch in ihre Zipfelmütze. „Weckt mich, wenn Klining aufwacht.“ Ihr fielen sofort die Augen zu.

Nach zwei Stunden weckte Olli Klining und Rinchen vorsichtig. „Sind die zwei Stunden um?“ Klining reckte sich. Olli nickte. Klining setzte sich auf und schaute in die Runde seiner Freunde. Rinchen war ebenfalls wach und blickte erwartungsvoll auf den Magier.

„Gut, dann hört zu.“

Der Illantin erzählte, dass er schon lange vor dem ersten Schlag, der das Flugzeug so plötzlich traf, ein immer mächtiger werdendes Gefühl der Gefahr in sich gespürt habe. Trotz aller Konzentration habe er es aber nicht einordnen können. Das Flugzeug war absolut sicher und das Wetter für den Flug optimal. Um das Wetter zu beurteilen brauche jeder klitzekleine, einigermaßen flugerfahrene

Zwergenpilot ja nur einmal aus dem Flugzeugfenster zu schauen. Sie wären ja schließlich alle geübte Piloten. Als der fürchterliche Schlag dann zum ersten Mal das Flugzeug traf, ahnte er, dass der Angriff ihnen und der Königslade galt. Aber wer wollte sie vernichten? Wer war so mächtig und in der Lage, ein riesiges Flugzeug vom heiteren Himmel zu holen?

„Ich bin absolut sicher: Der heutige Anschlag auf das Flugzeug muss mit dem fürchterlichen Sturm, der uns am heiteren Himmel erwischt hat, mit der Königslade und unserem Auftrag, den Helden mit dem reinen Herzen zu finden, zusammenhängen. Wir müssen alles daran setzen, ihn endlich zu finden. Ihr müsst wissen, der König der Elfen ist uns nicht gut gesonnen. Ovangar, der Kanzler, erzählte mir unter vier Augen, dass Oberon unter dem Wahn leidet, dass wir ihn vom seinem Thron stoßen wollen und dass er von Tag zu Tag nervöser wird. Wenn der in einem Wutanfall das Gläserne Orania-Zepter zerbricht und wir keinen haben, der die sieben Siegel des Perlenzepters öffnen kann, dann wird es bitter. Bitter für alle Lebewesen."

„Ob wir die Königslade mal öffnen können, um das Perlenzepter der Kamarine zu sehen?"

„Ihr kennt doch die Prophezeiung und habt geschworen. Warum fragt ihr dann?"

Vildo nickte betrübt. „Du hast ja Recht. Tut mir Leid, das war nur so ein Gedanke."

„Aber wie hast du das Flugzeug wieder in den Griff bekommen?" Valmin – als Pilot – interessierte diese Meisterleistung außerordentlich. Klining schmunzelte, denn er erriet Valmins Gedanken.

„Nicht mit meinen mangelhaften Leistungen als Pilot, mein Freund. Wenn wir vorhin einen begnadeten Piloten benötigt hätten, dann wärst nur du in Frage gekommen ... das weiß doch jeder."

Valmin freute sich und wurde rot. Es war lange her, dass der Illantin seine Flugkünste gewürdigt hatte.

„Ich habe mich telepathisch auf den Funkleitstrahl konzentriert. Der Flugkapitän wirkte äußerlich zwar ruhig, war aber zu hektisch. Der hatte im Unterbewusstsein zu viel Angst. Jedes Mal, wenn das Flugzeug einen dieser fürchterlichen Schläge aus heiterem Himmel bekam, wurde seine Angst größer und seine Nerven vibrierten immer heftiger. Das hat sich auf die Steuerung übertragen. Ich habe mich auf den Funkleitstrahl konzentriert, und als das Flugzeug ihn streifte, habe ich dem Piloten gesagt, er solle die automatische Steuerung einschalten. Das war alles."

„Alles? Das war genial, Klining. Einfach genial." Valmin betrachtete seinen Illantin voller Ehrfurcht.

„Danke für das Kompliment, mein Freund. Aber nun zu dem wirklich Wichtigen, unserem Auftrag. Hat einer eine Idee, wie und wo wir den Helden finden?"

„Ich bin der Meinung, dass wir erst einmal unsere Leute wieder nach Hause bringen müssen."

Rinchen sagte: „Ich bin der gleichen Meinung, Vildo. Wir müssen an unsere Alten und die Kinder denken. Die können doch nicht ewig in der Welt herumgondeln. Wer weiß, was denen noch alles passieren kann."

Klining seufzte: „Ihr habt sicher Recht." Dann wandte er sich an Olli. „Steig als Letzter aus dem Flugzeug und halte dann am Ausgang kurz bei der kleinen Stewardess mit dem Kopfverband."

Olli nickte. „Mach ich."

Der Jumbo war gelandet und sie stiegen aus. Alle drängelten im Gang zwischen den Sitzreihen eilig zum Ausgang und übersahen den kleinen, zierlichen Rotschopf, der auf seinem Sitz wartete. Olli verließ als Letzter das Flugzeug, gab den hübschen Flugbegleiterinnen, die ihre Fluggäste mit einem netten Lächeln am Ausgang verabschiedeten, die Hand und bedankte sich artig. Die beiden jungen Damen waren entzückt über die Höflichkeit des jungen Mannes.

„Darf ich dich etwas fragen?" Die kleinere Dunkelhaarige blickte ihn erwartungsvoll an.

„Gern."

„Kannst du uns sagen, wo du diese niedlichen, coolen Püppchen gekauft hast? Meine Nichte hat morgen Geburtstag, und die würde sich wahnsinnig über so ein originelles Geschenk freuen."

„Kein Problem ...", sagte der Junge mit veränderter Stimme. Jetzt machte er wieder einen etwas älteren nach. Hatte da eines der Püppchen eine kleine Handbewegung gemacht? Auf jeden Fall regnete es auf die beiden Stewardessen auf einmal kleine Zwergenpüppchen nieder.

„Oh, wo kommen die denn her? Vielen, vielen Dank." Die

Stewardessen bückten sich und sammelten die klitzekleinen Zwergenpüppchen vom Boden auf.

„Das ist aber lieb von dir. Wie heißt du eigentlich?“

„Oliver Kusch ... meine Freunde nennen mich Olli.“

„Ich bin Martina und das ist Laura. Du kannst uns duzen. Dürfen wir Olli zu dir sagen?“

„Ja, wenn ich einen Bruderschaftskuss bekomme.“

Martina und Laura lachten. „Ja, klar ... komm her.“

Sie beugten sich vor und küssten Olli auf den Mund. Der wurde knallrot. „Valmin, das kriegst du wieder.“

„Olli, nochmals vielen Dank für die vielen Püppchen. Du bist ein kleiner Zauberer, stimmt's?“

„Nein, das war Klining.“ Der Rotschopf zeigte auf einen der klitzekleinen Zwerge. „Und den Kuss wollte eigentlich Valmin haben.“ Der Junge zeigte auf den Winzling, der neben Klining auf seinem Arm saß.

Die Stewardessen kicherten. „Daran soll es nicht liegen. Deine Püppchen bekommen natürlich auch Bruderschaftsküsse. Wie heißen sie denn?“

„Das sind Valentirina, Vugur und Vildo ... Der den Kuss haben wollte, ist Valmin ... und der euch die Püppchen vom Himmel zauberte, ist der große Magier Klining.“

„Oh, der große Magier! Der bekommt ganz sicher einen Kuss von mir.“ Martina beugte sich lachend vor, spitzte die Lippen und schloss die Augen. Auf einmal spürte sie, wie sich ihr Verband auf dem Kopf hob und ihre notdürftig geklammerte Wunde freigab. Auch wenn sie gleich im Krankenhaus neu genäht würde, eine hässliche Narbe mitten auf der Stirn bliebe sicher zurück. Sie öffnete erstaunt die Augen und sah, dass die großen Kulleraugen des kleinen Zwergenpüppchens konzentriert auf ihre Wunde schauten. Dann hob der klitzekleine Zwerg ein wenig die Hand und schloss die Augen. Er murmelte unverständliche Worte und berührte dann den hässlichen Riss auf ihrer Stirn. Laura, die mit den anderen fasziniert die Szene beobachtete, sah, wie sich die Wunde im gleichen Moment schloss und die Klammern auf den Boden purzelten. Die Haut auf Martinas Stirn war wieder völlig glatt und unverletzt. Martina spürte, wie der Schmerz verflog. Klining machte erneut eine leichte Handbewegung und die Stewardessen bedankten sich wieder: „Olli, vielen Dank für die vielen Püppchen. Du bist ein kleiner Zauberer, stimmt's?"

„Nein, das war Klining." Der Rotschopf zeigte auf einen der klitzekleinen Zwerge. „Und den Kuss wollte eigentlich Valmin." Der Junge zeigte auf den Winzling, der neben Klining auf seinem Arm saß.

Die Stewardessen kicherten. „Den bekommt er dann beim nächsten Mal."

Die Zwerge und Olli schauten verblüfft auf den Magier.

Klining schmunzelte. „Ich habe die Zeit zurückgestellt."

Olli ging die überdachte Gangway hoch, die direkt in das Flughafengebäude führte. Die Stewardessen schauten ihm noch eine Weile hinterher.

„Ein selten netter Junge."

„Ja, wirklich ein süßer Kerl."

„Schade, zu jung."

„Ja, das ist einer, in den man sich verlieben könnte."

Die hübschen Stewardessen seufzten.

„Meine Damen, ich möchte mich noch einmal für Ihre Umsicht bedanken. Das war ja wirklich ein unangenehmes Unwetter! Nanu, Martina, wo ist Ihr Verband? Sie hatten sich doch an der Tür gestossen!" Der Chefpilot schaute verdutzt auf Martinas Stirn.

„Ja, wo ist dein Verband, Martina?" Laura war total perplex ... ein witziger Tag heute.

Olli drehte sich am Ende der Gangway, die direkt in die Flughafenhalle führte, noch einmal um und winkte den beiden Stewardessen, die jetzt mit dem Flugkapitän sprachen, zu. Sie winkten lächelnd zurück.

„Ich hab denen meinen Vergessenszauber verpasst. Wir können es uns nicht erlauben, unsere Zeit hier zu vertrödeln. Wenn die Flugbehörden erstmal anfangen, diesen Flug zu untersuchen, dann sitzen wir hier wer weiß wie lange fest."

„Aber die Passagiere? Die werden doch bestimmt quatschen." Valmin blickte Klining zweifelnd an.

„Auch die haben alles vergessen." Klining schmunzelte.

Valmin schaute auf seinen älteren Freund. „Warum hast du nicht wenigstens so lange gewartet, bis mich die niedliche Stewardess geküsst hatte?"

„Den Kuss kriegst du doch das nächste Mal.“ Rinchen kicherte.

„Wer weiß, ob wir die jemals wiedersehen.“

„Die war doch viel zu groß.“ Vugur versuchte den missmutigen Valmin zu trösten.

„Na und?“

Klining lachte. „Ja, ja ... die Liebe kennt keine Größenunterschiede.“

Stimmt, dachte Olli, und schaute auf Rinchen in seiner Hand.

„Was machen wir jetzt?“ Vugur blickte sich suchend um.

Sie standen vor dem Airport. Plötzlich verdunkelte sich der Himmel.

„Fasst euch bei den Händen.“

Es rauschte nur kurz und sie fanden sich in den weichen Daunen von Nandur wieder. Ein Taxifahrer, der den rothaarigen Jungen ansprechen wollte, schaute sich verblüfft um. Wo war der geblieben?

„Ihr müsst rüber nach Boston. In der Nähe werden über zweitausend Leute von euch in einer Schneekugelfabrik gefangen gehalten. Ihr müsst die da schnellstens rausholen. Die sollen nämlich bald in der Produktion verarbeitet werden. Ich lasse euch vor der Fabrik abspringen. Ihr müsst dann Ben Millen suchen. Der hilft euch vielleicht. So, wir sind gleich da. Oliver, nimm eine von meinen Federn. Leg sie anschließend wieder hin, ich nehme sie auf. Wenn du sonst öfter mit mir fliegst, bin ich nachher noch so nackt wie ein gerupftes Huhn ... ZEHN ... NEUN ...“

Olli stand mit seinem Reisetrolley und den fünf klitzekleinen Zwergen auf dem Arm vor dem Tor der Fabrik: „Was machen wir jetzt?“

„Der Typ dem die Fabrik gehört, heißt Folders ... Frank Folders!“ Die Stimme des Orion-Albatrosses verlor sich im Weltraum.

FOLDERS UND DER SPIELZEUGKONZERN

Schwitzend vor Aufregung saß Frank Folders im Vorzimmer des allmächtigen Vorstandsvorsitzenden der TFTW Inc. Es hatte lange gedauert, bis er in die oberste Chefetage des weltgrößten

Spielzeugkonzerns vorgedrungen war. Er hatte zunächst den zuständigen Produktmanager des Konzerns für den Warenbereich Plastikobjekte und Spieluhren angerufen. Den eingebildeten jungen Pinkel kannte er von der Nürnberger Spielwarenmesse in Deutschland. Mit ihm und anderen Ausstellern hatte er damals an einem der organisierten, feuchtfröhlichen Abende bei Nürnberger Bratwürst'l und bayrischem Bier teilgenommen. Obwohl er den jungen Produktmanager nicht ausstehen konnte, hatte er sich doch an jenem Abend an ihn drangehängt ... man konnte ja nie wissen. Ein Kontakt zur mächtigen TOYS FOR THE WORLD Inc. kann nie schaden. Sie waren von dem ungewohnt starken deutschen Bier schnell betrunken gewesen und dann fürchterlich versackt. Den nächsten Tag konnte er in der stickigen Luft der Messehalle nur mühsam überstehen. Genau genommen hatte er so gut wie keine Geschäfte gemacht. Auf seinem kleinen Messestand war nichts los, und wenn mal ein Besucher stehen blieb, verscheuchte ihn Folders mächtige Alkoholfahne. Er schaute neidisch auf den großen TFTW-Stand mit den Billigartikeln aus Südostasien, an dem sich die Kunden nur so tummelten.

Vor kurzem hatte er sich dann überwunden und die Telefonnummer auf der glänzenden TFTW-Visitenkarte gewählt. David Huselham war auch gleich am Apparat. Der wusste erst im zweiten Anlauf, wer ihn da sprechen wollte. „Hallo, Frankie", rief er dann überlaut in den Hörer und wollte wissen, wie denn die Geschäfte so liefen, und er sei ja verwundert, dass E&F noch existiere, wo doch heute alle kleinen Unternehmen von seinem Konzern entweder geschluckt oder vom Markt geputzt würden. Wenn sein Anruf mit einem Übernahmeangebot zusammenhinge, sei Frankie bei ihm an der falschen Stelle; er würde ihn aber gern in die zuständige Abteilung weiterverbinden ... dabei lachte er laut, borniert und selbstgefällig. Frank Folders schluckte seine Wut und sein spontanes Bedürfnis, diesem eingebildeten Laffen die Meinung zu geigen und dann den Hörer auf die Gabel zu knallen, hinunter, und erklärte, dass es seiner Firma hervorragend ginge! Das glaubst du doch selbst nicht, dachte David Huselham. Kürzlich war er erst von seinem obersten Marketingchef angesprochen worden: Er kenne doch Folders persönlich, was das für ein Typ sei? Auf seine Nachfrage erklärte ihm der Marketingchef (hinter vorgehaltener

Hand und unter dem Siegel der Verschwiegenheit), die zuständige Abteilung für Firmenübernahmen prüfe gerade im Auftrag des Vorstandes, ob es sich lohne, E&F zu übernehmen. Um das Unternehmen stünde es nicht zum Besten.

David Huselham wollte das Gespräch mit dem Schwätzer Folders schon abbrechen, doch Folders erzählte dann von einer sensationellen neuen Produktentwicklung, für die E&F zu klein sei, um sie weltweit vermarkten zu können. Er war hellhörig geworden. David wusste: Wenn man als Produktmanager erfolgreich sein wollte, musste man die Augen und Ohren nach allen Seiten offen halten. So war ihm schon so manche gute Idee anderer, die vor Eitelkeit den Mund nicht halten konnten und ihn nach seiner Meinung fragten, untergekommen, und er hatte sie ohne Skrupel verwertet und als seine eigene ausgegeben. Jeder im Konzern machte es so. Auch er selbst hatte erfahren müssen, dass Vorgesetzte mit seinen Ideen nach oben glänzten, während man ihn nur mit einem mageren Lob abspeiste. Inzwischen wusste er aber, wie das Spiel lief. Darum hatte er gegenüber Folders nur mageres Interesse geheuchelt und gesagt, er solle ihm doch ein Muster zukommen lassen, damit er es prüfen und gegebenenfalls oben vorstellen könne. Falls es sich bei dem Objekt tatsächlich um die Sensation handelte, die Folders so enthusiastisch schilderte, würde er alles in seinen Kräften stehende tun, seinem Freund Frank die Tür zu den Entscheidungsetagen im Konzern zu öffnen. Ein Muster aber müsse er vorher schon sehen.

Sehr zu seinem Ärger war Folders jedoch nicht auf diesen Vorschlag eingegangen und hatte auf einem persönlichen Termin im Hause TFTW bestanden. David hatte dann gefragt, ob man sich denn nicht in Boston treffen könne, denn er, David, hätte dort sowieso einen wichtigen geschäftlichen Termin, und er würde sich freuen, seinen Freund Frankie danach zum Essen einzuladen. Dann könne man das Objekt ja dort besprechen.

Aha, so roch der Braten. Folders jubelte; ohne Zweifel, David Huselham hatte angebissen! Der eingebildete Laffe hätte sich sonst nie dazu herabgelassen, mit ihm essen zu gehen, geschweige denn ihn zum Essen einzuladen. Scheinheilig fragte er, mit welchem Kunden sich David denn in Boston treffen wolle. Nicht in Boston sei der Termin, sondern in der Nähe. Huselham nannte eine Kleinstadt bei Boston. Dort sei er mit dem jungen Skarsen, dem Juniorchef von Skarsen&Sohn, dem bekannten Spielwarengroßhandel, verabredet und auf dem Rückweg könne man sich ja in Boston treffen. Die Kleinstadt, in der die Fabrik von E&F läge, befinde sich ja auch vor den Toren Bostons. Boston wäre für einen Treffen doch ideal.

So ein Schweinehund, dachte Folders. Der versuchte tatsächlich, ihn aufs Kreuz zu legen. Er wusste von dem alten Skarsen persönlich, dass sich der Junior mit dem Alten verkracht und zur Konkurrenz übergewechselt war. Frank sagte dem verblüfften Huselham, dass er jetzt einen dringenden Termin habe und ihn zurückrufen würde. Dann legte er den Hörer auf.

Frank Folders schaute auf die halbe, glasklare Kunststoffkugel aus der Produktserie 01-56739, die vor ihm auf dem Schreibtisch stand und Gegenstand des Telefongesprächs mit Huselham gewesen war. Der klitzekleine Zwerg mit der großen roten Zipfelmütze, der in der Kugel saß, schaute ihn mit seinen großen blauen Kulleraugen wütend an. Folders sah, dass das Essen immer noch unberührt war. Jetzt hatte der Winzling schon eine Woche nichts gegessen, genau wie die anderen, die er ebenfalls unter den Kunstoffkugeln der Produktserie 01-56739 im Lager 9 streng unter Verschluss hielt. Na, irgendwann wirst du schon Kohldampf bekommen, dachte er gemein.

„Hallo Frankielein! Schatzimausi, musst du noch lange arbeiten?"

Die Tür zu seinem Büro flog auf und Daisy Smith schwebte in den Raum. Jeden anderen wäre diese Unverschämtheit bitter zu stehen gekommen. Auch seine derzeitige Freundin Daisy hatte Folders schon unzählige Male gebeten, sich an die Regeln zu halten und sich von seiner Sekretärin anmelden zu lassen, um zumindest den Anschein eines offiziellen Besuches zu wahren. Aber Daisy hatte nur gelacht, ihn herzhaft geküsst und unter dem Kinn gekrault. So weit komme es noch, dass sie sich anmelden müsse, wenn sie Sehnsucht nach ihrem Schnuckelchen Frankiboy verspüre. Folders hatte es dann schließlich aufgegeben. Er wusste, seine Leute tratschten sowieso hinter seinem Rücken, und seine Frau hatte sich mit seinen Weibergeschichten längst abgefunden.

Daisy setzte sich auf seinen Schreibtisch, schlug ihre langen

Beine übereinander und schüttelte unmutig ihr langes, blondes Haar. „Frankielein, komm, hör auf zu arbeiten. Du machst dich noch ganz kaputt! Geh lieber mit deinem kleinen Daisylein in die Stadt und kauf ihr was Schön ... och, ist der süüüüß!"

Daisylein hatte – mit einem kleinen Aufschrei – auf dem Schreibtisch die Kunststoffhalbkugel mit dem klitzekleinen Zwerg entdeckt. Folders griff schnell zu und wollte die 01-56739 hinter seinem Rücken verschwinden lassen.

„Frankie, ist das ein Geschenk für mich? Komm, zeig es mir ... bitte! ... Bitte! ... Schatzispatzi ... Bitte! ... Bitte!"

Daisy schmiegte sich an Folders und bot ihm ihren gespitzten Mund zum Kuss. Folders beugte sich vor, um sein kleines Daisylein zu küssen, als dieses blitzschnell hinter seinen Rücken griff und ihm die Kunststoffhalbkugel mauste.

„Och ... ist der süüüß ... süß ... süß, süß, süß!" Daisylein juchzte vor Begeisterung. „Das ist aber lieb von dir, Frankieboy. Guck ma', der bewegt sich ja! Wie niiiiieeedlich ... als wenn der lebt!"

Daisy flog Folders um den Hals und gab ihm einen dicken Kuss. „Vielen, vielen Dank, Frankieboy!" Die Kunststoffhalbkugel verschwand in den unergründlichen Tiefen ihrer Handtasche. „Gehen wir jetzt zur Stadt?"

Bevor Folders antworten konnte, klopfte es und Ben Millen trat auf den Zuruf seines Chefs ein. Er sah gerade noch, wie sich das blonde Gift vom Hals seines Chefs löste.

„Was ist, Millen? Muss das jetzt sein?"

„Ja, Chef, es ist wichtig. Die haben immer noch nichts gegessen. Ich mache mir langsam Sorgen." Seine Augen suchten die 01-56739, die bei seinem Chef auf dem Schreibtisch gestanden hatte. „Hat Ihrer etwas gegessen, Chef?"

„Wer will nicht essen?"

Daisylein schaute fragend mit ihren großen blauen Kulleraugen auf Millen. Tolle Augen, dachte Millen. Wie die von den Winzlingen, nur größer, aber genauso schön. Millen wunderte sich, was eine so junge, hübsche Frau an so einem Ekel wie Folders finden konnte. Aber die jungen Dinger ließen sich nun mal oft von Geld blenden.

Folders griff in die Brieftasche und gab der hübschen Blondine ein paar Scheine. „Daisy, ich habe jetzt wirklich keine Zeit für dich.

Wichtige Geschäfte. Geh in die Stadt und kauf dir was. Ich rufe dich ..." Er wurde von der neugierigen Daisy unterbrochen.

„Frankie, ich will wissen, über wen sich der gute Millen Sorgen macht. Millen, wer will nicht essen?"

Millen bekam einen warnenden Wenn-du-jetzt-etwas-sagst-wird-dir-gekündigt-Blick von seinem Chef zugeworfen.

„Ach, nichts von Bedeutung, Miss Smith ... wirklich nicht."

„Na gut ... dann bis heute Abend, Frankie." Daisy schwebte aus dem Chefzimmer.

Millen verspürte einen dumpfen Druck im Magen. Er fühlte sich schlecht und mies. Dass er seinem Chef so voreilig die klitzekleinen Zwerge gezeigt hatte, bereute er inzwischen zutiefst. Seine Magenschmerzen wurden noch dadurch verschlimmert, dass die Winzlinge sich konsequent weigerten, etwas zu essen. Selbst die ganz Kleinen, die Kinder, waren in Hungerstreik getreten. Jeffers, sein Arbeitskollege, machte sich weniger Sorgen.

„Ben, wenn die nicht essen wollen, ist es ihre eigene Schuld. Wir können denen doch nur was zu futtern hinstellen, aber essen müssen sie schon alleine. Vielleicht brauchen die nicht so viel, so klitzeklein, wie die sind. Warte ab, die kriegen noch früh genug Kohldampf und dann hauen sie schon kräftig rein."

Das war vor drei Tagen gewesen. Das Essen stand aber jeden Tag unangerührt in dem bis auf die kleinste Ritze abgeklebten Raum im Lager 9, wo man die Zwerge einmal am Tag zum Essen und zum Freigang aus ihren kleinen Kunstoffhalbkugel-Gefängnissen herausließ. Gott sei Dank schienen sie wenigstens das Wasser zu trinken. Aber das konnte auch verdunstet sein. Ben fühlte sich saumiserabel.

„Millen, holen Sie mir ein neues Muster von der 01-56739 aus dem Lager."

„Wo ist die, die hier auf dem Schreibtisch stand, Chef?"

„Die hat Miss Smith. Ich bringe sie morgen wieder mit."

„Miss Smith?"

„Millen, haben Sie Bohnen in den Ohren? Ich will ein neues Muster! Aber dalli jetzt!"

„Entschuldigung, Chef ... erledige ich sofort."

Nachdem sich die Tür hinter Millen geschlossen hatte, setzte sich Folders hinter seinen Schreibtisch und dachte darüber nach, wie er David Huselham von der TFTW Inc. am besten kalt stellen könnte. Eins war klar ... der wollte ihn aufs Kreuz legen. Folders grinste: doch nicht mit Frank Folders junior! Der hätte es vielleicht geschafft, seinen Vater aufs Kreuz zu legen. Der Alte glaubte immer, dass man mit deutscher Gründlichkeit und Fleiß auch in den USA erfolgreich sein würde. Früher vielleicht, und der Senior hatte das Unternehmen ja auch gut aufgebaut. Aber heute, wo der geschäftliche Kampf immer härter und rücksichtsloser wurde, waren andere Qualitäten gefragt. Cleverness und Skrupellosigkeit. Ob er immer clever handelte, wusste Folders nicht, aber skrupellos war er bis auf die Knochen. Er grinste, griff zum Telefonhörer und wählte die Telefonzentrale der TOYS FOR THE WORLD Inc.

Zwei Tage später saß er im Büro des mächtigen Marketingchefs des Spielwarenkonzerns. Vor sich auf dem Besprechungstisch stand ein Muster der 01-56739. Mr Connors ganzes borniertes Auftreten war mit einem Schlag verflogen, als Folders die 01-56739 auf den Tisch gestellt hatte.

„Sensationell! ... Einfach sensationell! Unglaublich ... und das ist kein neuer Hammer von den Japanern? ... Die Figur ist nicht computergesteuert? ... Sie sagen, ich kann's wirklich nicht glauben, die Figur lebt?"

Connors fummelte nach dem schicken Tüchlein vorne in der Brusttasche seines teuren Anzugs und wischte sich den Schweiß von der Stirn. Dann sprang er aufgeregt auf und drückte auf die Sprechanlage auf seinem Schreibtisch. „Ich will die nächsten beiden Stunden nicht gestört werden ... von keinem! Wenn sich einer von oben meldet, sagen Sie, ich wäre außer Haus. Ist das klar? Ich will von keinem gestört werden ... nein, auch nicht von oben."

Mit ‚von oben' meinte er die Vorstandsetage. Selbst wenn nur der hochnäsige Assistent des Vorstandsvorsitzenden anrief und ihn umgehend nach oben bat, besser befahl, hatte er dort sofort anzutanzen.

„Mr Folders, Sie sagten vorhin, Sie verfügten über noch mehr? Das ist also nicht das einzige Exemplar?"

„Nein."

„Und sprechen können sie auch?"

„Ja, nur ist leider dieses Exemplar, wie es scheint, zu dumm dazu. Ich hätte doch ein intelligenteres mitnehmen sollen."

In der Kunststoffhalbkugel explodierte das zu dumme Exemplar. „Du geistiger Tiefflieger und Kidnapper! ... Lass mich sofort aus dieser blöden Kugel hier raus.“ Folders grinste. Viddil war auf seinen Trick hereingefallen. Seine provozierende Bemerkung über die offenbar fehlende Intelligenz des klitzekleinen Zwerges hatte dessen Zunge gelöst. Über eine Woche Gefangenschaft ergab über eine Woche Frust. Und der entlud sich jetzt in einem wütenden Wortschwall.

„Mr Connors! Sie sind sich doch darüber im Klaren, dass Sie sich hier der Freiheitsberaubung mitschuldig machen? Unternehmen Sie etwas. Holen Sie mich hier raus! Sofort!“ Der Winzling blaffte Connors so laut an, dass seine Sekretärin von draußen an die Türe klopfte und fragte, ob alles in Ordnung sei.

Connors sagte misstrauisch: „Hören Sie, Folders, ich will keinen Ärger haben.“

Frank Folders lachte. „Mr Connors, darf ich mit meinem kleinen Freund eine Minute unter vier Augen sprechen? Es dauert wirklich nicht länger.“

„Gut, Folders, lösen Sie das Problem, sonst können wir das Gespräch vergessen.“ Connors ging in den Nebenraum.

„Du hast dich in dem Raum, in dem wir euch untergebracht haben, umgesehen, du Schreihals?“ Folders schaute Viddil böse an. Der nickte verblüfft. „Wenn du ein bisschen Ahnung von Technik hast, wirst du erkannt haben, dass das große Maschinenteil im Raum eine Metallpresse ist.“

Viddil nickte.

„Wenn du nicht auf der Stelle kooperierst, rufe ich über mein Handy Jeffers an und gebe ihm den Befehl, eure gesamte Sippschaft in die Presse zu hauen. Hör zu, mein Junge, ich meine es ernst. Todernst! Bei mir geht es um alles oder nichts. Ich habe nichts ... aber auch gar nichts zu verlieren. Ihr übrigens auch nicht. Spielt ihr mit, erwarten euch großer Ruhm und ein feines Leben im Luxus. Wenn nicht: ein Druck auf den Knopf der Presse und ihr seid platt. Ich hoffe, dass dein kleines Erbsenhirn in der Lage ist, das zu begreifen.“

Das kleine Erbsenhirn war intelligent genug, den Ernst der Lage zu erfassen und nickte.

„Gut, das hätten wir also. Jetzt nur eins noch: Dich mache ich sofort, hier und auf der Stelle, bei dem kleinsten Ausrutscher platt.

Arbeitet dein Erbsenhirn noch?“

Das Erbsenhirn kochte vor Wut, fügte sich aber im Augenblick in die Lage und nickte anscheinend ergeben.

„Fein ... ach so, noch eins: Ich lasse dich gleich aus der Kugel. Verschwindest du ... ein Anruf und ich hänge mir morgen ein plattes Zipfelmützenbild an die Wand. Rafft die Erbse das auch noch?“

Die Erbse raffte. Folders nickte zufrieden und öffnete die Tür zum Nebenzimmer. „Mr Connors, Sie können wieder eintreten. Die Probleme haben sich, wie erwartet, als Missverständnisse herausgestellt.“

Als Connors sein Büro betrat, stand die klitzekleine Zwergenfigur auf seinem Besprechungstisch, verbeugte sich höflich und sagte mit einer warmen und klaren Stimme: „Mr Connors, ich bitte, mein ungehobeltes Verhalten von vorhin zu entschuldigen. Das Missverständnis lag ganz auf meiner Seite.“

Mr Connors war wie vom Donner gerührt. Sein Entzücken wuchs, als der Winzling ihn freundlich anlächelte und sich vorstellte:„Mein Name ist Viddil von Viddilen, Mr Connors. Ich bin gespannt, was Sie uns für ein Angebot unterbreiten werden.“ Viddil setzte sich auf den flachen Rand der Obstschale. Mike Connors war ein Apfelfan ... seine Sekretärin musste stets für eine Schale mit frischen Äpfeln sorgen.

„Es ist mir eine Freude, Mr Viddilen.“

Die Herren setzten sich in die bequemen Sessel. Na also, geht doch. Folders war hochzufrieden.

„Eine Frage, Mr Viddilen ...“, eröffnete Mike Connors die erste Verhandlungsrunde, „... ich gehe richtig in der Annahme, dass Mr Folders von Ihnen autorisiert ist, die Verhandlungen mit uns zu führen?“

Folders wurde sauer. Wenn der Blödmann von Marketingheini glaubte, er könne ihn elegant aufs Nebengleis abschieben, dann hatte der sich geschnitten.

„Mr Viddil und alle anderen klitzekleinen Zwerge haben mit E&F einen Exklusivvertrag für die gesamten Aktivitäten abgeschlossen, die für eine erfolgreiche Vermarktung notwendig sind. Mr Connors, das bedeutet im Klartext: Ohne mich läuft nichts. Die winzigen Herren haben sich verpflichtet, keine eigenen Vertragsverhandlungen, mit wem auch immer, zu führen und Vereinbarungen und Verträge nur durch mich abschließen zu lassen."

Viddil fing einen der berühmten Drohblicke von Folders auf: Wenn-du-Zicken-machst-landen-deine-Leute-in-der-Presse-und-dich-stampfe-ich-hier-gleich-in-den-Boden! Viddil spürte, der meinte es ernst.

„Mr Folders hat mir die Worte aus dem Mund genommen, Mr Connors. Er wird alle Angelegenheiten für uns regeln."

Mist, an diesem schmierigen, fetten Typen kam er also nicht vorbei. Connors schaltete schnell um. Es blieb ihm nichts anderes übrig, als sich an diese sensationelle Geschichte dranzuhängen, damit zumindestens die Lorbeeren für den Entdecker dieses Knallers für ihn abfielen. Für eine Präsentation vor dem gesamten Management war die heute Nachmittag stattfindende wöchentliche Vorstandssitzung am besten geeignet. Das passte vom Termin wie die Faust aufs Auge. Absolut ideal. Mike Connors Laune verbesserte sich schlagartig.

„Passen Sie auf, Mr Folders. Wie viele Mitglieder hat die Truppe unseres kleinen Freundes, Mr Viddilen?"

Auf einmal nicht mehr ‚Folders' sondern ‚Mr Folders'? Folders bekam einen lauernden Blick. Versuchte der ihn schon wieder aufs Glatteis zu führen?

„Kommt darauf an."

Mike Connors, jetzt wieder ganz der kompetente Manager, wurde nun doch leicht ungeduldig. „Hören Sie zu, Folders, lassen Sie uns mit offenen Karten spielen. Für die TFTW Inc. ist die Vermarktung von unserem kleinen Mann hier und seinen Freunden nur dann von Wert, wenn wir über die alleinigen, exklusiven Verwertungsrechte verfügen. Falls Sie vorhaben, die Jungs aufzuteilen und einzeln oder grüppchenweise zu verhökern, dann können Sie sich das gleich abschminken. Damit werden Sie kein Glück haben. Das große Geld macht man nur mit Einmaligkeit. Wenn die hier an jeder Ecke zu bewundern sind, dann sinken sie im Preis ... so schnell können Sie gar nicht gucken ... es sei denn, unsere Freunde stünden in so großer Stückzahl zur Verfügung, dass wir in den Massenmarkt einsteigen könnten. Aber das scheint mir hier ja nicht der Fall zu sein." Mike Connors richtete sich mit seinen letzten Worten direkt an Viddil und schaute ihn fragend an. Der fiel auf den Trick herein und antwortete spontan:

„Doch, im Lager 9 sind zweitausenddreihundertachtzehn von uns. Dann sind da noch ich und Vergil, den hat Mr Folders Freundin, Miss Smith. Aber das ist nur ein klitzekleiner Teil unseres Volkes ... ups ...“ Viddil hatte seinen Fehler bemerkt und schwieg abrupt. „Was ist ein Massenmarkt?“ Viddil versuchte die Situation zu retten, aber Folders war bereits sauer.

„Ich führe hier die Verhandlungen und ich lege fest, welche Informationen gegeben werden und welche nicht.“ Folders bedachte Viddil mit einem Noch-einmal-und-ihr-landet-in-der-Metallpresse-Blick.

Connors grinste innerlich zufrieden. Na ja, auf jeden Fall waren es für eine Exklusivserie schon mal genug, und offenbar gab es da noch jede Menge Nachschub.

„Sind wir uns einig, Mr Folders? Soll ich das Thema heute in der Vorstandssitzung präsentieren oder nicht? Dafür brauche ich Ihre Zusage für die Exklusivrechte. Folders, schlagen Sie ein. Im Vertrauen gesagt: Ich weiß, das Wasser steht Ihnen bis zum Hals. Dieser kleine Mann, seine Freunde und wir mit unserem Angebot kommen doch gerade recht.“

Connors hatte die Zeit, die Folders brauchte, um mit Viddil unter vier Augen zu reden, genutzt und den Abteilungsleiter für Firmenübernahmen angerufen. Der war ihm noch einen Gefallen schuldig und hatte ihn unter der Hand detailliert über die missliche Lage von Folders Firma E&F informiert. Folders stand kurz vor der Kündigung der Kredite durch seine Hausbank. Normalerweise hätte Connors dieses Wissen gnadenlos ausgenutzt und Folders ausgewrungen wie ein nasses Handtuch. Dafür hätte er aber noch weitere Leute einweihen müssen – und wenn das Projekt dann dem Vorstand präsentiert würde, hätte der Erfolg viele Väter gehabt. Er wollte die Lorbeeren aber alleine. „Schlagen Sie ein, Mr Folders, und wir machen gleich jetzt einen Vorvertrag. Die endgültigen Konditionen verhandeln wir dann, wenn ich dem Vorstand die Sache präsentiert habe.“

„Gut, Mr Connors. Ich bekomme aber eine Abschlagszahlung. Heute noch!“

„Klar, Mr Folders, die nehme ich aus meinem Etat. Das kann ich vertreten.“ Connors hielt Folders die Hand hin. Der schlug ein. Deine Hand ist genau so schmierig wie deine ganze Erscheinung, dachte Connors.

„Und was bekomme ich?“

Überrascht hörten Connors und Folders Viddils Frage.

„Was wünschen Sie sich denn, kleiner Mann? Ich glaube, dass wir das Richtige für Sie finden werden.“ Connors blickte auf Folders. „Darf ich ... darf ich ihn hochnehmen?“

„Aber sicher, Mike. Ich darf doch Mike zu Ihnen sagen ... jetzt, da wir sozusagen Partner sind?“

Widerstrebend, doch ihm blieb ja nichts anderes übrig, stimmte Connors zu: „Aber sicher, Frank ... aber sicher.“ Dann legte er seine Hand flach mit der Handfläche nach oben vor Viddil auf die Tischplatte und der kletterte hinein. Mike Connors hob ihn hoch. Dann wandte er sich an Folders: „Kommen Sie mit, Frank“, und ging in das Vorzimmer zu seinem Büro.

Connors sagte zu seiner Sekretärin: „Bereiten Sie bitte den üblichen Vorvertrag zur Sicherung der Vermarktungsrechte vor. Wir unterschreiben ihn gleich, wenn wir zurückkommen. Ich bin mit den Herren in den Musterhallen. Übrigens, wenn von oben jemand nach mir fragt: Ich bin – außer für Mr Chandler – wieder da.“

Mr Chandler war der junge hochnäsige Assistent des Vorstandsvorsitzenden. Connors freute sich schon jetzt auf das dumme Gesicht von Chandler, der wie der Teufel dahinter her war, dass alle Vorgänge, bevor sie auf dem Schreibtisch des Vorstandes landeten, zuerst von ihm gesichtet und mit entsprechenden Anmerkungen versehen wurden. Da der Vorstandsvorsitzende, der allmächtige Mr Landsberry, Detailarbeit hasste und lieber die große Linie des Konzerns im Auge behielt, hatte sich Chandler, ein brillanter, kühler Logiker und Zahlenmensch, eiskalt und skrupellos bis zur grauen Eminenz und zum Kronprinz des Vorstandsvorsitzenden hochgearbeitet. Es gab kaum etwas im Konzern, was dem unsympathischen Spürhund Chandler verborgen blieb. Selbst Mr Landsberrys Vorstandskollegen begannen langsam, sich vor Chandler zu fürchten und stimmten sich in allen entscheidenden Dingen immer enger mit ihm ab. Ganz ohne Zweifel war Chandler bei den nächsten Wahlen zum Vorstand neben Connors der ganz große Favorit. Kenner gaben Connors keine Chance.

Connors hasste den kalten Zahlenmenschen Chandler abgrundtief. Märkte ließen sich nach seiner Ansicht nicht aus einem reinen

Zahlendenken heraus erobern. Dafür brauchte man nach Connors Verständnis erst einmal eine gute Nase. Man musste die Trends, mit denen die Rendite zur Freude der Aktionäre hereingeschaufelt wurde, am Markt riechen. Chandler konnte nicht riechen, dafür aber die letzten Profitreserven des Konzerns gnadenlos und mit aller Härte aktivieren. Deshalb hatte er im Moment die besseren Karten. Connors war froh, dass ihn sein Glück und sein guter Riecher kurz vor den Vorstandswahlen nicht im Stich gelassen hatten. Jetzt galt es nur noch schnell genug mit diesem Knüller auf den Markt zu kommen beziehungsweise ihn groß anzukündigen. Die TFTW-Aktien würden einen im Wert noch nicht abzuschätzenden Sprung nach oben machen, und glückliche Aktionäre würden Connors auf der nächsten Hauptversammlung in den Vorstand wählen. Frohgemut betrat Connors mit Viddil und Folders die riesigen Musterhallen, in denen alle Artikel und Sortimente des Spielzeugkonzerns ausgestellt waren. Viddil und Folders bekamen Stielaugen.

„Suchen Sie sich etwas aus, junger Freund." Connors hob die Hand auf seine Augenhöhe, damit der klitzekleine Zwerg weit in die Hallen hineinschauen konnte.

Daisy setzte sich ans Steuer ihres Autos, griff die Handtasche vom Beifahrersitz und öffnete sie. Sie wollte sich noch schnell das hübsche Näschen pudern, bevor sie in die riesige Shopping Mall unten in Downtown fuhr, um in der Boutique nach dem tollen Kleid zu schauen, das ihr gestern in der Auslage aufgefallen war.

„Wir essen seit fast einer Woche nichts!"

Daisy ließ vor Schreck die Tasche in den Schoß fallen. Ihre Tasche konnte sprechen! Unglaublich ... eine Handtasche, die sprechen konnte? Sie schüttelte den Kopf. Es sah ganz so aus, als habe sie in der letzten Zeit wohl etwas zu wenig geschlafen. Sie wollte in die Tasche greifen.

„Alle von uns haben nichts gegessen. Auch die Kinder nicht."

Daisy wurde blass. Sie blickte in den Rückspiegel, zog ihre Augenlider nach unten und kontrollierte ihre Augäpfel. Nichts, die schienen in Ordnung. Sie schlug leicht gegen ihre Ohren. Nichts. Kein Klingen ... keine Geräusche. Nichts. Sie drehte die Seitenscheibe ihres Autos herunter, steckte den Kopf aus dem Fenster der Fahrertür und schaute sich suchend um. Nichts. Sie war alleine auf dem Parkplatz.

Die Handtasche sagte: „Wir trinken nur, trinken müssen wir. Wir trocknen schneller aus als andere, weil wir so winzig sind."

Daisy bekam einen Riesenschreck, fiel aber nicht in Ohnmacht. Daisy war zwar blond (und die meisten hielten sie auch für blond, also für ein bisschen naiv), aber während die meisten blonden Frauen diesem Klischee kaum entsprachen (allein schon, weil ihre Haare nur blond gefärbt waren), haute es bei Daisy voll hin. Aber das war kein Grund, sie zu unterschätzen. Sie hatte bei aller Naivität schnell gemerkt, dass die meisten Männer mit starken Frauen einfach nichts anzufangen wussten. Bei Daisy konnten sie sich überlegen fühlen und fraßen ihr deshalb aus der Hand. Sie hatte das nie so richtig kapiert. Auf der einen Seite rannten die Männer vor intelligenten Frauen weg, auf der anderen Seite machten sich dieselben Männer bei ihr zum Narren. Egal, was sie verlangte, sie bekam es. Egal, was sie sagte, die Männer machten es. Ein kleines ‚Schnuuckiputzi' gesäuselt und ein Jetzt-ist-dein-süßes-Daisy-Häschen-aber-ganz-ganz-traurig-Augenaufschlag und die Männer hüpften. Verrückt, kenne sich da noch einer aus. Männer! Es schien so, als wenn die überhaupt nicht überlegten. Was Daisy tief in ihrem Herzen vermisste, war ein Mann. Ein richtiger Mann, der es nicht nötig hatte, seine Männlichkeit auf Kosten von Frauen zu beweisen.

Daisy fiel also nicht in Ohnmacht, sondern kippte den Inhalt ihrer Tasche einfach in ihren Schoß. Sie wollte der Sache auf den Grund gehen. Warum redete ihre Tasche mit ihr? Das war gegen jede Vernunft.

„He, was soll dass? Bist du verrückt, mich hier Purzelbäume schlagen zu lassen!"

Der Grund lag vor ihr auf ihrem Schoß. Der klitzekleine Zwerg in der Kunststoffhalbkugel funkelte sie böse an.

„Willst du mich umbringen?"

Daisys war baff! Ihre großen blauen Kulleraugen weit aufgerissen, zweifelte sie zum ersten Mal an ihrem Verstand.

„Hübsche Kulleraugen hast du. Noch schöner als unsere." Der winzige, klitzekleine Zwerg schaute sie nun nicht mehr böse, sondern bewundernd aus seinen großen blauen Kulleraugen an.

„Deine sind aber auch sehr hübsch", sagte Daisy, noch fassungslos, aber fasziniert von den blauen Kulleraugen des Winzlings.

„Kannst du mich nicht aus diesem blöden Ding hier holen?"

„Ja sicher ... einen kleinen Moment bitte." Sie öffnete die Kunststoffhalbkugel vorsichtig und der klitzekleine Zwerg hüpfte auf ihre Hand. Sie staunte. Das gab es doch gar nicht! Der Kleine nahm seine umgeknickte Zipfelmütze vom winzigen Köpfchen, schüttelte sie kräftig aus und setzte sie wieder auf. Jetzt stand sie doppelt so hoch wie vorher auf seinen niedlichen Locken. Unter der Zipfelmütze hervor lächelte er sie an.

„Vielen Dank. Das Ding ist wirklich ein bisschen zu eng. Ich heiße Vergil, und Du?"

„Daisy."

„Ein schöner Name. Daisy, wie kommt eine so schöne Frau dazu, sich mit einem solchen Idioten abzugeben? Das hast du bei deinem Aussehen doch wirklich nicht nötig. Sind deine blonden Haare echt? Die sehen wirklich klasse aus!"

„Hör mal zu, du kleiner Schmeichler, findest du nicht, dass du ein bisschen zu intime Fragen stellst? Wir kennen uns doch kaum."

„Stimmt, aber du bist in Ordnung. Das sehe ich auf den ersten Blick. Ich habe eine prima Zwergenkenntnis, die hat mich noch nie im Stich gelassen."

„Zwergenkenntnis? Was ist denn das?"

„Verzeihung, bei euch heißt das natürlich Menschenkenntnis."

„So, so ... deine Zwergenkenntnis sagt dir also, dass ich in Ordnung bin?"

„Ja, du bist lieb und tolerant. Hast ein goldenes Herz, das spüre ich. Du bist nett und zwerglich."

„Zwerglich? Was ist denn das nun wieder?"

„Na, zwerglich eben ... ich meine, du sagst: ‚Leben und leben lassen', und wenn einer mal in Not kommt, dann hilfst du auch. Du bist eben sehr zwerglich."

Daisy lachte laut und war geschmeichelt. „Du meinst menschlich!"

„Ja, auf euch Menschen bezogen meine ich menschlich. Auf uns bezogen heißt das eben zwerglich."

„Oh, mein Gott! Apropos zwerglich! Vergilein, das hätte ich beinahe vergessen. Du hast doch bestimmt einen Riesenhunger? Ich kauf dir einen Hamburger. Magst du Hamburger?"

„Ihr esst Hamburger? Das ist aber nicht sehr zwerglich, die Bewohner einer Stadt zu verspeisen." Der Kleine in ihrer Hand schaute sie zweifelnd an. „Du willst mich wohl veräppeln. Ihr seid doch keine Kannibalen? ... Oder doch? ... Wie schmecken die denn?"

„Lecker ... kommt auf die Geschmacksrichtung an. Ich mag sie gern mit Tomate und Käse."

„Igitte! Du isst Menschen mit Tomaten und Käse? Und ich habe eben noch gemeint, du wärst sehr zwerglich. Komm, Daisy, veräppel mich nicht, sonst zweifle ich noch an meiner Zwergenkenntnis."

Daisy lachte hell. Der klitzekleine Zwerg war aber auch zu lustig. Sie schaute ihn an. Schade, dass der so klein war. Endlich mal ein Mann, dem auch ihre inneren Werte sofort aufgefallen waren. Lieb, mit welcher Selbstverständlichkeit er darüber redete. Der konnte einen ja richtig verlegen machen.

„Natürlich essen wir keine Menschen. Die Hamburger sind keine Menschen aus Hamburg, sondern Weichbrötchen mit Fleisch, Fisch oder Käse."

„Da sage ich nicht nein."

„Aber was machen wir mit deinen Freunden? Die verhungern uns ja noch."

„Keine Angst, so schnell verhungern wir nun auch wieder nicht!" Vergil erzählte Daisy dann alles detailliert. Von seinem Volk und wie der fürchterliche Zyklon sie plötzlich am hellichten, sonnigen Tag erfasste, in alle Welt zersteute und abstürzen ließ. Dann seien sie in dieser Halle, wahrscheinlich Lager 9, aufgewacht und jeder von ihnen war in einer dieser komischen kleinen Halbkugeln eingesperrt. Sie seien dann in den gewaltlosen Widerstand, also in den Hungerstreik getreten. Als Vergil die echte Sorge in Daisys Miene sah, erklärte er, dass der Hungerstreik nur vorgetäuscht sei. Jeder Zwerg habe in seiner Zipfelmütze eine Notration für drei Monate.

„Gott sei Dank. Da bin ich aber froh. Heute Abend werde ich mir Frankie vorknöpfen. Der hat sie doch nicht mehr alle! Euch in Schneekugeln zu sperren! Das ist doch krank." Daisy war mehr als empört ... sie war richtig böse.

„Bitte, mach das nicht. Der ist dann nur gewarnt und wird doppelt und dreifach auf meine Leute aufpassen. Der lässt uns niemals frei, glaub mir."

Daisy musste zugeben, dass sie die gleichen Gedanken hatte. „Was tun wir aber dann? Ihr könnt doch nicht in Schneekugeln enden, Vergil."

„Lass uns mit Ben Millen sprechen. Der ist kein schlechter Kerl und im Grunde genauso zwerglich wie du. Da würde mich meine Zwergenkenntnis täuschen, wenn ich falsch läge. Ich schätze, der würde uns helfen, wenn wir ihm gegen seinen Chef, das Ekel, helfen."

„Jetzt tust du mir aber weh, Vergilein. Frankie mag schwach sein, das sind ja die meisten Männer, aber er ist nicht gemein." Daisy versuchte Folders in Schutz zu nehmen.

„Warte ab, bis wir mit Ben geredet haben. Wenn du dann noch der gleichen Meinung über das Ekelpaket Folders bist, will ich mich gern in aller Form bei dir und auch bei deinem Frankieboy entschuldigen."

Frankieboy saß schwitzend vor Aufregung im Vorzimmer des allmächtigen Vorstandsvorsitzenden der TFTW Inc. Auf dem Schoß hatte er die 01-56739 mit Viddil. Im großen Sitzungszimmer auf der anderen Seite des Flurs tagte auf der Vorstandsetage, wie jede Woche, das Spitzenmanagement des Konzerns. Man hörte laute, aufgeregte Stimmen aus dem Zimmer. Die Konzernmanager schienen sich über irgendetwas zu streiten. Frank Folders war das egal ... er spürte, heute würde sein Leben eine neue Wendung bekommen. Noch nie in seinem Leben hatte er, wie heute, alle Trümpfe in der Hand gehabt. Er beschloss, volles Riskio zu fahren und aufs Ganze zu gehen. Sekt oder Selters! Alles oder Nichts! Wobei Folders ein ‚Nichts' völlig ausschloss.

Die Tür des großen Sitzungssaales öffnete sich und Mike Connors trat mit hochrotem Kopf, aber hochzufrieden, heraus. Wie immer hatte der Vorstandsvorsitzende des Konzerns, der allmächtige Mr Landsberry, nach ein paar einleitenden Worten die Leitung der Sitzung an seinen machthungrigen und karrierebessenen Assistenten Chandler abgegeben. Der fackelte nicht lange und ließ die aktuellen Zahlen des Konzerns sofort über Beamer an die Wand werfen. Wie mit einem Skalpell sezierte er jede Zahl und jede Entwicklung des Konzernprofits und wies nach, dass die einzelnen Bereiche des Konzerns über enorme Reserven in ihrer Produktivität verfügten und ihre Ergebnisse mit ‚ein bisschen mehr

Mühe' ... Chandler ließ sich diese Formulierung auf der Zunge zergehen ... enorm verbessern könnten.

Connors, der darauf hinwies, dass man gegenüber dem Vorjahr so große Steigerungsraten wie noch nie in der Firmengeschichte aufweisen könne, wurde von Chandler vor dem versammelten Management rüde mit dem Hinweis runtergeputzt, dass diese positiven Zahlen lediglich daraus resultierten, dass man durch das scharfe Controlling, das er, Chandler, im Unternehmen eingeführt habe, endlich die Schwachstellen des Konzerns ausmerze, und dass die Steigerungsraten der Ergebnisse des Unternehmens endlich in normale, der Größe und den Möglichkeiten des Konzerns gemäße Zahlen führe. Außerdem wolle er darauf hinweisen, dass zur Zeit die zwar positive, aber doch letztlich unbefriedigende Konzernentwicklung bedauerlicherweise empfindlich durch die fehlenden Ideen des Marketings, für das sich ja Connors verantwortlich zeichne, blockiert würde. Connors möge sich endlich etwas einfallen lassen, denn schließlich würden Märkte ja immer noch durch Ideen und nicht durch die von ihm, Chandler, zur Rettung des Konzerns eingeführten Controllingmaßnahmen erobert. Vielleicht läge es aber auch daran, dass Connors, um einen ruhigen Job zu haben, die guten Ideen junger, viel versprechender Mitarbeiter seiner Abteilung unterdrücke. Er, Chandler, habe als verantwortungsbewusster Manager nicht darauf warten können, dass sich im Marketingbereich endlich etwas rühre, stattdessen würde er dem Management heute noch ... und dabei konnte der Assistent des Vorstandes einen Ausdruck des Triumphes in seinem Gesicht nicht unterdrücken ... die Idee eines neuen, supersensationellen Produktes vorstellen, das den Spielzeugmarkt revolutionieren würde. Vorher wolle er aber noch Connors als dem zuständigen Marketingmanager den Vortritt lassen, darzustellen, mit welchen Ideen er die nicht berauschende Situation des Konzerns denn zu verbessern gedenke.

Das Management war geschockt. Connors war nach diesem genialen Schachzug des gerissenen und eiskalten Chandlers so gut wie erledigt. Vielen seiner Kollegen tat der Marketingchef Leid, der in der Vergangenheit mit so vielen guten Ideen die Entwicklung des Konzerns an die Weltspitze maßgeblich mit beeinflusst hatte. Alle sahen, dass Connors nur mit Mühe seine Wut über Chandlers Skrupellosigkeit und Unverschämtheit unterdrücken konnte. Aber zu geschickt hatte dieser eiskalt und völlig abgebrüht Connors Philosophie so in seine Ausführungen eingebaut, dass der Eindruck entstehen musste, dass der unfähige und scheinbar bequeme Connors der Totengräber der positiven Konzernentwicklung sei. Dass Chandler die richtige Granate in der Hinterhand hatte, um Connors heute endgültig abzuschießen, darüber bestand unter den Mitgliedern des Management kein Zweifel. Man war froh, dass man nicht selbst in Chandlers Schußlinie geraten war.

Alle wunderten sich, als dann Connors gelassen aufstand und lächelnd erklärte, dass er Chandlers Ausführungen so nicht akzeptieren könne, da er besser als ein noch relativ unerfahrener und junger Kollege, wie es Mr Chandler nun einmal sei (und dem man seine unangebrachte Aggressivität, die sicher auf seine Aufregung und Unsicherheit zurückzuführen sei, doch bitte nachsehen möge) wisse, was er und seine Managementkollegen für den Konzern leisteten. Der Vorstand möge ihm, Connors, bitte nachsehen, dass er sich hier nicht mit nebensächlichen Peanuts aufhalten wolle, die nur die kostbare Zeit des Vorstandes unnötig belasteten, sondern lieber sofort die für die weitere positive Entwicklung des Konzerns wirklich wichtigen Dinge auf den Tisch bringen wolle. Chandler habe ... und hier habe er sich gefreut, dass der junge Kollege ihn, Connors, zitierte ... völlig zutreffend gemeint, dass man nicht durch interne Controllingmaßnahmen den Markt erobern könne, sondern nur durch Ideen.

Dann erklärte Connors dem ungläubig blickenden Management, was er ihm gleich präsentieren würde. Chandler wurde bei Connors Ausführungen totenblass und rief aufgeregt, Connors habe seine Idee geklaut, denn er sei der Entdecker dieses von Connors geschilderten Knüllers. Woraufhin Connors ihn erstaunt bat, bitte zu erklären, wie er denn zu dieser nicht nachvollziehbaren Auffassung komme. Ob er denn ein Muster des Superproduktes zur Verfügung habe, um es heute hier vorzustellen, oder ob er sogar schon einen Vorvertrag, der die Vermarktungsrechte für den Konzern sichere, vorweisen könne. Als Chandler erklärte, er könne lediglich auf die Informationen des jungen, hochqualifizierten Produktmanagers David Huselham zurückgreifen, sagte Connors nur trocken, dass er Huselham wohl entlassen werde, weil dieser unverzeihlicherweise offensichtlich gegen die strengen

Geheimhaltungsvorschriften des Konzerns verstoßen habe. Worüber er sich allerdings wundere, sei, dass Chandler seiner Verpflichtung nicht nachgekommen sei, ihn, Connors, sofort darüber zu unterrichten. Chandler versuchte noch einmal aufzubegehren, wurde aber vom Vorstandsvorsitzenden Mr Landsberry unwirsch in die Schranken gewiesen, und zwar mit der Bemerkung, er solle hier den Betrieb nicht aufhalten und er möge sich nach der Sitzung in seinem Büro einfinden. Mit einem Blick auf den in sich zusammengesunkenen Chandler ging Connors zur Tür, um Folders und Viddil zu holen.

„Einfach sensationell, Mike!“ Mr Landsberry klopfte Connors anerkennend auf die Schulter und starrte begeistert auf Viddil. „Meine Herren, mit diesem Produkt beginnt für den Spielzeugmarkt eine neue Epoche. Dieses Modell wird den Spielecomputern der Asiaten den Garaus machen. Die Kids werden begeistert sein. Das ist Action in echt ... pur ... wie das Leben selbst! Wie viele können Sie uns zur Verfügung stellen, Mr Folders?“

Folders stand mit einem vor Aufregung hochroten Kopf wie die anderen am Kopfende des riesigen Sitzungstisches um Viddil herum, der sich winzig klein direkt vor Mr Landsberry auf dem Tisch befand. Er wollte antworten, als der Vorstandsvorsitzende sagte: „Einen Moment bitte, Mr Folders, bitte einen Moment.“ Dann schaute er sich im Kreis seiner Manager um.

„Meine Herren, ich brauche wohl nicht zu erklären, dass wir hier das bedeutendste Produkt seit der Erfindung des Teddybären auf dem Tisch haben ...“

„Ich bin kein Produkt ... ich bin ein Zwerg!“ Viddil wurde wütend und fragte sich, ob die hier am Tisch noch alle ganz richtig im Kopf waren, ein Lebewesen als Produkt zu betrachten.

Der mächtige Vorsitzende des Vorstandes der TFTW Inc. geriet in Fahrt und hörte Viddils Einwand nicht: „... Das bedeutet Geheimhaltungsstufe eins, meine Herren! Wer dagegen verstößt, der wird nicht nur gnadenlos gefeuert ...“, den kleinlauten Chandler traf ein vernichtender Blick, „... sondern der wird auch einen Schadensersatzprozess an den Hals bekommen, der ihn und alle nachfolgenden Generationen seiner Familie ruiniert. Ist das klar? Das gilt auch für Sie, Mr Folders“, blaffte Landsberry den verblüfften Folders an.

„Hören Sie, was bilden Sie sich eigentl...“

Landsberry schnitt Folders mit einer ungeduldigen Handbewegung das Wort ab. „Connors, klären Sie Mr Folders auf!"

Connors wedelte mit dem Vorvertrag vor Folders Augen und wies ihn auf das entsprechende Kleingedruckte hin. „Sie haben diese Vereinbarung unterschrieben, Frank."

Folders wurde wütend. Da hatte ihn Connors kräftig auf den Leim geführt. „Das bedeutet ja im Klartext, dass ich dieses Produkt nur mit euch vermarkten darf."

Viddil rief: „He, Männer! Ich ... bin ... kein ... Produkt! Ich ... bin ... ein ... Zwerg!"

„Kann mal jemand den Zwerg abstellen?" Mr Landsberry hatte nicht die Geduld, sich bei Verhandlungen von dem Gequake eines Produktes stören zu lassen.

Connors wandte sich an Folders: „Bringen Sie ihn zum Schweigen, Frank!"

Folders herrschte Viddil an: „Sei still und hör auf zu stören, oder ihr kommt in die Presse!"

„Nichts da, Mr Folders. Auch der Presseauftritt wird von uns gesteuert. Connors, ist Mr Folders nicht richtig informiert?" Landsberry schaute verwundert auf seinen Marketingchef.

„Doch, ist er. Was meinen Sie mit Presse, Frank?"

„Nichts. Das hat sich schon erledigt. Er ist jetzt ja ruhig."

„Na also." Landsberry zog zufrieden an seiner Zigarre. So weit käme das noch, dass so ein kleiner, windiger Schneekugelheini ihn aufs Kreuz legte.

Connors ergriff die Initiative: „Meine Herren, wir haben gehört, was Mr Landsberry vorgegeben hat: Geheimhaltungsstufe eins." Dann konnte er sich nicht verkneifen, Chandler noch einen zu verpassen. „Das gilt natürlich auch für Sie, Mr Chandler."

Landsberry beendete die Sitzung: „Alles Weitere ist Vorstandssache. Ich danke Ihnen, meine Herren. Connors und Folders zu mir ... und bringen Sie das Produkt mit." Chandler, der sich seinem Vorstandsvorsitzenden wie gewohnt anschließen wollte, wurde von ihm angeblafft: „Sie halten sich in Ihrem Büro zu meiner Verfügung. Ich lasse Sie rufen, wenn ich mit den beiden Herren alles besprochen habe."

Das gesamte Management vernahm mit Erleichterung den Todesstoß für Chandlers Karriere. Connors grinste Chandler im

Vorbeigehen an, kniff ein Auge zu und sagte so leise, dass nur Chandler ihn hören konnte: „Wer Schlamm anrührt, muss ihn notfalls auch fressen und verdauen können. Guten Appetit, mein Junge."

Schon wieder stand Viddil auf einem riesigen Tisch. Von dem dunklen Mahagoniholz hob sich seine rote Zipfelmütze leuchtend ab. Mr Landsberry schaute mit Dollarzeichen in den Augen auf sein neues Sensationsprodukt.

„So, Mr Folders, nun mal Butter bei die Fische! Wie viel Exemplare können Sie uns liefern?"

„Wir sollten uns erst über die Konditionen einigen, Mr Landsberry." Frank war nicht gewillt, sich von dem mächtigen Vorstandsvorsitzenden der TFTW Inc. in die Knie zwingen zu lassen.

„Ja sicher, Mr Folders, das verstehe ich ... Sie werden zufrieden sein." Landsberry lächelte Folders an, so wie ein Vater seinen tüchtigen Sohn anlächelt. „Lassen Sie uns nicht lange fackeln. Sie sind Unternehmer, ich bin Unternehmer. Reden wir von Mann zu Mann. Frei heraus: Was stellen Sie sich denn so vor?"

„Schön, Mr Landsberry, auch ich bin dafür, dass wir offen sprechen. Kommen wir also gleich zur Sache. Die TFTW Inc. übernimmt meine Firma – ich erwarte natürlich ein entsprechendes Angebot –, ich trete außerdem in die TFTW Inc. ein und bekomme einen Vorstandsposten. Von dem Erlös aller verkauften Exemplare des Produktes erhalte ich außerdem einen noch festzulegenden Anteil, zu dem Sie mir selbstverständlich ebenfalls ein akzeptables Angebot unterbreiten."

„Ich ... bin ... kein ... Produkt! Wie oft muss ich das noch sagen? Ich ... bin ... ein ... Zwerg! E i n Z w e r g !!!! ... und kein Produkt."

„Noch nicht, junger Mann." In Landsberrys Augen standen immer noch die Dollarzeichen, als er Viddil musterte. „Noch nicht, Winzling! ... Aber bald!" Dann wandte er sich wieder Folders zu. Er lachte, als wenn Folders einen guten Scherz gemacht hätte: „Mr Folders, Sie sind doch kein – verzeihen Sie den Ausdruck – Raubritter? Wollen Sie die TFTW Inc. tatsächlich ausrauben? Bei Ihren Forderungen könnte ich Ihnen den Konzern ja gleich überschreiben ... stimmt's." Er blätterte in ein paar Unterlagen, die vor ihm auf dem Tisch lagen. „Gehen wir die Fakten doch einmal gemeinsam durch. Einverstanden?"

„Einverstanden!“ Frank Folders nickte gelassen.

„Ihr Unternehmen ist so gut wie pleite. Die Produktionsanlagen würde noch nicht einmal ein Museum geschenkt übernehmen ... stimmt's?“

„Stimmt!“, nickte Frank Folders gelassen.

„Ohne die Erfahrung und die Tüchtigkeit Ihrer Mitarbeiter wäre der Laden schon längst zu ... stimmt's?“

„Wenn Sie meinen, Mr Landsberry.“ Frank Folders antwortete gelassen.

„Ich habe hier einen Vertrag in der Hand, in dem Sie sich verpflichtet haben, das Produkt nach unseren Vorschriften absolut geheim zu halten. Danach können Sie mit dem Produkt ohne unsere Zustimmung nicht auf den Markt gehen ... stimmt's?“

„Ich ... bin ... kein ... Produkt! Ich ... bin ... ein ... Zwerg! ... Kein Produkt.“

„Würden Sie bitte das Produkt wieder abstellen, Mr Folders?“

„Ich bin ja schon ruhig. Ja, ja, ich weiß ... die Presse.“

„Sie können also ohne unsere Zustimmung nicht vermarkten, Mr Folders ... stimmt's?“

„Ja ... stimmt. Aber ich habe das Kleingedruckte nicht gelesen.“

„Mr Folders, da muss ich mich aber sehr wundern. Sie sind doch Unternehmer ... stimmt's?“

„Stimmt.“

„Na, sehen Sie. Jetzt zum nächsten Punkt: Sie haben von uns eine Abschlagszahlung akzeptiert ... stimmt's?“

„Ja ... aber ich habe den Scheck noch nicht eingelöst.“

„Das nützt Ihnen doch nichts, da wir doch bei einem Schadensersatzprozess eine Quittung mit Ihrer Unterschrift vorlegen können ... stimmt's?“

„Stimmt alles, Mr Landsberry. Das nützt Ihnen aber alles nichts, wenn ich mich stur stelle ... stimmt's?“

„Würden Sie mir bitte erklären, wie Sie das meinen, Mr Folders?“ Der mächtige Konzernchef lächelte immer noch, aber seine Augen wurden kalt und lauernd.

„Aber gern, Mr Landsberry. Nehmen wir einmal an, nur so als Modell. Obwohl ich glaube, dass wir uns bestimmt einig werden, nehmen wir also an ...“, Folders nahm seinen ganzen Mut zusammen, „... nehmen wir an, rein hypothetisch selbstverständlich ... ich rufe jetzt über Handy bei mir im Büro an und gebe die Anweisung, eine gewisse E-mail mit einem gewissen Angebot über ein gewisses Produkt an gewisse Konzerne in Südostasien zu senden. Was meinen Sie, Mr Landsberry? Wäre das Interesse an diesem Angebot groß oder nicht? Und nehmen wir weiter an, gewisse Konzerne in Südostasien würden sich einen Dreck darum scheren, ob gewisse Vorverträge unterschrieben worden seien oder nicht ... und nehmen wir noch einmal weiter an, dass diese gewissen Konzerne bereit seien, für eine riesige, revolutionäre Marktchance, die ein gewisses Produkt mit sich bringt, in einen viele Jahre – was sage ich, Jahrzehnte – dauernden Schadensersatzprozess zu investieren. Was meinen Sie, Mr Landsberry, was nützt Ihnen dann die ganze Aufzählung Ihrer beeindruckenden Fakten. Meine Herren, wir beide, mein Produkt und ich, werden uns jetzt verabschieden, um Ihnen Gelegenheit zu geben, Ihr Angebot, das mich wirklich erfreuen sollte, zu erstellen. Guten Tag, die Herren. Sie wissen ja, wie Sie mich erreichen können."

Folders griff Viddil, setzte ihn unter die Kunststoffhalbkugel der 01-56739 und verließ, sich höflich verbeugend, den Raum. Landsberry und Connors saßen wie vom Donner gerührt.

Der Vorstandsvorsitzende fing sich als Erster. „Nicht schlecht. Der ist ja schlimmer als Chandler. So abgebrüht, wie der verhandelt. Das gefällt mir. Connors, den können wir brauchen."

„Soll ich ihn zurückholen, Mr Landsberry?" Connors stand auf.

„Nein, Mike, lassen wir ihn noch bis morgen schmoren. Wir wollen doch nicht, dass er größenwahnsinnig wird. Außerdem müssen wir die Konditionen noch ein bisschen drücken. Trotzdem sollten Sie schon mal ein Konzept zur Vermarktung dieser Winzlinge entwickeln. Die Hauptversammlung ist nicht mehr weit, und wir wollen doch unseren Aktionären Freude bereiten."

Connors stand auf. Als sein Marketingmanager fast an der Tür war, sagte Landsberry: „Und noch eins, Mike: klasse Arbeit, wirklich hervorragend. Ich bin sehr zufrieden."

Connors wusste, seine Wahl zum Vorstand war so gut wie gesichert.

BEI FOLDERS

Am nächsten Morgen saß Frank Folders an seinem Schreibtisch und schaute verwundert und neidisch auf den erstklassig und teuer gekleideten rothaarigen Jungen, der vor ihm auf dem Stuhl, auf dem sonst immer seine Leute in demütiger Haltung seine Befehle entgegen nahmen, Platz genommen hatte. Der roch, der stank förmlich nach Geld. Viel Geld. Oliver Kusch, so hatte er sich vorgestellt. Aus Germany. Er habe gehört, dass E&F die weltweit besten Schneekugeln produzierte. Ob es möglich sei, einmal die Produktion zu besichtigen? Dann wolle er gerne von jedem Exemplar des gesamten Sortiments je 1000 Stück kaufen. Geld spiele keine Rolle und Mr Folders könne sich die Zahlungsart aussuchen.

„Bar natürlich!“, rutschte es Folders heraus.

Das sei absolut kein Problem, er trage immer genügend Barmittel bei sich. Ob Euro genehm wären. Euro waren genehm. Folders rechnete schnell: Dann könnte er bei der Umrechnung der Preise von Dollar in Euro noch ein paar Prozente zusätzlich herausholen.

Auf Folders Frage, warum er pro Produkt so hohe Stückzahlen kaufen wolle, sagte der Rotschopf ruhig, er und seine Freunde interessierten sich neuerdings sehr für Schneekugeln. Folders hatte nicht gewusst, dass in Old Germany so reiche Leute wohnten, die dermaßen verrückte Spleene ihrer Sprösslinge finanzieren konnten und wollten. Ihm konnte es ja egal sein. Er rief Ben Millen ins Büro. Der konnte diesen Bengel durch die Produktion führen. Er wollte weiter am Telefon Wache schieben, denn er war sicher, die Jungs von der TOYS FOR THE WORLD Inc. würden heute anbeißen. Diesen unverhofften Auftrag des spleenigen Millionärssprösslings konnte er noch prima in die eigene Tasche fließen lassen, bevor sein Unternehmen in den TFTW-Konzern eingegliedert wurde. Schwarz natürlich. Er rechnete nach. Wenn der von jedem Stück in der Produktion je 1000 Stück kaufen würde, dann konnten da mit Sicherheit, wenn er auch all die alten Ladenhüter, die schon seit Jahren in den Lagern vor sich hinschlummerten, in das Sortiment einbezog, ein paar hunderttausend Dollar herauskommen. Frank Folders strahlte: Endlich schien er auf die Sonnenseite des Lebens hinüberzuwechseln.

„Das ist Mr Millen, unser Produktionschef und mein bester Mann, mein Junge. Er wird dir hier alles zeigen. Das meiste wird bei uns natürlich in aufwendiger Handarbeit hergestellt. Gute alte deutsche Qualität, in echter Erzgebirgstradition, auf die wir alle sehr stolz sind. Moderne Maschinen wirst du hier nicht finden. Meine Leute sind die Besten unserer Branche, da brauchen wir keine modernen Maschinen. Nicht wahr, Ben?“

Ben Millen klappte der Kiefer runter. Hatte Folders einen getrunken? Hier vor Kunden mit dem überalteten Laden so anzugeben. Was war der außerdem plötzlich so überfreundlich und leutselig!?

Folders stellte Olli vor: „Das ist Oliver Kusch, Ben. Er kommt extra aus Old Germany, um unser Haus zu besichtigen und bei uns einzukaufen. Bitte führen Sie den Jungen herum und erklären Sie ihm alles.“

Dann traf Millen ein Wehe-du-bleibst-nicht-bei-meiner-Erzgebirge-traditionsstory-dann-fliegst-du-ist-dir-das-klar?-Blick.

Millen nickte, ihm war das völlig klar.

„Ach so, Ben, geben Sie mir bitte doch noch die Schlüssel zum Lager 9.“ Folders schnippte ungeduldig mit den Fingern.

Ben löste die Schlüssel von seinem Schlüsselbund und gab sie seinem Chef.

„Sind das alle?“

Ben nickte betrübt.

„Jeffers hat keinen Schlüssel?“

Ben verneinte.

„Und auch sonst keiner?“

„Nein, Chef.“

„Gut! Sehr gut!“

Mit einem Wir-sehen-uns-später!-Blick schickte er Millen und Olli aus seinem Büro. Als sich die Bürotür hinter den beiden schloss, griff Frank Folders unter sein Hemd und hängte die Schlüssel an die Öse der schweren goldenen Halskette, mit der er sonst am Strand angeberisch seinen angeblichen Reichtum demonstrierte. Komischerweise funktionierte der Trick mit der Kette, er hatte so schon einige junge Mädchen kennen gelernt. Als Folders das kühle Metall der Schlüssel so beruhigend auf seiner Haut spürte, lehnte er sich höchst zufrieden zurück, legte die Füße auf seinen Schreibtisch und schaute aufs Telefon. Das würde der Tag aller Tage werden, da war er sich absolut sicher.

Ben führte Olli durch die veralteten Produktionshallen von E&F. Alles war piccobello sauber, aber man sah auf den ersten Blick, dass die Mitarbeiter frustriert waren und sich nur mit Aufräumungsarbeiten beschäftigten. Schließlich führte Ben Olli in den Ausstellungsraum. Auch hier war nirgendwo ein klitzekleiner Zwerg zu sehen. Klining, der mit den anderen die ganze Zeit unter Ollis Hemd ausharrte, sagte: „Olli, wir wollen jetzt wieder auf deinen Arm." Verblüfft hörte Ben, wie der Junge auf einmal mit einer anderen Stimme sprach. Dann beugte der Rotschopf seinen linken Arm und aus seinem Hemd kletterten fünf von den Gefangenen aus Lager 9.

„Wo kommen die denn her? Wir waren doch gar nicht in Lager 9." Ben war völlig verdattert.

„Wir sind auch nicht aus Lager 9. So, unsere Leute sind also dort eingesperrt."

Ben stotterte: „Welche Leute?"

„Ben, hören Sie zu." Klining blickte den Produktionsleiter ruhig aus seinen großen blauen Kulleraugen an. „Ich weiß, Sie sind ein anständiger Kerl. Und ich weiß, Sie sind todunglücklich darüber, dass Sie da in eine Sache hineingeraten sind, derer Sie nicht mehr Herr werden können ... richtig?"

Ben nickte. Der klitzekleine Zwerg auf dem Arm des Jungen strahlte etwas aus, das Ben gefangen nahm. Endlich verstand ihn jemand. Er fühlte auf einmal eine große Erleichterung darüber, dass er die schwere Last, die er seit Tagen mit sich herumschleppte und die ihm jeden Schlaf raubte, endlich loswerden konnte. Klining merkte, was in dem guten Ben vor sich ging.

„Ben, Sie wollen doch nicht allen Ernstes zulassen, dass lebendige Wesen, und mögen sie noch so winzig sein wie mein Volk der klitzekleinen Zwerge, in Schneekugeln zu Produkten verarbeitet werden, die zur Belustigung von irgendwelchen konsumsüchtigen Menschen dienen, die sonst nicht mehr wissen, was sie sich kaufen sollen?"

Ben traten die Tränen in die Augen. „Mir tut es so Leid. Ich wollte das alles nicht. Ich mache mir so große Sorgen. Die haben, seit wir sie in Lager 9 einsperrten, nichts mehr gegessen."

„Da machen Sie sich man keine Sorgen, Ben. Wir haben alle eine Notration für drei Monate in unserer Zipfelmütze. Die verhungern schon nicht."

„Aber die müssen doch auch trinken?"

„Richtig. Dafür werden Sie doch wohl gesorgt haben ... oder?" Jetzt klang die Stimme des Illantin besorgt.

„Doch, das habe ich. Es ist ausreichend Wasser in dem Raum, in den die eingesperrt sind."

„Gut. Wie kommen wir in das Lager?"

„Überhaupt nicht! Die Schlüssel hat Folders!"

„Hallo, Mr Millen!"

Durch die Tür des Ausstellungsraumes kam Daisy Smith geschwebt. Was wollte die denn von ihm? Daisy öffnete ihre Handtasche und holte Vergil heraus, der gleich mit einem gewaltigen Sprung auf Ollis Arm hüpfte und seine Leute mit einen Indianergeschrei begrüßte.

„Yippee ...! Wo kommt ihr denn her? Ich werde verrückt! ... Klining, bin ich froh, dass ihr da seid! ... Wie habt ihr uns gefunden? ... Wir stecken hier ganz schön in der Patsche! ... Wo sind die anderen gelandet? ... Leben die alle noch? Wir machen uns hier große Sorgen um die anderen. Was war das bloß für ein Orkan! ... So plötzlich aus heiterem Himmel ... das war doch nicht mehr normal! ... Wisst ihr schon, wer dahinter steckt? ... Wo habt ihr denn diesen Rotschopf aufgegabelt? Der hat aber wirklich tolle rote Haare ... sind die echt? ... Habt ihr die anderen aus dem Lager 9 schon befreit? ... Fliegen wir heute nach Hause? ... Nun sagt doch endlich was!"

Valmin lachte: „Wenn wir vielleicht auch mal zu Wort kommen dürften!"

Rinchen schüttelte den Kopf. „Nicht zu fassen ... immer noch die gleiche Schnabbelschnut."

„Ja, reden kann er, das habe ich auch gemerkt." Daisy meldete sich zu Wort.

„Wer sind Sie denn, schöne Frau?" Vildo musterte die bildhübsche Blondine.

„Das ist Miss Smith, die Freun..." Ben stockte.

Daisy lachte: „Sagen Sie es ruhig, Ben, ich bin die Freundin von Mr Folders. Es wird sich aber gleich herausstellen, ob ich das auch bleibe." Entzückt schaute sie auf die Gruppe auf Ollis Arm. „Die sind aber wirklich süß!" Dann wandte sie sich an Ben Millen und bat ihn, ihr alles genau zu erzählen. Während Bens Berichts wurde sie immer wütender. Zum Schluss kochte sie regelrecht vor Empörung.

„Na warte, Frankieboy, die Suppe werde ich dir versalzen. Hört zu, ich werde Frankie die Schlüssel abnehmen, darauf könnt ihr euch verlassen. Bloß: Wie kommt ihr wieder nach Hause? Über zweitausend klitzekleine Zwerge ... das ist doch bestimmt nicht so einfach."

„Genau genommen sind es zweitausenddreihundertachtzehn, aber das ist kein Problem, schöne Frau. Wir haben den besten Jet, den man sich vorstellen kann." Vildo strahlte Daisy an.

„Der kleine Mann ist ja ein richtiger Charmeur."

„Ich gehe zu Folders und sage, dass ich von allen Exemplaren 10.000 Stück kaufen will. Vielleicht lässt er dann die Gefangenen frei." Olli hielt seinen Lederbeutel mit den Juwelen hoch. „Geld genug haben wir doch. Das hier ist doch wirklich 'ne Unmenge wert."

„Was hast du denn da, mein Junge?" Daisy blickte neugierig auf den Lederbeutel.

„Das sind nur ein paar wertlose Glasstei...!" Klining wollte verhindern, dass die Blondine die Juwelen sah, wurde aber von Olli unterbrochen.

„Das sind Juwelen."

Der Junge hielt Daisy das geöffnete Säckchen hin.

„Wow! Das ist ja ein Riesenvermögen. Du zeigst Folders diesen Beutel nicht, das kommt doch überhaupt nicht in Frage! Lasst das lieber die gute Daisy machen. Ich habe da so meine eigenen Waffen."

Daisy lachte schelmisch und kniff ein Auge zu.

„Davon bin ich überzeugt!" Klining gab zu, dass ihn diese hübsche Blondine überraschte. Da war offenbar ein Mensch nicht nur mit goldenem Haar, sondern auch mit einem goldenen Herzen. Daisy Smith wurde ihm sehr sympathisch.

„Was meint sie damit?", fragte Olli naiv.

„Na, eben die besten Waffen, die es gibt: Die Waffen einer Frau!" Vildo schnalzte bewundernd mit der Zunge.

„Männer!" Rinchen schüttelte abfällig den Kopf. „Wenn die

eine hübsche Larve sehen, setzt gleich das Hirn aus."

„Genau, kleine Schöne, und das wollen so schöne Frauen wie wir beide uns doch wohl zunutze machen." Daisy lächelte Rinchen verschwörerisch an. Rinchens Wangen röteten sich. Sie musste zugeben, die große Blonde war eigentlich richtig nett.

Eine halbe Stunde später war der Schlachtplan fertig. Olli ging mit Ben zu Folders. Die sechs klitzekleinen Zwerge hüpften auf Daisys Arme und warteten mit ihr in Bens Büro auf deren Rückkehr. „Nicht schlecht", sagte Vildo und kuschelte sich an Daisys warmen Körper.

„Lustmolch", knurrte Rinchen leise und schüttelte missbilligend den Kopf. Die anderen klitzekleinen Zwerge kicherten.

Folders nahm die Füße von seinem Schreibtisch, als die beiden sein Büro betraten.

„Hat dir unsere Produktion gefallen, mein Junge?"

„Ja ... wirklich beeindruckend. Sie haben ja eine riesige Auswahl an Schneekugeln. Tolle Modelle. Auf Ihre Mitarbeiter können Sie aber richtig stolz sein. Solche Könner verdienen bestimmt eine Menge Geld."

So weit kommt das noch, dachte Folders.

„Aber was befindet sich denn in der einen Halle? Die mit den dicken Schlössern vor den Türen ... ich glaube, da stand 'ne 9 dran."

Frank Folders griff unbewusst an seinen Hals und fühlte nach den Schlüsseln. Beruhigt spürte er, dass sie noch da waren. Wieso fragte der Bengel nach dem Lager 9? Hatte Ben etwa geplaudert? Olli und Ben sahen die Bewegung. Aha, der hatte mit Sicherheit die Schlüssel an einer Kette um den Hals.

„Mr Millen wollte mir nicht sagen, was sich darin befindet. Dort wird wohl ein Produktionsgeheimnis gehütet?" Olli lächelte Folders an. „Wissen Sie, Mr Folders, ich bin immer auf der Suche nach Schneekugel-Neuheiten ... und Geld spielt wirklich keine Rolle. Ich habe sogar meine eigenen Kreditkarten. Wenn Sie sich davon überzeugen wollen?"

Olli beugte sich vor und hatte seine Kreditkarten aus der mit 500 Euro-Banknoten prall gefüllten Brieftasche gezogen. Folders ließ sich seine Überraschung nicht anmerken.

„Nicht nötig, junger Freund, wirklich nicht nötig. Ich glaube, dass deine Bonität außer Frage steht.“

„Wie ist es also, Mr Folders, zeigen Sie mir auch Ihr neuestes Produkt? Ich zahle als Sammler für das erste Stück einer Serie sehr gut.“

„So weit sind wir leider noch nicht, junger Mann. Ben wird dir bestätigen, dass wir noch mitten in der Produktentwicklung stecken. Ich bin aber bereit ...“

Folders wurde durch das Klingeln des Telefons unterbrochen.

„Hallo Mike ... nein, ich habe nicht auf Ihren Anruf gewartet.“ Idiot, was glaubte der denn, wen er vor sich hatte? Auf solche kleinen psychologischen Tricks fiel er doch nicht herein. Natürlich hatte er den ganzen Morgen nichts essen können, so verkrampfte sich sein Magen vor erwartungsvoller Spannung, aber das würde er doch Connors nicht auf die Nase binden. „Heute? ... Sie möchten heute noch die Verhandlungen zum Abschluss bringen? ...Nein? ... Ach so, es wäre gut, wenn es heute klappen könnte ... ach so, Mr Landsberrys Terminkalender hat sonst keinen Freiraum mehr. Verstehe ich, mir geht es ja nicht anders. Wir Unternehmer sind viel beschäftigte Leute ... ich will mal in meinem Terminkalender nachsehen, Mike, ob ich heute für euch noch was frei habe. Ja, da hat einer meiner Kunden den Termin verschoben. Was, Mike? ... Ob ich gleich kommen könnte? ... Sofort? ... Ich will mal sehen ... Sie wären dankbar, wenn ich das möglich machen könnte ... gut, Mike, Ihnen zum Gefallen ... bis dann ... in einer Stunde.“

Folders legte den Hörer auf und konnte einen triumphierenden Freudenschrei nicht unterdrücken. Er griff in die linke Schreibtischschublade holte die 01-56739 mit Viddil heraus und legte sie in seinen Aktenkoffer. Dann stand er von seinem Schreibtisch auf.

„Tut mir Leid, junger Mann, wir müssen unser Gespräch beenden. Wichtige Geschäftstermine bei der TFTW Inc. Ich schlage vor, wir bringen morgen früh unser kleines Geschäft über die Bühne. Sagen wir, so gegen zehn Uhr? Hier im Büro? Und du bringst genügend Bargeld mit?“

„Aber sicher, Mr Folders.“

Folders nickte, klappte seinen Aktenkoffer zu und eilte aus seinem Büro.

„Was hat er in seinen Aktenkoffer getan, Mr Millen?“

„Ich schätze, das war die Schneekugel, die ich als Ersatz für die Kugel, die Miss Smith heute mitgebracht hat, aus dem Lager 9 holen musste."

„Ist da auch ein klitzekleiner Zwerg drin?"

„Ja, mein Junge, leider konnte ich das nicht verhindern."

„Das müssen wir Klining sagen."

FOLDERS WIRD KONZERNMANAGER

„Verdammter Mistkerl!" Connors knallte den Hörer wütend auf. „Ich muss mal in meinem Terminkalender nachsehen, ob ich heute Zeit für euch habe ...", äffte Connors Folders Stimme nach, „... gut, Mike, Ihnen zum Gefallen ...". Connors schüttelte sich: Chandler war ja unangenehm und hinterlistig, aber Folders war obendrein noch fett und schmierig.

Connors eilte auf die Vorstandsetage. Kurze Zeit später saß er mit Folders in Mr Landsberrys Büro und die Verträge waren bald unter Dach und Fach. Man war sich nach einigem Geziere aufseiten Folders einig geworden. Folders sollte erst einmal die Position von Connors übernehmen, Connors rutschte auf Chandlers Position und sollte, so hatte es der Vorstandsvorsitzende mit Connors vorher abgesprochen, Folders im Auge behalten. Beide sollten dann auf der nächsten Hauptversammlung der Aktiengesellschaft als Vorstandsmitglieder gewählt werden. Vorausgesetzt natürlich, dass sich bis dahin das neue Produkt als Treibsatz für eine erneute Steigerung der TFTW-Aktien an der Börse bewährt hatte. Chandler würde nach Südamerika in eine kleine Fabrik des Konzerns für billige Plastiksouveniers auf die Position eines zweiten Geschäftsführers strafversetzt. Dort könne er sich erst einmal abkühlen, meinte Landsberry. Und ich kann ihn jederzeit wiederholen, um dem Management gegebenfalls Feuer unterm Hintern zu machen, dachte er für sich. Landsberry schätzte die Qualitäten Chandlers mehr, als Connors ahnte. Der Junge musste nur noch lernen, etwas besser zu taktieren.

Morgen Nachmittag sollte Folders E&F an den Konzern übergeben. Vorher wollte er noch eine Betriebsversammlung einberufen, um seine Leute über die neue Situation zu informieren. Bei der Übergabe sollten auch die vorhandenen Stückzahlen der klitzekleinen Zwerge in Lager 9 vom Konzern übernommen werden. Dazu gehörte selbstverständlich auch das Exemplar, das Folders seiner Freundin geschenkt hatte. Den Einwand Folders, ob das denn sein müsse, fegte Landsberry mit der Bemerkung beiseite, dass selbst seine eigene Frau keine Neuentwicklung zu sehen bekäme, bevor diese nicht offiziell auf dem Markt sei. Folders gab sofort klein bei.

Mr Landsberry schaute sehr zufrieden auf die 01-56739 mit Viddil vor sich auf seinem Schreibtisch. Die hatte ihm Folders natürlich als Muster dalassen müssen.

„Was isst der überhaupt, Folders?“

Jetzt, da Folders zu seinen Untergebenen gehörte, ließ der mächtige Vorstandsvorsitzende selbstverständlich das ‚Mister‘ weg.

„Ich weiß nicht, Mr Landsberry. Ich würde es mal mit ein paar Brotkrumen und Wasser versuchen.“

Daisy schmollte und weinte.

„Was willst du? Das glaub ich nicht ... schluchz! Du willst von deinem Daisylein ... schluchz ... das süße, putzige Zwerglein wieder haben? Nur weil dir das irgend so ein Vorstandsheini gesagt hat? Ja bist du denn jetzt in diesem komischen Konzern der Chef, der alles zu sagen hat ... schluchz, schluchz ... oder nicht?“

„Ja sozusagen, Daisylein. Komm, beruhige dich doch und sei lieb zu deinem Frankieboy.“

Frank Folders hatte Daisy angerufen und sie gebeten, ihn nach Feierabend von seinem Büro abzuholen. Es gebe etwas ganz Großartiges zu feiern und sie solle nicht vergessen, ihr kleines Geschenk, das sie ihm heute Morgen abgeluchst hätte, mitzubringen. Er habe jetzt ein noch viel, viel größeres Geschenk für sie. Als Daisy Folders Büro betrat, waren die Vorhänge vorgezogen, und auf dem Schreibtisch standen Champagner und brennende Kerzen. Folders stürmische Umarmung wehrte Daisy geziert ab. Ihr Frankie möge sie doch nicht so auf die Folter spannen, was es denn so Tolles zu feiern gäbe?! Folders hatte die Wahl zwischen einem Kuss von Daisy oder der Befriedigung seiner Eitelkeit. Er konnte sich nicht mehr zurückhalten ... küssen konnte man ja auch noch später ... und erzählte Daisy mit stolzgeschwellter Brust, dass die große

TFTW Inc. bei ihm angekrochen gekommen sei und darum gefleht habe, ob seine Firma, die E&F, den mächtigen Konzern nicht als Partner akzeptieren wolle, damit man gemeinsam endgültig zum absoluten Global Player avanciere. Er, Folders, habe aber erst nach längerem Zögern und auch nur deshalb zugestimmt, weil der Konzern ihm die absolut wichtigste Spitzenposition im Management, die des Marketingchefs, angeboten habe. Der Konzern habe schließlich auch zugegeben, dass die Übernahme von E&F eigentlich nur dem Ziel diene, Folders für die Leitung des Konzerns zu gewinnen. Man brauche in diesen schwierigen Zeiten einen absoluten Kenner der Branche und des Marktes an der so wichtigen Schaltzentrale der Macht, um die Zukunft des Konzerns zu sichern.

Daisy spielte die völlig Begeisterte: Ob das denn wahr sei – ihr Frankieboy rette einen großen Konzern? Oh, was sei sie stolz! Dass ihr Frankie so ein Ass sei, habe sie ja schon immer gewusst, dass er aber ein so wichtiger Mann sei. Sie könne es überhaupt nicht fassen! Als Folders sie daraufhin küssen wollte, wehrte sie ihn erneut mit der Begründung ab, die Freude über diese Überraschung habe sie offenbar so überwältigt, dass sie jetzt vor Kopfschmerzen umkomme. Wie sie ihr Frankielein aber kenne, habe er Verständnis dafür, dass sie die Freude erst mal verdauen müsse. Außerdem sei sie so froh, dass sie nicht nur einen so genialen, sondern auch einen so einfühlsamen Freund habe. Wenn Frankie ihr vielleicht ein Gläschen Champagner einschenken könne – vielleicht würde das ja ihre fiesen Kopfschmerzen vertreiben. Daisy stieß mit dem leicht irritierten Folders an und bat ihn inständig, doch bloß keine Rücksicht auf ihre Kopfschmerzen zu nehmen und noch ein Gläschen zu trinken. Als nach dem vierten Glas der schon leicht benebelte Folders sein Daisylein, das ihn trotz böser, böser Kopfschmerzen unter dem Kinn kraulte, fragte, ob sie denn die kleine Kunststoffhalbkugel mitgebracht habe – er wolle sie gegen ein größeres Geschenk eintauschen, fing die arme Daisy bitterlich zu weinen an. Sie wolle kein anderes Geschenk und sei untröstlich, dass Folders ihr das klitzekleine Zwerglein, das sie so lieb gewonnen habe, weil es das erste Überraschungsgeschenk von ihm sei, wieder wegnehmen wolle. Sie hätte es ganz süß bei sich zu Hause auf den Nachtschrank gestellt, und er könne sich ja morgen, wenn ihre

Kopfschmerzen wieder weg seien, selbst davon überzeugen. Dabei lächelte sie ihn unter Tränen an und kraulte ganz lieb sein Kinn.

Ob er nicht vielleicht doch einen Kuss bekommen könnte ... nein? Auch nicht einen ganz kleinen? Nein? Daisy sagte, ihr Frankieboy solle doch lieber noch ein Gläschen Champagner auf seinen großen Erfolg trinken, weil sein blondes Daisylein doch soooo stolz auf ihn sei. Folders gehorchte mürrisch und trank noch ein Gläschen Champagner. Langsam begann der Alkohol zu wirken. Daisy öffnete die nächste Flasche. Schließlich sollte ihr Frankie feiern und sich nicht durch ihre bösen Kopfschmerzen aufhalten lassen.

Daisy saß auf der Ledercouch gegenüber dem Schreibtisch und hatte Frank Folders Kopf im Schoß. Sie band seine Krawatte ab und öffnete die obersten Knöpfe seines Hemdes – die Schlüssel für das Lager 9 hingen tatsächlich an der goldenen Kette. So ... das sei doch wirklich viel bequemer. Armer, armer Frankie. Musste heute so viel Rücksicht auf sein kleines Daisylein nehmen ... aber morgen sei alles wieder okay. Sie kenne das mit den Kopfschmerzen. Sie freue sich schon darauf, morgen mit Frankie zu feiern und so auf die Pauke zu hauen, wie es Frankie noch nicht erlebt habe. Dabei lächelte sie Frankie aus ihrem tränennassen Gesicht viel versprechend an. Davon gerührt gab ihr Folders eine schmale Schmuckschatulle mit einem hübschen Diamantarmband. Die 01-56739 würde er morgen von ihrem Nachttisch verschwinden lassen. Der Konzern konnte auch noch einen Tag warten. Daisy schrie entzückt auf. So viele Diamanten. Als Frank meinte, jetzt habe er doch wirklich einen klitzekleinen – er sagte tatsächlich 'klitzekleinen' – Kuss verdient und sie solle das Diamantarmband einmal umnehmen, gab sie es entrüstet zurück und meinte, sie wolle es erst morgen haben, wenn sie sich bei Frank so bedanken könne, wie er es verdiene. Sie lächelte Folders vieldeutig an und schenkte sein Glas wieder voll. Natürlich werde sie morgen auch das doofe Zwerglein gegen das wunder ... wunder ... wunderschöne Diamantarmband eintauschen.

Frank trank ein weiteres Gläschen Champagner und ließ sich in Daisys Schoß sinken. Frankieboy grinste. Was war er doch für ein Fuchs! Zufrieden mit sich und der Welt gönnte er sich noch ein paar Gläschen Schampus.

Die beiden Flaschen waren leer.

Frank Folders schnarchte tief und fest.

Daisy löste die Schlüssel vom Lager 9 von der Goldkette und eilte in das Büro von Mr Millen.

Sie hatten die Türen zu Lager 9 geöffnet und alle klitzekleinen Zwerge nach vielen freudigen Umarmungen auf den Parkplatz vor dem Verwaltungsgebäude der Fabrik geführt.

„Viddil fehlt!“ Vergil kam atemlos angesaust. „Er ist nirgendwo zu finden.“

„Wo ist Vinkus? Er soll mit Votto bitte zu mir kommen.“

Klining instruierte Vinkus und Votto über den Flug mit dem Orion-Albatros. „Macht das, was euch der Orion-Albatros sagt! Jetzt vor dem Start nehmt ihr euch alle bei der Hand, damit auch alle mitkommen und keiner aus Versehen zurückbleibt. Helft den Alten und passt auf, dass die Kleinen keinen Blödsinn machen und geordnet abspringen. Ich will nicht, dass sich jemand verletzt. Ihr beide seid mir dafür verantwortlich. Vergil bleibt hier. Sagt dem Kamarin, dass die beiden sofort nachkommen, wenn wir Viddil befreit haben. Und noch eins. Er möchte bitte versuchen, über Ovangar Verbindung mit uns aufzunehmen. Ovangar, merkt euch diesen Namen. Einen guten Flug wünsche ich euch allen.“

Vinkus und Votto nickten. Kurze Zeit später war ein leises Rauschen zu hören und der Parkplatz war leer.

„Viddil sitzt in einer 01-56739 auf dem Schreibtisch des Chefs von TFTW Inc. Das konnte ich durchs Fenster sehen. 78. Etage! Ganz oben im Wolkenkratzer“, rief Nandur.

„Ich weiß, wo das ist“, meldete sich Ben.

„Kommen wir da rein?“ Vergil schaute Ben mehr als unternehmungslustig an.

„Keine Chance. Ich habe da vor Jahren mal ein Modell hingebracht. Die TFTW Inc. ist schlimmer abgesichert als Fort Knox.“

„Was ist in Fort Knox?“

„Da liegen die Goldreserven der USA, Vildo. Richtig, Mr Millen?“ Olli hatte das mal in der Zeitung gelesen.

„Richtig, junger Mann.“

„Goldreserven? Wie viele? Größer als der Nibelungenschatz?“ Vildos Augen fingen an zu glitzern.

„Du hörst auf, an Fort Knox zu denken! Ihr hört jetzt sofort alle auf, an Fort Knox zu denken, ihr kleine, gierige Zwergenbrut! Das wird noch mal euer Verderben." Klining raunzte die klitzekleinen Zwerge giftig an.

Vugur maulte: „War doch nur mal so!"

„Ja, ja, ich kenne euer ‚nur mal so'."

„Mr Millen, Sie können ruhig Olli zu mir sagen. Alle meine Freunde nennen mich Olli."

„Ich weiß nicht – du als Kunde?"

„Ben, wir sind doch keine Kunden."

„Schade, euer Kauf hätte wieder einige Arbeitsplätze gesichert."

„Mr Millen – Ben –, wir werden einen anderen Weg finden, um die Arbeitsplätze hier zu sichern", sagte Klining. „Du kannst ihn also ruhig Olli nennen. Und mich nennen meine Freunde Klining."

„Ich heiße Vugur ... und das sind Vildo, Valentirina und Valmin. Vergil kennst du ja schon."

„Das finde ich aber nett von euch." Ben war gerührt. „Dass ich Ben heiße, wisst ihr ja inzwischen."

„Und ich? Wird die liebe Daisy ganz vergessen? Da ist das kleine Daisylein aber ganz, ganz traurig!"

„Ich möchte deine Freundin sein. Meine Freunde nennen mich Rinchen. Und von diesen Rüpeln, die mit Frauen nicht umzugehen wissen, sondern nur hinter einem Bruderschaftskuss her sind – ich erinnere die Herren an die peinliche Geschichte mit den Stewardessen –, solltest du dich lieber fern halten."

„Aber der Kuss gehört nun mal dazu!" Vildo grinste. „Oder ist hier einer von den Männern anderer Meinung?"

Alle schauten die hübsche Blondine an. Alle schüttelten den Kopf. Daisy lachte. „Ihr seid mir ja so Schwerenöter. Also wenn ich euch nicht küsse, dann wollt ihr euch nicht mit mir duzen?"

Alle sagten: „Richtig!"

Vildo bemerkte voller Überzeugung: „Tradition ist Tradition."

Klining sagte: „Eine gute Tradition."

Olli sagte: „Stimmt, das habe ich im Flugzeug gelernt."

Vugur sagte schulterzuckend: „So kennt man das nun einmal."

Valmin meinte: „Ja, so kennt man es überall."

Rinchen sagte fassungslos: „Das ist ja nicht zu fassen."

Ben sagte daraufhin treuherzig: „Ein Kuss muss ja nicht unbedingt sein, Miss Smith."

Daisy schaute mit einem verzweifelten Blick auf Ben und sagte dann zu Rinchen: „Du hast Recht, obwohl die fünf Kleinen ...", Olli zog sie in diese Betrachtung mit ein, „... ja noch gehen, aber der ...", sie zeigte auf den verdutzten Ben, „... der hat wirklich keine Ahnung von Frauen."

Ben wurde rot und sagte: „Was habe ich denn nun verkehrt gemacht?"

Valmin sagte: „Alles, mein Junge ... alles!"

Klining schmunzelte. Sieh an, Miss Daisy hat ein Auge auf den ebenso sympathischen wie ahnungslosen Ben geworfen.

„Es wäre eine große Ehre für uns, verehrte Miss Smith, Sie zu unseren Freunden rechnen zu dürfen." Klining verbeugte sich so formvollendet wie am Hof des Feenkönigs.

„Ihre Schönheit, Miss Smith, würde diese Freundschaft für immer überstrahlen." Vugur verbeugte sich nicht weniger gekonnt.

„Nun brecht euch bloß nicht eure Zipfelmützen!"

„Lass sie, Rinchen, sie bemühen sich ja wirklich." Daisy lachte geschmeichelt.

„Darf ich auf eine klitzekleine Strähne Ihres wundervollen Haares hoffen, werte Miss Smith?" Vildo schaute sie schmachtend an.

„Das würde ich nur in meinen kühnsten Träumen erwarten, verehrte Mitstreiterin." Valmin lüftete die Zipfelmütze.

„Ich find Sie prima, Miss Smith. Sie als Freundin finde ich genau so klasse wie Rinchen ... wirklich!" Olli schaute erst Daisy, dann Rinchen strahlend an.

Daisy und Rinchen strahlten zurück, von so viel naiver Nettigkeit schier überwältigt.

Jetzt schauten alle auf Ben. Wie würde der die Situation meistern? Jetzt ist sowieso alles egal, dachte Ben, nahm Miss Smith kurz entschlossen bei den Schultern und gab ihr einen langen Kuss. Dann ließ er sie frei, trat einen Schritt zurück und schloss die Augen in Erwartung der nun mit Sicherheit folgenden Ohrfeige. Plötzlich spürte er zwei weiche Arme um seinen Hals und die zwei Lippen, die er gerade gespürt hatte, küssten ihn liebevoll. Alle klatschten begeistert.

Daisy ließ den überraschten Ben stehen und hielt allen anderen ihre Wange hin. Küsschen wie die Berührung durch Schmetterlingsflügel, dachte sie entzückt. Dann traf sie ein dicker Schmatzer. Sie öffnete die Augen und Olli strahlte sie an.

Frank Folders wachte auf der Ledercouch in seinem Büro auf. Sein Schädel brummte und mühsam versuchte er sich zu erinnern. Da fiel sein Blick auf die offene Schmuckschatulle, in der noch das Diamantarmband lag. Richtig, Daisy hatte Kopfschmerzen ... und er hatte sich einen hinter die Binde gegossen. Er setzte sich hoch und reckte sich, sein Kreuz tat weh. Verdammt, hatte er die ganze Nacht auf dieser dämlichen Couch verbracht? Wieso hatte Daisy das Diamantarmband nicht angenommen? Sein Gehirn schien wie lahm gelegt, außerdem war ihm schlecht. Daisy wusste doch, dass er nur ein oder zwei Gläschen Champagner vertrug, er stieg danach immer auf Whisky um. Champagner haute bei ihm auf den Kreislauf, und wenn er viel trank, haute ihn das Prickelzeug aus dem Anzug. Warum hatte sie ihm so viel eingetrichtert? Wieso lag das Armband noch hier? Das sollte doch das Geschenk sein – als Ersatz für den verdammten Zwerg.

Folders durchfuhr es heiß wie ein Blitz. Da stimmte was nicht. Instinktiv griff er nach den Schlüsseln an seinem Hals. Er griff ins Leere. Plötzlich war Folders hellwach! Hektisch drehte er die Kette - in der Hoffnung, dass die Schlüssel ihm im Schlaf auf den Rücken gerutscht waren. Schweiß bildete sich auf seiner Stirn. Stück für Stück tastete er die Kette ab. Die Schlüssel waren weg.

„Verdammte Schlange!“ In Folders schoss eine heiße Wut hoch. Er sprang auf und lief zum Lager 9. Die Mitarbeiter wunderten sich, dass Folders, der sonst nie vor zehn, meistens erst um halb elf, in die Firma kam, schon kurz nach Sonnenaufgang über das Firmengelände raste. Ihr Morgengruß blieb unbeachtet. Schon von weitem sah er, dass die Türen von Lager 9 weit offen standen. In dem Raum, wo man die klitzekleinen Zwerge eingesperrt hatte, kehrte Jeffers gedankenverloren die leeren Schneekugeln des Modells 01-56739 auf dem Fußboden zusammen und riss die Klebestreifen aus den Ecken.

„Wo sind sie?“

„Wer? ... Oh, guten Morgen, Mr Folders.“ Jeffers neigte demutsvoll seinen Kopf, so wie es der Sklaventreiber Folders liebte.

„Die Zwerge, Jeffers! Ich will sofort wissen, wo die Zwerge sind.“ Folders Stimme überschlug sich vor Zorn.

„Weiß ich doch nich’, Mr Folders. Die Türen standen offen, als ich kam, und alle waren weg. Da habe ich gleich angefangen, Ordnung zu schaffen."

„Wo ist Millen?"

„Der steht mit Ihrer Freundi... ich meine mit Miss Smith, und so 'nem kleinen rothaarigen Jungen vorn auf dem Parkplatz vor der Verwaltung. Haben Sie die nich' gesehen?"

Hatte Folders nicht, denn er war hinten aus dem Verwaltungsgebäude gerast, weil es vom Hinterausgang näher zum Lager 9 war. Folders rannte über das Fabrikgelände zum Parkplatz.

„Oh.. Oh ...!"

Ben sah Folders wutentbrannt auf die Gruppe zueilen. Daisy bekam gerade von Olli den Schmatzer auf die Wange. Jeffers lief, den Besen und die große Schaufel in der Hand, hinter Folders her. Der Chef schien irgendwie ausgerastet zu sein. Vielleicht war es besser, wenn er in der Nähe blieb.

„Wo sind sie? Ich frage euch: Wo sind sie?"

Daisy schob Olli vor Schreck zurück. Klining und die anderen purzelten von Ollis Arm, griffen aber geistesgegenwärtig ihre Zipfelmützen und segelten zu Boden.

„Eins ... zwei ... drei ... vier ... fünf ... sechs! Wo sind die restlichen zweitausenddreihundertachtzehn, du Miststück, du mieses?" Folders schnappte Daisy wutschnaubend am Arm.

Daisy schrie auf: „Au ... lass mich sofort los, du grober Klotz."

Folders schüttelte Daisy und schrie sie an: „Ich will wissen, was ihr mit den anderen gemacht habt ... sofort!"

Daisy riss sich los und stellte sich hinter Ben Millen. Der versuchte seinen Chef zu beruhigen.

„Wollen wir nicht in Ruhe darüber reden, Mr Folders?"

„Sie sind entlassen, fristlos! Ich will nicht in Ruhe darüber reden, ich will wissen, wo meine neuen Produkte sind."

„Nun ist aber gut, Mann, nun kommen Sie mal wieder auf den Teppich."

Eine klare, energische Stimme stoppte Folders Wutausbruch. Er schaute verblüfft auf Oliver. „Wieso bist du schon hier? Wir waren doch erst um zehn Uhr verabredet. Du mischst dich da nicht ein, junger Mann. Das ist eine firmeninterne Angelegenheit."

„Habe ich auch nicht, Mr Folders. Das war er." Olli zeigte auf Klining, der auf dem Parkplatz mit den anderen klitzekleinen Zwergen winzig vor Folders stand. „Klining ist unser Anführer!"

„So, so ... Anführer!“ Folders beugte sich runter. „Dann sag mir mal, du Winzling von Anführer, wo der Rest von euch ist.“

„Wir haben sie alle nach Hause geschickt, Folders.“

„Was habt ihr? Ihr habt sie nach Hause geschickt? Die Zwerge? Meine neuen Produkte?“

„Das sollten Sie doch schon in der Schule gelernt haben, Folders. Lebende Zwerge sind keine Produkte. So dumm können doch selbst Sie nicht sein.“

„Na gut, du Anführer, dann hör mir mal gut zu ...!“ Folders war jetzt von einer eiskalten, mörderischen Ruhe erfasst. „Jeffers, geben Sie mir mal Ihre große Schaufel.“ Folders streckte die Hand aus, ohne den Blick von Klining und den anderen kleinen Zwergen vor ihm auf dem Parkplatz zu wenden.

„Was soll ich, Chef?“ Jeffers war verdattert. Was wollte der Alte mit 'ner Schaufel?

„Jeffers, her mit der Schaufel ... sofort! Oder willst du Millen begleiten?“

Jeffers gab Folders schnell die große Schaufel. Folders nahm sie in beide Hände und funkelte Klining böse an.

„Siehst du diese große Schaufel, Anführer?“ Er hob die Schaufel hoch über seinen Kopf.

„Ja, ich sehe die kleine Schippe, Folders.“ Klining blickte Frank Folders ruhig an.

„Ich zähle jetzt bis drei, Anführer. Dann sagst du mir, wo ich die anderen finde, sonst ...!“

„Sonst was?“

„Sonst haue ich euch sechs wie mit einer Fliegenklatsche zu Brei.“

Daisy, Ben, Jeffers und Olli wollten sich auf Folders stürzen, aber der schrie nur: „Z U R Ü C K ! ... Zurück, sage ich ... sonst haue ich sie gleich platt.“

Folders hob drohend die Schaufel; Olli brach der Angstschweiß aus. Wenn die Schaufel jetzt niedersausen würde, käme jede Hilfe zu spät.

„Du willst uns also zu Brei hauen?“

„Ja! ... zu Brei ... zu Mus ... zu Pampe ... zu Pudding ... du kannst dir aussuchen, was du willst! ... E I NS ! ...“

Die Schaufel schwebte drohend über den Köpfen der Zwerge.

„Das ist aber unfair! Du bist so riesig groß und wir sind so winzig klein ... so klitzeklein."

„Stimmt! Das ist wirklich sehr unfair ... Z W E I ! ..." Folders lachte hämisch. Die Schaufel schwankte wie eine riesige Fliegenklatsche.

„Findest du nicht, dass es fairer wäre, wenn wir gleich groß wären? Aug in Aug ... Mann gegen Mann."

„Bist du verrückt? Das wäre doch mehr als unfair. Ihr seid zu sechst und ich bin alleine ... D R E I !" Folders lachte irre und ließ die Schaufel runtersausen ... vielmehr, Folders wollte die Schaufel runtersausen lassen. Klining, der wie die anderen Zwerge bereit war, blitzschnell zur Seite zu springen ... schneller als die Schaufel waren sie allemal ... stand nach wie vor ruhig an der gleichen Stelle, als plötzlich aus Klinings Zipfelmütze ein leuchtender Nebel wie aus strahlend weißem Perlmutt strömte und über den Parkplatz zu Folders kroch, langsam an seiner Gestalt aufstieg, ihn mitsamt der noch immer hoch erhobenen Schaufel vollständig einhüllte, kurz still stand und dann anfing sich langsam und dann immer schneller um Folders zu drehen, bis dessen Gestalt nicht mehr zu sehen war, sondern nur noch ein leuchtender, heller Lichtwirbel. Dann sank der Perlmuttnebel plötzlich in sich zusammen und zog sich wieder in Klinings Zipfelmütze zurück. Frank Folders war verschwunden.

Die Gruppe hatte starr vor Erstaunen die Erscheinung verfolgt. Olli hatte unbewusst seinen roten Glasstein in der Hosentasche umfasst und fühlte, wie sich der auf einmal in seiner Hand immer mehr erwärmte. Er zog ihn aus der Tasche und sah, dass der rote Glasstein hell aufleuchtete. Die anderen bekamen davon nichts mit, weil sie alle immer noch wie gebannt auf die Stelle starrten, wo Folders eben in voller Größe und mit erhobener Schaufel gestanden hatte.

„Wo ist meine Schaufel?" Jeffers schaute sich suchend um.

„Einfach unglaublich! Das glaubt uns kein Mensch." Ben murmelte wie unter Schock.

„Wo ist er?" Daisy blinzelte kurzsichtig.

„Hier! Hier ist er! Hier unten bei uns!"

Klinings Stimme lenkte die Aufmerksamkeit auf die Gruppe der winzigen Zwerge auf dem Parkplatz. Sie hatte sich um einen Zwerg versammelt, der ulkigerweise einen Anzug anhatte und aussah wie Folders. Auf den zweiten Blick sahen Daisy, Olli, Ben und Jeffers: Es war Folders.

„Er ist ein mächtiger Zauberer!“

Olli zeigte auf Klining. Sie gingen alle in die Hocke, um näher am Geschehen zu sein.

Folders stand klitzeklein, seine winzige Schaufel drohend erhoben, inmitten der klitzekleinen Zwerge. Es fiel gleich auf, dass er nicht nur über keine rote Zipfelmütze verfügte, sondern auch viel kleinere, gemein wirkende Augen hatte als die Gruppe mit den großen blauen Kulleraugen, die einen engen Kreis um ihn bildete.

„Kommt mir nicht zu nahe.“ Folders Stimme klang schrill und ängstlich. „Das ist unfair.“

„Ben, haben Sie noch eine leere Schneekugel?“, fragte Klining. „Jeffers, hol schnell eine.“

„Ich habe noch eine in der Hosentasche, Ben.“

„Steck ihn hinein, Jeffers.“

Ben hatte begriffen, was Klining wollte. Jeffers, gut geübt, da er tagelang die widerstrebenden Zwerge im Lager 9 nach jedem Freigang wieder in die 01-56739 hatte verfrachten müssen, griff den sich heftig wehrenden Folders und steckte ihn ohne Umstände unter die Kunststoffhalbkugel, die oben ein Luftloch besaß.

„Ihr Schweine ...! Lasst mich sofort heraus!“ Folders tobte unter der Kunststoffglocke.

„Jetzt haben wir ein Produkt, um es gegen Viddil einzutauschen“, sagte der Illantin trocken.

„Ich bin doch kein Produkt, ihr Schweine! ... Ich bin ein Mensch! ... Hört ihr: Ich ... bin ... ein ... Mensch ... und kein Produkt!“

„Olli, nimm uns und dieses Produkt bitte hoch.“

„Darf ich ihn mal sehen?“ Daisy beugte sich neugierig über die Schneekugel mit dem tobenden Folders. „Och ... eigentlich ist der ja ganz süß, jetzt wo Frankielein nun wirklich ein Frankielein ist.“

Connors saß an Folders Schreibtisch. Wo der bloß blieb? Sie hatten sich für Punkt drei in Folders Büro wegen der Firmenübergabe verabredet. Wenn der immer so unpünktlich war, dann würde der sehr schnell Probleme mit Mr Landsberry bekommen. Der mächtige Vorstandsvorsitzende der TFTW Inc. hasste nichts mehr als Unpünktlichkeit. Connors trommelte ungeduldig auf den Schreibtisch. Widerliche kleine Klitsche. Er mochte es nicht, wenn der Konzern irgendwelche kleinen Firmen schluckte. Wenn es nach ihm ginge, dann würde man nur die Kunden und damit die Absatzmärkte übernehmen. Die Übernahme kleiner Firmen war immer mit starken Gefühlen verbunden. Angefangen bei der Sekretärin, die heulte, weil sie ihren heimlich verehrten Chef verloren hatte, bis zu den alten Produktionsmaschinen, an denen die Mitarbeiter mehr hingen als an ihren Ehefrauen.

„Wann kommt Ihr Chef?" Ihm gegenüber saß der junge Produktionsleiter von E&F, Ben Millen.

„Gleich, Mr Connors."

Man hatte sich bei E&F äußerst unbeeindruckt gezeigt, als Connors in Begleitung des Übernahmeteams der TFTW Inc. (abgebrühte, gefühlskalte Spezialisten, die Firmen im Ruckzuckverfahren über Kopf rissen) in die kleine, etwas altertümliche Empfangshalle des E&F-Verwaltungsgebäudes getreten war. Normalerweise löste das Erscheinen des Übernahmeteams in jeder Firma eine gespannte Atmosphäre aus, weil mit seinem Auftauchen die Gerüchte um die Übernahme zur Realität wurden. Hier schien aber alles anders. Als er sagte, dass er um drei einen Termin mit dem Chef des Hauses hätte, bat man ihn lediglich, einen Moment zu warten. Allein das war schon mehr als ungewöhnlich. Wenn die neuen Herren sonst kamen, überschlug man sich in der Regel.

Dann war Millen gekommen und hatte ihn in das Chefzimmer gebeten. Die Sekretärin brachte ihm einen Kaffee und behandelte ihn so, als wäre er ein Gast und nicht ein Vertreter der neuen Unternehmensleitung. Connors überlegte: Wahrscheinlich hatte es das Weichei Folders nicht geschafft, die geplante Betriebsversammlung durchzuführen und die Mitarbeiter zu informieren. Na, war ja auch egal. Sobald Folders auftauchte, konnte das Übernahmeteam E&F auseinander rupfen. Er würde die Zwerge in die Obhut des Konzerns übernehmen und wieder verschwinden.

Plötzlich ging die Tür auf und herein schwebte eine atemberaubende Blondine, gefolgt von einem sehr elegant und teuer gekleideten älteren Herrn und einem kleinen, zierlichen Rotschopf mit sieben Zwergen auf dem Arm, die ab heute das Eigentum seines Konzerns waren. Komischerweise hatten sie alle grüne Nasen.

Millen stand auf, um die Herrschaften miteinander bekannt zu machen. „Der Herr ist von der TFTW Inc. und behauptet, mit Mr Folders um 15.00 Uhr einen Termin zu haben."

Die Blondine strahlte ihn an: „Ach ... das ist aber nett, dass uns ein Vertreter der großen Konkurrenz willkommen heißt."

Millen stellte vor: „Das ist Miss Smith, unsere neue Geschäftsführerin."

„Guten Tag, Sie sind ... ?" Die Blondine lächelte ihn mit ihren großen, beeindruckenden blauen Augen über dem grünen Näschen fragend an.

Connors schüttelte ihr verblüfft die Hand. „Connors!", stotterte er, „Mike Connors."

„Es freut mich, Sie kennen zu lernen, Mr Connors." Dann stellte sie den kleinen Rotschopf und den eleganten älteren Herrn vor: „Das ist Oliver Kusch, der neue Inhaber der Firma E&F, und das ist Mr von Olgursam, unser Berater."

Die beiden Genannten lächelten und schüttelten Connors ebenfalls die Hand.

Der begriff nicht und fragte: „Wo ist Folders?"

„Bei Mr Landsberry." Die Blondine schenkte ihm erneut einen tiefen Blick aus ihren schönen Augen.

„Er steht auf seinem Schreibtisch!" Der Rotschopf und die sieben Zwerge kicherten.

Connors bekam große Augen. Folders war ja schneller als der Schall. Da war der beim Alten, obwohl er mit ihm hier verabredet war. Das bedeutete, Folders intrigierte bereits am ersten Tag hinter seinem Rücken.

„Hat der Herr gesagt, wann er kommt?" Connors war sauer.

„Der kommt nicht mehr, Mr Connors."

„Der kann sich nicht von Mr Landsberrys Schreibtisch trennen." Der Rotschopf und die sieben kleinen Zwerge auf seinem Arm kicherten erneut.

Connors wurde langsam wütend. Jetzt stand er wie ein Vollidiot da. „Hat Mr Landsberry etwa mit Folders besprochen, wie der Laden hier abgewickelt werden soll?" Merkwürdig, seit wann mischte sich der Alte in diese Dinge ein?

Der sich einmischte, war der elegante ältere Herr: „Hier wird nichts abgewickelt, Mr Connors."

„Nicht?“

„Nein, rein gar nichts, Mr Connors.“

„Dann hat Mr Landsberry anders entschieden?“

„Wir wissen nicht, wie Mr Landsberry entschieden hat, Mr Connors. Tut uns Leid.“

Connors Blick wurde langsam immer verwirrter, sein Gesicht rötete sich. Typisch Konzern. Rein in die Kartoffeln, raus aus den Kartoffeln.

„Sie wissen auch nicht, ob ich zumindest die neuen Produkte übernehmen soll?“

„Welche neuen Produkte?“ Ben schaute fragend auf den mächtigen Marketingmanager des weltweit größten Spielzeugkonzerns.

„Na, die kleinen Zwerge da!“

„Aber, Mr Connors ...“, der ältere Herr lächelte nachgiebig, „... das sind doch keine Produkte, das sind lebendige kleine – zugegebenermaßen klitzekleine – Zwerge, aber doch keine Produkte. Ich bitte Sie, Mr Connors!“ Die Nase des Herrn hatte sich noch grüner verfärbt.

Connors wurde wütend: „Das ist mir doch piepegal! Die klitzekleinen Zwerge ... auch diese sieben da ...“, Connors zeigte auf die sieben Zwerge auf dem Arm des Jungen, „... auch diese da werden, wie die anderen in Lager 9, nächste Woche bei uns zu piekfeinen TFTW-Produkten verarbeitet. Darauf können die ihre Zipfelmützen fressen!“

„Mr Connors, darf ich Sie bitten, Ihren Ton in meinem Büro zu mäßigen und nicht so ausfallend zu werden. Wir sind hier nicht bei der TOYS FOR THE WORLD Inc.! Das ist nicht unser Stil.“ Die Blondine schaute jetzt gar nicht mehr so betörend, sondern sehr verärgert.

„Moment! Moment! ... Gnädigste! Sie scheinen hier auf dem falschen Dampfer zu sein. Das Büro gehört, wie der gesamte Laden, seit 15.00 Uhr zu unserem Konzern, Miss! Und hier kann ich so ausfallend werden, wie ich es will.“ Connors redete sich in Rage. „Und nun möchte ich Sie bitten, mein Büro zu verlassen, ich habe zu tun.“

Connors griff zum Hörer und rief unten in der Empfangshalle an. „Hier ist Connors. Sagen Sie bitte meinen Leuten, dass sie anfangen sollen! ... Was? ... Die sind nicht mehr da? ... Wollen Sie mich verhonepiepeln, Mann? Geben Sie mir bitte Mr Sherman! Sofort! Was, der ist auch schon weg?“ Connors knallte den Hörer auf.

„Ich habe sie weggeschickt, Mr Connors.“ Der kleine Rotschopf strahlte ihn an.

„Du, mein Junge? Was hast du denn damit zu tun?“

„Mehr als Sie meinen, Mr Connors. Oliver ist der neue Inhaber der E&F. Sie sollten zuhören, Mr Connors, denn das sagte ich Ihnen doch bereits, als ich Ihnen die Herren vorstellte.“ Daisy amüsierte sich köstlich über das jetzt sehr dümmliche Gesicht des Konzernmanagers.

„Zuhören sollte man schon. Wer nicht richtig zuhört, den bestraft das Leben.“ Die sieben klitzekleinen Zwerge kicherten sich halbtot.

„Aber du kannst doch nicht einfach meine Leute wegschicken, Junge. Hast du sie nicht mehr alle?“

„Doch, Mr Connors, ich habe sie noch alle! Und wenn ich meinen Berater, Mr von Olgursam, richtig verstanden habe, habe ich als Inhaber der Firma auch alle Macht. Dazu gehört außerdem das Haus ... Haus ... ach ja, jetzt weiß ich es wieder: das Hausrecht. Darum habe ich Ihre Leute aufgefordert, sofort das Unternehmensgelände zu verlassen.“ Dann schaute sich der Junge um. „Das war so doch richtig ausgedrückt?“

Alle, außer Mr Connors nickten bestätigend.

Rot vor Wut griff Connors jetzt zu seinem Handy, denn hier schienen wohl alle verrückt geworden zu sein. Er sah, dass er es gegen alle Gewohnheit ausgeschaltet hatte, ging wieder ins Netz und wählte, was er sehr ungern tat, die Notleitung mit der direkten Durchwahl zu Mr Landsberry. Er wusste, er musste eine sehr plausible Erklärung für die Benutzung der Notleitung abgeben, sonst reagierte der Alte ausgesprochen sauer. Aber wenn das kein Notfall war!

„Landsberry!“

„Connors, Mr Landsberry, ich bin hier ...“

Mr Landsberry unterbrach Connors ungeduldig: „Connors, wo treiben Sie sich denn rum? Ich lasse Sie seit Stunden schon überall suchen. Hatten Sie etwa Ihr Handy ausgestellt? Connors, ich erwarte von meinem Management, dass ich jeden einzelnen Mann überall auf der Welt zu jeder Zeit erreichen kann ... und wenn es auf der Toilette ist, Mann! Ist das klar? ... So, was gibt es? Ich hoffe, Sie haben einen vernünftigen Grund, die Notleitung zu blockieren. Schießen Sie los, Mann.“

Connors schluckte: „Mr Landsberry, ich bin hier bei E&F und ich ...“

Landsberry unterbrach ihn: „Was machen Sie bei E&F, Mann? Ich habe doch auf der letzten Sitzung gesagt, dass wir an dieser kleinen Klitsche nicht interessiert sind. Der ist doch total marode, der Laden. Connors, haben Sie nicht richtig zugehört?“ Die Stimme des mächtigen Vorstandschefs bekam einen drohenden Unterton.

Connors war wie vor den Kopf geschlagen. „Aber Mr Landsberry, wir wollten ... ich sollte doch heute hier die klitzekleinen Zwerge von Folders übernehmen? ... Sie wissen doch, für unser neues Superprodukt? ... Sie waren doch so begeistert? ... Mr Landsberry?“

„Connors, sind Sie noch richtig im Kopf? Klitzekleine Zwerge von Folders? Was soll das? Zwerge und süß ist out! Sie sollten vielleicht mal die neuesten Marktuntersuchungen lesen. Hören Sie zu, Mann, ich habe hier seit Stunden das Superprodukt, das dem Trend voll entspricht, auf dem Schreibtisch stehen, und ich warte seit Stunden, dass ich meinen obersten Marketingchef für die Entwicklung eines Super-Vermarktungskonzeptes briefen kann. Connors, jetzt sperren Sie Ihre verdammten Ohren auf. Ich gebe Ihnen jetzt noch genau eine Stunde. Wenn Sie dann nicht bei mir auf der Matte stehen, können Sie sich gleich bei E&F als Lagerarbeiter bewerben, Mann! Bin ich verstanden worden?“

Mr Landsberry knallte den Hörer auf.

Connors war bleich wie ein frisch gewaschenes weißes Bettlaken. Nur seine Nase hatte sich grün verfärbt. Dann murmelte er völlig geistesabwesend: „Ich bitte mich zu entschuldigen, nach mir wird an höherer Stelle verlangt.“ Er stürzte wie von Furien gehetzt aus der Tür. Hinter sich hörte er ein schallendes Gelächter.

„Das wurde aber auch höchste Zeit.“ Klining hatte seine normale Gestalt wieder angenommen. „Nimm mich hoch, Olli.“

„Was ist das? Ihr habt ja alle grüne Nasen!“

„Deine fängt auch schon an, grün zu werden, Ben, mein Schatz.“ Daisy schaute ihren Ben verliebt an.

„Tatsächlich!“

Daisy erzählte dem verdutzten Ben, was sich zugetragen hatte, seit sie sich getrennt hatten. Daisy war mit Oliver, Klining und den anderen klitzekleinen Zwergen zur Hausbank von E&F gefahren und Klining war wieder als exzentrischer Millionär aufgetreten, der seinem noch exzentrischeren Enkel, dem kleinen Olli, bei der Abwicklung seiner Geschäfte ... „Mein Enkel ist ja so geschäftstüchtig!"... behilflich gewesen war. Er signalisierte der Bank, dass man bereit sei, die E&F zu einem vernünftigen Preis zu kaufen und das Unternehmen nicht nur zu sanieren, sondern vor allen Dingen auch die Fabrik zu modernisieren. Selbstverständlich wolle man trotz der Modernisierung alle Arbeitsplätze erhalten. Warum das ungewöhnliche Engagement? Weil der Junge auf der Welt nichts mehr liebte als Schneekugeln und man das Unternehmen wieder zu seiner früheren, unangefochtenen Stellung im Markt führen wolle. Der Opa blickte aufseufzend zum Himmel. Natürlich kostete das sehr viel Geld, doch man gönnte sich ja sonst nichts.

Die Bank war entzückt. Es gab nur einen Schwachpunkt in dem ganzen Konzept. Was sagte Mr Folders dazu? Er habe zwar alles bereits verpfändet und E&F gehöre eigentlich schon längst der Bank, aber man brauche leider Gottes seine Unterschriften zur Abwicklung dieses Geschäftes. Der elegante Herr meinte nur lächelnd, die Bank möge doch die entsprechenden Unterlagen in der nächsten halben Stunde unterschriftsreif vorbereiten. Die Aufgabe, Mr Folders zu überzeugen wolle er gern übernehmen. Der kleine geschäftstüchtige Rotschopf mit den komischen Püppchen auf dem Arm meinte trocken: „Überzeugen, das ist seine Spezialität."

Tatsächlich holte der elegante Herr nach der vereinbarten Zeit mit seinem Enkel die Verträge ab und meinte, die Herren von der Bank könnten getrost warten. Man wäre sich mit Mr Folders schon so gut wie einig und könne in einer halben Stunde die Unterlagen – von Folders unterschrieben – vorlegen. Klining hatte dann in Folders Büro die Verträge und einen Kugelschreiber so winzig gezaubert, dass Jeffers sie Folders unter die Kunststoffhalbkugel schieben konnte. Folders weigerte sich stur, die Verträge zu unterschreiben und beschimpfte sie alle in übelster Form. Bis dann Jeffers der Kragen platzte. Er bat sie, ihn mit Folders zwei Minuten unter vier Augen sprechen zu lassen. Alle verließen den Raum.

„Aber Sie wenden bitte keine Gewalt an, Jeffers!" Daisy sah Jeffers mahnend an.

Der blickte treuherzig: „Aber Miss Daisy, was halten Sie von mir?" Nach zwei Minuten steckte Jeffers den Kopf grinsend durch die Tür. Folders hatte die Verträge unterschrieben und saß totenbleich in der Schneekugel. Als sie Jeffers fragten, wie er es denn geschafft habe, den sturen Folders zur Unterschrift zu bewegen, sagte der nur trocken:: „Ich habe ihm nur gesagt, entweder er unterschreibt oder er kommt in die Presse!"

Olli meinte: „Warum hat der so eine Angst vor der Presse? Ich wäre auch gern mal in der Zeitung!"

Die Banker reagierten schnell. Sie ließen den ortsansässigen Juwelier zur Schätzung der als Sicherheit angebotenen Edelsteine kommen. Dem fielen angesichts der Größe und Güte der Edelsteine die Augen aus dem Kopf. Als dann auch noch die Auskunft der Hausbank des Jungen in Düsseldorf über Olli und seinen Opa zur vollsten Zufriedenheit ausfiel, stand dem Abschluss des Geschäftes nichts mehr im Wege. Olli war nun der stolze Besitzer der E&F.

Als ihm in der Empfangshalle Daisy, Millen und Jeffers herzlich gratulierten und ihn umarmten, ernannte er auf Klinings Rat Daisy zur Geschäftsführerin und Ben Millen zum obersten Produktionsmanager, Leiter der Produktentwicklung und zur rechten Hand von Daisy. Nach Rinchens Ansicht eine hervorragende Konstellation, wie sie besser nicht sein konnte. Frauen waren nach ihrer unverrückbaren Meinung nun mal die besseren Geschäftsleute, und ihre schöne Freundin Daisy hatte sich ja auch als besonders dynamisch, umsichtig, zuverlässig und vor allen Dingen als ausgesprochen clever erwiesen. Jeffers avancierte zum Assistenten von Millen. Eine sehr gute Entscheidung des neuen Inhabers, wie sich später herausstellte.

Die Bank war dann so zuvorkommend und stellte ihnen einen Wagen mit Fahrer zur Verfügung, der die Gruppe, die aus Daisy, Rinchen, Klining, Olli, Valmin, Vergil, Vugur und Vildo bestand, zur Zentrale der mächtigen TOYS FOR THE WORLD Inc. fuhr. Dort verschaffte man sich unter dem Vorwand, dass Mr Folders Mr Landsberry sofort und unbedingt persönlich sprechen müsse, Zutritt zu dem Allerheiligsten von TFTW, der Etage des Vorstandsvorsitzenden.

Mr Landsberry war geladen. War das denn immer das Gleiche? Kaum hatte er jemanden ins oberste Management befördert, überdrehte dieser Jemand, tat sich wichtig und meinte, er müsse dem Vorstandsvorsitzenden seine anscheinend unvergleichliche Kompetenz und Qualifikation ... warum war er denn sonst befördert worden? ... mit den abstrusesten Konzepten beweisen. Dabei boten sich den Beförderten nur zwei Möglichkeiten. Erstens, sie kapierten schnellstens, dass sie eigentlich nichts anderes waren als Befehlsempfänger, die die genialen Pläne und Strategien Mr Landsberrys schnell, zuverlässig und ohne den kleinsten Widerspruch auszuführen hatten, oder zweitens, dass sie sich bei mangelnder Einsicht schnellstens irgendwo in der Pampa in einem kleinen Auslieferungslager des Konzerns als Botenjunge oder Lagerarbeiter zu bewerben hatten. Mr Folders schien der Pampatyp zu sein. Nach Landsberrys Ansicht konnte der schon mal seine Sachen packen. Der mächtige Vorstandsvorsitzende pumpte sich also auf und ließ, als sich die Tür zu seinem Büro öffnete, seinem Ärger in einem lauten Wortschwall freien Lauf: „Mr Folders, nach meiner sicher nicht unwesentlichen Meinung haben wir doch alles so umsichtig geregelt, dass Sie Ihre Arbeit zum Nutzen des Konzerns ohne Umschweife aufnehmen können ... oder?“

Die Gruppe trat in das riesige Büro des Vorstandsvorsitzenden. Mr Landsberrys Augen wanderten überrascht, aber doch wohlgefällig über die atemberaubende Figur der hübschen Blondine, die in Begleitung eines elegant gekleideten Herrn und eines kleinen Rotschopfs sein Büro betreten hatte. Er vermisste aber Mr Folders.

„Äh ... ich ... ich habe eigentlich Mr Folders erwartet.“

Die Blondine strahlte ihn an: „Keine Sorge, er kommt gleich! Mr Landsberry ... schätze ich?“

„Ja, mein Name ist Jeremias Landsberry.“

„Ich bin Daisy Smith, Mr Landsberry.“

Mann, hat die tolle blaue Kulleraugen, dachte Landsberry. „Freut mich, Sie kennen zu lernen, Miss Smith ...“ Er schaute sie fragend an. „Bitte? Kann ich etwas für Sie tun ... Miss Smith?“

„Ich bin die Freundin von Mr Folders.“

Mr Landsberry blickte leicht irritiert.

„Ja ... und?“

„Sie wissen doch? Die Schneekugeln? Die, wo die winzigen Zwerge drin sind ... die das neue Super-Produkt der TFTW Inc. werden sollen, Mr Landsberry! Ich hatte auch so eine. Die Schneekugel, die mir Frankieboy erst geschenkt und dann wieder abgenommen hat."

„Frankieboy?"

„Frankieboy! ... Frankie! ... Ihr neuer Chef, Mr Landsberry!"

„Mein neuer Chef?" Landsberry verstand nur Bahnhof.

„Ja, Frankie Folders, der hier jetzt das große Sagen hat!"

„So ... so ... hat er das gesagt, Ihr Frankieboy?"

„Ja das hat er! Ich bin so stolz auf meinen Frankie! Da bekommen Sie aber einen netten Chef, Mr Landsberry."

Mr Landsberry schwoll der Kamm.

„Wo ist denn Ihr Frankieboy, Miss? Sagten Sie eben nicht, dass er auch gleich kommen würde?"

„Ja, warum, Mr Landsberry?" Die Blonde schaute ihn naiv fragend an.

„Weil ich Ihren Frankieboy, verehrte Miss Smith, umgehend so zusammenstauchen werde, dass er hier in die Schneekugel auf meinem Schreibtisch passt." Die letzten Worte trompetete der mächtige Herrscher über das Konzernimperium wütend und mit hochrotem Kopf heraus.

Die atemberaubende Blondine, die dicht an den Vorstandsschreibtisch herangetreten war, ließ, als Landsberry plötzlich laut losbrüllte, vor Schreck ihre Handtasche direkt auf die Schneekugel mit Viddil fallen, der alles mit fassungslosem Staunen verfolgt hatte. Dann beugte sich Miss Smith weit über den Schreibtisch vor, so dass Landsberry gar nicht anders konnte, als in den attraktiven Ausschnitt ihres schicken, eng geschneiderten Kostüms zu schauen. Mr Landsberrys Blick war von so viel Schönheit einen kleinen Moment lang geblendet. Daisy tauschte blitzschnell und unbemerkt die Schneekugel mit Viddil gegen die mit Folders aus. Sie schaute den Vorstandsvorsitzenden besorgt an.

„Mr Landsberry, bitte regen Sie sich doch nicht auf ... bitte. Oh, meine Handtasche! Da habe ich mich aber erschrocken. Sie haben aber auch eine männliche und kraftvolle Stimme!" Sie nahm mit einem entschuldigenden Schulterzucken ihre Handtasche vom Schreibtisch und trat zwei Schritte zurück, was Mr Landsberry bedauerte.

Er lächelte geschmeichelt: „Miss Smith, vielleicht sind Sie so nett und können mir sagen, was Sie und die beiden Herren eigentlich von mir wollen?"

„Aber gerne ..." Mr Landsberry bekam erneut einen tiefen Blick aus tiefen blauen Augen. „Die Herren wollen nichts, sie haben mich nur begleitet. Ich ... ich wollte Sie um etwas bitten, Mr Landsberry. Frankie sagte nämlich, er führe zwar das Unternehmen, aber er ließe seinen Mitarbeitern, so weit es ginge, freie Hand. Und Sie seien für die Produktion der Schneekugeln zuständig ... also wollte ich Sie fragen, ob Sie nicht bei Ihrem Chef, meinem strengen Frankie, ein gutes Wort für mich einlegen könnten. Ich möchte so gerne meine Schneekugel mit dem süßen Zwerg wiederhaben."

„Was? Wer? Ich?"

„Ja, Sie! ... Frankie sagte, Sie stecken die Schneekugeln zusammen. Aber bitte, bitte, verraten Sie nicht, dass ich mit Ihnen gesprochen habe. Nachher wird Frankie noch böse auf uns beide."

Jeremias Landsberry stand auf, kam um den Schreibtisch herum und legte die Arme väterlich um die hübsche Blondine. „Miss Smith, ich möchte zum Ausdruck bringen, dass ich mit größtem Vergnügen Ihre Bekanntschaft gemacht habe. Ich sichere Ihnen zu, dass Sie die Erste sein werden, die eine von den neuen Schneekugeln bekommt, wenn ..." Jeremias Landsberry sprach mit netter sanfter Stimme, aber tief in seinen Augen funkelte es böse, als er an Folders dachte: „... ja, wenn ich die ersten Schneekugeln zusammengesteckt habe."

Er geleitete Miss Smith zur Tür: „Miss Smith, hinterlassen Sie doch bei meiner Sekretärin Ihre Telefonnummer. Ich melde mich garantiert in Kürze."

„Da würde ich mich aber sehr freuen, Jeremias. Ich darf doch Jeremias sagen?" Daisy Smith strahlte ihn an.

„Aber gern, Daisy, aber gern ... wir sehen uns ganz sicher." Jeremias verbeugte sich charmant lächelnd, nickte dem eleganten Herrn und dem Jungen, die sich bisher überhaupt nicht gerührt hatten, zu und schloss hinter den dreien die Tür. Täuschte er sich, oder hatte der Junge tatsächlich ein paar Püppchen auf dem Arm? Er schüttelte den Kopf. Dann verscheuchte der Gedanke an den unverschämten Folders dieses Bild.

Er drückte den Knopf der Sprechanlage zu seinem Vorzimmer: „Miss Kendall, ich will Folders ...", lebendig oder tot, wollte er erst sagen, konnte sich aber gerade noch zurückhalten, „... sofort, aber sofort, sprechen."

Im Konzern gingen in den Köpfen der Mitarbeiter die roten Lampen an. Landsberry hatte mit seiner Forderung „... sofort, aber sofort ..." die Alarmstufe 1 ausgelöst. Alle Kommunikationsmittel und -wege glühten. Nur: Mr Folders, der neue Marketingchef, war nirgendwo zu finden. Landsberry trommelte ungeduldig auf den Tisch. Er sei also der große Schneekugelzusammenstecker. Diese Vorstellung brachte sein Temperament endgültig zum Kochen, er rastete aus, drückte den Knopf der Sprechanlage und blaffte wütend ins Mikrofon: „Ich habe gesagt, ich will Folders sprechen, Miss Kendall! Ich habe nicht morgen oder übermorgen gesagt! ... Ich habe gesagt: sofort!"

„Aber Mr Landsberry, ich bin doch schon hier!" Folders Stimme klang etwas leise, aber eindeutig so, als wäre er hier im Raum.

Landsberrys Hand zuckte von der Sprechanlage zurück. Er schaute sich suchend im Raum um.

„Folders? Wo stecken Sie, Mann!"

„Hier, Mr Landsberry!"

„Wo hier? ... Mann, wollen Sie mich verkackeiern!"

„Hier in der Schneekugel, Mr Landsberry. In der Schneekugel direkt vor Ihrer Nase!"

Landsberry blickte ungläubig auf die Schneekugel auf seinem Schreibtisch, in der ein winziger, klitzekleiner Folders aufgeregt winkte.

„Was machen Sie in der Schneekugel, Mann? ... Kommen Sie da sofort raus! Was sollen solche dummen Späße?"

„Das ist kein Spaß, Mr Landsberry. Man hat mich mit roher Gewalt hier hineingezwungen ... mit roher Gewalt!"

„Mit Gewalt? Wieso? ... Wieso sind Sie plötzlich so klein, Folders? Wo ist überhaupt der Zwerg, der vorher hier drin war?"

„Den haben die drei geklaut!"

„Waaassss? ... Geklaut?" Mr Landsberry reagierte blitzschnell, griff unter seinen Schreibtisch, drückte dort den roten Knopf – und in der TFTW-Zentrale schrillten die Alarmsirenen. Automatisch schlossen und verriegelten sich alle Ausgänge, der Sicherheitsdienst flitzte auf seine Alarmposten, die Aufzüge blieben stehen. Die TFTW-Zentrale war dicht wie eine Mausefalle. Keiner kam mehr hinein oder heraus.

Landsberry schaltete zufrieden den Bildschirm seines Computers ein und drückte den Knopf des Security-Services. Auf dem Bildschirm erschien der Kopf des Security-Wachhabenden.

„Sie haben Alarm ausgelöst, Mr Landsberry?"

„Ja, Milton. Sind die Ausgänge dicht?"

„Alle Systeme greifen, Mr Landsberry. Jeder im Gebäude bleibt auf seinem Platz. Sagen Sie, wen Sie vorgeführt haben wollen. In fünf Minuten ist er bei Ihnen im Büro."

„Fein, Milton. Ich hatte Besuch von einer blonden Dame in Begleitung eines älteren Herren und eines rothaarigen Jungen."

„Einen kleinen Moment, Mr Landsberry." Milton drückte ein paar Knöpfe. „Die Blondine und der Junge sind im Aufzug 5. Den älteren Herrn können wir im Moment nicht ausmachen. Ich schicke einen Suchtrupp durchs Haus, den haben wir auch gleich."

„Gut, Milton, lasst den aber nicht entkommen. Der Alarm wird erst aufgehoben, wenn wir diesen Typen haben."

„Selbstverständlich, Mr Landsberry."

„Dann schickt mir mal die junge Dame und den Jungen ins Büro."

Ein paar Minuten später öffnete sich die Tür und Milton persönlich brachte die junge Blondine und den kleinen Rotschopf ins Büro des mächtigen Vorstandsvorsitzenden. Der schaute grimmig.

„Sind Sie dafür verantwortlich?" Seine Stimme klang jetzt in keiner Weise charmant, sondern kalt und hart. Mit dem Mann war nicht zu spaßen, das war unüberhörbar.

„Natürlich sind die dafür verantwortlich!" Folders schrie wütend in der Schneekugel.

„Halten Sie Ihren Rand, Mann. Wann kapieren Sie endlich: Wenn ich rede, haben alle anderen zu schweigen!"

Der kleine Mann in der Schneekugel zuckte zusammen. „Jawohl, Mr Landsberry." Die Stimme klang jetzt unterwürfig.

„Also, Miss Smith? Ich warte ... Sie wollen es mir nicht sagen? Gut, dann sagen Sie mir vielleicht, wo Ihre Begleitung ist?"

„Wen meinen Sie, Mr Landsberry?"

„Den älteren Herrn!"

„Der ist ..." Der Rotschopf unterbrach.

„Ja, mein Junge?"

„Ich bin hier, Mr Landsberry." Die warme, klare Stimme des älteren Herrn füllte angenehm den Raum.

Landsberry und Milton schauten sich verblüfft um.

„Hier auf dem Arm von Olli."

Jetzt erst bemerkte Jeremias Landsberry, dass er sich vorhin doch nicht vertan hatte. Der Junge hatte tatsächlich Püppchen auf dem Arm. Sahen aus wie kleine Mohrrüben. Mohrrüben? Landsberry schaute genauer hin. Das waren ja Zwerge. Er zählte die Zwerge auf dem Arm des Jungen. Sieben! Es waren sieben Zwerge ... och, wie niedlich, dachte er, wie bei Schneewittchen. Jeremias Landsberry stockte. Hatte er jetzt auch schon einen an der Klatsche? Was hieß hier niedlich? ... Hier ging es um die Sicherung eines knallharten Geschäftes, um riesige Marktanteile und fette Renditen. Niedlich! Wütend auf sich selbst nahm er die sieben Zwerge genauer in Augenschein. Der dritte von links sah so aus wie der Zwerg, der vorher in dieser verdammten Schneekugel gesessen hatte. Das war der Zwerg! Na also, da hatte er die verdammte Diebesbande. Es tat ihm fast etwas Leid, denn mit der hübschen Blonden wäre er gern einmal essen gegangen. Er schaute rüber zu Milton, der etwas seitlich von dem Jungen stand.

„Milton, rufen Sie die Polizei. Ich will die verdammte Diebesbande hinter Schloss und Riegel haben."

„Sofort, Mr Landsber..." Milton verdrehte plötzlich die Augen und fiel in Ohnmacht.

„Wieso Diebesbande, Mr Landsberry?"

Der ältere, elegante Herr stand plötzlich vor ihm. Wo kam der denn auf einmal her? Landsberry blickte völlig perplex zuerst auf den Herrn, dann auf den Arm des Jungen. Da fehlte jetzt einer der klitzekleinen Zwerge. Schweiß bildete sich auf Landsberrys Stirn. Er ging langsam rückwärts hinter seinen Schreibtisch, wo seine Hand sich in Richtung Alarmknopf bewegte. Er drückte erleichtert auf den roten Knopf. Gleich würde eine ganze Kompanie Securitymänner ins Büro stürzen und ihn von diesen unangenehmen Zeitgenossen befreien.

Der Knopf musste wohl klemmen, die Alarmsirenen blieben still. Er drückte noch einmal. Eine angenehme leise Hintergrundmusik erklang in allen Büroräumen. Die Mitarbeiter hoben erstaunt ihre Köpfe. Jahrelang hatte man sich umsonst bemüht, die Genehmigung des Vorstandes zu erlangen, mit ein bisschen Musik die Arbeitsatmosphäre zu verbessern.

Wütend drückte Landsberry auf den Knopf. Die Musik blieb.

„Sie vergeuden Ihre Energien, Landsberry." Der ältere Herr lächelte. „Lauschen Sie lieber der schönen Musik, die beruhigt Ihre Nerven."

Milton kam zu sich. „Oh, was ist das für eine Musik?" Dann sah er den älteren Herrn und fiel wieder in Ohnmacht.

„Stellt die blöde Musik ab und holt mich endlich hier raus ... ihr Scheißkerle!" Ein wütender, sich in einer Flut obzöner Ausdrücke ergießender Folders zog nun die allgemeine Aufmerksamkeit auf sich.

„Was halten Sie von Ihrem neuen Produkt, Mr Landsberry?"

Der Vorstandsvorsitzende schaute verblüfft auf den tobenden Folders. „Wieso mein neues Produkt? So einen ordinären Schreiheini kauft uns doch kein Mensch ab. Meinen Sie, ich möchte eine millionenfache Klage empörter Mütter am Hals haben, wenn die im Kinderzimmer ihrer werten Kleinen solche ordinären Ausdrücke hören? Bei unseren Produkten sind nette, wohlanständige, süße Zwerge angesagt. Mit großen blauen Kulleraugen und riesengroßen roten Zipfelmützen, Mr ... ?"

„Klining von Olgursam."

Der ältere Herr verbeugte sich formvollendet. Schien alter europäischer Adel zu sein. Er sollte sich trotzdem keinen Zacken aus der Krone brechen, dachte Landsberry. Wie immer in Krisensituationen fing sich Landsberry sehr schnell.

„Können Sie mir eigentlich erklären, was das ganze Theater soll, das Sie hier veranstalten, Mr von Olgaram?"

„Olgursam ... Mr Landsberry ... von Olgursam."

„Sagte ich doch, irgendwas mit Olga ... Sie machen mich ganz nervös. Kommen wir lieber zu den Tatsachen. Punkt eins: Tatsache ist, Sie haben sieben unserer neuen Produkte gestohlen, die unter strengster Geheimhaltung stehen. Punkt zwei: Damit erfüllen Sie den Tatbestand der Industrie- und Wirtschaftsspionage. Punkt drei: Außerdem haben Sie sich des Kidnappings und der Körperverletzung schuldig gemacht. Kommen wir also zu Punkt vier: Das alles reicht, um Sie drei – die Zwerge übernehmen wir natürlich wieder in unsere Obhut – für immer hinter Gitter verschwinden zu lassen. Punktum ... aus ... und ... vorbei! Es sei denn ...“

„Es sei denn was, Mr Landsberrry?“

Der mächtige Vorstandsvorsitzende konnte die Dollarzeichen in seinen Augen nicht unterdrücken.

„Es sei denn ... Mr von Olgursam, Sie verraten mir, mit welcher Technologie Sie Folders auf die Größe gebracht haben, die seiner geistigen Fähigkeit entspricht.“

Plötzlich ertönte ein empörter Zwergenchor: „Aber Mr Landsberry, jetzt tun Sie uns aber weh!“

„Mir auch!“, tönte Folders aus der 01-56739.

„Natürlich bin ich darüber hinaus an dem Trick interessiert, wie Sie es schaffen, dass sich alle Ihre Nasen in den letzten Minuten immer grüner färben. Kompliment, das ist ein Super-Partygag, der lässt sich erstklassig vermarkten, glauben Sie mir. Vorausgesetzt, das Zeug geht wieder ab?“

„Wer nicht gierig ist, hat keine Probleme.“

Klining schaute auf die knallgrüne Nase des mächtigen Vorstandsvorsitzenden. Der lächelte breit.

„Wer ist schon gierig, Mr von Olgursam, wer ist schon gierig? Sagen Sie mir lieber, wie kommen wir ins Geschäft?“

„Aber gerne, Mr Landsberry. Vor Ihnen auf dem Tisch steht nicht nur das absolute Erfolgsmodell Ihres neuen Super-Produktes für die neue Saison, sondern ein Produkt, das sich zum Dauerrenner und Klassiker entwickeln wird. Das Modell ‚Folders‘. Mit diesem Modell liegen Sie voll im aktuellen Trend des Marktes. Ich rate Ihnen, es mit einem Riesenauftritt auf der nächsten Spielwarenmesse in Nürnberg vorzustellen. Die Messeaufträge werden Ihnen beweisen, dass ich mit meiner Einschätzung absolut richtig liege. Die TOYS FOR THE WORLD Inc. wird Massen dieses Produktes produzieren müssen, um die enorme Nachfrage befriedigen zu können. Aber hier zitiere ich Ihre eigene Philosophie: Wer Märkte erobern will, muss Märkte überschwemmen!“

„Das stimmt! Es scheint, Sie sind ein Profi, Mr von Olgursam.“ Landsberry war geschmeichelt und freute sich, endlich mal wieder einem Gleichgesinnten gegenüberzustehen, mit dem man sich geistig auf einer Ebene austauschen konnte. Jeremias Landsberry seufzte, denn er fühlte sich oben an der Spitze des Konzerns oft sehr einsam.

„Und Sie räumen als Fachmann und Kenner des Marktes diesem prolligen Giftzwerg wirklich eine echte Marktchance ein?“

Plötzlich ertönte wieder der empörte Zwergenchor: „Mr Landsberry, da müssen wir aber schärfstens protestieren. Folders ist kein Zwerg ... damit tun Sie uns weh!“

Landsberry winkte ungeduldig ab ... kleines Kroppzeug, kommt sowieso bald in die Schneekugeln: „Nun, Mr von Olgursam, räumen Sie diesem ... Männchen eine reelle Marktchance ein?“

„Aber sicher! Mr Landsberry, die neuesten weltweiten Marktforschungsuntersuchungen über die Lieblingsspielzeuge im Kinderzimmer, zeigen: Süß ist absolut out. Prollig ist in. Je primitiver die Gossensprache, um so begeisterter die Kids.“

„Und die Eltern?“

„Mr Landsberry, wir reden hier doch nicht von unbedeutenden Randgruppen, sondern von einer der kaufkräftigsten Zielgruppen, die es gibt: von den Kids. Sie werden bei Käufen zu immer wichtigeren Entscheidungsträgern (das gilt insbesondere dann, wenn es um die Befriedigung ihrer eigenen Bedürfnisse geht). Aber das brauche ich Ihnen als Profi doch nicht zu erklären. Eltern werden in Zukunft bei Kaufentscheidungen eine immer untergeordnetere Rolle spielen. Wer entscheidet, sind die Kids. Sie bestimmen, welcher Liebling im Kinderzimmer auf dem Nachtschrank oder im Regal steht. Und wenn primitive Gossensprache angesagt ist, dann ist primitive Gossensprache angesagt. Nur wer die Kids für voll nimmt und ihre Trends bedient, macht mit ihnen Geschäfte.“

„Sicher. Aber damit habe ich immer noch keinen Massenartikel. Mr von Olgursam, wenn ich den Markt überschwemmen soll, dann brauche ich diesen Schreihals von Folders in Massen, aber wirklich in Massen.“

„Können Sie haben, Mr Landsberry. Da werden wir beide uns bestimmt einig, meine Konditionen werden Sie begeistern. Exklusivität sage ich Ihnen bereits jetzt zu. Aber lassen Sie uns doch den sicheren Weg gehen. Stellen Sie das Modell ‚Folders‘ erst einmal auf der nächsten Spielwarenmesse vor. Wenn die Vororder steht, dann gehen wir in Produktion.“

„Und woher weiß ich, dass Sie mich nicht anmeiern? Woher weiß ich, ob das Produkt ‚Folders‘ auch für die Massenproduktion geeignet ist? Ist diese unverschämte, eingebildete, prollige ... entschuldigen Sie den Ausdruck ... Oberknalltüte nicht einmalig?“

„Durch meine Demonstration, Mr Landsberry, werde ich Ihnen beweisen, dass Ihre Sorge völlig unbegründet ist. Wenn Sie gestatten?“ Der ältere Herr trat an den Schreibtisch, beugte sich vor, schloss die Augen und konzentrierte sich. „Bitte schließen Sie kurz ebenfalls die Augen, Mr Landsberry.“

Landsberry schloss erwartungsvoll die Augen. Klining hob leicht die Hand: tausend Stück der 01-56739 mit Folders stapelten sich auf dem Schreibtisch.

„Sie können die Augen wieder öffnen, Mr Landsberry.“

„Wow ... Mann! Von Olgursam, wie haben Sie das nur zustande bekommen?“

„Betriebsgeheimniss. Das verstehen Sie doch, werter Geschäftsfreund. Hier ist mein Vertragsentwurf. Wenn Sie ihn überfliegen wollen. Ich habe bereits unterzeichnet.“

Landsberry überflog den Vertrag.

„Der ist mehr als fair, Mr von Olgursam. Ich unterzeichne.“

Der mächtige Vorstandsvorsitzende der TOYS FOR THE WORLD Inc. unterschrieb und lachte sich innerlich ins Fäustchen. Kaum zu glauben, da hatte er sein Gegenüber wohl überschätzt. Wie konnte man einen so trotteligen Vertrag aufsetzen, der so sehr zugunsten der TOYS FOR THE WORLD Inc. ausgerichtet war?! Wenn sich die 01-56739 mit Folders nur einigermaßen verkaufte, dann konnte die TFTW Inc. Renditen einfahren wie schon lange nicht mehr. Erfreut reichte er dem älteren Herrn das Zweitexemplar des Vertrages und schüttelte strahlend dessen Hand. „Es ist mir ein besonderes Vergnügen, mit Ihnen Geschäfte zu machen, Mr von Olgursam. Auf gute Zusammenarbeit.“

„Auf gute Zusammenarbeit.“ Klining lächelte den Konzernboss an – eine leichte Handbewegung und die tausend Schneekugeln waren vom Tisch verschwunden.

„Oh ... ich verstehe“, Landsberry nickte verständig. „Zum Schutz vor Werksspionage nur ein Modell, richtig?“

„Richtig! Was ich Sie noch fragen wollte: Sind Sie immer noch an der E&F interessiert? Es könnte da unsererseits zu Irritationen kommen.“

„Vergessen Sie es, vergessen Sie es. Unter diesen Umständen ist die E&F völlig uninteressant für uns. Die Verträge müssten sowieso noch von der Hausbank abgesegnet werden."

Landsberry griff in einen Aktenordner mit der Aufschrift E&F, holte die Verträge heraus, zerriss sie und jagte sie durch den Häcksler neben seinem Schreibtisch. „Okay, so?"

„Alles bestens, Mr Landsberry. Sie haben sich viel Ärger erspart, glauben Sie mir."

Als sich die beiden Herren zufrieden über das abgeschlossene Geschäft zum Abschied die Hand schüttelten (Mr von Olgursam hatte es auf einmal sehr eilig), sagte der ältere Herr: „Ihre Nase, Landsberry, die leuchtet aber ganz schön grün!"

„Ah, Sie sind ein Schelm, ein richtiger Schelm ... Mr von Olgursam. Über diesen Gag verhandeln wir aber bestimmt bei unserem nächsten Treffen. Versprochen?"

„Versprochen!" Der ältere Herr im eleganten Anzug nickte zustimmend.

„Ich habe da noch eine Frage, Mr von Olgursam. Was kann unser Folders essen?"

„Wasser und ein paar Brotkrumen am Tag, das reicht."

„Wie früher im Gefängnis", rutschte es Landsberry heraus.

Sie saßen im Wagen und fuhren zur E&F. Rinchen regte sich auf und sagte, was alle dachten: „Illantin, du willst doch nicht mit diesem eiskalten, gierigen und widerlichen Konzernheini Geschäfte machen?"

„Wie kommst du darauf?"

Klining hatte wieder seine normale Gestalt angenommen und saß auf seinem gewohnten Platz auf Ollis Arm.

„Aber du hast doch den Vertrag unterschrieben. Der wird uns noch eine Menge Ärger ins Haus bringen."

„Welcher Vertrag? Welche Unterschrift?"

„Nun, die auf diesem Vertrag über Zusammenarbeit. Da hätten wir uns ja gleich als Sklaven verdingen können."

„Wann ist der erste Tag der Spielwarenmesse?"

Vergil nannte das Datum.

„Wann werden dort die Super-Trendprodukte präsentiert?"

„Gleich am ersten Tag!"

„Siehst du – und gleich am ersten Tag, Punkt 24.00 Uhr, wird sich die Unterschrift auf diesem Vertrag in nichts auflösen. Es gibt dann keinen gültigen Vertrag mehr."

„Genial ... einfach genial!" Rinchen war wie die anderen außerordentlich beeindruckt.

Dann bog der Wagen in die Auffahrt zum Parkplatz vor dem E&F-Verwaltungsgebäude ein. Kurze Zeit später eilte Mr Connors zu seinem Wagen und fuhr mit quietschenden Reifen vom Hof.

Noch am gleichen Tag legte Millen die Pläne zur Modernisierung der Fabrik und der Optimierung des Sortimentes vor, die er schon vor einiger Zeit nach Feierabend entworfen hatte und die Folders immer wieder abgeschmettert hatte.

Am nächsten Tag präsentierte Daisy einer glücklichen Belegschaft den neuen Inhaber, das neue Mangement und das Maßnahmenpaket zur Sanierung der E&F. Am meisten begeisterten die Mitarbeiter die neuen Modelle, die der neue Berater und Großvater des neuen Firmeninhabers, Mr von Olgursam, präsentierte. Kleine Wunderwerke, die klitzekleine Zwergenwelten zeigten – einfach zum Verlieben süß! Miss Daisy erklärte, dass man mehr als glücklich darüber sei, Mr von Olgursam als neuen Berater und Produktdesigner gewonnen zu haben. Mr Olgursam hatte es sehr eilig, sich zu verabschieden, als einige Belegschaftsmitglieder anfingen, laut darüber zu lachen, dass sich auf einmal die Nasen der hier Versammelten leicht grün verfärbten.

Die Ankündigung von Ben Millen, dass man bald mit einer großen Hochzeitsfeier rechnen könne, wenn eine gewisse, tüchtige Geschäftsführerin zwischen ihren Terminen Zeit dafür fände, löste einen Orkan der Begeisterung aus. Miss Daisy sank errötend in den Arm des netten Ben.

Zwischendurch verdunkelte sich einmal kurz der Himmel, woraufhin sich der neue Inhaber eilig verabschiedete. Dass der Junge voll und ganz hinter seinem neuen Unternehmen stand, konnten alle daran erkennen, dass er seine sieben klitzekleinen Zwergenpüppchen, die auf den ersten Blick aussahen wie kleine Mohrrüben, die ganze Zeit auf seinem Arm getragen hatte. Lustigerweise trugen fünf davon klitzekleine coole Sonnenbrillen. Wer genau hinsah, konnte erkennen, dass es sich um das gleiche Modell handelte wie bei dem Jungen. Als Joe Coster aus der Endfertigung fragte, warum man nicht solche süßen, coolen Püppchen in die

01-56739 stecke, von der man, wie jeder wusste, ja noch Unmengen auf Lager hätte, tönte von dem Arm des Rotschopfs eine empörte, helle weibliche Stimme: „Sie scheinen sie ja wohl nicht mehr alle ganz richtig in Ihrer Schneekugel zu haben, Mr Coster! Wir sind doch keine Produkte. Wenn Sie es vielleicht zur Kenntnis nehmen wollen: Wir sind lebende Zwerge."

Bei diesem Gag des kleinen Inhabers der Firma kugelte sich die Belegschaft vor Lachen. Der war anscheinend nicht nur unglaublich nett und sympathisch, sondern auch noch ein kleiner Witzbold. Der konnte ja glatt als Bauchredner auftreten. Sein nun mit seiner normalen Stimme abgegebener Kommentar löste eine neue Lachsalve aus: „Wo Rinchen Recht hat, hat sie Recht!"

Olli war mit den klitzekleinen Zwergen auf den Parkplatz vor dem E&F-Verwaltungsgebäude gelaufen. Die Verabschiedung von Daisy, Ben und Jeffers fiel sehr tränenreich aus. Sie hatten hoch und heilig versprechen müssen, auf jeden Fall zur Hochzeit von Daisy und Ben zu kommen. Olli gab ihnen seine Handynummer.

„Darüber könnt ihr uns jederzeit erreichen. Stimmt doch, Klining ... oder?"

„Na, ich weiß nicht, zur anderen Seite werden die Netze der Telefongesellschaften nicht reichen. Das müssen wir einfach mal ausprobieren, wenn wir drüben sind. Aber wir können immer noch Oseles oder Blitzelfen einsetzen. Ovangar hilft uns da bestimmt."

„Passt auf: Wenn ihr uns über diese Nummer nicht erreicht, dann ruft ihr unter dieser Handynummer meinen Freund Paul Reiser an. Paul kann eure Nachricht am Märchenbrunnen hinterlegen. Wir melden uns dann sofort, wenn wir sie bekommen haben."

Klining staunte mal wieder, wie umsichtig und unaufgeregt der Junge die Dinge regelte. Von dem kleinen, verschüchterten, blassen Rotschopf ihrer ersten Begegnung war nicht mehr viel übriggeblieben. Er wandte sich an Daisy.

„Wir sehen uns spätestens auf der Spielwarenmesse in Nürnberg. Ich freue mich schon jetzt auf die dummen Gesichter der TFTW Inc. Wie wir besprochen haben, Daisy, nehmen wir einen großen Stand direkt daneben. Ich bringe dann neue Modelle mit."

Dann verdunkelte sich der Himmel erneut, ein leises Rauschen - und die Freunde waren plötzlich verschwunden.

„Na ihr Großunternehmer? Was macht das Schneekugelgeschäft? Habt ihr nicht eine Schneekugel auf Lager, in die ich reinpasse? Meint ihr nicht, ich wäre ein echter Messeknüller?" Nandur lachte gackernd wie eine Gans. Dann wurde er ernst. „Hört zu, Freunde. Euer Kamarin möchte, dass Viddil und Vergil sofort zurück nach Hause kommen. Da ist irgendetwas im Anmarsch, und darum wird dort jeder Mann gebraucht. Jungs, ihr beiden könnt euch schon zum Absprung bereit machen. In ein paar Sekunden ist es so weit."

Der Orion-Albatros zählte rückwärts und Viddil und Vergil landeten wohlbehalten auf ihrem Inselkontinent.

„Was meintest du mit ‚Da ist irgendetwas im Anmarsch', Nandur?" In Klining machte sich wieder dieses unbestimmte Gefühl einer großen Gefahr breit. Auch jetzt konnte er es nicht einordnen.

„Ich weiß auch nicht so genau, was euer Kamarin damit meinte. Er sagte, er habe so ein unbestimmtes Gefühl einer drohenden Gefahr. Ich will ja nicht unken, aber bei dem vorletzten Transport, als ich 'ne Menge von euren Leuten auf der anderen Seite direkt von dem Platz vor der großen Feenhalle aufgenommen habe, hatte ich das Gefühl, als seien nicht alle Passagiere eure Leute gewesen. Leider waren alle sehr aufgeregt und rannten vor meinem Anflug wie wild gewordene Flöhe dauernd ungeordnet herum. Darum konnte ich sie nicht alle genau identifizieren und habe sie in einem Rutsch aufgenommen ... besser: regelrecht aufgeschaufelt. Die sind vielleicht durcheinander gepurzelt! Für die Kinder eurer Leute war das der große Knüller, die waren danach erst recht außer Rand und Band. Genau so sind sie dann auch abgesprungen. Anstatt einer nach dem anderen, haben sie sich wie ein wilder Haufen juchzend hinausgestürzt. Na, euer Kamarin hat sie nach der Landung zusammengestaucht. Aber ihr kennt ihn ja – viel war das auch nicht. Der war viel zu froh, dass alle wieder gesund gelandet waren. Aber vielleicht mache ich mir auch unnötig Sorgen. Ich bringe euch erst mal nach Düsseldorf zum Märchenbrunnen. Ihr müsst wieder auf die andere Seite ins Vereinigte Reich der Feen, Elfen und Geister. Die Lyngarden rücken eure zweitausenddreihundertachtundvierzig Leute, die sie in ihrer Zentralburg Urmok gefangen halten, nicht heraus. Ovangar meint, der Kirmas der Lyngarden und König Laurin steckten dahinter. Ihr sollt euch beeilen und nicht erst auf der Kö einkaufen."

„Nandur, kannst du uns nicht gleich auf die andere Seite fliegen? Mir wäre es am liebsten, wenn du uns auch direkt über Urmok abspringen lässt. Dann könnten wir doch in der Zentralburg landen."

„Das ist viel zu gefährlich, Klining. Die Lyngarden braten euch am Spieß, wenn ihr ohne Erlaubnis in die Zentralburg eindringt. Der Großvongor Xixinxiriga ist ein harter Hund und kennt in der Beziehung kein Erbarmen."

„Das müssen wir trotzdem riskieren. Es dauert zu lange, wenn wir den Weg durch den Märchenbrunnen wählen. Dann sind wir gezwungen, König Oberon unsere Aufwartung zu machen. Der war letztes Mal doch schon sauer und würde uns mit seinem überzogenen Anspruch auf die Einhaltung der Etikette nur die Zeit rauben."

„Na gut, Illantin, aber springt wenigstens ohne Rinchen und Olli ab."

„Nanduuuuur?"

„Jaaaaa, Rinchen?"

„Hör zu, du große Gans ...!"

„Schon gut Rinchen. Klining, ich glaube, du solltest die beiden doch mitnehmen."

„Und so was fliegt quer durch den Kosmos", murmelte Vildo kopfschüttelnd.

„Das ist Frauenpower", kicherte Rinchen leise.

MOBILMACHUNG

Die drei Oseles-Agenten duckten sich, als ein paar spielende, klitzeklitzekleine Zwergenkinder an ihrem Versteck vorbeitollten. Genauso, wie die drei Geheimdienstexperten unbemerkt mit den anderen von dem Orion-Albatros vor der Feenhalle aufgenommen wurden, ebenso unbemerkt waren sie mit einem wilden Haufen klitzekleiner Zwerge abgesprungen, die sich albern, ausgelassen, sich überkugelnd und in einem völligen Durcheinander aus den Daunenfedern Nandurs in die Wolken fallen ließen – und waren sicher gelandet. Sie hatten sich sofort seitwärts in die Büsche geschlagen und versteckt. Jetzt war es dunkel und sie traten auf die große Wiese direkt am Strand des Meeres, wo sie einen freien Blick auf den herrlichen Sternenhimmel hatten.

Die Oseles orientierten sich kurz am Stand der Sterne. „Wir müssen tief im Süden, fast am Äquator, aber noch auf der nördlichen Halbkugel sein. Ist es nicht schön, wie wunderbar hell die Sterne hier am Äquator leuchten?“

„Stimmt, Oskelemen. Aber lass uns jetzt schnell den Standort bestimmen und dann mit Kalgeran in Verbindung treten.“

Nach nur zwei Minuten intensiver Orientierung am Sternenhimmel hatten die Oseles die Koordinaten ihres Standortes ermittelt, fassten sich dann an den Händen, bildeten mit ausgestreckten Armen ein exaktes Dreieck, schauten auf einen imaginären Punkt in ihrer Mitte und verfielen in tiefe Trance.

Viele tausend Kilometer weit entfernt hob der frisch ernannte Verbindungsoffizier des Feenkönigs Oberon, der Sekkendlutenent Kalgeran, den Kopf und horchte in sich hinein. Dann konzentrierte er sich, wie sich nur ein Oseles konzentrieren konnte, und nahm die telepathischen Gedankenströme seiner Oseles-Brüder auf. Augenblicklich erstarrte er in tiefer Trance.

Oberon suchte seine Privatgemächer auf und öffnete mit einem Schlüssel die Tür zu seinem Ankleidezimmer, in dem Kalgeran Position bezogen hatte, und sah den Oseles in tiefer Trance versunken mitten im Zimmer stehen – starr. Den König faszinierte immer wieder die erstaunliche Möglichkeit der Oseles, von jeder Stelle rund um den Erdball und auf die größte Entfernung miteinander telepathisch zu kommunizieren, und das allein durch die Fähigkeit, sich voll und ganz auf den jeweiligen Oseles zu konzentrieren, mit dem man in Verbindung treten wollte. Der König beneidete die Oseles um diese außergewöhnliche Gabe. Der einzige Nachteil aus seiner Sicht war, dass die Oseles kein Geheimnis, wo auch immer, in ihren Köpfen oder in ihren Gehirnen, verbergen konnten. Jeder Oseles war in der Lage, in das Gehirn jedes anderen Oseles einzudringen, sich in dessen Gedankenströme einzuschalten und alles zu erfassen, was dieser im Laufe seines Daseins an Wissen und Erfahrung gesammelt hatte. Bei den Oseles war es üblich, sich sofort in die Gedankenströme des anderen einzuklinken, wenn sie sich zum ersten Mal trafen. Sie übernahmen von ihrem Gegenüber alles, was sie selbst noch nicht gespeichert hatten.

Oseles-Kinder besuchten weder eine Schule noch eine Universität. Sie klinkten sich, kaum dass sie geboren waren, in die Gedankenströme ihrer Eltern ein und nahmen so alles auf, was diese an Wissen und Erfahrung angesammelt hatten. Oseles-Kinder brauchten nicht erzogen zu werden. Noch bevor sie den ersten Schluck Muttermilch in sich aufnahmen, hatten sie die Werte ihrer Eltern verinnerlicht. Obwohl sie manchmal von den von ihren Eltern, Lehrern und Erziehern gegängelten Kindern anderer Lebewesen um diese Fähigkeit heiß beneidet wurden, mochte aber im Grunde keiner mit ihnen tauschen. Oseles-Kinder waren in jeder Entwicklungsstufe bereits erwachsen. Dementsprechend verhielten sie sich. Sie standen bei den Streichen ihrer Altersgenossen grundsätzlich abseits und nervten diese mit ellenlangen Monologen über Sinn und Unsinn des gerade geplanten Blödsinns.

Auch für Oberon war der Anblick eines Oseles-Babys immer wieder irritierend, wenn es ihn mit klugen Augen anschaute, aus denen das Wissen sprach, dass der Feenkönig gerade einen ziemlich seichten Schwachsinn von sich gegeben hatte. Erst später verlor sich dieser Ausdruck. Die Oseles hatten dann gelernt, das Ergebnis ihrer Blitzanalyse hinter einer unbeteiligten Maske zu verbergen. Es hatte Zeiten gegeben, wo sie von den anderen Lebewesen, die fälschlicherweise befürchteten, dass die Oseles auch ihre Gehirne bis in den letzten Winkel durchstöbern und aussaugen könnten, gnadenlos verfolgt und umgebracht wurden. Erst unter der Herrschaft Oberons und Titanias, als die Königin diese klugen Lebewesen unter ihren persönlichen Schutz stellte, hatten die Verfolgungen aufgehört, und die Vorurteile gegenüber den Oseles bauten sich durch die unermüdliche Aufklärungsarbeit Ovangars allmählich ab. Die Oseles waren der Feenkönigin und dem Kanzler seitdem tief ergeben.

Kalgeran löste sich langsam aus seiner tiefen Trance. Er schüttelte sich, um seinen Kreislauf zu aktivieren und blickte den König respektvoll an.

„Die Position des Inselkontinentes befindet sich zur Zeit in unmittelbarer Nähe des Äquators." Der Oseles nannte die Koordinaten, trat an die Karte und trug die Position dort ein. „Der winzige Kontinent driftet mit etwas mehr als drei Knoten in der Stunde nordwärts."

Die Augen des Feenkönigs leuchteten triumphierend auf.

„Hervorragende Arbeit, Lutenent ... wirklich sehr beeindruckend."

„Sir, mein Dienstgrad ist nur Sekkendlutenent."

„War, Kalgeran, war!"

„Ich bin nicht der Meinung, dass ich diese Ehrung verdient habe, Majestät." Kalgeran freute sich nicht über die unverhoffte Beförderung und versuchte, sie elegant abzulehnen. Wie jedes andere Mitglied dieses Sonderkommandos litt auch er darunter, dass er sich gegenüber Oberon erzwungenermaßen zum Schweigen verpflichten musste und weder die Feenkönigin noch den Kanzler informieren durfte.

„Ich aber, Lutenent!" Der Herrscher über die Vereinigten Feen-, Elfen- und Geisterreiche lächelte gnädig. „Die Beförderung gilt selbstverständlich für das gesamte Einsatzkommando."

Kalgeran blieb nichts anderes übrig, als sich zu bedanken.

„Schließen Sie die Tür hinter mir ab, Lutenent." Der Feenkönig eilte aus seinen Privatgemächern hinüber in das Oval Office und schickte einen Boten, eine Blitzelfe, nach dem obersten General der Eiskrieger. Dem wachhabenden Chef vom Dienst befahl er: „Ich will nicht gestört werden. Von keinem – auch nicht von der Königin oder dem Kanzler."

Der ranghöchste Hiemise betrat das Oval Office. Er blieb am obersten Ende des Raumes stehen und hielt genau zwanzig Schritt Abstand zum riesigen Schreibtisch des Feenkönigs. Er blickte den Herrscher mit seinen kalten, starren Augen unbewegt an. Oberon durchlief ein Frösteln. Selbst er fühlte sich in Gegenwart dieser gefürchteten und geheimnisvollen Eiskrieger befangen. Er griff unbewusst zu dem Gläsernen Zepter, das immer rechts auf dem Schreibtisch auf einem dafür vorgesehenen kostbaren Kissen lag. Der Hiemisen-General hatte mit kalten Augen seine Bewegung verfolgt, rührte sich aber nicht. Oberon wusste: Nur die Macht des Gläsernen Zepters hielt den fürchterlichen und grausamen Eiskrieger auf Distanz.

„General Gurtuna, ich brauche Ihre besten Krieger für die sofortige Besetzung eines Landes."

„Egal, welches Bataillon Sie auswählen, Majestät, es sind alles Eliteeinheiten." Der General sprach kalt und zeigte keine Regung.

Trotzdem zuckte Oberon nervös zusammen. Im gleichen

Augenblick, als er seinen Satz beendet hatte, spürte er, dass er den Hiemisen tödlich beleidigt hatte. Von den Eiskriegern wusste man, dass ihr grausamer und unerbittlicher Ehrenkodex ihnen vorschrieb, sich sofort selbst zu vernichten, wenn sie sich auch nur das kleinste Versagen zuschulden kommen ließen. Wehe dem Hiemisen, dem ein Fehler unterlief. Für ihn gab es keine Rettung mehr. Kein Gericht oder Tribunal urteilte über den Eiskrieger. Er selbst war es, der unerbittlich das Todesurteil über sich sprach und es umgehend als sein eigener Henker das Urteil vollstreckte. Wer einmal diesem grausamen Selbstmordritual beigewohnt hatte, wurde für den Rest seines Daseins von Albträumen geplagt. Es gab keine schlimmere Todesart. Der Eiskrieger zersägte sich im Beisein seines angetretenen Bataillons bei lebendigem Leibe. Besonders grausam war der Anblick, wenn zum Schluss von einem abgetrennten Arm, dessen Hand die Säge hielt, der Kopf vom Rumpf getrennt wurde. Aber auch dann lebte der Eiskrieger noch. Seine lebendigen Körperteile wurden von den unbewegten Kameraden eingesammelt und in einem feierlichen Zug an die Küste des Eismeeres getragen, wo sie unter vielen Ehrenbezeugungen auf einer Eisscholle niedergelegt wurden und in einer südlichen Strömung des Meeres bis an den Äquator drifteten. Der Hiemise taute unter der tödlichen Tropensonne langsam auf und verhauchte zerfließend sein Leben. Seine Ehre war wieder hergestellt. Selbst die für ihre Wildheit und Grausamkeit gefürchteten Lyngarden waren schon im Angesicht dieses Todesrituals in Tränen ausgebrochen.

Oberon spürte die glatte Wärme des Gläsernen Zepters beruhigend unter seiner Hand.

„Daran würde keiner jemals zweifeln, General Gurtuna. Dann frage ich Sie einmal anders: Welches Bataillon hat jetzt frei und steht zur Verfügung?“

Der Hiemisen-General antwortete kalt ... kälter als sonst: „Hiemisen sind immer im Einsatz, Majestät.“

Oberon konnte nicht verhindern, dass er blass wurde. Was war heute bloß mit ihm los? Ungewollt, aber ohne jede Sensibilität, hatte er den – wenn es um seine Ehre ging – sehr empfindlichen Hiemisen schon wieder beleidigt. Natürlich waren die Eiskrieger immer im Einsatz. Freizeit oder Schlaf waren ihnen fremd. Er wusste, diese Beleidigungen würde ihm Gurtuna, auch wenn kein Dritter sie mitgehört hatte, nie verzeihen. Wie in Gedanken verloren nahm er sein Gläsernes Zepter spielerisch in die Hand und legte es nach einiger Zeit, wie unbeabsichtigt, direkt vor sich auf den Schreibtisch. Mit der unmittelbaren Nähe des Zepters kehrte auch seine Selbstsicherheit zurück. War er nicht der gefürchtete Feenkönig? Konnte er nicht mit einem einzigen Bannstrahl seines mächtigen Zepters den Hiemisen-General zwar nicht töten, aber doch empfindlich züchtigen und, wenn er wollte, sogar verbannen? War er nicht der uneingeschränkte Herrscher über alle Reiche auf dieser Seite? ... Verdammt, er war es nicht! Oberons Gedanken kehrten wieder zu dem Grund zurück, warum er den General der Eiskrieger hatte antanzen lassen.

Arrogant fuhr er diesen an (konnte dabei aber nicht verhindern, dass seine Stimme leicht flirrte): „Gurtuna, wir wollen uns hier doch nicht in Spitzfindigkeiten verlieren."

Dadurch, dass er den Titel des Generals bei der Anrede einfach rüde wegließ, machte er ihn sich endgültig zum Todfeind. Der Hiemise hatte das ängstliche Flirrren in der Stimme Oberons bemerkt, blickte aber kalt und ohne die geringste Regung auf den Herrscher. Er konnte warten. Irgendwann einmal kam seine Stunde ... und wenn es tausende von Jahren dauern sollte.

„Wie viele Bataillone sollen wann, wo und wie eingesetzt werden? Sie haben die militärische Strategie schon ausgearbeitet, Majestät?"

„Wir brauchen keine Strategie. Sie besetzen den Inselkontinent und ersticken jede Gegenwehr sofort im Keim."

„Kontinent? Majestät, alle Kontinente sind bereits von uns besetzt!"

„Nicht alle, General Gurtuna, nicht alle."

Der Eiskrieger wartete unbewegt. Der Herrscher würde ihn gleich informieren.

Oberon trat an die Weltkarte der Vereinigten Feenreiche. Mit einem Kreuz zeichnete er den Standort ein, den die übermittelten Koordinaten der Oseles vorgaben. Der Hiemisen-General sah verwundert und ungläubig auf die Karte.

„Dort soll sich ein Kontinent befinden?"

„Sie erinnern sich an das plötzliche und geheimnisvolle Verschwinden der klitzekleinen Zwerge vom Platz der Feenhalle?"

„Ja. Billige Zauberei, Majestät."

„Mitnichten, verehrter General, mitnichten!“ Oberon versuchte, mit der leutseligen Anrede seine unüberlegten Beleidigungen von vorhin vergessen zu machen. „Was meinen Sie, General, wohin hat der Orion-Albatros die kleine Zwergenbrut verfrachtet?“

„Das war ein Orion-Albatros?“ Die Stimme des Eiskriegers zeigte zum ersten Mal einen kaum wahrnehmbaren Anflug von Ehrfurcht. Gurtuna verstand jetzt: deshalb dieses leichte kurze Rauschen vor dem Verschwinden der Winzlinge.

„Der hat sie direkt über ihrem Land, diesen verdammten Inselkontinent, rausgeworfen.“

„Rausgeworfen? ... und das haben die überlebt?“

„Ja, die benutzen ihre dämlichen Zwergenmützen als Fallschirme.“ Wie immer, wenn Oberon sich aufregte, wurde er auch jetzt in seiner Ausdrucksweise primitiv.

„Es gibt also Verräter unter dem Zwergenvolk?“

„Wo denken Sie hin! Die halten zusammen wie Pech und Schwefel. Aber so schlau wie die bin ich schon lange. Ich habe drei meiner besten Oseles-Agenten eingeschleust. Die sind mitgeflogen und auf dem Inselkontinent gelandet.“

„Sind die Oseles nicht alle hervorragende Eliteagenten?“ Der General konnte alles leiden, nur keine Ehrabschneidung. Auch wenn es dieses Mal nicht um seine fürchterlichen Krieger ging. Außergewöhnliche Leistungen, Opferbereitschaft und radikale Diziplin erkannte er an. Bei jedem. Auch bei den Oseles.

„Sicher, sicher. Warum fragen Sie, General?“

„Die Oseles haben also die Koordinaten übermittelt?“

„Genau!“

„Dann können wir davon ausgehen, dass dieser Kontinent tatsächlich existiert. Nur, die Eiskrieger werden ihn nicht besetzen können, Majestät!“

Was war das? War dieser Eisheini etwa so beleidigt, dass er den Gehorsam verweigerte?! Oberon griff zu dem Gläsernen Zepter. Meuterei würde er nicht dulden, dann könnte er das Orania-Zepter ja gleich dem Hiemisen-General übergeben. Schon wollte er den General mit einem Bannstrahl des Zepters in die Knie zwingen, als dieser sagte: „Der Standort befindet sich zu dicht am Äquator. Meine Bataillone würden wegschmelzen wie Schneemänner in einem Backofen.“

Oberon lächelte hinterhältig. Jetzt würde er es dem General mit gleicher Münze heimzahlen und ihm demonstrieren, was eine Herrscherpersönlichkeit von Format von einem dumpfen Militär unterschied. Mit einem bewussten Unterton tiefster Kränkung sagte er: „Sie können davon ausgehen, verehrter General, dass in meinen Überlegungen und Planungen selbstverständlich alle vor Ort herrschenden Gegebenheiten berücksichtigt wurden und ich meine wertvollsten Truppen, und dazu gehören ganz ohne Zweifel die Hiemisen, nie und nimmer leichtfertig aufs Spiel setzen würde. Meine Strategien sind mit äußerster Sorgfalt so ausgerichtet, dass jeder Truppenteil gemäß seinen Fähigkeiten und Möglichkeiten ohne Verluste erfolgreich agieren kann."

Du kannst auch nicht die Sonne ausschalten, du eingebildeter Feenkasper, dachte der Gurtuna wütend. Zum ersten Mal seit vielen tausend Jahren war der General gezwungen, eine aufkochende Wut mit Eisesgewalt zu unterdrücken. Er wusste, er musste sich jetzt mit aller Disziplin zwingen, sich absolut zu beherrschen. Er durfte keinen winzigen Fehler machen. Jeder noch so kleine Fehler zog unweigerlich die eigene Verurteilung nach sich. Und das fehlte noch, dass er sich wegen dieses aufgeblasenen Potentaten zersägen musste. Dieses Bild verscheuchte auf der Stelle jede Wut. Der Eiskrieger war wieder die Eiseskälte in Person.

Oberon hatte mit hämischer Freude beobachtet, wie es in dem Hiemisen arbeitete. Es wäre zu schön, wenn der sich zu einem Fehler hinreißen ließe, der ihn zwang, sich selbst vor seinen Leuten zu zersägen. Diese Vorstellung würde er sich bestimmt nicht entgehen lassen.

Der Hiemisen-General stand genau zwanzig Schritt von seinem Schreibtisch entfernt. In dem unbewegten Gesicht konnte man nicht das kleinste Zeichen der Unterwürfigkeit entdecken. Das wird sich gleich ändern, dachte der Feenkönig schadenfroh.

„Was Sie, verehrter General, bei Ihrem berechtigten Einwand nicht berücksichtigen konnten, war die Information, dass der Inselkontinent in der Meeresströmung driftet. Genauer gesagt, es ist ein schwimmender Kontinent."

Guturna zwang sich eisern zur Ruhe.

„Ich hätte es selbstverständlich nie gewagt, die empfindlichen Eiskrieger als Besatzungstruppe in der Region des Todes am Äquator einzusetzen. Was für jeden geschulten Strategen eigentlich absolut logisch sein muss."

Als der Eiskrieger auf diese offene Provokation des Feenkönigs nicht mit der kleinsten Regung reagierte, wusste Oberon, dass er es geschafft hatte, über den General der Hiemisen auch ohne sein Gläsernes Zepter Oberhand zu gewinnen. Der würde es so schnell nicht wieder wagen, sich mit ihm auf einen Disput einzulassen oder auf eine seiner Äußerungen beleidigt zu reagieren. Jetzt, da der General kuschte, konnte er ihm wieder freundlich gegenübertreten. Leutselig lächelnd sagte er: „Sie müssen weiter wissen, verehrter General, der Inselkontinent driftet zur Zeit in einer nördlichen Strömung mit ca. drei Knoten vom Äquator weg. Er wird in etwa vier Tagen den nördlichen Breitengrad erreicht haben, wo Ihre Eiskrieger ihn ohne Gefahr besetzen können."

„Ausgezeichnet, Sir. Ich erwarte Ihre Befehle."

Na also, ging doch. Oberon klopfte sich auf die Schulter. Das sollte ihm erst mal einer nachmachen – und ganz ohne Gläsernes Zepter. Oberon war stolz auf sich.

„General, das Ziel ist die schnelle Besetzung und Kontrolle des Inselkontinentes durch unsere Truppen. Die militärische Ausführung dieses Befehls überlasse ich voll und ganz Ihrer hervorragenden militärischen Kompetenz."

Wenn Oberon meinte, General Gurtuna mit dieser Schmeichelei wieder für sich gewonnen zu haben, täuschte er sich. Der General dachte mit unbewegtem Gesicht: Pass du nur auf, dass dein Gläsernes Zepter niemals zerbricht.

„Was meinen Sie, General, können Sie das schaffen?"

Gurtuna zuckte innerlich zusammen. Der merkte aber auch gar nichts. Natürlich schafften das die Hiemisen. Schließlich waren sie nicht umsonst die gefürchtetsten Krieger im Sonnensystem, vielleicht sogar in der ganzen Galaxie.

„Wir werden die von der Arktis nach Süden treibenden Eisberge als Transportmittel benutzen. Aus zusätzlich mitgeführten Eisschollen ziehen wir dann für die geplante Annexion auf dem vorgesehenen Breitengrad eine Abfanglinie quer über den gesamten Atlantik. Jede zwanzigste Eisscholle wird mit einem unserer Krieger besetzt. Der Inselkontinent hat keine Chance, unbemerkt durch diese Sperre zu driften. Allerdings wird der Schiffsverkehr der Menschen, wenn die Absperrung absolut dicht bleiben soll, stark in Mitleidenschaft gezogen."

„Darauf kann und will ich keine Rücksicht nehmen. Ihr Plan ist wirklich genial, General. Mein Kompliment." Dieses Mal meinte es der Feenkönig ehrlich. Bald würde er wirklich der unumschränkte Herrscher aller Reiche auf dieser Seite sein. In seinem Herrschaftsbereich würde die Sonne nicht untergehen.

„General Gurtuna, ich werde noch zwei meiner besten Oseles und zwanzig der schnellsten Blitzelfen zu Ihren Truppen abkommandieren. Mit ihnen werden wir ununterbrochen in Verbindung bleiben können."

Der General nickte zufrieden. Der Feenkönig schien sich wieder so zu verhalten, wie man es von einem mächtigen Herrscher erwarten konnte.

„Die ganze Aktion ist absolute Chefsache, mein lieber General. Das heißt, dass nur die unmittelbar Beteiligten über den genauen Auftrag des Feldzuges informiert sind. Ich habe die oberste Geheimhaltungsstufe angeordnet. Das bedeutet, dass auch Ihre Majestät die Königin und der Kanzler nicht informiert sind. Ich nehme an, dass Sie damit als oberster Militär einverstanden sind?"

Damit sprach Oberon dem General zum ersten Mal seit langer Zeit wieder voll aus dem Herzen. Er hatte sich schon bei früheren Feldzügen geärgert, dass ein Zivilist wie der Kanzler und, noch schlimmer, eine Frau, auch wenn sie die Königin selbst war, ihm in die Durchführung militärischer Aktionen hineingeredet hatten.

„Eine hervorragende Entscheidung, Sir, die ich außerordentlich begrüße." Der General war hochzufrieden und vergaß für einen Augenblick seinen Groll gegen Oberon.

„Ich darf voraussetzen, General, dass sich Ihre Leute bei einem Verstoß gegen den Geheimhaltungsbefehl ohne Zögern selbst hinrichten werden?"

Endlich sprach der König in der Sprache der Hiemisen – klar, unmissverständlich, ohne Kompromisse.

„Selbstverständlich, Sir! Sofort und ohne Umstände." Der General salutierte zackig vor seinem Herrscher.

„Wenn die an der Sperre torfen, brauchen Sie die doch nur von der Eisscholle in die südliche Strömung zu schubsen. Die Sonne erledigt dann den Rest!"

„Nein, Sir! Gesägt wird vorher immer!"

„War doch nur ein Späßchen, lieber Gurtuna! Nur ein kleines Späßchen."

Der General verzog keine Miene. Dem Feenkönig fiel ein, dass noch nie jemand einen der unheimlichen Eiskrieger hatte lachen sehen.

„Guten Tag, General! Was machen Sie denn heute hier?" Titania war ohne anzuklopfen in das Oval Office getreten.

„Er gibt seinen wöchentlichen Bericht ab, meine Liebe." Oberon antwortete, bevor der Genaral sich äußern konnte.

„Seinen wöchentlichen Bericht? Wieso? Das macht General Gurtuna sonst doch immer am drittletzten Tag der Woche."

„Der General bittet für sich und die Hälfte seiner Leute um Urlaub, meine Liebe."

„Ist das wahr, General?"

„Jawohl Majestät! Äh, auch wir haben das Bedürfnis, einmal auszuspannen."

„Das finde ich aber mal vernünftig, General Gurtuna. Auch die tüchtigen Eiskrieger können nicht immer nur im Dienst sein." Die Königin freute sich. Wer hätte das gedacht, die fürchterlichen Hiemisen wollten mal Urlaub. „Wo geht's denn hin, General?"

„Wahrscheinlich in den Süden, Majestät."

„Na, dann passen Sie und Ihre Leute bloß auf, dass Sie nicht zu dicht an den Äquator kommen ...", die Feenkönigin kicherte über ihr makaberes Späßchen, „... und nehmen Sie genug Sonnencreme mit." Sie schaute den General schelmisch an. Als der keine Miene verzog, erinnerte sie sich daran, dass noch nie jemand einen Eiskrieger hatte lachen sehen.

„Übrigens, wer soll von einer Eisscholle geschubst werden? Und was soll zersägt werden, meine Herren?"

„Och, ich meinte nur, unsere eisigen Jungs sollten sich ruhig mal in etwas wärmerem Wasser erholen und nicht immer nur auf einer Eisscholle herumhängen. Und dabei können sie ja auch mal ein paar Palmen für ein Floß zersägen." Oberon blickte seine schöne Gattin unschuldig an.

Der General verließ, nachdem er förmlich salutiert hatte, den Raum. Titania rieb fröstelnd ihre Arme.

„Schatz, dreh die Heizung bitte etwas höher. Jedes Mal, wenn General Gurtuna hier war, ist der Raum anschließend total ausgekühlt."

Der General machte befehlsgemäß seine Truppen noch am selben Tag mobil. Drei Bataillone würden für den Feldzug reichen.

Urmok

„Olli, du denkst wieder an meine Feder?"

„Mach ich, Nandur, hat doch letztes Mal auch geklappt ... oder?"

„Hundertprozentig, mein Junge. So, jetzt macht euch bitte bereit für den Absprung. Wir sind gleich genau über Urmok. Und denkt daran, die Lyngarden kommen als Elitekrieger gleich hinter den Hiemisen. An Grausamkeit sollen sie die Eiskrieger noch übertreffen. Passt also auf euch auf."

Der riesige Orion-Albatros verdunkelte den Himmel über der düsteren Zentralfestung der Lyngarden, und die Freunde segelten langsam und unbemerkt in den Hinterhof der gewaltigen Festungsanlage. Nandur wartete mit dem Weiterflug, bis sie sicher gelandet waren. Die Turmwächter blickten verwundert in die Wolken, konnten aber den Grund für die plötzliche Dunkelheit nicht erkennen. Wird wohl gleich ein Gewitter geben, dachten die Wächter und dösten weiter. Der Wachdienst auf den zugigen Türmen war nach ihrer Ansicht sowieso nur eine völlig überflüssige Schikane der Offiziere, um die jungen Krieger klein zu halten. Wer sollte hier, mitten im Reich der Lyngarden, diese mächtige Festung ernsthaft bedrohen? Der Vorfall kürzlich, als es klitzekleine Zwerge vom Himmel regnete, war ein Ausnahmefall, der sich die nächsten dreitausend Jahre nicht mehr wiederholen würde. Das traurige Schicksal der Gefangenen würde selbst einen Eiskrieger abschrecken.

Lülfel, der Küchenjunge, wollte gerade einen Trog mit Abfällen über die Burgzinnen in den Abgrund der tiefen Schlucht auslehren, als er direkt neben sich etwas auf die Steine des Hofes aufprallen hörte. Er drehte sich um und sah einen kleinen, zierlichen Jungen mit kupferroten Haaren, der eine riesige weiße Feder in die Mitte des Hinterhofes zerrte. Der Junge sah ihn und hob seinen Zeigefinger an die Lippen.

„Wer bist du? Was machst du hier im Hinterhof? Die neuen Stalljungen dürfen sich hier doch nicht aufhalten. Wenn sie dich erwischen, bist du dran. Die hängen dich für zwei Stunden an der Außenmauer auf – an den Daumen. Da kannst du in der Sonne dörren."

Lülfel trat näher auf den Jungen zu, der sich bückte, irgendwelche Mohrrüben einsammelte und diese merkwürdigerweise auf seinen Arm setzte. Die roten Dinger kannte er doch.

„Kannst du uns helfen?" Der rothaarige Junge schaute ihn bittend an. „Wie heißt du?"

„Lülfel."

„Das ist ja ein lustiger Name."

„Was?"

„Er meint, du hast einen lustigen Namen, mein Junge." Die Mohrrübe, die gerade gesprochen hatte, trug wie die anderen eine winzige Sonnenbrille. Cool, dachte Lülfel.

„Hat er ja auch. Nur gucken tut er ein bisschen schofelig." Die Mohrrübe mit der hellen Mädchenstimme kicherte belustigt.

Lülfel hatte sich von seiner Überraschung erholt. „Wie habt ihr das geschafft?"

„Was sollen wir geschafft haben?", fragte ihn der Rotschopf.

„Nicht du, ich meine die Winzlinge hier. Euch haben sie doch alle erst vor ein paar Tagen in die Bergwerke von Grandiska verfrachtet."

„Alle?"

„Ja, alle zweitausendreihundertachtundvierzig!"

„Nach Grandiska?"

„Ja! Nach Grandiska. Wieso fragt ihr, ihr wart doch da ... oder etwa nicht?" Lülfel schaute sich erschrocken um, ob sie jemand beobachtete. „Sagt bloß, ihr seid neue, die vom Himmel gefallen sind? Dann sage ich euch, haut bloß nix wie ab hier. Wenn die euch erwischen ... mein lieber Mann!"

„Wieso, was passiert dann?"

„Unser Großvongor lässt sich von unserem Küchenmeister Remgor eine Suppe aus euch kochen."

„Worauf ihr euch verlassen könnt!", ertönte eine laute, befehlsgewohnte Stimme hinter ihnen. „Nehmt sie fest! Alle! Auch diesen Idioten von Küchenjungen."

Lülfel sah mit Schrecken, dass hinter ihm eine Gruppe voll bewaffneter Lyngarden stand.

„Oh, heiliger Voxgario, ein Stoßtrupp!"

„Ja, ein Stoßtrupp, du Trottel." Der Anführer der Elitetruppe war auf achtzig. „Sind denn hier alle nur noch am Pennen? Ein Glück, dass wir gerade von der Streife zurückgekommen sind. Ab mit euch zu Xixinxiriga. Der Großvongor wird sich über einen leckeren Möhreneintopf freuen."

„Ob der das ernst gemeint hat?", fragte Olli leise Klining.

„Bei den Lyngarden weiß man nie ...", flüsterte der zurück.

„Du bist also Klining von Olgursam?" Der Großvongor beugte sich neugierig vor und betrachtete den winzigen Magier. So klitzeklein hatte er sich den Träger der berühmten Thulanderona-Kordel nicht vorgestellt. „Du hast eure heilige Königslade bei dir?"

„Du weißt davon, großer Vongor?"

„Unser verehrter Fürst trägt den Titel Großvongor von Lyngarien, Attamatern von Remurigon, Letelder von Gasarat, Kifor von Kemeter, Rollgan von ..."

„Schon gut, Rapsan ...", der Großvongor unterbrach ungeduldig seinen Wesir, „... wenn der Illantin und ich uns erst alle Titel vorkauen, sind wir morgen noch nicht fertig."

Dann wandte er sich wieder an den winzigen Zwerg, der sich nach seiner höflichen Verbeugung wieder lässig, die coole Sonnenbrille in die Stirn geschoben, auf seinen gewohnten Platz auf Ollis Arm gesetzt hatte.

„Kann man sie sehen?"

„Wen?"

„Die heilige Königslade!"

„Ja."

„Darf ich sie sehen?"

„Ja."

„Würdest du sie mir zeigen?"

„Ja."

„Dann möchte ich dich darum bitten, verehrter Illantin."

Klining war auf der Hut: Der Großvongor hatte sich in keiner Weise aus der Ruhe bringen lassen. Oberon wäre bei einem so albernen Wortgeplänkel längst explodiert. Das zeigte, wie gefährlich der oberste Lyngarde war. Der war nicht so leicht auszumachen wie der unbeherrschte Feenkönig.

Klining holte die kostbare Lade aus seiner Zipfelmütze. Der Lyngarde zeigte unverhohlen sein Erstaunen. Vor diesem winzigen Kästchen sollte sich das mächtige Gläserne Zepter des Herrschers aller Feen- und Geistereiche in den Staub geschmissen haben? Nicht zu glauben.

Freundlich fragte er den Illantin: „Du weißt nicht, was in ihm verborgen ist?“

„Nein, leider nicht, Xixinxiriga, tut mir Leid.“

Das kommt schon noch, dass dir das Leid tut, dachte der Großvongor. Freundlich lächelnd fragte er: „Ist es richtig, dass keiner eure heilige Königslade öffnen kann? Noch nicht einmal unser allseits verehrter oberster Herrscher?“

Als er von seinem Kirmas hörte, wie der Feenkönig von diesem Kästchen vor versammeltem Hofe vorgeführt worden war, hatte er sich vor Schadenfreude nicht mehr einkriegen können.

„Nein, auch euer großer König nicht. Das kann nur der Held mit dem reinen Herzen, Fürst.“

„Und von dem weiß keiner, wo er sich aufhält und ob er überhaupt existiert?“

„Sehr richtig, Fürst.“

„Ich habe da eine interessante Frage, Illantin.“ Der Großvongor beugte sich lauernd vor.

„Fragen Sie, Fürst, fragen Sie!“

„Warum muss denn die Königlade überhaupt geöffnet werden?“

Klining bewunderte, wie listig ihn der schlaue Lyngarde aufs Kreuz legen wollte. Nicht schlecht, der Junge.

„Das weiß keiner, edler Fürst.“

Der ‚edle Fürst‘ dachte grimmig: Dein höfisches Gesülze kannst du dir sparen, du Winzling. Wir hier in der Provinz lieben es ländlich und rustikal, besonders auf der Folter. Der Großvongor konnte ein Grinsen der Vorfreude nicht unterdrücken. Er war gespannt. Für seine Folterexperten mussten diese winzigen Mohrrüben doch eine echte Herausforderung sein. Ihre üblichen Folterwerkzeuge konnten sie bei denen glatt vergessen, denn dann waren die doch gleich platt. Und das war etwas, was der grausame Lyngarde nun überhaupt nicht mochte. Die Meister ihres Fachs konnten ein Opfer über Monate foltern und am Leben erhalten. Deshalb setzten sich am lyngardischen Hof nur die Besten in dieser Kunst durch, beziehungsweise blieben am Leben. Stümper konnte Xixinxiriga im wahrsten Sinne des Wortes auf den Tod nicht leiden, und die beendeten ihr Leben genau auf die Art und Weise, wie sie ihren Job ausgeführt hatten.

„Sie sind amüsiert?“ Klining lächelte leutselig.

Hör endlich mit dem dämlichen Hofgeblubbere auf oder ich kriege das Kotzen! Der Lyngarde fühlte, wie ihn das Getue des Illantin nervte und aus der Reserve lockte. Dann riss er sich zusammen. Ein schlauer Hund, der kleine Fuchs. Hatte der doch seine Schwachstelle erkannt und war gleich hineingestoßen. Nicht schlecht. Für den Großvongor war die Etikette am Hofe des Feenkönigs, wie für jeden anderen Lyngarden auch, ein absoluter Horror. Am Feenhof Dienst zu versehen, glich einer Strafversetzung, wie sie für einen Lyngarden schlimmer nicht sein konnte.

Die Lyngarden waren ein äußerst wildes und grausames Geistervolk. Hervorragende Krieger und Eroberer. Unendlich war die Zahl der Völker, die sie früher in die Sklaverei geführt hatten. Die Lyngarden lebten in den guten alten Zeiten nur von den Plünderungen eroberter Länder und dem Sklavenhandel. Erst die Macht des Gläsernen Zepters hatte ihrem kriegerischen Expansionsdrang Einhalt geboten. Sollte das Gläserne Zepter durch die Dummheit des Feenkönigs tatsächlich einmal in tausend Stücke zerspringen, die Reiche der Feen, Elfen und Geister würden augenblicklich von den unerbittlichen Heeren der Lyngarden mit Krieg und Leid überzogen werden.

Der Hof des Feenkönigs war ein Terrain, das ihnen in keiner Weise lag. Unter den glatten Höflingen und Diplomaten am Feenhofe kamen sie sich verloren vor und fühlten sich unsicher. Sie liebten die direkte Konfrontation und körperliche Auseinandersetzung mit der Waffe in der Hand. Am liebsten gleich auf Leben und Tod. Das war eines Lyngarden würdig. Dieses unerträgliche Hofgeschleime verursachte ihnen Übelkeit und Schweißausbrüche. Nicht selten wurden sie ernsthaft krank und mussten vom Feenhofe wieder abgezogen werden. Der Einzige, der das höfische Spiel perfekt beherrschte, war Xaraxar, der Kirmas der Lyngarden. Obwohl er sich das nie anmerken ließ, war Xixinxiriga über das für einen Lyngarden untypische Talent seines Kirmas heilfroh. So konnte er seine Besuche am Feenhofe auf das absolut Unumgängliche einschränken. Aber er war sich mit seinem Kirmas einig: Irgendwann würde Oberon und sein ganzes Hofgesocks auf der lyngardischen Folter landen. Die besten Meister ihres Fachs würden darin wetteifern, den eingebildeten Feenkönig über lange, lange Zeit am Leben zu erhalten. Oberons Schreie würden ihn für alle erlittenen Kränkungen reichlich entschädigen. Über das Gesicht des Großvongors huschte wieder ein zufriedenes, grausames Lächeln.

„Wenn keiner weiß, verehrter Illantin, warum die heilige Königslade geöffnet werden soll, dann brauchen wir uns ja alle keine Sorgen zu machen ... oder?"

„So ist es, lieber Fürst."

Xixinxiriga machte einen überraschenden, rüden Ausfall: „Und wenn ich das nicht glaube? Nehmen wir einmal an, ich wäre der Meinung, dass das ganze Brimbamborium um das kleine Kästchen hier nichts anderes ist als billiger Zauberfirlefanz von einem winzigen, aber um so gewissenloseren Illantin?"

„Dann würde ich sagen, der berühmte und mächtige Großvongor Lyngardiens tut einem großen und bedeutenden Magier, der nicht umsonst Träger der berühmten Thulanderona-Kordel ist und der alle Zaubertricks von Bedeutung beherrscht, großes Unrecht." Olli hatte, mit einem vor Empörung hochroten Kopf, seine Meinung nicht mehr zurückhalten können.

Tiefe, eisige Stille herrschte plötzlich im Thronsaal von Urmok. Was hatte denn den zierlichen Rotschopf gebissen, dass er es wagte, ohne von Xixinxiriga angesprochen worden zu sein, eine Meinung, und dann auch noch seine eigene, kund zu tun!

Der Großvongor schaute erst verblüfft, dann lachte er laut und herzlich. Wenn die Lyngarden eines am meisten bewunderten, dann war es Mut. Das Lachen des Großvongors schallte laut und dröhnend durch den Thronsaal und alle Anwesenden fielen erleichtert darin ein.

„Gut gesprochen, Rotschopf! Du gefällst mir! Endlich mal ein Junge, der sich was traut! Du würdest einen guten Lyngarden abgeben. Da ist dein Uropa Laurin aber stolz auf dich ... was, mein Junge?"

Als Xixinxiriga die verblüfften Gesichter der im Thronsaal

Versammelten sah, lachte er wieder laut und sagte: „Der Junge ist doch unserem guten Laurin wie aus dem Gesicht geschnitten, das sieht doch jeder blinde Lyngarde ohne Krückstock! ... Was ist? ... Rapsan, nuschel nicht so in mein Ohr! ... Was ist? ... Ach, das heißt mit Krückstock! ... Na gut, dann eben wie ein blinder Lyngarde mit Krückstock. Richtig? ... Rapsan, du kannst einem mit deiner Erbsenzählerei manchmal wirklich auf die Nerven gehen."

Er wandte sich an Olli: „Weißt du, mein Junge, ein Wesir muss ein guter Erbsenzähler sein, aber manchmal ..."

In diesem Moment erscholl am Tor eine Fanfare, unterbrach den Großvongor und kündigte einen neu eingetroffenen Gast an. Vor der Thronhalle erklangen leise klingend Glöckchen. Die riesigen, eisenbeschlagenen Doppeltore zum Thronsaal öffneten sich und Laurin ritt auf seinem kleinen, edlen Rappen im Trab in die Königshalle. Kleine Sterne stiegen empor. Wie immer war Laurin überaus kostbar gekleidet.

„Das passt ja wie die Faust aufs Auge. Lauri, du alter Bauernfänger, komm rein. Rate mal, wer da ist? ... Dein UrUrUrUrUrUrenkel! Da staunst du, was?" Dann wandte er sich an Olli. „ Wie heißt du überhaupt, mein Junge?"

„Oliver Kusch ... meine Freunde nennen mich Olli."

„Freunde wie ich, Großvongor." Laurin war am Thron angekommen und hatte sein Pferdchen angehalten. „Hallo Olli, wie geht es dir?"

„Danke gut, Majestät."

„Freunde? ... Freunde? ... Majestät?" Der Großvongor lachte. „Was ist denn das für eine Begrüßung? Olli, gib deinem Uropa mal 'nen dicken Begrüßungskuss, so wie es sich für einen Enkel gehört."

So grausam die Lyngarden waren und so hart wie ihre Ausbildung zum Krieger auch schien: Bevor ein Lyngarde erwachsen wurde und damit den Weg des Kriegers oder der Kriegerin gehen musste (denn die Lyngarden machten zwischen Jungen und Mädchen keinen Unterschied), hatten die Lyngardenkinder, egal ob eigene oder angenommene, den Himmel auf Erden. Kein Volk war zärtlicher zu seinen Kindern. Die kleinen Lyngarden wurden von der ganzen Sippe aufs Liebevollste umhegt. Die Lyngarden liebten es über alles, mit ihren Kindern aufs Zärtlichste zu kuscheln.

Die Kinder hatten völlige Narrenfreiheit. Die ganze Sippe las ihnen jeden Wunsch von den Augen ab. Der Großvongor selbst hatte hundertdreiundzwanzig Ururenkel, die noch in unbeschwerter Kindheit lebten. Jeder der Kleinen hatte jederzeit Zutritt zu seinem Opa, und der küsste und herzte sie vor seinen versammelten Leuten.

„So sehr ich das bedauere, aber Olli ist leider nur mein Freund und nicht mein Enkel. Das habe ich schon überprüfen lassen ...", log der Zwergenkönig. „Aber wir beiden Rotschöpfe halten trotzdem zusammen, nicht wahr, Olli?"

„Klar doch, Majestät! Wo ist übrigens Raggi, ich sehe ihn nirgendwo?"

Der Großvongor blickte verdattert. Das gab es doch gar nicht. Laurin, der verlogene Hund, verleugnete sein eigen Fleisch und Blut. Für den Großvongor war das mehr als eine unmögliche Vorstellung. Aber Xixinxiriga durchschaute Laurin. Der gierige Gnom hatte doch nur Angst, dass sein plötzlich aufgetauchter Enkel seine berechtigten Erbschaftsansprüche stellen könnte. Er wollte gerade seiner Empörung darüber Luft machen, als ein Blitz quer durch die Halle schoss und sich direkt auf Ollis freie Hand setzte.

„Oh ... Raggi! Da bist du ja! Wo warst du kleiner Herumtreiber denn, ich habe dich schon vermisst!"

„Ich hatte Hunger, Olli", tschiepte das kleine Vögelchen, leckte sich den letzten Blutstropfen eines frisch gerissenen Stiers von seinem Schnäbelchen und kuschelte sich zufrieden in Ollis Hand.

Der Großvongor war von den Socken. Was war das denn für ein merkwürdiger Junge? Er hatte instinktiv den Kopf zwischen die Schultern gezogen, als der berüchtigte Vulkanadler in die Halle gesaust kam, und wollte Laurin schon anpfeifen, dass der sein gefährliches Mistvieh gefälligst vorher an die Kette legen sollte, bevor er hier auftauchte und alles in Panik versetzte, als er sprachlos die Begrüßung zwischen dem Jungen und dem kleinen Monster sah.

„Olli, stimmt es, dass du nur ein Mensch bist?", fragte er den Jungen.

„Ja, was soll ich denn sonst sein? ... Warum fragen Sie, Sir?"

„Lass den Jungen zufrieden, Großvongor." Laurin schaute auf Olli. Die winzigen Zwerge mit ihren noch winzigeren coolen Sonnenbrillen auf dem einen Arm, Ragnur in der anderen Hand und ein glücklich lächelnder Olli, der seinen kleinen, gefiederten Freund zärtlich kraulte, in der Mitte. So ein seltsamer Anblick war dem Lyngarden bestimmt noch nie unter die Augen gekommen. Laurin wandte sich an Klining.

„Seid gegrüßt, Illantin. Wieder mal auf dieser Seite?"

„Wie Ihr seht, König der Zwerge."

„Habt Ihr euren mysteriösen Helden endlich gefunden?"

„Nein, wir sind noch auf der Suche nach ihm. Er wird sich finden, da bin ich sicher. Hier sind wir auf der Suche nach unseren Leuten."

„Was für Leute?" Der liebe Opa Xixinxiriga schaute so treuherzig wie einer seiner einhundertdreiundzwanzig Enkel.

„Die Leute, die von hier in die Bergwerke von Grandiska deportiert wurden." Klining fand das nun langsam nicht mehr lustig.

„In die Bergwerke von Grandiska? Wird denn in den alten Minen überhaupt noch gefördert? Da kann doch keiner arbeiten, das ist doch viel zu gefährlich. Verehrter Illantin, da werdet Ihr keine Leute von euch finden. Das kann ich beim Leben meiner einhundertdreiundzwanzig Enkel beschwören." Der Großvongor hob die Hand zum Eid. Im gleichen Augenblick kam aus einer Tür hinter seinem Thronsessel einer seiner kleinen Enkelchen gerannt. Das süße Lyngardenmädchen gab seinem Opa einen Kuss, zeigte mit dem kleinen Fingerchen auf Olli und die klitzekleinen Zwerge und flüsterte ihm etwas ins Ohr.

„Och, guck ma', Rinchen, ist die nicht putzig?" Olli zeigte auf die niedliche Kleine, die sich jetzt auf den Schoß des gefürchteten Großvongors kuschelte und sie neugierig musterte.

„Er sagt die Wahrheit." Klining flüsterte leise. „Kein Lyngarde würde beim Leben seiner Kinder oder Enkelkinder einen Meineid leisten. Der wäre bei seinem Volk für immer erledigt. Was machen wir jetzt?"

„Ich finde, wir sollten uns trotzdem einmal in dem alten Bergwerk umschauen", flüsterte Valmin kaum hörbar zurück.

„Ihr seht, meine Freunde, ihr braucht nicht nach Grandiska in dieses alte, verstaubte Bergwerk. Außerdem hat euch meine kleine Enkeltochter gerade zu ihrem vierten Geburtstag eingeladen, und ich möchte euch bitten, hier in unserer gemütlichen Burg ..." Der Lyngarde machte eine weite Handbewegung durch die düstere Halle. „... noch ein paar Tage mit uns, zur Freude meiner Enkel und von uns Erwachsenen, als unsere Gäste zu verbringen."

Der Großvongor hatte nicht ganz das wiedergegeben, was ihm sein kleines Enkeltöchterchen ins Ohr geflüstert hatte. Sie sagte ihrem Opa wörtlich: Jetzt da sie doch schon groß sei und morgen ihren vierten Geburtstag habe, fände sie es von ihrem Opa ganz, ganz lieb, wenn der ihr ein paar von den lebenden Püppchen für ihre Puppen-Folterkammer schenken würde. Der Großvongor platzte beinahe vor Stolz. Dass seine Blutlinie im hoffnungsvollen Nachwuchs der Sippe so früh und mit so deutlichen Talenten und Neigungen durchschlug, davon hatte er früher nicht einmal zu träumen gewagt. Die kleine Xixina auf seinem Schoß schlug aber ganz nach ihrem Opa, und der stolze Großpapa war nicht umsonst der Großvongor. Das Kind sollte die Püppchen morgen als Überraschung auf seinem Geburtstagstisch finden.

„Wir können die Einladung nicht abschlagen, wir finden aber ganz bestimmt einen günstigen Moment, um uns zu verdrücken." Klining flüsterte so leise, dass ihn nur Olli und die klitzekleinen Zwerge hören konnten.

Laurin saß noch immer auf seinem Rappen und hatte ein Bein lässig über die Kruppe des Pferdchens geschlagen. Das lief ja wie geschmiert. Das Problem mit diesen verdammten klitzekleinen Zwergen löste sich also von ganz alleine, so wie es besser nicht sein konnte. Wenn die wüssten, was sie morgen erwartete, wenn sich das niedliche kleine Lyngardenmädchen als eiskaltes, grausames Monsterchen entpuppte! Laurin hatte nur einmal einem lyngardischen Kindergeburtstag beigewohnt. Es war einfach ekelig anzuschauen, wie die lieben Kleinen, sobald sie das fünfte Lebensjahr erreicht hatten, die lyngardischen Foltermethoden spielerisch an lebenden Tieren ausprobieren durften. Selbst dem bestimmt nicht zimperlichen und auch mit einem gehörigen Maß an Grausamkeit ausgestatteten Zwergenkönig gingen diese Geburtstagsspiele zu weit. Die Winzlinge konnten einem fast Leid tun. Einmal im Blutrausch, würde die gierige, kleine Lyngardenbrut auch von dem Illantin mit seinem albernen Zauberfirlefanz nicht aufgehalten werden.

Das gäbe ein Schlachtfest, das wahrscheinlich auch den Rotschopf nicht verschonen würde. Was konnte ein so zierlicher Mensch schon gegen zwanzig und mehr blutrünstige Lyngarden-Kids ausrichten, wenn die ihm auf der Folterbank das Blut abzapften? Selbst wenn er überlebte, wäre der Junge anschließend nicht mehr in der Lage, die Suche nach diesem Helden fortzusetzen. Eine günstige Gelegenheit, sich in den Besitz der Königslade und des roten Glassteins des Jungen zu bringen.

„Was führt Euch heute überhaupt her, verehrte Majestät?" Laurins Gedanken wurden von Opa Xixinxirigas Frage unterbrochen.

„Keine Dinge, die wir nicht auch übermorgen regeln könnten, Großvongor. Leider habe ich jetzt keine Zeit mehr. Dringende Termine rufen."

Der Großvongor machte ein harmloses Gesicht: „Na prima, König, wenn es nicht so eilig ist, besprechen wir Euer Problem halt übermorgen." Verdammt, der verflixte Gnom schien dahinter gekommen zu sein, dass ihm die Lyngarden, entgegen seinem ausdrücklichen Wunsch, auch die Kinder und die Alten der Winzlinge für die schwere Arbeit im Bergwerk untergeschoben hatten. Aber eventuelle Beschwerden würde er abschmettern. Der Kunde hatte schließlich die Ware bei Übernahme zu prüfen. Wenn die Winzlinge nach ein paar Arbeitstagen draufgingen – was konnte er dafür?

Laurin griff unter seinen Mantel Gulfriga und warf dem Wesir ein Päckchen mit einem kleinen, mit billigen Edelsteinen geschmückten Püppchen zu. „Bedauerlicherweise kann ich die nette Einladung Eurer allerliebsten Enkeltochter nicht annehmen, Großvongor. Ich bin leider, leider durch dringende Regierungsgeschäfte verhindert. Wesir, wenn Ihr so nett wäret, ihr dieses bescheidene Geschenk morgen in meinem Namen zu überreichen."

Gemessen an deinem unendlichen Reichtum, ist dieses Geschenk wirklich mehr als bescheiden, du alter Geizknochen. Der Wesir schüttelte innerlich den Kopf. Äußerlich lächelte er den geizigen Zwergenfürsten an und sagte: „Im Namen unserer kleinen Prinzessin bedanke ich mich für Eure Großzügigkeit, Eure Majestät."

Laurin nickte gnädig, griff an seinen Mantel und war augenblicklich verschwunden.

„Führt die Gäste in ihre Gemächer!"

Der Befehl des Großvongors duldete keinen Widerstand. Der Wesir trat einen Schritt vor und bedeutete Olli, ihm zu folgen. Lülfel schloss sich der Gruppe an, froh, dass bis jetzt keiner seine

Anwesenheit richtig wahrgenommen hatte.

Die schwere, mit Eisen beschlagene Tür schlug zu, ein Schlüssel drehte sich um. Sie waren ohne Zweifel gefangen oder zumindest eingesperrt. Lülfel war, weil die Soldaten die ganze Zeit nur verblüfft auf die klitzekleinen Zwerge starrten, unbemerkt mit hineingeschlüpft. Olli setzte sich auf die schmale Holzpritsche, ließ die klitzekleinen Zwerge auf den wackeligen Tisch hüpfen und schaute sich um.

„Das sieht ja aus wie ein Gefängnis!“

„Das ist ein Gefängnis, Olli.“ Vildo schaute sich fachmännisch um. „Da kenn ich mich aus.“

„Das habe ich mir gedacht“, sagte Rinchen.

„Hört auf, ihr beiden. Lasst uns überlegen, wie wir hier rauskommen.“

„Das müsst ihr auch.“

„Was meinst du damit ... Löfler?“

„Ich heiße Lülfel, kleine Maid.“

„Ich sag ja, du hast einen lustigen Namen.“

„Was ist lustig?“

„Lustig? Was ist lustig? ... Ein Kindergeburtstag, der ist lustig!“

„Ach, ihr nennt das lustig? Wir nennen das Schlachtfest!“

„Wieso Schlachtfest? Ein Kindergeburtstag ist doch kein Schlachtfest.“

„Bei uns schon. Und bei der kleinen Prinzessin Xixina, diesem blutrünstigen Monsterchen, ganz bestimmt.“

Dann erzählte Lülfel der Gruppe, was sie morgen von den Lyngardenkids zu erwarten hatten.

Vildo wurde ganz blass. „Au weia, da haben wir ja schön tief in die Tinte gegriffen.“

„Und du, Lülfel? Bist du auch so ein Folterknecht?“

„Nein, ich lasse meine gemeinen lyngardischen Instinkte in der Küche aus.“ Lülfel grinste diabolisch.

„Was, du quälst eine Kartoffel, bevor sie auf den Teller kommt?“

„Ja, ich schneide sie ganz langsam in Streifen und siede sie dann ganz gemein in heißem Öl ... und ich streue danach Salz auf ihren geschundenen Körper ... und ...“

„... fertig sind die Pommes. Lülfel, jetzt mal im Ernst. Wie kommen wir raus?“, fragte Klining.

„Ihr seid doch Magier, Klining?“

„Richtig.“

„Habt Ihr keinen Zauberfirlefanz auf Lager?“

„Doch, jede Menge ... aber das löst noch nicht unser Problem, aus der Festung zu entkommen.“

„Ich schicke euch auf den Weg allen Mülls.“

„Was?“

„Lasst mich nur machen. Bringt uns nur hier raus, Klining, den Rest mache ich.“

„Na gut. Was sollen wir tun?“

„Olli und alle außer Euch, Klining, hier hinein in den ollen Bettbezug.“

Dann erklärte Lülfel seinen einfachen Plan. Klining war erstaunt: So simpel sollten sie es schaffen, aus der schwer bewachten Festung zu entkommen?

„Aber ja doch. Der Müllhaufen ist weich, da kann uns überhaupt nichts passieren.“

„Wieso uns?“

„Ich will mit, ich will endlich wieder nach Hause.“

„Aber wir müssen doch nach Grandiska.“

„Genau da ist ja mein Zuhause. Wenn einer euch helfen kann, dann ich. Ich weiß den Weg nach Grandiska, ich weiß, wie man sich vor den lyngardischen Streifen verstecken muss (denn eins ist klar, wenn hier erst die Alarmsirenen heulen, ist im ganzen Land die Hölle los), und ich kenne die alten Minen von Grandiska wie meine Westentasche. Da haben wir immer als Kinder gespielt.“

„Das klingt überzeugend, wir sollten ihm vertrauen.“

„Vertraue nie einem Lyngarden. Außerdem quält der doch Kartoffeln!“

„Wer sagt denn, dass ich ein Lyngarde bin? Ich gehöre zum alten Volk der Grandiskaner. Bevor wir von den Lyngarden okkupiert wurden, haben wir in Frieden das Kupfer in unseren uralten Minen abgebaut. Mich haben sie bei einer Knabenernte von zu Hause weggeholt und in diese Festung gebracht. Ich will nach Hause in den Untergrund und endlich mit meinen Leuten um unsere Freiheit kämpfen.“

„In den Vereinigten Reichen der Feen, Elfen und Geister muss ein Volk um seine Freiheit kämpfen?“ Klining war mehr als verwundert. „Weiß Oberon, was im Land der Lyngarden vor sich geht?"

„Es gibt so manches in den Vereinigten Reichen, was der oberste Herrscher nicht weiß."

„Aber der Kanzler?"

„Ovangar ist ein hervorragender und gerechter Mann, aber der lyngardische Kirmas ist sehr gerissen und hat es bisher immer geschafft, selbst die Experten des Geheimdienstes des Kanzlers zu täuschen. Der Großvongor erpresst unser Volk mit dem Grausamsten, womit man ein Volk erpressen kann."

„Und das wäre?"

„Die Lyngarden nennen es Mädchen- und Knabenernte. Alle fünf Jahre ziehen sie übers Land und holen die Neugeborenen des letzten halben Jahres aus den Familien. Alle Babys werden hier in der Burg gesammelt und streng nach den lyngardischen Werten erzogen. Das Gemeine ist, dass die Lyngarden so zärtlich und liebevoll zu ihnen sind, wie es keine Eltern sonst auf der Welt sind. Alle anderen Eltern sind gezwungen, ihren Kindern, egal nach welchen Werten sie sie erziehen, irgendwann einmal Grenzen aufzuzeigen. Hier auf Urmok dürfen die Kinder in den ersten fünf Jahren einfach alles. Sie stehen absolut im Mittelpunkt und bekommen jeden, aber auch jeden Wunsch erfüllt. Dabei erklärt man ihnen jedes Mal, dass das aber nur deshalb passiert, weil sie Lyngarden sind, die stolze Elite aller Völker und geboren, um über alle anderen Völker zu herrschen. Schon von klein auf lernen sie spielerisch mit jeder Art von Grausamkeit umzugehen und sie als etwas Selbstverständliches zu betrachten. Ein fürchterliches Beispiel und Ergebnis dieser Gehirnwäsche habt ihr ja heute an der kleinen Prinzessin Xixina gesehen. Die Kinder werden zu blutrünstigen Monstern. Und alles unter dem Mantel einer liebevollen Behandlung und Zärtlichkeit."

Die Gruppe war erschüttert.

„Das ist ja grauenhaft. Die armen Kinder!"

„Was sind die Lyngarden bloß für perverse Schweine!"

„Und dann? Was passiert mit den Kindern, wenn sie fünf Jahre alt geworden sind?"

„Dann ist ein lyngardisches Kind erwachsen, dann beginnt sein Weg als Krieger oder Kriegerin."

„Du glaubst es nicht! Mit fünf Jahren ist die Kindheit zu Ende?

Dann ist man hier erwachsen und muss den Soldaten spielen?"

„Die haben sie doch nicht mehr alle, die Lyngarden."

„Hör mal, Lülfel, gehe ich richtig in der Annahme, dass wir es bei dir nicht mit einem Küchenjungen und Sohn eines einfachen Handwerkers zu tun haben?" Klining schaute ernst auf den jungen Mann.

„Du hast Recht, Klining. Mein richtiger Name ist Kandor von Grakunje. Ich stamme aus dem Fürstengeschlecht der Grakunjer, aus dem seit Jahrhunderten immer wieder die Könige unseres Volkes gewählt wurden. Meine Eltern haben mich nach meiner Geburt in eine einfache Handwerkerfamilie gegeben, weil die bei der Knabenernte von den Lyngarden in der Regel verschont werden. Die Handwerker benötigen ihren Nachwuchs ja dringend selbst. Aber durch ein Versehen bin ich doch hier auf der Burg gelandet. Da ich mich schon als Kleinkind immer so dämlich angestellt habe, bin ich schließlich als unbrauchbar für den Weg des Kriegers aussortiert worden und in der Küche gelandet."

Klining lächelte. „Von wegen dämlich, mein Junge. Wie hast du dich schützen können?"

„Hiermit!" Kandor öffnete sein Hemd und zeigte ein kleines Stück von einer weißen Kordel, die an einer dünnen Schnur um seinen Hals hing.

„Das ist ein Stück von einer Thulanderona-Kordel, mein Junge. Ich weiß auch schon, wer dir dieses Stück um den Hals gebunden hat."

„Thulanderona-Kordel, was ist das denn?"

„Das erkläre ich dir später, Kandor. Wir sollten jetzt sehen, dass wir hier herauskommen. Du kannst uns später noch über die Erziehung der Lyngarden zum Krieger berichten."

„Gut, Klining, legen wir los. Kommt, steigt alle in den alten Bettbezug und rührt euch erst, wenn ich es sage, okay?"

Olli stieg mit den klitzekleinen Zwergen in den Bettbezug. Nur Klining blieb auf dem Tisch stehen. Dann band Kandor den Bettbezug zu, schulterte ihn, nahm Klining auf den Arm und rief laut nach den Wachen.

„Hör auf, Küchenjunge! Warum brüllst du wie ein Idiot?", rief der Wächter genervt.

„Fragt sich, wer hier der Idiot ist. Schließt mich hier einfach ein. Wie soll ich den Müll und die Bettwäsche raustragen können, wenn die Tür verschlossen ist?“

Der Wächter schaute verblüfft in den Raum. „Wo sind die Gefangenen?“

„Hier im Wäschesack!“

„Junge, höre auf, herumzukaspern, sonst bekommst du ein paar hinter die Löffel. Ich habe dich gefragt, wo die Gefangenen sind?“

„Weiß ich doch nicht.“ Kandors Stimme klang jetzt weinerlich.

„Du gefühlloser Klotz, wie kannst du den Jungen nur so erschrecken?“ Klining blickte streng auf den Wächter.

„Hä?! Wer bist du denn?“ Der Wächter beugte sich vor, um den klitzekleinen Zwerg genauer zu betrachten.

„Ich bin der Mann mit dem Zauberfirlefanz!“ Klining kicherte albern.

„Zauberfirlefanz, was ist das denn?“

„Zauberfirlefanz ist sehr lustig!“

„Was ist lustig?“

„Das ist lustig!“

Klining hob leicht die Hand und genau vor den Augen des Wächters bildete sich ein zarter Nebel, der sich langsam immer mehr zu einem großen Humpen, gefüllt mit lyngardischem Bier verdichtete. Zur selben Zeit, als sich die Vision des kühlen, frisch gezapften Bieres zu einem realen Bild formte, wurde es im Raum immer heißer. Auf der Stirn des Wächters bildeten sich erste Schweißperlen. Er leckte sich die trockenen Lippen und zerrte an den Knöpfen seines Hemdkragens. Er bekam plötzlich einen höllischen Durst. Der wundervolle Humpen mit dem Bier schwebte jetzt langsam nach oben. Die Augen des Lyngarden folgten dem Trugbild: Er neigte leicht den Kopf in den Nacken, als der Humpen jetzt genau über seinem Kopf schwebte. In dem Moment, als er den Humpen gerade greifen wollte, knallte der mit voller Wucht auf seinen Kopf und zersprang.

„Huch, das war ja kein Trugbild.“ Kandor staunte.

„Genau!“, sagte Klining.

Der Wächter fiel um.

„Los, raus hier!“, rief Kandor und sauste, mit dem Wäschesack über der Schulter und Klining auf dem Arm, aus dem Raum, den Flur entlang, an einem doppelten Wachposten vorbei, heraus aus dem Gebäude auf den Haupthof der riesigen Burganlage.

„A L A R M ! ! ! ... A L A R M ! ! ! ... Zu den Waffen! ... die Gefangenen sind befreit worden ... es sind Eindringlinge in den inneren Mauern ... A L A R M ! ! !"

Gellend hallte der Ruf durch die Festung. Wieder konnte man erleben, warum die Lyngarden die gefürchtetsten Krieger nach den Hiemisen waren. Wieder trat eine hoch trainierte Elitetruppe in Aktion. Wieder knallte das eiserne Fallgitter am Tor mit einem gewaltigen Krach herunter. Wieder schlug das schwere Tor zu und wurde blitzschnell verbarrikadiert. Wieder schwappte die erste Welle einer voll bewaffneten lyngardischen Eingreiftruppe über den Hof. Wieder wurde der Luftraum über Urmok durch undurchdringliche Lyngardennetze versperrt. Alles lief ab wie ein präzises Uhrwerk und klappte hervorragend, wie schon tausendmal und öfter. Nur eines unterschied diese eindrucksvolle Demonstration geballter militärischer Präzision von anderen Einsätzen: Man erwischte keinen der Eindringlinge. Die Elitetruppen waren innerhalb weniger Minuten bis in den letzten Winkel der düsteren Festung vorgedrungen und hatten jede Ecke durchsucht. Im Hinterhof hatten die Krieger den trotteligen Küchenjungen mit seinem Wäschesack so heftig beiseite geschubst, dass der unglückliche Junge gegen die Zinnen taumelte, das Gleichgewicht verlor und mit seinem Wäschesack in die Tiefe der Müllschlucht stürzte.

„Der hätte ja mal beiseite gehen können", meinte einer der Soldaten.

„Halt dich nicht mit solchen Nebensächlichkeiten auf, such weiter!", herrschte ihn sein Unteroffizier an.

Unten in der Schlucht krabbelte Kandor lachend aus dem stinkenden Müllhaufen und öffnete den Wäschesack.

„Endstation, bitte aussteigen ... ist alles wohlauf und gesund?"

„Das finde ich gar nicht lustig", giftete Rinchen.

„Ich aber!" Kandor lachte.

„Wir hätten doch lieber mit unseren Zipfelmützen als Fallschirme abspringen sollen."

„Das wäre nicht ratsam gewesen ... die lyngardischen Bogenschützen treffen den Punkt eines Marienkäfers auf tausend Schritt."

„Die sind aber wirklich gemein, durch und durch."

Klining blickte in die Runde: „Sind alle da? Olli? Vugur? Rinchen? Valmin? Vildo? ... So, Kandor, jetzt kennst du uns alle auch gleich beim Namen."

„Wie heißt du, Illantin? Deinen Namen kenne ich noch nicht!"

„Oh, entschuldige, mein Name ist Klining. So Freunde, rauf auf Ollis Arm und nichts wie weg hier. Zeigst du uns den Weg, Kandor?"

„Aber sicher, Olli, bleib nur dicht hinter mir. Dann kann gar nichts passieren!"

„So, meint ihr? Da habt ihr aber Pech gehabt!"

Kandor und Olli zuckten vor Schreck zusammen. Vor ihnen stand der Stoßtrupp, der sie schon oben in der Festung festgenommen hatte. Der Anführer trat einen Schritt vor.

„Gebt auf, Jungs, das Spiel ist aus. Wenn ihr versucht wegzurennen, verwandeln euch meine Bogenschützen in Igel. Frengitze, tritt vor."

Einer der Elitesoldaten löste sich aus der Marschordnung.

„Wie viel Pfeile schießt du in der Minute ab?"

„Einhundertdrei!"

„Wie viele treffen?"

„Einhundertdrei!"

„Auf wie viel Schritt Entfernung?"

„Noch auf tausend Schritt!"

„Habt ihr begriffen? Frengitze nennt man nicht umsonst ‚den Igelmacher'. Also kein Fluchtversuch. Das gilt auch für die winzigen Geburtstagsgeschenke für unsere kleine Prinzessin Xixina."

„Du willst wirklich zulassen, dass dieses kleine Monster diese niedlichen klitzekleinen Zwerge auf ihre Folterbank schnallt."

„Ja doch. Wieso fragst du? Die ist doch noch klein, die muss doch noch üben."

Plötzlich verdunkelte sich der Himmel, dann ertönte ein leises Rauschen – und die Gefangenen waren verschwunden.

Aus den Wolken ertönte eine Stimme: „... dann lasst das Monsterprinzesschen mal schön an euch selbst üben!"

Der Anführer des Elite-Stoßtrupps wurde blass. Instinktiv ging er den Weg aller erfahrenen Soldaten, wenn sie in eine brenzlige Situation geraten waren, die sie gegenüber ihren Vorgesetzten zu verantworten hatten. Er ging auf Tauchstation: „Habt ihr etwas gesehen?" Die blassen Elitekrieger antworteten: „Was sollen wir gesehen haben? Wir haben nichts gesehen."

„Nandur! Wo kommst du denn so plötzlich her?"

„Ich konnte euch diesen Mini-Monstern doch nicht überlassen. Ich fliege euch jetzt rüber nach Grandiska. Olli, erklär dem schmuddeligen Mülljungen, wie man eine Albatrosfeder als Fallschirm benutzt. Wir sind gleich in der Nähe der alten Kupferminen, genau beim Rasthaus von Glunepp. Macht euch zum Absprung bereit."

Sie landeten sicher und ohne dass sie jemand gesehen hatte. Olli legte seine und Kandors Daunenfeder so auf den Landeplatz, dass Nandur sie ohne Schwierigkeiten wieder aufnehmen konnte. Ein kurzes Rauschen – und die Federn waren verschwunden.

„Klining, wenn der Sonnenstand morgen am höchsten ist, bin ich über dem großen Platz direkt vor dem Eingang zu den Kupferminen." Die Stimme entfernte sich. Dann war Stille.

„Wer war das?" Kandor blickte immer noch überrascht in die Wolken.

„Das war Nandur, unser Orion-Albatros." Valmin konnte sich diese kleine Angeberei nicht verkneifen.

„Ein Orion-Albatros? Ich dachte, die gäbe es nur in den uralten Legenden. Die sollen doch so riesig sein ... und so schnell, dass man sie nie zu sehen bekommt?"

„Sonst ja. Aber wie du gehört hast, sind wir auf einer besonderen Mission. Wir müssen nicht nur unser Volk einsammeln und wieder nach Hause transportieren, wir müssen auch den Helden mit dem reinen Herzen finden. Dabei hilft uns Nandur."

„Du bist nicht zufällig der Held mit dem reinen Herzen?", fragte Vildo.

„So wie der nach Müll stinkt?" Rinchen rümpfte die Nase.

Kandor lachte. „Das wäre zu schön. Dann könnte ich endlich mein Volk befreien und die verdammten Lyngarden zu Klump hauen!"

„Er ist nicht der, den wir suchen", stellte Klining lakonisch fest. „Wo ist der Eingang zu den Minen?"

„Ihr wollt nicht erst nach Grandiska?"

„Nein, Kandor, wir müssen zuerst unsere Leute finden. Das

Problem sind die Kinder und die Alten. Wenn die in den Bergwerken schuften müssen ... ich weiß nicht, wie lange die das aushalten."

„Entschuldige, du hast Recht, Klining. Daran habe ich nicht gedacht. Komm, Olli, nimm sie auf den Arm und folge mir."

Kandor drehte sich um und richtete seinen Gang auf die vor ihnen liegende nahe Bergkette zu. Bald gelangten sie auf eine stark bevölkerte Straße. Kandor schaute sich suchend um.

„Da vorne, das ist das Rasthaus von Glunepp."

Er zeigte auf ein strohgedecktes Haus, an das ein paar windschiefe, verwinkelte Hütten wie wuchernde Geschwüre angebaut waren. Vor dem Haus saß an den Tischen ein bunt zusammengewürfeltes Publikum, darunter auch eine Lyngardenstreife.

Kandor zog Olli zurück ins Gebüsch. „Wartet hier." Dann war er verschwunden.

Kurze Zeit später saßen sie oben auf einem mit Waren voll beladenen Karren, der von zwanzig Strafgefangenen, die vor das schwere Joch gespannt waren, gezogen wurde.

„Wir haben Glück. Ich habe im Rasthaus den Wesir meines Großvaters getroffen, der jetzt sein Geld als Händler verdient."

„Wesir hin, Großvater her ... ich finde es gemein, wie sich die armen Strafgefangenen abquälen müssen. Ihr seid auch nicht besser als die Lyngarden." Rinchen giftete Kandor mit bösem Blick an.

Der nickte ernst. „Du hast im Prinzip Recht. Aber wenn du dir mal die armen Strafgefangenen unter ihren Lumpen näher anschaust, dann wirst du sehen, dass das alles durchtrainierte junge Krieger sind. Es ist für sie besser, vor den Karren von Yuffinga de Targanta les Moi gespannt zu sein, wo sie gut im Futter stehen und ihre Kräfte täglich steigern können, als in den Kupferminen bei einer fürchterlichen Schufterei und einer noch fürchterlicheren Verpflegung dahinzudarben und von Tag zu Tag schwächer zu werden."

„Das ist aber mehr als pfiffig. Ihr trainiert eure Krieger direkt unter den Augen der Lyngarden?" Valmin pfiff bewundernd durch die Zähne.

„He, ihr da oben, macht nicht so einen Krach, sonst haben wir noch die nächste Lyngarden-Patrouille auf dem Hals." Yuffinga de Targanta les Moi grüßte einen Lyngarden-Posten am Weg unterwürfig.

Nach einer Stunde erreichten sie den Eingang zu einer engen Schlucht, der von zwei hohen Wachtürmen eingerahmt wurde. Kandor und Olli krochen unter ein paar dicke, bunt gewebte Decken. Yuffinga hielt an dem Schlagbaum an und kletterte mühsam wie ein alter verbrauchter Mann vom Bock des altersschwachen Karrens. Die Strafgefangenen ließen sich zu Tode erschöpft in den Staub sinken und jammerten nach Wasser. Der alte Mann knallte mit seiner schweren Peitsche haarscharf über ihre Köpfe hinweg und augenblicklich verstummte das Gejammere.

„Wasser gibt es erst am Ziel, ihr Schweinegesocks!", fluchte der von der Last der Jahre gekrümmte Kutscher. Unterwürfig watschelte er auf den Anführer der Wachstation zu.

„Ich bitte um Überprüfung der Ladung, werter Kanjakar."

Der Offizier blickte ungnädig und herablassend auf den unterwürfig vor ihm stehenden Alten.

„Was hast du geladen? Mann!", herrschte er den erschrocken zusammenzuckenden Kutscher an.

Der Alte griff in die Falten seines schäbigen Umhangs, holte ein abgegriffenes Dokument hervor und reichte es mit einer demütigen Geste dem Lyngarden. „Wie immer, Euer Gnaden. Wie immer! Wenn sich Euer Gnaden überzeugen wollen?"

Ein junger Unteroffizier, der sich diensteifrig auf den Karren zubewegte, wurde von dem Offizier zurückgepfiffen. Der Kanjakar schritt selbst gemessenen Schrittes auf den Karren zu.

„Du führst keine anderen Waren mit als die, die hier aufgeführt und genehmigt sind, du stinkendes Stück Abfall?"

„Nein, Euer Gnaden, wie könnte ich? Das wäre doch illegal. Ich bin ja nicht lebensmüde."

Die Strafgefangenen fingen wieder an, nach Wasser zu jammern. Der Alte ließ erneut sein Peitsche knallen. Sofort war Ruhe.

„Vielleicht solltest du ihnen doch etwas zu trinken geben. Wenn sie dir verdursten, nützen sie dir auch nichts mehr." Der Lyngarde schaute unbeteiligt auf den zerlumpten Haufen. Lange würden die es nicht mehr machen.

„Wenn die verdursten, dann kauf ich mir halt neue. Eure Armee liefert ja zum Glück genug. Obwohl die Preise etwas niedriger sein könnten, wenn ich mir diese Bemerkung einmal erlauben darf?

Darf ich nicht? Sie haben sicher Recht, Euer Gnaden. Ochsen sind teurer.“

Der Lyngarde war inzwischen um den Karren herum geschlendert und hob prüfend eine der schweren, bunten Decken an. Der Kutscher stand in Sichtweite der Wachposten und in der Nähe der vor Erschöpfung und Durst keuchenden Strafgefangenen.

„Wasser! ... bitte Wasser!“, ertönte eine verzweifelte Stimme aus der Gruppe der am Boden Liegenden.

Der Kutscher ließ wütend die Peitsche mehrmals über die Köpfe sausen. Die lyngardischen Wachposten schauten jetzt geschlossen auf dieses Schauspiel – in der Hoffnung, dass die schwere Peitsche einem der Strafgefangenen den Kopf von den Schultern reißen würde. Aber die, am Boden unter der böse pfeifenden Peitsche geduckt, hatten für dieses Mal Glück. Enttäuscht wandten die Wachposten ihre Aufmerksamkeit wieder dem kontrollierenden Offizier zu. Das war sowieso ein seltener Anblick, dass der sich dazu herabließ, einmal selbst eine Ladung zu kontrollieren. Dass der Offizier, als die Peitsche knallte, blitzschnell und unbemerkt einen Beutel mit Gold unter seinem Wams verschwinden ließ, hatten sie nicht bemerkt.

Der Offizier gab dem immer noch wütend grummelnden Alten sein Dokument zurück, hob die Hand in Richtung Schlagbaum und rief laut: „Lasst den Karren passieren.“

Der Alte kletterte umständlich auf den Kutschbock, verneigte sich demütig vor dem Offizier. „Vielen, vielen Dank, Euer Gnaden.“ Dann ließ er seine Peitsche knallen, worauf die Jammergestalten sich mühsam aufrappelten und unter dem grässlichen Gefluche des Alten den Karren langsam und unter unendlichen Mühen wieder in Bewegung setzten. Knarrend rollte der Karren schwerfällig unter dem Schlagbaum durch.

„Wenn der denen nicht bald was zu saufen gibt, werden die umfallen wie die Fliegen.“

Der Offizier wusste, wovon er redete. Er hatte jahrelang eine Kompanie Sklavenjäger angeführt. Die Gefangenen konnten ruhig einmal hungern – wichtig war nur, dass sie regelmäßig getränkt wurden. Das Material litt dann weitaus weniger. Er hatte den Sammelstellen der Armee immer die kräftigsten Sklaven zugeführt. Trinken war wichtig. Bei dem Starrsinn des Alten würde das

Gespann vor dem Karren den Abend nicht mehr erleben.

Der Offizier wäre mit Sicherheit mehr als verwundert gewesen, wenn er gesehen hätte, wie sich nach der nächsten Wegbiegung die gebeugten Jammergestalten vor dem Karren plötzlich aufrichteten, sich streckten, lachend den Weinschlauch, der ihnen vom Kutschbock heruntergereicht wurde, kreisen ließen, sich dann mit voller Kraft in die Zugleinen stemmten und den Wagen mit Leichtigkeit im Laufschritt den nächsten steilen Weganstieg hinaufzogen. Der Alte hatte seinen schmuddeligen Umhang abgezogen und hockte jetzt hoch aufgerichtet, ein fröhliches Liedchen pfeifend, auf dem Kutschbock.

Rinchen saß mit offenem Mund da. „Ihr könnt einen aber auch anschmieren. Ich dachte schon: die armen Jungs."

Yuffinga de Targanta les Moi lachte laut: „Nicht nur die Lyngarden verfügen über Elitekrieger, holde Schöne."

„Yuffinga, würdest du uns vor den alten Stollen absetzen?"

„Junge, das ist nicht ganz ungefährlich, was ihr da vorhabt. Willst du nicht doch lieber erst mal mit deinem Vater reden?"

„Wesir, wir haben keine Zeit zu verlieren. Wenn ich erst mit nach Hause komme, verlieren wir mindestens zwanzig Stunden. In zweiundzwanzig Stunden muss Klinings Volk auf dem großen Platz vor dem Hauptstollen stehen."

„Mein Junge, das schafft ihr ohne Hilfe nicht. Denkt daran, die lyngardischen Bogenschützen machen jeden nieder, der versucht, aus den Kupferminen zu fliehen. Die hier auf Wache stehen, die gehören zur Elitetruppe der berüchtigten Igelmacher. Wer in den Kupferminen verschwunden ist, der kann nur noch mit unserer Hilfe aus einem der geheimen Seitenstollen entfliehen."

„Du hast ja Recht, Yuffinga. Genau das ist ja mein Plan. Aber wir müssen Klinings Leute erst einmal finden."

„Wenn das Gerücht stimmt und der Großvongor sie an Laurin verkauft hat, dann wird es schwierig. Die Zwerge gehen so weit ins Erdinnere wie keiner sonst."

Klining, der bisher geschwiegen hatte, mischte sich in das Gespräch ein: „Verehrter Wesir, bei unseren Leuten sind Kinder und Alte. Ich weiß nicht, was Laurin mit diesen vor hat, aber auf jeden Fall sind die Kinder und die Alten nicht kräftig genug, um irgendwo in den Bergwerken nach Schätzen zu graben. Ich wäre

Euch sehr dankbar, wenn Kandor uns in das Bergwerk begleiten könnte. Ich sage Euch im Gegenzug zu, dass ich Ovangar, dem mächtigen Kanzler der Vereinigten Feenreiche, der ebenso wie ich Träger der Thulanderona-Kordel und außerdem mein Freund ist, umgehend über die Situation der Grandiskaner berichten werde."

„Geschätzter Freund unseres Prinzen und Thronfolgers, jetzt erkenne ich, wer Ihr seid. Ich freue mich, den berühmtem Illantin und Freund unseres großen Lehrmeisters Tala persönlich kennen zu lernen. Wir dachten immer, Ihr gehörtet ins Reich der Legenden. Stimmt es, Klining von Olgursam, dass Tala schon seit Jahrhunderten im Situra-Feuer hängt?"

„Ja, er strebt die höchste aller Erleuchtungen an."

„Die Götter mögen ihn segnen, dass er das große Ziel erreicht ... dann würde für uns alle ein gesegnetes Zeitalter beginnen."

„Wir sind in Gedanken bei ihm, Yuffinga de Targanta les Moi."

„Du kennst meinen Namen?"

„Wer kennt den nicht? Du bist der Einzige, des es je wagte, eine Thulanderona-Kordel zu zerschneiden."

Targanta les Moi wurde verlegen. „Ich weiß, dass ich gegen das eherne Gesetz unserer heiligen Weihe verstoßen habe und dass es unverzeihlich ist, die Kordel zu zerschneiden und einem Ungeweihten ein Stück abzugeben. Aber ich konnte nicht mit ansehen, wie der Thronfolger und die Hoffnung unseres Volkes von den Lyngarden zu einem Monster erzogen wurde. Du kannst mich verurteilen und mir hier die heilige Kordel abverlangen, aber bevor ich dir die Kordel überreiche, wisse: Ich würde es immer wieder tun. Wenn ich damit nur die Seele eines einzigen Kindes retten könnte, zerstückelte ich die heilige Kordel in tausend Teile."

„Von mir brauchst du nichts zu befürchten, mein Freund. Ich bewundere dich für deinen Mut. Was wäre unsere heilige Kordel noch wert, wenn wir sie nicht für die Rettung einer Kinderseele opfern würden? Euer Stück Thulanderona-Kordel, das Kandor um den Hals trägt, hat dem Jungen Leib und Seele gerettet. Ohne ihren Schutz wäre der Junge jetzt ein blutgieriges, grausames Lyngardenmonster. Wenn also aus unserer Bruderschaft jemand würdig ist, die heilige Kordel zu tragen, dann du, edler Yuffinga de Targanta les Moi. Valmin, gib mir bitte dein Mützentaschenmesser."

Valmin holte es aus seiner Zipfelmütze und reichte es dem

Illantin. Der hob sein Hemdchen, fasste an ein Ende seiner winzigen Thulanderona-Kordel, schnitt ein Stück ab und reichte es dem erschrocken zurückweichenden Wesir.

„Was hast du getan, Klining von Olgursam?"

„Ich ehre einen wahrhaft großen Meister unserer Loge." Klining führte seine beiden Hände an die Stirn und dann zu seinem Herzen: „Wex qualadiere Mescalte hiergonda Marsxt vei Honje!" Dann verbeugte er sich respektvoll vor dem bleichen Wesir.

„Tareti, Klining von Olgursam, Tareti!" Yuffinga de Targanta les Moi hatte Tränen in den Augen. Er führte beide Hände an die Stirn und zu seinem Herzen, dann verbeugte er sich tief. „Keinem wurde jemals größere Ehre zuteil, mein Bruder. Ich werde dieses Stück heilige Kordel auf ewig in Ehren halten!"

„Ich fühle mich geehrt, deine Bekanntschaft gemacht zu haben." Klining verbeugte sich erneut.

Die klitzekleinen Zwerge, Olli und Kandor hatten die Szene mit großer Ergriffenheit verfolgt und klatschten jetzt begeistert. Dann verbeugten sie sich, die Hände zur Stirn und zu ihren Herzen führend, respektvoll vor den beiden Thulanderona-Weisen.

„Sieh an, die Jugend drängt nach dem entsagungsvollen Weg der Weihen." Klining lächelte und dann erzählte er dem Wesir in allen Einzelheiten die Geschichte der bisherigen Odyssee. „Wo könnten wir ihn finden, Yuffinga?"

„Vielleicht ist er viel näher, als wir alle denken." Der Wesir schaute nachdenklich. „Wir dürfen die Hoffnung nie aufgeben, mein winziger Freund. Vielleicht solltest du mit Tala sprechen."

„Wir müssen aufbrechen!", drängte Kandor.

„Du hast Recht, mein Junge. Führe unsere Freunde über den linken Pfad in die Kupfermine. Der ist zwar gefährlicher, aber den kennen die Lyngarden nicht. Ich wünsche euch viel Glück. Hoffentlich findet ihr eure Leute noch alle vollzählig und gesund vor."

Der Wesir und seine Krieger verabschiedeten sich. Yuffinga griff nach seinem abgetragenen Umhang und verwandelte sich wieder in den alten, schmuddeligen, griesgrämigen Kutscher, der seine schwere Peitsche fluchend über zwanzig zerlumpte und erschöpfte Strafgefangene schwang. Langsam setzte sich das schwere Gefährt wieder ächzend in Bewegung und verschwand hinter der nächsten

Wegbiegung. Eine Weile hörte man noch die Peitschenknalle, dann war Ruhe.

„Unglaublich!“ Valmin hatte begeistert die Verwandlung der Elitekrieger in den traurigen Zug beobachtet. „Mit dieser Nummer legen die jede lyngardische Patrouille herein.“

IN DEN KUPFERMINEN VON GRANDISKA

„Pass auf, Olli, der schmale Pfad ist sehr bröckelig und glitschig. Tritt immer nur dahin, wo ich hingetreten bin, dann hast du garantiert sicheren Halt. Schau vor allen Dingen nicht nach unten.“

Kandor bewegte sich mit der Sicherheit einer Bergziege auf den schmalen Felspfaden, die immer tiefer führten. Je weiter sie in den Berg vordrangen, um so wärmer wurde es. Einmal kreuzte der Pfad einen größeren Weg, und prompt wären sie beinahe einer lyngardischen Minen-Patrouille in die Arme gelaufen. Olli konnte Kandor, der seine Aufmerksamkeit ganz auf den Pfad konzentriert hatte, gerade noch rechtzeitig in eine Felsspalte ziehen. Dann belauschten sie das Gepräch der Lyngarden.

„Mann, bin ich froh, dass wir nicht mehr auf dieses winzige Gewürm aufpassen müssen. Diese Mohrrüben konnten einen ja ganz wuselig machen. Bin ich froh, dass wir die heute an Laurins Zwerge übergeben haben.“

„Was meinst du, was stellen die mit denen an?“

„Schätze, die werden die noch tiefer in den Berg verfrachten. An die Stellen, wo unsereins nicht mehr durchkommt.“

„Da möchte ich gern mal hin. Man munkelt von riesigen Edelsteinvorkommen dort.“

„Ja, man munkelt aber auch von einer Hitze, die dir sämtliche Zähne zum Schmelzen bringt. Du wärst nicht der Erste, der dort in den roten Schluchten sein Gebiss verliert. Geh ruhig, aber ohne mich. Ich kaue dir dann dein Kotelett vor, wenn du wieder da bist ... falls du überhaupt wieder zurückkommst. Du weißt doch: Bis jetzt ist jeder Eindringling in Laurins Reich immer nur als schwarzes Brikett zurückgekommen. Vielen Dank, darauf kann ich bestens verzichten.“

„Man wird ja noch mal träumen dürfen."

„Ich träume lieber von einem großen Humpen kühlen lyngardischen Biers. Der könnte mir jetzt schmecken."

„Den sollt ihr haben", flüsterte Klining und hob leicht die Hand. Genau vor den Augen der Patrouille bildeten sich drei kleine, zarte Nebel, die sich allmählich immer mehr zu drei großen Humpen lyngardischen Biers verdichteten. Sobald sich die Vision der frisch gezapften Biere zunehmend zu einem realen Bild formte, wurde es den Lyngardenkriegern immer heißer. Auf ihrer Stirn bildeten sich Schweißperlen. Sie leckten sich die trockenen Lippen und zerrten an den Knöpfen ihrer Hemdkragen. Plötzlich bekamen alle einen höllischen Durst. Die drei wundervollen Humpen mit kühlem Bier schwebten jetzt langsam nach oben. Die Augen der Lyngarden folgten den Trugbildern, sie neigten die Köpfe in den Nacken, als die Humpen jetzt genau über ihren Häuptern schwebten. In dem Moment, da sie die Humpen gerade greifen wollten, knallten diese mit voller Wucht auf ihre Schädel und zersprangen. Die Krieger sanken zu Boden.

„Wundervolles Trugbild." Kandor lachte. „Obwohl: So ein Bierchen wäre jetzt nicht zu verachten."

„Du willst wohl auch Kopfschmerzen?", sagte Rinchen drohend.

„Nein, lieber nicht, da nehme ich doch besser einen Schluck aus der nächsten Quelle! Aber im Ernst: Wir müssen jetzt viel trinken, weil Laurins Zwerge eure Leute ganz tief in den Berg geführt haben."

„Schlimmer als am Sarimgantafluss kann es auch nicht werden!", meinte Olli.

„Was, ihr wart am Sarimganta? Den gibt es wirklich? Und da habt ihr kein Gold mitgebracht?"

„Da hatten wir andere Sorgen, mein Junge. Wir sollten uns jetzt beeilen, ich mache mir Sorgen um die Kleinen." Der Illantin drängte zum Aufbruch.

Kandor wollte das Schwert des größten Kriegers greifen, aber Klining sagte: „Lass es stecken. Wenn sie merken, dass ihnen ein Schwert gestohlen wurde, wissen sie auch, dass jemand in den Minen ist, der da nicht hingehört, und sie werden Alarm schlagen. So aber denken sie, sie hätten Hitzehalluzinationen gehabt."

„Du hast Recht, Illantin."

Kandor stieg über die drei zusammengesunkenen Krieger weg und folgte dem Pfad, der auf der gegenüberliegenden Seite in der Felswand verschwand. Als Olli hinüberschlüpfte, sah er aus den Augenwinkeln, dass ein Offizier der Lyngarden den Weg heruntergelaufen kam.

„Schnell weg hier ... hier gibt es gleich Stunk."

Sie schlüpften lautlos hinter die nächste Felsbiegung, als auch schon das laute Gebrüll des Offiziers die Lyngardenpatrouille unsanft aus ihrer Ohnmacht weckte. Noch lange hörten sie, wie die Krieger von ihrem Offizier nach allen Regeln zusammengestaucht wurden. Dann machten sie kurz Rast an einem kleinen Wasserfall mit frischem, kühlem Quellwasser.

„Wir sind gleich am Ende des Stollens angelangt. Hier wird das reinste Kupfer abgebaut. Tiefer kann ich nicht in die Mine vordringen, die Felsspalten sind zu eng für mich. Olli ist zierlicher, der könnte euch noch eine Weile begleiten, aber auch für ihn könnte hinter jeder Biegung des Pfades Schluss sein. Wartet hier. Ich werde mich rüber zu den Bergleuten schleichen. Ich habe gesehen, dass es Grandiskaner sind. Vielleicht wissen sie, wohin Laurins Zwerge eure Leute gebracht haben."

Kandor huschte lautlos weg. Nach einer ganzen Weile – Olli begann sich schon Sorgen zu machen – tauchte Kandor mit einem kleinen Grandiskaner wieder auf.

„Das ist Brotonojer Gerlka. Er ist der leitende Bergbauingenieur und kennt hier unten jede Felsspalte. Er zeigt euch den Pfad, den Laurins Zwerge benutzt haben. Ich hoffe, dass wir uns bald wiedersehen und wünsche euch allen viel Glück."

„Prinz Kandor, wir müssen jetzt gehen. Die Patrouille der Lyngarden taucht gleich wieder auf."

„Ist gut, Broto ... tschüs, Freunde! Passt auf euch auf."

Kandor drehte sich schnell um und ging den Weg hinauf, damit die Freunde nicht sahen, dass seine Augen feucht wurden. In einiger Entfernung, wo er sicher sein konnte, dass man die Tränen nicht mehr erkannte, drehte er sich noch einmal um und rief: „Ich warte am Eingang des Hauptstollens auf euch!"

Rinchen rief: „Kandor, du hast ja Tränen in den Augen."

„Aber Rinchen!" Valmin schüttelte den Kopf.

„Wieso? Das macht doch nichts, auch ein Junge darf mal weinen."

„Weiber ... kein Verständnis für die Gefühle eines Mannes!" Vildo verdrehte komisch die Augen.

„Was habt ihr denn? Genau das meine ich doch. Wir Frauen mögen sensible Männer."

„Ich mag aber auch nicht, wenn jemand sieht, dass ich heulen muss", sagte Olli.

„Das mag doch kein Mann", stimmte Vugur Olli zu.

„Verstehe einer euch Kerle. Ich habe doch nicht gesagt, dass er eine alte Heulsuse ist." Rinchen griff sich an den Kopf. „Was macht ihr bloß wieder für ein Drama daraus."

„Männer, wir haben keine Zeit, um über die Unsensibilität der Frauen zu streiten. Wir müssen jetzt los. Junge Frau, die Kerle werden heute noch früh genug heulen. Wenn es stimmt, was ich vermute, werden Laurins Zwerge eure Leute in die unteren Gruburgo-Edelsteinminen geschafft haben. Da ist es so heiß, dass ihr nicht wisst, ob ihr schwitzt oder weint. Trinkt noch einmal und dann folge mir, Junge."

Der kleine Grandiskaner war in einer engen Felsspalte verschwunden. Olli musste sich, den Körper seitwärts gestellt, mit Gewalt durchquetschen. Danach wurde der Pfad aber nach einiger Zeit wenigstens so breit, dass er sich nicht mehr mit seitwärts gestelltem Körper fortbewegen musste.

Brotonojer Gerlka bewegte sich mit der traumtänzerischen Sicherheit des Bergmannes, der den größten Teil seines Lebens unter Tage verbracht hatte. Er schien jeden Felsvorsprung und jede Felsspalte zu erahnen. Je tiefer sie in den Berg eindrangen, um so blauer wurde das diffuse Licht.

„Gibt es hier Feuerwexane, Broto?", fragte Klining neugierig.

„Nein, Klining." Der Grandiskaner nannte den Illantin wie selbstverständlich beim Vornamen. Hier unten war man es gewohnt, gleich auf den Punkt zu kommen, und das war in diesem Fall der Vorname. Bei einem Bergunfall oder in einer anderen Notsituation konnte man sich nicht erst mit der Aufzählung von Titeln oder allen Namen aufhalten. „Feuerwexane gibt es meines Wissens nur am Sarimganta. Ich habe gehört, dass bisher noch keiner, der denen begegnete, lebend davongekommen ist."

„Die hatten ja auch keinen Dieken Enno dabei“, sagte Valmin.

Plötzlich veränderte sich das Licht. Es wurde erst orange, dann verwandelte es sich in ein geheimnisvolles Rot. Broto blieb stehen.

„Hier komme ich nicht mehr durch die Felsspalten, ich bin zu groß. Wenn ihr auf diesem Pfad weitergeht, gelangt ihr direkt in die Rubinschluchten. Wenn Olli sich dünn macht, wird er euch bis dahin tragen können. Dort werdet ihr eure Leute mit Sicherheit finden. Noch ein Tipp: Laurins Zwerge können in dem intensiven roten Licht, das die Rubine ausstrahlen, nicht so gut sehen. Es blendet gewaltig und man muss immer die Augen zusammenkneifen, damit es einem nicht sofort auf die Pupillen schlägt. Wenn ihr genug Abstand zu denen haltet, werden die euch schwerer erkennen können. Allerdings werdet auch ihr von dem Feuer der Rubine geblendet. Viel Glück.“

„Eine Frage noch, Broto. Wie kommen wir zurück?“

„Stimmt. Das muss ich euch ja noch erklären. Am besten benutzt ihr einen Rubindrachen.“

„Einen was?“

„Einen Rubindrachen.“

„Sind das die, die man mit Rubinen füttern muss, damit sie so friedlich sind wie Tauben?“

„Du kennst die Legende, Klining?“

„Ich habe davon gehört.“

„Dann wirst du auch wissen, dass diese Tierchen euch nur so lange gehorchen, wie ihr sie mit den kostbaren roten Steinen füttert. Jeder eurer Leute muss also mindestens einen Rubin mitnehmen. Wie viele sind es überhaupt?“

„Zweitausendreihundertachtundvierzig!“

„Wenn ihr Glück habt, reicht diese Anzahl an Rubinen, um wieder heil ans Tageslicht zu kommen. Ihr müsst es einfach ausprobieren ... nur so habt ihr eine Chance. Jetzt muss ich schauen, dass ich mich verdünnisiere. Wenn mich Laurins Zwerge erwischen, dann gute Nacht. Die werfen mich glatt diesem gierigen Mistvieh von Vulkanadler vor.“

„Wen meinst du damit?“, fragte Olli neugierig.

„Na, diesen Blut saugenden Sperling von Laurin. Ragnuss oder so ähnlich heißt er. Dem möchte ich nun wirklich nicht als Zwischenmahlzeit dienen.“

„Raggi ist aber ein ganz lieber Vogel“, protestierte Olli.

„Du kennst den Killer nicht, mein Junge“, sagte Broto und war verschwunden.

„Kommt, wir haben keine Zeit zu verlieren.“ Klining wollte weiter. „... und passt auf eure Augen auf.“

Olli griff in seine Hosentasche und setzte seine Sonnenbrille auf die Nase. „Dafür haben wir doch unsere Sonnenbrillen. Damit sind wir bestens geschützt und können prima alles sehen!“

„... und sehen auch noch cool aus!“, sagte Vildo.

„Stimmt, daran hätte ich auch gleich denken können. Wenn wir dich nicht hätten, Olli.“

Olli ging den Pfad noch ein Stück weiter, bis die Felsen so eng aneinander rückten, dass nur noch ein enger Spalt als Durchgang blieb. Wie aus einem riesigen Scheinwerfer knallte ihnen ein blendendes, tiefrotes Licht entgegen. Ohne Sonnenbrillen hätten sie nichts, aber auch gar nichts erkennen können.

Olli quetschte sich vorsichtig durch den engen Felsspalt und blieb stehen. Klining fühlte schlagartig wieder dieses dunkle Gefühl der Bedrohung, das ihm in der letzten Zeit so oft die nackte Angst in die Seele trieb. Ohne dass es ihm bewusst war, zitterte er am ganzen Körper.

„Ist dir kalt, Klining?“, fragte Olli verwundert.

„Nein, ich weiß nicht, vielleicht werde ich krank und bekomme Fieber.“ Klining wusste im Augenblick nicht, wie er sich anders herausreden sollte.

„Das ist doch kein Wunder. So viele Heißkaltwechselbäder habe ich noch nie aushalten müssen.“ Vugur schüttelte sich. „Das ist doch eine Hitze hier – zum Zähnewegschmelzen.“

„Das wird es sein.“ Klining schob seine Angst beiseite und ließ seinen Blick über die in blendend rotes Licht getauchten Felsen gleiten. Unter ihnen öffnete sich eine tiefe Schlucht, in der eine große Betriebsamkeit herrschte. Vugur, der als Nörskebauter über die schärfsten Augen verfügte, sah, wie klitzekleine Zwerge ... aus der Entfernung sahen sie aus wie kleine Mohrrüben ... in winzigen Felsspalten verschwanden und kurz darauf wieder mit großen Rubinen erschienen, die sie vor sich herrollten. Die Rubine wurden von Laurins Zwergen entgegengenommen, kontrolliert und in Körben nach Größen sortiert. Bei jedem Korb standen zwei

Zwergenkrieger in voller Rüstung und mit seltsamen langen Spießen bewaffnet. Plötzlich rauschte durch die Schlucht ein feuerroter Drache und versuchte, einige Rubine aus den Körben zu erhaschen. Er wurde aber von den Kriegern mit den langen Spießen erfolgreich abgewehrt. Wütend, dass sein Raubzug fehlgeschlagen war, schwang sich der Drache in die Höhe der Schlucht, drehte eine elegante Kurve und stieß einen schrillen, Mark erschütternden Schrei aus, woraufhin oben in der Schlucht mehrere Drachen aus Felsspalten herausschossen und sich zum Angriff in die Schlucht fallen ließen. Unten in der Schlucht erscholl ein Signalhorn. Alle klitzekleinen Zwerge ließen ihre Rubine fallen, flüchteten in Felsspalten oder warfen sich flach auf den Boden. Die Zwergenkrieger liefen alle zu den Körben und formierten sich, die langen Spieße zu einem stacheligen, undurchdringlichen Wald aufgestellt, um den Angriff der heransausenden Drachen abzuwehren.

Kurz vor den Körben ordneten sich die Drachen blitzschnell zu einer geschlossenen Formation, die im atemberaubenden Tiefflug auf die Front der Zwerge zuraste. Kurz vorher (man befürchtete schon, dass die Drachen in den Wald der aufgestellten Spieße stürzen und verenden würden) schwang sich die Drachenformation in einem beeindruckenden Flugmanöver nach oben in die Höhen der Schlucht. Die Zwerge wurden von einem gewaltigen Luftsog von den Beinen gerissen und durcheinander gewirbelt. Ihre Spieße fielen kreuz und quer wie ein Haufen Mikadostäbchen durcheinander. Die Drachen lösten ihre Formation auf und stürzten sich einzeln, um das Durcheinander perfekt zu machen, aus verschiedenen Richtungen im rasenden Sturzflug immer wieder auf die Körbe. Obwohl die Zwergenkrieger verzweifelt versuchten, das Chaos zu ordnen und die gierigen Drachen abzuwehren, raubten diese innerhalb weniger Minuten die Körbe leer. Dann pickten sie wie große Seevögel hier und da noch einen der am Boden liegenden Rubine auf und schwangen sich schließlich wieder in die Höhen der Schlucht, wo sie jetzt ruhig kreisend wie Raubmöwen ihre Bahnen zogen und ihr kostbares Futter verdauten.

„Unglaublich! So ein Schauspiel habe ich noch nie gesehen." Vugur folgte immer noch fasziniert den Flugbahnen der rot leuchtenden Drachen.

„Die haben ja ein Vermögen aufgefressen." Valmins Augen

hatten diesen bestimmten Glanz. Klining war alarmiert.

„Reißt euch zusammen. Wir sind nicht hier, um Rubine zu schürfen, sondern um ...“

„... Möhren zu ernten!“ Vildo lachte sich krumm.

„Ich bitte um den nötigen Ernst. Ich will Vorschläge hören!“

„Das Schwerste wird sein, einen Drachen für den Rückflug zu fangen.“

In diesem Augenblick ließ sich ein großer roter Drache direkt neben ihnen auf dem Pfad nieder, krallte sich am Felsen fest und schaute neugierig zu ihnen herüber. Bevor einer der anderen etwas sagen konnte, ging Olli auf ihn zu: „Du bist aber ein hübscher Kerl. Schaut mal, was der für schöne grüne Augen hat.“

„Vorsicht, Olli.“ Rinchen duckte sich auf Ollis Arm. „Vielleicht sind die gefährlich.“

„Das glaube ich nicht, schau ma', wie lieb der guckt. Wetten, der tut keinem was.“

„Ich weiß nicht ...“, Klining zweifelte.

Der rote Drache schnaubte und ein heißer, roter Dampfstrahl schoss aus seinen Nüstern. Er rutschte unruhig auf dem schmalen Felsband hin und her. Die klitzekleinen Zwerge griffen vorsichtshalber nach ihren Zipfelmützen und hielten sie als Fallschirme bereit. Der Schwanz des Drachens konnte sie mit einer Bewegung von dem Pfad in die Schlucht fegen.

Der Drache überlegte, warum die Haare des Jungen in dem roten Licht der Schlucht wie Rubine leuchteten.

Klining überlegte, mit welchem Zauber er den Drachen am besten bändigen konnte.

Valmin überlegte, ob man dem langen Pfad in die Schlucht folgen oder lieber gleich mit den Fallschirmen abspringen sollte. Das würde viel Zeit sparen.

Vugur überlegte, wie man den Drachen von dem Pfad schubsen könnte.

Rinchen überlegte, dass sich aus den herrlichen, in allen Rotnuancen schimmernden Drachenschuppen sicher ein wundervolles Paillettenkleid nähen ließe.

Vildo überlegte, ob man den Drachen vielleicht dazu bringen könnte, sich zu erbrechen. Die Rubine, die der ausspucken würde, wären sicher ein großes Vermögen wert.

Olli überlegte nicht, sondern kraulte den Drachen unter dem Kinn.

Der Drachen spürte die angenehme Berührung des Jungen und schnurrte blubbernd vor sich hin. Er schloss genießerisch die Augen.

„Seht ihr! Man braucht keine Angst zu haben, der ist ganz lieb."

Der Drachen drehte seinen Kopf in Richtung der kleinen Mohrrüben und schaute sie friedlich aus seinen grünen Augen an. Olli kraulte weiter und berührte eine der Nüstern des Drachen. Der verspürte ein Kribbeln ... das sich plötzlich in einem gewaltigen Nieser in Richtung des Jungen entlud. Olli war augenblicklich von einer heißen, roten Dampfwolke eingehüllt. Als die sich verzog, sah er, dass die klitzekleinen Zwerge an ihren Zipfelmützen langsam zum Grund der Schlucht schwebten. Der Nieser hatte sie alle von Ollis Arm gefegt.

„Komm auf dem Pfad hinterher, Olli ...", schallte Klinings Stimme herauf, „... wir versuchen schon, unsere Leute einzusammeln."

„Tut mir Leid", sagte der Drache. „Das habe ich nicht gewollt."

„Du kannst sprechen?"

„Natürlich kann ich sprechen. Jeder weiß doch, dass Rubindrachen sprechen können ... wieso fragst du?"

„Weil du die ganze Zeit nichts gesagt hast ... darum!"

„Wir Drachen sind mundfaul. Keiner von uns mag gerne reden. So, jetzt weißt du Bescheid. Wenn du dich trotzdem noch mit mir unterhalten willst ... erwarte nicht zuviel."

„Das macht nichts. Ich kann ja reden und du hörst zu."

„Das ist angenehm!"

„Also, wir haben gehört, ihr seid sehr gefährlich?"

„-----"

„Stimmt das?"

„-----"

„Du antwortest ja gar nicht!"

„-----"

„Bist du mir böse?"

„Nein, wieso?"

„Weil du nichts sagst."

„Du hast doch gesagt, du redest und ich soll zuhören."

„Aber du musst doch antworten."

„Muss ich?"

„Wenn du so nett wärst."

„Na gut."

„Also ... seid ihr wirklich so gefährlich?"

„Nein."

„Seid ihr nur friedlich, wenn ihr euch mit Rubinen voll gestopft habt?"

„Nein."

„Könntest du uns helfen und unsere Leute zum Ausgang der Mine fliegen?"

„Nein."

„Willst du nicht?" Oliver war enttäuscht.

„Ja."

„Kannst du nicht?"

„Ja."

„Warum nicht?"

„Rubine!"

„Du brauchst Rubine?"

„Ja."

„Zum Fliegen?"

„Ja."

„Als Energie? Die Rubine liefern euch die Energie? Stimmt's?"

„Ja."

„Wenn wir Rubine haben, fliegst du für uns?"

„Ja."

„Das ist aber nett von dir. Wie heißt du überhaupt?"

„Gulf."

„Gulf was?"

„Nur Gulf."

„Habt ihr alle so kurze Namen?"

„Ja."

„Mein Name ist Oliver Kusch ... meine Freunde nennen mich Olli!"

„Gut."

„Was ist gut?"

„Olli."

„Warum?"

„Ist kurz."

„Ich gehe."
„Wann?"
„Jetzt."
„Wohin?"
„In die Schlucht."
„Warum?"
„Suche Freunde."
„Nicht gehen!"
„Ich muss."
„Du fliegen."
„Ich kann nicht."
„Doch."
„Doch?"
„Ja!"
„Mit Dir?"
„Ja, komm, klettere auf meinen Rücken und halte dich gut fest!"
„Wieso sprichst du jetzt in ganzen Sätzen?"
„Ist nötig."
„Ach so."
„Genau."

Olli kletterte auf den Rücken des Drachen und hielt sich gut fest. Gulf ließ sich in die Tiefe der Schlucht fallen und überholte im freien Fall die klitzekleinen Zwerge, die immer noch langsam an ihren Zipfelmützen hinuntersegelten. Dann breitete er seine Flügel aus. Im Tiefflug raste er über Zwergenkrieger hinweg, scheuchte sie auf und lenkte ihre Aufmerksamkeit auf sich. Die klitzekleinen Zwerge konnten so in der Nähe der Sammelkörbe unbemerkt landen und verschwanden sofort in einem Felsspalt.

„Verdammt! Was ist mit den Mistviechern heute bloß wieder los." Der Wachhabende der Zwergenkrieger fuchtelte wütend mit seinem langen Spieß in Richtung des schon wieder abfliegenden Drachens. Gulf flog eine elegante Kurve und raste erneut dicht über den Wachhabenden hinweg. Die Zwergenkrieger gaben Alarm und sammelten sich um die wieder bis oben zum Rand mit Rubinen gefüllten Körbe. In Erwartung eines Großangriffs durch die Drachen waren sie bereits formiert. Aber es sauste wieder nur der eine Drache dicht über sie hinweg, ohne in die Reichweite der Spieße zu geraten.

Klining schaute aus der Felsspalte und begriff plötzlich, was der Drache vorhatte. Der wollte die Wachen so lange beschäftigen, bis sie ihre Leute gesammelt hatten. Der Drache flog immer wieder zu einer kleinen Felsplattform, die etwas entfernt von den Sammelkörben stand. Ja sicher, das war der ideale Abflugplatz. Wenn Klining es schaffte, seine Leute dort zu sammeln, konnten sie alle auf den Drachen aufsteigen, bevor die Wachen an den Körben begriffen, was da eigentlich vor sich ging.

„Los, sammelt unsere Leute ein und führt sie auf die Felsenplattform da hinten. Sie sollen aber alle einen Rubin mitbringen. Möglichst groß, so groß wie sie ihn tragen können." Die klitzekleinen Zwerge stoben auf den Zuruf ihres Illantins in alle Richtungen davon.

Klining winkte Olli zu, der mit dem Drachen gerade im Tiefflug vorüberraste. Wie hatte es der Junge bloß wieder geschafft? Unglaublich: zähmte einen so wilden, gefährlichen Drachen. Plötzlich hörte er die Zwergenkrieger aufjubeln. Er steckte den Kopf aus der Felsspalte und sah, wie ein kleiner Vogel mit hoher Geschwindigkeit pfeilschnell durch die Schlucht flog.

Ragnur!

Der gefürchtete Vulkanadler sah Gulf und stieg in die höchsten Höhen der Schlucht auf. Jetzt hatte ihn der Drache bemerkt und versuchte verzweifelt zu entkommen. Der Vulkanadler fixierte den roten Drachen und stürzte mit eng anliegenden Flügeln wie ein tödliches Geschoss auf ihn. Die jubelnden Zwergenkrieger verfolgten fasziniert und mit Grausen den präzisen Sturzflug des grausamen Killers. Gleich würde er den Drachen schlagen und in tausend Fetzen reißen. Millionen roter Blutstropfen würden wie Rubine über die Felsen spritzen. Gulf wusste, dass seine und Ollis letzte Stunde geschlagen hatte und erwartete den tödlichen Schlag Ragnurs. Jetzt hatte ihn der sperlinggroße Vogel erreicht und raste auf gleicher Höhe mit ihm durch die Schlucht. Nun gut, wenn er schon sterben sollte, dann wollte Gulf doch noch ein paar von den Zwergenkriegern mitnehmen. Er steuerte auf die Formation der Krieger, die bei den Körben standen, zu. Der Vulkanadler blieb im rasenden Flug genau neben ihm, seine beiden Köpfe schauten jetzt zu ihm und den Jungen hinüber.

„Hallo, Olli! ... Is' das nich' geil, so ein Tiefflug?", rief er begeistert.

„Hei, Ragnur! Guck ma', wie der nette Drache mich herumfliegt!"

„He, Drache wie heißt du? Ich bin Ragnur, Ollis Freund! Ich komme jetzt zu euch rüber!" DerVulkanadler schwirrte auf Olli zu und setzte sich auf Ollis Hand. Der juchzte: „Tag, Raggilein, das ist aber eine tolle Überraschung. Das ist Gulf."

Ragnur sagte: „Hallo, Gulf. Melde mich an Bord."

Gulfs Gehirn brauchte erst einige Zeit, um das Unfassbare zu realisieren. Er war nicht tot? ... Er würde die Bekanntschaft mit dem mörderischen kleinen Totschläger überleben? ... Er atmete auf, sein Blick wurde wieder klar und er sah sich auf die Formation der Zwergenspieße zurasen. Ein eisiger Schreck durchfuhr ihn wie ein Blitz. Im letzten Moment gelang es ihm, durch ein halsbrecherisches Flugmanöver die Richtung zu ändern und hoch in die Schlucht hinaufzufliegen. An der Spitze eines Zwergenspießes ratschte er sich den linken Fuß auf.

Jetzt ging alles rasend schnell.

Olli und Ragnur juchzten vorVergnügen.

Die Zwergenkrieger wurden von den Beinen gefegt und purzelten heillos durcheinander.

Klining und alle anderen klitzekleinen Zwerge griffen sich jeder einen Rubin und liefen zu der kleinen Felsenplattform.

Gulf stoppte am höchsten Punkt der Schlucht und segelte erschöpft langsam wieder auf ihren Grund.

„Wow! ... Alle Achtung, Gulf. Du bist ja ein erstklassiger Flieger. So ein Wahnsinnsflugmanöver habe ich noch nie gesehen."

Ich auch noch nicht, dachte Gulf.

Ragnur plapperte aufgeregt und begeistert vor sich hin. „Gulf, kannst du mir das nicht beibringen? ... Wirklich einsame Klasse! ... Du solltest eine Flugschule eröffnen! ... Olli, hast du gesehen, wie Gulf die blöden Zwergenkrieger durcheinander gewirbelt hat?"

Der Drache landete auf der kleinen Felsenplattform. „Olli, sag deinen Leuten, sie sollen schnell auf meinen Rücken steigen, bevor uns die Zwergenkrieger angreifen. Sie sollen sich immer unter eine Schuppe setzen und sich gut festhalten ... und jetzt brauche ich dringend ein paar Rubine ... ich bin total erledigt."

Ragnur hüpfte auf die Nase des Drachen. „Ist doch kein Wunder, Gulfi. Ich darf doch Gulfi zu dir sagen? ... Meine Freunde nennen mich Raggi ... nich' wahr Olli? Also, nach so einem geilen Kunstflug, wie du ihn gerade hingelegt hast, Gulfi, wäre ich auch fix und fertig."

Olli war von Gulfs Rücken gesprungen und fütterte den roten Drachen mit den Rubinen, die die klitzekleinen Zwerge mitgebracht hatten. Auf der Plattform entstand ein enormes Gewusel von spitzen roten Zipfelmützen. Doch dann hatte Klining alle geordnet im Schuppenkleid des Drachens untergebracht.

Ragnur hatte die ganze Zeit interessiert beobachtet, wie der Drache einen Rubin nach dem anderen verschluckte und sich offenbar schnell wieder erholte.

„Du ernährst dich von Rubinen?"

„Ja."

„Das ist ja interessant. Sollte ich vielleicht auch mal versuchen. Guck ma', Olli, wie lustig das aussieht. Als wenn Gulfis Rücken mit Möhrchen gespickt ist. Gulfi, so kannst du ja gleich in den Kochpott. Lecker, roter Drache mit lecker Möhrchen!"

Dem erschrockenen Rubindrachen blieb fast das Herz stehen. Dann sah er, wie Olli und Raggi sich vor Lachen kugelten und Klining sich ein Lächeln nicht verkneifen konnte. Ragnur hatte nur einen harmlosen Scherz gemacht, ohne sich über die Wirkung im Klaren zu sein. Er drehte den Kopf und schaute auf seinen Rücken. Er lachte jetzt selbst ... das sah wirklich so aus, als hätte man ihn für den Kochtopf vorbereitet. Ein winziges Zwergenmädchen, ein Kind noch, lachte ihn an: „Hallo, Onkel Drache, fliegst du uns nach Hause?"

Plötzlich zischte ein Zwergenspieß dicht an seinem Kopf vorbei. Hinter ihm ertönten laute militärische Kommandos. Verdammt, wenn die Zwerge alle ihre Spieße auf einmal schleudern würden, gäbe es mit Sicherheit Tote und Verletzte.

Erneut zischte ein Spieß an ihm vorbei.

„Was soll das denn, Gulfi?" Ragnur, den der Spieß nur knapp verfehlt hatte, kam vor ihm hochgeflattert.

„Die Zwergenkrieger wollen uns abmurksen, Raggi!"

„Was? Haben die denn nicht mehr alle? Ollis Freunde? Frauen und Kinder? Die sind doch nicht mehr richtig im Kopf!"

Gulf drehte sich um und schaute auf den Grund hinunter, wo sich alle Zwergenkrieger zum Angriff formiert hatten.

Ragnur flog an die Kante der Felsplattform und rief: „Hört sofort auf ihr, Spinn...!" Da wurde er von einem scharfen militärischen Befehl unterbrochen: „Erste Reihe sich klarmachen zum Wurf! ... Jetzt!"

Zwanzig Spieße wurden mit aller Kraft gegen die Brust des roten Drachens geschleudert und hätten ihn mit Sicherheit durchbohrt, wenn ... ja, wenn ...? Die Zwergensoldaten wollten nicht glauben, was sie sahen. Bevor ihre Spieße den Drachen erreichten, hörten sie einen kreischenden Ton, als wenn die Spieße in einem Häcksler gelandet wären. In der Luft zerkleinerte sich ein Spieß nach dem anderen. Man sah nur wie ein kleiner Schatten blitzschnell einen Spieß nach dem anderen im Flug zerraspelte. Alle Spieße hatten sich in ein Häufchen Holz- und Eisenspäne verwandelt.

Ragnur flog wieder an die Kante der kleinen Felsplatte, spuckte einen letzten Holzspan aus dem Schnabel und schaute jetzt wütend auf die sprachlosen Zwergenkrieger.

„Hört zu, ihr Spinner. Wenn ich jetzt hier oben noch einen einzigen von euren dämlichen Zahnstochern zerkleinern muss, dann kann ich mir vorstellen, dass mich das so hungrig macht, dass ich nach einer kräftigen Mahlzeit ‚Zwergenkrieger natur' eure Spieße tatsächlich brauche, um die restlichen Fleischfetzen – von euch – aus meinen Schnäbeln zu pulen!"

Die Zwergenkrieger erbleichten und sanken auf die Knie.

„Ihr sollt nicht auf die Knie sinken, ihr faules Pack! ... Hier kleine Kinder und alte Frauen schuften zu lassen! ... Ich bin gespannt, was der Boss dazu sagt. Ihr bringt mir sofort den großen Korb mit den dicksten Rubinen – die braucht mein Freund Gulfi als Marschverpflegung – und dann bitte ran an die Arbeit. Viel geschafft habt ihr ja heute noch nicht."

„Oh, Raggi, du bist ein feiner Kerl." Olli nahm den kleinen Vogel in seine Hand und kraulte ihn unter einem seiner Schnäbel. Ragnur schnurrte. „Das mag er gern, Gulfi. Raggi, kommst du mit zum Eingang der Mine?"

„Ich habe leider keine Zeit, Olli. Ich muss noch rüber in die Topaswälder. Aber ich sause mal schnell zum Eingang des Hauptstollens und informiere dort die lyngardischen Trottel der Wache darüber, was ihnen blüht, wenn sie euch Schwierigkeiten machen."

„Das ist aber nett. Du bist ein richtiger Kumpel, Raggi."

„Für meine Freunde tue ich doch alles, das weißt du ja."

Der Vulkanadler flog schnell wie ein Pfeil durch die Schlucht und war verschwunden. Die Augen der Zwergenkrieger funkelten voller Hass.

„Das Ganze hat noch ein Nachspiel. Ihr werdet schon sehen, was König Laurin dazu sagt, wenn er hört, dass sein Spätzchen verrückt spielt."

Klining trat an den Rand der Felsenplattform.

„Ihr habt gehört, was euch der Adler befohlen hat. Bringt sofort den Korb mit den großen Rubinen."

„Den musst du dir schon selbst holen, du großschnäuzige Mohrrübe. Wir rühren für euch keinen Finger."

„Ihr habt es so gewollt!"

Klining hob leicht die Hand. Über den Zwergenkriegern bildete sich ein leichter Nebel, der sich schnell zu einer kleinen schwarzen Gewitterwolke verdichtete. Ein leichtes Grummeln in der Wolke war zu hören. Verwundert schauten die Zwergenkrieger nach oben. Plötzlich schlug mitten unter ihnen ein greller Blitz ein, der ihre Bärte in Brand setzte. Ein gewaltiger Donner hallte durch die Schlucht. Die Zwerge schrien erschrocken auf, rissen ihre Mützen vom Kopf und versuchten verzweifelt, damit die Flammen in den Bärten zu ersticken. Klining hob erneut die Hand und aus der Wolke entlud sich ein stürmischer Platzregen über die Zwerge. Nach zwei Minuten stand die stolze Kriegertruppe mit qualmenden Bärten kleinlaut da – wie begossene Pudel.

„Bringt ihr uns jetzt den Korb? Oder soll ich noch einmal ... ?" Ein dunkles Grummeln war in der Wolke zu hören.

„Was bleibt uns anderes übrig", maulte der Anführer. „Gegen einen solchen Zauberfirlefanz kommt unsereins ja nicht an." Ein Wink mit seiner Hand – und zwei kräftige Krieger schleppten den Korb auf die Felsenplattform und stellten ihn vor Gulf ab.

„Wenn ihr mir den Korb noch freundlicherweise um den Hals hängen könntet."

Die Zwergenkrieger schauten fragend auf ihren Anführer. Der blickte fragend auf Klining. Der deutete eine Bewegung mit seiner Hand an und nickte freundlich, worauf der Anführer ebenfalls nickte. Kurze Zeit später hatten die Zwergenkrieger Gulf den Korb mit den Rubinen wie einen Fresskorb direkt unter sein Maul gebunden.

Gulf nickte zufrieden: „Danke, meine Herren, jetzt bin ich reisefertig. Olli und Klining, kommt an Bord."

Olli nahm Klining auf den Arm und setzte sich hinter den Kopf des Drachens auf dessen Schultern. Der Drache breitete die Flügel aus und hob ab. Er flog schnell und sicher durch die Schluchten und Felsspalten des Bergwerkes. Als sie das Kupferabbaugebiet der Lyngarden erreichten, kam Ragnur angeschossen.

„Es ist alles geregelt, Freunde, euch wird garantiert keiner belästigen."

„Wie hast du das wieder hinbekommen, Raggi? Die lyngardischen Patrouillen und Bogenschützen sind nicht ohne", sagte Olli erstaunt.

„Stimmt, aber schmecken tun sie gut!"

„Schmecken – was meinst du damit, Raggi?"

„Na eben, dass es leckere Jungs sind, Olli. Ihr habt völlig freie Bahn!" Er sauste noch drei Runden um den Drachen und war dann mit einem „Bis bald, Freunde!" in der Tiefe des uralten Bergwerks verschwunden.

„Klining, was meinte Raggi mit ‚schmecken tun sie gut'?"

„Olli, Raggi ist ein Adler ... und ein Adler frisst keine Hamburger."

„Hä? ... versteh ich nich'."

„Erkläre ich dir später. Pass auf, Gulf, gleich fliegen wir an den lyngardischen Bogenschützen vorbei. Wenn die den Bogen heben, gehst du im Sturzflug auf Tiefe und brichst auf jeden Fall durch die Postenkette der Wache am Eingang. Im Sturzflug! Hörst du? Egal, was passiert!"

„Mach ich, Klining."

Die gefürchteten lyngardischen Bogenschützen sahen den herrlichen Rubindrachen mit ruhigen Flügelschlägen aus der Tiefe des Hauptstollens heransegeln. Klining und Olli sahen, wie sie sich zu beiden Seiten des Einganges dicht nebeneinander zu einer waffenstarrenden Linie formierten. Klining wusste: Wenn die Lyngarden jetzt gleichzeitig ihre tödlichen Bogen anheben würden, dann fielen viele seiner Leute dem mörderischen Schnellfeuer ihrer Pfeile zum Opfer. Selbst wenn er seinen Nebelzauber einsetzen würde, die Lyngarden waren es gewohnt, in der Nacht und auch bei

Nebel ihre Pfeile treffsicher abzuschießen. Gerade wollte er Gulf bitten, doch lieber umzukehren, um wenigstens die Kinder und Alten über die Nebenschleichwege aus den Minen zu führen, als von den hohen Wachtürmen ein Hornsignal erklang und alle Lyngarden vor dem roten Drachen und seinen Passagieren salutierten.

„Olli, guck mal! Die Jungs wissen wenigstens, was sich gehört, wenn ein Rubindrachen an ihren Wachtürmen vorübersegelt." Gulf grüßte zurück, indem er eine lange rote Dampfwolke aus beiden Nüstern stieß und den Eingang der Minen rosarot vernebelte. „Sicher ist sicher!", grinste er und schoss durch den Nebel. Mit zwei, drei kräftigen Flügelschlägen flog er hinaus ins Sonnenlicht. Nach einer eleganten Kurve über den großen Platz vor dem Haupteingang zu den Minen, landete er weich auf dem grünen Rasen.

„Steigt alle von dem Drachen herunter und sammelt euch schnell in der Mitte des Platzes. Der Transport geht sofort weiter nach Hause. Fasst euch alle bei den Händen und hört auf das, was euch Nandur sagt. Behaltet die Kinder im Auge, damit die keinen Blödsinn machen. Vigdol und Vatabgi – zu mir. Ihr beide seid mir für einen reibungslosen Ablauf verantwortlich."

Die beiden klitzekleinen Zwerge nickten mit dem Kopf: „Machen wir, Illantin."

Klining schaute sich um. „Wo sind Rinchen und die drei Jungs?"

Alle folgten seinem Beispiel und suchten die Genannten in der wimmelnden Menge der über zweitausend klitzekleinen Zwerge. Dann schüttelten alle den Kopf. Die Gesuchten waren nicht zu sehen.

„Rinchen! Vugur! Valmin! Vildo! ... Kommt, lasst den Blödsinn."

Ein winziges Zwergenmädchen meldete sich: „Die sind nicht mitgeflogen, Onkel Klining!"

Den Illantin durchfuhr ein heißer Schreck.

„Was sagt du da, Violetta?"

„Die sind nicht mitgekommen. Die haben einen Gang zu einem Diamantenstollen oder so was gefunden. Auf jeden Fall hatte Onkel Valmin so einen dicken Glitzerstein in der Hand. Mich wollten sie nicht mithaben. Ich sei zu klein."

Klining erblasste. „Violetta, weißt du, in welchem Gang Valmin und die anderen verschwunden sind?"

„Ja, Onkel Klining, gleich den von da aus, wo wir abgeflogen sind."

„Also die Felsplattform?"

„Ja, da wo das Blut von dem armen Drachen ist." Violetta zeigte mit ihrem klitzekleinen Zeigefingerchen auf den riesigen roten Drachen.

„Was für Blut?"

„Das Blut von dem da, Onkel Klining. Guck doch, auf dem Fuß. Der blutet doch schon die ganze Zeit."

Klining sah, dass aus einer Wunde am Fuß des Drachen, kaum erkennbar wegen der roten Farbe der Schuppen, ständig Blut zu Boden sickerte.

„Gulf, du bist verletzt!"

„Ich weiß, Klining. Ist nur ein kleiner Kratzer. Nicht der Rede wert."

„Lass mich sehen. Streck mal den Fuß aus!"

Der Drache streckte den Fuß und verzog dabei vor Schmerzen das Gesicht. Klining hob ein wenig die Hand. Der Blutstrom stoppte und der Schmerz verschwand.

„Oh, jetzt tut es nicht mehr weh. Vielen Dank, Klining."

„Gulf, ich muss sofort wieder in die Rubinschlucht. Nimmst du mich mit?"

„Ja sicher. Steig auf. Wer weiß, wie lange die Lyngarden noch friedlich sind."

„Ich fliege auch mit!" Ollis helle Jungenstimme hatte auf einmal einen bestimmenden Klang, der keinen Widerspruch duldete. „Es sind auch meine Freunde, Klining!"

Bevor der Illantin antworten konnte, verdunkelte sich der Himmel und Nandurs Stimme ertönte über den Wolken: „Ihr seid ja wirklich superpünktlich. Wissen alle Bescheid, wie das bei mir an Bord zugeht, Klining?"

„Ja sicher, Nandur."

„Dann fasst euch alle bei den Händen. Gleich geht es ab – direkt nach Hause. Klining, euer Kamarin ist froh, wenn alle wieder zu Hause sind. Da ist irgendetwas im Anmarsch und er braucht dich jetzt. Außerdem erwartet er deinen Bericht über den ... du weißt schon, wen. Übrigens, Olli sollt ihr auch mitbringen. Er möchte den Jungen gern persönlich kennen lernen."

„Nandur, ich kann noch nicht nach Hause. Valmin, Rinchen, Vildo und Vugur sind noch in den Minen. Die sind dort unglücklicherweise über eine alte Diamantenmine gestolpert."

„Ja, und was machen die da? Oh, heiliger Albatros, die hat doch nicht etwa ...? Hat sie doch? ... Au weia, das kann böse enden. Bring sie bloß schnell wieder zur Vernunft, Klining, und hol sie dort raus. Über euer Land mach dir keine Sorgen, notfalls bin ich ja auch noch da. Übrigens, Gulf, du siehst ja wirklich super aus. Ich freue mich, dass ich endlich mal einen Rubindrachen in natura sehe. Wirklich imponierend. Achtung, ihr Mohrrübengewusel! Fasst euch alle an!"

Ein leichtes Rauschen – und alle klitzekleinen Zwerge, bis auf Klining, waren plötzlich verschwunden. Kurze Zeit später segelte die letzte Gruppe der klitzekleinen Zwerge, die der fürchterliche Zyklon in alle Welt verstreut hatte, wieder auf den Boden ihrer Heimat. Jetzt fehlten nur noch Klining, Rinchen, Valmin, Vugur und Vildo.

Der Kamarin schaute sorgenvoll: Gerade diese Truppe hätte er jetzt dringend gebraucht.

VON LAURIN GEFANGEN UND ENTFÜHRT

Valmin stand aufgeregt vor dem großen Haufen Diamanten, den er zusammengetragen hatte.

„Wie kriege ich den jetzt schnellstens nach Hause, ohne dass es gleich das ganze Volk merkt?" Misstrauisch drehte er sich zu den anderen um: „Ihr werdet doch nichts verraten?"

„Nein, wir sind doch nicht verrückt. Nachher will der Kamarin oder Klining, dass wir noch mit dem ganzen Volk teilen. Hol Olli. Der macht sich nichts aus Juwelen und der trägt alle unsere Diamanten mit Leichtigkeit." Vildo warf kichernd einen weiteren Diamanten auf seinen Haufen. „Sag ihm es sind Bergkristalle."

„Gute Idee. So stark wie der ist, kann der noch 'ne Menge mehr für uns tragen." Rinchen brach mit einer alten Schaufel einen weiteren herrlichen Diamanten aus dem Fels.

„Mann, jetzt kann ich mir zehn Rennyachten leisten, die jedes Schiff auf allen Meeren in den Schatten stellen." Vugur rollte ächzend einen riesigen Diamanten zu seinem Haufen.

Valmin und Rinchen waren auf der Suche nach ihren Leuten in eine kleine Felsspalte geraten und hatten an deren Rückwand ein klitzekleines Loch entdeckt. Mehr aus Neugierde als in der Hoffnung, hier jemanden von ihrem Volk zu finden, war Valmin durch die kleine Öffnung hineingekrochen und hatte sich nach etlichen dunklen Metern plötzlich in einem großen Stollen, riesig wie eine kostbar funkelnde Halle, wiedergefunden. Staunend sah er, dass die Felswände mit kostbaren Diamanten übersät waren. Auf dem Boden lagen Unmengen von bereits herausgebrochenen Diamanten. Manche aufgeschüttet zu kleinen Halden, zum Abtransport bereit. Nachdem er seine Sprache wiedergefunden hatte, rief er Rinchen, Vildo und Vugur. Als diese den glitzernden Stollen betraten, schrien und jubelten sie. So große, so schöne und so lupenreine Diamanten hatte keiner von ihnen jemals gesehen. Sie waren sofort von dem bezwingenden Glanz und Feuer der Juwelen überwältigt und hatten alles an Diamanten zusammengerafft, was der Einzelne nur tragen konnte. Jeder stapelte seine Diamanten auf einen Haufen. Ihre Augen glitzerten gierig, und obwohl am Boden so viele Diamanten lagen, dass keiner von ihnen sie jemals alle alleine einsammeln konnte, belauerten sie sich mit misstrauischen Blicken. Alle vier waren sie wie im Rausch nach einer Weile völlig weggetreten und wie von einem bösartigen Fieber befallen.

Dann war Rinchen wieder zur Vernunft gekommen. Sie hatte vergeblich versucht, einen riesigen Diamanten, der größer war als sie selbst, durch das winzige Eingangsloch zu rollen und war stecken geblieben.

„Jungs, hört sofort auf. Wir benehmen uns ja wie die Vollidioten. Es ist sinnlos, alles so planlos zusammenzuraffen. Helft mir lieber. Der Diamant hier sitzt im Eingang fest."

Die klitzekleinen Zwerge schauten hoch und sahen den riesigen Diamanten im Eingangsloch feststecken.

„Waaaas? Mit einem so riesigen Diamanten wolltest du dich heimlich verdrücken?" Vildo schaute Rinchen mit vor Gier funkelnden Augen wütend an. Die holte aus und gab ihm eine schallende

Ohrfeige. Vildo wachte urplötzlich aus seinem Fieberwahn auf.

„Wo bin ich? Wer hat mir eine runtergehauen?"

„Ich, und wenn ihr jetzt nicht alle augenblicklich zur Vernunft kommt, schreie ich hier alles zusammen."

Vildo sah, was Rinchen meinte, schnappte Vugur, der mit irrem Blick seine Diamanten zählte, bei den Schultern und schüttelte ihn wie einen jungen Hund durch.

„Was hast du? Warum schüttelst du mich?"

„Darum!" Vildo zeigte auf die Diamanten in Vugurs Hand. „Du warst ja wie weggetreten!"

„Hö? Wo kommen denn diese Klunker auf einmal her?"

Valmin blickte mit gemeinem Ausdruck auf die drei und stellte sich vor seinen Haufen zusammengeraffter Diamanten. „Bleibt mir bloß vom Leib", kreischte er schrill, „... bleibt mir bloß vom Leib."

Die drei Freunde schauten sich an, nickten und stürzten sich geschlossen auf Valmin. Bevor der reagieren konnte, hatte auch ihn eine kräftige Ohrfeige von Rinchen wieder in die Realität versetzt.

„Oh Mann, wie peinlich. Wenn Klining erfährt, wie wir uns hier aufgeführt haben ...! Wie das letzte, gierige Zwergenpack."

„Braucht er ja nicht zu erfahren", sagte Rinchen komischerweise mit Laurins Stimme.

„Wie willst du ihm dann erklären, warum wir hier festsitzen? Dass der Diamant von alleine in das Eingangsloch gerollt ist?"

„Ihr braucht ihm gar nichts zu erklären. Euer Illantin hat sich auf einem dieser räuberischen Rubindrachen mit euren Leuten feige aus dem Staub gemacht."

Das war Laurins Stimme!

Erschrocken drehten sie sich um. Hinter ihnen saß König Laurin auf seinem kleinen Rappen – seine Hand hatte er auf sein Schwert Balmuni gelegt – und lächelte sie grausam an.

„Also muss ich mich an euch schadlos halten. Aber zuerst räumt ihr alle Diamanten wieder schön an ihre Plätze. Den im Eingang könnt ihr stecken lassen, dann kann wenigstens kein räuberisches Zwergenpack – so drücktet ihr euch doch aus? – mehr meinen Diamantenstollen betreten."

Nach gut zwei Stunden keuchten die klitzekleinen Zwerge völlig erschöpft und wischten sich den Schweiß von der Stirn. Es war ein gewaltiger Unterschied, ob man mit der riesigen Kraft des

Diamantenfiebers alles zusammenraffte, was einem unter die gierigen Hände geriet, oder ob man jeden Diamanten mühselig wieder geordnet an seinen Platz in den Felswänden heben und befestigen musste. Rinchen ließ sich zu Boden sinken. Sie hatte Hunger, unterließ es aber, im Beisein des Zwergenkönigs die Notverpflegung aus ihrer Zipfelmütze zu holen. Laurin brauchte nicht zu wissen, dass sie jeden Hungerstreik damit lange durchhalten konnten.

Laurin schaute sich, lässig auf seinem kleinen Pferdchen hockend, grinsend um.

„Ich glaube, so in etwa ist die Ordnung wiederhergestellt. Ich bitte die Herrschaften, mir zu folgen. Ein Versuch zu türmen ist absolut zwecklos. Ihr kennt ja alle unseren lieben Raggi. Der lutscht euch aus jeder noch so engen Felsspalte heraus. Ihr müsst mal sehen, wie fein säuberlich der so kleine Leckerbissen wie euch filetiert. Einfach reizend anzuschauen. Mit dem niedlichen Schnabel des einen Köpfchens hält er euch fest und mit dem niedlichen Schnabel des anderen Köpfchens schält er das Fleisch appetitlich von euren Knochen. Also macht bitte keinen unnötigen Ärger."

Der Herrscher über die Zwerge hob die Hand und die Felsenwand des Stollens teilte sich und gab einen Weg in die Tiefe des Berges frei. Laurin schnalzte kurz mit der Zunge und sein kleiner Rappe drehte seinen edlen Kopf in Richtung der Felsöffnung und schritt langsam aus dem Stollen. Die vier klitzekleinen Zwerge trotteten ihm entmutigt hinterher, ihrem ungewissen Schicksal entgegen.

DIE EISBARRIERE

Käpitän Klaus Hansen hatte den leichten Schlaf der Seeleute und fuhr beim ersten Klopfen an der Tür zu seiner Kapitänskajüte hoch. Trotzdem brauchte er ein paar Sekunden, um zu sich zu kommen und das schöne Traumbild aus dem Schlaf zu verscheuchen. Er lächelte: Nach fast einem Jahr fern von zu Hause, freute er sich auf seinen Landurlaub. In ein paar Tagen würde er in Lissabon für drei Monate auf seinem Schiff abgelöst und nach Hause fliegen.

Er freute sich schon auf die dort liegen gebliebene Arbeit. Jetzt wollte er endlich die Küche seiner Frau fertig einbauen. Hansen war ein guter Handwerker. Wenn er nicht Seemann geworden wäre, hätte er bestimmt den Tischlerberuf gewählt. Am Anfang war seine Frau mehr als begeistert von seinen handwerklichen Talenten. Nur hatte leider seine Reederei wenig Verständnis für die Bedürfnisse seiner Frau, die er immer wieder im Laufe seiner langjährigen Ehe inmitten angefangener Umbauarbeiten im oder an ihrem Haus sitzen lassen musste, weil die Reederei ihn plötzlich mitten im Urlaub abberief.

„Käpt'n, der Erste Offizier bittet Sie, schnell auf die Brücke zu kommen. Es gibt wohl Probleme." Der Jungmatrose schaute ihn erwartungsvoll an.

Probleme? Nicht bei Konradsen und nicht auf diesem Kurs. Querab der Afrikanischen Küste, sie hatten erst vor kurzem den Äquator überquert. Für das Schiff und die Besatzung schon lange kein Grund mehr, das als besonderes Ereignis zur Kenntnis zu nehmen. Auch der nördliche Kurs war von vielen Fahrten vertraut. Konradsen war ein erfahrener und umsichtiger Offizier, der bald das Kommando über das Schiff übernehmen würde. Wenn Konradsen ihn auf die Brücke bat, musste irgendetwas Ungewöhnliches anliegen. Hansen zog seinen Pullover über und eilte hinauf.

„Was ist los, Rasmus?" Hansen und Konradsen waren schon viele Jahre befreundet.

„Mit dem Schiff ist alles in Ordnung, Klaus. Aber sieh mal raus, du glaubst es nicht!" Konradsen zeigte auf die Wasserlinie des Horizonts, der im hellen Sonnenlicht vor ihnen lag.

„Was ist das? Eine Fata Morgana?" Hansen griff sich ein Fernglas. „Wenn es das ist, was ich sehe, dann glaub ich das einfach nicht. Doch nicht in diesen Breitengraden!"

Hansen war fassungslos. Vor ihnen zog sich am Horizont wie eine weiße Perlenkette von Ost nach West ein Band von hohen, riesigen Eisschollen, unterbrochen von gigantischen Eisbergen.

„Geh mit der Fahrt runter, Rasmus."

„Halbe Fahrt voraus!" Konradsen legte den Hebel auf halbe Fahrt.

„Jensen, halte genau Kurs 345°."

Hansen schaute auf den Schirm des Radargerätes. „Das Band

zieht sich schnurgerade von Ost nach West, so weit es das Radargerät erfassen kann. Und es bewegt sich nicht."

„Das gibt es doch nicht, Klaus. Wir haben hier eine nördliche Strömung von ca. fünf Knoten. Da stimmt doch was nicht."

„Geh mit allen Maschinen auf Stopp ... und komm mit in die Brückennock."

Konradsen führte den Befehl aus und folgte seinem Kapitän und Freund in die Backbord-Brückennock. Klaus Hansen hatte das Fernrohr des Peilkompasses auf die Eisberge am Horizont gerichtet und wartete, bis die Fahrt aus dem Schiff heraus war und es nur noch mit der Strömung nach Norden trieb. Anschließend peilte er einige Zeit die Spitze eines besonders markanten Eisberges an. Dann trat er zurück.

„Schau durch. Was hältst du davon?"

„Tatsächlich, die Barriere bewegt sich nicht einen Deut."

Hansen fragte seinen Ersten noch einmal.

„Was hälst du davon?"

„Ich weiß nicht. Für ein Naturphänomen ist das zu ungewöhnlich."

„Gibt es eine Meldung? Eine Eiswarnung oder so etwas?"

„Das war das Erste, was ich abgecheckt habe. Nichts ... rein gar nichts." Konradsen schüttelte sich. „Brrr ... ist das plötzlich kalt."

Hansen blickte wieder durch den Peilkompass.

„Nichts, die Sperre bewegt sich nicht einen Millimeter. Was schlägst du vor?"

„Langsam ranrobben und an einer günstigen Stelle durchbrechen."

„Aber die ‚Elisabeth von Brake' ist kein Eisbrecher. Wir schicken erst mal ein Boot rüber. Am besten Jörnsen und zwei Mann."

Das Boot wurde zu Wasser gelassen. Jörnsen warf den starken Außenbordmotor an und steuerte schnurgerade auf die Eisbarriere zu. Hansen verfolgte das Boot, bis es nur noch als ein kleiner Punkt auf der Wasseroberfläche erkennbar war. Jörnsen meldete sich über Sprechfunk.

„Käpt'n, wir sind gleich da! ... Da sind irgendwelche komischen Gestalten auf den Eisschollen ... Das ist saukalt hier ... Jetzt kommen die Gestalten auf uns zu ... brrr, das wird immer kälter, je näher die kommen ... mein Gott, sehen die finster aus! ... Das glaub ich nicht! ... Die sind ja ganz aus ... „

Der Funkkontakt brach ab.

„Jörnsen! ... Bitte melden! ... Jörnsen! ... Hier Frachter Elisabeth! ... Verdammt, Junge ... melde dich endlich! ... Jörnsen! ..."

„Was ist da bloß passiert?"

„Kleine Fahrt voraus! Kurs beibehalten."

„Was hast du vor, Klaus?"

„Wir gehen näher ran und dann lassen wir den Kutter runter. Du gehst mit zehn Mann rüber und siehst nach, was da passiert ist. Nimm meine Pistole und die drei Gewehre mit. Hier hast du den Schlüssel zum Waffenschrank. Mach alles klar, damit wir den Kutter schnell zu Wasser lassen können. Und nimm noch den Notarztkasten mit, man weiß ja nie. Ich halte auf jeden Fall die Position, solange ihr auf den Eisschollen seid."

Der Erste ging an den Bordlautsprecher und rief diejenigen der Mannschaft mit Namen auf, die zur Kutterbesatzung gehören sollten.

Kurze Zeit später legte der Kutter von der Bordwand ab. Rasmus Konradsen stand an der Ruderpinne und steuerte den Kutter zielstrebig auf die Eisscholle zu, an der das kleine Boot von Jörnsen dümpelte. Hansen sah durch das Fernglas, wie der Kutter anlegte und die Besatzung, allen voran Konradsen, ausstieg. Einige große Gestalten, die sich kaum von dem Eis abhoben und deshalb auch durch das scharfe Fernglas nicht genau auszumachen waren, gingen auf die Besatzung zu. Man sah, wie Konradsen aufgeregt mit einer der Gestalten sprach und plötzlich innehielt. Die Gestalt drehte sich um, und Konradsen und die Besatzung des Kutters folgten ihr merkwürdigerweise mit zeitlupenhaften Bewegungen. Hansen wollte den Funkkontakt herstellen, aber außer einem Knacken war nichts zu hören.

Da es hier nichts mehr zu sehen gab, ging Hansen ins Kartenhaus und machte eine Eintragung ins Logbuch. Vorher hatte er die Anweisung gegeben, ihn sofort zu informieren, wenn sich drüben auf den Eisschollen etwas rührte.

„Nicht näher ran als eine halbe Seemeile, Clasen."

Sein Steuermann nickte.

Als ihn Clasen an der Schulter berührte, schreckte Hansen aus seinen Gedanken hoch.

„Unser Kutter kommt zurück, Herr Hansen."

„Ich komme!"

Klaus Hansen zog über seinen Pullover seine dicke Wetterjacke und setzte seine Mütze auf. Es war irgendwie empfindlich kalt geworden. Was waren das denn für seltsame Gestalten? Durch das Fernglas sah er, dass Konradsen starr an der Ruderpinne stand. Von den ursprünglich zehn saßen nur noch sechs seiner Leute im Kutter. Hansen fiel auf, dass sie sich trotz des Wellengangs ebenso wenig bewegten wie die vier seltsamen Gestalten, die wie Konradsen starr im Boot standen. Sie wirkten wie aus Eis gehauen. Eine dunkle Bedrohung schien von ihnen auszugehen. Unruhig beugte sich Hansen weit über die Verkleidung der Brückennock, als der Kutter längsseits ging und an Deck gehievt wurde. Obwohl die Sonne mit aller Kraft vom Himmel schien, erfasste das Schiff eine Eiseskälte, als die seltsamen und unheimlichen Gestalten das Deck betraten. Den Kapitän ergriff ein ahnungsvoller Schauer kommenden Unheils.

„Clasen, gib mir mal die Leuchtpistole rüber."

Er eilte den Niedergang von der Brücke hinunter auf Deck und stockte in dem Moment, da er sich den unheimlichen Eisgestalten bis auf wenige Schritte genähert hatte. Ihn durchfuhr eine eisige Todeskälte. Das Blut erstarrte. Er hatte noch zu der Signalpistole in seiner Tasche greifen wollen, war aber zu keiner Gegenwehr mehr fähig. Das Schiff und die Besatzung befanden sich in der eisigen Klammer der fürchterlichen Hiemisen.

„Hervorragend, Galeskon!" Der Eiskrieger meldete General Gurtuna, dass sich soeben das fünfhundertste Schiff in der Eisklammer der Sperre verfangen hatte. General Gurtuna, der die Operation Atlantiksperre selbst leitete, war sehr zufrieden. Jedes Schiff, das sich in der Eisklammer der Hiemisen verfing, bildete eine zusätzliche Verstärkung der Atlantiksperre. Die ganze Aktion war ein brillantes Beispiel hervorragender militärischer Planung, Organisation und exellenter Führung gewesen. General Gurtuna war mit drei Bataillonen Eiskrieger über das Nördliche Eismeer, wo man sich auf geeignete Eisberge eingeschifft hatte und mit riesigen Eisschollen im Schlepptau, in den Atlantik und bis hinunter zum Wendekreis des Krebses getrieben worden. Die ganze

Aktion hatte die Wetterverhältnisse kurzzeitig auf den Kopf gestellt und bei den Azoren ein Sturmtief nach dem anderen ausgelöst. Da der Schiffs- und Flugverkehr der Menschen auf Grund der katastrophalen Wetterverhältnisse eingestellt oder umgeleitet wurde, hatte man einigermaßen ungestört das Ziel, den nördlichen Wendekreis, erreicht. Schiffe, die dem eisigen Phänomen unglücklicherweise zu nahe kamen, wurden von der eisigen Hiemisen-Klammer erfasst und verschwanden zwischen den Eisschollen.

General Gurtuna befahl die Oseles zu sich.

„Wie lange braucht der Inselkontinent noch, bis er die Eisbarriere erreicht?"

„Wenn er in der Strömung bleibt, nach unserer letzten Positionsbestimmung etwa fünf Tage."

„Gut, gebt diese und die folgende Meldung an Oberon weiter."

Der General diktierte die Nachricht, die König Oberon übermittelt werden sollte. Gurtuna war zufrieden, mit welcher Präzision seine Truppen arbeiteten. In einer Woche würde man mit dem Inselkontinent der klitzekleinen Zwerge auch das letzte Land auf diesem Planeten besetzt haben.

ZÜRÜCK IN DIE RUBINSCHLUCHT

Olli war mit Klining auf dem Arm wieder auf die Schultern von Gulf geklettert. Der Rubindrache breitete seine herrlich rot funkelnden Flügel im Sonnenlicht aus, erhob sich, schwang sich hoch in die Luft und steuerte nach einer eleganten Kurve direkt auf den Eingang des Hauptstollens der Kupferminen von Grandiska zu. Die Wachen und Bogenschützen sprangen auf und salutierten ängstlich, als der rote Drache vorüberflog. Klining dachte: Was mochte Ragnur bloß angestellt haben, dass sich selbst die sonst als absolut furchtlos geltenden Lyngarden wie verschreckte Kinder verhielten? Ohne belästigt zu werden, flog Gulf mit kräftigen Flügelschlägen in die Tiefe des Berges. Plötzlich bemerkte Klining, wie sich der Flügelschlag des Drachens verlangsamte. Er schaute in den Fresskorb, den der Drache noch immer unter seinem Maul trug, und sah, dass der leer war. Der Drache verlor offenbar mit jedem Flügelschlag an Energie.

„Soll ich dir Rubine zaubern, Gulf?"

Der Drache schüttelte den Kopf.

„Das würde mir nicht helfen, Klining. Nur echte Rubine geben und erhalten uns die Kraft. Ich fürchte, ich werde die Rubinschlucht nicht mehr erreichen."

Olli fragte besorgt: „Hat Gulf ein Problem, Klining?"

„Es sind keine Rubine mehr da, die unser Freund dringend für neue Energien braucht."

„Aber der Korb war doch ganz voll und jeder von uns hatte doch auch noch einen Rubin in der Hand. Ich dachte, das reicht für deinen Hin- und Rückflug, Gulf."

„Olli, der Weg zum Eingang des Hauptstollens ist viel weiter, als wir an Rubinen mitgenommen haben. Wenn ich die volle Menge Rubine für den Hin- und Rückflug geladen hätte, dann wäre die Hälfte der klitzekleinen Zwerge in der Rubinschlucht geblieben. Und um zweimal zu fliegen, war das Risiko zu groß."

„Aber wenn du es bis zur Rubinschlucht nicht schaffst, Gulf?"

„Dann muss ich sterben. Wir müssen alle einmal sterben, mein Junge."

Olli traten die Tränen in die Augen.

„Gulf, lande sofort."

„Warum, Klining?"

„Dann sparst du Energie. Vielleicht erreichen wir die Rubinschlucht zu Fuß."

„Wenn ich zu Fuß gehe, Klining, dann verbrauche ich noch viel mehr Energie als im Flug."

„Dann setz uns ab und flieg alleine weiter. Bitte, Gulf, bitte!"

„Weißt du, was die Lyngarden oder Laurins Zwerge mit euch machen, wenn die euch alleine erwischen? Kommt überhaupt nicht in Frage."

„Ich habe doch noch Juwelen, Klining. Da müssten doch auch noch ein paar Rubine dabei sein." Olli kramte nach seinem Lederbeutel von Laurin und nach dem Beutel, den Rinchen den Zwergen abgeluchst hatte. „Gulf, lande bitte irgendwo."

Gulf landete hoch oben in der Schlucht auf einem schmalen Felsvorsprung – unerreichbar für die lyngardischen Bogenschützen. Olli schüttete die Juwelen in den Fresskorb und Gulf pickte sich die kleinen Rubine heraus.

„Was ist das denn für ein Stein?"

„Welchen meinst du?"

„Dieser rote da. Das ist kein Rubin, das rieche ich."

„Och, das ist nur ein roter Glasstein. Mein Talisman."

„Riecht aber gut!"

„Wenn du ihn fressen willst ..."

Olli tat es eigentlich Leid um seinen Talisman.

„Ich glaub, der gibt mir keine Energie. Du kannst die restlichen Steine wieder aus dem Korb nehmen."

Olli sammelte die Steine ein und ließ sie wieder in sein Ledersäckchen kullern.

„Den roten Glasstein lasse ich im Korb. Vielleicht überlegst du es dir noch, Gulf."

Klining merkte, dass es dem Jungen schwer fiel, sich von seinem Talisman zu trennen. Und er staunte wieder, wie uneigennützig und vernünftig Olli in gefahrvollen Momenten handelte.

Olli stieg mit Klining wieder auf die Schultern des Drachen und der hob ab.

„Geht es, Gulf?", fragte der Junge besorgt.

„Jau, Olli. Die waren ja nicht gerade groß, deine Rubine, aber es geht mir schon ein bisschen besser."

Der Drache flog mit kräftigen Flügelschlägen in den Berg.

Sie flogen an den bizzaren Felsformationen vorüber, aus denen das Kupfer glänzte. Tief unten sahen sie, wie die Arbeiter von ihren lyngardischen Wächtern zur Eile angetrieben wurden.

Dann wurde plötzlich der Flügelschlag des Drachen erneut schwächer und langsam matter. Er verlor an Höhe, und sie konnten schon die Gesichter der lyngardischen Krieger erkennen, die den Flug des Drachen immer aufgeregter verfolgten. Sie hatten bemerkt, dass sich der Drache nicht mehr so kraftvoll fortbewegte. Gulfs Flügelschläge wurden langsam unkontrollierter und der Drache begann gefährlich zu trudeln, als der rote Glasstein im Korb plötzlich zu glühen und zu leuchten anfing. Das rote Licht des Glassteins erreichte Gulf und dessen Flügelschläge wurden wieder kraftvoller. Der Drache schien sich im Licht des Glassteins immer mehr zu erholen und Energie zu tanken. Zuletzt rauschte er mit hoher Geschwindigkeit im Tiefflug über die lyngardischen Krieger hinweg und riss sie lachend von den Füßen.

In der Tiefe der Minen tauchte weit entfernt ein schwaches orangefarbenes Licht auf, das sich schnell näherte und sich zu dem blendend roten Licht der Rubinschlucht verdichtete.

„Setzt eure Sonnenbrillen auf, ich bin gleich zu Hause."

Der Drache legte in atemberaubendem Tempo seine Flügel eng an den Körper und sauste im Sturzflug durch den schmalen Felsspalt, der die Kupferminen von der Rubinschlucht trennte. Die Hitze und das blendend rote Licht trafen Olli und Klining mit voller Wucht.

„Jipppiiiii ...!"

Gulf raste dicht über eine Gruppe völlig verdutzter Zwergenkrieger hinweg, die durch den Luftsog durcheinander gewirbelt wurden, und landete hoch oben in der Schlucht auf dem Felsvorsprung seines Horstes.

„Mannomann, Olli, dein roter Glasstein hat es aber in sich. Ich fühle mich wie neu geboren."

Olli kletterte von Gulfs Schultern und schaute in den Korb. Der Glasstein lag ohne zu leuchten wieder völlig normal im Korb. Olli nahm ihn heraus und hielt ihn Gulf hin.

„Möchtest du ihn haben? Ich schenke ihn dir."

Gulf lachte. „Olli, das ist unheimlich nett von dir, aber ich bin wieder zu Hause und, ehrlich gesagt, ich freue mich jetzt schon auf eine leckere Portion Rubine. Sei mir bitte nicht böse."

„Wirklich nicht?"

„Wirklich nicht. Behalte deinen Talisman. Wer weiß, vielleicht brauchst du den ja noch einmal selbst."

„Na gut." Olli steckte den Glasstein in die Tasche. Er war doch ein bisschen froh, dass er seinen geliebten Talismann behalten durfte.

Klining nahm sich vor, den seltsamen Stein später näher zu betrachten. Jetzt musste er erst einmal sehen, wo Rinchen und die drei Jungs waren.

„Gulf, kannst du unsere Leute sehen?"

Der Rubindrache suchte mit seinen scharfen Augen den Grund der Schlucht nach den winzigen roten Zipfelmützen ab. Schließlich kicherte er albern: „Ich kann die kleinen Mohrrüben nicht entdecken."

Plötzlich stieß er einen schrillen, ohrenbetäubenden Schrei aus. Aus den Nachbarhorsten steckten andere Rubindrachen neugierig ihre Köpfe heraus. Wer rief da zu so unpassender Zeit zur Jagd?

„He Gulf, was machst du für einen Rabatz? Es ist Drachensiesta!"

„Tut mir Leid, Leute, aber meine Freunde vermissen noch vier ihrer Kameraden. Habt ihr die vielleicht gesehen?"

„Meinst du diese kleinen Mohrrüben?"

„Ja, richtig."

„Da kommt ihr zu spät. Die Zwergenbrut da unten erzählt, dass sie von Laurin selbst beim Klauen in einem Diamantstollen erwischt worden sind, und was das bedeutet, weißt du ja. Der hat ohnehin getobt, dass du die anderen Mohrrüben befreit hast. Der hat auf deinen Kopf 'ne Prämie ausgesetzt. Der Rubindrache, der dich verpfeift, darf ein Jahr lang so viele Rubine fressen, wie er in sich reinschlingen kann."

„Was, so wenig bin ich dem alten Geizkragen wert? Muss ich jetzt Angst haben?"

„Warum? Wir schlingen auf unseren Jagden doch eh' immer so viele Rubine runter, wie wir schaffen können, ohne zu platzen ... hi ... hi."

Klining fragte Gulf besorgt: „Was meint er damit? Was bedeutet es, dass Laurin meine Freunde im Diamantstollen erwischt hat?"

„Tut mit Leid, aber ich schätze, Laurin wird sie noch tiefer ins Erdinnere geschleppt haben."

„Hast du eine Ahnung, wohin?"

„Ja, aber leider darf ich euch bis dahin nicht begleiten. Ich nehme an, dass Laurin sie bis in die Schächte der Vulkanrubine verschleppt hat. Keiner außer wenigen Zwergen und Laurin selbst weiß, wo sich die befinden. Es soll auf jeden Fall tief im Erdinneren sein. Ihr müsst über die Smaragdbrücke des Sarimgantaflusses gehen und den heiligen Hain des Situra-Feuers durchqueren. Nicht weit dahinter sollen die Schächte der Vulkanrubine liegen."

Klining war wie vom Blitz getroffen. „Du weißt, wo sich der heilige Hain des Situra-Feuers befindet?"

„Ja, sicher. Dort ist unser Geburtsort. Wenn ihre Zeit gekommen ist, legen die Rubindrachen, die dazu ausersehen sind, als Erfüllung ihres Lebens ein Ei in das heilige Situra-Feuer. Dann legen sie sich zum Sterben im Feuer nieder. Über fünftausend Jahre lang werden dann die Eier vom heiligen Feuer beschützt und gewärmt. Auf den Tag genau nach fünftausend Jahren schlüpft dann ein neuer Rubindrache aus dem Ei. Instinktiv findet er seinen Weg in die Rubinschlucht, um hier seine erste Mahlzeit zu sich zu nehmen. Für uns ist das jedes Mal ein sehr großes Ereignis."

„Und wann legst du ein Ei?", fragte Olli neugierig. Dann merkte er, was seine Frage bedeutete. „Oh, das tut mir Leid. Gulf, ich wollte nicht ... "

„Olli, das braucht dir nicht Leid zu tun. Für uns Rubindrachen ist es die große Erfüllung unseres Lebens. Aber ich bin sowieso noch viel zu jung. Ich muss noch über fünfzehntausend Jahre warten, bevor ich vielleicht für Nachwuchs sorgen darf. Deswegen darf ich euch auch nicht weiter ins Erdinnere begleiten."

„Olli, ich muss mit Tala sprechen. Wenn er der Held mit dem reinen Herzen ist, sind wir gerettet."

„Wer ist Tala, Klining?", fragte der Rubindrache neugierig.

„Der mythische Zauberer von Thulanderona. Einer der größten, ältesten und weisesten Magier aller Zeiten. Er strebt im Situra-Feuer nach der großen Sulama-Erleuchtung."

„Also ist das doch keine Legende? Wir Rubindrachen warten schon seit einigen Jahrhunderten darauf, dass endlich wieder ein neuer Rubindrache geboren wird und uns erzählen kann, ob tatsächlich einer diesen entsagungsvollen Weg der Leiden gewählt hat ... SANGANAJA SULAMA ..." Erfurchtsvoll murmelte der Rubindrache die SULAMA-Formel.

„Du kennst die Formel, Gulf?", fragte Klining erstaunt.

„Ja, sicher. Wenn du fünftausend Jahre im Ei sitzt, dann hörst du sie immer wieder von denen, die meinen, dass sie die Erleuchtung erlangen. Aber bisher hat noch keiner das Situra-Feuer länger als vierhundert Jahre ausgehalten. Wie lange hängt dein Freund Tala schon drin?"

„Fünfhundertfünfunddreißig Jahre. Er müsste kurz vor der Erleuchtung stehen."

„Dein Freund ist ein wahrer Held. Das hat bisher noch keiner geschafft", sagte der Drache ehrfürchtig.

„Das hoffe ich."

„Was?"

„Dass er der Held ist", mischte sich Olli ein.

„Kannst du uns den Weg beschreiben, Gulf?"

„Sicher, Klining. Aber denkt daran, ihr müsst auf diesem Weg immer wieder trinken, trinken, trinken und nochmals trinken. Sonst werdet ihr von der dort herrschenden Hitze ausgedörrt wie frisch gepflückte Pflaumen in der Wüstensonne."

Dann beschrieb er ausführlich den Weg, den die beiden Freunde nehmen sollten.

„Hier habe ich noch ein kleines Geschenk für euch. Es wird euch sicher nutzen."

Der Rubindrache löste zwei seiner herrlichen roten Schuppen von seinem Körper. Sie waren jeweils halb so groß wie Klining und Olli.

„Wenn euch irgendjemand mit Feuer angreift, duckt euch hinter diese Schuppen. Es gibt kein Feuer auf der Welt, auch das Situra-Feuer nicht, das diese Schuppen durchdringen kann."

„Du bist ein echter Freund, Gulf. Wie können wir dir danken?"

„Besucht mich, wenn ihr Rubine braucht und Spaß haben wollt."

Olli umarmte den Rubindrachen, Klining hob leicht die Hand und ein wunderschöner, glitzernder Regenbogen wölbte sich über dem Horst des Drachens.

„Ein kleines, unbedeutendes Geschenk für dich, mein Freund. Der hält fünfzehntausend Jahre."

Gulf strahlte: „Woher wusstest du, dass wir Rubindrachen Regenbögen am meisten lieben?"

Klining lächelte nur rätselhaft und hüpfte auf den Arm des Rotschopfs.

Dann zwängte sich Olli mit dem winzigen Illantin auf dem Arm durch die enge Felsspalte, die Gulf ihnen gezeigt hatte.

DER BEFEHL

„Dieser Befehl ist eine große Ehre für mich, Großvongor ... und es wird mir eine besondere Freude sein, ihn auszuführen!"

Xaraxar, der Kirmas, verbeugte sich tief vor seinem Herrscher. Das schmale, scharf geschnittene Gesicht des Kirmas der Lyngarden zeigte unverhohlen die Vorfreude darauf, mit dem verhassten Feenkönig endlich abzurechnen. Die tiefschwarzen Augen unter den schmalen Brauen funkelten grausam und böse. Der Großvongor betrachtete seinen Kirmas mit Wohlwollen. Er spürte, dass Xaraxar durch seinen langjährigen Dienst am Feenhof in keiner Weise verweichlicht worden war. Unter der glatten Oberfläche des eleganten Diplomaten schwelten die grausamen Urinstinkte der Lyngarden. In dem Moment, als er dem Kirmas den Befehl gegeben hatte, Oberon zu töten und das Gläserne Zepter zu zerstören, durchflutete den Kirmas die kaum zu bändigende Kampfeslust eines lyngardischen Kriegers.

Gleich nach der Flucht der Gefangenen war Laurin aus dem Nichts auf Urmok in den Privatgemächern von Xixinxirigas aufgetaucht und hatte den Großvongor aufgefordert, Oberon sofort zu beseitigen und das Gläserne Zepter zu zerstören. Der Großvongor hatte zuerst gezögert und gemeint, zunächst müsse man die heilige Königslade an sich bringen. Aber kaum hatte er diesen Gedanken ausgesprochen, zwang ihn plötzlich eine unheimliche Macht unerbittlich auf die Knie und dazu, seine Stirn schmerzhaft auf den Boden zu pressen.

Eine kalte, aus den Urzeiten tönende Stimme sagte zu ihm: „Großvongor, du lyngardischer Schwächling, du wirst diesen Befehl ausführen ... SOFORT! Dann ist der Held des reinen Herzens zu finden und zu vernichten. Die heilige Königslade der Kamarinen ist König Laurin zu übergeben.“

Xixinxiriga hörte diese Stimme nicht, sondern fühlte, wie tief in seinem Inneren von der unheimlichen, ihn völlig beherrschenden Macht Buchstaben und Worte zu Sätzen geformt wurden. Sätze, die sich dann gnadenlos in jede Faser und alle Nerven seines Körpers einbrannten und damit zum unlösbaren Bestandteil seines Bewusstseins wurden. Die Stimme in ihm schnitt wie eine Rasierklinge durch sein Ich, sezierte seine Persönlichkeit und formte ihn unerbittlich zu ihrem gehorsamen Sklaven um. Xixinxiriga krümmte sich. Ein blutroter Nebel des Schmerzes durchflutete ihn und eine unerklärliche Kraft saugte alle Energien aus seinem Gehirn und Körper. Der Großvongor spürte mit Erstaunen, dass er vor Angst zitterte.

Die unerbittliche Stimme befahl: „Erhebe dich.“

Xixinxiriga quälte sich mühsam hoch. Laurin saß noch immer auf seinem kleinen Rappen und lächelte ihn nur grausam und kalt an.

„Ich wusste nicht, dass du über so große Macht verfügst, Zwergenkönig", keuchte der Großvongor. „Aber wie soll ich an das verdammte Kästchen des verdammten Illantins herankommen?"

„Zerstört ihr Lyngarden nur das Gläserne Zepter. Um die heilige Königslade kümmere ich mich."

Der Großvongor verneigte sich demütig.

Der Zwergenkönig nickte, wendete sein Pferdchen, berührte seinen Mantel und war verschwunden.

Laurin trabte auf geheimen Pfaden ins Erdinnere und dachte: Sollte der alte Gauner Xixinxiriga ruhig in dem Glauben bleiben, dass er, Laurin, über die unheimliche Macht verfügte, die ihn so gnadenlos auf die Knie gezwungen hatte. Der Lyngarde brauchte nicht zu wissen, dass auch er nur ein Befehlsempfänger war. Der Zwergenkönig lachte grimmig in sich hinein. Wenn seine geheimen Pläne aufgingen, dann würde sich das bald ändern. Er würde der unumschränkte Herrscher über den blauen Planeten sein. Beide Seiten des Lebens, die der Geister und die der Menschen, müssten ihm huldigen. So viel Macht hätte noch nie ein Herrscher auf Erden besessen. Alle Völker wären ihm untertan und tributpflichtig. Seine Reichtümer würden ins Unermessliche steigen.

„Verdammter Bastard." Der Großvongor setzte sich schweißgebadet auf sein Bett. „Den Teufel werde ich tun ...!" Im gleichen Augenblick unterbrach ihn ein messerscharfer Schmerz und ließ ihn laut aufschreien. „Nein! ... Bitte! ... Ja, ich werde gehorchen!" Der Großvongor kniete bleich auf dem Boden und hielt seine Stirn auf die harten Steine gepresst. Die Stimme beherrschte ihn auch nach Laurins Verschwinden.

Zehn Minuten später schickte er einen Eilkurier zu seinem Kirmas an den Hof des Feenkönigs.

DIE SMARAGDBRÜCKE

Olli und Klining bestaunten fasziniert das geheimnisvoll grün schimmernde Gold des legendenumwobenen Sarimgantaflusses, das träge und unaufhörlich an ihnen vorbeifloss. Klinings Nerven waren angespannt. Er war voll konzentriert. Noch einmal wollte er sich nicht von seiner Gier überwältigen lassen. Ihm war bewusst, dass die dunkle Macht nur Gewalt über ihn gewinnen konnte, wenn er diesem negativen Urinstinkt aller Zwerge, der Gier nach Juwelen und Gold, nachgab. Mit innerlicher Befriedigung spürte er, dass der Anblick des kostbaren grünen Goldes ihn nicht mehr aus der Bahn werfen konnte. Trotzdem verspürte der Illantin wieder dieses seltsame Gefühl großer Gefahr, aber auch jetzt war er nicht in der Lage, es einzuordnen.

Sie standen am Ufer des Flusses mitten in einer für den Sarimganta typischen unterirdischen, glühenden Felsenlandschaft. Sie waren gut zwei Stunden lang Gulfs Wegbeschreibung gefolgt und hatten, den Rat des Rubindrachens befolgend, immer wieder an den kühlen Quellen und Wasserfällen der Wasseradern getrunken, mit denen das Erdinnere reich durchzogen war.

„Wenn Gulf uns richtig informiert hat, muss die Smaragdbrücke stromabwärts hinter der nächsten Flussbiegung liegen."

„Richtig, aber pass bloß auf diese verdammten Feuerwexane auf, Olli." Klining schaute besorgt in den Fluss.

Olli ging vorsichtig am Ufer weiter.

„Was tun wir jetzt?"

„Das ist eine gute Frage!"

Olli und Klining standen ratlos und enttäuscht vor der zerstörten Smaragdbrücke. Man konnte sehen, dass jemand die Brücke absichtlich unpassierbar gemacht hatte. Der mittlere Teil des Brückenbogens war fein säuberlich herausgesägt und abtransportiert worden. Auf jeder Seite des Ufers standen nur noch die hohen Brückenpfeiler, von denen jeweils ein Rest des Brückenbogens in den Fluss hineinragte. Es sah ganz so aus, als wolle man den mittleren Teil später wieder einsetzen.

„Wir surfen rüber!"

„Was willst du tun?"

„Rübersurfen, Klining! Wir haben doch die Schuppen von Gulf. Wenn wir wieder ein kleines Stück zurücklaufen und die Strömung hier in der Flussbiegung ausnutzen, landen wir genau auf der anderen Flussseite."

„Meinst du wirklich?

„Hundertprozentig!“

„Und wie geht Surfen?“

„Komm, ich zeig’s dir. Surfen kann nicht so schwer sein. Ich hab das öfter im Fernsehen gesehen.“

„Du hast selbst noch nie gesurft?“

„Nein, noch nie. Surfbretter sind teuer! Wollt ich aber schon immer mal. Ist doch ‘ne prima Gelegenheit ... komm!“

„Ups!“

Sie liefen wieder ein Stück flussaufwärts, bis sie einen Punkt erreichten, wo sie sahen, dass die Strömung des Flusses, bedingt durch den scharfen Bogen des Flussbettes, sie von dem Ufer, auf dem sie standen, auf die gegenüberliegende Uferseite treiben würde. Olli hatte Recht. Von hier müssten sie eigentlich genau am Brückenpfeiler der anderen Seite landen.

Klining, der den Verlauf der Strömung geprüft hatte, lobte den Jungen: „Nicht schlecht, Olli!“

„Ich bin schließlich ein Junge vom Rhein“, grinste der nur und sammelte dann einige faustgroße Steine auf.

„Was willst du denn damit?“

„Falls Feuerwexane kommen, werfe ich denen die Steine als Happen hin. Das lenkt die hoffentlich ab.“

Klining wunderte sich wieder einmal über die Ruhe und Umsicht des Jungen in gefahrvollen Situationen. Er hätte den gefräßigen Echsen lieber ein paar dicke Schweine als Häppchen gezaubert. Aber er hatte Angst, dass er, wenn er auf der wackeligen Drachenschuppe stand und sich auf seinen Zauberfirlefanz konzentrieren musste, in den Fluss fallen könnte. Hoffentlich wurde er nicht seekrank. Aber der Goldstrom floss zum Glück glatt und träge dahin.

Sie legten die Schuppen von Gulf auf das flüssige Gold und betraten ihre schwankenden Surfbretter.

„Du kannst durch die Verlagerung deines Körpergewichtes das Surfbrett steuern. Guck ma’, es ist eigentlich sehr einfach.“

Olli drückte sein Surfbrett ein bisschen hin- und her. Dann stieß er sich vom Ufer ab und wurde von der Strömung fortgeführt. Klining überließ sein winziges Surfbrettchen ebenfalls der Strömung.

Olli lachte, winkte Klining fröhlich zu und wackelte übermütig mit seinem Surfbrett. Tief unten auf dem Grund des Flusses nahm ein Rudel schlafender Feuerwexane die unnatürlichen Schwingungen, die das Surfbrett auf der Flussoberfläche verursachte, mit feinen Sinnesorganen auf. Eine Echse nach der anderen setzte sich – erst träge, dann immer schneller – in Bewegung. Die Jagd auf ein scheinbar in den Fluss gefallenes, hilflos zappelndes Opfer begann.

Olli, der jetzt in der Flussmitte mit der Strömung dahintrieb, gewann immer mehr Sicherheit über sein ungewöhnliches Surfbrett. Gulf hatte Recht. Die Hitze des geschmolzenen Goldes drang nicht durch die Drachenschuppe. Durch leichte Verlagerungen seines Körpers konnte er die auf dem Fluss dahinfliegende Drachenschuppe wie ein Boot steuern. Es fing an, riesigen Spaß zu machen. Olli verlagerte sein Gewicht und das Surfbrett glitt in einer eleganten Kurve dahin. Nach einer erneuten Verlagerung seines Gewichtes schoss das Surfbrett in die andere Richtung. „Links, rechts ... links, rechts ... links, rechts ..." Die starken Schwingungen des schnellen Zickzackkurses des Surfers versetzten die Feuerwexane, die das ahnungslose Opfer verfolgten, in eine immer größere Fressgier. Sie sammelten sich hinter dem fröhlichen Surfer und gingen zum Angriff über. Mit einem schnellen Schlag ihres mächtigen Schwanzes katapultierten sie sich mit weit aufgerissenen Mäulern aus dem Goldstrom, um das arme Opfer zu schnappen und zu zerreißen. „... Links ..." Das Surfbrett des fröhlichen Flusssurfers änderte seine Richtung und ein Rudel verdutzter Echsen versank in den Fluten des Flusses. Der Anführer formierte sein Rudel zum nächsten Angriff. „... Rechts ..." Das Surfbrett sauste in die andere Richtung. Die Mäuler der Echsen klappten zu. Wo Fleisch sein sollte, schmeckten sie nichts als grünes Gold. Wütend gab der Anführer des Rudels das Zeichen zur freien Jagd.

Klining, der hilflos auf seinem Surfbrett dahintrieb und das wilde Getümmel der Feuerwexane hinter dem im Zickzackkurs dahingleitenden Olli beobachtete, bekam vor Schreck kein Wort heraus. Gleich würden die Echsen den ahnungslosen und fröhlich juchzenden Jungen verschlingen. Das flüssige Gold wurde von den Schwänzen der wütenden Echsen aufgepeischt. Einer nach dem anderen schoss aus dem Sarimganta und – an dem fröhlichen Surfer vorbei. Olli hatte den Rhythmus seines Zickzackkurses mit zunehmender Sicherheit immer mehr beschleunigt. „Links, rechts" –

klatsch, daneben – „... Links, rechts ...“ – klatsch, daneben – „... Links, rechts ...“ - klatsch, daneben – „... Links, rechts ...“ – klatsch, daneben. Der erste verzweifelte Feuerwexan gab auf und sank auf den Grund. „... Links, rechts ...“ – klatsch, daneben – „... Links, rechts ...“ – klatsch, daneben – „... Links, rechts ...“ – klatsch, daneben. Weitere entnervte Echsen gaben auf und ließen sich auf den Grund sinken. „... Links, rechts ...“, – klatsch, daneben – „... Links, rechts ...“ – klatsch, daneben – „... Links, rechts ...“ – klatsch, daneben – „... Links, rechts ...“ – klatsch, daneben. Auch der Anführer des Rudels hatte keine Lust mehr, sich an der Nase herumführen zu lassen und sank als Letzter auf den Grund des Flusses. Sein Rudel knurrte ihn böse an und wählte einen neuen Anführer. Olli sauste mit Schwung auf das flache Ufer und hüpfte vor Begeisterung mit hochrotem Kopf von seinem Surfbrett. Klining trieb bleich ans Ufer und musste sich erst einmal setzen.

„Das war doch supergeil, Klining! Einfach supergeil!“, juchzte Olli und warf seine aufgesammelten Steine in hohem Bogen in den Fluss. „Die habe ich gar nicht gebraucht. Hier gibt es wohl keine Feuerwexane.“

Am Grund des Sarimganta nahm ein Rudel völlig erschöpfter Feuerwexane die ungewöhnlichen Schwingungen von der Flussoberfläche auf. Die frustierten Echsen duckten müde ihre Köpfe. Für heute war keine Jagd mehr angesagt.

Olli hob vorsichtig Klinings Drachenschuppe aus dem Fluss und ließ das flüssige Gold abtropfen.

„Irgendwie habe ich jetzt Hunger.“

Klining griff in seine Mütze und reichte Olli von seiner Notration einige geröstete Wollgrassamen und etwas Schneeglöckchennektar.

„Hier nimm, das ist sehr nahrhaft und auch ganz lecker. Davon wird selbst ein wilder Surfer wie du satt.“

Klining ließ sich nicht anmerken, wie froh und glücklich er darüber war, dass der Junge das Abenteuer ohne Schaden überstanden hatte. Auf dem Fluss hatte er erkannt, wie sehr ihm dieser erstaunliche Junge ans Herz gewachsen war.

Olli knabberte entspannt mit zufriedenem Gesicht. „Hm ... stimmt, die sind sehr lecker. Was ist das?“

„Geröstete Wollgrassamen.“

„Lecker, lecker. Puh ... und satt machen die auch."

„Sag ich doch."

„Wollen wir weiter?"

„Ja."

„Du machst dir Sorgen?"

„Ja. Wenn ich nur wüsste, wo wir den Helden mit dem reinen Herzen finden können ..." Klining seufzte.

„Vielleicht weiß es dein Lehrmeister Tala."

„Er ist meine letzte Hoffnung, Olli."

„Komm, dann lass uns los. Ich mach mir Sorgen um Rinchen und die anderen. Glaubst du auch, dass König Laurin sie in diese komischen Schächte verschleppt hat? Ich kann mir das einfach nicht vorstellen. Zu mir ist er immer sehr nett."

„Immerhin wollten unsere Freunde seine Diamanten klauen."

„Das glaube ich nicht, Klining. Das ist bestimmt nur ein Irrtum. Rinchen als Diamantendiebin ...!" Olli lachte amüsiert. „Das glaubst du doch selbst nicht."

Klining gab keine Anwort. Konnte dieser hübsche Rotschopf überhaupt wirklich irgendetwas Schlechtes tun oder denken? Es war unglaublich zu beobachten, wie es der Junge mit seiner Naivität immer wieder schaffte, auch die schlimmsten und übelsten Zeitgenossen für sich einzunehmen. Auch jetzt lag tief in seinen Augen das unerschütterliche Vertrauen einer unverdorbenen Seele. Wie schon so oft war der Illantin von diesem ruhigen, hellwachen, neugierigen und wissenden Blick der ausdrucksvollen Augen des Jungen seltsam berührt.

„Wir sollten aufbrechen."

Klining verstaute seine Notration wieder in seiner Zipfelmütze, setzte sie auf und hüpfte auf Ollis Arm. Der Junge steckte Klinings Drachenschuppe in seine Hosentasche. Seine größere klemmte er sich unter seinen freien Arm und marschierte dann weiter in die immer größer werdende Hitze.

„Puh, diese Hitze macht einen richtig fertig. Ich hab wieder einen Durst zum Umfallen." Klining trank noch einmal in tiefen Zügen von dem kühlen Wasser der Quelle, an der sie sich zum Rasten niedergesetzt hatten.

„Ob es noch weit ist bis zu diesem Hain?", fragte Olli.

„Hörst du das Geräusch?" Klining hob lauschend den Kopf.

„Hört sich an, als wenn da ein großes Feuer brennt."

„Es scheint, dass wir gleich da sind.“ Klining wandte sich an den Rotschopf: „Olli, ich halte es für besser, wenn ich zuerst einmal alleine den heiligen Situra-Hain betrete. Mein Junge, ich weiß nicht, welcher Anblick oder was uns da überhaupt erwartet. Tala hängt nun schon seit über fünfhundert Jahren im Situra-Feuer. Es ist der leidvollste Weg, den ein Lebewesen gehen kann, um eine Erleuchtung zu erlangen. Selbst ich weiß nicht, ob ich diesen Anblick ertragen kann oder ob ich überhaupt würdig genug bin, den Situra-Hain zu betreten.“

„Ist das, was Tala anstrebt, etwas Schlechtes, Klining?“

„Nein, im Gegenteil. Nichts Edleres als die allumfassende Sulama-Erleuchtung kann von einem Lebewesen angestrebt werden. Warum fragst du?“

„Weil dann der Anblick von Tala im Situra-Feuer auch nicht schrecklich sein kann.“ Der Junge schaute ihn ruhig und ernst an.

Klining war beschämt. Wie einfach hatte der Junge die Frage beantwortet, die ihn schon seit langem quälte. Tagelang hatte er sich Sorgen und Gedanken darüber gemacht, in welchem Zustand er seinen weisen und gütigen Lehrmeister Tala vorfinden würde.

„Gut, mein Junge, wir gehen zusammen.“

Olli nickte ernst. Klining fühlte, sein junger Freund war sich der Bedeutung dieses Augenblicks bewusst.

Sie näherten sich einer Felsspalte, aus der ihnen ein helles, fast unerträgliches Licht entgegenschlug. Wieder einmal setzten sie ihre coolen Sonnenbrillen auf. Olli zwängte sich mühevoll seitwärts durch die enge Felsspalte. Trotz ihrer Sonnenbrillen waren sie von dem sie umgebenden Licht so geblendet, dass sie nichts erkennen konnten. Die Hitze war unerträglich und der Schweiß rann ihnen in Strömen vom Körper. Die Zunge klebte ihnen nach ein paar Atemzügen an dem ausgetrockneten Gaumen fest. Olli tastete sich, ohne etwas sehen zu können, vorsichtig an der Felswand entlang. Das laute Geräusch von lodernden Flammen steigerte sich zu einem Orkan.

„Kehr um, Olli! Wir vertrocknen sonst.“

„Ich nehme Gulfs Schuppe. Die hält die Hitze ab.“

„Das hat keinen Zweck, Junge. Wir kommen um.“

„Nur noch ein paar Schritte, Klining. Ich spüre mit der linken Hand keinen Felsen mehr. Lass uns nur noch um diese Ecke sehen.“

Olli machte drei Schritte nach links und sie standen schlagartig und völlig überrascht in einer unglaublichen Stille.

IM SITURA-HAIN

Vorsichtig öffneten sie die Augen und nahmen blinzelnd die Sonnenbrillen ab. Es umgab sie ein sanftes, weißes Licht, das den Raum aufzulösen schien. Sie konnten keinen Anfang und kein Ende erkennen. Die tödliche Hitze war verschwunden. Ein unsagbar feiner, feuchter, kaum wahrnehmbarer Nebel kühlte ihre heiße und ausgetrocknete Haut, die die unerwartete Feuchtigkeit wie ein Schwamm in sich aufsog. Sie schauten sich vorsichtig um und sahen die Quelle, die das ungewöhnliche Licht verströmte.

„Es ist der heilige Situra-Baum", flüsterte Klining ehrfurchtsvoll und murmelte mit gebeugtem Kopf die heilige Formel: „SANGANAJA SULAMA ... SANGANAJA SULAMA ... SANGANAJA SULAMA." Dann versank er in tiefer Trance.

Jetzt erst nahm Olli wahr, dass der Baum brannte. Seinen Stamm, die Äste und die Zweige umloderten Flammen von einem reinen, strahlenden Weiß, wie er es noch nie gesehen hatte. Das sanfte Licht das von den Flammen ausging, schien alle räumlichen Dimensionen und jede aggressive Schärfe des Bewusstseins aufzulösen. Oliver konnte den Blick nicht abwenden. Irgendwie nahm ihn die Flamme gefangen.

„Wo ist Tala?" Der Junge hörte sich sprechen, obwohl er wusste, dass er nichts gesagt hatte.

Der flammende Baum antwortete, ohne dass Olli eine Stimme hörte: „Tala ist gegangen."

„Aber wo ist er?"

Der Baum sprach wieder ohne Stimme: „Tala hat sich entschieden! Seine Seele geht den Weg aller Seelen."

„Was heißt das? Welchen Weg? Wieso seine Seele? Wo ist er? Wir müssen ihn dringend sprechen."

Der Baum antwortete sanft: „Zu viele Fragen. Zu viele Antworten. Wonach strebst du? Bist du ein Suchender?"

„Ja, ich suche ... ich meine, wir suchen ... wir suchen Tala."

„Wonach strebst du?“

„Streben?“ Olli war verblüfft. „... Wonach soll ich schon streben?“

„Du strebst nach nichts?“

„Doch schon ...“, der Junge überlegte, „... jeder strebt ja nach etwas ... oder?“

„Glaubst du?“, fragte der Baum.

Der Rotschopf nickte nachdenklich, gab aber keine Antwort.

„Und du? Wonach strebst du?“ Die Frage des Baumes schwebte in Ollis Bewusstsein.

„Na ja ... ich strebe danach, wonach doch alle streben ... dass man ohne Streit mit den anderen auskommt.“

„Wie meinst du das?“, fragte der Baum sanft.

„Ich bin ... ich bin für Harmonie.“ Der Junge strahlte, als ihm das schwierige Wort eingefallen war. „Ja, ich bin für Harmonie.“

„Harmonie? Wie kommst du darauf?“

„Weiß ich nicht. Warum fragst du? ... Ist doch ganz einfach. Keiner tut keinem was und alle nehmen Rücksicht aufeinander ... und verstehen sich gut ... auf der ganzen Welt. Ist wirklich ganz einfach. Das nennt man doch Harmonie ... oder?“

„Du bist erleuchtet.“

„Erleuchtet? Ich? ... Das weiß doch jedes Kind, dafür braucht man wirklich keine Erleuchtung.“

„Da hast du Recht. Du bist schon erstaunlich.“

„Nö, find’ ich nich’. Würdest du denn jetzt so nett sein und uns sagen, wo wir Tala finden?“

„Gerne, mein Junge.“

Der heilige Situra-Baum berichtete, dass Tala, der seit Jahrhunderten in seinen lodernden Ästen gehangen hatte, vor kurzem davon überzeugt gewesen sei, dass ihn endlich die ersehnte, große, allumfassende SULAMA-Erleuchtung erfüllt habe. Obwohl er, der Flammenbaum, Tala gewarnt habe, dass er noch nicht die endgültige Erleuchtung erfahren habe, sei Tala zu früh aus dem heiligen Situra-Feuer gestiegen, zu begierig, die Weisheit seiner Erleuchtung auch mit seinem Verstand zu erfassen.

Man müsse wissen, so der Baum, dass die allumfassende Weisheit, die man durch die große SULAMA-Erleuchtung erreiche, das sei, was die Menschen mit dem Streben nach Harmonie beschreiben.

Durch die SULAMA-Erleuchtung begreife man, dass der Harmonie letztlich alles untergeordnet sei. Philosophie, Politik, Religion, Gerechtigkeit, Freiheit, Verantwortungsgefühl, Ausgewogenheit, Liebe, um nur einiges zu nennen, seien lediglich Hilfsmittel, um eine vollendete Harmonie anzustreben. Alles glückliche Leben basiere nun einmal auf einer harmonischen Ordnung aller Dinge, denn sonst drohten Chaos und Untergang. Das gelte für das Leben des einzelnen Individuums, wie auch für das Leben des gesamten Kosmos.

„Ist doch logisch", bestätigte Olli treuherzig.

„Das meine ich auch", sagte der heilige Baum und berichtete weiter.

Der große, weise Zauberer und Großmeister Tala habe aber eine riesige, intellektuelle Vision erwartet und sei dann maßlos enttäuscht gewesen. Er habe sich darüber beklagt, dass er für eine so simple Weisheit einen so langen Leidensweg auf sich nehmen musste. Aus Kummer darüber habe er nicht mehr in dieser Welt weiterleben wollen und das schmerzlose Vergehen im heiligen Situra-Feuer gewählt, um den Weg aller Seelen zu gehen und irgendwann irgendwo wieder neu anzufangen.

Schade daran sei nur, meinte der von weißen Flammen umloderte Baum, dass Tala, da er zu früh aus dem heiligen Situra-Feuer gestiegen sei, nicht begriffen habe, dass nicht das Wissen um das Streben nach Harmonie die große Erleuchtung sei, sondern die Weisheit, nach diesem Wissen auch zu handeln und zu leben. Was doch schließlich ein wesentlicher Unterschied sei ... oder? Der Baum fragte sanft.

Olli nickte.

„Find ich auch."

„Es ist eigentlich ja auch ganz einfach zu begreifen ... oder?"

Ganz sacht und leise, fast unmerkbar und kaum zu spüren oder zu hören, berührte diese Frage wie ein Hauch das Bewusstsein des Jungen.

Olli nickte treuherzig.

„Stimmt! Aber kannst du etwas lauter sprechen? Man muss so genau hinhören."

„So ist es. Man muss schon hinhören. Doch das scheinst du ja zu tun." Der Baum klang etwas lauter.

„Ja, sicher. Ich möchte alles verstehen."

„Ich sag' ja, du bist erleucht..." Der Baum brach ab. Er schien leise zu lachen. „Na ja, das willst du ja nicht sein."

„Was?"

„Erleuchtet!"

„Nö, dafür bin ich zu jung."

Wieder schien der Baum zu lachen. Seine Flammen loderten heller.

„Warum lachst du?" Der Junge wunderte sich.

„Ich freue mich. Bleib so, wie du bist, mein Junge."

„Du meinst, ich soll nicht erwachsen werden und ein Kind bleiben?"

„Nicht ganz. Ich meine, du solltest nicht ganz erwachsen werden."

„Warum?"

„Höre hin, dann weißt du es."

„Kapier ich nich'..."

„Macht nichts, du bist ja auch noch ein Kind."

„Na, so klein bin ich auch wieder nicht." Olli schaute leicht gekränkt in die weiß leuchtenden Flammen.

Der Baum klang besänftigend: „Ich sagte doch schon, du bist cool."

Olli strahlte den Baum an: cool! ... So hatte ihn noch keiner bezeichnet. „Nur eins verstehe ich nicht, Baum. Warum musste Tala dann so lange um die Erleuchtung kämpfen, oder ringen, wie Klining immer sagt? Der Arme ...! Und dann hat er sie doch nicht erreicht?"

Auch jetzt sprach der brennende Baum sanft und ohne jeden Vorwurf: „Die Dauer des Ringens um Erleuchtung hängt mit der Struktur jedes Einzelnen zusammen. Die Lebewesen ... egal, von welcher Seite des Lebens, ob Geister, Feen oder Menschen ... denken in der Regel immer zu kompliziert. Außerdem werden ihre Gedanken oft durch alle möglichen Einflüsse oder Gründe vernebelt oder zumindest beeinflusst. Ich gebe dir ein paar Beispiele: Bequemlichkeit, Vorurteile, Denkfaulheit, Machtstreben, Eitelkeit, Gier, Urinstinkte. Ich könnte dir eine unendliche Zahl von Gründen liefern. Die machen es den armen Lebewesen offenbar sehr schwer, einfach zu denken. Darum konsumieren sie oft lieber die Denkergebnisse und das Wissen anderer. Überall und für alles gibt es selbst ernannte Vordenker.

Da geht es zu wie in einem Supermarkt der Menschen. So einen kennst du doch? Du bist ja ein Mensch. Wie dort werden alle Denkergebnisse, egal ob gut oder schlecht, fix und fertig wie Massenprodukte mit einem scheinbar tollen Nutzen, aufreißerisch und verführerisch verpackt und als leicht konsumierbare Lebensweisheiten allen Lebewesen angeboten. Jeder kann sich nun aus diesem Angebot ... je nach seinem Geschmack (so meint er wenigstens) und wie es ihm gerade passt (ein weiterer Fehlschluss) bequem bedienen. Man konsumiert Vorgedachtes ... lässt durch andere denken ... anstatt selbst zu versuchen, den Dingen auf den Grund zu gehen, um Klarheit zu gewinnen. Kannst du mir folgen?"

„Ja, ich denk ja schon darüber nach. Hm ... wenn ich mir das so überlege, dann meinst du doch ... wenn man selbst dächte ... müsste eigentlich keiner hier über viele Jahrhunderte in deinen Ästen rumhängen?"

„So kann man es auch ausdrücken."

„Dann lohnt es sich also immer, über alles selbst nachzudenken?"

„Du hörst wirklich gut hin."

„Das heißt, auch wir Menschen könnten erleuchtet werden?"

„Jeden Tag."

„Ich muss also nicht jahrelang hier in deinen Ästen schmoren?"

„Nein, das muss keiner."

„Ups! Das heißt also: ... Ich brauche nur ... bevor ich etwas tue ... zu überlegen, ob das, was ich tue, richtig ist?"

„Richtig."

„Mehr nicht?"

„Mehr nicht!"

„Das kann doch jeder ... oder?"

„Jeder! Ist auch viel billiger."

„Wie meinst du das?"

„Willst du es wirklich hören?"

„Ja doch! ... Ich höre auch richtig hin. Und dann denke ich selbst ... keine Sorge."

„Gut. Wirklich gut." Die Flammen des heiligen Baumes loderten lebhaft. „Also, was mich am meisten erstaunt, ist, dass alle Lebewesen ... nicht die Tiere, ich rede immer nur von den Lebewesen, die über ein Denkvermögen verfügen ... dass diese ‚denkenden' Lebewesen die meist viel zu hohen und manchmal auch sehr bitteren Preise, die für fremde Denkergebnisse gezahlt werden müssen, ohne irgendeinen Widerspruch immer wieder bereitwillig an der Kasse des Lebens bezahlen."

„Was ist denn das schon wieder ‚Kasse des Lebens'? Du machst es einem aber nicht einfach."

„Wer sagt denn, dass es einfach ist?"

„Hm ... stimmt. Aber es macht Spaß. Denken ist schön. Find ich wenigstens."

„Soll ich dir helfen?"

„Na gut, aber nur ein Stichwort ... ja?"

„Gut. Dein Onkel Jupp!"

„Wie kommst du denn auf den? Und was hat der denn mit der Kasse des Lebens zu tun? Der bezahlt doch am Büdchen immer nur für seinen Schnaps? ... Na ja, leider denkt mein Onkel nich'! ... Oh, jetzt kapier ich." Ollis Wangen röteten sich aufgeregt. „Du meinst, wenn er mal nachdenken würde, dann könnte er vielleicht kapieren, dass die Trinkerei für ihn nicht gut ist und er das Geld lieber für was anderes ausgeben sollte?"

„Fürs Erste ganz gut."

„Nur fürs Erste?"

„Bist du denn fertig mit dem Denken?"

„Nö ... wart mal. Das ist ja auch nicht gesund, wenn der so viel Schnaps trinkt."

„Aber jetzt bist du fertig?"

„Lass mich doch mal in Ruhe drüber nachdenken ... Da geht einem doch auf einmal so viel durch den Kopf ...!"

„Was?"

„Nun ... Onkel Jupp hat zum Beispiel keine echten Freunde."

„Jetzt bist du aber fertig?"

„Nein. Dräng nicht so, ich fang doch gerade erst an ...!"

„Was?"

„Wieso fragst du? ... Zu denken natürlich. Ich glaub, ich verstehe jetzt so langsam, was du mit der ‚Kasse des Lebens' meinst."

„Warum sagst du: Ich verstehe jetzt so langsam?"

„Na ja, ich bin damit noch nicht ganz durch, darüber muss ich noch weiter nachdenken ... glaube ich ... nein, das weiß ich. Noch besser: Das mach ich. Nicht schlecht: ‚Kasse des Lebens'. Das gefällt mir. Du, was mir einfällt: mein Freund Paul, der muss doch ganz schön nachgedacht haben: so wie der sich geändert hat. Hatte Paul auch 'ne Erleuchtung?"

„Ja!"

„Ja? ... einfach so?"

„Einfach so."

„Hm ... das ist doch eigentlich kinderleicht. Aber wenn man Fehler macht? ... Beim Denken, meine ich."

„Man kann ja am nächsten Tag, oder besser, man sollte am nächsten Tag nochmal neu drüber nachdenken."

„Du meinst überprüfen?"

„Genau, du hörst gut hin."

„Danke!"

„Bitte! ... Aber nun zurück zu den Fehlern. Fehler kann man korrigieren."

„Besser ist es, keine Fehler zu machen."

„Das schafft niemand. Nicht einmal Tala, wie du gesehen hast."

„Dann bleibe ich, glaube ich, doch lieber ein Kind." Olli lachte. „War nur ein Späßchen. Aber du? Wenn hier keiner hängt, hast du doch keinen zum Reden."

„Du kannst mir ja ein paar Kinder vorbeischicken."

„Wofür?"

„Zum Spielen. Man kann nicht immer nur denken, man muss auch mal spielen."

„Da hast du Recht. Ich find dich wirklich sehr nett. Darf ich überhaupt Baum zu dir sagen oder hast du einen Namen?"

„Nein, einfach nur Baum. Wie heißt du denn, mein Junge?"

„Oliver Valdal Kusch ...", rutschte Olli auch sein zweiter Vorname heraus. Er sagte schnell: „Meine Freunde nennen mich Olli."

„Darf ich dich Olli nennen, mein Freund?"

„Oh, ja gern!" Der Rotschopf freute sich über seinen neuen Freund.

Klining erwachte aus seiner Trance. „Ich habe keine Verbindung zu Tala herstellen können, Olli."

„Das wird dir auch nicht mehr möglich sein, Illantin", sagte der Baum sanft.

Klining sah erschrocken auf den heiligen Baum. „Du kannst sprechen? Olli, er kann sprechen, hörst du ihn auch?"

„Tu ich, Klining. Der ist wirklich sehr nett. Wir haben uns schon 'ne Weile prima unterhalten. Er sagt, dass Tala ‚vergangen' ist oder so was Ähnliches und seine Seele irgendwo hingeht."

„Tala wählte das schmerzlose Vergehen im Situra-Feuer. Seine Seele ist glücklich und geht den Weg, den alle Seelen gehen."

„Der arme Tala", sagte Klining, betrübt, dass sein geliebter Freund diese Welt verlassen hatte. „Nun kann ich meinen weisen Lehrmeister nicht mehr fragen."

„Naja ... so weise war er nun auch wieder nicht. Aber wenn du dich beeilst, erwischst du ihn noch." Sanft schwebten die Worte des Baumes in das Bewusstsein seines winzigen Besuchers.

„Was meinst du damit?"

„Mit ‚nicht so weise'?"

„Nein, mit ‚erwischen'?"

„Nandur ist doch euer Freund?"

„Woher weißt du das?", fragte Klining erstaunt.

„Es gibt Dinge zwischen Himmel und Erde, die sind auch dir verschlossen, weiser Magier. Fragt den Orion-Albatros, ob er euch zu dem Brunnen der Unvergänglichkeit fliegt. Wenn ihr Glück habt, könnt ihr dort noch mit Talas Seele sprechen, bevor sie ..." Sanft brach der heilige Flammenbaum den Satz ab. „Fasst mich an und lenkt die Gedanken dorthin, wo euch Nandur am besten aufnehmen kann."

„Ich möchte aber lieber zu Rinchen und den anderen. Ich mache mir große Sorgen um sie. Wegen der Hitze", sagte Olli.

„Ihr müsst endlich den Helden mit dem reinen Herzen finden. Das ist zur Zeit wichtiger als alles andere." Die Stimme des brennenden Baumes klang jetzt fordernd. „Eure Freunde müssen zwar ordentlich schuften, aber sonst geht es ihnen gut. Sie werden noch auf euch warten müssen."

Klining wollte den heiligen Baum eigentlich noch fragen, was mit der Seele Talas geschehen würde, aber der neue Ton des Baumes ließ ihn schweigen.

„Fasst mich endlich an und lenkt eure Gedanken dorthin, wo euch Nandur aufnehmen soll", sagte der Baum jetzt wieder sanft. Sein Feuer loderte heller als zuvor. Olli und Klining berührten den Baum.

„Was meinst du, Klining, sollen wir zum Deich von Dieken Enno? Da findet uns Nandur doch sofort."

„Ja, der Platz ist gut."

„Schö, Baum!"

„Ich hoffe, ich sehe dich wieder, mein kleiner Freund Oliver Valdal Kusch." Der heilige Baum neigte seine Äste.

WIEDER AUF DEM JADEDEICH

Sie standen auf dem Deich und Dieken Enno erdrückte seine Freunde schier in einer stürmischen Umarmung.

„Wo kommt ihr denn auf einmal her? ... Wieso ist das plötzlich so nebelig? ... So einen komischen Nebel habe ich hier ja noch nie gesehen ... Aha! ... Ich weiß schon! ... Zauberfirlefanz von Klining! ... nicht? ... Braucht ihr Hilfe? ... Soll ich das Kriegshorn blasen? ... Wo sind die anderen? ... Wo ist meine klitzekleine, gestrenge Valentirina? ... Freunde, lasst euch doch nicht jedes Wort aus der Nase ziehen! ... Oh, da kommt Vaskälindanya."

Die schlanke Gestalt der sagenumwobenen Hohepriesterin des Grasvolkes und Hüterin der heiligen Mondsichel kam, eiliger, als es die Würde ihrer hohen Stellung eigentlich zuließ, auf die Deichkrone gelaufen. Freudig umarmte sie Olli und Klining.

„Wo sind die anderen?" Verwundert schaute sie in die Runde und wurde auf einmal ernst. „Ihr habt ihn noch nicht gefunden?"

Klining schüttelte stumm den Kopf.

Das schmale, edle Gesicht wurde vom Schatten der Sorge überzogen. Ihre grünen Augen füllten sich mit Tränen.

„Gibt es überhaupt eine Chance, ihn zu finden?"

„Wir wollen Talas Seele befragen. Der Orion-Albatros soll uns zu ihr bringen."

„Tala ist tot? Verske langata men schankte de Bit kal sam Lec?"

„Terepi it Situra, Oliver tu Kurveno kybyli!"

„Der gute Tala! Die große Mutter möge seine Seele beschützen." Die Großschamanin des Grasvolkes griff an ihr blaues Mondsichelamulett und neigte ehrerbietig den Kopf in alle vier Himmelsrichtungen.

Dann musterte Vaskälindanya von Gotim Olli. Der Junge hatte sich verändert. Sein Blick hatte nichts von seiner freundlichen, manchmal naiven Offenheit verloren, und doch wirkte er reifer. Sie konnte es kaum glauben, dieser kleine Rotschopf hatte mit dem heiligen Flammenbaum gesprochen? Sie empfand mit Verwirrung nicht nur die starken Gefühle der Wärme und Zuneigung, die von dem Jungen ausgingen, sondern auch sein allumfassendes, tiefes Urvertrauen. Seltsam.

Plötzlich verdunkelte sich der Himmel.

„Ich sehe nur zwei von euch! Wo sind die anderen? Warum wartet ihr hier und nicht am Hauptstollen der Kupferminen? Was ist passiert?"

„Nandur, wir haben eine große Bitte ...!" Klinings Stimme klang zögernd.

„Nun sag es schon, Klining."

„Wir haben den Helden mit dem reinen Herzen noch nicht gefunden, und Tala, der große Zauberer von Thulanderona, ist im heiligen Situra-Feuer vergangen. Der heilige Baum meinte, du könntest uns zu seiner Seele bringen."

„Tut mir Leid, mein Freund, das ist mir nicht erlaubt! Diese Bitte kann ich keinesfalls erfüllen. Das ist unmöglich!" Die Stimme des Orion-Albatrosses duldete keinen Widerspruch. „Wirklich nicht, Freunde. Alles andere, nur das nicht."

Plötzlich erschien hoch oben, weit, weit über den Wolken, aus den unendlichen Tiefen des Weltraums das schemenhafte Gesicht einer wunderschönen jungen Frau am Himmel. Sie schaute ernst auf den Orion-Alabatros und die Gruppe am Deich und sagte mit ihrer unvergleichlich süßen Stimme, die wie Sphärenmusik aus dem Äther niederschwebte: „Mein guter Nandur, die alten Gesetze gelten nicht mehr, wenn sich die Prophezeiung nicht erfüllt. Trage den Illantin, den Jungen und meine Hohepriesterin zum Brunnen der Unvergänglichkeit. Mein Bruder erwartet sie dort und wird solange Talas Seele hüten."

„Herrin!" Mehr sagte der riesige Orion-Albatros, der unsichtbar über den Wolken stand, nicht. Die Erscheinung am Himmel lächelte, löste sich auf und verschwand.

Die Großschamanin war auf die Knie gesunken. Ihre schlanke Gestalt, umhüllt von dem fein gesponnenen, grünsilbern schimmernden Gewand, verschmolz mit dem frischen, grünen, duftenden Deichgras. Ihr schmales, edles Gesicht mit den uralten Ornamenten ihres geheimen Kultes auf der Stirn, war mit ungläubigem Staunen auf den Punkt am Himmel gerichtet, wo die

Erscheinung soeben verblasste. Vaskälindanya von Gotim weinte.

Klining hielt den Kopf vor Ehrfurcht geneigt. Er dachte an die Gefühle, die seinen Kamarin im Angesicht dieser Erscheinung durchflossen haben mussten.

Dieken Enno hatte sich zu Boden geworfen und traute sich nicht, hochzuschauen. Olli gaffte immer noch mit offenem Mund in den Himmel.

„Nandur, wer war das?“

„Die Mutter aller!“

„Eine Mutter? ... Die sah aber überhaupt nicht aus wie eine Mutter. So eine schöne Mutter hab ich noch nie gesehen“, sagte Olli beeindruckt. „ Die sah wirklich superklasse aus!“

Die süße Stimme sank aus dem Himmel und berührte den Deich: „Vielen Dank, du kleiner Charmeur. Mir scheint, deine roten Haare habe ich sehr gut hinbekommen!“

„Hä ... ?“ Olli schaute sich erst verblüfft um, dann in den leeren Himmel. Was hatte diese schöne Dame mit seinen roten Haaren zu tun? Dann wurde er tiefrot vor Verlegenheit. Offenbar hatte die schöne Hohepriesterin Vaskälindanya von Gotim ihn wieder geneckt. Was keiner wusste: Olli mochte die Hohepriesterin sehr.

„Fasst euch bei den Händen. Wir müssen los, es ist ein langer Flug.“ Der Orion-Albatros drängte zum Aufbruch. Olli nahm Klining auf den Arm und die Hohepriesterin verlegen bei der Hand. Ein leises Rauschen – und Dieken Enno, jetzt in der Hocke, blickte verwundert um sich. Seine Freunde waren verschwunden. Die hätten sich wenigstens verabschieden können.

„Tschüs von allen, Dieken, bis zum nächsten Mal. Und halte deinen Deich sauber.“ Nandurs Stimme verklang in der Tiefe des Weltraumes.

Der alte Nandur! Dieken schüttelte zufrieden den Kopf. Eigentlich war der ein nettes Vögelchen.

NANDUR FLIEGT ZUM MITTELPUNKT DES UNIVERSUMS

Der Orion-Albatros schoss mit unfassbar hoher Geschwindigkeit an Sternbildern und Galaxien vorbei durch die unendliche Weite des Universums. Nandur bewegte seine gewaltigen Sichelflügel keinen Millimeter. Geschickt nutzte er auf seinem Kurs die kosmischen Strömungen und Winde, die ihn immer tiefer in das Universum trugen.

Seine scharfen Augen durchforschten trotz des rasenden Fluges die vorüberfliegenden Galaxien bis in den kleinsten Winkel. Er schaute auf Sterne, Sonnen und Planeten. Die unendliche Zahl der Lebensformen des Universums, die er mit seinem Focus wie ein Mikroskop vor seine Augen ziehen konnte, faszinierten ihn immer wieder. Er lächelte: Er kannte einen großen Teil des Universums und unzählige Völker, doch er musste erst zu diesem winzigen blauen Planeten in dieser kleinen und unbedeutenden Galaxie fliegen, um wirkliche Freunde zu finden. Ihm wurde auf einmal die Bedeutung seiner Mission bewusst: Er trug die Auserwählten, die den Helden des reinen Herzens finden sollten, im Daunenbett seines Brustgefieders. Er würde dem Tod persönlich begegnen und überleben. Nandur schüttelte besorgt den Kopf. Was hatte bloß die Gesetze des Kosmos so außer Kraft gesetzt? Waren seine Freunde – eine Hohepriesterin eines fast vergessenen Kultes, ein winziger, klitzekleiner Magier und ein zwar sehr, sehr lieber, aber manchmal doch auch sehr, sehr naiver rothaariger Junge – wirklich die Auserwählten, um diesen Helden zu finden? Nandur war ehrlich. Er bezweifelte zum ersten Mal das Urteilsvermögen der schönen und von ihm sehr verehrten Schöpfung. Aber welchen Auftrag er auch immer von ihr bekommen würde: Seine Aufgabe war es, ihn auszuführen.

DAS MEER DER STILLE

Nandur sah, wie sich die Lichtverhältnisse des Kosmos langsam veränderten. Die schillernde Farbenpracht der vor Leben prallen Galaxien wich langsam einem tiefen, ruhigen, mystischen Blau. Je mehr sie sich der Mitte des Universums näherten, um so größer wurde der Abstand zwischen den einzelnen Galaxien und um so geringer wurde die Anzahl derer, an denen sie vorüberflogen. Nandur wusste, wenn Yüngatarin, die letzte, die blaue Galaxie – die sich fast unsichtbar in dem jetzt immer mehr vorherrschenden Blau um ihre eigene Achse drehte – vorüberzog, würde er den Teil des Kosmos, in dem das Leben herrschte, verlassen und in das so genannte Meer der Stille eintauchen.

Das Meer der Stille umgab die Mitte des Universums und schirmte den Brunnen der Unvergänglichkeit weiträumig von allem Leben ab. Normalerweise umflogen die Orion-Albatrosse diese verbotene Zone im weiten Bogen. Auch für sie, die sonst ungehindert durch den Kosmos segeln durften, war das Meer der Stille tabu. Nur die Zeit und ihre Kinder betraten diese unendlichen Weiten der absoluten Ruhe und des Friedens.

Die Anspannung in Nandur stieg, als er aus den Augenwinkeln die blauen Sterne von Yüngatarin wahrnahm. Dann versanken auch diese letzten Lichter des Lebens hinter ihm in der Tiefe des Raumes.

Ihn umgaben jetzt nur noch das mystische Blau und eine absolute Stille. Da auch er lautlos dahinsegelte, war er sicher, wenn ein Tropfen Wasser in den geheimnisvollen Brunnen im Mittelpunkt des Universums fallen würde, würde er es hören können, obwohl er noch Millionen von Millionen Lichtjahre von seinem Ziel entfernt war.

„Nandur, warum ist es plötzlich so unheimlich still?“ Olli flüsterte unwillkürlich ganz leise.

„Psst. Sei still, Olli. Störe die heilige Ruhe nicht.“

„Was für eine heilige Ruhe?“ Nach einer Weile flüsterte Olli noch leiser: „Mann, alles ist immer gleich heilig.“

Nandur konnte ihn kaum hören. Trotzdem kam es ihm vor, als wenn Ollis Flüstern laut durch das Meer der Stille schallte.

„Psst. Wir sind gleich da, Junge.“

„Ich bedauere, dass er keine Fenster in seinem Federkleid hat“, wisperte Klining leise.

„Vielleicht könnte man sogar die Schöpfung sehen?“ Die kleine Hohepriesterin hauchte ihre Frage.

„Bitte, bitte, seid still. Das gilt für euch alle drei. Wir sind bald da.“

„Wir sagen ja gar nichts.“

Nandur seufzte: „Plappern wie die kleinen Kinder.“

DER BRUNNEN DER UNVERGÄNGLICHKEIT

Der Tod schaute vom Rande des Brunnens hoch. Wer plapperte denn da und durchbrach so respektlos die unendliche Stille? Dann runzelte er seine Stirn. Das konnte nur der von seiner älteren Schwester angekündigte Besuch von diesem winzigen blauen Planeten sein, aus der kleinen unbedeutenden Galaxie, die Milchstraße genannt wurde. Eigentlich war das ein hübscher Name. „M-i-l-c-h-s-t-r-a-ß-e", sinnierte der Tod. Der Name klang nach Leben, nach Muttermilch, nach Geburt, Werden, Wachsen und Gedeihen. Wie gesagt, nach Leben. Der Tod liebte das Leben. Über sein edles, ebenmäßiges Gesicht flog ein melancholischer Ausdruck des Bedauerns. Er beneidete manchmal die Lebewesen in all den unzähligen Galaxien, Welten und Reichen des unendlichen Universums. Sicher, ihre Lebensdauer war oft nur sehr kurz, manchmal weniger lang als ein Wimpernschlag der Ewigkeit. Dafür aber bunt, prall, fröhlich, spannend, natürlich auch hart und gelegentlich grausam, aber immer voller Höhen und Tiefen.

Gewiss, seine Aufgabe im Werden und Vergehen des Kosmos war von großer Bedeutung. Sie erfüllte und befriedigte ihn auch, aber manchmal wünschte er sich doch ein bisschen mehr – er lächelte innerlich: Wie sagten es die Kinder der Lebewesen auf dem blauen Planeten so treffend? – Mehr Action. Aber diese Momente des Sehnens nach mehr Leben gingen schnell vorüber. Er war ein guter Sohn und sich seiner Verantwortung gegenüber seiner Mutter, der Zeit, voll bewusst. Seinen Job führte er stets mit größter Sorgfalt aus.

Der Tod wusste, dass ohne ihn ein Weiterleben im Universum nicht möglich sein würde. Wenn seine Mutter, die Zeit, es befahl, sammelte er die Seelen der Lebewesen, für die die Zeit beschlossen hatte, aufzuhören zu existieren, ohne Ansehen und Unterschiede ein und geleitete sie zum Mittelpunkt des Weltalls, wo der Brunnen der Unvergänglichkeit stand. Dort ließ er die eingesammelten Seelen zart und ohne auch nur eines der so empfindlichen und überaus zerbrechlichen Gebilde im Geringsten zu verletzen, in das herrliche, tiefblaue Wasser des Brunnens gleiten, wo sie wieder eins wurden mit der Materie, aus der sie alle stammten. Keiner, weder seine Mutter, die Zeit, noch eine seiner beiden Schwestern, die

Schöpfung und die Vergessenheit, waren in der Lage, diese Arbeit durchzuführen, die so viel liebevolle Einfühlungsgabe erforderte.

Der dunkle und doch so lichte Sohn der Zeit war schon immer besonders zart und feinfühlig gewesen, was sich auch in seiner Erscheinung ausdrückte. Von schlanker, vollkommener Gestalt, mit einem edlen, engelsgleichen Gesicht, beeindruckte er alle, denen er entgegentrat. Die Seelen liebten ihn vom ersten Moment an, da sie seiner ansichtig wurden. Sie vertrauten sich seinen behutsamen Händen an, um die lange Reise zum herrlichen, tiefblauen Wasser des Brunnens im Mittelpunkt des Universums anzutreten. Gerade war er wieder von einer langen Reise quer durch das Universum in das Stille Meer zurückgekehrt. Auch den blauen Planeten hatte er besucht und dort Seelen eingesammelt. Wie immer war es ein Routinebesuch gewesen. Bis er dann auch tief im Erdinneren, im Situra-Hain, nach langer, langer Zeit wieder einmal eine Seele in seine Obhut nahm.

Dieses Mal war es die eines uralten Magiers, der verzweifelt versucht hatte, dem kosmischen Geheimnis des glücklichen Lebens durch die SULAMA-Erleuchtung auf die Spur zu kommen. Und wie jedes Mal, wenn er im Situra-Hain ein Seele abholte, war auch diese gescheitert, völlig niedergeschlagen und gebrochen. Noch nie hatte ein Lebewesen der Erde, wie der blaue Planet auch genannt wurde, die SULAMA-Erleuchtung erlangt. Kopfschüttelnd nahm sich der Tod auch der Seele des armen Magiers an, der sich umsonst so langen Leiden ausgesetzt hatte. Er verstand diese seltsamen Lebewesen der Erde einfach nicht. Wofür für etwas leiden, das so einfach zu erkennen war?

Das war aber typisch für diese Geschöpfe. Der Tod nannte die Erde nur ‚den Plapperplaneten'. Schon seit ewigen Zeiten. Seit seine ältere Schwester, die Schöpfung, die Galaxie der Milchstraße – und damit auch dieses winzige blaue Nichts – mit seinem kleinen, unbedeutenden Mutterstern, den sie auf dem blauen Planeten Sonne nannten, geboren hatte.

Er neckte seine schöne Schwester oft mit der Frage, wie sie es fertig gebracht hatte, ein so winziges, dafür aber unaufhörlich plapperndes und lärmendes Nichts zu erschaffen. Vergleichbares gab es im ganzen Kosmos nicht. Alle anderen Lebewesen lebten in ihren Welten das ihnen von der Schöpfung geschenkte Leben im

Einklang und in Harmonie mit ihrer jeweiligen Umwelt. Nur auf diesem kleinen Planeten brodelte es ständig zwischen den Lebewesen. Vielleicht lag es daran, dass seine Schwester einen Teil davon – so genannte Feen und Geister und so genannte Menschen – mit der Fähigkeit des eigenständigen Denkens, aus dem man ein Bewusstsein bilden konnte, ausgestattet hatte.

Ein seltsames Experiment seiner Schwester, wenn es tatsächlich ein Experiment sein sollte. Er hatte das Gefühl, dass dieser Planet eher unbeabsichtigt von ihr geschaffen wurde. So eine Art Betriebsunfall, wie er in der unendlichen Masse des Kommens und Gehens in der Ewigkeit nun einmal vorkommen konnte (aber vielleicht nicht sollte). Wenn der blaue Planet nicht so winzig und bedeutungslos wäre, hätte das unerklärbare Verhalten seiner Geschöpfe sicher Anlass zur Sorge geben können. Ständig wurde da gestritten, gelärmt und es wurden sich gegenseitig die Köpfe eingehauen. Die Lebewesen des blauen Planeten nannten das Krieg. Es gab Zeiten, da holte er von diesem Planeten mehr Seelen ab als von jedem anderen im Kosmos. Als er seine Mutter, die Zeit, einmal auf dieses Phänomen ansprach, hatte sie nur ärgerlich geantwortet, dass durch die Unachtsamkeit ihrer Tochter, der Schöpfung, diese denkenden Kreaturen – sie sagte tatsächlich wütend Kreaturen – auf der Erde selbst bestimmen konnten, wann ihr eigenes oder das Leben anderer beendet werden sollte. Jetzt begriff der Tod auch, warum seine Schwester die Erde gleich nach Geburt von allen anderen Lebensformen im Universum so weit abgesondert hatte.

Bisher schien durch diese Abgeschiedenheit der Erde sichergestellt, dass die besondere Lebensform der Erdkreaturen keinen größeren Schaden anrichten konnte. Als er aber die Seele des Zauberers Tala aus dem Situra-Hain holte, erschien seine ältere Schwester und bat ihn inständig, diese Seele noch nicht dem Wasser des Brunnens zu übergeben, sondern solange zu hüten, bis sie von ein paar Geschöpfen der Erde, die sie mit einem Orion-Albatros zu ihm ins Meer der Stille schicken wollte, befragt worden war.

Der Tod lehnte das unglaubliche Anliegen seiner Schwester zuerst ab, denn noch nie durfte ihn ein Lebewesen sehen und seine Seele doch behalten. Seine Schwester weinte und erklärte ihm, die große Gefahr bestehe, dass die Ordnung der Erde völlig aus den

Fugen geraten und dadurch das sensible Gleichgewicht des gesamten Universums in einer nicht vorhersehbaren Kettenreaktion zerstört werden könne. Dann schilderte sie ihm die genauen Zusammenhänge und dass nur ein Geschöpf der Erde in der Lage sei, diese Ordnung zu sichern. Man suche schon seit längerer Zeit verzweifelt diesen so genannten Helden mit dem reinen Herzen. Aber weder die Auserwählten, die man für einen Suchtrupp zusammenstellte, noch die scharfen Augen des eingesetzten Orion-Albatrosses hatten den Gesuchten bisher gefunden. Man wusste, dass dieser Held existierte, aber keiner kannte ihn oder wusste, wo er lebte. Eine Hoffnung sei bis jetzt der große Magier Tala gewesen, doch dieser habe sich für das Wasser im Brunnen der Unvergänglichkeit und für einen Neuanfang entschieden. Der verzweifelte Suchtrupp müsse darum unbedingt noch mit der Seele Talas reden, bevor sich diese wieder mit dem großen Ganzen vereinigte.

Der Tod schaute in die blaue Tiefe des Meeres der Stille und sah aus der unendlichen Weite den Orion-Albatros heransegeln. Er streckte seine Hand aus und der riesige Vogel ließ sich darauf nieder.

„Sei willkommen, Nandur."

Der Tod schöpfte mit der anderen Hand klares, tiefblaues Wasser aus dem Brunnen der Unvergänglichkeit und reichte es dem erschöpften Orion-Albatros. Der zögerte, doch der Tod nickte ihm freundlich zu. Bereits der erste Schluck erfrischte den Vogel bis in die letzte Faser seines Gefieders. Ihm war, als durchfließe ihn die Urkraft des Kosmos. Der Tod bemerkte wohlwollend, dass der Vogel sehr vorsichtig trank, um ja keinen Tropfen des kostbaren Wassers zu vergeuden.

„Ich danke dir." Nandur neigte dankbar den Kopf.

„Sind wir da, Nandur?", flüsterte eine leise Stimme im Brustgefieder des Vogels.

„Ah, unsere Plappermäulchen. Dann lass mich mal schauen, wen du mir mitgebracht hast."

Olli spürte, dass der Orion-Albatros gelandet sein musste. Undeutlich hörte er eine freundliche Stimme, die mit Nandur sprach. Dann bedankte sich Nandur. Vorsichtig weckte Olli Klining und die Hohepriesterin des Grasvolkes. Sie waren bereits vor längerer Zeit in den kuscheligen und warmen Daunen des Albatrosses eingedöst. Olli hatte vor Aufregung nicht schlafen können. Wie seine Reisegefährten bedauerte er es maßlos, dass sie nicht sehen konnten, wie der Flug durch das Universum verlief. Aber die Daunen des Vogels waren dicht und undurchsichtig.

„Wo sind wir?“, fragte Vaskälindanya von Gotim schlaftrunken.

Klining war sofort hellwach und wie elektrisiert hochgefahren, als Olli ihn nur sachte berührte. Plötzlich sahen sie, wie der Orion-Albatros seine Federn spreizte und eine lange Treppe bildete, die hinunter in eine blaue Dämmerung führte. Vorsichtig stiegen sie hinab. Langsam gewöhnten sich ihre Augen an das tiefblaue, ruhige Licht. Sie standen auf einer großen Fläche, auf der der riesige Vogel gelandet war. Die Fläche bildete die Form einer riesigen Hand, die sich in der Ferne in einen Arm zu verlieren schien. Hinter dem Arm betrachtete sie ein dunkles, edles Jünglingsgesicht mit ausdrucksvollen, klugen, weisen Augen unverhohlen neugierig und etwas verblüfft. Unter der edlen Nase lächelte ein schön geschwungener Mund. Langsam verloren die Augen des schönen Jünglings ihren verblüfften Ausdruck. Offenbar hatten sie realisiert, was sie sahen.

Der Tod war überrascht über die Geschöpfe, die auf seiner Hand vor ihm standen. Unterschiedlicher hätten sie nicht sein können. Der Größte war anscheinend auch der Jüngste. Ein kleiner, zierlicher Junge mit einem offenen, neugierigen Gesicht und wunderschönen kupferfarbenen Haaren, die sich wunderbar von dem tiefen Blau des Meeres der Stille abhoben. Die schlanke Gestalt der Frau schimmerte grün, so grün wie ihre klaren, bezaubernden Augen und ihre glänzenden Haare. Sie war nur halb so groß wie der Junge. Auf ihrer Brust schimmerte ein blauer Bernstein in der Form einer Mondsichel von sehr großer Schönheit. Am faszinierendsten aber war die dritte Gestalt. Winzig, besser klitzeklein, stand sie selbstbewusst neben den beiden anderen. Auf den ersten Blick dachte man an eine kleine Mohrrübe, wie sie auf vielen Gemüsemärkten im Universum angeboten wurde. Dann blickte man aber unter der riesengroßen roten Zipfelmütze in zwei große Kulleraugen, deren wunderbares Blau mit dem Wasser im Brunnen konkurrieren konnte. Der Tod lächelte, als er die starke Persönlichkeit jedes Einzelnen spürte.

„Seid willkommen am Brunnen der Unvergänglichkeit im

Meer der Stille." Dann machte er eine Pause und sagte: „Ich bin der Tod."

Er sah kein Erschrecken bei den drei Geschöpfen. Der Winzling mit der roten Zipfelmütze und die schlanke Frau verbeugten sich höflich und formvollendet, die Augen des Jungen weiteten sich ungläubig, aber er machte einen artigen Diener.

„Ich bin Klining von Olgursam, Illantin meines Volkes. Ich darf dir meine Freunde vorstellen: Das ist die edle Hohepriesterin des Grasvolkes auf unserem Planeten und Hüterin des Kultes der großen Mutter, Vaskälindanya von Gotim." Der Winzling sprach ruhig und warm mit einer klaren Stimme.

Schau an, eine Hüterin des Kultes der großen Mutter. Er beneidete fast seine ältere Schwester um diese schöne Priesterin, die ihr diente.

Der Winzling deutete auf den Jungen und stellte ihn vor: „Das ist mein Freund und mutiger Weggefährte, Oliver Kusch. Er ist ein Mensch, während die verehrte Hohepriesterin und ich zu den Völkern auf der anderen Seite des Lebens gehören."

Vaskälindanya von Gotim sprach mit ihrer melodischen Stimme: „Wir bitten dich um Verzeihung für unser Eindringen in dein Reich. Aber große Sorge und Not trieben uns hierher. Deine Schwester, die Schöpfung, die von meinem Volk seit Urzeiten als große Mutter verehrt wird, hat uns die Gnade einer Begegnung mit dir gewährt. Wirst du uns helfen und uns mit der Seele Talas sprechen lassen?"

„Aber wir sollten hier doch den Tod treffen?", meldete sich der Junge zu Wort.

„Wie ich bereits erwähnte: Ich bin der Tod", sagte lächelnd der Tod.

Der Junge lachte. „Du willst mich wohl veräppeln, nicht wahr? Den Tod kenne ich. Ich weiß, wie der aussieht. Doch nicht so wie du ... so wie ein Engel."

„So, wie sieht der Tod denn aus?", fragte der Tod amüsiert.

„Na, der ist so ein grässliches Gerippe mit 'ner Sen..." Der Junge unterbrach sich verlegen. „Verzeihung, ich wollte nicht respektlos sein. Ich meine natürlich, ein Skelett mit einer Sense und einem schwarzen Umhang."

„So sieht der Tod aus – meinst du?"

„Ja sicher! Ganz schön gruselig. Wie denn sonst?“

„Er sieht so aus wie ich! Ich bin der Tod!“

„Wirklich?“

„Wirklich!“

Der Junge war baff. „Gruselig siehst du aber nicht aus, eher nett und sehr sympathisch.“

„Findest du?“

„Ja! ... Ich finde du, siehst sehr sympathisch aus!“

„Danke. Ich finde dich übrigens auch sehr nett.“

„Vielen Dank. Und du hast Tala?“, fragte der Junge neugierig.

„Nein, nicht Tala. Ich hüte seine Seele.“

„Ja stimmt, wir sollen ja seine Seele fragen.“

„Was wollt ihr fragen?“

„Wo der Held ist, den wir so dringend suchen.“

„Warum sucht ihr ihn?“

„Das gibt wohl bald ’ne Menge Ärger, wenn wir ihn nicht finden. Es hängt mit dem winzigen Kästchen zusammen, das Klining in seiner roten Zipfelmütze hat.“

„Du meinst die heilige Königslade?“

„Ja, genau!“

Der Tod wandte sich an Klining, der mit Staunen sah, mit welcher Leichtigkeit und Unbefangenheit der Junge es immer wieder schaffte, sein Gegenüber in ein freundliches Gespräch zu verwickeln. Klining beneidete den Rotschopf um diese Fähigkeit. Der schien sich aber dessen überhaupt nicht bewusst zu sein.

„Illantin, darf ich die Königslade einmal sehen?“

„Ja sicher.“ Klining beeilte sich, dem Wunsch des Todes nachzukommen.

„Ein hübsches Kästchen.“ Der Tod schaute interessiert auf die winzige Königslade. „Darf ich es einmal anfassen?“

„Ich ... ich ... ehrlich gesagt, ich weiß es nicht.“ Klining war verlegen. Er bückte sich und stellte die Königslade zu seinen Füßen in die Hand des Todes. Im gleichen Moment schien das Kästchen bis ins Unendliche zu wachsen. Dann ergriff es der Tod mit seiner freien Hand und betrachtete die nun riesige Königslade neugierig von allen Seiten.

Auch Olli hatte mit Staunen gesehen, wie die Königslade in der Hand des Todes wuchs und wuchs. Er erinnerte sich, wie er zum ersten Mal im Garten der Feen die Königslade in der Hand gehalten hatte und diese in seiner Hand bis auf die Größe eines Kistchens für eine Kinderblockflöte gewachsen war.

„Ich möchte sie einmal öffnen", sagte der Tod. „Bitte klettert doch auf den Rand des Brunnens."

Er hielt seine Hand an den Brunnenrand und der Orion-Albatros und seine drei Passagiere stiegen darauf. Sie schauten verzaubert über die unendliche, spiegelglatte, blau schimmernde Wasserfläche des Brunnens. Der Rand verlief im weiten Bogen zu beiden Seiten bis in die Tiefe des Horizonts, wo er sich verlor. Über ihnen versuchte der Tod vergeblich die heilige Königslade zu öffnen. Olli spürte die Wärme in seiner Hosentasche und griff instinktiv hinein. Der rote Glasstein leuchtete wieder einmal.

Enttäuscht stellte der Tod die heilige Königslade vor Klining auf den Brunnenrand. Der berührte sie und die Königslade schrumpfte wieder bis auf die winzige Größe.

„Es tut mir Leid. Ich dachte schon, du wärst der Held, den wir suchen." Klining verstaute das Kästchen wieder in seiner Zipfelmütze.

„Wieso meinst du das?", fragte der Tod.

„Weil du die Königslade angefasst hast und sie dich nicht zurückgestoßen hat."

„Ich bin der Tod. Ich darf alles anfassen."

„Schade, dass du sie nicht öffnen konntest", meinte Olli. „Ich wüsste zu gern, was da drin ist."

„Ich weiß es ...", sagte der Tod. „Aber ich darf es euch nicht verraten, sonst bekomme ich Ärger mit meiner großen Schwester."

„Dürfen wir die Seele Talas jetzt sprechen?", fragte Klining.

„Einen kleinen Augenblick." Der Tod beugte sich über den Brunnen, tauchte seine Hand in den tiefblauen Wasserspiegel und hob eine blaue, durchscheinende, zart lodernde Flamme vorsichtig aus dem Nass und hielt sie den drei Freunden hin. „Hier bitte, das ist Talas Seele. Sie wird alle eure Fragen beantworten."

Klining trat einen Schritt vor und verbeugte sich ehrfürchtig vor der Seele seines Lehrmeisters.

„Gant var Derne sip kongte lim Shellbenar?"

„Ich bin nicht mehr der Meister der Thulanderona-Weihen, Klining von Olgursam. Es ziehmt sich nicht, mit mir in dieser

Sprache zu sprechen." Aus der Flamme tönte die vertraute Stimme des großen Zauberers.

„Verzeihung, verehrter Tala von ..."

Die Seele in der Hand des Todes unterbrach Klining erneut.

„Mein Sohn, ich habe mich von allem Weltlichen gelöst. Sprich mich deshalb bitte nur mit Seele an, das genügt."

Der Illantin nickte: „Seele, warst du der Held, nach dem wir schon so lange suchen?" Es fiel ihm sehr schwer, die Seele seines ehrwürdigen Meisters so einfach und formlos anzusprechen.

„Nein."

„Weißt du, wer dieser Held ist und wo wir ihn finden?"

„Nein."

„Seele, kehrst du eines Tages in neuer Gestalt zu uns zurück?"

„Nein."

Der Tod griff ein und sagte: „Es geziehmt sich nicht, diese Frage zu stellen, Illantin."

„Ich bitte um Verzeihung." Der winzige Magier beugte demütig seinen Kopf. „Darf ich mich von Talas Seele verabschieden?"

„Das ist erlaubt."

Klining traten Tränen in die Augen, als er sich noch einmal tief vor der zarten, durchscheinenden Flamme der Seele seines Freundes verbeugte. „Ich wünsche mir nichts sehnlicher, als dass sich eines fernen Tages meine Seele mit deiner vereinigt."

„Das wird geschehen", antwortete der Tod freundlich – anstelle der Seele Talas.

Dann nahm er seine Hand und ließ die Flamme vorsichtig in das blaue Wasser des Brunnens gleiten. Die Seele schwebte einen Moment lang an der Wasseroberfläche und versank dann langsam in der Tiefe. Die Flamme wurde kleiner und kleiner und verlöschte schließlich. Dann leuchtete plötzlich ein hellblaues Licht tief unten im Brunnen auf, stieg strahlend auf und verbreitete sich über den stillen Wasserspiegel, bis es vom tiefen Blau des Wassers langsam aufgesogen wurde. Tiefer Frieden legte sich über den Wasserspiegel.

Still hatten die drei Freunde, der Orion-Albatros und der Tod die Vereinigung der Seele mit dem Wasser des Brunnens beobachtet.

„Tala ist wieder eins mit dem Kosmos", lächelte der Tod zufrieden.

„War das schön! ... In diesen Brunnen möchte ich später auch mal“, seufzte Olli andächtig.

„Das wirst du, mein Junge ... eines Tages“, sagte der Tod mit sanfter Stimme.

„Und wenn ich in die Hölle komme?“, fragte der Junge zweifelnd.

„In welche Hölle?“, lachte der Tod.

„Na die, wo man für seine Sünden im Feuer geschmort wird. Wo ist die denn überhaupt?“

Das schöne, edle Engelsgesicht des Todes wurde ernst. „Es gibt bei uns keine Hölle, mein Junge. Die Hölle, oder besser die Höllen, die bereitet ihr euch auf der Erde selbst.“

„Ist das wahr, Klining?“

„Wenn er es sagt, dann glaube ich es“, meinte der Illantin bedrückt. Er dachte wieder an ihre Mission. „Was machen wir jetzt?“

„Ich bin so ratlos wie du.“ Vaskälindanya von Gotim hob verzweifelt die Schultern.

„Ich bin dafür, dass wir uns erst einmal um Rinchen, Vugur, Valmin und Vildo kümmern. Die werden bestimmt schon sauer sein, dass sie nichts von uns hören, und ich mache mir doch jetzt langsam große Sorgen.“ Olli wandte sich an den Orion-Albatros. „Was meinst du, Nandur, wie lange brauchen wir für den Rückflug?“

Bevor der Vogel antworten konnte, sagte der Tod: „Ich muss sowieso zu eurem Planeten. Wenn ihr wollt, nehme ich euch alle mit. Erstens seht ihr auf der Rückreise dann mal etwas vom Universum, zweitens kann sich Nandur auch einmal ausruhen, und drittens bin ich viel, viel schneller. Na, was meint ihr?“

Der Tod sah mitfühlend auf seinen niedergeschlagenen Besuch. Sie taten ihm Leid. Ein bisschen Aufmunterung ... Action ... könnten die bestimmt vertragen. Das würde sie sicher fröhlicher stimmen. Für ihn war das außerdem auch mal eine ganz neue Erfahrung, mit einer kleinen lebenden Reisegruppe durch den Kosmos zu eilen anstatt immer nur die zwar dankbaren, aber doch langweiligen Seelen zu transportieren.

„Wir können auf der Rückreise das Universum sehen?“ Klining riss ungläubig die Augen auf.

„Und ich darf auf deiner Hand den Faulen machen?“ Ungläubig blickte der riesige Orion-Albatros in die jetzt abenteuerlustig funkelnden Augen des Todes.

„Ja sicher. Tut dir doch auch mal gut ... oder?" Die Stimme des Todes klang aufgekratzt.

„Mann, ist das 'ne coole Action! ... Jippiiii!" Ollis Ruf hallte weit über das Meer der Stille. Vor Freude hüpfte er jubelnd auf dem Rand des Brunnens herum.

„Pass auf ...", wollte der Tod noch rufen, aber es war schon zu spät. Der kleine, wild gewordene Rotschopf trat mit seinem linken Fuß auf den abgeschrägten Rand des Brunnens, knickte um, rutschte ab und stürzte mit einem lauten Platsch, der weit über das Meer der Stille hallte, in das blaue Wasser. Augenblicklich versank der rote Schopf unter Wasser. Olli holte, obwohl er unter Wasser war, reflexartig Luft und verschluckte sich. Er ruderte wild mit den Armen und strampelte mit den Beinen, um wieder an die Wasseroberfläche zu gelangen. Prustend und spuckend tauchte er auf und schwamm zum Brunnenrand. Dort zog er sich mit einem Schwung hoch und ließ sich patschnass auf den Rand plumpsen. Er schüttelte sich das blaue Wasser aus den Haaren, legte den Kopf schief und versuchte, mit seinem kleinen Finger den Druck aus den Ohren zu lösen. Niesend und triefend spuckte er den Rest des Wassers aus und stand auf.

„Es tut mir Leid, das wollte ich nicht. Ich habe mich nur so gefreut."

Der Junge schaute verlegen in die Runde.

„Hast du Wasser verschluckt?" Der Tod schaute den Jungen mit einem seltsamen Ausdruck an.

„Ja, 'ne ganze Menge, vor Schreck. Ist das schlimm? ... Ich finde, es schmeckt superlecker. Man fühlt sich gleich nach dem ersten Schluck so richtig frisch und munter."

„Komm, Olli, du musst die nassen Sachen vom Leib bekommen, sonst holst du dir noch den Tod."

Klining räusperte sich leise.

„Wieso? Ist doch wahr, die Menschen sind viel empfindlicher als wir und sie ..." In dem Moment begriff Vaskälindanya von Gotim die Bedeutung ihrer eigenen Worte. Verlegen wandte sie sich an den Tod: „Ich habe es nicht so gemeint, verzeih mir bitte."

Der Tod lächelte. „Du hast ja Recht, aber der Junge kann mich nicht mehr holen."

Die Hohepriesterin nahm die rätselhafte Äußerung des Todes nicht in sich auf, sondern wandte sich schon an Klining: „Kannst du ein Feuer zaubern?“

„Ich kann noch mehr“, schmunzelte Klining voller Stolz. Wer hatte schon Gelegenheit, in der Mitte des Universums dem Tod persönlich seine Zauberkünste zu demonstrieren? Er hob leicht die Hand und über Olli bildete sich ein feiner Nebel, der sich immer mehr zu einem Kreis kleiner, strahlender Sonnen verdichtete. Olli spürte die wohltuende Wärme, die von den Sonnen ausging. Klining hob wieder leicht die Hand, und die Sonnen begannen um den Jungen zu kreisen, wobei der warme, leichte Luftstrom, der durch ihre Bewegung entstand, die roten Haare des Jungen, die in dem hellen Sonnenlicht wie Kupfer leuchteten, wie ein Föhn trockneten. Dann hob Klining wieder leicht die Hand und der Sonnenkreis senkte sich langsam über den Körper des Jungen bis auf seine Schuhe. Eine letzte Handbewegung des klitzekleinen Magiers, und Olli stand so trocken da, als wäre er nie ins Wasser gefallen.

Der Junge strahlte seinen winzigen Freund an. „Klining, wir beide sollten hier ’ne Weltall-Waschanlage aufmachen. Ich schubse die Leute ins leckere Seelen-Wasser und du kommst dann mit deinem kosmischen Sonnentrockner.“

Wenn ihr wüsstet, dachte der Tod.

Dann wandte sich Olli an den Tod: „Du bist doch nicht böse ... oder? Ich hoffe, ich habe das Wasser nicht dreckig gemacht.“ Dann sah man, dass ihm ein schrecklicher Gedanke durch den Kopf gegangen sein musste. „Ich ... ich ... ich habe doch wohl keine Seelen verschluckt?“

„Nein, mein Junge, keine Angst, die sind im Wasser der Unvergänglichkeit aufgegangen.“ Um alle von diesem Gedanken abzulenken, sagte der Tod fröhlich: „So, nun wollen wir aber los, auf geht’s!“

„Jetzt geht die Post ab, durch den Weltraum bis nach Hause?“, fragte Olli gespannt.

„Jetzt geht die Post ab!“, nickte der Tod.

„Manno ... wird das ’ne coole Action!“, freute sich der frisch gebadete Rotschopf.

„Genau. Wir machen ’ne coole Action, mein Junge.“ Der Tod bemühte sich um einen absolut coolen und lässigen Gesichtsausdruck.

Vaskälindanya von Gotim lächelte über die ausgelassene Freude der anderen. Typisch Männer, die freuten sich wie kleine Jungs. Aber vielleicht war es ganz gut, dass sie alle mal für einen Moment die großen Sorgen, die sie bedrückten, beiseite schieben konnten. Die abgeklärte Hohepriesterin des Grasvolkes musste sich aber gestehen, dass die Aussicht auf eine Reise durch das Weltall in der Hand des Todes auch sie in eine nicht geringe Aufregung versetzte.

Der Tod versuchte seinen Ärger über sich selbst zu verdrängen. Er hätte besser aufpassen müssen. Aber nun war es einmal passiert. Der Tod tröstete sich, dass auch er letztlich nicht alles vorhersehen konnte. Der Kosmos kannte keine Vorhersehung. Er kannte nur das Werden und Vergehen, bis in alle Ewigkeit.

„Geil! Einfach geil!"

Olli stammelte immer wieder den gleichen Satz. Mit Vaskälindanya von Gotim hatte er auf der Hand des Todes Platz genommen. Die Hohepriesterin setzte sich direkt neben ihn und er konnte den leichten, angenehmen Duft von frischem Gras, der von ihr ausging, wahrnehmen. Klining hatte es sich erwartungsvoll auf seinem gewohnten Platz auf Ollis Arm bequem gemacht. Der riesige Orion-Albatros setzte sich hinter sie, um ihnen die Sicht nach vorn und zu den Seiten nicht zu versperren.

„Hm ... wer duftet denn hier so schön nach frischem Gras?" Der Tod hob schnuppernd seine edle Nase.

„Die schöne Dame hier", sagte Olli galant.

„Ein Duft wie auf einem Frühlingsdeich!"

„Nun hört aber auf, ihr Schmeichler", kokettierte die Hohepriesterin. „Ihr macht mich noch ganz verlegen. Aber wir möchten gern wieder zum Deich am Jadebusen ..." Fragend schaute sie auf den Tod.

Der hatte seinen Ärger über sich selbst inzwischen verdrängt und nickte freundlich. „Das passt sehr gut, da setze ich euch ab." Dann hob er seine freie Hand, bewegte sie über die Handfläche, auf der sie alle saßen, und formte eine durchsichtige Kugel aus Atmosphäre, die sie wie eine große Seifenblase schützend einschloss. Sie schauten noch verwundert, als seine Hand, die sie trug, sich bereits langsam vom Brunnenrand entfernte. Der Tod schwebte lautlos über den Brunnen der Vergänglichkeit und gewann immer mehr an

Höhe. Schließlich sahen sie, dass der Wasserspiegel des Brunnens, kreisrund und leuchtend blau, wie ein kostbarer Edelstein tief unter ihnen im Meer der Stille lag. Schließlich verlor sich der Mittelpunkt des Universums im tiefblauen Dunst der verbotenen Zone. Dann umhüllte sie nur das tiefe, mystische Blau und eine unfassbare Ruhe, bis sie die blauen Sterne der Galaxie Yüngatarin aus der Tiefe des Raumes erst schwach, dann immer stärker leuchtend, vor sich auftauchen sahen.

„Wir verlassen jetzt die verbotene Zone der Stille und tauchen in das Leben des Universums ein", flüsterte Nandur seinen drei Begleitern zu, als die blaue Galaxie an ihnen vorüberflog.

WIEDER AM JADEDEICH

Der Tod hatte sie, wie versprochen, auf Dieken Ennos Deich am Jadebusen abgesetzt. „Euch hat also meine coole Action gefallen", freute sich der Tod.

„Supergeil! Das war super-super-supergeil!" Olli kam vor Aufregung ins Plappern. „Das ist durch nichts zu toppen ... durch nichts! Das glaubt uns kein Mensch, wirklich!"

„Das glaubt uns überhaupt keiner, auch unsere Leute nicht, nicht wahr Vaskälindanya?" Klining wandte sich, von der Reise immer noch tief beeindruckt, an die Hohepriesterin.

Die bückte sich, pflückte ein Gänseblümchen vom Deich und legte es dem Tod in die Hand. „Darf ich dir, lieber Freund, ein Zeichen meiner Liebe und Hochachtung verehren. Ich habe auf dieser Reise viel gelernt. Ich weiß jetzt, dass nicht nur die Verehrung deiner Schwester als unsere große Mutter und Schöpferin für uns von besonderer Bedeutung ist, sondern wir auch an das Ende unseres Lebensweges und unser Einswerden mit dem Kosmos denken müssen. Wenn du erlaubst, werden ich und mein Volk dir ebenso eine Kultstätte errichten wie deiner Schwester."

Der Tod lächelte: „Ich fühle mich mehr als geehrt, schöne Hohepriesterin, aber glaube mir, die Seelen lieben mich auch ganz ohne den Kult um meine Person. Trotzdem danke ich dir aus ganzer Seele."

„Ich möchte dir etwas schenken. Ein kleines Andenken an mich.“ Olli griff in seine Tasche und holte seinen roten Glasstein hervor und ließ ihn in die Hand des Hüters der Seelen kullern. „Hier, das ist mein Talisman. Von allen Dingen, die mir gehören, ist das mein liebstes Stück. Man kann hindurchschauen und mit ein bisschen Fantasie die tollsten Dinge sehen. Manchmal ist da richtige Action drin.“

Der Tod nahm den roten Glasstein und schaute hindurch. Er sah in die Vergangenheit. Er sah das Gestern und all die Seelen, die er in den Frieden der Ewigkeit geführt hatte. Dann schreckte er zurück. Der Tod hatte in das Heute geschaut und gesehen, wie jemand einem anderen das Leben nahm. Das war hier auf der Erde nichts Besonderes. Seine Mutter, die Zeit, ärgerte sich zwar maßlos darüber, dass die Lebewesen hier immer wieder einmal eigenmächtig bestimmten, wann die Zeit für jemanden anders oder für sie selbst abgelaufen war, aber ihm war das letztlich egal. Seine Schwester hätte ja bei der Geburt dieses verrückten Planeten besser aufpassen können. Er würde die Seele des Leblosen gleich abholen. Deswegen war er heute ja auch gekommen. Dann aber hatte der rote Kristall das Bild gewechselt und ihm die Zukunft gezeigt. Tonlos fragte er: „Junge, woher hast du diesen Kristall?“

„Kristall? Das ist doch nur billiges Glas.“ Olli zuckte ratlos mit den Schultern. „Weiß ich nich’. Den Glasstein habe ich schon so lange, wie ich denken kann.“

„Was hast du gesehen?“ Die Stimme der großen Schamanin des Grasvolkes zitterte ahnungsvoll.

Der Tod reichte ihr den roten Glasstein und sagte nur: „Schau selbst, wenn du den Mut hast.“

Vaskälindanya von Gotim führte den roten Glasstein vor ihre Augen, blickte hindurch und brach ohnmächtig zusammen. Der rote Glasstein kullerte vor Ollis Füße. Er hob ihn auf und wollte ihn dem Tod wiedergeben, um sich um die Hohepriesterin zu kümmern.

„Ihr müsst euch doch nicht so erschrecken. Das sind nur Fantasiebilder, die man da sieht ... oder etwa nicht?“ In Olli kroch langsam ein dumpfes Gefühl der Unsicherheit hoch.

„Oliver, halt mir den Glasstein vor mein Gesicht. Sofort.“ Die Stimme Klinings duldete keinen Widerspruch. Der Glasstein warf einen roten Schein auf das winzige Gesicht des klitzekleinen Zwergenmagiers. Entsetzen wurde im Gesicht des Illantins sichtbar.

DAS DUELL

Der Kirmas der Lyngarden stand hoch aufgerichtet vor dem Thron des allmächtigen Herrschers über alle Feen- und Geisterreiche. Wic ein Stilett zeigte sein ausgestreckter Zeigefinger direkt auf Oberon. Durch die Totenstille der Feenhalle peitschte seine scharfe Stimme dem Feenkönig die ungeheuerliche Anklage in das fassungslose Gesicht.

„Ich, Xaraxar, Kirmas des Volkes der Lyngarden und ordentlich akkreditierter Botschafter hier am Hofe, klage Oberon, den König der Feen, an ...", die Stimme des Kirmas schnitt wie ein scharfes Messer gnadenlos durch die Stille der riesigen Halle, „... dass er, entgegen allen gültigen Verträgen und heiligen Gesetzen, heimlich hinter dem Rücken aller Vereinigten Feen- und Geisterreiche mit dem uns allen unbekannten Volk der klitzekleinen Zwerge paktiert hat, um unser friedliebendes Land durch eine Invasion dieser Fremdlinge zu okkupieren und unseren verehrten und geliebten Herrscher Xixinxiriga, den Großvongor von Lyngardien, Attamatern von Remurigon, Letelder von Gasarat, Kifor von Kemeter, Rollgan von Mirionigeta und Sikenda, vom Thron zu stoßen und zu töten."

Angesichts der unfassbaren Anschuldigung rührte sich keiner der über fünftausend Anwesenden. Die Vertreter aus allen Völkern der Vereinigten Feenreiche starrten atemlos auf den mächtigen Herrscher, der auf seinem Thron saß und durch die ungeheure Wut, die in ihm aufstieg, zu keinem Wort fähig war. Sein Gesicht war kreidebleich und seine Hände verkrampften sich um das heilige Zepter der Orania.

Der Kanzler der Feen, der seitlich hinter dem Thron stand, beugte sich vor und sagte schneidend: „Was veranlasst Euch, Kirmas der Lyngarden, zu einer so ungeheuerlichen Behauptung?"

Hohn und Triumph breitete sich über dem scharf geschnittenen Gesicht des Lyngarden aus. „Weil die Luftlande- und Okkupationstruppen der Fremdlinge auf Urmok schon gelandet sind und uns angegriffen haben. Nur unter den großen Opfern unserer tapferen Krieger konnten wir sie abschlagen und unseren Großvongor retten."

„Wann soll das denn geschehen sein?", fragte Ovangar.

„Am Tag, bevor unsere kleine Prinzessin Xixina, die Lieblingsenkelin des Großvongors, ihren Geburtstag feiern sollte."

Ein empörtes Gemurmel war aus der vieltausendköpfigen Versammlung zu hören. Wie konnte man einem kleinen Kind bloß so herzlos den Geburtstag verderben! Alle wussten, wie liebevoll gerade die Lyngarden mit ihrem Nachwuchs umgingen.

„Hat Euch Euer Geheimdienst, der uns doch sonst alle so gut ausspioniert, im Stich gelassen, Kanzler?", fragte der Kirmas spöttisch. Erneut breitete sich unwilliges Gemurmel in der Feenhalle aus. Sie wurden ausspioniert? Xaraxar genoss das Zusammenzucken des eingebildeten Magiers. „Eure Oseles müssten Euch doch von der großen Schlacht um unsere Festung Urmok berichtet haben."

„Unsinn, wir wissen von keiner Schlacht."

„Auch nicht, dass das winzige Zwergenpack, nachdem es den Kampf um Urmok verloren hatte, in unsere Kupferminen von Grandiska eingedrungen ist und in den Rubinschluchten des Reiches von König Laurin fürchterlich gehaust hat? ... Und dass die Winzlinge Ihre Majestät, den Zwergenkönig Laurin, schamlos beraubt haben, bevor sie mit Hilfe ihres kleinen Zauberkästchens auf Nimmerwiedersehen verschwunden sind?"

„Hast du Zeugen, Xaraxar? Du weißt, was dir droht, wenn sich deine Behauptungen als Lügen herausstellen?"

„Die tausendjährige Umwandlung! Na und? Lieber tausend Jahre umgewandelt sein, als tausend Minuten unter einer so ungerechten und despotischen Herrschaft wie der des Feenkönigs leben!"

Die letzten Worte schleuderte der Kirmas mit einer tragischen Dramatik heraus, die jedem die Tränen der Empörung in die Augen trieb. Brausender Beifall rauschte durch die Feenhalle.

Oberon zitterte am ganzen Körper vor Groll. Titania streichelte beruhigend seine Hand. Sie fragte Xaraxar: „Dann werdet Ihr, verehrter Kirmas, jetzt sicher die Zeugen für Eure Anschuldigungen aufrufen können?"

„Natürlich, Eure Majestät. Ihr könnt sie sofort befragen."

Ovangar und Titania schauten sich überrascht an. Was hatte dieser hinterlistige Teufel vor?

„Ich meine, dass die Glaubwürdigkeit dieses Zeugen den Auftritt weiterer völlig erübrigt." Der Kirmas drehte sich um und hob den Arm, worauf die Tore der Feenhalle weit geöffnet wurden.

Sie vernahmen ein leises Klingen, das sie alle kannten. König Laurin selbst kam auf seinem zierlichen Rappen in die Halle geritten. An seinem Sattelknauf war eine lange Leine aus hauchdünnen Spinnweben geknüpft, an der vier kleine Mohrrüben angebunden waren.

Tumult entstand in der Feenhalle. Alle sprangen auf und reckten ihre Hälse, um diesen ungewöhnlichen Zug zu betrachten. Die klitzekleinen Zwerge, denn jeder hatte sie als solche inzwischen identifiziert, stolperten erschöpft hinter dem Pferdchen des Zwergenkönigs in die Feenhalle.

„Das ist doch nicht möglich." Ovangar erkannte Rinchen, Vugur, Valmin und Vildo. Sie sahen verschmutzt und völlig erschöpft aus.

„Lasst sofort diese Gefangenen frei, König Laurin!"

„Nein, Kanzler, es sind gemeine Rubin- und Diamantendiebe."

„Das glaube ich nicht."

„Das glaube ich Euch gern, Kanzler, dass Ihr das nicht glauben wollt", ertönte die Stimme des Kirmas höhnisch. Es klang so, als wenn Ovangar ein Komplize der vorgeführten Diebe sei. „Fragt sie doch, ob sie auf dem Hinterhof von Urmok gelandet sind. Fragt sie doch!" Xaraxars Stimme war von eisiger Kälte.

Titania wandte sich an Rinchen: „Ist das wahr, was der Kirmas behauptet, Kind?"

„Der lügt! Wir wollten nur ...!" Rinchen versuchte ihre Wut zu unterdrücken.

„Antworte mit JA oder NEIN! Was anderes ist Gefangenen nicht erlaubt", herrschte der Kirmas sie an.

„Der hat sie doch nicht alle." Rinchen kochte trotz der maßlosen Erschöpfung. „Ich lasse mir von so einem Lügenmaul nicht den Mund verbieten! Ich habe ..."

„Du darfst hier nur mit JA oder NEIN antworten, Kind", sagte die Feenkönigin mild. „Seid ihr also auf Urmok gelandet?"

„Ja."

„Seid ihr in unsere Kupferminen von Grandiska geflohen?" Die Stimme des Kirmas hallte schneidend durch den Raum.

„Ja, aber wir haben doch nur ..."

„JA reicht, Gefangene! Habt ihr Rubine in den Rubinschluchten geraubt?"

„JA, Gulf brauchte doch ..."

„Uns interessiert nicht, was ein so genannter Gulf brauchte!" Kalt unterbrach sie der Lyngarde. „Also JA! ... Seid ihr von König Laurin persönlich beim Diamantenraub erwischt worden? JA oder NEIN?"

„Ja ... aber ..."

„JA. Das reicht, Gefangene!" Triumphierend schaute sich der Lyngarde in der Feenhalle um. Jeder in dieser Halle wusste, Zwerge waren nun einmal gierig auf Gold und Juwelen. Warum sollten die kleinen Mohrrüben dann anders sein? Die konnten höchstens weniger wegtragen als normale Zwerge, wenn sie etwas klauten.

Rinchen kochte vor Wut und Scham.

„Sei still, Rinchen, das ist ein abgekartetes Spiel", flüsterte Valmin.

Titania lehnte sich zurück und musterte die vier winzigen Gestalten an Laurins Leine. Klar klauten Zwerge Juwelen und Gold, wo sie nur konnten. Obwohl sie sich das bei Klinings Freunden einfach nicht vorstellen konnte. Aber selbst wenn auch diese Mohrrüben kleine gierige Juwelendiebe waren, konnte sie sich beim besten Willen nicht vorstellen, dass sie die lyngardische Zentralfestung Urmok erobern wollten oder konnten und dann anschließend ausgerechnet Laurin ausraubten. Ausgerechnet Laurin. Da war doch eine Schweinerei im Gange. Ärgerlich war nur, dass Ovangars Geheimdienst hier versagt zu haben schien. In ihr kroch das Gefühl einer unabwendbaren Gefahr hoch, das sie tief verunsicherte.

„Was hat das alles aber mit Eurer unglaublichen Anschuldigung gegenüber Seiner Majestät zu tun ... Kirmas?" Ovangar wurde langsam sauer. Er wollte Oberon schon empfehlen, den unverschämten Kirmas den Eiskriegern zu überantworten, als der Lyngarde mit böse funkelnden Augen laut in die Halle rief: „Um das zu beweisen, möchte ich den nächsten Zeugen aufrufen."

Augenblickliche Stille senkte sich über die Feenhalle.

„Ihr habt noch einen Zeugen?“, fragte Ovangar ungläubig. Was sollte der Bluff?

Der Kirmas wandte sich zu Oberon, beugte sich vor und rief mit schneidender Stimme: „Ich rufe Ihre Majestät persönlich auf!“

Fast fünftausend Lebewesen stockte der Atem. Drehte der Kirmas jetzt völlig durch? Die Ersten schauten schon, ob sich die Eiskrieger in Bewegung setzten.

„Hast du nicht mehr alle, Kirmas?“ Dem Kanzler entfuhr diese Unverschämtheit, aber der Kirmas nahm sie nicht wahr. Seine Aufmerksamkeit war ganz auf Oberon gerichtet. Wie eine Schlange auf das Kaninchen schaute er auf den Feenkönig.

„Eure Majestät sind durch Euren Eid an das königliche Zepter verpflichtet, immer die Wahrheit zu sagen ... richtig?“

„Richtig, aber was soll diese ungebührliche Frage?“ Oberons Stimme flirrte hell.

Der Kirmas richtete seinen eiskalten Blick vernichtend auf Oberon: „Dann beantworten mir Eure Majestät doch sicher wahrheitsgemäß meine Frage, ob Eure Majestät heimlich drei Bataillone voll gerüsteter Eiskrieger mobilisiert hat und unter dem Befehl von General Gurtuna in den Atlantik schickte?“

„Ich ... ich ... Das war eine reine Vorsichtsmaßnahme.“ Oberons Stimme flirrte.

Ovangar beobachtete, wie die schöne Herrscherin der Feen totenblass wurde. Aus den Augenwinkeln sah er, dass Laurin, ein Bein bequem über den Sattelknauf gelegt, lässig und spöttisch lächelnd auf seinem Pferdchen saß und die dramatische Szene amüsiert betrachtete.

„Eine reine Vorsichtsmaßnahme wofür?“ Der Lyngarde ließ Oberon nicht mehr aus den Augen.

„Wegen ... wegen ...“, Oberons Stimme flirrte nicht nur, sondern kam jetzt auch noch ins Stottern.

„Lassen wir das, Eure Majestät. Kommen wir zum nächsten Punkt.“ Ovangar sah mit Schrecken, dass der Lyngarde geschickt den Eindruck einer Gerichtsverhandlung zu vermitteln wusste.

„Stimmen mir Eure Majestät zu, dass sich drei Mitglieder des Geheimdienstes Eurer Majestät bereits auf dem Inselkontinent der klitzekleinen Zwerge befinden, um Kontakt zu Eurer Majestät zu halten?“

„Es sind nur drei Oseles, die ich zur Sicherheit eingesetzt ...“, hier brach die flirrende Stimme des Feenkönigs abrupt ab.

„Also stimmt es, dass ein Geheimdienst existiert und wir alle ausspioniert werden!“

Ein empörter Tumult brach in der Halle los. Der Kirmas hob die Hand und Schweigen breitete sich aus.

„Eure Majestät wissen also, wo sich der Inselkontinent dieses Volkes befindet, das uns alle bedroht? Warum haben die kriegsbereiten Bataillone der Hiemisen das Land des Feindes noch nicht erobert?“

Oberons Stimme flirrte aufgeregt, als er antwortete: „Das war bisher nicht möglich ... weil ...“

Der Lyngarde unterbrach Oberon einfach frech und unverschämt: „... weil Eure Majestät vielleicht hinter unser aller Rücken mit dem Feind paktiert?“

„Das ist eine unverschämte Behauptung und persönliche Beleidigung.“ Oberon war rot vor Wut von seinem Thronsessel aufgesprungen.

„Eine persönliche Beleidigung?“ Der Kirmas lächelte voller Triumph. Endlich – der Feenkönig war in seine Falle gerannt. „Bedeutet das, dass Eure Majestät das Gläserne Zepter beiseite legt und mich zum Duell Mann gegen Mann fordern?“ Der Lyngarde griff kampfeslüstern nach dem Griff seines Krummschwertes.

„Dich unverschämten, lügnerischen lyngardischen Schurken werde ich so vernichten, wie ich es will!“, schrie der Feenkönig außer sich vor Zorn und richtete das Gläserne Zepter auf den erblassenden und zurückweichenden Lyngarden.

„Majestät! ... Nicht!“ Ovangar stürzte nach vorn, um Oberons Arm mit dem Orania-Zepter beiseite zu drücken. Aber es war zu spät. Die entsetzte Feenhalle sah, wie aus den tiefen Nebelschwaden, die das heilige Gläserne Zepter umwehten, plötzlich mit Urgewalt ein gleißender, fürchterlicher Blitz mit einem grauenvollen Schrei, der allen durch Mark und Bein fuhr, Xaraxar, den Kirmas der Lyngarden, tödlich niederstreckte.

Wie eine Schockwelle breitete sich eine Todesstille in der riesigen Feenhalle aus. Die Augen und Ohren weigerten sich, das eben geschehene Drama als Realität zu akzeptieren. Dann hörte man plötzlich, wovor man sich schon seit Jahren gefürchtet hatte: Von dem heiligen Zepter der Orania ging ein leise singender, bedrohlicher Ton aus, der langsam und stockend anschwoll, als wolle er das eben Geschehene erst überprüfen ... (die Feenhalle hielt den Atem an) ... und dann immer lauter wurde, bis ein schriller, schmerzhafter Ton die Feenhalle zum Bersten zu bringen schien. Alle starrten auf das entsetzliche Sterben des entweihten heiligen Gläsernen Zepters in Oberons Hand.

Der totenbleiche Feenkönig stand vom Schock wie erstarrt und war nicht in der Lage, seinen zitternden Arm nur einen Millimeter zu bewegen. Der grauenvolle, schrille Ton, den der Frevel des Feenkönigs ausgelöst hatte, schwoll bis zur Unerträglichkeit an und ließ das zitternde Gläserne Zepter mit einem gewaltigen Knall zu Staub zerspringen und in einem feinen Nebel aus der Hand des Feenkönigs für immer verwehen. Bestürzt sahen tausende Augen den Nebel über die verkrümmt am Boden liegende Gestalt des getöteten Lyngarden hinwegziehen und sich unsichtbar auflösen.

„Du Unglückseliger ... was hast du getan?"

Die tonlose Stimme der Feenkönigin füllte flüsternd gerade so weit den Raum, dass Oberon und der Kanzler sie hören konnten.

IM LABYRINTH LAURINS

„Er hat es getan! Der Unglückliche hat es getan!", rief Klining verzweifelt. Er hatte durch den roten Glasstein, den Olli ihm vor die Augen gehalten hatte, die unglückselige Tat des Feenkönigs beobachtet.

„Was hat wer getan? Warum regt ihr euch denn so auf? Was ist denn da zu sehen?" Olli hob den roten Glasstein vor sein Auge und blickte hindurch. „Ich sehe nur König Oberon auf dem Thron. Aber warum heult der denn so?"

„Steck den Glasstein weg, Olli, und hilf Vaskälindanya wieder auf die Beine. Wir müssen sofort Rinchen und die anderen rausholen!" Dann wandte sich Klining an den Tod, um sich zu bedanken. „Ich bin dir unendlich dankbar für diese wunderbare Reise und dafür, dass du uns direkt hierher gebracht hast. Ich wünschte, ich hätte mehr Zeit, um dir meinen Dank besser ausdrücken zu können, aber wir müssen sofort wieder ins Innere der Erde, um unsere Freunde zu retten."

„Ich weiß, kleiner Magier. Ich beneide dich nicht um deine Aufgabe. Das Schlimme ist ja, dass weder ich noch meine Schwester dir helfen können oder dürfen. Jetzt musst du den Helden finden. Nur er kann die sieben Siegel lösen. Sonst sind wir alle verloren. Aber du hast ja immer noch den Jungen bei dir." Dann lachte der Tod fröhlich: „Es war schön, euch kennen zu lernen. Die Freude, kleiner Freund, war wirklich ganz auf meiner Seite."

„Du hast wohl keine Angst vor dem Tod?", fragte Klining.

Der edle Jüngling lachte herzhaft. „Nein, mein Freund, ich habe keine Angst vor mir."

Klining wurde tief rot vor Verlegenheit, als er die Unsinnigkeit seiner Frage bemerkte. „Verzeih mir, das war sehr einfältig, aber daran siehst du, wie schwer es ist, seine Vorurteile wirklich abzubauen, wenn man die falschen Bilder im Kopf behält."

„Stimmt. Aber du denkst ja, wie ich sehe."

„Na ja ...", Klining schüttelte, immer noch beschämt, den Kopf.

Der Tod schmunzelte und verabschiedete sich: „Bis bald! Ich freue mich schon darauf, wenn wir uns eines Tages wiedersehen."

Als Klining ihn fragend anschaute, meinte der Tod lachend: „Siehst du, jetzt quatsche ich auch so gedankenlos einher wie du. Ich dürfte es dir ja eigentlich nicht sagen, aber wenn ihr den Helden findet und die Ordnung des Universums nicht gewaltsam aus den Fugen gerät, dann wird dein Freund Tala noch sehr, sehr lange auf dich warten müssen."

„Du meinst, es besteht noch Hoffnung?", fragte Klining.

Der Tod antwortete ernst: „Hoffnung besteht immer so lange, solange das Gegenteil noch nicht eingetreten ist. Hoffentlich findest du den Helden bald. Sonst wird es allerdings eng."

Klining schaute den Tod fragend an: „Ich sehe es dir an ... du weißt mehr, als du verraten willst."

„Als ich verraten darf, mein klitzekleiner Freund. Aber gib die Suche nach dem Helden nicht auf." Der Tod sah, dass der Junge der Hohepriesterin auf die Beine half und fragte Klining: „Wollt ihr weit in das Erdinnere?"

„Ja, sehr weit."

„Wollt ihr etwa wieder zum Situra-Hain?"

„Nein, wir müssen noch tiefer, zu den Schächten der Vulkan-Rubine."

„Dort habe ich noch nie eine Seele abgeholt. Deswegen kann ich euch nur bis zum Situra-Hain bringen. Kommt, steigt auf meine Hand, ich muss anschließend dringend zum Feenhof. Dort werde ich schon erwartet."

Klining fragte: „Wie heißt die Seele, die du abholen sollst, und wer hat dem Körper, in dem sie wohnte, das Leben genommen?"

„Xaxarar! Die Seele gehörte einem Lyngarden. Der ihm das Leben genommen hat, ist der Herrscher der Feen, Oberon." Der Tod bestätigte, was Klining im roten Glasstein gesehen hatte, als bittere Realität.

„Kommt ihr bitte schnell!", rief Klining.

Schnell stiegen die Hohepriesterin und die beiden Freunde auf die Hand des Todes. Aus den Wolken klang die Stimme Nandurs, der sich schon im Erdorbit von der Hand des Todes erhoben hatte und in die Erd-atmosphäre gesegelt war.

„Freunde, ich warte auf euch, bis ihr wieder an die Erdoberfläche kommt. Es spielt keine Rolle, wo. Ich kreise solange um den Erdball und sehe euch auf jeden Fall sofort. Viel Glück. Ich weiß, dass ihr es schafft, meine tapferen Freunde."

„Bitte schließt kurz die Augen." Die drei in der Hand des schönen Jünglings kamen seiner Aufforderung nach. Sie spürten eine leichte Bewegung und hörten ein Lodern von Flammen und die sanfte Stimme des Todes. „Ihr befindet euch im heiligen Situra-Hain. Ich wünsche euch viel Glück. Ihr werdet es brauchen, meine Freunde."

Sie öffneten langsam die Augen und sahen die weißen Flammen des heiligen Baumes vor sich. „Freunde, ihr müsst sofort weiter. Der Weg zu den Schächten der Vulkanrubine führt rechts an mir vorbei und dann durch Laurins Labyrinth. Dort müsst ihr euch immer stur rechts halten. Hört ihr? Immer nach rechts! Ich wünsche euch viel Glück. Wir sind in Gedanken alle bei euch." Die Worte und Sätze schwebten in ihr Bewusstsein.

Olli setzte seine Sonnenbrille auf und Klining folgte seinem Beispiel. Dann sah Olli, dass die Hohepriesterin des Grasvolkes ihre Augen vor dem blendend weißen Licht des Hains zusammengekniffen hatte.

„Vaskälindanya, wir haben leider keine passende Brille für dich. Halt die Augen geschlossen und gib mir deine Hand. Ich führe dich.“ Olli griff nach der zierlichen Hand der schönen Großschamanin und nahm Klining auf den Arm. „Ich gehe vor, Vaskälindanya. Bleib dicht bei mir.“ Ihre Hand ruhte angenehm warm in seiner. Er nickte dem heiligen Baum wie einem guten Freund zu: „Schö, Baum!“ ... und lief dicht rechts neben dem Baum vorbei in die Richtung, die der Baum mit seinen Ästen zeigte.

„Verirrt euch nicht in Laurins Labyrinth. Dann seid ihr verloren!“

Olli tastete sich aus dem heiligen Hain heraus. Die Hitze wurde immer unerträglicher und sie hatten das Gefühl auszutrocknen. Dann ließ die Hitze etwas nach und sie gelangten an eine schmale Felsspalte, die wie ein Eingang aussah.

„Bist du noch da, verehrte Freundin?“, fragte Klining.

„Ja, gleich hinter euch. Olli hat ja meine Hand. Heilige Mondsichel, ist das heiß hier. Ich muss dringend etwas trinken.“ Die Hohepriesterin wischte sich den Schweiß von der Stirn.

„Wir kommen bestimmt gleich an einem Wasserlauf vorbei. Hier unten gibt es überall kühle Quellen“, sagte Klining.

„Ich glaube, wir können unsere Sonnenbrillen jetzt abnehmen und du kannst die Augen öffnen.“

„Das muss der Eingang zu Laurins Labyrinth sein. Da müssen wir noch durch und dann haben wir, so hoffe ich, die Schächte der Vulkanrubine erreicht.“

„Wie sagte der Baum, wie sollten wir uns halten?“, fragte der Junge.

„Immer nach rechts!“

„Gut, dann los, damit wir bald eine Wasserader finden. Ich komme nämlich um vor Durst.“ Der Hohepriesterin klebte die Zunge am trockenen Gaumen.

Sie hielten sich in den engen, dunklen Gängen des in den Felsen gehauenen Labyrinths stur immer rechts. Nach unzähligen Abbiegungen, und ohne dass sie eine Wasserader gefunden hatten, hielt Vaskälindanya von Gotim keuchend an.

„Einen kleinen ... Moment, lasst mich ... bitte ... einen ganz ... kleinen Moment ... ausruhen.“ Ihre Stimme klang schleppend und die Worte kamen mühsam über ihre Lippen. Sie lehnte sich mit dem Rücken an die Wand des Gangs und rutschte langsam in die Hocke.

Erschöpft ließ sie die Arme und den Kopf auf die Knie sinken.

Olli schaute sich um: Nirgendwo in dem Felsgang war eine Spur von Feuchtigkeit zu entdecken. Er setzte sich gegenüber der schlanken kleinen Gestalt der Hohepriesterin ebenfalls in die Hocke.

„Möchtest du etwas zu essen?" Klining hatte seine Notration unter der Mütze hervorgeholt und bot Vaskälindanya ein paar geröstete Wollgrassamen an.

„Danke, ich habe keinen Hunger, Klining, nur wahnsinnigen Durst."

„Leider habe ich auch keinen flüssigen Schneeglöckchen-Nektar mehr und für den getrockneten benötige ich Wasser zum Anrühren."

Klining schaute auf den Jungen, der einen frischen, ausgeruhten Eindruck machte. „Hast du keinen Durst, Olli?"

„Nö, ich fühle mich fit wie ein Dattelaffe." Der Junge schaute auf die Hohepriesterin, die eingenickt war. „Klining, wenn du dich oben auf meine Schulter setzt, könnte ich Vaskälindanya tragen. Sie ist doch schon total erschöpft."

„Du brauchst auch deine Kräfte, mein Junge."

„Ich fühle mich aber total fit."

Klining wunderte sich über die Energie, über die der Junge offenbar verfügte, seit sie aus dem Universum zurückgekehrt waren. Er machte tatsächlich einen ausgeruhten und frischen Eindruck.

„Dann lass uns weitergehen, Olli. Wir wissen nicht, wie groß das Labyrinth ist. Und wir brauchen dringend Wasser. Ich halte das auch nicht mehr lange aus."

Klining setzte sich auf die Schulter des Jungen und Olli hob die erschöpfte Hohepriesterin auf seine Arme. Sie war federleicht und er spürte kaum ihr Gewicht. Sie seufzte kurz in ihrem Schlaf und legte zufrieden den Kopf an seine Schulter.

„Setz dich zu ihr, Klining. Dann brauchst du dich nicht auf meiner Schulter festzuhalten." Klining rutschte hinunter und machte es sich neben der Hohepriesterin bequem. Ein leichter Duft nach frischem Gras stieg in seine Nase. Er wurde auf einmal sehr müde.

„Schlaf nur, Klining. Wenn etwas ist, wecke ich euch."

„Reiß dich zusammen und steh auf", flüsterte Titania Oberon zu, der immer noch totenbleich auf seinem Thron saß und zuschaute, wie vier Prätorianer die Leiche des toten Kirmas der Lyngarden aus der Halle trugen. Die Vertreter der Völker erhoben sich und erwiesen dem Toten die letzte Ehre.

Ovangar beugte sich über den Feenkönig: „Wenn du jetzt nicht sofort aufstehst, wird deine Herrschaft zusammenfallen wie ein Kartenhaus. Dann trete ich sofort als Kanzler zurück, darauf kannst du Gift nehmen."

Oberon stand mit einer schemenhaften Bewegung auf und blickte dem Leichenzug wie abwesend hinterher.

„Hebe wenigstens deine Arme zum letzten Gruß, so wie man es von einem Herrscher erwartet." Die Feenkönigin bemerkte verzweifelt die tiefe Apathie, in die ihr Gatte gefallen war.

Oberon hob beide Hände weit ausgestreckt mit den Handflächen nach außen schräg nach oben. Der traditionelle letzte Gruß für hohe Verstorbene, die die Feenhalle für immer verließen. Automatisch schlossen sich die vielen tausend Anwesenden dem Gruß ihres Herrschers an, um den hohen Rang des Lyngarden zu ehren.

Unsicherheit und Panik hatten die versammelten Feen, Elfen und die anderen Geisterwesen in der Feenhalle ergriffen. Würde sie jetzt alle der Fluch des entweihten und zerstörten Gläsernen Zepters treffen und sich das erfüllen, wovor sie alle Angst gehabt hatten? Jeder von ihnen wusste, das durch das Insignium der Königsmacht nie etwas Lebendiges getötet oder auch nur geringfügig verletzt werden durfte, denn dann wäre das heilige Zepter entweiht und der Untergang der Reiche gewiss. Und genau das war durch den Leichtsinn Oberons passiert. Hatte der Feenkönig jetzt wirklich seine Macht verloren? Würden nun, wie im Reich der Menschen, in den Vereinigten Feen- und Geisterreichen Unfrieden, Chaos und Krieg einkehren? Mit eigenen Augen hatte man gesehen, wie das Symbol der Macht, das heilige Gläserne Zepter, in Oberons Händen zu staubfeinem Nebel zerstob. Aber man hatte auch das Ende des Lyngarden gesehen, der sich so unverschämt gegen den Herrscher empört hatte. War Oberon die Macht genommen, die bisher alles, wenn auch manchmal sehr mühsam, im Gleichgewicht gehalten hatte? Der Feenhof starrte atemlos auf den Herrscher.

Plötzlich weiteten sich die bisher teilnahmslosen Augen des Feenkönigs. Tief in sich spürte Oberon, wie eine starke, unheimliche Macht Besitz von ihm ergriff. Buchstaben und Worte formten sich in seinem Inneren und gruben sich in sein Bewusstsein: „Zwing alle auf die Knie! ... Alle sollen auf dem Boden vor dir kriechen! ... Ich bin die wahre Macht und ich bin in dir!"

Oberon sah, wie sich seine Arme ohne seinen Willen senkten und nur die rechte Hand sich mit ausgestrecktem Zeigefinger wieder hoch erhob und auf die Menge in der Feenhalle zeigte.

„URUGOLANTIERA BA! BATA BA!"

Dunkel und fremd hörte der Herrscher seine Stimme durch die riesige Feenhalle peitschen. Ein schauderndes Grausen erfasste die Anwesenden. Wie gebannt starrten sie beklommen auf den Zeigefinger des Feenkönigs, der sich zeitlupenartig senkte und sie alle unerbittlich auf die Knie zwang. Erst als jeder seine Stirn schmerzhaft auf den Boden presste, blieb der Zeigefinger stehen.

„URUGOLANTIERA BA! BATA BA!"

Die Feenkönigin, die – weinend vor Schmach – ihre Stirn auf den kalten Boden pressen musste, bemerkte nicht das erbarmungslose Lächeln ihres Gemahls.

Kurz bevor die Stirn des Kanzlers auf den Boden gezwungen wurde, konnte er noch sehen, dass Laurin weiterhin in unveränderter Stellung auf seinem kleinen Rappen saß und die gedemütigte Königin grausam und kalt musterte.

Laurin blickte dann mit einem bösen, zufriedenen Lächeln auf Oberon, griff an seinen Mantel und verschwand urplötzlich mit seinen Gefangenen.

RAGNUR, DER RETTER

Olli schaute besorgt auf Vaskälindanya und Klining. Sie schliefen beide unruhig und völlig erschöpft in seinem Arm. Ab und zu stöhnten sie leise. Die Hitze im Labyrinth nahm immer mehr zu, je weiter sie in die Tiefe der Erde vordrangen. Die mörderische

Trockenheit schien die Kehlen der beiden ausgedörrt zu haben, und durch den enormen Flüssigkeitsverlust fiel ihnen das Atmen immer schwerer. Der Junge spürte, wenn er jetzt nicht bald Wasser fand, würde sich der ernste Zustand seiner Freunde dramatisch verschlechtern. Ihre kleinen Körper vertrockneten unter seinen Augen. Besonders Klining schien kurz vor dem Ende zu stehen. Sein Körper war zu winzig, um der unbarmherzigen Trockenheit lange zu widerstehen. Sein kleines Gesichtchen sah schon richtig ausgemergelt aus.

Die Verzweiflung trieb Olli die Tränen in die Augen. Sollte er seinen geliebten Freund und die von ihm so verehrte Großschamanin des Grasvolkes jetzt und hier verlieren? Er blieb stehen, lehnte sich gegen die Wand und ließ sich, weniger aus fehlender Kraft als vielmehr aus Enttäuschung und Wut, in die Hocke rutschen. Bis jetzt hatten sie so viele Abenteuer gemeinsam überstanden, auch wenn sie diesen blöden Helden immer noch nicht gefunden hatten. Aus welchem Grund mussten seine beiden Freunde so leiden und er nicht? Komischerweise verspürte er trotz der Trockenheit und Hitze keinen Durst und fühlte sich taufrisch. Er spürte die nasse Spucke wohltuend in seinem Mund. Ihm ging eine Idee durch den Kopf. Wenn er seine Flüssigkeit an seine Freunde weitergeben würde? Er sammelte die Spucke in seinem Mund und beugte sich kurz entschlossen über das Gesicht von Vaskälindanya, presste seinen Mund auf ihren und schob mit der Zunge seine Spucke in ihren Mund. Dann nahm er seinen Kopf zurück und beobachtete, wie sie, trotz ihrer tiefen Erschöpfung, halb ohne Bewusstsein, seine Spucke aufnahm und mühsam runterschluckte. Er sammelte erneut die Spucke und beugte sich wieder über sie.

„He! ... Du Schwerenöter! Ich hab ja gewusst, dass du bei den Mädels groß rauskommst!“

Olli fuhr vor Schreck hoch und sah Ragnur, der fröhlich wie ein Pfeil angesaust kam, ganz verwirrt entgegen. Der zweiköpfige Vulkanadler landete grinsend auf seinem Knie und seine vier Augen ruhten wohlgefällig auf der schönen Hohepriesterin.

„Das ist doch die Süße vom Deich, nich', Olli?“, fragte der linke Kopf des kleinen Raubvogels.

„Süß ist sie, aber ist sie nicht ein bisschen zu alt für dich?“ Der rechte Kopf schaute etwas verwundert.

„Raggi, bin ich froh, dass ich dich sehe!" Olli weinte erst einmal vor Erleichterung.

„He, Krieger ... du musst doch nicht heulen, wenn du sie küsst."

„Deswegen doch nicht! ... Raggi, du musst mir sofort helfen. Die beiden vertrocknen. Kannst du mir sagen, wo ich hier im Labyrinth Wasser finde?"

„Wasser? Wasser gibt es hier in der Wand." Der linke Kopf zeigte auf die Felswand über Olli.

„Raggi, ich brauche keine Wasserader unter Felsen. Ich muss eine haben, wo ich rankomme, verstehst du?"

„Ja sag ich doch: die da!"

„Kannst du mir sagen, wie ich da an das Wasser kommen soll?", fragte Olli aufgeregt. „Raggi, bitte, die sterben sonst."

„He, Kleiner, reg dich bloß nicht auf. Du hast einen Vulkanadler als Freund."

Ragnur schwirrte hoch, flog einen kurzen Kreis und hieb mit beiden Schnäbeln über Olli so hart in den Fels, dass die Felsbrocken nach allen Seiten wegsprangen. Plötzlich sprudelt klares, frisches Quellwasser aus dem Loch und wie ein Wasserfall über den Jungen und seinen zu Tode erschöpften Freunden.

„Mensch, Raggi, wenn wir dich nicht hätten!" Olli kraulte seinen kleinen Freund unter den Schnäbeln. „Raggi hat euch das Leben gerettet!", erklärte der Junge stolz Vaskälindanya und Klining, die nass, inzwischen aber wieder gut erholt auf kleinen Felsbrocken saßen und von Klinings Notration knabberten.

„Und Ollis heiße Küsse, die können Tote aufwecken!", kicherte der linke Kopf des Vulkanadlers.

„Raggi, wehe ...!" Olli machte scherzhaft die Geste des Halsumdrehens.

„Wer hat hier wen geküsst?" Vaskälindanya von Gotim bekam große Ohren.

„Ich ... äh ...!" Olli wand sich vor Verlegenheit und bekam einen puterroten Kopf.

„Wenn du es nicht erzählst, dann erzähle ich es, Olli!" Der rechte Kopf des Vulkanadlers schilderte ausführlich, wie er Olli verzweifelt in dem staubtrockenen und heißen Gang des Labyrinths antraf und wie dieser versuchte, seine Freunde zu retten.

„Das hast du für mich getan, Olli?“ Die schöne Hohepriesterin war ganz gerührt. Sie stand auf, ging zu dem Jungen, der an die gegenüberliegende Wand gelehnt saß, nahm sein Gesicht in beide Hände und gab ihm einen dicken Kuss auf den Mund. „Das Mädchen, in das du dich mal verliebst, ist wirklich zu beneiden!“, strahlte sie ihn an. Ollis Verlegenheit trieb ihm wieder die Röte ins Gesicht.

„Vaskälindanya, wenn du schon mal dabei bist, dann gib ihm in meinem Namen auch einen dicken Kuss“, schmunzelte Klining.

„Mit Vernügen, werter Freund, mit Vergügen.“ Olli bekam einen weiteren liebevollen Schmatz auf den Mund.

„Nu is' aber genug.“ Olli wischte sich den Mund ab und dachte erschrocken daran, dass er, wenn Vaskälindanya ihm jetzt noch einen Kuss gab, sein Leben als knallrote Tomate beenden müsste. „Küss lieber deinen richtigen Lebensretter.“

„Da hast du Recht!“, lachte die Priesterin des Grasvolkes, und ehe sich der verblüffte Vulkanadler versah, hatte sie ihn von Ollis Knie geschnappt und gab dem rechten Kopf einen dicken Kuss, wobei sie voll sein Auge traf.

„Und wer küsst mich armen Piepmatz?“, tschiepte treuherzig der linke Kopf.

„He, du bist doch der Frechere von euch beiden?“, fragte ihn Vaskälindanya schelmisch. „Aber gut, auch du sollst deinen Schmatzer haben.“

„Du alter Abstauber!“, maulte der rechte Kopf. „Was soll sie jetzt von uns denken?“

„Wieso? ... Ein Vogel, zwei Küsschen. Sie hat doppeltes Glück, die schönste aller Frauen.“

„Schleimbolzen!“

„Ich doch nicht! Was stimmt, das stimmt ... nich', Olli?“

„... hm ...“

„Hm ja ... oder hm nein?“

„Hm ja, natürlich!“

„Hm ja. Da fühle ich mich als alte Frau aber geschmeichelt, meine Herren“, freute sich die schönste aller Frauen.

„Du bist doch nicht alt!“ Der Mund eines Jungen und die zwei Schnäbel eines Vogels bildeten einen empörten Dreierchor.

Vaskälindanya fühlte sich prompt wieder gut erholt.

„Da muss ich den dreien aber Recht geben, meine Liebe", rutschte es Klining heraus.

Vaskälindanya fühlte sich jetzt wieder voll und ganz erholt.

„Raggi, weißt du, wo sich die Schächte der Vulkanrubine befinden?", fragte Olli seinen tschiependen kleinen Freund.

„Klar, am Nordausgang des Labyrinths. Wenn du Glück hast, siehst du dort auch gleich in den winzigen Felsspalten Rinchen und Vildo. Die buddeln dort nach Vulkanrubinen. Du weißt ja, der Ersatz für die Rubine, die Gulf gefuttert hat."

„Ich weiß", sagte Olli bedrückt. „Ist das noch weit, Raggi?"

„Nein, etwa eine Stunde Fußmarsch von hier. Ich kann euch leider nicht hinfliegen. Ich bin zu klein", tschiebte der gefährliche Raubvogel, der innerhalb weniger Minuten ein ganzes Rind zerfetzen und verschlingen konnte, wie ein kleiner Piepmatz.

„Sei nich' so albern, Raggi", lächelte Olli und kraulte seinen kleinen Freund unter den Schnäbeln. „Sag ma', was ist denn so Besonderes an diesen Vulkanrubinen?"

„Das sind die kostbarsten und größten Rubine, die es überhaupt gibt. Feuerrot wie dunkle Lava. Ich schwirr schon mal los und sag Rinchen und den anderen, dass ihr kommt."

„Wie, du kannst zu Rinchen fliegen?"

„Aber sicher. Die hat mich doch losgeschickt, um mal zu sehen, wo ihr bleibt." Raggi schüttelte sein Gefieder und schwirrte ab.

IN DEN SCHÄCHTEN DER VULKANRUBINE

Valentirina beugte sich vorsichtig aus der engen Felsspalte und lugte in den Vulkanschacht, der senkrecht nach unten führte und wo tief unten die fast glühend weiße Lava brodelte.

„He, Valmin, wir lassen jetzt einen ganz dicken runter!"

„Is' gut, Rinchen!"

Valmin trat aus dem Sammelstollen auf den schmalen Felsgrat im Schacht des Vulkans und schaute nach oben. Langsam kam der kostbare dunkelrote Edelstein an einem hauchdünnen Seil aus Spinnenseide heruntergeschwebt.

„Stopp!", rief Valmin durch den Trichter seiner Hände nach oben.

Valentirina und Vugur fassten das Seil fester und es hörte auf, durch ihre Hände zu gleiten. Der riesige Rubin schwebte über Valmins Kopf.

Er rief in den Stollen hinein: „Vildo! ... Komm ma' und fass ma' mit an, den kriege ich nicht alleine in den Stollen." Dann hob er wieder seinen Kopf und schrie: „Rinchen! ... Jetzt langsam noch ein bisschen Seil ... stopp ... noch ein bisschen ... stopp ... jetzt mehr ... stopp! Klasse, wir haben ihn!"

Valmin keuchte, als er den roten Edelstein mit Vildo in das schummrige Licht des Sammelstollens rollte.

„Puh, das ist aber ein Prachtstück", meinte Vildo bewundernd. „Damit könnte sich Gulf den Bauch mal so richtig voll hauen."

„Stimmt! So einen großen und schönen hatten wir bisher noch nicht." Valmin wischte sich den Schweiß aus den Augen.

„Viel zu schön für den alten Geizknochen Laurin." Ein feines, gieriges Glänzen trat in Vildos Augen. Er schlug schnell die Augen nieder, aber Valmin hatte trotzdem schon das verräterische Glimmen gesehen und fuhr seinen Freund an.

„Nicht schon wieder! Beherrsch dich bloß! Unsere blöde Unbeherrschtheit hat uns schließlich in den Schlamassel gebracht!"

„Ach, reg dich nicht auf. Ich wollte damit bloß sagen, dass Laurin sie doch nicht alle hat. Den frisst seine Gier nach Reichtümern noch mal auf."

„Ja, ja. Und alle anderen Zwerge kriegen das große Kotzen, wenn sie Gold und Juwelen sehen, du Gierlappen?"

Vildo streckte ihm die Zunge raus und lachte. „Was kann ich für meine Gene?" Dann wurde er ernst. „Valmin, guck ma', fällt dir was auf?"

„Nee, was?"

" Der Rubin sieht anders aus!"

„Wie anders?"

„Anders – klarer, roter. Da kann man richtig durchgucken!"

„Hm ... du hast Recht. So einen hab ich schon mal gesehen – aber wo?" Valmin kratzte sich am Kopf.

In dem Moment kam Raggi in den Schacht geflitzt. „He, Leute, Olli und Klining kommen ... und die grüne Schöne."

„Mensch, Raggi, das ist ja toll!", freute sich Valmin. „Sag Rinchen und Vugur Bescheid; und die sollen runterkommen."

„Mach ich, Kumpel." Ragnur sauste in den Vulkanschacht und brüllte, beide Schnäbel wie Trompeten nach oben gerichtet, laut: „Riiinnnncccchhhheeennnnn ... Olli und Klining kommen!!!! Ihr sollt ... runter ... kommen!"

„Was ist los?", rief Rinchen von oben.

„Olli und Klining kommen ... und die grüne Schöne!"

„Jiipppiiiii! ... Endlich!" Rinchens Freudenschrei hallte durch den Schacht der Vulkanrubine. Schon rutschten Rinchen und Vugur am Seil auf dem schmalen Felssims herab und kletterten in den Sammelstollen.

„Raggi, das ist ja klasse! ... Bin ich froh, jetzt werden wir gerettet!" Vugur strahlte vor Freude und umarmte Valmin und Vildo.

„Wo sind sie jetzt und wie lange brauchen die noch bis hierher?"

„Höchstens 'ne Dreiviertelstunde, mehr nich'."

Rinchen stutzte plötzlich und schaute auf den großen Rubin, der vor ihnen lag. „Du, Valmin, täusche ich mich? Der sieht doch anders aus ... oder?"

„Habe ich auch schon gesagt. So einen habe ich schon mal gesehen. Ich weiß im Moment bloß nicht, wo."

„Olli hat auch so einen roten Glasstein, nur der hier ist viel größer." Ragnur hüpfte auf den roten, durchsichtigen Stein, der plötzlich leuchtete. „Seht ihr ... und leuchten wie Ollis Stein tut der auch."

„Genau", sagte Valmin verwundert. „Wo habt ihr den her?"

„Oben aus der ganz engen Felsspalte rausgehauen. Da sind noch viel mehr. Ich glaub, da ist ein riesiges Vorkommen. Der hier ist noch winzig", sagte Vugur.

Vildo klatschte sich mit der Hand vor die Stirn. „Zwerg! Dass ich daran nicht gleich dran gedacht habe. Das Vorkommen muss sich von eurer Felsspalte da oben bis hier unten auf die Höhe des Sammelstollens ziehen. Hinten ist am Ende einer ganz engen Felsspalte ein niedriger Gang. Der ist so winzig, da musste selbst ich durchkriechen. Am Ende des Gangs sind die gleichen roten Steine."

„Kommt, das gucken wir uns mal an."

„Hier ist die Felsspalte. Ihr müsst auf den Knien hindurchkriechen. Passt auf, dass ihr euch nicht den Kopf stoßt."

Ragnur maulte: „Und wie komme ich da durch? Ich bin ja viel zu dick für so 'ne klitzekleine Felsspalte."

„Raggi, sei lieb. Warte hier, wir sind ja gleich wieder zurück." Rinchen kraulte die beiden Köpfchen unter den Schnäbelchen. Dann folgte sie den anderen, die bereits durch den engen Spalt krochen und ihre Zipfelmützen hinter sich herzogen.

„Hier sind die Steine. Aber schaut mal, da geht es ja noch weiter. Ihr müsst auf dem Bauch robben." Schon robbte sich Vildo wie eine flinke Eidechse durch den winzigen, engen Gang.

„He, kommt, das glaubt ihr nicht, das müsst ihr gesehen haben!" Vildos Stimme klang zu ihnen wie das Echo aus einer riesengroßen Halle.

Hinter Valmin robbten Rinchen und Vugur, flach auf dem Bauch, durch den niedrigen, winzigen Schacht, der hier durch eine Laune der Natur entstanden war. Am Ende half ihnen Vildo auf die Beine. Sie standen auf und prallten zurück. Der Anblick raubte ihnen den Atem. Sie standen in einer riesigen, hohen Felsenhalle, an die sich weitere, nicht ganz so große Hallen und Höhlen mit unterschiedlichen Höhen anschlossen. Aber das war es nicht, was sie so sprachlos machte. Die Rückseite der Halle war eine riesige Wand aus dem gleichen roten, durchsichtigen Edelstein, wie sie ihn gerade im Sammelstollen bewundert hatten. Die Edelsteinwand schien sich in den anderen Hallen und Höhlen endlos fortzusetzen.

„Das glaube ich einfach nicht." Valmin wollte seinen Augen nicht trauen, lief zu der roten, glasklaren Wand und klopfte dagegen. Der leise singende Ton schwoll an und verlor sich in der Größe des Steins und in der Weite der Hallen.

„Der ist aus einem Stück", staunte Valmin. „Das muss ein riesiger Rubin sein."

„Nein, das ist ein Kristall, Freunde." Raggi kam von hinten aus einer der vielen Höhlen geflogen und setzte sich neben Rinchen auf einen Felsen.

„Äh! Wo kommst du denn her, Raggi?"

„Ich bin hintenrum durch meinen Spezialeingang geflogen."

„Was, du kennst diesen unfassbaren Stein?"

„Klar doch. Ich bade hier öfter in den Schächten in der Lava. Die ist so schön warm, fast so wie bei uns zu Hause auf Island."

„Du badest in Lava?" Vier Augenpaare starrten ihn ungläubig an.

„Ja sicher, man kann doch nicht immer rumfliegen wie ein Dreckspatz!“, kicherte der linke Kopf des Vulkanadlers.

„Wir könnten ruhig öfter baden“, nörgelte der rechte Kopf.

„Zu viel ist ungesund. Außerdem findest du ja nie aus der Lava heraus.“ Der linke Kopf wandte sich an die Zwerge: „Manchmal liegen wir wegen dem drei Wochen und länger in der Lava. Da wird einem zuletzt das ganze Gefieder schrumpelig.“

„Du bist bloß zu faul, die Federn auf deiner Seite zu glätten“, maulte der rechte Kopf.

„Seit wann weißt du von diesem Rubin?“, unterbrach Vildo die beiden Köpfe.

„Ich sagte doch, das ist kein Rubin. So groß werden Rubine nicht. Das ist ein riesiger Kristall. Der zieht sich unter dem ganzen Südpol der Erde hin. Außerdem kann man durch den durchschauen. Müsst ihr mal machen. Das ist wie das Fernsehen bei den Menschen.“

„Waaaas?“ Die klitzekleinen Zwerge schauten den kleinen Vulkanadler an, als hätte der den Verstand verloren.

Valmin fing sich als Erster: „Du meinst, wir befinden uns hier unter dem Südpol? Und der Rubin – ich meine, dieser Kristall – ist so groß wie der Südpol?“

„Ja sicher, da steht doch die Erdachse drauf. Darum müsst ihr ein bisschen aufpassen. Wenn ihr an dem Kristall zu viel herumkloppt, dann knallt es.“

„Raggi, du machst uns noch ganz wuselig. Was meinst du damit: ‚Da steht die Erdachse drauf‘?“

Raggis vier Augen verdrehten sich über so viel Unverstand seiner Freunde komisch nach oben. „Das hat vor ein paar hundert Jahren mal mein Opa erzählt. Der hat diesen Kristall per Zufall, als er hier in den Lavaschächten badete, gefunden. Dieses Geheimnis hat er meinem Papa erzählt und der mir.“

„Wer weiß sonst noch davon?“

„Keiner. Nur ihr jetzt. Aber ihr plappert jaaa nicht! Nachher kommen die anderen Vulkanadler auch noch zum Baden vorbei, und dann ist es hier aus mit der herrlichen Ruhe. So ’ne saubere Lava findet man heute nicht mehr überall.“

„Ragnur, weiß dein Herr, König Laurin, von dem roten Kristall?“

„Was heißt hier ‚mein Herr'? Vulkanadler haben keine Herren." Ragnur warf sich selbstbewusst in die kleine Brust. „Nee. Der in seiner verrückten Gier nach Juwelen und Gold würde doch nur total ausflippen. Von dem Kristall ahnt keiner was, und das ist auch gut so."

„Warum? Komm, Raggi, was hat dir dein Opa von der Erdachse erzählt?"

„Er sagte, dass die Achsen aller Sterne und Planeten, auch die ihrer Trabanten, im ganzen Universum auf roten Kristallen stehen. Alle Achsen sind mit einem Schlüssel auf den roten Kristallen fest justiert. Auch bei uns auf dem blauen Planeten, meinte mein Opa. Jeder Kristall hat seinen eigenen Schlüssel, der auf dem jeweiligen Stern oder Planeten von besonders vertrauenswürdigen Hütern bewacht wird. Auch hier bei uns. Nur mit diesem geheimnisvollen Schlüssel lässt sich der rote Kristall drehen und die Neigung der Erdachse verstellen. Wie ihr sicher wisst, bestimmt die Neigung die Anordnung der Klimazonen und eigentlich alles sonst. Die augenblickliche Neigung unserer Erdachse ist der Garant für die bestehende Ordnung der Dinge, so wie sie jetzt ist. Wird die Neigung verändert, stellt sich das Chaos der Urzeit wieder ein und alles bekannte Leben erlöscht. Überdreht man den Schlüssel, bricht der Kristall und damit die Erde auseinander ... das sagte wenigstens mein Opa ... und der war nicht doof."

„Das ist ja Wahnsinn! Und wer hat den Schlüssel, Raggi?", fragte Rinchen neugierig.

„Das weiß ich nicht", schüttelte Ragnur seinen rechten Kopf. Der linke Kopf sagte: „Ich weiß nur, dass ihr hier nicht so viel an dem Kristall herumkloppen solltet. Sonst passiert womöglich noch was Schlimmes. Mein Opi meinte, wenn nur ein Kristall im Universum überdreht wird, gibt es 'ne Kettenreaktion durch den gesamten Kosmos ... und dann heißt es: Peng! ... Aus!"

LAURIN SIEHT DEN ROTEN KRISTALL

Plötzlich hoben sich Ragnurs Köpfe. „Mist, da habe ich den Eingang nicht verschlossen."

Die Freunde hörten wunderbar helle Klänge, wie von verwunschenen Glöckchen, die schnell näher kamen. Nur wenig später ritt Laurin auf seinem zierlich edlen Rappen im schnellen Trab in die Halle.

Laurin war wie immer überaus kostbar gekleidet und trug natürlich den berühmten Mantel Gulfriga, mit dem er sich auf der Stelle unsichtbar machen konnte und, wie eine dunkle Bedrohung, sein nach Blut lechzendes Zauberschwert Balmuni. Seine Taille war mit dem prunkvollen Schwertgürtel, der der Legende nach dem Zwergenkönig die Stärke von zwölf Männern verleihen sollte, umgürtet.

„Ah, Ragnur, du bist schon da? Kanntest du den Weg, mein doppelköpfiges Spätzchen?"

Ragnur schaute aus vier Augen treuherzig und schüttelte beide Köpfe voller Unschuld.

Laurin hatte seinen Blick aber schon auf den riesigen roten Kristall gerichtet. Seine Augen glänzten, seine Hände zitterten und verrieten seine Aufregung.

„Das ist er also, Freunde! Der rote Kristall!" In seine Augen trat für einen winzigen Augenblick der Ausdruck ehrfürchtiger Andacht. „Hier entscheidet sich das Schicksal allen Lebens. Ob es in Harmonie verläuft oder dem Chaos ausgeliefert ist. Hier liegt der Schlüssel zur Macht. Ich bin euch sehr zu Dank verpflichtet, dass ihr ihn für mich gefunden habt."

„Wieso, wir haben den doch nicht für dich gesucht", sagte Vildo wütend.

„Meinst du, mein Jungchen? ... Was glaubst du denn, was ihr hier die ganze Zeit getan habt?", fragte Laurin höhnisch.

„Wir sollten doch nach Vulkanrubinen graben, damit wir dir den Schaden aus der Rubinschlucht wieder ersetzen können ... oder nicht?"

Laurin lachte verächtlich: „Pah! ... Vulkanrubine! ... Mit den billigen Klunkern kann ich euch totschmeißen. Ich suchte den roten Kristall. Wenn die Felsspalten so eng werden, dass selbst mein kleiner Spatz Ragnur sich nicht mehr hindurchquetschen kann, dann müssen eben so Winzlinge wie ihr her – logo?"

„Das heißt, wir haben die ganze Zeit umsonst geschuftet?", schimpfte Rinchen wütend.

„Wenn du die Vulkanrubine meinst – ja. Aber wenn du mir

versprichst, dir eine Halskette davon machen zu lassen und die dann auch zu tragen, dann schenke ich dir alle Rubine, die du und deine Herren Freunde hier ausgebuddelt habt. Willst du?", fragte Laurin Rinchen listig.

„Ja gern!", rutschte es Valentirina spontan heraus. Dann biss sie sich auf die Zunge. „Die sind ja viel zu groß für mich!"

„Ja eben!" Laurin wollte sich wegschmeißen vor Lachen.

„Witzig! ... Muss ich schon sagen, sehr witzig!" Rinchen war vor unterdrückter Wut rot angelaufen.

Laurin sagte, immer noch grinsend: „Ich war von Anfang an hinter dem roten Kristall her. Wer den beherrscht, beherrscht die Erde. Und es hat ja auch hervorragend geklappt."

„Wie hast du die Halle hier gefunden?"

„Ich bin Ragnur gefolgt." Laurin wandte sich an Ragnur: „Du hast immer wieder den richtigen Riecher, Spätzchen!"

Der Zwergenkönig wurde urplötzlich ernst und ein böses Funkeln trat in seine Augen. „Der Schlüssel? ... Ich muss endlich diesen verdammten Schlüssel haben. Ragnur, wo im Labyrinth liegt nun dieser Zauberfirlefanzheini?"

„Wer?"

„Klining von Olgursam ... wer sonst!"

„Liegen? Der liegt nicht. Der müsste gleich mit den anderen beiden da sein", sagte Raggi.

Laurin schaute ungläubig.

Ragnur fragte verblüfft: „Wieso? Sollten die irgendwo im Labyrinth herumliegen? Das wäre doch nicht gut. Die würden da doch austrocknen wie die Trockenpflaumen in der Sonne."

„Nein, so war das nicht gemeint. Ich wollte nur wissen, wo die Rast machen", reagierte Laurin schnell.

„Ach so. Die haben schon Rast gemacht, die sind gleich hier!"

„Was für einen Schlüssel meinst du, König Laurin?", fragte Rinchen neugierig.

„Das Perlenzepter eures Kamarins, meine Holde. Das ist der geheimnisvolle Schlüssel für den roten Kristall. Das Perlenzepter liegt in der heiligen Königslade, die euer Zauberfirlefanzheini Klining unter seiner Mohrrübenmütze trägt."

Plötzlich beugte er sich vor, schaute die vier Winzlinge böse an und sagte: „Na, da wollen wir mal. Ragnur, flieg ein wenig zur

Seite, wenn du nicht auch wie ein Stück Dreck auf dem Boden herumrutschen willst."

Laurin setzte sich bequem, ein Bein lässig über den Sattelknauf schlagend, in seinem Sattel zurecht und schaute mit böser Vorfreude auf die vier klitzekleinen Zwerge, die ihn aus ihren acht blauen Kulleraugen verständnislos anschauten.

Urplötzlich sanken sie auf die Knie und pressten ihre Köpfchen auf die Erde. Na also, dachte der Zwergenkönig, auch diese widerspenstige Zwergenbrut war kleinzukriegen. Kaum hatte er diesen Gedanken zu Ende gedacht, wurde er selbst von seinem Pferd auf den Boden geschleudert und presste die Stirn auf den Boden. Wieder schnitt die uralte Stimme durch sein Bewusstsein. „Du musst die Königslade in deine Gewalt bekommen! ... Ich will endlich hier raus! ... Hörst du?" Laurin wand sich am Boden.

„Also, so viel Ehre braucht ihr alle mir wirklich nicht anzutun." Ragnur blickte von seinem Felsen herunter auf die sich am Boden Windenden.

Valmin erhob sich verstört als Erster. „Was war das?"

„Ich weiß nicht", sagte Rinchen. „Das hat mir einfach die Stirn auf den Boden gepresst."

„Habt ihr auch die Stimme in euch gehört? Die hat mir doch glatt den eigenen Willen ausgesaugt."

„Ja, das war vielleicht komisch. Guck ma', Laurin rutscht auch auf dem Boden rum." Vugur zeigte auf den Zwergenkönig, der gerade verwirrt seinen Kopf hob.

„Wisst Ihr, was das war, König Laurin?"

Laurin erhob sich verlegen. „Was soll da gewesen sein?"

„Na, Vugur meint, warum auch du so unterwürfig auf dem Boden herumgekrochen bist?", fragte Ragnur interessiert.

Laurin klopfte sich den Staub von den Knien und stieg wieder auf sein kleines Pferdchen. „Ich und unterwürfig? Quatsch! Ich habe nur einen Ohrring verloren, und den habe ich gesucht. Kann ja jedem mal passieren."

Hätte mich auch gewundert, dachte Ragnur. Laurin und unterwürfig ... das ganze Zwergenreich würde brüllen vor Lachen.

„Mir hat's bald die Ohren zerrissen. So hat die Stimme in mir rumgequakt. Ich sollte Klining die Königslade klauen und Euch geben, König Laurin. Is' doch komisch, nicht?", sagte Valmin.

„Genau! Genau so, mit dem gleichen Quark, hat die Stimme in mir geklungen, genau so!“ Rinchen war mit einem Mal ganz aufgeregt. Sie schaute misstrauisch auf den Zwergenkönig. „Da stimmt doch irgendetwas nicht. Das hängt doch bestimmt mit diesem roten Kristall zusammen?“

Ragnur sagte: „Ich guck ma', wo Olli und die anderen bleiben.“ Rinchen wollte ihn noch aufhalten, aber der Vulkanadler war schon wie ein Pfeil aus der Halle geschossen.

Laurin saß wieder lässig auf seinem Pferd und spielte wie gelangweilt mit seinem Schwert Balmuni.

„Ist es wirklich so scharf, wie man erzählt?“ Vildo interessierte sich für Waffen. Außerdem kannte jeder Zwergenjunge die Legende von Balmuni.

Laurin lächelte böse. Eine Demonstration seines gefürchteten Schwertes konnte hier nicht schaden. Sie würde jede eventuell aufkommende Kampfeslust von vornherein im Keim ersticken. Auf einen kleinen Schenkeldruck raste sein kleiner Rappe aus dem Stand in einem Höllentempo quer durch die Halle. Laurin stoppte das Pferdchen urplötzlich im vollen Galopp, Ross und Reiter drehten sich wie ein Wirbelwind auf der Stelle, und schon kam das Pferdchen wieder in wahnwitzigem Tempo auf Vildo zugerast. Kurz vor Vildo beugte sich der Reiter blitzschnell tief aus dem Sattel, hob einen großen Felsbrocken vom Boden auf, und gerade als Vildo entsetzt meinte, der Rappe würde ihn überrennen, stoppte Laurin sein Pferdchen einen Zentimeter vor Vildos Nase. Die ganze Zeit hatte der Zwergenkönig keine Zügel benutzt.

Rinchen klatschte angesichts des tollen Reiterkunststücks des Zwergenkönigs gegen ihren Willen begeistert in die Hände.

Laurin hob die Hand mit dem Felsbrocken und zeigte ihn Vildo. „Pass auf, ich zeige es nur einmal!“ Er zog mit der anderen Hand sein Schwert und hielt Balmuni mit aufgestellter Schneide etwa dreißig Zentimeter unter den Felsbrocken. „Jetzt!“ Er ließ den Felsbrocken auf die Klinge des Schwertes fallen. Man hörte ein leises Singen, als der harte Felsbrocken die Klinge berührte und zu zwei gleichen Teilen zerschnitten zu Boden fiel.

„Sieh dir den Felsbrocken an, mein Junge, dann weißt du, warum Balmuni so ein berühmtes Schwert ist.“ Laurin steckte die unscheinbare Klinge wieder in die Schwertscheide. Auf einen leichten Schenkeldruck tänzelte der Rappe elegant beiseite. Laurin legte wieder ein Bein bequem und lässig über den Sattelknauf.

Die klitzekleinen Zwerge standen mit offenen Mündern vor dem Felsbrocken, der wie ein reifer Apfel, sauber in zwei Hälften zerteilt, vor ihnen lag. Die Schnittstellen waren vollkommen glatt.

„Mann, wenn der die Köpfe rollen lässt ... dann gute Nacht!“ Vildo schaute auf das unscheinbare Schwert, das wieder harmlos an der Seite des Zwergenkönigs hing.

IM STAUB

„Hallo ... da sind wir!“

Ragnur saß auf Ollis Hand, der mit Klining auf dem Arm und Vaskälindanya von Gotim an seiner Seite die riesige Halle betrat. Laurin schaute sich von seinem Sattel aus konsterniert die herzliche und freudige Begrüßung der Freunde an. Auf diesen Anblick war er nicht gefasst gewesen. Bisher war noch jeder der Unglücklichen, die sich in sein Labyrinth gewagt hatten, als vertrocknete Mumie geendet und anschließend zu Staub zerfallen. So hatte er es auch mit dieser lästigen Reisegruppe geplant. Er wollte dann nur noch die Königslade und den roten Glasstein des Jungen einsammeln.

Der Junge und seine Gefährten wirkten dagegen ausgesprochen frisch und ausgeruht. Sein Blick kreuzte den der Hohepriesterin. In ihren Augen konnte er lesen, dass sie seine Absicht, sie im Labyrinth sterben zu lassen, durchschaut hatte. Er reagierte mit einem kalten Kopfnicken auf ihren verächtlichen Blick und wandte sich an den Illantin.

„Habt Ihr eine gute Reise gehabt, Klining von Olgursam?“

„Bis auf gewisse Trockenperioden in Eurem überaus gastlichen Labyrinth konnten wir uns nicht beklagen.“

„Ich habe Euch nicht aufgefordert, es zu betreten.“ Laurins Stimme war voller Hohn. „Illantin, Ihr seid am Ziel Eurer Reise und habt versagt. Ihr habt weder diesen komischen Helden gefunden noch verhindert, dass der verrückte Feenkönig das Gläserne Zepter entweiht und zerstört hat. Gebt darum die heilige Königslade mit dem Perlenzepter Eures Kamarins freiwillig in meine

Obhut ... sofort!“

„Warum sollte ich? Was wollt Ihr mit der Königslade anfangen?“

„Ich brauche nichts damit anzufangen. Es reicht, wenn ich sie besitze. Sie ist der Schlüssel zur Macht, so wie dieser Kristall.“

„Du wirst diesen Kristall nicht verstellen, Zwerg! Niemals!“ Klinings Stimme klang auf einmal grob und ließ jede Höflichkeit vermissen.

„Selber Zwerg!“, entfuhr es Laurin wütend. „Aber wer sagt denn, dass ich den Kristall verstellen will?“

Valmin fragte leise: „Klining, woher weißt du, dass es diesen Kristall gibt?“

„Vom Tod. Der hat mir so einiges erzählt. Ein sehr verständiger und sympathischer Jüngling, das muss ich schon sagen. Leider wusste auch er nicht, wer der Held mit dem reinen Herzen ist“, flüsterte Klining zurück. „Das Perlenzepter unseres Königs ist der geheimnisvolle Schlüssel. Mit ihm kann man diesen roten Kristall und damit auch die Neigung der Erdachse verstellen. Gelingt das jemandem, gewinnt das Chaos die Oberhand. Dann kommt URUGOL wieder zum Zuge.“

„Wer ist URUGOL?“, fragte Rinchen.

„Habt ihr hier heute gegen euren Willen den Boden geküsst?“

„Woher weißt du das?“

„Habt ihr das?“, flüsterte Klining ungeduldig.

„Ja. Selbst Laurin.“

„Was? Wieso der? Auf jeden Fall war das die dunkle Macht von URUGOL, dem Herrscher über das Chaos. Der hat auch den Zyklon, der uns in alle Winde zerstreute, entfachen lassen. URUGOL wurde vor Urzeiten nach der letzten großen Schlacht von den Siegern unter dem kilometerdicken Eis der Antarktis begraben. Er erstarrte dort zu Eis und fiel in einen tiefen Schlaf. Bis in alle Ewigkeit sollte er nach dem Willen der Sieger so gefangen bleiben. Irgendein Wahnsinniger muss ihn aber wieder geweckt haben. URUGOL will sich die Erde nun wieder untertan machen. Er braucht, um sich aus dem Eis zu befreien und das Chaos auf diesem Planeten wieder herzustellen, den Schlüssel für den roten Kristall. Nur wenn er den Kristall, auf dem die Erdachse ruht, verstellt, verschieben sich die Klimazonen und er wird aus seinem Eisgrab herausgeschmolzen – dann ist Pustekuchen für uns alle.“

„Und der Schlüssel für den roten Kristall ist das Perlenzepter unseres Kamarins?"

„Richtig! Unsere Kamarine sind seit Urzeiten die Hüter des Schlüssels."

„Und wir Ahnungslosen haben das Zepter die ganze Zeit in der Königslade mit herumgeschleppt."

„Genau."

„Und wir haben keinen, außer diesem Helden, der das Perlenzepter anfassen kann?"

„So ist es!"

„Na bravo, dann ist die Erde geliefert, wenn dieser ... wie heißt er noch?"

„URUGOL."

„Klingt nach Blasenleiden. Also, wenn der den Schlüssel in die Hand bekommt, dann werden wir alle zu niedlichen Lyngardenkindern und feiern schicke Foltergeburtstage? Vielen Dank ... und gute Nacht, Marie!"

„Nein, nicht URUGOL. Der kann das Perlenzepter nicht betätigen. Er braucht jemanden, der den Kristall für ihn verstellt."

„Hast du eine Ahnung, wer das ist?"

„Ja sicher, Laurin, wer sonst?"

Laurin wurde ungeduldig. „Was flüstert ihr da noch großartig? Zwerg, gib mir das blöde Kästchen und ihr könnt nach Hause." Seine Hand ruhte drohend auf Balmuni.

„Niemals, du Verräter!"

„Nimm dich in Acht, Magier!" Laurin fasste sein Schwert fester und beugte sich drohend nach vorn. „Auch so kurze Typen wie dich kann man noch um einen Kopf kürzen."

„Laurin, sei vernünftig! Wenn URUGOL erst an der Macht ist, wird er auch dein Reich zerstören." Klinings Stimme klang jetzt beschwichtigend.

„Wie kommst du darauf?"

„Na, du bist hier doch eben erst wie alle anderen auf den Knien im Dreck herumgekrochen."

„Na und? ... Ich habe einen Ohrring gesucht."

„Mir fällt ein, du hast doch noch nie 'nen Ohrring getragen", sagte der rechte Kopf des Vulkanadlers verwundert. „Davon kriegst du doch Kopfschmerzen – hast du auf jeden Fall immer behauptet", wunderte sich nun auch der linke Kopf.

„Na also, da haben wir es ja. Auch der große und berühmte Herrscher über die Zwerge, Laurin Albanin vom Rosenhag im Schmerzenswald, König der Zwerge, Herzog von Diopasien, Erzherzog von Tektitian, Graf von Moldavitanien, Großursur von Girasol, Baron von Sardonia, Edler von Spinellai und Sarim von Sarimganta, muss wie der letzte Sklave im Staub zu Kreuze kriechen!"

„Jetzt staunen wir aber ...", riefen der linke und der rechte Kopf von Ragnur wie aus einem Schnabel, „... wer hätte das gedacht?"

„Haltet endlich alle eure Schnäbel!", schrie Laurin unbeherrscht. Er war vor Wut rot angelaufen. „Wer sagt denn, dass URUGOL an die Macht kommt? Mich hier vor versammelter Mannschaft auf dem Boden herumrutschen zu lassen! Dem Blödmann ist wohl das Gehirn vereist", tobte der Zwergenkönig kochend vor Wut. „Der kann bleiben, wo er ist! Jetzt da die heilige Königslade und das Perlenzepter mein sind, bin ich der Herrscher über den roten Kristall und damit der auch Herrscher über diesen Planeten." Die letzten Sätze schrie der Zwergenkönig im Triumph hinaus.

„Noch gehört dir die Königslade nicht, du Zwerg." Klinings Stimme klang ruhig und beleidigend.

„Aber gleich, du Mohrrübe!" Laurin zog mit der rechten Hand sein Schwert Balmuni.

Valmin flüsterte: „Pass auf, Illantin, der ist hundsgefährlich."

Laurin streckte die linke Hand aus und rief: „Ragnur! Zu mir!"

„Nö ... ich halt mich raus, wenn sich Freunde streiten. Ich bleib lieber bei Olli." Ragnur kuschelte sich in Ollis Hand.

„Verräter! ... Wir sprechen uns noch!", knurrte Laurin und wollte seinen Rappen mit einem Schenkeldruck in Richtung Klining treiben, als er mit voller Wucht vom Pferd gerissen und auf den Boden geschleudert wurde. Der Zwergenkönig sprang blitzschnell wieder auf. Aber eine große Faust schien ihn im Nacken gepackt zu haben und zwang ihn, obwohl er sich verzweifelt wehrte, zuerst wieder in die Hocke, dann auf die Knie und schließlich unerbittlich mit der Stirn auf den Boden. Etwas schien ihm große Schmerzen zu bereiten, denn sein Körper krümmte sich wie unter Peitschenschlägen.

Entsetzt schauten die Freunde auf das grässliche und unwürdige Schauspiel, wie sich der stolze Zwergenkönig wie ein armseliger

Wurm im Staub wand.

Klining überlegte noch, wie er dem armen Zwergenkönig zu Hilfe eilen könnte, als er selbst unversehens in die Hocke gezwungen wurde. Bevor er begriff, was mit ihm geschah und sich wehren konnte, lag er bereits auf den Knien. Etwas schien alle Fasern seiner Muskeln erfasst zu haben und zwang ihn unerbittlich, sich nach vorn zu beugen. Er wehrte sich mit seinem gesamten Willen, aber jemand musste ein großes Loch in sein Bewusstsein gebohrt haben, aus dem sein Wille floss, wie Wasser aus einem Loch im Eimer. Sein Kopf beugte sich immer tiefer und seine Stirne wurde unbarmherzig vom Boden angezogen. Schließlich fiel ihm seine Zipfelmütze vom Kopf und ihr Inhalt rollte hinaus.

Klining sah, dass die heilige Königslade direkt vor seinen Augen neben die Notration gekullert war. Unter Aufbietung seines letzten noch verbliebenen Willens streckte er mühsam und zitternd seine Hand nach dem winzigen Kästchen aus und warf es mit letzter Kraft vor Ollis Füße. Dann knallte er mit der Stirn so hart auf den Boden, dass die Haut platzte.

Olli stand starr vor Schreck. Unfähig, sich zu rühren, schaute er wie hypnotisiert auf das grauenhafte Schauspiel. Nach Laurin wurde einer nach dem anderen seiner Freunde zuerst auf die Knie und dann in den Staub geworfen. Rinchen und Vaskälindanya von Gotim versuchten, Klining zu Hilfe zu eilen, wurden aber wie von einer riesigen Faust zurückgeschleudert. Rinchens wütende Schreie und die heiligen, uralten Gebetsformeln der Hohepriesterin verstummten, sobald ihre Stirn den Boden berührte. Valmin und Vugur wollten fliehen. Sie hatten schon die Mitte der Halle erreicht, als sie eine unsichtbare Wand im vollen Lauf stoppte. Sie sanken auf der Stelle ohne Widerstand auf die Knie. Vildo reagierte nach der ersten Schrecksekunde mit der unglaublichen Schnelligkeit eines Windläufers, sauste auf den Rappen von Laurin zu und sprang mit einem kühnen Satz in den Sattel. Im gleichen Moment, als er den Sattel berührte, brach das Pferdchen unter ihm zusammen und berührte mit der Stirn den Boden. Vildo überschlug sich und landete ebenfalls auf Knie und Stirn.

„Was ist denn mit denen schon wieder los, Olli? Wie oft wollen die denn heute noch den Boden küssen?" Ragnur schüttelte verblüfft und verständnislos die Köpfe. Dann stupste er Olli an: „He, willst du jetzt etwa auch noch ein Fußbodenlecker werden?"

Olli hatte sich gebückt und das winzige längliche Kästchen aufgehoben, das Klining vor seine Füße geworfen hatte. Im gleichen Augenblick, als er sie berührte, wuchs die kostbare Königslade in seiner Hand bis auf die Größe eines Kistchens für eine Kinderblockflöte. Immer noch nicht ganz anwesend und von dem eben Geschehenen starr vor Schreck, ließ er die Königslade ungeschickt aus seiner Hand gleiten. Das Kästchen schlug hart auf dem Felsboden auf. Der Deckel sprang auf und das Perlenzepter rollte heraus. Der Junge schaute sich um, ob jemand seine Ungeschicklichkeit bemerkt hatte, und hob das Kästchen und das Perlenzepter schnell wieder auf.

„Wow! Guck ma', ist das nich' wunderschön, Olli?" Ragnur starrte völlig entrückt und voller Bewunderung auf das zerbrechlich wirkende Zepter in Ollis rechter Hand.

Der Junge hörte die Worte des Vulkanadlers wie durch einen Nebel. Gebannt und voller Angst schaute Olli auf das mit kostbaren Perlen verzierte Insignium der Macht, dessen Griff wunderbar leicht und wie angegossen in seiner Hand lag. Der Rotschopf zog unbewusst den Kopf zwischen seine Schultern. Sicher würde ihn der fürchterliche Fluch des heiligen Zepters gleich treffen, das, wie jeder Eingeweihte wusste, nur von dem Helden mit dem reinen Herzen berührt werden durfte und jeden Unwürdigen, der es wagte, es zu entweihen, sofort und auf der Stelle vernichtete. Eine große Traurigkeit erfüllte ihn plötzlich. Bei der Größe seines Frevels müsste er bestimmt auf immer und ewig in einer der schlimmsten Höllen schmoren. Er würde also nicht noch einmal seinen sympathischen Freund, den netten Tod, wiedersehen. Seine Seele würde nicht von dessen liebevollen Händen zum herrlichen Wasser der Unvergänglichkeit getragen und dort mit den anderen Seelen eins werden. Tränen verschleierten seine Augen. Niedergeschlagen wollte er das Perlenzepter weit von sich schleudern, aber wie unter einem Zwang war er nicht in der Lage, seine Hand vom Griff des Zepters zu lösen.

In Olli stieg eine noch tiefere Verzweiflung hoch. Da war er also schon, der unbarmherzige Fluch des Perlenzepters. Weil er ... so ungeschickt und trottelig, wie er war ... es unbefugt angefasst und entweiht hatte, konnte er sich nun nicht mehr aus eigener Kraft von ihm lösen. Er war überzeugt, das mächtige Kamarinen-Zepter beherrschte bereits seinen Willen. Sein Leben war unwiderruflich vertan.

Entsetzt sah er, wie sich einer nach dem anderen der auf dem Boden Knienden aufrichtete und ihn mit großen Augen ungläubig und fassungslos anstarrte. Alle sahen seine Schmach und würden jetzt sein unrühmliches Ende miterleben. Alle konnten sehen, wie das Zepter ihn vernichtete. Ergeben in sein unabwendbares Schicksal schloss Olli die Augen und wartete darauf, dass ein Blitz des Zepters ihn zu Staub zermalmte.

Zu seiner Verwunderung geschah jedoch nichts.

Weder öffnete sich die Erde und verschlang ihn, noch wurde er von dem Zepter in die glühende Lava eines Vulkanschachtes gestoßen oder wie von einer riesigen Faust gegen die rote Wand aus Kristall geschleudert und zerschmettert.

Vorsichtig öffnete er blinzelnd die Augen. Wunderschön schimmernd lag das mystische Zepter in seiner Hand. Eine geheimnisvolle Kraft, die er von irgendwoher kannte, erfüllte ihn plötzlich immer stärker. Was war das? Wann und wo hatte er sie schon einmal gespürt?

Das Wasser der Unvergänglichkeit!

Blitzartig stieg in Ollis Bewusstsein die Erinnerung an den Augenblick auf, als er am Mittelpunkt des Universums in den Brunnen gestürzt war und dort aus Versehen das herrliche Wasser heruntergeschluckt hatte. Genau so wie dort durchflutete ihn jetzt eine geheimnisvolle Kraft. Tiefe Ruhe und Gelassenheit breiteten sich in ihm aus. Seine Angst legte sich und er begann seine Umgebung wieder wahrzunehmen. Sein Blick schweifte über seine Freunde und Laurin, der sein Pferdchen wie schützend am Halfter hielt. Alle schauten ihn mit aufgerissenen Augen an.

Ein leise singender Ton lenkte seine Aufmerksamkeit wieder auf das schimmernde Perlenzepter in seiner Hand. Oliver sah fasziniert, wie das mystische, blaue Licht des Meeres der Stille tief aus ihm leuchtete. Je länger er es betrachtete, desto stärker erschien es ihm, als sei das kostbare Kamarinen-Zepter eine verkleinerte Abbildung des Universums. Ein winziges Wunder mit unzähligen Galaxien und Sternenhaufen. Sie zogen den Blick des Jungen magisch in ihren Bann. Hingerissen sah er die Vielfalt des Lebens in allen seinen unvergleichlichen Formen. Oliver fühlte, dass er in das Mysterium des Lebens selbst blickte. Sein Bewusstsein löste sich von seinem Körper und erlebte noch einmal die wunderbare Reise mit dem lächelnden, engelsgesichtigen Jüngling vom Mittelpunkt des Universums bis zu dem winzigen blauen Planeten, um den er jetzt kämpfen musste.

Kämpfen? Der Junge erschrak, als ihm schlagartig bewusst wurde, dass man von ihm, einem kleinen, unbedeutenden Jungen, erwartete, dass er um die Erde kämpfte. Das Insignium des Lebens lag leicht wie ein Schwert in seiner Hand, so als wenn er es schon immer als Waffe im Kampf gegen die finsteren Mächte geführt hätte. Urplötzlich überfiel den Jungen die beängstigende Erkenntnis, dass er selbst es war, nach dem sie vergeblich so lange und verzweifelt gesucht hatten. Er, Oliver Valdal Kusch, war der Auserwählte, der als Einziger das mächtige Perlenzepter ungestraft berühren durfte. Er war der Held, der den Kampf gegen die Mächte des Chaos und des drohenden Untergangs führen musste. Ein Blick in die fassungslosen Augen seiner Freunde und König Laurins fegte die letzten Zweifel hinweg. Olli zitterte. Noch einmal kroch lähmend die Angst in ihm hoch. Doch wie in Trance wurde sein Bewusstsein wieder vom heiligen Zepter der Kamarine angezogen: Aus der Tiefe seines winzigen Universums stiegen vor den Augen des Jungen drei lächelnde Gesichter auf.

Freundlich neigte sich das wunderschöne Gesicht der Schöpfung und schenkte ihm ein Lächeln, das seine angstvolle Seele mit Mut und Kraft erfüllte. Ihr junger Bruder, der Tod, lachte ihm mit seinem edlen Engelsgesicht ermunternd zu und er spürte, wie ihn ein nie gekanntes Selbstbewusstsein durchflutete und er das Perlenzepter mit festem Griff entschlossener fasste. Am meisten beeindruckte ihn aber das winzige, weise Gesichtchen mit den großen blauen Kulleraugen unter einer riesigen roten Zipfelmütze, die eine goldene Krone mit großen grünen Perlen zierte. Es schaute ihn mit einem ernsten Lächeln voller Vertrauen ruhig an.

Der Junge wusste nicht warum, aber dieses Gesicht war ihm merkwürdig vertraut und er nickte dem Kamarin des klitzekleinen Zwergenvolkes, der voller Urvertrauen auf ihn schaute, ernst und gefasst zu.

„Eh, dass ist aber ein geiles Gefühl."

Die laute Stimme von Raggis linkem Kopf holte sein Bewusstsein wieder in die Realität zurück.

Der kleine Vulkanadler war, bevor Olli es verhindern konnte, dicht bei seiner Hand auf den Griff des Zepters geflattert.

„Was ist geil?", fragte Olli verblüfft.

„Man fühlt sich so toll, wenn man auf diesem Ding sitzt. So stark und voller Kraft. Richtig kampfbereit. Ich könnte Bäume ausreißen."

Die beiden Köpfe von Ragnur beugten sich verdattert vor: „Guck ma', ... in dem Zepter sind ja ganz kleine Sternchen! ... Und dann die niedlichen kleinen Gesichter! Hast du die auch gesehen? Besonders das ganz winzige ist doch lustig. Hat Ähnlichkeit mit 'ner kleinen Mohrrübe mit einer Königskrone. Hihi ... sieht aus wie 'ne Königsmöhre. Hallo! Eure Möhrestät! Huch – jetzt verschwinden sie."

Olli sah, wie die drei Gesichter in der Tiefe des winzigen Universums im Zepter versanken.

Raggis rechter Kopf fauchte den linken an: „Jetzt hast du es beleidigt!" Der linke Kopf lachte nur: „Wieso, der Möhrenkönig hat doch auch amüsiert gekichert. Der verstand Spaß."

Der Rotschopf konnte es immer noch nicht fassen: Alle mussten auf die Knie, selbst Laurins kleiner Rappen ... nur er und der Vulkanadler nicht. Genauso wie er, so hatte auch der kleine Vogel das Universum und die drei Gesichter im Perlenzepter gesehen. Olli war von Herzen froh, er war nicht allein. Auch Ragnur war ein Auserwählter – und damit sein Mitstreiter.

„Raggi, du Piepmatz, du bist auch ein Auserwählter! Du bist auch ein Held mit reinem Herzen!"

„So? Held begreif ich ... wollte ich schon immer mal sein ... aber was heißt: m i t r e i n e m H e r z e n?"

„Weiß ich auch nicht, Raggi!" Olli zuckte ratlos mit den Schultern.

„Klingt doch eher peinlich, Olli", flüsterte Ragnur leise. Er schaute auf die sie noch immer wortlos anstarrenden Freunde. „Die halten uns doch für überkandidelt und reden kein Wort mehr mit uns."

„Ragnur, bring mir das Zepter! Sofort!" Herrisch fuhr eine eiskalte Stimme, die aus Laurin kam, den Vulkanadler an.

Olli und der kleine Vogel schreckten hoch. Laurin schaute sie mit einem seltsamen Ausdruck in den Augen an.

„Guck ma', wie der komisch guckt. Das ist nicht Laurin", flüsterte Ragnur. „Der ist zwar herrisch und eingebildet, aber so blöd war der noch nie zu mir."

„Raggi bleibt bei mir, König Laurin. Oder soll ich lieber sagen: URUGOL?" Der Junge hielt dem bösen und starren Blick aus Laurins Augen tapfer stand.

„Olli, gib mir das Zepter!" Klining lächelte den Jungen so freundlich an wie immer. „Komm, wir wollen alle gemeinsam beraten, was jetzt zu tun ist." Der Magier schaute in die Runde und alle nickten. Seltsamerweise auch Laurin.

„Aber ... aber ... wenn du es nicht berühren darfst? Nachher haut es dich noch um, Klining!"

Der lächelte warm und herzlich und sagte: „Denk doch mal logisch, mein Junge. Jetzt, nachdem du es in der Hand gehalten hast, dürfen wir es doch alle berühren, oder bist du ernsthaft der Meinung, dass Raggi – verzeih mir, dass ich es so deutlich ausspreche –, ein blutgieriger Vulkanadler, auf dem heiligen Perlenzepter sonst ohne Strafe herumhüpfen dürfte?"

„Aber Raggi macht das doch nicht extra, Klining. Es ist seine Natur, auf diese Art und Weise zu fressen."

„Speisen, Olli, ich speise. Alle Vulkanadler speisen so!"

„Schon gut, Raggi, also zu speisen. Klining, jeder Löwe wäre dann ja ein Mörder ... oder?"

„Ich hab noch nie jemanden ermordet. Ich hab immer nur gegessen", nickte Raggi treuherzig.

„Da hast du sicher Recht, mein Junge", sagte Klining beschwichtigend. „Aber ich habe dir noch nicht alles erzählt, was unser König geweissagt hat."

„Euer König hat geweissagt? Was denn?"

„Wenn der Held mit dem reinen Herzen, also du, mein Freund, das Perlenzepter in den Händen hält, soll er für seinen Kampf gegen die finsteren Mächte Gefährten seines Vertrauens auswählen und diese mit dem Perlenzepter weihen. Jedem Einzelnen von uns musst du also das Zepter in die Hand geben, damit jeder von der Stärke des Zepters erfüllt wird. Das wollen wir doch, Freunde?" Er schaute erneut in die Runde und alle nickten. Seltsamerweise nickte auch Laurin wieder.

„Wirklich? Raggi und ich brauchen nicht alleine zu kämpfen? Und ihr wollt alle helfen?" Olli strahlte vor Freude.

Schnell ging der Illantin auf den Jungen zu. Der Rotschopf bückte sich und hielt dem Magier das Zepter hin, glücklich darüber, dass seine Freunde das würdelose Geschehen überstanden hatten, ohne Schaden zu nehmen, und dass sie alle gemeinsam mit ihm und Ragnur gegen URUGOL antreten wollten. Raggi, der immer noch auf dem Griff des Zepters saß, versuchte flatternd, Ollis schnelle Bewegung auszugleichen und die Balance zu halten. Groß schwebte das Perlenzepter vor dem winzigen Magier, aber Olli wusste, wenn sein Freund es erst berührte, würde es auf dessen Größe schrumpfen. Klining streckte die Hand nach dem Perlenzepter aus und wollte es berühren. Plötzlich – im letzten Augenblick – sah Ragnur mit Schrecken den grausamen, eiskalten und triumphierenden Ausdruck im Gesicht des Magiers, den dieser nicht zu unterdrücken vermochte.

„Das ist nicht Klining, Olli!", schrien die beiden Köpfe wie auf ein Kommando. „Pass auf, das ist auch URUGOL!"

Schnell wollte Olli das Perlenzepter zurückziehen, doch es war zu spät. Der winzige Magier hatte es schon mit eisernem Griff umfasst.

Wie ein kalter Strom spürte Olli, wie das Böse über das Zepter in seine Hand, seinen Arm und von da durch den ganzen Körper floss.

„Iiiih! Das ist ja ekelig!" Ragnur war erschrocken hoch gesprungen und flatterte nun über dem Zepter.

Oliver spürte, wie das Böse langsam und eisig von ihm Besitz ergriff. Es füllte bereits jede Faser seines Körpers und näherte sich unaufhaltsam seinem Bewusstsein. Er sank zitternd auf die Knie und schaute auf einmal in zwei grausame, eiskalte Augen, die ihn aus Klinings Gesicht anschauten und ihm jede Kraft und jeden Willen aus dem Körper zu saugen schienen. Das waren nicht die gütigen Augen seines geliebten Freundes, die ihn so oft voll innerer Ruhe und Harmonie angeschaut hatten. Vergeblich versuchte er sich von dem zwingend hypnotischen Blick zu lösen. Plötzlich zuckten die Lider von Klinings Augen verblüfft zusammen. Für einen winzigen Moment löste sich sein Blick von dem Jungen und er schaute erstaunt auf das Zepter.

Mit dem empörten Ruf: „Lass gefälligst meinen Freund in Ruhe!“, hatte sich Ragnur überraschend auf die Hand von Klining gestürzt und beide Schnäbel kräftig in den Handrücken geschlagen. Dieser kurze Moment genügte Olli, um sich von dem hypnotischen Blick Klinings zu lösen und seine Augen schnell zu schließen.

Der Rotschopf konzentrierte sich nun mit aller Kraft auf das heilige Zepter. Er tauchte ein in das winzige Universum, flog vorbei an allen Galaxien, durch das Meer der Stille bis zum Mittelpunkt des Universums. Er setzte sich auf den Brunnenrand und schöpfte mit seiner Hand vorsichtig etwas von dem blauen Wasser und trank einen kleinen Schluck. Langsam rann das Wasser durch seine Kehle, und da war sie wieder, die geheimnisvolle Kraft des Lebens – und erfüllte ihn mit Selbstvertrauen.

Oliver öffnete die Augen und riss das Zepter aus der Hand des Magiers. Instinktiv hob er es hoch über seinen Kopf und hörte sich mit einer mächtigen Stimme, die das Erdinnere erzittern ließ, schreien: „VVVAAALLLDDDAAALLL!!!“

Olli spürte, wie alles Fremde in ihm vor diesem Schrei panikartig flüchtete und er sich wunderbar frei fühlte. Schnell berührte er Klining mit dem Zepter und rief: „Klining! Schnell, ruf deinen Namen!“

„KKKLLLIIINNNIIINNNGGG!!!“, schallte die Stimme des Illantin befreiend durch die Halle. Schnell rannte Olli zu Rinchen, die ihm am nächsten stand. „VVVAAALLLEEENNNTTTIIIRRRIIINNNAAA!!!“ Rinchen rieb sich die Augen und fragte Olli: „Wer brüllt denn da so blöde meinen Namen?“ Der hatte aber schon die Hohepriesterin und seine anderen Freunde mit dem Zepter berührt und sie alle schrien ihren Namen befreiend hinaus. Dann tippte Olli auf die Kruppe von Bjadli, dem kleinen Pferdchen von Laurin.

„Danke, mein Junge. Vielen Dank!“ Der Zwergenkönig streichelte beruhigend den kleinen Rappen, der seinen Namen laut hinausgewiehert hatte.

„Soll ich dich auch ...?" Olli sah den Zwergenkönig fragend an. Der lachte und winkte freundlich ab.

„Vielen Dank, Olli, aber wie du siehst, ich habe mich schon selbst befreit."

Olli schaute Laurin prüfend in die Augen, aber der Zwergenkönig sah ihn freundlich lächelnd mit einem normalen Ausdruck an. Darum wagte er nicht, Laurin mit dem Perlenzepter zu berühren.

„Was war los, mein Junge?", wandte sich Vaskälindanya von Gotim mit fragendem Blick an Olli. „Mir ist, als wäre ich von einer langen Reise in die Dunkelheit zurückgekommen."

„Das siehst du doch, verehrte Freundin!" Klining zeigte ehrfürchtig auf das schimmernde Perlenzepter in Olivers Hand. „Allen Göttern sei Dank, wir haben ihn endlich gefunden." Klining schaute stolz auf den Jungen. „Oh, heilige Königslade, war ich mit Blindheit geschlagen."

Die Hohepriesterin begriff erst langsam, was die Worte des Illantin bedeuteten. Tränen traten in ihre schönen grünen Augen. „Heilige Große Mutter, jetzt begreife ich auch die rätselhaften Worte des Todes am Brunnen. Komm her, mein Junge, lass dich umarmen." Vaskälindanya von Gotim ging zu Olli, zog den verlegen dastehenden Jungen zu sich herunter und umarmte ihn.

„Dürfen wir auch mal?" Valmin, Vugur und Vildo standen vor Olli. „He, du Held, da hast du uns alle aber ganz schön an der Nase herumgeführt. Komm, nimm uns hoch, wir wollen dich knutschen!"

„Dafür kann ich doch nichts, ich wusste doch auch nicht, dass ich ein Held bin", grinste Olli verlegen und nahm seine drei Freunde hoch, die ihn begeistert stupsten. „Wenn, dann sind wir doch alle Helden ... oder?" Olli schaute seine Freunde fragend an.

Klining freute sich über die Bescheidenheit des Jungen. Viele wären jetzt übergeschnappt. Er sagte: „Da hast du sicher Recht, Olli, nach allem, was wir gemeinsam erlebt haben. Aber du, mein Junge, du hast ein reines Herz, und darauf kommt es hier an. Du bist der Auserwählte und darfst als Einziger das Perlenzepter berühren. Das ist eine große Ehre und Bürde. Aber ich bin überzeugt, dass du dich dieser Ehre jederzeit als würdig erweisen wirst."

„So wie ich!" Ragnur warf sich in die Brust. „Gib nicht so an", sagte der rechte Kopf und schaute verlegen in die Runde. „Das ist ja schon richtig peinlich."

Klining schaute lächelnd auf den Vulkanadler. „Bei dir, mein kleiner Held, bin ich sicher, dass bestimmt immer einer von deinen Köpfen die Angelegenheit im Griff hat." Er rieb sich seinen Handdrücken, der noch immer von den Hieben der Schnäbel Ragnurs schmerzte. „Du, mein Freund, brauchst sicher kein Perlenzepter als Waffe."

„Ich möchte euch gratulieren und mich bedanken." Laurin trat, seinen Rappen am Zügel führend, an die Gruppe heran. Er gab Olli die Hand. „Ich danke dir auch im Namen von Bjadli. Der Arme, er ist immer noch ganz verwirrt."

Raggi flog hinüber zu Laurin und setzte sich auf seine Schulter.

„Na, du Held?" Laurin kraulte den Vulkanadler versöhnlich unter seinen Schnäbeln.

Olli drehte sich suchend um und sah Rinchen abseits auf einem kleinen Felsen hocken. Mit ein paar Schritten war er bei ihr und setzte sich neben sie.

„Was hast du? Bedrückt dich etwas, Rinchen? Das Schlimmste haben wir doch erst einmal überstanden."

„Das stimmt. Aber nichts wird mehr so bleiben, wie es einmal war", meinte Valentirina betrübt.

„Wie meinst du das?"

„Jetzt wo du so ein berühmter Mann bist ..."

„Oh, toll ... du meinst, ich bin ein Mann?"

„Na ja, zumindest ein berühmter Held."

„Ja und?"

Rinchen druckste: „Kannst du denn da überhaupt noch unser Freund sein?" Sie wandte sich ab, damit Olli nicht die Tränen sah, die ihr in die Augen stiegen.

Olli blickte sie entgeistert an. „Ich versteh nicht, was du meinst."

„Ich mein ja bloß ..."

Der Junge unterbrach seine kleine Freundin: „Rinchen, das Allerwichtigste sind für mich doch meine Freunde. Du und die anderen. Was wäre ich ohne euch? Weißt du was? Wenn du willst, schmeiße ich das olle Perlenzepter in die Lava."

„Wirklich?"

„Wirklich!"

Valentirina strahlte ihn an: „Oh ... Olli, ich hatte schon solche Angst!"

„Da kennst du Olli aber schlecht. Der ist ein Freund und er bleibt ein Freund, nich'?" Ragnur setzte sich auf das Perlenzepter, das Olli die ganze Zeit in der Hand gehalten hatte. „Guck ma', Rinchen, ich habe auch ein reines Herz", kicherte der linke Kopf des Vogels. „Der macht mich mit seiner Heldennummer noch ganz fertig", murmelte der rechte Kopf leicht entnervt.

Klining, der gesehen hatte, dass Ragnur von Laurins Schulter zu Olli und Rinchen geflogen war, nahm Vaskälindanya von Gotim beiseite. „Was meintest du vorhin damit, Hohepriesterin?"

Verwundert sah Vaskälindanya den winzigen Illantin an. „Ich weiß nicht, worauf du hinaus willst, Klining."

„Du hast vorhin gesagt, du würdest jetzt begreifen, was der Tod mit seinen rästselhaften Worten gemeint habe."

„Ach so, das. Erinnerst du dich noch daran, wie der Junge ins Wasser des Brunnens der Unvergänglichkeit gefallen ist? Anschließend sagte ich, er solle schnellstens seine nassen Sachen ausziehen, damit er sich nicht unterkühlte und krank würde."

„Ja, und?" Klining blickte ratlos.

„Ich wählte damals die Worte: ‚... sonst holst du dir noch den Tod'. Und der Tod, unser sympathischer gemeinsamer Freund, antwortete daraufhin: ‚... der kann mich nicht mehr holen!' ... Verstehst du?"

Klining sagte zögernd: „Du meinst, Olli ... Olli ist unvergänglich?"

„Ja, etwas anderes kann es doch nicht bedeuten. Er hat aus Versehen vom Wasser der Unvergänglichkeit getrunken, das nur einer trinken darf, der ... du weißt schon, was."

„Wenn das stimmt, dann heißt das doch, dass der Junge von der Seite der Menschen auf unsere Seite gewechselt ist?"

„Wenn nicht sogar noch mehr", flüsterte die Hohepriesterin und schaute verstohlen zu dem Jungen.

„Das würde uns keiner glauben! Vaskälindanya, ich bitte dich inständig: Das darf keiner, aber auch keiner erfahren! Auch der Junge selbst nicht. Der wüsste doch sonst gar nicht mehr, was los ist."

„Ich bin der gleichen Meinung, Magier. Der arme Junge bekäme keine Ruhe mehr. Klining, lass uns einen heiligen Eid darauf leisten, dass dieses unser Geheimnis bleibt."

Er nickte ernst. Sie schauten sich an, berührten sich mit dem

Zeigefinger der rechten Hand und murmelten die uralte Eidesformel, die sie zu ewigem Schweigen verpflichtete: „Valaldal kem Seqhere ut.“

DER KAMPF UM DEN ROTEN KRISTALL

Olli gesellte sich mit Rinchen auf dem Arm wieder zu der Gruppe.

„Na, alles klar zwischen euch beiden?“, fragte Vugur, der Rinchens tränenfeuchte Augen sah.

„Ja!“, sagte sie strahlend. „Olli würde für mich sogar das olle Perlenzepter in die Lava schmeißen.“

„Olli, bist du jetzt übergeschnappt?“, fragte Vildo entsetzt.

„Ich sagte nur, dass für mich das Wichtigste auf der Welt meine Freunde sind und ich für sie notfalls auch das Perlenzepter opfern würde.“

„Sag ich doch! ... Wenn es sein muss, schmeißt er das Ding für mich in die Lava!“, strahlte Rinchen glücklich.

Weiberlogik! Wie sollte die jemals ein Mann begreifen, dachte Vildo kopfschüttelnd und schwieg wohlweislich.

„So. Du würdest für deine Freunde also alles tun?“, mischte sich Laurin in das Gespräch ein. Er saß lässig, mit dem Rücken zur Wand des roten Kristalls, auf Bjadli. „Du würdest sogar das heilige Perlenzepter vernichten?“

„Unter Umständen. Ja, ich glaub schon“, nickte Olli.

„Wie müssten denn diese Umstände aussehen?“

Vugur bemerkte ein kaum wahrnehmbares, hinterlistiges Blitzen in Laurins Augen.

„Na, wenn meine Freunde zum Beispiel in Lebensgefahr wären... und ich sie damit retten könnte“, sagte Olli.

„Oh, wie edel! Das würdest du tatsächlich tun?“

Hatte Laurins Stimme einen leicht höhnischen Klang? Vugur war sich nicht ganz sicher. Der Zwergenkönig schaute jetzt wieder absolut harmlos.

„Aber sicher!“ Olli nickte ernsthaft. „Für meine Freunde würde ich alles tun!“

„Dann wollen wir mal sehen, ob das keine leeren Worthülsen sind, die du hier so großspurig von dir gibst, mein Junge!“

Laurin griff blitzschnell Vaskälindanya von Gotim, die sich zu der Gruppe gesellte und dem Gespräch mit Wohlwollen zugehört hatte, hob sie vor sich auf seinen Rappen, zog Balmuni und setzte ihr die scharfe Spitze der gefährlichen Klinge an die Kehle.

Alle standen starr vor Schreck. Ragnur war sofort auf Ollis Schulter geflattert.

Warum habe ich Idiot nicht auch Laurin mit dem Zepter berührt, war der Gedanke, der Olli nach der ersten Schrecksekunde durch den Kopf ging.

„Macht jetzt keine Dummheiten, Freunde ... sonst ist es aus mit ihr.“ Aus Laurin sprach nun die fürchterlich schneidende Stimme URUGOLS, die eben noch denen, die zu Kreuze kriechen mussten, so schmerzhaft durch Mark und Bein gefahren war. Laurins Augen hatten sich schlagartig verändert und strahlten jetzt eine mörderische Eiseskälte aus.

Olli hatte instinktiv das Perlenzepter gehoben.

„Bleib mir mit dem verfluchten Zepter vom Leib!“ Laurin drückte die Spitze seines Schwertes stärker in die weiche Haut am Hals der schönen Hohepriesterin.

„Die Hand runter, Klining! ... Oder willst du, dass sie stirbt?“ Laurin hatte aus den Augenwinkeln gesehen, wie der Magier insgeheim seine Hand leicht angehoben hatte. „Nicht den kleinsten Zauberheckmeck, sage ich!“

Klining nahm seine Hand langsam und vorsichtig wieder herunter.

Laurin blickte Klining an. „Denk dran, keiner deiner Zaubersprüche ist schneller als mein Schwert.“ Dann befahl er: „Valentirina, her zu mir.“

Rinchen ging zögernd zu Laurin.

„Berühr meinen Mantel“, herrschte sie der Zwergenkönig an. Rinchen berührte Laurins Zaubermantel, und im selben Augenblick waren Laurin, die beiden Frauen und sein Pferdchen Bjadli verschwunden.

Aus der Tiefe der Halle hörten sie nur noch Laurin, der das dunkle, böse Lachen von URUGOL lachte.

„Was machen wir jetzt?“, flüsterte Olli.

„Du brauchst nicht zu flüstern, Junge. Du musst nur genau das tun, was ich dir sage. Du willst doch deine Freundinnen gesund und in einem Stück wiedersehen ... oder?“, äffte die Stimme URUGOLS den Jungen nach.

„Was meint er mit ‚gesund und in einem Stück‘, Klining?“, flüsterte Olli immer noch leise.

„Ich weiß nicht. So ein Mistkerl!“, flüsterte Klining. Vor Wut war er im Moment nicht fähig zu denken.

„Das will ich dir genau sagen, mein Junge.“ Die Stimme URUGOLS flüsterte jetzt ebenfalls sehr leise, schnitt aber wie ein Rasiermesser durch den Raum. „Wir feiern einen schicken Kindergeburtstag. Die lieben Kleinen freuen sich schon auf die kleine Mohrrübe Rinchen und die liebe Grastante Vaskälindanya.“

Valmin rastete aus und schrie voller Wut: „Du verdammtes Schwein, wenn ich dich in die Finger kriege!“

„Was hat der denn?“ Vildo sah verblüfft auf seinen Freund. „Ein Kindergeburtstag ist doch ganz nett.“

„Aber bestimmt nicht einer mit den Lyngardenkindern“, flüsterte Olli. Vildo wurde blass.

„Bist ein schlaues Kerlchen, Rotschopf. Hör zu, du Superheld! Du machst jetzt genau das, was ich dir sage, sonst lasse ich von den lieben Lyngardenkleinen einen Teil nach dem anderen von deinen beiden süßen Freundinnen auf den Geburtstagsgrill schmeißen. Die Köpfe natürlich zuletzt! ... Ist das klar und deutlich ausgedrückt?“ Die grässliche Stimme URUGOLS drang durch Mark und Bein. „Und, mein lieber Heldensohn, deine Freunde sollen sich gefälligst heraushalten, sonst landen sie gleich mit auf dem Grillrost! Nun? ... Sind wir beide uns einig?“

Olli nickte mit zusammengepressten Lippen. Schließlich fragte er: „Was soll ich tun?“

„Du löst jetzt alle sieben Siegel von diesem verdammten Zepter – genau nach meinen Anweisungen, die ich dir gleich geben werde. Anschließend wirfst du das blöde Zepter in die Lava des kleinen Vulkanschachts links hinten an der Kristallwand. Mehr brauchst du nicht zu tun.“

„Und was habe ich davon?“ Olli sprach jetzt ruhig und gelassen.

„Deine Freunde und einen Haufen Vulkanrubine. Das ist doch was, dann bist du steinreich.“

„Und meinen Freunden passiert nichts?“

„Nein, überhaupt nichts. Wenn du spurst, pfeife ich die lieben kleinen Lyngarden-Monster wieder zurück und deine Freundinnen kommen heil und in einem Stück zu dir zurück.“

„Und Laurin?“

„Was ist mit Laurin?“

„Laurin ist auch mein Freund. Ihn und Bjadli will ich auch wieder zurückhaben ... natürlich auch heil und im Stück!“

„Daraus wird nichts. Laurins Körper brauche ich noch ’ne Weile, und die lieben Kleinen der Lyngarden freuen sich schon auf Pferde-Grillwürstchen.“

„Dann wird nichts aus unserem Geschäft! Entweder alle Freunde oder keiner.“

„Dann vergiss es ...“, bluffte URUGOL.

„Na gut, dann vergess ich es eben ... Schö! ... Viel Spaß für die nächsten hunderttausend Jahre im Eis. Hol dir aber keine Erkältung!“ Jetzt bluffte Olli, und innerlich zitterte er vor Aufregung.

„Ich sage, Laurin, der Bastard, bleibt hier! ... Den verdammten Gaul kannst du haben. An dem ist sowieso nicht viel dran!“ URUGOLS Stimme klang wütend und aufgebracht.

„Ich will aber auch Laurin. Entweder alle Freunde oder keinen!“ Olli bemühte sich, seine Stimme fest klingen zu lassen.

„Junge, du raubst einem aber auch den letzten Nerv! Also gut, du kannst auch diesen großmäuligen Geizkragen haben.“

„Heil und in einem Stück?!“

„Das habe ich doch gesagt!“

„Ich wollte es ja nur noch mal wissen.“

„Du kannst mir absolut vertrauen!“

„Ja, ja! ... Und alle Lyngardenkinder spielen ab jetzt nur noch mit ’nem Teddybär?“

„Jetzt löse endlich das erste Siegel, Junge!“

„Eins möchte ich noch wissen.“

„Was willst du denn jetzt noch?“

„Was passiert dann?“

„Ich verstehe nicht ...“, sagte URUGOL immer ungeduldiger.

„Was passiert, wenn alle Siegel gelöst sind?“, fragte der Junge immer geduldiger.

„Dann könnt ihr alle wieder dahin zurück, wo ihr hergekommen seid. Und Vulkanrubine könnt ihr mitnehmen, so viel ihr wollt oder tragen könnt. Mir liegt an dem Plunder nichts. Löse jetzt endlich – verdammt noch mal! – das erste Siegel!"

„Pass auf, Olli. Ich traue dem nicht für zwei Cent über'n Weg", flüsterte Klining.

Sofort schnitt die wütende Stimme URUGOLS durch Mark und Bein: „Junge, ich sagte, deine Freunde sollen sich raushalten!"

„Bitte, Klining ...", Olli schaute in die Runde. „Ihr dürft jetzt nichts mehr sagen. Bitte!"

Die Freunde nickten und traten zurück.

Der Junge schaute auf das Zepter und suchte nach den Siegeln. Das Zepter war mit sieben wunderbaren grünen Tiefseeperlen besetzt.

„Die Perlen sind es, mein Junge, die sieben Perlen", knurrte die schneidende Stimme aus der Tiefe der Halle. „Du bist mir ein schöner Held. Also sperr jetzt deine Ohren auf und hör mir genau zu. Ich erklär es dir nur einmal."

„Es besteht kein Grund, jetzt unhöflich zu werden." Olli sagte es gelassen und ruhig.

„Hör mir ... BITTE ... zu! Du drehst jeweils immer nur eine Perle ... mit der untersten beginnend ... nach rechts! ... Dann steckst du das Perlenzepter in den roten Kristall, egal wo in der Wand, das spielt keine Rolle. Hast du verstanden?" Der Rotschopf nickte. „Du stößt also das Zepter in den Kristall und drehst es wie einen Schlüssel einmal nach links und einmal nach rechts! ... Hast du das alles kapiert?"

Olli nickte der unsichtbaren Stimme zu.

Die wiederholte: „Immer nur eine Perle nach rechts drehen! Dann das Zepter in den roten Kristall stoßen und wie einen Schlüssel einmal nach links und einmal nach rechts drehen! Alles klar?"

„Alles klar!"

„Wenn du das siebte Siegel gelöst hast, wirfst du das Perlenzepter in den kleinen Lavaschacht hinten links an der roten Kristallwand. Auch klar?"

„Auch klar!"

„Dann los! ... Oder soll ich die lieben kleinen Geburtstagsgäste schon mal ein bisschen an deiner schönen Freundin, der Hohepriesterin, herumsägen lassen?"

„Widerliches Scheusal!", regte sich Ragnur auf.

„Bitte, Raggi, sei lieb und still. Ich muss mich jetzt konzentrieren." Olli lief zu der riesigen Wand aus rotem Kristall und drehte die unterste der wunderschönen grünen Tiefseeperlen am Zepter nach rechts. Die Perle verfärbte sich augenblicklich blutrot und das Zepter schien plötzlich von einem Wirbel erfasst zu sein. Olli sah, dass eine Bewegung das winzige Universum des Zepters erfüllte. Sterne und Kometen flogen an seinen Augen vorüber. In der Erwartung, dass der rote Kristall nicht nachgeben würde, setzte er das Perlenzepter sehr vorsichtig mit leichtem Druck auf die rot und geheimnisvoll leuchtende Kristallwand. Das Zepter drang aber in den harten Kristall so leicht ein wie in weiche Butter. Oliver sah, wie ein Strom von rasenden Wirbeln aus dem Perlenzepter in den roten Kristall floss. Nun drehte er das Zepter wie einen Schlüssel einmal kurz nach links und gleich darauf nach rechts. Plötzlich gab es einen Ruck: Der riesige Kristall hatte sich bewegt.

Olli schaute überrascht hoch: „Was war das?"

„Nichts. Mach weiter, Junge." Die ungeduldige Stimme URUGOLS trieb ihn zur Eile an.

Olli zog das Zepter wieder aus dem Kristall und drehte auch die zweite Perle von unten nach rechts. Auch diese Perle färbte sich sofort blutrot. Schade, dachte der Junge, sieht eigentlich nicht so hübsch aus. Dann versenkte er das Zepter erneut in den roten Kristall. Die Wirbel flossen stürmisch und wild in ihn hinein und verschwanden in seiner Tiefe. Wieder ruckte es, dieses Mal stärker als zuvor.

„Da ruckt doch was? Merkst du nichts?" Lauschend hob der Junge den Kopf.

Die Stimme antwortete ärgerlich: „Konzentriere dich auf deine Aufgabe, Junge!"

Olli löste ein Siegel nach dem anderen und jedes Mal gab es einen Ruck, der immer stärker wurde. Der Junge und seine Freunde hatten das Gefühl, dass sich alles immer mehr zur Seite neigte. Dann kullerten die ersten Felsbrocken durch den Raum.

DAS ENDE?

„Meine Damen und Herren, wir unterbrechen unsere beliebte Ratesendung ‚Wie schnappe ich die Million?' für zusätzliche Wetterwarnungen. Wir bitten Sie dringend, nicht die Toilette, die Küche oder den Weinkeller aufzusuchen, sondern unbedingt vor Ihrem Fernsehempfänger sitzen zu bleiben."

Die hübsche Fernsehansagerin schaute besorgt zu dem fahrig und unsicher wirkenden Wetterexperten hinüber, der krampfhaft lächelnd vor einer großen Weltkarte stand, auf der jede Menge Wettersymbole aufgezeichnet waren, wie man sie aus den täglichen Abendnachrichten kannte.

„Verehrte Zuschauer, soeben wurden wir von unseren Außenstationen über eine Anzahl weltweiter, unerklärlicher Wetteranomalien informiert, die auch von unseren Satelliten bestätigt wurden. Es besteht zwar keinerlei Anlass zur besonderen Besorgnis, aber gewisse Umstände zwingen uns, Sie, verehrte Zuschauer, vorsorglich mit einer Reihe von Schutzmaßnahmen vertraut zu machen, die Sie bitte sofort nach dieser Sendung einleiten wollen. Vorher aber noch ein Bericht zur aktuellen Wetterlage."

Der Meteorologe blätterte nervös in einigen Blättern mit Wettermeldungen, die er dann mit unsicherer Stimme verlas: „Aus dem Nordatlantik zieht ein Orkantief mit Windstärke 310 über Nordeuropa. Die zu erwartende Wellenhöhe im Nordatlantik und in der Nordsee wird etwa 45 Meter betragen. In der Ostsee erreicht die Wellenhöhe wahrscheinlich nur 35 Meter. Wir geben für alle Küsten Sturmflutwarnungen und raten, die Bevölkerung zu evakuieren. Aus Alaska ziehen an der Westküste des amerikanischen Kontinents zur Zeit einhundert Schneetornardos in Richtung Süden. Dieses Naturphänomen wird San Francisco in voraussichtlich drei Stunden erreichen. An der Ostküste von Südkanada scheinen von der zur Zeit dort herrschenden außergewöhnlichen Hitze ..." Dem Sprecher wurde von der Seite unvermittelt ein dicker Stapel Blätter mit offenbar neuen Wettermeldungen gereicht. Er schaute sich die ersten Blätter an, wurde bleich und rief dann (wobei er das Mikrofon mit der Hand zuhielt): „Das kann ich unmöglich vorlesen! ... Dann gibt es ein Chaos und Panik bri... zzzzzhzzzchkrrzzz ..." Auf den Bildschirmen flimmerte das schwarzweiße Störbild.

Im Regieraum des Wetterstudios standen sich die beiden Metorologen fassungslos gegenüber. Der ältere, der die Zuschauer schon seit über dreißig Jahren jeden Abend mit launigen Sprüchen über das zu erwartende Wetter informierte, schaute auf seinen jüngeren Kollegen, als wäre dieser nicht bei Verstand.

„Das gibt es doch nicht! Sag, dass es nicht wahr ist! ... Das ist einfach unmöglich."

„Alle Meldungen lauten gleich. Von allen Wetterstationen, von allen Wettersatelliten!"

„Bist du sicher?"

„Ja, absolut. Ein Irrtum ist ausgeschlossen. Die Temperatur des Klimas im Bereich des Atlantiks nördlich des Äquators steigt stündlich im Schnitt um 5 Grad an und südlich des Äquators sinkt sie um den gleichen Wert. Auf der anderen Seite des Erdballs läuft dieser Prozess genau gegenläufig ab. Du weißt, was das bedeutet?!"

„Die Neigung der Erdachse verändert sich?"

„Genau, das wird die größte Katastrophe, die die Menschheit je erlebt hat."

Der ältere Mann warf die Blätter mit den Meldungen auf den Tisch. Tonlos sagte er: „Das ist das Ende. Ich fahre nach Hause zu meiner Familie!"

EIN KONTINENT SCHWIMMT VORBEI

General Gurtuna war fassungslos. Die Eisbarriere – das von den Hiemisen geschaffene, unendliche, undurchdringliche Band aus riesigen Eisschollen und gewaltigen Eisbergen, das sich wie eine weiße Perlenkette von Ost nach West bis über die Horizonte zog – wurde immer dünner.

„Galeskon, so etwas gibt es doch nicht!"

Der Eiskrieger, der neben dem General besorgt über die schmelzende Linie der Eisschollen und Eisberge schaute, nickte beipflichtend. Der General hatte Recht: Was da geschah, lag außerhalb jeder Vorstellung. Die Außentemperatur stieg Stunde um Stunde um circa 5 Grad an und ließ die Eisbarriere mit einer beängstigenden Schnelligkeit schmelzen.

„Was sagen die Wetterfrösche in der Zentrale des Geheimdienstes dazu? Die können doch sonst die Temperatur eines jeden Pups auf diesem Planeten messen!"

„Herr General, die Oseles stehen in dauerndem Kontakt mit ihnen. Bisher konnte keiner das Phänomen erklären. Sie munkeln, dass sich die Neigung der Erdachse verändert."

„Horrender Blödsinn! Veränderung der Erdachse! Da kann ja die Erde gleich auseinander knallen."

„Diese Befürchtung haben die Experten in der Geheimdienstzentrale auch."

Der General überlegte kurz. Nach kurzem Zögern gab er wie gewohnt seine präzisen Befehle: „Bereite die Truppen zum Rückzug vor, Galeskon. Wenn das so weitergeht, müssen wir in spätestens einer Stunde evakuieren. Du sammelst alle Truppen hier und lässt sie geschlossen – getarnt als Eisberg – nach Norden schwimmen."

„Jawohl, Herr General!" Der Hiemise salutierte erleichtert. Er hatte insgeheim schon die Befürchtung, es werde von dem Expeditionskorps der Hiemisen erwartet, dass sie sich alle gemäß ihrem Ehrenkodex, der nach seiner Meinung längst nicht mehr zeitgemäß war, selbst zersägten und vernichteten. Der junge Eiskrieger wusste nicht, dass Oberon General Gurtuna verboten hatte, die drei Bataillone wertvoller Eiskrieger dem selbstmörderischen Ehrenkodex der Hiemisen zu opfern.

General Gurtuna sah, dass sich unter der immer weiter zunehmenden Hitze schon wieder eines der gefangenen Schiffe von der Eisbarierre löste, auftaute und schließlich aus eigener Kraft durch eine kleine Lücke in der Barriere schnell in Richtung Norden davondampfte.

„Galeskon, schau mal, wie das Schiff heißt. Du hast jüngere und schärfere Augen als ich."

Der junge Eiskrieger schirmte seine Augen gegen die blendende Sonne ab: „Das ist die ‚Elisabeth aus Brake', Herr General!"

Aber der General hörte schon nicht mehr hin. Die Eisbarriere brach jetzt an den ersten Stellen auseinander.

„Gib den Befehl zu evakuieren, mein Junge. Vergesst die Oseles nicht. Die haben hervorragend gearbeitet. Du übernimmst die

Führung. Ihr nehmt nach Hause den gleichen Weg, nur zurück."

Der junge Hiemise salutierte stumm. Er sah die Eissäge in der Hand des Generals und verbeugte sich ehrfurchtsvoll.

„Die Oseles sollen noch vorher folgende Nachricht an Oberon übermitteln: Operation Inselkontinent gescheitert. Truppen ziehen sich zurück. Verluste: Ein Eiskrieger. General Gurtuna."

Im gleichen Augenblick trieb unten am Eisberg ein kleiner schwimmender Inselkontinent, von den Hiemisen unbemerkt, Richtung Nord-Nord-West vorbei.

„Mensch, Klaus, schau mal, da hinten schwimmt was im Wasser. Sieht aus wie ein winziger Kontinent voller Mohrrüben."

„Rasmus?"

„Ja, Klaus?"

„Meinst du, die glauben uns zu Hause die Geschichte mit diesen Eissoldaten oder was auch immer das für Gestalten waren?"

„Nee. Da kannst du Gift drauf nehmen!"

„Siehst du, Rasmus, darum erzähle mir jetzt nix von einem Inselkontinent mit Mohrrüben." Kapitän Hansen schüttelte den Kopf. Er war froh, dass sie alle heil aus dieser Tiefkühltruhe entkommen waren. Nur schade, dass die Pflanzen, die sie an Bord immer so liebevoll pflegten, die Berührung durch die Eiskrieger nicht überlebt hatten.

DAS SIEBTE SIEGEL

„Olli! Löse nicht das letzte Siegel! ... Hörst du mich, mein Junge? ... Löse auf keinen Fall das siebte Siegel! Oh, Große Mutter, hilf ihm. Hüter der Seelen, steh ihm bei! ... Der arme Junge!"

Durch das Brausen des Sturms, der durch die riesige Felsenhalle mit der roten Kristallwand raste, hörte Olli die Stimme Vaskälindanya von Gotims. Er hatte ein Siegel nach dem anderen gelöst, das Perlenzepter immer wieder in den Kristall gestoßen und erst nach links und dann rechts gedreht. Zuerst hatte es nur leicht geruckt, aber bereits nach dem zweiten Siegel waren die ersten Felsbrocken durch die Halle gerollt, und der erste scharfe Wind pfiff durch das Erdinnere. Noch begriffen Olli und seine Freunde nichts. Sie bemerkten nur, dass sich der Boden leicht schräg neigte. Doch nach dem fünften Siegel hatte der Boden der Felsenhalle eine so starke Schräglage erreicht, dass aus dem kleinen Vulkanschacht, hinten links an der Kristallwand, die Lava übergelaufen war und auch aus den Ritzen der Decke, Wände und Ecken der riesigen Felsenhalle tropfte.

Klining hatte dann als Erster realisiert, was für eine fürchterliche Katastrophe sich da anbahnte und lief zu dem Jungen.

„Hör auf, Olli! Jedes Mal, wenn du den roten Kristall mit dem Perlenzepter verstellst, bekommt die Erde eine gefährlichere Schräglage."

„Wie kommst du darauf, Klining?"

„Das siehst du doch: Wir können uns auf dem schrägen Boden ja kaum noch auf den Beinen halten. Olli, ich glaube, du veränderst mit dem Perlenzepter die Neigung der Erdachse."

„Aber wir müssen doch Rinchen und Vaskälindanya retten! Wenn ich aufhöre, bringt das Scheusal sie um!"

Olli löste das sechste Siegel. Sechs blutrote Perlen leuchteten düster und unheildrohend auf dem Perlenzepter. Klining sah, dass in dem kleinen Universum des Zepters das Chaos herrschte. Ein schier unglaublicher Orkan schien die Galaxien des winzigen Kosmos durcheinander zu wirbeln. Das winzige Universum stand kurz vor dem Kollaps. In Klining schoss eine dunkle Ahnung hoch und er zitterte vor Angst.

„Du kannst sie nicht mehr retten, Olli. Wenn du den Kristall weiter verstellst, werden wir alle sterben. Dreh den roten Kristall wieder zurück und schließe sofort alle Siegel ... bitte, mein Junge."

Olli schrie Klining verzweifelt an: „Ich bin nicht mehr dein Junge! Du willst ja bloß dein armseliges Leben retten! ... Ich hasse dich!"

Wie ein Pfeil kam Ragnur angeflogen und setzte sich neben Klining auf einen kleinen Felsbrocken. „Olli, dreh jetzt nicht durch. Klining hat Recht, wir gehen alle drauf."

„Dann ist mir das auch egal! ... Wenn Rinchen und Vaskälindanya sterben, dann will ich auch nicht mehr weiterleben." Der Junge stieß, weinend und überwältigt vom Schmerz, das Zepter in die rote Kristallwand und drehte den unheilvollen Schlüssel zum sechsten Mal.

Die Urgewalten aller Höllen taten sich auf. Ein ungeheurer Sturm tobte wütend über und unter der Erde. Der Illantin klammerte sich an den Stoff von Ollis Hose, um von dem fürchterlichen Sog des unterirdischen Orkans nicht erfasst zu werden. Dann riss ihn eine gewaltige Böe fort.

„Öffne endlich das siebte Siegel, Junge.“ URUGOL überbrüllte den tobenden Sturm. „Los, Junge, dann hast du es hinter dir.“

Olli merkte, wie das Böse versuchte, wieder Gewalt über ihn zu gewinnen. Die kalte und grausame Stimme schnitt ihm durch Mark und Bein.

„Willst du die Schuld für den Tod deiner Freunde übernehmen? Später wird es heißen: Das ist Oliver Valdal Kusch, der Junge, der seine Freunde sterben ließ, weil er ein Feigling war.“

Olli fasste die letzte und größte der sieben Perlen, um sie nach rechts zu drehen.

„N E I N! ... Olli, tu es nicht! Du wirst alles vernichten.“ Rinchens Stimme schrie verzweifelt durch das Heulen des Sturms und stoppte ihn. Der Rotschopf zögerte.

„Olli!“ Der Junge hörte jetzt die Stimme Vaskälindanyas rufen. „Hör mir zu, mein lieber Junge. Du darfst das letzte Siegel nicht lösen ... hörst du? ... Löse nicht das siebte Siegel! Dieses Scheusal URUGOL begreift nicht, dass dann die Erde auseinander bricht!“

„Vaskälindanya? Rinchen? ... Wo seid ihr? ... Ich will euch doch nur retten!“ Olli schaute sich mit tränenverhangenen Augen suchend um.

„Du kannst sie nur retten, mein Junge, wenn du das siebte Siegel öffnest. Tu es! Sofort! Oder willst du, dass wir alle sterben?“ Vor sich sah der Junge plötzlich schemenhaft in dem Staub, den der Orkan durch die Halle trieb, Laurin auf Bjadli. Der Zwergenkönig trieb, gegen den Sturm ankämpfend, seinen kleinen Rappen direkt auf ihn zu. Kurz vor Olli zügelte Laurin abrupt sein erschöpftes Pferdchen und stieg aus dem Sattel. „Öffne endlich das siebte Siegel ... Sonst werden wir alle sterben – auch du, Olli.“

„Nein, Olli, hör nicht auf ihn! ... Es ist nicht Laurin ... es ist URUGOL!“ Rinchens Stimme verwehte im Heulen des Sturms.

„Du musst den Kristall wieder zurückdrehen! ... Hörst du, Olli? ... Dreh den Kristall zurück!“ Die Stimme Vaskälindanyas erreichte jetzt kaum noch das Ohr des Jungen. „„... Die Erde ... wird sonst ... auseinander brechen ... Olli ... auseinander brechen ...!“

Olli spürte, wie ihn die Tränen übermannten. Weinend rief er:

„Wenn ich das Siegel nicht öffne, dann werdet ihr sterben!"

„Wenn du die siebte Perle drehst, dann wird alles sterben ... alles! Hör bitte zu, mein lieber Junge. Wenn du uns liebst, schließt du alle Siegel wieder! ... Bitte!" Die Stimme der Hohepriesterin klang voller Furcht.

„Olli ... bitte ... bitte tu es ... sofort! ... Tu es für uns!" Rinchens verzweifelte Stimme erreichte auf einmal klar und deutlich sein Bewusstsein.

Der Junge wischte sich die Tränen aus den Augen, richtete den Blick auf den Herrscherstab in seiner Hand und versuchte, sich nur auf das Perlenzepter zu konzentrieren. Entsetzt zuckte er zusammen, als er sah, wie das Chaos den winzigen Kosmos im Zepter durcheinander wirbelte und sich unaufhaltsam in dem winzigen Universum ausbreitete. Zitternd spürte er, wie das Böse auch von ihm langsam Besitz ergriff und sich seinem Bewusstsein gefährlich näherte. Er hob die Augen und sah, dass ihn, wie schon einmal zuvor, zwei grausame, eiskalte Augen mit einem zwingenden, hypnotisierenden Blick anstarrten. Obwohl er sich mit aller Kraft dagegenstemmte, gewann der starre Blick immer mehr Gewalt über seinen Willen. Er musste weiter nachgeben. Wieder sank er erschöpft auf die Knie, bezwungen von der unheimlichen Macht der zwei unerbittlichen Augen. Vergeblich versuchte er sich von dem hypnotischen Blick, in dem jetzt auch ein wilder, triumphierender Ausdruck lag, zu lösen. Plötzlich zuckten die Lider der grausamen Augen verblüfft zusammen. Für einen winzigen Moment löste sich der zwingende Blick von dem Jungen.

Mit dem wilden Kriegsschrei der Vulkanadler hatte sich Ragnur auf Laurin gestürzt und seine Fänge in die Nase des überraschten Zwergenkönigs geschlagen. „Tut mir Leid, aber du bist ja nicht du!", sagte entschuldigend der linke Kopf des Adlers zu Laurin. „He, komm wieder zu dir und jage dieses Scheusal aus deinem Körper!", rief erbost der rechte Kopf.

Dieser kurze Moment der Ablenkung genügte Olli, um sich von dem zwingenden Blick URUGOLS zu lösen. Vor Erschöpfung fiel er vornüber und schlug mit der Stirn auf einen kleinen Felsbrocken, unfähig, sich zu rühren.

„Hau ab, du Mistvieh!" Laurin fegte mit einer Hand Ragnur, der brutal gegen die rote Kristallwand geschmettert wurde und dort bewusstlos zu Boden fiel, von seiner blutenden Nase und richtete den Blick auf den vor ihm knienden, schwer atmenden Jungen. Ein grausames Lächeln verzerrte sein Gesicht. „Na, das ist ja fein, dass du dich freiwillig auf den Henkersblock legst." Langsam und genießerisch zog Laurin sein Schwert Balmuni aus der Scheide und wog es prüfend in seiner Hand. Nun würde das Schwert endlich wieder Blut trinken dürfen. Er hob die mörderische Klinge triumphierend in die Höhe.

Mit der Stirn auf dem Felsbrocken erwartete Olli ergeben den Todesstreich. Er war zu erschöpft und verzweifelt, um sich zu wehren. In seinem Kopf wirbelten die Gedankenfetzen so wild durcheinander wie die Galaxien in dem winzigen Universum des Zepters. Wie hatte er bloß so maßlos versagen können? Ihm war die Macht des heiligen Perlenzepters anvertraut worden und nun ging die ganze Welt in Trümmer. Er hatte die Schuld, dass seine Freunde sterben würden. Das Perlenzepter, das er noch immer krampfhaft in seiner Hand hielt, erwies sich in seinen Händen als mörderische Waffe des Chaos.

„Olli! Schließ die Siegel wieder und stell den Kristall zurück. Schnell, mein Junge, du schaffst es!"

War das die Stimme der schönen Hohepriesterin, die den wilden Gedankenwirbel in seinem Kopf durchdrang? Was sollte er tun? Die Siegel wieder schließen? Vielleicht rettete das ja wenigstens seinen Freunden das Leben. Mit zitternder Hand drehte er die sechste Perle in ihren ursprünglichen Stand zurück. Die Perle nahm wieder ihre wunderschöne grüne Farbe an. Im gleichen Moment ging ein gewaltiger Ruck duch den roten Kristall und er sprang eine Einstellung zurück. Dem Jungen schien, als ob sich der Sturm etwas legte und ein wenig Kraft in ihn zurückkehrte. Er hob den Kopf und richtete sich mühsam auf. Im gleichen Augenblick ließ Laurin Balmuni niedersausen. Haarscharf glitt die Klinge an Olli vorbei und spaltete den Felsbrocken wie einen reifen Kürbis.

URUGOL brüllte in Laurin vor Wut, weil er den Jungen verfehlt hatte, und der Zwergenkönig schlug Olli mit dem Schwert das Perlenzepter aus der Hand. Das Zepter flog in hohem Bogen durch die Felsenhalle und landete in dem kleinen Vulkanschacht, wo es in der glühenden Lava langsam versank.

„Golf muss man spielen können", grinste Laurin böse. „Ein

wahrhaft nützlicher Sport." Der Sklave des Herrschers über das Chaos zeigte mit seinem Schwert auf den Vulkanschacht. „Na, du Held, willst du deine Wunderwaffe nicht wieder herausholen? Ich warte so lange."

Der Junge stand auf und schleppte sich taumelnd hinüber zu dem Schacht, aus dem immer noch ein dünnes Rinnsal glühender Lava floss. Sengende Hitze schlug ihm entgegen.

„Nun, du Held aller Helden, ich denke, das Perlenzepter ist so mächtig? ... Und du bist der Held mit dem reinen Herzen? Da wirst du dir doch kaum deine Fingerchen verbrennen, wenn du es aus der heißen Suppe herausfischst ... oder?" URUGOLS Stimme äffte die des Jungen nach.

Olli rührte sich nicht.

„Oder willst du ohne deine Waffe gegen mich weiterkämpfen?" Er hob drohend Balmuni.

„N E I N ! ... Das wird er nicht, du widerliches Scheusal!", rief Ragnur, der aus seiner Bewusstlosigkeit erwacht war, wütend. Er schwang sich hoch in die Luft und stürzte sich in die weiße Lava.

„Raggi! Nicht!" Entsetzt sah Olli, wie sein kleiner Freund in die brodelnde Lava tauchte und verschwand.

„Einer weniger", sagte Laurin höhnisch. „... Und nun zu dir." Plötzlich weiteten sich verblüfft die Augen des Zwergenkönigs.

Olli folgte dem Blick des Zwergenkönigs und sah Ragnur aus der Lava auftauchen. In seinen Fängen trug er das unversehrte Perlenzepter. Pfeilschnell flog er heran, legte es in die Hand des Jungen und blieb selbst auf dem Griff des Zepters sitzen.

„Pass auf Olli, ist ein bisschen heiß geworden."

„Raggi, ich dachte, du wärst ..."

„Baden gegangen? Klar, ein wenig sauberer bin ich schon. Aber zum Entspannen lässt uns dieses Scheusal ja leider keine Zeit. Darf ich auch mal?" Ragnur griff mit einer seiner niedlichen Klauen die fünfte Perle von oben und drehte sie zurück.

„So jetzt bist du dran, Olli! Guck ma', das mag der gar nicht!"

Der Junge sah plötzlich einen ängstlichen Ausdruck in den bisher so eiskalten und grausamen Augen und drehte die vierte Perle zurück.

„Schnell, Raggi, dreh du die nächste Perle zurück!"

„Mit Vergnügen! ... Und jetzt wieder du!"

Auch die zweite Perle von unten wurde zurückgedreht und wechselte wieder in ihre schöne grüne Farbe, die anzeigte, dass auch das vorletzte Siegel wieder verschlossen war. Stille kehrte in der riesigen Felsenhalle ein. Der rote Kristall war bis auf die vorletzte der ursprünglichen Einstellungen zurückgerastet.

„Das wirst du mir büßen, Junge! ... Dafür werden deine Freunde sterben." Die fürchterliche Stimme UROGOLS brüllte wütend durch das Erdinnere. Olli sah, wie der Zwergenkönig, der jetzt mit toten, leeren Augen völlig ausdruckslos in die Ferne starrte, sein Schwert aus der Hand gleiten ließ und seinen Mantel berührte. Augenblicklich war er verschwunden.

„Schnell, Olli, dreh die letzte Perle, sonst sind Laurin, Rinchen und die Hohepriesterin verloren!"

Überrascht drehte sich der Rotschopf um, als er die freundliche Stimme des schönen Jünglings hörte. Hinter ihm stand der Tod und hatte seinen rechten Arm wie schützend um seine Schwester, die Schöpfung, gelegt. Die schaute ihn lächelnd an und sagte: „Schnell, mein Junge, schließe das Siegel!"

Olli tippte Raggi an: „Mach du es, Raggi!"

„Ich?"

„Ja, du! ... Du bist doch der größte Held. Nun mach schon ... los!"

Raggi hüpfte stolz auf dem Perlenzepter bis zur letzten roten Perle und drehte sie mit einem entschlossenen Ruck. Das blutige Rot der Perle verblasste und das wunderbar schimmernde Grün überzog das Siegel mit seinem Glanz.

Der riesige rote Kristall erzitterte, bewegte sich erst langsam, dann aber unaufhaltsam, und rastete mit einem gewaltigen Getöse in seiner ursprünglichen Position wieder ein.

Der wütende, schaurige Schrei URUGOLS erfüllte die Halle: „Noch bin ich mit euch nicht fertig!"

„Das wirst du aber gleich sein, du Schurke!", rief der schöne, edle Jüngling mit einer harten, unbeugsamen Stimme, die nichts mehr von seiner sonstigen Sanftmut erkennen ließ. Der Tod schaute sich suchend um. „Schnell, Olli, berühr sie mit dem heiligen Perlenzepter." Er zeigte auf Laurin, der mit Rinchen und der leblosen Hohepriesterin auf dem Arm aus einer der Höhlen am Ende der Halle herausgetaumelt kam. Völlig erschöpft sank Laurin in die Knie und ließ Rinchen und die Hohepriesterin kraftlos auf den Boden rollen. Er wand sich wie unter unerträglichen Schmerzen. Man sah, dass er sich verzweifelt gegen die unheimliche Macht URUGOLS, die ihn immer noch gefangen hielt, wehrte. Olli lief hinüber und berührte seine drei Freunde mit dem Perlenzepter und rief ihnen zu: „Schnell, ruft eure Namen!" Dreimal schallte der befreiende Ruf durch die Halle. Olli, Laurin, Rinchen und die Hohepriesterin fielen sich glücklich in die Arme. Ragnur sauste pfeilschnell auf den Zwergenkönig zu. Der schreckte zurück und hob schützend eine Hand vor seine Nase. Ragnur landete auf seiner Schulter.

„Na, du Nasenkiller!", grinste Laurin.

„Tut es sehr weh?", tschiepte Ragnur verlegen.

Olli blickte sich suchend um: „Wo ist Klining? Der heilt dir die Nase auf der Stelle!"

Klining! Olli wurde auf einmal bewusst, wie ungerecht er seinen Freund angeschrien hatte, bevor der Sturm Klining von ihm wegriss. Wo waren die anderen drei Freunde? Er rief voller Angst: „Klining! ...Vugur! Valmin! ...Vildo! Wo seid ihr?" Olli schaute sich in der Halle verzweifelt um.

„He, du Held, schrei nicht so! Wir haben doch keine Rubine in den Ohren." Lachend krochen Valmin, Vugur und Vildo aus einem winzigen Felsspalt, in den sie sich vor der Gewalt des Sturmes verkrochen hatten. Stürmisch wurden sie von allen begrüßt.

„Klining! Weiß jemand, wo Klining ist?", fragte Olli besorgt.

Alle nickten und schauten ihn grinsend an.

„Das finde ich überhaupt nicht lustig!", rief er voll Sorge um seinen Freund. „Was grinst ihr so? ... Ich mache mir Sorgen um Klining! Ihr seid gemein!"

Plötzlich spürte er eine Berührung auf seinem Kopf. So als wenn ihn eine Möwe oder Taube auf dem Kopf getroffen hätte.

Alle um ihn herum lachten herzlich.

Ärgerlich wollte er sich schon den vermeintlichen Kot aus den Haaren wischen, als eine vertraute Stimme auf seinem Kopf rief: „Halt, ich bin doch kein Möwenschiss! Da spring ich doch lieber gleich wieder ab."

Unter dem begeisterten Klatschen der Freunde segelte Klining, an seiner großen roten Zipfelmütze wie an einem Fallschirm hängend, dicht an Ollis Gesicht vorbei, kniff grinsend ein Auge zu und landete sicher vor den Hufen Bjadlis.

„He, Bjadli, die Mohrrübe darfst du nicht fressen!", rief Olli und stürzte sich überschäumend vor Freude auf Klining.

Klining, den die Sturmbö bis an die Hallendecke geschleudert hatte, konnte sich oben in luftiger Höhe mit Mühe und Not auf einen kleinen Felsvorsprung retten und festklammern. Endlich war dann der Sturm vorüber und er konnte mit seiner Zipfelmütze als Fallschirm abspringen. Zum Vergnügen aller war er genau in Ollis roter Haarpracht gelandet.

Als sie sich alle nach einer Weile wieder einigermaßen beruhigt hatten, zog die Schöpfung ihren Bruder beiseite und flüsterte ihm zu: „Ich glaube, jetzt solltest du ...!"

Der Tod nickte. Er ging auf Oliver zu und sprach einige Sätze mit ihm. Olli nickte und sie gingen zu dem kleinen Vulkanschacht. Erstaunt folgten ihnen alle Blicke.

„Wie ich schon sagte, mein Freund, der blaue Planet kommt nur dann zur Ruhe, wenn du URUGOL wieder in sein Eisgefängnis verbannst." Der Tod sprach ruhig und sanft. „Das kannst nur du!"

Olli blickte den schönen Jüngling unsicher an. „Wieso gerade ich? Wenn Raggi mir nicht geholfen hätte ... ich weiß nicht. Ich glaube nicht, dass ich der Held bin, den wir immer gesucht haben." Niedergeschlagen und beschämt senkte er den Kopf.

„Ich kenne keinen, der so mutig für seine Freunde eingetreten ist wie du, mein Junge."

„... und Raggi!"

„... und Ragnur! Auch er ist ein wahrer Held."

„Aber wie soll ich URUGOL in ein Eisgefängnis sperren? Der lacht sich doch schief, wenn er mich nur sieht. Wenn ich daran denke, wie der mich dazu gebracht hat, dass beinahe die Erde auseinander geknallt wäre ...! Daran darf ich gar nicht denken. Jetzt ist oben auf der Erde doch bestimmt alles zerstört? Alle werden mich hassen."

„Nein, dadurch, dass du den roten Kristall wieder zurückgestellt hast, hat sich auch die Zeit wieder zurückgestellt. Es ist alles so, wie es einmal war."

„Aber sie werden trotzdem nicht vergessen, was geschehen ist."

„Doch, zumindestens die Menschen. Die haben schon jetzt alles wieder vergessen."

„Wieso?"

„Dafür hat meine Mutter, die Zeit, gesorgt. Sie meinte, die Menschen kämen sonst nur unnötig in Panik."

„Ups! ... und die anderen? Die Feen? ... die Elfen? ... die Zwerge, Riesen und alle anderen Geister?"

„Die sind heilfroh, dass jemand URUGOL wieder unter dem Eis einsperrt."

„Und das kann nur ich?", fragte Olli zweifelnd.

„Nur du mein Freund!", lächelte der Tod ernst.

„Gut. Was muss ich tun? Ich tue alles, wenn es meinen Freunden hilft."

„Du brauchst dazu viel Mut, mein Junge ... sehr viel Mut!

„Ich habe jetzt schon Schiss. Und wenn ich noch mehr Angst kriege – versage ich dann?" Olli schaute den edlen Jüngling zweifelnd an.

„Nein, du versagst nur, wenn du deiner Angst unterliegst."

„Du meinst, ich darf Schiss haben? ... Und wenn ich es trotzdem mache, ist es okay?"

„So kann man es ausdrücken."

Olli lächelte zuversichtlich. „Dann sag mir, was ich tun soll, denn das kenn ich. Was meinst du, wie oft ich schon Schiss gehabt habe ...! Aber davongelaufen bin ich eigentlich noch nie."

„Genau das meine ich."

„Sagst du es mir jetzt?"

„Ja ...", der Tod zögerte. Der kleine Rotschopf tat ihm Leid. „Du musst das Perlenzepter mit deiner Hand hier in die Lava tauchen."

„Was muss Olli?" Ragnur war neugierig herangeflogen und hatte sich auf den Rand des kleinen Vulkanschachtes gesetzt.

„Ich soll meine Hand in die Lava tauchen, Raggi." Olli brach der kalte Angstschweiß aus.

„Och, ich dachte schon, du sollst was Schlimmes machen." Ragnur tauchte eines seiner Füßchen in die Lava. „Die Lava ist schön kuschelig heiß, gerade richtig für ein Bad."

„Ragnur, Olli ist ein Mensch und kein Vulkanadler."

„Oh, Verzeihung. Tut mir Leid, Olli."

„Macht nichts, Raggi. Ich tu's trotzdem." Olli ging zitternd auf die Knie nieder und beugte sich über die glühende Lava. Die brodelnde Hitze nahm ihm den Atem.

Der Tod sagte sanft: „Nimm das Perlenzepter in die rechte Hand und konzentriere dich nur auf das Zepter. Hörst du? Du schaust nur auf das Zepter ... und dann tauchst du deine Hand in die Lava.“

Schweißgebadet nahm der Junge das Zepter in seine rechte Hand. Er schloss die Augen und konzentrierte sich. Seine Angst, dass das Perlenzepter aus seiner schweißnassen Hand rutschen würde, erwies sich als unbegründet. Mit Erleichterung spürte er, wie das Zepter kühl in seiner Hand lag. Ein leiser, singender Ton stieg von dem kostbar schimmernden Zepter auf. Olli öffnete die Augen und blickte in das mystisch blaue Licht des Meeres der Stille, das in dem Zepter leuchtete.

Sein Bewusstsein löste sich von seinem Körper und er tauchte, wie schon einmal, in das winzige Universum ein und flog bis zum Mittelpunkt – zum Brunnen der Unvergänglichkeit. Glücklich, wieder hier zu sein, tauchte er seine Hand mit dem Perlenzepter in das herrlich kühle blaue Wasser.

Tiefer Friede, Ruhe und Gelassenheit strömten in sein Bewusstsein und erfüllten ihn mit Selbstvertrauen. Jetzt war er für seine Aufgabe bereit. Der Junge nahm die Hand mit dem Zepter aus dem Wasser und öffnete wie aus tiefer Trance die Augen. Überrascht sah er, dass vor ihm im Vulkanschacht jetzt eine tiefblaue Eisfläche lag.

„Du hast es geschafft, Olli! Du hast es geschafft!“ Ragnur flatterte wild vor Freude wie ein Spatz um ihn herum. Alle Freunde klatschten vor Begeisterung und erdrückten ihn mit ihren Umarmungen und Küssen.

„Ich hab doch gar nichts gemacht!“, stammelte Olli.

Nachdem sich der Jubel gelegt hatte, erzählte ihm der Tod, was geschehen war. Sie hatten alle atemlos beobachtet, wie Olli in tiefe Trance verfallen war und dann seine Hand mit dem Zepter in die glühende Lava getaucht hatte. Die zischte nur kurz auf, verlöschte und verwandelte sich in tiefblaues Eis, das sich immer mehr ausbreitete und in jede Ritze und Ecke unter dem Südpol kroch.

Plötzlich hörten sie URUGOLS fürchterliche Stimme. Sie schrie und jammerte kläglich, so, als müsse sich der Herrscher über das Chaos einer größeren Macht beugen. Ein Zischen und Knistern erfasste das Erdinnere unter dem Südpol und eine eisige Kälte erfüllte die Felsenhalle. Zuletzt war das Schreien URUGOLS nur noch als leises Wimmern zu hören und verstummte schließlich ganz.

DIE ENTLARVUNG

Nachdem sich die Nachricht, dass die Helden endlich am Feenhof eingetroffen waren, schneller verbreitet hatte, als die Oseles denken konnten, fanden sich immer mehr Feen, Elfen und Geister in der Feenhalle ein und saßen aufgeregt in dem wie ein antikes Amphitheater gebauten riesigen Raum aus purem Kristall. Das Halbrund der Sitzreihen war bis auf den letzten Platz mit dem bunten Völkergemisch der Feen- und Geisterreiche gefüllt.

Atemlos schauten viele tausend Augen auf die Bühne, an deren Rückseite der prachtvolle Gläserne Thron des Feenkönigs stand. Gerade berichtete die Hohepriesterin des Grasvolkes über die bestandenen spannenden Abenteuer und Heldentaten. Fasziniert hörte die Feenhalle Vaskälindanya von Gotims Bericht zu. Alle wollten sie die Helden sehen. Selbst die links und rechts exakt in der Entfernung von zwanzig Schritten zum Thron stehenden unheimlichen Eiskrieger reckten neugierig ihre Hälse.

Die Reise durch die Reiche der Geistervölker bis an den Hof des Feenkönigs war für die Freunde ein einziger Triumphzug gewesen. Nachdem sich die Schöpfung und der Tod noch in der unterirdischen Felsenhalle des roten Kristalls von den Freunden verabschiedet hatten und auf Geheiß ihrer Mutter, der Zeit, wieder in die für Lebewesen nicht erfassbaren Ebenen des Universums versunken waren, um ihre Aufgaben zu erfüllen, war der Zug der Freunde, bestehend aus Valentirina, Vaskälindanya von Gotim, Klining, Laurin, Valmin, Vugur, Vildo, Ragnur und Olli, aufgebrochen, um wieder an das Licht der Sonne zu gelangen.

Sie nahmen den Weg über die Schächte der Vulkanrubine, wo Laurin ihnen die Taschen mit den kostbaren Rubinen vollstopfte. Im Situra-Hain neigte der heilige Flammenbaum seine Zweige vor Olli und Ragnur und gratulierte ihnen allen. Dann führte ihr Weg am Sarimgantafluss über die Smaragdbrücke, die von Laurins

Zwergen wieder in Stand gesetzt worden war, bis zu den Fluttoren zum Reich der Wassergeister am Jadebusen. Der begeisterte Empfang durch Herzog Najadus und sein Gefolge gab den Freunden einen kleinen Vorgeschmack auf das, was sie an Begeisterung erwarten sollte. Dann betraten sie bei Ebbe die Erdoberfläche.

Voll Freude, wieder die Sonne zu sehen, hatten sie alle, von Vugur überredet, im Jadebusen auf einer alten Schiffsplanke eine Rutschpartie auf dem Schlick unternommen und waren, über und über mit Schlick bespritzt, auf dem Deich von Dieken Enno gelandet. Der hatte das Kriegshorn geblasen und alle Deichspatenzwerge Ehrenspalier stehen lassen, um seinen König und die anderen Helden würdevoll zu begrüßen. Völlig perplex sah er anstatt edler Helden einen Haufen juchzender Verrückter, rabenschwarz vom Schlick, auf einer gammeligen Schiffsplanke in halsbrecherischem Tempo auf den Deich rutschen. Dieken Enno suchte verzweifelt seinen mächtigen König. Offenbar war es dieser Schlammklumpen, der lachend von einem nicht klar erkennbaren Reittier rutschte und ein paar komische, klitzekleine Schlammkegel in das Gras stellte. Erst als Klining (nachdem sich der Schlick gegen alle normale Reinigungsversuche als äußerst hartnäckig erwiesen hatte), eine seiner leichten Handbewegungen machte, woraufhin ein paar kleine, dunkle Regenwolken erschienen und die ausgelassene Gruppe, die sich albern, kichernd und lachend mit Schlamm bewarf, mit ein paar kräftigen Regenschauern säuberte, beruhigten sich die Helden und nahmen, immer noch ab und zu lachend und kichernd, die Ovationen der angetretenen Deichspatenzwerge und des versammelten Grasvolkes entgegen.

Nach einem großen Fest, das Herzog Najadus in der blau schimmernden Grotte der Wassergeister zu Ehren der Helden gab, zog man weiter zum Hof des Feenkönigs. Unterwegs waren die Helden überall begeistert und dankbar empfangen worden. Aller Streit und Hader unter den Völkern und Stämmen der Feen- und Geisterreiche war vergessen: Zu glücklich waren alle darüber, dass die große Gefahr wieder tief unter das Eis des Südpols verbannt worden war. Einmal verdunkelte sich sogar der Himmel über dem Zug der Freunde, und Nandur beglückwünschte sie. Dann waren sie am Hof des Feenkönigs eingezogen.

Der Jubel in der festlich geschmückten Feenhalle war unbeschreiblich, als der Zug der Helden erschien. Eine lange Reihe von Ehrengarden, Musikkapellen und Festgruppen zog vor ihnen in die Halle ein. Kein Reich, durch das sie gekommen waren, hatte es sich nehmen lassen, die Freunde auf irgendeine besondere Art zu ehren. So war der Zug immer länger geworden und vermittelte ein buntes Bild der vereinigten Völker der Feen und Geister. Immer wieder brandete begeisterter Applaus auf. Seit langer Zeit hatte man keinen so prächtigen Zug mehr gesehen.

Plötzlich senkte sich atemlose Stille über die Feenhalle. Angekündigt durch die Blumenfanfaren der Elfen, schritten die Helden durch das riesige Tor. Links ging der Zwergenkönig. Prächtig und kostbar gekleidet wie immer, führte er seinen berühmten Rappen Bjadli am Zügel. Zauberhaft klangen die Glöckchen und leuchteten die Sternchen auf, wenn die Hufe des edlen Pferdchens den kostbaren Boden der Halle berührten. Auf dem Sattelknauf saß stolz der spatzengroße Vulkanadler. Mit Verwunderung hatte man die Gerüchte über die guten Taten des kleinen Killers gehört. Hinter ihm auf dem Sattel saßen lässig drei der klitzekleinen Zwerge, deren König Goliath sich schon seit einigen Tagen als hoch geehrter Gast am Feenhofe aufhielt, mit hoch aufgerichteten roten Zipfelmützen und winzigen, absolut coolen Sonnenbrillen auf der Nase. Neben Laurin schritt, nein schwebte, die elegante Gestalt der schönen Hohepriesterin des Grasvolkes. Die meisten sahen die Großschamanin des uralten Kultes zum ersten Mal. Das mystische Licht ihres Mondsichel-Amuletts aus blauem Bernstein faszinierte besonders die Damen. Atemlos und ehrfurchtsvoll wurde der Junge gemustert, der selbstbewusst und trotzdem ein wenig schüchtern rechts neben Vaskälindanya von Gotim ging. Sein leuchtender Rotschopf fiel zuerst ins Auge. Dann fiel der zweite Blick auf das kleine, kostbare Kästchen, das er in seiner rechten Hand trug. Jeder wusste, das war die berühmte, sagenhafte Königslade mit dem geheimnisvollen und mächtigen Perlenzepter. Das Kästchen umschwebte eine schimmernde Aura hellen Lichtes. Auf dem linken Arm des Rotschopfs saßen zwei der klitzekleinen Zwerge mit ihren riesengroßen roten Zipfelmützen. „Das sind der berühmte Zwergenmagier und das mutige Mädchen“, flüsterten sich die Zuschauer leise zu. Die blauen Kulleraugen des Mädchens wurden von einer absolut coolen Sonnenbrille verdeckt.

Als die Helden den Thron des Feenkönigs erreicht hatten, stoppte der Zug wie auf ein geheimnisvolles Zeichen und alle, die im Zug mitmarschiert waren – außer den Helden -, traten respektvoll beiseite. Vor dem Thron verneigten sich die Helden und schauten auf Oberon, den König der Feen und Elfen und unumschränkten Herrscher über die Vereinigten Feen- und Geisterreiche.

Um die Helden zu ehren, hatte Oberon sie stehend vor seinem prächtigen Thron erwartet. Rechts neben ihm stand die schöne Feenkönigin Titania und lächelte die Freunde froh und glücklich an. Links neben dem Thron des Feenkönigs fiel eine speziell errichtete und prächtig geschmückte kleine Empore ins Auge. Auf ihr stand ein winziger Thron und davor Goliath, der König der klitzekleinen Zwerge. Der winzige Kamarin schaute mit seinen großen blauen Kulleraugen ruhig und freundlich unter einer riesigen roten Zipfelmütze hervor, die eine feine goldene Krone mit grünen Tiefseeperlen schmückte. Rechts hinter Oberon stand Ovangar, der mächtige Kanzler der Vereinigten Reiche. Ruhig und ohne eine Miene zu verziehen musterte sein Blick forschend die Gruppe der Freunde. Umrahmt war der Thron des Feenkönigs von der prächtig und kostbar gekleideten Schar der versammelten Könige, Fürsten, Botschafter und Gesandten der einzelnen Reiche.

Der Feenkönig hob die Hand und augenblicklich verstummte das aufgeregte Raunen und Gemurmel in der Feenhalle. Der Herrscher schaute strahlend vor Freude auf die Freunde und Helden, hieß sie in seiner Ansprache herzlich willkommen und begrüßte jeden Einzelnen mit vollem Namen und allen Titeln. Jedes Mal wurde der Vorgestellte jubelnd beklatscht. Als der kleine Rotschopf mit Ragnur auf der Hand bescheiden vortrat und beide sich artig verneigten, raste das Völkergemisch in der Halle vor Begeisterung. Dann bat Oberon die Gruppe, den hier Versammelten ausführlich von den überstandenen Abenteuern und Gefahren zu berichten.

Vaskälindanya von Gotim beendete ihren Bericht und wurde mit einem brausenden Applaus belohnt. Die schöne Hohepriesterin des Grasvolkes hatte die Herzen aller im Sturm erobert.

Jetzt trat Laurin, der König der Zwerge, vor und berichtete, wie er eines Tages, als er eine der vielen noch unbekannten Höhlen seines unterirdischen Reiches inspizierte, urplötzlich von einer geheimnisvollen, mörderischen Macht auf die Knie gezwungen und jeder eigene Wille aus ihm herausgesogen worden sei. Seitdem hatte er, der mächtige König der Zwerge, dem unheimlichen Herrscher des Chaos, diesem Scheusal URUGOL, wie ein Zombie als Sklave dienen müssen, bis er dann endlich von Oliver, dem Helden mit dem reinen Herzen, von diesem Bann befreit wurde. Besonders stolz sei er darauf, dass sein langjähriger Freund und treuer Gefährte, der Vulkanadler Ragnur, aufgrund seines naturbedingten wilden Wesens von vielen immer wieder zu Unrecht diskriminiert, sich unverhofft als der zweite Held mit einem reinen Herzen herausgestellt hatte. Beiden, dem mutigen Jungen und dem edlen Adler (die, wie man hier ja sehen könne, zu seiner Freude eine innige Freundschaft geschlossen hätten), gelte sein immerwährender Dank.

Die Feenhalle bebte vor Begeisterung. Ollis Kopf und Ragnurs Köpfe röteten sich vor Verlegenheit. Allerliebst fanden es besonders die kleinen Feenmädchen, dass sich Ragnurs kleine Federchen tatsächlich rot färbten.

Dann rief Laurin plötzlich sehr ernst mit erhobener Stimme, er bedauere es unendlich, dass er auf den heutigen Festtag doch noch einen unangenehmen Schatten werfen müsse. Doch die Angelegenheit sei von allergrößter Brisanz. Sie alle wüssten, dass dank des Jungen und seines heldenhaften Verhaltens der grausame Herrscher des Chaos, URUGOL, wieder unter dem Eis am Südpol eingefroren worden sei und dort nun hoffentlich bis ans Ende aller Tage in seiner Eisstarre verharren müsse. Was ihn, Laurin, aber mit großer Sorge erfülle, und was er bis heute leider noch nicht herausgefunden habe, sei, wer der unverantwortliche und verbrecherische Frevler war, der URUGOL aus seinem eisigen Tiefschlaf erweckte. Jeder wüsste, dass URUGOL ohne fremde Hilfe niemals erwachen konnte. Und solange dieser gewissenlose Täter noch nicht gefunden sei, werde niemand ruhig schlafen. Die Katastrophe könne sich jederzeit wiederholen. Er bitte darum alle, die Augen offen zu halten und alle zweckdienlichen Hinweise entweder an ihn, den Zwergenkönig, an Klining, den Magier der klitzekleinen Zwerge, oder an den verantwortlichen Leiter des königlichen Geheimdienstes, den Kanzler der Vereinigten Reiche, Ovangar, weiterzuleiten.

In dem Augenblick stand überraschend der Kamarin der klitzekleinen Zwerge von seinem winzigen Thron auf, trat an den vorderen Rand der kleinen Empore, so dass ihn alle gut sehen konnten, und sagte mit seiner leisen, warmen, klaren Stimme, die seltsamerweise auch noch auf dem letzten Platz der Feenhalle gut verstanden wurde: „Verehrte Majestät, mein lieber König Laurin, bitte seid mir nicht böse, aber ich bin der Meinung, dass Ihr dann ja gleich den Bock zum Gärtner machen könntet."

Schlagartig breitete sich eine peinliche Stille in der riesigen Versammlungshalle aus.

Valmin flüsterte vor Schreck: „Ach du heiliger Scheibenkleister, jetzt ist URUGOL in unseren König gefahren!"

Laurin wandte sich erstaunt an den König der Zwerge, die nicht zu seinem Reich gehörten: „Wie darf ich das verstehen, Majestät?"

„Bevor ich diese Frage beantworte, gestatten Sie mir eine Gegenfrage, Majestät?" Der winzige Kamarin blickte den Zwergenkönig fragend an.

„Ja sicher, Majestät." Laurins Nerven spannten sich gereizt.

„Wer von den Lebewesen, die wir kennen, könnte, in der Lage sein, so tief in das Erdinnere bis zu URUGOLS Gefängnis vorzudringen?"

„Im Prinzip jeder!", antwortete der Zwergenkönig, fügte dann aber hinzu: „In der Praxis sieht das aber anders aus."

„Sie meinen also, Majestät, dass man sich im Erdinneren auskennen muss, um den vielen Gefahren, die dort lauern, zu begegnen."

„Sicher, man muss schon über gewisse professionelle Kenntnisse verfügen, sonst kann so ein Ausflug böse enden", nickte der Zwergenkönig mit misstrauischem Blick. Was hatte der Winzling auf der Empore vor? Wollte der ihn reinlegen?

In der Feenhalle wagte keiner laut zu atmen. Wenn das stimmte, was allen so langsam ins Bewusstsein drang, dann wäre das – (Aber den Gedanken wollte keiner zu Ende denken. Nein, dass war einfach zu undenkbar. Der Zwergenkönig war doch nicht wahnsinnig.) – oder doch?

„König Laurin, sicher werden Sie mir bestätigen, dass keiner über eine höhere Professionalität in diesem Bereich verfügt als die Bergbauingenieure Ihres Volkes?"

„Stimmt, meine Leute sind auf diesem Gebiet die Besten." Man spürte den Stolz in Laurins Stimme. Leider schien er nicht zu bemerken, dass sich mit dieser Aussage der Druck auf ihn erhöhte.

„Stimmt es, Majestät ...", die Stimme des Kamarins blieb immer noch leise, warm und klar, „... stimmt es, dass Sie als Einziger das höchste Diplom, das Ihre Eliteuniversität für Bergbau zu vergeben hat, mit Auszeichnung erworben haben?“

„Ja, ich bin der Beste unseres Fachs.“ Laurin konnte seinen Stolz nicht verbergen.

„Dann erlauben Sie mir, Ihnen zu dieser außerordentlichen Leistung zu gratulieren, Majestät!“ Der Winzling schien sich einen Spaß daraus zu machen, mit dem Zwergenkönig Katz und Maus zu spielen.

„Vielen Dank!“, antwortete Laurin verblüfft.

„Nur noch eine Frage, König Laurin: Ist es richtig, dass eigentlich nur ein Lebewesen auf dieser Erde aufgrund seiner außerordentlichen professionellen Fähigkeiten in der Lage ist, bis zu URUGOL vorzudringen ... nämlich Ihr, Majestät?“

Wenn eine Bombe in der Feenhalle eingeschlagen wäre, hätte die Bestürzung nicht größer sein können. Tumultartig schrien die Feen und Geister durcheinander.

„Ruhe!“ Oberon stand auf und hob beschwichtigend die Hände. Der Lärm in der Halle ebbte ab. Dann trat wieder eine atemlose Stille ein. Laurin stand bleich, aber ruhig, vor der Empore, Auge in Auge mit dem winzigen König der klitzekleinen Zwerge.

„Könnt Ihr, Majestät ...“, wandte sich Oberon an den winzigen Kamarin. „Könnt Ihr diese ungeheuerliche Beschuldigung auch beweisen?“

„Beschuldigung? Welche Beschuldigung, Majestät?“ Der winzige König sprach mit seiner warmen, klaren Stimme immer noch leise, obwohl er doch leicht erstaunt schien. „Ich habe lediglich festgestellt, dass es für ein normales Lebewesen unmöglich ist, bis zu dem Eisgefängnis von URUGOL vorzudringen. Es sei denn, es verfügt über so außerordentliche fachspezifische Qualitäten wie König Laurin. Aber das scheint mir für jemand anderen als Euch, Majestät ...“, Goliath lächelte den perplexen Laurin an und verbeugte sich vor dem König der Zwerge, „... doch kaum möglich zu sein.“

Verblüffung breitete sich in der Feenhalle aus.

„Jetzt weiß ich gar nichts mehr“, sagte Valmin resigniert.

„Ich bin nur froh, dass nicht König Laurin der Schurke ist.“ Olli atmete vor Erleichterung tief aus.

„Stimmt!“, sagten die beiden Köpfe des Vulkanadlers.

„Aber wer? ... Wer hat denn dann gewagt, das Scheusal zu wecken?“ Die Feenkönigin beugte sich mit vor Aufregung geröteten Wangen vor.

„Es konnte also nur jemand sein, der in der Lage war, zwei Dinge zu überstehen. Erstens die unheimliche Hitze im Erdinneren und zweitens die noch unheimlichere Kälte im Gefängnis von URUGOL.“

Das war logisch! Alle konnten der Argumentation des winzigen Königs folgen.

„Selbst wenn König Laurin bis zu dem Eisgefängnis von UROGOL vorgedrungen wäre, er hätte den unerträglich niedrigen Minustemperaturen höchstens vierzig Sekunden lang widerstanden. Spätestens dann wäre sein Blut zu Eis gefroren.“

Auch das war einleuchtend und logisch! Alle in der Feenhalle nickten ... und blickten dann plötzlich mit steigendem Misstrauen auf die Eiskrieger, die links und rechts, in zwanzig Schritt Abstand, neben dem Thron des Feenkönigs postiert standen.

Goliath folgte den Blicken.

„Sicher, für einen Hiemisen wäre es ein Leichtes, ohne Schaden zu nehmen in URUGOLS Eisgefängnis einzudringen und ihn zu wecken. Aber er wäre schon vor der Überquerung des Sarimgantas in der dort am Flussufer herrschenden Hitze dahingeschmolzen wie ein Schneemann in der Sonne ...“

Der Winzling wurde von dem zustimmenden, jetzt aber ratlosen Gemurmel in der Feenhalle unterbrochen.

„... es sei denn, dieser Eiskrieger würde durch entsprechende Manipulationen vor dieser Hitze von jemandem geschützt!“

Erneut brach Tumult in der Feenhalle aus. Wer war dieser Verbrecher, der zu so etwas fähig war? Und wer war der verdammungswürdige Hiemise, der URUGOL geweckt hatte?

Der Winzling, der mit seiner riesengroßen Zipfelmütze wie eine kleine Mohrrübe auf der Empore stand, hob seinen Arm. Sofort herrschte wieder atemlose und gespannte Stille.

Die kleine Mohrrübe zeigte jetzt auf eine andere kleine Mohrrübe, genauer gesagt auf eine der Helden-Mohrrüben und rief: „Gehe ich richtig in der Annahme, Klining von Olgursam, Träger der Thulanderona-Kordel, dass nur die besten Magier Eures ehrwürdigen Ordens, das heißt, nur die Großmeister, dazu in der Lage sind, diesen Zauber auszuführen?“

Klining wurde totenbleich.

„Bitte antworte mir, Klining von Olgursam, Großmeister der Thulanderona-Weihen!"

„Ja, das stimmt."

„Wie viele Großmeister gibt es nach deiner Kenntnis?"

„Nach Talas Vergehen im Situra-Feuer nur noch mich!"

Wieder brach Tumult in der Feenhalle aus. Das war ja nicht zu fassen! Diese kleine Ratte hatte sie alle hereingelegt? Und diesem Verbrecher hatte man eben noch als Helden zugejubelt.

Die Freunde des Illantins waren starr und fassungslos vor Entsetzen. Rinchen brach in Tränen aus.

Der winzige König sprach unbeirrt weiter.

„Ich frage hier und jetzt: Gibt es noch einen Thulanderona-Großmeister hier im Saal?"

Sofort herrschte atemlose und angespannte Stille.

„Ja, mich ... auch ich bin ein Thulanderona-Großmeister!" Laurin trat vor, hob sein Hemd und alle konnten seine Thulanderona-Kordel sehen.

„Und Ovangar!", rief jemand von den oberen Sitzplätzen.

Richtig, der Kanzler der Vereinigten Reiche gehörte ja auch zu den Thulanderona-Boys.

Ovangar trat lächelnd vor und verbeugte sich spöttisch vor Goliath: „Leider komme ich nicht in Frage, denn ich habe die Prüfungen der letzten Weihen nicht bestanden und bin nur Thulanderona-Meister."

„Rausgeflogen ist er!" Jetzt meldete sich die Hohepriesterin des Grasvolkes zu Wort. Sie trat vor und zeigte auf den Kanzler: „Ovangar, jetzt erkenne ich dich wieder. Du bist wegen schwarzer Zauberei aus unserem Orden unehrenhaft ausgestoßen worden!"

Der Kanzler schaute Vaskälindanya von Gotim höhnisch an: „Na und? Das beweist ja nur, dass ich mit dieser ganzen Angelegenheit nichts, aber auch gar nichts zu tun habe. Diejenigen, die ihr hängen müsst, sind diese beiden da." Ovangar zeigte auf Laurin und Klining.

„Dann müsste man mich zuerst hängen!", rief Vaskälindanya von Gotim empört. „Ich bin nicht nur Hohepriesterin des Kultes der Großen Mutter, sondern auch die Großschamanin des Thulanderona-Ordens. Das ist der höchste Grad und er steht über allen

Großmeistern. Ich war die Erste, die von der Großen Mutter geweiht wurde – zu einer Zeit, als ihr Männer noch lange nicht an die Macht durftet. Ich habe auch den ehrwürdigen Tala ausgebildet, der dich, Ovangar, aus dem Orden ausgestoßen hat."

„Trotzdem ...! Du kannst hier so viele Tatsachen über mich erzählen, wie du willst, Weib ...!" Die Feenhalle zuckte vor Ekel über diese ungebührliche Ausdrucksweise zusammen, Ovangar ließ sich in seinem primitiven Ausbruch aber nicht aufhalten. „Fakt ist, du Hexe, dass nur ihr drei – dieser winzige Dilettant von Magier, dieser habgierige, eingebildete Gnom und du, du Hexenweib – die Täter sein könnt!" Der Kanzler hob den Kopf und schaute in die Runde: „Wahrscheinlich waren es sogar alle drei, die sich verschworen haben. Sie haben URUGOL geweckt! Sie sind die Täter!"

„Es sei denn, es gibt Beweismaterial, das den wahren Täter entlarvt!" Der klitzekleine Zwergenkönig sprach mit seiner leisen, warmen, klaren Stimme auch jetzt noch ruhig.

„Woher willst du das denn haben, ich habe doch alles ver...!" Der Kanzler stockte und blickte lauernd auf den winzigen Gegner.

„Du wolltest sagen ... ‚vernichtet!' ... aber uns ist zum Glück dieses unwiderlegbare Beweisstück direkt ins Haus geflattert!" Der Kamarin wandte sich an Titania: „Verehrte Königin, wenn Ihr vielleicht so nett sein wollt ...?" Er hob den Teppich auf seiner Empore an und zeigte auf ein Blatt Papier, das unter dem Teppich verborgen lag. Die Königin beugte sich vor, nahm das Blatt, las es und wurde rot vor Zorn.

„Majestät, würdet Ihr die Freundlichkeit besitzen und uns alle darüber informieren, was Ihr für ein Dokument in den Händen haltet?", bat sie der winzige Kamarin.

Titania schaute zitternd vor Empörung mit vernichtendem Blick auf den Kanzler und rief den Hiemisen zu: „Nehmt diesen Verbrecher sofort in verschärften Gewahrsam!"

Auf diesen Befehl stoben alle beiseite, es bildete sich eine breite Gasse und um den totenblassen Ovangar ein großer Ring, in dem die Eiskrieger jetzt stumm und bedrohlich schritten. Wenig später stand der Kanzler starr und steif zwischen den Hiemisen, in genau dem Abstand, den der verschärfte Gewahrsam vorschrieb.

Oberon stotterte vor Schreck erschüttert: „Aber ... aber ...

Schatz, wir wissen doch noch gar nicht, ob er es tatsächlich war?“ Vor Schreck war er seiner Frau gegenüber in jenen privaten und vertrauten Ton gefallen, den er sonst in der Öffentlichkeit als unpassend vermied.

Die vor Empörung bebende Feenkönigin reichte ihm mit einer ruckartigen Bewegung das Blatt und rief mit harter Stimme: „Dann lies das hier bitte vor!“

Entsetzt und stockend las der Herrscher der Vereinigten Feenreiche das Geständnis General Gurtunas vor, der von Ovangar mit den Versprechungen als Komplize gewonnen worden war, dass die Hiemisen nach der Vernichtung des Geschlechtes der Oranier und der Machtübernahme durch den Kanzler einen eigenen Staat gründen dürften und außerdem das gesamte Polizei- und Militärwesen der Vereinigten Feen- und Geisterreiche übertragen bekommen sollten. Ovangar hatte General Gurtuna außerdem zugestanden, dass die Eiskrieger die ihnen verhassten Lyngarden bis auf den letzten Mann vernichten durften. Unglücklicherweise hatte Gurtuna eingewilligt. Der Kanzler hatte den General daraufhin mit einem schwarzen Zauber belegt, der ihn unempfindlich gegen jede Hitze machte. Der General hatte dann URUGOL in seinem eisigen Gefängnis aufgesucht, ihn geweckt und mit dem Herrscher über das Chaos Verhandlungen über die Neugestaltung der Erde geführt. Im Laufe der Verhandlungen war General Gurtuna aber immer bewusster geworden, dass URUGOL nicht nur die Erde unter seine Herrschaft zwingen wollte, sondern das ganze Universum im Auge hatte. Was, so meinte der Feenkönig, sich ja auch dadurch bestätigte, dass der Herrscher über das Chaos Oliver dazu drängen wollte, alle sieben Siegel des Perlen-Zepters zu lösen, um die Erde auseinander brechen zu lassen. Als die Eisbarriere durch die Hitze der verschobenen Klimazonen zusammenbrach, hatte Gurtuna erkannt, dass er und seine Hiemisen in dem neuen Reich von URUGOL ebenso wenig Platz hatten wie der abgefeimte Schurke Ovangar. Gurtuna habe sich dann reuevoll auf den Ehrenkodex der Hiemisen besonnen, sein Geständnis geschrieben, dafür gesorgt, dass es auf dem Inselkontinent dem Kamarin übergeben wurde und dann den ehrenvollen Freitod der Eiskrieger gewählt.

Eine tiefe Bedrückung und noch größere Erschütterung lagen nach dem letzten Satz des Feenkönigs über der Feenhalle. Alle waren froh, als Titania die Versammlung aufhob und vorschlug, dass man besser morgen, wenn alle das Unfassbare einigermaßen verarbeitet hätten, hier wieder zusammentreten sollte. Schweigend verließen die Anwesenden nach und nach die riesige Halle.

Später saßen die Freunde in den Privatgemächern der Feenkönigin, in die Titania sie gebeten hatte, und diskutierten, was bei der ersten Vernehmung Ovangars durch die Hiemisen protokolliert worden war. Der Kanzler war von Kindheit an auf Oberon neidisch und eifersüchtig gewesen und hatte von Anfang an alles auf eine Machtergreifung angelegt. Er war es, der Tala durch einen schwarzen Zauber eingeflüstert hatte, zu früh aus dem Situra-Feuer zu steigen. Er war es auch, der Oberons Unbesonnenheit immer wieder geschickt geschürt und durch schwarze Manipulationen gesteigert hatte, um ihn als Herrscher weiter bloßzustellen. Dazu gehörte auch, dass er Oberon dazu brachte, General Gurtuna zu beauftragen, den Inselkontinent der klitzekleinen Zwerge zu okkupieren. Schließlich ließ er Laurin, vor dessen Schläue er Angst hatte, durch UROGOL kalt stellen.

„Den Rest der Geschichte habt ihr ja dann alle selbst erlebt, liebe Freunde“, beendete Titania den Bericht.

„Was geschieht jetzt mit dem Kanzler?“, fragte Olli.

„Er wird wohl in das gleiche Gefängnis verbannt werden wie URUGOL“, sagte die Feenkönigin ernst. „Aber das muss der Oberste Gerichtshof der Vereinigten Reiche entscheiden.“

Dann lächelte sie Goliath an: „Verehrter König, Euch möchte ich in diesem Kreis noch einmal herzlich für Eure Güte und Unterstützung danken.“

„Verehrte Königin, das ist zu viel der Ehre, denn auch ich bin nur ein Beauftragter der Großen Mutter.“ Der kleine König verbeugte sich formvollendet und lächelte. Er war sich sicher, dass die kluge Königin ihren Gemahl leiten und das wieder zusammengefügte, heilige Gläserne Zepter der Orania wie einen Augapfel hüten würde.

Oberon, der dem Gespräch gelauscht hatte, stand auf, erhob sein Glas mit köstlichem Schneeglöckchen-Nektar und sagte: „Lasst uns der Großen Mutter danken und auf ihr Wohl trinken!“

Alle erhoben ihre Gläser: „Auf die Große Mutter!“

„... und auf ihre schöne und kluge Hohepriesterin!“ Charmant verneigte sich der Feenkönig vor Vaskälindanya von Gotim.

„... und auf alle schönen und klugen Frauen!“, rutschte es Olli heraus. Seine Wangen röteten sich, verlegen schaute er in die Runde. „Ich find eben, dass alle Frauen hier klug und schön sind ... oder?“

„... auf alle schönen und klugen Frauen!“, rief ein überzeugter Männerchor.

„Wir danken den charmanten Herren und trinken auf ihr Wohl!“ Titania, Rinchen und Vaskälindanya nahmen wohlwollend die ihnen entbotene Huldigung ihrer Schönheit und Klugheit entgegen. Dann erhob sich die Feenkönigin und sagte: „Jetzt sollten wir uns aber zur Ruhe begeben. Der morgige Tag wird noch anstrengend genug. Ich wünsche allen eine Gute Nacht!“

DER FLUCH DER VERGESSENHEIT

„Was meinte die Feenkönigin damit, dass der Tag morgen noch anstrengend wird?“, fragte Olli Klining, als sie sich im Glaspalais zur Ruhe legten.

„Nun, ich nehme an, dass Ovangar sich morgen vor dem Obersten Gerichtshof der Vereinigten Reiche verantworten muss ... und wir werden als Zeugen auftreten müssen“, anwortete der winzige Magier. „Was meinst du, Goli, wie wird die Anklage lauten?“, wandte sich Klining an seinen Kamarin.

Der König der klitzekleinen Zwerge sagte ernst: „Ovangar hat sich des schlimmsten Verbrechens schuldig gemacht, das es überhaupt gibt: Er hat an der Ordnung des Kosmos gerührt, und das steht uns als Lebewesen nicht zu.“

„Du meinst an der Ordung unserer Erde?“, fragte Klining.

„Nein, ich sagte, an der Ordnung des Kosmos!“, antwortete Goliath.

„Das begreife ich nicht.“ Valmin schüttelte den Kopf. „Das ist mir zu hoch!“

„Ich auch nicht!“, meinte Olli. „Aber es würde mich schon interessieren.“

„Mich auch!“ Rinchen, die gerade noch müde gegähnt hatte, schaute jetzt hellwach auf ihren König.

Goliath blickte fragend in die Runde. Alle nickten und sahen ihn erwartungsvoll und gespannt an.

„Gut ... dann hört mir zu, meine Freunde. Um die Ordnung des Universums verständlich darzustellen, muss ich etwas weiter ausholen“, begann der weise Kamarin, der König der klitzekleinen Zwerge. „Ich erzähle euch von Ankorigana, einer Galaxie, vergleichbar mit unserer Milchstraße. Nachdem sich vor Urzeiten das Schicksal von Ankorigana erfüllte, das heißt ihr Dasein im Universum nach Milliarden mal Milliarden von Jahren abgelaufen war und die Zeit beschloss, für Ankorigana nicht mehr zu existieren, befahl sie ihrer Tochter, der Vergessenheit, die todgeweihte Galaxie mit ihren dunklen Armen zu umschlingen, um aus allen Lebewesen die Gedanken und Erinnerungen auszusaugen. Die Vergessenheit gehorchte ihrer Mutter und trank alle Lebensenergien Ankoriganas, wobei sie auch nicht das kleinste Lebewesen vergaß. Nach über dreihunderttausend Jahren war Ankorigana leer wie ein ausgetrunkener Blütenkelch.

Dieser Moment ist immer ein Zeichen großer Gefahr im ständigen Kommen und Gehen der Welten im Kosmos. Das gesamte Universum ist dann bedroht und sogar die Zeit selbst hält zitternd den Atem an. Sobald nämlich die Vergessenheit einer Galaxie die gesamte geistige Materie, ohne die nirgendwo im All Leben existieren kann, ausgesogen hat und in keinem Sonnensystem, auf keinem Stern und auf keinem Planeten weder ein guter noch ein böser Gedanke und auch keinerlei Erinnerung an irgendetwas mehr existiert, verschwindet mit dem letzten Gedanken und der letzten Erinnerung auch die letzte Hoffnung, und die Galaxie beginnt zu sterben.

Der sanfte und mitfühlende Zwillingsbruder der Vergessenheit, der Tod, führt dann alle Seelen dieser Galaxie, die von jedem Gedanken und von allem Wissen befreit sind, auf Geheiß seiner Mutter, der Zeit, zum Mittelpunkt des Universums, wo sich der Brunnen der Unvergänglichkeit befindet. Er ist abgeschirmt von allem Leben und befindet sich in der verbotenen Zone, die man das Meer der Stille nennt. Dort lässt er alle Seelen vorsichtig, und ohne auch nur eine im Geringsten zu verletzen, in das Wasser des Brunnens gleiten. Hier lösen sie sich in dem wundervollen, diamantklaren, tiefblauen Wasser auf und werden mit dem Element, aus dem sie alle stammen wieder eins. So geht keine Seele verloren. Doch die todgeweihte Galaxie selbst geht unwiderruflich unter. Sie fängt an, sich langsam, aber unaufhaltsam aufzulösen. Jetzt erwacht auch die Vergessenheit aus ihrem Gefräßigkeitsrausch und zieht sich gesättigt, aber voller Angst zurück. So geschah es auch bei der Galaxie Ankorigana. Wo die berühmte Galaxie einst lebensfroh mit ihren Milliarden von Welten und Sternen im Universum leuchtete, existierte nur noch das Nichts. Also weder Dunkelheit noch Helligkeit, weder Gut noch Böse. Keinerlei Leben, keinerlei Sterben, keinerlei Materie ... einfach nur Nichts.

Mit dem Nichts entsteht ein ungeheures Vakuum. Ein grauenhafter Schlund. Ein Loch, das sich erst langsam und dann immer schneller drehen und alles aus dem Universum wie ein Magnet anziehen und auf Nimmerwiedersehen verschlucken würde. Eine Galaxie nach der anderen fiele dem Wirbel des Nichts zum Opfer und würde in ihm auf Nimmerwiedersehen verschwinden. Das gesamte Universum würde nach und nach in sich zusammenfallen. Nach der letzten Galaxie fräße der unbarmherzige Wirbel das Meer der Stille und den Brunnen der Unvergänglichkeit und als letztes Opfer sogar die Vergessenheit, ihren Zwillingsbruder, den Tod, ihre Schwester, die Schöpfung, und sogar ihre Mutter, die Zeit, und zuletzt sich selbst. Das wäre das Ende aller Tage und Dinge."

Schaudernd und gebannt hörten Rinchen, Klining, Valmin, Vugur, Vildo und Oliver dem König der klitzekleinen Zwerge zu, der vor ihren Augen das grauenvolle Geschehen entstehen ließ.

„Keine Angst, liebe Freunde", schaute Goliath die kleine Schar der Helden lächelnd an, „... bisher ist das noch nie geschehen. Denn das nicht begreifbare Mysterium, das große Gesetz, welches auch über der Zeit steht, fordert, dass das Vakuum sofort wieder mit neuem Leben ausgefüllt werden muss.

Ich berichte euch nun von der ältesten Tochter der Zeit, der Schöpfung, deren wirklichen Namen keiner kennt, die aber in vielen uralten Kulturen als Große Mutter verehrt wird. Wie ihr ja selbst gesehen habt, ist sie eine junge Frau von unglaublicher Schönheit. Sie ist es auch, die die Forderung des großen Gesetzes erfüllt, dem sich sogar ihre Mutter, die Zeit, voll Demut unterwerfen muss. Sie eilt, sobald sich ihre grausame Schwester, die Vergessenheit, zurückgezogen und ihr jüngerer, schöner Bruder, der Tod, die Seelen ihrer endgültigen Bestimmung zugeführt hat, zum Brunnen der Unvergänglichkeit und trinkt dort von dem herrlichen Wasser, das auch unser Held Olli schon gekostet hat, um die Kraft des reinen Lebens in sich aufzunehmen. Dann stürzt sie sich mutig in den fürchterlichen Wirbel des Nichts und opfert sich. Unter unglaublichen Schmerzen und Leiden gebiert sie als Große Mutter aus dem Nichts, das sich immer schneller dreht, eine neue Galaxie. Sterne über Sterne werden aus dem schwarzen Schlund des Wirbels herausgeschleudert und sammeln sich an dessen Rand. Ihr Strahlen ist hell, unverbraucht und verkündet neues Leben. Langsam fügen sie sich zu Sternbildern und neuen Sonnensystemen, umkreist von ihren jungen, gerade geborenen Planeten und Monden. Jeder Stern sucht in dieser neuen, jungen Galaxie seinen Platz. Je mehr Sterne geboren werden, um so langsamer wird der Wirbel, und nachdem er Milliarden über Milliarden Sterne ausgespieen hat, kommt er endlich zum Stehen. Das tödliche Vakuum des Nichts existiert nicht mehr. Die Schöpfung hat es mit ihrer jugendlichen Kraft wieder vollkommen ausgefüllt. Unendlich erschöpft, aber mit einem hellen Strahlen, das die ganze neue Galaxie erfüllt, ruht die Schöpfung dann in den Armen ihrer glücklichen Mutter, der Zeit, die jetzt beginnt, auch für die junge Galaxie das Maß von Leben und Sterben verrinnen zu lassen.

So entstehen neue Galaxien ... so, wie an der Stelle der verlorenen Galaxie Ankorigana unsere Milchstraße mit ihren Milliarden von Sternen, Sonnen, Planeten, Monden, Kometen und Asteroiden geboren wurde."

Atemlos lauschten Oliver und die anderen dem winzigen Zwergenkönig, der seine spannende Erzählung fortsetzte.

„Wie am Lebensanfang jeder neuen Galaxie, herrschte auch in unserer jungen Milchstraße das Chaos. Von der Schöpfung, die für ihren ständigen Kampf gegen das Nichts immer wieder neue Kräfte sammeln muss, sich selbst überlassen, kämpften und kämpfen auch in unserer Galaxie alle Kräfte um Rang und Ordnung. Hell schied sich von Dunkel, Feuer von Wasser und Gut von Böse. In einem dauernden Prozess, solange unsere Milchstraße leben wird. In unserem Sonnensystem hatten wir Glück und Pech zugleich. Auf der Erde gelang es den guten Kräften der Götter, der Feen und Geister und auch denen der Menschen, den Fürsten des

Chaos und die Mächte der Finsternis, die hier auf der Erde am Anfang eine lange, lange Zeit grausam herrschten, endlich zu stürzen und ein Goldenes Zeitalter zu errichten. Sie verdammten den Fürsten des Chaos, URUGOL, und die meisten Kräfte der Finsternis unter die dicken Eisschichten der Antarktis, wo sie in dem eisigen Gefängnis hilflos erstarrten. Die Sieger der letzten großen Schlacht hoben die unruhige Erdachse auf den roten Kristall und stellten mit dem mythischen Schlüssel, unserem Perlenzepter, dessen Geheimnis ihr ja nun kennt, die Neigung der Erdachse ein und verankerten den roten Kristall auf seinem Platz. So traten endlich Ruhe und Ordnung auf der Erde ein. Die Götter, die guten Feen und Geister und die Menschen lebten lange Zeit in großer Harmonie und Glück. Sie respektierten einander und teilten ehrlich die Gaben des blauen Planeten, ohne sie zu verschwenden."

„Und warum ist es nicht für immer so geblieben?", unterbrach Rinchen den Kamarin.

„Es hätte alles für immer so bleiben können, Valentirina, aber die Tochter der Zeit, die Vergessenheit, konnte so viel Glück nicht ertragen. Sie spürte die Gefahr, die von dem Goldenen Zeitalter auf dem blauen Planeten für sie ausging. Sie ahnte, dass, wenn alle Lebewesen auf den Planeten, den Sternen und Sonnensystemen, vielleicht sogar in der gesamten Galaxie selbst, dem Beispiel auf der Erde folgen würden, die Galaxien im gesamten Universum ewig leben könnten und die Vergessenheit elendig verhungern und am Ende sich noch selbst verschlingen müsste. Schnell entließ sie in der Tiefe des Universum eine gerade sterbende Galaxie frühzeitig aus ihren Nebelarmen und schwebte quer durch die unendlichen Weiten des Kosmos zur Erde. Dort saugte sie den Nornungen, den weisen Frauen des Nordens, die den goldenen Schicksalsfaden des Glücks für das Goldene Zeitalter der Erde spannen, die Erinnerung daran aus. Nun besannen sich die fleißigen Nornungen, die ihre Hände nie untätig lassen können, aber darauf, wie der Schicksalsfaden für das Chaos gesponnen wurde, und ließen nun diesen statt des Fadens des Glücks durch ihre geschickten Hände gleiten. Das Unglück verbreitete sich zur Freude der Vergessenheit unaufhaltsam über die Erde. Da lehnten sich die Götter aller Religionen in seltener Einigkeit gemeinsam gegen das Vergessen auf und brachten die Nornungen dazu, den Schicksalsfaden des Glücks wieder aufzunehmen und weiterzuspinnen. Nun kam das Silberne Zeitalter, denn die Nornungen hatten etwas von ihrem Geschick, den goldenen Faden zu spinnen verloren. Trotzdem war auch das Silberne Zeitalter auf der Erde eine sehr glückliche Zeit."

„Und warum ist denn dann nicht wenigstens das Silberne Zeitalter geblieben?", fragte Vildo.

Der winzige König fuhr mit seiner Erzählung fort: „Weil die Vergessenheit, die gefräßige Tochter der Zeit, die Erde mit ihren Nebelarmen wütend umschlang und nun begann, gierig die Lebensenergien des kleinen blauen Planeten zu trinken. Unerbittlich saugte sie langsam die Gedanken aus allen menschlichen Lebewesen. Auf der anderen Seite des Lebens zitterten die Feen-, Elfen- und Geistervölker um ihre Freunde, die Menschen, und fragten sich, wann sich die grausame Vergessenheit ihnen, den Geisterlebewesen, zuwenden würde. Sie flehten die Schöpfung an, die sie als Große Mutter vor allen Göttern verehrten, den Menschen zu helfen. Die Schöpfung eilte daraufhin zu ihrer Mutter, der Zeit, und beklagte sich über ihre jüngere Schwester.

Und wieder war der Erde das Glück hold. Die Zeit gebot ihrer rasenden jüngsten Tochter Einhalt. Der kleine, blaue Planet war noch zu jung, um schon zu sterben. Das Ende seiner Tage war noch lange nicht gekommen. Das Gleichgewicht des Kosmos ließ das nicht zu.

Daraufhin verfluchte die Vergessenheit den blauen Planeten. Die Zeit befahl nun ihrer ungehorsamen Tochter, sich in ihren eigenen Nebel zu hüllen, damit sie ihre Wut vergaß. Den bösen Fluch ihrer Tochter konnte sie allerdings nicht mehr zurücknehmen, sondern nur noch abschwächen. Zwar blieben die Erde und alle ihre Lebewesen am Leben. Doch der Preis war hoch. Alles Wissen, jede Errungenschaft, jede Religion – alles, was Lebewesen glauben, sich erdenken und erschaffen – fällt nun der Vergessenheit trotzdem immer wieder zum Opfer. Jede Erleuchtung, jede Moral und alles Gute der Lebewesen frisst sie über kurz oder lang. Aber auch alles Böse. Das Goldene Zeitalter, als die Götter, Menschen, Feen und Geister in paradiesischer Harmonie glücklich miteinander lebten, fiel ihr ebenso zum Opfer wie das Silberne Zeitalter. Seit der Verfluchung durch die Vergessenheit ist jede Kultur und jedes Reich dazu verdammt, unterzugehen.

Der fürchterliche Fluch der Vergessenheit bewirkte außerdem, dass jedes neugeborene Lebewesen wie ein leeres Gefäß auf die Welt kommt und alles neu erlernen muss, so zum Beispiel den Unterschied zwischen Gut und Böse.

Die Vergessenheit konnte aber nicht verhindern, dass ihre Schwester, die Schöpfung, die von unserem Volk und dem Grasvolk als die Große Mutter verehrt wird, ihre schützende Hand über die Erde hält und an Stelle eines jeden verlorenen Lebens sofort wieder ein neues entstehen lässt, um auch nicht das kleinste Vakuum aufkommen zu lassen. So folgt seit Urzeiten auf dem blauen Planeten eine Generation der anderen. Das ist das Schicksal der Erde bis zum Ende ihrer Zeit."

„Aber wann kommt das Ende für die Erde?", fragte Olli.

„Das weiß keiner, mein Junge. Nur die Zeit weiß, wann es so weit sein wird."

„Aber wieso hat Ovangar – wie nanntest du das noch? – an der Ordnung des Kosmos gerührt?", fragte der Junge.

„Ovangar wollte URUGOL befreien und für seine Zwecke benutzen. URUGOL strebt aber eine Herrschaft an, die weit über die Erde und die Milchstraße hinausgeht. Mit URUGOL hätte die Vergessenheit ihre Mutter, die Zeit, entmachten können."

„Brrr ... daran mag man ja gar nicht denken ...", schüttelte sich der Junge.

„Stell dir mal vor, jeder würde auf einmal alles vergessen ...", Rinchen schüttelte sich ebenfalls, „... das wäre ja grauenhaft ... das reinste Chaos!"

„... und dafür wird Ovangar büßen müssen", sagte Klining.

„Lasst uns jetzt schlafen gehen. Wenn die Gerichtsverhandlung tatsächlich für morgen angesetzt wird, wird es für uns alle ein harter Tag. Schlaft gut, meine Freunde." Der Kamarin nickte allen zu und kroch in seine Zipfelmütze.

DAS GESCHENK

Oliver hatte sich für einen Moment von dem Festtrubel in der Feenhalle abgesondert und war über ein paar kleine Pfade des Palastgartens bis an das Flüsschen, das sich silbrig von der Seite der

Morgenröte durch den Auengrund des Tales bis zur Seite der Abendröte schlängelte, zu diesem schönen, stillen Platz spaziert, an dem er schon einmal gesessen hatte. Vergeblich suchte er die kleinen Luftkobolde, die hier sonst die Wasserkäfer jagten, und die zarten Wassernixen, die so fröhlich getaucht waren. Sie feierten alle begeistert in der Feenhalle. Sogar die Mamorfiguren vom Rand der Fontäne waren nicht an ihrem Platz, sondern feierten mit. Der Lärm des ausgelassenen Festes wehte zu ihm herüber. Die Feenkönigin und ihr Gemahl hatten die Freunde, die meinten, zur Gerichtsverhandlung gegen Oberon in die Feenhalle geladen zu werden, mit einem riesigen Fest überrascht. Oberon hatte die Freunde alle mit dem höchsten aller Feenorden, dem ‚Gläsernen Stern der Orania' ausgezeichnet und zu Rittern dieses Ordens geschlagen. Die eleganten, kostbaren Glasorden wurden an einem zarten Nebelband um den Hals getragen. Als Ragnur wie ein Kolibri vor dem Feenkönig in der Luft schwirrte, um den Orden in Empfang zu nehmen, hatte jeder in der Feenhalle gespannt darauf gewartet, um welchen der beiden Hälse Ragnurs Oberon den Orden hängen würde. Die Halle brach in helle Begeisterung aus, als der Feenkönig und die Feenkönigin gemeinsam vortraten und um beide Hälse je einen Orden hängten. Olli lächelte, als er an den äußerst verblüfften Ausdruck seines kleinen Freundes dachte. Es war das erste Mal, dass beide Köpfe absolut sprachlos waren.

Der Junge seufzte. Jetzt war es so weit ... das aufregende Abenteuer war unwiderruflich zu Ende. Alle klitzekleinen Zwerge waren wieder eingesammelt und wohlbehütet auf ihrem Inselkontinent irgendwo da draußen in den Weiten der Meere gelandet. Wenn das Fest, das König Oberon und seine Gemahlin zu Ehren der Freunde gab, vorbei war, würden Klining, Rinchen und die anderen mit ihrem Kamarin von Nandur, dem Orion-Albatros, nach Hause geflogen.

Der Junge setzte sich an das Ufer des silbrigen Flüsschens, zog seine Schuhe aus und ließ seine Füße traurig im Wasser baumeln. Die vergangenen Abenteuer zogen an ihm vorüber. Unglaubliches hatte er erlebt, und was noch wichtiger war, viele neue Freunde gewonnen. Dann aber dachte er wieder betrübt darüber nach, wo er nach dem Fest wohl am besten hingehen sollte. Onkel Jupp war in der Kur. Zu seiner Mutter nach Mallorca? Er verspürte ein

Ziehen im Magen, als er an die unangenehmen Fragen dachte, wenn er in seinem schicken Outfit und der teuren Sonnenbrille dort auftauchen würde. Wie sollte er das, was er erlebt hatte, irgendeinem Menschen glaubwürdig erklären? Klining hatte ihm gestern erst erzählt, dass er Paul Reiser beim letzten Abschied mit einem leichten Vergessenszauber belegt habe. Erst war Olli sauer gewesen, dass er wahrscheinlich dadurch seinen Freund verloren hatte, aber im Nachhinein musste er dem Illantin Recht geben. Paul wäre in allergrößte Schwierigkeiten geraten, wenn er ernsthaft jemandem von seinen Erlebnissen mit Olli und den klitzekleinen Zwergen erzählt hätte. Das war einfach alles zu unglaublich.

Olli seufzte. Genau das war das Problem, das auch ihn erwartete. Alles, aber auch alles, was er zu erzählen hatte, war einfach zu absurd. Also blieb ihm nichts anderes übrig, als den Mund zu halten und sich genau so zu verhalten, wie die Leute ihn zu Hause kannten. Er war ein kleiner, blasser, rothaariger, schüchterner Junge.

Er schaute niedergeschlagen in das träge dahinziehende Wasser, als er den klitzekleinen Schatten neben sich bemerkte.

„Hallo!“, grüßte er den winzigen Kamarin.

„Hallo? Das klingt aber nicht gerade nach ausgelassener Festtagsfreude. Darf ich mich zu dir setzen, mein Junge?“ Goliath, der König der klitzekleinen Zwerge, setzte sich, ohne Ollis Antwort abzuwarten, neben ihn ans Ufer des Flüsschens. „Wieso sitzt du hier? Warum bist du nicht auf dem Fest und tanzt mit einem der vielen niedlichen Feen- und Elfenmädchen, die so sehnsüchtig danach schmachten, einmal in den Armen des berühmten Helden zu liegen?“

Oliver winkte resigniert ab: „Ich kann doch nicht tanzen.“

„Das ist kein Grund. Die jungen Damen würden dir das bestimmt mit Begeisterung beibringen. Also was ist los, mein Freund?“

Olli druckste zuerst herum, dann erzählte er dem winzigen König aber doch, was ihn bedrückte.

Der Kamarin lächelte und sagte: „Ich habe eine Frage, mein Junge. Wie heißt du mit vollem Namen?“

„Warum wollt Ihr das wissen, Majestät?“

„Hör endlich auf, mich ‚Majestät‘ zu nennen. Meine Freunde nennen mich ‚Goli‘ ... und Freunde sind wir beide doch ... oder?“

„Ja sicher! ... Ganz bestimmt!"

„Wie lautet also dein vollständiger Name, Olli?"

„Mein vollständiger Name?"

„Ja, dein v o l l s t ä n d i g e r Name, mein Junge."

„Oliver Valdal Kusch."

„Dann hat er also doch Recht", murmelte der Kamarin.

„Wer hat Recht?"

„Klining. Er erzählte mir gestern, dass er, als er dir im Erdinnern, in der Felsenhalle des roten Kristalls, auf Befehl URUGOLS das Perlenzepter abnehmen sollte, dich nicht bezwingen konnte. Erinnerst du dich? Du hast ihm das Zepter aus der Hand gerissen und laut V A L D A L gerufen."

„Das kann sein, aber das hat doch nichts zu bedeuten."

„Doch, sehr viel sogar. Nachdem Klining mir das erzählt hatte, haben wir beide die Zentrale des Geheimdienstes des Feenreiches aufgesucht. Die armen Jungs dort sind immer noch völlig schockiert und niedergeschlagen darüber, dass sie jahrelang, ohne auch nur das Geringste zu bemerken, einem Schurken gedient hatten. Die zweifeln jetzt ernsthaft an ihren eigenen Fähigkeiten."

„Ich hätte auch nie geglaubt, dass Ovangar zu etwas so Gemeinem fähig sein könnte. Der war doch sonst immer so nett ... und jetzt droht ihm diese schreckliche Strafe." Oliver schauderte.

„Jeder erntet das, was er gesät hat, mein Junge."

„Trotzdem. Muss es denn die gleiche Strafe wie für URUGOL sein? Ovangar kann einem Leid tun."

„Dein Mitleid spricht für dich, Olli. Aber glaub mir, mein Junge, Ovangar hätte ohne zu zögern das Gleiche mit dir gemacht. Er war der Einzige, der ahnte, dass du der gesuchte Held sein könntest. Darum wollte er deinen Tod."

„Wieso?"

„Weil nur du URUGOL aufhalten konntest. Er hat auch gewusst, dass dein zweiter Vorname Valdal ist."

„Meinst du?"

„Ja, hundertprozentig. Klining hat doch die armen Jungs vom Geheimdienst mit seinem Zauberfirlefanz begeistert und moralisch ein bisschen aufgerichtet. Darüber waren die so erfreut, dass wir uns zum Dank in den geheimen Archiven des Feenreiches umsehen durften."

„Aber wieso? Da hättest du doch bloß Oberon oder Titania zu fragen brauchen?“

„Im Prinzip schon, aber die geheimen Archive sind so geheim, dass selbst die beiden keine Ahnung haben, dass sie überhaupt existieren. Du weißt doch, wie das mit den Geheimdiensten so ist.“

„Weiß ich nich'.“

„Ist ja auch egal. Also, wir haben gewühlt und gewühlt, aber leider keinen Hinweis darauf gefunden, woher dein zweiter Vorname stammt. Wir hatten erst gedacht, dass es vielleicht eine Verbindung von dir zu unserem Volk gäbe. Du musst wissen, dass bei uns alle Namen mit einem „V“ anfangen. Klining und ich sind die einzigen Ausnahmen.“

„Das wäre zu schön gewesen“, seufzte Olli wehmütig.

„Was wäre zu schön gewesen?“

„Wenn ich zu eurem Volk gehören würde.“

„Warum?“

„Weil ich dann bei euch bleiben könnte.“

„Wieso? ... was hindert dich daran? Es wäre für uns alle eine große Ehre, mein Freund, wenn du uns auf unseren Inselkontinent begleiten würdest. Ich habe mit den anderen schon besprochen, dass wir dir zu Ehren ein großes Fest feiern wollen. Unser Volk möchte unbedingt den großen Helden kennen lernen – und dann stehen da noch unsere Kamarinischen Spiele an. Ich soll dich im Namen aller herzlich einladen. Sag ja, mein Junge, sonst darf ich den anderen nicht mehr unter die Augen treten.“

„Ist das wahr?“

„Olli, mein Freund, du kannst bei uns bleiben, so lange wie du möchtest.“

Olli spang auf und jubelte: „Jiiipppiiiiii!“

„Es gibt da nur ein Problem.“

„Ein Problem?“, fragte Oliver enttäuscht.

„Ja, deine Größe. Du würdest bei uns leben wie Gulliver bei den Liliputanern ... aber das geht leider nicht.“

„Schade, dann kann ich doch nicht mit?“

„Doch, ich habe nämlich noch eine Überraschung für dich. Du hast doch noch immer deinen Talisman, dieses winzige Stück von dem roten Kristall?“

„Ja." Olli kramte seinen roten Stein aus dem Lederbeutel mit den Juwelen und zeigte ihn dem Kamarin. „Hier ist er."

„Schau in den roten Kristall, Olli. Und jetzt wünsche dir die Größe, die du haben möchtest."

„Wenn ich mit euch kommen darf, wäre ich gern so klein wie du, Goli!" Olli schaute in den roten Kristall und sah, dass er genauso klitzeklein wie der König neben seinem winzigen Freund stand. Überrascht schaute er hoch und dem König direkt in die Augen.

„Wie ... wie ... kommt das auf einmal?", stotterte er aufgeregt.

Goliath legte seine Hand beruhigend auf die Schultern des Jungen.

„Du schaust hinein und kannst dich in jede Größe wünschen, die du möchtest. Aber es funktioniert nur bei dir. Probier es aus."

Olli schaute hoch und sah die große Fontäne in der Mitte des Gartens. „Ich wünsche mir, ich wäre so groß wie die Fontäne."

„Schau in den Kristall, mein Junge. Tritt mich aber bitte nicht platt!"

Olli schaute in den Kristall und sah sich so groß wie die Fontäne. Er hob den Kopf und sah, wie direkt neben ihm das Wasser auf dem höchsten Punkt der Fontäne vom Wind zerstäubt wurde, bevor es wieder in die Tiefe stürzte. Tief unter sich sah er einen winzigen, kaum erkennbaren roten Punkt im Gras. Das musste Goli sein.

„Heeee ...! Wie ist die Luft da oben?", rief der Kamarin.

„Wow! ... Das glaubt mir kein Mensch, Goli!"

„Was meinst du, Ungetüm?", rief Goliath lachend.

„Warte, ich komme wieder herunter." Olli schaute in den Kristall und sah sich genau so groß wie den König im hohen Gras stehen. Er hob den Kopf und blickte Goli in die Augen.

„Das ist ja supergeil!" Ollis Gesicht war vor Aufregung gerötet. Plötzlich wurde er ernst. „Goli, was passiert, wenn der Kristall in die falschen Hände gerät? Damit kann man ja jede Menge Blödsinn anstellen."

„Keine Angst, mein Junge. Wie ich schon sagte, es funktioniert nur bei dir ... und du wirst sicher keinen Blödsinn mit diesem wertvollen Geschenk anstellen."

„Es ist ein Geschenk?", fragte Olli erstaunt. „Von wem?"

„Es ist ein Geschenk von einer gewissen wunderschönen jungen

Frau", der Kamarin zeigte in den Himmel, „... als Dank für deine mutigen und selbstlosen Taten."

„Von ihr?", fragte Olli ehrfürchtig.

„Ja, von ihr persönlich", lächelte der Kamarin. „Darum darfst du dieses Geschenk nie missbrauchen und entweihen."

„Nein ... ganz bestimmt nicht, ehrlich!", beteuerte Olli glücklich.

„Komm, jetzt wollen wir in die Feenhalle gehen und kräftig mitfeiern. Die anderen werden staunen und sich freuen, wenn sie dich in deiner neuen Größe sehen!"

Der klitzekleine König und der nun ebenfalls klitzekleine Rotschopf gingen durch die riesigen Tore und betraten die festlich geschmückte Feenhalle. Die ersten Tänzer, die die beiden Winzlinge sahen, stoppten abrupt mitten im schwungvollen Wirbel ihres ausgelassenen Tanzes. Erstaunte Rufe übertönten die Musik und erreichten den Kapellmeister des Elfenorchesters. Der ließ, ungehalten über diese unziemliche Störung, seinen Taktstock sinken, drehte sich um und schaute verblüfft auf die seltsame Szene. Die Tänzer hatten eine breite Gasse gebildet und gaben den Blick auf das winzige Paar frei, das fröhlich auf die Festtagstafel des Feen-Königspaares zumarschierte.

„Wen hat denn Goli da noch gefunden?", fragte Klining erstaunt. Er hatte seinen Kamarin an der Krone, die die rote Zipfelmütze zierte, erkannt. „Ich dachte, außer uns wären alle schon zu Hause?"

„Oh, wie schrecklich! Der andere hat seine Zipfelmütze verloren!", sagte Rinchen aufgeregt.

„Das ist ja wohl das Gemeinste, was es gibt, einem klitzekleinen Zwerg seine Zipfelmütze zu klauen!" Vildo war erbost. Dass ein klitzekleiner Zwerg seine Zipfelmütze verlieren könnte, erschien ihm einfach unmöglich. Das war, solange man denken konnte, noch nie passiert.

„Wer mag das sein?", fragte Valmin. „Leider kann ich sein Gesicht nicht erkennen."

Vildo zuckte zusammen. Ragnur war mit einem Jubelschrei haarscharf an ihm vorbeigezischt und flog wie ein Pfeil schnurgerade auf den Winzling neben Goliath zu.

Vugur, der von allen die schärfsten Augen hatte, kniff sie zusammen und sah, wie Ragnur vor dem klitzekleinen Zwerg ohne Zipfelmütze abrupt seinen Flug stoppte und direkt vor ihm auf dem Boden landete. Die beiden Köpfe des Vulkanadlers schienen aufgeregt auf den Winzling einzureden. Der nickte nur immer wieder und schien etwas zu erklären, während der König der klitzekleinen Zwerge lachend daneben stand. Dann umarmte der Winzling abwechselnd die beiden Hälse Ragnurs.

„Vugur, kannst du erkennen, wer das ist?", fragte Valmin. „Wieso ist Raggi zu dem so zutraulich? Guck mal, ich glaube, jetzt steigt der sogar auf Raggis Rücken ... und unser König auch!" Valmin und die anderen waren baff.

Jetzt erhob sich der Vulkanadler mit den beiden Winzlingen auf seinem Rücken unter dem brausenden Jubel derer, die dichter dabei standen, drehte eine Runde in der Feenhalle und kam direkt auf die Freunde zugeschossen.

„Es ist Olli!", schrie Vugur plötzlich und stieß Valmin schmerzhaft in die Seite. „Es ist Olli! ... Es ist Olli! ... Olli!"

Im gleichen Augenblick landete Raggi auf der Königstafel und Goliath und Olli sprangen lachend vom Rücken des kleinen Vulkanadlers.

Die allgemeine Verblüffung an der Tafel löste sich in dem Moment, als sich Valmin, Vugur und Vildo mit einem Freudengeheul auf Olli stürzten und ihn unter wilden Umarmungen begruben.

„Weg da ... jetzt will ich auch mal!" Rinchen flog Olli strahlend an den Hals und gab dem Verdutzten zur Freude aller einen dicken Kuss mitten auf den Mund.

„Komm her, mein Junge, lass dich anschauen!" Klining fasste seinen Freund bei den Schultern und schaute ihn an, als wenn er ihn zum ersten Mal sehen würde. Dann drückte er Olli mit Tränen in den Augen gerührt an sich.

„He, du Teufelskerl! Wie hast du das bloß wieder hinbekommen?" Valmin stupste seinen Freund anerkennend in die Seite.

„Das würde uns auch alle interessieren!", mischte sich die Feenkönigin ein, die sich wie die anderen von ihrer Überraschung inzwischen erholt hatte. Augenblicklich legte sich der aufgeregte Lärm und eine gespannte Ruhe breitete sich aus.

Der klitzekleine Zwergenkönig trat vor, als er Ollis Verlegenheit sah, und berichtete mit seiner warmen, klaren Stimme, die noch auf dem letzten Platz in der riesigen Halle gut zu verstehen war, über das wertvolle persönliche Geschenk, das die Große Mutter dem rothaarigen Helden als Dank für seine mutigen Taten gemacht hatte. Immer wieder wurde Goliaths Bericht von begeistertem Jubel unterbrochen, der sich zum Orkan steigerte, als Goliath seinen Bericht beendete.

„Olli, zeig uns, wie der rote Kristall funktioniert!", rief ein gewaltiger Bergriese von den hinteren Plätzen. „Schaffst du auch meine Größe?" Der Bergriese stand auf und stieß seinen mit Tannen bewachsenen Kopf an die Decke der Feenhalle, die sich aber sofort den neuen Erfordernissen anpasste und die Deckenhöhe anhob.

Die Halle stand Kopf. „Oh ja, Olli ... zeig es uns bitte!", schallte es von allen Seiten. „Nur einmal! ... Bitte!"

Der Junge schaute fragend auf den König der Zwerge. Der nickte lachend und rief: „Da müsst ihr aber Platz machen! Alle Kleinen an den Rand der Halle, alle Klitzekleinen zu mir auf die Tafel!"

Augenblicklich war in der Mitte der Feenhalle eine riesige freie Fläche entstanden. Alle drängten sich an den Wänden.

„Raggi, fliegst du mich runter auf den Boden?" Olli drehte sich zu Ragnur um. Der hüpfte strahlend herbei. Olli kletterte auf den Rücken des spatzengroßen Vulkanadlers. Der breitete seine Flügel aus und segelte genau in die Mitte der Fläche. Olli stieg ab und streichelte seinen Flieger.

„Fliegst du etwas beiseite, Raggi?"

Der Vulkanadler hüpfte zur Seite, blieb dann aber neugierig stehen. Olli schaute hinauf zu dem gewaltigen Bergriesen, dessen Tannen auf dem Kopf weit oben unter der Decke der Feenhalle Krähen umflogen. Dann schaute er wieder in den Kristall und sah sich, den Riesen um einen Kopf überragend, in der Feenhalle stehen. Er hob den Kopf und stieß im gleichen Augenblick an die Decke der Feenhalle. Der Bergriese wäre vor Schreck umgefallen, hätte Olli ihn nicht festgehalten. Tief unter sich sah und hörte er die Feenhalle vor Begeisterung toben.

„Mann, Junge, da bin ich aber platt!" Der Bergriese staunte ihn aus seinen riesigen Augen an. „Du bist ja noch größer als ich!"

Olli schaute auf das Gewimmel in der Feenhalle und lachte: „Die sind aber alle winzig da unten!"

„Flöhe, nichts als Flöhe! Ich sehe mein Leben lang immer nur Flöhe!“, grinste der Bergriese gutmütig. „Übrigens, ich heiße Konfolga ... meine Freunde nennen mich Konfi!“

„Meine Freunde nennen mich ...“

„Olli! ... Ich weiß. Du bist unser Freund Olli!“

„Wirklich?“

„Klar doch! Da kannst du hier jeden in der Halle fragen – du bist unser Freund Olli!“, beteuerte Konfi.

„He ... ihr beiden!“ Ragnur schwirrte ihnen winzig vor die Nase. „Wir wollen unten weiterfeiern und ihr zwei Klötze braucht zu viel Platz!“

„Konfi, dann muss ich wohl ...“, entschuldigte sich Olli.

„Klar, mein Junge. Freut mich, dass wir uns mal näher kennen gelernt haben.“ Der Bergriese schüttelte dem Rotschopf die Hand.

Sekunden später stand Olli wieder winzig auf der Königstafel in der Feenhalle und grüßte noch einmal winkend zu Konfi hinauf, der sich wieder auf seinen Platz setzte.

Nur langsam legte sich die Begeisterung. Goliath trat noch einmal vor und hob seinen Arm. Schließlich verstummte auch das letzte aufgeregte Gemurmel.

„Keine Angst, ich werde keine lange Rede halten. Aber bevor wir dieses wunderbare Fest, für das ich mich jetzt schon, auch im Namen meiner Freunde, bei Ihnen, verehrte Königin, bei Ihnen verehrter König, und bei Ihnen allen, die hier versammelt sind, recht herzlich bedanke ...“, der klitzekleine König verbeugte sich vollendet vor dem Herrscherpaar der Feenreiche und vor den Anwesenden in der Halle, „... bevor wir also fröhlich weiterfeiern, möchte ich unserem Helden Olli, da er ja nun so klitzeklein ist, wie ein klitzekleiner Zwerg nur sein kann, zuerst eine riesengroße rote Zipfelmütze überreichen. Trete vor, mein Junge!“

Olli trat vor den winzigen König.

„Knie nieder, Oliver Valdal Kusch!“

Olli sank auf die Knie. Goliath hob die Hand und Rinchen, Klining, Valmin, Vugur und Vildo trugen eine Zipfelmütze heran, die aussah wie eine kleine Mohrrübe, und setzten sie Olli auf den Kopf.

Goliath schaute ernst auf den Jungen: „Hiermit übergebe ich dir deine riesengroße rote Zipfelmütze und nehme dich damit in unser Volk auf. Halte sie in Ehren ... und denke daran: Ein klitzekleiner Zwerg verliert seine Zipfelmütze nie!“

Die letzten Worte des Kamarins gingen im brausenden Jubel der Feenhalle unter.

EPILOG

„Warum sollte ein Mensch das nicht glauben?“, fragte meine Frau Irmi und legte das letzte Blatt des Manuskriptes beiseite.

„Meinst du?“ Ich zweifelte.

Sie lächelte: „Wenigstens alle kleinen und großen Kinder, wie du!“

„Also ich soll auch das andere aufschreiben, was Klining mir erzählt?“

„Aber sicher.“

Beteiligte von beiden Seiten des Lebens

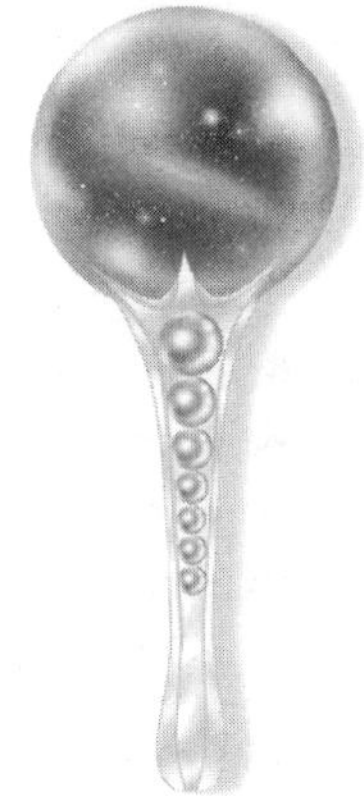

Beteiligte von beiden Seiten des Lebens

(der Seite der Realität und der Seite der Fantasie).
Der Leser mag sie den jeweiligen Seiten selbst zuordnen:

Die klitzekleinen Zwerge

Goliath	Kamarin (König) der klitzekleinen Zwerge und Hüter des heiligen Perlenzepters

Der Suchtrupp:

Klining	Illantin, Magier und Schamane der klitzekleinen Zwerge
Valentirina	Ein sehr emanzipiertes Zwergenmädchen
Valmin	Bester Flieger des winzigen Volkes
Vugur	Als Nörskebauter ein Vollblut-Seefahrer
Vildo	Freund von Valmin und Vugur

Außerdem:

Das gesamte Volk der klitzekleinen Zwerge mit den großen blauen Kulleraugen und den riesengroßen roten Zipfelmützen: Davodeklizwemidegroblakulunderierozip (Das Volk der klitzekleinen Zwerge mit den großen blauen Kulleraugen und den riesengroßen roten Zipfelmützen), wie sie sich selbst nennen.

Die Menschen

Oliver Kusch	Ein vom Leben nicht gerade verwöhnter Junge
Josef Binderer	Olivers ‚Onkel Jupp'
Paul Reiser	Ein bärenstarker Bodyguard
Markus Wernrot	Boss der berüchtigten Wernrot-Gang
Florian Floh	Ein abgehalfteter Flohzirkusdirektor
Madam Theresia	Kirmeswahrsagerin mit vielen Gesichtern

Frank Folders	Schneekugelproduzent
Ben Millen	Mitarbeiter von Frank Folders
Daisy Smith	Eine ganz erstaunliche junge Dame
Jeremias Landsberry	Mächtiger Konzernchef der TOYS FOR THE WORLD Inc.
Mike Connors	Marketingchef der TOYS FOR THE WORLD Inc.
Klaus Hansen	Kapitän des Frachters ‚Elisabeth von Brake'

Außerdem:

Viele, viele Menschen, wie z.B. Daddy Alfred, Süßilein, Mami, verliebte Paare, entnervte Bankangestellte, resolute Nachbarinnen, entsetzte Flugpiloten, verblüffte Juweliere, erfreute Taxifahrer, überdrehte Textilverkäufer, erfahrene Optiker u.v.m.

Sehr erstaunliche Lebewesen

Der lautlose Tod	Schrecken des Waldes
Blödhörnchen	Ein Eichhörnchen mit einem Geheimnis
Flixi und Flax	Zwei verliebte Ameisen

Die Feen, Elfen, Geister und andere Lebewesen

Nandur	Ein Orion-Albatros
Oberon	Mächtiger Herrscher über die Vereinigten Feen-, Elfen- und Geisterreiche
Titania	Sagenumwobene Königin der Feen
Ovangar	Zahantru von Orania und Kanzler der Vereinigten Feen-, Elfen- und Geisterreiche
Xixinxiriga	Großvongor (Großfürst) der Lyngarden
Xaraxar	Kirmas (Herzog) der Lyngarden und Botschafter am Feenhof
Laurin	König der normalen Zwerge und Herrscher über unendliche Reichtümer

Ragnur	Laurins zweiköpfiger Vulkanadler
Tala	Mythischer Zauberer des Thulanderona-Ordens und Hüter der Weihen
Dieken Enno	Ein Deichsspatenzwerg
Vaskälindanya	Hohepriesterin des sagenumwobenen Grasvolkes
Najadus	Fürst der Wassergeister im Jadebusen
Gurtuna	Ranghöchster General der Eiskrieger
Lülfel	Ein Küchenjunge, der kein Küchenjunge ist
Yuffinga	Ein alter Kutscher, der kein Kutscher ist
Brotonojer Gerlka	Ein Bergbauingenieur, der einer ist
Gulf	Ein Rubindrache
URUGOL	Der unheilvolle Herrscher über das Chaos

Außerdem:

Blitzelfen, Gnome, Eiskrieger, Quellnymphen, Glanzelfen, Berg- und Seetrolle, Bergriesen, Wassergeister, normale Zwerge, Liliputaner, Luftkobolde, Wassernixen, Honigelfen, Kristallweiber, Oseles, Nachtmare, Mitternachtselben, Lichtelfen, Blumengnome u.v.a.m.

... nicht zu vergessen, die lustigen Kinder, die auf dem Märchenbrunnen im Düsseldorfer Hofgarten herumkaspern.

Mehr über
die klitzekleinen Zwerge
und Wolfgang Kollberg:

Autor und Illustrator

Wolfgang Kollberg hat den spannenden Roman über „Die klitzekleinen Zwerge" geschrieben (also das aufgeschrieben was Klining von Olgursam ihm erzählt hat) und ein Bilderbuch, Geschenkbücher, ein Malbuch und viele zauberhafte Motive für Gruß- und Glückwunschkarten illustriert.

Alles über „Die klitzekleinen Zwerge" und Wolfgang Kollberg unter:

www.klitzekleine-zwerge.de

Überall tauchen sie plötzlich auf, die klitzekleinen Zwerge. Dieses zauberhafte Bilderbuch gibt erste Informationen über die Winzlinge und enthält wichtige Ratschläge für die Begegnung mit ihnen.

ISBN 978-3899950618